严独鹤文集

小说卷

文集

上海文艺出版社

严独鹤 著

严建平 祝淳翔 编选

目　录

短篇小说

附录

长篇小说

留学生一

　　王槐堂是一个鼎鼎有名的博士。他在外洋留学的时候，已经声誉鹊起，担任着国内各报馆和书局的特约员，时常有些著作登在报纸上，或是杂志上。大家读了他的文章，没有一个人不五体投地地佩服到二十四分。到了毕业回国之后，社会上自然争先延揽，你也要请他去当教授，我也请他去当编辑，简直应接不暇。计算起来，他一个人，已兼任了两个大学里的教员，两家书局里的特约撰述员，还有一家报馆里的编辑。其余还有许多名誉职，简直没日没夜，忙个不了。还有一层特别忙处，就是无论哪里开什么会，总要请这位王先生去演说几句，撑个场面。这时候的王槐堂，简直成了药中甘草，没有一张方子上用不着他了。

　　可是这位王博士职务担任得太多了，倒引起了一桩心事。一天坐在他的书室里，正在踌躇，忽然一个仆人送进一张名片来说，有客来访，槐堂接过名片一看，见上面印着吴轶尘三个小字，便对那仆人道：你可曾问他有什么事要来见我？那仆人道：这位吴先生已经来过好几次了。问他有什么事，他说不过彼此同学，多年没见，特来拜访，是没甚要事。他如今还候在客室里。究竟见呢不见？槐堂道：他已来过好几次了么？你为何早不告诉我？那仆人道：虽没特地禀告，却每次都有名片放在书桌上哩。槐堂笑道：我每天回来，书桌上的名片，总有一大堆，也有认得的，也有不认得的，谁耐烦细细去检查？不过撂在一边，就算了事。也罢。这位吴先生，的确是从前的同学，而且彼此感情很好，不过这几年来，却久已生疏了。今天星期，恰好还有一两个钟头的闲空，就见他一见罢。说着便慢慢地走到客室里去。那吴轶尘却已等得很气闷了。两人见了面，先随意敷衍了一番。轶尘对于槐堂，自然是十分恭维。槐堂略谦逊了几句，慢慢地问到轶尘的近况。轶尘嗫嚅着说道：正是十分不得意。知道老哥回国以后，声望很隆，交接也很广。今天到此，一者叙叙多年的契阔，二者也想求老同学帮帮忙，介绍一个位置哩。槐堂道：你目前在哪里担任职务呢？轶尘道：不瞒你说，我已赋闲了一年多了。我自问从前在学校里面成绩总还算是好的。不知怎样，出了学校以后，许多同学里面却只剩了我一个人没得出头。槐堂道：讲到在校时的成绩，自然算你最好。还记得我们同班毕业的时候，你高高地考了个第一，大家都很佩服你说是最用功，又最聪明。但不知是什么缘故，不能在社会上发展。轶尘又叹了一口气道：求学时代的成绩原也无足称道。最可叹的是我自从出校以后，对于学问上面的确很加了些功。便比起眼前这些有名人物来，自信也还不至于落后。无奈所如辄阻，连自己也不知道是怎么一回事。初出学堂的时候，捧着一只冰冷的教员饭碗，虽然吃不饱，饿不死，倒还可以混混。最近这几年却真是愈弄愈拙了，连一只冷板凳都有些坐不牢，穷愁潦倒，实在也有些愧对故人。细想起来，总怪我株守故乡，没有向外洋去走一趟。像你就好了，一朝回国，万众欢迎。这固然是你的才学足以动人，但是有了这博士头衔，究竟也添着许多色彩。槐堂道：这话却又不然。同一留学生也要看这个人的手腕是否灵敏。老实告诉你，留学生回国依然无事可做的也很多着哩。便是你所以不得意的缘故，也不在乎出洋不出洋。你的性情是很沉默的，平素又落落寡合，轻易不交友，不开口，凭你有天大的本领，又有哪一个知道来登门请教呢？这大概就是你一生吃亏的大原因。这些都是闲话，也不必谈了。倒是你景况，本来不很宽裕，岂能久于赋闲，而我至好，自然要为你设法。最好你近来若有著作，请拿些来让我拜读拜读。看是于哪一方面为近，就介绍到哪一方面去。便是逢人说项起来，有了著作给人家看，就好作为一种真才实学的凭据，省得人家不肯相信了。轶尘道：若说著作，实在不敢当这两个字。至于胡乱挥写的东西，却还有几篇，要是别人，也不敢给他看。既是老哥这样热心关爱，少不得要送来献丑哩。

第二天轶尘便将他的近作，分订了两本，一本是中文，一本是英文，寄给槐堂。槐堂细细地一看，不觉惊得咋舌。一个人自言自语地说道：看不出轶尘数年不见，竟有这般的进步。像他这种著作，老实说我这个赫赫博士，还得拜他为师，却怎的如此高才，倒会没人请教。昨天遇着共和书局的经理，说起他那里正缺着一个杂志部的编辑主任，托我荐人，我不如就荐了轶尘过去，一定可以得手。当下便写了一封介绍信，又将轶尘的著作，包在一起，正要差人送去，忽然转念一想道：啊呀！我这个人正是呆了。放着这样的好人才不引来自用，倒去推给别人么？我这两天心中正觉得有个难题，不易解决。有了轶尘，这难问题可就不成问题了。想到这里，便将那封信撕去，重写了一封信给轶尘，约他明天来有事面谈。

槐堂到底有个什么困难问题，要等轶尘来解决呢？原来，槐堂虽然得了个博士头衔，究竟论他的学问，很有些对不起这一个博字。况且他职务既忙，更没有研究的工夫。自己实为不足，不能不找一个后盾。在外洋的时节，另外有个朋友，做他的后盾。回国之后，倒急切寻不出一个人来。这自然是他的一桩大心事了。如今遇着了轶尘，他顿时十分高兴，便将这后盾之责，属诸轶尘。所谓后盾之责是怎样呢？倘然要做个简单说明便是他去当教员，由轶尘编讲义；他去担任撰述，由轶尘做文章；他去登演说台，由轶尘预备演说稿。这样一来，轶尘不啻就是槐堂的灵魂。至于槐堂，给予轶尘的报酬，倒也有个很新鲜的办法，也不说每月多少薪水，或是每篇著作，得多少酬资。恰是按着槐堂的进款为比例，大概槐堂一月之中，各种职务收入有多少，便在里面提出十分之二给轶尘，作为心血的代价。这个代价，论理未免太廉，但是轶尘正在百无聊赖的时候，得蒙故人青眼，已经是感恩知己，哪里还有什么磋商的余地？槐堂怎样说，他就怎样办。从此这位牢骚不平的吴先生，便做了王博士的入幕之宾了。

　　别人的做工时间每天是有限的，唯轶尘的做工时间，却是无限的。槐堂的声望越大，职务越多，轶尘的脑筋和手腕便更没有一刻的停息。这样特别的苦工做了一年多，他倒也毫不厌倦，有时偶然问起槐堂，说外间对于我代你做的东西，批评如何。槐堂却也很坦白地说道：老实说，如今外面真有特识的人能有几个，你的作品，我见了异常佩服，他们见了，固然也没有个不佩服的，如何会有不满意的批评呢？轶尘听了，精神上自然十分愉快，可是愉快不久，也就有很大的刺激来了。

　　有一天，轶尘偶然赴朋友的宴，邻席上有个洋装的老者，在那里高谈阔论，说我们所办的《曙光》杂志上面，近来每期都载着王槐堂博士的著作，真是不可多得的。有了他的著作，杂志的销路陡然加增了一万，足见他的魔力真是不小。轶尘听着这些话，忍不住要打听这说话的老者是什么人。旁边一个朋友暗暗告诉他道：这是实业书局的总编辑江先生，在本地赫赫有名，你难道不认得么？轶尘也就默然不语。到了明天，轶尘特地聚精会神地做了一篇论说，写上自己的名字，邮寄到实业书局去作为投稿。另外又恭恭敬敬地写了一封信附了一分邮票在里面说明如不见用，请将原稿掷还。一面封信，一面自己沉思道：照昨天晚上这位江先生的评论，大约我的文章一定能够录取。录取之后，将来我这吴轶尘三字，也可以和读者相见，不一定要顶着别人的牌子了。他抱着无穷的希望。他这稿子寄去，谁知第二天那篇稿子就寄了回来，上面还用红笔批着"不适用"三个大字。轶尘气得目瞪口呆。恰巧槐堂又来催稿，说要做篇文章寄到实业书局去。轶尘来不及再做，便索性将这篇文章，另誊了一份，换上槐堂的名字送去。不到几天《曙光》杂志上已登了出来，并且还登的是第一篇，特用大号字排印。另外又在广告上大吹特吹，说王博士这篇著作，简直是空前绝后。轶尘看着，不觉倒抽了一口冷气。

又有一次，槐堂病了，医生说要休养一个月。新明大学里，便不能去上课，但是他担任的钟点着实不少，旷课太多，似乎不很相宜，就教轶尘代课。写了一封信给校长，想请轶尘去代课。校长立刻有回信来，问轶尘的履历。槐堂便教轶尘写了封信去，说明了轶尘的种种经历，又加了许多赞扬的话。无非说他一定可以胜任，只差得一句，要据实陈明，平时授课的讲义都是轶尘代编的了。到了第二天，校长又来了一封信，说"本大学教职员无一非欧美留学生，贵友资格相差颇远。代课虽系暂局，亦非所宜。与其代课而生问题，不如任其暂缺"。轶尘看了这封信，又不啻是兜心一拳。

但是这两件事情，还算不得轶尘的大打击。他所最痛心的，是他有一个表妹，学问很好，相貌也很美丽，和他爱情十分浓厚。虽然没有订过婚约，却已两心相印了。轶尘自从依随了槐堂之后，每月拿着这十分之二的酬报，经济上却也比前宽裕了许多，便动了室家之念，向他那表妹求婚。谁知他那表妹，只是支吾着，不肯明白表示态度。如此延挨了好久。有一次，轶尘再也耐不住了，便要切实问她一句到底答应不答应。他那表妹被逼不过，便毅然回复道：老实对你说罢。你的学术、性情、品行，没有一件不使人爱敬。所以我历年以来，也早已拿定了一个主意，情愿以身相许了。但是近来为环境所冲动，倒又另换了一种感想，只因你……说到这里，又顿住了。轶尘忙追问道：只因我怎样？莫非说只因我家道贫寒，不能维持尔我的生计么？他那表妹忙道：不是不是。我的见解，何至如此卑陋，竟注意到金钱问题上去了。轶尘道：那么到底是为什么呢？他那表妹道：说出来你不要怪我。论你的人材，却也算得是出众的了，论你的头衔却还有些欠缺。如今社会上慕虚荣的人多，讲实际的人少。一个女儿家，倘然和有名人物结了婚，便有说不出的许多光荣，万一嫁了一个庸庸碌碌的夫婿，那就没有扬眉吐气的机会了。我抚心自问，无论如何，也还不能屏除这虚荣的观念。所以对于婚姻问题，万分对你不起，只好割弃爱情，偏重体面。简而言之，是别有所属，已经另订婚约了。我也并不是个不辨好歹的人，深知道我目前订婚的人，学问品格都不如你，只有一件，却是你不如他。在这一件上面，你可就失败了。轶尘又问道：我不及他的到底是哪一件呢？他那表妹忍不住嫣然一笑道：他是个外洋毕业的博士。轶尘听见这句话，由不得浑身血脉都跳动起来，哭丧着脸道：博士的效用却这样大吗？请问你所属意的博士，究竟是哪一位。说出来也好让我知道崇拜。他那表妹道：我在别人面前还没有宣布，但是对于你我不妨直说。我允许和他订婚的，便是那声名浩大的王槐堂。他不是天天和你在一处么？只是关于我们缔结婚约的事，谅来你也不得知道。轶尘听见这句话，倒反发出一种怪笑来，说道：我道是谁，原来就是他。总算你的眼力好，善于抉别。可是有一句话也不能不告诉你。你可知道你这个未婚夫婿挂着留学生的幌子，阔是阔极了，但是他这块幌子，却还带着有个倒尽穷楣的人，在那里替他暗中撑持哩，哼哼。没有为你所唾弃的我，又哪里能够造成这为你所眷爱的他呢？说着便老实不客气，把他为槐堂捉刀的情形，一一诉说出来。说完了，便又呆望着他表妹，以为她心中或者有些感动。不料他表妹转点头微笑道：照此说来，便越发显得留学生的可贵了。你试想想看，有了你这样的才学，还不能自张旗鼓，一定要依傍着他的门户，才能立足，那么请你替我打算，倘然二者择一，究竟何去何从呢？我劝你也不必懊丧。我们夫妇关系，虽然不能成立，友朋之谊，却依然存在。你又在他那里办事，以后彼此依旧可以朝夕晤面，岂不甚好呢？他表妹只顾这样说，轶尘却一言不发，直僵僵地站在那里，好似失了知觉。

留学生二

吴轶尘因他表妹这一番话，受了极大的刺激，便起了一个决心，无论如何，非到外洋去留学不可。但是留学的先决问题，便是经济。提到经济，可就千难万难了。要说官费罢，一时哪里有这机会，便有机会，也就被他人捷足先得去了，哪里还轮得到轶尘。要说自费罢，照轶尘的家境，自然是担负不起。不得已只好和亲友商量。第一个先向王槐堂表示意见。论槐堂这时的情形，要教他借些钱给轶尘，倒不至于十分拒绝。只是他正靠着轶尘做里子，如何肯放他去留学？便力劝轶尘说，留学也不过是个名目而已，何必定要费了许多钱去吃这一场辛苦。轶尘听他这样说，也就不再和他噜苏了。但是除了槐堂以外，其余亲友里面，更找不出一个知己来。大概说到留学没有一个不赞成，也没有一个人不恭维。只要一提到借钱两字，可就立刻改变论调，要避之若浼了。轶尘看见这般情景，只好暗地叹气，差不多把留学的这条雄心，也就快打消了。谁知他正在这一筹莫展的当儿，却忽然有一个意想不到的人，肯出来担任学费，成就了他这番心愿。这也算得是轶尘的幸运。此人是谁？原来是轶尘的师母。

轶尘在学校里的时候，国文成绩，差不多是全校之冠。那国文教师何霭人很赏识他。后来轶尘的父母，相继去世，家况萧条，几乎辍学。也亏何霭人一力资助，才能毕业。所以轶尘对于这位恩师，是很感激的，平时也常在霭人家里走动。便是他的师母李氏、师妹静贞也几乎无日不见。近年霭人已经逝世，轶尘因他家中只有母女两人，为避嫌起见，踪迹便渐渐地疏远起来。后来又就了槐堂那里的职务，终日忙忙碌碌，没有片刻的闲暇，就轻易不上他师母的门了。但是他这回想筹措学费的事情，却经人辗转传说被李氏听入耳中，无端打动了一桩心事，便着人去请轶尘来，先问他出洋留学要多少费用。轶尘答道：大概三四年工夫，有这么四五千块钱，也就很够敷衍了。李氏便恳恳切切地对他说道：我老实告诉你，你的老师是寒士生涯，辛苦了一世，固然挣钱不多，但凭着一家人省吃俭用，却也积蓄了有五千块钱。你老师去世以后，我们娘儿俩便靠着这笔钱存在银行里，放些利钱度日，倒也觉得宽裕了。前几天我听得人说你要出洋留学，苦于没钱，四处向人张罗，还不能凑手。我一想你老师生平最赏识的就是你，常和我说他教了几十年书，只有你这样一个得意门生，他若有这力量，一定要栽培你到底。倘然你将来能够出人头地，总算是衣钵相传，也可以为他吐气，足见他老人家对于你是期望很深了。如今他已是死了，再也不能顾全你了。但是我仔细一想，既然手头还有几个钱，何妨索性拿出来，成全了你的大志，谅你老师在九泉之下，也一定含笑赞成的。我所有的五千块钱，自然也不能全给你。我的意思，暂且留一千块钱作为娘儿俩的用度，其余四千块钱便借给你。倘然再嫌不够，只好由你自己再去凑足了。轶尘听了他师母这番话，不由一阵感动，双泪直流，忙向前跪下道：承师母这样厚爱，人非木石，自当知感。门生将来有寸进，一定要重重图报，便是这四千块钱，也应加利奉还，不敢教师母再受损失。李氏忙扶起他来笑道，你绝不要这样。须知我也未尝不有求于你，一面借钱给你，一面也要和你商量一桩大事。倘然你答应了我这四千块钱，也不能说借，也无所谓还，更谈不到利息两字了。轶尘听李氏这样说，转有些捉摸不定，忙道：师母有什么事，但请吩咐，门生无不遵命。李氏刚要开口，又顿了一顿，好像说不出口的样子，那脸上也登时露着些红晕。轶尘看她这般情景，更觉惶惑，转催着她道：师母有什么话，请快说罢。李氏被他这一逼，才忍不住说道：我有一件心事，想对你讲，只是这件事自己当面直说，觉得怪不好意思似的，但是到底不能不说。我说是说了，你倘然答应，自然很好。如果不赞成，便须为我严守秘密，不要随口张扬，嚷得外人知道了，倒害我有失面子。轶尘听到这里，猜不透他师母究竟有什么秘密心思，要向他宣布，把不住那颗心在腔子里突突地跳起来，转呆望着李氏，一语不发。李氏却又慢慢地说道：你老师一生只留下你师妹静贞一人，如今还没有婆家。你和静贞差不多和兄妹一般，在前几年是常见的。她的相貌也还端庄，性情也还贤淑，虽然没有进过学堂，自幼得他父亲教导，也还能知书识字。老实说，比较起如今这些一面孔假文明的女学生来，程度还着实高些。这都是你所深知的。据我一个人的想头，就将静贞许配了你。这虽然不是什么自由结婚，但是彼此都有真知灼见，较诸男女两家什么事都不知道，全凭媒人说话的，总好得多了。现在你既没有父母，我除静贞以外，也没有别的儿女。倘然你心下愿意，允了这头亲事，将来便是两家合成一家。不但静贞终身有托，便是我也就靠着你养老了。但不知你究竟意下如何。你如有别的为难地方，或者意中另有婚约，不妨老实告诉我。总之借钱是一件事，婚姻又是一件事，我也不过趁此机会和你商量。你若不赞成，这婚姻一层当取消。我的钱依旧可以借给你的，你总不肯负我，便是肯负我，也决不肯负你过去的老师。所以，打开壁子说亮话，我绝非是不放心这四千块钱，要将女儿嫁给你。你若以为我是借此要挟，那就是大大地误会了。轶尘听罢，也不假思索，急忙答应道：承师母不弃，门生除感激深恩以外，还有何话可说。但不知师妹心中是否赞成，也须取得她的同意才好。李氏笑道：不瞒你说，我也早已问过她了。我虽懂不得什么新学，但是这婚姻大事，自然也要大家愿意，不能由我一个人作主，转给人家批评是我家庭专制，可就不妙了。

　　从此以后，李氏的心愿是满足了，轶尘的目的也达到了。有了钱在手，便不肯怠慢，略置备了些行装，就附着海轮到某国留学去了。他程度本来是很高的，在留学生当中，自然可以压倒侪辈。三年以后也就得了达克透的头衔，洋洋得意地回国。这时候那李氏心中的欢喜还比轶尘加上几倍。见了面之后，就和他谈到结婚的事。轶尘便说：我和师妹两人年纪都已不小，此番学成回国，原应及时举行婚礼。但是目前还不过得了一个留学生的虚名，没有什么实惠，手头也依然拮据非常。倘然草草成婚，倒委屈了师妹。问心实是不安。不如稍缓几时再说。门生留学外洋，学的是法政，目前还打算到北京去一趟碰碰机会。倘能一朝跳入政界，场面自然阔些，经济也自然宽裕些。那时节再行结婚，两家都有些光彩，可也不负师母栽培我的这一番苦心了。李氏听他这番话说得很有道理，便也点首赞成，却又问道：你说到北京去谋事，固然不错，但到底有门路没有。倘然没有人提掣，岂非也是件难事？轶尘道：这倒不消师母过虑。我在外洋留学时节，很受那大学校长的赏识。那位大学校长和我国现任外交总长，从前恰是同学，并且很有交情。门生此番回国，便求那校长写了一封荐书，说得极其恳切。我拿了这封信去见外交总长，总可以有些效力。如今的官场，说穿还是和前清一样，处处都崇拜外人，大约这外国同学的一纸介绍书，也许比中国式的八行，格外来得灵验哩。李氏道：既然如此，那就更好了。事不宜迟，你还是赶快进京去罢。当下又拿出二百块钱来，送给轶尘作为程仪。轶尘也只有老老实实地收领。他心中对于这位未来的丈母，真是万分感激，转觉得谢不胜谢了。

轶尘进京以后，时常有信给李氏，说所谋事很有希望。总长已经面许，一俟有了相当位置，便可设法补充。隔了几个月，又有一封信来，说已补了外交部的主事了。目前甫经就任，不便遽离职守，再缓些时，便当请假回南，举办喜事。李氏和静贞看见了这封信，自然说不出的心头快活。可是从接到这一封信之后，轶尘方面，便音讯杳然。李氏常写信去，也没有一封回信。起初只当他是公事忙了，也还不甚在意。后来将近一年多，始终并无片纸只字。李氏不禁惶急起来，又苦于北京方面，没有熟人，可以探听消息，万不得已，便和静贞商量，好在自己年纪还不算大，可以吃得起辛苦。北京虽远，有了火车，交通也很便利，便命静贞看家，亲自带了个女仆，进京去找轶尘。到京之后，住在一家小旅馆里。第二天便雇了洋车到外交部里去访问轶尘。部里的听差见是位女太太，到部里来找人，又说是从南方来的，心下颇有些纳罕，便问找谁。李氏说找部里的主事姓吴的。内中有个听差便说道：本部的主事里面，没有姓吴的呀，请问你找的这位吴老爷，大号是什么？说明白了，我们就好通报了。李氏道：他号叫轶尘。那听差道：啊呀，那是新升参事的吴大人呀，你怎么还说他是个主事哦？不错，他在一年以前原还是个主事哩。说罢，一面便引李氏到一间客室里坐下，一面便进去通报。李氏坐在客室里，想这听差的话，觉得又是欢喜，又不免有些疑惑。欢喜的是轶尘进京，不过一年，居然升了参事了，可谓隆隆直上。只怪自己无从问讯，又不常看报，所以不能知道。疑惑的是，轶尘既然如此得意，何以这一年多没有音讯，岂非令人难解。她正在那里独自沉吟，那个听差早又跑出来对她说道：这吴大人今天没有到部，请你明天再来罢。李氏道：他公馆住在什么地方？谅来你们总知道，请告诉我，我便好到他公馆里去找他。此地是办公之所，我一个女流，常来常往，也很不方便。听差答应了一声，便将轶尘的住址，另外开了一个字条给李氏，李氏也不回旅馆，就照着字条上所开的地址，径往轶尘公馆中来。先向门房说要见轶尘。门房便道：我们老爷一早就出去了，每天晚上都要到十二点过后才能回家。请明天一早来可以见得着，或是有什么话先请留下也好。李氏想了一想，便道：我也并无别事，等你们老爷回来，只说是他的师母亲自来京找他，住在荣升旅馆二十四号。请他到我那里来一趟就是了。门房听见李氏是他主人的师母，又说得这等大模大样的，倒也不敢怠慢，忙一连应了几个是字，李氏便自回旅馆，以为到了明天，轶尘必定会来。谁知等了一天，也没见他的影子，第三天一早便又坐车到他公馆里去。门房一见了她，便冷冷地道：老爷有要紧公事，昨天晚车到天津去了，要五六天才能回来哩。李氏又摸了一个空，不得已怏怏而归，到了六天之后，又赶得去。门房便说人是回来了，却是事忙得很，不能会客。李氏只得又忍着气折回旅馆。如此又一连去了三次，始终没见一面。到了第四次，李氏到他公馆门口，只见一部汽车停在门外，李氏心想这大约是轶尘坐的汽车了，今天总许还没出去，可以见面，便问那汽车夫，这汽车是不是吴家的。汽车夫点点头。李氏便欣然入门，先对那门房说道：你家老爷今天谅必在家。门房像不肯理她的样子，连问几声才大声答道：又出去了。李氏再忍不住，便指着汽车问道：老爷出去了，汽车何以还停在这里？门房冷笑道：你倒问得好笑，老爷的汽车难道一定要老爷坐，别人就坐不得么？李氏听他这样说，觉得话里有因，正想再问，忽听得里面说道：太太出门了，汽车预备好没有？这门房便拉着很高的嗓子答道：预备好了！顿时三四个仆妇簇拥着一个珠围翠绕的丽人出来，走过李氏身边，微微看了一眼，也不说什么，便上了车，呜呜的几声，就风驰电掣地去了。李氏心下，很是骇异，忙问门房：这是谁家的太太？门房大笑道：你这人好呆，说是太太，便是我们家的太太了，还说什么谁家的太太。老实对你说了罢，我们这位太太便是现任外交总长的妹子。老爷没有这么大照应，他这个官就能升得这样快么？李氏一听此话，由不得啊呀一声，觉得眼前漆黑，便咕咚一声，滚倒在地。

恋爱之镜

王子群是一个很著名的医生。他年纪很轻，从德国留学回来，便在普惠医院里面当主任医士。他学识又高，心思又细，治起病来真是手到回春，所以不到一年，声誉鹊起。他便于医院而外，又自己在普爱路十二号另设了一个医室，是一所一楼一底的小洋房。他还没有家室，只一个人住着，也就够了。至于应用的电灯电话，都是由以前房客装置齐备的。他便出了些顶费，顶了下来，再将门面略略修葺，就焕然一新。

他悬牌的最初几天，真是门庭若市，在规定的诊病时刻以内，简直应接不暇。非但人忙，便是那电话匣也很忙，一天到晚丁零零地响个不住。在他进新屋的次日下午将近五点钟光景，他正疲乏极了，想休息一会，那电话匣中的铃声却又响起来了。他赶忙走过去一接，只听得有一种很尖脆的声调问道：你是谁？子群答道：我姓王。那边便问张先生在此没有。子群答道没有。那电话丁零一声又摇断了。子群以为是人家打错了电话，并不在意，谁知自从这天起，接连两天，都是如此，而且电话打来，总在这一定的时候，说话的又总是这一种声音。子群觉得很有些奇怪。到了第三天下午五点钟，那电话又打来了。子群听他问了一句"你是谁"，便忍不住说道："你天天打电话到此地来问张先生，到底你查清了电话号数没有？"那边答道："电话号头是烂熟的一千三百九十二，哪里会有错呢？"子群一听电话号头，果然不错，便道："此地没有姓张的呀。"那边好像很惊慌似的，说道："怎么说没有姓张的？也许他是出去了，或是出门还没有回来，却断乎不能说是没有。"子群听着这话，猛然想起，忙道："此地现在是姓王的住着，的确没有姓张的。你问的张先生恐怕是以前的房客，早已搬去了。"那边忙问道："是真的么？你就是新房客么？你搬进来多少时候了？"子群道："我进屋还不过第四天，但是以前的房客却搬去了差不多有一个多礼拜了。这是我听那经租账房说的。我租进来的时候，这房子已空了好几天了。"那边道："那张先生可留下什么通信处没有？"子群道："也许他曾留下通信处交给账房，但是我却不知道，门上也没贴出什么字条。"那边道："那么谢谢你，请你代问一声账房，如果张先生有通讯处留下，请打电话告诉我。"这时候听那边的声音，虽然还强持着在那里和子群问答，但是那声调已带着十分悲哽，好像要哭出来的光景。子群着实不忍，忙道："你放心，我总代你去问，但你是什么人，你的电话是什么号头，也请告诉我。不然教我如何来通知你呢？"那边又道："我这里是成德女学。我姓殷，是这里的学生，电话是三千二百二十四号。你只要问姓殷的就是了。"子群道："单问姓殷的也不行，或者你们学堂里人多，姓殷的不止一个，最好请你将名字告诉我。"那边略停了一停，又接着说道："名字不必说，你只要问三年级的学生里面有个姓殷的，便没有第二个人，不会缠错的。但是我的事情很要紧，务必请你立刻替我一问，越快越好，费心费心。"子群又答应了一声晓得了，那电话匣中一阵铃响，便又摇断了。

子群放下了电话，便特地去找那个经租账房来，问道："你这里以前的房客，是否姓张？"账房道："是的。"子群道："他叫什么名字，是做什么事情的？"账房道："他在上海商界里面，也颇有些小名气，说起来或者你先生也会知道。他就是张静荪呀。"子群道："我倒不大晓得这个人。你且告诉我，他走了之后，有什么通信处交给你没有？"账房道："没有，并且他到什么地方去，也没有告诉我。"子群沉吟道："这倒难了。"账房道："你先生何以要打听他的通信处？"子群道："不是我要打听，实在是另外有人托我代问，而且这托我的人也来得很是蹊跷。"说着便将连日电话中的情形告诉了那账房。账房想了一想，道：是了是了，这里面一定大有曲折。这张静荪虽然平日也有些小手面，但是年纪很轻，总不免带些滑头性质。至于他租这房子的情形，尤其觉得古怪。这房子虽说是他出面租的，其实他自己并不住在这里，住在这里的只有一个女子。他将楼上作为那女子的住房，下面便略略布置作为一间办事室，还挂了一块群业公司筹备处的牌子。他和那女子的关系真有些莫名其妙。说他是正式的夫妻吧，实在不像。照他们的形迹看起来，倒像是临时结合的姘头，但是他们在这里住了一年多，张静荪只有日间常在楼上和女子谈天，不避形迹，晚上却没有在这里歇宿过一夜。若是姘头，又断不如此。这是因为他用的那个娘姨，和我家里的用人很相熟，没事的时候常到我家里来。我听他们这样讲，所以知道那娘姨还说连她也猜不透这一男一女究竟是怎样一种关系。不过起初两人的感情似乎很好，后来却越弄越坏了。那女子性情很温和，很庄重。张先生却是个飞扬浮躁的人物，近来对待这女子时常声色俱厉。那女子总是逆来顺受，只有哭泣的份儿，并不和他十分争论。一礼拜以前，那女子忽然说是进女学堂读书去了，将那娘姨也辞歇了。那女子去了不到两天，张先生便对我说要出门去一趟，这房子想退租，至于房子里面的电灯装修之类，情愿廉价顶给我，将来再由我顶给别的房客。老实说，自然可以赚几个钱。我见他房租丝毫不欠，自然乐得答应。他便将群业公司的牌子除去，匆匆地搬走。现在那学堂里面打电话给你的女学生，或者就是从前住在此地的那个女子。照这种情景，莫非张先生有意弃她而走？但是张先生的去路简直无从打听，你便打个电话给她，说通讯处没有留下就是了，其余的话也不必噜噜苏苏去对她说。我们自己的事情都忙不了，哪有工夫去再管别人家的闲事呢？说罢便自去了。子群听了他这番话，却也无可奈何，便打了一个电话到成德女学去问那姓殷的学生。果然隔了一会，就有人来接。子群便告诉她说已问过经租账房，知道那姓张的自从你进学堂以后不多几日便早已搬去了，也没留下通讯处。究竟到什么地方去了，也没对人讲明，无从知道。说完了那边也不答言，停了一歇，才道："多谢费心。万一那姓张的再来，请你再打个电话通知我，拜托拜托。"说这几句话的时候，竟带着些哭声。子群倒真有些不忍听了，拿着听筒，只管呆呆地立着好半歇，才退转身来，坐到那只摇椅上，默默地揣测，觉得里面总有一段秘史。那女子一定是遇人不淑，上了大当了。想到此就平添了许多感慨。

子群虽然另外设了一个医室，却每天下午，仍到普惠医院里面去诊治病人。一天他到了医院，便有人对他说道："今天我们医院里面，有人送来一个女子，说是急病，几个助手医生都诊断过了，却说不是急痧，像是中了毒，但一时还决不定。"子群道："既然决不定，如何施治。这事岂可迟延，为何不早来通知我？"医院中人道：才送来没有多久，知道王先生天天是准时而来，马上就快到了，所以也不再打电话来了。子群听说，便问道：是哪里送来的？答道：是一个女学校里送来的。子群也不暇再问，忙赶向病室中去，只见那几个医生正在那里七张八嘴地讨论。子群急忙向前将那病人细细地诊察了一回，忙道："这分明是服毒，并且服的是磷毒，须要赶快施救。"当下便忙着用药水灌救了一会，那病人便大吐起来，吐了一会，渐渐地苏醒转来。子群便道："这磷质毒最为猛烈，况且服的时候久了，脏腑已经受伤，便是一时略略清醒也还没有把握。须再用心调治。"当下便又开了一张方子，吩咐助手配药给她吃，又叮嘱看护妇小心服侍。刚调度完毕，外边有个仆役送进一张名片来道：有个女客来访王先生，说是有要事面谈，请立刻出去一见。子群接着名片一看，只见上面印着余芷嫣三个字，忙道：这是我的表姊呀，多时不见了，却赶到医院里来看我做什么。说着忙走到会客室里去。他那表姊芷嫣，已在那里等着，一见了子群，忙道："好久不会了，你可知道我如今老远地赶来，有什么事？"子群道："这哪里猜得到呢？莫非是有人生病，要找我医治？"芷嫣笑道："你怎么一开口就咒人生病？但是我到此地来又确是为病人的事，便是要请问你方才送来的那个女学生，到底怎样了？可有危险？请你告诉我。"子群道："你要问我，我倒先要问你，这女学生究竟是哪一个学校里的，和你又有什么关系？"芷嫣道："我新近担任了成德学校里的教务，她却是成德女校的学生。"子群听得成德学校四个字，顿时心中一动，忙道："她是成德学校的学生么？那么她莫非姓殷？"芷嫣讶然道："你怎会知道她的姓的？"子群道："这个你且莫管。到底她是怎样起病的？请你先告诉我。"芷嫣道："她叫殷丽瑛，是个新近来的插班生，资质很聪明，性情也很沉默。只上了一个多礼拜课，全校的教师已没有一个不称赞她。只是据那舍监的报告，说她下了课之后，时常愁眉深锁，像有什么心事一般。最近这两天格外神气萧素。舍监问她，她便说有些儿小病，要请假出去医治。舍监答应了。她便接连出去了几次，但是晚上依旧回校的。看她身体上似乎没甚大病，但是神态之间竟有些失魂落魄的光景。舍监很疑心，便去问她。她也含含糊糊地没甚话说。今天她却又不出去了，只在养病室躺着。先还好好的，到了下午养病室里的女役忽来报告说，她骤然之间神色大变。校长舍监都很惊慌，跑去一看，已经不成模样。我们校里又没有校医，大家纷纷猜测认定她是病势转变。论理就该报告家属，但是她家属又不在上海。她入校的时候是她一个哥哥送得来的。据她哥哥说，自己便是保护人，学费也是他付的。只是问他住址，他却说眼前正要迁移，等搬定了再讲。所以这回她病了，仓促之间，竟没有办法，只好赶紧送到医院里来，送院之后，我恰巧到学校里去。校长便和我谈起此事，又道接着送来的人从此间打去的电话，说医生认为服毒。校长格外惊慌，就想自己前来探视。又适值学校里面今晚有个讲演会，不能不在那里招呼，苦于分身不开。我一听他们送的是普惠医院，便和校长说这个医院里是由我表弟主任，彼此至亲，有什么事都可细谈，不如我来走一趟吧。这算是我自己讨的差使。如今我来是来了，究竟这殷生是急病还是服毒，请你快说。"子群道："的确是服毒。不过还可以救。你来最好了，我还有一件事可以说与你知道。"说着四面一看，并没有别人在面前，便把前两天通电话的情形告诉了芷嫣。芷嫣听了不禁大骇，忙道："怪不得你一提起成德女学的学生，就猜中她是姓殷。如此说来，这里面大有缘故。可以断定她是因怨愤自戕，只还不知道其中的详细情形就是了。"子群道："为今之计，这救治殷女士之责，自然有我担负。不过你回去的时候，在学校里面除了报告校长舍监而外，在别人面前大可说经我断定，到底是急病不是服毒。适才的电话，是缠错的。至于你们那里送病人来的仆役，你也须暗中嘱咐他们，休得声张。医院中自有我会关照。可以教他们守秘密。这样一来，不但保全了殷女士名誉，也保全了贵校的声望。不然，一经传布，就不免要引起外间的疑谤。据我看这殷女士的身世，一定十分可怜。我们以后一方面须要调查此事的真相，一方面对于这样一个无告的弱女子，还当加以爱护才是。"芷嫣道："你这样设策，我要代表敝校道谢了。如今准是这样办，殷女士目前既还在危险期内，我也不去看她了，免得再引起她别的刺激。我们有什么事随后再商量吧。"说完便匆匆别去。

子群这夜因为料量医药，须要随时留心，竟没有回他自己的医室。直到夜深十二时以后，又诊了诊病人的脉息，验了她的呼吸和热度，知道是可以脱险了，才吩咐看护妇好生服伺，自己就在医院内下榻。明天早晨，成德学校就有电话来问王医生在院中没有。子群亲自去接听，却是芷嫣打给他的。问病人可好些了。子群答说大致已经无碍。芷嫣便说即刻就来，还有事相商。一会儿芷嫣果然来了，问起子群，知道他昨夜住在院中，便道："你真热心。我总以为你住在家中，时候太早，还没有来，所以先打个电话来问你，谁知你竟累了一夜。像你这样的医生，真是不可多得的了。将来殷生如果大好了，一定很感谢你哩。"子群道："这是我做医生的应尽之责，本不足言谢。况且我平时对于别的病人，也丝毫不肯疏忽的。这回既受了姊姊的嘱托，又看着这殷女士实在可怜，我们为扶护女界起见，自然格外要尽心了。我且问姊姊，今天一早就来，是否要想去看看那殷女士。其实她还神气未复，最好让她再休息一两天，不必见客。"芷嫣道："我原不要去看她。我此来是因为她所以求死的真相，已经可以完全明白了，因此，特来告诉你一声。我昨天回去便照你的话报告校长，当下便在养病室中细细一查，果然发现一匣火柴，一根根都没有头了。这是昨天一时匆促，并且想不到她好端端的一个人会觅死，所以没有检点。后来又在她睡的枕头底下，找到一封信，拆开来一看，才知道她以前种种事迹。这原信件我带在这里，请你一看，就可以彻底明晓了。"说着便从怀中取出一封信来递给子群。子群先瞧那字迹，倒也十分秀媚，再从头往下看时，只见上面写道：

丽瑛死矣。丽瑛曷为而死，质言之，则以遇人不淑，悲愤自戕。此一死至无价值，更何必有言。然不必有言而仍不得不言者，则以丽瑛之死不足道，而其所以致死之原，则大可供社会之研究，资女界之借鉴。因复为此书，上诸校长，愿以个中真相，付当世公论，不必为瑛讳，则瑛死而有知，纵蒙恶名，受唾骂，亦殊无憾矣。瑛浙人也。父某，以商业致富，有声于乡里。瑛曾卒业于高等小学。嗣又入中学肄业。平时颇以成绩优美，见称于师友。瑛亦窃自负，谓异日必当有所树立，为女界增光。又孰意以阅历过浅，未能识别善恶，遂为荒伦所惑，致铸成大错，莫由自拔耶。伦为英国留学生，负才名，归国后，即从事商业。其人与吾家凤有世谊，因时相过从。吾父素轻其为人，斥为浮薄。而瑛则甚慕其才，谓新人物自当发扬踔厉，安得遽目为浮躁。老父所见迂也。久之瑛乃为情网所罩，不能摆脱，竟允彼求，与订婚约。事定始白父母。母故仁慈，无所可否。父性至褊急，以瑛拂其意，怒甚，谓婚姻自由，在所弗禁。特今兹所托非人，必贻后悔。执不可。瑛虽未敢显与父抗，然溺于情爱，方自谓矢志靡它。父益恚，即语瑛曰：汝苟必欲逆父命而从某者，是心目中已不复有父，宜速远我，生死勿相问也。吾意已决，去留迅自择。瑛闻言，惟饮泣而已，亦终不言愿承父意也。父至此，乃太息痛恨，但促速行。嗣以母氏缓颊，畀瑛千金，为生活资。瑛尚犹豫，伧复怂恿再四，谓此特暂别耳。后此时过境迁，老人意转，当又复相聚，骨肉之情未绝也。瑛为所动，遂惘惘出门，从伧来沪。先是伧曾语我，谓抵沪后即当行婚礼。顾既来沪，但赁屋居我，而不言结婚，且求同室。瑛力拒之，谓若是则苟合耳。在婚礼未行以前，可共言笑而不能同居。否则我岂淫奔者流？非鸦非凤，人其谓我何。伧闻言，亦不复敢以非礼相迫。但察其意殊怏怏。居久之，瑛复以结婚事相询，彼辄支吾其词以对，屡问皆然。瑛始稍稍疑之，然尚不虞其有他也。来沪后数月，彼忽云有事需款，向瑛假八百金。瑛慨然予之。顾阿父所畀千金，至此已垂罄矣。彼得金以后，遇我转冷酷，不恒以好颜色相向。瑛至此乃渐悟彼之薄情，然已无及。此中日月，已常以眼泪洗面矣。最近彼忽告我，谓瑛学识未充，宜再求学。俟学业有成，再结婚未晚也。瑛韪其言，彼乃为我报名入本校。诡言兄妹，亦不以居址相告。虑此中内幕，为人窥破也。彼密与瑛约，云将有秣陵之行，一星期必返。返则即来视我。瑛信以为真。顾入校已久，杳无消息，而校规綦严，寄宿生除疾病求医外，非有家属证明，例不得给假外出。瑛不获已，姑以电话探询，始知屋已转租，人亦不知何往。瑛乃大惊异。盖当瑛入校时，彼尚谓此屋既久定为勤业公司事务所，必不迁。瑛向所居室，今既空无人，彼将自处之，取其便也。今乃舍此他适，事必有变。瑛遂托病出校，就彼平日所稔诸友人处，辗转探询，卒无确耗。旋于途次偶遇彼旧日所雇车夫，微泄其事。始知彼已别有所眷，殆弃我而去矣。瑛至此，已山穷水尽，呼吁无门。计惟一死，藉了此孽。然深愿历述所遭，告吾女界，俾引为前车之鉴。瑛虽死，仍不反对自由恋爱。第自由二字，至不易言，必具善知识，有真眼力者，乃可以言自由。否则举世滔滔，无非诱人之魔鬼。为女子者，偶一不慎，即为所噬，侈谈自由，实等自杀。至于剿窃新词，附会学说，放言高论，似是而非，尤若辈诱人之工具也。和泪上书，语无虚饰，鸟死鸣哀，伏希垂察。

殷丽瑛绝笔

子群看完了这封信，便长叹道："这殷女士的所遭，处处觉其可怜，却又处处觉其可敬。她的错误，全在阅历未深，目光太浅，所以容易上当。但是她虽为狂且所误，依然守身如玉，没有堕却贞操。这就是她的不可及处。至于她这封信，固然满纸幽怨，但是某伧的姓字到底不肯宣布，自己既然牺牲一身，却还要保全别人的名誉。这种用心，真是难得。"芷嫣道："你的话很不错。便是她信上要求校长将事实宣布，也只是要劝告女界的意思，并非为自身辩冤泄愤。足见她思想很是高尚。不过她目前既然有救，可以不死，这书信却就不必宣布了。"子群道："那个自然。但是一层，殷女士的生命，固然是绝无妨碍的了。我倒很代她虑到以后的结局，又怎么样措置。"芷嫣道："照眼前的办法，最好待她身体复原以后，便去询问她的家乡住址，依旧报告家属，将她送回。料想她父亲将她迫逐，也不过是一时气愤，未必真个恩断义绝。再经旁人劝解，一定可以挽回。舍此而外，似乎没有较妥的办法。"子群道："你这又是呆话了。她既为了婚姻问题，家庭间起了冲突，当然有不能回去的苦衷。在平常的女子，或者还肯去哀求她的父亲，重行收留她转去，但像殷女士这种人，志气一定是很高傲的。她既已绝裾远出，如今不幸又为人所弃，教她有何面目，归见江东？所以决计一死。你只要看她那封绝命书上，连她父亲的名号，始终没有说出。这固然是要顾全她父亲的面子，免得到处喧传，供人议论，但也足见她的意思，是身死之后，不愿再给家人知道了。死且如此，何况于生。你要教她再说出家乡住址来，预备送她回去，我预料，她是万万不肯的。"芷嫣道："那么她既不肯回去，又没人照顾，漂泊一身，到底作何结束呢？"子群沉吟了半晌道："我的意思，为今之计，只要先维持她的学业，等到她卒业以后，就可徐图良策了。"芷嫣道："据校长说，她进来的时候只付了学费，其余膳宿费一钱未付。这个本校还可吃亏，但是她离开毕业还有一年半，成德是个私立学校，经费很是支绌，要教她在本学期终了以后再维持一个学年，任其完全免费，恐怕又是万做不到的事。"子群道："你又误会了。我的意思是要想将殷女士以后的学膳费一律由我担任，免得她学业中辍。"芷嫣道："你和她毫无关系，忽然为她担任费用，在你固然是一片热心，在她又岂肯无故受人之惠呢？"子群道："唯其如此，所以还要求教于你。我出了钱，却由你出名，你和她是师生，做先生的，特别培植一个学生，也是常有之事。我料殷女士在这进退维谷的时候，一定可以欣然从命。至于这种变通的办法，殷女士面前可以不必说明。要知我所以如此，不过为护助女界起见，并非要市惠于殷女士一人。若教她晓得了，反为不美。"芷嫣笑道："你才说殷女士可敬，我听了你这番话，却觉得你也是男子中极可敬的一个人物了。你既立意如此，就照这样办罢。不过我对于自己的学生，没有这力量去帮助她，却还要慷他人之慨，顶着这个空名儿，自问倒很有些惭愧哩。"

隔了一年多，成德女学里，开了一个毕业生游艺会，表演的成绩，十分优美。这毕业生的第一名是谁？便是那殷丽瑛女士。丽瑛此番毕业，论她心中，第一个感激的，便是本校教师余芷嫣。她这一年以来，每逢假期，因校中没住，便住在芷嫣家里。芷嫣对她，真是提携教诲，无所不至，分属师生，却情同姊妹。丽瑛毕业后，和芷嫣依旧是朝夕相亲，不离左右。一天两人在闲谈中间，又提起丽瑛求学的事情。丽瑛道：“我蒙先生逾格栽培，得能勉强卒业，不致半途而废，实在万分感激，但教我如何图报？”芷嫣听说，沉吟了一会便道：“我有一句话，久已要想对你说，因为我受人嘱咐，教我暂守秘密，所以向没提起。如今你已毕业，实际上也是达到目的，再无问题了。我若永远秘而不宣，简直是掠人之美，如何使得。老实告诉你，这补助你学费，维持你学业的确是别有人在，我不过居一个名罢了。你时常口口声声说感谢我，我听着只觉得惭愧。论理你不应该谢我，还该谢他。”丽瑛听了此话，十分惊异，忙道：“先生这话，突如其来，实在令人不解。到底这暗中扶助我的又是谁呢？”芷嫣道：“这个人是谁，你知道了，谅也十分纳罕。便是那年你九死一生，被他救活的王子群医生呀。”当下便将以前事迹，从头至尾向丽瑛说了一遍。说完又道：“论他助你的学费，为数也并非甚巨，原算不得十分稀罕，倒是他这番用心，很足令人敬佩哩。”丽瑛到此，真是如梦初觉，忙道：“照先生这样说，此人与我非亲非故，却救了我的生命，保全了我的名誉，又助成我的学业，还要守着秘密，不求人知道。这真是圣贤豪杰的胸襟了。但是我这个人，却未免太可笑，从前明上人家的当，不能识别。如今却又暗受人的恩惠，毫无觉察，真算得懵懂一世。”说着那眼圈儿便红起来了。略停了一歇，又道：“我从前不知道倒也罢了，如今既晓得了，当然对于这位王先生，不能不表示一种谢意。我很想请先生介绍，几时亲自到他那里去道谢一番，但不知他如今住在哪里，离此有多少远。”芷嫣道：“他的医室，还在普爱路十二号。”丽瑛呆了一呆道：“依旧在普爱路十二号么？”说着那眼泪便忍不住落下来了。芷嫣知道这地方原是她的旧居，未免触起旧恨，也着实有些代她伤感，忙道：“据我说你也不必一定登门言谢了，还是缓一天待我去约他到此地来，大家谈谈倒也好。”丽瑛不语，只点点头。隔了几天，芷嫣果然将子群约来和丽瑛相见。彼此觌面之下，在丽瑛无非表示感谢，在子群无非竭力谦逊，此外也无多话。只是丽瑛见了子群以后，倒又另起了一种感想，便先和芷嫣商量，想从子群学医。她说我如今虽然有了中学毕业的资格，但自问所得的不过是些普通知识，并无专长，足以应世。女子性质最宜习医。倘然学医有成，将来便好作为一种职业，岂不是好？不过那王先生和我并无丝毫关系，他不过仗着一片热心，肯这样地扶助我。如今我既平白无故地受了他经济上的厚惠，已经问心难安，若再要去请他教授医学，岂不是无厌之求？自觉难以启齿。芷嫣听了她这番议论，便道："你既有志医学，这是再好不过的事情了。子群那里，待我去说，包他一定赞成。"当下也不耽搁，竟特地去找子群，和他说了。子群一口答应，道是普惠医院中，本来是有女看护妇和练习生的，目前就叫丽瑛到医院里去充当学生，一面由子群每日教授她些医学知识，一面又可以实地练习，当然易于进步。芷嫣就去答复丽瑛。丽瑛自然欣欣求教。从此这丽瑛和子群，便成了师弟。

隔了几个月，芷嫣偶然到医院里去探望丽瑛，只见丽瑛在那里看医书，弄药瓶，十分高兴。两人略谈了几句，子群也来了。芷嫣便笑问道："你这个学生收得怎样？不至于累先生怄气么？"子群也笑了笑道："殷女士肯来求学，我们医院中是十分欢迎的。她天资很高，又肯勤学，不多几时，已高出侪辈了。"芷嫣道如此我这个介绍人也很有面子了。说到介绍两字，忽然心里一动，只对丽瑛看了一眼，也没说甚么话。又过了几天，芷嫣特地亲自到子群医室中来，适值子群这天稍觉清闲，没有什么人在那里候诊。芷嫣便笑嘻嘻地对子群说道："我今天到此，实在有一件正经事要和你谈。"子群道："什么事？"芷嫣道："我素来性急，不喜欢绕圈儿说话。老实说，我想以塞修自任，教你和丽瑛两人，结一个美满姻缘。我想你们两人虽然彼此光明正大，并无些儿女私情，但是就事实上讲起来，你对于她既然是异常怜惜，她对于你又是十分感激。至于双方的年貌知识，也很相当。我这个撮合，自信很做得不错呀。"子群听罢笑了一笑道："我真想不到你今天忽然来提议到这桩事情。但是你既提议到此，是否已经取得殷女士的同意？"芷嫣道："还没有。我想先问了你，再去和她说。不然万一她赞成了，你倒反对，岂不教她面子上下不来？这些地方似乎比较的对于女子应该格外尊重些才是。"子群道："你的用心，很是周到。不过恐怕要辜负你一番盛意了。"芷嫣愕然道："你当真反对么？"子群道："我以前和殷女士毫无瓜葛，所以竭力地扶植。她自然是激于一时热忱，并非有所私爱。倘若今日之下，居然结为夫妇，人家必定要疑我当初就有此心，纯乎是为自己设想。但我也并非是个沽名钓誉的人物，并不怕人家这些空议论。况且像殷女士这样的人才，得为配偶，也算是终身之幸。我也决不能学那些假道学的人，故意说出许多矫情话了。不过据我的猜测，可以断定你这种提议，倒不是我要反对，殷女士一定不能赞成。因此说要辜负你的盛意了。"芷嫣摇摇头道："这大约是你设辞推托罢了。丽瑛那里，我看决计不会拒绝。"子群道："你说这话，足见你料事的见识，还算不得十分高。"芷嫣被他这一激，转有些薄怒道："你何以能知道她一定反对，请将这个理由，说给我听听看。如说得不错，我也佩服你。"子群道："这个理由，姑且不必说。总之你不信且去一试，就知道我所见不差了。"芷嫣道："你这样说，我倒偏有些不信。我们改天再谈吧。"说着就赌气走了。到了明天，芷嫣又来访子群，一进门就笑道："你的见识，果然胜我十倍。我这个人，总还有些一厢情愿的孩子气。昨天从你此地出去，就急急地到医院里去看丽瑛，很婉转地将这番意思说了。谁知他听了我的话，没有开言，倒先流下泪来。我大为诧异，忙说这是我个人的意见，也并非受我表弟的嘱托。说得不对，不过算是一句闲谈罢了。尔我原是知己，平日无话不讲，你无论愿意不愿意，尽管说给我听，何必哭呢？她这才擦干眼泪，对我说出一番大道理来。她道她对于你自然十分感激，并且也十分仰慕。但是论她自己，从前既有了这一点痕迹，虽说依旧能保持清白，问心无愧，却对于婚姻问题，已经觉得灰心短气，万万不愿再有人提起此事。她如今的希望，只求将医学研究好了，将来能借此自立，不至于飘零无所，于愿已足。讲到你待她的恩惠，她受而未报，自然万分抱歉。但报德是一事，婚姻又是一事，断不能并为一谈。况且你所以培植她的缘故，当然是抱着一片扶助女界的热忱，也未必一定施恩望报。那么她只努力求学，能够成一人才，似乎也就不负你的期望了。她这样辞严义正地说了一大篇，我倒觉得又是怜她又是敬她，再也不能说什么别的话。转自安慰了她几句走了。你想我这不是多事么？我原是一番热心，却碰了你们双方的钉子，岂非大大冤枉？"子群拍手笑道："这冤枉是你自己找的，又向哪里去申诉呢？从今以后，你可要佩服我料事如神了。"

子群的医道既好，名誉渐广，不但上海方面求诊的人非常之多，便是外埠远道来请的，也着实不少。有一天，他接着一个朋友从金华来电，说他有个亲戚病重，诸医束手，须请他前往诊治，不吝重酬。他一看这个朋友，是平日最知己的。虽然事忙路远，也不能不去走一趟。忙将医院里的事，托人代理，自己便动身到金华去了。因为临行匆促，芷嫣那里，也没有通知。芷嫣直到后来听丽瑛说起，才自晓得，却也不以为意。隔了差不多有半个月工夫，忽然接着子群寄来快信，拆开一看，内中却有两封信，一封是给自己的，一封是教她转交丽瑛的。芷嫣便将自己那封信细细瞧了一遍，不禁喜得直跳起来，忙拿了这两封信，到医院里去看丽瑛。一见了丽瑛，便说道恭喜恭喜。丽瑛惊道："喜从何来？"芷嫣道："你看了信，就知道了。"说着将两封信一齐递与丽瑛。丽瑛一眼瞧见自己那封信的信面，先忍不住叫了一声啊呀，连忙拆开从头细看，看完又索性将子群写给芷嫣的信也看了。看完之后，也不知是喜是悲，是甜是苦，是高兴是含羞，只觉得那颗心在腔子里突突地跳个不住，一时倒呆怔怔地说不出什么话来。到底这信上讲些什么事情，具着怎样的魔力，将芷嫣和丽瑛两人，弄得成了疯魔一般呢？原来子群给芷嫣的信上说此番请子群到金华去看病的不是别人，正是丽瑛的父亲。他的病起先也并非重症，却给本地许多医生，杂药乱投，把来弄坏了。等子群赶到金华，差不多已是死生呼吸，万分危险了。却经子群用尽方法，对症施治，居然转危为安，保全了一条性命，如今正在调养。子群起先只知道姓殷，并不注意。后来那朋友偶然谈起，道这病人有个女儿，因为婚姻问题，父女之间起了冲突，至于脱离家庭，如今杳无音讯，究竟这女儿平日是很孝顺的，只不过一时为情爱所冲动，演成了这幕恶剧。如今过后思量，倒不怪女儿，颇懊悔自己过于性急，由此时常郁郁不乐，也未尝不是致病之原。子群听他这样说，知道这殷老先生的女儿，决定是丽瑛无疑了。当下就将丽瑛在沪的情形，告诉了他朋友。他朋友又去告诉了那殷老先生。殷老先生和丽瑛的母亲，自然喜出望外，便预备赶紧派人来沪，接丽瑛回去。后来转念一想，又提出一个先决问题来，就托子群的朋友，向子群示意说，他父女二人，差不多都是遇着子群才得以复活的，生死肉骨，受惠匪浅。况照丽瑛在沪的情形看起来，彼此的情感也很为深挚，所以想征求子群的同意，结为姻娅，料无勉强。子群听他朋友这样说，便明白答复他们，说照自己的意思，当然可以表示赞成。不过丽瑛方面恐怕不能表示同意。当下就将芷嫣曾经提议的情形，一一讲给他们听。丽瑛的父亲便说她女儿这番拒绝，无非为着从前的事情，有些拘泥，此中转关，还在于我。倘然我再写封信去，切实劝导，丽瑛或者可以不再固执。于是自己扶病写了一封信给丽瑛，另外又教子群写一封信给芷嫣，将这封信附寄在内，就托芷嫣转交。所以芷嫣一见了那封信就刻不容缓地来寻丽瑛。至于丽瑛父亲的信，无非说了些安慰丽瑛的话，又叙述自己如何懊悔，从前如何盼望女儿，说得十分恳切，真是一字一泪。末后又提到婚姻问题，说丽瑛如今依旧是白圭无玷。从前种种，譬诸昨日，何必介意。讲道子群相待的情况，虽然语不及私，亦自然而然地有一种真爱情。以真爱情相结合，当然十分美满，岂可与前事相提并论。若再固执，真是因噎废食，无谓之至了……丽瑛见了他父亲这封信，自然有一种说不出来的感想，转弄得无话可说。还是芷嫣先笑道："你的意思到底怎样？快说呀。我前回来对你说，只不过是媒妁之言，现在却又有了父母之命了，便算你矫枉过正，要偏重旧思想，可没有什么推托了。"丽瑛道："我从前虽然不自慎择，铸成大错，但说婚姻问题一定要全凭父母之命，媒妁之言，却依然非我所乐闻。不过就目前而论，和先生向我提议的时节，虽然相隔未久，却已是彼一时，此一时，情事不同了。因为我那时节还只算得一个为父母所弃的女子，当然茹痛在心。如今却是一家骨肉已由分离而重复团聚，以前种种失误，便恍如隔世，可以不必再谈。如果再胶执己见，转是不达人情，近于乖谬了。只是父母爱子，始终无微不至，我今日之下，回忆前尘，痛定思痛，更觉得这不孝之罪，无可宽恕哩。"说着便忍不住落下泪来。芷嫣忙道："这又何必伤感呢。听你的口气，大约对于你父亲的意思，是很乐从的了。这是大喜的事，用不着哭呀。倒是你既有今日，当初何必给我碰那么一个大钉子。我细想起来，真有些不服。"丽瑛给她这样一说，转破涕为笑道："你也休得着恼。我父亲信上，还说我对于这亲事，如果赞成，暂时也不必回去，就教我写封回信给他，他的病再调养几时，就可复原。等他大好了，想同母亲一齐到上海来游玩一次。将来婚礼，也就在上海举行。因为先生对于此事自始至终真是最有关系的人物，想请你做个证婚人哩。"芷嫣笑道："照这样说，却还气得过。但是女证婚人，却是创例。我倒老实不客气，就做上一回，也算得婚姻史中一段佳话。只是一样，我们从前虽是师生，如今久已情同姊妹。你以后须得叫我姊姊。这先生两字就此取消。再叫就显着不亲热了。"丽瑛道："那么我恭敬不如从命，从今以后就改称姊姊吧。"芷嫣又拍手笑道："是呀，你将来应该改口的地方多着哩。我这个教书的先生，固然应该改口，那位习医的先生，却越发应该改口了。但不知你想叫什么，何不先和我商量商量。"一句话倒说得丽瑛红晕双颊，只管低头不语。

子群和丽瑛结婚以后，依旧住在普爱路十二号。在丽瑛抚今追昔，真觉造化弄人，十分奇幻。至于他们夫妇间的爱情，自然是十分浓厚。可是子群的事务很忙，也就不能镇日价享受那闺房乐趣。这时丽瑛的医学着实进步，也很可以做得一个助手了。子群便将医室中的事教丽瑛帮同料理，普惠医院里面，依旧由自己在那里调度。又隔了有半年光景，医院里面忽然来了一个就医的男子，他在挂号簿上，自己填着姓张号悔初，浙江人。染的却是梅毒，而且受毒已深，遍体溃烂，无可救治，凭你子群医道高明，也是没法挽回。进院之后，简直日重一日，迁延了一个多月，竟是危在旦夕，毫无指望了。他自己也知道断不能活，一天夜间，命人去将子群请了来，对他说道："我这个病原是自作孽，如今已是死在临头，却并没有别的挂念。只有一桩事，无人可托，想托诸先生。我看先生这一月以来，替我治病，十分尽力，是个很热心的人，无奈我病根太深，又误于世上这般花柳医家，弄得不可救药，自然怨不得先生。先生须知我出身也是个留学生，在社会上面也薄有声誉。叵耐我自己太不知道尊重人格，一味滥淫渔色，并且借此骗财。起初还剽窃些自由恋爱等新名词，装装假面具，后来索性愈趋愈下，简直彰明较著，成了拆白党了。以致今日之下，如此下场，真是自种恶因，自收恶果。等我知道忏悔，已经是来不及了。我最近忍着痛苦，已经在带来的日记簿上，将自己的罪状详详细细，一字不讳，写了出来。我死之后，务望先生破费几个钱，将我所写的东西刷印出来，教社会上一般青年子弟，大家看看，知道警戒，也未尝不是消极的一种教训。"说着便在他枕头底下，摸了半天，摸出一本日记簿来，递给子群。子群不肯用手去接，忙道："你暂且搁着罢，我知道了。"那病人又道："我这拆白生涯做了两年多，其中自然作孽不少，但是负疚最深的，就是最初有位大家闺秀，为了我，硬生生地脱离了家庭关系，跟我到上海来，纯以一片高尚的爱情待我。不料我却骗了她八百块钱，就弃她而去。以后我便离了上海。这女子的下落如何，也就置诸不问了。万一这女子一身漂泊，援助无人，就此死了；或是堕落了，我这个罪孽真是万劫不复。"说着竟哭起来了。子群听了他这番话，忙惊问道："如此说来，你莫非就是当年的张静荪么？"那病人也惊道："我原号静荪。这悔初两字是新改的。请问先生怎能知道？"子群到此倒忍不住长叹了一声，才把以前的事迹，很概括地和他讲了一遍。那时静荪便道："谢天谢地，殷女士能够得所，我虽死也无怨了。只是我还有一个极荒谬的要求，务请先生看我可怜，答应了我。"子群道："你又有什么要求呢？"静荪道："可否有褒尊夫人的玉趾，来此一转？等我对于她略略表示一番忏悔的意思，然后再瞑目待死，也教我灵魂安乐，得个超度。这可比牧师的诵经，和尚的念佛，功德更大了。"说到此，又流下泪来。子群看他时，已是颜色大变，似乎不能支持了，当下便也为他所感动，觉得十分凄楚，忙道："这事不难。今天夜色已深，明日一早，我再偕同贱内来瞧你一回吧。"

到了明天，子群真个挈丽瑛，走到那间病室中来看那张静荪。可是静荪已经不能说话，也不能动弹了。见了丽瑛，只将那颗头略略举起，在枕上点了两点，像是在叩首悔罪的模样。一会儿那眼睛就渐渐地闭了。丽瑛忙将手帕掩着面，不忍见他这种惨相。但是那块手帕上面，也不由的有些湿了。

月 夜 箫 声

　　从浙江到衢州沿路都是滩河。滩高水急，逆流而上，行程十分困难。如今这条水路上已有钱江商轮，另外还有一种快船，可以按站前进。在前清的时候，行旅往来，却只有一种民船。那些弄船的，都是江山人，所以这种船也就统称为江山船。江山船的构造，既然十分笨重，那行船的方法，除了偶遇顺风可以使帆以外，不是撑篙便是拉纤，也十分拙劣，所以进行愈觉迟滞。大概旅客走在这条水道上，没有一个人不嫌气闷的。但是气闷之中，也有些子陵钓台、严先生祠堂等古迹，可以供人凭吊。有那附庸风雅，好弄笔墨的人，到了这个地方，一定还要诌几首诗，消遣长途的寂寞。那七里泷口，有一个大滩，更是行船往来的一个难关。倘遇大风大水，真是寸步难移。有一年春水暴涨，又接连刮了几天的大风，七里泷便挤了有十几号船。大家在那里守风守水，要等那风平水退，才可以航行。这十几号船里面，有一只小船，船中略装了些货，只附搭着一个少年客人。这少年姓秦，号晋卿，是杭州人，一向留学日本早稻田大学，刚毕业回国便受了衢州中学校的聘约，前去充任教员。他在这条路上旅行，还是初次，中途阻滞，在别人是尝惯滋味了，不足为奇。他却觉得异常愁烦，一连等了两天，早已闷得他火星直冒。到了第二天晚上，风才定了，天气也转晴了。一轮皓月，从云端里涌现出来，照在河里。月光波影映出一片清光，真是眼前佳景。只可惜那些舟子，不知道领略，只管倒头便睡，鼾声四起，倒将晋卿闹得睡不安静，便索性不睡了，披了一件袍子，推开舱门，独自一个人坐在船头上赏月。那时正是二月天气，寒意未消，晋卿望着这丸冷月，又勾起了思乡的心。夜深人静，不觉有些凄惶起来。正在呆呆地出神，忽听得一片箫声，从水面上直送过来。那声调非常幽雅，急忙回头一看，只见邻近一只大船的船头上，有两个女郎，一个坐着在那里品箫，一个在旁边凝神细听。那立着的像是个丫鬟，相貌也很平常；那坐着品箫的女郎，年纪不过十六七岁，却是丰神秀逸，意态娴雅。真是个绝世之姿。晋卿这时从月光下看美人，格外觉得妍丽，便目不转睛地只管向她望着，那女郎却毫不注意，吹了一会箫，便对那丫鬟说道：夜深了，天气很寒，我们也好睡了。说罢便进舱去了。晋卿这时如有所失，没奈何也只好回舱去睡。却是翻来覆去，再也睡不沉着。到了明天，不但风静，水也退了许多了。这些船只，便纷纷开行。晋卿暗暗嘱咐那船家，命他紧跟着那大船行去。到了晚上，还是泊在一处。晋卿等人睡静了，便依旧和昨晚一样，独坐在船头上赏月，满望那邻船上箫声人影，也依旧在月明之下，来慰他的渴想。不料一个人直等到月色西斜，竟毫无踪影。晋卿大为失望，便闷闷地回舱睡了。第二天开船。好得是两船同路，船家听了晋卿的吩咐，又得了些额外的酒资，便依旧傍着那大船不肯离开。一连三天，都是日间一路走，晚间一处泊，却是美人的影儿，始终是咫尺天涯，不能望见。只有那丫鬟不时站在船头上望野景，倒看得很熟了，可是也不能说一句话。晋卿白费了几天的工夫，不过从船家口中，打听得了些美人的消息。原来那只船是新任江山县丞的家眷，由家乡到任上去的。这品箫的女郎，便不问可知是那县丞的小姐了。第三天傍晚，船已到了衢州。在那儿停船的时候，两船相接，晋卿正立在船头上闲望，忽然眼光一亮，只见前面那只大船的后窗口，立着一个娇小玲珑的美人。这时天色还没有黑，晋卿看得真切，分明便是那月夜品箫的女郎。那女郎见晋卿向她呆看，便也对晋卿看了一眼，又有意无意地嫣然一笑，才慢慢地走进舱去。从此以后，晋卿的脑筋里面，便深印着这回眸一笑的美人倩影，再也磨灭不了。

　　晋卿在衢州当教员。不到一年，恰值民国光复。衢州一带，虽然是传檄而定，并没有什么兵戈，但是衢州各属，向多土匪，不免乘机骚扰。地方人心，颇有些恐慌。学校也停课了。晋卿无事可为，便也自回杭州。隔了两年，由一个友人的介绍，到福建某旅长处去当秘书。晋卿才调本来是很好的。那位旅长虽是个目不识丁的武夫，对于晋卿倒也十分信任。宾主很是相得。晋卿便也安然，一住半年。一天，恰逢旅长的小生日，地方上也有许多官绅，前来祝寿。热闹了一日，到晚才渐渐散去了。还留着十多个熟客，和晋卿等几个幕友，旅长便吩咐厨房另备了两桌精致酒席，邀他们在花厅上叙饮。酒到半酣，旅长忽然高兴，便对众宾客说道：我有个小妾，平素专会吹箫。我虽是个粗人，懂不得什么曲调，但有时她吹起来，总觉悠悠扬扬的，听在耳朵里十分有趣。今天在座的都是好友，用不着什么回避，我就唤她出来吹一套算给大家醒酒如何？众人听他这样说，便同声道：好极好极！我们应当洗耳恭听。旅长格外起劲，便命一个贴身服侍的仆人进去传话。等了一会，那仆人出来回道：姨太太说今日略有些儿小病，不能出来，改一天再吹箫给各位老爷听罢。旅长这时已有七八分醉了，一听此话，登时放下脸来，将手中那只酒杯，哐啷一声，摔在地下，骂道：这贱人真可恶。今天是我生日，她敢阻我的兴致么？适才还好端端地坐在那里，怎么一会儿就生病了？快去对她说，今晚定要出来，不听我的话，教她准备着就是了。这些宾客见旅长动怒，倒怪不好意思，忙上前解劝道：今天是旅长华诞，理应欢天喜地，不必为了这小事生气。既然如夫人有病，何必定要苦苦地逼迫她，倒累得我们心中不安。我们相聚的时候正多着哩，不如改一天再聆妙奏罢。旅长见大家相劝，又想了一想，便道：也罢。我想她一定是怕见生客，就这样办罢。说着又回头吩咐那些仆人道：你们替我将那一架大些的东洋折锦屏风拿出来，放在右边，就请姨太太坐在屏风后面，吹一套箫给我们听，可以不必见客。这可没得推托了。那几个仆人领命自去。一会儿屏风放好，又微微地听得一阵衣裙綷縩之声，接着便有一片箫声从屏风后转将出来。那声调却带着些凄咽。旅长自然不懂，便是其余的宾客，也都是些俗物，只会拍掌叫好。唯有晋卿听着这箫声，不由触动了一桩心事，便独自在那里出神。一会儿箫声停止，众宾客又连声赞妙。旅长得意已极，便高声喊道：箫是吹了，酒也不可以不敬。姨太太既然不见客，就教阿香代表，快出来向诸位大人面前进一巡酒罢。说完，只听得屏风后低低地应了一声，有个丫鬟走将出来，向仆人手里接过酒壶，轮流在各席上敬酒。那时灯光很亮，晋卿停睛向那丫鬟一看，几乎喊出啊呀两个字来。那丫鬟走到晋卿面前，抬头一望，也着实呆了一呆，连忙低下头去，那眼眶中便滴下泪来，急忙举起袖子来拭了。别人丝毫不觉得。晋卿看在眼里，却十分奇怪，登时心中起了无限的感触。原来这丫鬟不是别人，便是浙江道上那吹箫女郎的侍婢。

　　晋卿自这夜散席以后，怀着满腹疑团，便向那些幕友和下人们前设法探听。要问这旅长的姨太太是从哪里娶得来的，但是所得的答复却只有"不知道"三个字。也不晓得他们是真不知道，还是知道了不肯说。晋卿无可奈何，也只索罢了。过了些时，这旅长调任到别处去了。晋卿嫌路太远，不肯再跟他去，但是这一腔心事无论如何总撇不下。又隔了好几年，晋卿在上海学堂里当教习，暑假回家。一天晚上，月白风清，天气甚好，便约了他的同学周涵尘，前去游夜湖。先在三潭印月等处，绕了一会儿，后来贪着月色好，只管向湖深处荡去。碧澄澄的湖水，映着月光，真和明镜一般，十分皎洁。晋卿涵尘两人高兴起来，各自拿了一把桨，拨那湖中的月影。那时夜已静了，一阵阵的凉风吹过来，真令人飘飘欲仙。在湖中游了好久，晋卿便对涵尘说道：我们尽管坐船，还觉乏味，不如趁着这月色，上岸去闲步一回，沿湖踏月，或者比较这泛艇游湖，还格外有趣哩。涵尘道也好，当下便命舟子将船划近岸边停了。他们两人便在月光下穿林觅径，信步行去。走了半天，晋卿脚力健，并不觉得怎样。涵尘却走得有些乏了，想找个地方歇歇。恰好转过小径，看见一座小庵，庵门上有块匾，刻着挹云庵三个字。涵尘道：好了好了。这挹云庵里的老尼，常到我们家里去走动。我们一家人也常到这里来，一年四季，布施得着实不少哩。如今时候还不算很迟，待我试试看，敲进门去，向她们讨杯茶吃。倘然她们还没有睡，谅来不致拒绝。晋卿笑道：好是好的。不过深夜入尼庵，未免有些嫌疑。涵尘道：少胡说罢。这庵里只有一个老尼、一个道婆。那老尼已是五十以外的人了，又不是南浔一路的尼庵，有什么嫌疑要避呢？说着便自去叩门。叩了半天，有个老道婆出来开门，一见了涵尘便道：咦，原来是周家少爷，怎么这时候会跑到这里来？我若不是因为老师太要乘凉，也早已睡了，就没有人来开门了。涵尘笑了笑，便和晋卿两人走进门来，又问那道婆道：老师太还没有睡么？道婆摇摇头道：她老人家到了热天格外睡得迟。一语未了，那老师太已走了出来，笑道：我道是谁，原来是周少爷。这时候，来此做甚？哦，我知道了。明天是六月十五，你大约赶早来，要等着烧头香哩。涵尘也笑道：香是要烧的，你先请我吃杯茶再说。老尼道有有，便命那道婆去烧茶，一面就领他们到一间净室中坐下，又指着晋卿，问道：这是何人？涵尘道：他是我的同学，跟着我来吃杯白茶，并非是香客。你也不必细问他的姓名，横竖他是不开缘簿的。一句话说得那老尼和晋卿都笑了。一会儿道婆奉上茶来。涵尘和晋卿见夜色已深，吃了茶正想告别，忽然微风过处，隐隐听得有吹箫之声，非常幽细。涵尘讶然，问那老尼道：奇了，你们这里还有何人吹箫？老尼叹道：这吹箫的人，实在可怜得很。说也话长，好在你周少爷也不是外人，这位少爷既然和你同来，自然也是靠得住的。我便说与你们听，你们却不可传扬开去，以免引起口舌。晋卿见他说得这样郑重，心中一动，忙催那老尼快讲。老尼便将那道婆支使开了才对他两人说道：这吹箫的是一个旅长的姨太太。如今那旅长死了，她便立志出家，还是在前个月到我庵里来的。我也并不认识她，是城里王老爷切托我，说她情愿在我庵里长斋念佛，带发修行，教我收留她。王老爷是这庵里第一个大施主，我碍于他的情面，不能不答应。其实也很担着干系哩。涵尘道：人家死了丈夫，到你庵里来修行，又有人介绍，这有什么干系呢？老尼又道：周少爷有所不知，这个人的来历，很是奇怪。听说她的出身，也是人家一个千金小姐。她老子不知在什么地方做官，光复的时候弃官回家，中途遇着一股假充民军的土匪，将她一家人杀了，把这位小姐抢去。那土匪的头目，又不知怎样，忽然做了旅长。这位小姐就硬被逼做了他的姨太太了。但是那旅长虽然做了几年官，始终还是通匪，要想谋变，被人暗地告发给上头知道了，出其不意捉去枪毙。老尼说到这里又低低地道：听说这暗地告发的人，便是这位姨太太。要是别人也拿不着旅长的真凭实据，她这一告发，总算是报了仇了。但是她自己这一生，也就完了。这些话都是王老爷私下告诉我的。王老爷和她老子原是同寅，又是极好的朋友，所以深知其细，可惜她不肯见人，不然我就引你们去瞧瞧她。真是花朵儿似的一个美人，无端遇着了那魔王，弄得这般结局。如今一天到晚，时常泪痕不干。还有一个丫鬟，年纪也不小了，却依旧跟着她。她除了和丫鬟作伴以外，便是见了我，也不大搭话，闷极了，便吹吹箫。吹一会，哭一会，便是铁石人看了，也替她酸心哩。老尼只管絮絮叨叨说个不了。晋卿听了半天，一语不发，那眼泪却和断线珍珠般续续地流将下来，一件长衫胸前湿透了一大片。

如此牺牲

　　徐寄芸因为他的儿子东明在上海文星大学读书将近毕业了，所以心里十分快活。那时还不过阴历四月，离暑假举行毕业的时候，还隔着一个多月，他却已经屈着指头在那里预数归期，并且还想到他儿子毕业以后，有了这点学问和才具，总可以在外面就一个事，少说些也有百把块钱一月，家乡用度省，就尽够敷衍，或者还能有余。自己年纪也大了，就好辞去职务，在家享些清福，不至于再像目前这样儿，要老头子一个人支持家计，还说是入不敷出，弄得七穿八洞了。

　　他成日成夜在那里想着儿子毕业以后种种好处、种种乐趣。一天早上，他还沉沉睡熟，正做着好梦，见他那儿子穿着大学制服，拿着毕业文凭给他看。他的老妻忽然走到床前，将他连推带喊地搅醒了。他忙一骨碌坐起，问是何事。他老妻手里拿着一封电报，一面授给他，一面说：这是刚才一刻邮电局送得来的，说是上海来的电报。我想上海来电一定是明儿发的。但是明儿又为什么缘故，忽然发起电来，怕是有了什么别的要事了。你快看看这电报，不知他身体可好，我心下很有些着急呢。寄芸忙将这封电报拆开一看，却是没有译好的，忙披了衣服跳下床来，在书橱里面乱翻了一阵，翻着了一本民国快览，里面载着电码。寄芸照着电码将这封电报逐字译去，译完了不禁放声大哭起来。他老妻不认得字，不知道那电报上说些什么，见她丈夫哭，料是凶多吉少，便也急着哭起来了，一边哭，一边又对她丈夫说道：到底是什么祸事，你快说呀！寄芸道：什么祸事，这就是天大的祸事！电报上说明儿死了，教我快去呢！他老妻听得便又捣胸大哭起来。寄芸也重复大哭。他家中既不用仆婢，除东明以外，又没有别的儿女。这时尽他两人对哭，竟无人劝慰。哭够多时，还是寄芸先收了泪，来劝他妻子。他妻子也实在哭不动了，才住了嘴，又问道：明儿死了，到底是得的什么病呢？寄芸道：电报上也没提着，我此刻只有赶到上海去一趟再说。

寄芸是宁波人。从宁波到上海，原只有一夜工夫。寄芸当晚动身，第二天一早已到了上海，急忙坐着人力车，赶到文星大学，见着校长，问起东明是怎样死的。校长也显得很惨淡的颜色，摇摇头道：是自杀。寄芸惊道：自杀么？他为甚事要自杀？校长道：这自杀的原因，我们直到此刻还不能明白，不过这其中经过的情形，我可以详细告诉你。你且休悲伤，慢慢地听我讲完了再说。东明本算得是本校里面一个数一数二的高材生。他学问很好，心情也很沉默。还有一桩好处是十分简朴。这是校中师友时时称赞着他的。但从本学期起，他的举止神态，忽然都有些改变常度。向来不肯轻易外出的，却变成时常请假了；向来衣服很朴素的，却换上了极漂亮的洋装了；向来对于功课上很用功的，却也十分懈怠了。起初大家还不注意，久而久之，便觉得有些古怪。我和那位监学也曾劝诫过他好几次。他也只唯唯诺诺罢了。最近却忽然发生了一桩很奇怪的事情，有个和东明同级的学生贺瑞图，失去了一个金表一件华丝葛夹衫。据说是在寝室内不见的。那偷的人还留下一张字条，只有四个字道是"暂借必还"，是用钢笔划的，也看不出是谁的笔迹。当下便报告舍监。舍监答应调查，但是查了几天，也查不出什么道理来。隔了将近一星期，这事情也渐渐冷下来了。一天晚上，贺瑞图正独自一人在操场上散步，忽见东明也走了来。那夜月色甚好，两人高兴起来，就在月下对打了一回拳，打罢拳之后，东明觉得微微有些燥热，便将洋装的上衣脱去了，挂在壁上。不料那衣袋里面放着一只皮夹，这时竟滑了出来，两人并肩着走，恰好落在贺瑞图脚边。瑞图弯下腰去，想代他拾取，东明突然大惊失色，抢先去拾。他这一抢倒引起了瑞图的疑心来了，忙一把夺在手中，高高举起，说道：这皮夹里面，到底藏着什么东西，值得这样急法。我倒偏要看上一看。东明依旧攀住了他的臂膊，说道：你快些还我罢，我其中自有秘密，不能给你看，快还我罢。瑞图道：论我们的交情，还有什么看不得。你看我平日何曾有事瞒过你。你这里面左右不过藏着一个情人的照片，或是一封情书，有什么稀奇。你不教我看，我倒偏要见识见识。说罢摔脱了东明的手，老远地跑去。东明在后紧追，但是他脚步慢，追不着瑞图。瑞图一面跑着，一面打开皮夹一看，只见里面除了两枚银元以外，只有花花绿绿的一张薄纸。他将那张薄纸夹出来，映着月光一看，不觉呆了一呆。原来却是张当票。当票上的字，原很难认的，他也并没看清是当的甚么东西。但是东明在后，见他已发现了当票，早赶上前来，一把执住了他的手，双泪直流的说道：我的罪恶已败露了，但是我的良心，倒觉得安定了。我们快一同去见校长罢。瑞图此时弄得莫明其妙，忙道：你说些什么，我不懂呀。东明道：你为什么不懂？这也许是当票上的字迹，你看不清楚，但我可不能再瞒你，也不肯再瞒你了。老实对你说罢，这张当票，便是当的一个金表，一件华丝葛夹衫，完全是你的东西。我如今已是丧失人格，犯了盗窃罪了。瑞图骇然道：你莫非疯了。你说的话，可是真的？东明道：怎么不真？你不信这张票就是个凭据。瑞图道：你今年陆续向我借钱，也借得不少。最近这一次，一者因我手头的钱确是已经用完了；二者我觉得你近时用钱，十分挥霍，心下很有些不以为然，所以便尽了朋友忠告之道，非但没有借钱给你，还着实劝了你一番。你也只默默无言地算了，其实你当时如果真有什么必不可少的用度，尽可以明明白白地对我说，我当然要再替你想法子，又何致出此下策呢？东明道：你劝我的句句都是好话，我自想惭愧还来不及，哪里还肯再和你纠缠，但是我又为别种原因所逼，仿佛无形中有魔鬼驱使着一般，到底教我做了这样一件败坏道德的事情。不过我虽做了这件事，蒙着一种洗不清的耻辱，我的本心依旧不能不向你表明，我初意不过借不到钱，便想拿这个办法来应急，总望日后能设法赎来还你。所以当时既留下一张条子，以后又好好地将当票收着不肯去弃掉，不然只要将这张当票毁去了，岂非就永远可以灭迹了？瑞图道：你这话很不错。你的品行和志气，是我平日所敬佩的。我深信你这是万不得已，为一时权宜之计，断非甘心堕落。好在眼前并无别人，你将当票给了我，由我自己去赎，你将来便什么时候有钱，什么时候还我，朋友通财，原也是常事。以前种种，可以不必再提。总之我一定代你严守秘密就是了。这时东明转放下一副沉毅的脸色来，说道：你的原意是要保全我名誉。我固然知道感激，但我自问还有血气，还有良心，自然也有个相当办法，说了这句，便急急地走开，连那皮夹都不要了。瑞图还以为他有些羞愤，所以大发牢骚，也就不去管他。谁知他第二天一早，竟跑到校长室里来自首，说是他已经失却学生的资格，成了一个窃贼了，要请我加以惩罚，好让他减却几分精神上的痛苦。随即将他以前的事迹，细细对我说了一遍。我听着只有太息，像他这样一个人，还有这样的丑行，真不敢复相天下士了。他既侃侃直陈，我自然不能置诸不问，便先着人去将瑞图叫了来问他。瑞图便道：我的金表和夹衫，早已在家中寻着了，并没失去。前次在舍监处报失窃，却是我自己一时记错。我道那么你既寻着了，何以又不来报告呢？瑞图道：寻着了还不多几天。因为功课忙，所以没有陈明校长和舍监。这原是我的疏忽，至于徐东明君所说的话，是完全没有的事，想是他犯了什么病，或是用功过度，神经偶然错乱，所以这样瞎说，最好请校长不必理他。我听了瑞图的话，明知理由很不充足，无非是想成全东明的意思。论东明这个人，实在是个难得的青年。便是这回的事情，他肯挺身自首，一切不顾，也依旧不失为一个硬汉，断不能因为一时之过，就绝了他的前途的光明。瑞图既有意成全他，我也乐得不加深究，就此想含混过去。谁知东明自己竟坚执着不肯退去，一定要请我宣布真相，将他开除出校，以免贻羞全校，玷辱青年。我正被他缠得没法，校中却又有一部分学生知道此事，便推了一个代表胡应生前来见我，说徐东明既犯了盗窃罪，自然应该照章办理，倘再姑容，何以整肃校规？我听他们言之成理，便只得将东明宣布除名。东明当日就出了校门，搬在东方旅馆里住。第三天早上，东方旅馆里突然派人到校中来报告，说是那徐客人已经死了。我们大家听了，都不胜骇异，连忙请问情由。茶房说他到了旅馆之后，第一天出门一次，回来得很晚。第二天又出门一次，回来就睡了。茶房问他，他只推说有些小病，要睡着静养，叫他们不要来搅他。到得晚上，茶房来看他，见他睡得正浓，也就不去唤他。谁知今天早上茶房再去看他，见他直挺挺地睡在那里，毫无声息，觉得神情不对，再用手去一摸，已是浑身冰冷。茶房吓了一大跳，忙去报告账房。账房中有人认得他，知道他是本校学生，所以前来报告。当下我和舍监还有许多同学都赶到东方旅馆里去。那时节医生也早来了。验了一遍，说是服的安神药水。本不难救，只因为时已久，所以不能挽回了。我当时还只当他是因为校中那件事情，愤而自杀，但后来留心查检，却又在他枕畔检着一张信笺，已经扯得粉碎。便另外找了一张纸，用糨糊将它粘合起来一看，却只寥寥数语道："娟纵不自爱，何致与窃贼为伍，请从此绝。翠娟白。"

我们便又疑心到这张短柬，与死者很有关系。瞧这翠娟两字，当然是个女子的名字，但不知她姓谁，又不知是从哪里发来的。问旅馆中茶房，可曾见有人送信来，或是从邮局里寄来的信，送给死者的，有没有。茶房回说没有留神。好像是没有。再寻那信封，也四处找遍了，都寻不着。这事也就无可查考了。至于他的遗骸仍旧由校中替他盛殓。如今灵柩暂停在会馆里面。因为天气渐热，也等不及你们家属前来视殓。旅馆里又碍着租界章程，不能延搁，所以只好索性把事情办好，再发电通知你了。

寄芸听了校长这番说话，勉强忍住了哭，请校长派个人领他到会馆里去。到了会馆里面，见了他儿子的棺柩，那一番悲痛，自不必说，当下便赶紧料理盘柩回宁波。寄芸本来境况拮据，这回匆匆而来，也没带什么钱。幸亏校长教职员和有些同学，都从丰致赙，一切费用，才得勉强敷衍过去。这许多人里面，又以那贺瑞图的礼送得最厚。灵柩起行那一天，又亲自赶到会馆里来，抚着棺柩，痛痛地哭了一场。哭完又祝告道：东明东明，你这回自杀，千回百折，依旧是因我的物件而起。我虽不杀伯仁，伯仁由我而死。我心中实在是十分抱痛，但你所以牺牲人格，牺牲性命，其中总还有不得已的隐衷。我务必要将它弄明白了，使大家能够原谅你，可怜你，不致教你死后还永久蒙着恶名。我说得到一定做得到，你放心去吧……说了这两句，又过来劝慰了寄芸一番，才挥泪而去。

东明自杀的事，虽然轰动一时，但是隔了一个多月之后，大家也就不甚放在心上了。一天晚上，贺瑞图忽然走到校长室里来，对校长说道，关于徐东明自杀的原因，和一切经过的情形，已被他调查得明明白白，要求校长立时召集一个大会，让他宣布真相。但在召集同学的时候，请不必说明是为什么事开会。等人齐了再说。校长听说，想了一想，觉得东明自杀这件事，影响很大。瑞图这个学生，平日一言一动，又是很有经纬的。他既要对众宣布真相，其中必有道理。当下便依言集会，先由校长说明情由，便教瑞图当众报告。瑞图这时态度非常激昂，朗朗对着大众说道：徐东明君这个人的学问品行，我不敢说是全体同学，大概多数同学是很敬佩他的。如今他的结果如此，在和他感情好的自然十分惋叹，便是和他感情不很好的，也不免有些疑怪。以为像他这样一个人何以会自失人格，犯了这窃盗行为。这个问题是人人要研究的，可是如今已是显豁呈露，有了答案了。不但这个问题有了答案，便

51

· 小说卷 ·

是他到底为了什么缘故自杀，也有了答案了。诸君可记得他死后枕畔发现的那张信笺，上面署名的不是翠娟两个字么？这个翠娟便是他的催命判官，一步一步逼着他往死路上走的。今年阴历二月初头，本地不是开过一个学界联合筹赈大会么？开会的时节各学校都要推举一两个代表，作为会中办事人。本校的代表便是徐东明君。这位翠娟女士，却是西芬女学校的代表。两人在一起办事，自然就认识了。但是青年男女自有一种情性，一经认识便不肯以认识为止境，所以他们两人过了五天会期之后，还依然彼此往来，又渐渐地由认识而更进一步，竟自发生恋爱了。论翠娟这个人，也是个大家女子，品学都很好，东明和他发生恋爱，当然不应该有什么危害。可是这西芬学校，原是著名的一个贵族式女学校。翠娟自然也脱不了一种贵族的习气，起居行动装饰，处处都带着些奢靡的色彩。东明和她相处，第一件觉得自己这身很朴质的衣服，先有些不配，便赶紧做起极漂亮的洋装来，穿在身上才免得自惭形秽。还有衣服以外的种种附属品，如皮鞋、丝袜、呢帽、手套之类，都要选那极讲究的去买。所以单照这身装束而论，他的经济方面，也起了极大的恐慌了。再者他们俩既然有了爱情，自然要时常约会。固然他们的恋爱，也是很光明正大的，并不要避人耳目。东明可以常到翠娟家里去探望她，但除了家中谈话以外，剧场餐馆影戏园，都是不能不到的，而且餐馆必定要拣那最上等的，剧场影戏园也须要最时髦的，才不致辱没了这位女士的芳躅。有一次翠娟忽然在东方旅馆，开了一个头等房间，忙忙地打着电话约东明去谈天。东明赶了去。两人见面谈不到十几分钟的闲话，便分散了。但是旅馆里的茶房呈上账单来，已算着一天的房钱五元六角，东明皱着眉头，照账付清。那茶房还嫌他没有多给小费，叽咕个不了咧。还有一次，翠娟的朋友家中开了一个大宴会，也请了东明，翠娟便约东明同去，说好了由东明雇车去接翠娟。到了这天晚上，东明雇了一部马车和翠娟同坐着。翠娟起初倒也不觉得怎样，可是一到了他那朋友门前，只见密密层层，接连排着的都是汽车，除了他们坐的这部马车以外，竟找不出第二部来配对。后来客散的时节，东明和翠娟本已先到门口，只因那部马车停在许多汽车后面，挤不上来，直等到呜呜呜的汽车声，一部部都开完了才得上来。翠娟坐在车里也不作声，半晌才冷冷地说了一句道：早知如此，我悔不将家里汽车留下，教汽车夫不要开出去了。坐了汽车来，到底省得受挤。东明听她这样说，大气儿都不敢出。从此以后，倘然要再享有女同车的艳福，又非摩托不办了。讲到翠娟对于东明，实在丝毫没有什么要求，只有她自己家里开跳舞会的时节，曾和东明说，她的舞衣旧了。东明便赶紧买了一件新舞衣送给她，花了四十几块钱。还有个女子大同会募集建筑费，推翠娟做了个征求队长。东明既是翠娟第一知己，自然要尽一种优先的义务了。这天东明恰好到翠娟家里去，翠娟便将捐册送给东明，笑道：就请你开个簿面罢。东明接在手里踌躇了好半天，才写了十元两字。翠娟哈哈大笑道：十块钱如何捐得出手？东明听罢，不敢怠慢，忙在十字上面又加了一个三字，递给翠娟。翠娟勉强点了点头道，还嫌太少了些，且放着再说罢……诸君须知我以上种种很琐碎的叙述并非无谓而发。这就是东明所以致死的原因呀。洋装咧，汽车咧，跳舞衣咧，旅馆餐馆的费用咧，临时特别捐款咧，要是换上个富家子弟，自然不费吹灰之力。但东明原是个寒士。他家里毫无恒产。只靠着他父亲四处张罗，仅仅为他筹措学费，已经觉得筋疲力尽，哪里还有余钱来供他的挥霍。所以从本学期起，他便不能不从事借贷。他和我最知己，也向我借得最多。单在我这里，已经差不多借了有二百多块钱了。别的人那里，恐怕也还不少。这些都还不必去说他。可巧今年四月十三，是那位翠娟女士的二十岁整生日。这就是东明的难关到了。他在前十几天到翠娟那里去，已经有许多人陆续地送东西来。翠娟拣那心爱的几样，都指给东明看：一个钻石约指，说是她姑母送的；一只真金表镯，说是她表姊送的；一只银花篮，说是她表弟送的;还有一套洋装的衣裙,非常美丽,说连质料带缝工约合上一百几十块钱,说是她的舅母送的。翠娟像记账似的一样一样告诉东明。东明那颗心,便像经了什么打击似的,在腔子里扑通扑通跳个不住,暗想这些人都不过是她的亲戚,已经都送着这样厚的礼物,那么我这个以未婚夫自居的,又该有怎样一番供献,才能博得她的欢心呢……我这几句话,原不过是臆度之语。如今东明已死,也无从问他当时是否有此感想。不过依情理揣测起来,一定是不会错的。他唯其有了这种感想,所以千方百计要弄几个钱来预备送礼。这其间又要怪我不是了。他起先原和我借,是我一时没有钱,非但没有借给他,又着实的劝诫他一番,他当时无话可说,不知怎样后来竟会把这一个金表一件夹衫私自窃取了去,想也是为情爱所迫,一切是非利害,都不暇顾了。他将这两件东西当了,不过得了四十几块钱。他将这四十几块钱买了两件礼物,送给翠娟。听说翠娟心中还很不满意,但在东明总算是偷天换日地过了一重磨难了。可怜他这晚正吃着寿酒回来,心下十分高兴。谁知竟立时败露。若在别人,只要我能原谅他,代守秘密,自然可以相安无事了。他到底是个血性男子,一时愧悔交并,就挺身自承,不肯再加隐讳。但是他所以决然自杀,其中又有别情,并非单为了这盗窃两字的恶名,他出校之后,便去访那翠娟。不料翠娟竟屏而不见。翠娟在楼上,他坐在楼下客室内,隐隐听得女伴说笑的声音,分明有翠娟在内。但是翠娟平日贴身服侍的那个丫头却来回客,说是小姐出去了。东明便问他:你们小姐明明在家,怎么推说是出去了?莫非我有什么事得罪了她,她动了气,所以不肯见我?那丫头起先不则声,后来东明问了她两三遍,才冷笑道:有什么事得罪她,你自己去想想看就是了。说罢头也不回竟自上楼去了。东明受了她这般冷淡,还不知就里,只管在客室中呆呆地坐着,希冀翠娟或者会下来见他。谁知等了好久,翠娟并不下来。只由那丫头拿着一张字条来递给他道:这是小姐给你的。说罢转身就走。东明接来一看，登时气得昏天黑地。原来这张字条，便是他死后我们在他枕畔发现的那张碎纸。我们从这个里面，就可以断定东明的自杀，是因为受了这个重大的刺激。诸君试想，他所以坏了名誉，丢了学业，全是为着翠娟一人，不想到后来反为翠娟所绝。他自然要灰心短气，情愿一瞑不视了。我如今对于东明，不怪他别样，只怪他平日和我原是无话不谈，独有这翠娟的事情，却始终守着秘密，以致糊里糊涂，铸成大错。索性同学中大家不知道倒也罢了，却偏偏另有个人自会知道。这一个人，不知怎样也和翠娟女士相识，但远不如东明能得美人的青眼，所以无形中就生了一种嫉妒之心，平时奈何东明不得，等到东明窃物的事情泄露了，这是他决心的机会到了，便赶紧去报告翠娟。不然无论翠娟如何消息灵通，哪里会知道得这般快呢。往翠娟那里报告的是这个人，鼓动一部分同学逼着校长开除东明的，也便是这个人。我却为他要求校长的缘故，顿时起了疑心。因为我深知道他平日和东明的交情也是很好的，何以这回事到临头，非但不稍加爱护，还竭力反对，不免有些蹊跷。我怀着这个疑念，又因东明实在死得不明不白，便决意要放出些侦探手段来，调查一个水落石出。当下就故意和陷害东明这个人交好，并且又经他介绍，见过那位翠娟女士几面。我是费了许多工夫，一半由他们口中说出来，一半由我自己暗地侦察，居然将此中始末情由，完全都弄清楚了，特地报告诸君……瑞图的话没有说完，满场的人早哗噪起来说：贺君所说报告消息给翠娟的到底是什么人？请你把姓名宣布出来，让我们大家好知道他是个恶人。瑞图便道：你们要问这个人么？此人便在眼前，说罢用手向屋角一指。众人的眼光随着他的指头看过去，只见坐在那里的不是别人，正是那要求校长斥退东明的代表胡应生。这时候面色灰败，只管将个头低垂下去。

　　此时大家对于胡应生，都有欲得而甘心的样子。那校长忙立起来说道：诸生休得喧闹。我们遇着一件事，须得放着冷静的头脑，细细地去想一想。你们不过听见了贺君的报告，便以为东明的死由于应生的中伤。其实这不过是个近因罢了。要仔细研究起来，大好一个青年为什么就断送了。这并不是胡应生的罪恶，也不是翠娟的罪恶，更不是东明自己的罪恶，实在是社会的罪恶，再从狭义的说起来，便是奢侈的罪恶……校长这样一说，大家的声浪便静了下去。个个人嘴里都在那里轻轻地念道：社会的罪恶……奢侈的罪恶。

可怜之女郎

　　上海最可怜的女子，要算是丝厂里的女工了。在那天将发亮的时候，别人都睡得沉沉的，在那里做好梦。唯有那些女工，只要听见工厂里的汽笛一响，便无论严冬霜雪之际，或是狂风大雨之中，也只得咬着牙，低着头拼命地向前挨去，一刻不敢停留。这种生活，那真苦不堪言。有时丝厂里赚了钱，那几个身为厂主的大资本家，只顾嬉着嘴笑个不住。他哪里知道这其间是挥却无数女工的血泪，才造成你这副笑脸哩。

　　如今单说那和华丝厂里有个女工陆昭弟。这是全厂注意的、众口同声说她是本厂第一块牌子。究竟她这第一块牌子，并不是工作比别人格外做得好，也并不是工钱比别人格外拿得多，不过因为她年纪很轻，相貌又算得很好，虽然终日乱头粗服，却是别饶丰韵，在这许多女工里面，自然要算得是个出类拔萃的人物。所以厂中那些管事的见了她，都另眼相看。就是同伴当中，也没有一个人不爱惜她，赞美她。但是她自己却很露着一种愁苦的神态，一天到晚埋头作工，双眉紧锁着，难得有一些笑容，有时还会无端地流下泪来。有些不知道的人，看着她这种样子，心下都很诧异，以为她是自寻烦恼，有些和她要好些深知她景况的，便也暗暗嗟叹，说怪不得她伤心。原来陆昭弟虽然身为女工，却也是个好人家的女儿，自幼娇生惯养，也很得着父母的怜爱。不幸到了十六岁上，她的父亲死了，又没有弟兄，只剩了她和她母亲陈氏两人。她父亲在日，是个小本经纪，只开着一爿烟纸店，也没有什么积蓄。一死之后，她母女两人便难以存活，陈氏年纪老了，又时常多病，想来想去，没有别的法子，只好凭昭弟一双手卖些气力，养活老少两口。昭弟人很聪明，又很孝顺，每月辛苦赚来的工钱，自己从不浪费一文，除了房租饭食以外，偶然多余了几个钱，便买些时新果品，或是烧一两样可口的菜与母亲吃。有时想到要添衣服，也总是尽母亲先做，自己没有钱，宁可穿着旧的，差不过一件布衫都要缝上好几个补丁，她也大大方方的，并不怕人见笑。她起身得很早，但是每天晚上总还要和母亲谈些闲话，服侍她睡下，然后自己再睡，有时半夜里还要递茶递水，照应得很是周到。她既如此尽孝，她母亲待她自然也十分慈爱。每天早上昭弟上工，陈氏必定要起来送她，宁可等她出门之后再睡，等到放工的时候，又老早地站在门口望着她了。母女两人一见了面，就有说有笑，从伶仃孤苦中，也生出些家庭乐趣。像她们母女二人，真算得是相依为命哩。

一天昭弟从厂中回来，见陈氏忽然闷闷不乐。昭弟觉得很是诧异，急忙问道：母亲平时一见女儿回来，便笑个不住。今天为何这样愁闷，莫非身上有些不舒服还是受了什么气呢？陈氏摇摇头，只不答应。昭弟见她母亲这副神情，猜不出是什么缘故，急得几乎要哭出来了。陈氏才叹了一口气，说道：你真是小孩子气。我不过偶然触动了一件心事，觉得有些不快，也不愿意便告诉你。你何苦一定要寻根究底，急成这个样儿。实对你说了罢，我今天早上送你出门之后，因为天气很热，便在门口多站了一刻，乘乘早凉。在这当儿，忽然看见一部汽车飞快地在门口驶过。我一看那车中坐着一个女子，你道那女子是谁，却原来就是你那周家表姊。如今是夏天，他们这些闲人，都喜欢兜风。她想必也是兜风回来。你那周家表姊，论模样和性格，还远不及你。况且她也是家道贫穷，自小就没了老子。前几年和你的景况也差不多，不知怎样在这一两年里头会无端地阔起来了。我想你和她两人，从小在一处作伴，真是一张芦席铺在地上，分不出什么高低来。不料如今竟变成天差地远。两人同在一条马路上走，一个是拎着饭篮去上工，一个是坐着汽车回家睡觉。这眼前的比较，教我看着怎不伤心呢。昭弟起先不知她母亲是为了何事纳闷，一听得这番话，倒反笑道：母亲说的话自然是爱惜我。不过我的心思却又和母亲不同。我想一个人生在世上，固然没有个情愿吃苦不想享福的道理。不过同一享福，也要仔细辨辨看，这个福究竟享得合理不合理。像周家表姊，面子上算是享福了。但是她这种福就享得很不合理。母亲不大出门，不知道外边这般人的议论。我却耳朵里听得多了。大概她的福越享得大，她的声名也就越弄越坏了。倒反不如我这个吃苦的，虽然外面吃苦，心里却很安闲自然。母亲何必去空羡慕人家，倒来替我担忧呢。我还记得父亲临死的时节，手指着我，嘱咐母亲说，他自知一死之后，母女两人难以过活。但无论如何，总须保全女儿的清白，不要为了贫穷，就将她断送了。照这样说了好几遍，才咽了气。足见他最不放心的事情，就是怕我这个女儿的不能立定脚跟。如今只要始终能保全清白，就算对得住死去的父亲了。讲到吃苦，只好算是命中注定，可有什么怨呢。陈氏听她女儿提起她丈夫，不禁哭起来了，一面哭，一面却安慰她女儿道：我不过因为你太吃苦了，实在舍不得你，所以看见别人那样享福，心下便有些难过。你既然有这样的好志气，能耐得起苦，我还有什么话说呢！

这年秋天，陈氏因感受暑湿，得了一个湿温症，病倒在床，那病势十分沉重。昭弟是个女儿家孤掌难鸣，急得没有法子。幸亏她隔壁邻居有个李婶婶，平日和她们很是要好，便过来探望。李婶婶又命她的儿子去请了一个医生来，替陈氏治病。一连忙了好几天，陈氏的病，才渐有转机，算是不妨事了，但一时还不能起床。昭弟本想再在家里歇几天，服侍她母亲的病，无奈手头这几个钱，延医服药，早已用完了，不能不硬着心肠去上工。便央求李婶婶在家中陪伴她母亲。李婶婶一口答应。

陈氏一个人躺在病榻上，也无非和李婶婶谈谈家常解闷，谈到其间，免不了又要诉苦。李婶婶起初也不过开口安慰她几句罢了。后来因陈氏再三说他女儿年纪很轻，身体又不结实，做了这苦工，只怕将来把身子白白地劳碌坏了，还一世不得出头。李婶婶原来是个热心人，听她这样说，便道你们昭弟真是一个好女儿，天天教她做苦工，不但你做母亲的人舍不得她，便是我们旁人看着，也怪可怜的。我倒有个主意在此，不知你心下怎样。如今外边，不是盛行着女子新戏么？我的儿子有个朋友，是一家女子新戏园里的领班。他那里时常招收新戏子。有那些女子自愿学戏的，都去投奔他。听他们说起来，这唱新戏倒像是一桩好生意，又不费力，又赚得起钱。只要人物漂亮，质地聪明，学了几个月，就可以出台。出台之后，倘然走了红运，每月就可以拿上几百块钱的包银。别的行业，哪里有这样大的好处。我看你既然嫌做工辛苦，不如教昭弟去学新戏，像她这样又聪明又貌美，包你可以出风头，何苦永远埋没在这丝厂里面呢？陈氏听了，连连摇头道：你的话固然是一番好意，但是昭弟不比别人，性情十分固执，要教她去唱戏，是断断不肯的。李婶婶道：如今的时势，不比从前，还有许多人将唱新戏作为一种很高的行业哩。只要自己行得正立得正，便是做个戏子，又怕什么，到底不比当娼妓，那才真正辱没了一辈子了。陈氏听着，只是默然不语。李婶婶便也不再说了。

过了几天，陈氏病好了。昭弟心下十分快活，依旧朝出晚归去做苦工。一天放工回来，突然颜色改变，见了陈氏一句话不说，走到房中，伏在案上，竟放声大哭起来。陈氏吓得索索地抖，忙问她是何缘故。昭弟哭够多时，才收了泪，对他母亲说道：我从明天起，再也不到厂里去做工了。陈氏大惊道：难道你犯了什么事，被他们开除出来了么？昭弟愤愤地道：我为什么犯事？实对母亲说，你老人家只晓得我做工辛苦，却不知做工作的苦，还好受，其余更有许多说不出的苦处，实在难受哩。厂中那些管事的，又有哪一个是好人，一天到晚，见了我们这些女工，一味嬉皮笑脸，不怀好意。别人还觉好些，我更不知是作了什么孽，格外受他们的轻薄，所以我见了他们，真如遇了蛇蝎一般，躲避不迭。但是平日总还不过是口头调笑，可以勉强含忍。我恐怕母亲着恼，回到家中也从来不曾说起。不料，今天那个管工的在放工的时候，趁着忙乱之中，便向我动手动脚起来。我遏不住心头大怒，便给他一个嘴巴。他受了我一掌，自己不知道惭愧，反而指着我骂道：好不识抬举的东西。你有本事，从今天起不再踏进厂门来，就算你狠。不然教你不出三天，知道我的厉害。当时也有许多同伴替我抱不平，只是怕他的威势，也不能多开口，只将我劝开了，就算了事。但是听那管工的口气，分明还要设法报复。这种工还有什么做头。说句拆穿西洋镜的话，我原是要保全这个清白身体，才情愿自己吃苦做工，倘然做了工还要受人侮辱，那真大不犯着了。陈氏听罢，禁不住泪如雨下，忙道：你的话固然不错，但家中一个钱也没有，不做工又哪里能过活呢？昭弟又恨恨道：那也只好再打主意了，难道看着这个火坑，还肯再跳进去么？

　　隔了半年，和华丝厂里的女工名牌板上，少了一个陆昭弟的名牌；那是春江风月社的女子新戏园门口，却多了一块"女子新剧大家陆曼云"的招牌。这陆曼云便是陆昭弟的化身。陆昭弟何以变成陆曼云，丝厂女工何以变成女子新剧大家，这自然是那位李婶婶的劝驾。但是换一句话说，却还是衣食的驱使。经此一变之后，比较从前自然大不相同，钱也赚得多了，起居装饰也渐渐阔绰起来了。那缝着许多补丁的布衫，早已抛得老远了。便是坐汽车兜风的滋味，也尝着了。最奇怪的是不但境遇改变，性情也会改变。以前的陆昭弟，见了管工的，和她戏谑，便要请他吃耳光。如今的陆曼云，成日成夜，有许多鲜衣华服的少年，做她的侍从武官，但是她却心平气和，再也不会生气了。

　　清明时节，大家都去上坟。曼云的母亲陈氏，在前几天便对曼云说道：你的父亲死了之后，草草地葬在龙华，也有好几年了。可怜我母女两人，往年十分艰苦，连上坟的酒菜，都办不起。每逢清明，不过去烧些纸钱就算了。今年难得境况宽裕些，却要备一席丰盛些的祭筵，又多买几只草囤，好好地去上一回坟，好教你的父亲看着欢喜。曼云也点头称是。到了清明这一天，母女两人雇了一部汽车，带了一个娘姨和办就的祭菜纸锭，前去上坟。一面在那里拜，却只听见路旁有人说道：咦！这个坟前，年年只见一个苦老太婆，带着个乡下小姑娘前来哭奠。今天却为何停着汽车，摆着这样上等的酒肴，连着两个上坟的人，虽然依旧是一老一少，也认不清她们的面目，好像另换了两个人了。她们母女二人，听得明白，心下不知起了一种什么感想。等到拜毕起来，那带来的娘姨一面替她们焚化纸钱，一面对她两人笑道：你们来上坟，却引得这些路人一个个都在那里称赞你们的阔气。这一来真是替死人面上也添了许多光彩了。陈氏听见娘姨这样说，陡然变了颜色，不由自主地对曼云叹了一口气。曼云也不作一声，霍地又跪倒在她父亲坟前，放声大哭道：父亲，你须要原谅我……可怜我……

附

录

严独鹤君传

赵苕狂

严君独鹤，浙之桐乡人。幼而颖悟。从其舅氏费翼墀先生读。先生故浙中名士，学问渊博，识见尤卓绝。时新学初萌，欧西学说，流入中土，社会方诧以为怪。先生独深然之。平时课子弟，亦注重经史实学，从而受业者日众，门墙桃李，济济称盛。而独鹤尤勤奋异常儿。其于学业，成就独早，年十二，即能握管为文，千百言洋洋立就。十四应童子试，辄冠其曹，举茂才。与试者多老师宿儒，皆望尘莫及，一时有神童之目。顾独鹤虽在童年，已深知举业之不足用世，请于父，入广方言馆习英文及诸科学。数年后学术愈精进。方思负笈渡重瀛，遽遭父丧，不果。年十九，即出主各学校讲习。家贫，借微俸以养母，艰苦备尝，而声誉鹊起。尝远游赣中，光复后旋沪。历任各书局编辑，嗣入《新闻报》主笔政，辟《快活林》，为海内文艺菁华之所集。性嗜小说，儿时即熟读《水浒》《红楼》诸书，课余辄把卷弗释，至废寝食。嗣又博览西方小说，故其所作，能融冶新旧，自成一家。散见于报纸杂志者至夥。然其意中，雅不欲专以小说鸣于时。居报界垂十年，每发表政论，多主持正义，尤为世所重云。

《独鹤小说集》序

人或语余曰：君等治小说家言，撅拾事物，生有于无，其殚心力也甚矣。又有人曰：小说者，直谰言耳。作者自矜为专艺，实则信笔挥洒，街谈巷议，咸可入之文字。所资夥矣，曷足贵耶。余闻而皆笑颔之。嗟乎，由前之说，其意似能知作者之艰苦矣。然未能知其下笔之际，镂心沥血之果为何状也。由后之说，则不特不知作者之艰苦，抑且从而讪笑之。犹之膏粱子弟，饱暖自足，以稼穑为易事，固不足深责也。余独怪夫吾曹以七尺躯，伛偻于区区文字之间，而不知反，日以无谓之笔墨，积为丛残，沾沾焉自附于一艺。其幸也，仅足使人知其艰苦，然亦胡利于我身。而世之粗犷无知者，且龋齿窃笑于后。目为无益，则尤堪志灰气沮者矣。由此言之，宜可罢而习他事。工也农也商也，咸可择一以资其生。又奚为而矻矻不已，学蓬虫之茹苦而甘之耶。然则我侪之治小说，诚大愚。愚而不自省，尤愚之又愚。余诚不复能设一言以自辩为不愚矣。虽然，天下事皆蔽于私耳，无所谓智愚也。蔽于私，则利害之见显。而利害者，非果有真界也。私其一己而强分之者也。所见小矣。世运日替，人生之不幸日增，悲哀日甚。大憝日造罪恶以阱世，社会日趋黑暗而就危。吾人欲发其微而鸣其隐，则舍小说之曲绘声状，其又孰能任之哉。孔子曰：谏有五，吾从其讽。小说者，盖取微辞婉语以讽世者也。其功虽不显，而有造于世人者，不仅局局于文艺之一端而已。作者本其天良，运其意匠，而以恳款出之，立言劝世，非不自知其愚也。近辑十家说粹，慨然有感于中，遂立序以伸我说。世之读是书者，见此十人之文字，当以殷然之心血视之，淋淋焉直洒向世人之身，以启黑暗中之微光，使公等有所慰藉。换言之，则此数寸稿，直人之血泪与呻吟声，聚而成者耳。至若以其艰苦而怜之固可，以为无益而讪笑之亦可，以至谓余总集此书为多事而诟病之，亦未为不可也。吁！

中华民国十二年天中节后三日吴兴赵苕狂序

人海梦

第一回　人海浮沉惊涛骇浪　梦魂颠倒骤雨狂风

　　茫茫的大海，滚滚的怒涛，猎猎的狂风，哗哗的大雨，还加着是黑漫漫的深夜，冷飕飕的天气。在这个当儿，却有一只海船，急急地鼓轮疾驶。船中都是些老于航行的海客，乘风破浪的生涯，经得惯了。日间辛苦，到了夜里便安然入睡，并没有什么恐怖忧虑。

　　如今单说房舱里面一个客人，年纪只得十七岁，自幼儿在父母手里娇生惯养，从不会出门一步。这回是因为他父亲望子成名，看见儿子也到了成人的时候了，在家乡找不出什么好学校来，恐怕伏处里闷，白耽误了好光阴，便命他跟着一个表兄，特地由宁波到上海去求学。从宁波趁海轮到上海，原只不过一夜的海程，但是十七岁的人，还和小孩子一般，这回刚刚出门，他口里已经念过几十遍的远适异国、昔人所悲了。到了船上，逢着这般风浪，又着实地提心吊胆。听听船上的人鼾声四起，自己却翻来覆去再也睡不着。好容易挨到了半夜，才有些倦意。刚朦胧地合上眼，忽然觉得船身晃动，接着便有人喊道："大浪头来了！"那只船便凭空地往上一抛，又着实地往下一沉，登时人声鼎沸地大闹起来。嘟囔道："不好了，船要翻了！"他这一惊非同小可，急忙从榻上跃起，推开舱门抢将出去。只见满船上的人都往甲板上乱跑，他也便跟着他们逃去，跑到甲板上，船已渐渐地倾侧了。那时候船主也赶了过来，便一迭连声地喊着"放舢板"，舢板才放下去，那些人逃命要紧，就一拥而上，向舢板上乱跳。哪里知道风狂浪急，船小人多，舢板还没有开，早沉了下去。一连放了二三只，都是如此。那只大船，却又倾斜得格外厉害，大半只已没在水里了。

正在万分危急的当儿，忽见一只小船，冲波逐浪直驶过来。这些人都大喊："救命。"那小船上只有一个人掌着舵，口里说道："我这船小，救不得你们许多人，我是特来找我的小朋友华国雄的。"这些人又嚷道："华国雄是谁呀？"我想阅书诸君看到此处，必定也急于要问道："华国雄是谁呀？"为什么就有人晓得他这时候要遭难，特地放只小船来救他呢？原来这华国雄不是别人，就是书中所说那十七岁的少年客人。听见有人来救，登时喜出望外，便从人缝里钻将出去，喊道："只我便是华国雄。救我的是谁？快请拢过船来。"当下那小船便移近大船旁边，华国雄也顾不得三七二十一，就直跳上小船去。其余这些人也想趁势下船，那小船上的人，早拔出一支手枪来喝道："哪个要下来的，就请他先吃一颗卫生丸，再逃命不迟。"说着已拨转船头扯起风篷，箭一般的去得飞快。

华国雄上得小船，惊魂略定，仔细看那驾船的人，原来是个长大的汉子，粗眉巨眼，满面英雄气概，却是素不相识。便开言问道："承长兄救我，再生之德自然是感深肺腑。但素昧平生，何以得蒙援手？还望将此中原由详细见示。并请将尊姓大名告我，自当牢记在心，以便日后图报。"那人听罢，哈哈大笑道："我和你曾在会场中觌面，密室里谈心，虽非志同道合，却也殊途同归。怎说是素昧平生？又问起我的姓名来，真是好笑，难道刘光汉三个大字你就不记得了？人说贵人多忘事，你现在年纪很轻，离着贵人的地位还远哩，倘然有朝一日做了贵人，恐怕连你自己的名姓都要忘怀了。照这样说起来，你原是个没心肠的人，倒枉了我救你一场。"说罢，又冷笑了一阵，露出很不自在的样子来。国雄听了他的话全然摸不着头脑，见他态度离奇，言语闪烁，竟猜不透是什么来历，转默默的不敢多言。隔了好久，刘光汉忽然又笑道："你们的大轮船反失了事，我这小小的一叶扁舟，倒在风浪中来去自如，你看着我的手段，佩服不佩服？其实这也没有什么出奇，只因我在这大海当中，会顺着潮流行船，顺着风势使帆，就觉得风利水利所向无阻了。"道言未了，一阵狂风吹起一个大浪，直打过来。那只船便上下簸荡，刘光汉也慌了手脚，把握不住，尽着那船在旋涡里滴溜溜地乱转。好半天才定。国雄是惊弓之鸟，忍不住又说道："我看长兄的驾驶手段果然十分高明。但是这风篷太扯足了总不免危险，还是落下来些的好。"光汉因这一阵风浪把他刚吹的法螺就给打破了，心里正没好气，又听着国雄的话，十分扫兴。便大怒道："你原来是个无用的懦夫，才经了些风浪，就说出这样丧气的话来。你这话算奚落我？还是教训我？我是个翻脸不认得人的，可容不得你了，你有本事离了我这船，自己想法去渡登彼岸罢。"于是不由分说，就将国雄的身体直提起来往海里一掷。

国雄被他抛在海中，便昏昏的不知人事，也不知漂流了多少时候，忽地碰在一块大石上，觉得异常疼痛，"啊呀"一声，醒了转来。只见自己的身体，就搁在一处海滩上，浑身衣服透湿，手臂上又有好几处磕碰的伤痕，便慢慢地挣扎着立起身来。四面一看，原来这里却是孤悬海中的一座荒岛。但不知道有无居人，就一步一跌地想走上前去探觅一番。走了半天，只见沿路树木茂盛，风景秀美，却总遇不着一个人，也没看见什么禽兽。心下十分奇怪，后来走到一处，夹道都是修竹，有几股清泉从竹根下直泻出来，微风过处，吹得那些竹枝簌簌作响，国雄觉得心旷神怡如入仙境。就在这竹径尽头，却发现了一所茅屋，国雄大喜。想屋中必有人居住，便忙忙地推进门去，见里面竹榻上斜卧着一个人。仔细一看，反是惊喜交集，大叫道："你不是温如么？如何一个人住在这里？"那人也直跳起来道："咦，原来是刚甫。我一个人避嚣来此，已不知经了几许岁月了。你为何不好好地读书上进，却寻到此地来？"国雄叹道："一言难尽"。当下便把那轮船失事的情形，细说了一遍。温如道：

"这也罢了，你得到此地总算还是造化。此岛称作清心岛，是个顶好的去处。大约在这海中除了这小岛，也实在没有安身的所在。你既然来了，就跟着我住在一起，倦了，就与我同榻；饿了，就啖些果蔬，要吃烟火食，是没有的了。还有一言，须要牢记，你在此地切不可背了我乱走，倘然一个人乱走，再弄出什么岔子来，我就不管了。"国雄听着，唯唯地答应，自此便住下了。

但国雄原是个好动不好静的人，一连住了几天觉得十分气闷。这一晚温如先睡着了，他看见星月满天，忽然触动了游兴。自心里想道，这岛中绝好风景，我那天来的时候已经领略了好些了，但是还有许多地方没有去过，何妨趁着月光出去闲步一番？主意打定，便悄悄地从侧门出去，便是一条小径，穿过小径但见碧茸茸的一大片草地，当中有一所很高大的洋房。国雄便沉吟道："我只道这个荒岛中，像温如住的三间茅屋已经很不易得了，谁知还有这样的华屋。"一边想，一边就顺着脚步向洋房前面走去。只见楼头灯头十分明亮，又听得琴韵铿锵从风中直送过来。国雄知道这是批霞那的声音。接着珠喉婉转唱起歌来，竟是个妙龄女郎的声调。国雄便索性转到墙根下，立在那里细听起来。只听得楼上唱道：

> 人海兮浮沉，怒涛几度经。英雄多侠骨，儿女说柔情。叹柔情侠骨，霎时都被浪淘尽。人我苦纷竞，沧桑变幻总无凭。蓦地风云紧，鲲鹏腾伏从何定。蓦地潮流新，鱼龙曼衍浑难论。问谁是中流砥柱？谁把精神振？黄金美色铄雄心，国魂犹未醒。（明点国雄两字。）

国雄在小学校里，于唱歌一科也很擅长。这回听见这样歌调，觉得音节极其婉转，而词意又非常悲壮，不禁暗暗叫绝，一时又将那风云紧、潮流新两句，细细地咀嚼起其中滋味来。正在沉吟，忽听得楼上一个女子的声音，说道："珠儿，今夜这琴声与往日不同。格外和谐，也格外清激，莫非是那人儿已经来了？良缘美满，应在今宵也未可知。就派你去充个欢迎专使罢。"接着便隐隐听见一阵脚步声,又停了一会,就有人开门出来。

国雄觉得眼睛一亮,只见月光底下映着一个十三四岁的小女郎,袅袅婷婷的身材,齐齐整整的面貌,生得十分俏丽甜净。看她打扮却又像个丫鬟。国雄看得呆了,想要引避谁知那双脚却不听他的号令,转丝毫不动地站着。那丫鬟含笑走上前来,说道:"请问郎君,可是甬江华公子么?"国雄听他冲口说出姓氏里居,倒吃了一惊。忙答道:"我正是姓华。但不解姐姐何以能预先知道?"那丫鬟又笑道:"良缘前定,何必再说?就请进去罢。"国雄此时真弄得莫名其妙,只得恍恍惚惚地随着他走进门去。那丫鬟便一直引他上楼。上得楼来,又转过阳台,走到东首一间房门前,门上挂着绣帘,那丫鬟走进去,唧唧哝哝说了几句话,又掀起绣帘,笑着说了一声:"请。"国雄便跨进房去,只觉暖烘烘一阵奇香,熏人欲醉。四面一看,只见房内珠光宝气锦簇花团,耀得人眼花缭乱。一时也不及细看陈设,只觉又精神又富丽,和寻常的香闺绣阁截然不同。

房中间安着一张玉床,旁边一张红木的杨妃榻,榻上陈设着锦褥。端坐着一位丽姝,望去年纪也不过十七八岁,浑身穿着洋装,真是雪肤花貌,娇艳非常。见了国雄低鬟敛笑,也不起身,也不说话。国雄此时已是心荡神驰,便走上前去,深深地行了个鞠躬礼。又恭恭敬敬地说道:"漂泊余生,获登绣阁,实在是非常荣幸。也不敢动问此间是何宅邸,想小姐定是蕊宫仙子,偶降尘寰。所以一曲琴歌,不同凡响。"说到这里,那丫鬟站在旁边早嗤嗤地笑道:"好了,好了,不要掉文了。你说小姐是仙人,你倒也是个仙人哩。不然,何以一开口就道着我们小姐的名字?"那丽姝便觑了他一眼道:"珠儿,休得多嘴,快去端茶奉客罢。"珠儿又笑道:"合欢须当用酒,何必拘拘地再行茶礼?(妙语双关)"说着嘻嘻地走了出去。那丽姝才对国雄低低说了一声:"请坐。"国雄便远远地在一张洋式单靠椅上坐了下来，也不敢多说话，只抬头看那房中挂的字画。但见妆台旁边悬着一个雕金缕彩的镜架，镜架里面装着一幅丝绣的时装仕女，那面目和丽姝一般无二。上面又有一行小字道："蕊仙女史绣像"，才明白这丽姝原来小字蕊仙。怪不得适才珠儿说开口就道着名字了。

正想着，只见珠儿又匆匆地进来，手里托着一个洋漆盘。盘里盛着一壶酒，十个精致小碟子，把来放在中间一张小桌子上。又相对放了两把椅子，说道："良宵合卺，只好摆在房中，不必再到餐室里去闹了。"当下请国雄坐在上首，又去拉了蕊仙来坐在下首，她自己两面斟酒。蕊仙倒也酒到杯干，丝毫不露羞态，只默默地总不开口。国雄更自没了主意，只由着珠儿摆布。饮了一会酒，珠儿忽然看着壁间的时钟，说道："不早了，已快三点钟了，良宵苦短就此安置罢。"说完径自收拾杯盘掩上房门去了。这里国雄便真个软玉温香得圆好梦了。（明点梦字。）

自此一连住了好几天，温柔乡里自然有无穷的佳趣。不过国雄心上总觉这番奇遇太来得古怪，有时说话中间问起她们主仆二人的来历，总含含糊糊地不说，便连姓氏也不肯实告。再不然，就闪烁其词地说些什么良缘前定等话头，听着更加纳闷。就索性不去管它，只当是前度刘郎，遇着天台仙子了。

仙家岁月，格外长久，又不知过了多少日子。一天晚上，正和蕊仙两人并枕私语。蕊仙忽然问道："你来了许多时，我还没有问过你家道如何。"国雄见问，吞吞吐吐了好半天才答道："寒素家风，差堪温饱而已。"蕊仙叹道："那么你我的恩爱就不能长久了。"国雄惊道："此话怎讲？"蕊仙道："我从前曾发下一个宏愿，说要在这清心岛前造一座光明灯塔，指示航海的人，教他不要误入迷津。预算这座塔的建筑费需要一百万金。我便立誓：倘然有人能独力担任这一百万金费用的，就把此身嫁他。现在听你的口气，自然无此大力，前言俱在，虚愿难偿，还哪里能永缔同心之结呢？"国雄听罢，不觉一团高兴化为冰冷。蕊仙沉吟了一会儿，又微微地笑道："法子倒也有一个，但不知你能否依我的话。"国雄忙问何法？蕊仙道："我有个哥哥，在此去一千余里一个岛上开着金矿，那岛叫作黄金岛。岛上都是些金矿，归我哥哥一个人承办。差不多就有几千万金的出产。我现在就写一封信，介绍你到他那里去，哥哥看我面上一定重用。那时你入了这金穴，伸手也是金子，缩手也是金子，不难满载而归。不知你意下如何？"国雄听见这般说，那颗心已跃跃欲动，便道："好极，好极，自然遵命。"说了这一句，又转口道："只是舍不得离开你。"（有了黄金，便顾不得美人。转口才说这一句，心事如画）。蕊仙冷笑道："彼此如果有真爱情，也不在乎朝夕相会，我还要和你约法三章哩。此去限你三年，三年之内能够积聚到一百万金，便可得意归来，完我心愿，重缔旧好。到了三年，还弄不到百万之数。那么只好各自东西，不能怨我薄情了。在这三年中，你应该努力前程，我便也小姑独处，虽然两地相思，也不必彼此通讯。转多挂恋，索性待三年后再相见罢。"国雄此时听了这些话，早已将魂灵儿都飞往金矿里去了。（又表明梦字，兼表国雄性格。）就满口应承，一宿无话。

　　到了次日，蕊仙便真个修起一封书信。又命珠儿和国雄整理了一副行装，预备动身。国雄道："你既然这样敦促，我倒也没甚留恋。（居然说没甚留恋）只是此地是个荒岛，谅来没有什么轮船，无舟无楫，如何能飞渡大海？况我是曾经患难之余，真有些望洋兴叹呢。"蕊仙笑道："这倒无妨。这里虽然没有船，那黄金岛中自有一种专轮接送海客。只有我这里打一个无线电去，轮船不日可到，还愁什么交通阻隔。不过我曾听人说起，出了清心岛，往黄金岛去，中途的风涛却是非常险恶，（语带双关）这却要看你自己的命运了。"国雄听了，不免有些惴惴，但是转念一想，要求黄金就说不得要冒险了。（黄金从冒险得来，普天下善知识的听者）当下便让蕊仙发了无线电去，隔了两天果然就有黄金岛的专轮放来。国雄便洒泪别了蕊仙主仆二人，匆匆登轮而去。

沿途却是风平浪静，直达黄金岛丝毫没受惊恐。国雄自心里想着蕊仙说风涛险恶，这话原来不足为凭。不然，就是我和黄金有缘，才得这样的进行顺利。便高高兴兴，拿了蕊仙的书信去见这金矿主人。主人和他谈论了一番，见他面目清秀，吐属隽雅，十分欢喜。又加着是自己妹子的情人，自然另眼相看，十分器重。就派他做了个理事长，无论金矿中什么事情，都命他帮同处理，有时主人有分身不开的地方，简直便令他做了全权代表。于是全岛的人没有一个不奉承他。

权利两字本来相连的。事权既重，利益当然来得大了，国雄看着这个样子，觉得日增月累，不但一百万，就是几千万几万万也可以稳稳到手，心下说不出的快活。

光阴迅速，不觉的正是三年，那金矿主人，忽然接着一个电报，说要回国去了。当下，便聚集一般职员和几个大工头，当众宣布道："我在这里经营金矿已经数十余年，托赖大家鼎力相助，才有这般成绩。现在我因为另有要事不得不去，去后再来与否也未可定。这金矿的事就让华国雄先生经理。所有这里的财产，除掉我自己要带去的以外，总计还值五千万金，一半就赠给华先生，一半便分与众人，按职务大小分派。你们以后一切须听华先生的命令，要知道他便算是我的继承人了。"大家都欢呼答应，华国雄更是感激涕零。从此旧主人一去，他便是第二任的主人，位尊多金，自顾此身竟如登九天了。

又隔了几时，忽然想起，（忽然想起，可知平日已早置诸脑后矣。）我和蕊仙却整整的三年不见了，自到黄金岛以来守着他的约，也从没有通过音讯。目前果然如愿以偿，已成巨富，大可以重践旧盟，永图欢聚了。想到这里，便又特放专轮复回清心岛来。

到得岛中只见湖山无恙，风景依然。也无心观览，直奔蕊仙所住的那所洋房中来。进得门，上得楼，只见蕊仙一个人躺在一张睡椅上看书，见了他来，也不迎接，只淡淡地说道："你回来了么。"国雄便道："我已经在黄金岛中致富而归，三年之约幸不辱命，自然要博得玉人心许，常享艳福了。"说完哈哈大笑，满望蕊仙听了必定喜欢，谁知蕊仙却冷笑了两声，说道："你这回就发了大财，我也不能嫁你了。"国雄听着，好似兜头浇了一瓢冷水。急得顿脚道："这是什么话！我临去的时节，你是怎生说法？言犹在耳，何以今日相逢，忽然背约呢？"说话的声音来得太响了，便将自己惊醒。原来锦衾角枕，依旧睡在床中。便揉了一揉眼，自笑道："好端端的怎会做起梦来？"掀起帐子来一看，早已是红日满窗。瞧那蕊仙，却还沉沉熟睡，忙轻轻地去推着她道："你也好醒了，这般时候还倦眼未开。难道我做了一夜的梦，你也在那里做梦不成？"推了几推总不见蕊仙移动，心里诧异道："她向来不是个贪眠的人，如何今日这般酣睡？"便欠起身子向蕊仙一看，不觉惊得怪叫起来，说道："不好了。"原来芳容惨变，鼻息已无，竟是香销玉殒了。再摸了摸她的胸口和四肢，也是冰冷的，便禁不住放声大哭。珠儿听见哭声，直跳进房来，问是怎么了？国雄哭得哽咽难言，只用手指着蕊仙。珠儿走上前一看，忽然柳眉倒竖，杀气横飞，恶狠狠地向着国雄大骂道："好好的一个小姐，为什么给你害死了？她死了还有我呢。我不能不替她报仇！"说罢，就在壁间摘下一把宝剑。（此剑当是慧剑）望着国雄顶上直劈下来。国雄此时又悲又惧，闪过剑锋便不顾死活，从床上直蹿下来，飞跑出去。珠儿仗着剑，紧紧地追来。国雄逃下楼来，奔到门外，珠儿也追出门外。国雄辨不出路径，只管乱跑，珠儿在后面喊道："凭你逃到哪里，我追到哪里。"国雄听着更是着急，穿林越径地走了一会子，忽然看见一座茅屋挡住去路。心里猛然省悟道："这不是温如住的地方么？可叹我和他自从月夜私行以后，已经阔别了许多日子了。如今事急，只有求他做个救星。"这时珠儿也早已赶至。情势十分危急，国雄一眼看见温如静悄悄地一个人坐在竹榻上，忙赶将进去喊道："温如救我！"嘴这嚷着，脚下走得急了绊着门限，跌了一跤。

这一跌跌得重了，觉得遍体疼痛，惊魂乍转。再睁开眼一瞧，也没有什么茅屋，也没有什么珠儿，只听见耳边风声水声依旧闹个不住。一个人笑嘻嘻地立在旁边，说道："叫我怎生救你？"定睛细视说话的，便是温如。正是：

疑真疑假浑难辨，变幻无常一梦中。

第二回　掉酸文腐儒谈女教　装阔气画轴署官衔

国雄便道："这里到底是什么所在？"温如道："你醒了怎么还说梦话？这不是好端端仍睡在房舱里么？我正睡得沉着，忽然听见你喊救，知道你是梦魇，就赶忙来唤醒你。你到底梦见什么事情了？这样年纪，还和小孩子似的睡梦里大呼小叫。被隔壁那些客人听见了，才是大大的笑话呢。"国雄听着才知是梦。又沉吟了一会，便道："我这个梦做得很长，也做得很怪，但是现在思索起来，竟一些的记不清楚，只觉得颠倒恐怖而已。（恐怖颠倒谁能免得）现在到底是什么时候了？"温如道："天也要亮了，上海也快到了，你梦也做够了。不必再睡，还是起来把行李收拾些，免得到了埠头，手忙脚乱的。"国雄便慢慢起来，还不住地打呵欠。

一会儿只听见船呜呜地放了几声汽，接着就有个茶房进来说道："船已进了吴淞口，马上就到了上海了。你们两位客人，到了上海还是住客栈，还是另有公馆？"温如道："我们不住客栈。稍停到了码头，烦你代我们雇两乘车子，到派克路昌寿里。我们初到上海，各种情形都不很熟，一切托你招呼，多送给你些酒钱就是了。"那茶房听了满面堆下笑来，说道："包我身上，照顾得周到。"说完去了。又隔了好半歇，那船已抵了金利源码头。还没有停住，就有许多人扑通扑通跳上船来，每人手里拿着方方的一张红纸，口里乱喊道："长发栈！""大安栈！""大方栈！"一连就听见他们报了十多个栈房名字。接着还有许多小车夫挑夫四处乱钻，登时鸟乱得一天星斗。看见他们房门开着就嚷道："你们是到哪里去的？"说着也不管人家答话不答话，就想跑进来搬行李。国雄看见这般人和强盗一般，不禁吓得呆了。温如拼命拦住了房门，没有放他们进来。好一会，方见适才那个茶房，带了三个车夫走过来，说道："我看你们带的东西也不多，代你们雇了两部东洋车，另加一部小车装行李也尽够了。"说完，便将一张小车照会递与温如教他拿着，一面又督率着车夫把东西搬上了岸。温如国雄两人也跟了上来。拿出一块钱赏给茶房，茶房谢了一声，欢天喜地地去了。这里国雄温如二人便坐着车子到派克路昌寿里。进了里门，寻着二百五十号门牌，见上面贴有一张红纸，上写着"华公馆"三个大字，便停下车子，向前叩门。

且住且住，著书的在这大门未开的当儿，倒先要把门内主人的历史补叙一番。原来这华公馆便是国雄叔子的住处，他叔子名斯端，号寿卿；国雄的父亲名斯荣，号厚卿，两人本是同胞兄弟。厚卿是个廪生，守着些薄薄的祖产，住在宁波，自己办了个小学，温如国雄都是在此中毕业的。温如大了两岁，又转到中学堂肄业，程度便比国雄着实高些。寿卿本是个孝廉公，一向游幕外方，这几年在上海道里充当书启老夫子，便把家眷接来同住。温如姓钟是华家的外甥。他的父亲号朴斋，在本地开着当铺，倒是个殷实商家。这回表弟兄两人到上海来求学，原是厚卿预先函告寿卿，嘱他代觅相当学校，并管教一切的，所以两人一抵了埠，便直到他公馆中来。

如今且说寿卿这两天因在正月里面，各处年酒吃得正忙，每天晚上总要闹到十二点后才回家。他的烟瘾又很深，整夜的吸烟不到天亮总不得睡觉，国雄两人到来他还上床得没多时候哩。寿卿的妻子钱氏倒很能治家，起身得也很早，听见下面敲门声音，便令仆妇去开门。一会儿仆妇上来通报，说侄少爷和外甥少爷来了。钱氏便道："老爷还不知几时才醒哩，让我先去招待他们罢。"说着就走下楼来，国雄温如二人便先后上前拜见了。又送上些土物，钱氏忙命仆妇端整茶点给他们吃；一面谈谈家常，不知不觉已是晌午时候了。温如忍不住便问道："舅舅已进署办公去了么？什么时候回来？"钱氏笑道："你舅舅么？早哩，早哩。还正在高卧哩。"温如就不便多言。

隔了有两点多钟的时候，才听见寿卿在楼上咳嗽的声音，钱氏便命仆妇端脸水上去。又等了好久，寿卿才慢慢地下楼来见他两人。他两人磕下头去，寿卿一面拉了起来，一面就捻着胡子，摇头晃脑地说道："我已经接到家信，晓得你们这回是乘槎以作远游，负笈而来求学的了。但如今邪说朋兴，士风日坏，欲求菁莪棫朴，作育人材，绍古代之遗规承先圣之道统，乌可得哉？"钱氏在旁边笑道："你大约昨晚吃多了酸酒，所以早上一开口就酸气直冲。见了面也不问好，也不道乏，便掉起文来。就是掉文，也何妨坐下来再说，尽站着做什么呢？"寿卿也禁不住哈哈地笑道："太太又来排揎我了。一个是侄儿，一个是外甥，自家人本没有什么客套。你说坐云则坐，我却要食云则食了（依旧掉文）。你快去预备肴馔，天快晚了，正好是吃午饭的时候了。"钱氏笑了一声，自去安排。一会儿摆上酒菜来，钱氏也坐着同吃。

饮酒中间，忽然听得一阵马蹄声响，到门口停了，钱氏便道："想是芷芬那妮子回来了。"说着仆妇去开了门，便笑道："果然是小姐回来了。家里有客呢。"芷芬听了便缩住脚。钱氏忙接口道："什么客人，便是国雄弟弟和钟家哥哥呀。"芷芬就走进客堂来和两人见过了礼，又问了好，言语举止都很大方。国雄是自家姊妹，温如也是从小见惯了的，不过近来却隔别了好几年了。

此时见他表妹觉得比小时候越发标致了。淡淡的眉儿，圆圆的脸儿，穿着一件淡蓝花缎灰鼠袄；系着一条玄色花缎的长裙，纤腰天足，丰韵自然。不禁暗暗地赞叹道："我那舅舅很是迂谬，不料这表妹倒又十分秀逸。"正呆呆地想着只听得钱氏问道："芷儿昨天到姨母家去，怎的便不回来？想是姊妹们聚在一起贪着玩又绊住了。"芷芬道："不是姊妹们贪玩，倒是姨母苦苦地坚留，便住下了。今天才放马车送我回来。"钱氏就在身边摸出四角小洋来，命仆妇去赏与马夫。仆妇拿了出去，马夫说了声谢谢，自放马车回去。这里仆妇关好了门，便跟着芷芬上楼去了。

寿卿忽然皱着眉向国雄道："你这芷芬姊姊近来很染了些文明习气，一切言语举动未免就失了旧家风范。从去年起，还一定向我闹着要进女学堂，我再三不允，禁不得你婶娘也帮着撺掇，我被她缠得没法，才把她送到附近毓秀女学校里去读书。这一读书，便更不好了，好好的一个闺秀，完全变成个女学生的派头。有时还讲究什么唱歌体操。听说年底放假的时候，开了个什么游艺会，她还夹在里面演说。演说还不算到后来竟又使起刀来，你们看这还成何体统？回家后被我着实地教训了一顿，说你这个样儿拿刀弄杖，难道要去做武旦么？她倒格外回得我好笑，她说古来女人也有习武的，梁红玉桴鼓助战，花木兰代父从军，难道不是个榜样么？我便骂道：'这真是放屁！并且放的是臭而不可闻也的屁中之屁。梁红玉虽说是个女英豪，但她究竟是个什么出身，女孩子家岂可以她为法？至于代父从军，更是笑话，别说现在朝廷有道，四邻辑睦，海宇奠安，决不会再有烽烟之响。（固然是梦话，但用一"再"字，足见此老亦屡经变乱者，但望其不再耳。）就使一旦有事，自有那班精兵良将去抵挡，哪里用得着我们这种文人？要你这小小女儿来代我从军，岂不是胡说乱道？'她受了我这一顿骂，才俯首无词。总之，现在男学堂里已经是偭规越矩，却还要闹出什么女学堂来，真是不可为训者也。"

寿卿这样唠叨了一大篇，国雄温如都不敢答言，只呆呆地听着。还是钱氏笑道："罢了，罢了，酒也够了，菜也完了，老爷也别之乎者也了。就叫他们拿上大锅来吃饭罢。"于是大家吃了饭。寿卿又上楼去吸烟，吸饱了烟，便又匆匆地出门去了。温如国雄两人也便出去随意闲逛了一番。在五龙日升楼吃了一碗茶回来已是八点多钟，钱氏又命人开晚饭来吃了，就让他二人在书房中安歇。

原来寿卿住的是两楼两底的房子，一间做了客堂，一间便做了书房。他二人走进书房里面见靠窗设着一张书桌，桌上乱堆了些纸墨笔砚。右首靠墙放着几个书架，架上也都是些破烂书籍。左手便搭了一个睡铺出来，天气冷，两人同榻，也将就睡得了。正中板壁上贴着二尺来阔三尺来长的三张大红纸，纸上都写着乌黑的大字，中间一张是天地君亲师位，上首是至圣先师孔子之位，下首是文昌帝君神位。面前还有张天然几，天然几的中间供着小小两座神龛，一座是财神，一座是观音，面前都设着香案。两边柱上又高高地贴着两条小红纸，一条是捷报新年如意，四季平安；一条是元旦开笔，大吉大利。

温如看着不禁笑道："刚甫你瞧这间书房，简直又像佛堂，又像蒙馆，非二舅舅不能有此布置。"国雄也笑道："他老人家总还是这种脾气。你还未看见客堂中挂的字画哩，上款都是某某孝廉，这已经很俗了，那下款又没有一个不署着官衔。最阔的是上海道。其次太仓州咧，上海县咧，许多官名，竟像衔牌一般。最可笑的那幅中堂下面，竟写着江苏候补道制造局总办某某绘。这样长的衔头也放在字画上卖弄，岂不是怪现象？"温如道："这些人何致如此不通？大凡做官的人，应酬字画都是幕府中代笔。这许多官衔不是我说句刻薄话，也许是二舅舅求着那些幕府先生胡乱加上去，好借此摆阔的意思。我看二舅舅的迂拘也算得达于极点，就听他日间那种议论实在令人喷饭，和大舅舅真是截然两人。我从大舅舅读了这几年书，谆谆教训，无非是些进德修业的话，也不刻意求新，也不一味守旧，那才算得是儒者气象，所以那些学生无不敬服，就是地方上的人也交口称誉哩。"国雄道："各人有各人的性质，本来不可一概而论。"温如道："二舅舅不过迂些，还算好哩。你们别房里那些舅舅和表兄，简直都是些红眉毛绿眼睛的人物。外边对于他们一个个都有绰号，'矮脚虎'哩、'尖头狼'哩，坏名称真正不少。还有大房里那个表兄时常出入衙门，和人家管公事的。人家恨他依附官场，自谋衣食，却把他叫作'寄生虫'，连我们亲戚听着，也觉得没趣。"国雄道："这些人的嘴也太轻薄了；怎么就编出这许多雅号来？"温如道："这也怪不得人家，就论起家庭间的交涉来，你们这一房里吃的亏还算小么？连大舅舅这么一个忠厚纯正的人，有时酒后还不免大发牢骚哩。"（就温如口中，隐约叙出华家诸族人情事，已当得一篇社会小史。）国雄道："你话匣子开了，又讲这些陈谷子烂芝麻的话。我昨晚一夜没有好睡，今天又天亮就起来，此刻实在困倦得很。不陪你谈天了。"温如也笑道："谁说不倦呢？睡罢。"于是两人都宽衣就寝，一躺下就呼呼地睡着了。

睡到半夜，忽听见砰砰敲得门响，两个人都惊醒了，侧耳细听，原来是寿卿回家。一进门就吆喝着车夫道："你这个混账东西，路走得这样慢，还要加钱，真是岂有此理！你要钱到道台衙门里去要。"车夫也咕哝道："加一个铜板什么大不了的事，也要掮出道台大人牌子来。道台大人是和人家管车钱的么？"寿卿又骂道："放狗屁！你敢顶撞我，就拿片子送到官里去办你。"接着又听见钱氏的声音说道："何苦和这些小人怄气。"便命仆妇给了车夫两个铜板，喝着他去了。寿卿叹道："你拿着我辛苦挣来的钱，这样挥霍，真是不该。"（寿卿舍不得一枚铜板，钱氏却给了两枚，在寿卿视之，自然是大挥霍。）接着又笑道，"今晚的春卮，是道台做主人，请本衙门里的人。虽说是本衙门里的人，也是几个有面子的老夫子，才得列席。道台亲自出来陪席，殷勤劝酒，大家都吃得格外高兴。道里的总文案马方舟先生，他的词章是大家佩服的，大江南北都推他坐第一把交椅了。今晚触动诗兴，便即席做了一首七绝，在座的人只有我还配得上他。（然则赞马先生，即所以自赞也）当时技痒难熬，也便依韵和了他一首。马先生不住口地称赞，道台更为赏识。（马先生则曰称赞，道台则曰赏识，落字俱有分寸，不愧为书启老夫子。然其得意处，实在乎道台之赏识，马先生之称赞，犹其次也。）说我第一句'主宾尽美举壶觞'，起笔便很紧切。以下好句正多哩，待我来吟与你听。"钱氏忙拦道："罢了，罢了，我统共认不了几个字，哪里还懂得什么诗？夜深得很了，你不必唠叨，快上去吸几筒烟睡觉罢。"寿卿道："蠢哉，蠢哉。扫兴，扫兴。"说着便都上楼去了。倒累温如国雄二人躲在被窝里笑得喘不过气来。

次日寿卿见了他二人又谈起求学的话。温如便道："现在将近正月底，年假已满，前两日看见报纸上的广告，各学校差不多都在那里招考新生了。还望二舅舅费心，替我们寻个程度相当的学校，好让我们前去投考。"寿卿正色道："要说寻个好学校，难哩，难哩，你道现在那些学校，个个都是靠得住的么？弄得不好，进去了反而无益有损，你们也不必过于性急，且待我慢慢地察访罢。横竖我是个内行，（唯恐君不甚内行耳。）不会差的。"温如听着，便不敢多言。

又一连闲过了几日，一天晚上，温如国雄两人闷坐无事，便早早地睡了。睡到半夜，忽听得房门上和擂鼓似的敲得一片声响。温如顿时惊醒，急问道："是谁外面？"答道："是我，是我。快快起来！"温如辨出是寿卿的口音，便道："是二舅舅么？什么事？"外面又道："有要紧事，快起来开门再说。"温如看他这般急遽，不知出了什么事故，心下很有些吃惊。这时国雄也早醒了，两人忙忙地披衣下床，温如不敢怠慢，抢先去开了门。正是：

惊呼夜半知何事，欲破疑团阅下文。

第三回　办学堂科举变形　听演说官僚献丑

开了门，只见寿卿酒气直冲。踉踉跄跄地走将进来，往椅子一坐，口里嚷道："好了好了，我今儿可和你们找着个好学堂了。"温如二人听他说的是找学堂的话，方知他适才这样慌张，实在是三分醉，七分迂，合并起来有这般作用，并无他，故才放下了心。

又听他接着说道："你们要知道上海的学校虽多，不是学生嚣张，便是教师放浪。还竟有倡言革命的，这种学校如何去得？今天我和道里一个姓陈的朋友谈起此事，他是个老上海，什么事都比我熟悉，承他告诉我，说有个正谊学校，是官办学校。学校里的监学王吉庶，是个候补道，在上海当着很阔的差使，这学校监督一席，也是兼差。这位王观察我也久已闻名，是科甲出身，学问极好。平日专讲究保存国粹，提倡风雅，所以他这个学校，脱尽时下的恶习，专重国学，旁参西籍，声光化电无所不包，算得是体用俱备的了。我想你们二人若进得这样的学校，不愁没有进步。今年却好要招考，我便托这位陈老先生去报了名。因为陈老先生在道里当了十几年的幕府，和这些大人先生们平日却很结纳，王观察也还与他有些瓜葛。托他报名，或者考的时候还能够比别人占些便宜。今天是二十三了，听说再过五天，二十九就是考期，王观察于考试事宜十分认真，一切都按着科举的排场，你们须要小心。虽然为日无多，先拿出那些平时读过的书来，抱抱佛脚也是好的。"二人听了都唯唯答应。寿卿还要再谈几句，觉得烟瘾发作，呵欠连连，就急忙上楼去了。

温如二人倒也听着他的话，接连三四天都在家温习旧书，没有出门。到了二十八晚上，寿卿又来关照道："明天正谊学校招考，一大早就要点名，此地相离很远，你们早些起来。须趁天亮就坐车前去，才赶得及。说不得我就辛苦一趟；陪着你们走，遭当这送考的差使，我倒也很高兴。况且他既然照科举排场，这里面正还有许多花样，是你们没见过的，须得我亲自指点。不要弄错了闹笑话。"说罢自去。横竖他吸烟的人，是整夜可以不睡的。天将发亮便下楼来，温如二人听见也都起来了。仆妇早端整了脸水，给他们洗脸。又吃了些点心，耽搁了一会，看看天已大明，日光也有些上来了，便雇了三乘人力车，坐着往正谊学校来。

地方很远，走了差不多一个多钟头才到。但见人头攒动，来考的倒也足有三四百人，都挤立在校门外。那两扇门却紧紧地闭着，门外有许多公差一般的人，在那里伺候。还有几面虎头牌挂在那里，牌上却写着不准抢替、不准怀挟等字样。等了好一会，里面跑出一个戈什哈来说道："点名了。"登时校门大开，有十几个人每人揣着一块高脚木牌，整整齐齐地走出来。每一面牌上写着三十个名字，应考的人须自己认清名字在哪一块牌上，就跟着这块牌进去。唱名，接卷，第一块牌点完，再点第二块，按着次序鱼贯入场。温如国雄因报名日期很迟，已在末了一块牌上，等前面的人都走完了才得进去。他们进去了，就放炮封门。寿卿看着这种情形，赞叹了一番，独自坐车回去。

温如二人随众入内，只见大厅上设着公案，一个人蟒袍补褂红顶花翎，端端正正地朝外坐着，想必就是王观察了。旁边站着一个人，戴着空梁红缨帽，穿着灰色布袍，在那里唱名。唱到二人，他们便上去接卷了，见卷上都还印着号数。二人恰好联号，便依着号数寻到那个地方，坐了下来。等了一会，又有人揣着块木牌慢慢地走过来，口里嚷道："看题目……看题目……"他二人便走近过去一看，只见一共倒有四五个题目，每一个题目足有一二百字。都是《周礼考工记》哩，《汉书食货志》哩，《许氏说文》哩，还闹着什么《圣祖仁皇帝》《高宗纯皇帝》，连看也看不清楚。只有末了出来一个"四书"义一个"五经"义，还容易做。见牌上写着以两艺为完卷，不准继烛。温如便悄悄地对国雄道："我们就做后面这两个罢。"说着只见又掭出一块牌来，上面写明是英文翻译题目。再一细看，竟古气磅礴地写了一大段，下面注着"《尔雅》原句，译成英文"八字。国雄道："糟了。别说我们英文程度浅，就是再高明些，也难哩。"当下仍归了号，作起文来。便又有许多戴着翎顶、穿着行装的人，前来监场。约等了一点钟工夫，又听见嚷："盖戳……盖戳……"那些监场的人，便各人身边拿出一块小图章来，叫应考的把卷子拿上去，一本本都盖上一个小图章。温如笑对国雄道："这真不知道闹的是什么事？"（学堂招考，作此怪状，真不知其闹的什么事也。）

那监场的人里面，有一个瘦骨脸斜白眼的，最是厉害，一会儿窜到这里，一会儿又奔到那边，一会儿禁止人说话，一会儿又抢去人家的书籍，说是夹带，要回大人，闹得满场不安。内中有个考生便对邻座的那些人道："你们看，我自有法子治他。"众人问是何法子？那考生道："只消等他一来，就拣那两个难而且长的题目，去找着他问出处。这种人肚里有什么墨水？这样一逼，包管要缩头远躲了。"众人听说都道："此计甚妙。"于是三三五五都拿着题目去问那瘦骨脸。也有向他搜寻出典的，也有求他解释文义的，其实这个瘦骨脸连斗大的字都识不上几个，王吉庶出的题目又引经据典，格外来得麻烦，教他哪里对答得出。被众人围住一嚷，早急得面红耳赤，半晌才挣出一句话来道："我是来监场的，不是来解释题目的。"那些人又哄然道："连题目都讲解不出，还监什么场？我们也要去回大人说你不通哩。"瘦骨脸此时只恨没有个地洞可以钻得进去，还是别个监场的人过来排解一番，那瘦骨脸才得脱身而去，从此不见他再来。场内便登时清静了许多。

到了晌午时候，场内发出点心来，每人一碗面两个馒头，那些考生有的吃了自己一份嫌不够还乱着抢吃别人的。温如看在眼里不住地摇头。

正月天气，日子很短，过了午那日影便渐渐地偏了。温如不敢怠慢，就一面催着国雄一面自己也赶紧地挥写。约莫三四点钟的时候，两人都已完事，便上前交卷。交了卷下来，只见适才为首定计难倒瘦骨脸的那人，也上来交卷，他正慢慢地走，忽然有个矮子立起来叫住道："怀仁兄，你已完卷了么？做得好快呀。我也快完了，你略等一会儿，我们同去交了卷，一齐出去逛逛不好么？"那人道："也使得。不瞒你说，我不但作了两篇文，还加上一大段英文翻译哩。"这矮子道："你倒真有神通，统共学了不上一年英文，哪里就能翻译？况且翻的又是《尔雅》，倒要请教请教。"那人道："要看你就拿去看。"矮子便把卷子接过来，将后面英文看了一遍，更加诧异道："我的英文程度，至不济也还比你多读一年，怎么看了你这篇翻译，除掉几个介词和冠词以外，几乎一个字都认不得。你到底往哪里去找来的这许多难字？"那人道："怪不得人家都说朱德山是个老实人，原来你果然老实。你以为他们真懂得英文么？要真有精通英文的人，也不至于教人翻《尔雅》了。教人翻《尔雅》明明是外行，我是猜透了这层道理，便故意造些极长的字在中间，又随意加上些冠词和介词，看着好像很深的文字，其实完全弄玄虚骗外行罢了。我还听见说这位王观察，为防弊起见，凡有考卷都不交学校中教员阅看，全是他自己用的那几个师爷在那里品评。那更不知是些什么土老，怕连爱皮西弟都不懂哩。"矮子听着哈哈大笑，说道："老徐你这鬼灵精果然厉害。"便是温如二人听着，也觉得另有一番道理。当下忽然有人高声喊了一声："放牌。"接着外面轰的一炮，校门开了，温如二人就出来了。其余那些考生，挨挨挤挤也陆续出场。温如二人回到昌寿里，寿卿已出外应酬去了。

到了明天，寿卿便问了问他们场内的情形，又用手揸着鼻子说道："这位王观察，竟要将科举学校冶为一炉，也算得是一时矜式了。昨天这种场面，俨然是个岁科考的光景。他自己是少年科甲，却没有放过学差，借此一来也仿佛充了一回宗师，好过过他的瘾哩。"说着又命二人把考作拿给他看，看了一遍，便道："究竟是温如大几岁，来得老当些；国雄也还文理清顺。只是两个人文字里面都夹着些新字眼，终是不妥，以后须当切戒。"二人只答应着。寿卿又谈了一回闲天，便自上楼去了。

又等了两日，一天，寿卿忽然赶早回来，笑嘻嘻地对他二人说道："很好，很好，今儿陈老夫子来告诉我，他说从王观察那里得着信息，学校里放出榜来，你们两人都取了。只是名次不很高，却也罢了。你们这一进去，须得专心致志，正谊学校里毕了业，是有奖励的。不过学校奖励，总还算不得正途出身，最好一面只顾入学堂，一面遇着考试依旧前去应考。总望你们勤求学问，将来能够显亲扬名，才不负了父母的期许，师友的指导哩。"二人听一句应一声，寿卿甚觉得意，歇了一回又说道："这回考取新生第一名，姓徐。陈老先生告诉我，说里面的人说他文笔并不甚佳，只为一篇英文翻译通场没人能作，只有他一个人做得很好，所以就取作冠军。目今朝廷很重洋务，王观察在这去取之中都含有深意。不过照我的见识却不敢赞同。学校中自然以国粹为主，单是洋文有什么用呢？"

温如听得此话知道这考第一的就是那徐怀仁了，想着那天场中一番话，不禁嗤嗤地笑将起来。国雄也只顾低着头笑。寿卿正色道："你们敢是笑我迂旧么？"国雄怕他误会了生气，便把当日的情事说了一遍，寿卿连连摇头道："其才可取，其心不可问也。你们入校以后，这种人少和他亲近为是。"

正说着，钱氏也下来了，对着他两人道："你们这一考取，大约就要进学堂了。不过每星期放学，仍旧到这里来，有些重要的东西，和一时穿不着的衣服，也放在这里。学堂里面人多手杂，还是少带东西为是。"温如道："多谢舅母，既这样说有些东西便放在这里罢。我们只带些书籍行李和随身的衣服去就是了，衣服要换再到这里来换，不过又格外要费舅母的心了。"钱氏道："这有什么费力的，况且你芷妹妹虽然进了女学校，得闲时也还帮着我料理一切，我倒很自在哩。"寿卿笑道："你说自在，我又要教你不自在了。今天的烟枪要通了，烟灯也要擦了，娘姨粗手笨脚，收拾起来一定不好，还是你去替我料理一下罢。"钱氏道："这个差使最不好办，我早已辞过差了，还只管缠人。"口里这般说，脚底下却早已移动脚步，寿卿也哈哈地一笑，跟着去了。

第二天温如二人便辞了寿卿夫妇，搬到正谊学校来。原来正谊学校择定二月初六开学，他们却是先一天入校。到了初六早上，只见校中到处张着红纱灯，结着红绿彩球，仿佛办喜事一般。礼堂的陈设尤其华丽，正中供着至圣先师的牌位，面前设着极大的供桌，供桌上陈着些笾豆等祭器，大约是从文庙里借得来的。下面又铺了许多拜垫，预备行礼，校中教职员一个个衣冠齐楚，排班立在校门前，等候王观察。职员一行，教员一行，职员中领头的便是那监场的瘦骨脸斜白眼。温如私问别人，知道这就是本校监学兼庶务长童千里。童先生最得王观察的信任，在校中握着大权。教员中领头的，却是另外一个怪人物。满脸皱纹，一嘴花白胡须，穿着件天青缎方袖大马褂，酱色团龙宁绸袍子，都已十分破旧。脚底下蹬着一双粉底厚靴，靴头上长着两个大眼睛，隐隐露出白袜来。头上戴着一顶红缨帽，那缨子已早变成黄色。鼻梁上架着一副铜边墨晶眼镜，那两个圆而且大的镜片，量起来直径足有七八寸，乌黑的把大半个面部都掩住了。问起人来，说是经学教员葛天民先生。国雄悄对温如道："这两个人分作两行，相对立着真比门神还要好看。"温如摇手，教他不要多话。

这个时候有一部马车慢慢地来到校门前，就听见一片声喧地嚷道："大人到了。"就见那位王观察，穿着袍褂摇摇摆摆地踱将进来。他的身躯又高又大，竟是四大金刚的化身，走起路来，还有跟班在旁扶着。那些职员见王观察进门，便一齐曲着一腿，打下千去，那些教员又忙着一拱到地地作揖，一边打千，一边作揖，倒把个王观察弄得还礼不迭。

最好笑的是那个体操教员，穿着军装，挂着指挥刀，也在那里曲躬长揖哩。

王观察一路走着，口里说道："一切事情都预备好了么？"那位童监学就抢上一步，恭恭敬敬地回道："预备齐了。请大人先在大厅上用些茶点，就往礼堂中行礼吧。"王观察道："茶点倒不要紧，我们还是先行礼吧。"童监学又连声地答应了几个："是，……是……"这才飞奔地先跑到礼堂中来。这时早有个跟班双手捧着一个大红垫子，把它放在中间。那个垫子，论面积足有五尺见方，论起体积来，又足有二尺多高。这是王观察特制的，因为他的身体既肥且高，寻常拜垫起跪费力，所以适用这样一个特别垫子，他只消略俯着身体在垫子上一趴，（趴字甚趣。）就算是叩首了。

那跟班把垫子摆好，童监学忙走上去，弯着腰在垫子上扑了一阵子灰，又用手把四角的皱纹摩挲了一会子，才算是妥帖了，便回身去迎着王观察进来。这时另外还有个礼生在旁边高声赞道："监督就位，……教员就位……职员就位……旧生进，……新生进，……"于是大家都在拜垫前站着，依着赞礼的口令，叩首、……叩首、……兴……闹了一阵子，一共行了个三跪九叩首的大礼。那些学生这个跪倒，那个立起，参参差差的十分好看。

王观察的法儿尤其妙了，他嫌起倒费事，竟始终趴在拜垫上，直到大家拜完了才立起来。那个样儿倒好比神座前供着一只肥猪。谒圣已毕，又是什么学生拜监督，……拜教职员，……新旧学生行相见礼，……又乱了好一会才得安静。便有人端了张大餐台过来，放在中间，那童监学又跑到王观察面前垂着手说道："请大人演说。"王观察点了点头，童监学便又亲自端了一碗茶，放在台上，王观察才慢慢踱走到台前，朝外站了。说时迟，那时快，王观察的身体还没有站定，早跳出那个体操教员来。向学生喊着口令道："排班。……鞠躬。……鼓掌。"……大家听到鼓掌两字，一齐拼命将两只手乱拍起来，拍了好久，体操教员又喊道："住手。"……那掌声便一齐住了。（鼓掌也喊口令，真是奇绝。）

那王观察才喝了一口茶，咳了一声嗽，提高了喉咙说道："我朝数百年来以科举取士，所以，（一个所以）做士子的自然以专力科举为最上乘。但是现在中外通商，朝廷不得不兼重洋务，设立学堂，所以，（两个所以）少年后进，也须要仰体朝廷作育人才之至意，研究些西学。不过学堂科举，要当相辅而行，所以，（三个所以）我这办学堂，便是以科举的精神，树学堂的基础。所以，（四个所以）屡次考试，全按着科举规模。所以（五个所以）风声所播，便博得上官的称赏，士林的延誉。所以，（六个所以）你们来此求学，便当一切顺着我的主意，听着师长的训诲。"讲到这里又喝了一口茶，续说道："还有一句话要对你们说，无论科举也好，学堂也好，中学也好，西学也好，这正心诚意的功夫是少不得的。所以，（七个所以）我最服膺的是《大学》圣经，每天早晨起来，必定先要焚香漱口顶礼膜拜。把那'大学之道，在明明德，在亲民，在止于至善'这四句经文，恭诵百遍。所以，（八个所以）我历来服官教士，自有准绳，人家称我为儒林宗匠，我也自觉当之无愧。所以，（九个所以）你们须当以我为法，所以，（十个所以）今天入学，我便不惜诲尔谆谆，你们切不可听我藐藐。所以，……所以，……"王观察讲到这里还想再所以下去，觉得再也说不出什么所以然来了。那体操教员很乖觉，瞧见王观察已露着些窘态，就走过来喊着口令，教学生鼓掌，一阵掌声才把王观察欢送下去。那些教职员就簇拥着他到客厅上去用茶点，这一群学生也就乱哄哄地散了。

温如国雄同住一个寝室，回到房间里，温如便皱着眉对国雄道："适才这番演说，把我肚子都笑破了。这种学校，哪里还有什么好处，我们原是专心求学，此来恐怕要大失所望了。"国雄道："你还没有看见那位经学教员葛先生哩，王监督演说，大家拍手，那些教职员更拍得起劲，几乎连脚都动起来。唯有葛先生一个人却不拍手，反直挺挺地立着，我以为他是不赞成了，谁知人家表示赞成，作用在手上，他的表示赞成，作用却在嘴里。原来王监督说一句，他就应一声'是'，等到大家拍起手来，他便索性一迭连声地说'是，……是，……是……'。人家越拍得响，他便也越喊得响。今天的掌声合算起来何止几千百下，他的'是'字也喊了有几千百声。你站的地方远些，没有注意，我离他颇近，听得却很清楚哩。"温如也狂笑道："怪不得我看见他的嘴只管乱动，不晓得是甚把戏。王监督满口嚷着'所以'他又满声嚷着'是'，两个人一唱一和倒是很好的搭配。"一句话未完只见一个人闯将进来，说道："你们好大胆，第一天进来就毁谤师长，我奉了童监学的命来拿你们哩。"正是：

属垣有耳须当避，排闼何人猛受惊。

· 严 独 鹤 文 集 ·

第四回　开礼堂大人审溺器　闹笑话呆客碎茶杯

温如国雄二人都吃了一惊，那个人却又哈哈大笑道："一句玩话便吓成这个样儿，怎称得起是青年志士？便是这个学校里面，一年至少也要起十几次风潮，像你们这种胆小的人，将来夹在中间，岂不要吓死了。"二人听了他这种没头没脑的话，简直莫名其妙。

仔细看那人时，身材高大，气概昂藏，倒像是个伟丈夫的模样，又瞧他穿着一身制服，才知道是本校的学生。只猜不透他这突如其来是何用意？那人便又笑道："二位学兄休得吃惊，我原是和你们开玩笑的。我姓陈名性初，在上海道里当幕府，和华寿卿老伯同事的便是家叔。那天家叔特地对我说，二位新近考取入校，彼此老世交，理当互相照应，所以我等到行毕开学礼便来奉看二位。走到门口听见二位正在谈笑，知道是议论校中的事，便直闯进来，倒累二位吓了一跳。论理，素昧平生不当为此戏谑，只是我生性如此放荡惯了，二位休得见怪。"温如便道："岂敢，岂敢，吾兄豪爽绝伦，令人钦佩，彼此同学，正要不拘形迹才好，慢慢地亲热起来，哪里说得到'怪'字，将来仰仗之处正多哩。"

国雄又去挪了一把椅子过来，请他坐下。道："弟等初入学校，一切事情总望指教，不知吾兄肄业此间已有几年了？"性初道："我来了已有三年了。论起这个学堂来，也不能算十分腐败。有几位教员学问很好，教授也很合法，颇能使学生得有进步。不过主持校务的人脑筋太旧，又纯乎官派，所以便时常要闹笑话。今天这番情形，二位看着便觉得异常奇怪，其实我们已经是司空见惯，像去年庆祝万寿那种举动，才真是大大的怪剧哩。左右闲着无事，不妨先讲给二位听听。王监督这个人的言论宗旨，二位自然已经领教过了。去年西太后万寿的时节，他见各处地方都举行庆祝，十分热闹，便先约了本校教职员在他公馆里开了一个会议，说朝廷深仁厚泽，下逮臣民，今逢太后万寿，做臣子的自当欢欣鼓舞，点缀升平，庶几仰答圣恩于万一。我们现在办的是学校，校中学生也有三百多人，极应该开上一个庆祝大会，颂扬圣德，便是上头听见，也显得我们的忠悃。（着眼在此句，官僚之所谓忠，如是而已。）

"当时那地理教员方观云，听了这一番话便很不以为然，就直截痛快地回答道：'监督的话，固然别有理由，（别有理由者，无理之理也。）但是学校性质，究竟与官场不同。学生的地位，更与官吏不同，做官吏的逢着这些祝典，自然不得不从事铺张，至于学生只要他们专心向学，就算不负公家的栽培。似乎不必崇尚虚文，转令他们分心外务。（说亦婉转。）还有一说，目今风气与前不同，这些学生少年气盛，又都灌输着些新学说，国民的资格也渐次明白了。万一监督晓谕下去，他们未必唯唯听命，那时反为不美。'（早在料中。）这几句话早触恼了那位经学教员葛天民，便愤愤地说道：'观翁此言差矣。万寿圣节，原当普天同庆，怎么说单是官场应该庆祝，做学生的就不宜过问？请问观翁，我辈食毛践土，共沐皇仁，便不做官，是否一样地受恩深重？讲到那些学生，既然受着朝廷的教养，便和人子对于父母一般，越发要激动天良，力图报称。倘然连庆祝万寿都不肯乐从，那简直是自外生成，行同叛逆了。便是监督宽宏大度，曲予优容，我们做教员的，也当鸣鼓而攻，不能听他们违抗命令的。'

"方观云经他当面抢白，正想和他辩驳，那监学童千里早又面对着王观察，（面对着王观察，情形如绘。）接下去说道：'葛老夫子的话，真是一些不错。适才方老夫子说学生未必听命，那本来是过虑的话，本校学生受了监督的熏陶，早已深明大义。便是卑职也仰体大人的意旨，平时总拿忠君爱国的大道理去训导学生，学生也颇能领悟。就是有几个桀骜些的，经卑职耳提面命，早已变化气质。这回庆祝万寿，卑职可保他们决没有一个人敢有异言。（且慢拿稳。）卑职回校后，便将大人的意思宣布给他们听就是了。'王观察点点头道：'我也知道你约束学生，很为严厉。这个庆祝大典，我是志在必行，学生里面如有不遵号令的，尽管开除。日期渐近，你就赶快去办吧。'又回头望着方观云道：'老夫子适才的话，倒很叫我摸不着头路。又说什么灌输新学说，我也不知道这新学说里是说些什么。各位当教员的诱掖后进，自然以正心诚意为本，倘若混掺些无父无君的邪说，那便是坏人心术，贻害匪浅。老夫子此后于教授上面，倒要再三审慎才好哩。'说完又冷笑了两声，便端茶送客。这些教职员就辞了出来。

"到得校中，童千里又邀集众人在办公室集议一切。童千里便老实不客气铺了一张纸，提了一支笔，一口气就写出好几条庆祝的办法来给大家看，大家也没有什么话讲。只有那位方观云依旧忍不住说道：'庆祝万寿既然势在必行，这办法里面总还要斟酌尽善。一面须要注意学校的地位，一面又要顾全学生的人格，倘若过事铺张，便觉近于谄媚。依我的愚见，似乎总不甚相宜。'童千里见方观云又批评他的办法不妥，便从鼻子里哼了一声道：'老哥今天在监督那里发了一番议论，到底碰了钉子。现在却还有些固执，我也不解老哥何以定要和万寿作对？（和万寿作对，奇语。）老哥的意思无非说学校和官场不能相提并论，其实这个见解也就有些差了。我们这里本来是个官办学校，既然是官办学校，便也是官场之一。况且这位监督是个堂堂观察公，（观察公上，加以堂堂二字，鄙夫口角如画。）难道说不是官？其余教职员都按月支着官家薪俸，也说不得不是官。至于学生毕了业之后就有官阶奖励，至少也要得个从九品，更说不得不是官。便在目前先尽些做官的义务，举行一个官场应有的祝典，也不算委屈他们呀，老哥说须顾全学生的人格；我这种办法倒是先培养学生的官格哩。'（无数官字，热闹已极。）方观云听他口里连珠价的'官'字，喊得一片声响，便愤然答道：'足下自命为官，又强认教员、学生为官，固然别有意见，但是小弟却只自认为教员，断不敢滥充官派。'童千里又微微地笑道：'这其间又有个分别了。老哥一介生员，不欲以官自居，原也不敢相强。至于小弟，却现成是个候选未入流，况且新近蒙王监督允许，列入保案，将来便有个典史的希望，就不得不在官言官了。现在闲话不必谈，今天为时已晚，明日一早我就要召集学生，齐集礼堂，宣布庆祝万寿的办法。宣布以后，就好着手进行了。'

"方观云见他这种说法，明知无可与谈，也就不再说什么。其余各教员除掉葛天民极端赞成以外，都唯唯诺诺始终不曾开口。但是这件事，童千里虽然要到明天宣布，校中同学却早已得着消息，连他们在监督公馆里会议的情形，都彻底明白。当下便有个姓刘的同学，也在当晚就约齐许多人私自集议，预备明天和童千里反对，拼着大闹一场。"……

说到这里，温如便问道："照这个样儿，是非庆祝会办不成，倒要起风潮了。"

性初道："索性办不成倒还不算奇怪，唯其依然举行，才有许多笑话。你且别搅我，待我慢慢地讲，正有妙文在后面哩。第二天，一大早童千里果然吩咐校役摇铃，把全校学生一齐召入礼堂。他一个人便朝外立着，宣布宗旨，所说的无非是些万寿无疆、普天同庆等话头。接着又将他预先写好的办法，命校役高高地贴起来。大家一看，只见上面共写着四条。第一条：万寿节前后共放假三天，藉伸庆祝。第二条：三天以内礼堂以外悬灯结彩，正中供设万岁牌，全班学生随教职员之后，每日早晚诣万岁牌前恭行三跪九叩首礼。第三条：由校中举赛万寿灯会，游行各处，藉伸庆祝。会中备旗、伞、龙灯、万寿亭及锣鼓杂剧，全校学生一律穿齐制服，随会众列队排街。第四条：此次庆祝会费用，除由学校开支外，每一学生须捐洋一元，以尽忠君亲上之义。”

国雄听了这四条办法，早哈哈大笑道：“倒亏这位童先生想得出来。但是，只花了一元就算是‘忠君亲上’，‘忠君亲上’这四个字也就不值钱了。”

性初道：“到后来的结果学生不但没花钱，还赚钱哩。你且听我说，那些学生见了这种办法，一个个又好气又好笑，当下便有那姓刘的同学站起来说道：‘童先生，这种办法果然是妙不可言。但是先生有本只尽管自己去歌舞升平，犯不上拉着一班同学来作这个献媚的生涯。须知我们同学都是青年有志之士，到学校里面只晓得求学，什么叩首颂圣等事，只好向那些具有奴隶性质的人说法，学生们实在不敢闻命。’童千里听了这话登时大怒，道：‘这，……这，……这是什么话？恭祝万寿，便说是奴隶性质，那么当今的督抚大员，哪一个不要俯伏在万岁牌前，难道都是些奴隶么？再说我今天这种办法，原是秉承王监督的意旨，王监督是当今数一数二的红道台，又是我的上司，你们的老师，难道你也敢说他是奴隶么？（绝倒）你们大家还是好好地听我说话，万事全休，如其不然，反抗万寿祝典，就是大逆不道。我便要禀知王监督，照革命党办理，看你们可承受得起！’（一篇说话真是语无伦次。）话才说完，这班学生早鼓噪起来。嚷道：‘先生既然说我们是革命党，便请禀明监督，照革命党拿办就是了，何必再说。'登时移动脚步，一哄而散，只剩童千里一个人急得在礼堂中团团乱转，说不出半句话来（谁教你在王监督前，一口答应包办）。"

国雄道："这样一闹庆祝会还办得成么？"性初道："庆祝会办不成，别的不打紧，请问这位童监学既在王监督前揽了这个差使，如何交代得过？却也亏他能屈能伸翻得转面皮，便又托那斋务长罗焕华向学生调停。罗焕华为人十分圆滑，学生因为他平日很是和气，倒和他感情很好，童千里却很妒忌着他。此时事急求人，便又托他设法，罗焕华好容易费尽口舌，向同学劝说，教他们敷衍童千里的面子，同学只是不依。后来童千里急了，自愿把第三第四条一齐修改。第三条万寿灯会照旧举行，但把学生列队游行这一层取消。第四条学生每人捐洋一元，现为格外体恤起见，一概免捐。并每人奖洋一元作为鼓励。（不知鼓励些什么。）同学还不答应。到后来又加上一条，说万寿正日，由校中特备上等酒席，请全体学生共同宴饮，以示同乐之意。众同学恐怕再争执下去没有什么好下场，便勉强允承，由着他们去闹，乐得吃喝玩耍儿天再说。童千里见交涉总算办妥，便去禀告王监督，说学生俱各遵命，就请大人届期到校，率领全校行礼。王监督好不有兴，轻易校中也不见他的影子，唯有到了庆祝的那三天，却时刻在校中坐地，学生也居然随班跪叩，相安无事。到了万寿正日的晚上，举赛灯会，由校中出发，在外面绕行了许多地方又回到校中来。在礼堂前面院子里掉龙灯、耍狮子、唱杂戏、锣鼓喧天，闹得一塌糊涂。王监督还说荡湖船里扮女子的那个校役唱得很好，特地赏洋二元哩。（居然比学生多了一元。）

"正日过去，童千里心思已定，以为没有事了，谁知到了第三天，大家行过礼，预备撤去供桌的当儿，王监督恭恭敬敬地走到前面去捧那万岁牌，忽然鼻中闻着一阵臭气。便向四下里瞧看，竟被他瞧见那供桌上面，香烟缭绕之间，端端正正供着一把溺壶在那里，不觉又惊又怒，忙传齐大众，询问这溺壶的来历。众人都面面相觑，回说不曾知道。王监督又问那看守礼堂仆役，到底是谁做的事？你们既然在这里当了看守的职务，是决计不能推卸的。问来问去问得急了，那些校役便一齐跪禀道：'小人们实在没有看见是谁使的促狭，大人明鉴。如果小人们亲眼看见有人将这溺壶拿进礼堂中来，早已要拦阻，哪里还能容他把这件东西放在供桌上去呢。'

"王监督一听这话倒也在理，便又追究这溺壶是谁的物件，那些校役都不敢讲。王监督越发动怒，说如若不讲一齐重办。那个校役头儿王福见不是头，才说道：'大人若问这溺壶，（王观察此时，可谓一片冰心在玉壶。）全校里面只有监学童老爷，有这件东西。还派定张禄天天当这个洗涤的差使，但是小人敢保张禄绝无如此大胆，敢闹这样的笑话。'王监督点了点头，便回过脸来向着童千里道：'溺壶既是你的物件，就说不得和你没有关系。你身为监学，又兼任庶务，对于这庆祝大典，应当如何恪恭将事，现在竟发现这种情节，实在是大不敬。若不看你平日办事勤能，一定立刻撤差。但是这事也不能轻轻放过，从宽先记大过一次，罚俸一月，等查明是何人所做的事，再行办理。'童千里只得诺诺连声，一句话都不敢回答。这里王监督便怒匆匆地上轿而去。童千里费尽心机，实指望借庆祝万寿这件事，博得上司的欢喜，又趁便可以捞摸几文。不料临了讨了这场没趣，还罚去一个月的薪俸，这一气真是非同小可。后来到底给他暗暗查出这件事，又是那个姓刘的同学所为，只是没有实据，无可宣布。只好借着'品行不端'四字，将他开除出去，算泄了胸中之愤。"

国雄道："那姓刘的倒也厉害，不知道是何等样人？"性初道："你不看见校门口贴着那张年假大考的榜文么？第一名刘光汉就是他，委实是个绝顶聪明的人物。照例大考第一绝无开除之理，都是童千里一力主张，才逼于不得不去。却又是出榜在前开除在后，所以榜上还是他第一人。"国雄听见刘光汉三字，便道："这名字好熟，似乎在哪里会见过一般。"说着便思索起来，却再也想不起了。（回顾梦景。）

正在沉吟，只听得钟声大鸣，性初便道："这是校中的午饭钟，我们都去吃饭吧。"

当下三人同到饭厅上去吃了饭。性初便说："明天就要上课了，所有校中应用的书籍，我是旧学生，早已有了。你们新学生，恐怕没有齐备，不如趁今天下午得闲，先请半天假，前去买书，顺便在外面逛逛也好。"温如道："好极，好极。我们初到上海，便连买书的事情也不甚在行，况且路也不熟，难得性初兄肯领导，真是不敢请尔，固所愿也了。"性初笑道："你又没有中了科举毒，为什么也是这样文绉绉地酸气逼人？"国雄也笑道："此地离洋场很远，我们要去，还是早些走吧。"性初道："你且不要忙，我还约好了两个人，可以同行。"说着又匆匆地走去，一会儿又引了两个人来。

温如二人早已认得是那天考场中谈论英文的徐怀仁和朱德山。那两人却不认得温如和国雄，便由陈性初彼此介绍。又同向监学那里去请了假，一齐出来，雇了几辆人力车，走了好久，才到商务印书馆。下车开发车钱，朱德山在身边摸出许多极薄的小钱来，一五一十地数了半天，才给那车夫。车夫不肯要，说要换铜板，德山便直着眼睛嚷道："铜板是钱，小钱难道就不是钱？我也是老上海了，你休当我是乡下人来欺负我！你不看见个个钱上面都铸着'光绪通宝'么？既然是通宝，怎样到了你们车夫手里，就不能通用呢？！"（呆话如闻其声。）那车夫也嚷道："你先生还说是老上海哩！如今的上海场面上除掉不满十个钱的尾找以外，哪里还有用小钱的？况且你先生的小钱，都是些薄薄的沙壳，怎当得数？我们拉车子的人，都是凭气力赚钱，难道说这么大远的路，教我白拉一趟么？"德山还要和他争论，怀仁便来劝解，说这些小人，何必和他斤斤计较？就换了铜元给他们吧。德山又白瞪着眼道："我身边只有一千几百文小钱，没有铜板，从哪里换起？"车夫道："没有铜板，便拿小洋来找也好。"德山愤愤道："我也没有小洋，要大洋倒还有两块！"说时便从身边拿出一个纸包，来将纸包一层层解开，差不多解了十几层才发现一个蓝竹布的肚兜，又用手在肚兜袋里摸了半天，摸出一块大洋来。递给车夫道："要便拿去找来，但须照市贴水一个也少不得，并且不许嵌用小钱！"（自己用小钱，却教人不许用小钱，绝倒！）车夫道："我们拉车子的身边哪里找得出许多钱来？请你不要作难吧。"德山道："不要大洋，还是小钱。"国雄看着这个样儿，笑得合不拢嘴来，还是性初看不过，跑来替他付了车资，总算解决了这个难题。德山便对性初道："承情惠借，缓日定当加利奉还。"（加利两字妙。）性初道："彼此同学，这几个车钱，难道还要放在心上？"说着便同走进商务印书馆。

买了几本英文书和科学书，又买了些零星文具。德山翻开他买的一本英文书来，见上面写着定价七角，便对柜伙道："可否便宜些？四角钱卖给我吧。"柜伙笑道："先生，书店里买书，是向来没有讲价的。"德山道："天下哪有个买东西不讲价钱的道理！"说着又要争论起来，怀仁忙向那柜伙解释道："我这个朋友，是新从乡间来，一切事情都不懂得，你休和他一般见识。等一会儿由我们一总和你算账便了。"朱德山听怀仁说明他是乡下人，心里十分恼恨，把脸都涨红了，鼓着嘴只不作声。等到算账的时候，几本书账，一齐照七折算了钱，德山便又咕哝道："我只道你是真不二价，原来一样也有折扣哩。"柜伙也不去理他。

当下几个人分拿了些书籍等物，出得门来，性初道："我们到哪里去玩玩呢？"怀仁道："我想到黄浦滩去闲逛一番，倒好看看浦滨的风景。"德山道："我知道你又要卖弄那家伙了！"性初忙问卖弄什么？德山道："你不看见他手里提着一副小小的摄影机么？他昨天晚上就和我说，要在上海摄两张风景照片哩。"性初道："上海地方哪里还有什么风景？就是浦滩也不过宽旷些罢了。沿浦滨那些公园草地，实在毫无情趣，徒然令人看见那'犬与华人不准入内'的牌子倒添了许多愤懑。但是你们几位，除了怀仁兄曾到过上海以外，其余都是生客，就不妨前去领略一回，好在由此地去相离也很近哩。"当下几个人就步行到浦滩一带，闲游了一番。怀仁果然摄了几张影片。徘徊了好久，大家都觉得有些倦意，性初道："我们同到福州路奇芳，去吃碗茶吧。"说着便转回脚步，大家跟着他到了"奇芳茶馆"。

上得楼来，围在一张桌子上坐下，堂倌上来泡了两碗茶，性初又问他要了两张当天的报纸来，各人分看着。唯有那个德山，手里虽也拿着一张报，眼睛却不放在字上，只顾一个人东张西望。怀仁便问道："你看些什么？"德山道："我往常听人家说上海有种野鸡，常在茶馆里打转，今日却怎的不见？"性初笑道："野鸡么？这时候还不曾上市哩。况且这'奇芳茶馆'里面差不多是学界中人聚会之所，这些野鸡，也不大来。德山兄要看野鸡，那是要到青莲阁、四海升平楼等茶馆里去的。那些地方，才是野鸡的陈列所哩。"

正说着只见一个粉面油头的女子，从楼梯上扭头袅颈地走上来，后面还跟着一个老太婆，一上楼便拉着堂倌问道："他今天来过没有？"堂倌歪着头笑道："他是谁？谁是你的他呀？"那女子就在他肩上拍了一下道："我把你这坏东西！还装什么埋虎？"堂倌道："时候还早，再等一会儿，包管就来了。"那女子便又慢腾腾地下去了。

怀仁指给德山看道："说没有野鸡，这不是一只野鸡么？你可要打一下子？"德山道："不敢，不敢。听说打野鸡至少也要一块钱呢！我哪里来这许多闲钱？"怀仁笑道："野鸡不比车夫，或者肯要小钱哩，你怀中的沙壳，岂不是又有了出路了？"国雄听见此话由不得扑哧一笑，把口中含的茶直喷出来，德山正坐在他对面，被他溅了一头一脸。德山直跳起来，冷不防又把手边放着的茶杯，碰在地下掼得粉碎。堂倌忙过来收拾，又赔着笑脸道："茶杯足值一百文一个，是要在茶资外另算的了。"

德山指着国雄道:"不行,不行,这件事要怪他,不能叫我赔。"怀仁便对国雄道:"你赔了他吧,倘教他赔,又要闹那小钱的交涉了。"这句话又引得大家都笑起来。那旁边桌上吃茶的人,看见他们这个样儿,也都附和着大笑,正闹着,只听得一阵革履声响,从楼梯上直跳上个西装少年来。四下里一望,一眼看见性初,便走过来握着手说道:"性初兄久违了,今儿如何得闲,却来这里吃茶?"正是:

相逢都是维新客,互骋雄谈意气豪。

第五回　家庭革命父子绝交　结婚自由友朋集款

性初道:"原来是王念劬兄,真是多时不见了!你在日本留学,是几时回来的?"那少年道:"我回来也有两个多月了。说来话长,且坐下缓缓地再谈罢。这几位仁兄是谁?"性初道:"都是我的同学。"说着就替他介绍了一番,那少年便和众人一一握手。朱德山看见少年伸过手来,也便慌慌张张地伸出一只左手去,手上还戴着一只乌黑的白绒手套。(绝倒、白绒手套上加乌黑二字,尤妙。)一把抓住了少年的手,死命地重摇,摇了半晌还不放手,(绝倒)那少年倒弄得莫名其妙。怀仁看着不像样,便轻轻地走过去,在德山衣襟上扯了一下,德山方才歇手,众人无不好笑。怀仁又悄悄地将德山拉过一边,埋怨他道:"你这个人,为何这样土气?亏你还读过洋书,怎么连个握手都要闹出笑话来?手套也不知道除去!又伸的是只左手,这已经是大不该了,还要死抓住了他的手不肯放,请问这是个什么礼数?"德山白瞪着眼道:"你问我什么礼数,可知你到底还不及我见多识广哩。我常听见人说,西人行握手礼越捏得重,便越表示亲热。你省得什么?倒来笑我土气。"怀仁听了,也就不再理他,自走过来,德山也鼓嘟着嘴,依旧跟了过来。

这里性初便命堂倌加泡了一壶茶，大家重行入座。堂倌又去换了一只茶杯，放在德山面前。那少年才坐下，便去身边摸出一张名片来，递给性初道："你认得这个人么？"性初接来一看道："这到底是谁？你们大家看看，竟是张怪名片哩。"说着又将那张名片，放在桌子中间，众人看时，只见小小的一张卡片，正中印着四个字道"国光太郎"，下首是支那国籍，那上首的衔头，却更多了什么"大同党总干事"哩、"国魂社主任"哩、"民视报总编辑"哩、"光华实业公司经理"哩、"兴汉教育会会长"哩、"留东同学会驻沪招待员"哩，一排印了六条，密密的几乎令人看不清楚，温如笑道："这位先生，看他的名字，好像个日本人，但是注着支那国籍，又明明是个中国人。又加着这许多光怪陆离的衔头，简直猜不透是何等人物？"那少年哈哈大笑道："你们要问这个人么？不敢相欺，区区便是。"性初惊道（不能不惊）："你那王孝先号念劬的名片，我那里足放着一大堆，怎么如今忽然变成这样的一个名字了？"那少年笑道："这其中的情由，你自然不能知道。我在日本留学，虽然为时不久，只有一年半，但是受了些维新的教育，吸了些文明的空气，这副旧脑筋便完全改变。和你们常住在这腐败的中国里面，眼见的都是些腐败人物，耳闻的都是些腐败事情，弄得言语举动，无一不腐气冲天的，自然迥不相同了。不讲别的，你可记得我出洋的时候，你来送我，我还穿着方袖马褂，团花袍子，现在却早换了这一身崭新鲜的文明装束，足见我这个人，已是今非昔比。你还要将从前的王念劬来看待我今日的国光太郎，那就大大的不对了！"性初道："话虽不错，但是你自己从前常告诉我，说你这个名字，是你们老伯起的。因为你自幼失恃，所以顾名思义，寓着孝思。如今你把来改了，难道不怕你们老伯心下不自在么？况且你改了名字，也还罢了，怎么连个姓都取消了？不是小弟说句放肆的话，老哥这维新也似乎太过分了些。"

那少年道："听你这一番话，也便足见得是个守旧派的代表。不瞒你说，我因为改了名字，还和老人家闹了一场大笑话哩。我到了日本之后，起初是每一星期，总和老人家通讯一次，到了半年之后，我因为奔走国事，便牺牲了家族思想，和他绝不通信了。他却还时常写信来，说的都是些倚闾望切显亲扬名等顽固不堪的套话，我简直懒得去看它，便拿定一个主意，凡是他的来信，一概付诸字簏，连拆都不去拆它。至于改名的事情，越发是我自由之权，自然不必去取他的同意，所以他也总没有知道。此番回国我也没有到家，只住在同党的一个朋友寓里，隔了有个把多月，忽然高兴，（忽然高兴才想着老子，真非文明绝顶的人不能道）便命人拿着一个名片，去问候我们老人家，并说改日有暇再来奉访。（儿子访老子，真是绝倒。）那差去的人，话也讲得太不明白，我们老人家便糊里糊涂地弄错了，以为是个什么日本领事馆里的人去拜他，就赶紧跑来回拜。我迎接出去，他也不问青红皂白，见了我就摘了眼镜，深深一揖。我既穿着洋装，就不能行中国礼，不好还揖，只得说了一声不敢不敢，请勿多礼。他听得声音很熟，又戴上眼镜，向我细细一看，才失声道：'啊呀，你可是念劬？'我便应道：'我正是昔日的念劬，现在的国光太郎。'他便放下一副铁青面孔，指着我骂道：'你敢是得了失心疯了？（的确是失心疯）好好的一个中国人，为什么要学起洋派来？连个名字都弄得非驴非马！况且你非但改名，连姓都去掉，岂非连祖宗都不认了？'我看他急得这个样子，倒觉得好笑，便答道：岂敢岂敢，这样顽固的名字，我固然不愿再要，这样陈旧的姓，我也不乐承认。实告诉你，我已是以身许国了！我们中国人，每人有一个姓，这就是家族制度的遗毒。我如今既然要为国驰驱，当然只知有国，不知有家，所以我就以国为姓，再不要从前这个旧姓了。至于这个名字上面，什么孝先、念劬，那更是一派胡说。要知道忠孝节义等话头，都是那些腐儒骗人的话，父母自有父母应尽的责任，儿女自有儿女应做的事业，各不相犯，为什么硬要派定做儿女的，盗这个孝字的义务？若说是生我劬劳罢，这个劬劳，原是做父母的人自己由快乐中寻出来的苦恼，自种其因，自收其果，岂能便在儿女面上来表功市德？'……我说到这里，正想再发挥些最新发明的大道理，来感化我们老人家，（感化二字，绝倒！）谁知他竟暴跳如雷，恨恨地说道：'好好！我当初叫你出去留学，原指望你得些学问，哪里晓得你学问没有求得，倒学了这么一大篇歪理回来！你既然要废弃家族，不认父母，我也不敢再有屈你做我的儿子了！'说罢，便匆匆地走出去。我总算天性淳厚，看在父子面上，依旧留住他道：'何必这样性急？且请坐吃杯茶去。'他却头也不回，竟自走了。又过了几天因为我手头拮据，写了一封信给他，向他取款三千元。后面又表示一点儿缓和的意思，说中国的家族制度，固然万行不去，只是因遗产继承的问题上，也就不能不稍事通融。以后倘能于经济方面，任我取求，这父子名义，还可以勉强维持，不致决裂。（奇语。）这也算得是十分让步了，谁知他竟给了我一封回信，还是将我大骂一顿，说从此恩断义绝，再休提遗产的话，便是这三千元，也丝毫没有。我倒弄得没法，便又写了一封信去，说遗产的话，目前姑且不提，只是这三千元，可否作为借款？暂应急需，须知朋友有通财之义，现在便取消父子，认作朋友，也未尝不可挪借。这封信去了竟如石沉大海一般，永远没有回音。我气极了，就在前天又请了一个律师写信去索款，这回便仿着哀的美敦书的格式，（儿子对老子下哀的美敦书，岂非奇谈！）限二十四小时答复，不然就要和他提起诉讼，控告他霸占产业了。"

这一番话，大家听着都觉得有些骇然。那个温如，更按捺不住，想驳斥他几句，又念初次相会，似乎不妥。便只淡淡地说了一句道："老兄为了财产问题便和尊翁宣战，真算得是家庭革命的健将了。像老兄这个样子，恐怕不但在中国人里面，算得出类拔萃，便在外国也是前无古人，后无来者。小弟不才，也曾涉猎些西哲的学说，似乎总没有老兄这般妙论，足见老兄的学问道德，真是不可企及了！"

那少年听了此话，也不知是讥讽他，偏扬扬得意道："多承老兄夸赞了。小弟原抱着家庭革命的宗旨，想另做些创造的事业。不过这些学说，却并非自己发明，实在是到了日本，入了大同党，受了党魁的训练，才能弃旧革新，进化到这般地步。老实说，此中自有师承，我也不过是恪守成规罢咧。老兄说我前无古人，后无来者，未免当之有愧了。"性初道："你名片上第一条衔头就印着'大同党总干事'，现在又说是受党魁的训练，请问这到底是个什么党。"

那少年道："若问这个党，真是古今中外第一个广大无外的大党。他的党纲是完全以推翻一切为目的，简单说起来是要推翻政府，推翻家庭，推翻社会上种种旧制度。实不相瞒，我这回到日本，名为留学，却只算得留党（留党二字奇文）。我初到东京，原在一个同乡家里学习日文，预备进学堂。谁知那个同乡，恰巧是大同党里的主要人物，便劝我道：'我辈做了留学生，表面上虽然以求学为重，但是求学和救国两桩事，倘然比较起来，自然是救国更重于求学了。所以我们有许多同志，早结了一个大同党在这里，明假着留学的名目，暗里却干着救国的事业。你如有意，我就可以介绍入党，入了党之后，自有一种特别的好处，也就不必再进学堂了。'我听了他的话，便欣然答应。过了几时，他便引我去见那个党魁，党魁见我精明强干，大为赏识，便派了一个很重要的任务，从此我就在党内尽力。说起党中的职使，也无非是奔走联络。因为奔走联络，就免不了要吃喝嫖赌，横竖用的钱有人供给，便乐得快活。一住年余，把入学堂三个字，真丢在九霄云外了。但是我虽没有入学堂却比入学堂的人，更进步得快。就是适才所讲的那种大道理、大学问，又岂是那些在学堂里面读死书的人，可以梦想得到的么？现在不谈别样，单论我那一口日本话，真个是又熟又快，住在旅馆里，和那些下女们调笑起来，大家都说我谈锋第一。有时大家偶然饮酒作乐，过分高兴了，引起警察的干涉，也都推我做代表和警察们谈判。也因这些上面，我便能名大著，不上一年，就陆续得了许多经理干事等职务，这名片上所印的，不过是择其尤要者罢了。倘然要细数起来，真个连整幅的大纸，还写不尽我的头衔哩。总之我在日本，除了吃饭睡觉大便以外，简直没有一些休息的时候。不是会客，便是赴会，坐的是马车，吃的是大餐，声气既广，势派愈大，倘就中国各种人物比较起来，至少也有个红候补道的身份。

"这回也是奉着党魁的命令，回国来有些要事，一切用度仍由党里供给。每天零用车费也要花上百几十元，我自问也总算得是一个阔人了。像这些茶馆里面，我一者事忙，二者怕折了身份，是轻易不来的。今天偶然约着一个朋友在此谈天才来走一遭，不想巧遇性初兄和各位，真是幸会之至。"

性初听罢，忍不住问道："据老哥说，既然经济很是宽裕，为什么方才又说手头拮据，为了三千元要和老伯大起交涉呢？"

那少年冷不防这一句话，倒涨得满面通红。半晌才道："这又不可一概而论了。我虽然阔绰，也有一时接济不来的时候，便少不得要设法挪移。何况老子的钱，儿子本来用得，岂能让他一人独自安享？"（讲到银钱，便又认得是父子，再也不说废除家族制度了。）

说到这里，那朱德山忽然接口道："这位仁兄方才说了一大堆话，我都不大明白。现在讲到老子的钱，儿子应该享用，却真是至理名言。我今年正月里和几个朋友赌钱，输了一大注，身边没有钱，还不起，后来被他们逼得没法，便写了一张待父天年的借据给他们，才算了事。哪里知道被我那老子查出情由，竟罚我跪在祖宗面前，着实地打了一顿。我恨得牙痒痒，只因他是个老子，无可奈何，只好权忍这口气。（新旧家庭都是如此可为浩叹）如今听了仁兄这番话，真是顿开茅塞，我以后对着他也要实行家庭革命了。他若问我，我便说这是崭新的外国留学大家说的，（留学大家奇称）难道还不对么？"徐怀仁道："你也不用和你老子起交涉了，好在他别的财产或者还死守着不肯放，至于这些小钱，却早一古拢儿拿来传给你了。也尽够你一生享用哩。"

大家听了此话，又笑将起来。只有少年一个人不懂，又不便细问，只得也附和着笑了一阵，便对性初道："我还有一句话要和你说，我既然改名国光，你以后和我见了面须要改口。更不必叫我念劬，也毋须称兄道弟，就直捷痛快地喊我国光最好。"……

正说着，果然有一种尖锐的声音，在那里喊："国光，……国光"……大家回头来一看，见是方才走上来的那个野鸡，正远远地立着向国光招手。国光见了他，却红了脸，只不作声。那野鸡便赶过来，在他脑后拍了一下道："你倒有好几天没到我那里去了。我昨天问人才晓得你这个地方是每天必到的，所以今天特地来找你。已经跑了两三回了，好容易遇着，还不快跟我去。"国光当着众人，觉得有些难以为情，忙道："你不要啰唆，我和这些朋友正谈着些要事，等一会儿再到你那里去罢。"那野鸡道："你又要当面扯谎了，你这个人有什么要事？天天不是赌钱，就是跑野鸡堂子，再不然便是茶馆里坐坐，燕子窠里钻钻，再高兴起来，就上咸肉庄。（所谓青年志士者如是。）这几天大约又有了别个相好了，所以我那里就盼你不到了。既然见了面，难道再被你滑脱？"说完，就伸出一只粉腕来，捏住了国光的耳朵，直牵过去。国光嘴里喊着"啊唷啊唷"，脚底下却早跟着她，走到靠楼梯边一张桌子上坐下。这里众人自吃茶闲谈。

陈性初先摇着头低低地说道："好好一个人，往日本跑了一趟，怎便变成这样一个怪物？"徐怀仁道："我看这位先生，真是第一等的吹牛大家，可惜来了这个野鸡，给他当面戳穿。"国雄道："牛皮戳穿了，究竟也有些难以为情。你们不看见他方才那种神态，简直连颈脖子都涨红了。"温如叹道："沧海横流，妖魔杂出，我们放着这副眼睛不瞎，将来正不知有多少怪现象好看。像此公这个样儿，正还是小焉者也哩。"德山道："你们只管议论着他，我却在这里侦探他们的动静，觉得这只野鸡，倒也有些情致缠绵哩。"大家听了他的话，便向那张桌子上一望，果然见国光和那个野鸡并肩握手，谈得正是亲密，好半晌那野鸡才点点头站起身来。国光便走过来对性初笑道："时候还早我想请你和众位同到一个地方去玩玩，大家可高兴么？"性初听说，也猜到几分，故意问他道："到底是什么地方？说明了大家好去。"国光道："现在不必说，到了那里自然晓得了。"说着拖住性初就走，一面又邀着众人。温如、国雄都说另有他事，不及奉陪。徐怀仁和朱德山却都笑应同去。下了楼便彼此分路，温如国雄自回校中去了。

他们四个人转弯抹角，穿过几条马路，走到一条小弄口，国光道："到了，到了。"说着便和众人走进弄去。直到弄底一家，国光上去叩门，里面一个女子的声音喊了声"开门"，便有个娘姨来开了门。看见他们就说道："客人来了，请上楼去坐罢。"国光道："甚好，甚好。"就连纵带跳地抢先上了楼，三个人也跟了上去。只见方才到茶馆中来的那个野鸡，早笑盈盈地迎上前来，还有那老太婆也忙着在房中招呼。

国光一进房便对众人说道："请坐。"自己早向窗前一张椅子上坐下。便正言厉色地说道："我今天约诸位同来，并非偶尔游戏，实在是有件很重要的事情，关系着我一生的幸福，不得不求大家帮忙。"说着又用手指着那野鸡道："我所以要请大家帮忙的缘故，就为的是她。照旧学说讲起来，像她这个样儿，本占着'倡、优、隶、卒'四个字中的第一等资格，（妙语）这是毋庸讳言的。但是照新理论研究起来，做个女子，必定要和她一般，才算得极端自由，才算得能保存人格，不做男子的奴隶。况且我们本来是提倡公妻主义的，她便是公妻主义的实行家。我见了她自然要五体投地。自从在四海升平楼行了个相见礼之后，便彼此发生爱情，到了现在已经相处了一个多月了。为日既久，我更深晓得她真是个奇女子，和寻常脂粉不同。别的不讲，单说她本来有个情人叫做什么'油煎猢狲'的，（好名称）和她十分要好，差不多有三五年的交情了。后来她看见我是个少年志士，便立意和那个人决绝，说我这人将来大有作为，一意要跟着我，这就足见是我的知己了。还有一回我要办一件很要紧的事情，一时手头不济，她便慨然借给我一元，轻财重义真合着古来侠妓的身份（一元便作侠妓真是绝倒）。过了一天，我还她，她还再三说不要哩。

"她本来识字，自和我结交之后，常买些新书给她看看，居然也很有些新知识，倒常常和我说想要做一个革命女英雄。所以我便替她起了一个名字就叫作社明，寓着社会明星的意思，又恰好和我这国光两字配对。我还特地做了一副对联送给她，上联是'国光国之光'，下联是'社明社何明'。有些朋友看了都说是佳偶天成，对得正好哩。我和她既是一双佳偶，就免不了要实行结婚，有一晚我便在枕席上，恭恭敬敬地和她求婚，（在枕席上求婚，又恭恭敬敬，真是怪话。）她竟略不游移，一口允许。可是我预算一下子，连结婚的费用和她的身价，并算起来，至少也要个四五百番。论我目前的场面，这点点用度原不费吹灰之力，只是党中正在需款，我所有的钱暂时都要移做党用，这就叫做公而忘私，自是吾辈的本色。但是，我对于社明的事，倒颇费踌躇了。独自筹划了好几天，才想出一个特别办法来。"（所以好几天没有去，要寻到茶馆里来了。）

说着又从身边掏出一个柬帖来，摆在桌上，对三人说道："请你们大家一看，就知道我的目的了。"三人依言看时，只见上面写道："百年好合，支那之旧话。自由结婚，欧美之新法。今国光先生与社明女士，因爱情深挚，择日举行结婚式矣。然而苦于经济困难，则第三者有赞助之必要也。某等无特别改良之计，随缘乐助，众人帮忙，所有同志，开列于后。"下面便接着写某某君助洋若干元、某某女士助洋若干元，一共也写了有十数个名字。他们三人才知道竟是本结婚筹费的捐册，由不得同声笑将起来。

国光又道："我今天所以要请你们来，也就为的这件事，也不妨请你们随缘乐助。"讲罢，不由分说向社明要过一份笔砚来，在上面写道：陈性初君助洋拾元。又望着怀仁和德山道："你们两位都是初交不敢多求，每位助洋四元罢。"当下也照样写在上面。他们三人倒弄得无可如何。

那朱德山更气得目定口呆，暗想我和你毫无交情，为什么平白无故地要送去四块大洋？我要有这四块大洋，不如自己去打野鸡了。为什么要供你受用？要想发话拒绝，又觉得讲不出口，正在沉吟。国光看见他们的情形，似乎有些不能答应的意思，忙又说道："我这个也不过是暂借几时，过了一个月可加利奉还。"又附着性初耳朵，低低地说道："我这位未来的内人，身边也很有积蓄，过门之后，大约足够我还债了。不过现在却还瞒着她的母亲，不能发表，这事务求你帮忙，你若不帮忙他们两人更要脱卯了。"性初被他逼不过，勉强点头答应。这个当儿，徐怀仁又将朱德山扯过一边，对他说道："这件事情果然离奇，但你我两人乐得随口答应。写了下来，又不要现付的，将来洋钱在我们自己手里，拿出来不拿出来尽可随时斟酌，何必眼前拒绝，倒觉得面子上拉不下来。"德山也觉得此话不错，经了这番谈判才算问题解决。

这时候天色已黑，老太婆点了一盏洋灯上来，口里便说道："我去叫他们置备酒菜，诸位都在这里吃晚饭罢。"国光道："不消，我正想约他们三位去吃番菜呢。"说着就立起身来，老太婆忙拦住，又回头对那社明说道："女儿你怎的不帮着我留一留？"社明嗤的一声笑道："为什么要留他？他不请我，我为什么要请他？况且他说要吃番菜哩，我们这里的酒菜哪里配得上他大老官的胃口呢？"国光听说便道："算你会讲，我也不和你辩论了。我们快去罢。"

四个人便一同下楼，离了他家。到"一家春"番菜馆，拣了个房间，坐了下来。国光便问侍者要菜单来点菜。国光自己先点了五样，又让他们点，性初怀仁各点了四样。德山自肚里寻思，今天这一餐也算得是喜酒，我送了四元的礼，乐得多吃些翻翻本。当下一狠心，便足足地点了十样。他的点菜，也有个特别办法，因为他看菜单上所写的，也辨不出是些什么东西，只挨着次序，照抄了十样交给侍者。侍者接着，笑了一笑，便拿去了。

这里大家谈了几句，忽听得隔壁房间里弹唱的声音，非常热闹。第一个朱德山先忍不住，走过去张了一张，又忙过来说道："奇事，奇事，我们学堂里那位正心诚意的王监督，正在那里搂着一个倌人吃酒哩。"正是：

道学先生真相破，方知此老也风流。

第六回　夺金刚阖座腾欢　打妖精当场出丑

这里几个人听见此话，便也笑着走到阳台口来为张望。只见那位王观察，高踞首席，身旁坐着一个娇小玲珑约莫有十六七岁的雏妓。王观察一手拍着她的肩，一手又捏住她的纤腕，和她相偎相倚地说道："秋红，几天不见你，就消瘦了许多。听说你近来有些儿小病是不是？"那雏妓点点头。王观察又问道："到底是什么病？可曾请过医生？"那雏妓并不答话，只拿帕子掩着嘴吃吃地笑个不住。王观察道："奇呀，问你什么病，为甚不告诉我？只管憨笑则甚？"道言未了，坐在王观察对面的一个瘦子拍手大笑道："老先生，要问她生病的原因么？这病便是由你而起。"王观察诧然道："此话怎讲？"那坐在主位上的一个麻子，又插嘴道："秋红和王大人一往情深，莫非因王大人这几天有约不来，心头郁结就害了相思病么？"那瘦子道："你这话又太迂了。你这一往情深四个字，果然下得很确当，不过任是怎样情深，彼此只相别了数天，也不至于就要生相思病呀。我说的此病因观察而起，却是别有原因，你们要知道此中秘密，只须问她就是了。"说时用手指着立在那雏妓身旁的一个小大姐。王观察便回头问那小大姐说："你家先生到底得了什么病？快说给我听。"小大姐装腔作势地不肯说，被王观察一手扯入怀中，又向她夹肢窝里乱抓道："你只管不说，我就搔个不休。"小大姐笑得喘不过气来，忙央告道："你休得恶缠，我说便了。我们先生近来……"

才说得这一句，那雏妓又跳起身来，掩住她的嘴，小大姐便又不说出来。王观察很是着急，就把那雏妓紧紧抱住转放了那小大姐，教她远远地站着说。小大姐便道："我们先生近来只嚷着身体疲软，常常一天到晚想睡，吃了饮食下去，又不时地呕吐，还喜欢吃水果和酸东西。就是这样的病状，我可说完了。若问是什么病，只有她自己明白，我哪里能够知道？不过我虽不知道，或者还有旁人知道却也难说。"讲完，便用眼瞟着王观察，又抿着嘴笑，那瘦子便又笑对王观察道："何如？请问这个病原，是不是因老先生而起？"王观察通红了脸摇着头道："岂有此理！"那主人又道："大人也不必深讳。东山丝竹都是苍生，大人霖雨频施，使小妮子得承恩泽，这也是风流佳话哩。"（这种肉麻的丑话，非在官场中不能听得。）

王观察未及答言，那瘦子又抢着说道："我看这些闲话也不必说，倒是观察既深爱秋红，何不就藏诸金屋，让我们大家吃杯喜酒呢？"在座的人听了这话，都和哄着叫好。只有一个白发飘萧的老者，摇着手道："不妥，不妥。你们撺掇着王观察纳宠，安知他家内没有河东狮子呢？万一阃威难制，岂不倒累观察公左右为难了？"话才讲完，又有一个戴着墨晶眼镜、留着几撇鼠须的人，说道："老先生此话未免太觉推己及人了。王观察是不受拘束的，你不知道他公馆里早放着五位姨太太了。不像你老先生到这么大年纪还要受裙带的束缚哩。不过观察公和秋红的身材，一大一小未免配得太妙，仿佛一碗蹄子上，放着一只小虾。"这句话说得众人哄堂大笑，连阳台上偷看的这几个人都几乎笑出声来。这时候那雏妓反不害羞了。听他们说，也跟着笑，倒是王观察被这些人你一言，我一语，说得有些不好意思起来，忙放了那雏妓，搭讪着说道："大家吃酒吧，别胡说了。我们这些事，原不过逢场作戏，倘然认起真来，一朝传扬出去，给上头知道，安上一个有玷官箴的考语，那可要吃不了兜着走哩。"那主人连声道："是。"接着大家叫的局，陆续都来了，便打断了话头，登时丝弦嘈杂，十分喧闹。

一会儿又走进一个倌人来，高高的身材，走起路来两肩一耸一低，异常难看。一张瘦骨脸上，涂满了脂粉，却还显露出无数麻点来，映着电灯光，一点一点的都放着异彩。性初等在暗地里看了几乎作呕，（可谓借灯光，暗地里，观看娇娘。一笑。）那些在座的客人，却同声喝彩嚷道："大金刚来了。"国光便悄悄地道："原来四大金刚都是这样人物。看他的身材倒也像个金刚。"那金刚扭到主人旁边，刚要坐下，一眼看见王观察，却又提着那破竹似的呖呖莺声，（莺声而曰破竹似的，怪极。）笑道："王大人为什么不叫？"王观察尚未回答，那主人便道："这个堂差，自然一定要转的，你就先坐过去吧。"王观察摇手道："别忙，别忙，这是你的心上人，我何敢犯割靴之嫌呢？"主人忙笑道："大人又来取笑了。这心上人三个字，实在有些不敢高攀。我猜准大人的意思，不是怕我，倒虑这位候补姨太太的秋红先生，近来正喜欢吃酸东西，不要又翻起醋缸来。"话犹未了，那秋红就在王观察面前，抓起一把瓜子直撒过来，主人连忙躲过。又推那金刚道："快过去，快过去。我知道你酒量很大，一个喝酒一个喝醋，合在一起，倒很有趣。"那金刚笑了一笑，趁势便真走过去。也不好好地坐下，竟斜倚在王观察的身上。这时的王观察便左拥右抱，乐不可支。

陈性初悄悄地说道："自称正心诚意的道学先生，居然闹到这般形景。前天在校内演说的时候，是怎样一副嘴脸？今天在这酒色场中，又是怎样一副嘴脸？怪不得人说他们做官的，没有一个人不带着几副面具哩。"

国光道："我们偷看的时候也算久了，快自己去吃自己的吧，尽管躲在这里做甚。"说着，便和大家一齐走了进去。

坐定了之后，侍者端上菜来，大家第一道自然上的是汤，只有那朱德山面前却放着一客布丁。别人都不觉得，国光自己做主人，格外留心人家吃的菜。（为什么留心？大约恐怕人吃贵菜，自己就要多花钱。）见朱德山第一样就吃布丁，心里想道："这位先生倒很客气，大约单吃些点心就算了。这样倒省了我几个钱。不过看他吃的样儿，真是狼吞虎咽，好像饿了几餐，没有吃饭一般。这小小一块布丁，不到两口，就完全塞在口中去了，看他哪里能饱呢？"一面想着，一面自己的汤也吃完了。侍者上前收去，又换上菜来。国光再留神看德山时，他的面前却又端端正正放着一盆布丁。国光忍不住问道："这位朱兄，难道专喜欢吃甜食么？为何别的菜不吃，只点些布丁？"德山撇着嘴道："我哪里知道呢？尽拿这甜津津的东西来，教人吃着怪腻的。"

怀仁此时早把朱德山所点的菜单拿来一看，便不禁狂笑起来，说道："这是你自己点的好菜，怎能怪那侍者？我方才看见那侍者接着你的菜单，就笑将起来，心里就有些疑惑。但是转念一想，你是照着菜单点的，谅来不会闹出什么话柄来，谁知你这个菜竟是如此点法。倘然照样拿来填下去，还怕你的肚里不成了个外国点心店么？"众人听见他这样说，便都挨过来将那菜单一看，不由的齐声大笑起来。原来那张菜单上，竟挨次写了十样布丁，再没有第二种东西。性初便道："德山兄也太奇怪了，为什么别样菜不吃，单开了个布丁大会？"德山红了脸笑道："我在上海别的事都是老内行了（还要吹牛），唯有这大菜，因为和我平时的胃口不甚相合，所以就不肯领教。不瞒诸位说，今天还是破天荒第一次哩。侍者拿上菜单来，我也不知道点什么好。看见上面一排写着许多布丁，我更不明白布丁两字，是什么解释，以为布丁就是翻外国话的大菜两字。所以就一口气写了十样，哪里料到便是这种鸡蛋糕似的东西，就叫作布丁呢？"怀仁笑道："你不省得，便先问问人家，也不要紧，何苦这般冒失？告诉了你吧，布丁就是中国话的补丁，大约你的食量太大，肚肠都快撑破了，所以要打上这十个补丁，才不至于断裂哩。"众人听他这样说，又大笑起来。

朱德山见怀仁又奚落他，更加老羞变怒。便愤愤地说道："我原不懂英文，哪里及得上你呢？你是个会造假字翻《尔雅》的人，西文程度自然比众不同了。"怀仁见他当着外人揭了他的痛疮，倒也有些发怒，两个人几乎大吵起来，还是性初劝住。说："朱兄偶然弄错，大家也不必多说了。还是叫了侍者来，另换过一张菜单吧。"国光道："说得是。"当下便另拿了一张纸写了几样菜，又用刀轻轻地敲了一下盆子，侍者应声进来，国光就将这纸交给他。说："这位朱先生的菜单改过了，就照这样儿另做吧。"侍者接了去。大家随便饮酒。国光又拿着杯子，站起来说道："今天旧雨新交，一堂相聚。觉得十分快意，请大家满饮此杯。"性初也站起来笑道："国光兄婚期在即，今天这一叙，差不多还含着喜酒的性质，我们更当奉驾。"说着也擎起玻璃杯来，和国光的杯子轻轻碰了一下，各饮了一口。随后徐怀仁也饮过了，轮到德山他也不知道是什么规矩，看见国光递过杯来，就拿起杯子用力地迎上去，只听得当的一声，两只杯子几乎都撞碎了。里面的酒，却已泼翻了大半，淋淋漓漓地滴在台布上，湿了一大块。国光勉强忍住笑，也彼此对饮了一口。怀仁却望着德山道："少用些力吧，大菜馆里的酒杯，比茶馆里的茶杯价钱更贵得多了。你赔账吃得还不够么？"德山咕嘟着嘴，只不作声。这时侍者又来上菜，大家吃着。德山用刀叉，只是不顺手，时刻敲得那瓷盆乒乓价响，惹得那侍者不住跑进房来，只道有人呼唤。

国光吃到中间，忽然笑道："这位朱兄今天点了十客布丁，大家便觉得好笑。其实朱兄初到上海，又是第一次吃大菜，无意中闹了笑话，究竟情有可原，算不得稀奇。你们不知道从前那位任公使，也曾在宴会场中贻笑外人哩。任公使是山西人，科举出身，平时只会吟诗作赋，丝毫不懂得洋务。不知怎样会混在外交界里面去，居然放了公使。有一次，在法国赴一个商人的宴会，向例大宴会常有预定的菜。这一回主人的意思说是请各客自点，这位任公使见人拿菜单过来，他也认不得外国字，就提起笔来随意在菜单直点了几下子，侍者会意知是他所要的菜了。到后来拿了菜来，竟是接连五盆汤。大家都望着他发笑，他自己还莫名其妙，胡乱吃了一顿，从此就传为笑柄。照这样比较起来，这位朱兄的十客布丁，也就不足为奇了。"众人听着又笑了一回。

这时忽听得隔壁房里，又沸反盈天地闹起来。只听得一个很尖锐的女子声音说道："你这个老妖精，是哪里来的？好没道理，怎么一进门就打人？"……又有一个很苍老的声音骂道："你这个浪蹄子，还敢骂我！我便再痛打你一顿，再来和那老不死的算账……！"接着又是"拍……拍……"的几下，顿时哭声笑声乱成一片。房间门外瞧热闹的人挤了不少。国光等四人也跑过去一看，只见就是方才那白须老者身旁站着一个妓女，还有一个白发盈头、胭脂满颊的老太婆，（可谓白发红颜）揪住那妓女的发髻，只管拍打。那妓女自然不肯让，竟和她对打。旁边跟局的大姐，也帮着那妓女，假装解劝，却只管在老太婆脊梁上不住地打冷拳。那老者缩在一旁，只吓得嗦嗦地抖，一句话也说不出。同席的人见是女子相打，未便上前拉扯，都一个个口里嚷着："有话好说，别打，别打。"他们打的人却正打得起劲，哪里肯住？后来还是别人叫的局，有些跟的娘姨大姐，齐上前死拉活扯，才把两下分开。那妓女哭得泪人儿似的，回头向那老者说道："你好！你好！我们当妓女的并不犯法，为什么要吃这苦头？明天再来和你们评理。天下断没有好端端出堂差要挨打的道理。照这样闹起来，堂子饭也没有人敢吃了。"说完便喊："阿宝，快走。今天吃了亏，不翻本也不算本事。他们是什么大人太太，我们本来是不相干的妓女，用不着顾体面的，索性再闹上一场，看是谁坍台得起。"当下也不和旁人招呼，就挟着那小大姐，去了。

这时的老太婆衣服也扯碎了，假头也打掉了，披散了银丝似的头发，脸上脂粉和着眼泪鼻涕，弄得一脸五颜六色，竟像个活鬼。那老者见妓女已经去了，才赸赸着走上前去，轻轻地说道："何苦这般动怒，我不过偶尔应酬，叫了一回局，这又算得什么？"话还未了，那老太婆早重重地啐了他一脸唾沫。骂道："你还敢和我讲话么？你有本领就跟着这迷人的妖精同去！（一个骂老妖精，一个骂迷人的妖精，然则是役也，真妖精打架而已。）不必再来我面前捣鬼，你说我不该动怒，我也知道得罪了她，就比得罪了你的妈还厉害。等明儿再给她赔罪，好不好？"老者又道："你这话越说越远了。这里都是些外客，有话回去再说吧。"那老太婆又道："要回去咱们就走，我打量你要死在外边，不肯回家呢。"说完就拉着那老者的一根细辫子，和牵牛似的拖着去了。这里众人见闹了这一场，觉得毫无兴味，也都告辞。主人不便再留，只得连连道歉，送着他们一哄而散。

国光等回到自己房中，不免彼此猜论到底是一出什么把戏。性初便道："说起这事，我却有些知道。今天他们这一席酒，大约聚的都是几个官场阔佬。这班人时常在道署中往来，和家叔也都相熟。就中那位老者，还和我们老叔是换帖弟兄，我所以深知他的家世。此公姓钦，号时霖，原是个捐班出身。从知县升到实缺道台，他的官运很好，官声却很不好。后来为了一桩贪赃的案件，闹得太大了，被前任总督奏参革职。据说此公一生胆大妄为，什么事都不怕，所怕的只有他的夫人。他所以惧内，也有一个缘故，他年轻的时候，本是极微贱的，投在一个财主人家当小厮，因为他生性伶俐，主人很欢喜他，就让他出入上房。不知用了什么神通，竟和那小姐勾搭上了，瞒着主人私度陈仓，不上几个月，早已珠胎暗结，这重公案就此破露。他主人这一气非同小可，原想发个狠将他重重地惩治一下，后来还是他的主母再三劝说，深恐一经张扬颜面攸关。况且生米已煮成熟饭了，不如将计就计便将女儿许配给他，算遮盖了这层痕迹。他主人别无儿女，只有这么一个宝贝，当下便将他招赘在家。又隔了几年，老夫妻俩相继去世，这份绝大的家产，就老老实实地归他承继。他由此捐官运动，隆隆直上，算都靠着他夫人裙带上的力量。所以他见这位夫人，也就不敢不低头服小。他的夫人对待他的手段，也非常严厉，所以他这季常之惧，差不多大江南北久已驰名。但是他一面只管怕，一面却偏要瞒了夫人在外狎妓置妾，无所不为。宁可给他夫人知道，大吵大闹，往往当场出丑，不以为苦。现在年纪六十多岁了，还是老兴不衰，听说常因吃花酒打茶围被夫人捉着，大闹笑话。那些小报上，提到这位先生，都当他是一种好资料哩。今天这一场闹，自然又是酸素作用，真也算得奇形怪状了。"

国光笑道："这么大年纪，还不能自由，实在可怜。倘然是我，早已提议离婚了。"（是新派人口吻。）怀仁道："一个到了这般光景，还要渔色；一个上了这等年纪，还要吃醋，已经是一对老妖怪了。倘再打起离婚官司来，还不把人家的牙齿都笑掉了。"说话之间，他们的大餐也早已吃完了。性初拿出表来一瞧，道："时候不早了，我们散吧。"

国光便唤那侍者拿账单来，侍者依言呈上。国光看了一回，又沉吟了半晌，（沉吟二字传神。）才说道："你去把签字单拿来。"侍者送上签字单，国光在身边拿出一支自来水笔来，歪歪斜斜地签了一行字，递给侍者。侍者下去了，一回忽又上来，在国光耳边喊喊喳喳地说了几句，国光脸上顿时露出一种不悦的神情来，急忙跟着那侍者一同下楼。下楼不多时，楼下忽又大吵起来。性初等听着，正是国光的声音，在那里乱嚷。很觉得诧异。正是：

酒绿灯红呈怪象，一波未息一波兴。

第七回　谓他人父频翻花样　彼其之子别缔良缘

又隔了一会，国光的喉咙竟越喊越响，还夹着拍桌子的声音。性初心下已猜到几分，便道："国光不知为了何事在那里和人争吵，我们快下去劝一劝吧。"当下三个人一同走下楼来。

只见国光站在柜台前，和那管账的闹个不休。那管账的也急了，便嚷道："像你这位先生，开口文明，闭口文明，其实这种行为真是再野蛮也没有了。"国光便骂道："放屁！"一面骂一面就拿起手中的司的克来，向那管账的直劈过去。恰好此时性初已经赶到面前，忙挽住他的臂膊，道："国光兄，有话好说，何必动怒？"国光回转头来，看见性初等三人，便又嚷道："你们大家来评评这个理看，番菜馆里吃了酒菜，却硬要付现钱，拒绝签字，这是什么话？我在日本的时候嫌日本料理不好吃，一天三餐都吃的是大菜，天天都是签字，从来不给一文现钱。那餐馆主人见了我，却是十分恭敬，从没拒绝过一次。直到我回国的时候，拿起历年的签字条来笼统一算，这几年的大餐共费一千二百五十元日金，便慨然如数付讫，不打一个钱的折扣。那餐馆主人欢天喜地，着实称赞我的阔气，以后便逢人称道，加上一个徽号，叫作番菜大王。你想，我这个海外驰名的番菜大王，在日本尚且大家仰慕，岂肯到上海来失信于这小小的一家春？怎么吃了不上十几次菜，总算不过几十块钱，就要勒索现款了？"性初听他这样吹牛，几乎哈哈大笑起来，连忙忍住笑，劝道："你也不必动气，他们生意人钱看得格外真些，确是有的，谅来也不至于看轻老哥。"

那管账的便接口道："真真这句话说得是再明白没有了。我们开着番菜馆，正愁没有人光顾，哪里还敢怠慢客人呢？这位国先生，第一次到我们这里来请客，就是签了一回字，没给一个大钱。照我们的规矩，生客是向来没有记账的，因为国先生请的客里面，有一位是我们熟客，

严独鹤文集·

便不敢多说，让他签字。哪知一朝通融，国先生却成了老例了。（语亦刻毒。）以后，接连请了十几次客，总没有付过一次现钱，我们又没处找他的住址。有时见他来，向他婉婉地露出一些索取的意思，他总是海阔天空的支吾过去，我们也不敢和他认真。今天国先生来请客，又要签字。确是我的主意，因他已经欠得多了，若再只管往上加，恐怕永远没有算清的日子了。所以想请他破个例，将今天的数目先付了现钱，至于旧账却放着再算吧。我自问这话，也真是十二分的客气了，谁料倒触动了国先生的怒，和我大吵大嚷，还要掣出棒来打人。刚才国先生说要请大家评理，我看这理字本不是一个人可以强占的，就请大家评评看，到底是谁错谁不错？"

性初见这时看热闹的人已聚了不少，再闹下去恐怕愈弄愈不体面，想赶紧调停下来，免得多事。便顺着那管账的口气说道："照你讲来，所争的不过今天的一席酒资，这是小事何必多吵？你且将那账单拿来我看。"那管账的听说，便将那张账单递与性初，性初一看，只见一共不过六块多钱。（不知朱德山的十客布丁算多少钱？）便从身边摸出一张五元钞票另外又加了两块钱，递给那管账的道："你一总收了再说，不准闹了。"那管账的正想起身来接，却被国光夹手夺去，嚷道："我身边又不是没有钱付不起。只因这厮过于可恶，所以不肯给他，怎反要性初兄代付，倒长了他的志气。"那管账的气极了便道："别人代付，又说不好，那么仍请你老先生自己付吧。"国光又圆睁着眼喝道："偏不付你，看你怎样！"这时候不但那管账的不依，就是那些西崽和看的人也都忍不住说道："这个人好不讲理！看不出他穿着一身洋装，像煞有介事，谁知竟是个吃白食的。"众人正在你一言我一句，好像要起哄的样子，忽然从楼上跑下一个人来，那些西崽见了便一迭连声地喊道："赵大人……赵大人……"那人点点头，笑问道："你们为什么事情在这里吵闹？"内中有一个尖钻些的西崽，指着国光低低地说道："就是这个人吃了大菜，不肯会钞，还在这里装埋虎。"那人顺着手指向前一望，便高声喊道："这不是国光么？为何却在这里？"国光回转头来一看，便道："原来是赵老伯。几时回国的？如今寓在那里？一向福体可好？"那人道："身体倒还好，只是忙得很。"性初等看那人时，年纪也不过四十岁左右，胖胖的脸儿，短短的身材，留着两撇八字须。看那样子真是官气十足，听他说起话来也是一口的蓝青官话，十分刺耳。国光却早指手划脚地和他们介绍说："这位赵老伯，号雨卿，是个外交界的老前辈，现任日使馆头等参赞。我在日本的时候，因这位老伯是先君至好（父在而称先君奇绝），承他十分见爱，我常和许多同学议论，说像我这位世伯才算得是折冲樽俎的能员呢。"

·严独鹤文集·

国光还想滔滔地说下去，恰被赵雨卿拦住道："好了，好了，我也用不着你替我背履历。你的钱债官司还不曾打完呢。"说着又笑问那管账的道："到底这位先生欠了你们多少钱？"管账的见国光和赵雨卿相识，便又着实改变了态度，赔笑回道："没有多少，也不敢说欠，不过偶然提起一声。"赵雨卿微微一笑道："也罢，省得你们争辩，这位先生的账就一总算在我的名下，改日到公馆里来领取便了。"那管账的又连珠价地应道："是是，大人。请便。"赵雨卿又回过头来，向国光说道："我正要去看戏，你就陪我一同去吧。许久不见，还可以借此谈谈。"说完也不招呼性初等人，只顾向门外直走，国光也就头都不回跟着他出去，两人同上了马车，马蹄得得，一霎眼已去得远了。

这里性初等三人便也踱出门来，徐怀仁道："国光这人真是可笑，见了赵大人竟乐得手舞足蹈。如今同车而去，想见他的得意。"德山道："他手中还拿着性初兄代他还账的七块钱呢。倘然从此不还了，那么今天这顿吃局岂非倒累性初兄冤枉破钞？"性初道："这也不必说了，倒是时候着实迟了，此处离校又远，我们赶快回去吧。不要第一次开学，就被童监学寻着错处。"徐怀仁道："说得是。"当下便雇车回校不提。

再说国光偕着赵雨卿同到丹桂戏园，进了园门，自有案目招呼，一直引到楼上一间包厢里来。国光见包厢内已坐着一个丽人，倒有些趑趄着不敢进去，雨卿却哈哈大笑道："这是我新娶的姨太太，你又不是外人，避什么？赶快跟我来。"便领着国光走进里面，自己先和那姨太太挨肩坐下。国光也就隔开两张椅子坐了下来。那姨太太先不开口，等到雨卿坐定，才回过头向他斜睇着一眼道："你怎么到这时候才来？害我一个人等了好久。只打量你在别的好地方绊住了脚，不能来了。"雨卿笑道："我本约定一个朋友在一家春吃饭，和他谈句要紧话。不料左等右等，只是不来，我看时候已经不早，这客人大约不来了，只得独自一人吃了点东西。跑下楼来，不道无意中却遇见我这老侄。"说着又对国光道："快来见见吧。"国光听说便站起身来，恭恭敬敬地一鞠躬，差不多把个博士头碰着地了。昂起头来，又垂着双手，眼观鼻，鼻观心地叫了一声"伯母"。那姨太太见了这番情景，几乎笑将出来，只得也微微地弯弯了腰，算是还礼。雨卿又笑道："别行客套了，快看戏吧。"

这时候台上正是《花蝴蝶》登场，雨卿便对那姨太太说道："翠珠，你不是常和我说上海的武生，要算小月来第一。今天这《花蝴蝶》更是小月来的拿手好戏了。你看他一出场的工架，便比众不同。"那姨太太含笑点了点头，便真个目不转瞬地看戏。国光听得雨卿叫出"翠珠"两字，觉得这名字好熟。想了半天，忽然记着道："前回曾和一个老于嫖界的朋友闲谈，他告诉我如今上海最红的妓女，无过于李翠珠。又说这李翠珠有一桩毛病，是专喜欢和戏子结交。如今看这位姨太太态度十分妖娆，打扮得又十分艳丽，莫非就是李翠珠么？"一面沉吟，一面又偷眼看那姨太太一双眼睛水汪汪的，只钉住着台上的小月来。再瞧那小月来，虽然在那里演戏，他的眼光却不时向这面包厢上乱转。国光暗暗道声"不好"，照这样儿，岂不简直有些吊膀子的意思么？再看那雨卿，却只顾笑嘻嘻地赏鉴那姨太太的秀色，别的事一概不管。

台上《花蝴蝶》演完，接着便演《长坂坡》，那姨太太依旧凝神注视。雨卿却有些倦意了。便来和国光闲谈道："你回国以后到底干些什么？怎么一回来之后就不想再去了？我是上月才回国的，一回国就进京去走了一次。"讲到这里又放低了声音，悄悄说道："我此番进京，并无公事，却和自己的前程很有关系，你是我亲信的人，我也不瞒你，我这回已走了庆亲王的门路，大约也未必再去当那参赞了，不出三月一定另有升迁。你倘然没甚好去处，还是跟着我去，总可以有个出头。"国光便道："蒙老伯提拔，是再好没有的了，只恐小侄学浅才疏，有负培植。"雨卿道："你也不必和我说客套话了。说起前年在东京，只因我上了一个取缔学生的条陈，激起留学界的大风潮。这些学生口口声声要和我为难，几乎大受其辱。若不是你从中出力，我也就吃不了要兜着走了。老实说，我也因这上头才赏识你这人精明强干，想收你做个膀臂。讲到老世交的话，那不过是说说罢了，我的世交也不知多少，倘然因为世交，便一个个要照应，又哪里照应得到这许多呢？"（一番话，点明雨卿和国光所以交好的缘故。）

国光又说："老伯是几时纳宠的？实在失礼之至。"雨卿见问，早露出很得意的样子，说道："这还是从北京回来以后办的事，却很排场了一下子。不瞒你说，我娶这姨太太，真比人家娶正室还要热闹，进门的时节也居然用披风、红裙、花轿、执事，本地官员也都来道贺，还唱了几天堂戏。可惜不知道你也在上海，不然，这招待员自然是你的差使了。你大约不大在堂子里走动，所以不知道，提起我这姨太太，就是上海花界中头儿、脑儿、顶儿、尖儿，大名鼎鼎的李翠珠呀。"国光听到这里，竟忘其所以地应道："哦，果然。"雨卿问道："果然怎样？"国光自知大意，忙接口道："果然是仁女班头，老伯真好艳福。"雨卿越发高兴，便呵呵地大笑了一阵。他们说话的声音虽低，那李翠珠却已听得清清楚楚，故意掉转脸来问雨卿道："你笑什么？"雨卿道："没笑什么。你不必问，尽管看戏。我们好久不见，还要畅谈几句呢。"

　　说着忽然又想起一事，忙问国光道："我方才正有句话要问你，到了这里说了半天话倒又忘了。你在一家春和那几个朋友说话，讲到你们老人家，口称先君这是什么缘故？难道你已遭大故么？却又不见你戴孝。"国光见问便道："小侄虽然不肖，平素于这孝道上面却还不敢有缺。（难矣哉，老兄之所谓孝道也。）怎奈老人家竟十分固执，已和小侄恩断义绝，所以小侄此时已是有父而无父了。既然有父和无父一般，所以小侄一个发狠，便只当老人家已死，老实不客气地称作先君，聊以志感。起初也还觉得有些碍口，如今说惯就随我的便了。有时高兴称作一句老人家，有时说顺了'先君'两字便脱口而出，在那些熟朋友知道内中缘由的，听着也都不以为意了。"雨卿笑道："你们父子俩性质完全相反，所以弄得彼此参商。你们令尊本来太迂，如今的世界与前不同，有些地方只好随些。像我可惜没有儿子，如果有了儿子，做起老子来，倒很圆融的。"国光忙道："老伯的待人自然再好没有，像小侄这样还备承厚爱呢。讲到家人父子之间，自然越发仁慈逮下。小侄只恨自己没有福分，遇着这样不通世务的老子。"

　　雨卿听了略一沉吟，忽然望着国光笑道："我倒有个意思在这里，你现在已自认无父了，我却也正苦无子。无子的固然寂寞，无父的谅也觉着乏味。（无父而曰乏味，奇极。）不如从今以后，你就认我为父，那么我无子而有子，你无父而有父，岂不是两全其美？"国光不防他忽然发出这种议论来，也觉得呆了一呆。雨卿便道："你难道不愿意么？或是嫌我年纪轻，不配做你老子。老实告诉你吧，我自己还认人做老子哩。我这回进京，已拜了庆王做干爷，那些想拜，又拜不到的人，还一个个在那里羡慕我呢！总之，父子的名词，也不过是借此分出一种尊卑的阶级，像我的位分对于庆王就应该认他作父。像你这个身份，假如也要去做庆王的干儿，就不配了。叫我一声老子，便恰好相称，绝不至于委屈了你。"国光忙道："这个自然，承干爷不弃，便是做儿子的造化。"说着，便站起来想磕下头去，雨卿忙拦着他道："你这个人，怎这样冒失，认老子也不应该在戏馆里认的。须要择个好日子，请几桌客，堂而皇之地闹一场才行。何必忙在一时？还有一样，你称我干爷，还显着不大亲热，不如爽爽快快喊我一声爹，我倒觉得快活。"国光忙道："爹，说得是！（夸他转口得快）行礼暂缓一天，这称呼就从今日先改了口吧。"说着恰好翠珠回过头来，国光要博雨卿的欢心，就赶着她叫了一声："娘。"（国光不堪）

翠珠先听了他们这样做作，已经忍不住要笑，这时被国光一声娘，叫得浑身肉都麻起来（真要肉麻）。忙倒在雨卿怀里，笑得呵呵地道："你们只管去闹，我不敢当。论年纪大约我还比着这位少爷小得多哩。那里配这样的称呼！"雨卿道："这个倒又不论年纪了。他既然称我为爹，自然不能不叫你一声娘。你以后还是老实答应他的好，不然倒觉得生分了。"国光忙道："爹这话说得一些不错，娘休要见外。"翠珠只笑个不止。这时台上的戏已差不多要完了，雨卿便握着翠珠的手道："我们就先走一步吧，省得停刻散戏又要受挤。"翠珠道："也好。"当下三个人同下楼来。雨卿对国光说明了他公馆的地址，又问国光住在什么地方？国光不敢说在野鸡堂子里鬼混，只说搁在朋友家里。雨卿便道："你明天就到我公馆里来，我还有话和你谈哩。"国光接连应了几个"是"，雨卿便挽着翠珠的手，双双登车而去。

国光一个人又踅到他那未婚妻社明女士家里来。社明见他来得这样迟，不免撒娇撒痴地抱怨他道："你好呀，一顿大菜怎样吃到这时候才回来？"国光便将个头一歪道："我回来爱迟就迟，爱早就早，这是我的行动自由，你难道还能干涉我么？"社明道："咦，怎么你今天忽然气派不同了？我只因你回来得太迟，有些诧异，所以问一声，也犯不上就和我讲大道理。（好句！好句！）你有你的自由，我也有我的自由，大家不用干涉，就此算了吧。"说着就拿起手帕来拭泪。国光见他生气，便上前去央告道："你近来的气性越发大了。我不过偶然说句玩话，何必认真？我正有许多事要告诉你，好教你替我快活哩。"当下便将遇着赵雨卿的一番话细细说与她听，又道："这样一来，我居然也是个阔少爷了，你嫁了我便也成个很是有体面的少奶奶了。天天坐马车，吃大菜、看戏、打首饰，好不有兴！"说得社明也扑哧一声笑。却又将个手指头在脸上刮了刮道："亏你不羞，这么大年纪，自己亲老子不要，却颠倒去做别人家的儿子。真是鸭屎臭！"国光道："你不用来挖苦我了。我认他做老子，自有利用他的地方，哪里真和他去正名定分。（老子原来专为利用而设。）就是你我结婚的事，虽然被我想出个法子来，向大家劝捐，究竟立了这个捐簿，到今天还弄不到一百块钱，总不能成事。将来也还要在他身上想法子呢。"社明听到这里，才回嗔作喜。

这时自鸣钟上已当当的敲了两下，便对国光道："两点钟了，还不想睡么？"国光笑道："睡觉是例行公事，又是双方同意的，我要不睡，你也不依哟。"社明听说，对他斜睨了一眼，又用劲在他身上拧了一把，国光便怪叫起来。隔壁老太婆听见，嗽了两声又喊着她女儿道："快睡吧，深更半夜，别闹玩笑了。"国光接着一笑，便居然双双入寝。

第二天早晨，社明还迷迷糊糊地睡着，国光心中有事，掀起帐子一看，见已是红日满窗，就赶紧跳下床来。娘姨进来预备洗脸水，伺候国光盥洗，国光掏出一角小洋，命她去买了一碗面来。胡乱吃了一个饱，也不去叫醒社明，就匆匆出得门来。按着雨卿昨天告诉他的住址，径到他公馆中来。

到得门口，有一个家人叫张福的，在日本时候向来认得。忙道："听老爷昨晚回来说起，我已知道少爷今天要来了，不过来得太早些，老爷还没起身哩。请先到书房里去坐一会儿吧。"当下便引国光到一间小小的书房中坐下，又倒了一盏茶来，便自退去。

国光独自一人等了好半歇，看看钟上已经快十一点半了。暗想我这个干爷在日本的时候起得很早，为何如今这般贪眠？大约便是受了这位姨太太的影响哩。正想着张福又跑进来，国光便问道："老爷怎还不起来？"张福嬉着嘴道："老爷么？早哩，早哩。自从娶了这位姨太太之后，天天晚上非到三四点钟不睡觉，白天非到一点钟不起来。"国光笑道："又不吃鸦片烟，为何这样迟眠晚起？"张福道："鸦片虽没上瘾，也不免要弄来玩玩。再者这位姨太太进门之后，没有一晚不要看夜戏。看了夜戏回来，还要吃东西，开玩笑，自然就要到三四点钟才睡了。总之这全是堂子里的派头，还讲它做甚。"国光听说看戏，便又问道："你们姨太太出去看戏，还是和老爷同去呢？还是一个人去呢？"张福道："有时也同去。但是老爷应酬多，又不大喜欢看戏，还是她一个人去的时候多。去时总是一个人，也从不带丫头、老妈子。"说着又轻轻地叹道："我看这位姨太太很不像个正经人物，碰着我们这个糊涂老爷，总有一天要闹笑话哩。"国光听他话里有因，正想再问，忽听得一个娘姨的声音说道："张二爷呢？"张福忙答道："在这里。"那娘姨就站在门口，说道："老爷教我来问你，说有位叫什么国少爷的来了没有？倘然来了，就通报一声，老爷便起来见他。我到门房里找你，遇见李升说，刚才来了一位客，被你请到书房里来了，却不知道是否那个国少爷？我便又寻来问你。"张福忙指着国光道："这位不就是国少爷么？你快去回老爷，说已来了好久了。"娘姨答应着去了。张福对国光笑道："这还是你来了，他才肯起身呢？真是个大面子了。"说得国光也笑了。（这一笑很是得意。）

又隔了半个时辰，雨卿才下楼来。一见了国光便道："你好早呀！吃过点心没有？"国光道："已吃过了。"雨卿便回头对张福道："我才喝了两口燕窝汤，也不吃点心了。教他们预备饭吧。"张福答应去了。雨卿便道："我昨天听见你说，耽搁在朋友家里。我想久住在朋友家也很不便当，我此地颇有余屋，如今既然是一家人了，你就搬在这里来住吧。"国光便道：

"承爹的厚爱，这是再好没有。"当下吃完了饭，雨卿就催着国光去取行李。国光答应了出来。他虽然常向社明处走动，行李什物却还在朋友家中，当下便去搬取。朋友问他迁住那里？他便留下了个地址，又吹了好些牛。那朋友见他拜了个阔人做干爹，便十分恭维，求他以后随时提携。国光也随口敷衍了一阵就此分手，自往赵公馆来。雨卿见着甚为高兴。

果然隔不到几天，就选了个日子，请了许多客，举行过继大典。在行礼的时候，雨卿和翠珠还并坐受礼。国光穿着西装，平日握手鞠躬，专仿洋式，此时却恭恭敬敬地四跪八拜，站起来又呼爹唤娘地乱了一阵。那些宾客和下人，也没有一个不掩口而笑。雨卿又吩咐下人们，以后只唤他做大少爷，不必称名道姓。从此这位家庭革命的国光太郎，便一变而为赵氏孝子了。国光又把平常用的那"国光太郎"四字的名片，一概取消，改印了许多新名片，"国光"两字上面加上了一个赵字，又自己取了个号叫作少卿，用小字印在旁边。便是籍贯也不说支那国籍了，全依着雨卿的乡贯，印着江苏无锡。雨卿看着自然格外喜欢。

国光到了赵家以后，还天天捉空到社明那里去走走，只是晚上恐怕雨卿诘责，不敢不归号。（那么这睡觉的例行公事也要取消了。一笑。）还有赵公馆的地址，也不肯详细告诉她，怕她偶然寻上门来，被人家见了不好看相。社明见他比前着实阔绰了，便也很快活，又催着他快办喜事，国光一口应承。（反衬下文。）却因为手头没钱，一时又不敢便去和雨卿开口。

过了几天，雨卿从外面回来，见了国光，便笑道："我有句话要问你，你到底定了亲没有？我做了你老子，连媳妇聘定没有都不知道，说起来也是笑话。"国光冷不防他问到这句话，倒有些踌躇起来。要说没有定吧，心中明明有个社明在那里，要说已经定了吧，雨卿不免要寻根究底。倘然知道是个野鸡，很不体面，正在沉吟，雨卿又接着说道："今天我在外面赴席，遇着一个多年的老朋友，他忽然托我做媒，说他有个小姐，急于相攸，只是东床之选，一时难得其人。我当时也只含糊答应了他，后来转念一想，这位先生是个老官僚，家道又好，倘然你还未聘定妻子，倒很可以结了这门亲，将来也得个照应。便又问了问他那位小姐的年龄，虽比你小，却也差不了许多。并且他还说也是女学生出身，那更配上你的胃口了。我所以特地来问你一声，看到底怎样？"

国光此时听了这番话不禁心花怒放，早已把个社明丢到九霄云外了。就一迭连声地答应道："孩儿一生漂泊，无以为家，实在还没有订亲。倘蒙爹爹垂爱，成全这头亲事，万分感激。"雨卿便道："如此好极了。我就托人去做媒。"又过了几天，雨卿便告诉国光说，那边已允了亲事了，就在本月内择期行聘，下月便要迎娶。因为你那丈人本是个道员，因事挂误了，如今运动了当道，不日就好开复原官，他还要赶紧入京谋干，所以想把他女儿的姻事，从速办妥，也算了却一桩心愿。讲到这聘礼和结婚之费，自然是我做老子的承当，我知道你手头没有钱，经济这一层可以不必问。国光听说，又是千恩万谢。

果然没有几时，便订了亲，又择定三月十三为迎娶吉期。遍发请帖，帖上印着某月某日为小儿国光授室等套话，下面却是赵泽载拜。原来雨卿单名一个泽字。这个帖子发出去，有那些不知道的人，无不诧异道："从来没听见雨卿说有儿子，怎么倒娶起媳妇来了？"

不提外人的议论，却说这位赵国光，只预备着做现成新郎，心里头说不出的快活。凡是他的朋友也都发了请帖，一来教人家知道他的得意，二来也乐得再捞几个钱贺仪。（却是人家已经在社明那里捐助过的，又当怎样？只好划账了。）至于社明那里，却早已断绝脚路了。有一天他坐在书房里，忽然张福跑进来说，有个老太婆来找他。国光自知有些不妙，再问了问那老太婆的样子，竟是社明的娘。心下也不免着慌，面上却丝毫不露，转放下脸色来，对张福道："我在外面从不和女人订交过，再者上海地方也没有什么亲戚，那里跑来这么个老太婆？想是找错了人了。就回了她去。以后倘再有这些不三不四的女人跑来，你便替我一概撵走，也不必通报。"张福明知事有蹊跷，却也不便多说，就退了出来。后来也就没有人再来寻找，国光方才放心。

看看离吉期近了，一日早起，正在新房里面指点着家人挂字画。张福送进一张名片来。国光一看，见是陈性初，便道："快请。"自己也就出去，到得客室里，见了性初便道："久违，久违。你今天为何一早枉顾？我的喜帖想早已接到了，是不是先来帮帮我的忙？"性初只笑了一笑，一会儿张福已走出去了，性初见眼前并无别人，便道："国光兄，你竟没有得着消息么？你只顾忙喜事，却不道眼前要先料理讼事了。"国光听了大吃一惊，忙问怎的？正是：

刚道红鸾欣入命，谁知白虎忽当头。

·
小
说
卷
·

第八回　闹讲堂学生翻本　理讼案义父破财

当当……当……钟声一响，大家都挟着书册纷纷跑向课堂中去。学生还没有到，那教员席上却早已坐着一人，跷着脚，盘着辫子，也不穿长衣，只着了一件破旧的短袄。桌上堆着许多表芯纸，等到学生齐进了课堂，他也坐着不理，只顾低着头将那些表芯纸，用把小刀整整齐齐地裁成长条。裁好了便双手乱动，一根根地在那里搓纸煤。旁边又放着一壶茶，一只水烟袋，那些旧学生，倒也司空见惯不以为异。那些新学生看看这般情景，免不得一个个心头疑惑，暗想我们正谊学校里怎么请来这样一位教员？岂不是做学生的活该倒霉！……

原来，这便是正谊学校年假后开学上课的第一天，那时新考取的学生都已分别插班。温如、国雄二人同在一班，朱德山低了一班，徐怀仁却又高了一班。正谊学校的课程定得很是特别，学校的通例，都是每小时上一课，他们却是每天只上两课，每课就要整三个钟头。这天上午，温如国雄二人按着课程表，上的是经学课。一到课堂见了高据师席的，又不是那位葛天民先生，竟换了这样一个人，自然十分奇怪。却也知道这样打扮这幅情景，绝不是个教员，私下问了问那些旧学生。果然有人告诉他，这不是教员，却是教员的代表，又可称得是教员的先锋。温如听了越发不解，那人又笑道："每逢葛天民的经学课，必定先要令这个仆人到课堂上来整理烟茶，三小时的功课，大约好算此人上了一半，葛天民也只上得一半。"温如二人听着，却摇头道："真是向所未见的怪现象！"

当下众学生只顾喊喊喳喳地议论个不住。这位葛先生的代表，忽然开口道："你们休得啰唪，师爷来了要责罚的。"众学生听见越发哄堂大笑起来。笑声未绝，那仆人又喊道："师爷来了。"

众学生向外望时，果见那葛天民已弯腰曲背，蹒跚而来。进了课堂，上了讲坛，学生一齐立了起来。葛天民也除去了那副玳瑁边大眼镜，哈了哈腰，又回头对那仆人说了一声："去吧。"那仆人才走出去。

这里葛天民坐了下来，先捧起那把茶壶来，壶嘴套着人嘴咕都都一口气喝了好久，又咳嗽了两声，吐出几口痰来。他桌子旁边明明放着个痰盂，他却不去光顾，只向地板上接二连三乱吐。吐了一会，又用手在胸口摩了几摩，才开言道："今天……"才说了两个字，倒又喘起气来了。喘了半天，又断断续续地说道："今天第一天，且不必讲书。我知道本班里添了好几个新学生，倒要考察一番。"说着将那点名表看了一看，按着名字，把些新学生一个个喊上去。众人只当他要考察程度了，谁知等这些人走到面前，他又并不考问，只摘下眼镜来，向他们脸上一个个仔细端详。有几个相貌丑的，他看了只管摇头，有相貌好的，他便十分赞叹，不是说器宇不凡，就是说仪表不俗。末了一个看到温如，忽又肃然起敬，郑重其事地说道："钟生气度安详，神情秀逸，将来必成大器。勉哉，勉哉，勿负老夫所望。"说完挥了挥手，说道："各归座位吧。"大家依言归坐，都嘻嘻哈哈笑声不绝。葛天民却正言厉色地说道："你们不要笑我迂拘，我向来于经史学问而外，专好研究相法。因为一个人的贤奸善恶，寿夭穷通，在相上一定逃不过去的。孟夫子说：'胸中正，则眸子瞭焉，胸中不正，则眸子眊焉。'这就是孟子的相法。后来历史上所载的如蜂目豺声，凶人之相，龙姿凤表帝王之相，都是丝毫不错。所以我向来收学生一定要先注意相貌。相貌好，可造就的，我便施以化雨，蔚为英才。相貌陋，没出息的，我却也要被以春风，变化气质。这就是我栽培后进的一片苦心。你们这些旧学生，从学日久，早已心领神会了。新学生入门伊始，谅难深晓，我便不得不开宗明义，向你们表白一番。"（只算是开场白。）说完了这几句，便又拎起茶壶来呼茶，呼得够了，又放下茶壶，擦了根火柴，点着纸煤，大抽水烟。一时课堂内烟气氤氲。只是葛先生正吸得高兴，那下课钟却又响起来了。学生便纷纷退课，葛天民也就捧着水烟袋一路吸着，一路踱出课堂。

温如和国雄同走，悄悄地说道："这位葛先生不知他学问究竟如何。至于今天这幅情景，真是糟不可言。论他的排场，好像是个说书先生，论他的谈吐，倒又像是个相面先生。"国雄大笑道："他这样恭维你，你却这样挖苦他，真是不当人子。我如今正在猜测，不知道这葛先生，有女儿没有？"温如道："你为什么要讲这句话？"国雄道："他方才对于你这种样子，很像是丈人看女婿，倘然他果有女儿，这雀屏之选，自然是非君莫属了。"温如道："你倒会嘲笑人，看我可能饶你！"说着便要来打他，国雄连忙躲避。两个人正厮赶着，忽然遇着徐怀仁便道："你们闹什么，我正有件新闻要告诉你们呢。"温如忙问何事？怀仁道："我才下课从揭示处走过，只见上面贴着一张字条道：学生朱德山不守规则，记大过一次。我正猜不出什么道理，怎样第一天就会记过？想去找德山来问问。一路寻来没见德山，却遇见了你们两位。"说话的时节，已到了温如宿舍里，才放下书，就听见敲饭钟，当下三人一同走到饭厅上。

只见德山也来了，哭丧着脸，身上穿的一件蓝洋缎棉袍。上半身却似黄非黄的沾满了许多斑点，有几处已经成了破洞，只不解他到底闹了什么事了。听那些学生三三两两的谈论，大约是德山和一位理化教员冲突，那些人口气之中似乎代德山抱不平，却是有童学监在那里一同会食，不敢多说。

怀仁等匆匆吃完了饭，又找着德山同班的几个学生问了问，才知这天早上德山这一班，上的是理化科，这位理化教员，是今年新请来的，姓纪，号耕九。说是日本毕业生，年纪并不甚大，却也留了髭须，身材矮矮的，活像是个日本人。身上穿的是袍褂，脚下却蹬着一只皮鞋，手中还拿着根司的克。还有一样特别事情，是无论到什么地方，总带着一双洋狗，跟在旁边，寸步不离。这一天上课的时候，德山等进了课堂，听见一阵履声囊囊，大家知道是先生来了。有几个性急的，早站起来等候。不料先窜入一只狗来，跳上讲台，摇头摆尾，接着纪先生才大踏步走进来。

这时德山嘴快，忍不住说道："好一个狗先生。"这句话说得响了，早被先生听见，便对他看了一眼。这纪先生上台之后，想卖弄本领，便道："理化最重试验，不能试验，但凭说理，便不切于实用。今天且慢读书，先做一个大试验与你们看看。"说着，便走到隔壁仪器室里，捧了许多药品和玻璃器具出来，手忙脚乱弄个不了。那些学生不知道他试验什么，只觉如出戏法一般，倒好耍子。便挨挨挤挤的，站在讲台前面观看。纪耕九一面试验，一面指指点点地讲解，十分得意。一会儿又拿着瓶硫酸，往一个玻璃漏斗里直倒，那漏斗下又有根弯弯曲曲的玻璃管，一头接着漏斗，一头另接着一个玻璃瓶里。那玻璃管细而长，这里倒得太急了，一时接受不住，忽然咪的一声，那些硫酸，便如放花筒般直冒出来。德山立得最近，那件袍子便淋淋漓漓浇了个满。德山好好一件新衣，就此断送。心口一急，也顾不得许多了，忙近前一步扯住纪耕九喊道："赔我衣服来。"纪耕九出其不备，倒被他吓得倒退，忙道："课堂里边哪里容得你这般撒野！"德山道："你还凶哩？我好容易做了这件新袍子，被药水一冲，眼见得不成模样了，不叫你赔叫谁赔？你既然不会弄，就安安稳稳地讲讲书罢了，谁要你玩这劳什子试验！"（话也说得有理，此其所以妙也）纪耕九被他这番话，说得又羞又怒嚷道："岂有此理！真是反了！"一面拔脚就跑，一口气走到童千里那里，把这件事一五一十地告诉了他。童千里登时赶到课堂里来，将朱德山骂了一顿，说再闹就要开除了。朱德山到此也有些怕了，便不敢再开口。童千里又逼住他向纪耕九赔了个罪，才算了事。到底还记了一个大过，算全了纪耕九的面子。但是德山这一气，却非同小可，他怕怀仁等见他吃苦，又要嘲笑，所以问他转不开口。

温如国雄听见此事，也只付之一笑而已。只有那个怀仁十分好事，德山不和他讲，他要去寻着德山，对他说道："你这个亏，可算吃得不小了。可要想法子翻本么？"德山白瞪着眼道："想翻本又有什么法子呢？他总是先生，我总是学生，动不动就要记过、开除，和他闹些什么！认了晦气就算了。"怀仁道："好丧气的话！你没有本事翻本，我却有本事代你翻本哩。你若舍得钱请我一请，包你有法子想。"德山道："要多不能，一块钱的小东道算我的，你快把那法儿教给我吧。"怀仁便在他耳畔叽咕了一阵子说道："此法如何？"德山道："你这个人确是诡计多端，这个法子，我依旧得不到好处，只是总算出了这口气了。"怀仁道："话虽如此，但是你临时还须手脚灵便，说话老辣，不要弄巧成拙。最好再联络几个同班的学生，一齐帮腔，方可对付得过。谅来这位先生也不是个好惹的。"德山点头答应，彼此便各自走开。

隔了几天，德山这一班又轮着上理化课了。这纪耕九教到中间，高兴起来，又要试验。药水瓶摆满了一桌子，这些学生依旧挤上前去看，那条洋狗也旁边蹲着。德山乘众人只管留心试验的当儿，暗暗向怀里取出一个纸包来，包内裹着一大片牛肉。德山便故意将这片牛肉举得高高的，引那洋狗，那洋狗便直跳过来，抢这片牛肉。德山趁势"啊呀"一声，用尽平生之力身向前一扑，那张桌子便向里掀翻了。这些学生都站在外面，不过吃了一惊，并没损伤。纪耕九一个人立在里边，一时躲避不及，玻璃瓶推倒，药水横流把一件玄色花缎羔皮马褂、蛋青花缎灰鼠褂子弄得一塌糊涂。中间还有一盏酒精灯也打翻了，将袖子烧着，赶紧扑灭，已破了一个大焦洞。

纪耕九此时心头火起，便顺手向德山一掌打将过去，却被德山将他的手臂托住，没有打着。德山此时转朗朗地说道："先生差矣！先生自己也是受过文明教育的，如何出手打人？竟行使这野蛮手段。学生今天偶一不慎将桌子撞翻，污毁了先生衣服，固然有些抱歉，但是学生好好地站在这里，如何会撞翻桌子？只因先生的尊犬忽发凶性，搏人欲噬，学生自然不得不避让，误将桌子带倒。在学生原是无心之过，在先生还当自怪不该将这畜生携入课堂，致起扰乱。至于衣服毁损，这更是理化试验所必有之事。（此语甚恶）学生上回不是先已坏却一件袍子么？学生的衣服是洋缎的，先生的衣服是花缎的，学生的衣服是薄绵的，先生的衣服是细毛的，论起价值来，原彼此悬殊，论起情理来，却也无甚分别。学生坏了衣服，还记了大过，先生坏了衣服，也只好格外原谅了。倘然先生一定不答应，要开除，要惩罚，学生也何敢不领罪？只是闹得上头知道了，查问起情由来，恐怕先生也未免有失面子。"

纪耕九本来很是个能言善辩的人，不知今天为何被德山驳倒了，转一句也说不出来。加之其余那些学生也七嘴八舌，表面上好像为德山讨情，其实，却是帮着他讲话。纪耕九恐怕激起风潮，把事情闹决裂了，转于自己饭碗问题有碍。只得忍口气，勉强说道："你此事虽出于无心，可以原谅。但是在课堂上面受课，须要举动文明，岂可如此鲁莽？我今天看在诸同学面上，饶你一次，以后倘再胡闹，定要禀明监督开除。"当下便唤校役来收拾一切，自己这身衣服却只好牺牲了。于是痛恨朱德山入于骨髓，这且不在话下。

再说温如国雄进了学校之后，虽说校中的教职员，都含着些腐败官僚的气息，往往发生怪象，但是有几个教员却也是在新学界中卓然有名的。学识很是丰富，教授也很认真，温如二人本来资质聪颖，又极肯用功，觉得上了几时课，颇有些进步。那些同学对于他两人也很敬服。当时全校学生里面居然有号称三杰的，便是温如、国雄和那陈性初。他三人也最投契，散课后常聚在一处，有时在自修室内研究些科学，有时在操场上演习击球、赛跑等种种游戏，这学校生活便也觉得十分有趣。

一天傍晚，温如正独自一人，在校园中散步，只见性初和国雄匆匆地跑来。性初手里还拿着三张红封套，递给温如道："请帖来了，你快准备去扰喜酒吧。"温如道："是谁的请帖？"说着便从封套中抽出一看，讶然道："这帖子上的国光，到底是不是那国光太郎？如果是他，岂非早已废了姓不认老子么？却为何又变了姓赵呢？"性初道："不但如此，他帖上还是老子出名，究竟他又从哪里跑出这么一个'赵泽'的老子来呢？我自从和他在一家春分手之后，彼此从没有通过信。不知他近来又弄些什么玄虚。"国雄猛然记起道："你才说'一家春'我倒想起来了，那一天坐了马车和国光一同走的那个人，不是叫作什么赵雨卿么？"性初道："哦，是的，但是国光也太不成话了！难道竟拜这个人做老子么？"国雄道："像国光这种人奇形怪状什么事做不出来？"

正在说着，怀仁和德山也赶了来，向着性初道："我们正各处找你不着，原来却在这里。"性初道："你们找我做甚？"怀仁道："我和德山两人才见着一种怪东西，想你那里也一定有的，所以前来问你。"性初道："莫非是赵国光的请帖？"怀仁笑道："然也。然也。你看这个帖子，怪也不怪？"性初道："我们也正在这里议论这件事呢！"怀仁道："这不用说，一定是做了那姓赵的儿子了。但不知道这回结婚，娶的是不是那野鸡女士？"德山道："那何消问得？自然是那只野鸡了，国光和他爱情很好哩。想起来认了一个老子，就替他白讨了一个老婆，国光倒也值得。"怀仁道："你羡慕他，便也另外去找一个老子来好不好？"德山道："岂有此理！"说着便要去打他，怀仁只管躲避。

性初道："你们休只顾取笑，倒是大家商量一个办法才好。若论国光这样胡闹，原可置诸不理，不过他既然送了帖子来，又似乎不能不敷衍他一个面子。"温如道："据我说这种人只好敬而远之，礼是不能不送的，至于贺喜吃酒却大可以不必去替他捧这个场面了。"性初国雄都道："说得很是。"怀仁道："温如这句话，倘给国光听见了，一定非常赞成。你道他发的请帖是真个来请吃酒么？简直是要催索我们从前认定的那笔结婚捐款罢了。"（野鸡女士、结婚捐款，都是妙语）德山道："我却偏要去吃喜酒，看看他到底是怎样一出把戏。"当下大家说笑了一番，又把送礼的事，托性初做了个总办，也就散了。

性初日间本接着他叔父一个字条，命他回去一转，这天晚上，就告假回家。见了他叔父，谈了几句家事，他叔父便歪在榻上吸烟，性初陪着又讲了许多闲话。他叔父忽然笑着对他说道："如今外边的怪事，真是越闹越多，昨天还有人到这里来告状。说他儿子无端蔑弃天伦，冒认他人为父，要请求从重惩办哩。"性初听了，便惊问道："这告状的是否姓王？"他叔父也讶然道："你怎样会知道？"性初便从身边掏出那张国光的请束来，给他叔父看。一面又将国光的历史约略说了一遍。他叔父将那请帖看了一看，点点头道："正是他的老子前来告状，那状词做得很是厉害。一面告了他儿子的忤逆，一面又吃住那赵泽，说他身为职官，淆乱纲常，应请严行讯办以肃风纪。状子后面又附粘着一张结婚请帖，作为凭证，和你给我看的这张帖子真是一般无二。我先前还疑心这件事情，有些不实不尽，如今看来原告所控各节竟非虚诬。这被告的罪名确也不小呢。"性初道:"道台的意思怎样?"他叔父道:"道台起先看见这状子,说是风化所关,十分动怒,就想即日提讯。后来因为这赵泽也是个大员,未便造次,想先行密查,查实了再办,便较有把握。"性初道:"这事可好代他们从中设法么?"他叔父道:"这有什么法想?不过你既然和那个国光有些友谊,便去通一个信给他也好。"性初唯唯答应……

上回书中说到性初去访国光,就是为了此事,来报告消息。国光听着,也觉得异常着急。性初说完了话,便不肯多耽搁,只叮嘱国光快些打点,告辞自去。这里国光也不敢怠慢,就命仆妇去请雨卿过来,将这事备细告诉了他。雨卿一听,倒十分着慌,说道:"糟了,糟了。讲起实在来,认个把儿子,也不过是玩笑之事。但是被他们抓住了什么纲常名教等大题目,有意捣起蛋来,倒也很难处置。我们做官的人,越发担不起这种罪名。我如今正在谋干前程,倘然为这件事闹得上司知道,出了岔子,如何是好?"一番话说得国光坐立不安,忙举起手来,将他那博士头连连地敲着道:"这都是做儿子的罪孽深重,转累及爹操心。"(何不索性说祸延先考)雨卿道:"这也不必说了。倒只要从速设法才好。"说着又想了半天,便问国光道:"你可知道你父亲(何不说令先尊)有什么知己的朋友没有?"国光道:"有一个姓徐号敏斋的,和老人家最是投机。"雨卿道:"是不是当保甲委员的那个徐敏斋么?这人我也认得。我看这事一闹大了,就难于收拾。现在须用釜底抽薪之策,赶紧托人向你父亲说项,设法和解才好。不过这和解两字,也很不容易,如今放着敏斋这条门路,姑且试试看。"说完也不耽搁,就坐了马车去访那徐敏斋。直到晚间方才回来。

国光等着便问道:"事情怎么样了?"雨卿摇着头道:"还没有眉目。我今天寻着敏斋,托他去说。他起先只管推托,后来经我再三央求,才勉强答应前去。教我就在他局里候讯。一直等到傍晚他才回来,说你父亲对于此事异常愤怒,讲来讲去丝毫没有转圜的余地。我便道照此说来这事也无法可想，只好任他闹去。说着便起身告辞。敏斋却又留住我，悄悄地说了一番话，看来这事系铃解铃，依旧在你。"国光讶然道："怎么又全在于我呢？"雨卿道："你母亲早故，你父亲娶了个姨娘，平日十分宠爱，言听计从，这情形可是有的？"国光道："不错。我姨娘进门不多年，生了一个儿子，便看得我似眼中钉。时常在我父亲面前媒孽我的短处，我回国以后，父子之间竟致如此决裂，大约也是这贱妇和那野种在里面作祟。我如今暂且容忍，将来终有一天逃不出我的手掌！"雨卿点头道："这就是了。据敏斋的推测，这回的事情或者也是那姨太太的主动。想趁此一闹，索性下一个绝着。面子上为的是什么伦常大义，骨子里却依然为的是家产问题。既然兴了讼，就好请求官府立案，永远脱离父子关系，这一份家产将来就好归你那小兄弟一人承受了。所以敏斋的意思，此事若求和解，须要你自己肯先立一张笔据，情愿将家产割舍，才好商量。"

国光大怒道："这万万不能！敏斋这番说话，明明是我那父亲教他说的。别的尚可以牺牲，这家产如何能够牺牲？我目前虽和我父亲闹决裂了，但是讲到家产，还是个悬案。将来不愁没有翻本的日子！倘然立了笔据，就全部放弃，无可挽回了。那还了得！"雨卿忙道："你也不必这样固执，你若不这样办，这讼事就万难了结。你大不过是一个留学生，便闹翻了有什么要紧？我却是个指日可望大用的人员，哪里能够陪着你们吃官司，将声名弄坏？我看你为今之计，还是放和平些的好。况且立了笔据，也不过暂时解围，未必就永久没有挽救的希望了。"说着又笑道："好在你那位'先君'年纪也着实不小了，等他将来真授了你那先君两字的尊衔，那时节只剩了孤儿寡妇，还怕不能乘隙而入？"国光听着沉吟了半晌，霍地在雨卿面前，眼泪直流地说道："那么做儿子的就看在爹的分上，硬把这应得的家产完全割舍。（这桩事明明是国光累雨卿，这样一说，倒像雨卿害了他了。国光真厉害。）但是儿子对于这过去时代的父亲，既绝了权利的希望，以后一切之事，倒只好累爹操心了。"雨卿勉强笑了笑道："人说为儿孙作马牛，照你如今的话，分明是那条老牛逃掉了，就要将剩下来的草绳来穿住我的鼻子，总算是捉住替身了。罢！罢！这也何必再说，我自问还有这力量，可以担负这做老子的责任。不然，倒也不急急于替你娶亲了。"说着把国光搀了起来，又忙忙地赶向敏斋那边去了。

敏斋听说国光肯立让弃家产的笔据，便一口答应再去疏通，约定明天给回音。

到得明天，敏斋一早便到雨卿家中。道是费了许多唇舌，才得那王老头儿答应。只是还附上一个条件，说王家族长的意思，雨卿白得这么大一个儿子，未免太便宜了。须罚他拿出三千元，来作为王氏修祠之费。还是国光的父亲，看着故人情分，再三代雨卿申说，减到两千元，再少是不能了。雨卿听了，由不得心头火发，愤愤地道："这岂不竟成了卖儿子么？还夸他说是故人情重哩！是故人还要涉讼，不是故人便又怎样？这两千元竹杠未免敲得太大了。我与其现在给他这许多冤枉钱，不如索性留着打官司了。"这时国光也在旁边帮着乱嚷。敏斋便道："照这样说还是让我去回复他们，索性彼此听候官中解决，这调停之说暂作罢论。何如？"说完就匆匆要走，雨卿忙又拦住附耳低言道："这事既累敏翁费心，渐见缓和，岂有再行决裂之理？不过他这数目未免太大，可否再请向前途磋商，留个交情再减让些？至于敏翁这边，我自然知道感激就是了。"敏斋听罢，方始转了口气道："那么姑且再去碰碰看。"当下雨卿便留他吃了饭，别过自去。到得傍晚，又差人送了一封信来。信上写着事已妥，前途允让半数，如何？速复。雨卿连忙写了封回信，答应照办。第二天又去访敏斋，约定了日期。这一面送了款子和国光让产的笔据过去，那一面便递了个和解的状词，这事总算办妥。

谁知和解状递了进去，接连几天道里总没批示，雨卿心下又着实有些惝惑。仗着自己也是个红官，况且和上海道方木斋同席几次，虽无深交，也算相识，便自去拜他。哪晓得连拜三次，都给他一个挡驾。雨卿知道这事不妙，又和国光商量，去约了陈性初来，想请性初介绍去拜他老叔。一者承谢关照，二者还要拜托在道台面前竭力斡旋。性初连忙摇手道："这事万万不行，家叔性情很是固执，向来对于案情不容人情托一句半句。前回许我来通消息，已经是为顾全友谊起见，十分通融的了。如今再和他去说这种话，一定无益有损。"雨卿听着也是没法，又只得另外挽出人来向道台那里关说。到底又花了一千才算把这件讼案无形消灭。但是，雨卿这回偶然高兴认了这么一个宝贝儿子，竟惹起讼事，除了王家和道台那里之外，又送敏斋二百番，实足花上了两千多，真是意外风波，十分气恼。被他那位姨太太知道了，又不住口地埋怨说："你年纪又不大，难道自己不会养？无端弄这么一个儿子来，替他讨亲，已经要花许多钱。还加上料理官司，整千整百地捧出去，真正哪里说起！这白花花的银元，留给我打首饰不好，却拿来塞狗洞。岂不是晦气星进了门了！"一番话说得雨卿格外懊恨，从此对待国光便大不如以前的亲热了。（为国光计旧老子既已断绝，新老子又复失欢，奈何，奈何？）

国光也着实觉察，偏偏婚期已届，雨卿依旧不能不敷衍场面。结婚这一天，居然宾客盈庭，十分热闹。到了下午，彩车临门，便按着预定吉时举行婚礼。讲到那婚礼，却是半新半旧，不新不旧。新娘拥着凤冠霞帔，新郎还是洋装革履，并肩跪在红毹毹上参拜天地（怪状）。这个当儿，两旁鼓乐大作，笑语喧阗，正在十分高兴，忽然听见大门口人声乱嚷。接着，有一个女子披头散发，连哭带喊，直闯进来。后面还跟着一个老妪，竟上前将新郎的衣领一把揪住。正是：

欢场未见新人笑，恶剧已教众客惊。

第九回　翻旧恨刺破博士头　宴新郎快试仙人掌

这时满堂宾客都觉得十分诧异。那国光正跪在地下拜得起劲，忽然被人扭住了衣领，这颗尊头再也磕不下去。心下猛吃一惊，急回头看时，不觉连喊了两声啊呀！原来这老妪不是别人，便是那社明的娘。那立在旁边披头散发的女子，不用说就是那位文明野鸡社明女士了。当下心里一急，也顾不得拜堂，就霍地跳起来，挣脱了老妇的手想走，不料那社明又舍命地上前将他肩膊攀住，索性号啕大哭起来。只苦了那新娘，还一个人跪在红毡上，弄得拜又不是，立起来又不是。还亏旁边的喜娘机灵，将她一把挽扶起来，知道这结婚礼行了一半，只好暂时中止的了。客厅中既然闹到这般地步，一定难以下场，便顾不得新郎，先将新娘一个人送入洞房再说。

这里许多人只有国光心下明白，连雨卿都莫名其妙。其余那些来宾，更面面相觑，不知道是怎么一回事？闹了一会，还是雨卿先开口对这些家人吆喝道："来！你们快把这老婆子和女人扯开了。问他们到底为甚事？这样胡闹，有话好生说。今天是什么日子？我们公馆里又是什么地方？岂容这些混账女人跑来放肆?！再闹就送她们到巡捕房里去！"那些家人连忙嗳声答应，却依旧没有一个人肯动手。因为国光自从拜给雨卿做了干儿子之后，不免作威作福，这些家人背地里个个怀恨。今天的事情，明知其中必有缘故，乐得让他们闹一场，也教国光出出丑，弄出新鲜把戏给人家看看，以后便不好摆架子了。到后来还是几个仆妇看不过，一拥上前，将社明母女二人连拖带拽，拉过半边，国光才得脱身。雨卿便问他道："国光，这一老一少的两个妇人，到底是甚么人？谅来你平日总和他们有些认得，所以才赶在今天来闹这场笑话。快些说明了我自有道理。"国光知道雨卿也是个明白人，说到这几句话，自然对于此中情节，已经瞧科了八九分了。便想趁此说明，又见满客厅上男女上下无数眼光都注射在他一人身上，不觉羞恶之心也有些发现，觉得实在碍难启齿，便低了头涨红了脸一言不发。

这时候转是那社明的娘，跳起身来恶狠狠地对着国光嚷道："你说！你说！你平时很会讲话，为什么今天不开口了？你也晓得惭愧么？哼哼！话不说不明，还是老娘来说破了罢，省得你们各位不晓得内中底细，还只道我们母女二人前来撒泼，其实我们却真是受了这负心贼的骗，有冤没处诉呢。"说完又向雨卿道："看你适才这副气派，大约就是赵大人了，我正有话和你说哩。"雨卿还没答话，旁边一个家人喝道："你既吃了别人的亏，有话尽管禀明，大人可以替你作主。却是要放规矩些，不准这样没轻没重的，冲撞了大人，你就没有便宜了。"社明的娘哈哈大笑道："什么叫做冲撞？我没有冲撞他，他倒实在轻慢了我了！你们晓得我是什么人？老实说，我也算得是你们这门中的亲家太太。你们这大人见了亲家太太不好生接待，还要请我吃巡捕官司，真是岂有此理！"

一众来宾听了此话都笑起来了。便道："这婆子想是疯了。哪里又凭空地跳出这么一个亲家太太来呢？"社明的娘又叠起两个指头来，先指指社明，后指指国光，说道："他们两人一个便是我的女儿，一个便是我的女婿。我今天是到你们这里来找女婿来了。他既是你们这里的少爷，我难道算不得一个亲家太太？"说完又将他女儿扯过来，用力向国光身边一推，道："你尽管哭做什么？还不过去寻他讲话么？论起理来，只有你应该到这门里来做新娘。哪里有别人的份儿！趁着鼓乐花烛一切齐备，还是你们俩先拜起天地来再说。好在庚帖咧，婚书咧，还有什么随缘乐助的礼簿咧，一古拢儿都在我身边，这是一辈子的把柄，不怕他们飞上天去！管他们大人也罢，老爷也罢，越是做官越是要讲理。我年纪不算大，活了这么多岁，官司也不知打了多少，捕房里，公堂上，都是我的熟路。吓不倒人！要闹索性闹一个畅！"

这时国光被那老婆子一顿排揎，只恨没个地洞可以钻得下去，正在万分为难，那社明忽又走上前去，将国光当胸一把扭住，说道："我被你害到这般地步，如今你有了新人自然便忘了旧谊了。但是教我何颜见人？不如就死在你面前吧！"说时便在身边拿出一把明晃晃的利剪来，向自己喉间直刺。国光一见慌了手脚，急忙上前去夺，只听见"啊呀"一声登时鲜血直流。满堂宾客都大吃一惊，说道："完了！闹出人命来了！"……

且住，如果闹出人命，这件事便真个不可收拾了。哈哈，幸亏这鲜红的血，却不是从社明的喉间流出来，转在国光的那颗博士头上向外直冒。原来，国光情急了去扯社明持剪的那只手，一时用力过猛，那只手回转来倒在他额间划了很长的一道口子，这位文明志士便实行流血主义。（新郎流血，又在新婚之夜，真是绝倒。）便双手护着头，一迭连声的呼痛，社明见闯了祸，也就软了好些。这里许多人便赶上前来一面扯开社明，一面替国光揩抹血迹，幸喜伤痕不深。急切又寻不着什么东西，只好抓些香灰盖住创口，那血也就止了。

雨卿这时耳听了老婆子那番说话，眼见着社明这般举动，知道这母女二人都是势力压不倒的泼货。况且观察其中情景，显见得是有挟而来。一定国光做事尴尬，授人以柄，恐怕再闹下去，越发不能下台。想到这里，忙向来宾中有个姓管的连丢眼色。这姓管的也是雨卿一个要好朋友，号闲士，为人最是能言善辩，惯会排难解纷。见雨卿递眼色与他，知道是要他解围的意思。忙笑着向社明的娘说道："你们也闹得够了，你的事情国光自己自然知道。便是我们旁边人眼看着这种情景，耳听着这番说话，不明白也明白了。我看有话大家好说，何必一定要闹？还是慢慢地商量一个办法吧。好在赵大人是最明理的，又是最体贴人情的，还有我们在里边解劝，没有调停不下来的事。这客厅上不是讲话之所，你也闹乏了，暂且在旁处歇一会儿再说。"一面便招呼那几个仆妇道："快领他们到厢房里去坐吧。"

那些仆妇便趁势和哄着将社明母女二人连推带挽向外直送。社明的娘依旧喃喃地说道:"凭你们到哪里,要去只管去。只是一样事情不办妥,我们情愿死也不出大门,你们自己去拿主意就是了。"一面这样说,一面也就跟着这一群人走向一间小厢房里去,不像先前那样的泼悍了。

这里雨卿自和国光闲士三人走到书房里去商议办法。雨卿一坐下就对着国光叹道:"好!好!人家有了儿子做父亲的便可以享福,我有了你这儿子倒成一个大累了!上回那场官司,害我花了多少钱?受了多少气?这也不必说了。如今好好的结婚场中,忽然会闹出这样笑话来!你横竖一切可以不管。我的面子岂不被你丢尽了!"闲士便劝道:"雨翁也不必生气,倒是国光兄须将内中情节细细地说与我们听。吃药不瞒郎中,把事情说明了,才好想法子对付。"国光此时万分无奈,只得走到雨卿面前扑通跪在地下,说道:"这件事固然是儿子不肖,带累爹争气,但说穿了其实也算不了什么大事。她们不过借题发挥,想敲一下竹杠罢了。又不是真的正式婚姻,停妻再娶,才算犯法咧。"雨卿焦躁道:"好少爷你且慢些讲理,快些把前后事实讲个清楚吧。照这样绕着道儿说话,这闷葫芦到几时才打破呢?"

国光被逼不过,便将以前他结识社明的历史,从头至尾讲了一遍。闲士道:"不怕老兄见气,这件事本来要怪你太认真了。试想妓女嫁人,原是一句骗人的话,你如何竟把它当作一件正事办呢?"雨卿说道:"妓女中间也要分个等级,你便是要娶妓女,也应该娶个有名气有身份些的。(夫子自道,言下有李翠珠在。雨卿这几句话,并非教训国光,实在是不满意于闲士。闲士所说妓女嫁人云云,隐触忌讳,能言善辩的人也有时失察,甚矣说话之难也。)像她们这种野鸡,还有什么道理!"闲士道:"雨翁的话真是不错。如今的风气和前大不相同了,是妓女不是妓女倒也无关紧要。倘然是个鼎鼎大名的红倌人，你娶了她，非但没有人讥诮，大家还要赞你手面大，觉得很有光彩哩。如今国光兄竟在山梁队里物色佳人，不是我斗胆说一句，就未免有失身份了。（闲士倒也乖觉，但是只顾顺着雨卿说话，又令国光何以为情呢？）这些话权且不谈。适才我听那老婆子口里还嚷着什么婚书庚帖，可是有的？"国光道："有的，当时不过偶然高兴。她们说要照正娶办法，非此不可，我也就依着她们办去，只当是玩意儿罢了。"雨卿道："你只当玩意儿，他们可就抓住了作为捣蛋的证据了。还有那个随缘乐助的礼簿，又是什么东西呢？"国光见问到这句，便通红了脸一言不发。闲士见国光很露着窘态，便道："雨翁也不必追问了。好在这件事便告到当官，也正如国光兄所说的，始终算不得正式婚姻。像她们这种人，也断然不想履行婚约，更不敢真打官司。今天闹上门来，无非是知道雨翁有这样的场面，要趁此诈几个钱罢了。我看这件事无非铜钱晦气，没有不能了的。现在姑且让我去和她们开一个谈判再说。国光兄也跪得久了，且立起来再谈吧。"说着就去拉了国光起来，匆匆地自向外边去了。

等了好久，闲士方才跑进书室来，对着雨卿说道："这件事总算了结了，却也费了我许多唇舌。这母女两人好生厉害。我起先和她们谈判，那婆子口口声声说要登报，又说要在公堂控告，明知打起官司来是此间势力大，她们一定吃亏。但是她们情愿吃亏，借此坏坏赵大人的名声，出出国光的丑也是好的。我听她们的口声仿佛前回道里那件官司，她们也有些风闻。以为你经她们这样的一说，一定顾全官声不肯让她们去胡闹，她们就可以趁此大敲一下子了。我猜透了她们的用意，便索性正言厉色地用恐吓手段，对他们说道：'你们不用糊涂，赵大人也不是好惹的，便是国光也很有些手面。你们如果真要大闹，一定不得便宜。况且老实讲一句，像你们堂子里头的嫁人算得什么事？告到当堂只当是一件玩笑事情，不过申斥几句了事。你们要想借这题目扳倒国光，已经做不到。至于赵大人，他在上海地方有这样大的势力，你们要去和他作对，真是螳臂当车，不自量力了。我不过是个旁边人，特地为好来劝劝你们，倘然你们肯息事，我少不得替你们想个法子。和赵大人商量商量，你们吃了这分门户饭，也是很可怜的，自然不教你们白受亏苦。万一你们不听好言任性要闹，也只好凭你们闹去。赵大人方才不是说要将你们送捕么？如果认真办起来，你们今天先已得了个藉端讹诈的罪名，好处没有准要吃苦。是我再三将他劝住，再来和你们说说。你们不要误会了我的来意，以为是赵大人怕你们，特地请我来讲和，那就离题越远了。'那婆子听了我这番话，似乎有些活动，不料她那女儿格外来得恶。她竟老实不客气地对我说道：'你老爷讲的是势力，我讲的是情理。国光和我十分要好，原是他自己再三要娶我，并不是我要硬挨上去嫁给他，这是大家晓得的。如今他忽然变心，将我掼在一旁，竟自另娶，实在情理难容！凭你是什么人来评论起来，总不能说是我的不是。总之我已经自认是国光的人了，外面的人也都晓得我是国光的人了，还有什么脸面再去做生意？所以我打定主意就从今日进了赵家的门，便拼着一死，不想出去了。不用说吃巡捕官司没有什么可怕，便是要杀要剐也听凭赵大人处治，决不皱眉。'

"我听了她的话倒觉得无从驳难，好容易又和他母亲磋商，说：'你的女儿固然志气很好，但是国光既已变心，便跟着他也没有什么好处。况且非鸦非凤究竟算个什么？依我看来与其这样勉强牵合没有了局，还是彼此爽爽快快想一个解决的方法为是。'她娘听我这样说，又做好做歹假意去劝她的女儿。两个人又咬着耳朵捣了半天鬼，才来和我说她女儿自从结识国光之后，别的客人一概谢绝，现在已经不能再做生意了。国光既不娶他，以后教她母女二人如何度日？所以须教国光出一笔养赡之费，足够她们过活也就罢了。我明晓得她们最后的目的不过在此，便要问她一个确实的数目，她一开口就是两千。我说这数目太大了，不好向赵大人说。于是讨价还价由两千讲到六百，她一口咬定无论如何不能再少了。我才答应来和你们商酌。谁知那婆子又从身边掏出一张账单来。上面歪歪斜斜写的也不成字，说是国光兄在他那边的用账，还夹着些借款，一共也有二百元。这是要算在六百元以外的。照这样说，一共须要八百元才好将这两个魔星退出大门。"

国光听到这里，早跳起来道："她们也太岂有此理了！我何曾用过她们什么钱？哪里来这二百元的账款？我看她们这种人本是贪而无厌，越扶越醉的，还是用强硬手段对付。不必允许她们的要求，看她们有什么法儿能奈何我！"闲上忙道："国光兄，且休动怒。照你这样说，倒是我调停的不是了。但是这件事情闹出去，到底与雨翁面上不好看。便是国光兄这块文明牌子，也不免因此打碎，还是给她们几百块钱，图个安静的好。好在这八百块钱，总还是雨翁破钞，国光兄又何用着急呢？"一席话说得国光无言可答。雨卿便叹口气道："左右不过八百块钱算我认个晦气吧，不必再噜苏了。"说毕便从身边掏出一个锁匙来，开了铁箱门，拿出一大沓钞票，数了八百元给闲士，闲士接了去。一会儿又进来说："钱已交给她们，已打发走了。所有婚书庚帖和什么随缘乐助的礼簿，果然都在老婆子身边，我便将它一起要了回来，免得她们捏住把柄，日后再有纠葛。"说完便将一个纸包递给雨卿，雨卿解开来一看，便瞧见国光那本结婚捐册。不由得又好气又好笑，就对国光眨了一眼道："你这干的是什么把戏？留学生的台实在被你们这般人坍尽了。"说着便把那些东西一起扯得粉碎，教家人点个火来烧了。

闲士又对国光道："我还有句话不能不责备老兄，你既然要和她们断绝关系，便该严守秘密。据那老婆子说，似乎这里的地址和你近来的情形都是你的一位贵友去告诉她们的。"国光恍然大悟道："是了，是了，我在这里时只有他一人晓得。最近不多几时他写了一封信给我，要借十块钱，我拒绝了他，因此怀恨。故意想出这个法子来和我捣蛋，真是可恨之至。"雨卿忙道:"这也不必说了,好在今天的婚礼也总算胡乱行过了。时候不早,不要怠慢了这许多宾客,快些开席吧。"

当下他们三人重行走到客厅中款接宾客。这些吃喜酒的宾客,无端看了这样一幕趣剧,倒也觉得新鲜。只是经他们这一闹,足足耽搁了几个时辰,大家都饥肠辘辘。有些挨不住饿的早已走了,只剩了几个至亲在那里等着开席。酒筵摆上也等不及主人招呼,就抢着坐定狼吞虎咽起来。那国光既做新郎,少不得还要在新房中演些坐床撒帐和合交杯的仪节。国光看那新娘,倒也生得很是端丽,比较起那社明来觉得优胜了许多,便喜得他浑身骨节登时麻痒起来。

隔了一会,外头家人通报说,伺候齐备请新人回门。国光便喜滋滋地偕新娘同坐了一部扎彩的双马车,径到女家来。国光在车中就想施展出他的文明家数来,先对着新娘柔声软气的叫了一声"我爱",新娘只是不理。国光又伸出手来想去握新娘的手,新娘连忙避过一边缩手不迭。这时马路上的灯光射入车中,映着新娘的粉靥觉得娇滴滴越显红白,国光更忍不住便又进一步,张开两臂就想和新娘行个抱腰接吻的西礼。不料他的身躯还没有凑上去,早被新娘用力推开,轻轻地骂道:"你这种下流样儿,还是去做给那些野鸡看吧!"国光冷不防她这一推身子向后一仰恰好手臂撞着车窗,玻璃上登时裂了一条大缝,幸好没有碎将下来。国光更觉无趣,却还涎皮赖脸地想再拿话去引动她,却恨路近车快一眨眼早已到了。

顷刻鼓乐大作,女家放着鞭炮将新人迎得进去。国光大摇大摆地走到客厅上,只见上面已端端正正地立着一男一女。旁边的喜娘便告诉国光道:"这就是老爷太太了。"国光一看不觉呆了,暗想这两人好生面熟,好像在哪里见过的一般。仔细一想,猛然记起原来这一对丈人丈母,便是在"一家春"番菜馆里为了叫局彼此当场争闹的老怪物。国光自从订亲以后只知道女家姓钦,连一切喜帖来往都不留意,更没工夫去考究他丈人的家世,所以未曾知晓。此时见了这位丈母,便自肚里寻思道:"看来这丈人是没用的，倒是遇着了这凶丈母，恐怕将来很有些难缠哩。"一面在那里闲想，一面早恭恭敬敬地跪下去行礼。丈人丈母也还了半礼；其余各亲长也一一拜见过了，才有人陪着新郎到花厅里去坐席。国光此时身为娇客，乐不可支，入席以后实不客气，居然朝南大嚼起来。一面又和陪席的人高谈阔论，卖弄他留学生的本领。正说得高兴，不防外面忽然闯进一个人来，旋风般的卷到国光面前，国光也不知是谁，刚一回头，只听见噼啪两声，脸上早已着了两下。正是：

休论破题第一夜，当筵异味已先尝。

第十回　喧呶终夕丑态般般　剧病中宵深情款款

国光这时又惊又痛，连忙站起来定睛一看，更吓得目瞪口呆，原来动手的不是别人，就是他的那位泰水钦太太。国光暗暗叫声"不好"，怎么这雌老虎又无端发起威来了？正想退让，那钦太太早又虎吼似的扑将过来，将国光的领结一把抓住，拉了过来。一面举起左手在那博士头上只管凿暴栗。（国光今天的头上，接连大吃其亏，真算得是触霉头）这时旁边的陪客和别桌上的客人，连忙一齐奔上前来解劝，硬将她的手拆开了，国光才得恢复自由。

那老婆子见众人将国光夺去，格外怒从心起。又用力将台面一掀，登时杯盘碗碟一齐翻身，哐啷啷的响声倒是清脆可听。累得那些仆人忙不迭地收拾，却苦了国光身上，又淋淋漓漓地染了一身油迹。其余众宾客也免不了大揩其油。钦太太这才放开喉咙，指着国光骂道："你这瞎了眼的野种！你也不打听打听，我们钦府上是什么人家？！你老娘又是个什么势派？！（当答曰久仰，久仰。）敢在太岁头上动土，好端端来拐骗我的女儿！我们在说亲的时节，只知道你是个参赞大人的少爷，又是什么堂而皇之的留学生，（留学生上，加堂而皇之四字，足见留学生之阔）一定算得是个人物，所以便将女儿许配给你。谁知你竟是个不成材料的下作东西！怎么我女儿还没有过门，你倒已经先有了一个野鸡老婆了？赶在今天拜堂的时节跑来混闹。可怜我的女儿，真是千金之体，娇生惯养，在家的时候除了我之外，便是他老子见了她也大气儿都不敢出，如今却受这种混账女人的欺负！况且女儿家最要紧的就是做新娘的这一天，倘然做新娘这一天有些不称心，便一辈子都不得顺利。你既是个留学生，书读到哪里去了？！怎么连这些周公之礼都不知道？特地约了你那个姘头，迟不来早不来，单单赶着这要紧关头来给我女儿下不去，我晓得你的用意，是想借此一闹，便将这段婚姻拆散了，等你再和那野鸡混在一起。所以那个老鸨口口声声说要叫那野鸡来和你拜堂，你们这般做作岂不是只多嫌着我女儿一个？总之，我也不和你讲别的。只问你既有了野鸡何必再要来娶我的女儿？既要娶我的女儿，便应该先将那野鸡赶掉，何以又故意去约他上门来撒野？你快快还我一个道理出来。倘然说得不对，教你再试试老娘的手段！"

国光此时还有什么话好说。只觉得辩驳也不是，赔罪也不是，白当着众人面前受了这一场耻辱，真有些下不来台。钦太太见他半晌没有开口，便又怒道："快说话呀！难道闭了这张嘴就好了事么？我也知道你们当留学生的别的本事不学，先练就了一张嘴，当着几千百人面前还要演说哩。演说起来便没理，也要讲出个理来。今天的事情，你也何妨演说演说？（演说二字竟作如此解，妙绝）说得好，我也会拍个掌。说得不好，我这个掌便老老实实依旧拍到你脸上去！"

满堂宾客听见了这句话，不由好笑起来。国光被逼不过，只得支吾着说道："你老人家请暂息怒。这件事情固然是我的不是，但是此中也有许多委曲，一时说不清楚，容日后再缓缓地禀明。"钦太太又道："你倒会用缓兵之计，要知道我的性子最急，容不得你日后不日后，快些说吧。"这些宾客见钦太太逼得太紧，都一齐劝道："据我们看新郎的话也说得不错，你们好亲好眷的日后有什么话不好说？今天是好日子，大家欢欢喜喜的不必再闹吧。你老人家也总算看在我们的面上，暂时放宽些儿，过一天再教新郎来赔礼，舒舒你老丈母的气就是了。"钦太太此时闹得也乏了，经众人这样一劝，倒似乎可以软将下来，不料这个时候忽然那位老丈人也趱趱着走了进来。

他本来惧怕夫人，只躲在外面，不敢过问，后来有些家人去告诉他，说越闹越不像样了，他才硬着头皮想来解劝一二，刚走到钦太太面前，吞吞吐吐地说了一句："你何苦动这样大气？还是去歇一会儿再说吧。"谁知钦太太一见了她丈夫，好似火上添油，登时重重地啐了一口道："你说的好风凉话儿！我动气，你却不动气，还颠倒来劝我。难道女儿是我一个人生的？本来这件事原是你不好，这样一个如花如玉的女儿，东也来说亲，西也来做媒，差不多把门槛都踏穿了，你只是不给，偏要给这样一个倒霉的人家。你总说他们是做官的，我们也是做官的，彼此门当户对。谁料这做官的家里倒供着一只野鸡！这都是你这老头儿瞎了眼，认错了人，才葬送了我的女儿。哼哼！你来得正好，我正想找你哩。"说着便又要和钦时霖扭结起来。时霖吓得倒退几步，连忙说道："这件亲事，明是太太听了媒人的话一口允许的，怎能怪我？"

钦太太被他一句话提醒，便嚷道："不错不错，别放走了媒人。我正要向他们说话哩。"说着又回头对着那些仆妇道："你们跟我来做甚么？又不会动手，只呆站在旁边摆什么样！快去替我把那两个媒人抓来，（媒人而曰抓，自有媒人以来，未之前闻。）不要放他们逃走了。"钦时霖忙道："媒人已经抓不到了。他们在前厅坐席，才吃了几样菜，就听见太太在这里发威，便丢了碗筷立刻告辞而去。我也苦留不住。"钦太太听时霖这般说，越发大怒道："你这个老糊涂！真是糊涂透顶！怎么就将他们轻轻地放走？也罢，他们既走了，我还是找你。"一面说一面扑过去，早一把将钦时霖胡子揪住，用力地拉将过来。时霖疼得不住声地喊"啊唷"！这个当儿忽然有个西装革履的少年，直闯进来，口里嚷道："怎么这样胡闹！还成什么话说？岂不连我的脸都被你们丢尽了？"说着便走过去，用力将二人左右一分，两个人都踉踉跄跄几乎跌倒。这里许多宾客却都喊喊喳喳地说道："好了，好了，救星来了。不然翻江倒海，闹到几时才了？"

国光此时格外莫名其妙，又暗想这个少年又是何人？何以大家又称他做救星？便仔细将他打量。只见这少年大约不过十七八岁，一张圆脸蛋儿生得十分清秀。那少年这时候早朗朗地对着钦太太说道："今天是喜事，为什么又闹起来？我在花云仙家，等那些客到齐，才摆上台面，便接着家里电话，说太太又发脾气了。我想娘发脾气是常事，也就不耐烦管，把听筒一丢，只管入席。谁知没有多少时候，马夫阿四忽然放了车子来接我，我很诧异，便问他已经嘱咐你今夜不回来了，为什么又来接？他说王贵教他来的。道是太太在家里已经闹得不成样子，别人都劝不住，只好求我回来一趟，我不得已才特地赶回来。究竟娘真是何苦！时常闹笑话。"

钦太太道："王贵这东西，也真多事。家里闹便由我闹去，又与你何干？老远地将你喊回来做什么！你不知道我今晚这一场闹，实在是气极了，又与平日和你爹吵架不同，待我慢慢来讲给你听。"那少年道："你也不必多说了。阿四在马车上已略略地告诉我，我已知道。究竟这又算什么事，值得这样惊天动地。"便回顾那许多仆妇道，"快扶太太进去吧，再闹我就不依了。"说也奇怪，照那钦太太方才的气焰，凭你什么人都压不下去，如今经少年这样一说，居然换上笑容，竟扶着一个仆妇的肩头，讪讪地去了。一面走一面还对那少年说道："也罢，看你面上就饶过他们吧。我要是不依你，又要受你的排揎了。"少年笑了一声，又对时霖说道："你也去吧，还赖在这里做甚？"时霖哭丧着脸道："新郎和众宾客都大大的得罪了，怎么下去？"少年哈哈大笑道："下不去便怎么样？还是让我来应酬他们吧。要你在此何用？你若有本领，便该早些阻住我妈，也不至于做出来，倒累我急急地跑了一趟，连一台花酒都吃不安稳。"时霖听说果然也不则一声地去了。

国光此时看着少年这副神情，越觉心下纳罕。正要动问旁人，那少年早嚷道："新郎在哪里？"众人忙指着国光道："这就是新郎，你们还要见个礼哩。"那少年忙走过来，拉着国光的手笑道："你打量我是什么人，我就是你的舅爷呀。我从前有个哥哥不幸早死了，我便没有兄弟，一个人怪没味的。因此不大高兴拘束在家里，一天到晚常和些朋友在外面闲逛。我妈管束我的老子很是严厉，对于我却又不然，花天酒地只凭我去闹，这也是父母爱子之心，理所当然。所以我这钦大少年纪虽小，堂子里面是很有名的。我原号和迪，他们便谐音叫我作花蝴蝶。提起这'花蝴蝶'三字实在无人不晓。今天喜事，我本当在家帮着我老子张罗张罗，却因前天已早答应我那相好今晚在她家做花头，客也早请定了，这事须不能失约，便只得抛撇了这里去敷衍那里。不想我妈又听了哪一个的调唆，竟这样大闹起来。我若早知有这样的事，就不出去了。不瞒你说，我们全家的人只怕是我妈，我妈对于全家的人却又只怕是我，无论她怎样闹法，只要我说一句她就不敢再使威风了。我爹是最没用的，常靠着我做救星，因此一家人都替我起了一个外号叫作'救星'，今天却料不到又做了你的救星。"说完笑了一阵忽又嚷道："你们众位都站着做什么？快请坐，再用些酒菜。今天累众位受惊了，让我每席敬几杯酒，算是代我妈谢罪吧。"

那些宾客忙道："和迪，我们对你老实说吧，谢罪是不敢当，况且我们别桌上并没有伤动，依旧可以重整杯盘。倒是新郎这一桌已经翻了台面了，须得再开一桌才好。"和迪忙道："说的是。"就吩咐那些下人道："来！快命厨房里再摆上一桌酒席来。"一个家人答应着刚要走，他又忽然将手表一看，忙道："啊呀！且慢，时候太迟了，他们快散了。我又不能不去。"说着便对国光道："我想请你吃花酒去，不比在此地吃更来得有兴么？我想你平时既然有什么野鸡的相好，自然也和我是同志，喜欢在花柳场中玩玩的了。听见吃花酒是料无推辞的。"国光脸上一红，忙答道："承你宠召，只是今日似乎有些不便。好在彼此至戚，相叙的日子正多，改一天再奉陪吧。"和迪道："我的性子最急，你若是看得起我，便立刻就去，说什么改一天呢。"说时又指着和国光同桌的四个客人道，"我们两人，他们四人，趁现在去时候还早，大可以再翻一台。不必再推三阻四了。"那陪客里面有一个年纪略大些的便道："你请姊夫吃花酒本是极好的事，不过今天是他们的吉日，洞房花烛夜，将一个新郎拉到堂子里去，岂不是新闻？我看还是明天再说吧。"和迪道："你这个人好迂！洞房花烛夜便不能进堂子，这又是哪一国定的法律？况且我又不要拖他住在堂子里住夜。等到酒吃完了，包我身上，将他送回来。再包我身上，好好地送他们新夫妇俩一齐回归乾宅。好在有马车，哪怕路远些，时候晏些，有什么要紧！倘然你们不依我，哼哼！我跳身就走。那时我妈再闹起来，一定比方才更厉害，我可就不管了。"说着便站起身来，好像要走的样子。

这时别人都不打紧，只有国光听了他的话，真个着起急来。忙拉住他袖子道："且慢，让我们……"一句话没有说完，和迪早握住他的手道："慢什么！要走便走。"说着就将国光拉了出去。其余四个人忙道："我们恕不奉陪了。"和迪道："你们大约都是些道学先生，不去就请便吧。"这时国光被和迪紧紧拉住，便身不由己地跟着走。恰巧遇着时霖，忙问和迪道："你们到哪里去？"和迪道："你问什么！"这时霖果然不敢再问。两人走到大门口，马车已备好了，便一齐上车。

这个当儿，转弄得那些乐人莫名其妙，心想新郎为何不和新娘在一块儿？却和这新阿舅同车。但也不管三七二十一，只顾吹打起来。还有门外那个管放鞭炮的家人，听得里面吹打，又看见新郎上车，便赶紧先放起一个高升来。砰然一声倒将和迪吓了一大跳，重又开了车门跳下车来，骂道："我们是去吃花酒的，要你放这劳什子何用？赶快与我滚蛋！"骂了两声这才上车，催着马夫快加鞭，一阵马蹄声已到了花云仙家。

和迪和国光两人走上楼去，一个娘姨忙来掀门帘，和迪问道："他们还没走么？"说时一脚已跨进房门，国光也跟着进去。只见台面上已是杯盘狼藉，那些客人却还未散，座中有个黑麻子，见了他们便站起来放出一种怪声，拍手拍掌地笑道："大家快看，新郎来了。"其余的人也附和着一阵狂笑，倒将个国光羞得满面通红。和迪忙问道："奇了。你怎会知道我是带了新郎同来？"那个黑麻子道："我自有这种本事，能知过去未来。适才你去了好久不来，你那贵相知花云仙急得了不得，只道你跌在阴沟里去了。忙央求我袖占一课，我便晓得你已经在家中施展威风，战退了令堂，救出了姊丈。这个功劳倒也不小呢。"和迪道："你真是一派胡言。"旁边还有个客说道："你休要理他。方才我们久候你不来，叫来的局也都走了，花云仙也出堂差去了，大家觉得乏味之至，但是你临走的时候再三嘱咐我们等着。我们吃了还没有谢，似乎不好背着主人一哄而散，所以便叫大姐阿巧，打了一个电话去问你府上，才知其中情节。我们正在议论这桩事，恰巧你已来了。"和迪这才恍然大悟。便道："你们且慢说笑，待我来替你们介绍介绍。"说时就引着国光向众人一一通了姓名。

轮到那黑麻子，和迪便对国光高声说道："这位先生最漂亮不过，又专会吊膀子，我们给他公上了一个徽号，叫做加圈印度小白脸，你若嫌累赘，就简单些叫他一声印度小白脸吧，免得加圈了。"那黑麻子忙道："岂有此理！当着生客面前也这样的胡说！我这小白脸要吊上了你这花蝴蝶的膀子就好了。我也用不着你介绍，还是让我自递手本吧。"说着就在身边掏出小小的一个绣花丝袋来，在袋中抽出一张卡片递给国光，国光一看又不觉暗暗称奇。原来那张卡片又狭又小，却是粉红色的，纸四周围着金边，比堂子里倌人的名片还来得精致。当中印着顾怜影三个楷书，下面赘着别号："春申江上护花使"，上首还有两行衔头：第一行是"本年花榜大总裁"，第二行是"正谊学校高材生"。（这个名片，比国光以前在茶馆里拿出来的，还要奇怪，国光可谓小巫见大巫了。）国光忍住了笑，忙一面将自己的名片也递了过去，一面不住口地说了几声"久仰"。那顾怜影登时十分得意，正想卖弄几句，和迪早吩咐房间里的娘姨，叫把残席撤去，再摆一桌上来，我要请新客哩。

国光此时已识透了和迪的脾气，也就不再拦阻。转是怜影笑道："今天是国光兄新婚第一夜，你就将他引到堂子里来。倘然攀了个新相好，不怕你们令姊吃醋么？"说完了这句便望着其余那几个客人道："你们听我这句话对不对？"内中有个留着两撇鼠须年纪略大些的客人忙道："不然，不然，和迪兄连他的老太太都不怕，哪里还会怕他令姊呢？"怜影道："这话也不错。说起来老和的令堂见了老和真是千依百顺，人家儿子孝顺娘的说是孝子，像他的令堂颠倒来孝顺老和，简直好算是个孝娘了。"那留须的人又笑道："孝娘二字千古未闻，究竟该说是慈母。"怜影摇着手道："不对不对，他的慈母是花云仙。你们不见老和遇着了云仙那副神情，简直和乳哺的孩子见了他亲娘一般哩。"和迪忙道："你倒真会嚼舌头。"便要赶过去打他，恰好门帘一掀走进一个倌人来。大家一齐地道："说起曹操，曹操就到。"那倌人便道："原来你们正在这里说我哩。可是捣我的鬼，说我不好？"怜影忙接口道："我们大家都说你好，只有老和大讲你的坏话。你想想看气不气？"

这时国光已知道这个倌人便是花云仙，就暗暗打量了一番。只见她满身工架都是老气横秋；虽然梳着条辫子；打扮得也十分鲜艳；好像个十四五岁的女孩子一般，其实面部上都隐隐起了皱纹，差不多已有四十左右的年纪了。暗想怪不得他们说是慈母，论年龄来真可以做得和迪的娘哩。当下那花云仙向各人敷衍了一会，酒席也已摆好，大家便重行入席。入席以后第一件要公，又无非是叫局。和迪问国光叫什么人？可怜国光是在野鸡堂子里混惯的，虽然也算得是个嫖客，却是从没有叫过局，踌躇了半晌，只好答道："没有人。"怜影早笑道："这是新郎在舅爷面前假撇清了。一个老上海怎会没有相好？"和迪也说这是一定有的，不要客气。国光只得扯谎道："以前也曾做过好几个人，但是如今好久不叫了，叫了来也没有味儿。"和迪道："如此便将就叫个本堂局吧。"说着便吩咐将局票发出去。怜影望着花云仙笑道："恭喜恭喜"，花云仙不懂道："恭喜什么？"怜影道："恭喜你暂代新娘。只是代得的便代，代不得的切不可代。倘然一直代了下去，他们郎舅俩就用不着吃酒，要先吃旁的东西了。"大家听了哄堂大笑，连和迪国光两人也忍不住笑起来了。花云仙恨恨地道："你们越笑小白脸便越得意，这人口里真是吐不出象牙来。"和迪道："不必多说，吃酒吧。"就举起杯来请大家先干了一杯。一会儿这些局陆续都到了，房间里面便登时闹得乌烟瘴气，对面都听不见说话。

国光的座位和怜影最近，两个人便悄悄地谈起天来。国光因见他名片上印着正谊学校高材生，就偶然和他提起性初、温如、国雄等一班人，怜影都说是同学中最知己的。又转问国光怎样和他们相识？国光也说是老朋友。怜影这时忽然像提起了一件心事似的，急急地问国光道："你和国雄既是熟识，可曾见过他的姊姊？"国光听他突如其来提到国雄的姊姊，觉得十分奇怪，便信口开河地说道："这是常会面的。"怜影吃惊道："你和她常会面么？你瞧她这个人怎样！"国光道："自然是女界中不可多得的人才。相貌又好，学问又来得。"怜影听说，脸上更露出发急的样子来，又追问道："那么你爱她不爱？"（可谓语无伦次）国光转冷冷地答道："老兄这话似乎问得太奇，却又问得太笨了。目今的时世都讲究一个恋爱自由，男女之间果使才貌相当，哪有不互相爱慕的道理？"怜影便将桌子一拍道："这就糟了。"合座的人都惊问道："做什么？"国光不禁大笑起来，怜影知道自己太忘形了，也涨得满面通红，忙用别的话岔了开去。

恰好这时候他叫的局也来了，他鬼混了一阵子，便又低低地问国光道："我有一句话忍不住还要问你。你和国雄的姊姊既然彼此相爱，为什么又别订婚姻呢？"国光正色道："老兄这话又太拘执了，结婚不过是个形式而已，难道不结婚便不能实行男女之爱么？这些话且不必去说它。我倒也要问你，你对于国雄的姊姊，如此关心又有什么用意？"怜影道："这其中自有道理，目前不便细谈，改日再告诉你吧。不过你们双方的爱情究竟已到如何程度？还请你明白宣布。"国光笑道："男女爱情，说是光明便十分光明；说是秘密，就十分秘密，岂能任意对一个不相干的人宣布起来？"

怜影听着便呆呆的，半晌开不得口。国光忽又笑道："君子察言观色，你的心事我也知道了。老实告诉你吧，我和国雄的姊姊虽然爱情很深，却还只是精神上的爱情，可算得一个腻友罢咧。不过她对于我真是相见以心，无论什么事都要先和我商量。"怜影也笑道："不是我们初次相逢，便不肯相信。我看老兄的说话，也未免有些言过其实。但是你既和国雄是知己，（谁知连这一层还看错了）他姊姊本是个簇新的女学生，你这留学生的头衔又容易动人，或者竟已结为朋友。但得结为朋友，也就好了。像我……"说到这里，忽又改口道，"我将来总要重重地奉托。"国光又故意问道："有什么事见委呢？"怜影又附耳道："请你不必再问，席上人多，过一天再专诚奉访，可以畅谈。"国光也就点了点头。和迪看见他们这幅情景，早嚷起来道："你们两人一会儿拍桌子，一会儿咬耳朵，嘁嘁喳喳讲了半天话，声音又低，我们也听不清楚。究竟捣的什么鬼？难道初见面就有甚秘密交涉么？"还有那些客人也都附和道："不错不错，来的局都散了，你们两人的谈话也好停止了。还是哪一位出来豁个通关再热闹一回吧。"怜影道："现在是什么时候了？还要热闹，你们余勇可贾，我却先要告辞了。"说着便立起身来和众人作别。和迪一把拉住道:"说明了到哪里去? 我就放你。"怜影道:"回家去。"和迪道:"快与我掌嘴! 你这话骗谁? 到家里去,你的家只怕在水晶宫里。"怜影道:"胡说!"忙挣脱了身子,向外直走,也不知他到哪里去混了一夜。

第二天午后,偶然想起倒有半个多月没有到学堂了。(学生入校,而曰偶然想起。妙哉。)今天左右无事,何不前去走一趟? 当下便坐车到校,恰巧遇见陈性初。性初原和怜影是同班一见了面便道:"啊呀,怜影兄,倒快有十几天不见了。今天是什么好风吹你到学堂里来?"怜影道:"我这两天应酬正忙哩。"说时忽又想起昨晚的事情来,忙问道:"有个赵国光可是你的熟朋友是不是?"性初道:"是的。"怜影道:"那么他昨天办喜事你一定去吃喜酒了?"性初道:"我因校中功课忙没有去。"怜影道:"他很闹了笑话哩。"当下便将国光在岳家受苦被他阿舅拉去吃花酒的话说了一遍。性初大笑道:"他昨天的台也算坍尽了。我们这里只有个朱德山去吃喜酒,回来已经告诉我一大篇男家的怪事。不料到了女家,还有笑话,真是闻所未闻。"怜影忙问道:"在男家有什么笑话? 你何妨也说给我听。"性初道:"你去问德山吧,我实在赶紧要出去,来不及和你谈闲天了。"怜影道:"你急急的要到哪里去?"性初道:"温如昨天下午忽然病了,国雄陪着他回去。我知道他那病的来势很沉重,放心不下,今天请了个假,想去看看他。"说着便和怜影作别。才走了几步,怜影忽又赶上前来,扯住了性初问道:"那国光又说他和国雄十分知己,这话到底确不确?"性初这时无心再和他兜搭,就随便点了点头,怜影便放了手自去,嘴里还自言自语道:"看来此人倒还可靠。"

性初也不去留意他说的什么话,忙忙地出了学校径往国雄家中来。只见国雄一个人还在客堂里乱转。性初便问道:"温如究竟得的是什么病? 可好些么?"国雄摇摇头道:"不好得很。昨天从校中回来,便请了一个熟识的西医前来诊视,据他说这病是猩红热,就是中国人所谓喉痧。如今外边喉痧闹得很厉害，须要慎防传染，在家中疗治很不相宜，还是送医院吧。当下便由他介绍了一家外国人开的医院，叫做立信医院，赶昨晚就送去。院内的医生看过了，也说是很厉害的。我昨晚弄到深夜才回来，今天一早就去，也直到下午才回家。"性初道："今天的情形怎么样呢？"国雄道："医生说这是最剧烈的传染病，轻易不准人去看视，我再三和他商量，才到病房中去看了一看。只是神志昏迷，毫无转机。据医生说热度也比昨天更增加了，喉间腐烂自不必说，看这情形真十分危险。如何是好？"说着便流下泪来。性初道："照这样儿他的病只怕就凶多吉少了。不过立信医院是上海很有名的，里面的医生也还靠得住，或者还有挽回也未可知。天色不早了，我如今也想赶到医院里去探望一回哩。"说着便匆匆地走了。

国雄刚送了性初出门，就听得楼上寿卿的声音，知道已起来了，便急忙上去。寿卿问道："今天温如的病怎样了？"国雄即把院中医生的话说了一遍，寿卿只是皱眉不语。半晌才道："照此情形只得赶紧先打个电报到他家里去了。不然万一有个不测，我岂不要大受抱怨？"正说着芷芬也来了。寿卿道："你为何回来得这样早？"钱氏接口道："她今天下午没有到校。"寿卿道："为什么又旷课？"芷芬道："我今天觉得身上很不舒服，便请了半天假。刚才在房中躺了一会，倒觉得好些。"钱氏这时对芷芬脸上细细一望，很诧异似的问道："咦！你两只眼睛为何红红的？好像哭过一般。（消息微露）是不是又和同学怄气，还是受了先生的责备？"芷芬忙笑道："娘又来瞎猜了，谁哭过来？大约是睡得太久了，也不知是火气太重，怪不得我望出来两眼还有些模糊哩。"钱氏含笑道："我也说你这样大的人了，难道动不动还要哭？（偏要提哭字）你知道么？温如哥哥的病，医生说是很沉重哩。"芷芬道："正是，娘为什么不到医院里去看看他呢？"钱氏道："谁说不去看他？我等你父亲出了门，就要去了。"芷芬道："娘去我也同去。"寿卿摇摇头道："娘去就是了，你又何必同去？你们虽是表兄妹，这瓜李之嫌，究竟不可不避。"钱氏道："你这句话真是迂得没有影儿了。表兄生了病，做表妹的偶然去探望他一回，又是随着自己母亲同去的，这还有什么瓜李之嫌？亏你说得出。倒是他这个病，听说是要传染的，我们是不能不去，你可以不去也就不必去吧。"芷芬听了便也无话。只是她心中这时不知为了什么事，思潮起落，难以排遣。

到了夜间，那伺候她的大姐阿宝，睡在后房也只听见她长吁短叹，差不多一夜没有睡得安稳。第二天早晨阿宝进房洒扫，却见她呆呆地坐在床上出神。阿宝道："小姐，天色很早，为甚不再睡一歇？"芷芬道："今天我要早些到学堂，不能再睡了。"阿宝道："小姐昨夜也没好生睡呀！早上天气很凉，怎么连衣服都不加一件？昨天已经嚷不舒服，再着了凉便更不好了。"说着就随手拿了一件夹袄披在芷芬身上。一回头，瞥见芷芬枕上点点滴滴竟有好许多泪斑，便诧异道："小姐这是做什么？你向来活泼泼的，从没有半点愁容。这两天为何忽然改了样子？我也服侍了小姐多年了，好小姐，有什么心事，何妨告诉我呢。"芷芬道："这真是笑话！我又有什么心事？便是有心事，和你也讲不清楚，休得胡说。快去做事吧，我也要起来了。"阿宝便不敢多言，走了出来，心里却只觉得奇怪。等钱氏起身之后，就悄悄地告诉了她。

钱氏听着很不放心，便急急地走到芷芬房中，问道："芷儿你端的为了甚事心中不快？"芷芬笑道："想是阿宝嚼了什么舌头，娘信以为真，特地赶来问我。其实我是因为昨天日间睡了一觉，所以晚上睡不沉着，今天也醒得格外早些。好端端的有甚不快？娘休要去理她。我倒有件正经事要告诉娘。我们学堂里快要开三周纪念会了，全校学生都担任着种种职务，如今正在着手筹备很是忙碌。前天有许多同学和我商量，叫我搬到校中去住几天，每天散课后或是晚上便可帮帮他们的忙。连校长也是这样说。娘是知道的，我在校中总算得是全堂的一个领袖，遇到事情不能不出些力，所以却不过他们的情已经答应下来，但不知爹和娘心下觉得怎样？"钱氏道："这又算得什么事，我们这里因为离那学堂很近，所以走读。别人家的学生在校寄宿的很多哩，况且因为筹备开会搬进去暂住，也不过几天的工夫，有什么要紧。倒是宁可多带些衣服去，免得早晚着凉。你父亲那边，待我和你说一声就是了，谅来也没有阻拦的。"芷芬笑嘻嘻地道："娘允许我就没有话了。"从这天起芷芬进了学堂便没有回家……

如今且说那立信医院里，有一天下午，忽然来了一个女郎求见院长。先探问那新入院的病人钟温如，住在第几号？院长查了一查号簿回说在第六号，她便问六号隔壁的房间是否空着？院长又查了一番便道："第五号没有空，第七号的病人昨天刚出院，却还空着。"女郎道："那么我就想住那第七号的房间，在这里养病。"院长诧怪道："我看女士这个样子好像一些儿没有病，为什么要住院？且要指定七号房间，这是什么用意？"那女郎道："自然自己知道有病，才要进医院。至于指定房间，那更不成问题，我只要照章纳费，院长也何必追问？"院长这时虽觉得这女郎来得有些蹊跷，但办医院的人一大半还是注重金钱，只要照章纳费，也便不耐烦再去盘问，点了头就算允许了。（所谓院长者如此）

那女郎进了七号房，便有本院医生来问他患什么病？女郎想了想随口说道："肺病。"那医生便先诊脉，拿了听筒在她胸口听了半天，郑重其事地说道："你这肺病已到了第二期了，须要小心。"说着又拿了个寒暑针，向她口里一塞，拿出细细地看了半天，道："也还有些寒热，幸而热度却还不高。"那女郎听着忍不住格格地笑将起来。医生也不理会，忙忙地在皮包内拿了两瓶药水出来，交给看护妇，教她按时给病人服药，就匆匆地去了。（所谓医生者又如此）那女郎见医生已走，便低低地对那看护妇说道："我有句话要问你，你知道那第六号房间里的病人可好些么？"看护妇皱着眉道："已经来了第三天了，却还没有转机。"女郎道："可还有救么?"看护妇道:"却也难说。"女郎道:"我如今和你老实说吧,我和那第六号房间里的病人原是一家人。只因他一个人住在院里,很放心不下,想来照料照料,但是知道你们院中的规矩,这种传染病是要和家属隔离的。要留院陪伴病人一定不许,所以我便假装有病入院。又特地住了这间病房,便好就近照应那个病人。其实我何尝有病? 方才那医生说我肺病已很重,真是捣鬼一句话。"说得那看护妇也笑了。那女郎又在囊中掏出五块钱一张钞票来,递给那看护妇道:"这一点儿先给你买点心吃,将来还有许多事奉托你,自当重重酬谢。"看护妇道:"这个如何敢受? 我们医院里向来没有这个规矩。"嘴里这样说,手里却早已将那张钞票接了去了。却又叮嘱那女郎道:"我因你的意思十分诚恳,所以便答应你暗地通融,但是你自己也要留意些,不要被他们看出痕迹来,我可吃不住。还有一层,他这病的确是个很厉害的。你要去服侍他,也须和我们一样,用种种消毒的方法预防传染。你若不依我,我宁可去告诉院长,不担这个责任。"女郎忙道:"依你。依你。不过你也还有一件事要依我。那病人的家属如果前来探望,你须不可泄漏了口风,给他们知道有我这样一个人在这里。"看护妇听如此说便对她脸上望了一望,抿嘴一笑道:"我明白了。原来你们是……"说了半句,便咽住了,悄悄地自去。

那女郎自从入院之后,除了医生来时坐在自己房里,此外真个寸步不离那第六号的病房。那些看护妇日间还好,一到晚上没人稽查便早已说笑的说笑,睡觉的睡觉,自寻快活去了,谁来管病人的闲事。(所谓看护妇者又如此)

那女郎却天天夜间都在病人榻前陪伴着。那温如只管神志不清,昏昏地躺着,药水也不会吃,全靠着女郎留心,按时用茶匙替他灌下去。有时还和他洗涤喉间的白腐,凡是看护妇所应做的事情,若在深夜便归给女郎一人包办。温如这病直到第五天热度才退了些。医生说是稍见转机,或者可以有救。那女郎才略略放心,这天夜里温如在迷惘中忽然喊道："妹妹……"女郎倒吃了一惊，暗想他有好几天不开口了，怎么今夜一开口竟叫起妹妹来？正想着，温如又含含糊糊地叫道："琼珠妹妹……"女郎一听，脑筋中陡然起了一种特别的刺激，不由独自沉吟道："琼珠……琼珠。"……倒没有听见过这个名字呀！说着又走近榻前去瞧温如，不提防温如忽然伸出手来将她的玉臂握住。又直着声喊道："妹妹妹妹。"喊了两声，霍地一翻身坐起，对那女郎看了一看，像是神经有些清楚了似的。大声问道："咦！你是谁？这里是什么地方？"正是：

个里情怀谁解得，眼前人似梦中人。

严独鹤文集

第十一回　玉笑珠香几番心事　蛇神牛鬼一纸情书

那女郎被温如一只手将她的玉臂紧紧握住，顿时红晕双颊。轻轻地说道："温如哥哥，你难道不认得我了么？"温如一听此话，又举起那一只空着的手来，揉了揉眼睛，仔细对女郎面上望了一望，便很惊异似的喊道："你不是芷芬妹妹么？为何一人在此伴着我？"芷芬道："别的话且慢说。我先问你，此刻觉得身体怎样？有无痛苦？"温如定了定神道："我大约是病了好几天了。以前像是昏昏沉沉的，什么事都不知道，方才出了一身大汗，醒了过来，才似乎恢复了知觉。暂时身体上倒也并没有十分痛苦，只是浑身疲软得很，头部还有些晕晕的，腹中也略有些饿。"芷芬点点头，含笑说道："这是你病体已有了转机了。刚出了汗，千万受不得风，快依旧躺下吧。你今天才好些，不可多说话劳神，一切事情待我明天再慢慢地告诉你吧。"温如道："我此刻已明白了这里想是医院。我也仿佛记得起病不久，就迷迷糊糊地由他们送我进了医院。但是入院以后，就格外昏沉得厉害，完全不省人事了。妹妹是几时来的？快告诉我，我睡久了，坐一回却也不妨。"芷芬道："才出了汗，坐着怕受凉。

你病体略转，正在紧要关头，推扳不起。"说着便扶住温如的身体，令他睡下，又替他盖好了被。温如道："我依你的话，躺着养息一会儿。你可将我入院后的经过，讲给我听。"芷芬道："且慢。"说时走过去按了一按那呼人的电铃，却是没人答应。又按了好久，依旧不见人来。芷芬冷笑道："照规矩是有夜班的，但是到了夜间，就人影也找不着一个了。我往常什么事都是自己动手，今天却偏要去惊动他们一回。"说着又走了出去。好半天，才拉了一个看护妇进来。

那看护妇一面打着呵欠，一面问道："有什么事一定要叫我起来？"芷芬道："没有事也不来请你了。因为病人今夜像是好些了，又说腹中有些饥饿，我想给他吃些东西，又不知哪一样可以吃得，所以要请你来问一声。"那看护妇听芷芬这样说，也不答话，只咕嘟着嘴，从身边掏出一支寒暑针来塞在温如口中。略等了一刻，便拿出来就电灯下看了一看，说道："热度果然退了许多了。只是该吃什么东西，连我也不知道。须要请问医生，这时候哪里去找医生呢？"芷芬笑道："医院里找不到医生，倒也算得是奇谈。我想先给他喝些牛乳，总不要紧吧？"看护妇道："牛乳自然可以吃得，但这时候已很夜深了，哪里去取牛乳呢？"芷芬道："这个不劳你费心，请你自便吧。"看护妇笑了一笑道："好小姐，那么对不起你，索性请你照顾着病人，放我去好好地睡一觉吧。实在因为我今夜和一个病人谈天，偶然高兴直谈到夜深才睡。此时上下两眼皮正急于要想开联合会哩。"说时也不等芷芬回话，就匆匆地走出去了。芷芬看着只是摇头，当下便将一罐新鲜牛乳开了罐，又取过了一只茶杯来，倾了大半杯牛乳在内，便点旺了洋炉上的火，隔着水炖着。温如躺在病榻上，见芷芬这样忙着服侍他，心里很觉过意不去，便道："为了我要吃些东西，倒劳动了妹妹，真是不安之至。"芷芬道："我忙了已不知几昼夜了。忙倒不要紧，只是心里着急，这况味便十分难受。如今巴得你好了些，可算是天从人愿。老实说，我今夜的忙，忙中得着安慰，还是自从入院以来未有之快乐哩。"（至情之语，直打入温如心坎中去。）说话的当儿，牛乳已经热了。芷芬便端了过来，就着温如唇边，让他慢慢地一口一口吃完了。这才熄灭了洋炉，坐在温如的榻前，将自己想来探望他，为父亲所阻，不得已托词寄宿校中，又假装生病，入了这个医院，住在隔壁第七号房间里，借此看护温如的情形，从头到尾细说了一遍。

温如这才恍然大悟。道："妹妹一片苦心，如此相待，真令人感深肺腑。我如今转觉得无可言谢了。只是一层，妹妹的身体也不见得十分结实，如今护侍了我这许多天，操劳自不必说，可巧我这病又是个很剧烈的传染病。常听见人说，猩红热这个病，越是到将要痊愈的时期，传染性越是厉害，好在我如今已侥幸得有转机，大概生命是无碍的了。请妹妹听我一句话，从明天起还是回府的好。一来恐防我自己好了，倒传染了妹妹，教我心上如何过得去？二来舅父的脾气是很固执的，妹妹有好多时不回家，万一被他老人家知道了，引起误会，又来责妹妹，我也觉得愈加对妹妹不起了。"芷芬笑道："防传染一层，我进了医院以后，也曾听从看护妇的劝告，时时服着预防药品，又时时厉行消毒，谅来可以无虑。至于自己家中，父亲一时也断乎不会知道，你如今刚好些，我就此离开了你，依旧觉得不大放心。因为'医院'两字不过是个牌子而已。你不见方才那个看护妇的神气么？这就可以算得是医院中服务者的一个代表。试问还靠得住么？"温和听说，点了点头，又似乎显着些疲乏的样子。芷芬忙道："你话已说得太多，快安睡吧，不可再劳神了。"温如道："那么妹妹也自去歇息吧。"芷芬道："也好。"就立起身来，自回房去。就和衣躺在床上，头刚一着枕，那时钟已当当地敲了三下，芷芬暗想道："时候可真不早了。可怜我这些时提心吊胆，也不知有多少晚不得安眠，今夜大概可以稳稳地睡上几个钟头了。"心里是这般想，便合着眼想寻好梦，可是不知怎样，心中依旧思潮起伏，不得宁帖。翻来覆去直到天光有些发白了，才朦胧睡去。等到一觉醒来，却已红日满窗。便听得温如房内有人在那里说话，分明是医生的声音。在那里带笑说道："恭喜你这病已经可保无碍了。老实说猩红热症是最危险的，今年在这种病里面也不知坏了多少人了。还算是你运气好，到我们医院里来，得着合法的治疗，和良好的看护，才能转危为安，却是很不容易的。"（很不容易四字，分明自己吹牛。）

芷芬听医生这样说，不禁暗暗好笑。却听见温如淡淡地说道："多谢先生调治适宜，得以有救，感激得很。"那医生又哈哈大笑道："疗治病人是我们医生应尽天职，也说不到感激二字。不过老兄痊愈出院之后，那感谢良医的一张广告，却是照例文章，似乎不能免哩。"说完又问那看护妇道："七号病房里不是有个患肺病的女人么？似这般年纪极轻，相貌极美的女郎，却患着肺病，真是可惜。我记得像有好几天没有换药了，今天顺便也想去看看，如果服药不很有效，还是打针的好。只怕她嫩皮肤吃不起苦。"看护妇也笑道："这位小姐近日来已好得多了，她昨夜睡得很迟，只怕这时候还没有醒，不如明天再去看她吧。"医生道："也好，肺病本来不在乎天天诊治的。不比这位先生的病，要随时留心，我们做医生少不得就觉着吃紧了。"说时一阵皮鞋声响，就出房去了。

芷芬等他去后，才胡乱洗了一个脸，就走进温如病室中来。看温如时，已倚坐在榻上，面色虽然黄瘦，却已成了正式一副病容。不像前几天那样热度上升，两颊烧得红红的，来得可怕。温如一见了芷芬，便含笑说道："妹妹我今天觉得格外清爽些了。只是细看妹妹，倒比以前消瘦了些，两眼也减少了神采，像是失眠的样子。千万自己保养着些，不要为我劳神了。"芷芬笑道："保养不保养，都不必说，只要你病体好了，我的情神也就好了……"这句话一出口，自知说得太急，顿时面上觉得自有些微热。恰巧壁间挂着一面镜子，芷芬望镜子里一照，只见腮颊间很有红意，越发不好意思。忙搭讪着立起来，倒了一杯茶，递给温如，又自己倒了一杯慢慢地呷着。

正想再和温如说几句旁的话，忽见一个茶房匆匆地走进房来，对温如说道："先生外面有个人来探望你。"芷芬听着以为是国雄或自己家里的人来了，就不得不避着他们的耳目。忙问道："来的是什么人？可是时常来的熟客？"茶房道："是熟客也用不着通报了。来的是一位很漂亮的女客，年纪也轻得很，我们问她从哪里来？她说从宁波来，今早才到上海，就来探望钟先生。"温如道："你们可曾问她姓什么？是不是姓程？"茶房道："是的。"温如道："果然是她来了。现在何处？"茶房道："在楼下。"温如道："你快去请她上来吧。"茶房答应着去了。芷芬便对温如笑道："来的这位女客，我倒可以猜得着她的名字。是不是叫琼珠？"温如诧异道："这就奇了！她的名字，你怎会知道？"芷芬道："这是你自己告诉我的。"温如道："妹妹又来说笑话了。我何尝告诉过你？请你实对我说了吧，你到底何以能知道有程琼珠这样一个人？"芷芬又笑道："你自然不会告诉我，是我这个女福尔摩斯，自己侦探出来的。但是也许我记错了，她的名字或者不叫琼珠，却叫做如意珠。"温如听了不禁脸上一红。正想再问时，只听得一阵衣裙窣綷之声，外面已是走进一位女郎来。芷芬忙对她一看，但见这位女郎面目长得十分清秀，身材也生得十分苗条。上身穿着一件湖色秋罗夹袄，下身着一条玄色绉纱长裙，一双窄窄的天然足上套着绣花粉红色缎鞋，装束也很入时。虽说是初从家乡来，却毫无丝毫土俗之气。比着自己似乎觉得还胜一筹，不觉心中微微地一震。那女郎见房中另有一位女客陪着温如，也好像有些惊讶似的，几乎停了脚步，忙回头向病榻上一望，见温如好好地坐在那里。便道："你已经好些了么？谢天谢地！也教人放了一条心。只是面容已瘦得多了。"温如道："你远道而来，很是辛苦。我这里的话，一时也说不尽。且请坐下，慢慢地再谈吧。"一面又指着芷芬，对她说道："我来介绍一下子，这是我表妹芷芬。"又对芷芬说道："这位就是程琼珠妹妹。她虽久居宁波，却并非是宁波人。她原籍苏州，因为她老人家在宁波经商，幼年时候就随着父

172

严独鹤文集

母移居到宁波来。她住的地方和我们家相离不远，我和她两人自幼就在一个学塾里读书。出了学塾之后，两家也和亲戚一般时常来往。不幸她父亲于三年前下世，幸亏略积了些产业，这位琼珠妹妹，并无弟兄，便奉母而居。如今还在女校里读书，却是身世也很可怜哩。"芷芬听着，便和琼珠招呼了一下子，又随口敷衍了一两句话。

　　温如又像猛然间想起了什么事似的，对芷芬说道："妹妹请你替我按一按铃。"芷芬依言将电铃按了一按，便有一个看护妇走了进来。温如对那看护妇道："请你快去拿一盒保喉药片来。"看护妇道："这个用不着拿，我们因为伺候病人，身上随时都带着。"温如道："请你递两片给这位程小姐。快含在嘴里。"看护妇果然在身边掏出一个小盒子来，拣了小小的两枚药片，递给琼珠，自出房去了。琼珠将药片接在手中，笑道："这是什么东西？我又没有病，何必要含这个药？"温如道："这是预防传染的。你不知道我这个病，传染性很剧烈，你要是不听我的话，不肯含药，我就只好请你出房，不敢再和你谈天了。"琼珠笑道："我依你吩咐含着药就是了，何必为此着急。"一句话说得芷芬也笑起来。温如见琼珠已含好了药，这才慢慢地问她道："我在这里生病，你又怎会知道？知道了，写封信来问一声，也就是了，何必亲自从宁波赶到上海来。你向来没出过门，这回难道就是这样一个人来的么？"琼珠道："我是和母亲同来的。"温如道："又惊动伯母，这还了得！那么伯母现在何处？"琼珠道："轮船傍了岸之后，我们就找了一家旅馆住上。母亲因为上了几岁年纪，在轮船上一夜不得好睡，觉得十分疲乏，便在旅馆中休息着，我就独自一人先来看你。我也是不多几天才知道你生病，不然早就赶来了。我因为今年升班之后，校中功课比以前来得繁重了，你又出了门，所以寻常无事，也不大到你府上去。近来约有两星期左右，没接到你的信了，很有些盼望，那天是星期休假，我就去探望探望你家伯母，顺便想问问你的消息。谁知到得你家，见一家人都露着焦愁之色，我很为讶异，问其所以，才知你忽然得病，而且病势很为危险，我不禁吓得呆了。急忙回去对母亲一说，她老人家也异常着急，因此就商量着向校中请了一个假，前来看你。一路上还是心旌摇摇，直到方才进了医院，听看护妇说你的病不但大有转机，而且可保无碍了，觉得这颗心才略定了些。"

温如道："我进医院，大约是家里人告诉你的了。"琼珠道："是的。我起先还愁到了上海不认得路，找不到这个医院。谁知对车夫一说，他就知道，足见这所医院是很有名气的。"温如道："你是亲眼见了我，倒放心了。家里的人还不知急得怎样呢，我想今天赶快打个电报去，让我爹娘可以安慰些。"琼珠道："该打一个电报去才好。我到你家去的时候，已听他们说着，如果几天以内再得不着你病愈的好消息，你家伯父也想亲自赶到上海来看你哩。"芷芬道："是的。昨天上午我母亲和国雄弟弟前来望你，我虽没见他们的面，却在隔壁房中也听见他们似这般的说着。"温如叹道："都只为我一个人生了病，就累得大家不安。"琼珠道："大家着了一阵子急，到底望着你病好了，也就是托天之佑了。（和芷芬是一样口气，相映有致。）我想你这回生病，还幸亏是在上海，倘然在家乡，毕竟找不到什么好医院，也许就要误事哩。不讲别的，单论看护病人这一层，医院里的看护妇，毕竟有些医学知识，或者比自家人转来得好些。"温如听到这里，由不得好笑道："你这话却说错了。你道我这场病是全仗医院里的医生和看护妇调治得法么？老实告诉你，我此番大病却只靠着一个人尽心看护，才会转机。你试猜猜看，这在病中看护我的是什么人？"琼珠道："我又哪里猜得着呢？你还是明白告诉我吧。"

温如刚要答话，芷芬便连连对他使眼色，教他不要讲。温如却笑了一笑，依旧续说道："看护我的人，近在眼前。"琼珠愕然，道："就是这位芷芬姊姊么？"温如点了点头道："然也。"当下便把芷芬怎样自己装病入医院，怎样辛勤调护的情形说了一遍。琼珠听罢，似乎略呆了一呆。又连忙含笑对芷芬说道："姊姊这样热心，真是不可多得。温如哥哥全亏姊姊一力担任看护，才能转危为安。不但他十分感激，就是我……"
说到这里，又将那半句话缩住了。忙改口道："就是我们看着也很佩服。"
芷芬笑道："姊姊这话说得太客气了。姊姊和温如哥哥，在目前还不过是
个朋友之交，尚且如此关心，为了他的病，情愿赶这样一趟远路。那么
我们到底是亲戚。温如哥身在客地，医院中的人又不大靠得住，我不得
已在他病中略尽些看护之劳，也算不了什么。这热心二字。哪里敢当？
姊姊说佩服我，其实我倒很佩服姊姊的热心哩。"（这番话不是客气，简
直含有妒意。）琼珠听芷芬这样说，还未及答话，温如早抢着说道："你
们两位都不必客气，说什么你佩服我，我佩服你。总之是我温如应该从
今以后，深深地感念两位妹妹的厚意罢了。"两人听了各笑了一笑，也不
再讲什么。略停了一刻，芷芬便站起身来，对琼珠说道："我昨夜失眠，
如今还觉着有些困倦，想到自己房间中去歇息一会儿。姊姊且请宽坐些
时，恕我不奉陪了。"说完便自回房去了。那琼珠却和温如又慢慢地谈了
好半天话，才回旅馆……

　　温如的病来得很快，却又好得很快。不多几日，已是精神舒畅，起
居如常了。只是照医生的嘱咐，说他病体尚未完全复原，还须静养一星
期，方可出院。在这几天以内，琼珠的足迹几乎不离医院，有时和她的
母亲同来。芷芬也常和他们谈天。琼珠的母亲很是和蔼，见了几面以
后，对于芷芬也显着十分亲热。

　　芷芬这时因为温如的病已经大好了，自己和家庭学校两方面都隔绝
了好久，觉得不大妥帖。况且她自己的母亲钱氏和国雄，也每隔一两天
必定要到医院中来一次，来时就不得不避，无缘无故像保守着什么重大
的秘密似的，精神上更感着不快。所以几次三番想独自一人先出院去，
却又不知如何，总不能下这个决心。于是一日一日延挨下去，大约预备
和温如同时出院了。不过住在院中，虽然比前几天着实来得安逸，而心
理上却又别有一种感触，连自己也说不出一个所以然来。

一天早上，芷芬起了床盥洗已毕，听隔壁房中，还没有什么声息，以为温如还睡着未起，便一个人走向窗前，推开窗来想吸些新鲜空气。原来这立信医院占地很大，内中有一片大广场。也铺着几方草地，种着许多树木，安放着好几张铁椅，像是个小小的园林一般。预备作病人休憩之所，这是别家医院所不及的。芷芬这时凭窗下望，但见日光映在树叶上草地上，到处都含着生意。加以一阵阵的和风，慢慢地吹过来，倒觉得心旷神怡。便暗想道："似这般好天气，温如为何只自睡觉？待我去唤醒他来，同到园中去散步一回，借此舒舒筋骨，吸吸空气，于他的病体也很相宜哩。"定了主意，刚要转身向温如房中走去，却猛然见远远树荫之下，转出两个人来。一男一女并肩走着，倒像是一对俊侣。芷芬便又停了脚步，呆呆地看着那两个人。起初离得太远，连面目都瞧不真切。后来渐走渐近，芷芬再停睛一看，不由心弦上又弹动了几下。暗自沉吟道："我当他睡着，其实还是自己在睡梦中没有醒哩！他那夜病初转机就劝我出院，我早知如此，倒悔不听他的话，第二天就出院。爽爽快快把这个看护的责任，移转给别人，自然体贴得比我更周到了。"芷芬倚在楼上，一面心中在那里辘轳般转念头，一面依旧注视着楼下那两个人。但见他们又在一张铁椅上坐了下来，笑着说着，显得是情致缠绵。日光照着两人的身影，倒映在草地上，仿佛合而为一。（眼前情景，颇含画意。）芷芬这时倒不瞧着他们两个人了，只望着地上这两个人影子，在那里呆呆出神。

正在无可排遣的当儿，忽听得自己房门外一阵脚步声，顿时闯进一个人来，口中嚷道："果然在这里！走了多少冤枉路，如今可被我找着了！"芷芬猛然间吃了一惊。忙回头一看，原来不是别人，却正是她向来贴身伺候的大姐阿宝。不禁诧异道："阿宝你怎会寻到这里来？为何这样大惊小怪？倒吓了我一跳。"阿宝道："小姐还说我大惊小怪哩。我若是真个不知轻重，大惊小怪，早已误了你的事了。不是我多说，小姐也太任性了！怎么瞒着家中，就在这医院里一住这许多天？老爷和太太面前不敢透露消息，自然怪不得你，却为何连我阿宝也瞒得铁桶相似？我服侍了小姐这许多年，自问也可以算得是小姐的一个心腹了，却不料还是将我当外人看待。"芷芬道："我自然也别有苦衷，所以不能告诉你。你今天寻了来，别的话不说，只是这样埋怨我做甚？"阿宝道："我哪里敢埋怨小姐？要知道小姐不肯预先告诉我，便险些戳破机关。昨天下午太太吩咐我说，小姐虽说校中有事，也何致这么许多天不回来一次？心中着实有些记挂。便命我到校中去走一趟，看看小姐，又拣了几件衣服，命我带去防着天气偶然凉了要穿。我拿了衣服匆匆地赶到学校中去，想见小姐。不料校中人却对我说，你家小姐因病请假，已有好几天不来上课了。你怎么倒向学校中来寻她？我听了他们的说话，非常诧异，幸亏我还懂事，并没露出什么惊讶的神气来。当下对他们随口支吾了几句，又把衣服寄在门房中，独自一人到几家亲戚和小姐常往来的同学那里去探听了一回，都说小姐好久没有去过了。心下由不得着急起来，只怕小姐出了什么别的岔子。正想赶回家中去报告太太，幸亏到了昌寿里口，却遇见那拉野鸡包车的阿三。我想小姐有时到校，常坐着阿三的包车去的，姑且问他一声，或者能在他口中得着些消息。果然阿三就告诉我，说那一天小姐曾坐了他的车子先到学校中去，从校中出来又命他拉到立信医院，以后这许多天就没有坐过他的车子。我听了他的话心中已料到了一二分，便不肯冒冒失失地去禀告太太，只得扯了一个谎说是在校中遇见小姐，因为事情忙所以好久没有回家。那时天色已经晚了，从昌寿里到此地，路又很远，只好挨了一夜再说。今天一早起，我便推说要去探望一个亲戚，得了太太的允许，赶紧溜到此地来。向号房中问钟家少爷，他们自然都知道，说住在六号里面。再问他们可晓得有一位华小姐，曾否来探望病人？他们都笑将起来道：'此地病人不少，来探病的人更不少。教我们那里认得清谁是你家小姐呢？'我碰了他们这样一个软钉子倒也无话可说，幸而旁边有一个茶房忽然多嘴，说了一句道：'华小姐来不来，我们自然不会晓得。不过那六号房间里的病人，确有两位很漂亮的小姐时常陪着他。我们正在背后好笑，说满院中的病人，只有他病得最开心。'我听他话里有因，忙问他那两位小姐姓什么？那茶房道：'一位听说是新从宁波来的，好像是姓程。那一位是自己也有病，住在七号病房里。但我们看她实在不像有什么病，又不知怎样一天到晚自己房间里不大住，倒是在六号病房里的时候来得多。'我听他们如此说，便又央求他们在簿子上查了一查七号房间里病人的姓名，却完全不对。再查进院的日期，仔细一算却正是小姐从家里出来的那一天。便又问那茶房，七号房间里的那位小姐模样儿是怎样的？他细细地告诉我，竟和小姐一般无二，我这才恍然大悟，知道这七号里的病人便是小姐的化身了。但是小姐做事究竟还有些顾前不顾后。幸而这几天以内，校中同学没有人到我家来探望小姐，又幸而太太为了钟少爷病得厉害，没有心绪；如果在空闲的时候她自己到校中来看你，岂不要戳穿西洋镜？再者小姐既要到此地来，更不该坐阿三的车子。阿三的车子，老爷有时也常坐的，万一他在老爷面前露了口风来，老爷不比别人，岂不好好的事情又要想到歪路上去呢？"芷芬道："好了好了。你讲了这么一大堆，简直处处见得你仔细，又处处见得我疏忽。横竖你为我费了心思，吃了辛苦，我也很记着你的好处就是了。如今不必再噜苏了，你便是不来，我也要回来了。"阿宝道："听太太说钟少爷还有几天才好出医院哩。你此来明明是为钟少爷当看护妇，怎么又撇下他先走呢？"芷芬道："我要来就来，要去就去，你可以不必多说。"阿宝见芷芬说这两句话时，面上很露着不自然的神气，也就不敢多问。

芷芬便命她收拾了几件随身衣服，和梳洗的器具，就此下得楼来。到了账房里，算清了这许多天的医药费，又另外给了茶房些赏钱，主仆两人就此出院去了。

芷芬到了家中，在自己母亲面前少不了还要掩饰几句，就是阿宝，也只说是探望亲戚回来，在弄堂口恰巧遇见小姐，几句谎话，居然说得钱氏深信不疑。

这天晚上，芷芬又独自一人坐在灯下想心思。阿宝替她将被铺好了，看着她还无睡意，忍不住又悄悄地说道："时候不早了，快些睡吧。早上在医院中急急的想回来，回来之后又时常想心事，这是何苦呢？"芷芬道："你休得胡说！我好端端的有什么心事？"阿宝抿着嘴笑了一笑道："没有心事，那就最好了。我倒又有一句话要问小姐，听那医院里的茶房说，有一位姓程的小姐，特地从宁波到上海来探望钟少爷的病。这程家又是哪一门子的亲戚呢？"芷芬道："我华家有华家的亲戚，他钟家也自有钟家的亲戚，你为何这样好管闲账？什么事都要寻根究底！"阿宝笑道："好，好，闲事不管，一夜得个好睡。看小姐的神气，似乎还要坐以待旦，我却失陪了，要去睡觉了。"说着便想走出房去。

刚到房门口又缩转来，对芷芬说道："我这人好糊涂！昨天到学校里去，那个门房还递了一封信给我，说是人家寄给小姐的，教我带来。我今天见了你，只顾说话，便忘记了，直到此时才想着。"说着便从衣袋中拿出一封信来，递给芷芬道："这信封是粉红色洋纸，颜色十分鲜艳，不知是哪家小姐用着这样讲究的信封。"芷芬将信接在手中，向信封上一看，不觉诧异道："咦？正谊学校顾缄。这是什么人给我的信呢？"忙顺手在桌上拿了把剪刀将信封口剪开，就有一股香气直冲鼻管。连阿宝在旁边都闻着便道："这封信怎么会香的？"芷芬也不理会，抽出信来一看，却是小小的方方的两张纸片。但分明不是寻常信纸，却是一种女人化妆品中所用的香水纸，在这两张香水纸中间，又夹着一张很狭小的粉红纸卡片。芷芬先将那张卡片一看，只见正中写着"顾怜影"三字。那上首却印着两行衔头，第一行是：正谊学校头班第一高材生；第二行是：美利坚留学预备生。芷芬看了，忍不住扑哧一笑道："不晓得是个什么东西！怎会写信给我？"又看那两张香水纸上，却是用钢笔蘸着蓝墨水写的字，字迹大大小小歪歪斜斜，像小孩子初学字一般，简直不成模样。那信上的话又很是奇特，芷芬勉强耐住性子，一行行看下去。上面写道："芷芬女士爱鉴：前在毓秀女校游艺之会，得见芳容，岂不三生有幸之至乎？自别以来，日落西山一点红，不免眠思梦想。诗云：'寤寐求之，求之不得，辗转反侧。'其是之谓欤，何则？试申论之：盖我辈以文明为先，结婚以自由为贵，今虽交情尚浅，不敢造次求婚，但先之以情书其庶几乎。改日亲自奉访，此颂妆安。立候好音。情人顾怜影叩首三鞠躬。"就这样寥寥数行，还写了有好几个别字。芷芬看了这封信，又好气又好笑，忙啐了一口道："我华芷芬不知倒了什么运！竟撞见了一个痴子！"一面说一面将这封信撕得粉碎，掼在地下。转将外衣一脱，上床去睡。阿宝虽然不知道信上写些什么，但察言观色也已料到几分，便将地上的信，拾了起来。又走到床面前，替芷芬将被盖好了，才自回后房去睡觉。第二天起，芷芬便到校中去上课，依旧朝出晚归。

又过了几日，温如也出医院了。见了寿卿和钱氏，着实道谢了一番，对于芷芬倒不好明说，只彼此会意。钱氏想留温如在家住几天，温如却因为自己身体已恢复健康，校中功课已耽搁了好久，不肯再旷假，只略息了两三天，便进正谊学校去了。

一天正是星期日，芷芬是向来起身得很早的，这天又约好了一个同学去买书，梳妆好了，匆匆下楼。只见温如独自一人在客堂里踱来踱去，原来温如和国雄二人虽然住校，但每逢星期六下午，总得回来，依旧两人同住在那间厢房里。温如大约这天也是有意早起，专等候芷芬的。他一见了芷芬，便悄悄地说道："妹妹那天回家，何以不别而行？倒累我担了一天心事，以为是临时发生了什么问题了。我今天买了一点儿东西在此，送给妹妹作为一种病愈的纪念品。妹妹待我的好处，实在无可答谢，这小小的物件更算不了什么，不过略略表示我一点意思罢了。"

说时便从衣袋中掏出一个很小的纸包来,递给芷芬。芷芬接了,刚要答话,却听得国雄在厢房中喊道:"温如哥哪里去了?起得这样早,干什么?"芷芬便低低地说了一声谢谢,就此出去了。

回家以后,独自一人在房中打开温如所送的纸包来一看,只见里面却是小小的一个金鸡心照片盒子,上面还系着一根金链。另外还有两枚玫瑰红的缎带结,是那时候女子发辫上所簪的一种装饰品。芷芬忙将那小照盒子擘开来一看,里面却空空地没装着什么照片。当下又暗自寻思道:"看他送我这两样东西,倒似乎含着一种'结缡同心'的暗示,但这小照盒子里面何以又让它空着?也许他暂时没有这样小的照片哩。"想到这里,心中似乎充满着一团喜气,忙将这两件东西放在首饰匣子里面,很严密地藏着。芷芬因为有了这个照相盒子,忽然想起自己有好多时没有照相了,几时得暇,何妨到照相馆里去拍一张大些的小照,送给几个女同学,便是温如也何妨给他一张。顺便再摄上一张二寸半身的小照片,剪下来放在这鸡心盒子里,岂不很好?芷芬打定了主意,到了下一个星期日,便约了几个同学,同到华兴照相馆去拍照。先是大家合拍了一张,芷芬又独自拍了一张四寸的,一张二寸的。拍好以后,芷芬因为要付定洋取收条,便走到柜台上去。却见那柜台上的人正在那里包照片。芷芬问道:"这些照片都是新拍出来的么?"柜台中一个伙计答道:"是的。我们这里少说些每天也有二三十张新照片印出来,都要一一包好了,等候主顾来取。"那伙计只顾这样说着,芷芬却已顺手拿了几张照片在手中观看。看到中间,忽然发现了一张照片,便很注意似的,问那伙计道:"这张照片是几时来拍的?"伙计道:"这个一查簿子就可以晓得。但也不必查,大概不过是几天以内拍的。"芷芬道:"他这照片印了多少张?可以卖一张给我么?"伙计道:"照账上他一共只印了两张。不知店中另外多印了没有?能卖不能卖,让我去问问管事看。"这时那写收条的人早将条子写好了,一面递给芷芬,一面向芷芬手中拿着的那张照片,看了一看，忙道："这张照片么并没有多印。便是印了也万不能卖给人。老实告诉了你这位女客人吧，我们照相馆中有时逢着摄了好的照片，就随便多印几张，挂在店中作为一种成绩品。至于卖给人的，却都是妓女或女戏子，寻常好人家的照片，便防人责问，不大肯卖，也不大敢卖了。讲到这张照片，却更难通融，我还记得那天是他们一男一女同来拍照的。在拍照的时候倒也很大方，不过拍好以后，却再三嘱咐我们，要连底片一齐买去。不许多印，更不许在店中悬挂出来。这种办法是照例常有的，我们哪里还敢得罪主顾另外多印呢？"芷芬听了，只好点点头，也不说什么。

在这讲话的当儿，和芷芬同来的那几个女同学，也都站在旁边，将那张照片细细地看过了。忙问芷芬道："你为何要买这张照片，难道这照上的人和你有什么关系么？"芷芬道："不是不是。我哪里会认得他们。不过看着他们这张照片拍得很好，所以想买一张回去，也不过当画片儿看罢了。"内中有个女同学道："这张照片，倒很可以供人研究，说他们是夫妻吧，好像年纪太轻了。而且那女的梳着一条辫子，分明还是女孩儿家的打扮。说他们是兄妹吧，单是兄妹两人合照一相，也是不大有的事。他们照了这张照片以后，不许人多印又要连底片都买去，此中显然含有秘密性质。多分是一对情人吧。"又有一个女同学接口道："管他兄妹也罢，夫妻也罢，情人也罢，与我们什么相干！（与你们原不相干，谁知自有相干的人在侧。）何必瞎猜？倒是这一个女郎的相貌生得实在清秀。我们常说芷芬姊姊，算是同学中第一美人了，如今看起这个女郎来，倒和芷芬姊姊着实可以比得过。"芷芬这时只默然似有所思，一句话也不说。停了一会，还是一个女同学提醒她道："你尽管呆呆地拿着这张照片做什么？横竖买不到的，快还了人家，时候不早了，我们也好走了。"芷芬略点了点头，无精打采地将那张照片放在柜台上，就此出了照相馆。那几个女同学有的回家，有的另外有事，便各自散去。

芷芬这时不知一颗心想到什么地方去了，只管一个人毫无定向地在马路边上走着，脑筋里面似乎频频映着那金鸡心照相盒子的印象。走了半天，才猛然想起，自己也好回家了。正想雇车，霍地迎面来了一男子，冲着芷芬深深地行了一个鞠躬礼道："芷芬女士，久违得很了。今日是什么好运气，会在这里遇见女士？"芷芬急忙抬起头来，对此人一望，不觉吓得倒退了几步。正是：

道旁蓦地遇生客，疑是邪魔忽现形。

第十二回　穷形极相痴汉追车　重币甘言大王入彀

原来那人生得又长又黑，更兼很大的一张麻脸。那麻脸上面涂满了雪花粉，似乎把麻点都可以嵌得平了。偏偏这一天太阳很大，麻脸经太阳一晒，蒸出了一脸的黑油来，登时白一条黑一条，比戏台上加了油彩的二花脸还要难看。那一颗颗滴大圆绽的麻点，又亮晶晶地在那里发光。可是衣服却穿得十分漂亮。芷芬也不暇去细看他，只觉得花花绿绿的十分耀眼。身上大概是满洒着香水，立得虽然颇远，已闻得一阵阵的香风，直冲过来，愈觉令人作呕。芷芬这时别无他法，只想逃走。那人却拦住了去路，深深地鞠了一个躬，才开口说道："女士休得诧异。女士虽认不得我，我却久已将女士的芳容，印在脑中，藏在心头。料想我一通名姓，女士也就自然而然地发出一种爱情来了。女士近日不是接着一封很香艳的情书么？料想女士对于这封情书一定好好地珍藏着，也许还时时刻刻带在身边。我并非别人。就是那封情书上面的情人顾怜影。今日邂逅，真个是适我愿兮。此处离岭南春，番菜馆不远，女士如果有兴，何妨就一同前去用些小食，好让我细诉衷肠。这是我很诚恳的请求，料想女士是绝无推辞的了。"芷芬听他叽里咕噜地说上一大篇，左一个料想，右一个料想，真令人又好气又好笑。当下也不理他，见去路被他挡住，只好回身疾走。谁知那顾怜影却依旧在后面跟上来，一面跟着，一面口中还喃喃的不知说些什么。（这幅情景，简直像马路上的恶丐。）

此时马路上已有好几个人站在那里向他们指指点点。芷芬到此实在遏不住心头愤怒，便索性立定了脚，回转头来正色对顾怜影叱道："你再敢如此，我就要喊巡捕了！"幸亏这喊巡捕三字，才将那顾怜影吓得呆住了。恰巧有一辆空着的人力车拉过，芷芬便不管三七二十一，招手叫那车子过来，也不暇讲价钱，忙忙地跳上车子，将手向前一指说了一声"跑快些"，车夫拖着车子就跑。刚跑了一段路，芷芬再回头一看，不觉又吃了一惊，只见那顾怜影还是不舍，也坐了一部车子追上来了。芷芬心中暗暗叫声不好，这人分明是个流氓，大概什么事情都做得出来。我若一路回家，他也一路跟上，一来被他认清了我的家门，只怕以后越发难缠。二来回家的时候，万一遇见了自己家里人，或是被邻居看见了，又成个什么样子？想到这里，正自着急，恰已到了昼锦里口，芷芬猛然得了一个计较。忙叫那车夫转弯，拉到了戴春林香粉店门口。又命他停下，对那车夫说道："你略等我一等，我进去买些东西就出来。"说罢就走进店中去。

有一个店伙忙迎上来问要买些什么，芷芬此时并无一定要买的目的物，经他一问，倒觉得对答不出来了。只好随口说了几件化妆品，叫店伙去拿来。店伙正回身去玻璃橱内拣取物品，芷芬眼快，瞥见那边柜台前又站着一个人，在那里买东西，原来不是别人，又是那麻脸大汉顾怜影。芷芬不觉心头小鹿乱撞，却喜那顾怜影在这个时候，似乎已有所畏惧，不敢走近来，只远远地站着，将一双眼睛对芷芬瞟个不住。芷芬却不敢去望他，只和店伙细细地拣东西，问价钱，无非想多延挨些时间，（怜影此时的心理，一定自恨不能化身为店伙，得享受此片刻之艳福）

让那顾怜影先走，免得自己一出去，他又跟上来。好容易挨了好久，偷眼看那顾怜影，居然走出店外，坐了一部车子去了，芷芬方始放心。忙向那店伙算清了账，付了钱转身走出去。刚到门口，忽听得那边另一个柜伙喊道："那位小姐慢些走，这里还有东西哩。"芷芬愕然道："我的东西都已拿齐了，还有什么东西呢？"那柜伙道："不是小姐自己买的东西，是另外有人买了送给你的。"芷芬道："有谁买东西送给我？"柜伙道："方才有个黑麻子，买了许多东西，付了价钱之后，却不把东西带去。再三嘱咐我包好了放在这里，等小姐出门时递给小姐，不可忘记。"芷芬面上一红，说道："我并不认识这个人，想是你缠错了。"柜伙道："这是他说得明明白白的，哪里会缠错？"芷芬摇头道："我也不管你缠错不缠错，只是我决定不能要这些东西。既是他买的，还是等他自己来取罢。"说着头也不回，提了自己所买东西，跳上原来的车子就想走。那柜伙却追出店外，将一大包东西硬放在车上，说道："这是无论如何要请小姐带去的。我们这里是大店家，一向做生意都是规规矩矩，决不能收了人家的钱，再把东西搁在这里，教别的买客知道了也坏了名气。料想那个人无端买东西送给小姐，也自有他的道理。我们却只晓得交易的都是主顾，别的闲账一概不管。"

芷芬还想把那一包东西掷还给他，但见那柜伙既执意不肯要，而其余店中的伙友和有几个买客，见他们将一包物件推来推去，都当作一件新闻似的拥到店门口来看。并且一个个都嬉着嘴，在那里笑。笑得芷芬又是气恼，又是害羞，没奈何捺住了性子，任他将那一包东西搁在车上。就催那车夫快走。车夫也弄得莫名其妙，只问了一声现在到那里？芷芬道："昌寿里。"车夫便拉着车子一口气奔到昌寿里口，停住了。芷芬下车给了车钱，提了自己一包东西就走。走不上几步，那车夫却又追上来说道："此地还有一包东西哩。我虽然是个车夫，一向拉生意，也是规规矩矩的不能将人家遗忘下来的物件，就此吞没了。"芷芬无奈，只得将那一包东西又接在手中。等那车夫走转身，便啪的一声把那一个大包掷在地上，这才急急地回到自己家门口。轻轻地在门上敲了几下，便有个娘姨出来开门。一见了芷芬，悄声说道："小姐为何这时候才回来？老爷正在这里生气哩。"芷芬忙问道："老爷好端端的和谁生气？"娘姨道："今天的事情闹得很大，我也弄得不明白。只听说有人要到我们家中来捉革命党哩。"芷芬听了也不由大吃一惊。刚要再问，只听见寿卿的声音在厢房里大声问道："外面说话的是谁？"娘姨答道："是小姐。"寿卿冷笑了一声道："教他进来。"芷芬不知就里，一面将手中提着的东西交给娘姨，一面就走到厢房里来。刚到门口，她母亲钱氏早迎了出来，低低地说道："你父亲正在气头上，你说话要小心些。"芷芬点了点头，跨进房去。只见寿卿怒容满面，坐在上面，温如和国雄二人都站在旁边，垂头丧气地在那里流泪。芷芬看着这种情形，又听了娘姨方才所说的话，正不知家中出了什么大事，那一颗心又不由突突地跳起来。忙近前叫了一声"爹爹"，也不敢说话。寿卿一见了芷芬，猛然冷笑了一声道："好！好！一个女孩儿家整天在外边跑，总有一天要跑出什么花样来哩。开口要进学堂，闭口要进学堂，如今男的进了学堂，书没有读得，却已成了革命党了。女的格外会闹。开会咧，运动咧，动不动拿刀使棒，闹到将来，又不知要闹成什么强盗婆党来了！从明天起，快与我退了学，还是在家中静坐的好。"芷芬这一天在外面正受了一肚皮冤枉气，回转来又没头没脑地受了他父亲一顿骂，又无从问个明白。心中一急，眼看着温如国雄都在那里落泪，忍不住也就掩着面抽抽咽咽地哭起来了。寿卿格外火冒，拍着桌子道："你们大家都爱哭么？我看将来哭的时候正多哩！便是眼前这场祸事，先躲不了。"钱氏这时忍不住又劝着寿卿道："这件事与芷芬何干？你又将她扯在里面，骂得一个狗血喷头。"寿卿道："你到这个时候还要护短么？你有本事护着他们，出了岔子就请你去管，不必再来问我！"钱氏道："我哪里敢护短？只是如今事情已闹出来了，老爷还是赶紧想法子才好。白躲在家中和他们生气，也是无用。"寿卿道："你说的好风凉话！像这种谋反叛逆的事，叫我有什么法子想？！万一上面追究得厉害，只怕连我这前程都要不保。哪里还顾得他们？我好容易辛苦了几年，得着道台的器重，已允许我今年开保案的时候，将我的名字也加上去。弄得好些，便可以得个官职，强似当这个冷幕府。至不济些，也好将这颗黄铜顶珠，换上一个别的颜色。如今被他们这一闹，岂非前功尽弃？我好恨呀！"（说来说去还是为己）说时又长长地叹了一口气，却也滴下泪来。不过他的下泪，却不是为那颗顶珠上面伤心，是因为闹得太乏了，不免烟瘾发作，所以眼泪一流，火性倒退了好些，止不住地连打呵欠，钱氏忙道："老爷不要把身子气坏了。快些上楼去吸口烟，暂时歇息一下子，再讲罢。"说着便半劝半拉，将寿卿陪上楼去。

芷芬见寿卿走了，忍不住擦干了眼泪，问国雄道："爹爹今天到底为什么这样大闹？又说什么革命党，谋反叛逆，是不是你们在学校里面有了什么过失，被人家开除出来了？"国雄摇摇头道："开除倒是小事，这回的问题的确闹得太大了。无怪叔叔要生气。就是我们也不知怎样了结哩。"芷芬见他说得这样郑重其事，越发吃惊。道："到底是什么事？我是个很性急的人，你快对我说罢。"国雄当下便将始末根由，细细地讲给芷芬听。

原来那时上海租界上有一个很奇怪的人物，绰号野鸡大王。这野鸡大王也不知他姓甚名谁，年纪约有三十多岁，却已留了一撮八字须。辫子早已去掉，一头头发，终年蓬蓬的，也从未加以梳栉。身上穿着一身很破旧的洋装，似呢非呢，似布非布，差不多是冬夏一律，轻易不大见他更换。足上拖着一双旧皮鞋，皮鞋上面满堆着泥垢，和人谈起来，却是很好的一副口才。无论国家大事，里巷琐闻，以及嫖经赌经，他都能因人而施，谈个不倦，使人听得津津有味。并且他口中所操的方言，也是随时而异。譬如遇着北边人，他说着极好的一口京腔；遇着上海人，他又是极流利的一口上海话，其余各路乡谈，无一不熟，因此人家也不知道他究竟是何方人氏。只见他怪模怪样，便替他恭上了这个野鸡大王的徽号，他也欣然承诺，过了几时，这"野鸡大王"四字，居然颇有些名气了。若论野鸡大王的职业，更是猜测不定。他每日里只挟了许多书籍，在各茶楼中跑来跑去，逢人兜卖，久而久之，那些吃茶的老客人，倒有一大半和他相熟了。便不来兜卖，别人也自会问他要，因为他所卖书籍，以小说为最多，新旧小说他都齐备。只须人家指定名目，他就是手头没带着，也可以立刻设法去拿来。而取价又比书坊中为廉，并且不一定购买，还可以出租。讲起上海租看小说的这种特殊营业，简直好说野鸡大王是个首创者。因此大家便拿他这个人当作一个流动的书摊。坐在茶楼中的人，大都是喜欢闲谈的，他既逢人招呼，又十分健谈，人家自然会欢迎他。所以他一上了茶楼，无论是哪一个茶桌上，有了空座就老实不客气搭讪着坐下来。随口指东话西一阵乱讲，生意也做了，白茶也喝了，这就是野鸡大王的日常生活。他又善于揣摩风气，除小说而外，凡是新学书籍，为一般青年所喜看的，他也无一不备。因为这个缘故，他的顾客中间又以学生占大部分，每逢星期日，他就格外来得忙碌了。学生所以爱向野鸡大王买书，还有一个道理，有许多书，在书坊中目为禁书，不敢公然售卖的。只要商诸野鸡大王，无不可以秘密办到。唯其如此，又有人疑心野鸡大王，或者也是个革命党人，以借书为名，负着一种什么秘密的使命。和他极熟的人，有时谈得高兴，也偶然拿这句话去问他。他听了心中暗暗觉得好笑，故意含糊其词，又像承认又像隐讳，始终不肯说出一个所以然来。

当时的人确有一种特别心理，如果提起这人是革命党，固然认为有危险性质，却由不得又要另眼相看。好像一入了革命党，就神通广大，比众不同了。野鸡大王便利用这一种心理，想就此将计就计的再充一个野鸡革命党，似乎自己的声价又无端高得许多了。这一天野鸡大王正挟了一大包书籍，到奇芳茶楼去。因天时尚早，许多茶桌都还空着，没有什么熟人。野鸡大王随意兜了一转，正走过角子上一张很小的茶桌前，忽然一个人站起来，和他招呼道："野鸡大王，好久不见，请这里坐。"野鸡大王听这声音好像是北方人，忙对那人仔细一看，只见他生得黑而且胖，脸上满露着一种粗气。身上穿着一身洋装，辫子却没有剪去，头上戴着顶便帽，帽子拱得高高的，一望而知是把辫子盘着藏在帽内，那形象越发难看。野鸡大王嗫嚅着道："老兄是谁？一向在哪里会过？恕我记忆不好，竟想不起了。"那人哈哈大笑道："我姓刘名光汉，（此时才出刘光汉，想阅者对于此公，自首回书梦中一别，到此已违了）以前常在此地吃茶，又常和你买书，怎么就不认得我了？这也难怪你，我因为到日本去了一趟，离开上海也有两年多了。你终日在各茶楼中卖书，一天也不知要碰着多少人。就使当时问了名姓，也如何能记得清楚？加以两年多不见，我又改了洋装，自然连面貌也不认得了。但是你虽不认得人，人家见了你这野鸡大王，却是一望而知。正是认明牌号，决不致误哩。"说着又笑了两声，一把拉着野鸡大王，叫他一同坐下，两个人便攀谈起来。野鸡大王生来是信口开河的，便和他随意胡扯了一阵，倒像真是熟朋友一般。直谈到有人前来招呼野鸡大王去买书，才点头而别。从这一日起，那刘光汉便天天下午到奇芳来吃茶，有时独自一人，有时也有两三个伴当。见了野鸡大王，总得敷衍几句话，或是买几本小说，野鸡大王的心目中也就认他为一个主顾了。

如此者约隔了半个月的光景，有一天晚上，许多茶客都陆续散去，刘光汉却一个人依旧坐在那里，没有走。野鸡大王这天生意正好，包内的书差不多卖完了。正想下楼，走过刘光汉面前，刘光汉忙将他拉住道："请你略坐一刻，我有事情托你。"野鸡大王见他说得郑重其事，便一面坐下，一面问道："有什么事要见教呢？"刘光汉先向四下里一看，见邻近茶桌上已无别人，连那堂倌也站得远远的。便低声向野鸡大王说道："你天天书包内包着的都是些平常的小说，实在乏味之至。我如今要向你买几种特别书籍，不知你有没有？"野鸡大王道："包内的书，原是极冠冕堂皇，只卖给生客的。其余各种书籍，有碍人眼目的，只要遇着熟客需要时，我哪一部没有？不过不能彰明较著地放在包内。第一怕巡捕或是暗探查见，处罚起来，小本生意可就吃不消了。"光汉听着点了点头道："这话说得有理，也足见是你精细之处。"野鸡大王道："不知你所要的到底是些什么书？是不是《金瓶梅》《野叟曝言》《绿野仙踪》之类？"刘光汉笑道："这些书哪一部不看得烂熟，何用再向你买？"野鸡大王道："那么是《素女经》《房中术》《吾妻镜》，这一类的书了。"刘光汉连忙摇头道："更不是，更不是。你怎么专想到这一条路上去？像我这样有志的青年，岂是看这种书的？你休得误会了我的意思，缠个不休。"野鸡大王道："那就猜不着了。"刘光汉道："亏你还担着一个革命党的名号！怎么连我所要的是什么书籍，都猜不到？"野鸡大王这才恍然大悟道："原来你要的是革命书籍！这是那些学生爱看的书。不怕你生气的话，我看你老兄的样子，已不像是个学生时代的人物。所以一时就猜不到你的目的所在了。"刘光汉道："如今不说别的话，我先问问你，你所有关于革命一类的书籍，到底多不多？"野鸡大王："怎么不多呢？实对你讲，眼前只有这一类书，销路最好，获利也最厚。薄薄的一本书，批价只有一角左右，卖给人倒可以照定价取个五六角。要看的人，见是禁书，便不管价钱，也不问内容，都抢着要买。我近来在这上面倒狠赚了一注钱哩。"刘光汉道："这些书你既不带出来，又藏在哪里？"野鸡大王道："都在我的寓所内。你要时请指出书名，我明天可以暗藏着给你带来。"刘光汉道："不是这般说法。我所要的不止一种，更不止一本，是要大宗购买的。价钱贵些，倒不在乎。"野鸡大王想了一想道："书太多了，茶楼上却难以带来。那么只有请你另外约定一个秘密一点儿的地方，我再带着书来给你选择就是了。"刘光汉道："秘密地点，一时哪里想得出？据我想不如就请你引我到寓中去看一看，岂不格外省事？"野鸡大王听刘光汉说罢，脸上登时显出为难的情形。迟疑了半晌，没有回答。刘光汉便道："你想是有些疑虑，以为猜不透我的来路。只怕将秘密藏书的所在，被我探听着了，转落了我的圈套。这个你却放心就是了。"说到这里，那堂倌又提了一个茶铫，慢慢地走了过来，一面打着呵欠，一面问道："两位先生茶冷了，要不要再冲一冲？"光汉听他这样说，忙又向四面一看，只见空落落的一座大茶楼，只剩了他和野鸡大王两人，连楼上的电灯都关得只剩了一两盏了。忙笑道："今天谈得久了。到这时候还赖着不走，想来你也等得很心焦了。"说着从身边掏出五角钱来，说道："除了茶钱以外，其余一齐都赏给你罢。只是我们还有两三句要紧话要讲，讲完了也就走了。"那堂倌很知趣，接了钱便谢了一声，笑嘻嘻地又走得很远去了。刘光汉这才从怀中摸索了半天，拿出小小的一个东西来，给野鸡大王看道："你瞧，这是什么东西？"野鸡大王就刘光汉手中看时，只见是一枚银质的小圆章，上面刻着几个小字道"革命党员徽章"。野鸡大王看着，由不得心中突突地跳起来。（自称革命党的人，不料见了革命党徽章，转要心跳。）刘光汉道："我久已知道你也很有些革命思想，可以称得起是个同志，所以将这极重要的东西拿给你看。若遇见外人，我是断不肯泄漏秘密，你见了这个徽章之后，大概就明白我所以要买这许多革命书籍的缘故，可以不必再有什么疑心了。"野鸡大王到此方始点了点头，便和刘光汉一同下了茶楼。

又走了不少路，到一条很狭的小弄堂口，便回头对刘光汉道："进弄第二家，就是我的寓所了。只是我只住了一间楼面，底下是二房东，你到那里说话还得低声些，不可被楼下人听见。"刘光汉道："知道了。"当下二人便走进弄中。到了第二家，却由后门走上楼去。刘光汉留神看他的房内，只是正中朝外支着一张板铺，也没挂帐子，板铺上薄薄地摊着一床布被。靠铺边搁着一副鸦片烟具，却是粗劣不堪，烟盘里面满堆着油垢。一张小半桌上，放着一支秃笔，一方破砚台，一把紫砂茶壶，那茶壶已缺了嘴了。大概野鸡大王房中的陈设，至此已一览无余了。以外便满房都是书，也并无书架，就把来一包一包地堆在地上。野鸡大王把烟盘推开了些，腾出一点儿地位来，请刘光汉升了炕。便从板铺底下，捧出几包书来，对刘光汉说道："这几个包里面，便都是些革命书籍。"说着就用手打开包来，刘光汉忙阻住他道："可以不必了。老实对你说，这些革命书籍，也无非是《革命军》《西太后》《兴汉灭满论》《革命小史》之类。我已看得烂熟，连背也可以背得出的了，何必再向你来买？我这回所以要购置革命书籍，并非为自己阅读，实在是别有用意。我且问你，你既然批发得到这许多书籍，也一定知道来源。我想这些书籍的编辑、印刷、发行都一定有个地点。你可能告诉我么？"野鸡大王道："说到这句话，你就是外行了。老实讲在上海发行的革命书籍，固然也有真正革命党人所做的，然而却是最少数。其余不过因为这些书销路最广，胡乱出上几本好赚些钱就是了。所以编辑人的名字，除了《革命军》这一部书，大家知道是邹容所作，已经吃了官司而外，其余大概都是捏造的。至于编辑人到底是谁？有没有编辑所又何从查考？就是印刷，也无非托几家小印刷所暗地代印。断不会有什么大张旗鼓的革命书籍印刷所。讲到发行，更不必谈，无非是秘密出版，秘密售卖，随便在书上印着一个某某书局的字样便了。你若真个要按图索骥，去找这些书局，只怕走遍了上海，也找不到哩。"（这番话的确是内行之至）刘光汉道："那么你所有的这些书是从哪里买得来的？大概总有一个秘密的机关。"野鸡大王摇着头道："也无所谓机关，不过是你私下批给我，我又私下卖给他，大家都是贩卖人。卖来卖去，也说不出一个归总的人或是批售的地点来。不过你如要买，无论要多少书，我总可以设法替你办到就是了。"

刘光汉想了一想道："听你的口气，无论如何，到底总有一个大批贩卖的人，不过你不肯说出来。其所以不肯说明的缘故，也许是为他人代守秘密，再不然就是怕我和别人去接洽，转夺了你的生意。"野鸡大王含笑点头道："然也，然也。但是我也要问你，你要大批的买这些革命书，到底有何用处？再者你要买书便只管买书就是了，又何必定要寻根究底，细问它的来源。"刘光汉经他一问，似乎略顿了一顿，又忙接口道："索性实对你说了罢。我从日本回来，一向住在南京，这回到上海来，不过是短时间的勾留罢了。我受着本党的秘密使命，因为南京是个省城，如果在南京方面将革命事业运动成熟了，这江南全省便成了革命党的势力范围，于党务前途关系匪小。然而运动革命，一方面固然要另使手段，勾通军政界种种人物；一方面却又不能不设法多多地吸引同志。要多多地吸引同志，只凭一张嘴说，是不成功的。必须借重书籍的力量，散播革命的种子。因此想在南京先开一家书坊，表面上卖着各种书籍，暗地里却专门销售革命书。南京方面学堂也很多，那些青年，是最容易鼓动的。有了这许多书籍，把革命主义到处广布出去，便抵得一个先锋队。我既定下了这个计划，便想到了你。我不是已经告诉过你说我从前也常在奇芳吃茶，并且常向你买书么？你已经忘了我，我却还记得你。知道你常卖革命书籍，而且口气之间也颇倾向革命，所以这回颇想借重你。你如愿意的，不妨就将你所有革命书籍一齐收拾起来，此外也带些别的书籍，就此跟我到南京去开书店。我是职务很忙的，一天到晚也坐不定，这书店中的事，便一切托你经理。除了店中盈余，一概归你而外，还可以由党中支给你薪水。每月至少可有一百元，不强似在上海跑茶楼，做这个穷无聊赖的小书贩么？"野鸡大王经他这一番说话，讲得心花大开，那一颗乱发蓬松的头颅，就不由自主地乱点起来了。刘光汉又道："可是一层，你如果和我同做这一件事情，却非入党不可。好在入党之后，于你也大有益处，不独眼前随处有人扶助，等到将来革命事业告成之后，论功行赏，少不了你也算得一个重要分子了。今天已经夜深，我也不多谈了。明天你不必上茶楼，仍在寓中等我，下午时分再来和你接洽就是了。"说完便立起身来，匆匆地去了。

第二天果然又如约而来，一见了野鸡大王的面，便从身边掏出五十块钱钞票来，递给他道："你在上海久了，如今立刻动身，不免有些用度。这一点儿钱，先拿去料理一下子，至于旅费，自然由我支付，你可以不必管。"野鸡大王接钱在手，格外觉得高兴。当下便忙忙地收拾了那些书籍，和随身的铺盖，就在这天晚上便上江轮，和刘光汉一齐动身。刘光汉定的是房舱，两人沿途谈谈说说，越发投契。

刘光汉又拿出一张入党的证书来，递给野鸡大王道："这上面一项项都填好了。只是你的名字没有写上，因为你到底姓甚名谁，我似乎问过你，却也忘记了。请你自己填一填罢。这是正式的证书，倘然写上个党员'野鸡大王'教人看着，还成个什么样子？"野鸡大王笑了一笑，便规规矩矩地写了"王超人"三个字。写完又将这证书细细地看了一遍，就问刘光汉道："这个介绍人项下，何以不填写你的名字？却写着一个曾世杰，这是什么缘故？"（问到这层，足见野鸡大王也未尝不精细。）刘光汉道："这曾世杰是党中的交际部长，由他介绍入党比我的面子，还来得好些。我这些地方全是为你设想。有一层你却没有注意，你不看那入党的时期，也是倒填年月，差不多提早了三年了。入党的先后，于资格上很有关系，这样一办你虽是新党员，倒变了老资格了。"野鸡大王听了十分感激。刘光汉又谆嘱野鸡大王道："你且把这证书藏在身边。过一天等我报告了党部，再将证书和徽章送给你。"野鸡大王点点头，说："证书和徽章倒还不要紧。最好你到了南京以后，把议定的薪水，先送一个月给我，倒是实惠。"刘光汉道："你的目的原来只在乎此，我自理会得。"

一路无话，这一天很早的就到了南京。先看订了一家旅馆，把行李和书籍放好了。刘光汉便对野鸡大王说赶紧要和党中人接洽，就此出去了。临走的时候，再三嘱咐野鸡大王，说这件事正要秘密进行。你初到此间来，人地生疏，又没有辫子，千万不宜在外面闲逛，惹人注意，还自静静地在旅馆中等着我。（叫他静静地等着最妙）野鸡大王依言只躺在房中，连房门也不敢出。可是直等到夜间，还不见刘光汉回来。野鸡大王觉得闷着无聊，便开起灯来，独自一人大吸其鸦片烟。吸了好久，差不多把一小匣子烟膏都烧完了，就靠在烟灯旁边迷迷糊糊地睡着，去寻他每月一百元当书局经理的好梦去了。

　　他正睡得适意，忽然房门外面一阵脚步声，接着就有人叩门。把那房门打得播鼓也似的响，将野鸡大王惊醒，急忙站起身来，揉了揉眼睛，前去开门。门刚一开，就冲进几个警察和兵勇来，野鸡大王吓了一跳，只道是来查烟的。忙走近床边去，想将烟具藏过，却听得一个人喝道："不许动！"这声音很熟，野鸡大王忙回头一看，见说话的并非别人，便是和他一路同来的刘光汉。原来刘光汉这时已换了一身制服，所以适才冲进房来的时候，野鸡大王一时吓昏了，竟没有看得清楚。他这时一见刘光汉也夹在这些警士和兵勇里面，并且像是为首指挥的样子，倒放定了心。（且慢放心）忙道："刘先生害我好等，为何到这时候才来？又为何这般装束？我只道南京地方在旅馆中吸烟是不要紧的，谁知也犯了禁。如今只有求你设法了。"那刘光汉听他这样说便立时把脸往下一沉，（不但衣服改了，连面目也改了）喝道："你到此刻还不明白么？还是明知走不了，故意装腔？"说时就回头对那些警士说道："就是这个人，拿下了再说。"当下便有个警察走上前来，恶狠狠地将野鸡大王双手铐住了。野鸡大王此时已吓得魂飞魄散，却还不知是什么缘故。看那刘光汉时，又用手指着那几包书，对这些警士和兵勇说道："你们几个人分提着，一齐拿了去。"一面又亲自动手在野鸡大王身边搜出那张入党证书来，拿在手里一扬道："这就是革命党的证据！"野鸡大王听见"革命党"三字，忍不住向刘光汉分辩道："这些书原是你教我带来，和你合开书店的。证书也是你自己交给我的，你说我是革命党，你难道不是革命党？何以倒来报官捉我？"刘光汉听着，把眉毛一竖，眼睛一挺，满脸露出一种狞笑来。对野鸡大王说道："你真是脂油蒙了心，一辈子不会清楚。老实告诉你，我如果真是个革命党，又真要开什么书店，不会向自己党部里去拿些书籍来卖，颠倒要跑到上海去求教于你，这不是放着偌大的小菜场不去光顾，倒往饭店里去买葱么？天下哪有这样傻角！我是知道你在上海租界上贩卖禁书，鼓吹革命，特地来拿你的。是你自己糊涂一时，猜不透我的作用，才会入我掌握。如今索性说穿了，教你死也得个明白。"

野鸡大王到此，才恍然大悟，知道自己是上了当了。却还不服，又硬着头皮，对那些警士和兵勇说道："我如今死到临头，冤枉也无处诉了。只是他到底是个革命党，诸位不信，去搜他的身边，还带着革命党的徽章哩。"刘光汉听到这里，又哈哈大笑道："你要在我身上来搜徽章么？我现带着一个徽章在这里，不妨给你看一看。"说时果然从身边掏出一枚小徽章来，放近野鸡大王眼前。野鸡大王看那式样大小，和以前在茶楼中所见的革命党徽章，倒也差不多，只是上面的字，却不同了。明明白白，清清楚楚刻着"两江督署特派驻沪侦探长"十一个字。野鸡大王顿时愤怒填膺，也顾不得死活了，霍然跳至刘光汉身旁，举起手来，将手铐向刘光汉头上打过去。刘光汉急忙将身子一避，一脚踢过来，便将野鸡大王踢倒在地。刘光汉指着他骂道："你到此地步，还敢拒捕么？"当下那些警士和兵勇，便大家动手，有的拔出手枪，有的提着警棍，就地上将野鸡大王和捉小鸡似的抓起来，簇拥着去了。

旅馆中住着的许多旅客，起初听见房中大闹，也不知是什么事，都拥到房门口来观看。后来听见是捉拿革命党，便又吓得远远躲避，连大气儿都不敢出。尤其是那旅馆中的账房，吓得尿屁直流，只怕旅馆中出了革命党，就要连累他受罪。直等到革命党捉去以后，大家便又聚在一处谈论个不了，却又讲不出一个所以然来。内中只有一个旅客，忍不住冷笑了一声道："好厉害的侦探长！怪不得今天也听见捉革命党，明天也听见捉革命党，原来捉来捉去都是这一类人。如果革命党都是如此，真要把革命党的台都坍尽了。"大家听见她这样说，便很注意地对这人一看，却是个年纪很轻的女子。面貌生得十分美丽，而眉宇之间自有一股英气。那女子见众人都望着她，似乎觉得自己谈话太大意了，转默默无言地自回房去。

不提旅馆中人纷纷议论，单说那野鸡大王被捉以后，因为革命巨犯，案情重大，而且又是督署侦探长访拿着的，所以郑重其事地并不发县审讯，直解到督署中去，由那位两江总督亲自讯问。其实像这种案情，又有什么可审？经过一两堂之后，就此定案。便把野鸡大王钉镣收禁。一面奏本进京，说是革命党军师王超人，在沪设立机关，贩卖禁书，煽惑青年，希图举事，现已设法拿获。巨憝就擒，实为东南各省去一隐患，应否就地正法？请旨定夺。一面又密饬上海道县，就近知会各国领事，在租界中搜查余党。并因此项革命书籍传布甚多，又通电各学堂监督，加意查察在校学生，有无受人诱惑情事？这样一办，简直闹得满城风雨。想不到一个茶楼中卖书的野鸡大王，竟会无缘无故地成了一名革命重犯。更想不到因这几本薄薄的革命书籍，到了南京就变成了天大的一桩巨案。至于那位侦探长刘光汉，少不得是升官发财，指日高升了。

这个当儿又要讲到那位正谊学校的监督观察大人王吉庶，他老先生既在上海兼任了几个阔差使，当然也算得一个红官。既做了红官，心理中自然少不了时时刻刻想尽忠报国。如今这革命党案一闹，他就认为尽忠报国的机会到了。一接着了电令之后，便立刻差人去传正谊学校的监学童千里。

这天恰巧是星期六，正谊学校的规例，每逢星期六下午只上一课就放假了。放假以后，校中无事，童千里正在一个同事家中搓小麻雀。

四圈完毕，童千里差不多一底输完，心中十分着急。幸亏重扳了位之后，手风渐转，连和了好几副，才翻转了些。后来自己当庄，又拿着一副好牌，中风发财，都已碰出。又吃了一副索子，里面等的是二索东风双碰，倘然东风和出，就是四番到勒。只是隔了好久，始终没有东风出现，看看牌堆上的牌，已将近要抓荒了。别家见庄家碰出中发，自然也格外戒严。童千里暗想东风到此时还不见面，大概是和人对煞，或者被人扣起来了。眼看这样一副牌，不得成功，觉得异常懊恼。正在这个当儿，他那位上家，摸着了一张牌，向台上细细地望了半天，忽然喊道："不好。"这上家是谁呢？便是那位经学教员葛天民。童千里一见了葛天民这种情形，顿时又发生了一线希望，暗想这老葛是出名的铳手。如今我中发已经碰出，白板台上也见了三张了，他既口称"不好"，一定是摸着了一张东风。这张东风，倘然真个侥天之幸，摸在他手中，一定是留不住的。当下故作镇静，一声不响。可是坐在千里下家的那个人，早大声说道："老葛有什么不好？莫非摸着东风了。我已猜定了老童这副牌，一定诸事齐备，只欠东风，如果放出去，就是一副勒子哩。"对家那人又接着说道："岂但东风打不得，连生张条子都要严防。我才抓了一张二条，因为台上没有见过，就硬把一副已等了张的牌拆掉，不然早已和了。现在每人只有一张牌可摸了，老葛如果再放铳，是要吃包子的了。"那葛天民却摇头晃脑地说道："牌倒的确是一张东风，不过我自己已听了张。可管不得这许多，况且他这副牌又不是什么清一色三落地，照例无所谓包。"说着就伸着手将方才摸着的那牌，高高举起，慢慢地要向桌子上丢下来。童千里此时那一颗心，只在腔子里突突地乱跳。准备葛天民的手一放，那张东风一露面，他就可以将那副牌摊下来，数和头拿钱了……说时迟那时快，葛天民的手还没有放下，忽然间外面气急败坏地闯进一个人来，冲着童千里说道："童老爷原来在此地打牌。我方才先到学堂里没有找到，奔到府上，才知道在这里。赶了许多路，正是累死人了。我们大人有要紧事，说请童老爷即刻就去，他正在那里等着哩。"

童千里对这说话的人一看，知道是王观察手下很宠用的一个亲随，忙一面赔笑说："知道了，我马上就来。"一面又望着葛天民说道："到底是什么牌，快打！"谁知那葛天民忙着听人说话，不知不觉把那打牌的一只手，又缩回去了。还有那两家就趁势立起身来，各将自己的牌向牌堆中一推，顷刻捣乱了。一面又说道："既是监督那里有要事传请，千翁还是赶快去走一遭罢。不要因打牌转误了正事。"那王观察差来的人也在旁边催促道："童老爷，原是快去的好，我们大人素来性急，并且今天像有什么异常重大的事，不能久待。我到处找童老爷，已耽搁了不少时候。如今再去迟了，童老爷不打紧，只怕害我要碰钉子。"童千里再也没有法子，好逼着葛天民将那张东风引渡过来，只得将那一发千钧的机会，从此错过。白瞪着两眼，立起来就走。正是：

东风不与先生便，麻雀仇深锁二条。

第十三回　搜革命书暗地斗机心　披行乐图赫然呈妙相

童千里急匆匆地赶到王吉庶公馆，吉庶已经等得很不耐烦了。见了童千里，便露着埋怨似的口吻，说道："千翁从哪里来？我早已差底下人去请，何以延捱到这般时候？我这里正有要事，立等着千翁来商量办法哩。"童千里忙赔笑道："卑职因为今天虽是星期六，校中下午早已放假，但也很有许多应办的事。那几位教员既不上课，原可以自由休息，卑职身为监学，校中事无论大小，都得尽一点儿心力，却不敢擅离职守。大人差来的管家，先到了卑职寓中，见卑职不在家，又赶到校里，路隔得远了，几处奔走，不免延迟了些时刻。否则大人的呼召，自然闻声即至。哪里还敢怠慢呢?"王吉庶点点头道:"你星期六放假以后,还在校中办公,足见认真。这是很可嘉尚的。我此刻请你来,也正是为了校中的事。你可知道新近省里头正在那里闹革命党么?"童千里道:"卑职每天看报,大概情形已知道了。这都是邪说横行,坏人心术。以致大逆不道的举动,竟会发生于光天化日之下。如今一经败露,料想当道是要严办的了。"王吉庶道:"怎么不要严办?为了严办革命党的缘故,我们校中也不能不有一种处置。"童千里听王吉庶这样说,不由心头突地一跳,只道正谊学校中的学生,也有什么革命嫌疑。那么他当监学的,便免不了一个失察的处分。

正想开言动问,王吉庶已从案头拿了一封电报,递给童千里道:"你将这电文细细看过一遍,就明白我的话了。"童千里接电在手,益发惊疑不止,勉强镇定心神,将那封电报抽出来一看,原来就是省中所发令各学校查察在校学生有无受革命党鼓惑的那一个通电,才放下了心。便又含笑对王吉庶说道:"这个通电,在上头自然是应有的文章。并且如今青年子弟,血气未定,受人鼓惑的也确乎不少。不过我们正谊学校里面,却又当别论。一来大人平日匡扶圣教,表率群伦,这些学生感受德化,校风便日趋谨厚。二来卑职等在校中也没有一天不仰体大人的意旨,以忠君爱国之道,剀切训诫学生。所以卑职很敢担保在校学生,绝不至于有什么偭规越矩的举动。别的事不说,单讲去年万寿,校中学生欢欣鼓舞,举行庆祝,别个学校中断乎无此盛况。(亏他还有这副厚脸,提起庆祝万寿的事情,只怕王观察一听此言,鼻中还闻得溺壶的遗臭哩。)不但如此,照这些报纸所载,此次破获革命党的侦探长,姓刘名光汉。这刘光汉岂不是以前本校的学生么?就这件事上面,已足见本校造就人才,确有成效。据卑职的愚见,大人如果遇便,倒很可以将刘光汉是本校学生的话,设法给上头知道,也显得大人兴学育才的一番苦衷。"王吉庶闻言,连连点头道:"不是你说起,我倒忘怀了。这刘光汉确乎是正谊学校学生，我还记得他所做的文字是很好的，年假大考，曾取过一个第一。但是后来不知怎样，被你开除了，好像是说他品行不端。料不到品行不端的人，今日之下倒会立下这样一个捕获乱党的功劳。"

童千里脸上一红，忙道："天下同名姓的很多，这一个捉革命党的刘光汉，也许未必就是当年在本校肄业的刘光汉。（如此说来，不必再要给上头知道了。）若是当年在本校肄业的刘光汉确乎品行不端，卑职素来处事审慎，是绝不敢屈抑真才的。"王吉庶道："管他是一个人也好，是两个人也好，我和你讲了半天闲话，倒将正事搁起了。我的意思上头既有这个电令到来，我们不能不认真地干一下子。上头叫我们查察，可是查察二字不过平时留心些罢了。究竟是怎样的查察才算尽职？依然说不出一个实在的道理来。既说不出一个实在的道理来，便等于空言，所以我想眼前应该先给他们一个迅雷不及掩耳的办法。电令上说革命书籍流布甚多，这种情形确乎是不错的，流布的所在无非是学校，你虽说本校学生都知道忠君爱国，不会有非法的举动，但是我却还不能完全放心。万一这些学生也在那里很秘密地购买禁书，私自阅看，将来流毒何堪设想？！所以为今之计，唯有出其不意就在校内搜查一次。假令搜查的结果，居然得不到一本离经叛道的书籍，那就足见全校学生一个个品端行正。我们也的确可以将这件事禀明上头，使上头知道我们办学的苦心。如果内中良莠不齐，竟有几个不肖的学生，私藏禁书，也万不能姑息。必须从严究办，以为惩一儆百之计。你看这办法如何？"童千里道："大人这个办法，是好极了。不过卑职还要请示，究竟搜查这一件事，定于几时实行呢？"王吉庶道："迟了，便走漏风声。我想趁今夜就要实行，并且由我到校亲自督同职员、校役搜查，方不至于拘情私纵。"

童千里呆了一呆道：（为什么要呆一呆，其事可知。）"如此待卑职先回校中去略事准备，伺候大人便了。"王吉庶道："很好，你就去吧。但在我未到之前，切不可声张，免得被他们预先知道。"童千里诺诺连声，急忙告辞，一口气赶到校中。在自己那一间监学室中坐定了，略想了一想，便先将校中各级的班长传了进来。悄悄地对他们说知王监督就在今夜要来搜查，也许搜查之外，临时还有什么事要传见班长，所以预先关照他们伺候着。又再三叮嘱他们道："照王监督的意思，是决计不准走漏消息的。我因为你们都是班长，不能不先说给你们知道，其余同学面前一概休得提起。"（真是推开壁子说亮话）那四个班长，也明知童千里的用意，一出了监学室的门，便赶紧分头预备去了。

这天夜里，王吉庶果然带领了四名护勇，亲自来到校中。校中教职员，也有好几个住校的。因为童千里事前并没对他们说起，转不知道王监督深夜来校，为着何事，一个个从睡梦中惊醒，急忙起来，陪着王吉庶在花厅上随便谈了几句。王吉庶也不向他们说些什么，只回头对童千里说道："时候不早，我们好动手了。"童千里又很响亮地应了一声"是"。当下王吉庶便立起身来，童千里和那几个教职员都在后面跟着。教职员之后，又簇拥了四名护勇，和许多校役，似这般浩浩荡荡，直奔学生宿舍中而来。幸亏那些学生，这一夜都很感那位童老师的情，早已预先关照。虽然一个个假装安睡，其实正在那里恭候驾临，所以并没有什么惊慌之态。不然蓦地里见了王监督这种举动，真不知是发生了什么事故。少不了要大吃一惊哩。

王吉庶这时候挨着宿舍的号数，依次令这些护勇校役，严密搜查。一时翻箱倒箧，简直像抄家一般。那些校役，到底不敢得罪学生，不过在旁边略略帮忙，随便动一动手。最凶不过的，是那四名护勇，竟狐假虎威，将那些学生呼来喝去，闹得不成模样。闹过一两个钟头以后，差不多将许多学生的宿舍，已搜了一大半了，竟未曾搜着一本违禁的书。王吉庶原是个大胖子，劳动了半夜，已经在那里气喘了。便笑着对童千里说道："你说的话，果真不错，学生总算是很守本分的。经过这一次搜查以后，我也就可以深信你这个监学，真是教导有方了。"童千里到此倒也无话可说，只弯着腰笑了一笑。这一笑里面，却显着无限的得意。这时别人并不觉得怎样，却忽然惹动了一个冤家，便是那体操教员卜志成。

原来全校的教职员除了童千里以外，就算卜志成最为狡猾。他和童千里二人，简直是两凶相遇，彼此互相妒忌，时常斗智。但是童千里的地位既比他来得高，又很得着王吉庶的信任，所以卜志成自觉斗他不过，心中十分怀恨。今天又见王吉庶当了众人的面，如此称赞童千里，暗想老童今天可又占了面子。心中甚是不服，却又无可奈何，只好依旧随着大众一路搜去。

一会儿已搜查到第一百二十号那一间，再过去只有三五间，全校的宿舍便都搜完了。王吉庶见一百二十号这间宿舍，却上着锁，里面也没有灯火。便问童千里道："这间宿舍何以空锁着？"童千里道："因为住在这间宿舍中有几个学生，星期六放了假出去，却没有回校。"王吉庶道："门上的锁匙呢？"童千里道："本校各宿舍的锁匙，都有同样的两副。一副由学生自己带在身边，一副放在门房里面，由校役收管，以备有时或须用着。"王吉庶道："这个办法却也不错，我且问你，这几个学生的品行如何？"童千里道："这间宿舍较小些，里面只住了四个学生，（以上所说都是旧时学校宿舍的情形，和目前的布置已经不对了。）四个学生之中，那华国雄和钟温如两人，是品德优良，素来很得诸师长赞许的。还有徐怀仁和朱德山两个平日也还规矩。"王吉庶道："既如此说，省得费事，也就不必搜了。"

童千里听着，面上顿时露出喜色，连连称是。这时却触动了卜志成的心思。因为卜志成明知道如今的学生，专欢喜看的就是这一类革命书籍，岂有正谊学校学生就没有一个人购买禁书之理？况且他年纪很轻，平日嬉皮笑脸和那些学生厮混得很熟，有几个学生明明告诉过他，说是在那位经学先生葛天民上课的时候，便是他们看小说和新出版各种书籍的好机会。好在葛先生在课堂上是永远高高地坐在讲坛上，从不会走到学生课桌面前来的，所以这些学生老实不客气，便将各种书籍彰明较著地陈列在那里。葛先生是很注意诵读的，有时讲完了书，便教学生都跟着他高声朗诵。学生倒也并不违拗，他在讲坛上摇头晃脑地读着，全堂的学生，也仿着他那一副呆样儿，摇头晃脑地读着。可是葛先生读的是《十三经》，学生口中读的却是革命经，葛先生自己读得太起劲了，对于学生读的是些什么，全不理会。平日间既是这般情形，何以今天一刹那间会将这些革命书籍，像变戏法一般，喝声道——"去"，就无影无踪。这不问可知是童千里弄的玄虚。有意放风给学生，将那些书籍藏过，或是烧毁了。可是在校的学生，固然来得及做手脚，至于请假未来的学生，事前既没有知道，料想总有破绽可寻。万一当王吉庶面前将破绽捉住了，一来就可以堵住了童千里的口，教他碰个大钉子，二来还可以显得自己的能干。

卜志成既想到这一层，见王吉庶听了童千里的话，对于温如等四人的房间，想轻轻放过，不再搜查了，便忍不住向王吉庶说道："教员有句很冒昧的话，要禀告大人。大人今夜亲自劳驾，搜查全校，无非是要为朝廷整饬士风，遏灭邪说。这个意思在他们学生，当然也很感动的。现在各宿舍都查到了，就是这一个房间不查，原也没甚要紧。不过就情理上说，无论请假不请假，一例都是学生。为昭示大公起见，似乎还要请大人斟酌办理。这件事教员本来不该参与，但偶然见到，不敢不说。自己知道是越职多事，也要求大人原谅。"王吉庶听卜志成这样说，将个头点了一点，刚要答话，童千里早又抢着说道："卜兄所讲的话，很是有理。可是这四个学生，确与旁人不同，平日循规蹈矩，又十分用功，想来断不至于妄信邪说，私藏禁书。这是我敢在大人面前担保的。如今夜已深了，大人也很劳动了，他们又请假未回，似乎不必再多费一番搜查的手续了。"卜志成听了童千里口口声声说这四个学生循规蹈矩，更觉着恼。原来卜志成在正谊学校中有一个绝妙的徽号，叫作"卜小鬼"。每逢上操场，那些学生口中都要嚷道："小鬼来了。"他心中恨得什么似的，便私下访问这徽号是谁给他上的？后来经他访着，知是徐怀仁所为，因此暗记在心，就和怀仁结下一种仇隙。这时童千里所提的四人之中，恰巧有徐怀仁在内，卜志成便格外不肯放松。忙道："管理学生，原是千翁的责任。今夜大人来校搜查，并不见什么违禁的书籍，足见千翁训道有方。不但大人很为奖许，我们属在同事也很佩服。至于这四个学生，千翁既肯担保他们是循规蹈矩，我又何敢再说？不过我的意思，总怕全校学生人多口杂，万一事后发生私议，说这四个学生何以独邀例外？那时多了一句闲话，转觉辜负了大人整肃校风的盛意，和千翁爱护学生的苦心了。"（爱护两字下得很恶）

王吉庶原无所容心。听卜志成的话说得婉转有理，就对童千里讲道："卜老师所虑，也很不错。这四个学生虽不在校中，自有书籍什物在内，我们何妨就令校役将这宿舍上的锁匙拿来，开进门去一例搜上一搜，教他们学生看着也显得是大公无私。"童千里到此，再也不好说什么别的话了。还希望这四个人或者竟不看禁书，就使看了，倘都带回家中，或藏在什么隐僻的所在，不易查着也就罢了。当下就照王吉庶的话，命校役取得锁匙来，开了房门。进得房去，亮了灯一看，顿时将个童千里惊得目瞪口呆。原来也不必搜，也不必查，在那书案上面，纵横乱放着的就都是些宣传革命的书籍和杂志。而且不必审阅内容，只那些封面上，已明明标着什么。"党人魂""革命军""自由血"，都是很大的字。王吉庶明明站在面前，凭你童千里有多大的神通，到此地步也无从再巧施法术。只暗暗地顿足道："完了，完了。"

这时候最高兴不过的自然是卜志成。早三脚两步走过去，将那些书籍一本本都检过来，拿给王吉庶看道："大人明鉴，幸亏有此一搜，不然邪说横行，深入人心。将来的流毒固不必说，就是大人今夜这番辛苦，也等于徒劳了。"一面说着，一面又回头对童千里道："其余各宿舍中方才一一搜过，却不见半本禁书，何以单单这四个学生，就形同化外？看来也太不循规蹈矩了！别的不讲，深负了千翁栽成的厚意，我倒很替他们可惜哩。"童千里这时候的一气，可比方才和不着那张东风，还要来得厉害。照他的脾气，恨不得和卜志成扭打起来，以泄他心头之愤。可是当着王吉庶的面前，又不敢任意放肆。听卜志成这样冷嘲热讽，只好将一团火气硬捺下去，无言可对。那王吉庶眼见着自己所办的学校中，会搜出这许多革命书籍，这一怒也就非同小可。便沉下了脸色，对童千里冷笑了一声道："你这个监学，实在太好了！像这样的学生，还有本事担保他们说是恪守规矩哩。"说完又向着立在他旁边的几个教员摇摇头，叹了一口气道："师教不严，你们这些当老夫子的也不免愧对朝廷哩？"当下许多人都被他说得低了头，连大气儿都不敢出。就是那卜志成，一见王吉庶动了真气，似乎也不敢像先前那样高兴了。

大家面面相觑了一回，还是王吉庶先开口道："如今且去商量一个处置他们的办法吧。书既搜着，自然不容轻纵，非重重地惩治一下，不足以示儆哩。"说着便先走出宿舍来，其余的人，也都跟着到了花厅里面。王吉庶怒犹未息，正待将童千里等再排揎一番。忽见许多学生，又一窝蜂似的拥在花厅门前，并且七嘴八舌，人声嘈杂，像是要鼓噪的样子。童千里这一惊，更是非同小可，只怕他们万一再和王吉庶闹起风潮来，这祸可更闯得不小。正想出去设法阻止，却已有四个人直走进花厅来。童千里定睛一看，便是那四个班长，这四个班长进了门之后，也不和童千里讲话，便站在王吉庶面前，很恭敬地行了一个鞠躬礼。内中一个年纪较长些的便侃然说道："监督今晚来校，为的是搜查禁书，学生们不敢有什么议论。如今果然在华钟徐朱四个同学的房内，搜着了许多鼓吹革命的书籍，这是他四人咎有应得，学生们更不敢有什么声辩。不过学生们有一句话不能不禀明监督，如今革命潮流四处传播，受其诱惑者，虽说以学生为多，却也未必以学生为限。监督对于学校方面，倘然要为正本清源之计，那么学生固然应当注意，就是教职员，也似乎不能不加以严密的考察。就以今晚的事情而论，凡属学生宿舍一概搜查，而教职员卧室中，就置诸不问，相形之下，似乎觉得苛视学生。据学生们的意见，教职员既然居于师长的地位，凡事为学生表率，在这些地方，也应该要表明心迹，使学生大众信服才好。"……

这班长的话还未说完，王吉庶早沉下脸来，厉声说道："你们休得借端生事！本校教职员，都是经本监督聘请得来的，本监督深知他们一个个品端学粹，哪里会受革命邪说的诱惑！搜查之举如果及于教职员，那么师道之尊何在？听你们话中的意思，简直学生和师长事事都要同样看待，依旧脱不了自由平等的口气！这就近于犯上，是很不应该的了。"这四个班长见王吉庶这般说法，却并不畏惧。仍由先前说话的那人答道："学生们自问这一种请求，是很合理的，断不敢承认犯上二字。不过监督既说学生们是不应该，学生们也只好认个罪，说是不应该罢了。可是还有一件事，依旧要请监督的示下，学生和教职员说是不能同样看待，学生们算是谨遵监督的命，不愿再有话说。至于同是学生，当然要同样看待，方能说是公允。何以全校学生都受了检查，连请假不在校的，也不能放过。而体操教员卜老师的那位令弟卜志道，也是学生之一分子，却独蒙优待，难道说因为他是教员的兄弟，也就不该和学生同样看待，要和教员同样看待么？"

这一席话倒说得王吉庶无言可对。忙回过头来问童千里道："卜老师的令弟是住在哪一间宿舍里的？何以大家都搜查过了，只有他一人没有查到？"童千里道："这其中有个缘故，卜老师的令弟年纪还轻，是卜老师不放心他和别个学生同住在宿舍里，为便于自己招呼起见，因此一向和卜老师同住一室。今晚搜查的是学生宿舍，他既不住在宿舍中，自然就没有搜查到他了。现在应该如何处置，还要请大人明示。并须问一问卜老师的意见如何？监学却不敢妄断。"王吉庶听了，手捻着胡髭，眼望着卜志成，沉吟不语。卜志成也很乖觉，知道这些学生，是因为他怂恿着王吉庶，在温如等四个人的宿舍中搜出了许多书籍来，所以很恨着他。可是他们的话，说得很冠冕，也很厉害。连王吉庶都开不出口来，自己又何从和他们驳难？况且童千里又在旁边挤着他，看来非照样搜查一番，就脱不了嫌疑。好在自己的兄弟程度很浅，资质也很笨，大概对于这些革命书籍，决看不懂。既看不懂，自然就不会购买了。何妨说句漂亮话，索性请他们照例一搜。倘然搜不出什么来，那时由得我发挥几句，转可以说得嘴响了。

卜志成既打定了这个主意，便站起来恭恭敬敬地对王吉庶说道："这位班长所说的话，就教员看来，却很有理由。舍弟虽不住在宿舍之中，但既然同是学生，自应该同受检查。就再劳大人的驾，或是另外派定什么人，再到教员所住的那间屋中，去搜检一回。在大人是昭示大公，在教员自己，也真如方才班长所说的话，可以表明心迹。"王吉庶点了点头，又对童千里说道："既是卜老师如此说法，就请你再带着这几个校役，前去搜查一下吧。我们且在此地歇息片时，等你搜了转来，再商量方才那件事如何办法。"童千里道："大人的吩咐，不敢不遵，但须请卜老师同去。"卜志成道："千翁既奉命搜查，我倒可以不必同去。只须将房门上的锁匙交给千翁就是了。"说着便从身边掏出一把锁匙来，递与童千里。还笑着说道："连我衣箱上的锁匙，也一并在内，千翁如果搜得高兴，何妨连我自己的箱子中，也请搜一搜。就格外可以免人议论了。"童千里也不答话，接了锁匙，急急地去了。那四个班长也再没有话说，就此鞠躬告退。

这里王吉庶又和花厅中列坐着的那几个教职员随便谈论，又无非是邪说害人那一类套话。谈了好久，却见童千里自己提了一只小皮箧，跑进花厅来，一面将锁匙还给卜志成，一面对王吉庶说道："房中各式物件除了卜老师自己的箱椟以外，凡是卜志道所用的都搜查过了。却没有见一本违禁的书籍，不过在他床底下看见这一只小皮箧，却是锁着。问卜志道说锁匙已经遗失了，没有配好。究竟里面藏着什么物件，非打开看了，大家无由证明。如今只得带来听候大人怎样发落。"王吉庶道："既然别处没查着什么禁书，这小小一个皮箧锁匙既找不着，尽可不必看了。"童千里勉强答应了一声是，就想将这个皮箧和适才拿去的一把锁匙一并还给卜志成。这时那些学生，因为童千里提了皮箧进花厅来，不知道是什么事，便又挨挨挤挤地站在花厅外面窥察。见这个皮箧就此不打开来，一来像少看了一出戏法似的，不甚高兴，二来总疑惑这皮箧里面有什么禁书在内，不把他当面戳破，对于卜志成依旧有些不服气。因此上大家忍不住就在花厅外面同声喊道："皮箧不看，算得什么搜查？卜志道一个人，还是太便宜了。"

卜志成分明听见，一时面子上下不来。并且他明知这个皮箧，是他老弟随便放几件替换衫裤，和零星什物的，今天早上还亲眼看见他开过一次，并未见有什么书籍在里面。倒不如当众开看，可以祛却大家的疑心。当下便侃然对童千里说道："这个小皮箧和我的皮箧是一起买的，锁匙也可以通用。他的锁匙不见了，就拿我的锁匙开了，里面的东西就请大人当众检视一番，可再也没有话说了。"说着就在这把锁匙里面拣了一下子，指着一个很小的，对童千里说道："这就是开皮箧用的。"童千里把那锁匙接在手中，将皮箧放在桌上，就对着锁门一旋，口中说道："果然这锁匙可以用得。"当下将那小皮箧的盖子揭开了。王吉庶和那几个教员都围拢来看，连厅门外的学生，也有几个挤了进来。

说也好笑，论这时候大众的情景，倒像皮箧一开，里面就有什么法宝会涌出现来的样子。可是箧中究竟没有什么稀奇物件，只浅浅地放着几件随身衣服。童千里一件件都翻过了，衣服之下也并不见半本书籍。卜志成此时已放下了心，笑道："这可没有什么问题了。"说时就想将那皮篋重行盖好。童千里道："且慢。"说着用手在一件衬身小衫袋内一摸，竟被他摸出一个小小的纸包来。童千里将那纸包打开，里面却是一个薄薄的折子，童千里又把那折子展开来，第一个王吉庶就回过脸去大喝一声道："混账！"这一声"混账"，格外将众人的视线都吸引到折子上去。原来这个小折子并非他物，竟是一本秘戏图的手册。上面画的却非常恶劣。童千里故意很快地一页一页翻着，翻得大家脸都红了。而卜志成的脸尤其红得厉害。翻到后来，在最后一页中，又检着了一张薄纸，纸上画着一头肥牛，坐在一张椅子上。旁边写着"老王"两字，下面又画一只小哈巴狗，伏在地上，似乎对那肥牛叩首的样子，旁边也写着两个字道"小童"。那张纸的上角，还写着两行字道："本校监督监学两公行乐图。""卜志道画"。这当儿真难为了那旁边许多人，既忍不住要笑，却又不敢笑。只得用劲将一张张面孔绷得紧紧的。那童千里一看此图，不由心头大怒，忙将那纸递与王吉庶道："大人请看，这卜志道未免太放肆了！"王吉庶起先是发现了秘戏图，已经动怒。此刻又见了这一纸行乐图，这一气更非同小可。便一迭连声喊道："快将他抓来见我！"校役们答应一声，忙去寻卜志道时，四处找遍都不见他的影踪。料想他是自己心虚，早已乘人不备，就在黑夜中溜出校门，私自逃走了。

　　这时最难堪的就是卜志成，竟顾不得什么体面，连忙跪在王吉庶面前，说道："舍弟志道，如此荒谬，教员身为兄长，平日既教导不严，临时又漫无觉察，实在罪无可恕。听凭大人惩治便了。"王吉庶却只长长的叹了一口气道："我本着昌明圣教的宗旨来办着这个学堂。平时看着校风倒也还好，不料学生的放僻邪侈，一至于此，这是大家都不能免于责备的。"说着也不去拉卜志成起来，也不再和童千里等说话，就此向外直走，许多人便跟了出来。（这时候的卜志成，不知依旧跪在地上否）送到校门口，王吉庶还是一言不发，上了马车，自回公馆去了。这里许多学生见王吉庶一走，都拥进花厅来，拍着手望着卜志成大声说道："卜先生口口声声说昭示大公,如今才真个昭示大公了。"卜志成被他们说得只恨没个地洞可以钻将下去。童千里心中虽然十分恼恨,却又十分趁愿。转是另外那几个教职员,看着不成样子。忙道:"闹了差不多半夜,大家都可以散了,有事明天再讲罢。"这句话一说,大家原也觉得很疲乏了,就此散归宿舍。一宵无话。

到了第二天一大早,王吉庶便召集了正谊学校全体教职员,在自己公馆中,开了一个会议,商量办法。那卜志成自然无颜到会了。其余如葛天民、方观云等,都相约而来。方葛二人因家离得近,晚间原不住校,所以昨晚之事,起先竟不知道。直到清晨到校,才晓得半夜之事,连演了两幕趣剧。那葛天民无非大发其迂论。一会儿大骂这几个学生,说他们离经叛道;一会儿又对了卜志成,放出读时文的腔调来,摇头晃脑地说道:"吾未见好德如好色者也。"卜志成正在气头上,看见他这副呆头呆脑的神气,恨不得一把抓住,打上两个嘴巴聊以出气。至于方观云,却根本上就不以王吉庶的举动为然。他也并非赞成革命,不过觉得办学校的人,对于学生虽然不能不加以训管,却更不能不尊重他们的人格。似这般大举搜查,未免侮辱学生,而且也不成事体。可惜昨夜不曾到校,否则一定要加以阻止,也免得发生这许多怪现状……。

这一天会场中别的人都唯唯诺诺,唯有方观云却侃侃而谈,发了许多议论,差不多句句都是反驳王吉庶的。依着王吉庶的意思,对于卜志道,倒不过开除了事,对于温如等四人,却说他们私藏革命书籍,迹近叛逆。竟要一面通禀上宪,一面对他们送往上海县中拘押起来,听候治罪。还亏方观云据理力争,说私阅禁书,虽说不得是没有罪过,究竟情节很轻,如何就可以轻轻地入人于叛逆之罪?其余许多教职员,也都觉得王吉庶这个办法,太小题大做了。也再三劝阻,童千里身为监学,更怕事情过于闹大,与自己的位置有碍,因此也顺着大众的口风,竭力代学生求情。好容易大家说了半天,才将王吉庶一腔怒气,说得平了些。

可是还不肯以开除了事，才允许免予拘押。仍责令保证人和家属领回管束，听候禀报省宪，看复文下来，如何办理。如果省里的意思，主张从宽，本人也就不为已甚。万一上头要严行根究，这四个学生便须听候惩办。如临时避匿，唯保证人与家属是问。这种办法，在王吉庶还是自以为是和平办理。但是那个时候，省里正在大捉革命党，这件事如果凑上去，恰巧碰在风头上，岂有不主张严办的？却也无怪国雄的老叔寿卿，在他们会议以后得知这个消息，要大起恐慌。便是芷芬这样聪明活泼的人，听他兄弟国雄从头至尾细述了一遍，（这一番话，细说一遍，却整整地说了有两回书了。）也不由得要着急。

大家正在咨嗟叹息的当儿，忽听有人敲门的声音。这时候的温如和国雄，差不多时刻刻都在那里提心吊胆，几乎听见了敲门的声音，就有些吃惊的样子。一会儿娘姨开了门，便有个人直走进来，口里喊道："你们佺少爷在家么？"国雄和温如是听熟了的，知道是徐怀仁的声音，便都接口道："在家。"怀仁便进厢房中来，芷芬来不及回避，也就和他彼此点了点头。一时大家招呼着坐下。

怀仁道："我特来报告你们一句说话，使你们好略略放心。"国雄道："有什么可以放心？我们正在这里发愁哩。"怀仁笑道："我也料到这件事情一发生，别的倒也不要紧，你在家中一定要饱受令叔的责备。这一层先吃不住，总之昨天夜间，也算我们四人运气不好。只要四个人之中有一个人回校，就没有事了。老实说不是童千里预先放了风声，只怕每间宿舍里，都可以搜得出十几本革命书来，汇在一处倒好开个小书坊哩。现在还好，我听见说那王吉庶等到会议一散，忽然寒热大作。请了医生看，说是吃了些辛苦，又冒了一夜风寒，病虽不很要紧，却至少也要调治一星期左右才会痊愈。他这样一闹病，就把已经拟好了禀报上宪的电报，暂时延搁下来。我们趁这几日的工夫，或者还可以想想法子。"

温如皱着眉道："这件事已闹得很僵了，还有什么法子可想呢？"怀仁道："此事就正面说，原是无法可想。但或者可以另出奇兵，使王吉庶自己打消前议。我正在这里打算或者可有几分希望哩。"温如道："你有什么打算？何妨说与我们知道。"怀仁道："天机不可泄漏，将来万一成功，自见分晓。"国雄道："你平日虽然足智多谋，但眼前之事要想令王吉庶自己打消前议，如何能做得到？不是我说句过分的话，只怕老兄也是在无可奈何之际，故意吹牛罢了。"怀仁道："你们这种人，何以凡事都专从失败方面着想？一从失败方面着想，就不免处处发急。徒然自己愁苦，又何济于事。今天也算我倒霉，那位朱德山先生的脾气，是大家知道的，他一听见开除以后还要重办，就吓得呆头呆脑地只管哭。并且几次三番和那保证人商量，想放他逃走，说是救人一命，胜造七级浮屠。那保证人怕放走了他，自己脱不了干系，自然不肯依从。他便要寻死觅活，保证人急得没法，找我去劝他。我好容易连劝带哄，对他说了许多话，才闹得略略好些。我看了他那副情形，实在觉得气闷，所以想找你们二位来谈谈。谁知你们平时十分豁达，如今却也是这般愁眉苦脸，越发叫人不快。"国雄叹道："你是个自由自在的人，哪里晓得别人的苦处？"刚说到这里，只听见楼上痰嗽了几声，接着一阵脚步声响，知道是寿卿下来了。国雄便顿住口，不敢作声。

寿卿下了楼，便问道："适才门响，来了什么客？"一面说，一面也走了进来。大家便一齐站起来，国雄连忙指着怀仁对寿卿说道："这位是同学徐怀仁兄。"怀仁就向寿卿恭恭敬敬地鞠了一个躬，寿卿略哈了哈腰，却并不说话。只对芷芬横了一眼，说道："你怎么？……嗍！快上楼去吧。"芷芬听说，便走出房去。寿卿这才对徐怀仁说道："请坐，请坐。"怀仁等大家坐定了，便慢慢地说道："久已听见国雄温如二兄谈起老伯，仰慕得很。一向都因校中功课忙，不得空闲，今日特地到府请安。"在徐怀仁说这几句话，也以为是十分客气，算得极敷衍之能事了。

谁知寿卿听罢,却把个头一歪,脸色一沉说道:"老兄功课也很忙么?据我看只怕忙的是看革命书吧!我适才已问过国雄和温如了,我知道他们素来秉着父师的教训,是很明白孝悌忠信的道理,为何入校后,就一变至此?竟会放着正经书不读,偏深信着这种邪说!他们起先一句话不说,后来被我问得急了,才说这种书籍,最先是老兄一人喜欢看。看了之后,又对他们说书中所讲,有如何如何的好处,于是引得他们都跟着你看了。看了不算,还不肯隐秘些,一定要公然无忌地放在书桌上,以致被王监督一搜就着,闯此大祸。老兄休怪我初次见面,就要埋怨,其实是害人匪浅哩。"这时候温如和国雄二人,见寿卿这样唠里唠叨地责备怀仁,心中十分不安,却又不敢拦阻。

怀仁却若无其事,转冷冷地说道:"老伯这一番话说得很是,如今的革命书籍真所谓异端邪说,岂是学生可以看得的?然而我竟一时糊涂,看个不已。自己看了不算,还要拉住国雄温如两人,劝着他们看,逼着他们看。今日之下被王监督搜着,在我是自己作孽,无可怨尤。但心中只觉对他们两人不起,对他们两人不起,还自罢了,实实在在还是对老伯不起。老伯是在道台衙门里面当书启老夫子的,谁人不知?哪个不晓?等到王监督的公事一上去,上面看得事情重大,必定要寻根究底,虽说不到照谋反叛逆的例,全家治罪,然而查察是免不了的,倘被他们一查再查,查出老伯就是国雄兄的胞叔,至少也免不了一个家教不严的罪名,那时于老伯的前程,便大有妨碍。我刚才去找陈性初兄,因为他老叔在道署中很有几分权力,想托他转辗说法。谁知我的话还没有说完,性初兄就连连摇手说,道台早已知道此事。因为国雄温如两兄的保证人,就是性初兄的老叔。今日下午道台便特地将他请进签押房去,着实斥责了一番,怪他似这般荒谬的子弟,何以肯担任作保?性初的老叔没有法子,只得说他的作保并无成见,为的是你老伯的面子。道台怒气未息,说等华老夫子来,我也有话和他说哩。遇着了这种关于革命的大事，就讲不到什么熟人，顾不得什么面子了。我听他这样一说，觉得事情不妙，所以赶紧跑到此地来，告诉老伯一声。怕今天进衙门去，弄得不好，要碰道台的钉子，那就越发对不起你老人家了。"寿卿听怀仁滔滔不绝，讲了这样一大篇，转把方才的架子收去，呆呆地愣了半天，说不出一句话来。

隔了半晌，怀仁又说道："其实归根结底说来，我还要怪着老伯。"寿卿骇然道："怎么还怪我？"怀仁道："本来像如今的时世，好好的子弟，就应该在家中埋头用功，也好待将来博得个一举成名。何苦要送到学堂里去？一进学堂，便入了歧途。以老伯的卓识，何以见不到这一层呢？"寿卿哭丧着脸道："老兄这句话，倒说得一点不差。但是我何尝又愿意叫他们进学堂呢？无奈他们自己的老子，都喜欢儿子进学堂读洋书。我再三写信去，都不肯听。逼得我无法，才答应让他们两弟兄到上海来，替他们找一个学堂，后来又再三向人家打听，说上海的学堂，只有这正谊学校最好，我才很放心地送他们进去。谁知如今到底还为了进学堂闹出祸事来了。我又哪里预料得到呢？！"怀仁又笑道："照此说来，老伯可不能说我害人匪浅，其实还是正谊学堂害人。再说正谊学堂也并未害人，还是老伯学堂找得不好，自己害了自己哩。"怀仁只顾说得高兴，温如国雄两人便连连对他使眼色，似乎道："你也将寿卿调排得够了。"怀仁只作不见，一会儿又忽然站起来，对寿卿说道："话虽如此，但老伯也不必如此忧虑。我这个人是存着慈悲心肠，最喜欢救苦救难。如今有一个办法在此，包你老伯和国雄温如两兄，都可以脱然无累。"

寿卿也直跳起来道："你这话究竟是戏言，还是当真？"怀仁道："自然是当真。"寿卿道："如果你真有法子，保得我们脱然无累，就感恩匪浅。（不说害人匪浅了）自当重重图报。"怀仁道："我也不要你别的图报，只须你立刻借给我一百块钱。请问你老伯能答应不能答应？"寿卿听说他要借一百块钱，便又愕住了不能答话。连国雄温如二人也觉得怀仁这几句话，说得疯头疯脑，莫名其妙。正是：

自是锦囊夸妙计，得钱顷刻许消灾。

第十四回　葵忱向日公使逞雄谈　花气袭人私衷传密语

怀仁见寿卿半晌没有答话，便又呵呵笑了两声。说道："我原知和老伯借钱，是很不容易的一桩事情。况且今天还不过初次相逢，一开口就是一百块，在老伯的心中，大概还认定我是撞骗哩。"寿卿听他这样说，忙道："这句话未免太言重了。不过我平日也只是依馆为生，并无多钱积蓄。立谈之间，哪里就现现成成地拿得出一百块钱来？再者老兄拿了这一百块钱，到底如何使用？可以保得大家安然无事，也须请教一二。单是这样一个闷葫芦，实在教人猜不破。"怀仁道："老伯若有钱借给我，包管事情可以办得好。没有钱借给我，我事情依然要办的，不过缺少了钱，就未免有些困难了。至于这个钱如何用法，目前万万不能宣布。总之老伯相信我，就照数拿一百块钱来。我可以写一张借据给你，利息从优，若不见信，就此告辞，也不必再多说话了。老实告诉你老伯吧，我年纪虽轻，向来做事，是喜欢神出鬼没的。方才我说了一句目前的事，还有办法，温如兄就要问我有何办法？我道天机不可泄漏。如今老伯问我，我依旧也是一个天机不可泄漏。"说吧又望着寿卿微微地冷笑。寿卿见怀仁闪烁其词，越说越像拐骗，格外弄得莫名其妙。白瞪着两眼，呆看着怀仁，觉得批驳他也不是，答应他也不是。

这当儿温如忽然想了一想，便慨然对寿卿说道："据我的意思，就请舅舅答应了怀仁兄这一笔借款吧。因为我们同学多时，深知怀仁兄的为人，他既要这一笔钱，一定是有一种必不可少的用度，绝非无端谎借这一百块钱。就算是我借给他的，不过眼前要请舅舅代垫，将来无论如何，由我负责就是了。"国雄在这个当儿也便接口道："温如哥的说话，确乎不错，就请叔父照此办理吧。"寿卿经他们二人这般一讲，倒弄得无法可施，勉强点了点头。对怀仁说道："既然如此，请稍坐片刻，待我去姑且凑凑这笔款子看。但不知能否足数哩。"说着便走上楼去，先在房中一望，见那娘姨正在床前揩烟盘。忙对他摇手道："你快些出去，我正有件事情要办哩。"娘姨听说，连忙放下烟盘出去了。

寿卿等她走后，又砰的关上了房门，然后笑嘻嘻地挨近钱氏身边来。钱氏看他这般做作，不知是何缘故，倒觉得十分疑惑。寿卿又附着她的耳朵，低低地说道："你身上那件要紧东西呢？"想不到往常都是夜深人静的时候，用得着她的，今天却在这个时候，不尴不尬，忽然说一声要，就要起来了。钱氏听说，更禁不住脸上一红，忙道："你这般疯疯癫癫的，到底算什么？好好的教娘姨出去，又关上房门。教人看见算是什么意思！"寿卿这时转弯着腰笑道：（偏是弯着腰笑妙哉）"你道我要的是什么？是那箱上的钥匙呀。开账箱拿钱，若令娘姨看见，岂不是谩藏诲盗呢？"钱氏这才明白，便扑哧一笑，从身边掏出个钥匙来，递给寿卿。寿卿拿了钥匙，开了账箱，拿了两封洋钱，塞在两袖之中。重将账箱关好，上了锁，将钥匙抽了出来。再用手在锁门边试了一试，觉得那箱盖儿是掀不开的了，这才将钥匙递给钱氏。说道："你替我依旧放在钥匙包里，千万留心，不可失落。"钱氏笑着答应了。

他这才慢吞吞地走下楼来。在袖子中献宝似的，探出那两封洋钱来，恭恭敬敬地放在桌上。对怀人说道："这里是两封洋钱，每封五十块，请你拆开来点一点数。这里面多是本洋，我苦于认不得洋钱的好歹，所以平日之间，轻易不大收受鹰洋。因为鹰洋常有夹铅哑板等弊病，还是本洋靠得住些。然而就是本洋，也须请识得洋钱的人，逐一替我敲过看过，才敢积成总数，收藏起来。这两封洋钱我是敢确实担保的，一块块都是雪白滚圆的好洋钱。"怀仁听了，忍不住笑道："洋钱自然是好的，数目也自然是不会错的。不过我倒还有一种请求，这一百块钱现洋，实在重坠得很。可否请老伯换了钞票给我，放在身边，觉得便当些。"寿卿摇了摇头道："要换钞票，又是一个难题目了。我见了那些花花绿绿的纸片儿，倒也很觉得可爱，以为又好看，又轻巧。谁知哪一年诚信银行突然倒闭，害我足足损失了五十块钱，从此以后吓得我再也不敢收存钞票了。偶然使用着几张，都是随手来，随手去，不肯多留日子。你如今若嫌这些洋钱上没有印子，不放心，要调换有印子的，我倒可以再拿出几封来，（方才说一百块钱还不知能否足数，如今却可以再拿出几封来。）凭你拣。至于钞票，实在不能从命了。"怀仁又笑了一笑道："既然如此，却也没法。"当下将两封洋钱揣在怀中。见桌上放着现成笔砚，忙教温如拿过一张信纸来，写了一张借据。写完又问寿卿道："我身旁没带着图章，照时行的办法，签个字可以么？"寿卿想了一想道："也可以，只是要签中国字，不可写洋文。我是不认识洋字的。"怀仁道："那个自然说。"说着又签了自己的名号在后面。将借据授与寿卿，寿卿接过来，仔细看过一遍，折叠好了，放在皮夹内。怀仁便告辞而去。

寿卿等他去后，又对温如国雄两人说道："这个人我实在看他不透。听他说立刻可以想法，使我们脱然无累，倒像是个侠义的身份。可是语言尖刻，而且素不相识，就要开口借钱，又像是诈骗一流。究竟你方才敢于担保，教我将一百块钱借给他，是什么缘故？"温如道："这个人照他平时的行径，实在讲不到侠义二字，却也未必就会拐骗。因为他人虽尖刻，向来对于交情很厚的人，或是同在患难之中的，倒不肯相欺。这是他的好处。至于他方才说什么自有方法，天机不可泄漏，我又很相信他是有些道理，绝不是信口开河。因为他素来比别人有见识，有计较，往往大家想不着做不到的事情，他一个人偏想得着，做得到。说得不好听，可真是诡计多端。说得好听些，却又未尝不可以恭维他一声神机妙算。他在校中许多同学都恭上他一个徽号叫作'鬼谷子'。和他常在一起的那个朱德山，却和他截然相反。人家说他呆头呆脑，他偏自以为古貌古心，因此大家也上他一个徽号叫作'抱朴子'。这正谊学校中的二子，是很出名的。"寿卿摇着头道："你们这些当学生的，也太岂有此理了。放着好好的书不读，专来轻嘴薄舌替人起绰号，算是什么道理？"

说着又猛然想起了前事，急忙问道："这徐怀仁是不是你们说过在正谊学校招考的时候，瞎造了一篇英文翻译，考取第一名的那个人么？"温如国雄都笑将起来道："正是。"寿卿叹道："我当时就嘱咐你们，不可和他亲近。你们偏信他的话。今日之下，究竟因为同看禁书，身受其累。但不知他家道如何？"温如道："他的家道，不能深知。但依他平日的谈论，似乎也很平常的。"寿卿又长长地叹了一口气道："照此说来，我这一百块钱，依然靠不住了。我只道你口口声声肯替他担保，一定是个很有钱的人。不过手头偶尔拮据，将来不怕他不还。既然家道不佳，这张借据，保不住也要等于废纸哩。但望他得了一百块钱，果然自有办法，真能使我们脱然无累，也就罢了。"说时依旧现着一副苦脸，寿卿这副苦脸，到底要苦到什么时候才会转作笑容，也不去管他。

如今且说那王吉庶，医生说他至少要病个一星期方可痊愈。他果然谨遵台命，足足病了七八天，方始离床，却还觉得精神欠爽。这天上午，他起身之后，惦记着正谊学校搜查禁书的这件事情，要赶紧通禀上去了。正想差人去请文案老夫子进来，将拟好的电稿，酌量修改了，赶紧拍发。却见一个仆人进来通报，说是童监学来了。王吉庶道："他来得很好，我正想再和他商量一下子哩。就请里面坐吧。"仆人领命出去，引着童千里入内。

王吉庶见了童千里，也没有立起来，只略欠了欠身子，顺手向旁边椅上一指，说道："随便请坐吧。"童千里斜签着半个身体坐下，先对王吉庶脸上望了一望，才说道："大人贵恙复元了么？面色倒还很好。"王吉庶道："想不到偶然感受了些风寒，也会延缠了好多天。"说时又自己摸了摸他那张肥脸道："你说我面色还好，我自己早上用镜子照了一照，似乎也消瘦了许多了。"童千里听见王吉庶口中说出消瘦两字，几乎笑将出来。连忙忍住了说道："果然也略为清减些了。卑职到公馆里来请过好几次安只因听得医生嘱咐，说要静养，不宜见客，所以未敢惊动。今天知道大人已痊愈了。又想着学校中那夜的事情，至今还搁在那里，日子太久了，觉得不很好，想来请个示下。"王吉庶道："我也正为这件事在此着急哩。为了我的病，就耽延了这许多日子，万一我们没有禀报上去，上头倒先知道了。只怕反而要责备我们的不是。"童千里道："大人虑得一点不错。不过卑职今天来，是另外有件事要禀告。那天搜出革命书的宿舍内，共住着四个学生，这是卑职当时就说明的了。如今这四人之中，那一个姓徐名怀仁的，忽然于昨天到学校中来，手中拿了一纸禀词，要求卑职转递给大人。卑职起先还只道他是自己声辩，想减轻罪过的意思，可是将那禀词细细一看，倒很觉得奇怪。原来他竟把这私藏禁书的罪，独自一人承受起了。照他禀词上所说，道是这许多禁书，全是他一个人买的，也全是他一个人看的，与其余同房三人，完全无涉。如今既已被搜，自应听候惩治，却不愿连累他人。这是自问良心，有所不安，因此据实禀陈，并无虚饰。卑职看了禀词之后，又再三问他是否实情如此，还是受了其余三人的买嘱，有意出脱他们？问了半天，他始终认定是良心上不肯害人，断无隐饰。卑职对于此事，是真是假实在不敢断定。如今将他的禀词带了来，请大人察核办理。"说着便从身边拿出一张小小的禀单来递给王吉庶。

王吉庶约略看了一遍，摇着头道："若论他所说的话，总有些不实不尽。试想他们四人既同住在一间宿舍里，这许多书又公然放在外面，并非在徐怀仁一个人的箱箧里面搜出来的，照此情形，其余三人安能说是没有嫌疑？况且徐怀仁在搜书之后，并不立刻声明，又过了好几天，方递上这一张禀词，显见其中另有别情。这事断不可被他瞒过。"童千里道："大人高见极是。那么这张禀词还是驳斥不理吧。"王吉庶又侧着头想了一想道："我且问你，那夜搜出来的许多书上，有没有他们自己的名字？"童千里道："这件事卑职是很注意的，当时匆匆未看明白，后来逐本详细检视过一遍，却并未写什么字。连徐怀仁也没有名字在上面。"王吉庶又道："我们校中搜出革命书来，这件事外面已知道了么？"

童千里道："校中有了这许多学生，人多口杂，自然保不住要走漏消息。不过卑职这几天留心看报纸上面，却还未见有详细的记载。有一张报上偶尔说着几句，也只是隐约其词，不晓得内容的人，还看不出到底是怎么一回事。"王吉庶点了点头道："照这样说，我倒有了办法了。我想那徐怀仁禀词上的话，固然全不可信，但一个学校中的学生，看革命书者竟有四人之多，实在显见得是管教不严。如果据实电禀上去，我这个监督，当然面子上不会好看，你这个监学，和其余教职员，更保不定要有失察的处分。现在这徐怀仁忽然挺身而出，愿意一人认罪，我们也不妨将计就计。便照他的话禀报上去，只说查得校中有学生徐某，私藏禁书，已察出开除，交保证人负责拘管，如何惩处，候示办理。索性连那夜搜检的情形，也不必提起了。只是一面仍须责令那徐怀仁具一甘结，免得他日后再有翻悔，反上其当。"童千里欣然道："大人如此办法，真是公私兼顾。卑职得免处分，尤其受惠匪浅。至于责令徐生具结，原是不可少的手续，自当遵照大人的吩咐，赶紧去办就是了。"说完便起身告辞而去。

王吉庶这里便要预备发电，忽然门帘一掀，直闯进一个人来。望着王吉庶笑道："多日不见了，老哥已经大好了么？"王吉庶一看，来的不是别人，却是他近来时常搅在一起的熟朋友钦时霖。便道："请坐。请坐。我一病多天，你也不来看我。"钦时霖道："阿弥陀佛！你病了不过六七天，我倒来了两次。只因怕你病中劳神，所以没有来惊扰你。不过问问公馆里的人，知道你的病并不要紧，而且服了一两剂药之后，已经热退身安，也就可以放心了。如今这些闲话，且不必说。我今日来此，特地有一件好事情要告诉你。"王吉庶道："什么好事情？"时霖道："我今天在席面上遇见了时常相聚的那几个熟人，他们都说这些时候，没有一天不混在堂子里面，似乎闹得也有些腻烦了。想弄个新鲜方法见玩玩，换换口味，后来说来说去大家便商议着去游园。还说张园太俗，愚园似乎来得幽静些。因此大家约定索性在酒菜馆中另叫一桌上好的酒席，到愚园去玩个一天。上午就去，傍晚才散，并且由我作东。因为我原要请请我那个亲家，顺便就邀大家作陪，做了这个游园的东道，岂非一举两得？"王吉庶道："你的亲家不是那位赵雨翁么？我听见说他放了日本公使了。好阔！好阔！你要请他，想是要和他钱行了。"时霖道："正是。在前天大家约定的时候，有几个人便说可惜王大胖子病了，不然约他同来，岂不格外有兴？我便对他们说，老王的病，早好得多了，不过是要休息数天。倘然到了会集的这一天，老王已经起床，那是一定要拉了同去的。我在当时也不过是姑作此说，谁知今天早上差人来一打听，知道你果然完全复元已经起来了。我真是喜不自胜，因此特地赶来当面邀你。"

王吉庶道："你请客是几时？"时霖道："就是今天，风和日暖，游园是再好没有了。"王吉庶道："承你相邀，固然十分感谢，但我今天刚第一天离床，觉得精神还不大好。况且初病之后，也不敢吃什么东西，只好心领了。"时霖笑道：老哥，请你不必搭架子了。老实说，你这种病，不过是略受风寒，发了两三个寒热本来算不得什么事，"养了这许多天，也就够了。今日天气很好，决不会再受感冒，放心吧。这样大的块头，哪里就说得如此娇懒？横竖有我保险就是了。"王吉庶道："不瞒你说，我还有件要紧公事要办。"时霖道："什么要紧公事！搁一下子也不要紧。今天且乐了一天再说。"说时又走近几步，附着王吉庶的耳朵，悄悄地说道："我还有一句话，不敢高声说。怕的离上房很近，被你们这几位姨太太听见，害得你府上要大翻醋缸。你可知道我一面来约你，一面已另差人去关照那个好人，命她早些妆扮好了，等一会儿再叫马车去接她。你如果不去，岂不害她白走一趟，你心上怎样过意得去？"王吉庶歪着头笑道："你说的话，我全不懂。无论是谁，总有个名字。什么叫作好人，我又知道哪一个是好人呢？"时霖道："荒唐，荒唐。你对着我还要装蒙么？你的好人还有哪个？你一定要问我，我就将这小妮子的名字，索性在这里大声疾呼地喊出来，包你不得安静。"王吉庶道："笑话！我是乾纲素振，哪里会像你那个样儿，处处为阃威所制。"时霖道："你倒嘲笑起我来了。罢！罢！将酒劝人，并无恶意。我话已说完，去不去全凭于你。要去就立刻坐了我的马车同走，不去我们就有偏了。"王吉庶道："且慢。"时霖道："慢什么？时候已经不早了，你还说得出这个慢字！我是因为今天又玩，又有吃，又能和好人相叙，简直是一刻千金，正急不可耐哩。"王吉庶道："你总是这般油嘴。我去是去定的，却也要吩咐好了才走。"说着便喊了一声"来"，当下就有个仆人应声而去。王吉庶道："你快去请师爷来，说我有要紧事要请他办。"

仆人领命去了一会儿，便有个干瘪老头子跟着仆人进来。王吉庶对他说道："正谊学校中搜出革命书的那个电稿，要大大地改动了。以前说是他们四个学生私藏禁书，如今却只说是姓徐的一人之事，与其余三人无干。并且由监学察觉，已将该生开除，交保证人负责看管，听候惩办。那夜搜查宿舍的事，也不必提了。这电稿很要紧，请老夫子办好之后，让我明天一早看过，再行缮发。今日我另外有些事要出去，只怕回来得很晚，来不及斟酌了。"王吉庶说一句，那老夫子便应一句。在他们说话的时候，那钦时霖似乎很注意的样子。（为什么要注意）等王吉庶说完，便问他道："你说的什么私藏禁书，到底是怎么一回事？"王吉庶道："此事说来话长，你也可以不必问了。"钦时霖点点头，便不多言。那老夫子见王吉庶已站起身来，像个要匆匆出门的样子，也便不讲什么，就此退去。

王吉庶叫人去拿了一身簇新的衣服出来，忙不迭地将身上所穿家常衣服换去了，这才和时霖两人踱出门口，同上了马车，向愚园而去。

从王公馆到愚园，是很远的，足走了半个多钟头才到。到得园中，已有好几个人先等在那里了。见了王吉庶，都拱手问好，王吉庶随口敷衍几句，又和大家在园中四处闲步了一回，就走到摆席的那间船厅中坐下。又憩息了良久，客人陆续到齐，唯有那位新任日本公使的赵雨卿，还没有来，大家便只好等着他，不能入席。直等到下午一点钟光景才听见外面伺候着的家人，暴雷也似的喊了一声"赵大人到"！钦时霖连忙迎出来，其余的人也都走到门口恭恭敬敬地候着。只见那位赵大人穿着很漂亮的一身袍褂，大摇大摆地一路走来，后面跟着四个家人，一例地带了红缨帽子，显着势派十足。（游园而如此排场，真无异花间喝道矣。）

雨卿走入厅来，对大家略拱了拱手。说了一声"来迟，来迟"，一面又对时霖说道："亲家为什么又要如此破费？我这两天事情忙，应酬也忙，实在分身不过来。若不是亲家邀我，这样远的路，我简直要心领敬谢了。"时霖连忙赔笑说道："赏光之至。我们大家都在这里恭候大驾。现在亲家来了，就此入席吧。"当下就取过一把酒壶，在首席上筛了一杯酒道："亲家将有远行，我先敬一杯酒。其余都是熟人，随便请坐，恕我不拘礼了。"大家都道："我们都是自己人，本来可以不必客气的。"赵雨卿这时也不谦让，老老实实地说了一声"有僭"，就在首席上坐将下来。其余的人也便纷纷坐下。

坐定之后，时霖少不得将在座宾客的名姓，一一告诉了赵雨卿，算是一种介绍。雨卿只待理不理地随便招呼了一下子，大家就吃喝起来了。座中许多人，都想和赵雨卿攀谈几句，无奈见赵雨卿这般大模大样的，简直说不上话去，差不多连久仰大名等套话，都无从发表，也就索性各人喝各人的酒，不大讲话了。

转是时霖看着觉得无趣，看看座中人，还是王吉庶是个候补道，既办着学堂，又兼了几个差使，比较来得红些。便又指着王吉庶对赵雨卿说道："这位王吉翁，是本省候补道员中很有能名的，如今主持着正谊学校，人才辈出，很得着上峰的器重。亲家以前虽没和吉翁会过面，想来是有些知道的。"雨卿听时霖代王吉庶这样郑重其事地一报履历，便又对王吉庶欠了欠身道："正谊学校，是很有名的。我前几时在省里还和制军谈起，说偌大一个江苏省，应该多设立几处好学堂，制军很以为然。又提及正谊学校，说是办得很好，我当时就将这个学校的名字记下了。"（不是因学堂好而记得，但因制军口中提起，便当默识于心耳。）却不知吉翁就是该校监督。吉翁办的学校既能得着制军的赏识，想必是成效卓著，佩服之至。

王吉庶见赵雨卿居然肯说这样恭维话，又讲到制军很赏识他，顿时脸上增了二十四分光彩，忙拱手答道："承雨翁先生过奖，惭愧得很。兄弟学识浅陋，讲到办学校这件事，却也毫无特长。不过兄弟平生抱定了一个宗旨，是处处守着圣经贤传，不敢稍有违背。如今受了上峰的委任，办理正谊学校，也依然是抱定了这个宗旨，天天按着圣经贤传去教导学生。所喜这些学生，也都能听受教诲，一个个尊师崇道，从没有什么偭规越矩的行为。至于外间盛行的那些邪说，越发视同洪水猛兽，不令流毒到本校中来。（亏他说得出）这是兄弟自问可以对得起朝廷，并对得起上官的。但我们囿于一隅，见解究竟是狭小，哪里能及雨翁先生轺车专使，学贯中西。今天真是幸会得很，以后如蒙不弃，还望时常指教才好。"雨卿道："指教两字很不敢当。不过我对于办学校，确有一个意见，我以为中国的办学堂，自然是取法外人，但是同一取法外人，与其模仿欧美，还不如效法日本。因为日本和中国，处处相近，仿效起来，较为容易。若论日本的学堂，真是形式也好，精神也好，万非中国各学堂所能及。"王吉庶道："日本的学堂既办得这样好，那么中国在日本的留学生很多，想必也可以造就出些人才来了。"

雨卿摇着头道："此话可不要提起，日本的学堂虽好，中国的留学生却万万得不到他们的好处。因为中国的留学生，名为留学，实在并不读书，那些自命为有志青年的，便一天到晚忙开会；忙入党；甚至于忙革命，也无暇读书。那些不长进的，便终日里吊膀子、姘下女；乌烟瘴气，闹得不成模样，更不肯读书。我在那年当参赞的时候，瞧着这种情形，真有些看不过，便上了一个取缔留学生的条陈。不料后来因为种种阻碍，没有实行。（回映第七回中对国光所说的话，雨卿对于此事，竟是耿耿不忘。）这回身膺使命，到了日本，第一件事就须重申前议，非把那些留学生竭力整顿一番不可。"

说到这里，时霖又插口道："我常听见亲家说着日本各种好处，可惜我没有到过日本，不能知道。但就我们平常使用的物件而论，觉得中国货太粗笨，西洋货价钱又太贵，都不及日本货来得又轻巧，又便宜，确是令人可爱。不过照我这个顽固的见解，觉得日本货固然很好，日本人却总带些小家气。而且有些地方，欺侮中国人也太厉害了。甲午一战，尤其是中国致命之伤，想起来到底不免可恨。"雨卿听时霖这样说，连连摇手道："亲家这句话可算是错极了。你可知道优胜劣败是天演的公例？日本人能欺侮人，就是日本人的好处。中国人要受人欺侮，就是中国人的丑处。如何能不责备自己，反去怨恨别人？老实说，假使我做了日本人，也乐得欺侮中国人咧。"说着又笑道："其实我也确乎好算得是一个日本人了。我在日本多年，凡是日本国的元老贵族，名公巨卿，无不相熟。人家都说我这个中国人，夹在日本人里面简直是有同等的势力，同等的面子。我自己也觉得在外交场中周旋进退，实在不输与他们。这还是就大处立论。再讲到起居饮食这些小事，我在日本既住久了，也完全成了日本式，回到中国来倒反觉得有些弄不惯了。所以过了几时，依旧想到日本去，差不多以日本为第二故乡了。"

雨卿正谈得起劲，恰好仆人端上鱼翅来，时霖举起箸来，向大家说了一声请，又笑对雨卿说道："这鱼翅是由日本来的。亲家说日本是第二故乡，且请尝尝这故乡风味吧。"雨卿也不禁笑将起来。其余坐客也和哄着笑了一阵，就大啖起来，才将这位中国日本人的谈锋打断。

鱼翅上过之后，大家又陆续吃了几道菜，时霖摸出表来一看道："已到这般时候了，这班人为何还不见来？"雨卿问道："什么人，还有客么？"时霖道："不是客。"雨卿拍手道："我知道了，想是叫的局。说起叫局，我又要讲日本的好处了。日本的妓女，也比中国好。每逢宴会场中，无论是什么有名的妓女，可以陪着客人，饮酒歌舞，直至终席。不像中国这些红倌人，一来了坐不到五分钟就走，还装模作样，颠倒要客人去奉承她。"时霖道："亲家说得一些不错。不过今天的办法，又和平常出堂差不同。我已另雇了马车，开明地址，将各位的老相好，都接到此地来。就是贵相知，也在邀请之列，来了之后足可以陪我们玩个半天，也算是一个游园雅集了。"雨卿道："如此方才有趣。"道言未了，向外坐着的一个客人，早笑将起来道："雨翁先生才说有趣，这些有趣的东西就应声而来了。"大家听他这样说，却回过头来向外看时，只见十几个花枝招展的倌人，已呼姊唤妹笑语喧哗地拥进厅来了。

这间厅内便顿时热闹非常。那些倌人各就自己的熟客身边坐下，顷刻间莺声流啭，满座生春。就中要算王吉庶的相好秋红最会做作，也最会说话。一见了王吉庶，便嚷道："王大人你身体已经复元了么？我听说你生了病，时刻挂念。几次三番想来望你，又恐怕有些不便。今天早上钦大人差人来关照，道是王大人病好了，要出来游园，叫我前来陪你。我一听见这句话，喜得心花怒放，巴不得一脚就踏到此地。偏偏路又远，走了许多时候，坐在马车上，只觉十分心焦。"王吉庶含笑说道："多谢你记挂，我原没有什么大病，吃了两剂药就好了。你看我神气怎样？"秋红道："神气很好，只略瘦了些。"王吉庶点点头没有说话。旁边一个人抢口道："我看王大人并没有瘦，倒是你秋红瘦了许多了。"秋红道："瞎说，我好端端的为什么会瘦？"那人道："你才说王大人生了病，你时时刻刻挂念他，显见得是朝思夜想。想了一个礼拜，岂不要将你这面庞儿想瘦了？"这一句话，说得大家都笑起来。这时候雨卿忽然高兴，便发起要搳拳，叫在座的人每人搳一个通关，大家都很赞成。于是又闹了一阵子酒。王吉庶是本来不大喝酒的，但碍于雨卿的面子，只得勉强喝了几杯，又叫秋红代了几杯。等到几个通关搳过，席上的菜也都上完了。雨卿便道："我们的酒也够了，肚子也吃饱了。既说游园，不如就此散席，到园中各处去松动，可以不必吃饭了。"时霖道："亲家的话很是。我还预备着点心哩，此刻不吃饭，等一会儿请诸位用点心吧。"当下大家都纷纷离座，各人带着各人的局。有的去看花，有的去玩假山，随意游散。唯有王吉庶因为身躯肥胖，懒于走路，走出厅来，略略地踱了几步，就觉得有些气喘。那秋红跟在旁边，瞧见王吉庶这个样子，便对他说道："你病体才好，不宜多走，让他们去游玩。我和你二人不如就到前面那小亭子上去歇息一会儿，谈谈心吧。"王吉庶道："正合我意。"于是二人就走进那小亭中来。

王吉庶酒后看花，瞧着秋红，觉得越看越爱。四顾无人，便拉着她的手，靠着栏杆边和她并肩坐下。坐下之后，又只觉一阵阵很浓的香水味儿，冲入鼻观来。王吉庶本来已略有些醉意，此刻被香气一熏，熏得格外迷迷糊糊的，差不多连那一颗心也有些醉了。便也斜着眼，低低地问秋红道："我今天倒想起一件事情来了。前几天听见你跟局的那个大小姐，说你贪眠作呕，又喜欢吃酸东西，这个样子，我倒很觉惦念。近来到底怎样了？"秋红脸上一红道："到底怎样，连我自己也不知道。管它是病也好，不是病也好，横竖像我们这种人，原是不值钱的。问它则甚！"王吉庶道："你好端端的，为什么又要说这样怄气的话了？你自己说不值钱，可知道旁人却看得你很值钱哩。"秋红道："旁人看得我值钱，又有什么用？大不过高兴起来，说几句好听话，过了时，还不是搁在一边就算了。”王吉庶笑道：“你这几句话，分明是在那里说我。你的意思，我早知道了。我的心事，你难道还没有明白？你仔细想想看，我平时对你的行径，简直和自己家里人一样，又何尝把你当外面人看待？”秋红道：“你既然不把我当外人看待，何妨就将我接到里面去。在我也总算如愿以偿，能了一个着落。不然天天吃这碗堂子饭，到底吃到几时才得出头呢？”说着眼圈儿就红起来了。

王吉庶道：“你的话自然不错。不过我也有我的苦衷。”秋红道：“你有什么苦衷？无非是怕着现在那五只雌老虎。早知如此，索性不必爱上我，倒也免了一重痕迹。”王吉庶道：“你这句话又猜错了。我家中这几个人，并不至于吃醋。就使有什么话，我也很可以另外找一所房子，将你安顿在外面。大家不住在一起，总也不会斗什么醋劲了。我暂时不敢办这件事，实在因为保持官声起见。你不知道现在南京这位制台方大人，为人最讲道学，平生最恨人挟妓纳妾。那位袁大人，你也认识的，不就是一个榜样么？袁大人原是个红道台，就为花了五千块钱，娶了名妓金凤，被方大人知晓，就此专折奏参，马上革职，从此官场中一个个吓得都不敢犯禁。至于我更不用说了。我和方大人以前并没有什么瓜葛，只因他到任以后，总见许多人说我也是个专讲道学的人，因此十分器重我。除了好几个重要差使以外，又特地将这个办学堂的责任，托付于我。说必定要照我这种品学兼优的人，才配做学堂监督，可以称得起是学生的表率。你想我伺候着这样一个制台，如何还敢放松半点？因此你的事情，只好稍缓再说。或是等这位制台再升调到别处去了，就可以放胆行事了。”

秋红道：“你这些全是假话。制台大人自有制台大人应管的事，为什么专要干涉人家娶姨太太？况且上海离南京又很远，你也不须张扬，暗地里将我娶回家里去，制台大人又不是千里眼、顺风耳，哪里就会晓得？”王吉庶道：“话不是这样讲法。这位方大人，不比别人，耳目很多，

229

·小说卷·

消息也很灵。任是离得很远的事，他也会察访得到。况且你又是个很出名的红倌人，我娶了你，别的人或者不管这些闲事，那专刊花事的小报上，就不免把它当作好新闻。登将出来，那时一人传十，十人传百，势必传到方大人耳朵里，我的功名就有些难保了。"

秋红道："照你这样说，如果这位方大人一辈子做南京制台，做到底，你就一辈子也不能娶我了？足见我以前的说话，全是痴心妄想，差不多一世也没有指望的了。"说时那两行眼泪，便扑簌簌地滴将下来。王吉庶好生不忍，忙一手挽着她的头颈，一手拿着一方手帕，替她拭眼泪。这时候的秋红，越发做出许多媚态来。王吉庶情不自禁，四面一看，依旧不见有人，便索性将自己一张大脸，偎在秋红的粉颊上。如此相倚了良久，虽是默然无言，却觉得十分甜蜜。正在得趣的时候，忽听见亭子外面很浓密的树荫里面，有人高喊一声道："好吗？"王吉庶大吃一惊，（秋红何以不吃惊）只道是被同来的这些人看见了，未免不好意思。可是定睛一看，那树荫里面却出来了一个少年，手中似乎提着一个很小的黑匣子，对着他们一笑，就此飞跑地去了。王吉庶以为是游园的人，好在并不认得，倒并不在意。秋红却使劲地将王吉庶一推道："此地到了下午，游人渐多。青天白日，在这四面望得见的凉亭里面，似这般紧紧地搂着，像个什么样子？！你倒不怕有人看见了，去告诉方制台么？"（秋红好厉害）一面说一面已站了起来。王吉庶涎着脸还想和她温存一会，却听得背后有人笑道："好亲密呀！"

王吉庶忙回头一看，见是钦时霖，便道："你这样悄没声儿地掩在人家背面，鬼鬼祟祟，算是什么道理！年纪这般大了，还是不老成。"时霖道："我正在这里看人家做好戏哩。你们自己鬼鬼祟祟，倒来说我。我们许多人各处玩了一遍，后来又齐集在前面厅上吃茶。吃了半天茶，还不见你们两人，大家都以为你们是躲在假山洞里面做什么勾当去了。就派我来寻你们，我在那边兜了一个大圈子过来，直到此地，方才寻见。本想招呼一声，后来看着你们这幅甜蜜蜜的情景，实在不忍惊散这一对好鸳鸯。便老实不客气，想独自一人暂且赏鉴一会再说。我只怪秋红好狠心！为什么要把你那王大人推开了？不然，还正有整本的连台戏，可以看下去哩。"王吉庶红着脸笑道："你休得胡说。"秋红更是发急，口中说道："你这样随口乱嚼，看我有得饶你！"说时便赶过来，想去扭他的胡子。时霖忙道："好了，好了。算我错，不要闹了，大家都往前面吃点心去吧。"

当下三个人便走出亭子来，到了前厅，大家见了又无非是一阵嘲谑。这时已是红日西斜，大家略进面点，便一齐出了园门。各乘马车纷纷归去。

王吉庶回到家中，身体觉得很是疲乏，就提早安歇。明日清晨起来，盥洗已毕，便踱到他那间签押房中来。正想叫人去请老夫子进来，斟酌昨天所说的那个电稿。忽见那个门房很匆忙地走进来，对王吉庶说道："外面有个年纪很轻的人，说是正谊学校的学生，有要事求见。现有名帖在此。"说罢呈上一张名帖来，王吉庶接过来一看，居然是恭楷写着一行很整齐的小字道："门生徐怀仁"。王吉庶道："奇了！这徐怀仁来见我做什么？想是要来求情了。"便对那门房说道："你去对他说不见。"门房领命去了。不多一刻，又进来禀道："那姓徐的学生说是一定要见。情愿见了之后，有什么不是，再等候治罪。"王吉庶道："这就奇了。你看他显着什么凶恶的样子么？"门房道："没有，他只一味嬉皮笑脸地央求着，要见一面就是了。"王吉庶道："既如此，就领他进来，在花厅上见吧。"门房应了一声"是"便回身出去。王吉庶生怕徐怀仁此来，有什么恶意，暗对贴身服侍的两个家人，吩咐了几句，这才走到花厅中来。这时徐怀仁已由门房领着进来了。徐怀仁见了王吉庶，恭恭敬敬行了个鞠躬礼，王吉庶等他行礼已毕，对他脸上一看，着实吃了一惊。正是：

踵门干谒非无故，觌面惊心别有因。

第十五回　爱情摄影园林藏春色　庆功开宴樽酒赏秋红

王吉庶虽然为了搜查革命书的事情，天天在这里提起徐怀仁。究竟徐怀仁是怎样一个人？因为正谊学校的学生很多，他自己除了开学或是举行什么典礼以外，又轻易不到学校中来，就是偶然来了，也从不曾和学生有什么接洽，当然站在面前，也不会认得。但是他这时候蓦然瞧着怀仁，竟仿佛面貌很熟，就在近几天里面见过的一般。再凝神一想，可真不得了！原来今天恭恭敬敬对他行礼的徐怀仁，便是昨天在愚园树林里面，大声叫好的那个少年。

王吉庶记起了昨天的事情，就知道来头有些不对。连忙自己镇定心神，依旧放出一副很严厉的颜色来问道："你今天来见我，有什么事？"怀仁笑嘻嘻地答道："既来求见，自然有事奉禀。但这件事说来话长，还请监督赐个座儿，立谈之间，只怕不易明白哩。"王吉庶点点头道："既然话多，那么就坐下来说吧。"彼此坐定之后，徐怀仁却又不讲话了。望着王吉庶，只是微微地笑，笑得王吉庶不好意思起来了。又厉声道："你既说是有话要讲，何以又一言不发，只管傻笑？难道你这个人是有神经病的么？"怀仁道："学生没有神经病。只是近来略染了一种相思病，有时无缘无故，就会这样呆呆地想着，把要做的事都忘记做了，要讲的话都忘记讲了。务请监督姑念学生年少，性情不定，才会犯了这种毛病，格外加以原谅。"王吉庶明知话里有因，却不敢和他多兜搭。忙道："你这些话，简直有些语无伦次，不许胡说，快讲正事吧！"

怀仁道："监督说学生语无伦次，学生也只好自认是语无伦次。大概一个人到了情急的时候，说出话来，总是语无伦次的。至于监督吩咐学生快讲正事，学生原有正事要说，不过在未讲正事之前，还有一句闲话不能不谈。就是监督虽在病后，近来的气色却非常之好，学生自幼除读书而外，又学会了一种相术，无论见了谁，都喜欢和他相一个面。往日在学校中见了监督，心中就十分敬慕。因为监督的相，天庭饱满，地角方圆，举止又稳重，声音又洪亮，依相书所记，确是个天然的贵相。将来至少也有个督抚的身份，决不限于目前的地位。学生等忝列门墙，他日也可以追随师座，得着些好处，私心很自庆幸。……"

怀仁这一番话，滔滔不绝地说着。虽然说得王吉庶莫名其妙，但因为王吉庶确也生性喜欢谈相，并且自负相貌好，倘然有人说他是大贵之相，将来一定位极人臣，他就乐不可支。即使心中有什么烦恼，有什么愤恨，都可以立时消释，换出一副笑容来。所以他这时候虽然见了怀仁，很有些疑怪，也很有些恼恨，然而一听他这样恭维着自己的相貌，不由高兴起来。忙道："你也会看相么？听你所说的话，倒果然像个内行。星相之术虽算不得正经的学问，却也为儒者所不废。读书之暇，加以研究，总比博弈饮酒来得好了。"怀仁也正色道："监督教训得极是。博弈饮酒，自然是无益的。而酒字底下这一个字，却更犯不得……"王吉庶听他这句话，却又有些刺耳，依然怔住了不则声。

怀仁又笑道："我们言归正传，还是谈相吧。照相书上说，相貌好还要气色好，相是生定的，所以主命。气色是随时变化的。所以主运。倘然有命无运，也就不好。学生才进门来，望见监督红光满面，这个气色真好得异乎寻常。依学生断来，多分是交了桃花运，想必是近日以来遇着什么特别喜事。"一句话未说完，王吉庶知道他的谈相，谈来谈去，依然有为而发。忍不住将桌子一拍道："你私藏禁书，身犯重罪。监督正要重重地办你，今天突如其来，我还以为你是自知改悔，到此求情，少不得念你年少无知，或者可以容情一二。不料你还是胆大妄为，竟敢信口胡柴，侮辱师长，真是犯上作乱，罪不容诛！好，好，是你自己撞来，也省得我费手脚，再来拿你！"说时，回顾旁边站着的两个家人道："你们与我将他捆起来，交给护勇，看守好了，再听候办理。"那两个家人答应了一声，恶狠狠就要动手。

怀仁却一些儿没有惧怕，转冷笑了两声道："监督且请息怒。学生因为监督喜欢谈相，所以忍不住说了几句。如今监督既不准学生谈相，学生就不谈也罢。学生此来，原有一件重要东西，要奉呈监督，闲话说得太多了，倒忘了正事。监督要绑我也好，要杀我也好，且请看了这件东西再说。"一面是这样讲，一面便用手在衣袋中摸索。王吉庶眼看着他这副神情，估量着怀仁是要掏出什么利器来行刺了，惊得从座椅上直跳起来。连连躲避，又连连向着那两个家人道："你们还不动手么！"谁知那两个家人，也只怕怀仁掏出手枪来。这是性命交关的事，如何敢迎上前去？见王吉庶逼着他们动手，虽然口中答应，两个人四条腿却不肯上前，只望后退。说时迟，那时快，王吉庶和两个家人正预备夺门逃走，怀仁身畔的东西，却已掏出来了。举在手中，向王吉庶一扬道："我只是一个纸包，又没有别的物件，你们何消惊慌得如此模样？"王吉庶见他手里拿着的果然是薄薄一个纸包，料想没有什么危险，才把这颗心略略定了。那两个家人也登时胆大起来了，立刻走上前来。一个将纸包抢过去，递与王吉庶，一个便将怀仁一把衣领揪住了，候着王吉庶的命令。王吉庶接过纸包，放大了胆，拆开来一看，却是一张照片。说也奇怪，王吉庶一见了这张照片，顿时满面涨得绯红。忙挥着手对那两个家人说道："你们放下了他，都出去吧。我自有话和他讲哩。"两个家人觉得十分骇异。听王吉庶这样吩咐，也不敢多说，便放下了怀仁，退出门外去了。

王吉庶这时转和颜悦色地对怀仁说道："你这张照片是从哪里来的？"怀仁道："这张照片，学生也是从无意中得来。学生前几天，因为自己已犯了私藏禁书倾向革命之罪，知道监督要从严办理。学生一想，这件事从严办理起来，罪名很大，说不定要杀头，或是充军，大概此命休矣！便赶紧在四马路一家照相馆里，拍了一张照片，想寄给家中的父母。教他们日后看不见儿子时，但看看我的照片，也可聊以慰情。今天早起，估量着我的照片已经印好了，便亲身去取。顺便又受了朋友之托，教我在那照相馆内收集几张妓女照片。学生这个朋友是办报的，他在报上特辟了《春江花事》一栏，专记载些堂子里的事情。有时还拣几张红倌人的照片，印将出来，引起阅报者的注意。所以他这张报销路很大，听说政界里面也颇有人喜欢看他的报纸。不但是本埠，连外埠也常常大批地寄出去。据他说单是南京一处，要销去一千多份，连制台衙门里的人，有一大半都是他那里长期订报的老主顾。（不说督署中人要看，就吓不倒老王。）不过他搜求照片却也煞费苦心，一面向自己认识的妓女，殷勤索取，一面又常向各照相馆中去寻觅。今天知道学生到照相馆里去，又把这件事托我。但是学生踏进了照相馆一看，见四面挂着的照片，简直找不出一张好的来。便问那些伙计说，除了挂出来的而外，可还有什么好的照片？我要买几张。价钱贵些，也不要紧。内中有一个伙计，便对学生说道："这几天自己馆中，确没有照着什么好相片。只是有人家托代印的一张照片，上面有个女人生得实在标致，听说也是上海名妓。可不晓得叫什么名字。这张照片是和一个男子同拍的，这男子想必是她的恩客，所以照上的情形，十分肉麻。现在已印好了，还没有拿去，不妨给你看一看，卖是万万不能卖的。学生听他说得这样郑重其事，便教他姑且拿出来一看。谁知不看犹可，一看时便把学生惊得呆了！监督的明鉴，像这种照片，如果被别人看见了，这照片上面的人岂非从此声名扫地？倘然是寻常的人，倒也罢了。偏偏又是个堂堂大员，而且以道学著名的，一旦传扬出去，真是非同小可！学生生性原是很愚拙的，到了这个当儿，简直急得没有法子。好容易摸耳挠腮，想了半天，才得了一个计较。忙向那些伙计说道，'你们可否将这个照片私自卖了给我？我愿意出你们十块钱。'那些伙计一听，一张照片好卖十块钱，倒也是好生意。便道：'既如此说，就将你手中一张卖了给你吧。大概你老兄也是个好色之徒，一见了照片上这个女人，生得如此美貌，就不肯放了。拿回家去，倒好在夜中放在枕边，细细地看着，解解你的馋渴。只是女子虽好，看了那个男子，不觉得有些讨厌么？'（此语何堪令王吉庶闻之）我连连摇头道：'你们休得胡说！总之快快卖给我就是了。也不必管我是有什么用处。只是一层，我出了十块钱的重价，不能单买这样一张。须要把所有印好的照片，以及那张底片一齐卖给我。'那些伙计便一个个双手乱摇，说：'这个却万万不行。我们因为你急于要买，便想特别通融，私自卖给你一张。这已经是很不规矩的办法了。至于其余印好的那几张，以及底片，这是别人的东西。你拿了去之后，那托我们代印的主顾，前来索取，教我们拿什么来还他？那时节人家一定要不答应，闹起来原是我们理屈。如何吃得住？'我听那些伙计的话，说得也实在有理。便央告着他们道：'你们的话，固然不错。但是我对于这张照片，不见则已，见了之后，无论如何非买去不可。你们只当做做好事吧。'那些伙计都笑道：'左右是一张照片，为何将你急成这个样子？大概这里面总有些特别缘故。'我道：'实不相瞒，这照片上的女人，和我并无关系。那个男子，却是我的大恩人。（大恩人三字明明反射，亏他想得出来）这张照片传扬出去，于我的恩人前程大有妨碍，所以我不能不连底片买去，一齐销毁了，就此了事。'那些伙计听学生这样一说，越发拿乔，执意不肯。到后来学生急得几乎向他们磕头，他们还是置诸不理。学生逼得无法，只好赶回去将这件事对我的朋友说了。拉他一同到照相馆中，知道伙计是不能作主的。便寻着那老板，商量了好半天。幸而学生的朋友和这家照相馆的老板，素来相熟，而且交情很厚。说来说去，口气才渐渐松动了，又贴了他几十块钱。那老板始勉强答应道：'说不得那托印的主顾来时，只好拼着挨骂。但说是一个不小心将底片弄坏了，愿意赔偿损失，料想他也是熟主顾，不至于十分为难。不过这种话一说出去，照相馆的名誉就坏了。'学生听说，便再三向他道谢，才算如愿以偿。将底片连那几张印好的照片，一齐拿了。回到朋友家中，不料学生的朋友，又要出花样了（不是朋友出花样，实在是老兄自己太会出花样了）。他说照片上的妓女和那一位男子，我都认得。这正是报纸上的好材料，想把他刊印出来，一定可以轰动一时。学生听了，格外着急。说这张照片一登了报，岂不比流传在别人手中，更来得不好了？学生的朋友说横竖好与不好，都是别人的事，与你什么相干？学生一定不答应，又和他闹了半天，几乎发狠与他绝交，他才不敢抢去。学生便把那底片和几张印好的照片，很严密地锁在箱子里。只拣了这一张来送给监督。并且要请示，像这种照片，还是立刻毁去，还是另有办法？悉听监督的处置。"

王吉庶这时静静地听着怀仁的话，一言不发。直等他讲完了，才慢慢地问道："你可曾问那照相馆主人，托他代印这张照片的主顾，到底是谁？"怀仁道："这个学生倒没有注意，未曾问明。"王吉庶冷笑了一声道："何必问呢？托他们代印照片的人，我倒早已知道了。这一张照片很小，分明像是用手提快镜摄取的。（王吉庶倒也内行）要追求这张照片的来历，只要问昨天在花园内树林中，提着一个小黑匣子，鬼鬼祟祟窥探一切的那个混账人，（王吉庶的词锋，却也不弱）就知道了。明人不必细说，照片在手，自然要有个办法。不过我久历宦途，也断非鬼蜮伎俩所能中伤。如果认为有挟而求，肆无忌惮，那就看错了。"（还要吹牛）

怀仁听他这样说，心中暗暗好笑。忙道："监督太言重了！学生特地来此献上这张照片，原是深感监督平日栽培之德，略效微劳，并无别的念头。如今话已说完，又要转入正文了。学生原是个待罪之人，到底应该怎样惩治，还请监督依法办理。学生绝无怨尤。至于这照片的问题，原是无关紧要的，监督尽可不必过虑。"说着就像要转身退出门去的样子。王吉庶又狠狠地对他瞪了一眼道："话不是一句两句说得完的，你且坐下再讲吧。"怀仁笑道："学生原觉站得有些腿酸了。"说时便老老实实地依旧坐下，脸望着王吉庶。

王吉庶着实踌躇了半晌。便道："你的意思，我也明白了。是不是要我成全你？"怀仁道："这个悉听监督酌量办理。倘能格外成全，学生自然感恩匪浅，万一不能，却也不敢强求。"王吉庶又慢吞吞地说道："也罢。好在这几天因为别的事情耽搁了，电报还未发出去，总算是你的造化。我如今便成全了你，将你私藏禁书的罪名，一笔勾销，既往不咎，给你一条自新之路。但愿你以后能够痛悔前非，安分求学，不再妄为，也就罢了。"怀仁道："蒙监督如此宽宥，学生已是喜出望外。不过人心原是不知足的，学生不揣冒昧，还有一个要求。学生求学的志向，是很切的。如果从今以后，失却了求学之路，弄得将来一无成就，成了废人，倒不如今日之下，为了私藏禁书，从重治罪，就是一死，却也干净。"王吉庶道："听你之言，莫非想我依旧收留你，重入正谊学校么？这个却是做不到的。我虽身为监督，但这正谊学校是朝廷所设立的，并非我王氏的私塾，可以由得我一人不顾理法，随便做去。这一回在你们房中搜出革命书籍，这是全校所共见的，如今格外从宽，恕了你们的罪，不加深究，已经无以服众。万一给上头知道了，我更不免担着个庇护学生、蒙蔽上宪的处分。假使再不将你们开除，依旧随班上课，若无其事，试问成何事体？"

怀仁道："监督的话，一些不错。可是学生所要求的，并不是想复归原校，实在别有所图。学生敢大胆说一句话，这正谊学校，虽不能说是不好，但学生却志不在此。便是没有眼前这桩事情，也未必想久于斯校。学生的意思，颇想留学日本，而又苦于家贫不能自备资斧。想求监督栽培，能设法补上一名官费生，便感激不尽。"王吉庶道："这句话真是越说越远了。要补官费生，这件事谈何容易！一来眼前并无缺额。就有缺额，我也不在其位，无从保举。况且你是个犯了事的学生，我如果贸然保举了你，被别的学生知道了，岂不要哗噪起来？这是更办不到的了。"怀仁道："监督既不肯栽培，学生也就无法，一切事情都待将来再说吧。"说时又要立起身来，王吉庶道："且慢。待我来替你想个办法吧，要教我保举你补官费生，实在是万难做到。逼不得已，且由我自己贴补你一千块钱，作为补助费。你得了这笔钱以后，到日本去也好，不到日本去也好，横竖我总算已经尽了我的心力。除此以外，我也别无办法。你有本事，凭你去闹就是了。"怀仁忙立起身来道："蒙监督如此相待，学生人非草木，将来如有寸进，誓当图报。"王吉庶道："我也并不望报，我知道你是个很厉害的角色，只是心术未免太差了些。此后如肯归正，也自然能出人头地。若一味施弄狡狯，只怕总有吃亏的日子。未必一生一世，可以诡计争胜哩。"怀仁听王吉庶说到这几句话，倒有些感动，忙道："监督训诲得极是。学生自当牢记在心，不负今日这一番厚意就是了。"（两个人对讲了半天的假话，只有末了几句却都是真话。）王吉庶点了点头道："但愿如此，你且去吧。"怀仁便又恭恭敬敬对王吉庶行了一个鞠躬礼，才肃然告退。

当天晚上，王吉庶就差人送了一千两银子的庄票来给徐怀仁，怀仁回了他一个谢禀。又把那张照的底片，和其余已经印好的两张相片，一并附在信封内，教来人带去。于是一天风云，就此完事。

如今且说温如国雄二人，住在家中，虽已知道怀仁对于私藏禁书之罪，独自承当。将他们两人，出脱干净，可望无事。但王吉庶对于此案，既主张严办，不知怀仁是否要吃大苦？他们两人都是很重友谊的，因此依旧忐忑不宁。这天傍晚，两人正在那里谈论这桩事情，忽然接着一张请客条子，却是怀仁在四马路杏花楼请客。那请客票后面，还写着："有要事面谈，请立即驾临。"旁边加了好几个圈。温如便对国雄说道："怀仁此刻正是吉凶未卜，忧虑不遑，何以忽然在馆子里请起客来？"国雄道："他条子上既然写着有要事面谈，谅必又发生什么事故了。我们还是赶快去一趟吧。"当下两人便一同出门，急急地向杏花楼来。按照请客票上写着的房间号数，跨进门去，一看情形，却又十分诧异。原来围着桌面，已坐了好几个人。怀仁坐着主位，其余便是陈性初、朱德山，以及好久未见的那位国光太郎，和一个不相识的少年。而坐在首席上的，却是一个年轻女客，梳着一条辫子，穿着一身极艳丽的衣服。看那打扮，完全像是个妓女，却又颇为面熟，仿佛在哪里见过的一般。

温如国雄见座中有女客，便有些趑趄不前的神气。怀仁却早已站起来，哈哈大笑道："你们二位，一定猜不到我今天在这里请客，是为的什么事？我先告诉你们吧，这是我的庆功宴。高居上座的，便是我的功臣，明白了这个，便不会认差题旨了。至于详细情形，且请坐下，等一会儿酒醉饭饱，再让我细细地说与你们听吧。"温如国雄听了，更是莫名其妙，却也不便多问，只好坐下再说。一面向同席的人，一一招呼，才知那不相识的少年，便是国光的舅爷和迪。

这时候怀仁又笑对二人说道："如今正讲究男女平等，你们两位何以专向男客招呼，却放着这位女客，理也不理？待我来替你们介绍一下子吧。这位女客，年纪虽小，却是上海花界中很有名的秋红。"一面又向秋红说道："这两位都是我的同学，一位姓温；一位姓华。"秋红便含笑立起身来，向二人点了点头，又含含糊糊地叫了一声，却也辨不清她口中叫的是什么。招呼过了两人，便又坐下来对怀仁笑道："徐大少真会说。谁是花界中很有名的？你是代我吹牛，我倒很觉得难以为情哩！"怀仁还未答言，那和迪早抢着说道："花界中很有名，这倒是句实话，不必客气。要不是有名，也不至于害得那位王大人要生相思病了。"秋红听着，便横了他一眼道："说你不过。有生客在面前，请你客气点，少讲两句吧。"和迪也就一笑无言。温如听和迪提着王大人三字，才猛然记起这一个秋红，原来便是那夜在一家春番菜馆中，和王吉庶在席面上相偎相倚，做出种种丑态的那个妓女。徐怀仁何以忽然请了一个妓女，高踞首席，还要说是功臣。真不知这一席酒，鬼谷子又在那里弄什么玄虚了？

再看怀仁时，只管一面说笑，一面吃喝，其余各人也高兴非凡。一会儿和迪又闹着要叫局，国光也附和着。怀仁便叫堂倌拿局票来，一面握着笔，一面问和迪道："老兄不用说，是叫花云仙了。"和迪点了点头。怀仁正要写局票，那秋红忽然伸手过来，将局票抢了去。说道："今夜同席的人，无论是谁，一概不许叫堂差。"国光道："这就奇了。别人叫堂差，与你什么相干？为何要你拦阻？"秋红笑道："我自有我的道理，所以要拦阻你们。"和迪道："你有什么道理？难道说大家不许叫堂差，就拿你一个人作为公共的堂差么？我看席面上有了这许多人，你小小年纪，一个人只怕也应酬不了。再者你今天是来做客人，不是来出堂差。我偏要闹个新鲜玩意儿，不但我们叫了堂差，还要代你叫个堂差，看你怎么处？"怀仁道："这个可万万使不得。人说龟嫖龟，要罚三担灯草灰。那么倌人嫖倌人，更不知要怎样处罚哩。"（请问先生，怎样处罚？何不也罚他出一千两银子呢。）

秋红道："你们这几个人真是口中吐不出象牙来，你们叫堂差，在平时原不干我事。今夜却有我在座，叫来的堂差，我一大半都是姊妹淘。向来认识的，他们看见了我坐在首席上，自然觉得十分稀奇，免不了要动问徐大少，为什么要请我吃酒？那时节徐大少自然不会拿实话来告诉她们，但是她们却免不了要瞎猜一阵。就算我们的事情，不会被人猜着。但是徐大少请我吃酒这句话，如果一传两，两传三，吹到那边耳朵里，我已经有些吃不消了。老实说，徐大少再三托我帮忙，我原是不肯的。只因钦大少说徐大少这个人，十分精明，替他做事，再也不会闹穿。我自己看着徐大少，也像是个很精明的人，故此大胆答应下来。但是今天你们何以又如此粗心？只顾叫堂差热闹，却想不到我有一层为难之处哩。"怀仁听秋红这样说，便道："秋红这话，却讲得不错。我们今天还以不叫堂差为是。"秋红这才回嗔作喜。和迪国光二人，却因不叫堂差，就觉得无趣，便走过去嬲着秋红，要灌她的酒。秋红也和他们打情骂俏，闹个不已。温如瞧着，实在有些看不上眼。又过了一会，秋红便对怀仁说："家中还有人在那里做花头，时间太迟，要回去了。"怀仁也不再留。秋红一去，和迪国光二人便格外觉得索然无味，再也坐不住了。也一同立起身来，告辞而去。

温如待他们走后，忍不住问怀仁道："那件事情，究竟怎么样了？我和国雄二人怕你不免独自一人要吃大苦，正十分惦念。你却还有心情，在此请客吃酒。而且又请了这样一个妓女，还说是庆功宴，到底是怎么一回事？方才人多，我也不愿多问。如今他们都走了，在座只有性初、德山两兄，这是要好朋友，无话不谈的。你何妨将此中细情，说与我们知道呢。"怀仁道："这自然难怪你要问，你便不问，我也要告诉你了。在这件事情发生之后，我不是说或者可有补救的方法么？我那时这样说着，确乎不是凭空吹牛，实在已定了一个主见。我这个人向来是喜欢设法制人，而不愿为人所制的。你能制人，人家自会来求你。你若受制于人，便颠倒要去求人。人来求你，无事不可成。等到你去求人，那就万分困难了。讲到搜查革命书这件事情，其关键自然在王吉庶，假令王吉庶不和我们作对，自然就没事了。但是要使王吉庶不和我们作对，就是一件难事，必须先想个方法，教他自以为挟了无上威权，可以制服我的，却忽然形势改变，转而受制于我，才可以迎刃而解。我为了这个问题，想来想去，总想不出一个好计较来。后来忽然灵机一动，便想到秋红身上。王吉庶和秋红很有交情，这是国光在一家春番菜馆中请客的那夜，我们在隔壁房间中，窥探得很真切的。我们在当时就识透王吉庶这人，是个假道学。但也一笑置之，并不十分在意。不料今日之下，却就在这一点上，使我的计划得以成功。我一个人用尽了心思，暗想我自己会的是照相，倘然能将王吉庶和秋红两人那一种肉麻神态，拍了一张照片，拿去要挟王吉庶。不怕他不就我范围！你们大家，谅也知道王吉庶是以道学受知于方制军的，假使他在外面挟妓饮酒这种事情，给方制军知道了，自然重则奏参，轻则撤差。那时节王吉庶非但声名扫地，而且前程不保，这自然是他所最畏惧的。不过我轻易哪里找得着这个机会，去和他们两人摄这张爱情照片呢？我为要解决这个难关起见，便又想到国光的丈人钦时霖。我记得那天晚上饮时霖老夫妻两人，在一家春大打出手，不是很闹了一场笑话么？

"钦时霖既和王吉庶在一起吃酒叫局，想必是熟人了。我起初的意思若能设法叫时霖去请王吉庶吃花酒，台面上少不得又要叫秋红的局。那时等他们两人调笑拥抱的当儿，我却藏在别处地方，携了照相的快镜，替他们拍上一张照，岂不就可以达到目的？后来把这件事和国光一商量，国光便说吃花酒总在夜间，不易拍照。眼前倒有一个好机会，如今国光的干老子赵雨卿，又放了日本公使了。时霖和他既是亲家，自然要尽些情意，已约了几个好朋友，预备在愚园去摆酒替雨卿饯行。并且说定各人都要带局前去，但是国光在雨卿那里看请客的知单，却并无王吉庶在内。大约因为他新近生病还未痊愈，所以没有请他。如果将王吉庶一并邀请在内，那么偌大一座园子，到了这一天，正不愁没有地方可以拍着他们的照了。我听了此话便央求国光为我设法，撺掇他丈人去请王吉庶。国光摇着头道：'此事我实在无能为力。我虽然结婚多时，见了这一对丈人丈母，简直不敢和他们多说话。要想法子，非找那位舅爷不可。'

"当下我又做了一个小东道，央求国光去转约了和迪，在一家馆子中小吃。和迪的为人虽然花天酒地，十分胡调，生性倒还爽快，和国光也很好。国光介绍我和他见面之后，老实不客气就将我的要求，对他直说出来。和迪也就一口答应，包可办到。我还叮嘱他说对于尊大人，只可另想一种别的话去说，万不可提明我的事情。和迪道：'不然还是说明之后，里应外合给你一个拍照的机会，来得便当。否则你这样鬼头鬼脑前去拍照，也许被他们看见了，要赶出园去，那就糟了。'我听他讲得有理，且自由他。说也好笑，和迪将这件事对他老子一说，他老子起先果然不肯答应。说他和王吉庶是好朋友，如何能使他上当？将来事情发觉以后，岂非对不起朋友？和迪倒也没有话可以回驳他老子。便另用一种方法来吓着他道：'这样小小一桩事情，想求你老人家都不肯答应，真是有意作难！这件事就使闹僵了，王吉庶也不能怪你。你只请他吃饭，园中人很多，到底是谁拍的照，你尽可以推说不知。难道王吉庶好着落在你身上交出这个拍照的人来么？你老人家要是答应了我便罢，如其执意不肯，我便把你们挟妓游园的事情，去说与母亲知道，教你酒吃不成，先吃一顿打。'时霖见他儿子这样说，吓得把舌头吐了出来，半晌缩不进去。忙道：'你千万不要告诉你娘，我准定依你，去将王吉庶请来就是了。'

"王吉庶既然加入游园，我的计划自然告厥成功。那天躲在树林中，看着他们这一副你亲我爱的丑态，比一家春菜馆中，又不知要加上几倍。幸亏是我，要是德山老哥在那里偷看时，早已瘫化在地不能动弹了。哪里还会拍照呢？"朱德山道："你如今还有照片在身边么？"怀仁道："我连底片和所印的照片，一齐送给王吉庶了。可是还剩着一张，不妨请你们大家赏鉴赏鉴。"说时便从身边掏出一个皮夹子来，在皮夹中拣出一张小小的薄薄的照片来。想递给温如，德山却已抢先接了过去。大家就灯光下看时，都不禁大笑起来。国雄道："你的摄影术很有进步了，小小的照片，居然印得这样清楚。"怀仁道："这不是我自己印的，我拍了这个照以后，生怕自己手段不佳，印得不好，那就没有机会可以重拍了。于是预先就约定了一家日本照相馆，教他们代印。我和那馆主人很熟识，一来知道他们印得好，又印得快，决不会误事。二来他们是日本人，当然不会知道照片上是什么人，倘使送到中国人开的照相馆里去，也许他们有人认得王吉庶，顿时到处传扬，岂不于王吉庶大有妨碍？我到底和王吉庶并无仇怨，除了自己有个目的而外，何必真要破坏他的名誉呢？"性初点点头道："这些地方，倒也见得你朱德山又插嘴道："我想要求你一桩事情，这张照片，就送给我吧。让我没有事情的时候，拿来看看玩玩，也好解闷。"怀仁听说，劈手将那张照片夺过来。说道："傻子，你要这张照片做什么！难道真好把他当作什么西洋景看么？"一面说，一面又划了一根火柴，将这照片烧了。德山这时噘着一张嘴，好像很不快活似的。怀仁道："老朱不必着恼。我并非是小气，不肯给你，实在因为我已当面答应王吉庶。决不让这张照片再流传在别人手里，所以要把它毁弃得干干净净。否则我就是言而无信，太不道德了。"温如道："你已见过王吉庶和他开过谈判么？不然怎么会当面答应他，毁弃这张照片呢？"怀仁点点头道："正是我还有许多话，要告诉你们呢。被老朱一搅，便将话停住了。"说着便将他去见王吉庶的这种情形，以及彼此对答的一番说话，都细细地说与大家听了，大家都拍手笑个不住。

怀仁却在这当儿又向身边掏出一个纸包来，交与国雄道："这里面是一百块钱钞票，奉还给令叔的。不过他喜欢鹰洋，我却依旧换了钞票。他或者要不放心，还是请你担保一声，说绝无假票吧。"国雄笑道："这些笑话，还去提它则甚！倒是这笔款子，何必如此急急。"怀仁道："不然。这笔钱倘然是你的，我便永久不还也可以。这是你们令叔的，他老人家看得钱何等郑重！我要是不还，连你们的耳根，都休想清静了。"国雄听说，也便收了起来，不再和他客气。温如又问道："你那天立刻要借一百块钱，毕竟作何用度？"怀仁笑道："我在借钱的时候，以为这笔钱或者要用在国光身上，因为国光是个贪利之徒。我如今有事去求他，若不用些贿赂，怕他不肯为我出力。谁知他这一回对于我的事，倒慨允帮忙，并没谈到钱，我也就落得省了。但是后来究竟还如数用在秋红身上。"德山道："好好的一百块钱，为何用在秋红身上？难道你也要去转她的念头么？"

怀仁道："老朱真是个好色之徒，一开口就是这种论调。我在这般时候哪里还有心情去转秋红的念头！只因我要串这一出戏，秋红也是个主要人物，须得她在拍照的时候，将一种肉麻的神情，做得淋漓尽致，我这张照拍了来才格外有精彩。况且在什么时候什么地方拍，预先暗中都有关照，不和她疏通，哪里可以办到？好在和迪与秋红也是很熟的，论起实际上的交情来，只怕比王吉庶还来得深些。（王吉庶可叹）所以又托和迪将这件事和秋红商妥了，拿了一百块钱衣料，送给她，相约着彼此对于这事严守秘密，除了内幕中几个人而外，不能给外头人知道。我今晚开了庆功宴，所以特地用请客票请了她来，还让她高居上座，就是为此，她所以不许我们叫堂差。生怕泄漏机关，也就是为此。如今话已说完，你们四位想可以明白了。"

四人听了这才恍然大悟，都道："果然神机妙算！鬼谷子的徽号，真是当之无愧了。"怀仁很得意似的笑了一笑，便道："我们话说得太多，酒也凉了。教堂倌去烫壶热酒，来痛痛快快地再喝几杯吧。"性初道："且慢喝酒。你今天说了这样一大篇话，可算得是很好的新闻。但是我也有一桩意想不到的新闻，正要报告你们哩。"怀仁道："是什么事？何妨谈谈。"性初道："你们倘然要听，索性等我讲完了再喝酒。也许我所讲的事，你们听得高兴，要浮一大白哩。"国雄道："你快讲吧！不必尽闹这些开场白了。"性初道："我所讲的事，依然和怀仁兄同一来源。便是野鸡大王被捕以后的情形。你们可知道野鸡大王被捕以后，方制台到底作何处置？"温如道："我们正在怀疑，何以这几天报上对于此事，不见有什么记载？正猜不出是怎样办法，也许就将野鸡大王轻轻地结果了呢。"

性初摇着头道："非也。昨天我家叔从道署里回来，对我谈起，才知其中情事，十分有趣。家叔和督署里一位文案老夫子是换帖弟兄，这位文案老夫子恰巧因事到上海来，便将一切经过很详细地告诉了我们老叔。大概是很确的。就在那野鸡大王被捕的第二天，方制台忽然接着一封信，信上面的大意，说是听说你近来无端要行使威权。专以捕捉革命党为事实，实在可恨！实在可笑！要知真正党人，绝非官中侦探所能捕获。凡是侦探邀功，任意诬陷，决不可以轻信。就像这回所捕的野鸡大王，又何尝真是革命分子？似这般小题大做，直是庸人自扰。至于捉了野鸡大王之后，还要寻根究底，意在到处株连，妄兴大狱，尤为老悖。因此提出警告。深望从此悔悟，不再妄为。否则自有相当手段对付。制军之尊，在吾辈视之，简直不值一钱！务望三思。下面的署名却是女侠李悟非。方制台看了这封信，自然不免有些愤怒，也有些惊恐。但以为这种书信，不过是野鸡大王的党徒所为，是一种恫吓手段。无非想借此，使当局有了戒心，不敢严办就是了。因此还不把这件事放在心上。谁知过了两天，居然又发生出一件很可骇怪的事情来了。"正是：

自有奇才出帼巾，惊心动魄一封书。

第十六回　聊遣老怀绛帷收弟子　略施小计绣闺锁先生

席间的人听性初这样说，便不约而同地齐声问道："到底发生了什么事情了？大概总又是一段好新闻哩"。性初道："不错。的确是一段好新闻。不过我在没有说明这件事情以前，先有一个问题，要请大家回答一下子，也算试验我们的识力。在你们意想中，那位方制台，究竟是怎样一个人？"温如道："据外面的称道，都说方制台这个人，是言方行表。但照这次大捉革命党的举动看起来，显见他性情偏执，遇事张皇，大约也不过一个迂夫子罢了。"国雄道："古语道得好：方以类聚物以群分，他竭力赏识的这位王观察，也只是这样一个人物，那么料想他自己也就高明不到许多了。"性初听着，笑了一笑。

怀仁道："你们两位所讲的话，只怕依旧不得要领。性初兄何以忽然提出这个问题？其中一定含有特殊的意味。据我猜想，天下越是面子上古板的人，内幕中越是靠不住。只怕他平日专以屏绝女色告诫属僚，而这回的事情却依然脱不了色字的范围。也许其中还包藏着什么风流艳史哩。"性初点点头道："到底是怀仁兄乖觉，说话比较的来得中肯。方制台虽算不得风流，更说不上香艳，然而这一次怪剧，如果尽情揭露出来，他这块天字第一号的道学招牌，却要打得粉碎。似乎比较王吉庵那块二号货的小招牌，还要来得不值钱了。"朱德山听说就提起壶来，大声说道："我生平最喜欢听的是什么风流艳史。性初兄请你好好地讲，总要讲得我们听的人能够过瘾才好。我先来代主人敬你一杯。"当下就在性初面前，满满地斟了一大杯，又依次在各人面前都将酒筛满了，说道："大家多吃些酒下去，听人讲艳史，就格外能提起兴致。"怀仁道："罢了，罢了，我劝性初兄还是不要讲罢。你才提了一个头，老朱就高兴得这个样子。万一你将方制台的事情说出来，真有些提起兴致的地方老朱又怎么过得去？少不得账簿上面，又要加上一笔付'尝鲜费'，一元了。"性初忙问道："此话怎讲？"怀仁刚要答话，德山早掩住他的口道："不许说。放着好新闻不听，怎么倒先和我开起玩笑来！"性初也道："这其中必有妙文。我如今要求怀仁兄先讲个明白，倘然你不肯讲，我的新闻也就不说了。"

怀仁忙将德山的手推开了，说道："其实讲出来，也很平常。我有一天，偶然在德山兄的书桌上面，发现了他一本账簿。顺手拿起来翻了几页，见所记的无非是些零用账，并没有什么引人注意的价值。不过内中记着有好几笔付'尝鲜费'一元，颇有些不解。便问他道：这尝鲜费大概是吃小馆子的钱，何以每次一元，都是一人独享？从没看见你请过客。他听了我的话，忍不住笑道：这个尝鲜费，自然是一人独享，如何能请客呢？我知道他话里有因，便要追问他这尝鲜费到底是什么？他起初不肯说，被我逼得急了，才肯明白宣布。原来他所谓鲜，是指鸡味而言，尝鲜者，吃鸡之谓也。若再要和他加一个注解，那么又可以说朱子云：鸡以野者为尤鲜；若家鸡则不必尝；即欲尝之，亦可白吃，无须破一元之大钞也。"怀仁说罢，大家哄堂大笑。德山却红着脸，转不作声了。性初便道："你们也不必过于调笑德山兄。如今闲话少说，言归正传吧。"当下便将这件新闻，一五一十地细说出来。

原来这位方制台的夫人，是个黑麻子，年纪固然大了，面貌又十分丑陋，然而方制台却居然牢守着生平不二色的规诫。从少年时节，直到如今，虽然身居高位，却始终守着这位夫人，从未纳妾。他夫人有时对他提议纳宠的事，反被他正言厉色讲出一番大道理来。因此众口交称，都说像方制台这样，才不愧是真正的道学家。方制台的夫人生育很繁，到如今还有两个小女儿，一个小儿子，年纪都在十岁以内。方制台一者因为他们年纪太小，到外面去读书，不大放心。二者他本人对于学堂，原不大赞成。所以请了一位女先生，在署中教读。这位女先生姓郑，说起来倒是他夫人的远房亲戚。论辈分比方大人还小着一辈，年纪也近三十岁了，却还没有嫁人。据说是信教的，抱着独身主义，在教会学校中毕过业。英文颇好，中文也很过得去，相貌又生得极好。先是方制台的夫人很赞成这位女先生，说自己的儿女得着这样一个好教师，一定可以受着许多益处。方制台向来是很听夫人说话的，夫人既满口称赞女先生的好处，方制台也就跟着说好。这位女先生在督署中教书，差不多也有两年了。

方制台平时对待他人，都讲究一个"久而敬之"。如今对于女先生，当然也是如此。日子愈久，他的敬重之心，也愈加诚挚。方制台因为自己年纪大了，这女先生又本是小一辈的亲戚，便天天见面，不十分拘礼。最初见面的时节，顺着自己儿女的口气，也称她做先生。可是那女先生十分伶俐。一面做了先生，一面对于方制台，又恭恭敬敬地执着弟子礼，称之为"先生"，时常做些诗词，请方制台指正。方制台以垂老之年，收了这样一个女弟子，又分外得意。每天公事毕后，便常到书房里去和这位女先生而又兼女弟子的郑女士，谈谈诗，论论文，一老一少，倒可称得是忘年之交了。督署中人多口杂，那些服侍女先生的丫头老妈子等，没事也要生出事来，不免就多了些闲话。并且时常在方制台的夫人面前，播弄唇舌，想借此讨好。方夫人却真贤惠，无论是谁来多开口，便是一顿申斥。说大人这样大的年纪了，又是出名的一个道学先生，他看待女先生格外隆重些，正是尊敬师长的道理。你们是什么东西！一点规矩都不懂，敢在他背后搬弄是非。教大人知道了，仔细你们要吃不了兜着走！那些人听方夫人如此说，讨不着好，倒碰了一鼻子灰，也就不敢再讲什么。

女先生的书房是在后花园中另外辟着三间精舍，右面一间是女先生郑女士的卧室，正中一间作为书房；右首一间算是起坐室，室中陈设得很是雅洁。方制台每到郑女士这里来，据说都坐在起坐室中。除了研究诗文而外，偶尔高兴，便和郑女士下棋饮酒，方夫人也时常参加，不过不参加的时候，也并非没有。总之方制台性好雅静，暮年得此，自不乏佳趣。也不必多说。最近方制台因为野鸡大王被捕，正天天和幕中几位老夫子，以及几个重要的属员，讨论处置革命党的办法。便觉得公务很忙，有好几天不到女先生那里去上课了。这天晚上，他的小女儿放学回来，忽然笑嘻嘻地对方夫人说道："母亲，先生一向说没有朋友，今天却来了一位女客了。"方夫人道："是怎样一位女客？"他女儿道："那女客年纪很轻，生得很标致。对我们先生一口一声叫姊姊，我先生便叫她妹妹。她们两人姊姊妹妹叫得很亲热哩。听说这个女客，今晚还要住在此地，先生已经叫人吩咐厨房里备了些酒菜，预备请她吃饭。所以今天连放学都格外放得早些。我才和哥哥说，要是这女客天天住在这里，我们可以天天早放学，倒很快活了。"方夫人道："要是先生请女客吃饭，也请你做陪客，你还要格外快活哩。"他女儿把头一扭道："我不高兴和先生同吃饭。有什么趣味？不如和妈同吃，爱吃什么就吃什么，够多么开心，跟先生坐在一起规规矩矩的，连饭都吃不下去了。我就不懂我爹爹，为什么常欢喜和先生一同喝酒吃饭，不和我妈一同喝酒吃饭。"方夫人道："你说说就要没轻重了。快闭着小嘴，不许多讲！"说时便望着方制台笑了一笑，方制台老脸上不免一红，便搭讪着走了出来。

顺着脚步走了一会，却不知不觉又到了书房中来了。他自己也觉得有些好笑，那郑女士一见了他，便道："好极了。我今天做主人，请我的妹妹。正愁没个人陪，太觉寂寞，如今先生来此，却好做了个不速之客。"当下便将他邀进起坐室中去，方制台走进室中，就觉得一阵香风熏人欲醉。急忙镇定心神，抬头看时，只见面前站着一个俏丽无比的女郎。穿着一件妃色缎的短袄，下身系着蛋青绸裤，并没穿裙。梳着一条辫子，望去不过十七八岁。真是生得丰韵天然，和郑女士并立在一起，便觉得比郑女士要浓艳得多了。便回头问郑女士道："此位何人？"郑女士道："她是我结拜的一个妹妹。她姓王，号韵珠，新从家乡到南京来，要想进女学堂里去读书。因为除了我以外，南京地方并没有第二个熟人。所以预先写信给我，叫我替她找一所学堂。大概要暂时在这里耽搁几天呢。"方制台听说，只把个头乱点，也讲不出什么话来。

郑女士却又转过脸去，对那女郎说道："妹妹过来见一个礼，这位就是方制台。也就是我的老师，你和我是姊妹，也跟着我称呼一声先生吧。也许过一天老师爱你聪明，也一样收你作为女弟子哩。"韵珠听说，便走近一步，对方制台鞠了一个躬，方制台也还了一礼。当时大家坐下，随便谈了几句话。看看天色将晚，那派在书房中听候使唤的仆妇丫鬟，便上来撤桌子，摆杯筷，预备开饭。方制台便道："你们姊妹，多时不见，可以多谈几句话。我还是回上房里去吃饭罢，恕不奉陪了。"说着便像要立起身来的样子。郑女士忙拦住道："先生为什么客气起来了？我方才不是说过了，正愁少个陪客，先生来得正好哩。我这妹妹，年纪还小得很，先生却齿德俱尊，已是一位长者了。大家在一块儿吃顿便饭，自然也说不到有什么避忌呀。"方制台笑道："你既如此说，我也就老实不客气了。"

当下三个人同坐了下来。方制台和韵珠相对坐着，郑女士打横，坐在主位上相陪。仆妇们先筛上酒来，方制台本来是量宏的，郑女士也很喜欢喝酒，当下便酒到杯干。韵珠却自称不会喝酒，拿起酒杯来只略沾一沾唇，不肯多饮。方制台这时和韵珠坐得近了，仔细看着她，竟和娇滴滴一朵鲜花一般，由不得要发生一种不可思议的感想。于是一面喝着酒，吃着菜，一面便逗着她谈天，顺便细问起她的家世来。起初韵珠像害羞似的，不大肯说话，方制台问个两三句，她只回答个一句半句。到后来渐渐地熟了，便也有说有笑，把自己的身世慢慢地吐露出来。方制台才知道她是一个很可怜的女子，父母都没有了，只依赖着兄嫂度日。而嫂子待她又很不好，所以想自己出外求学，留得日后一个自立的地步。她和郑女士是自小就认识而且很要好的，如今知道郑女士在督署中才分得意，（如何得意，）特地来投奔她。一者想托郑女士找个学堂，二者客中一切用度和学费等等，也还要求郑女士扶助。

方制台既晓得了韵珠的底细，又见她说话伶俐，格外动了怜惜之心。便道："据我看王小姐来此求学是很好，不过要入学堂，却大可不必。"韵珠笑道："既然求学，怎么又不入学堂呢？"方制台道："小姐年纪很轻，还是个未出闺门的女子，自然不知道学堂里的弊病。老实说，我们现在办学堂，也只是奉着朝廷的功令，不得不敷衍门面罢了。其实凭良心讲起来，什么叫做学堂？简直是陷害青年子弟的一个大坑罢了！尤其是女学堂中，笑话更多。像王小姐这样天真烂漫的女郎，一进了女学堂，无论自己主见如何拿得定，也不免要有上当的地方。所以我为你设想，不如就在署中和你这位结拜姊姊作伴，她的人品好，学问好，和你的感情又好，当然要尽心教导你。你既省了学费，而所得的学问，一定要比学堂中高出百倍。不但如此，我这个人自己知道于新学是个门外汉，但是中国文学，大概无论是眼前什么名家，见了我不能不恭恭敬敬地称上一声老前辈。我公余之暇，又生来喜欢和人家谈论文字。王小姐在这里，我虽未必好为人师，定要像你姊姊方才所说的话，收你作女弟子。但有时得便很，可指点一二，只怕也比如今学校里面，那些似通非通的国文教师，要高明得多了。"方制台说到这里，简直得意已极，由不得一手捻着胡须，哈哈大笑。

韵珠道："大人的见教，自然不错。但是姊姊在这里，已是作客。再加上我一个客中之客，岂非很有些不便么？"方制台道："小姐这句话太讲得生分了。不但生分，而且有些迂气。我和你姊姊，已是多年的师生，差不多和一家人一样。（方制台失言矣）你和姊姊同住在此，有什么不便？说句笑话，难道我堂堂督署里面，还要在你王小姐身上，算计着多开一客饭食么？况且我内人也是很好客的。又原和你姊姊是亲戚，将来见了你之后，彼此相处，一定十分要好。王小姐如果不嫌怠慢，还可以搬到上房里去，不一定要闷在这个书房里面"。（方制台的说话，简直得步进步，大有政客的能耐）。

王韵珠道："大人初次相见，就如此厚意相待很令人感激。且让我缓一天和姊姊商定了办法，再行禀告。大概总有许多地方，要仰求大人的栽培了。"方制台点了点头，又望着郑女士笑道："我在这里代你留客。你怎么倒不则一声？"郑女士也笑道："这是你自己留客，不能算代我留客。横竖一边是我的妹妹，一边又是我的老师，你们是刚刚第一天会面，彼此要客客气气地说上许多话，我却两面都不必客气，不必周旋。你们两人讲得很热闹，我乐得在一旁听着，要想说话，也插不进去呀。如今你们的话，暂时好像说完了，我倒要来发表意见了。妹留在此地，这是我做姊姊的可以作主的，就使她不愿意住在署里，我若要硬留着她，她也就不会走了。总之你们方才的说话，我全赞成。只是说话中间的称呼，我却大为反对，这一个满口的小姐长，小姐短，那一个又是左一个大人，右一个大人，叫人听着又是刺耳，又是肉麻。你们到底是在那里唱戏呢？还是在官厅上说话呢？我却不许你们闹这个排场了。方才我不是已经说过了，你是我的老师，我妹妹就该顺着我的口，称呼一声先生。你这位做先生的，也不该再这样客气唤她小姐，就老老实实提着她的号，唤她一声韵珠就是了。"说时又摇了摇头道："我的说话也还不对，要叫先生，就索性直接结上一重师生之谊。何必跟着我唤这一声隔壁先生？依旧显着不亲热。"

当下霍地立起身来，一手拉着韵珠说道："你来你来。拣日不如撞日，就算它今天是个黄道吉日，待我来引你拜见老师吧。方才见面不过鞠了一个躬，如今拜老师，却不能马马虎虎，须要磕头的。"韵珠听郑女士这样说，真个笑嘻嘻走过来，叫了一声"先生"望着方制台磕下头去。方制台正要还礼，郑女士又拦住道："门生拜见老师是不能还礼的。"方制台笑了笑，忙哈着腰，将韵珠扶了起来。说道："如此便生受你了"。这时旁边有站着伺候的仆妇丫鬟看了，都抿着嘴笑个不住。方制台此时觉得异常高兴，便提起壶来，在韵珠面前筛了一杯酒道："你虽是不喝酒的，但今天初拜老师，应该喝这么一杯，也总算是长者赐，少者不敢辞哩。"韵珠无奈，将那杯酒喝了。郑女士又接过壶来，在方制台和韵珠面前，各人斟了一杯。对韵珠说道："老师既赐了你的酒，你自然应该还敬老师一杯。这是礼不可废的。"韵珠便又举起杯来喝干了，方制台也饮了一杯。

郑女士又和两人各筛了一杯，自己也筛了一杯，先喝干了。才说道："这是我以旧门生的资格，奉贺老师和这位新同门一杯。"方制台大笑道："这更是应该喝的。"就举起杯来一饮而尽。韵珠也只得将酒喝了。

可是向不喝酒的人，三杯急酒下咽之后，便觉得头晕眼花，着实有些支持不住。又勉强挨了一会，便对郑女士说道："我觉得坐在这里，心头泛泛的，有些要吐的样子。最好让我在床上躺一歇，恕不能奉陪了。"郑女士道："你一路来很辛苦了。又向来是量窄的人，喝了几杯酒，自然要涌上来。还是睡一会的好。"当下便吩咐一个丫鬟将韵珠扶到卧室中去安睡。韵珠进去之后，她和方制台二人又喝了一会酒，喝得那位方制台也有了十分酒意了。方始吃饭，吃完了饭，方制台又是老规矩，教拿出棋盘来，和郑女士两人对弈。

那些仆妇丫鬟，是伺候惯了的，知道他两人着棋的兴致最高，往往深宵对弈，达旦不眠。所以在他们刚坐下来的时候，还在旁边倒茶递烟，略略招呼着，不敢擅离职守。到了后来，就一个个悄悄地溜开，自去睡觉，恐怕站在那里，倒扰乱了他们的清兴。这天晚上也是如此，方制台和郑女士下过一两盘之后，这些下人们，早已走得无影无踪了。下到第三盘，郑女士在一只角上，闲闲地下了一子，方制台并没注意。可是下到末了，毕竟因为这一着子没有应，方制台就输了好几子。方制台便笑道："这正是一着错，满盘输了。下棋的道理，简直是两方对垒，丝毫不能放松。你方才这一子下得真好，到后来变成里应外合的局势，我就不易对付了。"

说时又像触动了什么心事似的，便又叹了一口气道："我眼前所以要捉革命党，也和下棋的时候，要处处提防别人的闲着一般。只怕目前虽然不能为患，到了将来，里应外合，就令人措手不及。"郑女士笑道："好好的下棋，又提革命党做甚？革命党又不是什么三头六臂的，时时刻刻怕他们些什么！"方制台道："你们女孩儿家，不知轻重，说出这样风凉话来。要知有了革命党，国家前途是着实可虑哩！"郑女士道："那么我们就不必下棋了，谈他一夜的革命党吧。"方制台道："就是我要谈一夜革命党，你也不肯赞成呀！"郑女士听他这样说，便对他横了一眼。方制台笑道："且歇息一回再下吧。"说着，便起身踱出那间起坐室来。郑女士问道："你到哪里去？"方制台随口答道："我在院中走一会儿就来。"女士也就不再问了。

方制台走到院中，在墙角边方便了一会，看着月色甚好，便独自一人呆立着，仰望天空一轮皓月。在那里出神，立了好久，一阵微风过处，身上觉得有些寒意，便回转房中来。可是他这天晚上，酒喝得太多了，到这时候还有些迷迷糊糊的。又在黑暗之中，不知怎样分明要走到左首起坐室中去的，却信步走到右首卧室中来了。一进门之后，但听得很细的一种鼻息声，依旧糊里糊涂地，把今夜的事，都忘记了。以为和平常一样，是郑女士睡在床上。（平常之事可知）便不管三七二十一，走将前去，将帐子一掀。这时室中灯光很亮，方制台举眼向床上一望，才猛然提醒过来。见床上睡的，并非他人，却是今晚新收的得意门生王韵珠。只见她青丝散乱，粉痕狼藉，一个头也不好好地放在枕上，只斜欹在枕边。薄薄的一幅红绫被，只盖到胸前，显出上身的粉红衬衫来。一弯玉臂，袖子掷得高高的，露出被外。

这时节就见得方制台到底是个道学先生了，任凭他这一颗心在腔子里如何活跃，他只是竭力镇定着，慢慢地在床沿上坐了下来。悄悄地自言自语道："女孩儿家睡觉，怎么这样不老成？这条膀子，就这样的露在外面，如果受了风，着了凉，又要嚷肩膀疼了。"当下便握住她雪藕也似的臂腕，掀起被来，放了进去。这原是一番好意，但在盖被的时节，只怪他自己的几根胡须生得太长了，不知怎样竟碰在韵珠的粉颊上。这一个小小的接触，并不打紧，可是韵珠竟像受了什么电力的刺击一般，说时迟，那时快，霍地翻身坐起，伸出左手来，将方制台劈胸揪住，一面轻轻地喝了一声道："姊姊快来！"她这句话，声音是很低的，又不知怎样她那位姊姊郑女士，好像预先就埋伏在房门外面似的，便应声而进。问道："妹妹什么？"韵珠道："这可了不得！我好端端地睡在这里，这个老头儿竟挨到床上来，想对我肆行非礼！幸亏我惊醒了，不然这奇耻大辱，又从哪里去洗涤？如今非将他杀死，不能出我的气！"说着，右手又从被里拿出一件又小又黑的东西来，对准了方制台的心口。方制台认得这是手枪，顿时魂飞魄散，没命地喊了一声啊呀。韵珠便喝道："你还敢大声呼叫？再开口喊时，我就一枪结果你的性命！"方制台便又吓得不敢作声。

论理方制台虽然年纪大了到底是个男子，何以被韵珠揪住了，就动弹不得？这不知是韵珠练就了有些武艺，膂力很大呢？也不知是那一支手枪，将方制台慑服住了？所以就不敢抵抗。只回头望着郑女士道："你总要救我一救。她是我的女弟子，我绝不敢调戏她的。"谁知这句话不说便罢，一说了倒又引起了郑女士一腔怒气。顿时柳眉倒竖，杏眼圆睁，指着方制台的脸骂道："你还敢说这样的话么？越是女弟子，越容易受你的欺侮。你打量着借了这个收女弟子的名目，可以占尽一切青年女子的便宜么？如今且教你受些教训！"说时便回头望着韵珠道："我们也用不着再和他打哑谜了，还是爽爽快快地对他说了吧！"方制台见郑女士也忽然翻了脸，尤其摸不着头脑，却又不敢多说。这时韵珠已从床上直蹿下来，对方制台说道："老实对你说了吧，你道我是什么人？我的确姓王，也的确号韵珠。但有时却用着一个外号，唤作女侠李悟非。你前天曾接着我一封信，信上的话，谅来你总该记得，也总该明白。我料定你看过那封信，一定以为匿名的书函，未必实有其人。所以今天特地到此地来，和你当面见一见，好免去你的疑心。"方制台听她说是女侠李悟非，知道是女革命党到了。格外吓得魂灵出窍，几乎晕了过去。

韵珠又接着说道："我前几天奉了党中的秘密使命，到南京来，住在旅馆里面。（阅者谅还记得第十二回中，在旅馆中一瞥即逝的那个女子。）恰巧遇着你捕革命党，将野鸡大王捉了来。我对于此事觉得十分可气，所以特地提出警告。你须知道我们革命党人，非常之多，并且专一伺察你们这些腐败官僚的举动。但是我们的行动，异常周密，断不是你们雇用的这些侦探所能捉得住的，被侦探捉住的，倒不是真正的革命党人了。我的来历，已经对你说了。讲到我这姊姊，你一向瞎了眼睛，不知把她当作甚等样人看待，其实她也是我们同党中人。她所以肯含垢忍辱，住在你这里，也是为党中服务。要在此地侦察你和南京地方官场的种种情事，说不了有些小节只好牺牲。如今我们党中又有别的图谋，不但我要离开此地，就是我这位姊姊，也要走了。但是我们虽然要走，却还要有求于你。我姊姊的学问知识，虽然胜似我，但论她的体力，还是文绉绉的一个女儿家。只怕这件事独力办不了，所以特地请我来帮忙。我是从小练过武的，不要说像你这样干瘪老头儿，不在我心上。就是你面前那几个护兵，一齐上来，我也很能够对付。我今天初踏进你这个贵衙门，原想缓缓地再发动，谁料你知道我王小姐一到，（到底要称她王小姐。料想方制台此时，也再不敢放出老师身份来，教她韵珠了）竟自己寻了来。你来得正好，我们趁今晚就把事情办了，天一亮就可以脱离此地。你不要着急，我们要求你的事是很容易办的。只要你依着我们的话，不违拗，不叫喊，我这支手枪好好地拿出来，依然好好地收进去，决不伤动你一毫一发……"

方制台先听见王韵珠是女党人，已经惊骇欲死。这时听了韵珠一番说话，方知连两年来朝夕盘桓，异常亲密的郑女士，也是一员革命女将。更是出于意外。觉得自己这条性命，差不多是早已在革命党人手掌中了，却还丝毫没有醒悟，转一心一意要去捉拿党人。岂不可笑？想到这里不禁倒抽了一口冷气，这时不敢和韵珠答话，又硬着头皮向郑女士说道："算我糊涂该死，得罪了你们两位。还望你宽其既往，加以饶恕。至于你们吩咐我做的事情，自当照办。是不是要令我将已经捉住的野鸡大王，从宽释放？这件事却也可以办到。"方制台这句话还未说完，郑女士却对他重重地啐了一口道："你这个人，足见是糊涂到底。你始终以为这野鸡大王是党中的什么重要人物么？老实说，野鸡大王凭你放也好，不放也好，全不干我们什么事。我们所要求你的事情，却是不费吹灰之力。只要你动一动笔，写上几个字就是了。"一面说，一面便嘱咐韵珠道："你看守好了他，我到外边去拿纸笔来。"说着就转身到书房中去，拿了一支笔和一个墨盒进来。另外还带着一个小纸包。

郑女士将那小纸包打开，拿出一张洋纸印成的印刷品来，递给方制台道："这是一张入党志愿书。请你将你家大少爷的名字籍贯，一一填上去。"

方制台这时虽然惊恐，也由不得要问道："你们党中要把我儿子拉进去何用？"郑女士含笑道："这句话倒问得不错。实对你说了吧，我们的目的，并不真要你们大少爷入党，只是填了这张志愿书以后，我们就有了一个很好的凭证。和你约定，以后不许再滥捕党人。你倘然不再捉党人，我们也决不再侵犯你。如果你有朝一日，又要发狠捕拿党人，我们便将你今晚所填的这张入党志愿书，设法宣布出来。或竟在北京方面和你干一下子，教清朝政府认定你儿子先是个党人。你少不得也有重大的嫌疑，先自性命不保。"方制台听她这样讲，觉得此计狠毒，待要不依，又怕手枪厉害。只得提起笔来，照样填了，递给郑女士。郑女士道："且慢，还要加一个印章哩，若无印章，算得什么凭据？"方制台道："我身边哪里会有我家大少爷的印章？"郑女士笑道："你忘记了么？你在一个月以前，得了两方汉玉小图章，当时十分得意，自己动手刻。一方刻了我的小字，说是送给我了。一方就刻了你家大少爷的名号，说大少爷常嫌没有好印章，要将这块赏给他。但是刻好了之后，夜色已深，你就连大少爷这块印章，也留在我这里，没有带去。我便代你收藏起来，从第二天起，你大约是事情太忙了，直到如今，始终没问起这块印章。如今事在紧急，正好借用一回。用了之后，就亲手还你，请你放心，我是决不会拿了这方印章，就冒充制台少爷，到外面去招摇撞骗的。"说着便真个从身边摸出一个小印章来，在一只印泥盒中，揿了一揿，递给方制台道："请用印吧。"

方制台这时候只气得浑身发抖，没奈何将印章盖好了。郑女士便把这张志愿书折叠好了，从身边摸出一只皮夹来，将志愿书放在里面。却又从皮夹中拣出小小的一本东西来，交给方制台道："这是一本银行支票簿。承你的情，将这本簿子送给我，说内中有好几张，连字都签好了。教我要用多少钱，尽管填了数目，自己去取。这固然是你的厚意，但我可不敢领你这个情。如今全数还你，不少一张，也请你好好地收起来吧。"方制台这时到觉有些感动，却也说不出什么话来。半晌才道："如今事情已完结了，好放我去了。"韵珠笑道："放你么？却还早哩。"当下四面一看，见床栏上搭着一条汗巾，忙去扯了过来。把手枪递给了郑女士，自己就动手，将方制台连手带足都反绑住了。又从身边掏出一块手帕来，打了一个结，塞在方制台口中。满口塞得结结实实，又将他推在床上，睡了下来。（此时情景，只怕方制台的那颗心，又要在腔子中活跃了）。说道："对你不起，停一会儿，自有人来放你的。"一面又替他脱了鞋，并扯过被来，将他全身盖好。笑道："你方才替我盖被，我如今也替你盖被。总算是报了师恩。你年纪大了，比不得我，要是受了风，着了凉，真要嚷肩膀疼了。"方制台这时候由她摆布，动也动不得，响也响不得。

一会儿天色已明，渐渐地有些亮光，透进窗纱来了。郑女士便道："我们好走了。"当下韵珠收了手枪，郑女士拎了一只小皮箧，一同站起身来。韵珠才走了一两步，又回转身来对方制台说道："我们出去之后，即刻可以离开南京。你便是要捉我们也捉不着了。你要是明白的，劝你还是丢开手了事。如果再要苦苦地和我二人为难，第二次遇见了你，我这手枪就不能容情了。"说完这几句话，转身就走。郑女士也跟着出来，已出了房门，忽又回进去。走到床前，将桌上一个银框照相架里面，放着她三个小学生的照片，取了出来。看了一看，收入皮篓中。又回头对方制台望了一望，索性替他把帐子都放下了。这时由不得眼圈一红，簌簌地滴下几点泪珠来，忙用手帕擦干了。又呆立了一歇，重走出房来，也没有说什么话。两人出了房门之后，便用锁将房门锁了。也不去惊动那两个年纪大的仆妇，转将一个不甚懂事的丫鬟唤醒了，教她快去吩咐外面听差，唤两乘小轿来。说郑小姐要赶早送她妹妹上学堂去。小丫鬟听说，忙依言到外面去传话，不多一会，进来回报，说是轿子雇好了。郑女士和韵珠两人，便坦然走到外面，上轿而去。这时候阖署的人，哪里会料到制台大人，在昨夜闹了这样一出把戏呢？可笑那方制台，被韵珠一块手帕满口塞住，一股香气直冲喉鼻，几乎将脑筋都麻醉住了。又身卧绣榻之上，颇觉香温玉软，此福难消。只可惜手足被束缚了，渐渐地由酸而痛，由痛而麻，（是否蘸着些儿麻上来）十分难过。至于心头的滋味，那更说不出是甜是酸，是苦是辣了。他老先生只管一个人躺在床上，慢慢地享着那温柔艳福，外面的人却丝毫没有觉察。那小丫头等郑女士走了以后，依旧去睡她的好觉，直睡到那几个小学生前来上学，才将其余那几个仆妇丫鬟一齐唤醒了。

见郑女士的房门锁着，问起来说是已出去了，也未曾交代什么时候可以回来。这几个小学生不禁大乐，早拉着送他们上学那个老妈子的手，跳跳跃跃，自回上房去。告诉方制台的夫人，说是先生出去了，放假一天，方夫人也就不再细问。论理方夫人见方制台一夜没回上房，应当查询下落。可是方制台的误卯，已是常事，往往夜间不回来，早上便去办他的公事。方夫人对于他，也可以意会，早用不着实地调查的了。至于那些仆妇丫鬟，虽然在上一天夜间，还看见方制台在书房中，又当他是天明时候，早已打道回衙。这也是方制台的例行公事，自然更不放在心上。因为大家都不将方制台放在心上，于是方制台便在郑女士的床上足足地睡至下午。

督署官厅中禀见的属员，以为制台这天不见客，也早已散了。直到后来，还是那位文案老夫子，有极紧急的公事，不能不和方制台商量。找着他贴身服侍的听差，到里面上房里去询问，方夫人才觉得诧异起来。暗想方制台既不回上房，又不听见说出门拜客，到底是哪里去了？便着人四处寻找。却也万想不到方制台却安睡在他女弟子的卧室里面。这时候外面还不知信息，上房里头却因遗失了制台大人，已经渐渐地扰乱起来。

又隔了好多时，看看天色向晚，书房中伺候郑女士的仆妇丫鬟。便来禀告说女先生今天一早出去，说送他妹妹上学堂，何以整整的一天，到傍晚还不见回来？方夫人听了不免有些疑心，以为方制台或者微服私行出衙，约了郑女士到哪里游玩去了。但如此举动，也太觉荒唐，很不像他道学先生所做的事。心中这般想着，便自己到书房中来，想察看些形迹。但是到了书房中也看不出什么所以然来，便呆坐在那里。想等郑女士回来，询问他方制台昨天夜间，到底是什么时候离开此地的？谁知等了一会，还不见郑女士回衙。便差人打电话到城内两家女学校中去询问，今天有没有郑女士这样一个人，送新学生来上学？得着回话，都说日内并无新生前来插班。方夫人便知此事大有蹊跷。当下也顾不得郑女士回来见怪，就吩咐家人将房门上的锁打开了。教跟着的人且慢进去，自己一个人先走进房中。

这时房内已很暗了。方夫人将电灯旋亮了，四面一看，也和平常时节一样。正想依旧走出去，却见床上垂着帐子，而床里面似乎有一种异样的声音。细听起来，又像是呻吟又像是喘息。（绝倒之至）可是声浪极微，若在房外断断乎听不出来。方夫人耳中听了这类声息，由不得又起了一重疑云，想上前去掀帐，重又把手缩了回来。但把下垂的帐角，提高了一点，看床底下时，却放着两双鞋子。一双旧女鞋，认得出是郑女士常穿的，还有一双，老实不客气便是方制台大人常穿的套云头挖花的缎鞋。方夫人此时格外不敢掀帐子了。望着帐门立了一歇，忽然一个转念，说此事有些不对。他们何致明目张胆，既卜夜还要卜昼？况且这一个就真躲在房中一天没有出去，那一个却明明早已出去了未曾回来，如何会两个人一齐在房内？就算两个人都在房内，这外面的房门又是谁锁的？不但如此，我开锁进来的时候，声音很大，床上如果有人，那里还有这么镇定？她想到这里，便鼓动勇气，毅然走到床前，将帐子一掀。那房内的灯光便映到床上来，方夫人定睛一看，不觉叫了一声："啊呀。"正是：

老来转觉风狂甚，领略余香卧锦衾。

第十七回　两行巾语临别情怀　一曲笙歌当场戏谑

那床里面睡着的方制台，万不料此时来掀帐子的，并非别个，恰巧是他的夫人。由不得羞愧难当，要想说话，又说不出来。只急得满面紫涨，方夫人不明就里，忙问道："郑小姐呢？"方制台只摇了摇头。方夫人又问道："你为何一个人被锁在房中？"方制台又摇了摇头。方夫人见他老不开口，觉得有些奇怪，再一细看，却是两腮鼓起，口内像塞了什么东西一般。当下便有些瞧科，连忙用手分开了他的一部浓而且白的胡须，将塞在口中的那方小手帕，替他取了出来。方制台这才长长地透了一口气。方夫人又问道："到底是怎么一回事？"方制台叹道："一言难尽，郑家那个小娼根，早已去得远了。我却被困在此浑身被缚住了，动弹不得。你且替我解开了再说。"方夫人依言，忙将被头掀开了，替他解除束缚。慢慢地解了半天，才把那条腰带解了下来。方夫人的为人，是很精细的，见了这种情形，知道其中必有文章。忙又低声对方制台说道："你且莫声张，依旧躲在这房中，我自有办法。

有什么话，停一会再说罢。"当下让方制台睡下，依旧将电灯熄灭，又把一扇窗上的窗栓拔松了，缓缓地退出房来。将门锁好，丝毫不露声色，只淡淡地对那些仆妇说道："房中空地，并无一人。一切物件也摆设得和平常一样，这郑小姐真不知是何处去了？也许在别的地方被人绊住，所以到这时候还没有回来。你们且在这里等着她再说，我要回上房去了……"

方夫人回到上房以后，故意延挨了一歇，又差人去关照书房中伺候郑女士的那几个仆妇丫鬟道："方才郑小姐有电话来，说今天带了她妹子住在亲戚家中。说不定明天还要到上海去，你们不必再等她了。"那些仆妇丫鬟脑筋简单，听见这句话，也就深信不疑。吃了晚饭之后，乐得早些睡觉。方夫人却等夜深人静之后，亲自带了一个心腹丫鬟，悄悄地走到书房中去，拨开窗户，将方制台放了出来。

到了明天，方制台见了自己衙门里的师爷，只说是昨天身体不大好，所以在上房中睡了一天没有出来。那些师爷们自然不知其故。只是上房中的男女仆人，却总觉得方制台忽然不见，忽然出现，有些奇怪。便互相猜疑，互相打听，饶你方夫人做事如何机密，不到两三天，依然弄得督署以内，人人皆知。口中不敢说，心里头却一个个都在那里好笑……

性初把方制台这一段趣史，原原本本地叙述完了，大家都拍手叫好。说道："这两个革命女将真是厉害！方制台吃了这一场苦，大概以后也不敢兴高采烈，大捉革命党了。"性初点点头道："这个自然。他不但此后不敢再苦苦地和革命党为难，就是眼前野鸡大王这件案子，也就于无形中松懈下来，大约要暂时延搁一下子再说了。"怀仁这时摸出表来一看，说道："时候已经不早了，我们吃饭罢。"当下便叫堂倌拿上饭来，大家随意吃了一些，便各自分散。

温如和国雄二人回到昌寿里，寿卿还在那里吸鸦片烟。国雄就将怀仁还来的一百块钱钞票，交给寿卿。寿卿很觉得喜出望外，忙道："我不料他这一百块钱居然还得这样快。"一面说着，一面又将那一沓钞票，数了又数，看了又看，好半天才递给钱氏，道："你替我收起来罢。"国雄见寿卿这时很觉高兴，便把怀仁如何设计制服王吉庶的话，说了一遍。寿卿也不由得好笑起来。一会又说道："足见得一个人万不可以亲近女色，一亲近了女色，就要授人以隙了。但是这徐怀仁究竟心术太坏，好在他于银钱上很有信用。也许将来能有些成就。"（若是一百块钱不肯还，就永远不会有成就了。）国雄也不敢说什么，只答应了一个"是"字。当下又随便谈了些闲话，大家便各安歇。

到了第二天，怀仁又来访温如国雄二人，告诉他们，说是自己本有意赴日本留学，只苦于缺乏资斧。如今既从王吉庶方面敲到了一笔竹杠，这整装费和旅费已是够了，又恰逢赵雨卿放了日本公使，国光也跟着同去，国光已答应他到了日本，可由雨卿设法，替他补一名官费。这是绝好的机会，大约再迟一个多月，就要放洋了。因劝温如国雄二人，也一同到日本去留学。国雄听了倒很高兴，温如却摇着头，道："我却不想到日本去。"怀仁道："这是什么缘故？"温如道："人各有志，我总觉得日本去，只怕学不着什么真实学问。我的志愿想竭力研究英文，把英文的程度造就得高些，就直接到美国去学些实业。将来或者还可在社会上做一点儿事情。至于国雄如果决意要去，我也并不劝阻。"怀仁点点头道："你这话也说得是。那么你们二位，且自己去商量一个办法罢。如果国雄要去，最好就在此次和我们一同去，到底可以得个照应。"国雄道："照我自己的意思，自然就想和你们同去。只是到日本去，不比在上海求学，须要预备下一笔费用，才不至于临时竭蹶。关于这一层，我须要禀明家父才可以酌定办法哩。"怀仁道："也说得是，我且等你的回音罢。"当下便别过二人自去。

就在这天晚上，国雄接着一封家信，说是他父亲厚卿旧疾复发，病势很是不轻，教他赶紧回去省视。国雄便和寿卿说知，明天便想趁船回宁波去。温如因为眼前既闹了搜革命书这桩事情，虽然已没有问题了，却已不能再进正谊学校。急切间又找不着别的学堂，便也想和国雄同回家去，过了几时再说。寿卿倒也很以为然。当下二人便忙着去收拾东西。

第二天早晨，国雄还在那里酣卧，温如却怀着一腔心事，终夜没有合眼。当下便独自起来，在天井中呆呆地立着，不知想些什么。忽见芷芬身边使用的那个侍婢阿宝，走了过来，在怀中掏出个小小的纸包来，递给温如道："这是小姐命我送给甥少爷的。"说完，便自去了。温如回到房中，看国雄还没有醒，便悄悄将纸包打开，见里面折叠着一块丝巾。将丝巾展开一看，上面绣着很娇艳的一朵外国花，下面又绣着两行字，一行是外国字："Forget me not"（毋忘我），一行是小小的两个中国字："芷芬"。温如看罢，连忙将这块丝巾依旧折好了，放在贴身的衣衫内。于是思潮起伏，益发不能自解。只恨这一天的时光过得太快，一刻儿工夫，已是下午。就辞别了寿卿夫妇和芷芬，往轮埠而去。寿卿这时还横在烟榻上，忙着过瘾。钱氏和芷芬却坐了一部人力车，直送他们上船。

因为时候还早，便在房舱里又坐了一会。钱氏便问温如和国雄道："你们二人此番回去，几时再到上海来？"温如道："国雄弟既要到日本去留学，当然不久就仍回上海的。甥儿却不能一定了，眼前暂且在宁波休息几时。等暑假过后，或是往杭州去读书，或是再来上海，只好到临时再说。"钱氏道："还是仍来上海的好。有我们在上海，你到底也得个照应，强似孤身作客。"温如道："那是自然。甥儿的意思，也总想到上海来。不过此次和国雄弟同到上海，书没有读成，倒惹了一场烦恼，自己也觉得有些灰心咧。"国雄道："这场风波，不过是空闹了一会子，现已无事，何必再提？我说你的运气总算还好，不讲别的，就讲这一次大病，居然能够痊愈，也就算是吉人天相了。"温如道："提起我这场病，格外要感激……"说到这里，芷芬忙对他看了一眼，温如忙接着说道："格外要感激舅父舅母为了我的病，累得大家劳心费力，真使我万分不安。"芷芬道："温如哥哥为什么好端端的又说起这样客气话来？"（在芷芬心中，最怕温如说客气话。）钱氏道："正是哩，我就不会说客气话。并且觉得说话一客气，就显着不亲热，不像自己人了。我倒有一句要紧话要对你说，你如果暂时不到上海来，务必时常通信，也好教我们放心。你舅父是笔头很懒的，我又认不了几个大字，但芷儿读了这几年书，寻常信札很能动笔了。我可以教她写回信给你。"温如道："这就很好了。甥儿以后不管有事无事，一定时常通信，免得舅父舅母和妹妹挂念。"说到这里，有意无意地对芷芬望了一望。芷芬似乎眼圈一红，忙把个头低了下去。

这当儿还是国雄说道。"这时也快开船了，婶娘和妹妹请回罢。怕耽留得太久了，叔父在家中要盼望。"钱氏便回头对芷芬道："雄侄的话也说得是，我们去罢。"芷芬也不答话，微微点了点头，母女二人便慢慢地立起身来。

温如国雄在后相送，钱氏和芷芬下了船，站在码头上。回过脸来，见温如和国雄还立在船舷边，向她们含笑、点首、高声说道："请回去罢。"芷芬这时眼看着那只船已慢慢地移动了，就将手中的帕儿扬了一扬，说了声"再会"。却还和她母亲伫立在埠头上，不忍就去。温如和国雄二人也在船舷边，怔怔地站着，眼望着岸上两人。直到船离岸远，渐渐地望不见了，温如却还怔怔地立在那里，动也不动。

隔了好久国雄便对温如说道："天晚了，船上风很大，老是呆立着做什么？不如回舱中去罢。"温如点了点头，默然无言，和国雄同到大菜间中去，吃了晚饭，才回到房舱中。两人随意闲谈，国雄笑着对温如说道："我有一个小小的问题在此，请你研究研究。论理，侄儿到底是一家，甥儿到底是外姓。但我瞧婶娘待我，就远不如你，这是什么道理？"温如道："这是你自己疑心。舅母待人很好，这是有的，却也何尝在尔我之间，分着什么厚薄？你也未免太多心了。"国雄道："你又何必这样解释？其中自有道理，我也早已有些觉察了。明人何必细说呢？"温如道："你觉察些什么？"国雄只是笑而不答，温如也不愿再问，二人就此安歇了。明天一早，已到宁波。温如因为厚卿病了不放心，便不先回自己家中，转和国雄一直来看望厚卿。国雄到家以后，才知厚卿不过老病发作。前几天看着有些厉害，自昨天起，却又渐渐地平复。医生已说可保无事了。厚卿见了自己的儿子和外甥回来，当然十分欢喜。也约略问了问上海的事情，温如和国雄二人，怕他病后伤神，不敢和他多谈，就退了出来。温如自回家去不提。

又歇了几天，厚卿大好了，只是遵照医生的嘱咐，教他多睡在床上养息几天，不要急于离床。一天晚上，国雄坐在他父亲床前，和一家子人闲话，国雄便谈起要到日本留学的话。国雄的母亲陈氏便道："你年纪还小，一个人老远地赶到日本去干什么？我倒有些舍不得你。"厚卿道："你这句话未免太姑息了。出洋留学原是一桩好事，我倒也很以为然。只是这笔费用很大，一时到哪里去筹措？我办的这个小学，经费有限，仅够敷衍罢了。在上海读书，依我的力量还可以勉强应付。讲到留学，就办不到了。"国雄道："学校中自然无钱可余，孩儿的意思想在酱园中设法。"厚卿道："这件事恐怕也很不容易。酱园中我虽然也有股份在内，但一切事情，都是你萍虚叔公一手经理。前几年到了年底，还可以分个几百块钱。近两年来，他推说生意不好，简直连红利也没有。我对于商业上的情形完全不懂，学校中事务又忙，只凭他怎样说，怎样好，一向也懒得去问他。"国雄道："这几年生意又安见得不好？其中恐有弊病。父亲何不去查一查他的账呢？"厚卿道："他虽系远房，究竟比我长了一辈。况且又是个族长，我去查他的账，如果查得出弊端倒也罢了。叵耐我是个连算盘珠都不会拔的人，他们又善于手脚，倘然清查起来，觉得账目上并无丝毫弊病，那时节倒显见得我不顾族谊，有意和尊长为难。说出去也不好听。"国雄听他父亲这样说，也不答话。只低了头在那里自打主意。

这个当儿国雄的妹妹丽卿，却插口道："说起萍虚叔公，我们后天就要去吃他的喜酒了。"国雄道："萍虚叔公家有什么喜事？"丽卿道："哥哥才回家几天，自然还没有知道。待我来告诉你，也算是一件新闻。萍虚叔公要讨老婆了。"国雄讶然道："萍虚叔公断弦了将近二十年，如今已是六十多岁的人，连孙子都有了，为什么早年不娶，反在这个时候要讨续弦，到底娶的是哪一家？新娘有多少岁数？"陈氏道："娶的什么人家？我们也没有心思去打听。只知道新娘年纪很轻，大概还不过十八九岁，并且生得很标致。六十多岁的新郎，讨着十八九岁的新娘，你道奇也不奇？我们很想去吃喜酒，看看他们拜起堂来，是个什么样儿？"国雄听说，由不得好笑起来。厚卿便对国雄道："后天你就去道个喜罢。我本来懒于应酬，况且身体还没有好，决计不去了……"当下又随便谈了些闲话，就各自安歇。

到了后天，国雄果然依着厚卿的话，到他那位萍虚族长家中去贺喜。到得那里，只见悬灯结彩居然十分热闹。萍虚自己穿着袍褂，满面春风地在那里周旋宾客。国雄见了他，免不得磕下头去，萍虚略哈了哈腰，将他搀了起来。口里说道："你是几时回来的？你父亲可大好了？我因为办喜事忙了些，也没有去看他。"国雄道："父亲这几天还未离床，所以不能来和叔公道喜。两位叔叔呢？"萍虚见问，略呆了一呆道："他们想是在外面招呼，你且随便坐罢。"说到这里，又有别的客来了。国雄便自走开，自去寻着了几个族人，在一处玩着。

一会儿有人发起先去看新房，国雄便随着他们同去。到得新房中，见一切陈设，倒也很讲究。妆台桌椅等器，一律都是红木的。床帐被褥器皿之类，也很精致。国雄心想，这大约是新娘的赔奁，看起来女家的家道却也很好。何以肯将这样一位妙龄的新娘，嫁与一个干瘪老头子？真是令人不解！一个人正默默地想着，又看四壁挂着许多字画，都是人家送得来的，也没甚出奇。末了好像在床面前看见一幅画，画笔很好，只是上面画的花卉却很奇怪。原来正中画了一株梨花树，树上很密的画了许多花，树下却画着一本海棠，那颜色着得很为鲜艳。上面还题着两行字，写道："梨棠合欢图，籍博萍虚叔祖大人一粲侄孙国祥叩贺"。国雄看完之后，几乎笑将出来。暗想这国祥便是我大房里的那个老兄，为人十分尖刻。但是他一向在酱园中管账，和萍虚叔公是勾结一起的，何以会送这样一张画来挖苦他？更可笑的，画中意思甚是显明，萍虚叔公固然文理不通，也何致于连这个一树梨花压海棠的成语都不懂？会把它挂将出来，分明是有意招人取笑了。国雄想到这里，忍不住指着这幅画，悄悄地对旁边一个人说道："这幅画挂在此地，未免有些不好看。"那人笑着点了点头，又附着国雄的耳朵轻轻说道："我劝你别多讲。为了这幅画，还起了很大的问题哩！老头子不许挂，两个儿子却一定要挂。到后来还是老的拗不过小的，便依然挂在此地。这原是绝大的笑话。"国雄摇摇头，也不再说什么了。

到了下午吉时已届，新娘到门，一切排场都是旧式。拜堂的时候，倒也无甚特色。只是萍虚族长颔下拖着一部花白胡子，还在那里起立拜跪，而且跳跳跃跃比别人家那些少年新郎，还加上二十四分的高兴，由不得令人看在眼里要好笑起来。交拜的礼匆匆过去了，到了见礼的时候，这位老新郎却不免大僵特僵。原来他那两位令郎，老大名俊卿，已经四十多岁了；老二名朴卿，也在三十以外；这一天别的亲友都来敷衍萍虚的场面，只有他们两弟兄，却始终躲在房中吹鸦片烟，没有出来。不但自己没出来，并且吩咐他们的老婆和小儿子，也不准出来。所以家族见礼的时节，儿子媳妇孙子一个都不出来拜见。萍虚这时站在上面，脸上红一阵，白一阵，觉得十分难过。后来还是本家那些侄儿侄孙，看见情形不对，萍虚下不来台，忙一窝蜂似的拥了上来，口中叔叔婶娘乱叫，很热闹的。见了一阵子礼，才算无形中解了一个围。见礼已毕，便摆上筵席，同时又开台演戏。

原来萍虚的大儿子俊卿，很喜欢看戏，也很喜唱戏。平日和几个朋友合组了一个票房，西皮二黄哼个不住。今天也是那些票房里的朋友合起来送了一台戏，由戏班子里的人唱。但加入几出客串。萍虚原是喜欢排场的，听见有人送堂戏，自然格外高兴。戏一开场，国雄却见俊卿朴卿昆仲两位，倒慢慢地从里面踱出来了。也不和萍虚说话，也不招呼客人，自坐在那里看戏。国雄看着这副神情，只觉得又可气又可笑。当下锣鼓喧阗，闹成一片，起先几出，无非《打金枝》《大登殿》等吉利戏。到了第五出上，台上贴出一张红纸来，说是敬烦客串《朱砂痣》。国雄见是客串戏，又有唱功，便放下杯筷，凝神一志地听着。那起员外（即剧中的太守韩廷凤）的客串一出场，唱道："今夜晚，前后堂，灯光明亮。可笑我，年花甲，又做新郎。"……

国雄听他唱的词句，下两句完全和老词不同，知道是借题发挥，有意和萍虚开玩笑。这时却听见很长很尖的一种怪声，在那里喝彩道："好吗！"大家都回过头去一看，喝彩的不是别人，正是俊卿，便忍不住哄堂大笑起来。此时萍虚也陪着几个客人坐在席上，吃酒看戏，他虽不很懂戏，但像《朱砂痣》这一类滥熟的戏，却也知道的。如今听这个客串故意改了词句取笑他，自己的儿子又大声喝彩，也觉得有些坐立不安。无可奈何，只好隐忍着。一会儿戏中的新娘上了台，掌灯观看以后，新娘哭了一声，饰员外的客串倒依着老词唱下去。唱道："莫不是嫌我老，难配鸾凤？"那饰新娘（即剧中的江氏）的青衫，忽然站了起来，向员外一指，喝道："住了！既你知道年纪老，难配鸾凤，何以苦苦地硬要娶我？"

满堂宾客听到这里，也觉得万分奇骇……

说时迟，那时快，霍地有人喝声道："着！"将一件亮晶晶的法宝，直飞到台上去。台上那个员外看见法宝到来，赶快将身子一闪，还好没有打破头颅，只在肩上碰个正着。员外痛极，喊了一声"啊呀"，登时法宝落地，员外的身上却弄得淋漓，热腾腾地只在那里出气，连那青衫脸上也溅着不少余汁。连忙提起长袖来拭时，已烫得有些红肿了……慌得那些值场的人，连忙赶来收拾。那几个场面见不是头，早一个个丢下锣鼓胡琴，往后台逃去。……

这时戏台上固然鸟乱得一天星斗，客座中却也起了绝大的纷扰。当时有些目击情形的，都知道这件法宝，是由老新郎手中发出来的。原来萍虚坐的这一桌，离戏台最近，他正提着酒壶，和客人筛酒。听了那个起新娘的客串这句改良说白，奚落得他太厉害了，由不得怒从心上起，恶向胆边生，便顺手将那壶酒，直掼到台上来。（法宝飞上台来，不打新娘，而打员外，到底还有爱惜新娘之意。）便敬了那位唱《朱砂痣》的老员外湿淋淋的一身热酒。萍虚既放了手中的法宝，还咽不下这口恶气，就跳起来，喝教手下人与我将这些唱戏的一概撵出门去，容不得他们在这里撒野！那些下人们应了一声，还没移动脚步，却听得那边俊卿又是一声吆喝道："谁敢动手！这些客串，都是我请得来的。一样都是客人，岂可得罪？"萍虚也喝道："放屁！是你请得来的，就该好好唱戏。为什么有意侮辱主人？"俊卿也顶撞道："这不过是偶然开个玩笑，算得什么侮辱？要怕人开玩笑，就别做这等事……"

许多宾客见他父子二人，你一言，我一句，显然冲突起来，知道这事情如果闹大了，更不易收拾。忙做好做歹，有几个人硬将俊卿扯了开去。有几个人便对萍虚说道："你老人家也辛苦了，快去歇息罢。"当下便推的推，拽的拽，索性将他送入洞房中去。其余那些客人知道戏也唱不成了，酒也没意思吃了，就乱哄哄地一哄而散。国雄便也趁忙乱之中走了。

隔了几天，国雄因为自己这笔留学费没有着落，便又到萍虚家中来。想和他商量一下子，在酱园中挪拨一笔款项。他这天到萍虚那里，已是下午两点钟了。但是走进门去，还是静悄悄的，便找着一个家人，问他道："老太爷和两位老爷呢？都出门去了么？"那个家人笑道："早哩，早哩。"便引他到一间小书房中坐下。又笑对他说道："两位老爷，你少爷是知道的，都是天字第一号的鸦片烟大瘾，不到天亮不睡觉。这个时候自然还在那里捏着鼻子做好梦。至于老太爷，平常倒很起得早，可是这几天娶了这位新老太太，（新老太太倒也是个新名词）以后忽然情景大变。每天非到下午三点钟不会起床。少爷倘没甚要事，不妨明天再来。如其真有要事和他讲，只好略等一回了。"国雄笑道："原来如此。横竖我是自己人，用不着客气，你去拿张报纸来给我看看，就在这里等他便了。"那家人应了一声"是"，便去颠倒错乱地拿了几张报纸来，递与国雄。又倒了一杯茶给他，也就自去方便了。国雄独坐无聊，就拿了报纸看着，却并非上海报，乃是本地报纸。国雄对于本地报纸，是素来不看的。如今闷坐无聊，便拿来随手翻翻，先将当天的报约略看过了，又把前几日的逐张看着。只见有一张报上，用很大的字，标着一行新闻题目道：《朱砂痣，新郎飞法宝》。国雄忍不住笑将起来。暗想这自然记的是本地风光了，便细细地看下去，却不但把那日唱戏的情形记得淋漓尽致，还加上许多丑话。竟说这位新娘是个土娼出身，平时和俊卿弟兄二人也有交情，所以父子吃醋，演成这种怪剧。国雄看到这里，心中便老大不以为然，暗自忖道："这些办报的人，太觉有伤忠厚了。像这种说话，固然未必实有其事，即使真有一二分可信，也何苦形诸笔墨，坏人名誉。"（此数语写出国雄心地）当下便将报纸放开，不愿意再看了。

这个当儿听见外面痰嗽几声，接着萍虚就走进房来。国雄赶紧站起来，垂着手，恭恭敬敬地叫了一声"叔公"。萍虚笑道："你且坐下谈罢。我今天偶然觉得身体有些儿不爽快，因此吃了饭之后，又睡了一个午觉。刚一睡着，听见他们说你来了，便又起来。"国雄便道："倒惊动了叔公了。"萍虚道："不妨。"一面说，一面看见国雄手边放着好几张报纸，便把脸一红，说道："这几天报上很说着我的坏话。这真是可气之至！你替我想想看，我只因自己年纪大了，眼前没有一个人服侍，再者家中的人，男的成日成夜抽鸦片烟；女的又好吃好穿，一切家事完全没有人管理，无可奈何才娶了这头亲。也指望好好地成了一家人家，谁知办了这桩喜事，倒像犯了什么大罪一般。家里的人既有心和我作对，外面的人又乱嚼舌头。讲到报纸上的记事，就更觉得好笑。这家报馆的访员，和我向来认得，而且是很要好的。那天还送了礼来吃喜酒，谁知第二天就跑来向我借钱，我一口回绝了他，他大约心中怀恨，就此乱造谣言。我也只得由他，好在有明白事理的人，决不会去相信他的。"国雄听萍虚这样说，也无从答话，只好随口应着几个"是"字。

等他发完了牢骚，随后又话中引话，慢慢地说到自己要想到日本去留学的事情。萍虚听国雄说到留学二字，霍地将手掌在大腿上一拍，又竖起了一个大拇指头，对国雄说道："好，好，好！这样才算得是我华氏门中一个有志气的孩子。一个年纪轻轻的人，须要立志向上，凭着自己的本领，立出些事业来，才是道理。不像他们这两个东西，枉自比你年纪大，又长了一辈，算是叔叔了，却还是躲着家中不做事。用了老子的钱，还和老子斗气。这算得什么好孩子！我很望你快快去留学，又快快地毕业回来，那时节再经一回考试，便稳稳地是个洋翰林，或者洋举人。分了报单出来，让我高高地贴在墙上，一来使外边的人不敢小觑我们，二来教这两个不成材的东西看见羞也要羞死了。唉！人家都说你们老人家为人忠厚，到处吃亏，如今看来到底是忠厚的好。自己虽然吃亏，儿子可以争气。不像那些尖酸刻薄的人，本身虽然占了便宜，生下儿子来，一定没出息，并且往往悖逆不孝。"萍虚只顾高兴大发议论，国雄听他讲到这里，却忍不住微露了一些笑容。萍虚见他那种要发笑的样子，登时觉得说话错了，仿佛一拳头打着了自己，便顿住口说不下去，很露着些窘态。

国雄连忙岔开道："承叔公这样谬赞，我实在万分惭愧。我不过偶然动了这样一个念头，究竟留学的志愿，能否达到，还没有把握。至于将来之事，却更难说了。我今天来此，原有一件事，要和叔公商酌。料想叔公既这样厚爱我，又一力赞成我去留学，大概这件事一定可以成全的。"萍虚依旧露着笑容道："好孩子，有话便爽爽快快地讲，有什么事要和我商酌，我大凡可以设法的，自然要帮你的忙。是不是你老子是个旧学家，不肯让你到日本去，所以要我去劝他？这件事很容易，我到底是个族长，说出来的话，你老子必然肯服从。"国雄道："这倒不是。出洋留学，老人家已很赞成。只是这笔留学费为数不小，一时无从筹措，想来和叔公设法。"萍虚一听这句话，顿时把脸一沉，好像吃了一惊似的。忙道："筹措学费这件事，谈何容易！怎么教我设法呢？我的景况，你是知道的，平日之间，都是东手来，西手去，丝毫没有积蓄。新近办了这桩喜事，饶是十分省俭，也花了不少钱。正觉得万分拮据哩。"国雄道："叔公休要误会，我也知道叔公并非富有，绝不敢向叔公借钱。不过酱园里面，听父亲说近年来连红利都没有分过。不知道能否移挪一笔款项？给我暂时作为整装费、旅费和第一个学期的学费。至于将来的长期接济，只好等到了日本以后，再随时设法了。"

萍虚听罢，又皱着眉，摇着头道："难，难，难！（和方才的好好好恰巧相对）你老子是个读书人，完全不知道商业上的情形。这几年市面不好，各种捐税又重，酱园这项生意真是难做，简直年年都闹亏空。要不是我在这里竭力支持，早已关门大吉了。还有一句话，不能不对你说，这个酱园既是大家合股开的，别说园中常闹着饥荒，并没有钱。就是真有盈余，除了按股分摊红利而外，也未便因私人的用度，去移挪款项。你出洋留学当然是一桩好事情，但究竟是一房的私事。倘然因此就向园中提款，似乎理上有些说不过去。万一大家看起样来，你也提，我也提，把款子提空，这爿酱园便不倒而自倒了。我是个族长，又身为园中经理，不能不顾全大局。你须要原谅我才好。"国雄究竟年少气盛，见萍虚非但不肯通融，还要冠冕堂皇的，说出一番大道理来，忍不住有些着恼。便也侃然说道："叔公似这般存心公正，保持园业，这是大家都感激的。我也不敢再和叔公多缠账。但我也有一句话不能不说，但愿个个都能顾全大局才好。"说完了这一句，便立起身来告辞，萍虚也不留他。

国雄走出了萍虚家中，心里自觉得十分气闷，一个人在街上信步行去。转过了一条街，忽然有人在他肩上一拍，说道："老弟，到哪里去？"国雄回头一看，见是他大房里那个哥哥国祥。忙含笑招呼，国祥道："我们多时不见了。到前面'一壶春'茶楼中去吃一壶茶，谈谈天罢。"国雄点点头道："甚好"，当下二人就同走进茶楼上来。国祥在靠窗口拣了一个座头坐下。堂倌见了国祥，满口少爷长，少爷短，十分巴结。国雄看在眼里，觉得国祥在本地很占着相当的势力。一会儿国雄先开言道："你在家乡很忙啊！"国祥笑道："忙的时候的确很忙，不忙的时候，却也一些不忙。你我自家弟兄，你是知道我的性情的。只喜欢活动，教我一天到晚，很呆板地做着一件事，是办不到的。"国雄道："为人原是活动的好，你在家乡，也很亏你了。赤手空拳，撑着这样的场面。"国祥道："这也不过是个空场面罢了。有什么好处？"

国雄道："听说你新近出门去了一趟，是不是？"国祥道："这话是谁对你说的？"国雄道："就是那天在萍虚叔公家中吃喜酒，听见三房里的阿庸哥对叔公讲，你有要事出门去了，所以未曾来贺喜。"国祥闻言笑而不答。半晌才道："老实对你讲，我何尝出门，只因不愿意到他家去道喜，所以似这般推托。"国雄道："你和萍虚叔公，不是很好的么？何以他办喜事，你连吃喜酒都不愿去呢？你人虽没有去，但是送的那幅画，我却看见了。倒很有趣。"国祥又笑道："这其间说来话长，你人在上海，自然不会知道的。我且问你，那天为了唱戏当场闹的笑话，你是看见的了。"国雄道："看见的。"国祥又问道："这两天本地报纸上，都记着这件事情，又加上许多怪话，你也看见过？"国雄道："也看见了。"国祥道："我这个人，无论如何喜欢说公道话。像本地报纸上所登的这些话，完全是风影之谈，不足凭信的。这位新娘，断不能就说她是私娼。至于家庭间的冲突，也无非因为老头儿这样大年纪，还要讨续弦，家中人自然免不了群起反对。若说父子吃醋，更是任意瞎说，有些罪过。不过萍虚叔公老年好色，也不思前顾后竟办了这件事，分明是自寻苦恼。

"听说那天晚上客散以后，新娘竟将房门紧闭，不许这位老新郎进房。后来经这位新郎苦苦哀求，又有喜娘在旁边再三苦劝，新娘还是不答应。老新郎无法可施，只得独自在书房中缩了一夜，良宵辜负，也说不得了。到了第二夜，老新郎怕她再摊第二张蛋皮。天色刚平黑，就预先赖在新房里不肯出来。这位新娘倒也很妙，就索性将这间新房奉给他，自己倒避在另外一间屋子里，无论如何不肯进房。如是者又磨了一夜。到了第三夜，老新郎真个发急了，便亲自和新娘办交涉，说了许多废话。新娘真厉害，就要言不烦地对新郎说道：'我第一天到你家，就受着种种羞辱，这是什么道理？如今闲话少说，一切事情你自己明白。要我和你好好地成为夫妇，只有一个办法，你从今天起，赶紧把家中的财产和现钱，一概归我经管，旁人不得过问。如其不然，情愿立刻回娘家去。老实说，别人嫁的是人，我却人嫁不着，只好嫁在几个钱的分上了。'说时竟大哭起来。老头儿没有法子，只好满口答应她。"国雄道："这也难怪，这样年纪轻的一个女子，嫁了一个年逾花甲的老头儿，差不多把一身都葬送了。说起来也很可怜。"

国祥道："你看这位新娘相貌如何？"国雄道："相貌也着实长得不错，可以说得是个美人儿。"国祥笑道："索性再对你实说了罢！报上说老头儿父子吃醋，是不对的。若说叔祖和侄孙吃醋，倒还有些影响，这位新娘，论起她的家世，原是个小家碧玉，却也并没有什么不正经。不过她既生得这样姣好，自然就会有人去注意她，我便是注意她的一个人。她也很有意于我，曾经亲口告诉我，愿嫁给我做个二房。谁料好事多磨，不知是哪一位拉马的，忽然去替萍虚老头儿做媒。萍虚虽然年老，却很好色，平时也拈花惹草，常闹笑话。见了她，自然苍蝇见血，便许了人家一份很厚的媒礼，教他们务必为他撮合。新娘本人知道他年纪这般大了，自然不愿意。禁不得她老子娘贪图财礼，又许她明媒正娶，作为正室。小户人家觉得自己女儿嫁了个乡绅，是很体面的。一半贪着实利，一半又慕着虚荣，这头亲事竟是这样掇弄成功。

"我起先不大知道，等到后来晓得底细，已是生米煮成熟饭了。听说老头儿也有了些风声，知道自己稍一迟延，就要为我所得。所以匆匆下定，格外办得迅速，这分明是和我斗着醋劲哩。我因此气他不过，特地送了一幅《梨棠合欢图》去，和他开玩笑。又故意不去吃喜酒，免得在那一天见了老头儿的面，格外气上加气。"

国雄道："老头儿口口声声没有钱，照你这样说来，新娘的娘家又是很穷的。何以那天新房中的陈设，却很是华丽？"国祥叹了一口气道："你这人好厌！这头喜事又不花着自己的钱，简直都是别人代她办的。"国雄忙问："是什么人替她出钱？"国祥哈哈大笑道："你便替她出钱。"国雄惊道："此话怎讲？"国祥刚要回答，忽见一个人走了过来，一把扯住了国祥的衣袖说道："我什么地方没有寻到！却原来在这里。"正是：

小坐听君一席话，个中情事费疑猜。

第十八回　竹杠随心钱来开笑口　荷珠溅泪粉褪认啼痕

国祥回头对那人一看，便道："原来是卢师爷。有什么事要找我？

我每天这个时候，总在此地。你难道不晓得，为什么要向别处去寻？"卢师爷道："我岂不知你下午必到这里？只因我性急，想在别的地方找着你，便可以将几句要紧话先对你说。"国祥道："有什么要紧话？你且坐下来请说罢。"卢师爷听说，便把眼睛向国雄打量了几下，又向四面看了一看，皱着眉说道："今天'一壶春'生意太好了，连个空座儿都没有。我们还是另找一个地方去谈一会吧。"国祥笑道："你不必太过于多虑，这是我的本家兄弟，又向来在外读书，是个不管闲事的公子哥。你我有话，尽说不妨，用不着瞒他。"

卢师爷这才慢慢地坐了下来，喝了一口茶，就悄悄地向国祥说道："今天上头对我说起你经手的那两件案子，上头的意思，争产一案，容易了结。看在你的分上，便照这个数目放他过去吧。还有那件案子，事情很重大，你说前途只肯出五数，未免太少了，恐怕办不到。"国祥道："我也知道这个数目太少，怎奈人家太穷，出不起钱。只好请公祖那面开开恩，将来再图个补报吧。"卢师爷听国祥这样说，登时现出一副怪嘴脸来，冷笑了一声，说道："老兄你说这句话，就不像是老朋友了。这家人家，谁不知道是本城数一数二的？你老兄却说他没有钱，不免有些欺人了。"国祥忙道："不是我帮着他说话，前途的确是一个空名。手头并无甚现款，但如今既要办事，也不能专在几个钱上打算盘。我且问你，究竟上头的意思，要他出多少呢？"卢师爷道："却也没有明说。不过我揣度他的口气，大概至少非照原数加倍不可。"国祥道："那岂不是要整整的一撇头么？只怕太多了些。我看准定教他报效一个八数吧。"卢师爷道："照这样相差不多，总还可以讲得过。"国祥道："那么一切费心。至于你老兄那里，我自然另有孝敬。"

师爷道："以尔我的交情，倒并不在乎此。可是还有一层，原案所说的究竟是个孀妇。如果她的家族一口咬定是欺孀逼醮，倒不易转圜。"国祥道："那倒不妨，这是那孀妇自愿嫁人。万一她公公顶得凶，我自会通知前途，索性反咬那老头儿一口，说他对于自己的寡媳，起了不良之心。包管他就吃不住了。"卢师爷道："此计倒也很好，只是太毒了些。我倒要奉劝你以后还是少管些公事，积点儿阴德吧。"国祥笑道："你倒来取笑我么？我要不管公事，你又拿什么钱去供给那小桃呢？"卢师爷听说，脸上一红，便道："不和你多说，我还有别的公事要回衙门去了。"说着便立起身来走了。国祥也起身相送。

刚到扶梯口卢师爷下去了，却又有一个人走上楼来。一眼看见国祥，便满面堆下笑来。说道："巧极了，巧极了。我正来寻你哩。"国祥便领着他到茶桌前坐下。那人略和国雄招呼了一下，就附着国祥的耳朵喊喊喳喳说了一大篇。国祥始而皱着眉说道："这种人真讨厌！只怕不容易疏通。"等到后来，此人把话讲完，又微露笑容，点着头道："有了这个数目，大概可以设法。姑且让我去试一下子再说，明天再给你回音吧。"那人便道："费心，费心。"说着就从身边掏出一个皮夹来，数了几张钞票给国祥。说道："这里面是六十块，敝东的意思，这算是小小一点薄礼，说不上什么津贴。可是再多也就出不起了。"国祥将钱接在手中，便往衣袋内一塞，说我知道了。放着我的交情，一定可以办到。我等一会儿就去访他便了。那人道："愈快愈好，最妙今天晚上就把这事谈妥，免得明天登出来就不好看。"国祥道："这个我自理会得。"那人也就作别而去，国祥只点了点头，并不送他。

等他走后，就从身边摸出一张名片来，拿铅笔在上面写道："有事速来此一谈。送《大荒报》馆邹烟嶂先生"。写完便招招手，将一个堂倌唤过来。对他说道："你快把这张名片送到邹先生那里去，说我在这里立等，教他快来。"堂倌接了名片，诺诺连声地去了。国祥便对国雄笑道："你看我忙不忙？"国雄道："佩服！佩服！实在是能者多劳。"国祥道："老实对你说，此地便是我每天集会的所在。要找我的人，都在这个时候来。要谈什么话，也总在这个时候讲。今天还算是很清闲的。有时闹忙起来，总得围上一伙人，占上三四张茶桌，简直和开会一个样子。你是我兄弟，素来又和我还好，我的事情，你大概也知道的，可以不必瞒你。总之像我这样一个人，赤手空拳，今日之下，能在本地弄到这一点儿声势，也是很不容易的了。但我也知道这个究竟不是正路。要走正路自然还是进学堂学本事。所以我听见你要出洋，十分赞成。如今科举既没有了，弄一个出洋留学生回来，也和以前的举人进士一般，少不得可以在地方上多挣一些面子，却也是华氏门中的风光。……"

国祥还要滔滔不绝地说下去，背后有人喊道："阿祥哥。"国祥回过头去一看，便道："乌烟鬼出现了么？是不是奉着我的召将符，才到这里来的？"那人道："你教我来做什么？前天输了东道，赖着不肯做主人。今天可是要请客了？"国祥道："客是不请，却有好处给你。快坐下来再谈吧。"当下便把那人一把扯了过来，指着国雄，对他说道："这是我老弟国雄。是个即补留学生，马上就要到日本去了。"又笑对国雄说道："这位便是本地《大荒报》馆中大主笔邬烟嶂先生，我因为他尊姓是邬，大号中又恰好有个烟字，他的烟瘾又极大，有时便顺口称他一声乌烟鬼。其实他倒是个好人，并不至于鬼头鬼脑。这是要代他声明的。"国雄听说，忍不住笑将起来，忙和那位邬先生招呼。看那邬先生的身上，穿着一件熟罗接衫。上半身的白竹布，已经黑得几乎成个灰色，下半身的熟罗，也破了好几个洞。一张瘦骨脸上，呈露着满面烟容，两颧上有些油光，在那里发亮，似乎可以熬得出好几斤烟油来。

那邬先生一听国雄就要出洋留学，便十分恭敬。说道："国雄兄如此年轻，便负笈东渡，算是有志之士。三年以后，毕业回国，定为国家栋梁之才。兄弟今天偶尔识荆，也是幸会之至。"国雄被他这样满口掉文的一恭维，顿时被恭维得浑身肉麻起来。也只好随口敷衍他几句道："兄弟年纪还小，学问未成，邬先生的话太觉过誉。倒是邬先生在本地办报，实在是主持清议，开通民智，令人十分佩服。"那邬先生听国雄这样一说，顿时拿着手中的扇子，向桌上一拍道："老哥真知我者也。兄弟办报的宗旨，的确为的是主持清议，开通民智。不瞒老哥说，本地报纸也有好几家，哪一家不是瞎敲竹杠，乱造谣言？唯有我们《大荒报》却是太史书，董狐笔，算得一个报界的中流砥柱。这种情形，老哥向在外边，是不大知道的。不信但问令兄，他就能洞悉其详。"

说着又问国雄道："今天的敝报，老哥大约是已经看过的了？兄弟做的那篇《救国论》足有三百五十六字。自问言简意赅，把救国之旨，阐发得十分详尽。老哥以为何如？"国雄笑道："尊论自然是十分高明的了。但恕我今天匆忙得很，还没有拜读贵报。"邬先生道："了不得！老哥大约还不知道，近来本地学界中新发明了两句话道：不看《大荒报》，便是大荒唐，老哥今天没有看《大荒报》，这荒唐二字也不能免了。"说着又哈哈大笑道："偶然取笑，休要见怪。"说时恰好一个堂倌提了水铫前来冲茶，邬先生便对他说道："你去把今天的报一齐拿来。"堂倌答应着去了，一会儿拿了几张报来。邬先生便一张张翻着，翻了半天总不见他所办的那种《大荒报》。便又唤那堂倌过来，问道："这里面何以单单没有《大荒报》？想是别人在那里抢着看，所以拿不到了。"堂倌道："说起《大荒报》我倒知道。以前我们这里原也备着一份的，近来那些吃茶的客人，不知怎样忽然齐起心来，大家都不要看这一份报。逢着客人要看报的时候，要是送上别份报去，他们总还可以看一下子。唯有《大荒报》无论是谁，都笑着摇手，说谁耐烦看这种报！一味瞎敲竹杠，乱造谣言。（却不道是中流砥柱）因此账房先生说，既然大家不要看，不如省几个钱，将这份报纸停了吧……"

那堂倌只顾说得高兴，霍地啪的一声，额角头上早重重地着了一下。接着邬先生跳起来骂道："我把你这个东西！满口里放的什么屁！你敢毁坏我《大荒报》的名誉么？哼哼！教你们老板出来，我自有话和他说。"那堂倌也将手摸住额角，大嚷道："你这位先生，好不讲理！我不过因为你问起《大荒报》所以把实在情形讲给你听。这是千真万确的事，又不是我造谎。你老先生相信就相信，不相信就不相信。犯不着动手打人！"邬先生听了格外生气道："你还要提《大荒报》再说我就再打！"这样一闹，早惊动了别个茶桌的客人，都立起身来看。国祥见不是头，忙拉着邬先生道："老兄何必和这些小人动真气？停了一会儿让我来关照他老板，责罚他就是了。"

这个当儿，恰巧方才拿了国祥名片去请邬先生的那个堂倌走了过来，忙对邬先生赔笑说道："我刚因为别的事走开了一下子，教他应一会儿客，不想就闹出岔子来。他是新来不到两个月，大概还不认得你邬先生，所以出言冒犯。请你老先生饶恕了他吧。"一面这样说，一面就推着那个堂倌道："还站在这里做什么？得罪了客人，仔细你的饭碗打破，快下去吧。"邬先生经国祥一劝，又有这熟堂倌来说了许多好话，自觉也再闹不出什么所以然来，笑了一笑，重复坐下。又对国雄说道："我只为要将今天的《大荒报》给老兄瞧瞧，请你指教，想不到转和堂倌闹了一场，却是见笑得很。"国雄道："岂敢，岂敢。这堂倌太不留神，怪不得邬先生动怒。至于先生的大作，好在逐日都刊在《大荒报》上，让我从明天起，每天留意着细细地拜读就是了。"邬先生这才有些笑容。

一会儿又看着自己的扇子笑道："幸而在狗头上敲了这一下，没有将我这一把檀香扇骨敲断。不然，我真个要抓住这个东西，勒令他赔偿损失了。"国祥道："你不必开口赔偿损失，闭口赔偿损失了。如今正有人因为你毁坏他的名誉，要问你赔偿损失哩！"邬先生惊问道："是什么人？"国祥道："便是本地警察署长老魏。"邬先生冷笑道："老魏么？早半个月，我倒也有一二分畏惧他。如今是对不起，他不寻着我，我也正要寻着他。请你告诉他，尽管放些手段出来，我在这里等他就是了。"国祥道："你说得好厉害！既然如此，上一回何以又要苦苦地恳求我去说情呢?"邬先生道:"这就叫作彼一时,此一时。像你这样一个聪明人,难道这一点儿道理都不懂得?"

国祥扑哧一声笑道:"好教你得知,老魏也是个漂亮人。他这一回经人控告了,全靠我们当地人替他说好话,才可以保得住这一个位置。前天我们几个绅士的公呈,已经上去了。大概总可以有些效验,他所怕的就是老兄,因为以前既有了芥蒂,知道你一定放不过他。果然你已托人去问他表示过意见,说至少非有一个整数不可。否则定要把他种种事情,在《大荒报》上尽情宣露出来。这不是有意捣蛋么?他所以托我向你说,整数是万办不到,意思想送个三十块钱,作为暂时补助费。等事情过去,他的位置稳定以后,或者还有别的办法。他知道我和你交情很深,因此不托旁人,特地托我。我明晓得这数目太少了,未必能满你的意,但看在尔我平日的情分上,你或者可以特别通融。再者老魏经我们这样一保,多分可以留职,他如果留职,你不如在此时卖个面子,倒可以将从前的恶感消释了。转结了一个交情,岂不甚好?"

邬先生听罢,依旧摇着头道:"你的说话,我自然应当遵从。不过这三十元的数目实在太菲了。总得加一点儿才好。"国祥踌躇了半晌道:"那么就这样办吧,三十元原少了些。待我来加上十元,共凑足四十番,请你赏收了吧。"邬先生道:"怎好教你赔钱?"国祥道:"这却不妨,左右不过十块钱。老魏肯还我就还我,如果不还我,我为朋友面上也总算了却一桩事,倒也不在乎此。"邬先生道:"你既如此说法,我就遵命吧。但最好请你立刻付款,不瞒你说,明天馆里面还等着钱开伙仓哩。"国祥道:"那个自然。"当下就将身边的皮夹摸出来,拿了四十元钞票夹给邬先生。邬先生见了钱,忙伸手接过去,又细细地将那几张钞票翻来覆去看了几遍。见内中有一张中国银行的五元钞票,注着"江苏"二字,便拣出来向国祥说道:"这张钞票,向烟纸店中兑换起来,只怕要贴水。还是请你换一张四明银行的吧。"国祥依言,寻出一张四明钞票换了给他。邬先生才把来一股脑儿揣在怀中，顿时满脸堆下笑来，对国祥说道："对不住，我要去过瘾了。不怕你笑话，我这几天因为手头拮据，不敢放量。今天可要痛痛快快地吸一下子了。"国祥笑道："这却不能不谢谢我哩。"邬先生道："你待我的好处，我自然知道。横竖随时在报上帮忙就是了。别的不说，单讲你们贵族长那件事，若不是为你，我又何苦这样的得罪他呢？"国祥道："好了，别噜苏了。你快去过瘾，我也还要和我兄弟谈几句天，不留你了。"邬先生点了点头，便告辞而去。

国祥便长长地嘘了一口气，对国雄说道："你看这班人，差不多一个个都是些怪物！（不知老兄自己何如）我一天到晚，就专和他们瞎缠，真缠得人头昏脑涨。闹了这样大半天，连我要和你讲的正经话，都没有讲上半句，现在先细细地谈一谈吧。"

刚说到这一句，忽见一个十二三岁的小孩子走上楼来，国祥一眼看见，便道："阿大，你来做什么？见了叔叔，怎么不叫一声？"阿大便望着国雄，唤了一声："叔叔。"又对国祥道，"妈教我来请爹回去。说家里的客都齐了，有三桌已经上场了。"国祥道："让他们先上场好了。何必要叫我回去？"阿大道："另外有一桌麻雀三缺一，要爹回去好凑一脚。妈对我说，这一桌麻雀，头钱是很大的，不犯着让它散掉。"国祥点点头道："我知道了，你先去吧。"国雄见国祥家中有事，便站起身来道："我们的事，明天再谈吧。"国祥道："你从此地回自己家里去，先要从我家中经过，左右今天没事，何不就到我那里去玩一会？等我家中客散了，我依旧可以和你细说一切。到了明天，我又有别的事情忙着，只怕又没工夫畅谈了。"国雄一想，此番回来，未曾到国祥家中去，今天也不好说是过门不入，当下便答应了。国祥唤堂倌过来记下了今天的茶账，又另外给了他些钱，才和国雄同下楼来。

步行不多一会，就到了国祥家中。国雄一进门，就觉得十分奇怪，只见小小一间厅上，已黑压压地挤满了一屋子的人。耳中只听得骰子骨牌和叮当的洋钱声音，响成一片。见了他们两人进来，也没人理会。国祥笑对国雄说道："你生平只怕还没见过这样的场面哩。"国雄道："我于此道实在不敢请教。"国祥道："却也不可不略略见识一下子。"便拉着他的手，一同挤上前去一看，只见向外一并排摆着三桌赌。一桌是宝，一桌是摊，一桌是牌九。国祥道："这就叫作赌场中的三大宪。我这里可算是很齐全的了。"当下便挨到那摊桌上去，那些人见了他都嚷道："头领来了！快下一注吧。"国祥笑道："庄家输赢如何？"那些人道："庄风好极，赢了足有三百多块了。"国祥道："庄家赢得多，我倒要来打他一记。"这时庄家正拿起骰缸来，嘟嘟地摇了三下，等到骰缸放下，旁边的人便争先下注。国祥便从一个人身边拿过一张纸来，说道："让我先看一看摊路再说。"国雄在旁看那纸上，横七竖八画着许多圆圈和码子，也不知是什么东西？

　　国祥却细细地看着，似乎很有研究似的。看了半天，又向摊桌上望了一望，便对那立角的人说道："那进门上的二十块钱孤丁，替我吃到青龙上去。"庄家笑道："你就看得这样准么？"这时有个满脸络腮胡子的人，便显出很不服气的样子来，说道："国祥押摊，是喜欢押在龙上的，所以动不动就是青龙。据我看，这一摊却非开进门不可，你这回吃注当心烫手。"国祥道："进门上是你押的么？依我的眼光，这一摊，无论如何不会出在进门上。"那个胡子道："我倒不相信。"国祥道："你不相信，何妨再吃转去？和我赌一赌。"胡子道："就赌一下何妨？"便也对那立角的人说道："替我把龙上那二十块钱孤丁，再吃回进门上去。"国祥道："我劝你还是不发狠的好。当心吃赔账。"胡子道："闲话少说，大家都凭着骰子，显显颜色就是了。何必争论？"这时候庄家已伸手去揭骰缸，国祥便一迭连声地嚷道："龙龙！"等到骰缸揭开，国祥喜得直跳起来。道："好骰子！这不明明是龙么？凭着骰子显颜色，强到哪里去！"这时候旁边的人都嚷道："到底是头领来得厉害。胡子伯伯可没得话说了。"那胡子气得白瞪着两眼，一句话也说不出来。这一记青龙一开，国祥自己并没有放本钱下去，却现现成成好赢八十块钱。内中须扣去贴水，也多不了许多。那胡子很没好气，便数了七十块钱筹码，给国祥道："你明明是叫我吃苦头，余多的钱，暂且欠着再说！"国祥道："这苦头是你自己寻着吃的。也罢，看你输得多了，余下的钱，我也不要了。"当下拿了筹码，便回头对国雄说道："得意不可再往，我们且到书房中去歇息一下子再说吧。"那庄家笑道："你真会割稻头，像你这样连头带赌，真个要胜过知府哩。"那胡子摇着头道："不相干。赌里来，还是赌里去。这么多年，我们也没听见华国祥发了什么大财呀！"国祥笑了笑，也不和他多辩。就领着国雄，往旁边一间书房中来。

国雄看那书房中，已现现成成摆好了一桌牌。一个人坐在那里，随意弄着牌消遣；还有两个人，却对卧在烟榻上，一个吸着，一个烧着，弄得满室中烟气弥漫，熏得人几乎要作呕。国祥一脚踏进去，坐着弄牌那一个人便嚷道："你怎么到这时候才来？我们等了你好久，要是早动手，差不多四圈也快完了。"国祥道："我因为和几个朋友在'一壶春'茶楼谈天，将身子绊住了，所以来迟。"这时躺在榻上的两人，也都放下了烟具，立起身来说道："我们烟也吸得够了。时候不早，快动手吧。"国祥道："好极。今天这场牌，我一定赢钱，方才在外边已得了头彩了。"当下便将在摊桌上赢了七十块钱的话说了一遍。那几个人道："算你厉害，但是你也休得夸嘴。只怕赢了七十块钱来，输给我们也还不够哩。"国祥道："我这两天手风甚好，你们三个都是我手下的败军之将，还怕什么？"当下三人一面说笑，一面便搬了位，坐下来斗牌。

国雄虽不好赌，但对于麻雀，也还有些懂得。便在旁边随意看着。只见国祥碰了三圈，简直一副牌都没有和。并且在庄上吃人家敲了一记三番，差不多把一底筹码输去一大半。那三个人都笑道："这可应了我们的说话了。只有三圈牌，你在摊桌上赢来的钱，已完全送出来了。再碰下去，还不知要输多少呢？"国祥笑道："你们休得拿稳。斗牌的输赢，是要到立起来才算数的。只要手风一转，我自有法子来收拾你们。"国祥似这般说着，果然到了第四圈。轮到他自己做庄，就拿着一副好牌，一起手就有九张筒子，还夹着许多闲张，和一个七八万的搭子。国祥第一张就放着闲张不打，顺手摔了一张八万出去。国雄知道他要做清一色了，便留神看他怎样打法。也是国祥合该要赢钱了，这副牌竟只只上张，不多几转以后，一筒已开了一个暗杠。手中还有二筒一磕、三筒一对、六七八九四张筒子，国祥怕人觉察他拆搭子，第一张虽打了八万，那张七万，却始终放着未打。直到这个时候，上家打了一张五筒下来，国祥吃了一张，听了边七筒的张，才把这一张七万打去。那三个人便丝毫没有注意。又等了好久，国雄看得真切，见他手中明明摸了一张四筒进来，不知怎样用手在面前吃出的牌上，很迅速地一转，喊一声"自摸"就把自己的牌摊了下来。国雄以为他是弄错了，正想阻住他，却见国祥在摊牌的时候，手内竟拈的是张七筒。再一看台上吃出的三张牌，早已变成四五六筒了。这才心中明白，却也佩服他的手法灵敏。其余那三个人，只管嚷着不得了，吃了一副庄勒子了。对于这一套戏法，始终没有感觉到。国祥这一副牌，不但将以前输的翻了本，还着实赢了许多。便哈哈大笑道："如何？我劝你们不要说嘴，如今可没得说了。"

国祥和了这一副以后，又连了好几个庄。一会儿四圈碰完，外边的麻雀、牌九，也都歇了场。说快些开夜饭吧，吃了饭再赌。当下便在厅屋中摆了四桌酒菜，大家乱哄哄坐下，先喝起酒来。

这个当儿，外边忽然又走进两个女孩子来。后面还跟着一个人，拿着胡琴、月琴等丝弦家伙，国祥道："是谁叫的？"内中有个很瘦的麻子道："是我打发人去喊得来的。今天人多，大家高兴，索性闹一下子。"国祥皱着眉道："你们也太不成话了！赌钱、抽鸦片烟、已经闹得不亦乐乎，还要把他们姊妹俩弄得来。如今警署里面，正在那里严禁土娼，万一被他们寻起花头来，花几个钱倒是小事，大家名声要紧。"国祥的话，没有说完，那在摊桌上输了钱的胡子，正朝外坐着，早气愤愤地说道："我劝你紧闭着鸟嘴，少打些官话吧。别人家中或者还有人来捉土娟，至于你府上简直算得是个土娟窝子！别说他两姊妹，凡是本地那些土字号的，哪一个不是三天两天便来走动？今天又没有外客，为什么要装腔作势，排揎起人来？！"国祥笑道："老胡输了钱，在我头上来发牢骚了。"当下便将那两个女孩子中大些的那一个，扯住了她的手，一直拉到那胡子身旁坐下。说道："桂仙，你快好好地灌他些迷汤吧。他见了你自会服服帖帖，一声也不响了。"桂仙道："我迷汤是不会灌的，还是唱一支吧。"

当下便由跟来的人拉起胡琴来唱了一支宁波小调。唱罢，大家都拍手叫好。又对那个年纪小一点儿的说道："荷仙，也来一只。"荷仙点了点头，也唱了一个。那老胡登时高起兴来说道："我来搉个通关。"那个瘦麻子却坐在下一桌，便嚷道："要搉通关，四桌上都要个个搉到。"老胡道："那个自然我老胡这一点儿酒量还有，别说四桌通关，就是十几桌，我也不怕。"当下便叫桂仙斟了酒，满席上五魁八马，乱喊起来。那桂仙生得很是风骚，应酬工夫也很好，趁着搉拳的当儿，便和那些客人打情骂俏，闹个不了。那些客人也都缠着她，一会儿这个去拉她的手；一会儿那个又将她抱将过来；坐在一起，做出许多丑态。

国雄从来没见过这种场面，实在有些看不过。却也无可奈何，只好呆呆地坐着，看他们胡闹。隔了一歇，老胡的通关打完了，统共四桌人，老胡只输了十几拳，其余都是赢的。老胡便叫人拿了两只饭碗过来，将自己面前的酒，一杯一杯都倒入碗中，然后端起碗来，咕嘟嘟一口喝尽。喝完了一碗，又把那碗也端起来，喝了大半碗。忽然招招手喊道："桂仙过来，这小半碗酒你替我代喝了。"其余那些人都不依道："这个如何使得？你自称酒量好，怎么倒教人代酒？况且你的拳又是赢的。还是自己喝下去，少鸭屎臭吧。"老胡道："我偏要叫她代。她如不肯代，我再喝下去。她如肯代，这是她的交情，别人不得干涉。"桂仙听他这样说，便走过去将碗接过来，把那小半碗残酒做几口喝了下去。说道："算我触霉头，就代你一代，吃醉了少不得向你算账。"老胡见她把酒喝了，便哈哈大笑道："好孩子，总算替我争气。"

内中有个客人便笑着对桂仙说道："你喝这半碗酒，可觉得里面有些异样的味道么？"桂仙道："酒便是酒味罢了。有什么异样的味道？"那人笑道："这一碗酒，老胡喝过一大半，他的胡子已在酒中浸了。你喝酒时，可觉得酒中含着骚气么？"桂仙道："你真会说，也犯不着这样挖苦人。"这时又有一个人接口道："阿福哥的话，说得很妙。但是酒中有骚气，经桂仙喝下肚去，便是其骚入腹，正配胃口。我倒怕这碗酒中带着酸味，那就弄不清楚喝的是酒还是醋了？"一句话说得大家都笑起来，那桂仙便要走过来打他，却被老胡一把扯住道："理他们做什么！这一班人，口中都是吐不出象牙来的……"老胡喝了些酒，已略有醉意。便觎着桂仙，要教她唱《宁波老人哭老公》，桂仙摇摇头，说唱不来。国祥笑道："不好了，老胡今天输得急了，要去寻死。我们大家都脱不了干系。"老胡道："你又要嚼舌头了，输了这几个钱，就要寻死，我也称不起是一个赌中的大王了！"国祥道："你既不寻死，为什么要叫桂仙来哭你呢？"那阿福哥又摇着手笑道："罢了，罢了。老胡也别寻死了，桂仙也不必哭了，时候不早，大家还是赶紧吃了饭，再干公事吧。"大家听了，都道这句话说得是。当下就命仆人盛上饭来，胡乱吃了些，就此散席。撤开桌子又重摆起赌局来，有几个人便到书房中去吸烟。国雄便向国祥说道："我要回去了。"国祥道："不必，我知道今天的赌局散得早。我们这一局，只还有四圈麻雀；他们的摇摊牌九，大概也不过一两庄就可以完事。你多的时候已经等了，不如索性待人散后，再和你谈几句。便是夜深些，也不要紧，我自会差人送你回去"国雄听他这样说，便依旧留下。他们就重整旗鼓，又大赌特赌起来。

国雄一个人实在觉得无聊已极，就独自歪在烟榻上，将要睡着了。朦胧之间，忽觉有人拿了一样东西，向他身上一盖。国雄便又睁开眼来，却是那个荷仙，手中拿着一床线毯。国雄觉得十分纳罕，便对她笑了一笑道："多谢你。倒来招呼我。"荷仙见国雄醒了，倒很不好意思，登时双颊晕红。半晌才低低地说道："方才他们吸烟的时候，窗子是关着的。此刻倒开了，这一张榻，正当着风，我怕你睡着了受凉，因此在榻边顺手拿了这床线毯，想替你盖上，不想你倒醒了。"国雄便笑着坐起来道："我原不想睡，不过合着眼养养神。"说时，向牌桌上一望，只见四个人正用心在牌上，并没有注意到荷仙和他两人。国雄便握着荷仙的手，教她坐在榻旁一张杌子上，问道："你今年几岁了？"荷仙道："十六岁。"国雄道："你和桂仙是嫡亲的姊妹么？"荷仙道："谁和她是嫡亲姊妹？不过吃了这一碗倒霉的饭，大家混在一起，就算是姊妹罢了。"国雄道："你和她两人的脾气，何以完全两样？她是那样胡调，你却这般沉静。"荷仙道："这是各人的生性，她自有她的本事，会讨客人的好。教我去学她，也学不会，并且也不愿意学。"

国雄道："我看你倒像是个心高气傲的，想必是有什么不得已的缘故，才堕落在娼门之中。"荷仙听说，眼圈儿一红，答道："无非是家贫命苦罢了。说它则甚！"国雄道："你自己家中还有父母么？"荷仙道："我父亲早已死了。要不是父亲去世，何致如此？家中还有一个娘和一个小兄弟。"国雄道："你也认识字么？"荷仙道："也约略认识些，而且还可以勉强写得来。"国雄道："是谁教你的？"荷仙道："是我父亲在世时教我的。我父亲是个读书人，我原是好人家的女儿，不想几年以内，就弄到这般地步。这不但是我父亲当日想不到，连我自己也是想不到的。"说时竟滴下泪来。国雄看着她，也觉得十分可怜，正想再和她谈谈，不料国祥回头来拿香烟，一眼看见了，就直嚷起来道："奇了！向来见了人不开口的荷仙姑娘，今晚却和我这个兄弟，手牵着手，讲得这般亲密。这是什么道理?"那三人听说,也都把眼望着国雄和荷仙两人,同声说道:"荷仙原长得很标致,你们令弟又是个美少年,倒是天生一对,我们就来做个媒吧……"

在国祥说话的时候,国雄和荷仙早已吃了一惊,连忙将手分开了,站了起来。这时又经他们这样一讲,连国雄都羞得满面通红。荷仙更不用说,竟低了头,一溜烟逃到外间去了。

走到外间,恰被桂仙看见,对她脸上一望,便道:"咦,你无缘无故的,哭什么?"荷仙道:"我没有哭。"桂仙披着嘴道:"没有哭,脸上的泪痕还没有干哩。"荷仙转被她一句话提醒,忙掏出手帕来拭脸。桂仙却笑个不住,一面笑,一面又扯着她的手,走进书房中来问道:"你们哪一个欺负了我妹妹?害得她哭起来了。"国祥等都笑道:"我们哪一个去欺负她?她自和这位少爷,握着手谈体己话,大约是谈得窝心之极,转流出眼泪来了。"桂仙道:"窝心了,怎么会出眼泪?"国祥道:"你想想你自己看呢?也许在极窝心的时候,两只眼睛转会水汪汪起来哩。"桂仙道:"你这张嘴,真是越说越不成话了!仔细舌头上要长疔疮。"

他们似这般说笑,那荷仙却被他们调侃得十分难以为情,真个靠在一张茶几上,抽抽噎噎哭起来了。她越哭,大家越好笑。国雄心中很是不忍,却怕大家取笑,再也不敢走过去劝她。后来还是桂仙说了几句,将荷仙劝住了。一会儿,这里四圈牌完结了,外面的赌局,也先后散了。一般赌客算清了账,又吃了一顿点心,才一哄而散。桂仙姊妹拿些赏钱,也走了。

国祥的妻子便走出来问国祥,今晚得了多少头钱?国祥道:"今夜并不多,大概只有几十块钱。倒是我自己赢了近一百块钱,总算财气好。"说着便把一卷钞票递给她,国祥的妻子接了钞票,才和国雄招呼,又随口敷衍了几句。国祥道:"你去切些好的水果出来,我还要和我兄弟谈一回天哩。"国祥的妻子答应着进去了。

国祥便横在烟榻上烧烟，教国雄躺在他对面。国雄见他还是这样慢吞吞的，便忍不住问道："如今没有人在旁边，你可以很详细地告诉我了。你今天在茶楼中对我说，萍虚叔公办这桩喜事，都是花着别人的钱，并且说我就替他出钱，此话到底怎讲？"国祥道："你年纪还轻，哪里知道其中底细！要说老头儿办喜事，全是你报效，却也未必。但是细算起来，你至少总是出钱的一分子。我先问你，你可晓得近年来这爿酱园里面，生意怎样？"国雄道："听萍虚叔公说，似乎生意很清淡。要不是他竭力支持，差不多就要关门了。"国祥道："你相信他么？"国雄道："我也未敢深信。"国祥道："老头儿说这种话，简直比放屁还臭！这爿酱园，年来营业很好，哪一年不赚钱？大概都被老头儿一个人放在腰包中去了。所以你们股东，连红利都分不着。他一个人却光景一年好似一年。这还不算稀奇，最可恶的就是这回的喜事，实在用得不少。一切嫁妆陈设，是你看见的，倒还是面子上的事。还有首饰一项，你们无论如何不全知道。单是一朵珠花，一条珠链，已足足花了三千多块钱。总计起来，这场喜事，里里外外就不到一万，也至少要八千以上。这许多钱都是向园中提的。园中的钱，原是公众的，他却随便拿来，供自己私人的用度。岂不是等于你们大家出钱，替他讨老婆么？我所以说你至少也是一出钱之一分子，就是这个意思。"

国雄道："这真是岂有此理！不是你告诉我，我再也不得明白。但是我还有一句话不得不问，你却不要生气。"国祥道："尔我有话，尽说不妨，有什么动气？！"国雄道："你不是园中的账房么？萍虚叔公虽然身为经理，但关于银钱进出不能不通过账房。你何妨顾全大局，加以限制呢？"国祥道："这个你又有所不知，这爿园虽然是族中几房合伙开设的，但我这一房，并没有什么股子在内。老头儿所以用我做账房，无非别有用意。因为我这个人很不好弄，怕我和他捣蛋，借此给我些好处，一方面又收我作为一个膀臂。我前几年，也还天天到园中，实行着账房的职务。近年却是情形不同，你大约也可以看得出，我的路道很多。银钱不怕没有来源，而用度却也十分浩大。园中的账席，能有几个钱进款？哪里养得活我？我所以早已将它置诸脑后，不管什么事了。只是老头儿还竭力敷衍着我，依旧留着一个账房的名目，按月送几个钱薪俸来，我也乐得用之。至于一切银钱进出的事情，他早已另派了人在那里料理，格外可以通同一气，毫无顾忌了。

严
独
鹤
文
集

"论理我既不是股东，便是看着他将这一爿酱园吞蚀完了，也不干我甚事。不过我这个人，生性是好打不平的，觉得有些不服气。几次三番想举发出来，又因这几房的主儿，都是些疲软无用，鼻涕垂下来都缩不上的人。便是你们厚卿叔，也是个读书长者，最忠厚不过，未必肯和老头儿严重交涉。那时节我倒白做了难人。如今你回来了，又恰巧和老头儿谈到付款的事情，我看你这个人年纪虽小，倒还能说几句话，像是可以有为的样子。所以才仗着一片热心，和盘托出地告诉你，你总得赶紧想个法儿才好。"（明明是和萍虚吃醋，借此出他花样，却转说得冠冕堂皇，国祥真是个厉害角色！）国雄道："教我一个人有什么好法子想呢？"国祥道："只要你肯出场，我自有一条妙计在此。"国雄问道："是何妙计？你何妨先说说看。"国祥道："要行使这条妙计，不妨先拿我来开刀。"正是：

调唇弄舌寻常事，说破无非貉一丘。

第十九回　舌剑唇枪包围老叟　天空海阔邂逅佳人

国雄讶然道："这是什么话？怎样拿你来开刀？"国祥道："这其中自有道理。"当下便和国雄喊喊喳喳，说了半天，国雄也觉得此法颇妙。等国祥说罢，便道："多承你指教，我就照此办理罢。"说话时摸出表来一看，见时针已指在两点一刻，就急忙立起身来道："夜太深了。父亲一定在那里盼望我，要赶紧回去了。"国祥也不再留，便唤一个打差的打着灯笼，送他回家。

国雄回到家中，他家中的人果然等得很心焦了。他的母亲见了他便笑道："你到底在什么地方？耽搁到这般时候才回来。你爹爹差人到萍虚叔公家中去问，说你早走了，却不知走到哪里去。你爹爹便又教他们在街上四处八方去找你，却又找不着，很有些挂念。我便笑着劝他说，你又不是小孩子，总不会被拐子拐去。你爹爹总不放心。你快进去看看他罢。"国雄答应了一声，忙走进厚卿房中。厚卿这时正倚靠着床栏坐着，还没有睡。国雄少不得把今天遇见萍虚的情形，和以后国祥对他说的种种话，都告诉了厚卿。厚卿听着呆了半天，才叹了一口气说道："我也早晓得这爿酱园，要是让这位萍虚老太爷一手经理下去，非弄到关门不止。但他到底是个长辈，我也无奈他！何况且我是个书生，对于商业上的情形，完全不懂。就要和他交涉，也觉说不出什么所以然来。如今国祥既抓住了他的把柄，你们要设法和他理论，却也未尝不可。不过一切说话总还要谨慎些，不要事情没有弄好，反被他有了一个题目，说你是无端犯上。"国雄道："像他这样做长上的，早已失却了长上的资格，实在不能不犯他一犯了。"一句话说得厚卿也笑起来，便道："那么就听你去干罢。我却不便出面。"这时国雄的母亲也走进房来，笑道："时候不早了，你们父子有什么话？何妨留些明天再说。赶快睡罢。"当下便各自歇息。

到了明天国雄便又出去，分头和那几个本家接洽。因为这爿酱园，原是本家几房合股开的。不过比较起来，厚卿这一房，却占着大份。那几房本家也早知萍虚营私自肥，种种的靠不住。只因他在当地颇有些势力，不敢轻易去招惹他，如今见国雄肯出头，便也乐于赞成。国雄和他们商量定妥，便写了一书信给萍虚，约他第二天在聚乐园馆子中吃午饭。萍虚接了他这书信，虽也有些疑惑，不知国雄何以忽然请他吃饭？但也料不出是有什么问题。心想他既请我，也乐得扰他一顿，于是便按时而至。到了聚乐园，国雄和那几个本家，都已先到了，萍虚也并不在意。国雄也并不讲些什么。一会儿大家入了席，不用说萍虚是坐的首席了。

上过了头菜以后，国雄便立起身来，恭恭敬敬地走到萍虚面前。斟了一杯酒；又和合席的人也斟了一巡，这才坐下去，端起酒杯来，向萍虚说道："请叔公满饮一杯，我有些小事要和叔公商量。"说着自己先把杯中的酒喝干了。萍虚也把酒喝了，合席都陪了一杯。萍虚听国雄说是有事商量，还以为不过是昨天所说筹划款项那些话。便含笑说道："有什么事商量？你不妨直说，我力能帮忙的，总可以替你设法。如果力有不及，也就无法可施了。"国雄道："叔公误会了我的意思了。我并不要请叔公帮助，却是有一件关于公众的大事，不能不整顿一下子，想求叔公作主。我如今先要请问叔公，我们这一爿酱园，以前情形很好，每年官利红利，按时发给，从未推扳一点。何以这几年来就弄到这般地步？不但利息都发不出，而且内容很是拮据。照这样子，再过一两年，怕就要难以支持。万一周转不灵，收歇下来，岂不是祖宗传下来的这点基业，就此断送？所以我们大家的意思，想趁目前赶紧设法整顿，免得将来不及补救。想叔公是一族之长，又是园中的经理，对于这个问题一定比我们格外注意。我们不过有这样一个意见罢了。究竟应该如何整顿？还请叔公示下办理。"

萍虚一听到国雄提起酱园中的事，由不得就有些刺心。忙装作坦然无事的样子，说道："酱园中几年来发不出利息，这自然是大家很不满意的一桩事情。但所以发不出利息的缘故，都由于捐税繁重，营业不佳，这个情形，我平日和他们都已谈过。昨天你到我家里来，我也曾把其中情由，细细地讲给你听，谅你也能明白。总之这爿酱园，要不是我一力主持，只怕不到今日，早已要倒闭了。但是我虽竭力撑持，苦于自己又没有钱，也无非是东挪西移，欠人家的款子，却已不少。我倒怕你们置诸不问，将一切事情都掼在我一个人身上。现在你们要出来整顿，这是再好没有。不过第一句话就得先增加资本，资本雄厚了，一面清偿积欠，一面扩充营业，就可以有复兴的希望。否则只好维持现状，维持得一天是一天，实在谈不到整顿二字。"

萍虚说到这里，座中有一个族人号质卿的，比国雄大着一辈。比较的还能讲几句话，当下便忍不住说道："老叔的话，固然不错，但我的意思，以为增加资本是一件事，整顿内容又另是一件事，大家设法整顿下来，觉得凡事都头绪清楚了，那时再酌量情势。如果应该增加资本的，大家便量力添些本钱，也未尝不可。却断不能说不增加资本，就不该整顿。如果资本加了下去，依然无法整顿，那么将来所加的资本，也无非是逐渐消磨，岂不损失更大？吃亏更甚呢？"萍虚捻着自己的胡须，把个头摇了几摇道："质卿说的话，虽似在理，却还是书生之见。要知道，做生意第一要钱，钱多了就好办事。要是钱财上不敷周转，无论说什么话都等于空说。至于说加了资本下去，怕逐渐消磨，这话更是过虑。老实告诉你，若是别人来经管这爿酱园，事情便就难说。如今既由族中人公推我经理，我的为人，谅来你们这些小辈，都可以相信得过的了。（当答曰相信之至）这几年经济十分困难，尚且能一个人维持下去，倘然资本充足，好好地一调度，怕不隆隆直上！"萍虚一面说一面摇头晃脑，仿佛很得劲似的。（亏他有这副老脸。）

当下便又触恼了另外一个族人。这人年纪很轻，辈分却很大，和萍虚是同辈，为人很是心直口快。他小名福生，人家都称之为快嘴阿福，他听萍虚口口声声还要自己吹牛，便抢着说道："萍虚哥，你的话说得太好听了。我却不肯相信，你打量我们真个是蒙在鼓里，一些也不知道么？老实说，我们上当已上得够了！再也不犯着将白花花的洋钱，向这里面送了。送下去再让别人享福，我们却做冤桶。老实说，我们就是有钱，也不如留着自己讨几个年纪轻面孔标致的女人，也可以受用一下子。"萍虚听他这样说，由不得脸上一红，忙道："老弟你这是玩话，还是真话？照你的口气，简直是疑心我做这个经理，有什么对不住人的地方了！"（岂敢岂敢）

快嘴阿福见萍虚严声厉色地这样讲着，十分不服气，还想再顶他几句，国雄却怕萍虚老羞成怒，把事情弄僵了，不好收场。便赶紧把话截断，对着萍虚道："萍叔公且请息怒，我想福叔公的话，也并非是冲撞你老人家。我们大众对于你老人家，原是十分信仰，并没有什么话可说。不过据大家传闻，似乎园里面用的人，却未必个个靠得住。叔公受了大家的托付，处置一切，自然是很公正的。不过年纪大了，事情又很忙，或者有个精神不到的去处，他们就未免要设法蒙蔽了。"萍虚道："这句话却也不然，我自信颇有知人之明。园中所用的人，又大半都是些老朋友，绝不至于营私舞弊。"国雄道："这倒不然，我如今敢大胆提出一个人来，这一个人我们对于他，就不敢放心。"萍虚讶然道："是什么人呢？"国雄道："叔公一定要问，我也顾不得面情，不能不说了。便是那国祥哥哥。"

萍虚沉吟道："国祥么，他有什么不好的地方？"国雄道："外边都说他在园中当着账房，却很靠不住。不但他家中有什么用处，都移挪着园中的款项。并且还时常拿了园中的钱，去和女人家兑首饰，剪衣料。这个样子，如何对得起大众？"（对了和尚骂贼秃，国雄的说话，依然和快嘴阿福一样，却使萍虚不能发怒）萍虚觉得这话有些刺耳，却仍旧老着脸说道："国祥这个人，何致如此混账！（原来这个样子就是混账）这都是外边人造他的谣言，未可凭信。不过他这个人外务太多，当了账房，不尽心做事，这是有的。所以我如今并不把什么重权交给他，你们也可以不必过虑。"

国雄道："叔公既这样说，论理我们自然不应该再多讲了。但我们大家的意思，总觉得这一片酱园，既是几房合股开的，讲到族谊，彼此都是自己人，尽可马马虎虎。讲到商家的规矩，股东对于里面的重要职员，如果发现了什么疑窦，不能信任，就该有一种适当的处分。所以今天请叔公来商量的事情，就是想要求查账。请叔公吩咐园中的执事人员，将近年来各种开支账簿，拿出来让我们大家公同看一看。万一当账席的人，果有对不住东家的地方，当然公事公办，没有什么客气。倘然查账的结果，竟丝毫没有弊端，那是我们轻听人言，情愿另外备了酒席，向国祥哥哥赔礼，算是我们多事。叔公既是一族之长，谅来对于族人，无论是谁，都不会偏护。这个查账的办法，一定可以允许的。"

国雄说完了这句话，旁边的人又一齐说道："查账是最和平的办法，无论如何，求叔公要允许我们。不然我们只好采用别的手段了。"萍虚被他们这样一逼，不好意思推托，呆了半晌，才慢吞吞地说道："你们要查账，自然是正当的办法。但不知预备怎样一个查法？还是我教他们将账簿分送给你们看呢？还是大家约在一个地方，公同检阅？"那快嘴阿福便又开口道："查账是很容易的事，只要今晚说定了，不论明天或是后天，我们就可以齐集在园中。拿出账簿来，细细地看下去，一笔笔账算下去，一天算不定，便是两天。两天算不定，便是三天。大概至多也不过三五日的工夫，就可以完全了。"国雄也道："这话确乎不错，要查就查，用不着什么预备。"（用不着预备这句话看似平淡，其实很厉害，意在使萍虚不能预备也）萍虚点了点头道："好好，就照你们这样办罢。你们爱什么时候来查，就在什么时候查，索性大家把事情弄清楚了，倒可以没有话说。"国雄道："叔公这样吩咐，那就好极了……"

他们一面说话，一面也依旧随便吃喝着。此时差不多菜也要上完了，萍虚心中有事，转催着要吃饭，大家把饭吃完。刚要散局，忽然一个人慌慌张张地走了进来，一见萍虚便道："原来萍老太爷果然在这里，竟被我找着了！我先到园中，后来又到你府上，问了管家，知道你老人家在这里吃酒，所以赶了来。"这时萍虚还没有开口，那快嘴偏又认得他，忙道："你是掮珠宝的客人张小九呀！近来生意可好？"张小九道："生意倒还好，多亏这几个老主顾，大家作成我。我此刻来找萍虚老太爷，也为的是生意经。"说着便将他手中拿着的一个手巾包，打了开来。里面还有个小小的纸包，又把那纸包解开，包里面放着一对珠耳环，和一支翡翠押发。张小九指着这两件东西，对萍虚说道："你老人家看这两件东西好不好？耳环上的几颗珠子，虽不很大，却是粒粒精圆。这支押发，更是绿得可爱。如今像这种样的好翡翠，已经不多见了。这是一家人家，急于要用钱，情愿卖得便宜些，托我赶紧出脱。我想一时间寻不到别的主顾，不如向你老人家这里来兜揽一下子，只怕还容易成交。你们这位新太太，不是很喜欢兑首饰的么？你老人家把这两件东西买回家去，包管你们太太看了十分中意。"萍虚道："你找错了主顾了。我哪里要买这些东西！"张小九道："你老人家又来客气了。像你老人家不买这些东西，又有谁买？上回那朵大珠花，不是一说就成交么？何况这两件小玩意儿。"萍虚道："上回的珠花，是因为要办喜事，没有法子，只好装装场面。现在喜事已办过了，哪里还有闲钱来买这些贵重物件！你快包起来，往别处去揽主顾罢。我还有些正事，不和你多讲了。"萍虚一面这样说着，一面却连连地向张小九使眼色。

国雄等都看在眼里，张小九却丝毫没有觉得。依旧笑着说道："你老人家何必装穷？谁不知你老人家有得是钱！就是府上一时不便，也只要写一张字条儿给我，便好到园中账房里去付。只是园中那位账房陈先生，太会赚好处了。上次那朵珠花的款子，由他手中付了我三千二百块钱，他却整整地扣了我三十块钱去。这回也拼着再给他些好处就是了。"张小九似这般不顾轻重地一讲，萍虚却被他说得脸上红一块，白一块，忙道："你这些话都是信口胡说！那三千多块钱，是我托陈先生向另外一个人家借得来的，所以由他手中交付给你。哪里是园中的钱？园中的钱，可以由得我一个人拿来买珠花么？讲到陈先生要你三十块钱，也是没有的事。就使他向你要钱，也是你愿意送给他，又不干我事……"萍虚说到这里，生怕张小九还要说出别的话来，忙立起身来对国雄说道："你们再坐一回罢，我却要先走一步了。"说着头也不回，急匆匆地去了。

张小九鼓嘟着嘴说道："这老头儿今天不知是什么缘故，一句话都说不上去。也算是我倒霉！"一面说一面将东西包好，也就没精打采地走了。国雄等听了张小张的话，觉得又好气又好笑。大家商量着且待查账查出弊病来，再和他说话……

萍虚出了聚乐园，且不回家，先赶到酱园中，把那管账的陈先生叫到里面来，对他将聚乐园吃饭大家要查账的情形，约略说了一遍，命他赶紧另造假账，或是把旧账簿设法涂改。陈先生连连摇头道："这件事情，只怕有些棘手了。他们一声说查，就要来查，时间十分局促。这许多账簿，要改也来不及。并且眼前那几本重要的账簿，已经不在手头了。"萍虚惊问道："怎么不在手头，到哪里去了？"

陈先生道："就是今天上午，国祥忽然到园中来对我说，他多时不到园了，但既做了总账席，有几笔重要开支，到底不能不略略地看一看。就教我将那些账簿，都拿过去。我当时心中也有些疑惑，他对于园中账目，是久不顾问的了，何以今天忽然要来看账？但他到底还据着总账席的名目，既向我要账簿，也不好意思说不给他。我正在迟疑，他却老实不客气，竟亲自动手，在我账桌上将最近那几本重要些的账簿，一古拢儿拿了去。坐在他那张久已空设着的桌子面前，细细地看个不已。我也只好听他查看，谁知等了一会，我正有事和旁人接洽，到客座里去谈了一回，没有注意他，他却趁这个时候忽然走了。走了之后，我才晓得。再一找那几本账簿，却也不见，自然是被他带去了。我正猜不出他是何用意？也许他没有工夫在这里多耽搁，要拿回家去细看。但这种行径总有些奇怪。如今听你老人家这样一说，事情就很明白。大概他的耳风，倒比我们来得长，知道有人要来查账，故意把账簿拿去，算是拿住了把柄。好趁火打劫，和我们捣蛋。"

萍虚听说账簿已被国祥拿去，明知此中必有文章，但也无从埋怨陈先生。只急急地问道："你那账簿上到底有什么显明的破绽没有？"陈先生道："也无所谓显明的破绽。只是你老人家这一次的喜事，未免提用得太多了。虽然账簿上面并没写明是你老人家私自的用度，但是数目太多，时间又隔得太近，无论如何总不易弥补。那是一翻账簿，就可以看得出毛病来的。"萍虚叹了口气道："如此说来，只好另行设法罢。我也猜得准是此人在里面捣鬼。"当下便又离开了酱园。回到家中，赶紧差人去请国祥。连请了好几次，国祥人也不来，也不给他一个回信。萍虚无法，只好另打主意。

这天晚上，国雄正陪着他父亲和一家人在房内闲话，忽然一个仆妇走进来说萍虚老太爷来了。厚卿忙悄悄地对国雄说道："他老人家在这个时候亲自跑来，必有缘故。我依然推托身子不好，不去见他。还是你去和他周旋一番罢。"国雄当下便走出去，见了萍虚。萍虚问道："你父亲呢？"国雄道："父亲因为病体初愈，熬不得夜，已经一早睡了。恕不能接待叔公。"萍虚道："自家人何必客气？我今晚来此，一者因为惦念着你父亲，来探望他。二者还有事和你谈，还是到书房里去坐一回罢。"国雄听他这样说，便陪着他到书房中去。萍虚坐定以后，便从身边摸出皮夹来。在皮夹中捡出一张票子来递给国雄道："这是八百块钱的一纸庄票，你暂且收下再说。"国雄愕然道："叔公这是什么意思？请说明白了，我方敢收受。"萍虚道："这也并没有什么别的意思。只因你前天和我谈起，要想到日本去留学，却苦于没有经费，我当时因为经济方面，一时实在不易设法，所以未曾答应你。如今转念一想，你立志要出洋，正是努力向上。我既是个族长，如何可以不成全你？因此从无可设法之中，勉力设法替你筹措出这八百块钱来。大概有了这八百块钱，整装费和旅费，以及眼前第一个学期的学费，总可以勉强敷衍了。将来的用度，且到那时再说。我如有可以为力的地方，总随时帮助你。"国雄听萍虚这时候的说话，和以前迥不相同，当然知道他的用意所在。于是略略想了一想，就对萍虚说道："承叔公相助，我是万分感激。但这笔款子论理只算是借款，应该由我写一张借据给叔公才是。"萍虚道："自家人说不到什么借款，更用不着借据，只是彼此心照就是了。"说着又笑道："你将来留学回来，飞黄腾达。便是我不来问你要，你也自然而然会加几倍的还给我哩。"国雄道："叔公既如此厚爱，我亦只好暂时拜受了。等将来再补报罢。"当下二人又随意谈了几句闲话，萍虚便告辞去了。

国雄回到里面，将这件事告知厚卿，厚卿道："他这八百块钱，糊里糊涂的，既不算送，又不算借，分明是一种运动费罢了。我看收了它总有些不妥。"国雄道："孩儿也觉得收得不妥。不过不收他的，倒也似乎有些犯不上。况且目前正要钱用，不如拿了他的再讲。"厚卿摇了摇头，也不再说什么。

到了明天。国雄便去找国祥，见面之后，国祥就拍着手笑道："恭喜！恭喜！八百块钱的好处到手了。这全亏是我设的妙计，还不谢我？"国雄骇然道："你真是个鬼灵精！怎么就会知道？"国祥道："你还不晓得我的厉害，我的本领胜过福尔摩斯。手下的小侦探，又非常之多。无论谁家有什么秘密事，我都可以立刻探听清楚。"国雄道："休要瞎说，快些好好地讲，你到底是怎样会知道的？"国祥道："老头儿今天一大早到了我这里，对我噜噜苏苏地说了一大篇话，无非想消弭这个查账的风潮。一面又拿出些钱来，你算是最多的，拿了八百元。其余诸人也各有点缀，连我也老实不客气拿了他四百元。当时我便问他这笔账作何归结？他说款子依然是暂时从园中取得来的，不过可以由他个人负责。大家不必还，作为补偿这几年来未付的利息就是了。他又剀切声明，以前的账目，为了历年移东补西，确有不能十分核实的去处。但从今以后，一定秉公办理，请大家在族中公推出两个人来，作为监察员。每天进出的款项，都由监察员过目，并且按月将总账向各股东报告一次，再不会有弊病发生了。我看他这种办法，仿佛是递了悔过书，我们也得放手处且放手罢。因为若要认真清理起来，一者传扬出去，大家都知道酱园中起了风潮。不免影响及于外界的信用，恐怕于营业上和一切存款往来，都有关碍。二者我们族中的人，你是知道的，又有那一个是有才具，有信用的？只怕将老头儿逐去了，另换别人，反而一蟹不如一蟹。再就你个人着想，你自己既急于要出洋，再没有工夫料理家事。厚卿老叔又是个忠厚长者，受不了这些麻烦，不如暂且放松些，等过个三五年再说。好在老头儿经过这一次事情以后，料想他也要留神些，不敢再像从前这样任意滥用了。"（这都是四百块钱在那里说话）

国雄听说，略沉吟了一下子，便道："你的话也不错，目前只好暂且搁着。但是将来终非彻底清理不可，老是这样放在他手里，总不是好事情。"国祥道："那是自然，最好等你毕业回来，再用全力来整顿一下子，就可以一劳永逸了……"

国雄既得了这八百块钱，厚卿的病体也完全复元了，便赶紧料理行装，预备起程。厚卿以为儿子出洋求学，是上进之计，倒也十分欢喜。国雄的母亲，却不免有些依依不舍。临动身的时候，温如知道了前来送他，两人是从小在一起的，一旦远别，很有些黯然神伤的样子。这且不提。

国雄辞别了家人亲友之后，一个人独自乘轮船到了上海。见了寿卿夫妇和芷芬，寿卿夫妇略问了问厚卿的病况和家中情形，国雄随口对答了几句。钱氏又问起温如，国雄道："温如哥将来总还要到上海来就学的，但一时只怕未必会来。"钱氏点了点头，大家随意闲谈着。隔了一会，钱氏一回头看见芷芬低着头坐在那里，像是有什么心事似的，便问道："芷儿，你平常有说有笑的，话总比别人来得多。今天见了国雄弟，何以一句口都不开？"芷芬低低地道："我忽然觉得有些头疼，想回房中去歇息一下子。"说时立起身来，对国雄说道："对不起，等一会儿再和你谈天罢。"当下就真个走进里面去了……

国雄在寿卿家中略耽搁了几天，又做了两身洋服，便会着了徐怀仁、国光太郎等，将一切留学的手续办妥。居然乘着日本轮船，欣然放洋。他们这一回是跟着赵雨卿一同出去的。雨卿带着那位钱太太，坐的是头等舱，国雄和怀仁国光太郎坐的是二等舱。国光太郎此次到日本去，并非留学。算是公使馆中的一个随员，特地去帮他义父的忙的。所以俨然处处以官自居，格外得意。不过他对于国雄和怀仁二人，倒很要好。因为自己算是个留日的老前辈，便处处照应着他们。怀仁是早已见着赵雨卿的了，国雄却没有见过，国光便引着他去拜见雨卿。雨卿因为国雄容貌文秀，对答敏捷，问一问他的学业，也颇有了些根底，倒很欢喜他。国雄不便久坐，略谈了一会，就退出来。雨卿却对他说途中寂寞，可以常来谈谈。国雄恭恭敬敬应了一声，便和国光同回自己舱内。

国光便笑道："我这位义父，对于国雄倒很合意。将来到了日本，不愁补不到一名官费。"国雄道："这却还须请你吹嘘，将来得有进步，自然要感谢你。"国光道："这倒也无所谓感谢。老实告诉你，如今的时世不比从前。凡是当公使的人，也很怕那些留学生遇事生风，和他捣蛋。所以往往在有意无意之间，联络几个有才干的留学生，作为他的膀臂。像我在留学的时候，便是我义父的一条膀臂。（回映前文）如今我已经脱离学生界，成了一个官员了。关于留学界的事，自然要避些嫌疑，存些体统，不便直接干预。你和怀仁两人，到了日本，如果好好地干去，倒可以成为我义父的两条膀臂。那时岂不交受其益呢？"国雄听他这样说，并未答言。怀仁却抢着说道："这就好极了！只是在留学界中，如何便能活动，却依旧要仗你的指教。"国光道："如何活动也没有什么一定的方式，总须随机应变。好在我和你们两位，自然是常常见面的。可以随时指引。"说着又笑了一笑道："你们不知道在日本留学，实在比在内国读书，要快活得多了。有许多留学生一到日本，简直不过挂了一个读书的幌子，实际上竟是大嫖特嫖。他们入了学校，学的都是选科，只要出了学费，领了一份讲义，简直可以不必上课。逢到考试的时候，便托人代考，一样可以毕业。因此一年到头，出空了身体，专一游荡。留学生嫖得最省钱而最有趣的另有一种去处，只怕你们还未必知道。"

怀仁道："左右不过是玩下女罢了。"国光道："玩下女是最无聊的办法。一者日本的下女，原不是什么高等货色，没有多大的意味。二者和下女发生了情爱，张扬出去，似乎于名誉上也有些妨碍。"怀仁道："那么是吊膀子？"国光道："吊膀子的事情，施诸于日本女人，自然格外容易。但也难得吊着好的，而且有时也免不了要出乱子。"国雄道："那就无非是结交妓女了。"国光摇着头道："结交妓女，更犯不上。高等的艺妓，她们挂着一个卖艺不卖身的招牌，你若要实行这一个嫖字，简直既费心思又费钱；次一等的妓女，自然可以入门了，却是现货现卖，丝毫没有什么情趣。"怀仁道："那么留学生要寻乐，究竟是怎样最相宜呢？"国光道："留学生在日本要尝女色的风味，最妙莫过于进医院。"国雄讶然道："医院中怎么可以嫖呢？"

国光道："这自然非你所知了，待我来告诉你。日本有一两家医院，简直好说是专为中国留学生而设的。凡是留学生入医院，都可以另外领得到一笔医药费。因此有些留学生，差不多常年生病。那些医院中的医生，也明知如此，凡是中国留学生进院，竟用不着你诊察，概说是脑病。随便给些药水，那些药水，自然也是千年吃不好，万年吃不坏的。大概他们拿了药水，也决不会吃。住在病房里面，天天有很漂亮的看护妇陪着，简直比到堂子中要舒服得多了。有一家医院，楼上都住的是中国留学生，他们竟取了个名字叫作'支那町'。这支那町中有家'杏灵堂'，到了晚上喝酒，唱戏，拉胡琴，恣意寻乐，只怕比上海的旅馆中，还要加几倍的热闹。我讲到这里，还可以附带地说一个笑话，给你们听听。

"有个初到日本的留学生，他不知道这种医院内的情形，偶然生了胃病，就到医院中去医治。院内的医生，见他是中国人，问了一问，又知道他是留学生。便笑道：'没有什么要紧病，就让他住在院内。'他到了病房中吃了药水，想安睡一会，却是左右病房中，都在那里欢呼喧笑，闹得不成样子，无论如何也睡不着。隔了一刻，胃部很剧烈地痛起来了。睁眼一看，也没个看护妇在面前，便拍了几下手掌，才有一个看护妇进来。看护妇问他有什么事？他的日本话又太不济，一时言语不通，只好指指自己的胸口。那看护妇笑了一笑，便坐在旁边，替他在胸口按摩。一面按摩，一面又做出许多媚态来。那只按摩的手，也渐渐地不按摩而换了别种行动，竟和他大开玩笑，在夹肢窝内呵起痒来了。这个留学生十分骇愕，忙用力将她的手握住。她这时格外理会错了意，竟把身子俯了下来，一个头撞在病人怀里格格地笑个不住。这位留学生正在痛不可当的时候，哪里禁得起她如此作态？连忙使劲地将这看护妇一推，这看护猛不防几乎跌了一跤，勉强挣扎住了，白睁着两只眼，对这位留学生望着。这位留学生含着怒容，将手挥了一挥，意思是叫她快些出去。她这才鼓嘟着嘴，撅着身体走出去了。从此以后，便不见一个看护妇进来。可怜这位留学生整整地痛了一夜，也没有人来理他。

"他恨极了，便教这个朋友去和院中医生交涉，医生说的话格外好笑。道：'是他真个有病么？既然真个有病如何不向别家去医治，却到我们这个医院中来？'后来好容易又费了许多口舌，才答应出院，自投别的医院中去医治。不然就是痛死在院中，也没人理会哩。那个留学生后来病好了，想起这家医院来，觉得非常之恨。便将此中情形，写了一封信报告公使馆。其实使馆中人，也明知如此，只求留学生不闹风潮，哪怕全部留学生都不进学堂，住医院，倒图得一个安静，尽可置诸不问。对于这位留学生的信，自然置诸不理。可笑这留学生白吃了一场苦，倒被一般留学界中当作一件笑话讲着，说他是个头号'阿木林'。"

怀仁道："听你的说话，倒也令人长了一种见识。照此情形，想必你也是医院中的一个老主顾了！"国光笑了一笑，也不答言。他们这一次是预定到了横滨登岸的。国雄虽是初涉重瀛，幸喜沿途风平浪静，又有国光怀仁二人作伴，一点不感寂寞。

这时天气渐渐热了，傍晚的时候，便常到甲板上去闲眺，转觉海天寥廓，很足开拓胸襟。一天晚上，怀仁和国光都睡了，国雄却因为舱中有些睡不着，起身一看，月色直射进舱来。国雄一想海上看月，这也是最好的景色。好在虽是夜中，船行得却十分平稳，又有月光，不愁黑暗。我何不索性到甲板上去赏玩一回呢？当下便独自一人出了舱室，走向甲板上来。躺在一张帆布椅上，仰望着一轮皓月。好像天空悬了一只大玻璃灯，正照着这只船似的。再向四下里一看，却是海水接天，浩淼无际。国雄心下觉得异常畅快，一个人赏玩了半天，又嫌静悄悄地太无味了。想去将国光和怀仁也都找来，一同赏月，岂不更是有趣？就立起身来。

刚要移动脚步，忽见月光底下，又发现了两个人影。忙回头一看，却是两个女子。起先离得颇远，还看不十分清楚。后来越走越近，国雄再仔细地一看，一个年纪大些，似乎有二十来岁的光景；还有一个却很娇小，不过十六七岁左右的样子。国雄除了自家姊妹以外，向来和女性不很接近。此时见了这两位女郎，却觉得异常秀丽，不由得像被电力吸住了一般，就停住脚不走。那两个女子却很大方，见国雄对着她们目不转睛地看着，便也对他回看了一眼，就并肩站在船舷边，扶住栏杆，在那里望月。

一会儿那大些的一个说道："妹妹，你此番到日本去，预备住多少时候？"那一个回答道："我想多住些时，大概要毕业后再回国。我觉得一个人总要有些实学，才可以应用。我自己目前学问太浅，必须趁这个青年时期，赶紧求点儿高深的学问才好。姊姊，你的主见又怎么样呢？"那年纪大些的道："我却没有一定。住上一两年也说不定，略停留两三个月就走，也说不定。总之是相机行事罢了。"年纪小些的又说道："我想留学界中，总不少有为的志士。"年纪大些的道："这也难讲。留学界中不能说是没有人才，但胡闹的也实在太多了。"年纪小些的还要继续讲下去，年纪大些的却阻住她道："我们在船上，还是谈谈闲天罢，有些话可以不必多讲。"于是两人便默然无言地站了一刻，又冉冉地去了。

国雄见她们一走，便也慢慢地要走下舱去。刚走不上几步，瞥见前面有一件白的东西，忙拾起来一看，却是小小的一方手帕。再就月光下一看，手帕的角上，却还绣着两个小字，却是"蕊仙"二字。国雄暗想这块手帕必是两个女子中之一，遗落在这里的。但两人既已下去了，也无从去还给她们，便把来藏在怀里。走下舱去，也不再去惊动国光和怀仁，就静悄悄地睡了。可是从这一夜起，国雄便像添了一桩心事似的。自己也不知道心理上起了一种什么感想，只是翻来覆去地睡不着。到了第二天，在餐室中和甲板上，几次看见昨夜那两位女郎。那两个女郎也有意无意地常对他看着，尤其是那个年纪小些的，似乎对于国雄，很是注意。国雄也颇想借奉还手帕为由，和他们一通款曲。却又当着许多人的面前，唯恐这两个女郎怪他唐突，倒发起怒来，那时节面子上便不好看。因此就鼓不起这股勇气，只好把那块手帕，永远珍藏在自己怀中。一直到了横滨还没有物归原主。

国雄跟着雨卿等一行人在横滨登了岸，也不多耽搁，就由横滨趁火车到东京。国光自然是住在公使馆里面，国雄和怀仁便同住在一家旅馆中。他们两人到了日本，第一件要紧事，便是学习日语。国光对他们两人说，你们若另找日本人教授，既花钱又未必教得切实。不如让我来教你们，一定可以格外得益。怀仁和国雄自然赞成，当下便约定每天下午两人到使馆中来，教日语两小时。他们虽然说定两小时，但除了授课以后，总还要谈天说地，勾留个好久。雨卿也常见他们，待得他们十分好，便是雨卿那位姨太太，也不时相见。雨卿是带了厨子去的，做的都是中国料理，而且善办面点。姨太太有时高兴起来，常留国雄和怀仁二人在使馆中吃点心。因此之故，国雄和怀仁虽是远客海外，倒也别有兴趣，并不兴什么离家之感。

一天国雄因为怀仁偶然病了，便一个人往使馆中来。到得使馆中一问，国光又有事出去了。国雄正想回头，忽见日常跟随在雨卿姨太太身边的那个丫头，捧了一个小包袱出来，递给国雄，说是姨太太特地教她等着送给华少爷的。国雄听说，略有些诧异，不知包袱内是什么东西？正是：

殷勤赠物非无意，青眼逢君客里身。

第二十回　单面相思落花空有意　三方合作小李太无聊

国雄把那包袱打开来一看，见里面竟是簇新的一身洋装，质料和式样，都很及时很漂亮，倒不觉有些踌躇起来。暗想这位姨太太，何以忽然送衣服给我？未免有些交浅情深。实在受也不好，不受也不好。当下便对那丫头说道："多承姨太太厚赐，实在不敢当得很。我想还是奉璧吧。"那丫头抿嘴一笑，道："这两件衣服算得什么事？华少爷这样说法，未免觉得太生分了。我家姨太太因为华少爷和我家大少爷，既是至好朋友，便和自己人一样，可以照应的地方，自然应当照应。如今天气渐渐地凉了，料想不能不添补些衣服，因此特地叫裁缝做了这套洋装，赠给华少爷。这身洋装，恰好今天才送来，姨太太见它做得还好，便很欢喜。适才还和我说，这套洋装穿在华少爷身上，大约很合适哩。我们姨太太的脾气最爽快，她不送人东西便罢，要送人东西，是很志诚的。人家要是还了她。她就以为是不领情，瞧不起她，就要着恼。我看少爷还是从直收了的好。如果少爷执意不收，姨太太一定要怪我不会说话，少不了要受一顿责备。华少爷你只当体贴我这个丫头，不必再推托了。"

国雄听那丫头这一番说话，觉得言词十分伶俐，可是于伶俐之中，格外显着有些跷蹊，越发觉得不安。便道："姨太太的厚意，我自然应当感激。可是无缘无故，承赐得太厚了，叫我怎么过意得去？还是费你的心，替我婉言辞谢，却并非是口头客气。"那丫头好像有些娇嗔似的，瞟了国雄一眼道："你这位少爷，真有些缠不清。我也不和你多讲了。衣服放在这里，你肯赏脸收了最好，如真不肯赏脸，我却不敢替你传话，请你自己去和姨太太说吧。"当下也不再和国雄讲话，竟放下衣服，自向里面走去。走了几步，又回过头来，对国雄笑了一笑，国雄再要叫住她时，她头也不回，径自入内去了。

这时候又有别的仆人走过来，国雄恐怕再多说话，更觉有些不雅，只得将这一包衣服拿回去再说。

到得旅馆中，放下了衣服，去看怀仁时，原没甚大病，不过偶感了些风寒。养息了一天，出了一身汗，也竟好些了。见了国雄，便问他今天到使馆中，见着国光没有？国雄回说未见。又和怀仁随意闲谈了几句，便回自己房中来，把衣包打开将那身洋装抖开来看了一看，总觉这位姨太太用意太厚，令人不免怀疑。正拿着衣服呆呆地在那里想，不防怀仁恰在这时走了进来。便嚷道："我见你和我谈不到几句话，就匆匆回到自己房内，以为你有什么事要办。哪里料到却拎着这件衣服，在此出神。这身洋装是在本国做的，还是在此地新制？很漂亮呀！"国雄见怀仁这样一问，几乎把实话说出来，却是话到口边，忙又缩住。暗想怀仁原是个促狭鬼，一张嘴尤其厉害。如果被他知道是赵姨太太又赠给我的，不免要妄生猜测，或者编出许多话来嘲笑我，那时格外惹动是非。当下便带笑说道："这是我新做的一身衣服，你看式样如何？"怀仁便把衣服接过来，又仔细瞧了一瞧道："很好，这身洋装，价钱只怕不便宜。其实留学时代，穿这种衣服，倒觉得过于讲究。你连衣料带工钱，到底一共花了多少？"国雄被他这一句话，倒问住了口。只好勉强答道："裁缝还没有来算账，大概也不过几十块钱。"怀仁道："我倒也想做一身，只是手头经济不宽裕，只得省俭些，将就着罢了。"说话时无意中将手向衣袋中一摸，便道："衣袋里面还有东西哩。"国雄被他这句话，倒吃了一惊。防着姨太太另外赠他什么物件，给怀仁瞧破。忙道："是什么东西？"怀仁道："是一个纸包。"说时已将那纸包取出来。国雄怕他打开来看，忙接了过来说道："这是我私人的信件，偶然包了，放在这衣袋里面。"一面这样讲，一面忙把这一个纸包放在自己袋中去了。怀仁也不再提衣服的话，却对国雄说道："我想我们二人的日语，虽然程度很浅，也已略知一二。再过些时还是设法进学校吧。好在一面入了学校，一面依旧可以补习日文，老是这样自修，岂非虚费光阴，又何苦到日本来呢？"国雄道："你这话说得很是，缓一天再决定办法吧。"怀仁点了点头，便立起身来，自回房去了。

国雄等怀仁走后，又把身边的纸包拿出来，解开一看，更是称奇不止，原来纸包里面，却是整整的一包钞票，数了一数，一共一百元，另外还有小小一张照片，却就是赵姨太太的半身肖像。一双媚眼，满脸笑容，确乎十分动人怜爱。国雄这时候拿了这张照片，也禁不住那颗心在腔子里突突地跳起来。隔了一会，才按定心神。想道，照此情景，这位姨太太真是不怀好意了。我这回是立志前来求学，岂可凭空地缠着这种魔障？衣服犹可说，这钞票和照片算是什么意思？岂可收受？不如明天一股脑儿拿去还了她就算了。想到这里，便把钞票和照片依旧包起来，放在原来的衣袋里面。又将那身洋装也折叠好了，加上衣包，放在一边，不去看它……

到了第二天，国雄满想自己带了这包衣服到使馆中去，送还那赵姨太太。偏偏怀仁身体已大好了，约着国雄，要和他同去找国光。国雄一想，若和怀仁同走，就不便再拿衣服。倘然怀仁见了，问他既是自己做的洋装，拿到使馆中去干什么？岂非无辞以对。便只好将洋装放下，只把那纸包带在身边，预备趁个当儿还了他们再说。当下便和怀仁二人同到使馆。遇着国光，又照例练习了一会儿日语。国雄巴不到那丫头再走出来，便好寻个机会，和她说话。谁知这一天不但没见姨太太，连那丫头也始终不见。国雄自然不好指明了去找她，只得依旧原物带回。第二天又去。

这一天雨卿恰好没有出去，等他们上完日语课之后，又吩咐请他们吃点心，那姨太太也出来同吃。姨太太见了国雄，只随口寒暄，并不和他说什么话。国雄几次三番，忍不住想对她提起赠物的事，却碍着许多人的面前，怕引起问题，难以开口。到后来点心吃完，恰好有客来求见，雨卿出去会客，怀仁和国光二人又另自在那里谈话。这时国雄坐的地方，可巧和姨太太距离最近，国雄便大着胆子低低地说道："前天多承……"这一个承字，还未出口，那姨太太忙和他使了一个眼色，就站起身来，故意提高了声音笑着说道："你们三位，再坐一歇吧，我也有些事情要到里面去，恕不奉陪了。"说完这句话，转身自去。国雄便又弄得无法可施……国雄既无法当面将衣服和钞票还给那位姨太太，又因使馆中耳目众多，更未便另外差人送去。于是一天一天延挨下去，只好搁着再说。到后来自己一赌气，暗想横竖她虽然送给我，我却将原物放在行箧中，衣服也不穿，钞票也不动，始终没有领她的情，总可以说是问心无愧了。

又过了几时，倒也无甚话说。一天下午，国雄和怀仁刚要到使馆中去，国光却先来了。欣然对国雄说道："你的运气到了。我这位义父真不知是什么缘法，非常爱你。常在我面前说国雄这个人，是个可造之才，将来必成大器。昨天又对我讲因为赏识你的缘故，意思想要收你做个门生。我想你出来留学，能得着公使的提拔，将来好处正多，这真是难得的机会。他既这样说，你自然没有推辞。眼前放着有许多人要趱门路，拜他做老师，他还不要哩。"国雄听说，沉吟了半晌，便道："承公使相爱，我当然万分感激。不过论我目前的地位，实在资格太浅，就此拜老师，未免过于仰攀，只怕有些不便。"国雄话未说完，怀仁在旁边早露出羡慕他的神气来，急忙插口道："你这个人的见解，何其如此迂谬？公使要收你做门生，这是千载难遇的好机会，还有什么推三阻四！况且左右是师生关系，又不是结什么亲，也讲不到仰攀这一句话。"国光又说道："我义父也是很有脾气的，他要收你做门生，你好好地答应了，他自然格外欢喜。你如推托不肯，岂不扫了他的兴？他不说是你自己客气，倒反误会了你是看他不起，不愿拜他为师，那就不当稳便。老实说你既在日本留学，不但目前不能不敷衍他，将来仰仗他的日子正多哩。"（这番说话，竟和丫头代姨太太送衣服，是一副声口，妙哉！）

国雄听国光和怀仁二人的说话，也觉说得不错。但是他却别有一件心事，不愿意和这位赵公使过于亲近，却苦于说不出口。便道："承你们二位见教，自然不错。但容我略加考虑，再确定吧。"国光道："我这个人是喜欢爽爽快快的。没有什么考虑不考虑，让我来做个主，就去回禀我义父，说你已经答应拜门就是了。好在这个拜门，是出于他老人家的主张，他也知道你是个寒士，目前在留学时代，经济很窘，决不会按着官场中的规矩，要收你的贽敬。说不定门生没有孝敬老师，老师倒有些赏赐给门生哩。"国雄经国光这样一说，却也无可奈何，便道："既然如此，我也恭敬不如从命，只好一切遵办了。"国光点点头道："这便才是，不然连我的面子都没有了。"当下国光便去回复雨卿，雨卿果然十分高兴。就对国光说，也不用择别的好日子了，就在后天，恰好是姨太太的小生日，一举两便。教国雄来拜老师，虽然用不着宴请外客，却也吩咐厨房办了两桌酒席。聚集馆内人众，大家热闹一下子。国光听说，也格外高兴，便来对国雄讲了。

到了拜老师的这一天，国光一大早便到旅馆中来，催着国雄办了一副门生帖子。又替他另备两样精致礼物，去送姨太太的寿礼。说是老师那里固然不必送贽敬，姨太太的生日，倒不可不略略点缀，借此可以博得老师的欢心。国雄此时简直有些不由自主，只得凭着国光的主意，一一照办。等到礼物办委，帖子写好，将要出门，怀仁忽又对国雄说道："你这身洋装，今天穿出去太不及时了。何不把那身新的换上？"国雄皱着眉头道："我想将就着就算了，偏你又有这许多讲究。"国光道："你有新洋装么？"怀仁道："他新近做了一身洋装，简直比你身上所穿的还要好看。"国光道："既有新式及时的衣服，为何不穿？今天使馆中虽无外客，但你是去拜老师，大家对于你自然注意。席面上还免不了要和你周旋，你若穿得好些，也可以装装体面。况且我这位义父，又是素性好阔的，越是有些风头的人，他越是合意。"于是又不由分说，硬逼着国雄将那身新洋装取了出来，换在身上。这才拉着怀仁三个人坐了车子，到公使馆中来。可怜国雄将这一身洋装穿上，心中便说不出的不自然，他们二人哪里知道？

到得使馆中，赵雨卿果然十分起劲。国雄按着寻常拜老师的规矩，点起两行红烛，恭恭敬敬地对赵雨卿磕了三个头，雨卿也还了半礼。国光最会凑趣，便去请了那位姨太太出来，说道："拜了老师，不可以不拜师母。况且今天原是寿辰，一来拜门，二来拜寿，自然礼不可废。"那姨太太假意谦让着说道："大少爷又来瞎闹了。我如何敢当？便是这师母两字的称呼，也不敢受。"口里是这般说，心中却十分快乐，望着国雄，只是眉开眼笑。国雄此时格外作难,逼不得已,便先鞠了一个躬,意思是不愿意磕头,就要鞠躬了事。谁知那位姨太太倒先跪了下去,国雄没有法子,只好也跪在地上,彼此平磕了一个头,就此起来。这时候姨太太的一双眼睛,只注意在国雄身上。见他不先不后,单拣着今天才穿着这身新洋装,由不得心头格外喜欢。便对国雄说道:"从此以后,大家格外亲热了……"国雄也不答言,拜师以后,大家随意坐着谈天。姨太太便陪着不去,有说有笑,好像乐不可支的样子。

国雄却只是呆呆地转,比平时来得冷静,除了雨卿和他说话,随意敷衍,对答一两句而外,竟不大开口。国光和怀仁两人,都猜不出他是什么道理,觉得他这种态度,很有些奇怪。

一会儿外面开了席,几位馆员,都来凑热闹,大家对着雨卿道贺,说他多了一个得意门生了。雨卿听着,哈哈大笑。当下吃了半天酒,方始各散。雨卿对于这个新门生,真个赏赐了许多物件,却都是文房四宝之类。那姨太太却送了一只打簧金表,算是相见之礼。国雄自然不好不收,可是收了之后,越发有些不安。晚间回到旅馆觉得异常气闷,任是怀仁为人十分精灵,也万万猜不透其中缘故。便来问他今日之事,旁人都代你十分高兴。你自己何以转有些闷闷不乐的样子,岂非不近人情?国雄忙掩饰道:"我并非有甚不乐,只因今天身子恰巧觉得不很舒畅,所以有些懒洋洋的。如今,我倒要和你商量一件事情。你前几天曾说我们老是这样不进学堂,终不是道理。我很以你的话为然。我想为今之计,还是赶快看一个学堂吧。如今没有旁人在面前,不妨对你实说,我们虽承国光的好意,每天教授我们日语,可以省却学费。但是国光在使馆里面,到底也有些公务,而且他的性质很活动,未必肯专心教授。起初还很高兴,近来却常时缺课,十天之中,至少有三四天找不着他。就是遇见之后,也往往授课的时间少,谈笑的时间多,我实在觉得没甚进益,不如进学校的好。"怀仁道:"这一层确乎不错,但是你的意思,想进什么学堂呢?"国雄道:"大学程度,我们两人,目前似乎还够不上。我想进'成城',你看如何?"怀仁道:"现在暑期早已开学了,中途入学,要进'成城',只怕不容易。因为进'成城'是要应入学试验的。依我不如进东亚日语学校,先补习起日语来再说。听说东亚日语学校的校长,松本龟次郎,能通中国话。教起中国人来,当然格外便利。"国雄道:"既如此说,我也赞同。"当下二人便决定主意,一二日后就向东亚日语学校报了名,纳了学费,就此入校读书。每日到公使馆中去补习日语这件事,便暂时中止。

国雄所以要赶紧入学校,原是别有用意,想借此为由,就免得天天再到使馆中去了。但有时被怀仁拉去访国光,或是星期日国光亲自来邀他,也偶然去走一遭。见了他这位新老师,也还敷衍着,只不大敢招惹那位师母罢了。

光阴是过得很快的,国雄和怀仁入校读了几个月书,不多时候,年假已到。这一天国雄怀仁二人,因为放了假不去上课,都在旅馆里。国光却欣然而来,一见面便对他们说道:"我要请你们看戏了。"怀仁道:"看什么戏?"国光道:"是中国留学生演戏。在日本的中国留学生,每到年终,必定要开一次游艺会。会中的游艺,大概都是京戏和新剧。每逢开会的时候,不但中国人,居留在日本的,都要去看,便是日本人,来观光的也不少。倒着实有些热闹。今年是借在有乐座举行。有乐座的地方颇大,除了帝国剧场以外,可以说是数一数二的了。这几天预先委托中国各料理馆,发行入场券。每券售日金一元,我已经买了许多张送人。今天特地带了两张来,你们每人一张,到了那天,就可以凭券入场,按号就座。我也一定到的,大家可以借此乐一下子。"一面这样说,一面便从身畔摸出两张券来递给他二人。国雄和怀仁接了券,称谢不置。国光又随便谈了几句就去了。

这时候国雄和怀仁二人,也另外认识了好几个朋友,到了开游艺会这一天，大家便约着同去。照那券上印着的时间，是六时入场，七时开演，他们到得有乐座，不过六点多钟，戏院内的看客，却已到了不少。国雄和怀仁看自己的券上，都印着是正厅的位置，却并不联号。便只好按着号数，寻得椅位，各自坐下。国雄的椅位是十五号，看那十六号的位置，却还空着。一会儿将近七点钟了，猛然听见有人叫了一声"国雄"，国雄忙回头看时，却是国光和那位姨太太同来。国雄只得站起身来招呼。国光道："你倒来得很早。怀仁呢？"国雄用手一指道："就在那边。"国光道："我买了许多券随手送人，却没有注意挨定号数。所以今天几个熟人，都坐散了。"说时在自己身边拿出那张券来一看道："我是十六号，恰巧和国雄联座。"又回头问姨太太道："你的是几号？"姨太太道："我的是三十五号。"国光道："那又隔得太远了。"姨太太这时对台上望了一望道："我要和你商量一下子，我看戏最喜欢坐近台口，可以看得明白。不如和你两人对调一个椅位吧。"国光道："很好！"当下便将自己的券，和姨太太交换了。国雄见姨太太要坐在十六号椅位上，便赶紧对国光说道："那么让我坐到三十五号去，我眼光很好，略远些不要紧。你们两位同在这里，一面看戏，一面还可以谈天。不很好么？"国光还未答言，姨太太早抢着说道："这又何必呢？你已经坐定了。何必再调？一样是自己人，就一样可以谈天，在戏馆里面，又分什么界限？让什么客呢？"

国光笑道："一面看戏，一面谈天，这原是句外行话。因为在日本剧场里面，大家都是静悄悄地看戏，决没有人高谈阔论的。不过今天的情形，却又不同，一切都由中国人主政，也就免不了要放出中国人的本色来。就是开幕以后，也未必能禁止喧哗，爱谈天的人，尽管畅谈就是了。至于我的座位，远近随便。你既坐定，倒是照姨娘的话不错，不必再调。我还是坐到三十五号去吧。况且我熟人很多，那边坐的也都是我的朋友，自然不感寂寞。你若一个人坐过去，便觉得左右邻居都是生客，除了呆坐着看戏以外，一句话也没有人和你讲。也未免太无趣……"国光一面这样说，一面对国雄有意无意地笑了一笑，便走过去了。

国雄这时倒不便再推让，只好依旧坐下，那姨太太也就紧挨着他坐了下来。这时台上已敲着锣鼓开幕。先是演的京戏，国雄于京戏一道，完全是门外汉，实在不感什么兴趣。这位姨太太，倒十分内行，一会儿称赞这一个人，说他唱得很好，一会儿又批评那一个人，说他做工太差。指指点点，和国雄讲个不休。国雄只好随口答应，其实始终是莫名其妙。好容易挨到京戏终场，换上新剧，才觉得有些趣味。这一晚的新剧，演的是《爱国鸳鸯》。也是临时编出来的，内容是以儿女情爱为主，而颇带着些革命色彩。那位姨太太看了新剧，倒反像有些不大懂得了。对于全剧的情节，以及剧中人的说话，似乎都不甚了解。看到中间，常嬲着国雄讲给她听。国雄颇有些厌烦，却又不能不敷衍着她。

这一出新剧，是男女合演的。一会儿那女主角登场，台幕一掀，台下的看客便一齐鼓起掌来。这一阵掌声，真如春雷暴发。国雄暗想这位女角，必定是女学生中一个出色人物，所以能受人欢迎到这般地步，便也提起精神，向台上看时，只见她年纪很轻，身材很娇小而容貌又十分艳丽，真如一朵出水芙蓉一般，叫人看着自然生爱，连那姨太太都赞叹道："好一个标致的女孩子！真是难得看见的。"国雄点了点头，也不说什么。这时他心中却别有一种感想，觉得台上这位女郎，面貌颇熟，好似在哪里见过的一般。只是急切之间，却想不起了。那女郎对于演剧，也竟像是一个老手，表演得十分纯熟，口齿也很清脆流利。内中有一幕是借题发挥，当场演说，说的话句句是发挥民族主义，却讲得异常透辟。台底下的人差不多把手掌都拍红了。国雄也得意忘形，便对那姨太太说道："这真是女界中不易多得的人才！可敬得很，也可爱得很。"姨太太扑哧一笑，又瞅了他一眼道："你爱她么？就托人去打听清楚了，和你做个媒好不好?"国雄听说,自知失言,便又涨红了脸,不则一声。

姨太太又道:"说起做媒,我们虽是常见面的熟人,倒还没有问过你,你到底已经订下亲事没有?"国雄摇摇头道:"还没有。"姨太太道:"你的年纪,也不算小了。怎么还不订亲?"国雄道:"我目前志在求学,不愿意就谈到婚姻问题。"姨太太笑道:"你这种门面话,留着对你老师说吧。何必讲给我听?我虽不读书,不懂得什么,却也知道如今这些年纪轻轻的学生,都欢喜讲自由,讲爱情。(自由与爱情,原来作如是解,作如是观)像你这样一个又聪明又漂亮的人难道肯真真实实地做一辈子书呆,放着可以自由的地方,不愿自由;放着可以讲爱情的地方,不讲爱情么?"国雄冷然道:"有可以自由的地方,就有不可以自由的地方,有可以讲爱情的地方,就有不可以讲爱情的地方。这可以和不可以之间,便很费斟酌,不容有一些儿胡乱。"(语亦妙)姨太太又笑道:"可以不可以,只有自己。自己以为不可以就不可以,自己以为可以就可以。大概一个人只要懂得自由,便没有不可以随意自由的道理,只要懂得爱情,便没有不可以讲爱情的道理。只怕有了自由的机会,还不敢放胆自由;有了现成的爱情,还不敢领略爱情的滋味,那就是北边人说的傻子,上海人说的阿木林了。"(语尤妙)

国雄听这位姨太太的说话,越讲越有些逸出范围,和他并坐着,真是踧踖不安。并且他们两人说话的时候,怕扰了旁人听戏,声音放得很低。可是邻座的人,见一个浓妆艳抹的少妇,和一个年轻貌美的少年,在那里低言絮语,讲个不了,早已引起注意。有好几只眼睛,竟不看在台上,转盯住了他们。那位姨太太,似乎丝毫没有觉察。国雄看在眼里,却格外着急,暗想万一场中有人认得她,又认得我,顿时蜚短流长,传到我那位老师耳朵里去,如何是好?想到这一层,越发如坐针毡。就想托故先走,却又因为台上这位演剧的女郎,简直是越演越有精神,越看越生美感。又非等到戏完,不肯便走。

那位姨太太见他全神贯注在戏台上，半晌不说话，便又对他说道："时候不早，大约这戏也快完了。你带着表么？看看到底是几点钟了？"国雄道："我身边没有带表。"姨太太便似有些不快的神气，说道："你明明有表，何以不用？是不是因为那只表太不好，不配你大老官使用么？"国雄一听，心中倒暗暗好笑。只得随口说道："并非是表不好，实在是那只表太好了。像我这样一个很穷的留学生，用着这样贵重的东西，的确有些不配。所以好好地藏着，不肯随便带出来。"姨太太又抿嘴一笑道："看你像个老实人，却不道是这般能言善辩。我也不管你这许多，总之表是我送的，送不送由我，用不用由你。千里送鹅毛，礼轻情意重，这小小一只表，原不值什么钱，不过也是我一番情意罢了。至于人家对于我的情意，领受不领受，我自然不愿再问。也不犯着再问，不过我的身上，倒天天带着你的东西哩！"（可以说我这里有了你）说时在衣裳纽扣上，扯出一方小小的手帕来，对着国雄微微一扬，顿时觉得一阵又香又甜的香水味儿，真冲鼻观。

国雄这时也想起就是拜老师的那一天，送姨太太的生日礼，是拿了钱托国光代办的。国雄那时马马虎虎的，由着国光替他配了两件食品，还有方方的两个纸匣。匆忙之间，连纸匣都没有打开来看。仿佛听见国光说有一匣中是一打手帕，当时并不在意，如今倒懊悔不该送手帕。何不全送了食物，那么姨太太虽然全数吃了，这时候也总不好意思指着自己肚子说，我这肚皮里面，有了你的赠品了……

这个当儿，台上的戏已经闭幕。看客便纷纷离座，国光和怀仁二人便都走了过来。国光道："你们看今天新戏中起主角的这位女学生，标致不标致？"姨太太接口道："怎么不标致？差不多把人家看得入了魔了。"国光听说，便望着国雄笑了一笑道："我已曾打听过，听说这位女学生，到日本还不久。她名字似乎叫什么仙，上面一个字，我才听着，可惜已忘记了。"国雄这时候猛然记起，便冲口问道："是不是叫蕊仙？"国光道：

"正是，正是。你以前认识她么？"国雄道："并不认识。"国光道："既不认识，何以知道她的名字呢？"国雄被他这一问，一时对答不出来，姨太太在旁边望着他，连连冷笑。国雄越发窘住了，竟面涨通红。幸亏这时戏馆中的人，已向外直涌，国雄便搭讪着对姨太太和国光说了一声改日再会，就此不再搭话，朝外走去。出得戏馆门外，国光和姨太太便上了汽车。姨太太一脚跨上了车，还回过头来，对国雄和怀仁说道："这几天校中放假，你们没有事，可以每天到使馆中来谈谈。"二人都答应了。就走到电车站，搭上电车。

刚刚坐定，就有一个人对着怀仁，提起嗓子，像戏台上唱须生似的，高声唱道："怀仁兄，因何故，多时未晤？"怀仁尚未答话，旁边还有一个人又逼尖了喉咙，使着青衣的嗓子，接着唱道："想必是，功课忙闭户读书。"那一个又唱道："今夜晚，唱的戏，问你可好？"这一个又唱道："将京戏，比新剧，自愧不如。"这时一电车的人都看着他们，国雄也十分诧异，暗想这两个人，真算得是戏迷了。怀仁却哈哈大笑道："两位今晚的戏，唱得好极了！佩服之至。"一面又向国雄介绍道："这两位仁兄，一位是吕问泉，一位是宓金针。他们两位在留学界中，资格很老。吕兄是直隶人，宓兄是浙江人，两位都很喜欢研究京剧。吕兄唱的是须生，宓兄又专工青衫，今晚游艺会中，那出《武家坡》，就是他们两位合演的。戏可演得真好！他们两位有一种特别脾气，平常谈起天来，往往按着京戏中唱句和白口，这样说着唱着，不知道的人，以为稀奇。我是早经别个朋友介绍，和两位会过许多次，十分相熟，已领教过他们这个调调儿了。"国雄听怀仁这样说，忍不住笑将起来。吕宓二人便也和国雄互道姓名，倒也不再唱戏了。一会儿吕问泉又对怀仁说道："明天下午，我已约定几个会唱戏朋友，在家中小酌。又另外预备了胡琴等丝弦家伙，想乐这么一天。你如有兴，不妨和这位华兄同来，可以畅叙。"怀仁道："很好，很好。我一定来。"说话时车已到了站，怀仁和国雄二人便先下车。

回到旅馆中，怀仁便对国雄说道："他们二人也住在神田区，和我们相离不远。不过我们住的是旅馆，他们两人却合赁了一个贷家，比较来得自由。任是喝酒唱戏，再喧闹些，也没有人来干涉。他既然邀我们，左右闲着无事，便不妨去乐一天。"国雄道："也好。"

到了明天，怀仁和国雄二人，便到吕宓二人家中来。刚走到门口，就听得里面拉着胡琴，已有人在那里唱道："吕问泉在家中把驾等，等候那怀仁先生到来与他谈谈心……我这里准备下羊羔美酒，美酒羊羔，款待你们众来宾。"怀仁听了哈哈大笑，忙推门进去，国雄也就跟着进来。吕问泉见了怀仁，便拱了拱手说道："不知老兄驾到，有失远迎，望乞恕罪。"怀仁也拱着手笑道："岂敢？岂敢？来得鲁莽，当面请罪。"引得在座的人都大笑起来。怀仁看其余几个客人，也有认得的，也有不认得的，都招呼过了，却不见宓金针，便问道："宓兄哪里去了？"问泉道："他在里边监督着下女弄菜哩。"当下便唤道："宓兄快出来，客都齐了。"就听见里面又是很尖的喉咙，答应了一声："来也。"大家便齐齐地喝了一声彩。彩声未已，宓金针就走了出来。国雄看他走路的时候，身体一扭一扭的，也宛然是青衫在戏台上的台步。不禁心中好笑，暗想这也算得是留学生中的一种怪现象了。宓金针坐下之后，大家又大唱其戏。除了吕宓之外，其余有会唱的，不问唱得好唱得不好，都乱哼一阵子。连怀仁也被他们硬逼着唱了几句，只有国雄一人，是绝对不能唱的，只好像哑巴一般，坐在那里听他们唱，倒也觉得很热闹，很有趣。

他们闹到天晚，才摆上许多菜来喝酒，大家恣意畅饮，猜拳行令，直饮到晚上十二点多钟方罢。下女来将杯盘收拾去了，大家便要告辞。吕宓二人已很有了几分醉意，便拖住不放，说还要唱戏。大家只得依他。问泉自己拿了一把胡琴过来，拉了一回，刚要放喉高唱，忽听得外面一声警笛，接着路上就有许多皮鞋声。大家都大吃一惊，以为是夜深了他们闹得太厉害，警察要来干涉。但也不至于小题大做，要吹警笛。

正想出外去探望，却听见这一阵皮鞋声音，都拥到隔壁一家人家去了。

这里许多人转放了心，便开了门到外面去看。只见几个警察，已在这家人家里面拖了两个少年男子出来，却都是中国人，还有一个下女，跟在后面，乱哄哄地不知说些什么。问泉等许多人回到自己家中，都纷纷议论，不知这邻居是犯了甚事？金针道："我只晓得隔壁是三个男子，雇着一个下女，住在此地来还不到一个月。如今捉了两个去，那一个却不看见，想必是逃脱了。"问泉原是个好事之徒，便道："让我到警署里去打听一下子，究竟是什么事？"有几个人也附和着同去。国雄和怀仁却因为时候太迟，便作别先回旅馆。

明天上午国雄和怀仁刚起身，吕宓二人便来了，一见了他们，就拍手大笑道："昨天晚上的事，真是一件好新闻。"怀仁道："什么好新闻？请你报告一下子吧。"问泉道："请你猜猜看，到底是怎么一回事？如果猜得不错，我情愿做东，请你们吃一天酒。"怀仁道："教我哪里去猜呢？照昨天的情形，有下女夹在里面，想必是争风吃醋的勾当。"金针笑道："你恰巧猜在反面了，如果争风吃醋，倒不会闹出事来。唯其不争风，不吃醋，利益均沾，才会闹得这样大笑话。"国雄道："到底是什么事呢？请你们快讲，不要再绕圈儿说话了。"问泉道："要讲给你听，没有这样容易。我才说你们猜着了，我就请你们吃酒。如今你们猜不着，要叫我讲却要你们请我吃酒。横竖你们听了这个笑话之后，包可心甘情愿，说是值得请一顿酒，绝不至于发生后悔的事。"怀仁道："既如此说，就请你快讲吧。吃酒的东道，算是我的。"

问泉便道："要讲这件事，最好也和唱戏一般，实地扮演出来。我和怀仁国雄二兄，便起那三个男子，金针兄原是唱青衫的，就起那个下女。好不好？"金针道："你要讲就讲，休得胡说，寻我的开心。"问泉又笑了一笑，才慢慢地讲道："说起这件事来，也实在是丢了我们留学生的脸。原来这三个少年，也都是中国留学生。却是挂着留学生的幌子，永不读书。只顾滥嫖，他们嫖了许久，觉得平常的妓女，有些腻烦了。而且花钱太多。便三个人商量着换个新花样，在这里合赁了一个贷家，雇了一个下女，这个下女以前原是操着神女生涯的，他们三人便实行公开主义。那下女既是这般身份，只要有钱，他们要公开就公开，当然唯唯听命，不生问题。可是昨天不知怎样，由内中一个姓李绰号风流小李的发起，说是要公开就公开到底。像平常这样各自为政，还觉得过拘形迹，便索性三人联合开了一个新年庆祝大会。这一个新年庆祝大会，简直是与民同乐，周而复始。对方起先不答应，后来被他们逼得没法，也就勉强承认。可是他们贪得无厌，竟像议会里的议案一般，初读通过之后，还继续要求二读三读。于是这位新年庆祝大会的主席，实在不堪其扰，就一面用话搪塞，一面乘机向后门溜了出去。暗地报告了警察，警察一听这件事，也觉得过于离奇，太伤风化，就进去捉人。里面三个人，还不知就里，仓促间无从准备，也无从抵抗。就捉住了一个姓王的，一个姓陆的，倒是这件发起人风流小李比较来得灵活，乘忙乱之间，逃走得不知去向，未曾捉着。"问泉说罢，怀仁便哈哈大笑。国雄却摇着头道："留学界怎便闹到如此不堪的地步！"金针道："留学界的不堪，不自今日始。花样百出，一时也讲不完这许多。总之像我们这样唱唱戏喝喝酒的竟好说是中国留学生中的圣人了。"

他们三人正在说笑，恰巧国光也来了。便道："你们在这里讲些什么？却是这般起劲。"怀仁忙将吕宓二人向国光介绍过了才说道："我们在此讲一件很有趣的新闻。"国光道："什么有趣的新闻？让我也来听听。"怀仁道："要听可以，却非请我们吃一顿酒不可。"国光笑道："我今天闲着无事，原想约你们出去吃料理，你便不敲竹杠，也有得吃。何必说得这样猴急？"吕问泉便对怀仁说道："你这个人好厉害！就是一手贩货，一手脱货，也没有这样快。何况你自己还没有犯本钱哩？"怀仁道："这是我自己善于投机，做着好生意，就马上脱手。你休来管我，横竖你的货也不至于白卖就是了。"国光听他们所说的话，有些不懂，却也不再多问。便对吕宓二人说道："我今天做个主人，二位也请同去。"吕宓二人还要推让，怀仁道："大家既已认识，便都是朋友，何必客气？"当下五个人就一同出了旅馆，走到一家日本料理馆中。

国光道："天气冷，我们就吃锄烧何如？"大家都道："甚好。"一会儿下女端上一盆盆的鸡和牛肉来，又斟上了酒。五个人烧着吃着，十分有趣。饮酒中间，国光少不得要问起那件新闻，怀仁便一五一十讲给他听，国光听了几乎连口中含着的酒，都喷了出来。说道："该死该死！留学生好嫖，原不算稀奇。不过这样嫖法，实在太不成体统了！"说时又望着国雄道："如今且不谈这些事。我还要问你一句话，昨天登台串演新剧的那位蕊仙女士，你到底认识她么？"国雄道："我实在不认识。只因曾听人说起日本留学界中，新近来了一位出色的女学生，名字叫'蕊仙'，我所以就记下了。究竟她姓什么？在哪一个学校里读书？我都不知道哩。"国光摇摇头道："谎也，谎也。"怀仁道："他这句话倒未必是谎。我和他二人是天天在一起的，我还来得活动些，常在外面跑跑，他却真个有些足不出户的光景。怎会认识这样一位时髦女学生？你如要问，我看吕宓二兄，昨天既然加入游艺会，倒或者晓得这位女士的来历哩。"金针道："你们要问的就是昨天演新剧的那冯蕊仙女士么？她的底细，实在没人晓得。至于她到日本后的行径，我们却还略知一二。说起来也真是个奇人。"正是：

莫费闲情谈秽史，且传韵事说佳人。

第二十一回　灰冷烬残情书悲浩劫　花香人语隽侣快游踪

国雄道："你说她是奇人，到底是怎样一个奇法？我看她年纪很轻，一个女孩子家，又有什么出奇之处呢？"宓金针道："你这句话就未免小觑她了。而且口气之间，又有些蔑视女界，更为新人物所不许。你须知道目前这些须眉男子，说穿了真是一文不值，还是女界中转有些生气。安知没有奇才异能之辈应时而生呢？"问泉道："宓兄是素来崇拜女性的，当然有这一番议论。"怀仁道："我们急于要探听这位冯蕊仙女士的来历，宓兄既然知道，就请爽爽快快地说出来吧。不必再发这些空议论了。你的空议论发得越多，别人听着便越觉性急。"

金针笑道："徐兄对于这位冯女士，难道有什么特殊的感想么？不然，何致于要性急到如此地步呢？"怀仁也笑道："我倒没有什么感想，只是座中自有钟情者，你们只要察言观色，就可以知道了。"说时便用眼睛瞟着国雄，国雄倒有些不好意思起来。

金针道："这位女郎，不比旁人。据我看要和她认识，和她往来，都很容易。只是要和她谈到情爱二字，只怕非碰钉子不可。"国光笑道："如此说来，宓兄大概已碰过她的钉子了。"金针摇着头道："非也。我还没有碰她钉子的资格，然而碰钉子的人，却已很多很多，也有我的熟人在内。待我来细细地讲与你们听吧。这位冯蕊仙女士，大约到日本还未久。她到底是几时来的？不但我没有知道，便问起许多熟人来，也都不知道。大家只晓得在最近数月内，留学界中忽然发现了这样一位极漂亮、极敏慧、极活动的女学生。我们中国的留日学生，别的事情不注意，对于女色却很注意。别的本领不行，吊膀子的本领，却都是一等大名工。既听见留学界中，来了这样一位出色女郎，自然如苍蝇见血，顿时一传十，十传百。不上几时，大家便差不多要口有道，道冯女士；目有视，视冯女士了。"

冯女士既引动了许多人的歆慕，且又秉性圆融，见了人总是和颜悦色，因此前去和她订交的人，竟非常之多。她也一概招待，从不拒绝，有时人家请她吃饭，也居然逢请必到，所以大家便公上了她一个徽号，称为交际之花。可是有一层，她见了人，虽然有说有笑，好像无话不谈的样子，而每逢有人问及她的身世和年岁，她却总是含含糊糊，不肯实告。直到如今，连她的籍贯，也无人知晓。一会儿说是四川人，一会儿又说是苏州人，近来又自认为浙江人。至于她讲话的口音，更捉摸不定，有时说起一口京话来，完全是北地胭脂，有时操起苏白来，却又纯粹的吴侬软语。还有一层奇怪的，是她年龄虽小，而学问极好，经验也似乎很丰富。和人谈论起来，无论是新学旧学，都头头是道，没有人能攀驳得倒。

她又擅长音乐跳舞，每逢开什么游艺会，去请她来表演，她都欣然而至，毫不作难。因此留学界中，除非像你们这样不大和外间交接的人，或者还不知道冯女士的大名。若是较为活动的，便几乎大家以冯女士为唯一的目标。久而久之，也有送照片给她的，也有写情书给她的，仿佛一得了她的青眼，便如登仙界。大概她也觉得被这些人闹得有些厌烦了，在前一个月忽然发出许多请柬来，约着她平时最熟识的朋友，到一家菜馆中开一个茶话会，说是有重要问题发表。当时接到她请柬的，听说足有数十人之多，而且都是自命为冯女士的恋人，前途很有希望的。见她请柬上写得有重大问题发表，以为这个重大问题，必有所指，或者竟是宣布婚约，那自然非去不可。她期约的这一天，又恰巧是星期日，大家便如约而往。

到了那里见黑压压地挤满了一屋子的人，有的坐着，有的找不到座位，便只好站着。冯女士起先见了客人，也和平时一样，不过随口寒暄。有几个性急的，便问她今天有什么重大问题发表？她却笑道："停一会自有分晓，现在不必多问。"等得她所约的人，差不多都到齐了，她便在屋子中间一张小小的桌子面前站定了。对大家说道："我今天约诸位来，说有重大问题发表，谅来诸君对于这'重大问题'四个字是很注意的。也许还有人在那里研究所谓'重大问题'，到底是什么问题？如何重大？因为我一封请柬，却累诸君如此操心，又多了今天这一番涉跋，我倒觉得十分抱歉。可是如今已到了发表的机会，请诸君静静地坐着，待我慢慢地讲来。"她这几句话一说，顿时满堂宾客，果然鸦雀无声。一个个提起耳朵，伸长脖子，要听她明白宣布出来，好把这闷葫芦打破。她却不慌不忙，转身过去，将放在旁边的一个手提小皮箧，拿了过来，打开皮箧，取出很大很厚的一个纸包来。放在桌上指着这个纸包，对大家说道："诸君试猜猜看，我这纸包里面是什么东西？"……这句说话，也并未有人回答。冯女士就笑哈哈地说道："老实告诉诸君，这纸包里面，便是我近来收到的许多情书。我觉得很侥幸，也很惭愧。像我这样一个人，尚在求学时代，自问毫无能力，毫无学问，不知怎样，却承大家见爱，一个个都要来向我求婚。我看了这许多信上的话，都说得十分诚挚，叫我这颗心，不知要怎样才好？如今被我左思右想，却想出一个最好的方法来了。今天特请诸君到来，便是要宣布我对于求婚者的意见，以及应付这许多情书的态度……"

　　大家听她这样一说，同时几十个人，几十颗心，都在腔子里突突地乱跳起来。几乎要一片声嚷起来道："嫁我！嫁我！"冯女士见大家在这时候，一个个眼睛睁得圆圆的，脸涨得红红的，像有些骚动的样子。（骚动二字，在此际却很适用。）便又淡然说道："诸君休要着慌，我自有方法，使大家都有相当的满意。"大家听她说都有相当的满意，也不暇仔细研究，顿时人人脸上都充满着喜容，仿佛无穷希望，就在目前。便格外不敢露出鲁莽或轻薄的样子来。一个个眼观鼻，鼻观心，正襟危坐，装着十分慎重十分规矩的样子，听冯女士说话。冯女士便慢条斯理，将那个纸包打开，里面果然是高高的一沓信。单看那些信封的颜色，已是五色缤纷，异常鲜艳。此时许多人的目光，都在这一沓信上乱转，像是考试的士子，已经交了卷，便都有中试的希望，今天正在这里等候放榜。却不知祖宗是否积德？自己又是否有此福命？能侥幸迎合着这位试官的意旨。

当下冯女士又开言道："我因为收受的情书太多了，便一封封编着号码。"一面这样说，一面便在那一沓信笺中，拿起放在最上面的第一封信来，看了一看，高声说道："第一号石良玉君，哪位石良玉君？"恰巧坐得靠桌子最近，他以为自己的信既列在第一号，想必是尽先入选的了。登时喜出望外，不由也高声应道："到！"引得大家都笑起来，连冯女士也忍不住笑得花枝招展。半晌才忍住了笑，便从身边摸出一盒火柴来，划着了一根火柴，在这封第一号的情书上，点个正着。顺手向桌旁火钵内一扔，火太无情，竟把人家雕肝镂心千锤百炼写出来的一封情书，一霎时化为灰烬了。这时那位石良玉先生的面色，也变得和火钵内的纸灰一样，满脸上都罩着晦气，仿佛和罪犯听见宣布死刑一般，连魂魄也不知飞向哪里去了。冯女士似乎不忍看他这种样子，所以连正眼也不去瞧他。又把那第二封信拿起来说道："第二号某某君。"这时的某某君，就知道事情不妙，不敢再和石良玉一样高声喊"到"了。冯女士对于这一封信，也老实不客气地和第一封信一样处置……

话休絮烦，第二号以后，接着三号、四号，以至于数十号，都陆续葬身火钵。火钵内纸灰，越是增加，这些人的心中，便越是酸痛。等到桌上的信已烧完了，火钵内的纸灰也已积满了。这些人伤心惨目之极，差不多要放声大哭了。冯女士却又说道："很对诸君不起，横竖这许多信，留着都毫无用处。不如一概拿来火葬了，倒落得一个干干净净。只是这些信虽然烧掉了，我却另外又藏着一封信在这里，这一封信和别人的信又自不同。"说时便从自己怀中衣袋内，又取出一封信来，拿在手中高高的举了一举，说道："这一封信，是李奇峰君写给我的。李君人才优秀，是我所极端钦佩的，并且我和他相识了许多时，彼此也有相当的感情。他既向我求婚，我自问没有不可以允许的道理。……"

冯女士说到这里，那位李奇峰君，顿时眉飞色舞，表示着无限的欢欣。其余许多人也一个个望着他，羡着他，妒着他。在这个很紧张的空气中，冯女士忽又接着说道："但是一层，李先生的道德，却令人不能无疑。李先生信上说他原有妻子，只因是旧式婚姻，彼此迫于父母之命，勉强结合。丝毫没有情爱，因此情愿离异，再和我订婚。这离婚的办法，依我们中国的旧礼教，是不能容许的。照我们眼光中看来，与其夫妇失和，终成怨偶，倒不如彼此离异，各得自由。所以我对于李君的请求，未始不可赞同。只是仔细调查起来，却又不然。我现在已知道李君平时和他的夫人十分爱好。不但如此，李君家况很窘，而他的夫人嫁资甚富，李君差不多事事都仰给于他夫人。便是如今到日本来留学，也深得他夫人的资助，这真是患难夫妻，情深义重。如何可说是丝毫没有情爱？足见李君对待女子，毫无诚意，一味说假话，使手段，幸亏我调查得清楚，没有上他的当。否则他今天爱我，就要和原来的夫人离婚，明天爱上了别人，又可以和我离婚。目今一般人误解自由，像这样专一哄骗老实女子的男人，确是很多。李君就是一个代表者。似此行为，不但女界应该认为公敌，就是男子之中，也应该目为败类。加以攻击，还配讲什么爱情！我和李君的夫人，虽然素不相识。但为了这件事，倒很有些不平，所以别人的信，不过一烧了事。唯有李君这封信，我倒要永远藏着，并且要当着诸君面前，向李君提出警告。希望他以后要念看他夫人的情意，好好地厮守终身，如其不然，他夫人纵使懦弱无能，甘心为他所弃。我也要抱一个义愤，宣告李君的罪状，使他不能再在女界中施用诱惑的手腕。这一封信也就是老大一个把柄。……"

　　冯女士这时像演说似的，义正词严，说了一大篇。那李奇峰的脸上却是红一阵白一阵，顿时坐立不安，又讲不出一句分辩的话来。座中有和李奇峰熟识的，都暗暗在那里纳罕。觉得李奇峰平日确乎深受他夫人之惠，不该因贪恋冯女士的才貌，便厌弃糟糠，别寻新好。只怪冯女士何以能调查得这般详细，即此一端，可见冯女士不但思虑周密，也真有些神通广大了。冯女士将李奇峰斥责了一番，又含笑对大家说道："我请柬上所谓重大问题，如今已完全发表了。我也自知今天这番举动，过于决裂，又过于滑稽。但是请诸君为我设想，我是一个女子，到日本来原为的是求学，哪有这许多闲工夫和诸君缠扰不休？若不趁目前有一番明白的表示，只怕跟在诸君后面，来求婚的，来讲爱情的，更不知有多少！我眼前不过来了几个月罢了，若再住上几年，只怕一天到晚只好看情书，会情人，那里还容得我好好地读书呢？"这时大家面面相觑，居然无话可说。

内中有一个年纪最大，平日在留学界中很负才名的四川人，姓黄号明道，忍不住大声说道："冯女士今天这番举动，倒也很特别，很爽快。我们虽然当面受你奚落，只好说是不度德，不量力，咎由自取。不能怨你，你也用不着再说俏皮话，颠倒向我们道歉。只是一层，你今儿分明将大家的面子都扫尽了，将大家的希望都断绝了。而方才还说能使大家有相当的满意，试问这满意二字，作何解释？照此情形，算是令人满意，未免将我们这一班朋友戏弄得太厉害了！"冯女士听了便点头笑道："黄先生这话问得很确当。但是我正有一重解释，今日之事，诸君当然是不满意的。然而不满意之中，也许还有一二分满意，这话又怎么讲呢？老实说一句吧，论诸君的心理，简直都以我为目的物。凡人对于自己的目的物，只怕不能到手，更怕自己不到手，而别人已经到手。所以我今天约了诸君来，没有允许诸君的要求，诸君虽不满意，这不满意的程度，毕竟还浅。假使我竟对于诸君，明白宣布已和谁订了婚约，诸君必定更为失望。转不比目前还至少可以认定我依旧是个无所属的。我此身既无所属，那么诸君目前的希望，虽然成空，或者后来还有可以企图的机会。因为我今天不过是对诸君表示拒婚，并非对诸君宣布绝交。所以爱情虽谈不到，而友谊却依然存在。也许我的思想，将来有时改变了，仍在诸君之中，觅得一个配偶，也并非是不可能之事。再退一步讲，就使婚姻之说，从此休提。而诸君爱我，仍能和我长此结为好友，也未始不佳。因此我方才说使诸君有相当的满意这句话，实在是不错的。……"

可笑这许多男客之中，尽有能言善辩的，而到此地步，转被冯女士随口应答，说得哑口无言。又相持了好久，还是那李奇峰因气冯女士不过，大声对众人说道："像这样不解情爱不知礼貌的女子，实在少有。我们已被她揶揄得够了，还留恋在此地做什么？快些走吧！"当下大家便也借此收场，一哄而散。冯女士也只付之一笑。你们想想看，照此行径，真不能不算她是一个奇人了？

国光道："这位冯女士，既得罪了许多人，就应该从此以后，没有人再和她亲近了。"金针道："却又不然。直到如今，依然有不少人捧着她。而且捧她的人，有一小半依然是以前被她拒绝的人。大概他们的心目中，的确像冯女士所说的话，以为目的物尚未被他人夺去，自己总还有一个下手的机会哩。"国光道："这些人也真算得是痴子了。若换了我，既受了女人的奚落，便无论如何不肯再去睬她。天下不少漂亮的女人，何必要认定一个呢？"金针又道："还有一句话，我方才不是说这位冯女士，还有一个伴侣么？年纪比她大些，相貌也生得美丽，但是行为却和她截然两样。冯女士是出名广交际的，这位女士却深居简出，轻易不和陌生男子相见。也并不进学堂，竟不知她到日本来是为的什么事？有人说她是冯女士的姊姊，又有人说她是冯女士的保护人。究竟也不知她们是什么关系？"问泉笑道："你只管在这里演讲这位冯女士，说了许多话，时候已是不早了，我们再吃些东西，也好散了。"国光便教下女又添了几盆菜来，大家胡乱吃了些，便各自散去。

国光临走的时候，附着国雄的耳朵，悄悄地说道："你明天早晨到使馆中来一趟，不必和怀仁同行，我另有话和你讲。"国雄点了点头，自回旅馆。

第二天早晨，国雄便托辞要买些东西，独自一人到使馆中来。见了国光问，是什么事？国光道："这件事说出来和你很有利益。我们这位义父，不知是什么缘法，对于你竟非常赏识。自从收了你做门生之后，就格外显着亲密了。更令我不解的，是这位姨太太，对于你又不知是什么缘法。每逢义父一谈到你，她便要在旁边说上无数的好话，我的义父是最宠爱这位姨太太的，凡是姨太太的说话，真个唯命是听。姨太太既竭力保举，他便格外要设法提拔你了。昨天他对我说，已和留学生监督接洽，保你补一名官费生，大概不久就可以发表了。这样一来，你求学的前途，便有了把握，不必再要自己去筹措了。岂不是一个好消息？但是这件事情，你暂时不必告知怀仁。因为怀仁也再三托我，想要我和他在义父面前说项，设法补一名官费。我觉得此事很不易办，只随口敷衍着他，如今倘被他知道了你的事，相形之下，不免要生怨望。或者还要疑心我只代你尽力，不肯帮他的忙，倒弄得彼此感情有伤。我所以要约你今天独自来此，也就是要瞒过怀仁的意思。"国雄道："承老师的提挈和你的关切，我自然十分感谢。不过怀仁那里，也不是永远瞒得过的。将来发表之后，总要被他知道。"国光道："到将来再说吧，眼前总不必要急于告诉他。"国雄点点头道：我知道了。隔了不多几天，年假已过，各校依旧开学。国雄在这上学期，果然就补了官费，经济上便不愁不能接济，从此可以安心求学，自觉得十分高兴……

光阴迅速，转瞬已到了暮春天气。这时正是日本樱花盛开的时候，游春赏花的人，非常之多，自有一番热闹景象。这一天国雄和怀仁刚回旅馆，国光已在那里等着。一见了他俩人的面，便道："多时不见了，我今天特地来送你们一点儿好东西。这种东西，倒也是轻易不能得着的。"怀仁笑道："是什么好东西？"国光便从外衣袋里摸出两个小纸包来，递给他们二人，每人一个。两人打开纸包一看，见是同一式样的两个小碟儿，却都照樱花的形象制成的，很觉精巧可爱。便问这是哪里买的？国光笑道："这一个买字,先问得不对。老实讲是偷来的。我因为偷了这两件东西,没处容放,所以寄存在你们这里。如果被警察查着了,捉贼捉赃,那时你们二人,自然是个窝家了。"国雄道："你又来取笑了。别的话不说,好端端的想做贼,这是什么道理?"国光又笑道:"我在本国不做贼,如今到日本来权且做一回也不打紧。"怀仁道:"你既做贼,也应该偷些值钱的东西来,送给我们。便是捉将官里去,和你做个同党,也还值得。如今别的不偷,单偷了这两个小碟儿来,又有什么用处?"国光道:"你不要小觑了这两件东西,提起了这两件东西,来头确是很大哩。"

怀仁道:"我知道了。无非是公使大人所用之物,你看着心爱,就私藏了几件,此外又有什么大来头呢?"国光道:"公使大人,算不得什么大来头。我这两件东西,确是从日本天皇那里偷得来的。所以我这个贼,竟是个御贼。追起赃来,格外厉害。"国雄道:"承你今天送了两件东西,却无缘无故说了许多怪话。仿佛招摇撞骗似的,我看你做贼倒未必,算你是个骗子,却有些相像。"国光哈哈大笑道:"说我骗你们么?错了错了。我这做贼的供状,确是句句实言,你们不知就里,自然不能相信。待我来细细地说与你们听吧。"

"日本的惯例,每逢樱花盛放的季节,日皇常宴请各国使臣,而所请的又不止公使,凡是使馆中高级人员,都可与宴。我这回居然也叨着我义父的光,得以躬逢其盛。像这种盛大的宴会,当然是别具规模,可以借此一扩眼界。最有趣的,是席间所用的食器,如杯碟之类,都按着樱花的式样,制得十分精致,简直可以送给小孩子当玩物。"怀仁道:"那就不用说了,一定是你看着这许多食器,觉得心爱,便临时多生了一只手,随便拿了几件出来。"

国光笑道:"你的话还只猜着一半,要知道我这个做贼,是有师父的。不经师父的指点,绝不敢任意乱动。我在席中,先看见远远地有一位外宾,忽然将那陈列着的酒杯碟子,放入衣袋中去。我觉得很是奇怪,暗想这位先生，怎么如此贪小？竟在大庭广众之中，做起贼来。再留神一看，那和他坐得较近的人，都对他笑着。他却也点头微笑，并无丝毫愧怍的样子。又等了一会儿，连那笑他的人，也有几个在那里动手了。我这时真是诧异万分。我的邻座，便是我使馆中那位参赞，我就悄悄地问他：'何以竟有人在这里堂而皇之地偷东西？'他笑了一笑，对我说道：'你是第一次参与这个宴会，所以觉得稀奇。其实客人在樱花宴中偷藏酒器，竟已成了老例。我们是早已见惯的了。'我道：'既如此说，我们也乐得偷了。'他又笑道：'你要偷尽管出手，决没有人来捉贼。我是已屡次偷过，如今倒也看得平淡，要放尊重些，不愿意再做积窃了。'我听他这样说，便道：'承老前辈指教，我就有僭了。'说罢便老实不客气，藏了好几只杯碟起来。如今送你们每人一只，也可以算是我做贼的一种纪念品。"

国雄道："如此做贼，却还做得有些风趣，可以说是不伤雅道。"怀仁道："罢了，罢了，左右是做贼，又有什么风趣？据我说堂堂外交官员，竟当筵偷起东西来，真是辱没国体，应该罪加三等。我倒想上一个条陈给日本政府，教他们以后宴起外宾来，须要仿我们中国的法子，贴上一张纸条，说是'当心扒手'才好哩。"国光笑道："这一桩贼案，且不必提了。提起樱花宴，我还有句话要和你们说。前天我们那位姨太太，又对我讲，想叫我陪着她出去看樱花，我已答应了她。如今又想约着你们二位，明日就是星期，便到上野公园中去赏樱花。你们这学校生活，也闷得慌，不如乐一天再说吧。"怀仁道："上野公园，樱花还不很多。我听人说，要赏樱花，还是到间岛去的好。"国光道："间岛太远了些，还是上野公园里去玩一天吧。"怀仁道："既如此说，我极愿奉陪。"国雄却又露着踌躇的样子，国光道："你为什么沉吟不语？难道明天有事，不能同去么？"国雄道："没有什么事，不过想趁星期余暇，将这几天的功课，温理一下子。"国光道："罢了，罢了。知道你是个用功朋友。少装些腔吧！无论如何，明天非去不可。"国雄见他这般说，只好答应。

到了次日下午，就和怀仁二人到上野公园去。入得园中，真是游人如织。原来日本人的赏花，竟有举国若狂的样子。每逢樱花盛开之际，大家约着朋友，或是挈着家眷，男男女女，都往花园中来。园中各处铺陈，都用红色，映着樱花，越发觉得绚烂。那些游园的人，都坐在红毯上，慢慢地赏花饮酒，笑语喧阗。往往有自朝至暮，留恋不去的。

国雄和怀仁二人，见着园中的樱花，开得如朝霞一般，鲜红可爱，不觉也平添了许多兴趣。正随意走着看着，忽听见那边有人喊道："华少爷，到这里来坐吧。"国雄回头一看，见喊他的正是那位赵姨太太，旁边还带着她那个丫头，一同坐着，却不见国光。国雄和怀仁二人忙走过来招呼了，国雄就问道："国光兄呢？还没有来么？"姨太太道："他才遇着了一个熟识的朋友，走向别处去了。你们就请坐吧。"国雄和怀仁就坐了下来，姨太太对国雄说道："你近来为什么好久不到我们使馆中来了？你们老师常在那里惦记你哩。"国雄道："只为校中功课忙了些，所以不能常来请安。"姨太太道："请安是不敢当，我们自家人不说客气话。你下课的时候，便常来谈谈，你老师也很觉得寂寞。他又很和你讲得来，你能多走动些，他倒格外高兴哩。"国雄只得答应了几声是。

这时怀仁见姨太太只愿和国雄说话，仿佛越讲越亲密似的，对于自己却完全不理，觉得很是无趣。便站起身来，自到别处去逛着。正走之间，恰遇着国光，国光见了怀仁，便问道："国雄没有来么？"怀仁道："已经来了，正和姨太太在那里谈心哩。"国光笑道："姨太太见了他，自有许多话说。但我看国雄的态度，倒很来得冷淡哩。"怀仁道："这些话，我们且不必讲。他们只顾谈得起劲，我们还是在园中游玩一番再说吧。"国光道："我已将这个园子差不多走遍了。很觉有些吃力，正想去坐一会哩。"怀仁道："你这两条尊腿，向来是终日不停的，偏是今天又会怕吃力了。不如陪我兜一个圈子再说。"当下便拉了国光，一同走着。

刚走了不到几步，国光忽然将怀仁的衣角一扯，说道："你看那边是什么人？"怀仁定睛一看，只见有两个女郎，并肩走着，一个年纪似乎大些，一个却很娇小。怀仁觉得很是面熟，仔细一想，便道："不就是那位冯蕊仙女士么？"国光道："不是她又是谁？我们今天来游园，恰巧遇见她，倒要留心看看她到底是怎样一副行径。"怀仁道："他们都说冯蕊仙如何美丽。据我看和她同行的这一个，虽然年长些，倒也生得十分秾秀。大概就是宓金针所说的那个保护人了。"国光道："同是女人，谁又能保护谁？况且一个留学生，也断用不着什么保护人。远远地从中国跟到日本，据我看她们一定别有关系。"怀仁点点头道："也说得是。"当下便远远地跟在那两个女郎之后走去。

说也奇怪，这两位女郎，仿佛身上真有一种电力似的。她们一路走着，自有人在那里跟着，就是不跟着，也都指指点点在那里谈论。国光和怀仁二人见同志很多，心中暗暗觉得好笑。看那两位女郎，却行所无事，只顾赏玩樱花，绝不注意这些人。走了一会绕了一个大弯，那蕊仙便指着一块地方，对同行的那个女郎说道："姐姐，我们也走乏了，就在此处坐一会儿吧。"那一个女郎道："也好。"当下两人就在红毯子上坐了下来。

国光和怀仁倒不好意思再站在旁边了。因为他们坐的所在恰巧和赵姨太太等所坐之处，十分相近。国光只得搭讪着走了过来，怀仁也跟在后面。姨太太见了国光，带笑说道："我正猜不着你们走到哪里去了？这许多时候，还不见来。"国光道："也不过随意逛逛，不知不觉就走了许多时候。如今正要歇息一会，我们且弄些酒来喝吧。"他们坐的地方，恰巧有个卖酒间，国光便招呼那下女拿了两瓶啤酒和几只玻璃杯来，开了瓶大家喝着。这时候的国雄，也早把目光注射到蕊仙那一边去了。一面喝着酒，一面却呆呆地在那里出神，连一句话都不说。国光和怀仁看在眼里，都暗暗的好笑。只因有姨太太在面前，便也不讲什么。

又隔了一会，只见冯蕊仙那边，竟有许多人前去和她招呼。她却也落落大方，只管和人攀谈，有时也偶然把眼睛向这边看着，像是很注意似的。隔了一会，那姨太太忽对国光说道："那边坐的，不就是那夜游艺会中唱新戏的那个女学生么？"国光道："我倒认不清楚了，大概是她。"姨太太道："一个女孩子家，抛头露面地登台演戏，已经不像个样子。又认识这许多男朋友，格外不成体统。我听见人说日本留学生，常闹笑话，女学生尤其厉害，大概像这位女学生，就是专会闹笑话的了。"姨太太尽管这样说着，这里三人却并不答言。姨太太又问道："你们三位，倒都不认得她么？"国光道："都不认得，不瞒姨娘说，我们都是留学界中第一等规矩人，自然不会结识女朋友。"姨太太道："你的规矩，只怕也有些靠不住吧。你如果真个规矩，当年娶亲时节，也不会闹那样的笑话了。"国光见她提起旧事，脸上也不免微微地一红，勉强笑道："那时年纪还轻，所以也会闹笑话。如今年纪大了，人也格外老成了。"姨太太道："这句话未必的确，老实说是娶了亲以后，新娘管束得厉害，不敢放肆罢了。"国光也只笑而不言。

这时那边坐的冯蕊仙，和另一女郎，已立起身来走了。临行时那蕊仙回过头来，好像对国雄看了一眼，国雄却转怕被姨太太等看见了，又多出许多说话来，转低下了头不敢平视。怀仁便笑了一笑道："临去秋波，有谁领略？"国雄听他这样说，越是踟蹰不安。幸亏那姨太太不懂得是什么话，没有再发议论。

又坐了一会，姨太太觉得意兴有些倦了。便道："我们回去吧。"国光道："也好。"当下四人便同出园来，依姨太太的意思，还要邀国雄到使馆中去吃夜饭。国雄推说还有个朋友约着到旅馆中看他，不能不赶紧回去。就此别过了姨太太，和国光与怀仁二人同回旅馆。国雄这一天无意中遇见了蕊仙，心中不免又加了一重感想，却怕怀仁和他取笑，始终不露声色。

第二天早晨，国雄刚起来，忽然接着一封信。看那信面上的字，写得十分娟秀，像是女子的手笔。心中不免有些诧异，那封面下端，又只写着"知缄"两字。国雄一想，我在日本，朋友很少，这是谁给我的信呢？忙拆开来一看，只见是一张薄薄的洋信纸，写着两行字道："国雄先生足下：君在留学界中，犹不失为纯洁青年。望努力求学，为国自重。瓜李之嫌，宜洁身引避，毋骤令誉。知白。"国雄一看了这封信，顿时引起了满腹疑团。暗想这封信是从哪里来的？他这样左一个知字，右一个知字，想必是知我者。但我却实在不知这寄信人究竟是谁？

沉吟了半晌，忽然醒悟道："看这封信，分明是女子的手笔。莫非竟是此人么？他说的瓜李之嫌，又明明有所专指。我这回留学求学，不知道的以为我蒙公使提挈，补了官费，前途很有希望。殊不知暗中却着实有一重魔障。偶尔不慎，就可以身败名裂，正教人难以应付。"想到这里，便觉坐立不安。恐怕这封信被怀仁看见了，更易别生枝节，忙把来藏过了。独自一人在那里纳闷，一会儿又想道，我生平知己只有温如一人。如果有他在此，我便可以把肺腑之谈，对他细说，请他指引一切。偏偏他又不到日本来，眼前重瀛远隔，我的心事，又未便形诸笔墨，不能写信告诉他。真是无可奈何！国雄这一颗心，似辘轳般转了许多念头，最后便决定一个主见道："也罢，我只要自己守身以正，任是有什么魔障，也尽可置诸不顾。"这样一想，转觉心君泰然，把许多愁烦都祛除了。依旧用功读书，除了每日到校上课以外，轻易也不大外出。

但是看那怀仁，却觉得态度有些和往常不同。只见他终日忙忙碌碌，在外面乱转。有时连学校中也不去，结交的朋友也很多，几乎每天都有人到旅馆中来看他。往往三五个人，躲在房间中谈天，仿佛很秘密似的。国雄颇觉有些疑惑，起初也不去问他，久而久之，国雄有些忍不住了。

一天晚上见怀仁那里难得没有客来，便走过去和他闲谈，说话之间，就问怀仁道："你近来到底忙些什么？"怀仁微微地笑道："我自有我的忙处，你何必多问？"国雄也笑道："你今天的讲话，何以如此生疏？以你我的交情，你有什么事就不应瞒我。瞒着我已经不应该，难道连问都不许问一声么？"

怀仁道："啊呀！以你我的交情，无论什么事，都不应该隐瞒。只怪哪一个先瞒人的？就有不是。"国雄觉得怀仁语中有刺，便道："谁先瞒人？这句话很有意味。何妨请你直说，到底是谁瞒了谁？"怀仁道："瞒人的事多着呢。大家心里明白，何必多讲！但是我始终不要瞒你，不过事关重大，不能不暂守秘密。如今你既问我，我就不妨对你直说，但是你却千万不可泄露。"国雄讶然道："你何以说得这样郑重其事？照你说话的口气，倒好像是在那里谋为不轨哩。"怀仁笑道："谋为不轨，这四个字，倒下得一些不错。"说时又凑在国雄耳边，低低地说道："我已加入草字头了。"国雄道："你已经入了革命党么？是何人引进？"怀仁道："日本留学界中，革命党不知有多少。我既结识了几个党中的朋友，他们慢慢地便邀我入党。我细细加以考察，觉得革命的宗旨，和我平日的意见，也很相合，便自愿加入。革命党在日本不比在本国，当然没有多大的危险。但也不能不守秘密，我如今对你讲，一来因为你和我是知己，总不怕你去告发。二来也想征求你的意见，你对于革命前途，究竟作何感想？"

国雄道："清政府，如此昏聩，革命事业，就原则上说，当然是可以赞同的。我要是不赞同，当时在正谊学校里，也不必买上这许多革命书籍了。只是一层，目前革命党的组织，是否完备。党中的分子，是否纯粹？倒也煞费研究。我听说很有许多无聊的人，无事可为，转借着革命的幌子，为自己招摇撞骗的地步。还有官中侦探，假充党人，意图陷害青年，邀功得赏的，却也不少。我们到日本还未久，一切情形都未熟悉，这些地方倒也不可不防。"怀仁道："你的所虑极是。但我自问这一双眼睛，还有一点儿判别力，可以察言观色，识得准人。这回入党，决不至于上当。"

国雄道："你是很精细的人，自然不会发生问题。我也不过是这样说说罢了。"怀仁道："那么你的意思，究竟怎样呢？是否也赞成入党？"国雄沉吟了一下子，道："我也未始不赞成，但眼前似乎还须考虑一下子，才能给你一个确定的答复。"怀仁道："那也见得你遇事慎重。不过有一层你不可不留神，在国光面前，万不可以吐露什么口风。因为国光既在使馆中办事，毕竟接近官场，而且他的为人，也是不大靠得住的。"国雄道："这个不消你吩咐，我也很知轻重。像这些事，何致于逢人便说？"当下彼此又谈了几句闲话，便各自归寝。

又过了几天，国雄因为好久没有到公使馆中去了，恰巧国光在早上又有字条来约他，说有要事面谈。便想下了课之后，去走一趟，顺便也去望望他老师，免得过于冷落。当下便匆匆地往使馆中来。

到得使馆里，见了国光，问是何事？国光笑道："并没有什么事。只因今天是我的小生日，姨太太偶然高兴，叫厨子弄了几样菜，约你来叙叙。姨太太又叮嘱我不必约怀仁，所以我字条上并不说明。只说是有要事和你讲，觉得说了吃酒不请他，必要见怪。"国雄道："原来如此。老师呢？"国光道："他老人家今晚还有别的宴会，只怕回来很迟，我们只顾吃我们的就是了。"正说时姨太太也出来了。随意叙了几句闲文，看看时候不早，便命人调开桌椅，摆上几样肴馔，先吃起酒来。正吃得高兴，忽然外面闯进一个人来，见了国雄道："你在此地吃酒么？快来看，有一封从上海转来的电报在此，想不到在这时候，却要出岔子！"说时便从怀中摸出一封电报来，递给国雄，国雄接过来一看，便大吃一惊。顷刻间泪珠直滚下来。正是：

惊破重瀛游子梦，天涯极目倍伤心。

第二十二回　债台高筑良友通财　块垒难消穷儒毕命

国光等人见国雄看了电报便流泪，知道必有什么变故。忙也走过来一瞧，见电报上的译文，却是"父病危速归"五字。便劝着国雄道："你且镇定些，不必过于着急。况且电文上面只说病危，也许还可有救。像前次这样，不是病得很厉害，等到你从上海赶回去，倒又好了。但愿今番也是如此。"国雄哽咽着说道："父亲年纪也不小了，接二连三的疾病不断，只怕终是凶多吉少。我现在无论如何，只有赶紧回去走一趟。若蒙天佑，得能父子重逢，依然无恙，那便是万千之幸。"说着又双泪直流，把前面的衣襟都湿透了。国光道："论理你固然应该即刻动身回国，去省视老伯的病。不过重瀛远隔，往返十分费事。我看或者先打一个电报去问一问情形，倘使吉人天相，得能转危为安，也就可以不必多此一行了。"那姨太太这时见着国雄哭泣，早已赔着许多眼泪。（多情之至）

听国光如此讲，便也说道："我的意思，也想劝华少爷暂缓回去。就要回去，也千万不可是这样哭哭啼啼。倘然你们老人家并不见得怎样，你自己倒先急出病来，那就更不好了。"国雄道："你们休再劝阻我，老人家已是病危，我如何能安心在此依旧不回去？"怀仁也点点头道："去是让他去的好。宁可老伯病体依然没事，白跑一趟，不过是多花几个钱盘费。多吃一次辛苦，倒不要紧。"国光道："既如此说，索性等我义父回来商量了，再决定吧……"

隔了几个钟头以后，雨卿已回使馆。得知了此事，却也说还是赶紧回去一趟，但愿病势转机，就早些再来。免得耽搁久了，有荒学业。当下国雄便和怀仁同回旅馆，胡乱收拾了些行李第二天就买了船票，上船回国。一路倒觉风平浪静，只是国雄心中又悲又急，恨不能插翅飞回去，见一见他的父亲。只怪那轮舟行得太缓，更无心观览海景。

好容易盼着到了上海，忙雇了车子，先赶到昌寿里来。想叔父那里，必有最近消息。到得寿卿家中，敲门进去，他那婶娘钱氏，听得国雄来了，忙跑下楼来。国雄见了钱氏，别的话不说，冲口就问道："婶娘这几天宁波谅有信来，可知道我父亲的病，到底怎样了？"国雄说完了这句话，便睁着眼睛，仰着脸，只望钱氏的回答。那颗心却在腔子里突突地乱跳，谁知钱氏见问，没有说话，倒先流下泪来。国雄知是不好，又问了一句道："到底怎样了？婶娘快说！"他讲这句话时，连身体都抖起来了。钱氏勉强忍住了泪，说道："前三天接着电报，大约是已经……"钱氏这一句话，还没有说完，国雄便已放声大哭。

哭了半天，还是钱氏将他勉强劝住，说道："你哭也无益，后来事情正多，一切责任，都在你身上。你徒然将自己急坏了，也于死者无益。"国雄带哭带说道："叔父呢？"钱氏道："你叔父接着电报之后，当晚便已赶回宁波去了。我本来也要同去的，只因芷儿又病了，没人招呼，不能动身。只好缓几天再说了。"国雄听钱氏这样说，也不暇多问。便道："我想赶今天乘轮回家去，还来得及。"说着就起身要走，钱氏道："你肚子想必饿了，吃了饭再走吧。"国雄摇摇头道："我这时心乱如麻，怎么吃得下东西？"当下就别了钱氏，自乘轮回宁波。

到得家门口，最触目惊心的一件事，便是那一幅黄麻布已高高悬在门口。国雄看了，真如万箭攒心。便从外面直哭进来，到得厅堂上，见已供着灵位，张着孝帏。国雄便抢进灵帏中去，扑在他父亲的棺柩上，说道："父亲，孩儿回来了。怎么就见不着你的面？"一句话说完，就哭得晕了过去。这时他母亲妹妹以及寿卿等一家人，都赶拢来，一面忙着唤醒国雄，一面也号啕大哭。直哭得天昏地暗。哭了良久，方才止住。国雄又向他母亲细问情由。才知他父亲厚卿，在国雄出门之后，起先几时身体甚好，起居饮食也完全复原。依旧每日到校上课，一冬过去，甚是安然。

只是到了今年三月以后，忽然像有了什么重大心事似的，终日闷闷不乐。有时还要长吁短叹，家中人问他有何不快，他又不肯说。如是者又过了将近一个月，便觉精神委顿，旧病复发。而且病势比往常来得厉害，依着国雄母亲陈氏的意思，就要写信给国雄，叫他回来。转是厚卿拦着说，国雄老远的在日本，回来一趟多么费事！自己这个病，虽然沉重，究竟是个老病。也许病几时就好了，不必过于着慌。因此就延搁下来。可是厚卿的病，简直一天重似一天。陈氏几次三番问着厚卿，要打电报给国雄？厚卿只是摇头不许，到了后来，陈氏无可奈何，只得瞒着厚卿打了一个电报给国雄。电报拍出以后，没有几天，厚卿便去世了。

去世的这一日上午，厚卿的病，倒觉得好了些。多日不近饮食，这一天却忽然说腹中有些饥饿。喝了半碗薄粥，精神也似乎略好。请了常看的两个医生来，诊了脉，都说病势颇有转机。若能照此情形，不再反复，便大有希望。厚卿听了自己也着实安慰了许多，还笑对陈氏说道："如何？我说这个病是会好的，幸亏没有拍电给国雄，不然岂不害他白受了一次惊吓？"陈氏也只笑着答应他，并未说明是已经打电报到日本去了。大家正存着很好的希望，只望厚卿病愈。谁知就在这天夜间，正是十二点钟的光景，厚卿一觉睡醒，忽然嚷着头痛。陈氏和一家人连忙走近床前去看他，只见他面容陡变，呼吸短促，再问他时，已是摇着头，不能说话。陈氏慌了手脚，忙着差人去请医生。医生还没有来，厚卿喉间痰声作响，一口气回不转来，便撇下了一家人，撒手去了。国雄听他母亲把话说完，忍不住又哭起来。

寿卿便一面自己挥泪，一面又劝住他道："哭的时候多着呢。你如今从外洋赶回来，暂时还要保重，不可过于哀毁。你如将自己的身体再急坏了，你母亲便格外没有办法了。"陈氏听寿卿这样一说，格外触动悲怀，便又抱着国雄，痛哭不已。

正哭得十分悲惨的时候，恰好温如来了，大家才住了哭声。温如见了国雄，却也无可劝慰，只略谈了几句，便劝他且自休息一二天再说。

国雄也无心问他别后状况，温如又安慰了陈氏一番，也就去了。

这天晚上，国雄又问陈氏关于父亲身后衣衾棺椁等一切费用，到底怎样料理？是否出于叔父的帮助？陈氏道："你叔父自己手头也未必宽裕，况且他素性又不慷慨。这回来了，虽然慨念着手足之情，十分悲痛，可是对于丧事用费，始终没有提起。他既不提，我也不愿和他说。至于眼前棺殓之费，都是你父亲一个得意门生姓吕号荣斋的，一力担承代垫。只是这吕荣斋的家境，也并不甚好。我暂时事急，想着你或者未必能回来得这样快，就便回来了。家中又无现款，教你空着两只手，遇着这种变故，立时立刻哪里去生得出钱来？无可奈何，只得权且累着荣斋。等到你将来有了进益，再慢慢地补报他吧。"

国雄道："吕荣斋对待我父亲，原和寻常师弟不同。我和荣斋时常见面，上次他来探望父亲的病，还见过两次。他的性情原是十分慷爽的，想不到又这样热心，真令人万分感激。只是丧事费用，论理也还不至于要倚赖外人。我们虽然手头没钱，难道酱园中不能想一点儿法子么？"陈氏摇着头道：此话再也休提！你父亲一死，我便着人报信与萍虚叔公，请他设法。不料他竟一口回绝，说是酱园中生意十分清淡，差不多快要关门了。上次你出洋的时候，他已经是勉力筹措，弄了这一笔款子来，如今再也没法想了。我是个女流，碰了他这一个钉子，也无话可说。到你父亲入木的那一天，萍虚叔公竟推说自己有病，连送殓都没有来。倒是那国祥却来帮了两日忙，送了一份礼，又着实劝慰我，似乎显着很亲热的样子。国雄点点头道："父亲在日常说，国祥品行不端，不可亲近。但他近来待我却还好，就是此番出洋，也还亏他暗中帮忙……"母子二人，哭一会，讲一会，直谈到夜深方始安歇。

第二天国雄一早起来，一个佣妇便来对他说，吕少爷来了。国雄连忙整衣出见，对着荣斋磕下头去。荣斋还礼不迭。国雄立起身来，请荣斋坐了，便对他说道："此次先君丧事，一切都承大哥鼎力相助，真令人感戴不尽。我只因孝服在身，暂时不能到府奉谢。转累大哥劳驾，益发抱歉。"荣斋道："我们和自家弟兄一样，何必说这些客气话？我深受师恩，理当效劳。又算得什么事？老弟千万不必放在心上。"

当下两人又随意谈了几句话，荣斋忽然低低地对国雄说道："我有一番说话要对你说。论理你昨天刚奔丧回来，正在椎心泣血的当儿，尽可以缓缓地再告你们，免得再增加你的哀思。但一者我这个人素来性急，心中有了什么事，就藏不住。二者这件事确也关系重大，不能不早些使你知道底细。我本想约你出去谈，又深知你是个守礼之人，在热丧中决不肯出门。所以昨晚晓得你回来了，今日便亲来唁慰，想就把此事和你说个明白。"国雄见荣斋说得这样郑重其事，便十分惊疑，忙道："大哥到底有什么事？请快快地告诉我吧。"荣斋向四面一望，便道："我们还是到书房中去谈吧，似乎比此地来得静些。"国雄道："很好。"

当下就引着荣斋到书房中去，两人并坐在一张短榻上。荣斋依然用很低的声浪，悄悄地问着国雄道："你可知老师到底是怎样才死的？"国雄吃了一惊道："自然是病死的。难道还有别情么？"荣斋道："病死是不错的。却是因何触发旧病，至于不起，此中自有别的原由。大概除了我之外，再无旁人能道其详的了。你身为人子，对于自己父亲，受了人家极大的欺骗，不能不知道一个备细。将来如有机会，也可以替死者一泄心头之恨！"国雄道："照大哥这样讲，先君竟自受了别人的害了。务求大哥讲个明白才好。"

荣斋又深深地叹了一口气道："此中说来话长，待我来慢慢地讲与你听吧。老师办了这一所学堂，起先还可以勉强敷衍。近几年来，因为地方上的补助款都被他人捷足先得，老师是个忠厚人，完全领不到，而教员的薪水，以及各种支出，倒反比以前加增。所以每年核算起来，总不免亏累。唯其校中频年亏累，而自己的家用又因生活程度日高的缘故，也有些支撑不下。所以连自己固有这一点儿薄薄的产业，也已经变卖了不少，大概已所存无几了。这种情形据老师对我说，因为你年纪还轻，也不大肯给你知道。怕你因此忧虑，转分了求学的心。大概你就是略有所知，也不很详细哩。

"去年年底，老师预计一学期结束，校中开支，还差着两百多块钱；此外还有以前的私人急债，也有二三百块钱。人家催索得很紧，不能不还，因此想赶紧去筹一笔款项。可是和老师平日要好的，也无非是几个文人，并没有什么有钱的阔佬，所以他这个筹款问题，也很难如愿。后来他便和一个至好朋友相商，这位朋友，性陆号君宜。这陆君宜也是家世清贫，并无余力，可以帮助老师。但他和老师的感情，实在是很好的。老师和他商量，也绝非直接问他借钱，不过想转托他想想别的门路。陆君宜见老师身处窘乡，竟从无可设法之中，忽然想出一条法子来。便对老师说，他自己固然无钱可以相借，要另找路子，却也不易，只有暂时拿物件来变钱。他家有一只金刚钻戒指，戒指上镶着很大的一颗金刚钻，番头很足，已经人估过，足值三千块钱。如今恰巧他自己也要用钱，不如把这只金刚钻戒指拿出去，向人家只押一笔款子来，一部分自用，一部分借与老师，便将两个人的难关都渡过了。"

荣斋讲到这里，国雄便岔着问道："陆君宜既然家况也很不佳，何以家中会有值价三千元的金刚钻？"荣斋又叹道："这句话怪不得你要问，这只金刚钻戒指，就苦于不是陆君宜自己的。如果是他自己所有，倒也没有这件事了。原来陆君宜虽也是个寒士，而他的亲家姓蔡的，却是个大富翁。听说是蔡家的少爷蔡晓霞在女学校开游艺会时，看见过陆君宜的女儿，生得十分貌美，便对他父母说知，要娶陆家小姐为妻。他父母囿于贫富之见，本来大不赞成，经不起他儿子再三要求，只好勉强答应，就央人去做媒。君宜对于这段婚姻，认为齐大非偶，也很反对。却又经不起他夫人慕着蔡家的富厚，又一力赞成这头亲事，便居然说成了。订亲之时，蔡家所下的聘礼，当然是备极豪侈，内中便有这样一只金刚钻戒指。陆君宜也是迫于友谊，又加着自己也万分窘迫，便无可奈何，出此下策。就想在这颗金刚钻上面打算盘，这就是金钱迫人的苦楚，也可说是人贫志短，真教人有无穷的慨叹。"

国雄道："就使要在这颗金刚钻上打算盘，也尽可在当铺中去当一下子就是了，何必抵押？转多费手续。"荣斋道："对啊！老师当时也何尝不向君宜如此说法？无奈君宜又有一层苦衷。（穷人实在做不得，做了穷人，便有这许多苦衷。）他对老师说，这只金刚钻戒指，只宜押不宜当。一来因为本地当铺里的伙计，对于平常金银珠宝，还有些鉴别力；至于金刚钻，却还见得不多，往往吃不定真假，不敢轻易收当。即使收当了，也一定出不起价钱。结果当虽当了，所得无几，依然不够用。二来那蔡家原是徽州人，寄居宁波，以当业起家。所有本地大些的几家当铺，差不多不是他家做老板，也有大股份在内。柜上和首饰房里的大伙计，更大半是他家的亲戚朋友。万一这一只金刚钻戒指当进去，竟有他家自己人在内，认得出是蔡宅下定之物，三三两两传给君宜的新亲家知道了，那新亲家既是个财主，无有不势利的。势利的人偏被他抓住了把柄，又必定有许多令人难堪的话要说出来，必定有许多令人难堪的事要做出来。那时节陆君宜的颜色何存？为了这种种原因，所以这一只金刚钻戒指，只可秘密抵押，万不能公然出当。老师听了君宜这一番话，细想也很有理由。不过一时也寻不着什么抵押的去处，只和君宜约着，等到寻得主顾再行设法。

"又隔了几时，老师偶然在茶楼上吃茶，恰巧看见那珠宝捐客张小九，正向一个客人兜售珠花。老师和张小九，原也有些认得。当下心中一动，等到那一个客人跑开了，便慢慢地走将过去，对张小九说道：'我有一件事要奉托你。'张小九登时满面堆下笑来道：'有什么事托我，大概是照顾我的生意吧？莫非你家少爷要办喜事了？命我采办些好首饰。'老师忙道：'不是不是。我是有一件东西，要托你抵押。'小九问是什么东西？老师四下里望了一望，见茶客虽多，却并没有什么熟悉人。便悄悄地将抵押金刚钻的事，对他说了。只没有讲明是陆君宜之物。张小九起初颇有些推托，说金刚钻不比其余珠宝，本地人要的不多，（当时内地风尚俭朴，尚视金刚钻为稀有之物，确乎有此情景。）只怕难寻主顾。老师听说，不得已又再三地重托他，并许以押成之后，多给他些中人钱，张小九方才答应了。

"也约莫过了有半个月光景，张小九才来找着老师说，这一只金刚钻戒指，本地并无人要。倒是辗转托人在余姚寻着了一个主顾愿意受抵，但须看了货色，再定押款的数目。老师道：'带了金刚钻到余姚去看货色，如果押款做成，倒也罢了。万一不能成功，岂非徒劳跋涉？'张小九道：'那倒并不费事，我说的是余姚开绸缎庄的林家，他家的小老板，现在此地。只消就近送给他去看一看就是了。'老师听说，便又和陆君宜去商量。君宜知道押在余姚，颇为赞成。因为他的意思，还怕押在本地，耳目太近，万一被蔡家知道了，总不是什么好事。能够押在别处去，关于这一层，转可以免得过虑。当下便将那只金刚钻戒指拿给老师。老师也很不放心张小九，不肯就交给他，只得硬着头皮，自己出马。叫张小九拣了一个僻静些的地方，约着那林家的小老板，当面看过货色。林家小老板，对于这颗金刚钻，倒颇赞赏。于是由张小九居间，讲来讲去，言明抵押一千五百元，利息一分二，以两年为期。期满就不能再赎。老师又将这个条件问明陆君宜，取得他的同意，才押了出去。总共一千四百块钱，张小九却要整整的拿一百块，老师倒也无可无不可，却是陆君宜再三不肯，只给了他五十块钱。张小九心中便很不高兴。老师办事，素来是极其谨慎的，对于这一项押款，一面由老师出了一种抵押借据，一面也取得对方的金刚钻收条，这总算是很稳当的了。"

荣斋说到这里，觉得讲得有些吃力了，便划着火柴吸了一支香烟。

国雄便又岔口说道:"这件事情照此办法,却也无甚破绽。不过我总不解我姑夫现开着当铺,我父亲何以不和我姑夫商量?转要绕这么大的圈子。"荣斋叹道:"这件事你又不知其细了。你和温如固然十分要好,至于温如的老人家朴斋先生,和老师虽是郎舅至亲,却一个是商人,一个是书生,彼此的性情根本上就不大相合。以前大家感情倒也还好,近年来因为老师曾向他挪移过几次款项,好像也略略发生了些意见。老师当然不肯再和他去开口,况且朴斋和君宜的那位新亲家,大家都是同业,往来得十分亲密。老师更要避忌一着,决不愿意再拿这只金刚钻戒指,送到他当铺里去了。"国雄听说,点着头道:"我父亲和姑丈最近有些失和,这事我也略有所知。上次我回家的时候,提起到日本去留学,想和姑丈去通融些学费,我父亲还竭力阻止我哩。"

荣斋道:"如今闲话少说,让我再讲下去吧。这只金刚钻戒指押去以后,总数一千五百元。君宜自己拿了九百元,其余除去张小九拿了五十元以外,还剩五百五十元,便全数借给老师。老师得了这笔款子,到了放年假的时候,才把下学期一切费用,和各种年关用度料理清楚。想不到才过了新年,陆君宜忽然来找老师,说有一桩极困难的事情发生了。老师问是何事?陆君宜说蔡家原约着再隔一年然后迎娶的。怎样又忽然请媒人来说,道是新郎的祖老太太,因为自己年老多病,又听人说定下的这位陆家小姐长得人品出众,便急于要看孙媳妇。已择定元宵节后,便要举办喜事。没有钱的人,一听得女儿即刻就要出嫁便是一大难关。因为置办妆奁等等,无论如何节省,也免不了要用一笔钱。何况君宜的这门亲,又是个富家,比较上不能坍台,更何况还有这金刚钻问题,夹在里面没法摆布。直把个君宜急得手足无措。当下便想出许多推托的话来,央求媒人去说,要求展期。

"好容易再三磋商,蔡家只答应再展期两月,到了三月初头,便非娶不可。君宜没法,只好允许。可是时期迫促,第一层这押出去的金刚钻戒指，便是一个紧箍咒，非赶紧设法不可。当时老师也慌了手脚，四处八方张罗款项。我这时便代他向别处借了三百元，老师自己又设法借了二百五十元拿来交还君宜。幸喜君宜以前所拿的九百元倒没有用完，还剩了三百几十元。可怜那君宜平时比老师更窘，又不知怎样设法筹得一笔款子总算两人合并起来，将一千五百元的原数凑足。才去找着张小九，说明要赎回那只戒指。

"张小九一听要赎回原物，便像很不愿意似的。这也不知是什么缘故？但老师既备齐了款项，执意要赎，他当然也无回绝之理。但说林家的人都在余姚，要赎便须到余姚去赎。你如果放心的就将钱和收条交给我，我去替你赎回来就是了。老师一想照此办法，实在不妥。就对张小九说，还是我和你一同去吧。张小九道：'你自己能去，自然更好了。我巴不到你们一手交钱，一手交货，不要让我这个中间人担什么责任。'老师便问他几时可以动身。他说我这几天恰巧有几件生意接洽，没有工夫出门，要再等几天。老师没奈何，只好耐等着他。谁知张小九从这一天起，天天都说是不得闲。直延挨了有半个月光景，被老师催逼不过，才和老师一同到余姚去。见了林小老板说明来意，林小老板听见老师要赎取戒指，倒并不留难。便道：'只要你将以前的押款本利备齐，我立刻就可以将原物交还你。'老师听说，便把身边带着的钱交给了他。他便到里面去将金刚钻戒指拿出来，老师仔细一看确是原物。连盛着戒指的那只锦盒，也丝毫无讹，便揣在怀里将收条交还林小老板。把那张借据当场焚毁了，就和张小九一同出了林家的门。因为天色已晚，老师便找了一家旅馆歇了一夜，张小九却说另有亲戚家可住，并不和老师同宿。

"到了次日，两人依旧一同赶着船回宁波来。到了上岸的时候，因为人多拥挤，老师偶不小心，脚下一绊，几乎跌了一跤，幸亏张小九当胸将他扶住了，又代他整了一整衣襟。老师在这个当儿最注意的是怀中那只锦匣，连忙摸了一摸，依然好好地存在没有失落，这才放下了心。

索性不回家中，一直走到陆君宜那里，将戒指交还给他。陆君宜打开盒子一看，也认明是原物，便收下了。等到他女儿过门，便依然和别的首饰一同带了过去。当时也没甚话说。

"三朝过后，恰巧蔡家的一家亲戚有喜事，陆小姐便戴着那只金刚钻戒指去吃喜酒。和几位女太太同席阔人家的女太太碰在一起，无非是比衣裳、赛首饰。内中有一位王太太，一眼瞧见陆小姐手上戴的戒指，便着实赞叹。说满座上许多客人的穿戴，都不及这一个戒指来得值钱。陆小姐听说，自然十分得意。不料另有一位李太太却忽然冷笑了一声，也不说什么。起先说话的那位王太太便问道：'李太太为何发笑？'李太太道：'我有一句放肆的话，却不敢说。你们大家都赞赏着蔡家少奶奶戒指上这颗金刚钻，说是值价不小。但据我看来，这颗金刚钻看着虽然很好，只怕不真。不瞒诸位说，我家老爷原是做的珠宝生意。所以我对于这些金刚钻和宝石，虽然自己置办得并不多，眼中却着实看得不少。我今天一见蔡家少奶奶这一颗金刚钻，光彩很好，原很注意。可是后来偷眼细看，竟越看越像假的。若不是诸位这样说着，我也不敢多嘴了。'陆小姐听她这样说，由不得脸上一红，忙着道：'这一个金刚钻戒指，原是我订亲时候，婆家礼盘中拿来的聘物，如何会假？'那王太太也不服气，忙对李太太说道：'偏这位太太是识宝太师！别人家或者会有假金刚钻，他们蔡家是本地数一数二的阔人家，他家的新少奶奶，哪里会戴假货呢？'李太太见他们说着似乎要认真的样子。又连忙改口道：'我不过是说说罢了，究竟是真是假，我也确乎断不定哩。'大家听她这样一说，也就无话。

"陆小姐却心中总觉有些疑惑，到得晚上回家，便对他那位新郎蔡晓霞说：'我今天戴的这一只金刚钻戒指，有人说我这颗金刚钻竟是假的，你想奇也不奇？'晓霞骇然道：'这句话是谁说的？'陆小姐道：'是一位姓李的太太说的。她还说她丈夫是个珠宝客人，所以眼光看得很准。'

晓霞道:'这句话要是别人说着,尽可置诸不理。是李太太说,就真有些可疑了。李太太的丈夫李仲珊,我也认得,确乎是珠宝行中的一个识者。李太太跟着她丈夫看惯了,也许有些道理。你何不将那只戒指拿出来,让我细细地看一看再说?'陆小姐依言,在首饰匣子中将那只戒指拿出来递给晓霞。晓霞在灯光之下,翻来覆去看了半天,也绝不定是真是假。便道:'我索性明天拿去找李仲珊,教他识识看,就可以断定了。'

"第二天早晨,晓霞果然就去寻仲珊,将戒指给他看了。仲珊仔细端详了一会,摇着头道:'确是假货。不过假造的人,本领很大。非是真有眼光的人,断乎看不出。就是遇着识者,若不仔细辨认,也断乎看不出。'晓霞顿足道:'如此说来,我的父亲是上了别人的当了。'

"当下便又匆匆地拿回来,去给他父亲看。并责问他父亲何以曾拿一颗假金刚钻来作为自己媳妇的聘礼?以致今日之下,贻笑外人。他父亲听说,把那金刚钻细细看了一会,便道:'货色确是假的,但其中必定是出了别的岔子,被人掉了包去了。讲到我的原物,明明是我自己在上海买得来的,怎么会假?'晓霞道:'父亲买来的不是假货,何以到了媳妇手中就会将真的变了假的呢?'他父亲登时将脸往下一沉,接着冷笑了两声,道:'这只戒指,由蔡家拿到陆家,又由陆家拿到蔡家。媳妇不会变戏法,也许旁人会变戏法。到底是怎样变真变假,你只在这个上面去想就是了。'

"晓霞的性情,原是很躁急的,一听了他父亲的话,知道他话里有因,当下便怒冲冲跑回房去,竟和陆小姐大开谈判。硬说是好好一颗金刚钻,被丈人家里穷,见财起意,特地将真的藏过,换了一颗假的来了。陆小姐听说,又惊又怒,和晓霞争执了几句,便赌气带着这个金刚钻戒指回娘来。见了君宜的面,把这件事情说了。君宜拿金刚钻抵押这件事,陆小姐是知道的,所以这时候陆小姐心中,也竟有些疑惑。怕是他父亲把押来的钱用光了,一时无力赎取,便只好弄一个假货来搪塞。

（人贫则父女间且不免以不肖之心相猜度，可为浩叹。）后来经君宜将话说明了，陆小姐知道明明是一千五百块钱赎回来的，也不再疑心。却对君宜讲道：'父亲如此辗转托人，也许上了别人的当了。快快去想法子查究一下再说。'君宜听他女儿的话，讲得不错，便来和老师讲。

"老师得知此事，惊得呆了。就去找张小九和他说话。张小九一听老师说金刚钻是假的，顿时翻转面皮，说道：'我也不管这金刚钻是真是假，总之你押出去的时节，是双方对面，钱货两交。后来赎取的时节，你自己亲身到余姚去，也是双方对面，钱货两交。我虽然做了中间人，却从不过手。与我什么相干？不但如此，连你住在余姚客栈中的那一夜，我也为避嫌起见，特地不和你同住一起，可算得是干净之至。我对于这件事，白赔了许多辛苦，只赚了你五十只大洋，也总算交代得过去了。如今你们事隔多时，却又生出这种枝节来，我哪里还有工夫和你们缠账！'老师听他的话说得很是在理，忙道：'我并不是来责问你，也并不是疑心你，只是林家那面或者有什么失误之处，亦未可知？'张小九道：'你要去和林家办交涉，我也不管。只是据我看来，去了也是白碰钉子。林家在余姚开着绸庄，林小老板又是个出名有钱的人，不见得会特造出一颗假金刚钻来，掉你的包。况且你赎取的时候，明明自己看过。如今拿了回来，又隔了许多时候，转了许多手脚，才发现是假的。哪里还可以去寻他说话！你身为小学校长，原是个读书明理的君子，这些上面，请你自己去细细地想一想吧。'

"老师受了张小九这一顿抢白，虽然气得发昏，却也无话可说。回来对陆君宜讲，意思仍想赶到余姚去和林家小老板谈一谈。转是君宜将他劝住了。因为君宜在余姚，也有几家亲戚，所以深知这林家倒确是一个殷实商家。林家小老板，也确是一个正经人物，决不会做这等事，去了也是无益。若论此中毛病，必定出于张小九之手。可是俗语说的财宝不过手，现在这一只金刚钻戒指，已不知过了多少人的手了。独有张小九一人表面上却转没有沾手。似这般无凭无据，如何能吃得住他？就是打起官司来，也断难占胜，真是无可奈何。后来君宜又有别个朋友，闻得此事颇有些抱不平。想另外找出人来，去拿那张小九，然而仔细一打听，知道张小九在本地很有一种潜势力。他虽然不过是个珠宝捐客，却算得是个前辈，手下徒党很多，自己的资格也很老。如今去招惹他，万一弄得不好，一定是打蛇不死，反受其殃，因此只得忍了一口气，就此罢了。

"君宜吃了一个大亏，毫无办法。而他那位新亲家却又毫不讲理竟口口声声说君宜是个骗子，把他的真金刚钻骗得去了。久而久之蔡家一家人，对于陆小姐，终日冷嘲热讽，都是一派不堪入耳的说话。连晓霞对待陆小姐，也似乎一个美人，到底敌不过一颗金刚钻，渐渐地将爱恋的心肠变为厌恶。陆小姐受气不过，时常回到娘家来，一把眼泪一把鼻涕，向她父母哭诉。这种情形被老师知道了，自然十分难受，恨不能立刻拿出三千块钱来，另买一颗金刚钻去，赔还蔡家。可是无论如何，无此能力。而细想这件事的始末根由，又完全是为了自己而起，今日之下弄到这般地步，如何对得起陆君宜？又如何对得起陆小姐？因此上又气又恨，便牵动旧疾。这些医生，不但是医道平常，就使真有良医，也如何能治得他的心病？以致药石无灵，一病不起。这样一个好人，竟活活地逼死，活活地气死，怎教人不感伤！"说时便流下泪来。

国雄听荣斋将这番情形讲完了，转默然无语了半晌。才把牙齿一咬，说道："想不到我父亲一生忠厚，结果还是因为过于忠厚，受人之害，以致郁郁而死。今日既承大哥把这件事对我说了，我总要慢慢设法，将这重公案，侦察一个明白。无论是张小九一人作恶，还是别有指使，终有水落石出的一日，决不让他们逍遥事外。"

荣斋道："我今天告诉你这件事，也算得是违背了老师的遗嘱。老师对于我，是无话不谈的。可是他吃了这场大亏之后，好久没有告诉我。

直到后来病势已经重了，我再三问他，到底为了什么缘故，近来如此忧郁？他才把这番话讲给我听。并且吩咐我见了师母和你，千万不必说。老师还有两句极伤心的话，他对我讲，倘然自己的病能够好了，将来总有一天，可以凭着自己的力量，将这件事情弄个明白。万一不蒙天佑，就此一病不起，便更不愿意有人知道此事。免得令家人增一重隐痛，外人多一种话柄。我当时也就唯唯应着。可是如今想起来，别人面前，可以不说，你面前却不能不讲个明白。不但你为人子的，听见自己父亲受了奸人的欺诈，不能不图一个报仇雪恨。就是我也恨得牙痒痒的，只望老师死后有灵，能够在冥中帮助我们！将谁人假造金刚钻的凭据拿着了，我非将他置诸死地，偿老师一命不可！凭你是张小九、张老九，恶势力怎样大，我也不怕。"

国雄看荣斋说话时，真有怒发冲冠的样子，暗想此人真是一个血性男儿！我父亲得了这样一个学生，也算不枉了。当下转对荣斋说道："大哥这样仗义，我真感激得无话可说了。不过我倒要叮嘱大哥一句话，以后我们两人，对于此事，还是只装不知。在任何人前，不可透露口风。免得为奸人所知，有了戒备。"荣斋道："那个自然。就是你在师母前也万不可讲。我看着师母真是万分可怜，你须要好好地安慰她，断不可再引起她的悲痛了。"说时忍不住又哭了。国雄也放声大哭。倒惊动了陈氏，在里面听见哭声，便也挂着两行涕泪，走到书房中来。他两人见陈氏来了，怕她追问情由，才止住了哭。大家又谈了几句，荣斋便自别去。

又过了几日，寿卿正和国雄商量，择期开吊的事情。忽然一个邮差送进一封快信来，却是寿卿的家信。寿卿连忙拆开来一看，顿时露着很忧急的样子，对国雄说道："我原想等过了你父亲领帖之期，再回上海。如今却没有法儿，只好先赶回去走一趟了。"国雄道："是不是道署里有什么要紧公事？"寿卿摇头道："不是的。信上说芷儿的病，很有些不顺手，我不得不去看她一看。你婶娘因为现在诊视的医生，不能见效，要等我去商量，再改请别个医生哩。"国雄道："我在上海见着婶娘，婶娘原告诉我说是芷姊姊有病，我当时因为心绪纷乱，匆匆的也没再问。究竟姊姊得的是什么病呢？"寿卿道："我也竟说不出她是什么病。初起时也像是伤风时症，身体发热，又带着些咳嗽。请了医生来，吃了几帖药，身体也就退凉了。只是精神十分疲软，又不思饮食，咳嗽也比以前来得厉害。医生总说是不妨事，再调理些时，就会好的。可是就这样牵缠了有一个多月了，始终没有见轻。"这时陈氏也在旁边坐着，便说道："照叔叔这般说法，此病倒也不可轻视，她咳嗽得如此厉害，只怕肺里面有了什么毛病，倒觉得讨厌。"

寿卿皱着眉道："就是这一层可虑，今天来信还说她近来每天早上咳出来的痰中，有时还带着一点血。这个现象，可是很不好哩。"陈氏道："我看侄女儿既然有病，叔叔还是早些回上海去。赶紧另外请个医生，替她好好地调治一下子吧。如果中医不能见效，或者换个有名些的西医来诊诊看。我常听见人讲，西医的辨症，似乎比中医来得准确些。"国雄道："母亲的话也不错，中医是专门金木水火土，讲些五行相生相克的话，总觉得理论太空。"寿卿摇着头道："西医我始终不敢相信。中医用药，对与不对，我们究竟还约略知道些，可以斟酌一二。西医是一味蛮干，开起药方来，歪歪曲曲写上几行外国字。我们又不认得，不知道他到底用的是什么药？就是吃坏了，也无处去诉冤哩。"陈氏知道寿卿是个出名的守旧朋友，对于西医，自然不肯赞成，也就不再多说。第二天寿卿就动身到上海去了。

寿卿走后，国雄偶然想起温如向来和我是痛痒相关的，何以此次我身遭大故，他除了第一天来过一回以后，接连好几日，竟绝迹不至？似乎很不像往常彼此亲密的态度。想到这里，便写了一张字条，差一个仆妇送到钟家去，想约温如来谈谈。谁知那仆妇去了半天，回来却对国雄说道："钟家少爷出门去了。"国雄道："出门到哪里去?"仆妇道："听说是到上海去的,并且去得十分匆促。"国雄讶然道："奇了!他忽然匆匆地到上海去,做什么?"正是:

莫道佳人羁病榻,江南红豆最相思。

第二十三回　多愁多病药灶困才媛　有色有声蒲包擒妖魅

温如到了宁波以后,论理便该和芷芬时常通讯。但是当时的风气,还没有完全开通,越是自家表姊妹,越是要避嫌疑。所以在芷芬一方面,除了由她母亲出名写几封代笔的信以外,自己竟不便常写信给温如。怕被别人看见了,引起许多讥评。便是温如对于芷芬,也颇感着通信的困难。因为寿卿这位先生,是著名的迂夫子,一天到晚只嚷着男女授受不亲。假使被他知道温如和芷芬直接通讯,不知又要发出些什么奇怪的议论来。逼不得已,写了信只好寄至芷芬肄业的那个毓秀女校中去。不过这毓秀女校,规则却也很严,凡是收到了外人寄给校中女学生的信,那位女校长都得亲自拆阅。因此温如偶然写了几回信去,也只好堂皇冠冕,说两句寻常问候的话,决不能畅所欲言。彼此暌隔了许久,通讯又不自由,那么相思滋味,自然积久愈深了。

这回寿卿来甬,温如已知道芷芬有病。心中正十分挂念,却忽然在一天早上,又接着一封邮信,信面上的字迹写得很稚嫩,像是个小学生初学字的时候写的。再看那下方寄信人的地址,却是:"上海宝寄"。便暗自沉思道:这封信到底是哪里来的?下方不写名姓,只写一个"宝寄",真猜不出是什么人了。当下便把那封信拆开来一看,却只有寥寥数语道是:"温如先生鉴:芷哥病重,盼望先生。先生来沪否?能来最好,阿宝白。"

温如看完了这几句话，才恍然大悟。猜定这封信准是芷芬贴身服伺的那个大姐阿宝写得来的。却还恐怕别人看见，不当稳便，因此将信中的称呼都改过了。这也足见她的聪明。可是一层，阿宝既有这样一封信来，芷芬病势之重，不问可知。回想自己以前卧病在医院中，芷芬不避传染，秘密进院，昼夜看护，吃尽许多辛苦。如今她病了，我却和她两地暌违，并没有去探望，这如何对得她住？想到这里，不觉流下泪来。当下一个人盘算了半天，便又打定了一个主意，就禀明了他父母，只说是接着上海一个朋友来信，有个出洋求学的机会，须得当面去接洽一下子，即日就要动身。他父亲便答应了。他母亲又对他说："你此番到上海，无论住在什么地方，又无论耽搁的日子多少，寿卿舅舅家里不可不去。听说芷芬妹妹病了，我心里也很挂念，你须得去探问一番。"温如道："那是自然。"

他母便和他略略收拾了些行李，又打点了几式家乡土物，教他带去送给寿卿夫妇。温如答应了，当夜觉得太局促，第二日就动身到上海，转比寿卿早了一天。

温如这一夜在船上着实有些思潮起伏，魂梦不安。好容易盼到天明之后，到了轮船码头，便急急忙忙地雇了一部车子，赶到昌寿里寿卿家门口。抬头一看，只见大门上面贴着一张黄榜，当下便吃了一惊，也不暇看那榜上写些什么，忙举手敲门。敲了几下，便见一个娘姨前来开门。温如一脚踏进门去，又见那客堂里面设着经坛，坛上安着香烛和木鱼磬钹之类，天井里面又放着几样纸扎的物件，另外又有一堆锭箔灰，还未扫去。温如一看这种情形，那颗心便在腔子里突突地乱跳起来，冲口就问那娘姨道："你家小姐到底怎样了？"那娘姨且不答他的话，只慢吞吞地说道："我道是谁，原来是钟家外甥少爷来了。快请里面坐。让我叫车夫把行李搬进来再说。"温如急道："你先不必和我讲别的话，只说你家小姐到底怎样了?"（又问一句,情急之到。）那娘姨又摇了摇头道:"小姐么?"接着又长长地叹了一口气。温如瞧这样子,估量芷芬是已经不好了。忍不住两泪直流,几乎就哭出声来。

这个当儿,上面有人开了楼窗,探出一个头来。见是温如,便道:"原来是温如。你怎么忽然会到上海来?"温如听是钱氏的声音,便在天井里仰着面答道:"舅母,我来了。芷芬妹妹到底怎样了?"问这句话时,连声音都有些发颤了。钱氏点了点头道:"待我下楼来再和你细谈吧。"当下便走下楼来,这时车夫已将行李搬了进来,温如便顺手摸了几个角子,付了车钱。赶紧回身想和钱氏说话,却见钱氏头发蓬松,愁眉双锁。两只眼睛,有些红红的。温如一想大约芷芬的确是不好了,转不敢再问,也不忍再问,竟低着头双泪直流。钱氏看见温如这般光景,也忍不住掏出手帕来拭眼泪。温如见钱氏一哭,就格外哭泣得厉害。

这个当儿,楼上又跑下一个人来,却是阿宝。阿宝见他们两人相向痛泣,便道:"太太和外甥少爷,何必如此伤心? 小姐虽然病重,未必就没有转机呀。"温如听阿宝这样一说,倒反而定了心。便收了泪问道:"芷芬妹妹原来不过依旧病重,并没出什么岔子?"阿宝道:"谁说她出了岔子呢?"温如道:"我一进门来,只见堂中设着经坛,天井里面又是这种情形,竟以为是有了什么变卦。问问娘姨,娘姨总说不清楚。见了舅母,舅母又显着十分伤感的样子,便以为事情不妙。不是阿宝一句话说穿,我哪里会明白呢?"阿宝道:"这也难怪外甥少爷,家里设着经坛,都是太太听信了仙人的说话。特地请了许多道士来,禳星拜斗。已经闹了两天,今儿是第三日,要收坛了。现在时候尚早,还没有开坛,停一会道士来了,还要闹得厉害。听说今儿晚上,还要捉妖哩。"温如皱着眉道:"据我看芷芬妹妹的病,还该请一个高明些的医生,替她好好地诊治一下子。禳星拜斗,毕竟是迷信之举,只怕没甚效用。"钱氏道:"你的说话,何尝不是,只是芷儿的病,中医西医已经请了好几个,吃下药去始终没有效验，就只好再请道士来禳解一下子。有用没用，自然是毫无把握。"温如道："芷芬妹妹病得到底怎么样了？我母亲也记挂得很。恰巧我另有事情要到上海来，便命我到得上海先来探望妹妹的病。如今可否让我先上楼去看看妹妹？"钱氏道："自家兄妹，原用不着回避。你就到房中去看看她也好。"当下三人便同上楼来。

阿宝先走进房去看芷芬时，正倚着枕头，在那里咳嗽。便又轻轻地走到床前，对她说道："温如少爷特地从宁波赶来探望你，就要进房来了。"芷芬听说微微地点了点头道："他来了么？……"刚说了这一句，又大嗽起来。这时候温如已跟在钱氏后面走了进来。温如一眼瞧见芷芬，已瘦得不成样子，很娇艳的脸色，已变了蜡黄似的满面病容。而两颧上却又透露着红色，明显着是虚火上升的样子。见了温如，极想说话，无奈一声声咳得太厉害，连话都不能出口。阿宝连忙去倒了一杯开水来，给她喝了，才慢慢地将一口气平了下去。又微微喘息了一阵，方睁着眼睛，对温如望了一眼，有气无力似的说道："温如哥好久不见。想不到我已病到这个样子。"说时就淌下泪来，哽咽着说不下去。

温如这时心中万分难过，两行清泪便要夺眶而出，又怕病人看见格外伤心，赶紧忍住了泪，勉强装出一些笑容来，对芷芬说道："妹妹不过偶然得了这个病，并不要紧。只须耐着心多吃几帖药，慢慢地调养，自会好的。切不可过于愁烦，倒更添了病。"钱氏也接口道："温如哥说的话真不错，我也是这般劝着她。现请了好几位医生，都说此病并无大碍，只要她自己不过分着急，就容易见效了。"芷芬听他两人这样说，只顾垂泪，也不答言。半晌才挣出一句话来道："我这个病只怕不是医药能治的了！左右不过是挨日子。"说时两只眼睛又望着温如，温如也明知在这个时候，再说些肤泛不切的话，不但不能安慰芷芬，适足引起她的悲感。照他的心里，恨不能跑上前去握住了芷芬的手，和她彻底地讲一番，哭一场。若得两人同时一恸而绝，倒反是一件痛快的事情。而且可以算得一件美满的事情。无奈自己和芷芬始终还是客客气气的表兄妹，碍着钱氏在旁，又有娘姨立在房门外看着，觉得伤心落泪，已经出了范围以外，再也不能有什么别的表示了。

想到这里，倒暂时忘记了悲伤，转自己恨着自己，觉得太对不起芷芬。于是也不哭泣，也不说话，只呆呆地站在那里。

阿宝眼瞧着他们这种情形，一面也忍不住要落泪，一面却赶忙对钱氏说道："我看小姐病中不宜多说话。外甥少爷大远的从宁波赶来，也很辛苦，姑且歇息一下子，停一会再谈吧。"钱氏道："也说得是，我们外面坐罢。芷儿如果睡得着，最好睡一会养养神。"芷芬也没有答应。温如这时也不能老是这样僵立在那里，只得随着钱氏出房。走到房门口，又回头看时，只见芷芬已翻身向着里床，两个肩头微微有些耸动，想是依然在那里哭哩。

钱氏引着温如到自己房中坐下，便悄悄地问道："你瞧妹妹的病到底怎样？"温如道："这却真难说了。我以前只听得舅父说妹妹病了，却想不到一病就会到如此地步！更不知是怎样起的病？"钱氏叹道："你要问她起病的根源么？唉！一言难尽。可以不必再说。而且我也不忍说了，我且问你，你舅父何以不和你同来？难道他接了我的信，还不赶快回来么？"温如道："甥儿走得匆忙，也没有到国雄弟那里去，不知舅父几时动身？料来他一知道芷芬妹妹病重，自然就要赶回来的。"钱氏道："总之我这大年纪，只有这一个女儿，如果吉人天相，还可以望好，也就罢了。万一有个三长两短，试问为人在世，又有什么意味？"说着又要哭出来了。温如只好再安慰了她几句，便告辞下楼。

等了一会，果然有许多道士来，顿时铙钹喧天，闹得一个乌烟瘴气。到了下午，又来了一个西医。等那医生上楼去诊视的时候，温如也就陪着他。那医生照例用听筒在芷芬肺部，细细地诊察了一回，又用寒暑针验了热度，诊了脉，温如忍不住就问道："请问先生，这病究竟怎样?"医生道:"今天的病象,似乎比前几天倒来得好些。如果病人能安心静养,谅来还不妨事。"说完了这句话,就拿了一支铅笔出来,写了一个药方,交给钱氏。说道:"等这个药服完了再看吧。"当下便起身下楼。钱氏和温如都跟着下来。

钱氏便对那医生说道:"先生说今天的病象略好些,只怕还是当着病人面前,安慰她的话吧? 据我们自己人瞧着,却只有一天深似一天哩。"医生道:"照今天的脉象和肺部呼吸看起来,确像是好了一点。热度也退了半度。不过这种病比不得什么时症,说好就好,往往今日好些,明日倒又不对了,原是很靠不住的。再说一句老实话,我们做医生的,也最怕是医肺病。因为肺病实在没有绝对的治疗法,所以用药下去,毕竟能否奏效,真是毫无把握。倒只好说一句俗话,大家碰运气罢了。"钱氏和温如起先听医生说病略好了些,似乎倒有了一线希望。再听到后来这番话,一块石头依然重重地压在心上。那医生又嘱咐了几句怎样服药的话,便告辞自去。

温如心头烦闷已极,又无事可为,这天晚上,胡乱吃过晚饭之后,便在书房中呆呆地坐着。这时钱氏早已吩咐那娘姨替他在书房中安了一张小榻,被褥也铺好了。温如坐了一会,觉得有些倦意,便索性脱了长衣,想到床上睡去。可是客堂中间,道士的法事正做得热闹,又哪里睡得着? 好容易闹到将近十二点钟,声音才渐渐地静了下去,想是法事歇了。一会儿连那些道士也散了。温如便朦胧睡去。

刚睡了没有几久,忽然觉得有人在旁边推他,又轻轻地唤道:"快醒一醒。"像是个女子的声音,温如颇为讶怪,忙睁眼一看,推他的不是别人,却是阿宝。不觉吃了一惊,急急地披衣坐起,问道:"你为何这个时候来唤醒我? 敢是你家小姐,有些不大好么?"阿宝连忙摇手道:"不是,不是。我是瞒了人来的,你快不要声张,怕被别人听见。"温如见她这样鬼鬼祟祟,又不知是什么道理,便道:"夜静更深,你来找我做甚?"阿宝道："我有要紧话和你说，起先人多，又不便到你书房中来，一直挨到这个时候。道士散了，娘姨也睡了，我才一个人下楼来。幸喜你睡的时候，没有将房门闭上，便一直来推醒你。"温如道："你有什么话快说吧。"

阿宝且不答言，先走过去将房门关上了，上了闩，又回转身来把床前的灯吹灭了，便靠近榻沿将身坐下。温如看她这种行径，益发觉得奇怪，忙问道："你有话只管说就是了。何必如此？"阿宝道："我们一男一女，在夜深的时候说着话，万一被娘姨偶然起来看见了，必定要引起疑心。就是太太知道了，也不好。须得关了门，熄了灯，她们便以为你是睡着了，我就可以放胆多坐些时候，和你畅畅快快地谈一会儿。"温如道："是不是你家小姐有话和我讲，特地命你来传达？"阿宝笑了一笑，又悄悄地说道："并不是小姐差我来的。但是我今夜来和你谈话，却又可以算得是小姐的代表。"温如道："既不是小姐命你来的，你怎样又算是代表小姐？时候不早，有话还是快些说，不要再似这般吞吞吐吐的。"阿宝道："你这回到上海来，是不是接了信才来的？"温如道："那是自然。"阿宝道："你可知道这封信是谁写的？"温如道："这个有什么猜不着？当然是你写的。却也亏你。"阿宝道："我闲常时候跟小姐学着，也胡乱可以写几个字，只是无论怎样总写不好。这回若不是逼得我没有法子，我也决不肯自己写这封信的。"温如道："像你这样当大姐的，居然能够写信，这已经是很不容易的了。如今闲话少说，我且问你，你家小姐到底是怎样才起病的？"阿宝叹了一口气道："我的甥少爷，这全为的是你呀！你还要问么？"

温如听说，便默然无语。阿宝又接下去说道："我们小姐的病根，说起来却也话长。还是前年女学校里开运动会，她是向来跑得很快的，所以赛跑这一项，她便得了一个第一。当时十分高兴，谁知第二天早上，便忽然咳出一口血来，她倒也不以为意。可是第二天第三天，接连几日，早上起身都有些咳嗽，咳出来的痰中，又多带着一点儿鲜血。不过没有像第一天那么多。她这才有些慌了，却怕老爷太太知道了要着急，不敢告诉他们。只暗地里对我说了，我便劝她赶紧去请医生看了一看。后来到了一个西医那里验了一下子，说是运动过分，偶然伤及内部。才有这一点儿伤血，并不要紧。由那医生开了药方，吃了一瓶药水，果然就好了。两年以来并没有发过，也没生过别的什么病。

"这一回的病，却完全是老爷的不好，但归根结底还要怪你不好。我如今且把你回宁波以后一切情形，讲给你听吧。你去了之后，小姐心中自然觉得另有一种滋味，这是不必明说，就可以想得到的。但小姐究竟是个很活动又很能干的人，所以外面一些儿不露形迹，照常到校上课。旁人断看不出她有甚不乐，照这样子却也罢了。

"谁知新近不多几时，老爷忽然和太太说起，说道：'台衙门里面有个同事，要和我家小姐做媒。'太太一听就呆了一呆，（呆了一呆，是已明知女儿心事矣。）对老爷说道：'据我看女儿年纪也还不很大，这个亲事还是等她毕业后再说吧。'老爷听了就老大不以为然。说小姐已是快二十岁的人了，婚姻之事，做父母的也应该要随时留意，不能说是太早。太太道：'那么做媒的到底是哪一家？'老爷道：'是一个姓顾的，据那同事说人品很好，家道也好，并且在上海也略有些文名。正是个佳子弟。'太太道：'那么这件事也得和女儿商量一下子。'这一句话，可又触动了老爷的牛性了。登时将太太大大地排揎了一顿，说：'儿女婚事，全凭着父母之命，媒妁之言。就是个儿子，也用不着他自己作主，何况是一个女孩儿，怎么好去和她商量？难道说要嫁什么人，由她自己去拣择？这还成何体统！你真是越老越糊涂了。'太太见老爷发了脾气，也就不敢再说。却也不愿意就告诉小姐，只望老爷不过是随口说着，倘能慢慢地冷下去，从此不再提起此话，也就罢了。

"谁知老爷心中，对于这头亲事，竟十分愿意。也索性不再和太太商量，竟将小姐的庚帖，送给人家。人家也就卜吉了，说是择定日期，就要订亲。太太一想照此情形，却不能不对小姐说个明白了。当下便背着老爷，将许亲之事，告知小姐。小姐自然有小姐的心事，却又不好对太太再讲，只说女儿情愿一辈子不出嫁。好在如今的时世，不比从前，做女子的，只要学业成就，将来和男子一样可以自立，何必定要嫁人？太太听了，知道小姐是一百二十四分不愿意，但又不敢把这番话去对老爷说。

"正在万分为难的当儿，可巧又出了一件事情。便是小姐一天在学校中，忽然看见平时在一起的几个女同学，见了她都笑嘻嘻地说道：'恭喜恭喜。'小姐由不得脸上红起来，忙说：'你们今天敢是疯了，有什么事？赶着我口称恭喜。'那几个女同学便道：'你自己有喜事，何必瞒人？你的国文原是我们大家佩服的。每次课卷，先生看了，都要密密加圈。恐怕从今以后，更要一路圈儿圈到底，圈得格外好看哩。'小姐听了格外莫名其妙，便正色说道：'我们同学多时，平日彼此十分敬爱，为何今日忽然要拿我一个人来取笑？而所说的话，又不明不白，到底是何道理？'那些女同学见她有些发怒，也就不再说什么，都搭讪着走开了。

"后来还是一个最要好的同学，告诉小姐说：'此地有一个新近入校的学生，这学生有一个表兄，姓顾号怜影。近来曾对她表妹讲，说是不久就要和本校出名的高材生芷芬女士订婚了，这个学生，听见此话到了校中，便当作新闻一般，向人传说。偏偏内中又有人知道那个顾怜影，是个大黑麻子，十分难看。不知芷芬姐姐何以会配了这样一个人？所以交情浅的，不过借此调笑。交情深的，也在背后代你不平。'芷芬听了这个同学一番话，才恍然大悟，知道老爷所说那顾家的亲事，便是那顾怜影。这个东西最不要脸，小姐以前也曾受过他的窘。"

温如道："你小姐怎么会受他的窘呢？"

阿宝道："他曾经无缘无故写过情书给小姐；又曾在马路上盯过小姐的梢；又硬买了物件送给小姐，种种丑形怪状，都做得出来。这些事别人不知道，我肚子里却是一本清账。试问小姐听见了这个消息，如何不气？当天回家以后，便连饭也不吃。睡在床上，差不多哭了一夜，第二天就病了。

"起初不过是发了几个寒热，似乎是外感。到了一个礼拜之后，却又触动旧病，时常咳嗽，而且痰中带血。请了医生来看时，都说肺病已经成功了。我当时也恨极了那个顾怜影！便将以前种种事情，去告诉了太太。还想请太太去对老爷讲，太太却说不妥。因为老爷的脾气，是再固执也没有。凡是自己家里的人讲话，他总不肯相信的。保不住还要说我们是造谣言。就使说得他相信了，他一定也要说小姐是一个女孩儿家，如果好好的在学堂里读书，何至于有陌生的男子来和她纠缠？岂不又要生出别的疑心来，责怪小姐，那就更糟了。

"我弄得没法，看看小姐的病，又日见沉重，所以只好写信给你。你来了之后可有什么法儿想想？"温如道："事已到此，又有何法可想？总之是我负了你家小姐。万一你家小姐真有什么不幸，我也只有牺牲一切，以报她的情意。"说着便哭了。阿宝道："我的少爷！你枉是个男子。怎么到了疑难的时候，想不出一点计较来？和女人家一般，只知道哭，又有什么用呢？不是我阿宝说句放肆的话，只怕我小姐枉有了一番痴情，依然换不到你的真心。不然只要你回去之后，把事情爽爽快快地一办，哪里还会钻出什么顾怜影来胡缠呢？"温如道："你这句话，我又有些不懂了。怎样叫作爽爽快快地一办？"

阿宝道："好少爷，你到底是真个糊涂，还是故意装蒙？你果然真爱我家小姐，何不回得家去，就央人前来求婚？彼此原是老亲，老爷平日也很赞你爱你，还有什么不肯的道理？那时节亲事一成，什么事都定了规了。什么话都没有了，我家小姐也不会生病了。我不懂你到底是迟疑不决呢？还是一到家乡，就将我小姐这一片痴心，忘记得干干净净？何以隔了这许多时候，始终不肯提起亲事，直到现在弄得进退两难。所以我说小姐吃苦生病，都是你不好。你瞧我这句话，说得对与不对？”温如哽咽着说道：“我哪里能说你的话不对？不过我也有万不得已的苦衷，你如何会知道？不但你不知道，就是你家小姐也何尝知道呢？”

阿宝听了这句话，不由冷笑了一声道：“哼哼！我明白了。你有什么苦衷，打量我真个不知道么？我也曾听我家小姐说起，知道你钟少爷在宁波另有一位好小姐。这位小姐，品貌又美，学问又好，和你两人情意又厚。我家小姐怎能比得上人家？只怪我家小姐太不自量，既知道自己种种地方都比不上人家，又何苦再用什么情，到头来枉做了一个痴心女子，害了自己，又讨不着别人的好。”温如道：“我的阿宝姐姐，你真是冤枉煞我了！我的苦衷，本不愿意和你家小姐说。说了恐怕她要着恼，要失望。但今天晚上被你这一番话逼得我太厉害，倒使我将不肯对你家小姐说的话，不能不对你说了。说过之后，凭你原谅我也好，责备我也好，我却也不希望你原谅，巴不得你责备。我看着你家小姐病到这样子，心上实在万分过不去，假使有人责备我，甚至于骂我，我倒反而觉得安慰些。如果好好地原谅我，那么人家越是原谅，我越是加增了精神上的痛苦。”

温如说这几句话时，阿宝因坐在黑暗中，没有瞧见他的颜色。但听他的语调，却断断续续的几乎泣不成声了，这时阿宝心中也觉有说不出来的难受。隔了一歇，便道：“少爷你有话尽管说，我能够原谅你，总归原谅你。便是我家小姐，也何尝不处处地方原谅着你呢？”说到这里，也就滴下泪来。温如刚要开口把自己的苦衷讲给阿宝听。忽然间外面一片敲门声。楼上的钱氏便惊醒了，连声唤道：“娘姨快开门！”阿宝急忙立起身来，对温如说道：“我赶紧要出去，不能再谈了。等一会客堂里有了人，我如何还走得出？”当下也不等温如回答，就轻轻地开了房门，蹑手蹑脚地走了出去。

阿宝刚出去不多时候，那娘姨便下楼来了。一面开门，一面嘴里说道："原来是道士先生们来了。我原说你们讲定了后半夜要捉妖的，何以还不来？如果再不来，天也快亮了，妖怪躲了起来，你们又从哪里去捉呢？"一句话说得道士们都笑起来。

温如在榻上听见，才知道这些道士，还要弄神捣鬼，大闹一阵，谅来今夜是再也睡不着的了。果然那些道士一进了客堂，就立刻撞钟打鼓，焚符念咒，嘈杂得不成样子。隔了一会，又听得他们敲着法器，许多人都拥上楼去，大概是到病人房中去了。在病人房中，又闹了约有半小时光景，才下楼来。那时节格外喧嚷得厉害，只听得噼啪噼啪敲得那桌子震天价响，多分是大法师在那里拍令牌哩。旁边又夹着许多人的声音，在那里纷纷谈论，都说是望天神天将保佑，只要将妖怪捉住了，芷芬小姐的病就会好了。

温如睡在被窝里听着，觉得又好气又好笑，隔了好一会，忽听得一声令牌，敲得震天价响。一个人大声喝道："妖怪在这里了！"接着又有许多人附和着同声喊道："大法师好灵验，妖怪果然现了原形，当场捉住了。快拿坛子来！"温如这时由不得好奇心起，暗想他们一片声嚷着妖怪捉住了，到底是捉住了什么东西？我横竖被他们吵得睡不着，不如也出去看一看。当下便跳下榻来，穿好了衣服，点上了灯，开了房门。走到客堂中一瞧，只见满层中黑压压地挤满了人，除了几个道士以外，阿宝和那个娘姨都在那里。还有男男女女许多人，想是左右邻居前来看捉妖的。

这时候那些道士一个个狂敲着法器。当中一个法师，披散了头发，穿着花袍，拿了一把宝剑，一面念咒，一面喷水。同时又挥着手中的宝剑，在一个小小的坛子口边，乱画个不休。桌子上又放着三道符，说是妖怪自己捉在坛里。只要将这三道符贴上，封了坛口，那妖怪便再也不得翻身了。

温如见他们这般做作，真觉得可笑。正想动问是个什么妖怪？那阿宝却早已走了过来，对温如说道："钟少爷说也奇怪，果然大家亲眼看见一个妖怪，被大法师一剑戳住，挑在坛里去了。"温如道："竟有这等事？你们看那妖怪，到底是个什么样儿？"阿宝道："似圆非圆的一个东西，旁边生了许多脚，在地上乱爬，那样子十分怕人。"温如听说，总有些不信。忙道："妖怪现在坛中么？让我去看一看。"阿宝道："我劝钟少爷还是不看的好。万一你去张看的时候，那妖怪趁势一冲出来，岂不要吓死人？"温如摇着头，笑了一笑，偏走过去，向坛口里面一张。这时客堂中灯烛辉煌，从外面看坛子里面，虽然不十分亮，却也还辨得出是什么东西。

那道士只顾念咒；温如只顾凭着自己的目力，仔细看了一会，不觉拍着手狂笑起来。倒将那许多人都吓了一跳，忙问为何发笑？温如经他们一问，越发嘻天哈地，笑得说不出话来。这时候内中有一个道士便说道："不好了。这位少爷只怕是触了妖气，发了疯了。"温如听说，格外笑个不已，好半天才勉强忍住了笑。指着那个大法师，对这许多人说道："这位大法师，果然好法力！能够捉得住妖怪。不但你们拜服他，连我也钦佩之至。"那大法师听说，得意已极，口中的咒语越发念得响了。手中的宝剑也越发挥舞得厉害了。温如看着他这个样子，却又大笑起来。一面笑，一面又对大众说道："你们方才说我发疯，其实我倒不疯。看这位大法师，真像一个疯子。"那些人便道："罪过，罪过。大法师是得罪不得的。得罪了大法师，就是得罪了神道，请你千万不要胡说。说得不好，吃了王灵官一鞭，头上至少要烂个三年。"

温如见他们这样说，知道要他们讲是再也讲不明白的了。便故意说道："我并不是不信服这位法师，只是有一句话，不能不说。我虽不是法师，却也自小就学得些道法，据我法眼看来，这所房子里面妖气太深，妖怪也太多。至少也有一窝。大法师只捉住了一个，恐怕还有许多大妖小妖，都没有捉住。将来依旧要害人。"他这句话一说，旁边的人听了，不过似信非信。还以为他在那里讲疯话。那个大法师，却忍不住停了咒语，对温如说道："你这位少爷，是哪里来的？我们做法师的只知使着道法，替人家消灾除害。究竟信与不信，也是各听人便。你何苦要来搅乱道场？"温如道："你怎说我搅乱道场？你学道，我也学道，你有法术，我也有法术。不过你的法术，只能捉住一个妖怪，我的法术却可以捉住许多妖怪。你如不信，我自然可以显本领给你看。如果我作起法来，真个捉不住妖，凭你怎样讲就是了。"

那法师听温如这样说，倒也有些呆了，似乎不敢再和他斗口。旁边那许多人，却原是来看热闹的，只要有热闹可看，便巴不得竭力怂恿。

当下就对温如说道："既然你这位少爷如此说，就请你捉几个妖怪给我们看看。我们自然信服你。"温如点点头道："好极。"那些人又问道："你是怎样的作法？"温如道："我的作法，是很特别的。也用不着设经坛；点香烛动法器；更用不着步罡踏斗；使剑飞符；只要关起门来，一个人躲在房里。你们大家不可来看，包管不消一刻钟，就将妖怪活捉出来。"那些人道："好极了，我们就看你捉妖。"这时候只有那个阿宝，心中十分纳罕。暗想温如今晚到底要弄些什么花样出来，和这些道士开玩笑呢？正想去问他时，却见温和已很快地走到书房中去，将那房门砰的一声关上了。

大家果然依着他的话，也不敢前去张望，隔了一会，温如又开了房门，手提着一个蒲包，笑嘻嘻地走将出来。将那蒲包在客堂中间地上一放，对着众人大声说道："费了我许多气力，却捉了一大蒲包妖怪在此，请你们自己去看吧。"

这时候那些看的人，你推我推你，倒有些不敢上前。推了好半歇，才有几个胆子大些的，挨上前去，扯开蒲包口。向里面一看，便失惊打怪似的齐声喊道："果然有许多妖怪，和大法师方才捉住的形象一般无二。"其余那些人，听见妖怪有这样多，都吓得魂不附体，有那些胆小的，早已溜了。

那大法师和其余许多道士，也弄得目瞪口呆，不知所措。温如便走过去，将那大法师也一把捉了过来，指着这个蒲包，对他说道："请你也看看，这里面是不是一大蒲包妖怪？"那大法师听说，也张了一张，便低着头不则一声，脸上顿时红一阵白一阵，连手中的宝剑也不知不觉地掉在地上了。温如又对那法师说道："你只捉住了一个妖怪，却是个妖王。我虽捉了许多，却不过是妖兵妖将，算来还是你的本领比我大。不过这个妖怪，究竟是什么名字，谅来你总也知道。就请你对他们诸位讲一讲。"那大法师这时竟像斗败公鸡似的，低着头再也不开口。

这时候那娘姨和阿宝早已跑上楼去，告诉钱氏。钱氏起先陪着芷芬坐在床上，芷芬住的是亭子间，离客堂较远。只听见底下喧闹不休，以为是大法师捉妖，也不晓得是怎么一回事。而且自己一离开，唯恐芷芬一个人睡着，格外害怕，因此也没有下楼来问。等到阿宝和娘姨将楼底下的情形告诉了她，便也觉得十分奇怪，就赶忙下楼。

温如一见钱氏，便笑道："这个妖怪，谅大法师也不知道是什么名字。老实说这种妖怪只有我们宁波人识得，别处的人是再也不会认识的。如今舅母来了，还是请舅母和他们讲个明白吧。"钱氏听说，便大着胆子先向坛子里面看了一看，又向蒲包中也望了一眼，忍不住也笑将起来。便道："原来这个妖怪，是可以吃得的。等法事完了，待我叫娘姨烧几只妖怪出来，就请大法师和诸位道士先生吃妖怪吧。"（道士能啖妖依然可以说是法力无穷。）

大家听钱氏这样一说，虽是依然不知道蒲包里面究竟是什么东西，但已明白是一种可吃的食品。这些道士全是借此骗人，便都笑将起来，笑得那大法师只恨没个地洞可以钻将下去。转是那钱氏看着这法师的窘态，有些不忍，便先对那些人说道："诸位邻居请回去吧，我们这里法事已完毕了。没有什么可看了。"那些人也就一哄而散。这里许多道士，连忙卸去法衣，收拾器具，预备滑脚。连做法事的钱也不敢要了。钱氏到底为人厚道，依然叫娘姨将预先烧好的一顿点心，搬出来让他们吃。一面又走上楼去，预备拿出钱来，算给他们这三天的经资。

这时阿宝便走过来，笑着问温如道："白白闹了一夜，这蒲包里面装的到底是些什么东西？"温如也笑道："难怪你也不认得，这是我们宁波的土产，俗名叫做'望潮'。原是海里面一种鱼类，据说潮水来时，这些东西便会迎住潮头望着，所以有此名称。却也怪不得这位大法师，这望潮的形状，原是很可怕的。身上生了许多似脚非脚似须非须的物件，略有些像墨鱼，却比墨鱼还来得丑怪。但是吃起来，滋味却又很好。我动身的时候，我家太太因为此地老爷太太都爱吃此物，而上海又没处买，所以叫我带了一蒲包来。我一到此地，见你们小姐的病势不好，一时心绪烦乱，也无暇将送给你们太太的土产拿出来。就被娘姨提来搁在房里。想是蒲包口扎的绳子松了，偶然爬了一只出来，被大法师瞥眼看见，便趁此机会认作妖怪。我这个人，是向来不大喜欢开玩笑的，只因这位大法师太觉郑重其事，便和他戏要了一番。"阿宝听了，由不得又笑将起来。那个法师听温如这样说，虽然万分惭愧，却也恍然大悟，自己忍不住也笑了。

这个当儿，钱氏又重复走下楼来，手中拿了一封洋钱，一个红纸包，放在那些道士面前。说道："这一封洋钱是三天法事的经钱。这个纸包里面是另外给你们几位的辛苦钱。"那些道士立起身来，道了一声谢，面上却都羞惭得了不得。好在这时点心也吃饱了，便告辞要走。阿宝却像是想着了什么事情似的，便走到钱氏身旁去，在她耳边喊喊喳喳说了几句。钱氏就对那大法师说道："请他们诸位先走，大法师且请略留一刻，我们还有事奉求。"那法师听了这句话，顿时露出很惊慌的神情来。正是：

底事除妖呈丑态，脱身无计倍心惊。

　　当时不但那大法师很为惊疑，便是温如也觉得莫名其妙。暗想她们难道真要和这法师为难么？若果如此，倒是我多事之过，不能不从中劝解一下子。正在这般想着，钱氏却不就和法师讲话，只顾拿眼瞧着温如，似乎不愿意他在一旁听。阿宝也对他使了一个眼色，温如便连忙走开，自回书房中去。心中却格外诧异，依旧从房中窗户内有意无意地向客堂中望去。

　　只见钱氏放低了声音和那大法师讲了好半天话，法师初时颇有些神色不定，听到后来，却连连点头。等钱氏把话讲完便满面堆着笑容，像是十分得意的样子。当下便由阿宝拿过一份笔砚，一张黄纸来，那法师提起笔来也不知在上面写些什么，一会儿写好了，将这张纸交与钱氏。钱氏看了一遍，便笑吟吟地将那张纸折叠好了，放在身边。又从怀中摸出一块钱来，递给法师，法师也笑着接受了。这才告辞而出。

　　温如看在眼里，真不知他们又捣的什么鬼？这时候钱氏便吩咐娘姨关了大门，自回楼上去了。阿宝也跟着上去。

　　温如因为一夜没有好睡，见时候还早，想上床去再安睡片时。正要解衣，忽听得外面又一片声敲得门响。便问了一声道："什么人？"外面答道："是我。"温如听着，分明是寿卿的声音，便走出去开了门。进来的果是寿卿，温如便对着楼上喊道："舅母，舅舅回来了。"

　　寿卿一见温如，倒显着很讶异似的，便道："你也来了么？是几时来的？"温如道："昨天才来，因为到上海有些事情，恰巧知道芷芬妹妹病了，母亲便命我顺便来探望一下子。"寿卿这时已走进客堂中，便问道："你到上海来有什么事？"温如一时回答不出，只好含糊说道："依旧是为进学堂的事。"寿卿再要问时，恰好钱氏下来了。便忙着叫娘姨替寿卿搬行李。寿卿见了钱氏，急问："芷儿的病到底怎样了？我是接着了家中的信，说芷儿病重，才赶回来。"钱氏皱着眉道："芷儿的病势，确是不轻。不过昨天晚上服了那西医的药，觉得咳嗽略略好些。"睡也睡得略安静些，或者就此转机也未可知。寿卿道："但愿如此。且待我上楼去看看她再说。"当下便和钱氏等一同上楼去了。

照温如的心理，自然也急于想去看望芷芬，但知道寿卿性情迂执，不便跟着他们一齐走，只得自回房内。索性连觉也不睡，只呆呆地坐着出神。

约莫又等了一个多钟头光景，却见那阿宝又独自一人静悄悄地走下楼来，在门口一张，见了温如便道："啊呀钟少爷，你只怕到此刻还没有吃东西哩。待我去叫娘姨买点心去。"温如急忙阻止道："我肚中并不饿，不必买什么点心。倒是趁这时候，再讲几句话吧。我且问你，你家小姐到底好些没有？"阿宝点点头道："瞧今天的情形，的确好了一点。"温如道："但愿她能够从此好起来，便是大家的运气。"阿宝道："那是自然。不过要得她完全病好，这件事还在你少爷身上。只要你心下明白就是了。"温如听了这句话，又呆住了。

半晌才说道："我还有件事情，觉得很奇怪。你和你家太太两人，方才和那法师嘁嘁喳喳讲了半天，到底是讲些什么话？"阿宝笑道："你问我这个么？如今且慢告诉你。总之是我施的巧计，只怕小姐的病，眼前如果真能转机，还是我这条计策有灵。我所以要行此计，一半为的是小姐，一半还为的是你。将来等到你们两家十分圆满的时候，我便把这条巧计明明白白说出来，你们就知道我的功劳不小，大概总要重重地谢我哩。"温如道："你既然说得这样郑重，何妨在这时候就先告诉我。省得打这个哑谜。"阿宝道："不好不好这时候告诉了你，反觉得没趣。而且你万一不留神，在别人面前说穿了，就前功尽弃了。我如今要吩咐你一句话，你等一会儿见了我们老爷，千万不要提起晚上捉妖的那个笑话。万一老爷和你讲起道士拜斗的事情来，你还要讲些好话，说是只要遇着道行高深的法师，一定很有灵验的。你只依着我的话讲去，要紧要紧。"

阿宝刚说到这里，忽听见楼上寿卿咳嗽的声音，阿宝忙道："我要去了。老爷一回家，我们格外要留神，倘被他知道我们两人常在一起说话，一定要起疑心，就不好了。"温如笑道："他疑心些什么呢？"阿宝脸上一红道："我自己是没有什么可以疑心的道理。不过老爷也晓得我是在小姐前贴身服侍最亲近的一个人，倘然他缠错了念头，竟说我是牵线的红娘，你们以后的事情就格外不大好办了。"温如听说，便点点头道："难得你这样好意，又这样细心。"阿宝道："不要当面灌米汤了。"说着就走。刚走了一两步，又缩回来悄悄地对温如说道："我还有一句话，几乎忘记对你讲。你以后不可再上楼去看小姐了。横竖每天的病情怎样，自有我会告诉你。就是你们两边有什么要紧话，我也可以传达，你原不必亲自上楼。"温如道："却是为何？"阿宝道："老爷的脾气，你自然是知道的。方才太太和你说起，道是你昨天也上楼去看过小姐，老爷听了便大不以为然。说两面都是这般大的年纪了，虽在病中，岂可穿房入户，不避嫌疑？太太听了也怄气，很和他争了几句。所以我要劝你索性暂时不要上楼。并且在老爷面前，就便谈起小姐的病，你也要装着没事人一般，不可显出十分着急的神气来。"温如微微地叹了一口气道："我晓得了。"阿宝便又匆匆地去了。

温如这时转觉一个人静静的十分无聊，暗想寿卿此刻大概是忙着吸鸦片烟。吸了烟之后，也许还要睡觉，等他下来吃饭，不知要延挨到什么时候。我不如到茶楼中去吃碗茶，解解闷，乘便也好吃点心。当下就一个人出得门来，也不雇车，就随意步行。

到了奇芳茶楼，上得楼来，正要找座头，忽然听见一个人在那里喊他道："温如，快来这里一块儿坐。"温如回头一看，见是陈性初，便道："巧极了！你这个时候怎么得空在此地吃茶？"性初道："我是偶然约了几个朋友在此地相会。他们还没有来，我一个人正等得心焦，却不料会遇着你。你是不是接着我的信特地赶来的？"温如茫然道："我并未接到你什么信，你也好久没有信给我了。我近来连写了两封信寄与你，总得不到你的回音，我正在惦记着不知是什么缘故音讯杳然。"性初听温如这样说，略想了一想，就大笑道："是我糊涂了！我写给你的信，是昨天上午才寄的，你怎么会接得到？"温如道："你信上可有什么要事？"性初道："事情原很重要。如今你既来了，可以面谈，那就更好。且请坐下再细说罢。"当下二人便坐将下来，恰巧堂倌走过来冲茶，温如便命他叫了两客馒头来，两个人吃着谈着。性初用箸夹了一个馒头，刚要送进口内，忽又笑道："这回真是有个现成馒头送上你的口边来了！我想你是一定乐得接受的。"温如讶然道："有什么就口馒头？"性初道："你且听我说来，你以前不是常说你自己的志向，是想到英国或是美国去留学，所以眼前求学的目的在专心研究英文？自从你出了正谊学校，回到宁波以后，你时常来信，也都说对于英文功课，虽然一面请人教授，一面自己用心，已大有进步。但在内地习英文，毕竟不如上海的好，要托我替你寻一所专习英文的学校，务必在两三年内将英文学好了，就决计出洋。便不能得到官费，自费也是情愿的。我对于你的宗旨，很是赞同。不过上海地方，学校虽多，要专习英文而两三年内就可以速成，不拘定毕业年限的，实在很少。至于留学英美，比不得到日本去，所费又极大，你虽是个有余之家，如果完全自费，倒也不是容易的事情。因此倒也代你踌躇，又不但代你踌躇，实在我自己也在这里踌躇。我的家境，及不来你。而我抱着出洋留学的志愿，却完全和你一样，并且认定非欧即美，很不愿去挂日本牌子。可是机会难得，自问这个志愿，也就不易达到。不想如今却忽然得到了一个绝好的机会，如果天从人愿，你我二人，大概都有官费出洋的希望了。"

温如道："你这句话我倒有些不懂，官费出洋原并非是一定没有机会。不过要得着官费，总须经过一种考试。你的英文程度，比我多学好几年，胜我十倍，考试起来或者可以合格。（或者可以质言之仍是未必可以也。）至于我英文还学了没有几久，连成篇的短论，写出来都还有许多不通的地方。照这样子想去考出洋，岂不成了笑话？"性初道："你的话何尝不是？但这一次出洋，却几乎用不着考英文。只要识得几个外国字，会讲几句极普通的外国话，便可以将就。倒是国文不能不好些，所以你很为合格。不然我也不说是就口馒头了。"温如讶然道："天下哪有这样便宜的事情？并且派学生出洋，不重英文，倒重国文，又是什么道理？"

性初笑道："这叫作没有道理，就是道理。若问到底是什么道理，就不能不佩服我们这位方制军的见解高超了。两江总督方制军，他的脑筋腐旧，是大家久仰的了。但是近来忽又改变了些态度，他因为听见朝内这些王公大臣，近来也在那里学时髦，一天到晚满口中都嚷着什么'泰西文明'咧，'欧美教育'咧，他一想大概这个当儿大家都已染着洋气了，自己身为封疆大臣，倒也不能不揣摩风气。办一两件事情出来，教人知道他老先生也一定不是顽固派的领袖。

"恰巧江苏省内度支项下，又多了一笔款子，他便郑重其事地，打了一个电报到北京去。请把这笔款子指定为留学经费，选派学生出洋。如今政府里面，听见派学生出洋，当然是赞同的，便覆准了。教他拟定名额，就本省选派。方制军于是便定出三条选派出洋学生的标准来。第一条留学的国度，以欧洲各国和美国为限，决不派日本留学生。他的理由，说日本留学界，是个革命党的窝子。多派一个日本留学生，便是多制造一名党人，断断不可。第二条，此后举行留学考试，只准省内道员以上各官特保学生送考，却不许各学堂学生自由与试。这大约也是防制革命党的意思。他的眼光，总以为各学堂学生，也都免不了有革命党夹在中间，所以要由职官保送投考。就不怕来历不明。第三条，考试的时节，重国文不必重西文。这一条初拟出来的时候，有几位幕府先生也以为不妥。说既然要出洋留学，怎好不注重西文？他却自有主张，对那些幕府先生说：'你们都是小儒之见，只知其一，不知其二。一个人假使连本国的文理都不通，就派他去出洋留学，那么将来回国以后，便简直成了一个洋人。要他何用？所以非国文有根底的不可。至于西文，倒不妨差些。西文差了，到了外国天天见的是外国人，看的是外国字，自然可以补习。倒不比国文程度太低的，一到了外洋，满口爱皮西第，再也不会看中国书，势必格外抛荒了。'"

温如笑道："他这番话倒也有些似是而非，不能说是完全无理由。不过到了外洋，还要补习西文，岂不费事？而且就经济上讲，也很不合算。花了许多留学费，转送些不通西文的学生出去，到了外国，再补习起语言文字来。西文又不是一学便可以成功的，要造就到直接谈话，直接听讲，已经至少要补习两三年。这两三年的留学费，岂非花得冤枉？"（前清派学生出洋，有时确犯此病。）性初道："横竖官费，冤枉花的又不是你自己的钱。幸而方制军不讲究西文，如果以英文为重，就和你方才所说的话一样，你我两人那里还有出洋的份儿呢？"

温如道："便不重西文，但要保送考试，我就找不着人保。看来这个机会，依然很难。"性初道："这个不劳你过虑，我自有把握，老实对你讲了罢，你虽不入官场，谅也晓得陶介卿这个人。"温如道："这自然是知道的。便在报上也常看见他的大名，谁不称道他是眼前南京第一个红官。"

性初道："实不相瞒，这陶介卿便是我的姑丈。我这位姑丈，官运财运都很好，就差了一件，年已半百，还未得子。有几个亲房的侄儿，又都是少年游荡，很不争气。唯其如此，他对于戚友的子弟，有留学好爱读书的，便十分喜欢。我是他自家内侄，平时常承他夸奖，并且允许我遇有机会，一定竭力栽培，使我能够成一个好好的人才。这一回方制台要选派学生出洋，便把这件事一股拢儿委给他全权办理，而且特许他可以保送两名学生。他便赶紧写信给我，说内中一名自然保的是我，教我赶紧预备到南京去应考。还有一名空额，因自己几个侄儿，实在太不成材料，只好在同寅或世交的子弟中觅一个有相当程度的去充数。我看了这书信，当然十分喜欢，却同时又想到你。因为我入校多年，同学虽然不少，可是据我看来，真有志气想上进，而又和我合得来的，却只有你和国雄。国雄已经留学日本，补了官费，将来自有很好的出路。你却满心想望出洋，正苦于没有方法，如今难得这个好机会，岂可错过？于是也来不及通知你，就赶紧写了一封快信给我姑丈，求他一并将你保送在内。这也是你的运气了，我姑丈居然有回信来，就此答应。我这才写信给你，想不到你未接着我的信，倒先到上海来了。这件事可谓巧而又巧。"

温如道："难得你这般热心，真令我感激无地。但不知考期定在什么时候？"性初道："这却是万分迫促了。因为我姑丈奉着方制台的命，办理此事，很是迅速，也很是秘密。"温如道："考选学生出洋，何所用其秘密呢？"性初道："你这句话就是不明世故之谈了。考选出洋，如果是秉公去取，自然可以从容办理。非但用不着秘密，也用不着十分迅速。然而这一回的考试，不过是个门面话，实际上全靠保送。万一闹得大家都知道了，全省许多官员，这个也来保送，那个也来请托，原走的名额有限，教我姑丈去敷衍哪一个的好？因此之故，只得赶快办理。等到学生派定了，大家便知道也就无可奈何了。"温如点点头道："官场办事，真是别有手腕。既然如此，大概南京之行，是为期不远了。不知我想回家一趟再来上海，和你同行，可还来得及？"性初道："这是万来不及的了。我姑丈信上限我至迟于三五天内，赶到南京以免误了考期。我想你一面写封信回去，禀知你家老伯；一面便和我一同起程，料想这考出洋的事，你们老伯断无有不赞成之理，也就不必再等他老人家的复信了。"

温如道："也只好如此。"二人还想再谈几句，却是性初所约的另外几个朋友，也都来了。

温如便起身告别，性初便和他同走到扶梯口。又对温如说道："你既已来了，我的意思，明天就想动身，再迟恐怕来不及了。"温如沉吟了一下子道："也好，横竖我行李是现成的，也用不着收拾。"性初道："既如此，准定明天上午就乘火车到南京去。我家中离车站较近，你明晨早些起来，先到我家，一同上车站去，却千万不可延误。你如不来，我就一个人先走了，你休要怪我。"温如笑道："这是关系着我自己的终身大事，岂肯延误？"当下性初便自去和那几个朋友谈天，温如就赶回昌寿里来。一路坐在车上，十分得意。暗想我这个出洋的消息如果告诉了芷芬，也许她心中一喜欢，病也格外好得快了。……

温如回到昌寿里，寿卿和钱氏刚在那里吃饭。钱氏见了温如便道："你舅舅说是请了好几天假，今天不能不早些到道署里去，所以赶紧催饭吃。不然我们家中这个时候绝不会吃午饭的。你是到哪里去的？可曾吃过饭么？"温如道："饭是没有吃过，但是吃了些点心，这会倒吃不下了。芷芬妹妹今天可好些么？"钱氏道："我们看着都觉得好些，可巧今天医生也来得格外早。方才诊视过了，也说是着实好些。"温如道："能得妹妹病好，真也是一桩喜事。倘老是像前几天那个样儿，真教人……"说到这里，猛然记起寿卿正坐在上面，忙改口道，"真教舅舅和舅母要急煞了。"寿卿道："你一大早出去做什么？"温如道："我今天遇见了陈性初，恰得了一个好消息，正要禀知舅舅舅母。"钱氏笑道："是什么好消息呢？"温如正要回答，忽听见门外有人叩门。娘姨去开了门，进来的却是一个电报局中送报的信差，手中拿着一封电报，问道："这里可有姓钟的么？"温如道："有的。"信差便将那封电报递给温如。温如先就信书上一看，却是宁波来的电报。便不觉诧异道："宁波何以忽然来电？是哪个发来的？"说时就在信书中抽出那封电报来一看，却都是些电码，没有译出。便问寿卿道："舅舅这里有电报书么？"寿卿道："有的，在书桌抽屉内，一拿就是。"温如便走进书房内翻电报。寿卿和钱氏见宁波来电，也不知是什么事情，都放下了碗筷跟进书房来。一面叫阿宝拿钱开发信差的送力。温如翻电报本来不很内行，又加以心内一慌，格外忙乱。寿卿便帮着他，两个人各翻了几个字，才将全电译出。看那电文是："上海派克路昌寿里二五〇号华宅转钟温如：有要事奉商速回甬雄。"

这时不但温如看了这条电文，觉得很是奇怪，便是寿卿和钱氏，也都十分诧异。便道："国雄又有什么事和你商量？甚至于写信都来不及，要打电报呢？"温如道："这真是莫名其妙了。但我已约定性初明天就要动身到南京去，要回宁波一趟，如何还来得及？"寿卿道："适才正讲着话，却被这电报一来便打断了。到底你方才遇见了性初，谈的是什么事？何以又要到南京去呢？"温如便把早间和性初所谈的事情约略说了一遍。寿卿便道："如此说来，这也是关于你终身进取的一件大事，如何可以失约？国雄那里只好打个电回复他了。料想他知道你为正事不能分身，也决不会怪你。"说时又回头向钱氏道："温如能够出洋，我们应当替他贺喜。如今朝廷正在讲究洋务，一个人出了洋回来，就容易得法了。"（不是出洋回来便容易得法，依此公的脑筋，决不会赞成出洋）钱氏道："正是我本来说温如是这许多小辈中最有出息的，你看如今我的话可说着了。"（钱氏之言，别有用意。与临时说现成话者不同。）寿卿也点了点头道："别的话且慢说，（所谓别的话，究竟是什么话呢？）温如还是赶紧复电给国雄，一面就预备明天动身的事罢。你把回电拟好，我和你带出去拍发。"温如一想，也只得照寿卿所说的话办理。当下就拟了一个回电，说是："因要事赴宁，不能回甬，余函详。"将电稿交给寿卿，寿卿便匆匆地出去了。

温如又写了一封信，将自己所以暂时不能回宁波的原因，详详细细地告诉国雄。

到了第二天清晨，温如一早起来，钱氏已命人替他预备好了点心，又自己下来送他，温如先问过钱氏，知道芷芬昨夜更好许多，差不多热也退了，咳嗽也全止了。温如道："我去考出洋的事，舅母已对芷芬妹妹说过了么？"钱氏道："我没有告诉她，她已先知道了。那阿宝便是她的耳报神，早抢了头报去了。"温如笑道："芷芬妹妹的病好了。我又有了出洋的希望。想不到这回来的时节，心中十分忧闷，一到了上海之后，倒反转入佳境了。"钱氏道："这也是你们兄妹俩的造化。我也着实欢喜。"温如道："我也不上去看妹妹了，请舅母说一声，教她务必格外保重，等我回来再和她谈天吧。"当下吃过点心，因为南京有旅馆可住，连铺盖都不必带，只提了一个大皮箧，急急地出门。雇了一部人力车，径往性初家中而来。

性初也早已在那里等他了，温如见了性初，略略谈起了国雄的来电。性初道："那自然只好不去，你如在此刻再回宁波一趟，哪里还赶得及考期呢？时候已不早了，快走吧……"两人乘火车到了南京，性初便带着温如，一同去见了他的姑丈陶介卿。知道考期已定在后天，再迟一二日，就真要来不及了。

温如回寓以后，毕竟放心不下国雄那边的事情。就写了一封快信给寿卿，告诉了他在南京所住旅馆的详细地址，万一国雄那里再有什么信来，就用快信转寄南京，以便接洽。第二天休息了一日，到了第三天，便去应考。考的是一篇中文，一篇由汉译英的翻译。中文自不必说，那英文翻译也颇为简易，而且场中监察也很松懈，考的人既不多，又并不必编定座位。温如就随随便便地和性初坐在一起，有几个生字不知道，略问了性初，也就勉强翻了一篇英文出来。出场以后，回到旅馆中，温如将自己这篇翻译的英文，默给性初看。性初道："你的天资毕竟不凡，这篇翻译，虽然句法还嫌稚嫩，用字也有许多不确当的地方。但文法上的错误倒很少，人家读了四五年英文的，有时还不及你哩。照这样子一定可以录取。连我在姑丈面前也不坍台了。"温如听说，自是满心欢喜，当夜无话。

明日早晨，性初一早起来，对温如说："我们两人难得到南京，趁此也去略略游玩一下子。"温如十分赞成，两人出了旅馆，便到近处各名胜所在去玩了一天。又买了些南京的土产，直到吃过晚饭，才回旅馆。

一进了房门，茶房便送上一封信来道："这是上海来的信，你们两位没有回来，是由账房中盖了图章代收的。"温如接信在手，见是寿卿寄给他的，忙抽出信来一瞧，见信中还附着一纸电报。先看那信时，只寥寥数语，说是温如动身以后，当天晚间国雄又有急电来。电文上所说的不知是什么事，特此转寄。温如见是急电，格外骇异，急忙将原电一看，不觉失声喊道："啊呀！这怎么办？"性初见他看了电报，似这般大惊小怪，便也走过来一看。那电文是："琼珠有急事，务速归。雄。"便问温如道："琼珠是什么人？"温如道："这个你且不必问，我也来不及细细地告诉你了。总之我既接到此电，只好赶紧就走。"性初道："你此刻要走，倒也可以。好在是已经考过了。你不妨先回去，让我一个人在此地多留几天，等候发表就是了。"温如道："如此就一切拜托。"当下便早早地睡了。却是心旌摇摇，一夜不曾合眼。

第二天赶早车回了上海。到了上海，怕耽搁了时候，连昌寿里也不去了，就直接乘轮回到宁波。因为国雄家中离轮埠较近，便先去找着国雄，问他到底是怎么一回事？国雄道："到底是怎么一回事？连我也始终不得明白。如今你我两人，且慢说话，你还是赶快去到程家看一看琼珠小姐和她老太太再说吧。"

温如听他这样讲，便又赶到程家，敲门进去，一个娘姨前来开门。温如也不和那娘姨说话，急急地只往楼上走，那娘姨便在后面喊道："钟少爷不必上去，我太太和小姐都出门去了。楼上的门锁着哩。"温如惊异道："出门去了？到什么地方去的？"娘姨道："是前天夜间动身的。老太太对我说是回苏州去吃喜酒，但走得太匆忙，又不像是个吃喜酒的样子。临走的时候，小姐交给我一封信，说如果钟少爷亲自来了，便交给他，却千万不可被旁人看见。"温如明知那娘姨是不识字的，接信在手，就拆开一看，只见上面写道："事急矣。候君不来，只可暂避，行踪若定，再当函告。千万秘密。琼留白。"的确是琼珠的手笔，温如看罢这封信心中虽然十分惊诧。面子上却只好勉强镇定，转笑着对那娘姨说道："你家太太和小姐果然是吃喜酒去了。信上说不多几时就要回来的，你好好替她们看守门户吧。"说完了这句话，又急匆匆地奔到国雄家中来。

国雄问道："你已见过琼珠小姐么？"温如道："母女二人都已走了。"便将那封信递给国雄看，国雄看了信之后，也愕然道："竟走了么？到底有什么祸事临头，要这样的躲避呢？"温如道："如今也无从揣测，请你先把两次发电的情形，讲给我听再说。"

国雄道："你到了上海之后，一天晚间，那位程家太太忽然来看我。我本来不认得她，便先由母亲前去接待，她却对我母亲说，非面见我不可。我心中便觉有些奇怪，因为我往常也略有些知道你和一位幼时同学的程小姐，颇为要好。但不知究竟有无关系？而且我也始终没有见过程家母女的面，这回程太太忽然来看我，岂不有些突兀？料想其中一定另有道理，当下只得出去见她。

"程太太一见了我，便问你到上海去是为的什么事？我回说不知道。又问几时可以回来？我说那是更说不定的。程太太略沉吟了一回，便说要请我出名打一个电报给你，催你回来。我说既是你老人家要教他回来，何不自己发电？又何不请温如家中人发电？却定要教我出名，是何缘故？程太太道：'这是我别有苦衷，因为我确有件急事，不能不请温如回来，大家商量。可是他到上海一定住在你们令叔那里，由我自己出面拍电去催他回宁波，倘被令叔等看见了，不免引起议论。至于温如家中人，更不愿意给他们晓得，想来想去，只有来求你华少爷。因为我素来知道你和温如是最要好的。这件事谅可帮忙。'我便道：'由我出名发电，原是很便当的事情。但不知你老人家究竟有什么急事？可否向我说知，或者电文上面也可略略提起。使温如接电之后，也得个明白。'程太太听了我的话，似乎很显着为难的样子。说道：'为的什么事，电报上面也不便说。就请你含含糊糊说是有要事请温如赶速回来就是了。'

"我见程太太一定不肯说，也就不便再问，当下便拟了电文给她看过，她就称谢而去。这便是发给你的第一个电报。程太太临去时，原告诉了我她家的地址，所以我接到你回电之后，便又亲自去看程太太。将原电给她看了，她一看了此电，顿时十分焦急。又走进房去和她女儿商量了一回，便出来对我说道：'如今事情紧急，只好再发一个电去说明是我们这里有事情。并且最好发急电，显得格外紧急。'我便也只好照办。这第二个电报，还是琼珠小姐自己拟的电稿。我看着她们母女俩这种情形，知道其中定有说不出来的苦衷。但她们既不肯说，我也无从相助。自从第二封电报发出之后，你并没有回电来，可是我接到了你那封信。也曾将原信拿去给程太太看过，她们二人知道你既到南京赴考，一时断不能回来，便格外忧急。我既不知她们忧急的是什么事，只好糊里糊涂安慰了几句，就此走了。

"这几天我正忙着为父亲开吊，一天到晚没有工夫，也就没去问她们的事。程太太也没来看过我，却想不到就仓促远避了。如今你来问我，我倒也要问你，你和她们是情谊很厚的，当然可以猜测得出，到底看她们平日的情形，有无可以发生特别事变的理由？"温如道："这倒实在没有。她们母女俩客居在此，向不和外界交接，平时也还快快活活的。非但不见她们有什么恐慌，也从没有忧愁嗟叹这回的事。真是出乎意外，无论何人也猜不透其中道理了。"国雄道："事已如此，你既无从猜测，也只好听其自然。好在程小姐留给你的信上，明说行踪若定，再当函告，也许再过几天还有信寄来。此时徒然着急，也是无用。"温如听说，也知道这件事确是无法可施，便无精打采地自回家去。临别时再三嘱咐国雄，教他严守秘密，连舅母面前都不可说明。国雄点头答应道："你放心好了，我除了你之外，决不会向第二人说。"温如在家中接连等了有一个星期光景，又到琼珠家中探问娘姨数次，却是音讯全无，心中十分纳闷。

一天早上，国雄前来看他，一见面便道："恭喜恭喜。"温如讶然道："有何喜事？是不是琼珠有了消息了？"国雄道："程家小姐并无消息。倒是你自己的目的已经达到了。"温如道："达到了什么目的？"国雄道："你难道不看报么？"温如道："不瞒你说，我近来真是神思颠倒，连报都没有工夫去看。"国雄道："那就怪你不得了。"说时便从身边摸出一张《新闻报》来，递给温如，温如接过来看时，国雄已用笔在一条新闻上圈着三个大圈。温如看他圈的那条新闻，方知南京考选学生出洋，业已发表，并且详记着录取各学生的姓氏。自己和性初都已取录在内，一同派往美国。当下由不得心头欢喜，便去禀知堂上二老，大家知道了都十分快活。到了明天，性初也有信来了。说自己现已回沪，此次考取出洋的学生，统限三星期内就要放洋。教温如赶速料理，温如接着了这封信，倒又引起了无限愁烦。暗想我这里行期在即，而琼珠一去之后，却消息杳然，无从寻访。怎不教人郁闷？想到这里，不觉流下泪来。却又怕被家中人看见，要来寻根究底，便只好将泪痕拭去，自己一个人在暗地伤心。

又隔了几日，温如因为行期紧迫，到了上海还须置备行装，不能多耽搁日子，便拜别了父母，又特地去看国雄。叮嘱他如果得了琼珠的消息，务必设法告诉自己，倘自己已经出洋，一切事只好请国雄代为措置，将来回国再图答报。国雄都答应了。温如这才动身到上海来。

这时芷芬已大好了，见了温如自有一种说不出来的情感。无奈温如又别有心事，便依旧闷闷不乐。

性初对于温如，真是十分热心，知道温如一切都是外行，便对他说道："你既办不来事，索性一切事全交给我办罢。领到了整装费之后，做洋装、买船票、领护照，都由我来料理。你只在上海静候出洋就是了。"温如听说，自然很为感激。但自己又转了一个念头，暗想：我如今离出洋还有两个多星期，何不趁这时候去寻访琼珠呢？论理琼珠既没有信来，自然无从知晓她的踪迹。但于无可奈何之中，忽然想得一条路径，他想那琼珠原籍本是苏州木渎镇人，这回她母女二人既离宁波，也许一时无处安身，依然躲到家乡去了。这一种猜测，虽然未必准确，但舍此也忖不出别的路道了。何妨拼着徒劳跋涉，且去木渎镇走上一遭。

温如既定了这个主意，就不和旁人说明，随便托辞说要到苏州去买些物件，便一个人乘火车到了苏州又从苏州坐船到木渎镇，一路无事就和那船家闲话解闷。温如先问那船家是哪里人？船家说是荡口人。温如道："你们也常到木渎镇去么？"船家道："我们摇了这只船，自然各处地方都去。木渎又是个大镇，平日摇的生意实在不少。大概一个月中，至少也要去个四五回哩。"温如道："你既然常到木渎镇去，可知道木渎镇上有个程家，住在什么地方？"船家道："这姓程的可是木渎上的大绅士，或是什么大商家。"温如道："不是的。"船家道："那么你可知道他家主人的名字？"温如沉吟了一下道："不知道。"船家听说对温如看了一眼笑道："客人休要见气，我说你这位客人好像个读书公子，说出话来自有些书呆子的神气。木渎镇又不是什么小村坊，全镇大大小小不知有多少人家，你只知道了一个姓，那么木渎镇上，也许竟没有姓程的，也许有许多姓程的。你既说不出，问的是那一家，不但我不能回答，就是到了镇上，也从何访问呢？"温如被船家一句话提醒，倒觉得此来要访寻琼珠的踪迹，真非易事。最苦的是见了陌生人，还不敢把琼珠的家世讲出来，怕的是得不着真消息，反而引起麻烦。因此心下非常纳闷。

偏偏这天风不顺，舟行颇缓，好容易盼得到了木渎镇，上得岸来，随便问了几处店家，说木渎镇有无姓程的人家？可是得到的答语，都和船家的话一样，有几个尖酸些的，见温如问得突兀，还要打趣他说："你先生照这样问法，就是问遍全镇，也问不出什么道理来。倒不如写个招寻程姓的字帖，贴在街上，或者有姓程的看见了，自会来和你相会。"温如听说，十分生气，却也无可奈何。到后来在街上乱走了一番，觉得腹中着实有些饿了，看见一家酒饭店倒还干净，便走了进去，拣了一个座头坐下。堂倌上前招呼，温如随便点了两样菜，拿了一壶酒来吃着。

停了一会，忽见有一伙人拥进店来，也有歪戴着帽，穿着短衣的，也有斜披着一件长衫，束着腰带，将胸口解开，完全不扭的。一个个都是些流氓模样。在前走的一人，装束更是奇特，身上穿了一件玄色密门纽扣的短袄，下身裤管扎得紧紧的；又加上绑腿足登快靴，竟是戏台上开口跳的打扮。头上歪着一顶尖头小帽，右手托了一只鸟笼，挺腰凸肚，直走进来。那些堂倌一见了他，赶紧撇了别的生意，抢着上前招呼。那个人便大声问道："大房间预备下了没有？"那些堂倌同声应道："早已预备下了。"

说时就将下首一个房间门上的门帘掀了起来，这伙人便一窝蜂似的走进去了。这些堂倌便端茶端水，招呼得十分周到。这时候外面这一间的散座上，也正在上座，坐了不少客人，可是那几个堂倌，竟像无暇顾及似的，连添酒添菜，都不来问一声。

温如的邻桌上坐着一个年轻的汉子，瞧着这种情形，似乎很不耐烦。便拿手中的筷在盆碟上敲着，意思是要叫堂倌，却始终没有人来理他。那汉子更有些气了，就立起身来喊堂倌，连喊了几声，也没人答应。那汉子便按捺不住了。立刻将桌子一拍，顺手又拿起一只酒杯来，往地下一砸，哐啷一声砸得粉碎，这才惊动了那大房间里面的堂倌。有一个年纪大些的，忙赶过来向那汉子急急地摇手，说道："客人请耐心些，休要惹祸。"正是：

买醉无端遭冷眼，酒边应作不平鸣。

那汉子听见堂倌说教他休要惹祸，越发心头火起。便大声嚷："放你娘的狗屁！老爷出了钱到这里来喝酒，有什么闯祸？！"那堂倌道："客人喝酒只管喝酒，无缘无故用不着生这样大的气。"那汉子道："你还说人家是无缘无故地生气么？我且问你，既然一样是吃酒的主顾，为什么只见你们在那房间里没命地招呼，放着此地这几张桌子上的客人，不瞅不睬？难道我们付起酒账来，是打折头的么？"那堂倌见汉子发了狠劲，才勉强赔着笑脸道："客人休要生气，委实因为这房间里的主顾，非比寻常，所以我们不能不格外招呼得好些。务必请你原谅。"那汉子又冷笑道："倒要请你说说看，究竟是什么大来头，在这里请客，害你们忙得这样屁滚尿流？！"

堂倌又放低了声音道："客人一定要问我，也不妨告诉你，你猜是谁？便是李金龙李师父，今天在这里请几位嫡兄。我想你虽不认得他，提起他的大名来，也许会知道的。"那汉子听说，哈哈大笑道："我道是什么了不得的大人物！原来就是猪婆龙李老四，也吓得倒人么？"那汉子这样一嚷，吓得堂倌脸都黄了。忙道："客人口里放客气些，你自己得罪了人不打紧，不要带累了我们。"

这个当儿，那间房门口，早已有好几个人在那里探头探脑地张望，那汉子说话声音很响，他们也早听见。内中有一两个人，便大声问那堂倌道："什么人在此撒野？"堂倌忙走过去赔着笑脸道："一个客人吃醉了，和我们吵着。并没有什么事。"那些人又道："教他识相些，安安静静地吃酒吧。不要酒吃不成吃苦水。"那汉子听说就一个箭步纵到房间前去，指着那几个人喝道："你们吃你们的，我喝我的。大家河水不犯井水，谁也不能干涉谁！什么叫作识相？我酒原喝够了，倒很想尝尝苦水的味道哩！"那几个人也大怒道："你敢是太岁头上来动土！安心要寻事么？好好，教你知道厉害！"这句话一说，房间里面的人，便一拥而出。连那个穿密门纽扣短袄，像是个首领模样的，也跳出来了。一个个摩拳擦掌，便想开打。

这时候全堂的堂倌和那些吃酒的客人，都惊慌得了不得，连店门口也拥了许多人进来瞧热闹。那坐在账台上的掌柜，眼见着事情闹大了，忙走到穿密门纽扣短袄的人面前去，连连打拱道："李师父宽洪大量，请看在我们面上，不要和他作真吧。"那李师父道："不干你事，你放心，一切有我承当。便是打坏东西，都由我来认赔。"说毕顺手将掌柜一推，推得那掌柜倒退了好几步，几乎跌倒。

温如素来很文弱的，从没见过这种场面，可是酒钱没付，又不能拔脚便走，也就只好远远地挤在人丛中看着。

这时候那汉子却不慌不忙，对那穿密门纽扣的说道："你想就是李金龙了。"那人道："不客气，正是我！"汉子道："你们仗着人多，要许多人打我一个么？我却也不怕。"李金龙喝道："自然一个打一个，方算好汉！让我来收拾你就是了。"那汉子也不答话，霍地走过去，在墙上挂着的筷笼里面，拿了一把方头毛竹筷，握在手里。又抬头一望，见很高的一个钉头上，恰巧垂着一根半粗不细的麻绳。那绳倒也很长，那汉子便扯下那根绳来，一头将那把筷子的中腰扎住，那一头还余有丈把来长。那汉子就高声说道："这里地方太小，原打不得架。我们先来弄个小玩意吧。我一个人将这把筷子握住，你们便将那一头的绳子扯着，凭你们十几个人一齐来扯都可以。这根绳子很结实，大概一时不会扯断，只要你们将我的身子扯动了，离了原来的地位，就算是我输了。我自愿在此地磕一个四方头，算替你们赔罪。如果你们扯我不动，也须照样一个个当着众人面前，挨次磕过四方头，才放你们过去。"汉子话未说完，那些人早一片声嚷起来道："真人面前吹什么大牛皮！量你一个人有多大气力，经得起大家一齐上，还扯你不动？"汉子道："这是我自己情愿如此，输了我便磕头就是了。"

李金龙道："好！好！你既这样说，你们也不必动手，看我一个人像牵牛一般，将他牵过来就是了。"汉子也大声应道："好！好！看谁的颜色！"说罢，便右手握住那把筷，左手撑住腰，也不摆什么坐马势，只将两只脚紧并着立定了。说道："你们如能扯得我脚底动一动，就算是我输。"当下那李金龙便依言将那一头的绳握在手中，绕了几绕，用尽平生之力这一扯，满望就将汉子扯了过来。谁知那汉子像没有觉得似的，脚底下纹风不动。

李金龙这才知汉子着实有些力量。自己忙重运了两臂的气力，把绳子在手腕上又绕了几绕，缩短了距离，使劲的往后扯。扯了半天，看那汉子时依旧像没事人一般，这时李金龙那些弟兄，就顾不得什么一个对一个了，顿时加入帮忙。起先还只有两三人，后来索性将那头的绳放长了，像拉纤一般，十几个人一齐用力拖拽。那汉子只连连冷笑，那身子却像生了根的石山一般，休想移动分毫。

这样相持了好一歇，那汉子便道："你们扯了我半天了，让我也来回敬一手。"说时将握着筷的那只手，猛然向自己怀里一缩，那些人不防他这一着，便踉踉跄跄直撞过来。那汉子哈哈大笑，旁边看着的人，也忍不住齐声喝起彩来，说道："好气力！"李金龙等一班人在喝彩声中，从地上爬起来，个个羞惭满面。那汉子这时将筷上的绳结解去了，也不放还筷笼中，只见他将手一扬，将那把筷子往墙壁上撒去。说也奇怪，那几十根毛竹筷，竟像放箭一般，同时一根根都深深地插在墙壁上。这时把店门内外许多人都看得呆了。

那李金龙更不怠慢，忙走过来扯住了那汉子一只手，真个跪了下去道："我们真是有眼不识泰山，万望饶恕。若不嫌弃，请一块儿喝杯酒去。我情愿再摆下香烛，拜你为师。"那汉子听说，仰天哈哈大笑道："谁愿意做你们的师父！只要你们眼睛睁得大些，以后不要再倚势欺人就是了。"当下摔脱了金龙的手，在身边摸出两块洋钱来，掼给那些堂倌道：
"酒钱拿去，我走了。"说罢就在人丛中将双手一分，辟开了一条路，向
外直蹿。等到大家回过身来，向店门外看时，早见他在街上连跳带纵，
一眨眼已转了弯看不见了。

这里李金龙等自觉无颜，便静悄悄地自回房间里去。其余许多看
客，也纷纷各散。温如今天见所未见，心中十分纳罕，一面看那些堂倌
七手八脚在墙上拔筷子，一面自心里估量着这个汉子必定是侠客一流人
物。可惜他显了本领，匆匆就走，没有机会问得他的姓名。一会儿堂倌
将筷子拔完，便又来问客人要添什么酒菜？温如道："酒不要了。随便再
弄一碗热汤，带一客饭来吧。"堂倌依言将汤饭拿来，温如胡乱吃过，算
了账出来。

已走到店门口了，忽然一想，我何不再访问一下消息？当下又缩回
来，含笑对那掌柜说道："我想请问你一句话，你们这爿酒店，是不是开
了有好多年了？"那掌柜笑道："我们原是木渎镇上世代的老店。"温如道：
"那么木渎镇上有些旧家大户，谅来你老板一定是知道的了。"掌柜道："略
有些晓得，不知你要问哪一家？"温如道："我要问一家姓程的。"掌柜侧
着头想了一想道："姓程的本镇倒不多，你且说是怎样一家人家？"温如
道："这家人家，原住在木渎镇，后来又搬到别处去。如今不知道搬回来
没有？"掌柜道："似这般无头无脑的，教我哪里能够知道？……"

在温如和掌柜说话的当儿，店门外恰巧又走进一个人来，听温如在
这里问什么姓程的，便像很注意似的立定了脚，将温如浑身上下细细地
打量。温如却没有在意，依旧向那掌柜说道："我还有一句话可以告诉你，
我问的这程家，有一个老太太和一位小姐。"掌柜听了越发大笑起来道：
"客人你如果提得出什么大官府大乡绅，自然一问就着。如今单说是什
么太太小姐，请问哪一家没有太太小姐？"温如听说，无言可对，只好搭
讪着说道："对不起，再会了。"说着便无精打采地走出门来。

刚才进门的人，忽在他后面跟了出来，走了几步路，便用手扯了扯温如的衣袖道："朋友我和你说句话。"温如冷不防倒吓了一跳，忙回头看时，见这人头戴毡笠；上身穿了一件布袄，下身束了一条蓝布竹裙；脚下穿着一双草鞋，完全是个乡人模样。便道："我不认得你呀！你有什么话和我讲？"那人道："你且跟我来。"温如不得已只好跟着他走，那人故意找了一条僻静的小巷，走了进去。温如不觉有些疑惑起来，趑趄着不肯向前再走，那人道："你放心进巷来，我自有要紧话和你说。"温如看那人的面貌，不像个歹人，而且青天白日，也不怕有什么意外，便大着胆子走进巷去。那人又引着温如走到巷的深处，才附着温如耳朵道："你可是宁波人？"温如道："是的。"那人又道："你可姓钟？"温如沉吟不肯答应。那人道："到底是不是？你务必从实告诉我，不要吞吞吐吐。"温如便道："我是姓钟。你怎么知道？"那人道："你且别问我，先回答了我的话再说。你到木渎镇来可是因为程家母女不知避向何处，要访问她们的踪迹？"温如吃了一惊道："是的。"那人道："你幸而遇见了我，我可以告诉你知道。你是乘船来的，还是自己雇船来的？"温如道："是自己雇船来的。"那人道船开了没有？温如道："我想原船回转，还没有开。"那人道："如此甚好，你赶紧回船去。沿途千万不可再向人探问程家母女的消息。回船以后，叫船家停在市梢头那座小石桥前面，我夜中自会到船上来看你。你最好躲在船中，将船窗也关上了，不要到船头上来露面。要紧！要紧！"温如被他这一番话，说得莫名其妙，只好随口答应着。那人便又走出巷来，温如也随着出巷。看那人时，依旧向原路上一直走向那爿酒店中去了。

温如一个人走回船中，果然依着那人的嘱咐，教船家将那只船撑到市梢头停泊下了。自己心中却是忐忑不定，暗想方才遇见这个人，真十分奇怪，不知道是什么路数？但因为急于要打听程家母女的下落，希望此人或者有些特别消息，只好耐心等他。可是伸长着脖子，一直等到二更以后，岸上的人声都静了，还不见那个人来。温如想着倒有些怕起来了。

掀起了船窗一看，见市梢石桥边，除了他这只船而外，只有一只小渔船，远远地泊在那里，却也灯火全无。岸上有几家人家和几爿小店铺，门户早已关闭了。只有一轮明月，照着岸旁几棵树影，风过处摇曳不定，景象十分凄寂。温如越觉得停舟在此，有些尴尬。暗想那人骗我将这只船停到这僻静的地方来，保不定要起什么歹心。我虽然没带多钱，可是身边还有几十块钱钞票，万一他纠几个同伴前来硬抢，如何是好？想到怕处，没法子便唤那船家，连叫几声，不见答应。再细听时，却鼻息如雷，早已在船艄上睡着了。

温如孤零零一个人坐着，格外着急。约莫又等了一个更次光景，忽然听见岸上一阵狗叫的声音，便觉得船头一沉像是一个人跳上船来。温如刚要开口动问，却见一个人拨开船头上的舱门板，钻了进来。这时船中点着一盏小小的玻璃灯。温如就灯光下向来人一看，却果然就是日间所见的那个人。那人一上了船，依旧将舱门掩好，这才进舱来坐下。对温如说道："你想是等得我十分心焦了。我因为时候早了怕要惹人耳目，因此故意延迟了一会。"温如道："倒很劳动你了，请问你怎么知道我的来历？又怎么知道程家母女的行踪？请详细说给我听。我如果因此遇见程家母女，自当重重奉谢。"那人听说笑了一笑道："我并不是什么望你酬谢的人。老实对你说，若不是我从中设法，程家母女早已遭了人家的算计了！"

温如呆了一呆道："此话怎讲？"那人道："说来话长，待我慢慢地讲与你听吧。我姓金小名毛郎，和程家原是亲戚。论起辈分来，琼珠还叫我阿叔。我和琼珠的老人家程永福，虽然一个是生意人，一个是乡下人，不在一条路上走，却是彼此十分要好。因为大家要好的缘故，所以他虽搬到宁波有时回到家乡来，总拉着我一起喝酒。有一年他五十岁生日，还承他的情，拉我到宁波去玩过一趟。他一生做事，件件精明，就只在女儿的终身大事上面，偶然错了一点，便几乎起了大风波。

"他在木渎镇住的时候，另外有一个好朋友李松廷。李松廷有个儿子，年纪比琼珠原大着差不多将近七八岁，那时琼珠还只有四岁，松廷的儿子却已有十一二岁了。不知怎样，那李松廷竟会向我们这位永福阿哥说，要将琼珠定给他儿子做媳妇。永福因为和松廷两人正在要好头上，就不再思前想后，也竟会一口答应。当时琼珠的母亲，却是竭力阻挡，说是两个人的年纪，推扳得太大了，很不相宜。况且李家这个孩子，看上去有些粗头粗脑的，只怕大起来脾气不好。可是凭你怎样说法，我这位永福老哥，始终不肯相信，就这样将一头亲事定下了。天下事原也凑巧，亲事定了，不上一年，李松廷就去世了。

"松廷一死，他儿子没有人管束，便渐渐和些下流小孩子混在一起。永福看着十分担忧，就和松廷的母亲说明了，特地自己出钱，请了先生，教松廷读书。可是这孩子太不学好，时常赖学，在外面闲荡，永福也弄得无可奈何。后来永福要移家到宁波去了，便想教李氏母子跟他一同去，情愿贴还他们的日用，和儿子教养之费。可是他们母子二人，都不情愿，永福也只好对之一叹，便留下些钱给他们过活，自往宁波去了。永福去后，松廷的儿子格外肆无忌惮，年纪一年年大起来，流氓的功架也一年年练得老起来。永福逼得实在无法可施，有一次回到木渎，便邀请出许多亲长来，和李松廷的妻子说，将这门亲事退却。除交还聘礼而外，又拿了八百块钱出来，贴给李家的孩子，作为他将来另外娶亲的一份费用。李家母子完全答应，收了八百块钱，欢天喜地的，并无一句话说。这件事在永福心中，自然以为办得千稳万当了。不想隔了两年，松廷的妻子又死了。李家的孩子益发无家无室，成为一个大流氓。

"他做流氓，不知有什么天然的本领，竟是越做越响，这几年来声势浩大，便成了一个大头目。远近各村镇上的人，都有来拜在他门下做徒弟的。他名金龙行四，别人替他题了一个绰号叫作'猪婆龙老四'，提起了猪婆龙老四，凡是江湖子弟，没有一个不知道他，也没有一个不怕他三分。

"这猪婆龙老四，起先原是个穷光蛋（八百块钱想早已用光了），现在既做了大好老，居然手面也阔起来了。常言道得好，饱暖思淫欲，他既有了钱，便想到女色头上来了。平时滥轧姘头，却也不去说他。到后来不知怎样，又看中了人家一个孤孀，要想娶她回去。可巧这个孤孀，另外有个老姘头，而这个姘头又是猪婆龙老四的同淘朋友，名唤阿水金。阿水金也算得是个角色，不过辈分不及老四来得高，声势也比他小了许多。听见老四要娶这孤孀，虽不敢和他作对，却又不甘心奉让。当下便办了一桌酒，请老四坐了首席，另外又邀了几个朋友作陪。饮酒中间，阿水金便取了一个大杯来，满满地斟了一杯酒，双手奉与老四，说道：'请四阿叔满饮此杯，我有话奉告。'阿四道：'你有话只管说，说明白了我再喝酒。'阿水金道：'四阿叔明人不必细说，论理四阿叔心里喜欢的人，我自然应该奉让。不过请四阿叔替我小辈面上想一想，我好容易结识得这样一个人，虽非明媒正娶，也算得是一房家小。依四阿叔的声势，怕娶不到别个好的！可否成全了我吧。'猪婆龙老四听他这样说，呆了一呆，还没有答话，旁边有一个人便插口道：'你放心，四叔一定答应你了。弟兄们义气为重，个把女人算得什么稀奇？！四叔是个爽快人，难道还看不开？'老四到了这个时候，倒也无话可讲。便拿起酒杯来一饮而尽，说道：'阿水金，我依你的话就是了。'

"这样一来，事情倒也了结了，大家便又随意喝酒。喝了半天，内中有个绰号快嘴张三的，忽然又寻起阿水金的开心来。就对他说道：'阿水金，不是我说你，你这个人细想起来，也有些好笑。我记得你小时候不是已经定过一头亲事么？'阿水金点点头道：'那是父母手里定的，也是我的运气不好，定了不到两年，没过门就死了。要是不死，我也不犯着再去转人家孤孀的念头了。'张三道：'真是死去了么？据我看，只怕人倒未死，却有了别种花头，你是在那里卖脱馄饨买面吃哩。'阿水金倒坦然道：'真是死了。谁来骗你！'同席还有一个姓王的又道：'老张管她死了也好，活着也好，你又何必向阿水金寻根究底。横竖如今的世界，卖脱馄饨买面吃，也是很通行的。不止阿水金一个哟！'这几句话，原是寻常打趣，并没有什么道理。不料言者无心，闻者有意，座中的猪婆龙老四，顿时把酒杯一放，跳起身来说道：'你们今天是不是诚心约齐了来和我开玩笑的，好好，我老四总要放些颜色给你们看看。'说着就此推了开椅子，离席而去。

"这几个人见他无端生气，都弄得莫名其妙。因为程家和老四退婚的事情，他们确乎没有晓到。不然以老四的声势，他们也绝不敢当面揭他的冻疮。猪婆龙老四就在这天晚上，另外约了几个知己朋友商量着，要设法和程家母女为难。

"内中便有人和他出主意，教他另造了一份婚书，花几个盘缠，邀几个弟兄，到宁波去寻着程家母女，大闹一场。明知要想再娶琼珠，是做不到的，但借此坍坍程家的台，出出自己的气，也是好的。他们初意不过如此，谁知到了宁波以后，宁波当地也有一帮大流氓，平日也颇闻得猪婆龙老四的大名。如今老四到了宁波，也像这一省的官府到了那一省一般，照例要拜客，流氓拜流氓。彼此一见了面，宁波的流氓头脑当中有个张小九，就和老四十分要好起来。又问老四到宁波有何贵干？老四老实不客气一五一十对他说了，张小九便又和他设下一条计策，教猪婆龙老四索性到程家去抢亲。抢了亲之后，再拿出婚书来说话。横竖老四既带了人去，当地流氓又有张小九从中调度，程家都是女流，不怕不吃大亏。"

温如听到这里，说："这怎么得了！程家母女岂不要遭毒手呢？"毛郎道："幸亏她们命中注定还有救星。"温如道："这救星是谁？"毛郎道：

"实不相瞒，就是我。"温如道："你是怎样搭救她们的呢？"毛郎道："我虽是个乡下人，并不做流氓。但在本镇无论什么人都可以合得来。和猪婆龙老四这一班人，也很要好。吃茶吃酒，时常在一起。他们有什么事，也从不瞒我。我既知道他们蓄意要害程家母女，便假说自己宁波很熟，可以和你们一同去走一趟。老四答应了。我到了宁波之后，就找着了程家，先通信给她们。"

温如道："你到宁波怎么就会找得到程家？"毛郎道："那是琼珠的老人家在日，曾将住址告诉过我的，我还记得。所以一寻便着。猪婆龙老四是不知道的，到了宁波，还要托张小九等去访问，所以就比我慢了一步。"温如道："李老四不晓得你和程家是亲戚么？"毛郎道："幸亏他不晓得，没有起疑。如果被他晓得，我如何还能和他们一同走？"温如道："是不是你报信给程家母女以后，她们才逃走的？"毛郎道："她们起先还不想逃走。程家太太对我说，她们在此地并无别的亲眷，只有一个钟家少爷，在急难时可以商量。我便催她们赶快设法，谁知她们后来告诉我说，那位姓钟的，刚巧出门，不知道几时可以回来？那时节猪婆龙老四那边信息又很紧，差不多就要动手了。因此她们只得先避开了再说。"温如道："你可知道她们母女俩暂时避在何处去了？"毛郎道："我只知道她们是逃到上海。到了上海以后，住在什么地方，却没有消息，无从知道了。"温如道："你怎么会认得我呢？"毛郎道："我在程家母女那里，看见她们家中挂着你的照片。你方才在酒店中，又在那里访问程家母女，我所以猜准是你。你今天在酒店里齐巧碰见猪婆龙等一班人，这实在是很险的一桩事情。幸亏他们不认得你，不然你就要吃苦了。"

温如道："这是什么缘故？"毛郎道："老四等听张小九说，都道琼珠另外已定了亲了，却不知定的是哪一家。猪婆龙老四在程家母女逃走以后，因为自己白辛苦了一趟，不能得手，心中非常恼恨。便发了一个狠，说如果遇见了琼珠定下了的男人，一定要给些苦头与他吃，教他知道厉害。因此我方才看见了你，就教你不可再露面，赶紧回船。如今话已说明，劝你一到天亮，快些开船回去，木渎镇上万万停留不得了。"温如听毛郎说罢，便道："如此讲来一切全仗你大力。你这样热心，不但程家母女感恩匪浅，就是我也万分感激哩。"毛郎道："我和程家原是亲戚，理应帮忙，这算得什么！如今太夜深了，我要去了。"说时便起身告辞。温如在皮夹中拿出一张十元钞票来，要酬谢他。他执意不收，也就罢了。

温如这一回到木渎镇来，原想探听程家母女的踪迹，如今踪迹虽没有探明。但无意中遇见了金毛郎，将以前一切经过情形，都完全知道了，也总算不虚此行。但是转念一想，琼珠母女既到上海，何以不给我一个消息？她们以前既曾发过电报，昌寿里的地址，是一定晓得的。就算人不便来，信总可以发一封，何以杳无音耗？实在令人莫解。难道又出了什么别的岔子么？想到此，心头便又有些忐忑不宁。

第二天一大早，温如便催着船家开船回苏州。到了苏州，也不再耽搁，就乘火车回上海。

温如坐的是二等车。这一天乘客不多，温如在站上等车的时候，瞥见一个中年男子，穿着一身很漂亮的洋装，身材很高，相貌也很英俊。这男子又同着一个女人，那女人年纪约有二十来岁光景。生得十分艳丽，一身衣服也穿得极其时髦。这时候内地穿洋装的人，还不很多，车站上许多人见这男子身着西装，又带着一个极漂亮的女人，便很为注意。温如也对那男子看了几眼，觉得十分面善，好像是新近在那里见过的一般。

一会儿火车到了，大家纷纷上车，温如在车中坐定之后，四面一看并不见方才所见的那一男一女。起初也并不放在心上，后来火车到了昆山，温如一个人坐得气闷了，趁着车停的时候，便到各节车中去闲踱着。踱到头等车中，便见一间车室里面，有男女两人并坐着在那里大餐。温如从玻璃窗中望进去，见正是方才上车的那两个人。温如暗想看他们这副神气，倒像是阔客。站了一会，觉得自己腹中倒也像有些饿了。便回到自己坐的二等车中去，也叫茶房开一客大餐来。茶房闻言，便来铺好了台布，拿上一个五味瓶和一份刀叉来。隔了一会又端了一盘汤和两块吐司来。

温如看那茶房走来走去，只管嘻嘻地在那里发笑，便忍不住问道："你为何这样好笑？"那茶房经温如这样一问，格外好笑起来了。他越笑温如越要问，茶房忍住了笑，告诉他道："我们笑的车中卖大餐，也总算卖了不少时候了。不料今天却遇着了一个大饭桶。"温如道："哪里来了个大饭桶？"茶房道："在头等车里。"温如道："是不是和一个女人坐在一起那个穿洋装的客人？"茶房道："正是。客人认得他么？"温如道："并不认识。你放心把笑话讲给我听就是了，我决不会去告诉他们的。"茶房道："这位男客的食量真可以，他一上车就嚷着肚子饿了，要吃大餐。我把大餐单子递给他看，他说这大餐吃不饱，要另点，我便拿了一张纸片给他说要吃什么东西，请他自己写。他却对我说道，不必写了，拿五盆咖喱鸡饭，六客布丁来。其余再弄两盆汤，多拿些吐司来。该是多少钱，等会儿一并算。我听了这种吃法，觉得十分诧异。只好照样一件件端上去，起先还以为这饭和布丁，是他们两人分吃的，后来见那位女客只吃了两片土司，其余都是他一个人独享。而且狼吞虎咽，吃得非常之快。我们这些茶房都看得呆了。当着他面不敢笑，背后，却忍不住越想越好笑。"温如听说也笑将起来。道："要是满车中的客人，都是这个样子，你们的大餐，要不够卖了。"茶房道："这个人吃得这样厉害，像是个饿煞鬼。手面却又很阔，方才付账的时候，大餐钱一共四元几角，他拿出一张十块钱的钞票来，说是连茶钱搭小费一并在内，不用找了。我们倒着实叨了他的光。"茶房似这般说着，车中还有许多客人听了，也都笑将起来。

温如却又在那里转念头，暗想这位洋装朋友，倒也有些奇气，不知是什么路数？想了一会，猛然记起来，将手中刀在盆子上敲了一下，大声说道："是了！"那茶房倒吓了一跳，忙问道："客人做什么？"温如道："没什么，你再去拿茶吧。"茶房便自去了。原来温如想了半天，忽然想起这个西装客人，并非别个，却就是那天在木渎镇酒店内大显本领的那汉子。面貌确乎一般无二，只是装束完全不同，一时间就认不出来了。温如既认定了这人就是那酒店中的大汉，越觉有些古怪。一会儿车抵上海，温如自己下了车，又留心看这一男一女。见他们下了车，就有两个像仆人模样的，恭恭敬敬上来招呼。那西装的男子便问道："马车来了么？你们代我去取行李吧，我先回去了。"那个仆人连连答应了几个是字。这一男一女，便一路说着话，走出站来。站外果然停着一部很精美的马车，他们两人坐着马车，如飞而去。

温如也就雇了一部车自向昌寿里来。见了钱氏，问有什么地方来信没有？钱氏回说没有，温如不免失望。又问起芷芬，说是因为身体好了，到女学校中去了。晚上寿卿回来，和温如随便谈了几句，便对钱氏说道："甥儿要出洋了，我想明天晚上就在家中弄几样便饭菜，请他吃一顿，就算饯行。也不邀什么外客，只我们老夫妻两个陪着他大家谈谈。芷儿回来，也不妨同吃。自家表兄妹，虽说彼此年纪都大了，也用不着过于客气。"温如听说，口中连说着舅父何必又要为我费神，心中却在那里暗想，舅父向来十分古板，何以今天却又特别通融，肯教芷妹和我同桌吃饭，这也算得是个异数。若在平常，保不定又要掮出什么"男女不同席"的古训来了。

第二天晚上，寿卿果然赶早回家，弄了一桌酒菜，四个人在客堂中吃着。钱氏原善于烹调，这桌酒菜，并非在酒馆中叫来，都是钱氏自己弄的。温如吃着觉得样样可口，只是忙煞了钱氏，一会儿陪他们坐着吃些东西，一会儿又要亲自到厨下去动手，温如倒十分不安。到后来茶已上齐，钱氏也坐定了，温如便拿起酒壶来，在寿卿钱氏和芷芬面前各人斟上了一满杯。自己也筛了一杯喝着，说道："我一向承舅舅和舅母的栽培爱护，便是妹妹看待我，也和自家兄妹一般，真是万分感激。这回我侥幸考取出洋，倘然三年五载之后，能够毕业回来，得有上进，总忘不了报答。"钱氏忙道："自家人何必说客气话？你此番出洋，原是一桩很可喜的事情。只是远在外国，非三年五载不得回来，教人想着倒又有些怪舍不得你的。"说时眼圈儿有些儿红了。温如道："我也觉得远离骨肉，心中有不少的感慨。只是为了自己终身进取起见，自然不能不到外洋去走一趟。好在彼此虽隔得远，依旧可以时常通讯，也是一样的。"说时将眼瞧着芷芬，芷芬这时也不说话，只把个头低下去，望着那只酒杯。

钱氏又道："你一个人在外洋，第一饮食寒暖，须要格外留心。比不得在上海，多少还有自己人照应。"温如道："舅母的话是不错的，我在外洋举目无亲，自然处处要自己当心。只是我如今要出远门了，也有一句话要和舅父舅母说，我看舅父舅母都还康健，只是芷芬妹妹身体太单薄了。新近又病了一场，虽说如今已大好了，究竟还须随时调理，更不宜过于用功。"

芷芬听说，便又抬起头来，看了温如一眼，慢慢地说道："多谢你。"只讲了这三个字，连声音都有些岔了。两只眼眶中，泪珠莹然，再也留不住。忙回过头去，这个当儿，寿卿也微微地叹了一口气道："光阴过得真快！记得温如和国雄两人初到上海，在正谊学校读书，好像还只是昨日的事。如今国雄既留学日本，温如又要到美国去了。总算前途都有了发达的希望，我心中看着也非常快活。只是温如还好，讲到国雄，可惜我哥哥已撒手西归，来不及见他成立了。"说时就淌下泪来。

隔了一歇，又道："一个人还是有儿子的好。温如国雄都有了出息。像我家芷儿，虽然也很聪明，毕竟是个女孩儿，就吃亏得多了。"说时自己捻了捻胡髭，格外觉得凄惶起来。转是钱氏笑道："目今时世，讲究着男女平等，只要女儿好，还不是和儿子一样。况且……"钱氏说到况且两字，似乎把话说得太急了，一时接不下去，把眼望了望温如和芷芬，便不说了。芷芬这时面颊上顿然起了一层红晕，温如起初听钱氏说话，便也并不在意。此刻见她和芷芬这副神情，便知话里有因，也未便再多说话。于是大家都静静的，这一席离筵，的确有些黯然魂销的光景。

这时候阿宝站在旁边，便道："老爷，酒冷了，要不要再起烫一下子？"寿卿道："好的。酒烫一下，菜也去热一下。我们少讲闲话，还是再喝几杯酒吃饭吧……"吃完了饭，寿卿自上楼去吸烟。钱氏和芷芬也都跟着上去了。

温如一个人坐在书房中，细味着席间寿卿和钱氏的一番说话，和芷芬的那种神情，又不禁发生了无限的感想。呆坐了一会，见时候已经不早，正想安歇，忽见那阿宝又悄悄地走进房来。手中拿着一个纸包，对温如说道："钟少爷这一晌忙忙碌碌，没有工夫和你谈天。今儿却有一句话，不能不对你讲。你是个聪明人，方才在吃酒的时候，谅已看得出他们三个人的神气了。"温如笑道："他们三个人怎样？我倒有些不明白。"

阿宝笑道："你也不必再和我装蒙。老实告诉你，老爷已和太太商定，马上就要写信到宁波去和姑老爷姑太太那边提议亲事了。这件亲事不提则已，一提自然成功。也总算如了你们两人的心愿。"温如听说，沉吟着还没有答话，阿宝又笑道："讲到此事，你们须要重重地谢我。"温如道："怎么要谢你呢？"阿宝道："若不是我设下巧计，只怕不但小姐的病，不见得能好。你们这一段姻缘，也更无望了。"温如道："这是什么缘故？"阿宝道："上回不是我告诉过你，有个姓顾的和这边提亲么？小姐就为这上面，气出一场病来。后来幸亏我出了一个主意，叫那道士照着我们的话，写下一大篇。说是小姐的病，幸亏禳星拜斗，自有神道保佑，可以转机。不过眼前有人提起婚姻，却是很不吉利，因为这段婚姻，于小姐命中大有冲克。就使勉强成功，将来也很多凶险。我们老爷是很迷信的，顾家这门亲事，太太劝阻他不肯听。不料，一看见了道士所写的鬼话，他倒相信了，就此回绝了顾家。小姐知道，心中一宽，恰巧医治得法，病也就渐渐地好了。"

温如笑道："怪不得你和太太两人那天早上和那法师讲了半天话，我那时很纳闷，不知你们搞的什么鬼。原来却是如此，你真可以算得是个女诸葛了。"阿宝道："我也不敢受你的恭维，只要我这一番苦心，不白用就是了。"说着又将带来的纸包解开，取出一件绒绳结的衬衫来，递给温如。道："这是小姐亲手自结的，她说你此番出洋，也没有别的东西送给你，就结了这一件衣服。你穿了洋装，别的中国衣服都用不着了，这绒绳衫却依旧可以穿在里面，到底来得暖和些。"温如接衣在手看了一看，便道："请你谢谢小姐，就说我一定时常穿在身上。"阿宝点点头道："晓得了。其实你们两人，尽可当面谈天，何必要我来做德律风？只怪我家老爷太古板，如今一提了亲事，格外要讲究避嫌疑。弄得你们两人见了面，反而恭恭敬敬的，越过越客气了。但是我总要想个法子，在你未出洋以前让你们两人畅畅快快地再谈一回天。"说着便笑嘻嘻地去了。

温如等阿宝去后，正想将这件绒绳衫重新包起来，忽然觉得那绒绳衫的衣袋里，还有物件在内。忙伸手进去摸出来一看，却是一个小小的纸包。解开纸包来，里面却是芷芬的一张照片。温如取来在灯下细细地瞧着，像是病后新摄的，面庞较为消瘦，丰神却十分秀逸。温如执着这张照片，出了半天神。

忽见那阿宝又走了进来，含笑对他说道："小姐来了。"说时芷芬果然走进房来，温如忙站起来。正要和她讲话，芷芬却摇着手道："我们且慢谈天，马车已备好了。我想和你一同出去游玩。"温如道："好的。阿宝也同去么？"阿宝笑道："你们两人出去，我夹在里面做什么？不去了。"当下温如便跟在芷芬后面，走出大门，果然停好了一部马车在那里。

温如和芷芬上了车，便问道："这样夜深，到哪里去呢？"芷芬道："没有一定所在，无非是要去的地方去就是了。"说完了这一句，马蹄已动，就出了昌寿里。经过了许多马路，温如觉得一路电灯辉煌，十分热闹。可是到了后来，却渐渐走到荒僻的处所来了。温如从车窗中望出去，只觉路旁漆黑，除了许多树木，如飞地从眼中掠过。此外连人影都看不见。正是：

离愁此夕何从诉，暝夜荒郊走钿车。

第二十六回　鱼沉雁杳梦醒更添愁　燕叱莺嗔酒消还泼醋

温如这时候，心中觉得十分惊疑。忙对芷芬说道："如此夜深，我们到这地方来做什么？不如回去吧。"芷芬却微微地摇了一摇头道："回去么？只怕很不容易哩。"温如诧然道："要回去就回去，怎么说是不容易？"芷芬微笑不言，温如格外莫名其妙。又略隔了一会，车子突然停了。芷芬便对温如说道："我们姑且下去看看吧。"说时已伸手将窗门推开了，温如便扶着他一同下了车。四面一望，依然是一片荒郊，连树木都很稀少，温如倒着实有些害怕。忙道："眼前如此荒凉，我们岂可留恋？"芷芬微笑道："不妨事的。"说时用手一指，对温如说道："那边沙滩上有一块大石头，我们就在那石上略坐片时吧。我正想将满腔心事，慢慢地告诉你哩。"温如没奈何，只得依着她的话，两个人握着手，慢慢地走到那块石头旁边，坐了下来。

石头前面却是一道清溪，溪中的水十分清澈，天上一弯凉月，先前是被云遮住的，月色十分惨淡。这时候云翳渐渐地推开，露出月光，照在水中。水在那里流着，月影也不住地浮动，倒也别有一点儿幽趣。温如便问芷芬道："妹妹有什么对我说呢？"芷芬道："我的话很多，一时也无从说起。方才原想和你畅谈的，如今在车上颠顿了好久，倒觉得身体十分倦乏，让我歇息一回再讲话吧。"说时双眼矇眬，仿佛要睡着的样子。那身体也似乎支撑不住，就倚在温如怀中来了。温如觉得平时和芷芬两人见着面，彼此都是斯抬斯敬的，从没有像今夜这样亲昵的态度，倒反有些踟蹰不安起来。当下一面用手臂衬住了芷芬的粉颈，一面又低低地说道："这个地方，如何睡得？妹妹还是醒着些吧。"可是温如只管这样说，看芷芬时却已是鼻息停匀，沉沉地睡着了。温如没法，怕芷芬受凉，忙腾出一只手来，将自己袍子的纽扣，一个个解去了。因为不能站起身来，卸去长袍，只好将半件袍子覆在芷芬身上。

两人相偎着又隔了好一会，水面上忽然吹了一阵风过来，温如觉得其凉刺骨，差不多要瑟瑟地抖将起来了。心中一想芷芬病体初愈，哪里经得住这样寒气，忙去推她道："妹妹快醒吧！睡不得了。"唤了几声，芷芬只是不应。温如再低头一看，月光之下，只见自己怀抱着的，又不是芷芬，竟是琼珠。温如这时也有些糊里糊涂了。便又喊道："琼珠妹妹，我寻得你好苦！却原来在此地相会。你如何会到这里来的？"喊了几声，依然不见答应。温如再定睛细看时，怀中人的面目，又渐渐地模糊起来。似乎不像是芷芬，也不像是琼珠，只觉玉容惨淡，显露着十分可怜的样子。温如心中格外骇怪。

正在这个当儿，天上忽然起了一阵乌云，将月光遮没了。顿时天昏地黑，什么东西都看不见了。温如大惊，忙将怀中人紧紧抱住了。口中不住地喊叫，喊的是什么，连自己也不知道。喊了半天，忽然觉得怀中一松，分明紧紧偎抱着的一个人，顿时无影无踪，不知去向了。温如惊得直跳起来，自己嚷道："我今夜莫非在这里做梦？"这句话才说完，就觉得眼前一亮，好好的一盏灯摆在桌上。自己一个人倚着桌子，原来是盹着了。方才种种经过，的确是一场梦境。再看手边，还放着芷芬的一张照片。温如对着这张照片，想起适才梦境，觉得甚是不祥，便引起了无限愁思。又闷闷地坐了一会，禁不起窗缝里面，一丝丝的凉风透进来，身上很是寒冷，有些坐不住了。便叹了一口气，将照片收藏好了，就此解衣安寝。

明天一早，温如还卧床未起，性初却来找他，说是得着南京来电。此次原定留学生放洋的那只船，因为有别的缘故，中途耽搁，不能如期进口。所以又改换了别船，舱位也定好了。不过这一只的船期很近，大约三五天内，就要取齐动身。关照温如教他赶紧预备。温如道："我也无所谓预备，横竖一切事情，都托着你。你是哪一天走，我就跟着你上船就是了。"性初笑道："照这样子，你简直成了个吃奶的孩子，我便是你的保姆了。"温如也笑将起来。性初又略谈了几句，别过自去。

温如总希望在上海多留些时，可以设法探听琼珠的消息；一方面对于芷芬，也或者有一种相当的慰藉。却不料行期迫促，未能久恋，心中真是万分惆怅。所以别人博得一个出洋留学，都欣欣得志。唯有他一个人，转觉得愁肠百结，毫无欢意。

到了他临行的这一天，偏偏芷芬又受了些感冒，睡在床上，不能起身相送。只有寿卿夫妇带了阿宝，送他上船。温如好容易趁寿卿没有注意的时候，寻得一个说话的机会，轻轻地对阿宝说道："你千万要看顾你家小姐，务必劝她保重身体。我自然会时常和她通讯，教他也常写信给我，免得我孤身远客，挂肚牵肠。"说到这里，忍不住滴下泪来。阿宝也眼圈儿绯红了，连忙回过头去……这时节汽笛声声，仿佛是一种别离的记号，临歧握手，任你有千言万语，也只好打断。温如又和寿卿夫妇说了几句话，寿卿夫妇便匆匆地离船上岸。阿宝跟在他们后面，到了岸上，还回头望着温如。温如也呆呆地立在那里，直到船开远了，望不见他们的影子了，才无可奈何地偕着性初进舱去。

温如走后不到两天，国雄又来了。见了寿卿，说是就要到日本去。寿卿道："你前回不是对我说丧事办完以后，还要料理些家务，一时不能离家么？怎么倒急急于要到日本去呢？"国雄道："侄儿初意不但想料理些家务，而且还有一件事没有办了，不愿意就动身。可是直到如今，要办的那件事，依然毫无眉目。至于家务一时更无从清理，照这样子老住在家中，也毫无益处，转荒了自己的学业。最近又连得了在日本的几个同学来信，催我快去。所以侄儿和吕荣斋兄一商量，还是依旧到日本去，索性将学问造就好了，等毕了业之后，再进行别的问题吧。"

寿卿道："我在宁波的时候，也恍惚听见你讲过，说是为自己父亲面上，有一件事必须办到，方可以使九泉之下，没有遗恨。我当时匆匆地也没有细问你，究竟是什么事，值得这般郑重呢？"国雄道："这件事关系很大，恕侄儿暂时不能对叔父说知。怕走漏了风声，被人晓得。好在将来等事情办妥之后，叔父自会知道的。"寿卿听国雄这样说，似乎有些不悦，便道："你既不肯对我说，我也不勉强你。但是你出门以后，你母亲没了人照应，如何是好？"国雄道："这原是教人最放心不下的。叔叔既远居上海，在家乡的几家同族，更不关痛痒。还是重托了荣斋，承他允许诸事照拂，侄儿也只好暂累着他，到将来再图报答他的厚意了。"寿卿道："荣斋这个人，却真难得！我这次到宁波和他谈过几回，倒也很器重他哩。……"

国雄和寿卿谈来谈去，又谈到温如。寿卿便道："我有一件事正想和你商量，你婶娘对我说，想将芷芬妹妹许给温如。你看好不好？"国雄听说，倒呆了一呆。暗想温如和芷芬，本来很有情愫，这段姻缘怎说是不好？不过除了芷芬之外，还明明有一个程琼珠在那里，又怎样的安排呢？想到这里，便道："这自然是很相宜的。但不知舅舅曾否在温如哥面前表示过意思？"寿卿道："这却没有。我的意见，就使要提议亲事，也须另挽出媒人来，怎好自己当面锣对面鼓地讲？未免太失了体统了。"国雄道："据侄儿说起来，这件事最好还是先探一下温如哥本人的意思再说。"寿卿摇着头道："我却不以为然。我始终是个守旧的。婚姻大事，毕竟重在父母之命，媒妁之言，全凭自己作主，到底不是道理。我很想略缓几时，就另外写信在家乡托人和你姑丈姑母商量。只要你姑丈姑母答应了，温如决然不会反对。还有一句老实话，不妨和你说，趁这个当儿提亲，这件事倒十拿九稳，可以成功。等到温如出洋回来，一朝得志，只怕就有别的大老官来和他提亲，那时我们虽是至戚，倒反落人之后了。"（寿卿的说话，依然不脱势利口吻，此寿卿之所以为寿也。）国雄沉吟道："叔父要怎样办，就怎样办吧。"寿卿见国雄似乎露着不很赞成的样子，也就不再说了。

略停留了几天，国雄便又动身到日本来。怀仁见着国雄，便道："你此次奔丧回去，怎么就耽搁了这许多时候？我们这一班人，很盼着你哩。"国雄道："我丧事刚办好不多几天，就赶来了。怎还说我是耽搁得日子久？我原也要问你，你信上说要事甚多亟待商议，望速东渡。这到底是什么要事呢？"怀仁道："别的事倒也没有。学校中的功课，多拖些时，更不要紧。倒是我们同盟会里面的同志，近来进行很烈。因为接连得着国内同志的报告，觉得机会很多，大概不多几时，就要大举了。我们虽在海外，也得趁早有个准备。"国雄道："我入会在你之后，资格很浅，自问学识又极平常。对于会中进行的事情，只有勉力追随的份儿，此外别无他长，多了我一个人，似乎也没什么大用处。"怀仁道："话不是这样讲，这种非常之事，是要大家一齐努力，才可以成功。人人都不肯上前，只想去追随别人，将来事到临头，到底教哪一个去冲头阵呢？况且你自己虽说资格还浅，会中同志却很看得起你，说你不失为一个少年英俊，将来保不定有什么重任要托付你哩！"国雄道："如果同志真能相信我，委托我，我也未尝不可以竭力去干。就是冒着什么险，也说不得。你瞧我也不是一个畏首畏尾的人。"

怀仁笑道："要这样子，才算硬汉！我只怕人家待得你太好了，把你的身子都化软了，就真个不能办事了。"国雄道："你这句话是什么意思？谁待得我太好，会把我的身子都化软了？"怀仁道："自然有人待你好，你自己明白就是了。"国雄道："你说的是我那位老师么？"怀仁笑道：

"老师值得什么！就是待得你再好些，也不会软化了你的身体。须知老师以外，还有老师面上的什么人，这一番柔情蜜意，真够人消受哩。"国雄脸上一红道："你的话越讲越糊涂了，我实在不懂。"怀仁格外笑得起劲道："你不懂也好，只怕懂了就不好了。"国雄道："算你的口齿厉害，我也不愿和你斗口了。"怀仁道："你既来了，几时销假上课呢？"国雄道："既来了，何必再延搁？我想明天略休息一日，去看看国光。后天就好照常上课了。"怀仁道："去看国光，只怕也不过是一句门面话吧。或者国光以外，另有别人快去好好的看上一看，不知人家的颈项伸得有多少长了！"国雄见怀仁越说越高兴，便真个不愿意再理他，自去睡了。

到了明天，国雄便到公使馆中去看国光，恰巧国光没有出外，相见之下略谈了些别后状况。国雄便问起老师，国光道："有公事出去了。"国雄道："我在家乡，略带了些土产来，有几样是送给你的，有几样是送给老师的。送给你的，请你收下，送给老师的，我就见一见姨太太，交给她吧。"国光听说，便微笑道："你为什么还要带东西来？太费心了。我的一份不客气拜领了。还有一份，让我先派一个人送上去再说。礼物是一定收的，不过姨太太今天是否见客，却讲不定哩。"说时便唤了一个仆人来，教他把东西带上去，再禀知姨太太，说华少爷来了，要和姨太太请安。仆人答应着去了。

国雄便问姨太太何以不见客？国光四面一看，见没有人在旁，才笑着对国雄说道："就在前天晚上，我们使馆里，闹了一桩大笑话。你自然不会知道，让我来慢慢地告诉你，可是你须要严守秘密，断不可说与旁人得知，传扬出去。"国雄道："你且说与我听，我自然不会去告诉别人的。"国光正要开言，那个送东西去的仆人，已出来了。对国雄说道："姨太太吩咐，谢谢华少爷。并且教华少爷略等一回就上去。姨太太说好久不见华少爷，正惦记着你哩。"国光忙问那仆人道："姨太太已起来了么？"仆人道："这些话都是里面的娘姨对我说，命我传达的。我问那娘姨，知道姨太太从昨天起，并没离床。如今听见华少爷来，才吩咐娘姨和那两个下女伺候着，说要起来见客哩。"国光道："这就足见华少爷的面子实在不小！"一句话说得那仆人也笑起来。国光道："你出去吧，有事再唤你。"仆人便退去了。

国雄道："姨太太向来是睡晏觉的，这个时候不起床，并不稀奇。只是听你这位管家说，从昨天起，就没有起来，这是什么缘故？是不是有些小毛病？"国光道："她这毛病犯得很大哩。总之你一来之后，姨太太就起来。假使从此收篷，不再闹下去，你家老师一定要十分感激你这位门生，说是他的救命王菩萨了！"国雄道："到底是怎么一回事？请你快说吧！不要是这样绕着弯子说话，教人怪闷的。"

国光道："你不必性急，待我慢慢地说与你听。横竖这位姨太太口说起来见客，究竟她起床之后，还要洗脸、梳头、穿衣服。单是她那个头，足足要梳上一个多钟头，你要等她传见，真是早得很哩。要听笑话，只管耐着性子细细地听，急些什么！论起这件事来，固然是我们这位继父的不好，可是归根到底，还是因姨太太而起。这位姨太太好好地享着福，也就够了，偏偏又要玩新花样。她在本国的时候，原最喜欢听戏，戏馆中差不多没有一天不见她的踪迹（令人回忆国光和李翠珠在戏馆中初见时的一番情景）。

"如今到了日本，中国戏自然没有得看了，便弄了一架留声机，天天在那里开着听着。可是每日听唱片，也觉有些听得厌了，便忽发奇想，要学起音乐来。好在照她的出身，丝竹家伙，本来有些会的。琵琶弹得极好，笛也会吹，胡琴也能拉，只是拉得不甚好。可巧我于胡琴上面倒很有研究（不道老兄还有这一手本事），便嬲着我教她，教了多时胡琴倒拉得很有些程度了。她却又不高兴了，说中国的音乐，也无甚大意味，想学西洋音乐。便要求我们这位继父替她请一位女教师。可是在日本地方，要找一个教授西洋音乐的女教师，实在不容易。

"也亏了这位公使大人，对于姨太太的旨意，真是奉命唯谨，再三托人物色，居然被他找着了一个很适当的女教师。这位女教师，据说起先也是一个艺妓，生性好研究音乐。所以不但日本乐器，件件都精，并且特地入过学校，专修过西洋音乐，程度很高。姨太太听见有了这样的好教师，喜得心花怒放，便立逼着老头儿去请了来，每天下午教授两个钟头。老头儿还特地去置办了一架钢琴，一具梵和铃来，于是姨太太习音乐，闹得全馆皆知。

"这位女教师，虽是个日本女人，相貌倒生得十分漂亮，教法也很好。只是一层，不会讲中国话，要人翻译。起先自然是我倒霉，每天都要费去两个钟头，替她们当这义务翻译。隔了些时，老头儿忽然高兴，说横竖下午时常闲着无事，不如自己来替姨太太充翻译官吧。并且也可以借此研究些音乐，聊以遣兴。那女教师见公使大人也有志研习音乐，便格外认真教授。授课的时间，也逐日延长，由每天两个钟头，渐渐要延到傍晚。有时教的教得起劲，学的学得高兴，便索性留宿在使馆中，不回去了。姨太太对于教师，感情非常之好，特地为她预备了一个房间，可以不时下榻。

"如此者过了许久，倒也相安无事。可是到了前天夜里，却忽然闹了一出新戏。最先的情形，我并未目睹，却也不大仔细。据说是夜间吃饭的时候，三人同桌，吃得十分高兴。老头儿又拿出人家送他上好的白兰地酒来，大家一块儿喝着。老头儿酒量本来很大，但是论起酒兴来，还不及姨太太来得好。那位女教师，是不会喝酒的，只饮了一小杯，就不喝了。老头儿便和姨太太对饮，直把个姨太太喝得有了十二分醉意，方始罢休。姨太太既喝醉了酒，有些头晕眼花，坐不住了，便自回房去睡。

"睡到后半夜一觉醒来，忽然觉得自己是一个人睡在床上。还糊里糊涂地以为是时候还早，或者老头儿尚未就寝。便掀起帐子，向桌上摆着的时钟一看，却已快近四点钟了。就觉得有些奇怪，暗想老头儿向来没有到这时候还没有睡觉的，于是连忙坐起身来，披上衣服，下床四面一看，房中并无老头儿的踪迹。便喊醒她贴身服伺的娘姨来问，娘姨说姨太太睡了之后，老爷也就宽了外衣，像个就要安寝的样子，我和那几个下女，就掩上了房门，退出去了。一退出去，也各自睡觉。至于眼前老爷到什么地方去了，我们大家都在睡梦中，实在不能知道。姨太太听她这样一说，知道事有蹊跷。便道："你如今快到书房中去看一下子，也许老爷突然想起什么公事要办，便连夜亲自拟稿。"

国光说到这里，国雄就笑道："公使大人不在日间办公，却要到了深夜才亲手拟稿，哪会有这种事？"国光道："此话却又不然。有时遇到了特别秘密的事情，既不肯假手旁人，又怕日间耳目众多，特地在夜间亲手自办，也是有的。"国雄道："目今外交上又没有什么大问题，使馆中差不多都是例行公事，何用这样秘密？"国光摇着头道："秘密的事多着哩。你们当留学生的哪里知道？（所谓秘密者其事可知）如今你也不必研究到这一层，还是言归正传吧。"

姨太太差了娘姨去后，自己细细一想知道事情不妙。等一会儿娘姨来了，姨太太问她，可看见老爷没有？娘姨回说连书房门都锁着，哪里找得到老爷的影子！姨太太点点头道："我晓得了，一定是这上面出的毛病。"说完了这句话，霍地立起身来，出了房门。蹑手蹑脚，踅到那女教师所住的房间门前，将耳朵贴在房门上。细细地一听。只听见很低的一阵笑声，姨太太这时无名火提高了三丈，再也忍耐不住，便拼命地放开了喉咙，大喊"捉贼"。喊了几声，那些娘姨下女，都被她惊醒了。

房内的人可想而知，也不能再安然高卧了。姨太太这时也顾不得什么，就想推开门撞将进去，可是洋式的门，里面锁住了，休想推动分毫。姨太太气极了，便将那扇房门播鼓似的敲得震天价响，敲了一会，又将自己的身子扑向门上去乱撞。正撞得起劲，霍地里面电灯一亮，房门一开，姨太太冷不防，在开门的时候，身体向前一倾，支不住倒跌了一个狗吃屎。这时候便有人将她扶了起来，说道："何必如此闹法！吃人家笑话。"姨太太站起身子来，抬头一看，见扶她的不是别人，正是公使大人。便一把扭住了他道："你瞒着我做得好事！待我叫起全使馆的人来，和你讲讲理！"看老头儿却只是一言不发。姨太太一回头，又见那女教师还站在门旁，却是满面笑容，若无其事。便赶过去揪住了她的衣服，骂道："你这个滥污东洋婊子！我请你来教音乐，不曾教你来和我家老爷轧姘头！你把我家老爷藏在房中，干了丑事，还要故意开房门跌我一跤！真是又下贱，又狠毒！我非和你拼命不可！！"姨太太虽然这样放泼，那女教师却不慌不忙。日本女人，本来比中国女人力气大，这个女教师，大约又特别有些腕力，所以很不费事地一伸手将姨太太的膀子捉住，轻轻地往外一拉，姨太太揪住衣服的那只手，便不由而由地松脱了。女教师又顺势向前一摔，姨太太便踉踉跄跄地直退过去，几乎又是一跤。幸亏这时那些娘姨下女，早已挤满了一屋子，忙将姨太太托住。姨太太回头对那些人说道："你们快与我一齐动手，打这婊子！"

那些人口中答应着，却看着老头儿的眼色，并不动手。姨太太见自己敌不过女教师，一面杀千刀滥污货地乱骂，一面又猛扑到老头儿身上去，放声大哭，口口声声说不愿活了，要寻死。

老头儿到了这个当儿，真没有办法，便教人来喊我去设法调停。我万想不到半夜之间，会被公使大人捉起来办这样一件差使。当时连忙赶到上头去，姨太太一见了我，不等老头儿开口，先一把眼泪，一把鼻涕，数说个不了。我又不好说什么，只得讲了许多好话，命那些娘姨扶着她先回房去。再来问老头儿，这件事闹到如此地步，应该如何办法？老头儿道："我也没有办法了。还是你替我出个主意弄平下去。只不要让给外头人知道，就是了。"说完了这一句，转自脚下明白溜了开去，表示个一切不管。（其实也不能管了）。

我听了老头儿的话，觉得十分好笑。暗想你自己拆了这样大的烂污，倒要教我来替你办理善后事宜。少不得看在父子分上，只好捐一回木梢。好在姨太太到底是自己家里人，无论如何闹法，总不难慢慢地劝着她平伏下去。第一件事，还是要将那女教师打发走了才好。当下便老实不客气，走到女教师房中去，想摆出架子来，着实埋怨她几句，就可以将她哄出门外。

谁知我还没有启口，那女教师倒先和我开起谈判来了。说道："先生来得正好，我正要请你帮帮忙向公使大人说，请他明明白白给我一个办法。我原是个清白的女子，到这里来当教师，是很规矩，很清高的。想不到会受这样一场差辱！我也不怪那姨太太，总之万事都有公使负责。我只要请问公使大人，怎样赔偿我的名誉损失就是了。"我听了她的话，知道口齿很辣，却也不能不给她些厉害。忙正色对她说道："你这句话未免讲不过去，你既知道是来当教师的，就应尊重自己的身份。不该向公使大人前献媚，以致发生了暧昧之事。你和公使大人既有了暧昧，自然怪不得姨太太要不答应你。你如今不想想自己是做差了事，还要怪旁人毁坏你的名誉，真是笑话了！"我这番话自以为理由很充足，当然可以驳得倒她。谁知她听了我的话，反而冷笑了两声，对我说道："你说我向公使大人前献媚，有什么凭据？你见我献媚过几次？是怎样的献媚？何妨说个明白。我日本女人再下贱些，也不至于找不到男子了，要亲自赶到你们中国使馆中来，寻着了公使大人，向他献媚！老实告诉你吧，你家这位公使大人，平日常讲些不规则的话来引诱我，我总是正言厉色地拒绝他。昨天夜里，他故意用酒将我灌醉，等我睡着之后，便又闯到我房中来，用尽种种逼迫手段，将我奸污了。又串通了姨太太，故意在这时候打门进来，羞辱了我一场。好让我吞声忍气，吃了大亏，不敢和他计较。可是天下没有这样便宜的事！我是已经和人订了婚约的，我的未婚夫，在社会上也很有些名望。我现在拿定主意一面教我未婚夫去请求本国政府，向你们中国人办交涉；一面就将我自己所受的耻辱，索性一五一十，毫不隐讳，在报纸上宣布了。我总是一个弱女子，不得已受了人家的欺侮，大家也可以哀怜我，原谅我的。至于你们这位公使大人，跑到我们日本来，强奸人家有夫之妇，到底有没有罪名，横竖凭公理说话就是了。"女教师这一番话，固然也亏她是日本女人，所以有这一副老脸皮，说得出。但无理之理，却也讲得十分动听。她明知这件事张扬出去，她原是个当艺妓的，还讲得到什么名誉不名誉！不如索性拼着干一下子，这个主见，却很厉害。

你想堂堂一位公使大人，出使到外国来，别的事不干，倒犯了奸案，还成什么话！一朝报纸宣传，别的事不必说，第一本国的这些留学生，先要大起其哄。闹得一天星斗，如何还吃得住？！我想到这里，便不肯再和这女教师作无谓的辩论了。知道她的目的，无非是抓破了自己的面子，想借此敲一笔竹杠。便去和我继父商量，结果无非是银钱晦气，那日本娘子也真狠！老头儿起先只肯出四百元，后来竟由四百元，逐步增加足足加到了一千元。她拿着了支票，才肯出使馆的大门。可怜公使大人，只沾了一沾她的身体，就花了这样一笔巨款。虽说钱多，毕竟也有些心疼。而且送钱的事情，还是我从中接洽，好在上头的人，都不大懂日本话。姨太太面前，依然瞒得铁桶一般。只说那日本姨子，自觉无颜就此去了。

老头儿见女教师已去，便又在姨太太面前千不是万不是地赔小心，可是姨太太依旧和他不依，已经两日没有起床了。口口声声说便不寻死，也要一个人先回国去。老头儿正急得没法，今天不是另有要紧公事，只怕这时候还在上房中跪踏板，决不会出去。

国雄听国光把这件事讲完了，也觉得十分好笑，便道："我来的真不凑巧了。早知道使馆中正闹着绝大的醋海风波，就应该过几天才来，省得碰在他们气头上。"国光道："此话却又不然。我在你刚来的时候，也是如此想法，但照仆人所说姨太太听见你来，就此要起身见客，也许她看在门生面上，倒可以给老师一个转圜的机会哩！"说着又对国雄微微一笑。国雄被他有意无意的这一笑，倒笑得脸上有些红起来了。一时无话可讲，又搭讪着说道："老师的年纪并不算老呀，你们却在背后总叫他老头子。我说他可惜不是个真老头子，如果真老就不会有这种怪剧发生出来了。"国光道："他虽未老，究竟也有了胡子了。与其别的称呼，噜哩噜苏的说着不顺口，还是拿这三个字来作为代名词，管他是真老是假老！并且你说老头儿不会拈花惹草，也是阅历太浅之谈。依我所见，竟有越老越骚的。"国雄道："你何妨再讲几件越老越骚的故事出来给我听听呢？"国光道："今儿讲得乏了，改日再讲吧。"说时在手表上一瞧，说道："我们谈话，不知不觉已谈了两个多钟头了，怎么姨太太还不来？请不要说梳妆，就是香汤沐浴，也要不了这许多时候呀。"一句话说得国雄也笑起来。

笑声未已，一个娘姨掀帘进来对国光说道："姨太太说请少爷陪华少爷上楼去。"国光点了点头，又故意放高了声音对国雄说道："有请。"国雄笑着和国光一同向里走。以前国雄到使馆中来，姨太太虽是常见，都在会客间里。今天姨太太却特别亲热，就请他上楼，在自己卧室外间见客。（这个门生，也可算得是入室弟子了。）

国雄一跨进门去，就觉得一阵香气，直透鼻观，熏人欲醉。再抬头看时，那位翠姨太太，已袅袅婷婷，站在那里了。身上的打扮，比较以前格外来得华丽，脸上的脂粉，也比以前搽得格外娇艳。国雄因为好久不见了，便恭恭敬敬对她行了一个鞠躬，姨太太一面还礼，一面便说"请坐请坐"。国雄坐了下来，还没开口，姨太太早连珠价不住口地说道："华少爷怎么一去就这样久？我们很挂念着你哩。你这点年纪，你们老人家就去世了，真也可怜。看你面庞儿比前消瘦得多了，想是过于悲伤，又走了这么远的路，赶来赶去，吃了辛苦的缘故。我看你还是保重自己身体要紧！……你眼前正是心绪不宁，还要客气，替我们带来了这许多食品。不瞒你说，我方才已打开来看过了，可巧样样都是我爱吃的。自从到了日本之后，有好几时没吃着这些好东西了。如今正好搁着慢慢地吃，真要谢谢你哩。"

姨太太似这般说个不停，竟使国雄没有答话的份儿。好容易听着她的话似乎已告一段落，可以暂停片刻了，才回答道："先君突然去世，真是变生不测。承老师和姨娘慰唁，真是万分感激。本来还想料理些家务的，只因在求学时代，此间学校中的功课，也不宜久荒，所以匆匆地将丧事办完，就赶来了。这一点儿土产，真是不值钱的。姨娘还要说好，真使我格外惭愧了。"国光笑着插嘴道："送人东西，不在乎值钱不值钱，只要受的人心里爱，就算是送得着。"姨太太点点头道："还是少爷的话讲得对。"国光又笑道："我也吃着他的东西哩，所以肯替他说好话。"姨太太道："你原会说好话，只可惜有时候情愿胳膊向外面弯！倒代别人说话，不肯帮自己人。"国光道："这真是冤枉煞我了！我何尝肯帮着外人？要是帮着外人，也就不会将那混账东西哄走了！老实讲不是我交涉办得好，那个人肯轻易就滚蛋么？"姨太太将嘴一撇道："倒还是你的功劳，可知她走了之后，自有人恨着你哩。我看你还是赶紧把那个滥污货依旧请进来，才可以博得你们老子的欢心，算你是个孝顺儿子。"国光涎着脸道："我这个儿子，偏不孝顺老子，要孝顺亲妈。"姨太太道："谢谢你，不敢当。"

国雄听他们两人所说的话，知道又是讲的那件事情，只好佯作不知。又隔了一歇，国雄因无话可谈，便道："老师今天不知道几时回来？我还有些别的事，想和姨娘告辞了。老师回来，请姨娘说一声，改日再来请安吧。"姨太太道："你不必问起老师，你们那位老师早已不顾家里人了。只怕总有一天，要整日整夜混在外面不回来哩！这些话也不用说了。倒是你好久不见，今天刚来了，怎么就要走？我已经吩咐厨房里面预备下晚饭了。无论如何须吃了饭再去，我决不放你就走的。"

国雄还未答言，国光笑道："我来帮着姨娘留客吧。时候已是不早了，既是姨娘已经预备好了，国雄兄还是吃了晚饭再去。也许老师就要回来了，大家可以谈谈，何必急于要走呢？要知道你在这里吃饭，我少不得是个陪客，也可以叨光一顿。"姨太太笑道："总算你是个好人，说来说去，无非为的自己。我留了华少爷在这里吃饭，却偏不请你，看你怎样？"国光道："姨娘倒说得这样厉害，你偏不请我，我今晚却偏要做个讨厌人，赖在里面。"姨太太道："你要吃就吃罢了，怎叫做讨厌人？"国光道："人家不愿意我在这里，我偏要赖在这里，岂不是讨厌？却并没有别的意思呀。"说着对姨太太笑了一笑，又将眼睛望着国雄，姨太太倒被他笑得难以为情起来了。

正在这个当儿，一个仆妇来说老爷回来了。姨太太一听雨卿回来了，登时脸色一变，把方才嬉皮笑脸的神气，一齐收拾起，板了面孔，坐在那里。看见雨卿进来，一动也不动。

国雄和国光都连忙站起来，雨卿见了国雄便道："我方才一下车就听见下人们说你来了。我正在惦记你哩，快坐下再细谈吧，自家人不必拘礼。"一面这样说着，一面赶紧走到姨太太身边去，说道："翠珠你今天打扮得这样齐整，是不是要出去？我可以陪你同去。"姨太太只是不理。雨卿又道："真个我们出去玩一趟好么？国雄来了，我也算替他接风。就这样四个人去吃西洋料理，吃完了之后，再去看电影。我也多时没有工夫游逛了，借此散散心也好。"姨太太重重地啐道："奉陪公使大人出去看电影、吃大餐，我可没有这种福气！你还是去邀别个知心的人吧！至于华少爷，我已备好了几样粗菜，留他在这里吃饭，用不着你请。"雨卿道："你已经预备定当，那也好极了。我们就在家中舒舒服服吃一顿晚饭吧，何必再出去？"（又多了一个格外讨厌的讨厌人了）一面说一面也就坐了下来，随意谈了几句，电灯已经亮了。

雨卿便吩咐下人，叫厨房开饭。国光听见说开饭，就问姨太太道："前几天听说那个特别升降机坏了，今天修好了没有？"姨太太道："我才问过他们，说是已修好了。前几天活该要倒霉了，升降机的机栝一坏，整整的一桌饭菜，把碗碟都打碎了。到底不是好兆！要闹大口舌。"国雄听着不懂忙问道："你们说的是什么升降机？"国光笑道："你没有见识过，自然不会知道，我们这里开饭是用升降机的。你如不信，我何妨领你去实地考察一下子。"说着便立起身来，拉着国雄就走，走到后面，指给他看。

原来是在房屋的转角上，装着一只四方的木笼。又安着机栝和绳子，可以拉上拉下，由厨房中送饭菜到楼上来，不须走扶梯。只要将碗碟之类放在木笼内，将绳子一拉，便往上直送；等到吃完，收拾碗盏的时候，再坠下来，取其便捷。国雄道："我道是什么升降机，原来是这样一个东西。我想这倒不妨利用，如果有人懒得走扶梯也可以坐在里面升高降低，十分利便。倒和坐电梯一般无二哩。"国光道："你何不一试，待我来放你下去。"国雄道："不过是说说罢了，我又不是小孩子，这样顽皮！"国光又附着国雄的耳朵说道："你倒不要说小孩子，我们这位老头儿，可惜前夜在紧急之际，不易脱身。不然坐在这个木笼里，教人把绳子放下来，倒不至于被姨太太捉住，也可以免了这一场醋海风波。"（为后文伏线）国雄道："你少挖苦他几句吧。"两人一路说笑着，依旧回进来。

下女们已将桌椅排好了，四个人便坐下来一同喝酒。姨太太这时候也居然满面春风，有说有笑，不像方才那样含着怒意了。

雨卿在饮酒中间，忽然眉头一皱，望着国光和国雄两人说道："我倒想起一件事情来了。这几时我们国内革命党越闹越厉害了，各处地方捉的捉，杀的杀，也收拾了不少人。可是这班党人的胆子真大，依然前仆后继不肯歇手。一礼拜前，我还接着政府里一个密电，说是据侦探报告，近来有大批革命党人，由日本回国，准备起事。教我暗地查察，并相机防范。我想这件事怎么查察得出？又怎么防范得住？老实说谁不知道日本留学界中，有许多革命分子在内？但也毫无办法。总之怪来怪去，也要怪政府不好，亲贵用事，贿赂公行，将朝政弄得一塌糊涂，这真是必亡之道。不过我既做了朝廷的官，也不得不尽些心力。我想国雄正在留学，国光虽在使馆中当差，和这些学生也串得很熟，不妨替我做个耳目，随时侦探着。"国雄听雨卿提起党人，心中怀着鬼胎，不敢多答话。国光却连忙说道："这个消息，我早已知道了。新近的确有许多党人要回国，听说里面还有许多女学生，其中有个中坚分子，相貌很美丽，才学也很出众。说起来国雄弟也知道的。"国雄听说吃了一惊，忙问道："我怎么会认识起女革命党来？"正是：

自是英雄造时势，顿教大泽起龙蛇。

第二十七回　布帆归去密意寄相思　锦帐梦回痴心空设计

国光道："你不要听了半句话就着慌，我并不是说你认识她。不过这一位女士，却是留学界中大大有名，不但你知道她，几乎凡是中国留学生，没有一人不知道她。也没有一人不想和她亲近，只可惜她自视太高，无论是谁，都看不上眼。所以追随在她脚跟后面，想吃天鹅肉的，实在不少。而真能和她亲近的，简直一个都没有。"国光还要滔滔不绝地说下去，雨卿忙截住他道："你尽说这些闲话做什么，到底这女子是谁？又怎见得她便是个革命党？你快讲罢。"国光道："这一位女郎姓冯，号蕊仙。"国光话才出口，国雄转笑道："我听见你这样绕着圈子说话，还不知讲的是什么人，却原来就是冯蕊仙。"

国光笑道："如何？我说你也一定注意此人。"国雄红着脸道："我并非注意此人，只因她以前在友乐厅中曾经演过一次新戏，很博得许多人的欢迎。那夜的戏我也去看的，所以就晓得她。以后又听见过宓金针讲她焚毁情书的一段故事，觉得她也可算是一个奇人。其实我和她又未曾见过一次，哪里讲得到注意二字呢？"

这时候那位姨太太便插嘴道："原来你们说来说去，便是讲的去年在友乐厅串戏的那个女学生，这就怪不得了。我看她在台上那种卖弄风骚的神气，早知道她绝非好人，原来果是个革命党！她还在戏中演说讲的是些什么话，我也不大懂，只觉得她伶牙俐齿，十分来得可笑。台下那些看戏的男客，见了这样一个漂亮的女子，早已神魂颠倒了，再经她这样一演说，就拼命把两只不值钱的手掌，拍得震天价响。据我想，到了第二天，那些外科医生，生意一定格外来得忙哩。"雨卿道："这句话是什么意思？"姨太太道："这班人一个个手心红肿起来，没有法子，自然只好到医生那里去，买消肿药水了。"一句话说得大家都笑起来。姨太太对国光和国雄两人看了一眼道："你们两位都不要笑，只怕多少也搽过些消肿药水哩。"国光道："我是经验很深的了，对于女人未必就会着魔。国雄却真有些难说。"姨太太这时点了点头，又对国雄微微地笑了一笑。国雄想起那夜在友乐厅看戏，姨太太对于他的那副神情来。晓得姨太太今天晚上这几句话，意中自有所指，不禁踧踖不安。

转是雨卿不甚理会，只叹了一口气道："革命党中，又加入了女党员，真是越闹越厉害了！要知道女子投身党中，这魔力竟比男子来得大。因为青年男子未有不好色的，他们党中猜透了这层心理，以色来引诱人，入彀的，自然格外来得多了。你们二人都还血气未定，在这些上面务必自己打定主意，不可误入歧途，自贻伊戚。"国光和国雄二人听他这样说，只好点头答应。

姨太太却又扭着头，哼的冷笑了一声道："青年男子好色，中年男子就不好色么？要是不好色，也不至于闹出大笑话来了。我看一个人教训起旁人来，总是很不错的，就只怕到了自己头上，便要着迷了。"雨卿知道她言中有刺，不禁满面通红。

国光怕姨太太再说下去，于雨卿面子上不好看，忙道："我们尽谈女革命党，话也说得太多了。酒也喝得不少了，还是吃饭罢。"当下大家把饭吃完，随意坐着闲谈。国光忽又说道："说起方才那个冯蕊仙，我却有她一张相片在此，这张相片照得非常之好。"雨卿道："你如何会得着她的相片？"国光道："这也就是她去年串戏的时候，有人再三要求她拍的。拍好之后，印得很少，我的朋友不知怎样弄到了两张，被我看见，就硬抢了一张来。"姨太太道："你既有她的相片，何妨拿出来大家看看？"国光道："姨娘已见过她的人了，何必再看相片？"姨太太道："我看见她是在台上演戏，毕竟神情是两样的。不如她本来的相貌，究竟如何？"国光道："如此，我便去拿。"说着就下楼去了。

一会儿果然拿了一个小小的纸包来，姨太太一见，先将纸包抢在手里打开来。大家凑上去一看，见相片上面情影亭亭，果然活现着一个又秀丽又活泼的好女郎。这时候别人还不打紧，只有国雄心中，却平添了无限的感触。只是碍着大家的眼，转不敢细看。再偷瞧雨卿时，却也笑嘻嘻的，早已看得呆了。

这个当儿，姨太太忽然将那张相片又包将起来，对国光笑道："这个女学生，果然生得好！我是个女人家，看着也很爱她。这张相片就送给我罢。"国光听说，呆了一呆，姨太太道："你意思是不肯送给我么？你和她既没有什么交情，要留着她的相片做甚？老实说管你肯也罢，不肯也罢，相片我是抢定的了。"国光没有办法，只好笑道："姨娘既喜欢这张相片，就拿去罢了。我又有什么不肯的道理？"说话的时候那只时钟，已当当地敲了十下。国雄忙道："时候不早，我要告辞了。"当下就别过雨卿等，出了使馆。回到旅馆中，见怀仁还没有睡，就走进去对他说道："我有一句要紧话，要和你讲。"怀仁见他这样郑重其事的，便道："你有什么话和我说呢？今天你馆中去，为什么耽搁到这般时候才回来？

想必那位姨太太，因为好久不见，就留住了你谈体己话，非讲到更深夜静不肯休歇了。"国雄道："你休得瞎说，我有一件正经事要告诉你。你昨晚和我说同盟会中，不多几时就要大举，我们在海外的人也须有个准备。但不知准备得究竟怎么样了？"怀仁道："讲到准备，自然也有许多进行的计划，和必要的工作。"国雄道："进行的工作当然是不能停止的，但一面进行，一面也须严守秘密。不要弄得事情没有办成，先打草惊蛇，泄漏了风声，倒反不好了。"怀仁道："你为何忽出此言？难道是今天在使馆中听见了什么不利于我们的消息？"国雄道："却也不能就说是不利，不过已引起了当道的注意。总未见得是什么好事。"当下就把今晚在使馆中雨卿所说的话，告诉了怀仁。

怀仁听说，沉吟了一下道："他们官场中的防范革命党，也不过是虚应故事。若在本国，还可以仗着专制的淫威，滥捉滥杀。对于海外的留学生，他们就简直没有办法了。不过他们既然要防范我们，我们自然也须防范他们，以后一切进行格外谨慎些就是了。"

国雄道："还有一句话不能不对你讲，据国光说，那冯蕊仙女士，是我们党中的中坚分子。此话到底确不确？我也素知道冯女士年纪虽轻，是很有学问，很有才干的，却不晓得她对于革命事业有怎样的成绩？"怀仁笑道："这就是你昨晚自己说的在党中资格还浅，最近又请假回国了好久，所以不能深晓内幕情形。实对你说了罢，这冯女士确是党中的中心人物。她这回到日本来，名为留学，实际却是运动革命。又不但到日本以后如此，她在本国的时候，已经为党中做过不少事情，并且都是很出奇的。如果将她已往的历史，细细地叙述出来，足够一部很好的小说资料哩。可是她在日本种种举动，十分秘密，非是重要的同志，不能深知其详。国光这个东西，倒也厉害，何以就会晓得，如此说来，他们官场中的侦探手段，倒也不能不防了。"

国雄道："你和这位冯女士是时常会面的么？"怀仁道："也只到了

最近，为了党事，才常常见面。她还有一个姐姐，和她同来，也是一个很有本领的人物。她们姊妹二人，因为住在旅馆中，太引人注目，初来的时候，听说是在小石川区赁了一个贷家住着。如今为了党中的事业，积极进行，不得不格外隐秘，便索性搬到芝区去了。我们遇到有什么要事，常在她家中开会。只是为避人耳目起见，到会的人并不多，只有几个最亲信而又比较最重要的几个人。我以前还无此资格，新近总也算是每会必到的一分子了。我正要告诉你。在你这回未来之前，我早已向那些同志说过，要请你也加入我们这个团体，帮同办事。因为像你这样，也是我们同盟会中不可多得的人才哩。"

国雄道："我有什么才具能参与大事。"怀仁道："自家人又说什么客气话呢？再者为党中尽力，也不应该说客气话。老实讲我们党中人数虽多，实在真有才能，可以担当得起重大责任的，也不多见。你此次来了之后，不比从前，须要多多地表现些成绩出来，才不负我引进的一番苦心哩。"国雄听说，便点了点头道："既如此，我就遵命便了。但不如那边开会有无一定的日期？"怀仁道："没事的时候，每星期集会两次，如有什么重要问题，就临时召集。后天星期六，恰好是开会的日期了，我便带你同去。"国雄道："晓得了。"当下二人便各自归寝。

到了后天下午，怀仁果然挈着国雄到芝区去。冯女士的贷家，倒很宽畅，地方又很幽静。怀仁和国雄二人到得很早，其余许多会员，还没有来。只有蕊仙姊妹二人，在那里招待。怀仁先替国雄向蕊仙介绍过了，又介绍她的姐姐。在介绍蕊仙的姐姐时，怀仁就笑对国雄说道："这位姐姐，平时不大肯将自己的名字同人家宣布，我们平日相见，也就不再请教她的大名。只随着蕊仙女士的称呼，叫她姐姐。你如今也依这个老例，称她一声姐姐罢。"国雄听说，果然恭恭敬敬地叫了一声姐姐。蕊仙便对她的姐姐笑道："好，好，无论是谁，见了你都自认为兄弟，你真成了我们这个团体中的一个老前辈了。"她的姐姐便也嫣然一笑。

国雄对于蕊仙，虽是在戏台上公园中已见过好几次，但始终没有接近过。如今一旦得亲晤对，心中便似乎有一种特殊的感想。那蕊仙女士却很大方，便和国雄谈起天来。一会儿讲些彼此求学的志趣，一会儿又评论些国家大事。国雄随口对答，自觉谈吐之间，转不及她来得胸怀高旷，就格外佩服。

怀仁见二人谈得十分起劲，也不来搅他们。只和蕊仙的姐姐，一同安排笔砚整理书册，准备今天开会的事情。又隔了一会，其余的人也陆续来了。约莫也有二十多人，挤满了一屋子。国雄细看时，认得的人很少，怀仁拣那些不认得的，都和国雄介绍过了。就此开会，推冯蕊仙做了主席。

这天会场中也很议决了几件重要的议案。国雄因为是初次到会，不大发议论。怀仁却是侃侃而谈，很有操纵一切的气概，会场中那些人对于他的言论，也颇表示信仰。国雄这时才知怀仁在党中已很有一部分的势力，却也暗暗地钦佩他……

从此以后，国雄也每会必到，渐渐地成了会内重要分子。可是一方面和那位蕊仙女士，交情也渐渐地密切了。隔了一两个月之后，便不是逢着会期，国雄也差不多天天下课以后，不辞路远，必定要到芝区去走一趟。到了芝区，又必定要和蕊仙姊妹畅谈，这每日一次的会晤，简直成了规定的功课了。怀仁看在眼里，知道国雄和蕊仙二人，已发生情愫，却也不去说穿它。又过了几时，蕊仙在开会的时候，忽然当众宣布，说近来接到国内同志许多密信，说对于革命事业，已约期起义。发动在即，劝她急速回国，参与一切。她自己也觉得比较起来，日本方面眼前并没有几多工作好做，不如赶紧回国去，可以在这个重要关头，为党中多尽一些儿心力。当时会场中人，听她这样讲，倒也未尝不表示赞成。只商量着蕊仙一去，怕的这一个少数重要分子集合的团体，没人主持，容易涣散。蕊仙道："这个倒不要紧，我这一次可以一个人先回去，留我姐姐在此，依然可以接洽。便是这个贷家，也不必取消。仍可留作大家集会之地。"这句话一说，怀仁第一个便表示赞同，其余许多人也就没甚话说。只有国雄心中，觉得十二分不愿意。却苦于蕊仙此番回去，是要为党国效劳，题目十分正大。自己无论如何当着许多人面前，急切间竟说不出一个挽留她不去的理由来，便也只好闷在肚里，一语不发。

到得散会之后，大家都纷纷告辞去了，国雄是老规矩一人独留的。蕊仙见他闷闷不乐，便问他是何缘故，国雄叹了一口气道："你要回国去干大事业，我自然不能阻挡你。也不应该阻挡你。只怪你事前何以不向我提起？就这样当场发表了。"蕊仙笑道："事先对你说，你便怎么样？老实说，我原怕你要顾恋私谊，设法阻拦我，所以在我决定主意之前，绝对不和你说起。须知目前正是吾党的生死关头，你我既投身入党，便要处处地方以国家为重，不能专顾私人的情感。况且我此去也只是暂时小别，也许不多几个月以后，依然可以聚首。你何必做出这种恋恋不舍的样子来呢？"国雄道："你的说话，何尝不是？我方才在会场中听见你说要回国，并不发言反对，也就是为的不敢以私误公。但不知怎样，心中总觉有些不自然。"蕊仙道："心中不自然，那是难免的。别离之际，又有谁能忍得住？撇得下？不发生感慨呢？"说着眼圈儿竟有些红起来了。

她姐姐在旁边先听他们俩讲着话，并不插口，这时候却忽然扑哧一声笑将起来。蕊仙道："人家在这里说话，姐姐却笑些什样？"她姐姐道："我不笑别的，只笑我今天不知怎样，竟会看见一件从来没有见过的事情。"蕊仙道："有什么从来没见过的事情？"她姐姐道："好妹妹我们是这么多年的姊妹了。一向又见你嘻嘻哈哈，从不知道伤心。今天却无端泪珠儿在眼眶里要挡不住驾，向外滴下来了。这岂不是一桩奇闻呢？"蕊仙被她姐姐这样一说，禁不住两腮红晕。勉强笑道："姐姐又来瞎说了。我好端端的会淌什么眼泪？"她姐姐又笑道："想做好汉，就别淌眼泪。

要知道你如淌了眼泪，别人的眼泪就格外留不住了。"一句话说得国雄也不好意思起来……

隔了不多几日，蕊仙竟毅然决然，回国去了。一班同志都去送行，就中自然以国雄最感别离之苦。在蕊仙登轮的时候，挥巾送别黯然魂销。直等到船已去远了，望不见蕊仙的影儿，方才洒泪而归。却喜蕊仙于未行之前，曾和他同摄了一张照片，国雄便好好地珍藏着，作为纪念品。天涯远隔，借此也可以聊慰相思。自从蕊仙走后，国雄除了开会的日期以外，便不大到芝区去了。可是那怀仁不知什么道理，却比平时走动得格外勤。

一天晚上，国雄独自一人在旅馆中久等着怀仁还没有回来，觉得十分无聊，便先睡了。但是翻来覆去，再也睡不着，便又起来将那张和蕊仙同拍的照片，拿在手中，一面看着，一面又引起了许多感想。

正在无可排解的时候，忽然一个人闯了进来，说道："你这样早就睡了么？"国雄回头一看，见是怀仁。连忙将拿照片的这只手，向被窝中缩进去，顺手将那张小小的照片，放在贴身的短衫袋中了。怀仁便问道："你手中拿着看的是什么东西？见了我来，就藏得这样快？"国雄道："没有什么东西。"怀仁笑道："你存心要瞒我，我也就不必再来问你，我也知道你近来心中很不自在哩。"国雄道："我近来心中不自在，你近来心中却自在得很哩！我且问你到底是从哪里来？到了这般时候回来还说是早！我一个人在旅馆中异常寂寞，等得你好不耐烦。"怀仁笑道："这就叫作彼一时此一时，易地则皆然。我前几时也常常一个人每夜在旅馆中等你，又何尝耐烦？如今也教你尝尝这个滋味。真是报应。"国雄道："好，好，你这个人真厉害！"怀仁道："我有什么厉害？你自己不识好人，你若非是我介绍，就会结识得这样好的一个情侣么？怎么不知道感激，反而要和我斗口？"

国雄叹道："什么叫作情侣！我看一个人还是无情的好，情丝一系，便无端要惹起精神上的许多苦痛。"怀仁笑道:"你这个人也太没有忍耐性了。这一点儿离愁别恨,就打熬不起,要认为苦痛么?须知情爱的滋味,原是有甜有苦的,并且甜味有时还是从苦味中来。苦中之甜,才算得是真甜。别的事姑且不讲,温如的事情,是你我都知道的,这便是一个眼前榜样。试问他所尝着的是苦味,还是甜味呢?你和他比较起来,所谓精神上的苦痛,只怕程度又相去得很远了。"国雄听他这样讲,倒忍不住笑道:"看你不出,近来不但致力于革命事业,又着实在那里研究情爱。可是你不要说得这样神气活现,大概你自己此刻正在情场得意的时候,所以滔滔不绝的有这一番议论哩。"

一句话倒将怀仁也说得无话可讲了。便道:"我且不和你说闲话,倒要告诉你一件事,我今天偶然遇见国光。他问起你,说你何以近来竟不大到使馆中去了?他又对我说公使这几天受了感冒,卧病没有出门。我想你明天大可以去探望他一下子,你比不得我,向来是在使馆中走惯了的,不要过于冷落了,转引起了他们的疑心。"国雄道:"你说得很是。既然老师有病,我明日理应去走一趟。……"

第二天下午,国雄便独自一人往使馆中来。问起国光,已出去了。那些仆役见是国雄来了,连忙通报进去,一会儿就传着雨卿的命,说今天还不能起身,请华少爷到楼上去。国雄便依言一径上楼。直到雨卿的卧室中,见雨卿斜倚在床上,手中拿了一只细瓷茶杯,在那里喝茶。姨太太却坐在床前小杌上。雨卿见了国雄,就放下茶杯,微微点了一点头道:"自家人随便坐罢。你这些时怎么好久不来?"国雄便也在近床前一张椅子上坐了下来,说道:"门生因为近来功课忙些,所以好久没来请安。今天听见人说老师有些贵恙,觉得很不放心,特来问候。"雨卿道:"我原没有什么病,不过偶然受了些风寒。医生嘱咐我静养几天,我自己也觉有些懒懒的,好在这两天又没有什么紧要公事,便乐得似这般将息着。大概明后天也要出去了。其实整日的躺在床上,也很气闷,难得你来了，就陪着我多谈一会。"说着又回头吩咐姨太太道："你教他们预备下晚饭，留国雄在此间吃了晚饭再去罢。"姨太太笑道："这个不劳你费心，我自会留客。华少爷好久不来，真成了稀客了。非吃了晚饭决不放他走的。"国雄忙道："老师要赏吃晚饭，我就遵命。但请姨娘不要费事。"姨太太道："现成饭菜，费什么事？请你不要客气就是了。"说着就走了出去，想是真个去吩咐下人预备晚饭了。

国雄便陪着雨卿，随意谈着，直谈到天色晚了，雨卿似乎已有倦意，那姨太太方始进来，却已换了一身装束，起先原是穿着家常衣服，脸上也未施脂粉。如今却又打扮得花蝴蝶似的，异常艳丽了。一进门来，就对雨卿说道："你今天晚上吃些什么？"雨卿道："我还是依旧吃稀饭罢。弄几样清爽可口的粥菜来，在床上吃着就算了。"姨太太道："既如此，我就先服伺你吃稀饭，等你将稀饭吃好了，我再陪华少爷到外面去吃饭罢。"

·严独鹤文集·

雨卿道："国光回来了没有？何不差个人去问一下子。如果他来了，便教他进来，你们三个人一同吃饭，岂不热闹些？"姨太太道："我已差人去请过他了。说今晚在外面有应酬，要到十二点钟过后才能回来哩。"雨卿道："国光也有些荒唐，近来时常要弄到深夜才回来，不知道在外面干些什么事情？我看他未必有什么正经应酬，多分是三朋四友挟妓饮酒的胡闹。"姨太太抿嘴一笑道："这也是上行下效呀。"雨卿便不作声。

这当儿下女已捧着一张很精致的洋漆盆子进来，里面盛着一碗稀饭，几碟小菜。姨太太接过去，亲自坐在床沿上，将盆子端在手中，对雨卿说道："你就是这样吃罢。"雨卿道："你将盘子搁下就是了，这样双手拿着，岂不手酸？"姨太太道："我哪里就会这样娇嫩？这盘子又不重，你快些吃罢。别啰唆了。"雨卿便拿起筷子来，将那碗粥吃完了。姨太太问可要再添些，雨卿摇摇头说："不要了。"姨太太便将盘子依旧递与下女，自己便站起身来，含笑对国雄说道："我们到外面去吃饭罢。"国雄答应了一声，就跟着她出去。

走到外间，见桌椅已经排好，桌上放着两副杯箸，一把银酒壶，四只冷盆。国雄忙道："我是常来的，姨娘为什么又要将我当客人看待？"姨太太道："原是家常便饭，谁拿你当客人看待呢？"当下两个人便相对坐下，姨太太就执起壶来，替国雄斟了一杯酒。国雄道："我是向来不会吃酒的，姨娘自己请多用几杯罢。我倒老实不客气，既然在这里吃饭，就请赏饭吃，酒可以不用了。"姨太太道："就是向来不吃酒，偶然兴到，喝几杯也何妨。今天看着我的面子，非破个例不可。好在我也决不会灌醉你的。"国雄听她这样讲，便不好再推辞不饮，只得拿过酒壶来，替姨太太也筛上了酒。说道："我也回敬姨娘一杯。"姨太太笑道："不敢当，让我自己来斟便了。何必如此客气。"一面这样说着，一面便对国雄望了一眼，脸上似乎露着十分欣喜的样子。国雄却也并不在意。

两个人略喝了些酒，又随意吃了些冷盆，姨太太便吩咐仆妇道："把那几碗菜一齐端上来罢，只留着那碗清炖鸡，等吃饭时候再上。可以就着鸡汤吃饭。"仆妇们答应了一声，果然就去将预备下的菜，端了上来。国雄见一共六碗菜，并不算多，可是每样都很丰盛，很精致。较之平常在这里所吃的饭菜，似乎又不大相同。知道是姨太太为他特备的，心中倒很不安。便道："姨娘才说是家常便饭，并不费事，如何却要特地弄起菜来？"姨太太道："并没有什么菜，你且尝尝看滋味如何？"说着便每样夹了些送在国雄面前一只碟子内，累得国雄吃了这样，又要吃那样，一张嘴几乎来不及应付。

正在忙着咬嚼的工作，姨太太却又说道："请你老实不客气地讲一声，今天这几样菜，到底还配胃口不配？"国雄忙道："样样都十分可口。自到日本来，就不容易吃得着这般好菜了。"姨太太笑道："你这话是真的么？"国雄道："自然是真的。"姨太太道："不瞒你说，今天这几样菜，都是我自己亲手做的。若教厨子做起来，只怕还不能有这个味儿。"国雄这时不能不再恭维她一句道:"姨娘真能干!这般善于烹调,是很不易得的。"姨太太听说,格外高兴起来。又忙着要替国雄筛酒,国雄道:"我已经喝过两杯,实在量窄,不能再喝了。请姨娘原谅。"姨太太这时似乎略沉吟了一下子,便道:"这中国酒本来没有什么味儿。我那里有人家送来的外国葡萄酒,味道很好,又喝不醉人。让我去斟一杯来给你喝。"国雄忙道:"这个更可以不必,无论是什么酒我都不能再喝了。"他只管是这般说着,姨太太也不答话,自走进下首一间房中去。等了一会拿了两只高脚玻璃杯出来,一杯递给国雄,一杯便放在自己面前,说道:"就请你喝这样一杯,我也陪你一杯,喝完了之后,就吃饭罢。"国雄见是葡萄酒,喝下去好像糖汁似的,量来不至于醉。便也接过来,慢慢地喝完了。姨太太便教盛饭来。

国雄忽然觉得这一杯葡萄酒下肚之后,酒力十分厉害,竟像要醉的样子,胸腹间也很不舒畅。忙道:"我酒喝得太多,吃不下饭了,姨娘请自用罢。"姨太太道:"我也吃不下了。那么就让下人们来收拾了去,我们且到房内去坐一回,你老师谅还没有睡着,可以再谈几句。"国雄点了点头,就走到雨卿房中来。

雨卿果然还未睡,国雄便又坐了下来和雨卿随便讲了几句话。忽然觉得头晕眼花,实在坐不住了,暗想今夜怎么就会喝醉?只怕在老师面前失了体统,不如走罢。便忙着起身告辞,谁知不站起来犹可,一站起来之后,顿时天旋地转,再也撑不住了,依旧在那张椅子上倒了下来。耳中只听得他老师的声音,说道:"想是喝醉了。"又听得姨太太的声音接口道:"并没喝什么酒,怎么就醉了?快教仆妇们扶着他到那间客房中去,歇息一回罢。"当下便觉得有人前来七手八脚,将他搀扶到一处地方躺下,一躺下之后就糊里糊涂地睡着了。

也不知睡了多少时候,才一觉醒来。睁开眼睛一看,见自己睡在一张铜床上,身上盖着一幅绸被,鼻管中又似乎闻着一股很柔和的香味。

心中觉得十分奇怪，再凝神一想，才想起昨夜在使馆中和姨太太一同喝酒的情形。便自忖道："大约是我喝醉之后，不能回去了，他们便扶我来睡在此地。但不知这是谁的房间？床帐衾褥却如此讲究。"想到这里，正要披衣起坐，不想刚一翻身，就有人轻轻地掀起帐子来，说道："醒了么？要不要喝茶？"接着就将一把小小的茶壶，送了过来。国雄急切间没有细看，以为送茶的是个仆妇，自己也正觉得口中异常燥渴，便套着茶壶嘴，喝了几口。一面喝着茶，一面抬起眼皮来一看，不禁惊讶失措，连忙推开了茶壶说道："我真该死了！这可不敢当。"原来这时候坐在床沿上，捧着茶壶，喂着他喝茶的，并非别人，便是那位姨太太。

国雄这时急得心头乱跳，连忙一骨碌坐起身来，披上了衣服，就想下床。却被姨太太一手按住，说道："你何必如此着急？我正有话要和你讲哩。"国雄道："请姨娘快让我起来罢。我喝醉了睡在此地，已经是放肆之至。怎么夜静更深，还敢劳动姨娘前来看我？倘被老师得知了，我这个罪名还当了得！便是姨娘也应该避些嫌疑才好。"姨太太听他这样说着，非但不放松，转将自己的身体也斜压在被上，乜斜着眼笑道："事到于今，还有什么嫌疑可避？你又不是傻子，难道真是连我的这番苦心，都不明白么？"

国雄见她越说越不成话，便也顾不得什么了，就使劲将她一把推开了，自己就跳下床来。姨太太见他已经下床，便也离开了床前，依旧笑嘻嘻地说道："你如今到底预备怎样？"国雄道："没有什么，求你赶紧放我出去。"姨太太道："半夜三更，外边的门都关了，你能到哪里去？"国雄道："我情愿一个人到外面客室中去，坐到天明再走，决不愿再留在这间房中了。"姨太太道："房中有什么不好？你嫌这间房是个客房，怠慢了你么？那我也不妨另换一间房，请你安歇。"国雄这时不禁动了怒了，就大声说道："姨娘便不顾老师的身份，不顾我的身份，也应该自己顾着自己的身份。稍为放尊重些！何致闹到如此地步？老实说，姨娘若是肯出去，我还可以勉强在这间房中，挨到天亮再走。姨娘若是不出去，我就无论如何，非出去不可，宁死也不能再在此地停留半刻。"

姨太太道："你一定要我出去做什么？老实说，如今的世界，是爱怎样就怎样。再规矩些，也不见得会入圣庙。你到底是真个不懂，还是故意狠心和我作对呢？"国雄道："凭你说是不懂也好，有意和你作对也好，总之我不是那种损害道德毁败名誉的人。千句并一句，依然是请你快些出去，算是你成全了我，也算是成全了你自己罢。"姨太太道："讲什么道德名誉，真是越说越愚了！看你不出外表这样漂亮，却完全是一个书呆子！况且这件事除了你知我知之外，又没有第三个人晓得，又何致于败坏名誉呢？"国雄道："天下事若要人不知，除非己莫为。就使永远不张扬出去，没人知道，自己良心上也说不过去。我看老师待姨娘很不错，姨娘何苦一定要丢他的脸，还来害我呢？"国雄说时几乎要流下泪来，姨太太却依旧显露着一种奋斗的精神，丝毫没有表示让步的样子。

国雄实在没有办法，便道："请你赶快醒悟了么，你如果一定再要逼我，我也顾不得你的颜面了。只有去禀告老师或者立刻就喊起人来，看你怎样？"姨太太听他这样说，忽然一声冷笑道："很好。你就去禀告老师罢，你不去，我也要去。你以为一定可以打上风官司么？我的事情，是没有把柄的。你却有个老大的把柄，在我手里。大家好便好，不好就索性揭穿了，看你有得便宜？"国雄骇然道："我有什么把柄，落在你手里？"姨太太道："你是个规矩人，如何会有别的把柄落在人家手内？只不过是很小的一件事，私通革命党罢了。"国雄听说，大吃一惊道："你是从哪里造出来的这些谣言？我好端端地在此留学，怎么会私通革命党？你自己不遂所欲，就想含血喷人么？"姨太太道："我何尝含血喷人？要没有真实的凭据，就好瞎说么？"国雄道："凭据在哪里？"姨太太道："你不要慌，我且问你，你既然是个道学先生，为什么要和女人家一同拍照？这也是天网恢恢，自然而然，会将这张照片送入我手。就是老大一个凭据。"

国雄听说，这才恍然大悟，暗想自己和蕊仙同拍的这张照片，昨夜是放在贴身衣袋中的，不要被姨太太拿去了？连忙伸手进去一摸，果然空空如也。不禁着急起来。姨太太却转坦然地笑道："你遗失了什么好东西？对不起，已到了我这里来了。"国雄愤然道："你太不道德了！怎么偷人家的物件？"姨太太道："说我不道德，就暂时不道德一次，也不要紧。我如今只问你要不要将这张照片，送给你老师看？"国雄道："便送给老师看，又有何妨？我们虽然拍了一张照片，不过是友谊的纪念，并无甚关系。老师也不能禁止我在日本读书，就不许结交女朋友。"

姨太太道："结交女朋友，你们当留学生的，原不算稀奇。不过这个女朋友，到底是什么人？却先要考察考察。"国雄道："女朋友便是女朋友罢了，又有什么考察？"姨太太道："你打量我是那样的懵懂！竟会不认得你这位女朋友是什么人？这真是笑话了。人也见过，照片也看过，明明就是国光口中讲的那位女革命党，冯蕊仙女士。我眼睛又不瞎！怎么就会认不清？你好大的胆子，结识了女革命党不算数，还要一同拍照。我如今也不和你说别的话，只把这张照片宣扬出去，好在政府中正在要拿革命党，你老师也正在那里要防革命党，不想革命党就在眼前！捉起来全不费事。你自己去想想罢，这条性命到底还要不要？"国雄道："冯蕊仙是否女革命党，也并无真凭实据。不能因为国光口中认她是革命党，就吃准她一定是革命党。就算她是革命党，我不过和她同拍了一张照，也算不了什么大事。难道就好说是同谋反叛么？"

姨太太连笑道："你这几句话倒辩得很有道理。但用不着向我说，尽可以留着去向你老师说，或者将来到官府的法庭上去辩个清楚，便算你厉害。"国雄这时觉得照片在姨太太手中，自然不当稳便。万一真个闹出来之后，寻根究底，不但自己有碍，在目前留学界正进行党务的时候，和大众也很有碍。

·小说卷·

于是没有法子，只好改软了口气道："姨娘究竟是认真呢，还是和我开玩笑？我想姨娘一向为人是很和平的，绝不至于兴风作浪，还是爽爽快快地将这张照片还了我罢，我总知道感激你。"姨太太道："你说认真便是认真，你说开玩笑便是开玩笑。总之要我还你这张照片，绝不能空口说白话，须要依我一件事。"国雄道："你有什么事，只要我做得到的，自然可以依你。"姨太太道："有什么事，何必再问？劝你别装腔罢，要保得大家平安只有赶快依从我的一法。"说话的时节，身子渐渐地凑近来，那形象也越发难看了。

国雄更遏不住心头火起，忙用力将姨太太一推，横着心肠说道："凭你怎样，我决不受你的要挟？就请你拿了这张照片去出首就是了。我便自认是革命党，又怕你们怎样？至多不过是一死罢了！"姨太太冷不防被他这一推，便跟跟跄跄地向后直退了几步，几乎跌倒在地，幸亏后面有张沙发，将她挡住。便趁势在沙发上一坐，却也并不动怒，只用手指着国雄说道："年纪轻轻好大的火气！我劝你不要这样恶狠狠的，只要将来不后悔就是了。你如今正在气头上，我倒也原谅你，不愿意再和你多讲。索性再宽限你三天，三天以内你如果回心转意，便再来和我说话。如其不然，三天之后教你看我的颜色就是了。"说罢一伸手在自己怀中，拿出一张照片来，对国雄扬了一扬道："对不起，这原是你的宝贝，暂时替你保守着就是了。"国雄见她手中拿着的果是那张照片，就想赶上去抢。姨太太早已防他有此一着，霍地立起身来向房门外直走，砰然一声，将门关上了。

国雄这时转无法可施，只好一个人坐在房中发怔，觉得心中又是气，又是急，又是恨。好容易巴到天明，便静悄悄地开了房门，也不惊动下人，就跑下楼来。又在楼下客室中，呆坐了好半歇，估量着外边大门已开了，才快快地走出使馆来。

回到寓所中，想找怀仁却没有见。暗想他何以出去得这样早，再问下女时，知道怀仁昨夜也没有回来。国雄这时觉得十分疲乏，便到自己房中铺好了被窝，先睡上一觉再说。正是：

应凭浩气除魔障，莫负男儿七尺身。

第二十八回　称药量水诊室调情　启箧开缄书斋斗智

国雄睡得正酣，忽觉有人在他肩头上拍了两下道："醒来，醒来。"国雄顿时惊醒，睁开眼睛一看，见是怀仁。便道："你怎么昨晚一夜，没有回旅馆？此刻是从哪里来的？"怀仁道："你快起来。我有极要紧的话和你说哩。"国雄听说，便一骨碌坐起来道："有什么要紧话？快讲。"怀仁又向房门口张了一张，见门外并无人经过，才走过来，接近国雄身旁坐下。轻轻地问道："你最近可曾得到蕊仙的来信？"国雄道："她到了上海之后，有一个密电来，这是大家知道的。后来又给过我一封信，信上也没多说话，不过说有事进行，颇为顺利。身体也很好，教我不必挂念。只此一信之后，好久没有信来，我也正记挂着哩。"

怀仁道："蕊仙出了岔子了。"国雄惊问道："怎么出了岔子？可是遇着了什么危险？"怀仁道："是的。危险得很哩！"国雄道："到底是怎样一回事？你快快详细地告诉我罢。"怀仁道："若问详情，连我也不能知道。我也是昨夜才得着消息的。我在蕊仙姐姐那里，忽然接到上海同盟会来电，电文也很简略，按着我们党中约定的密码翻出来，只是：'蕊仙被捕，解宁函详。'这样几个字。究竟是怎样的被捕？非等接到来信，不能明白。"国雄道："这可了不得了！照电文所说，既然被捕，而且解宁，自然是事情重大。现在国内当局，正在大捕革命党，一入了他们之手，只怕性命难保。如何是好呢？"怀仁道："事情自然十分危急，但是我们远在海外，实在没有办法。昨夜接着电报之后，我们已经召集了一个临时重要会议，可是讨论了好几个钟头，也想不出一个道理来。第一是蕊仙的姐姐异常着急，依她的意思，就想独自一人回国去设法搭救。倒是我们竭力阻住她，因为她一个人回国，也无济于事。姑且等信来，看是怎样一个情形再说。"

国雄连连摇头道："我却很不以你们的说话为然。一封信来就是沿途毫无耽搁，也还要隔好几天，才得到。事情这般紧急，哪里还容得你们从容筹划？我如今已决定主意，非赶紧回国去，到了上海，见着会中同志的面，大家从速商量个搭救之策不可。蕊仙姐姐如要去的，我便和她同去；她如不去，我一个人也去定了。"怀仁听说，略沉吟了一下道："这个办法，我个人倒也未尝不赞成。好在我们接到了信，也不过是知道被捕的详情，你们到了上海，见着会中同志，大家口头一谈，自然比信上所写的，要格外详细些。也许被捕以后，又寻着了别的机会，可以设法援救。毕竟离得近了，容易为力。老是在此地想法子，一者情形不免隔膜，二者也觉得鞭长莫及哩。"

国雄道："你既赞成，事不宜迟。我们就赶快到蕊仙姐姐那边去商量一个怎样走法罢。还有一句话要对你讲，我这里也另外发生了一件意外之事，趁此赶紧避开，也未始不好。"怀仁道："你又闯了什么祸呢？"国雄便约略将昨夜在使馆中那幕活剧，告诉了怀仁，又再三叮嘱他道："这张照片既已入于那位姨太太之手，万一真把事情闹穿了，他们既认定了我是革命党，便难保不因此而注意于你。更难保不因此而根究到我们眼前这些同志，和一切设备的计划，这样一来却也关系非小。我所以在百忙中仍不能不将这件事说与你知，请你关照大家，格外留心些，作一准备。"

怀仁笑道："这位姨太太固然混账，但是对于你，却也可以说是一往情深，痴心到了极点。我想你也太固执了。若换了我，既然到此地步，就乐得领了她的盛情。一者不妨借此享些艳福，二者也免得将事情弄决裂了，转引起绝大波澜，于个人的地位，于党中的进行，都有些不利。只不过师徒二人，同走一条道路，总有些对不起你们那位老师罢了。"国雄道："到了这般时候，你还要开玩笑。这是什么事！如何可以把握不定？我华国雄宁可冒着危险，拼着性命，也不愿意干这种败坏道德的事！"怀仁又笑道："知道你是个圣人，也不必多讲了。快一齐到蕊仙姐姐那里去罢！"当下二人略吃了些东西，便赶到芝区蕊仙姐姐那里来。

国雄见了蕊仙的姐姐，将自己的意思，对她说了。蕊仙姐姐自然十分赞成。忙道："如此我们明天就动身罢。"于是又就近去约了会中几个重要人物来一商量，大家见他们二人执意要去，也就不再拦阻。临行之时，商定到了上海，先去见同盟会上海支部的首领，细问他蕊仙被捕的情形，再筹援救之策。遇必要时，再发电到日本来报告一切。这个时候，怀仁便笑对蕊仙的姐姐道："你的名字实在太多了，以后也须酌定一个，将来通讯时，才有个称呼。不然以后彼此函电往来，总不能也写上一个冯姐姐鉴，这可不成事体。"蕊仙的姐姐道："若问我生平，不但名字时时更换，便连姓也没有一定。老实说我爱姓什么就是什么，不过比较起来，我因为外婆家姓郑，所以说姓郑的时候最多。你们以后发电和通信，就写个郑女士罢。如果一定要提起名字，我妹妹叫蕊仙，我就姑且依着她的行辈用个蕙仙两字罢。"怀仁道："如此甚好，我们以后就认定你是郑蕙仙女士了。"大家把话说完，国雄便自回旅馆中去，收拾行李。

到了约定的时候，就和蕙仙一齐动身。到了上海，找了一家较为冷僻些的旅馆住下，便按着地址去访那同盟的首领。

这时同盟会上海支部的首领姓秦，号大星，住在虹口，地方很远。国雄和蕙仙二人寻到了他的寓所，见面之后，拿出日本同盟会盖印的一封信和其余几个朋友个人负责的介绍信来，给大星看。大星看完了信，就请二人到里面密室中去坐。国雄和蕙仙问起被捕的情形，大星皱着眉头道："如何被捕的详情，连我也还没有知道。这几天竭力设法探听，也只晓得蕊仙女士确乎已经解宁。不过解宁以后，当道因为案情重大，而且捕获的又是个女子，所以并没有下狱，却监禁在督署里面。防范得十分严密，听说已由方制台自己和几个亲信官员秘密审讯过好几次，幸喜没有用刑。又说监禁的地方，还不十分吃苦，这是我们可以暂时放心的。但要想营救，只怕很不容易。"

国雄和蕙仙听说蕊仙并未吃什么大苦，觉得略为心定。但想到她以一个弱女子身陷重围，无论是怎样聪明能干，也难以脱身，由不得又十分着急。国雄便问大星道："蕊仙女士到底是被侦探诱捕去的？还是偶一不慎自投罗网呢？我想她是十分精细，十分灵变的人，绝不至于糊里糊涂地就身蹈危机呀！"大星叹了一口气道："讲到这一层，实在是我对不起她。她这回被捕，确乎是奉了我的使命，去干一桩事。大约是事情没有干好，反而自己露了破绽，被对方的人察觉了，转落了他们的圈套。如今我且将此中经过讲给你们听罢。

"蕊仙女士到了上海之后，便来问我有什么紧要的事情要办？我对于蕊仙女士的人才和她以往的历史，是很明了的，知道她心思甚为缜密，最擅长于设施巧计，刺探官场的秘密。当时我便委托了她一件事情，因为近来当道对于我们革命党人，十分注意。单是上海一处已有了好几个侦探机关，听说这侦探的首领，是一个做医生的，此人姓黄号坚生。医道很佳，生意也很好。但是他名为行医，实际上却是代官中做侦探，专一和我们党人作对。然而我们用尽心机，始终不能深晓他的真相。因此我就想将此事委诸蕊仙女士，请她设法探明黄医生的来历，以及他如何陷害党人的情形。如能从黄医生方面，再将他们这一伙侦探的行动，完全探明了，使我们得有相当防备，遇必要时，或竟行使一种手段，将他们铲除了，也算是为党中去了一重大害。

"蕊仙女士听我这样说，便慨然答应了，说这件事包在她身上，可以成功，不多几天，她便来报告我，说此事已有了入手的机会了。我便嘱咐她小心进行。此后她每两三天总有一个报告给我，又隔了约有一个月光景，她又特地来对我说，黄医生确乎是个侦探，所有他当侦探的据证，大约不久也可以得到。只不能过于性急，须缓缓地再用功夫。我听了蕊仙女士的话，深赞她办事能干，倒很欣然。

"不料她这一回去后，就杳无消息，我觉得有些奇怪，便亲自到她所住的旅馆中去看她，旅馆中人却回答我，说三天没有回旅馆了。我不禁着慌起来，好容易设法打听才知道蕊仙女士是着了那黄医生的圈套，被他设计捕获，秘密解往南京去了。同时那黄医生也在报上登了一条广告出来，说是因自己有病，暂时停诊。此中情事，更不问可知。但蕊仙女士毕竟是怎样被人识破机关？连我也不能知道。总之以蕊仙女士的聪明精细，还会吃亏，就足见对方的本领，也实在不弱。为我们党中前途设想，倒也很有些可忧哩。"国雄听了大星这一番话，急得无法可施。

蕙仙却像想着了什么心事似的，忙说道："蕊仙不解南京还可，一解到南京，又拘禁在督署里，这件事就很不妙了。你们不知道这方制军是专爱和党人作对的，而且对于蕊仙又有特殊原因。这回旧事重提，只怕又要生出别的枝节来了。"大星和国雄都愕然不解道："怎么说是旧事重提？难道蕊仙在南京方面，以前已经发生过什么问题？"蕙仙摇着头道："此事说来话长，如今情势紧迫，我也来不及和你们细谈。据我看一方面请秦先生在上海相机设策，一方面还是我和国雄二人赶到南京去，就近探听消息，寻觅机会。论理我到南京也是很不相宜的，但为了蕊仙，说不得就是冒险，也要走一趟了。"

大星道："南京方面，我已特派了好几个人去了。你们二位再赶去也好，到底多一个人就可以多用一分力。让我写了介绍书信给你们，到了南京，可去会晤那几个同志，再商量一个善策。可是这半年以来，南京官场，对于盘查革命党人，十分严密。如今又新捉住了女革命党，大概更有一阵子手忙脚乱，你们此去须要格外留神。不要碰在风头上，又出别的岔子，那就更糟了。"国雄和蕙仙二人，都点头称是。大星便立刻写了一封信交给他二人，国雄和蕙仙二人别过了大星。也不再停留，第二天一早，就趁火车动身。

到了南京以后，见着了上海派去的几个党员，细问起来，也只和大星中所说的话一样，没有别的新消息。连在督署中审讯的情形，也无从得知。国雄和蕙仙二人听了十分纳闷。但一时也没有法子，只好暂时留在南京再说。到底蕊仙是怎样被捕，依然还是一个闷葫芦，只好由著书的趁国雄和蕙仙等留在南京的当儿，抽出工夫来，将始末情形，叙述一个明白罢。

原来蕊仙自奉了秦大星的使命以后，第二天便去访黄坚生。这黄坚生的诊所，设在白克路，倒是很宽大的一所洋房。蕊仙便假装有病，在黄坚生诊察时间以内，先去就诊，只见候诊室中，男的女的挤满了不少人。蕊仙便去挂号，挂号的时候，不肯说姓冯，胡乱造了一个姓，说是姓李。挂号以后，约莫等候了有一个钟头光景，才挨着了她。

一进诊室中去，看那黄坚生时，高高的身材，年纪很轻。穿着一身洋装，气概颇为雄伟。蕊仙慢慢地坐了下来，黄坚生便问她有什么病？蕊仙随口说道："是胃气痛，又略略有些咳嗽。"黄坚生便照例和她诊过了脉，又用听筒听过了肺部和胃部，说道："胃中果然有了毛病，大概是饮食欠习，消化不良所致。肺部中却无甚大病，只有些气管炎。却是慢性的，一时不易痊愈。须得多服些药才好。"蕊仙听他这样说，几乎笑将出来。暗想我何尝有什么病？却说得这样郑重其事，分明是捣鬼罢了。当下也就装着很注意的样子。对黄坚生说道："我这个病，看去不甚厉害，却也牵缠了好久了。请教过许多医生，都没有治好。昨天偶然遇见一个朋友，说起黄先生的医道十分高明，因此特来就诊。想来经黄先生诊治之后，不久一定会好的。"

黄坚生笑道："医道高明这四个字，实在不敢讲。但我于女科，是自问很有研究的。像女士这种病，只要一面服药，一面肯听我的话，尽心调理，自然不多几时，就会好的。"蕊仙笑了一笑道："费心得很。"黄坚生便很得意似的坐下来，开方子。蕊仙在这个时候，向诊室中四面观察了一会，觉得除了许多药瓶和诊病的器具而外，也并无其他可以引人注意的物体。不多一刻，黄坚生已将药方开好了交给蕊仙。蕊仙拿了药方，就此出来了。那药方上所写的药水，预计两天可以吃完，蕊仙自然不会吃药。隔了两天以后，假说药水吃完了，又到黄坚生那里去，黄坚生无非又是照例诊察一番，开了一张方子给她。

从此蕊仙竟成了黄坚生诊所中的老主顾了。每两天必来一次，从不脱班，但是往来了好久，也侦察不出什么道理来。只觉得登门来诊的人，流品很杂，有时忽然高车骏马，来几个像达官显宦的一般人物；有时又忽然有许多窄衣短裤，像流氓一样的人光顾；但做了医生，生意一好，来候诊的病人，自然各种都有，也就不足为奇。

又隔了多时，黄坚生对于蕊仙，渐渐有些熟了。便于诊病之后，随意闲谈，问起蕊仙在沪，住在何处？做什么事情？蕊仙只好编些谎话来回答他，说原籍是杭州人，父母都在杭州，自己一个人来沪求学。又趁此转问黄坚生的籍贯，黄坚生答称是四川人，蕊仙笑道："黄先生讲的一口上海话，如何说是四川人呢？"黄坚生道："我因为来上海的日子久了，所以上海话说得很熟。"蕊仙又问他家眷是否也在上海？黄坚生道："我家中只有个老母和一个妹妹，自己还未娶妻。另赁了一所房子在城内淘沙场，每夜都回家去住。此地下面专作诊所，楼上另外租给朋友，并不是自己住的。"

蕊仙这时便动了疑心，暗想他此间房子并不算小，连诊所带住宅，岂不格外便利？何以要将楼上租给别人，自己却另外住在城内？料想这楼上住的人必是他的徒党。可惜没有机会，不能上去一看。又想假使能够得着机会，到他城内的家中去看一看他的母亲和妹妹，究竟是怎样的人物？又顺便观察他家内各项布置，是怎样一种气派？凭着我的眼力，必定可以得到一点儿头绪。想到这里，也不再和黄坚生多讲，只随口敷衍了几句，就告辞了。

那黄坚生却从此以后，见了蕊仙，时常说长道短，像个很要好的样子。蕊仙因为正要利用他这种心理，着手刺探一切实情，便也故意假以辞色，表示着十分亲热。这样一来，引得那黄坚生格外有些疯魔了。于是言语之间，更渐渐地有些不循正轨。蕊仙也从不着恼，黄坚生因此异常胆大。

一天黄坚生正拿着听筒，诊察蕊仙的肺部。见蕊仙露着雪白的胸脯，高高的两个乳峰，也隐约可见，一时情不自禁，竟有意无意地将一只手在她乳部抚摩了一下。蕊仙这时勃然大怒，遏不住心头火起，几乎一个耳光，打将过去。但是转念一想，我此来是为着何事？正要引他入彀，方可成功。如果立时闹将起来，便将一切计划都毁败了，不如姑且容忍着再说。不愁将来不能出气！当下便咬紧牙齿，勉强将这口气咽了下去。转对黄坚生笑了一笑，黄坚生也就对她一笑，并不说话。等到诊察已毕，黄坚生一面开方子，一面却笑对蕊仙说道："我有一件事想和李小姐说，但说出来很觉冒昧，不知小姐能否允许？"蕊仙这时不知黄坚生又要说出什么不中听的话来，便默然不则一声。

黄坚生见蕊仙呆呆地不讲话，便又说道："其实我也没有什么别的事情，要干渎小姐。只因我前天回家，偶然和家母谈起，说近来有位李小姐常到我诊所中来看病，这位小姐品貌既好，谈吐又极风雅，真是女界中不多见的人才。我母亲便很高兴说：'既然如此，何不几时请这位李小姐到我们家中来谈谈？'我的妹妹尤其是小孩子家脾气，更在旁边一力怂恿道：'我一个人正愁没个伴侣，难得有这样好的一位李小姐，如果她肯到我们这里来，和我结个朋友。岂不很好？'我当时便和他们说，这位李小姐和我们非亲非故,如何好无端请她到我们家中来?未免太不客气了。"蕊仙听黄坚生这样讲,心里想道:"我正要设法到他家中去,他却转要来请我,岂非正中下怀?"当下便笑道:"黄先生太言重了!我们认识了这许多时候,也总算是朋友了。既然老太太和令妹厚意好客,我何妨就去拜望她们一回呢?"

黄坚生听说,不禁笑逐颜开道:"李小姐不嫌简亵,肯到我家中去,那真是荣幸之至。后天恰好是星期日,我这里是停诊的,有了闲工夫,彼此可以多谈几句天。李小姐以前不是曾告诉我,说是在华英女学中肄业么?我后天下午就打发自己的车子,到华英女学去接李小姐,好不好?"蕊仙听说,略一踌躇道:"学校中人太多,看见有人派车来接,不免问长问短,或者要引起误会。不如请黄先生将府上的地址写明白了告诉我,我上海的地方很熟,自会来的。"黄坚生道:"如此也好。"当下便顺手拿了一张纸,将自己家中的居址,写得明白,交给蕊仙。到了后天,蕊仙果然如约而至。

细看黄坚生家中一切陈设布置,颇觉富丽堂皇,俨然是一个乡绅人家的气象。又见过黄坚生的母亲,和他的妹妹韵卿,也都像是大家风范,和蔼可亲。大家谈了一会,黄老太太十分客气,很殷勤地留着蕊仙,硬要吃了晚饭,才让她回去。并且还订着后约,教她以后务必常来。蕊仙也就答应了。以后便接连去过几次。

有一天蕊仙偶然在韵卿房内和她闲谈,那时黄老太太和黄坚生二人恰好都不在面前。蕊仙见韵卿年纪很轻,说话又很爽直,有意要在她口中探听些道理出来。便问她道:"韵卿妹妹,你既是四川人,何以会到上海来?是不是因为你们哥哥要在上海行医,所以才搬得来的?"韵卿摇着头道:"我们离四川已多时了。但到上海也并不久,一向是住在南京的。"蕊仙道:"你哥哥以前也曾在南京行医么?"韵卿道:"不是不是。我哥哥在南京时并不行医,只在制台衙门里当着差使,制台很看重他,说他年纪虽轻，却很能干，将来一定可以保举他做一个大官。"蕊仙道："他既然有制台看重，还允许保举他做大官，何苦丢着好好的差使不当，专要到上海来行医呢？"韵卿笑道："姐姐有所不知，我的哥哥，名为到上海来行医，其实暗地里还是当差使。"蕊仙道："此话怎讲？怎么一面行医，一面又当差使呢？"韵卿又悄悄地说道："我哥哥当的差使，是十分秘密，旁人不会晓得的。姐姐是个规规矩矩的女学生，我又和你十分要好，不妨对你说。他现充着南京督署的驻沪侦探哩。"蕊仙道："哦，原来如此！请问他做侦探探的是些什么事情？"韵卿笑道："姐姐原来连这个都不知道，如今当侦探，第一件要紧事情，自然是捉革命党。我常听哥哥和母亲说，只要革命党捉得多，就可以升官发财了。"蕊仙道："那么你哥哥到底捉了多少革命党呢？"韵卿道："这个我不大晓得。大概这两年来也捉了不少，想必没有几久，也就可以升官发财了。"

蕊仙听说，略沉吟了一下，正想再拿话去试探她。韵卿却又说道："我哥哥这几日来正忙得很哩。"蕊仙道："为了什么事这等忙？"韵卿道："他接着南京来的电报，说新近有许多革命党，从外洋回来。听说内中还有几个女党人，十分厉害。教他设法访拿，务必捉到。"蕊仙听她这样说，由不得吃了一惊。连忙自己镇定，装作没事人的样子，问道："那么他只要行使出侦探手段来，哪怕革命党捉不到呢？"韵卿这时好像很注意似的，对蕊仙脸上望了一望，又慢慢地摇着头道："听我哥哥说虽然奉了上头的命令，可是访来访去这班革命党，简直毫无消息。只怕不能交差，因此他心中也十分焦急哩。"

正是说到这里，听见一阵痰嗽的声音，黄老太太已走进房中来了，笑着对韵卿说道："你们姊妹俩在此地谈什么体己话？似这般有说有笑的。"韵卿忙道："我们不过是谈些闲话罢了，并没有什么正经事。"说着便向蕊仙连连丢眼色，意思是教她不要将方才的话说出来。蕊仙暗想这个小妮子，真是完全孩子气。当下也忙想些别的话来和黄老太太说，就此岔了开去。一会儿黄坚生也回来了。彼此又随便谈了几句，蕊仙就别过他们自回来了。

蕊仙这一天既从韵卿口中探得了黄坚生做侦探的真相，便想再从此进行，不肯懈怠。隔了一两天，又到黄坚生家中来了。先和黄家母女谈了一会，等到傍晚，坚生也回家了。黄老太太便命仆妇去搬了些点心出来。大家正吃着，韵卿忽然眉头一皱喊了一声"啊呦"，黄老太太忙问道："什么事？"韵卿摇摇头道："肚子疼。"这一句话刚说完，接着身体向后一仰，几乎要跌倒去的样子。大家顿时吓慌了，当下便由黄家母子和几个仆妇七手八脚，将她搀进房去，放在一张榻上。

蕊仙也跟着进去，黄坚生忙上前诊了一诊韵卿的脉，又摸了摸她的胸口，便和黄老太太说道："母亲放心，不妨事的。大概是她身子弱，受了些寒，一时气血有些不流通。待我来替她打一针，包管就好了。"当下便走出去拿了他的皮包进来，拣出针和药水来，在韵卿臂上打了一针，不到一刻工夫韵卿果然就醒转来了。睁着眼睛对她母亲看了一看，黄老太太问她如今怎么样了？她点了一点头道："好得多了，只是头还有些晕晕的。"黄坚生道："母亲陪着妹妹在此，让她静养个半天罢。我们且出去，人太多了，反扰了她的神。"当下便和蕊仙一同走出房来。

黄坚生便对蕊仙说道："我们且到书室中去坐一会罢。"蕊仙道："很好。"就跟着他到书室中来。蕊仙虽然时常到黄家来，黄坚生的书室中，却从未到过。这时走了进去，一面坐下来，和黄坚生谈天，一面却留神四面一察看。见陈列着一张书案，许多书橱，和一只铁箱，其余便是桌椅沙发之类，也无甚特异之点。

黄坚生刚谈了不多几句话，忽见那车夫走了进来，急匆匆地对黄坚生说道："西门张家请少爷去看病。说是病势很重，须立刻就去。"黄坚生便道："如此我只好去走一趟。"当下便站起身来拿皮包又回头对蕊仙说道："西门离此不远，我去去就来的。请你再坐一刻等着我。"蕊仙口里说道："时候不早，我也要去了。"心中却想他一走之后，我正好趁此机会，独留在书室中细细地侦察一会，也许可以发现什么秘密。于是就停着脚步不走，黄坚生却已出了书室的门。车夫在旁边说道："少爷不穿大衣么？"黄坚生道："这件薄薄的夹呢大衣，本来不过是摆样而已，天气又不很凉。很累赘的，不穿也罢。"说时就向外直走，车夫也跟着出去了。

蕊仙这时便把房门关上了，走到书桌前去，先在桌上翻了一翻，见除了几封寻常信函而外，并没有可以注意的物体。再去抽那些抽屉时，一概都是锁着的，休想抽得动。抽屉如此，铁箱更不必说了。蕊仙这时也就无法可想，呆立了一会，忽而灵机一动。暗想他的大衣脱在这里，也许衣袋中有钥匙在内，便可以开锁了。当下就走过去，向两只插手的大袋中一摸，都空无所有。觉得有些失望，便再向上面的小口袋中摸去，暗暗叫声侥幸。原来果有一串钥匙在内，大大小小，却是不少。蕊仙忙拿了过来，一个个先去试开那书桌的抽屉，一会儿抽屉都开遍了，可是依次细细地检查过一遍，只见了些纸张药方之类，并无紧要文件。

蕊仙暗想大约秘密文书，必定藏在铁箱里面，便又拣定了一个锁匙，开了铁箱一看，见里面也不过藏着些票据单契之类。另外一包包的倒有不少钞票。蕊仙心中十分纳闷，暗想如果这时候有人闯进来。拿住了我当贼办，倒觉得有口难分。想到这里忙把铁箱依旧锁好了，一个人坐在沙发上发怔。

到底蕊仙是个绝顶聪明的人，她因为铁箱中也找不着什么东西，便又想到黄坚生既然当了侦探，也许还有什么秘密机关，一时人家看不出的。当下又在书室中四面八方地查勘，费了许多时候，居然被她发现了一处破绽。原来在壁间挂着一张很大的照片后面，看见了小小的一块板。那块板是嵌在壁间的，仿佛是一扇小门，门上另有个小小的锁门，想是锁着的。蕊仙这时十分欣喜，忙将那张照片除了下来，又在那把钥匙中拣出最小的一个来，凑上去一试，果然就将这块板门开了。

只见门以内又安着一个小铁盒，蕊仙把那小铁盒捧了出来，这时室内已经渐渐地黑了。蕊仙忙去旋亮了电灯，就灯光下历试了几个钥匙，居然将铁盒开了。揭起盒盖看时，见上面一个纸包，标着重要函电四字。解开纸包一看，里面都是些和南京督署，以及各衙门中往来的函电。蕊仙也不暇细瞧，再看纸包下面还放着小小的两本簿子。一本上标着："所属各侦探名册"。蕊仙略翻了一翻，见里面用蝇头小楷，密密地写着许多人名和地址，蕊仙恐耽搁了时间，也不敢多看。再瞧那一本却标着"党人名册"，蕊仙便十分注重，忙拿起来连翻了几页，见是很详细地记着革命党人的姓氏、年岁、籍贯，和机关的所在地。有几个后面还附粘着照片，其中竟有一大半是蕊仙知道的。蕊仙一想黄坚生这厮，倒也厉害！竟会调查得这般详细。

正想再看下去，霍地砰的一声，书室的门开了。蕊仙吃了一惊，正想回头看时，已有一个人直闯进来，将她拦腰抱住说道："你怎么在此地私窥人家的秘密？"蕊仙听这个说话的声音，分明是韵卿。越发觉得奇怪，急忙转过脸去一瞧，不是韵卿是谁？蕊仙自己竭力镇定着，闪脱了韵卿的手，说道："韵卿妹妹不是刚有病么？怎样会到此地来？"韵卿嘻嘻地笑道："我高兴生病就生病，不高兴生病顷刻间就会好了。这是最自由的，你也不用来问我。我只问你一个人在此做些什么事？好端端把人家严密保藏着的东西拿出来乱翻乱看，是何道理？我们一向当你是个规矩人，不料你却是这般行径，也太失了女孩儿家的身份呀！"蕊仙被她连嘲带笑的这一番话，倒说得无言可对。正想找一句话来答辩，韵卿却又笑着喊道："母亲和哥哥快来！李家姐姐在这里做贼呢。"这句话刚说完，门外一阵脚步声，黄老太太和黄坚生二人果然就一齐进来了。

你怎样口齿伶俐的冯蕊仙，这时候也就窘得无可奈何。黄坚生向书桌上一看，见钱盒打开，文件散乱，便笑了一笑，对蕊仙说道："你也总算很费了心了。"又回头对黄老太太和韵卿说道:"你们且出去,让我一个人来审问她就是了。"母女二人听着,便依言退出。韵卿走到门口又对黄坚生说道:"哥哥你无论如何看我的面上,不可难为了李家姐姐。她到底是我的好朋友呀!"当时便将书室门关上了。

黄坚生就走过去将那门锁上了,自己向沙发上一坐。又用手指着旁边一张椅子道:"请你坐下来,我们再细谈罢。"蕊仙到此知道已经着了他的道儿,却也并不畏惧,转睁着两眼静待黄坚生开口。黄坚生道:"我且问你我好意请你在书房中坐一会,你为何不安安静静地等着我?却要翻箱倒箧,搜寻人家的秘密。你到底是安着什么心呢?"蕊仙这时明知自己的行藏,已为黄坚生窥破,便索性侃然说道:"我因为你们这些狗侦探,专一残害我们同志,因此想访查出你害人的真凭实据来,也用相当的手段来对付你。教你吃一点苦头,受一点教训。不想是我自己太大意了,今天上了你的当,被你当场察破。还有什么话说!凭你怎样处置就是了。"

黄坚生冷笑道:"我做侦探捉党人,和你什么相干?要你来和我作对?"蕊仙气愤愤地说道:"你还和我装蒙做什么呢?老实不客气,我自然是个党员,就请你捉了我去献功罢。其余的话,不必多说了。"黄坚生道:"好一个爽利的姑娘!你当我真不知道你的底细么?哼!哼!你的本领果然不错,可是和我两人来放对,还只是班门弄斧!你以为处处地方,是对我用计,却不道处处地方,只是自投罗网。我如今不妨从头至尾,细细地对你说了罢,教你万一不幸死了,也做个明白鬼。"蕊仙道:"算我失败就是了。天下事失败与成功,原没有什么常理。你胆敢耻笑我么?对你说了罢,我们的同志正多着哩!我不幸失败了,后来自有成功者,少不得要将你们这班狐群狗党一网打尽!"

黄坚生道:"你不必嘴硬,也用不着生气。平心而论,你的计策也算得高了,花样也算得大了,若不是遇着我,当然也可以得手,不至于颠倒被人捉住。如今你不服这口气,不肯教我说,我却偏要说个详细,使你自然而然地佩服我。

　　"你第一次到我诊所来看病的时候，我已经诊察得出你并没有什么疾病。什么胃病咧，咳嗽咧，都是随便说说罢了。但是住在上海的女人家，都是娇生惯养的，往往并没有病，却偏要自己疑虑，说是生病。我行医多年，是常常遇着这种主顾的，所以当时倒也不觉得奇怪。只顺口敷衍着你，替你开了一个既吃不好也吃不坏的方子，让你喝些糖浆就算了。谁知你看了一次病不算，还要接连着来就诊，我就不由动了疑心。因为我们当侦探的，原是要刻刻留神的。况且新近又得着上头的密令，说是有大批党人，从外洋回国，都潜匿在上海，预备分赴内地起事。对于形迹可疑的人，自然不得不格外注意，一经注意，就看出你的破绽来了。你每次到我那里，两只眼睛都是东张西望，像是查察什么似的。后来又时常和我谈天，询问着我的身世。你试想想，一个来看病的女客，又不要和医生结什么亲，何必似这般殷勤呢？我于是索性也放出手段来，故意和你牵缠着，一面又派了我手下的侦探，暗中跟着你，侦察你的行踪。知道你孤身一人，有时住在旅馆里面，有时住在朋友家中。连住宿的地方都时时变换，没有一定的，而平日往来接谈的，又很多男客，我便料定你是革字号中人物。至于你对我说在华英女学肄业，那更是完全说谎。也不必讲了。

　　"那一天我用听筒诊察你胸部的时候，故意用着一种调戏的态度，这原是试探你的。你当时脸上充满着怒意，几乎要和我决裂，后来却又勉强忍住，把一口气硬压下去，转和我说笑。我心下就更明白了，知道你绝不是个寻常女子。尤其不是什么浮荡女郎，甘心来和我吊膀子的。这回是特意来找着我，大概也晓得我是个侦探，奉了党中的使命，要设法摆布我。所以不肯放松。我就定下主意，用说话骗你到我家中来。明知你也巴不得要来的。你到了我家，看见我母亲是很和平很老实的，我妹妹又是一片天真，便不疑及我对于你有什么作用。其实我这个妹妹，年纪虽轻，人却十分能干，真是我一个好帮手！她那天故意把我当着侦探的事情对你说了，又道这几天正愁捉不着外洋回来的革命党。你当时听着就露出很注意，而又很惊骇的神气来，虽然力自镇定，却已被我妹妹窥破了。

"今天我便和妹妹两人预先定计，等你来了之后，故意教我妹妹装病，由母亲暗地睡在房中，便让你一人好独自行动。我又故意请你到书房里去坐，坐定之后便假装出去诊病。其实恰和母亲妹妹三个人躲在窗外细细地看着你，你也太胆大了！房门没有锁上，就敢在我书室内翻这样动那样。最可笑的，是你在大衣中拿着了一把钥匙，几乎以为是天赐你成功。要知道当侦探的人，哪有这样疏忽的道理？明明是很重要的钥匙，岂肯不带在身旁呢？我还怕你想不到大衣袋中有钥匙，所以教车夫在我临走的时候，特地说一句教我穿大衣。这分明是提醒你，使你注意到这件大衣，是我刚脱下来的，其中必有重要物体。你也总算聪明，果然将钥匙寻着了，铁盒打开了，文件觅着了，只可惜聪明反被聪明误！转因此将自己的真相，当场败露。还有什么话说呢？！"

蕊仙听他将话说完，转跳起身来道："你不要高兴，要捉革命党人，也须有个凭据。我原不屑抵赖，说自己不是党人，但照你的口气，好像我是在你手中破了案了。这句话却也休要拿稳。我如今到了官中，很可以给你一个不承认。就算偷看你的文件，是确有其事，也不见得偷看了文件，便一定是党人呀！"黄坚生点点头道："你这话倒也说得在理。我虽当了侦探，也不能因为人家偷看了我的文件，就当他革命党办。可是你的真凭实据，早已在我手中了。我要不是有了这个凭据，也就不敢吃准你是革命党，更不敢一步步立定了计划，向你下手。"说时从怀中摸出一个纸包来，掷给蕊仙道："请你自己去看看，这是什么东西？！"正是：

一着棋输全局败，请君入瓮运奇谋。

蕊仙将黄坚生掷过来的纸包，解开来一看，却也吃了一惊。原来纸包里面是一张照片，照片上面并立着两人，一个便是自己，一个就是她的姐姐蕙仙。蕊仙一面虽然觉得十分奇怪，暗想我和姐姐两人的照片，如何会到了侦探手中？这件事情确乎有些不妙。一面却又竭力镇定，依然装着没事人的样子。说道："这一张照片，怎么就算是做革命党的凭据？难道照片上面注明我是个党人么？"黄坚生冷笑道："你的话倒说得很厉害。照片是人人可以拍的，原算不得是党人的凭据。可是你这张照片，来头太大了。是方制军特地交下来的，说照片上面这两个人，便是著名的女革命党。教我们随时带在身边，一经遇着，不可轻轻放过。我观察你的行径，固然就知道来路不对，又将照片一对证，更明白你便是照片上的人。如何还肯让你逃过这一重关？至于方制军为什么知道你是个重要党员？又从何处访着你们的照片？却连我也不得明白。横竖你不多几时就可以见着方制军的面，请你自己去问他罢。我如今也不和你多说，且送你到南京去，再讲别的事罢。"

一面这样说着，一面就伸手过去按了一下电铃，登时从外面走进两个人来。黄坚生指着蕊仙，对他们说道："我又好去交差了。请你们两人将她看管着，我还要到道台衙门里去走一趟。乘明天早车，就到南京去。"两人唯唯答应着就走，过来笑嘻嘻地对蕊仙说道："对不起，大家客气一点罢。我们见你是个女子自然不肯过于难为你，请你自己也放安分些罢。"蕊仙这时恨极了，便咬着牙齿说道："你们说我是革命党，我便也不赖。自认是革命党，看你们把我怎样？"这两人笑道："我们又何苦把你怎样呢？不过照例的文章，是不能不做的。"说时两个中的一个就伸手在怀中去摸出一副洋式手铐来。黄坚生看见，连忙摇手道："这个却用不着，她不过是一个女孩儿家。谅也逃不到什么地方去！我们就顾全了她的面子罢。并且今夜也不必另换地方，就请她在这书房中安息一夜，你们弟兄俩辛苦些，轮流看守着就是了。好在书房中有的是沙发，她是我请来的特客，自然睡在沙发上。你们二位为了公事，说不得就睡一夜地铺罢。卧具我停一刻自会教人送来。"说时又回头对蕊仙笑道："请你放心，我这两个伙计，是很规矩的，绝不会有侵犯你的地方。暂时请你委屈一夜，明天早晨，我再来和你请安赔礼罢。"

蕊仙想再和他说话时，他却头也不回，自向房外走出去了。一会儿便有人送进饭菜来，教蕊仙吃。蕊仙这时哪里吃得下？倒让那两个人，饱餐了一顿。吃了饭之后，接着就有人送被褥枕头进来，在那张沙发上铺好了。蕊仙自然不肯就睡，那两个人却自去拿了卧具来，将书房门关好锁好，便在门边解开卧具，两人商量着说是一个守上半夜，一个守下半夜。那守上半夜的就先钻入被中，呼呼地睡着了。蕊仙这时知道要逃也万难脱身，只好听其自然。却恐怕那两人要起什么不良之心，虽然很疲倦，始终强自支持着，一夜都没有合眼。

到了明天一早，黄坚生便已得到道署里的公文，就带了那两个伙计，押着蕊仙，坐火车直到南京。

如今且说南京那位方制军，在那一天夜间接到了黄坚生的密电，晓得发给照片指名捕捉的女党人，已经拿到。第二天就可以解宁，心中觉得十分痛快。便对他的夫人说道："到底是你细心，我当年被她们姊妹两人整整地在书房中困了一夜，几乎将这条老性命都葬送了，吃了大苦，不能出气。（回映第十六回书中一番情事。）幸亏你事后仔细搜寻，会在她们遗留着的洋装书册中，找着了这张照片，才可以交给侦探四处访拿。如今果然被我拿着了，也好一泄我心头之恨！"方夫人笑道："论理也是你自取其咎，谁教你得陇望蜀。和一个女先生搭上了手不算数，还要得陇望蜀，去转她妹妹的念头，以致中了她们的美人计。其实在香喷喷软绵绵的被窝中，请你睡上一夜，在你也可以算是得其所哉，不该抱怨她们。"

方制台道："太太休来挖苦我了。倒是我们应该商量商量，这女孩子解到以后，须是怎样办法才好？"方夫人笑道："是怎样办法？先要问你，你的意思，到底预备如何处置？是不是借此机会，想重温旧好呢？"方制台连连摇头道："你笑话也不是这般说法。以前我不明白她的来路，只当她不过是寻常一个女孩子，自然美色当前，心中不能不动。如今既明知她是个女革命党，这是性命交关的事情，如何还敢招惹？"方夫人笑道："我谅你也不敢再去招惹她了。既不要招惹她，又何必研究什么办法？"

方制台道："我所说的办法，是要报仇雪恨，今夜这女孩子解到以后，我便要亲自审讯，审出了她的真实的口供来，少不得要从重治罪，才可以出出我这一口恶气！"方夫人又冷笑道："只怕你口头说得这样凶，等到一见了她那婉转可怜的样儿，这一股气也就没有了。"方制台道："你这话未免太冤枉我，且看我这一次审问起来，是怎样一种光景。"方夫人道："你真个想亲自审问么？"方制台道："那个自然。"方夫人道："我劝你万万不可。"方制台道："却是为何？"方夫人道："别个党人捉来，你尽管亲自审问。唯有这一个女党员，你却审不得！"方制台道："你的说话真教人越听越不懂，到底是什么道理？"方夫人道："你这人好不明白！审问女革命党，毕竟是人家很注意的事情。就算不必坐了大堂，彰明较著地审讯，也总不能让你们二人秘密躲在一间屋子里说话。只要有第三个人在旁，这事就保不定要弄糟了。"方制台道："何以旁边有人就会把事情弄糟？"

方夫人道："你好糊涂！这些女党人，都是胆子很大，口齿很利，不怕死，也不饶人的。你和她既有以前这个过节儿，第一在审讯的时候，她竟把以前的事情，当场直言不讳地诉说出来。说你是图奸不遂，设计陷害，将你痛骂一顿。你面子上如何能下得去？这个还是小事。万一听见她说话的人，又在外面一张扬，那时一传十，十传百，必定要弄得报馆中的先生们知道了。替你据实刊载起来，不但你这块假道学的招牌，从此打破。只怕风声传到北京去，于你目前的位置，也很有碍。你自己仔细去想一想罢！"方制台道："你的说话，却也不错。但人已提来了，怎好不审？难道就这样糊里糊涂将她放了不成？"方夫人道："放也万无此理。我倒有个计较在此，只是太恶毒了些，却也顾不得了。一来总算是为你出了心头恶气，二来革命党人一经捉住，总是要死的。一样是死，还不如教她死得安逸些，倒免了刀头之苦。也许她死后有知，还要感激我哩。"方制台听到这里，也不禁骇然道："你要设法弄死她么？"

方夫人用眼向四面一望，见房内并无别人在旁，就低低地说道："你说话声音放轻些，我来教给你一个法子。那女孩子解来以后，你自己固然不便审，更不宜委别个官员审问，不如就将她先拘禁起来。一面只管传出去，说要亲自讯问，一面你却暂时装病。给她一个十天半个月，也不提审，却在这十天半个月以内，另设手脚。"方制台道："怎样另设手脚呢？"方夫人道："这就用得着一个人了。"方制台道："用得着什么人呢？"方夫人道："你自己想想看，谁是你最亲近的心腹？而又专代你秘密办党案的，就可以托他。"方制台道："那只有刘光汉了。"方夫人道："本来不用说得，自然还是请教他。等那女孩子解到，你也不必发交监狱，只把来拘禁在督署里。那西花厅后面有几间屋子，不是地方很僻静也很严密么？就把她押在那里。另派一个官媒婆监视她，再派几名精壮的卫兵，日夜防守，自然不怕她逃到哪里去。似这样布置好了，就特委刘光汉担任监守之责。好在小刘原是个侦缉队长，办党案是他的专职，人家也不会起什么疑心。你却暗中嘱咐小刘，教他过了几时之后，设个法子在饮食内下了毒，将她毒死。对于外间只说是急病暴死，一场事情岂不就此完了？"方制台道："你既如此设计，倒不如将她押在外面监狱里的好了。一个女党人，拘在督署里，突然暴死，岂不转要惹人多一句话？"方夫人道："押在外面，不易施展手脚。不如在自己衙门里，由刘光汉一手承办，来得格外秘密，不会走漏风声。"方制台道："你的计策是十分周密了。不过依我的心思，总觉得捉到了党人，索性问明口供，明正典刑，倒是个正当办法，于心无愧。如这样鬼鬼祟祟，将她弄死了，分明是暗中谋害，却有些说不过去。"

方夫人道："你又要讲出这种迂夫子的说话来了！我且问你，你如不想把她置诸死地，又何苦要去捉她？你想将她明正典刑，算是光明正大。只怕从这光明正大上面，就出岔子了。你须知道她们的党人，是很多的，保不住会闹出什么劫法场的玩意来。那时你拿了革命党，非但不能见功，或者转要担处分。这一层就算是我过虑，还有一事不可不防，你没看见哄传全国那件夏女士的案子么？夏女士在临刑的时候，神色不变，对着大众很激昂慷慨地演说了一大篇。当时听的人竟忍不住拍起手来，凭你有军警在场，也没法禁止。既然做了革命党人，大概都有些胆识，有些勇气的。万一这个女孩子就刑之际，也学了那夏女士的样子，将你当年的丑史，当众宣布。并硬说你是借端陷害她的，请问你的面子又放到哪里去？虽然你杀她的时候，也可以略为秘密些，总不能说斩一个要犯，不上刑场。更不能预先将她的舌头割去，使她不说话。所以我想来想去，还是暗地结果了她，最为干净。总之我为来为去都为的是你，并且为的是你当年有那一桩锦衾角枕被困香闺的艳史！不能不代你设法，否则我和这女孩子又没有什么仇恨，何苦要巴巴地算计她呢？"

方制台道："如今也只好依你这样办罢。"方夫人道："依我也在你，不依我也在你。总之你如不依我，必有后悔，却不要来问我！我也懒得再和你多讲了。"说罢便高声唤道："阿香，快来。"当下便有个很伶俐的丫鬟走了进来。方夫人道："佛堂中的香烛点好了没有？"阿香道："早已点好了。"方夫人道："如此我又要去念经了。我为了小少爷前个月的病，替他在佛前许了愿，说要念一百遍《金刚经》到昨天已是九十五遍，今天可以完功了。"

阿香道："太太真是虔诚，一天到晚念经拜佛，保得几位少爷小姐易长易大。只是我有一句话不能不禀明太太，在上房里面，做饭做菜的那个王妈，实在太可恶！太太因为这几天念经要吃素，怕大厨房里弄的菜不洁净。特地教她每天烧些素菜，谁知我今天早上走过小厨房门口，却见她在那里杀鸡。我问她既弄素菜，为什么要杀鸡？她却对我说：'纯是素菜，哪里会有鲜味？非暗暗地掺些鸡汁进去不可。太太天天说素菜好吃，就是鸡汁加得多的缘故。'我当时就说她不应该出这个花样，她还不服气，和我大吵了一顿。我既是贴身服伺太太的，总不能让她这样胡闹。宁可禀告以后，领太太的责备，说我多嘴。却不愿眼看着太太天天吃素喝鸡汤。"

方夫人一听此话，顿时大怒道："这还了得！我为了小少爷的病，要戒杀放生。她却瞒着我去残害生命，这还了得！我吃了荤念经，佛菩萨须要怪我，还肯保佑我家小少爷么？这个王妈实在太混账了！我非立刻教她滚蛋不可。"方夫人一面似这般说着，一面拿了一串念佛珠，闹到外面去了。……

方制军这里便果然谨遵阃令，如法炮制。等黄坚生将蕊仙解到南京以后，便真个将她拘禁在督署之内，又去传了刘光汉进来，命他秘密办理此事。刘光汉奉命以后，一想这又是升官发财的机会到了，老头儿既将这种事情托付于我。我替他办成了。那时把柄在手，有挟而求，不怕他不格外给些好处给我。打定了主意，就到拘禁蕊仙的地方去。想姑且先看看这个女党人，到底是怎样一尊人物。

一走到那里，只见门前两个卫兵，都随随便便地蹲在地上谈天。看见刘光汉，慌忙一个个站起来，刘光汉便发话道："你们这班人，也太不顾公事了！上头教你们看守革命罪犯，这是何等重要的差使，你们怎么不拿好了枪，一齐站在门口，严紧防守？却似这般随意走动，倘有疏失，教什么人负责？以后不许如此！"那两个卫兵被他排揎了一顿，都诺到光汉踱进屋里，见那官媒婆斜着身子，坐在一张椅上打盹。朝外一张床上，却睡着一个人，身体向内，看不见面目。刘光汉先对那官媒婆吆喝了一声，官媒婆立时惊醒。见了刘光汉，却也认得的，便叫了一声刘老爷。刘光汉道："你是派来监守这个女犯人的么？"官媒婆道："正是。"刘光汉道："在此地监守犯人，与外面监狱里又不同。你须要格外当心。"说时向床上一望，又大声说道："你这人好糊涂！为什么不将她上起手铐来？"官媒婆道："手铐原带了来的。我看她是个女孩子家，人也还文静，在这个地方，到底不怕她会怎么样。所以也就不上铐了。"刘光汉道："放屁！这分明是你得了她的钱，故意放松。你再不替她上铐，我就先将你铐起来。"一句话吓得那官媒婆不敢则声，却惊动了在床上睡着的蕊仙。听见有人讲话，便一骨碌翻身坐起，跳下床来恰巧和刘光汉打了个照面。刘光汉这时顿觉得眼花缭乱，好容易把眼睛睁大了，再仔细一看，几乎失声喝起彩来。忙问官媒婆道："这位是谁？"官媒婆觉得他此话问得很奇怪，却不得不恭恭敬敬地答道："就是从上海解来的女革命党。"

刘光汉又定了定神，这才走近几步，深深地向蕊仙鞠了一个躬道："今日得见女士，真是幸会之至。"说时又从身边摸出一张名片来，递给蕊仙道："我姓刘名光汉，说起来女士或者也知道我这个人。"蕊仙一听刘光汉三字，倒也确乎知道他这个人。便很大方的接过了名片，又笑了一笑道："久仰久仰。先生是向来对人说，要将我们党人的鲜血来染红你头上的顶珠的。不知现在已达到目的的没有？但我只是先生方才所说的一名女犯人，却承先生这样以礼相待，真是不敢当之至。"刘光汉忙道："女士太言重了。女士不过偶然失察，被他们请来此地，将来自有昭雪之日。那里就敢拿女犯人三字来冒犯女士？"说时又回头对那官媒婆说道："你以后口头放规矩些，须恭恭敬敬地称呼小姐。不可没轻没重地得罪了她，我便不依。"官媒婆答应了。

刘光汉又顺手拖过一张椅子来，说道："女士请坐下来，我们可以畅谈。"说着自己就在另一张椅子上坐了下来。蕊仙道："我生平不喜欢和人谈天。对于先生这种人，更无话可谈，还是请你出去罢！"刘光汉听蕊仙这样说，只得搭讪着立起身来道："女士既没有兴致谈天，我也不敢多扰，就请安息一回，改日再会罢。但有一句话不能不对女士说，我是奉命来照料女士的，如果这些下人们对于女士服伺有不周到的地方，只管告诉我。一定可以办他们。"

唠叨了半天，刚要走出来，那官媒婆忙拿了一副手铐，走到蕊仙身边去。刘光汉忙问道："这是做甚？"官媒婆道："刚才刘老爷责备我不该不和女犯人上手铐，（偏要说女犯人）如今非当着老爷的面给她上了不可。"刘光汉连忙夺过了那手铐来，向地上一抛道："你真是个浑蛋！一点道理都不懂得。你再敢说拿手铐去铐这位小姐，我就先将你铐起来。"官媒婆到此也忍不住冷笑了一声。刘光汉只好装作不听见，一个人走出去了。

从这一天起，刘光汉每日必到押所中来，和蕊仙周旋。蕊仙虽然冷冷地从不假以词色，刘光汉却总是有一搭没一搭地想逗着蕊仙说话。有时还要送些菜肴和水果来给蕊仙，说是此间预备的食品，是不能吃的。这些东西，也是我聊尽一点儿心，请女士尝一尝，换换口味。蕊仙听他这样花言巧语，越发觉得讨厌，一概坚却不受。他便将那些东西硬搁在这里走了。蕊仙无可奈何，只好置诸不理，倒便宜了那官媒婆，乐得拿来饱啖一顿。

如是者过了约莫有半个多月光景，方制台见刘光汉毫无动静，不知是什么缘故？便又暗暗地叫他进去问他。刘光汉便说"蕊仙是个好端端没有疾病的人，如果来了未久，就忽然死了，外面人不免要起疑心。不如等日子稍久，再看机会，总要办得毫无痕迹才好。并且她既是个革命党，我虽不便公然审讯，也须话里引话，从她口中再探听些党内的秘密出来，方于官中有益。这也须要用缓功，不是一天两天可以性急的事。"方制台听他这样说，觉得言之有理，也就罢了。只嘱咐他小心进行，不可怠慢。

刘光汉从方制台那里出来，心中觉得进退两难，没有主意，一个人回到自己家中，天色已经晚了。他的妻子金氏一见了他便笑道："你今天为何回来得这样早？想还没有吃晚饭哩。我今天正煮了一味大鳜鱼，又蒸了半只咸水鸭子。你也很难得的，就在家中吃顿饭罢。你如要喝酒，前月开的那一瓶白兰地，没有喝完，还剩了小半瓶，仅够你一人过瘾了。"刘光汉对他妻子看了一眼道："也好，既已准备下了菜肴，就让我先喝酒罢。"金氏听说，就吩咐娘姨去将酒菜摆出来。刘光汉随意坐在桌子边，就拿起那瓶白兰地来自斟自饮。金氏坐在旁边陪他，手里还抱着一个孩子，在那里吃奶。刘光汉喝了几杯酒，忽然对金氏脸上望了一望，又摇了摇头，像是十分不乐的样子。

金氏便问道："你这个人为何一到家中，就愁眉不展或是唉声叹气，到底是什么意思？"刘光汉道："人家有人家的心事，你哪里知道？"金氏道："一个人，自然不免有心事。但也未必天天是有心事的，像你这个样子，每天一回到家中，就显着闷闷不乐。差不多常年都是如此，又哪里来的这许多心事呢？"刘光汉道："我的确是常年有心事的，我的心事也用不着你多问。"金氏也叹了一口气道："何苦来！一见了我的面，就恶声恶气的。你的心事，我也很明白了，无非是处处憎厌着我。其实我自问也没有什么待错你的地方，吃的穿的，哪一样不替你预备妥帖。只不过生来面貌丑陋些，性情老实些，不中你的意罢了。"刘光汉这时又斜睛了金氏一眼，哼哼地冷笑道："相貌丑陋么？这句话未免说得太客气了！如果你的尊容真是生得丑的，老天又何以特地看中你，要替你面上加上这许多浓圈密点呢？况且你的脚又是那样小法，走起路来三寸金莲，扭扭捏捏，载着这一身肥肉，下轻上重。走一步退两步，真如临风杨柳一般，姿势再好也没有。我如何还敢嫌你丑呢？"

金氏听刘光汉这样一说，由不得夹耳根通红起来。顿时也提高了嗓子嚷道："我生来是这般丑的！但丑则丑，也做了好几年的夫妻了，孩子都有了。你待把我怎么样？"刘光汉道："也无所谓怎么样！不过我自己觉得一到家中，就毫无乐趣，总算是我前生注定，活该倒霉就是了。"金氏道："你也休得糊涂，你讨了我这样的老婆，算是倒霉。我嫁了你这样的男人，也未必不倒霉！大家都倒霉罢了，还讲些什么！"说时将手中的孩子，向摇篮中一放，赌气立起身来，自回房中去了。害得那小孩子狂哭不已，娘姨看不过，将小孩子抱过去了。

刘光汉独自一人，又饮了几杯闷酒。霍地自言自语道："我就是这样办法罢。"当下也不再饮酒了，叫娘姨拿饭来，胡乱吃了两碗，就匆匆地出去。进了督署，一个人走到蕊仙拘禁的所在来，那时蕊仙已将要睡了，见刘光汉夜中跑来，格外觉得奇怪。只对他看了一看，也不理他。

刘光汉平时见了蕊仙，总是嬉皮笑脸的。这时候却忽然装着十二分正经的面孔，对蕊仙说道："我今夜实在是有十二分重要的事情，要和女士一谈。请女士无论如何，不要像往日一样，见了我只是不理。"蕊仙听了越发不耐烦道："我和先生有何话可说？！便是先生要有什么话讲，我也不愿意听。老实说，我既已中了你们这班贼侦探的恶计，陷身在此，生死早已置之度外，听凭你们今天要杀也好，明天要剐也好，我誓不蹙眉，却用不着别的噜苏。如果有人要乘机献媚，那便是辱我，辱我比杀我更不能忍受。请你放明白些！快快与我请出，夜已深了，这里不是你可以久留的地方！"说时满脸含着怒意。

刘光汉笑道："我话还未说，女士何必就生气呢？"说时又招了招手，将那官媒婆引至门外，低低地对她说道："我奉了制台大人的命，今天晚上要秘密审问这个女革命党。不能让第二个人在旁边听着，你且与我远远地退避一下子，不听见我呼唤，不必进来。"说时又从身边摸出二十块钱的钞票来，向官媒婆手中一塞，说道："你当这个差使，也很辛苦。这一点儿，就赏你去随便买点什么东西罢。"官媒婆接过了钱，口说："我无缘无故，如何敢领刘老爷的赏？"心中却自然明白，刘光汉是别有用意，便笑嘻嘻地拿了自去。

督署中派定监守押所的共是四名卫兵，两个守日班，两个守夜班。刘光汉这时又在身边摸出两封信来，递给那守夜班的两个卫兵道："我自己的跟随没有来，这件事只好烦劳你们两人替我走一趟。这两封信，一封是送给范大人的，一封是送给黄老爷的，他们都住得很远。任你们两人一路去也好，分两路走也好，可是信上都有很要紧的事情，非等候回信不可。我在这里等你们回来再走，你们既当了这个监守党人的差使，原是轻易不能离开，但有我在此，一切便无妨碍。"说时又拿出十块钱一张的两张钞票来，分给他两人，说道："这是给你们的脚步钱，快些去罢！"

这两个卫兵明知刘光汉无端差他们去送信，又无端赏钱，这事十分奇怪，但也不敢多说什么。横竖奉命而行，乐得赚了这十块钱的外快。当下也就拿了信去了。

刘光汉这才重进房来。这一夜月色甚好，刘光汉怕窗外有人来窃听，便开了两扇窗，自己在靠窗前一张桌子旁边坐下。又指着那旁的一张椅子，对蕊仙说道："请女士也坐下来，我们再细谈罢。"

蕊仙见刘光汉今夜的举动格外有些鬼鬼祟祟，又将官媒婆和卫兵都遣去了，正不知道他葫芦里卖的是什么药？心中不免也有些忐忑不宁。但转念一想，事到临头，就有什么磨难，也只好相机应付，何必畏惧？当下转坦然地坐了下来。正言厉色地对刘光汉讲道："你到底有什么话？便请快说，不要似这样鬼头鬼脑的。实对你说罢，别人怕你刘光汉厉害，我却决不怕你！"刘光汉道："话不是这样说法，请你先耐了性子，听我慢慢地把话讲完了。如果我是对不起女士的，那时凭你怎样动怒，怎样骂我都可以。总之我是存着一番好心来救你的，并不是来害你的。"蕊仙道："你休在这里花言巧语，我既已身入网罗，既不望人援救，也不惧人加害。况且你也未必有这能力可以救我；未必有这本领可以害我。"

刘光汉道："女士哪里能知道其中详细？老实讲，害你也在我，救你也在我，你的生命真是悬于我手。若不是我存心不肯陷害好人，只怕你此刻早已在丰都城中赴阎王爷的欢迎宴了。我且问你，你到此已经有半个多月了，他们对于你这件事，审又不审，办又不办，究竟是什么意思？你自然是个绝顶聪明的人，请你试猜猜看。"蕊仙被他这样一说，倒也沉吟了一下子道："这个确乎连我自己也觉得有些奇怪。据我的意料，他们一定还想搜寻证据，侦查同党，所以不肯就审。"

刘光汉道："女士完全猜错了。你哪里知道其中的玄妙呢？"说时探着头向窗外望了一望，见并无人踪。便又对蕊仙说道："我如今还要问你一句话，据我的观察，女士和这位方制军，一定以前结下了什么私仇。他这次发下照片，指明要捉你，固然为你是个党人，他算是替朝廷出力。却至少有一半是公报私仇，所以一定要将你置诸死地而后快。"蕊仙听着，又想了一想道："我和他也没有什么私仇。"刘光汉道："是真没有私仇呢？还是女士不肯直说呢？"蕊仙道："关于这一层，我请你不必多问。"刘光汉道："女士既不肯说也就罢了。方制军以前拿了革命党来，都喜欢自己审问。唯有此番将你捉来之后，却一次都没有审过，半个多月以来，天天自称有病。其实我深知他并没有什么病，何以不审，这层道理，连我也猜不透。只是他既不明公正气地审讯，却又想另设毒计，暗地害你。这是明明别有私仇了！"蕊仙道："他要怎样地害我呢？"

刘光汉便将椅子挪了过来，和蕊仙坐得近了，才放低了声音，喊喊喳喳地将方制台嘱咐他用毒药害死蕊仙的情形，细细地讲了一遍。蕊仙听说，倒也骇然。暗想官场中真是十分险恶，论方制台的地位，也总算是个堂堂大臣，怎么会用这样暗中谋杀的手段？这分明是怕我将他的丑史，当众宣布出来，所以要将我秘密处死，以免后患。想到这里，便又故意问刘光汉道："我想方制台身任封疆，就算是利禄熏心，甘为满清的走狗，和我们党人作对，却也不至于如此卑劣。而况我既已被擒要杀就杀，他尽可以自由处置。何必要另转着弯子，设计谋害呢？这些话一定是你造出来的，我却不敢相信。"

刘光汉道："事情本来十分离奇，难怪你不肯相信。但是我就算有意要结好于你，也断不会无中生有，捏造出这种话来。如今也不必多说了。总之我既已将话说明，你只顾不信，我却只顾要设法救你。至于如何救法，我也胸有成竹，务必使你可以脱却危险。我也在表面上依然可以卸除责任，方是两全之策。现在且不告诉你，再过几时，等你脱身之际，自会知道。可是一层，我既担了这样重大的干系来救了你的性命，你对于我，也总不能没有相当的酬报。"说时对蕊仙笑了一笑。

蕊仙正色道："你的话如果是真确的，我将来被救脱身之后，对于你自然也有相当的感谢。老实说，你们做官，也无非为的是钱。大概我总要奉送一笔款子给你，满足你的愿望。"刘光汉笑道："女士太小觑人了！我若孳孳为利，那么只要依着方制军的嘱咐，将你害死，怕他没有大注的金钱赏给我？又何苦放着现成的好处不要，转冒着危险来救你呢？女士请你放明白些罢！我的目的何在？谅女士也不难知道。"

蕊仙凛然道："你的目的，我哪里能知道？总之救我也好，害我也好，我们做党人的，生死早已置之度外。犯不着和人讲什么条件！"

刘光汉道："女士不要将话说得太硬了。老实讲，女士既是党中的重要分子，便不为自己一身着想，也应为党中着想。何苦定要任性使气，把事情弄决裂呢？我如今也索性将我的心事，从实对女士说了罢。我自从那天一见了女士的面，便不由自主地生了一种爱慕之心。所以我现在别无希望，只望女士得救以后，和我有一种相当的结合，不要再视同陌路。那么我就觉得这一片苦心，也总算是不枉了。女士须知我拼着自己的前程，出力救你，自然不能没有代价。不但如此，倘然女士肯垂爱及我，我非独愿为女士效力。并且因深爱女士之故，也愿暗地里为党中效力。以我的地位和能力，假使一朝改弦易辙，暗助革命党，党中得我的益处一定不少。这确乎不是我自己夸口的话，请女士仔细想上一想罢！"

蕊仙听刘光汉这样说着，起初满面涨得通红，心头禁不住一阵阵火起，恨不得将刘光汉立时扑杀了，方可泄恨！但是转念一想，重又把这口气隐忍下去，勉强说道："你若要和我结一重正当的友谊，却也未尝不可。如果存着别种侮辱我的念头，你却休要自贻伊戚。"刘光汉听说便涎着脸道："只要女士肯和我结为最要好的朋友，别的话便好说了。我是十分爱着女士，如何敢侮辱呢？"说着竟伸过手来拉着蕊仙的手，重重地握了一握。蕊仙不防他有此一着，正想闪脱了手，发作起来。忽然嗖的一声，从窗外飞进一块细碎的瓦片来，在刘光汉的手腕上打个正着。

刘光汉猛吃一惊，连忙缩手。蕊仙也觉得十分惊奇。刘光汉这时急急地赶到门外去四面一看，只见满庭月影，静悄悄的毫无异象。再抬头看看屋檐上和庭心中的一棵大树上，也并没有什么人踪，便口里自咕哝着道："这就奇了！难道是凑巧一阵风会将这块瓦吹进来不曾？"一面说着，一面仍向前边走去，想搜寻些什么影踪出来。

略走了一段路，刚要转弯，忽听见一阵脚步响。刘光汉忙立定了看时，原来是那两个卫兵回来了。刘光汉就问道："你们在外面来，可看见什么陌生人没有？"卫兵道："没见什么人。刘老爷是见了人找出来的么？"刘光汉连忙改口道："不是不是。我因为你们送信去耽搁了这么久，还没有回来。有些等得心焦了，所以出外来看看。如今快进去罢。"当下便和那两个卫兵一同入内，卫兵将两处的回信，都递给刘光汉。其实刘光汉哪里会注意在什么回信上呢？顺手接过来向衣袋中一塞，连看也没有看，只吩咐那两个卫兵道："你们依旧在门外看守着，今夜格外小心些，不可再打盹。"又隔了一会，官媒婆也探头探脑地来了。刘光汉便也不和蕊仙再说什么，转身自去。……

又过了几天，毫无动静，连刘光汉也不大来。蕊仙不知其中又有什么道理，横竖事已至此，也不怕有何危险，且自由他。一天夜间，官媒婆睡中醒来，正想起身小解，身子还没有坐起，忽觉有一只手在她颈脖间叉住了。官媒婆大吃一惊，要想叫喊，却又喊不出。便把两只脚在榻上乱跳乱蹬，一阵声响，连蕊仙也惊醒了。忙问是什么事？这时候那只手突然松了。官媒婆急急地跳起身来，旋亮了电灯看时，一间屋内，除了蕊仙和官媒婆两人外，并没有第三个人。官媒婆起先以为是房中来了什么贼了，倒还不很害怕。此刻见房内一切照旧，并没有什么别的形象，转吓得一身冷汗。口里嚷道："我难道见了鬼了？"忙隔窗唤了卫兵进来。在外面空屋里寻了一回，又在门外找了半天，也找不出一些道理来。

大家便问她到底是见了什么东西，官媒婆就将方才被人叉住咽喉的情形，说了一遍。一个卫兵道："倘然有人进来，我们在外面早已看见了。况且也不会电灯一亮，就此不见。难道这个人有隐身术么？"又一个卫兵道："据我看也许是你睡中梦魇了，却白闹了这样一阵。"官媒婆道："分明有一只手将我叉住，如何说是梦魇？大约不是人便是鬼。我原听见人说这衙门中有时会闹鬼。还似乎听见人说过连制台大人自己，也有一次被鬼迷了，会在什么书房中转来转去，转了一夜，找不到出路哩。"蕊仙被她这样一说，回忆前事，倒不禁好笑起来。那两个卫兵便道："凭你是人也好，是鬼也好，劝你还是好好地睡觉罢，这些话少说些，倘被制台大人听见了，你还吃得住么？"一句话转吓得那官媒婆不敢多说了。

那两个卫兵依旧退出，官媒婆便对蕊仙道："我们以后夜间电灯不要熄了，亮着灯睡，胆子到底大些。"蕊仙道："听你的便，我懒得管这些事。"口中似这般说，心下却觉得十分奇怪。暗想其中必有道理，也许是有人要来谋害我，错走到官媒婆榻前去哩。

又过了两三天，一日在傍晚时节，天气已黑下来了，月光未上，庭中十分昏暗。一个卫兵忽然看见远远墙角边，立着一个穿白衣服的人，面目看不清楚，仿佛有很长的白须。这个卫兵便拉着那个卫兵，指给他看，两人壮着胆子，拿着手中的枪，冲将过去。刚要走近，忽然见那白须老者将手一扬，顿时撒过一大把灰屑来，将两个卫兵的眼目都眯住了。等到他们用衣袖拭了半天，拭去了灰屑看时，那里还有白须老者的踪迹？于是两个人便乱嚷起来，说一定是狐仙出现。

隔了一会，恰好刘光汉来了。他们便将种种情形讲给刘光汉听，又把官媒婆那夜所遇的事情，也告诉了他。说这屋内定有狐仙，刘老爷须得想个法子，或是转禀制台大人，请他在此地设个仙位，烧一炷香。不然仙人必定要见怪，也许还要出来吓人。刘光汉听了正色喝道："放屁！你们都在这里活见鬼。我是个破除迷信的人，可不信有这等事！不许张扬，如果再要乱嚷乱闹，我就要办你们了。"那卫兵和官媒婆受了刘光汉一顿训斥，也就不敢再说什么。

可是天下的怪事，不发生则已，一发生了之后，自会接二连三地闹个不住。又有一夜，差不多已有三点多钟了，守夜班的两个卫兵，都坐在地上倚着墙壁在那里打盹。忽听一阵噼里啪啦的响声，两个人便同时惊醒了。睁开眼睛一看，只见眼前一片红光，顿时吓得大叫起来。正是：

小院倏成恐怖窟，扰人狐魅又重来。

卫兵等起初吓慌了，还不知道这一片红光，到底发生在什么地方。后来仔细一看，才知道是在庭心里那棵高树上。那时节天气很燥，那棵树枝叶又很茂，树枝一着火，顿时熊熊然烈焰飞腾，势头来得十分厉害。

里面睡着的蕊仙和官媒婆，经卫兵这一嚷，早已惊醒了。推门一望，也异常惊骇，蕊仙忙对那两个卫兵说道："你们难道真个吓昏了？还不赶快出去喊人来救火！单是在这里乱嚷乱叫，又有什么用呢？"一句话提醒了两个蠢材，这才赶到外边，叫醒了署中的更夫，杂役。顿时提吊桶的提吊桶，拎水的拎水，乱哄哄地一齐拥进那小院中来。

可是树身很高，泼不上水去，正在着火的时候，又没有人敢缘梯而上。幸亏署中也备着一架小洋龙，拿皮带接了水喷射了一回。到底只有单独一棵树，四周又离墙很远，火势无从蔓延。一经喷水，也就救熄了。再看那棵树时，枝叶已经差不多烧光，连树身的上半截，也完全灼焦成了枯木。这一场大闹，闹得上头也早知道了。

那时方制台和他的夫人，原已深入睡乡，听见署内失火，都惊慌得了不得。不多一会，有人上来报告说道："不妨事，已经救熄了。"这才放心，刘光汉住的地方，离督署颇远，起先并不知道。直到火熄以后，有人前去报信，才连夜赶进署来，见只烧了半棵树，其他并无损伤，也就罢了。刘光汉来时那些救火的人，有许多还没有散去。正在那里纷纷议论，说这件事情，实在有些奇怪。前几日官媒婆在半夜中被一只手叉住咽喉，后来卫兵又看见了一个白须老者；今夜这一场火，别的地方一些没有烧着，偏高高地在这一棵树上四围燃烧，看起来分明是大仙显灵。不能不想个法儿禳解禳解。

刘光汉听众人这样说，略沉吟了一回，便喝道："胡说！我这个人最不喜欢讲迷信。堂堂督署里面，有什么狐仙？这分明是两个卫兵不知怎样撂下了火种，以致失火。今儿夜深了，等明天早上，我去见了老师，自有办法。如今火既熄了也不必再多闹。大家且各散吧。"众人听他这样讲，便不敢多说，就纷纷散去。刘光汉又向蕊仙慰问了几句，便也回去了。

明天一大早，方制台就传见刘光汉，问他夜来的情形。刘光汉皱着眉头道："昨夜这个火，可真有些古怪。无论是无意失火，或者竟有人纵火，都不会单烧在树枝上面。况且那树身又很高，假使放火，何不先烧树根，却要爬到树顶上去下火种，这又是什么道理？卑职虽然素来破除迷信，而且也断不敢拿迷信的话来搪塞大人。但因这场火起得太奇怪，加以未起火之前，已发现了两次怪异，也就不敢断定狐鬼之说，是决然不可信了。"

方制台道："以前还有什么怪异？"刘光汉便将官媒婆和卫兵所遇的事情，绘声绘影地讲上一番，讲得那方制台毛骨悚然。忙道："照这样子，多分其中是有些奇怪。我起初还以为无端失火，必定是那两个卫兵不小心，想把他们斥革。如今既觉得这一场火来得别有道理，也就罢了。但是你必须叮嘱他们以后格外小心些，不可怠慢。"刘光汉连连答应了几个是，又凑近了一步，低低地说道："据卑职的意思，这个女革命党，久拘在署，总觉得有些担心。还是照大人以前的吩咐，几时将她结果了，就算了账！"方制台点点头道："原是的呀。我已经催过你几次了，你往常是很能干的，办事也很有辣手的。何以这件事却办得这般延缓？"刘光汉道："并非卑职故意延缓，实在是为遮人耳目起见，不得不放她多活几天。现在却已拟有办法，包管在十天以内，复大人的命就是了。"方制台道："如此甚好。"刘光汉见方制台并没有别的吩咐，便恭恭敬敬地退了出去。

方制台走进内室，把刘光汉适才这一番话，告诉了他夫人。又摇了摇头说道："据我看，我们这件事，总干得有些对良心不住。或者种种怪异，都是鬼神有灵，在那里警告我们，不要造孽哩。"方夫人听了就使劲地啐了一口道："你这人真是越老越糊涂了！还是方才刘光汉说是大仙作怪，我倒很有些相信。至于鬼神警告，那真是屁话！鬼神既然有灵，何以不保佑好人，反去帮助革命党？况且这个女革命党被捉以后，迟早总是一死，我们不过变个方法，倒教她死得好些，免却了一刀之苦。又有什么罪过？就使有罪过，让我一个人来承当。你且不要管，我每天很至诚地奉着观音大士。以后只要在观音大士面前，多点几炷香，多磕几个头，凭你有什么罪过，也可以消除了。倒是大仙如果真和我们开玩笑，仙佛却是两界，我也不能求佛菩萨去和大仙商量，教他以后不要作祟。非得另外设个位子，供奉他不可。"

方制台道："依你便怎样办呢？"方夫人道："我想就在那拘禁女革命党的院子里去摆设一个大仙的牌位，每天供些烧酒鸡子。你是到底不便出面的，怕人家笑话，说是制台大人拜狐仙。说不得让我多辛苦些，朝晚前去烧香点烛，这样一来，也就可以无事了。"方制台这人原是唯妇言是用的，听他夫人这样一说，且自由着她去办。于是不出三天，拘禁蕊仙的那个院子里面，果然就特设起一个木龛。龛里面供着一位红漆金字的木牌，上写着"大仙之位"，方夫人每早晚必定自己前来焚香礼拜。蕊仙亲眼看见她这样捣鬼，不免暗暗好笑。

又过了约有十来天的光景，一天夜间，方制台和他的夫人已经睡熟了。忽听见外面沸反盈天地闹将起来，一片声嚷着："这番真个起火了！"老夫妻两人从梦中惊醒，连忙披衣下床，推窗一望，只见红光逼射，火势甚是厉害。方夫人就满口"南无佛南无法救苦救难"地乱念起来。一面又唤那些使女仆妇，快快抱小孩搬东西，倒是方制台来得镇定些，忙止住她道："你休得这般鸟乱！（对夫人而说鸟乱，方制台也是急不择言。）这火势虽大，看上去相离还远。料来不至延烧到上房里来，你何必如此着急？"

道言未了，外面果然有人进来报道："请大人放心，今夜的火，虽然烧得比上次厉害。但因发觉得还早，外边的救火人员也都到了，正在竭力灌救，大概就可望熄下去，不妨事的。"方制台忙问道："究竟是什么地方起火？"报告的人回道："就是拘禁女革命党的那所小院里。"方制台一听，又是在拘禁蕊仙之处起火，不觉十分骇怪。就穿上了外面的长衣，由几个仆人和卫兵围护着，自己到起火的地点来察看。

只见火势冲天，光焰四照，有好几条水龙，在那里喷射着。四围救火的人，奔来奔去。十分忙碌。可是这夜又颇有些风，火仗风威，一时不容易救熄。眼看着那所小室子，已埋在火窟之中，幸亏靠近着四边的房屋不多，只是几间小平房，那时节火路已拆断了，所以并未蔓延。隔了好久，火势渐歇，只在那里冒烟。外边许多官员听见督署中失火，都已赶来了。见了方制台，一个个上前请安。

方制台见火势已熄，便邀他们到花厅上坐地。一迭连声地向那些卫兵问刘光汉来了没有，卫兵回说："早已来了，先在火场上督同救火，后来见火势遏不下去，刘老爷急了，便亲自动手拿了龙头在那里灌救。如今还夹在许多救火员当中，挤不出来哩。"方制台道："你们快去与我将他唤来。"卫兵答应了一声，一会儿将刘光汉唤到，已弄得满面灰屑，全身透湿，简直不成个样儿。见了方制台，请了一个安。方制台道："今夜这场火到底是怎样起的？"刘光汉道："卑职方才已约略问过守夜的那两个卫兵，他们的说话很是离奇。卑职因为救火要紧，也没工夫细细地盘驳他们，只教人将他们两个看管着。如今正押在外面，请大人自己审讯一番，再酌核办理。"方制台又问道："那里面拘禁着的人怎么样了？"刘光汉道："多半是烧死了。因有火起在屋内，霎时间就冒穿屋顶，等到救火的人来时，已不及入内救人。只怕连那官媒婆也一齐葬身火窟了。且待烟消火灭以后，卑职进去踏勘了情形，再来禀告大人。"方制台点了点头道："那么你快去察视火场吧。看有什么形迹，再来报告。还怕是有奸人纵火，须关照全署卫队，留心梭巡，盘查闲人才是。"（火熄之后，再梭巡，再盘查，简直关门捉贼，方制台真是个浑蛋！）刘光汉答应了一声，便自退去。

方制台便叫人将那两个卫兵押上来讯问。方制台一见了两个卫兵，心中不免有些动怒，便拍着桌子叱道："你们这两个东西，好生怠慢！你们既担着守夜的责任，这是何等郑重的事，怎么火起之时，不能预先觉察？以致闹成大祸！现在快把一切情形从实招来。若有半句虚言，我一定要你们的狗命！"

那两个卫兵原已饱受惊吓，又见了方制台这样的威势，一个早已慌了。浑身发抖，连话都说不上来。一个胆子大些的，勉强回道："我们两人因为上次院子内已经闹过树头起火那个玩意，原已不敢怠慢。在值夜的时候，提心吊胆看看这边，望望那边，丝毫不敢疏忽。可是今夜的事，实在稀奇得很。在半夜时分，我们亲眼看见那摆着香案供着大仙的大木龛后面，忽然又钻出一个白须老者来。那副神气和以前所看见的一般无二，这白须老者出现以后，就望着天上作了三个揖，大踏步向前走去。我们二人先远远地吆喝了两声，那白须老者就像毫不听见一般，依然慢慢地走着。我们两人便大着胆子，蹑手蹑脚地跟上前去。今夜的月色十分昏暗，我们看看已要近他的身了，他不知怎样在黑暗处一躲，就看不见了。我们正要搜寻忽然有一只大袖子飘了过来，在我们两人的口鼻间一拂，顿时两人都失了知觉，昏昏地睡着了。也不知睡了多少时候，又觉得有人拿冷水向我们两人面上一浇，又用脚踢了两下。大声喊道：'蠢材，火起了！还不逃命！'我们这时惊醒，跳起身来一看，只见眼前烈焰飞腾，那所房屋已是着火。我们吓得魂不附体，忙到外边喊人救火，到底火烛怎样起的，始终不得明白。"

方制台听罢了这卫兵一番话，捻着胡髭沉吟了一会，又问道："你的说话，句句是实言么？"卫兵道："句句是实。不敢欺骗大人。"方制台便问旁边坐着的那几个属员和幕府道："据卫兵所供，这火起得确乎十分古怪。难道此中真有狐鬼作弄么？"这时那位首府便躬身答道："狐仙作怪，有时真个十分灵验。据知府的愚见，今夜的火大概确是狐火。还仰赖着大人的威德，狐仙虽弄狡狯，未敢过于放肆。所以只焚了几间偏屋，没有酿成巨灾。"方制台点了点头，刚要答言。那陶介卿这时也在座，（此公忽又出现回映第二十四回）便忍不住说道："职道却有个意见，不敢不讲。狐仙鬼怪，到底是迷信之谈，不足为信。据职道的猜想，这所院子，既然拘禁了女党人在内，今夜之火，一定别有原因。卫兵的供词过于离奇，显见得是不尽不实。即使所言并非捏造，事情也大有可疑。目前的革命分子，羽党众多，难保没有人假托狐鬼，故意设此狡计，一面放起火来，一面却乘忙乱中将犯人劫去。大人对于此事，倒不可不彻底查究。"

方制台听陶介卿这样讲，顿时凛然变色，忙道："你的说话，倒也不错。若果如此，我想这件事倒还含有危险性质呢！"陶介卿道："别的危险，却也没有。且看刘侦缉长踏勘了情形之后，如何报告。倘使残烬之中，发现了什么尸骨，那么这个女革命党，确已烧死在内，倒保得住没有别的问题。如果检视火场，毫无痕迹，那就大大的可疑了。至于这两个卫兵，还得请大人将他们严行收押起来，暂时决不可轻于释放。"方制台道："你的见解，自是高人一等。我对于此事，自当慎重办理。"

说到这里，刘光汉又来了。见了方制台，便道："卑职已在火场中细细地检查过，因为房屋在火起时早已倾圮。四围墙壁，也有一大半被救火钩拉倒，只余墙根未动。如今在瓦砖堆中检着了两堆骨灰，内中还夹着好几根烧焦的枯骨，多分是那女党人和官媒婆都因逃避不及，烧死在内了。"方制台道："这焦骨和骨灰，你亲自检视过么？"刘光汉道："卑职已仔细看过了。最好请大人再去踏勘一遍。一面再传两名精明老练的仵作进来，详加检验。那几根焦骨，是大家看得见的。只有那两堆骨灰，却还要验个明白。"方制台道："既有焦骨，那一定是有人烧死在内。如今天也快亮了，我闹了半夜，也觉得十分疲乏。且散了歇息一会，到明天再去踏勘吧。你且多派些人将火场严密看守着再说。"刘光汉连答应了几个是，领命自去。其余那些人见方制台大有倦意，便也不再多留，陆续辞去⋯⋯

到了明天，督署中狐仙作祟、半夜无端起火、烧死了女革命党和官媒婆的话，便四处传播。别的人听了这句话不打紧，唯有国雄和蕙仙二人，躲在他们同党预定的秘密寓所中，得到这个消息，真如万箭攒心，说不出的悲酸凄苦。国雄骤听着蕊仙的死耗，觉得心头一阵急痛，就此眼前漆黑，竟自晕倒了。唬得蕙仙和其余几个同志，不知所措。好容易将他救醒，还是痛哭不止。凭你冯蕙仙女士怎样能干，至此也是一筹莫展，只有和国雄两人相对哭泣而已。

又过了几日，蕙仙和国雄商量着我两人此来，是专为营救蕊仙的。如今蕊仙已不幸死了，我们多留在此，有何益处？不如回到上海，再作道理。国雄也觉得她此话不错，正想收拾动身，忽然接着了上海秦大星拍来的一个密电，电文是："雄蕙两君鉴：速来。"蕙仙和国雄既接到此电，以为上海方面又有什么别的急事，当日就动身回沪。一下了火车，便不再停留，直往虹口秦大星的寓所中来。

国雄一见了秦大星的面，便忍不住双泪直流，说道："蕊仙女士已不幸葬身火窟了，我们枉自到南京去了一趟，竟救不到她的性命。真是又悲痛又惭愧。"秦大星听说，面上却并不露出什么悲哀的样儿来，只说道："南京督署里的事，我第二天已得着同志的电报，早已晓得了。如今催你们二位来，是因为有一个人急于要见你们，怕你们觉得太奇怪了，不能不由我来介绍一下子。"蕙仙道："是什么人要见我们呢？"秦大星道："人已来了，在我这里。你们倘有意见他，快随我进来。"说时便站起身来，将二人领到里边一间密室中，那密室中有一架衣橱，大星用指头在那橱门上弹了三下，呀的一声，橱门开了，跳出一个人来。

国雄和蕊仙二人见了，顿时惊得目瞪口呆。那人却笑将起来道："你们为什么见了我不开口？难道认不得我了么？还是以为我真死了，变成了鬼，来唬你们呢？"这时国雄更顾不得什么嫌疑，早赶上前去抱住了那人的身体。哭道："妹妹你怎么会在这里？管你是人也好，是鬼也好，横竖能再见你一面，我也甘心了。要死也等着我一路走吧。"那人听国雄如此说，也讲不出别的话来，倚在国雄的肩头上大哭不止。蕊仙也赶上前去拉住了她一只手，说道："妹妹呀，这到底是怎么一回事呢？教人糊里糊涂的，真像在这里做梦了。"这时那秦大星转急起来了，连忙说道："你们这三个人，怎如此不知轻重！似这般号啕大哭，万一被隔壁人家听见了，泄漏机关，还当了得！大家既已见面，有什么事不好谈？何必闹成这个样子。"一面说着，一面早将那间密室的门关上了。这三个人听大星这样说，才慢慢地止住了泪。

大星道："你们坐下来再谈吧。"于是大家依言坐下，蕊仙先说道："妹子看你的样儿，还是好端端的一个蕊仙。只差面庞消瘦了许多，你到底是怎样会逃出了罗网，跑到此地来呢？"蕊仙道："此事说来话长。不要说你们见了我，以为做梦，连我自己也像是做了一场大梦哩。我这一回所以保得住性命，却全亏了一个人。"国雄忙问道："是什么人能够救你？我第一个先要去谢谢他。"蕊仙笑道："救我的人，你们无论如何猜不到的。而且他的救我，也并非出于好意，等我说明白了，只怕你非但不愿意去谢他，还格外地要恨他哩！你道救我的是谁？便是向来专和我们革命同志作对的刘光汉。我这回被捕解宁以后，那方制台便要置我于死地，却又不愿明明白白地杀我，特地委托了刘光汉，暗中将我害死。

"刘光汉原是常办这种差使的人，要他害死个把人，原不费吹灰之力。但说句迷信的话，大概是我命不该绝。不知怎样他一见了我，忽然动了爱慕之念，对着我未免显着些不尊重的态度，却也还没有到十分侮辱的程度。我起先见了他，十分愤恨，想拼着这条性命不要，和他闹一个决彻。但转念一想，我的生命，既在他掌握之中，倘然就这样子牺牲了，未免太不值得。因此想利用着他，图个脱身之计。便虚与委蛇，略略假以词色。凭你刘光汉怎样厉害，也猜不透我的心理，竟也担着十二分的危险，为我设策。

"他起先故布疑阵，嘱咐他手下一个心腹，这人是个积贼出身，竟能飞檐走壁，不知怎样被刘光汉收伏了，便为他所用。此次刘光汉便命他装狐装鬼，先使那些卫兵和合署中人引起了一种疑虑，然后决意放火，让我于火起之际，乘乱逃走。他放火时的布置，又十分神妙，先在我的卧室中和隔壁空房内，暗间设下了最易燃烧的火种。然后教那手下的心腹，再假扮作一个白须老者，去引那两个卫兵。料想那两个卫兵见了必定又以为是狐仙出现，要来追赶。便在他们追赶的当儿，用麻醉药将他们迷倒，就放起火来。等到火势已旺，再用冷水去喷醒那两个卫兵，他们以为火由屋中起，我和官媒婆必定一齐烧死。其实我早已得着刘光汉的关照，这天夜间，便准备一切。火没有烧着，我却早已由他们掘了墙洞，由洞内爬出来走了。墙洞掘得颇高，后来火起的时节，墙壁倾倒。颓垣碎瓦中，又有谁辨得出挖墙洞的痕迹？墙外恰巧是一条僻巷，我从僻巷中溜出来，自有刘光汉派人在那里接应，丝毫没有困难。"

国雄道："这种情形，你不说明，我们哪里会知道呢？但是你虽然逃出来了，那官媒婆却无故烧死在里面，也太觉冤枉。"蕊仙笑道："你问到这句话，未免太笨了。我们和那官媒婆，又无仇怨，何必将她烧死在内？岂不罪过？并且我与官媒婆同住在一间房中，若不先和她说明，她怎能眼看着我们放火逃走，不先叫喊起来呢？这自然是用金钱买嘱了她，和她同逃的。但事先对她也严守秘密，直到放火的当夜，才和她说知。她既贪着重赏，又晓得这件事是刘光汉的主张，也断不敢前去出首。收了钱之后，便乖乖地跟我同逃。那官媒婆的家中，住在乡间，离城甚远，原是个很僻静的所在。我当夜逃出来，就乘着先期预备下的小船，对船上人假说是婆媳二人，有急事要回家。就连夜开船溜到乡间去，在她家中躲了几天。

"听见风声略静，我才扮作一个乡下人模样，悄悄地独自一人，坐了四等车到上海来。车站上面，虽然侦探密布，却都是些饭桶。又好在我以前解到南京的时节，直接拘入督署，又从未公开审讯过一次。外边的人都不认得我的面目，因此未被识破，却也觉得十分冒险。"

蕙仙道："你们两人既没有烧死，何以外面沸沸扬扬，都道是火场中发现了两堆骨灰，又夹着许多焦骨？"蕊仙道："这也是刘光汉的计策。他事先不知在哪里弄了许多很大的牛骨进来。一烧之后，自然就有焦骨，其实人骨和牛骨当然是分别得出的。大概刘光汉又在检验人那里用了些钱，所以第二天检验的时节，就马马虎虎地认为是我和官媒婆两人的骸骨。竟将方制台蒙混过去。"大星道："官场中人真是浑蛋！无论火势怎样猛烈，也未必就会将两个人的尸体，顷刻烧成灰烬。便算肉体烧成了灰，骨骸变了焦炭，那两副骸骨，纵然枯黑，也总是个整的。怎么只剩了几根零星不全的焦骨呢？"蕊仙道："对于这一层，听说那陶介卿和江宁县陈小舲，都不肯相信，主张严查。后来因为方制台自己转深信不疑，也就罢了。"

大星道："方制台一半是真个相信，一半却也怕其中如有别的情节，再查了出来，格外难办，并且于他的声名也不好听。捉住了革命党不明正典刑，就在自己督署中烧死了，已经很不对了。万一再查出来是设计纵火，要犯脱逃。他这个失察的处分，哪里还担得下？我前天得到南京同志的来信，还说是方制台于出事以后，已严令自己署中人和那些属员，不许张扬。大概对于这件事，就此含糊了结，不见得再深究了。"

国雄便问大星道："蕊仙既已出险，你的来电，何不略略提明？让我和蕙仙二人也好放心。"大星笑道:"你今夜说的话,何以糊涂得竟和那方制台可以拜弟兄? 我虽发的是个密电,照着彼此预约的电码,别人不会晓得。但也总须要防个泄漏,如何能把蕊仙被救的情形,对你们直说呢? 并且这件事直说了也没有趣味,还是让你们蓦地相逢,惊喜出于意外,来得富有情趣。方才你们三人这三副尊容,六行眼泪,在我脑中很有一种深刻的印象哩!"一句话说得大家都笑起来。

蕊仙又皱着眉头道:"我如今转危为安,倒不怕官中的侦察。转愁刘光汉那厮,还要和我缠账,他挟了救命之恩,虽然这时肯放我一人到上海来。却和我预约,以后须时常通信,结为好友。并且有一句极放肆的话,是他在未救我以前说的,便是他问我已订了婚没有? 我若说是婚约已订,又怕他要寻根究底,追问是什么人? 因此不愿意和他再噜苏,回说是没有订婚。他便说他自己已决意和他老婆离婚,将来必定与我有一种正当的结合。最可笑的,他又附带着一个条件,说准许我此后依旧尽力革命,他还情愿抛弃了眼前的地位,暗中帮助我,使革命成功。我受了他这样唐突,若依我平日的脾气,自然极少要给他两个嘴巴。无奈是又在急难之际,只好勉强隐忍。"

国雄道:"横竖你如今已是脱却樊笼了,还怕他则甚?!"蕊仙道:"此话却又不然。他的话也讲得十分厉害,他说他知道我是个女英雄,说一是一,说二是二,所以决计放我高飞远走,不来羁绊着我。只是我无论迟早,必须答应他的要求,不可失信。如果把他的说话置诸脑后,给他一个音讯杳然,再和别人结合。他自有本事使我依然逃不出他的手掌,还要将爱我的人设法置诸绝境。这种话虽然有一半也是恫吓之词,但他这个人心计太深,手段太辣,羽翼又太多,陷阱遍处设,倒也不可不防。"大星道:"刘光汉这个人,倒是说得出做得出的。他这番话,不能完全认为吹牛。我劝你不妨真个和他时常通信,姑且周旋着再说。他说他有他的本领,我也敢说凭着我的本领,或者可以倒转来去吸引他,收伏他。我觉得这人才具很高，胆量又很大，就像这回救你的事情，不是他断不肯做，也断不敢做。他虽然是我们党中的对头，但如果得他改变方针，转为我们所用，却也受益不浅。"

国雄道："大星兄这句话，我不敢赞同。我们党中第一注重的是忠诚二字，像刘光汉这种人，虽然是小有才，却异常险诈。倘若贸然和他联络，一个弄得不好，就是引狼入室。还以屏绝他为是。"（国雄自然又有国雄的心思）

大星道："这些话且放着慢谈，我们如今还是商量些要事再说。我想蕊仙虽已脱险，暂时还须隐藏为是。蕙仙也不妨留在沪上，我不久就另有要事，须托你去办。至于国雄，我想请你依旧到日本去走一趟。照目前的情势而论，我们革命的时机，已渐见成熟。不出数月，必有大举。日本方面，也是我们的一个重心集会的所在，不能不有几个资格较老、才识较广的同志去主持一切。自然要借重华兄了。"国雄道："首领的命令，自当遵守，但不知教我何时前去呢？"大星道："要去就去，不宜迟缓。我看明天就可以动身了。"国雄这时讲到私情，实在不愿意就走，但为公谊所迫，却也未便留恋，便一口答应了。果然耽搁了不到两天，就动身往日本去。

在国雄未到之前，日本方面的同志，对于蕊仙脱险的情形，大概已早知道了。国雄到后，也不过再详细报告一番，大家晓得蕊仙毫无损伤，甚为欣慰。又听得说国内的革命军，指日就要起事，便格外兴奋。大家都摩拳擦掌，准备一切。

一天晚上，怀仁另有些事，要和国雄商量，两个人在房中密谈着，不知不觉已谈到两点多钟。其余房间中的人差不多都睡着了，静悄悄地没有什么人声。不料一会儿忽然听见相离不远的一间房内，大吵大闹起来。起初像是两个人在那里对骂，国雄忙道："这又不知是谁半夜三更这样胡闹，惊动了全旅馆中人，都为之不安。中国留学生就是这些地方，给人家瞧不起！"怀仁道："这两个人，是新近住得来的。一个姓王，号西园；一个姓徐，号贝亨。两个人大约都不是什么好东西。两人住在一个房间里面，服装十分阔绰，像是纨绔子弟。举动却十分粗暴，又像是下流人物。他们也自称是留学生，究竟是在什么学校里读书，也没有人去考问他。他们两人也从不和旅馆中同住的中国人谈天。一天到晚常和那些下女胡调，而且时常吵架。不多几日，还为了同恋着一个日本女学生，彼此争起风来，吵得不亦乐乎。后来经人再三解劝，方始罢休。今儿又不知为了何事，闹起来了。我们且不必理他。"

国雄摇了摇头，正要再谈别的话，却听见那间房内砰砰作响，闹得越发厉害。隔了一歇，只听见一个人开了门，直冲出来，口中大呼救命！又一个人却在后面追着嚷道："你往哪里走！我非痛打你一顿不可！"两个人的脚步，过了怀仁的房门口，又直向前去。这时候怀仁和国雄二人，再也不能安然听隔壁戏了。忙开了门出去看，其余房间许多旅客，经他们这样一闹，也都惊醒了。一齐走出房来，瞧是什么事情。

却见这两个人，一个穿着睡衣，一个上身穿了一件背心，下身却连裤子都没有穿，只围了一块大毛巾，光着腿，赤着脚，就是这样赶来赶去。引得那些下女们拍手大笑。怀仁看他们闹得太不成体统了，忙也赶过去，先将后面追的那个人一把扯住道："老兄既是自己人，何苦这样闹法？有话好说，请你们为中国留学界，略保存些体面。犯不着天天供给别人笑骂的资料呀！"那人虽被怀仁扯着衣服，还想挣扎，经不起别人也上前来将他阻住。同时前面走的那个人，也被人拉住了。两个人方始停步，后面那个人依旧大骂道："你这小畜生太可恶了！老子今天不收拾你，也不姓徐了。"前面那个人也嚷道："我难道真个怕你么？你又是什么好东西！要闹就索性闹开来看。你也未必体面！"这姓徐的见姓王的还不服气，依旧狂跳着要横过去，却吃许多人连扯带拽，将他们一齐送归房内。

这时候看的人挤满了一屋子，连房外也站着许多人。怀仁便问道："你们二位到底为了何事？如此闹法。"那徐贝亨便指着王西园道："叫他自己说。"王西园道："没有什么可说的。总之我也并非有心得罪他，他不过怀恨着我夺了他的恋人，借题发挥，硬要和我瞎闹就是了。"徐贝亨道："还说我是瞎闹么？但问你自己，做的是什么事？丢脸不丢脸！"众人听了便问徐贝亨道："到底他做了什么事？你何妨宣布给大家听，也好评个曲直。"徐贝亨咬了咬牙齿道："他不怕丢脸，我倒不愿意说。请你们大家看看他这件东西吧！"说时便伸手向王西园铺上去拿了一件东西出来，王西园要来抢时，已被徐贝亨高高地举在手中。大家一看，都道："该死该死！"

徐怀仁却趁这当儿，对大众说道："他们今夜为什么打架？其中的事情，一定糟不可言。我们也犯不着再去盘问他们，不如各散吧。"又回头对王徐二人很严厉地训斥道："你们也不许再闹了。如敢再闹，无论谁是谁非，我们非起来干涉。叫了警察来，将你们二人连夜哄出旅馆去不可！"两人听怀仁这样说，火气都平了些，也不再开口了。房内外瞧热闹的人，见他们两人僵着不讲话，又加以怀仁的一番解劝，知道再没有什么把戏可看，也就嘻嘻哈哈地各自散去。

国雄跟着怀仁进了房内，便问道："那姓徐的手中拿着的到底是什么东西？"怀仁道："这个东西，你自然是素昧平生，不会相识的。却不必多问，总之是无耻之尤罢了。被他们这一闹，时候越发迟了，我也觉得很困倦，不愿意再谈天了。不如睡吧。"国雄依言，便也自归寝室。

到了第二天，那姓王的一来因为在旅馆中闹了笑话，觉得有些存身不住。二来也万不能再和姓徐的同居，一早就算清了房金搬向别处去了。那徐贝亨却依旧在本旅馆中住着，并且来访候怀仁，谈了半天话，方才别去。

怀仁等他走后，连忙走到国雄房中来，一见了国雄，就笑得嘻天哈地。国雄问他什么事这样好笑，怀仁道："就是昨天夜间的事，今见那徐贝亨亲来访我，讲得一个清清楚楚。幸亏他还总算存着些儿体面，没有在昨夜当众宣布，否则这段新闻，被日本报纸上登载出来，中国留学生的丑史中，真又添了一种新材料了。"国雄道："你少发空议论了，快将其中详细情形，说与我听。"怀仁道："我昨儿不是已经告诉你，说他们两人争着一个日本女学生么？他们两人一齐下手吊膀子，但是姓王的比较钱来得多些，相貌也略略漂亮些，所以被他先刮上手。姓徐的因此十分恨他，不想天下事便宜就是吃亏。他们目光中所认为女学生的，实际上却是个密卖淫的私娼。姓王的和她结识以后，就染了毒，被姓徐的知道了自然格外要讥笑他。姓王的却也无可奈何。

"昨天晚上姓徐的睡到半夜，忽然觉得有一股水，不知从哪里来的，向自己面上直射过来，弄得满头满脸湿淋淋的都是水点。正想开口动问，第二股水却又来了，这一次更厉害，连嘴唇上都沾了许多。姓徐的起初还以为是睡梦中有人和他开玩笑，故意拿着喷香水的瓶，向他喷射。但是用鼻子仔细一闻，却毫无香水味，只有一阵很恶劣的药水气，直冲鼻观。姓徐的觉得很是奇怪，连忙坐起身来一看，原来那姓王的正拿着一件东西，在那里努力注射。那件东西就是姓徐的昨夜抢在手中给大家看的法宝。不知道的人，不识为何物？知道的人，自然一望而知是染了梅毒的人所用的注射器。可是那姓王的真混账，他要买这种东西，也不问个明白。日本店中售卖注射器，原分着两种，有男性用的，有女性用的。他却糊里糊涂去买了一种女性用的注射器来。于是和他的需要，适成了一个反面。使用的时候，自然格格不相入。他又不明原因，只管灌入了药水，将注射器乱挤了一阵，便水沫四溅。累得那姓徐的一枕梦回，无端饱尝异味。见了这种情形，却也难怪他要动怒。便抓住了姓王的要诘问他，谁知姓王的还不肯认错，因此就由吵嘴而殴打。闹成那种光景。你想可笑不可笑？"

国雄道："你还说是可笑哩，据我看只是可气！留学界流品之杂，至于如此，真堪浩叹！"怀仁道："你也不必空发什么感慨了。我们还是商量我们的正事吧。我们党中不多几日，要开大会了。你可有什么议案？"国雄道："我这几时忽而回国，忽而东来，往返奔走，觉得心神不定。却也想不出什么议案来，好在我和你两人意见原是相同的，你所提出的议案，我总可以连署就是了。"怀仁道："话倒不是这样说法，此次大会关系颇重。大家都应该想些方法出来，不能敷衍了事。据我说你这几天不必出去了，还是躲在旅馆中，先将我的提案细细看上一遍。有可以赞同的，自然不妨连署，有不赞同的，也尽可校正。此外你自己也须很郑重的另拟几条，不可贪省力，交白卷。"

国雄道："我并非想贪省力，交白卷。我的意思，觉得提案咧，讨论咧，都还是空言。如今最要紧的，却是实行。我们留学界中，说大话的本领，各个人都有的，只苦能实行的人太少了。"怀仁道："你的话却也不错。我也曾和党中几个重要人物谈及这一层，总还觉得人才不足。只怕将来一切计划实行的时候，像你我这样，都要被派为开路的先锋哩。"国雄道："如果党中有何差遣，那自然也是应尽的责任。"怀仁点点头，两人正谈得高兴。忽然下女来说，有人打电话来，找华先生。道是有要紧话，请你快去听。正是：

家国艰难无限事，鱼龙混杂有谁知。

第三十一回　引杯看剑皓月流辉　堕溷飘茵名花历劫

国雄听见说有人打电话来，连忙自己去接，听那电话中和他对语的人，满口说着日本话。国雄生性聪明，加以来到日本，已有这许多时候，平时补习日语，也很用功。因此对于日本话，不但能听，也讲得颇娴熟了。当时便在电话中和对方讲了一会。知道打电话的是精养轩餐馆中的一个仆欧，说有人特地在精养轩定了房间，请国雄晚间八点钟前去吃饭。国雄便问请客的是什么人？仆欧答称姓林。国雄暗想我朋友中并没有姓林的呀。又问姓林的是怎样一个人？仆欧答道："怎样一个人，连我们也没有看见，不能知道。这请客的自己并没有来，是差了一个仆人来预定的。定下了房间之后，那仆人自己就想打电话给华先生。却因电话没有接通，他又有别的事等不及先走了。临行时将你先生所住旅馆中的电话号头告诉了我们，并再三叮嘱我们打个电话给你。请你今晚务必在八点钟到精养轩来，不要过时。"国雄道："我知道了。"当时便把电话摇断，回到房中来。怀仁问他："是谁打电话给你？"国雄道："一个姓林的，今晚在精养轩请我吃饭。可是我在日本的朋友中，实在没有姓林的熟人。不知这请客的到底是谁？"怀仁道："管他是谁，横竖有人请，就乐得去吃一顿。精养轩是日本很讲究的一个西餐馆，这请客的或许是个阔佬哩。"国雄道："左右今晚无事，就去一趟再说。"

到了当天晚上，国雄便独自一人到精养轩来。一问仆欧们，知道果有一个姓林的来定好房间，是十二号。只是主人却还没有来，便由一个司招待的仆欧，引他到十二号，那间房中坐着。国雄坐定之后，在怀中掏出表来一看，见已是八点半钟了。国雄暗自忖道：这真奇了，主人约了客人八点钟来，何以自己到了八点半钟，还没有到？而且他所请的大约不止我一个独客，何以别的客人也都未到呢？但既已到此，只好且等着再说。约莫一个人又坐了好久，差不多将近九点钟了，才听见外面有人问道："定的房间是十二号么？客人来了没有？"接着一个仆欧操着很牵强的中国话答道："客人早来了。已等得好久了。"国雄听那和仆欧说话的是个女人声音，心头更是一怔。这时门帘一掀，却见一个打扮得十分富丽的中国女子走了进来。

国雄定睛一看，顿时十分骇异。忙道："姨太怎么会到此地来？"原来进来的不是别人，便是那赵公使的如夫人李翠珠。这位姨太太一见了国雄，便道："你问我怎么到此地来，你自己又是怎么会到此地来的呢？难道你来了我就来不得么？且请坐下了再谈吧。"一面这样说，一面自己也坐下来。又吩咐仆欧说并没有什么客了，就去预备菜吧。仆欧答应了一声，便退出去了。国雄忍不住便问姨太太道："今天不是说一个姓林的请客么？他何以请了我，又请着姨太？姨太可认得他是什么人？主人还没有来，我们依旧不能不等着他呢。"姨太太道："这个主人我和他很熟识。据我的猜想，他今天未必会来了。时候已经不早了，我们肚子也很饿了，且先吃起来再讲。就使他等一会儿来了，也不要紧的。"国雄听姨太太的说话来得十分闪烁，便觉得今晚的事，着实古怪。这时仆欧已将酒菜面包都送上来了。

严独鹤文集

国雄的确也饿得很是厉害，便不管三七二十一真个依照姨太太的话，只顾吃着再说。姨太太慢慢地呷了几口汤，又笑嘻嘻地对国雄说道："你这个人真好！"说了这一句，又不说了。国雄只好答道："我有什么好呢？"姨太太道："你这次回到日本，已有好多天了。怎么我们那里绝迹不来？非但人不来，这样来来去去，连信息都不给一点。请问我们到底是什么地方得罪了你？"（国雄当答道：什么地方得罪，请问你自己！）国雄道："久没有到你们馆中来，和老师请安，这是我的错处。但也是因为功课过忙，所以为此，却并没有离开日本，到什么地方去呀。姨太怎说我是来来往往呢？"姨太太冷笑了一声道："你还要隐瞒么？真人面前不说假话。你前个月到底是不是回国去的？还有什么抵赖！"国雄听说，便也不和她再辩。

又默不则声的，吃了一会，看看差不多几样菜都快上完了。姨太太故意看了看自己的表，讶然道："这姓林的怎么还不来？"国雄这时已明知今晚这一顿大餐，吃得有些蹊跷，却也故意答道："想是他自己请了客，倒反忘记了。"姨太太对国雄瞟了一眼，扑哧地笑道："你这个人到底是真老实，还是假痴假呆？"国雄正色道："我素来不知道什么叫作假痴假呆。"姨太太笑道："你是个聪明人，难道还不晓得今天的主人是谁么？老实对你讲，姓林的就是我。我就是姓林的。"国雄道："姨太请我吃饭，便明明白白说穿了就是了。何必假托什么姓林的！"

姨太太叹了一口气道："你还想不透我的用意么？我因为你自从那一次出了使馆以后，永远没有上我们那里来，怕你是见怪了。几次想请你去叙叙，一来使馆中人多，不便谈心。二来又恐你搭架子，不肯赏光。因此特地找个晚间，邀你在外面吃饭，大家有什么话，尽可以说，彼此都很自由了。可是我自己出面来定房间请客，万一被外间人知道了，传到使馆中人耳朵里去，到底不大好听。所以随便捏造一个姓，就说是姓林。连此地的仆欧，都不知道我究竟是谁哩。我又苦于不会写字，无从写信给你，因此只好教仆人打电话。这个仆人很是伶俐，也会讲几句日本话，而且口头很紧，不会走漏消息的。"

国雄在这个当儿，察言观色，知道姨太太今夜的举动，又有些尴尬了。心头不免发愁，口里却勉强说道："姨太邀我吃一餐饭，这是很平常的事，何必绕这样大的弯儿呢？"姨太太道："不绕弯儿就成功么？其实好好一件事，原是直截了当的。是你自己放着直路不走，喜欢绕弯。我也不得不跟着你多绕上几绕了。"国雄此时见姨太太越说越有些不对了，便拿定主意，低了头给她一个老不开口。姨太太便也暂时停止讨论。

等了好一歇，连咖啡茶都喝过了。姨太太这晚很喝了几杯酒，脸上红红的，着实露了几分酒意。便对国雄呆望了半天，霍地伸过一只手来，握住了国雄的手腕。说道："你心下到底怎样？"国雄发怒道："我不知道什么叫作怎样那样！"说时用力将手一摔，摔得太重了，姨太太的那一只手，被他弹了转来。恰巧碰着一只高脚玻璃杯上，玻璃杯就跌下地去，幸亏地上铺着席子，没有跌碎。但是杯内还剩着些残酒，淋淋漓漓地溅得姨太太满衣裙都是酒。姨太太见国雄这个样子，由不得也动怒了，便狠狠地说道："人家好好地和你讲话，你用不着这样使性子！前回的事，大家原是早已闹决裂了。是我痴情不死，满望你能够回心转意，所以再三隐忍着不肯放出我的手段来。今晚上又穷思极想，想和你当面再讲个明白，你既然如此，也不必再谈了！算我触霉头触到底。只要你有本事不触霉头给我看就是了！"国雄咬了咬牙齿说道："我随便什么都不怕！"说完了这一句，也不管那姨太太再要讲些什么，就此立起身来，拿了帽子走了。

从精养轩回自己的旅馆，路是很远的，这时候已将近十点半钟了。国雄想走到电车站头上去搭电车，独自一人正在那里走着，忽觉后面有一个人在他肩头上一拍道："朋友上那儿去？"国雄冷不防吃了一惊，回头一看，见这人身材高大，穿着一身洋装，手中拿了一根司的克，雄起起地像个武夫模样。那时月光很亮，国雄在月光下细看他的面貌，并不认识。顿时十分疑骇，忙道："先生是谁？恕我未曾相识。"

那人哈哈大笑道："老兄不认识我，我难道又认识老兄么？不过我虽不认识老兄，却已深知老兄是个好汉子，颇愿意和你结一个朋友。不知你意下何如？"国雄见这人来得十分突兀，言语之间，也很有些离奇，不知他是什么路数，心中甚是疑惑。听他这样讲，犹豫着不敢答应。那人却又说道："老兄若不嫌弃，我的寓所离此不远，就屈驾到我那里去谈谈好不好？"说时便伸过一只手来，挽住了国雄的右臂。说道："我们就把臂而行吧。"

国雄觉得他这一只手夹着自己的膀臂，很有些力量，越发惊疑起来。但细看这人虽然显着十分粗豪，而眉宇间却又异常英俊，决不像是个凶暴之徒，也就觉得不甚惧怕。便笑着答道："承老兄不弃，相逢陌路就想结交，这倒也是很有趣的事情。不过今夜为时太晚了，还是请老兄将尊姓大名以及尊寓何处，详细地告诉了我，改日再来奉访吧。"那人道："我生来性子爽直。老兄若是不弃，今天既然幸遇，就不妨结为好友，不必推三阻四，拘什么俗套！我们同是作客海外，理应脱略形迹才是。"国雄这时还是踌躇不语，那人又狂笑道："老兄敢是因为我这副神情，过于唐突，不免有些疑虑么？这可就大大的错了。"这一句话猜透了国雄的心理，倒使得国雄无言可对。于是又想了一想，便也慨然答道："既承老兄坚邀，就不妨同到尊寓去走一趟吧。"那人听了顿时十分高兴，两个人便踏着月色，信步走去。

约莫走了有半里多路光景，那人便用手杖指着一所屋子道："到了到了。"国雄举眼看时，见他所指的，并非日本式房屋，乃是一所小小的洋房，门首两扇小铁门。那人在门首按了一按门铃，便有个下女前来开门。那人也不让客，就大踏步自己先走进门内。国雄也跟着进去，门以内有一片草地，草地上面种着好几棵大树，四周还略略点缀了些花木，地方并不很大，却觉得十分清幽。国雄一面看着，那人却已上了台阶，回头来对国雄招了招手道："请里面坐吧。"国雄这时心下已坦然无虑了，就欣然应了一声，和他一同走入屋中。

屋内陈设一例都是洋式，却布置得毫不俗气。那人便指着一张沙发道："我们不可拘礼，请随便坐吧。"国雄刚坐下，那人却又操着日本话对那下女说道："去请太太出来，说有客来了，不妨见一见。"那下女答应着去了。

一会儿里面便走出一个少妇来，年纪约莫在二十岁，穿着一身家常便服，妆扮得十分雅淡，而神情却又异常秀逸。国雄便恭恭敬敬地立了起来，问那人道："这位就是嫂夫人么？"那人笑道："嫂夫人三字似乎不敢当，然而又确乎不错。"说时便对那少妇道："明珠，这是我今晚新结交的朋友。快见个礼再说。"那少妇便向国雄深深地行了一个鞠躬礼，国雄也还了一礼。那人又对少妇说道："今夜风清月白，又来了佳客，我觉得这是最愉快的事情。你快去预备些佳果，再拿两瓶酒出来，让我和这位客人畅谈一番。你如高兴不妨也一同坐着谈天，不必一个人闷在楼上。"少妇道:"我还有一回小说没有看完,等一会儿再来吧。"说着便又对国雄点了点头,轻轻地说了一声"请坐"就上楼去了。

那人又走过来,执着国雄的手,大笑道:"我替别人介绍过了,其实老兄姓甚名谁?我还没有知道。我姓甚名谁?老兄也还没有知道。这岂不是大笑话么?"说时便从衣袋中摸出一张名片来递给国雄道:"我们快些交换一张名片吧。"国雄听说,接了他的卡片过来看时,见正中印着"庄澹人"三字,下面并不注什么籍贯。当下又忙将自己的名片,递给他。澹人拿在手中看了一看,嚷道:"原来老兄就是华君国雄!那么我们格外有话可谈了。哦,冯蕊仙女士果然识人!却也不枉了。"

国雄听他这样说,心头突地一跳,暗自称奇道:他怎么能够知道我的底细?澹人这时又对国雄看了一眼道:"我今天的说话差不多句句都是突如其来的,这也是我生性如此。我们且坐下来慢慢地细谈吧。再不和你说明,你简直要坠入五里雾中去了!"说时就和国雄并坐在那张沙发上。很激昂地说道:"我原是个世家子弟,父亲早死,遗下来也很有许多产业。但是到我手里耗去差不多已有一半了。我也并非染着什么纨绔的习气,任情挥霍。只是生性好客又好游,大概在结交朋友和游历中外各地上面,很用了不少的钱。其实钱本是供人使用的,只要用得自己高兴,觉着不冤枉,也就罢了。我还有一层很特别的事情,是我并不入同盟会,并不挂革命党的头衔,而平素对于革命事业却非常赞同,尽过不少的力。革命党人和我交情密切的,也着实不少。所以不知道的总以为我是一个重要党员,内地官场对我也很注意。曾经有一次不是我见机得快,还几乎遭了刘光汉那厮的陷害,这是我以往从前的情形。今夜初见面,只好略说几句,尔我既结为好友往后你自会知道。若要先详详细细地背起履历来,那就背个一夜也背不完。如今我先要问你一句话,你可知道我何以和你在马路上遇着了,谁也不认得谁,就很羡慕你,要与你订交?"国雄摇着头道:"这个我实在不得明白。"

澹人道："你自然不会明白哩！你今晚不是有人请你在精养轩吃饭么？请你的是什么人和你谈的什么事，我都知道了。你对付那姨太太是怎样一种说话，怎样一幅情景，我也都看见了。说起来也好算是我今夜暂干了一件不道德的事情，不应窥人秘密哩。"国雄道："今夜之事，你怎么能深知其细呢？"澹人道："我这人生性好奇，又富于侦探性质，任是事不干己，若被我看在眼里，便喜欢寻根究底，刺探一个明白。我今晚闲着无事，独自一人出去闲走，走到精养轩，觉得腹中像有些饥饿了，便进去吃大餐。吃到一半忽然内急起来，便出来解手。不想刚一出房门，突见一个花枝招展的丽人，一面和仆欧说话，一面匆匆地走进隔壁十二号房间中去。我看着这丽人十分面熟，想了一想，猛然记起她分明是以前上海很出名的那个红倌人李翠珠。我那时和许多朋友也常在花丛中厮混，叫过她不少的堂差。只是如今事隔许久，我还认得她，她却未必认得我了。但这李翠珠何以会到日本来，我倒不能不打听一下子。于是小解已毕，就悄悄地问那些仆欧，这位女客是什么人？内中有一两个认识的便道：'十二号房间请客的是姓林，不过方才来的这位女客，我们却知道他是中国公使的姨太太。因为她时常出来在公共场所游玩，所以我们是认得的。'我又问道：'那么房间里还有什么客人？'仆欧道：'只有一位少年的男客，是先来的，已等了她好久了。'

"我一想公使的姨太太，在晚上独自到精养轩来吃饭。房中又只有一个少年男客，此中必有蹊跷，便由不得触发了我的好奇心。恰巧那板壁上有个小洞，我就老实不客气在那小洞中窥探，于是你们一切状态和动作，我都瞧得明明白白。便是你们两人的说话，起先声浪颇低，听不很清楚。后来两人几乎吵起来，声调都提高了，我也约略可以知道。我最初以为你们一男一女，在餐馆中相会，必定是什么幽期密约，不料竟是落花有意，流水无心。我倒很佩服你可算得一个正人君子！在中国留学界中，是不易多得的了。因此你走了之后，我也就暗暗地跟了来，有意想和你结为知交。现在话已说明，你总可以恕我冒昧了。"国雄道："原来内中有这样一番道理，我哪里意料得到呢？但是你适才见了我的名片，好像很诧异似的，说格外有话可谈，并且提着冯女士，这又是什么缘故？"

澹人道："说起来又是一桩妙事了。我不是方才和你说过，我生平对于革命事业，十分赞助，而且和各地的党人也很相熟么？此次冯女士被捕，我在上海，早已得到消息。我深知冯女士是女党员中独一的人才，不能坐视不救。等她解到南京以后，我便也到南京去，相机设法。我是自幼儿就练过技击的，腾跃纵跳的功夫，自问很是不弱。一天晚上，夜深人静，就悄悄地一个人进了督署，看清了冯女士拘禁的所在，意思想去救她。不料一到院中，先躲在黑影中一瞧，却令我称奇不置。原来那刘光汉竟在冯女士房中和她两人谈天，看上去那情形十分密切，我当时就不免有些疑心。当下便跳上房去，伏在檐口，恰好窗子是开着的，虽然语音很低。因在静夜之中我的听觉又特别锐利，约略可以听到十之六七。才知道刘光汉那厮是个好色之徒，他对于冯女士分明存着不良之心，而冯女士的态度和言语却十分严正。我不由暗暗地佩服她，到后来看见刘光汉握住冯女士的手，仿佛有轻侮之意，我心下大怒，怕他还有别的不规则举动。便随手拾起一块小瓦片来，掷将进去，在刘光汉的手腕上打个正着。他们两人都吃了一吓，刘光汉便出来寻人，我连忙将身子隐过了，没有被他瞧见。后来卫兵也来了，我怕刘光汉有了戒备，打草惊蛇，反为不美。在屋上伏了一会，见没有什么动静，便一溜烟走了。

"以后我仍到冯女士拘禁的所在去窥探几回，看透了刘光汉的意思，是要先救冯女士出险，再以此要挟和她结合。所以一会儿放火，一会儿扮狐仙，装神弄鬼做出许多花样来。我便也乐得利用他，让他去费些气力再说。横竖冯女士的生命，是可以放心，绝无危险了。如今冯女士果已脱身。不过刘光汉这人十分狠鸷，是不容易对付的！且看将来如何情形再说，总之我极愿意帮你的忙就是了。"

说时又拍着国雄的肩头道："你是个文弱书生，论才识，论机谋，或者还可以应付。若讲起武力来，绝不是刘光汉的对手。有了我帮忙，你就胆大得多了！"国雄道："承老兄这样热忱相助，我真是万分感激。并且要代冯女士致谢。不过我还有一句话不能不问老兄，何以能知道我和冯女士有深切的关系呢？"澹人道："你这句话问得太笨了！你和冯女士志同道合，情爱甚深，在日本的党员提起了这件事，谁不啧啧称美？我是人家不知道的事，尚且要知道，何况是大众共知之事？其中内容自然十分明白。最妙的是我既亲眼看见冯女士拒绝人家的要求，又亲眼看见你拒绝人家的诱惑，足见双方人格，都十分高尚。冯女士可谓不负你，你也可谓不负冯女士。目前的青年，论才学好的很多很多，讲到个人私德，能够如你们俩这样的，却不可多得。想到这一层，我便格外愿意帮你们的忙。务使你们大好前途，不致再发生什么障碍。"

说到这里一个下女捧了一个大铜盆出来，盆里面放着些水果点心之类，和两瓶洋酒。下女将盆内的物件一一在圆台上放好了，澹人便问国雄道："你喝酒不喝？"国雄道："我是涓滴不饮的。"澹人道："你既不会喝酒，就喝一杯葡萄酒吧。"当下便拿起那瓶葡萄酒来，斟了一杯递给国雄，国雄也只随意呷了一口，依旧放在台上。看澹人时，却接连满满地喝了三大杯白兰地，方始放手。澹人喝了酒，格外意兴焕发，便对国雄道："我每天晚上必定要舞一回剑，或是练一会拳，方始睡觉。这是日常功课，你何不就看我使剑呢？"国雄这时抬头一看，见壁上挂着的时钟，已是十二点多钟了，忙道："啊呀！我们只顾谈天，不知不觉已是这般时候了。我要告辞了，改日再来领教吧。"澹人道："到了这个时候，电车已没有了，你回去很远，不如就在我这里下榻吧。我这里本有一个房间，是预备客人来住的。彼此既结为知己，就不必客气。"国雄见澹人十分豪爽，料定他既已坚留，必不肯放走的，也就答应了。

澹人大喜，便道："我今夜使剑，可以和明珠对舞，请你赏鉴赏鉴好不好？"说完便匆匆地跑上楼去，一会儿嘻嘻哈哈地拉着方才那个少妇的手，一齐下来了。澹人一下了楼，就去壁上取下那并挂着的两把宝剑来。自己拿了一把，又将那一把递给那少妇道："我们到院子里去舞弄了一回吧。今夜月色甚好，舞剑格外有兴，但是有客在此，明珠你须格外放些精神出来。"明珠道："我今天身体不很好，筋骨也略觉酸痛，有些舞不动，还是你一人舞吧。"澹人连连摇头道："不行不行，我原是因为你身体弱，所以教你练拳练剑，怎么好躲懒呢？"说时自己先将洋装的外衣脱了，只穿着一件衬衫，就跳到院子里去。明珠也就卸去了长裙，提了宝剑，跟在后头。国雄也随着他们出来，澹人击剑在手，先开了一个门户，对明珠嚷道："快来！快来！"明珠笑着对国雄微微地点了点头，说了一声"献丑"，也就掣着手中剑，和澹人放对。彼此一来一往，如穿花蝴蝶一般，十分好看。

国雄对于剑技，虽是个门外汉，但看他们舞得十分纯熟，也就看得十分起劲。到了后来，两人越舞越紧，澹人自是异常雄健，明珠的剑法，看上去虽然不及澹人，却也腾挪闪烁，十分活泼。国雄只见明晃晃的两把宝剑，盘旋飞舞。一片剑光，映着月光，格外来得有精神，也格外觉得好看，国雄由不得便喝起彩来！一会儿澹人的剑，比前更逼得紧了，明珠看看有些招架不住，渐渐地望后退。澹人却依旧猛进，明珠很显着些心慌的样子，恰巧澹人从左边一剑刺过去，明珠连忙用剑一格，将身一闪，真是躲过了。却不防脚底下绊着一块小石头，匆忙之间，立脚不住，身子就直倒下去。国雄不禁喊道："要跌了！"跌字刚才出口，澹人却已抛去自己手中宝剑，赶上前去，一把将明珠抱住，就在她额上亲了一个吻道："你太不济事了！这一手都招架不住么？"明珠娇喘连连地答道："你也逼得我太厉害了。又不是真个拼命，何苦这样不饶人？这剑虽不是完全开口的，但剑头上也很尖利，用力的时候，碰着了准得受伤。要是我真个受了伤，你又怎么样呢？"澹人道："是我不好，休要抱怨了。"说时便扶着她走进屋来，下女去拾了剑，拂拭好了，交给澹人。澹人把来插入鞘内，重新挂在壁上。这时国雄也早进来了。

澹人便回头对国雄说道："弄这些武器，等到使得性起，就一时不肯歇手。但是我也明知这两把剑，是专备练习之用，并不开口的。就是刺一个着，也不过皮肤上裂一条大口子，不会闯什么别的祸。要是真用利剑，我也早已不这样使了。万一剑下不留神，弄出性命交关的事情来，岂不要连累老兄做一个人命官司中的见证呢？"国雄笑道："就是剑不开口，我也要怪老兄太无情了。和尊夫人舞剑，理应让些才是！"澹人道："此话却又不然，如果我和她对舞起剑来，处处和演戏一般，故意退让，不用真力。在我固然觉得无趣，在她也绝不会有进步。"明珠道："我又不想真做什么剑仙侠客，让它没有进步也好。照这样子，剑法没有进步，性命倒先要葬送哩！"一句话说得澹人也笑了。

又对国雄说道："我想你以后也大可以跟我学剑。我所以教明珠学剑习拳，原不望她学成之后，去做什么女英雄。只因她身体太弱了，借此可以锻炼体力。果然她练习了多时武技，身体虽不能说十分强壮，却比以前要好得多了。她身段很灵活，性质又很聪明，所以学得很有个样子。只是女儿家毕竟力弱，总差着一点。像你是个男子汉，又正在年富力强之际，不学则已，一学包你可以成功。"国雄笑道："你如不弃想收我做个徒弟，我也很愿意拜你为师。只是一层，须得预先声明，像你方才这个样子，做老师的，几乎要将徒弟打倒在地，却是有些吃不住。"澹人道："这也还是她有了相当的程度，才可以彼此对舞。初学的时候，决不会如此的，你休得要看着害怕。"说时又拿起酒瓶来，倒了一杯酒喝干了。说道："我今天新收了一个徒弟，真是得意之至！这一杯算是我自己贺自己。你们也应该再贺我一杯。"明珠道："我是不能喝白兰地的。"澹人道:"你就喝葡萄酒吧,横竖华先生也是你的同志。"明珠笑了一笑,便先和国雄斟上一杯,自己也浅浅地斟了一小杯,又替澹人斟了一杯白兰地,三个人举起杯来,酒杯和酒杯轻轻地碰了一下,便都喝完了。

明珠喝完了酒,就对澹人说道:"剑已舞过,酒也喝过,这可没有我的事了。凭你们两师徒再细细地去谈论剑法吧。我是恕不奉陪了。"说着又对国雄欠了欠身子,说了一声:"明朝会。"便上楼去。

澹人就问国雄道:"夜深了,你感着疲倦么?如果疲倦,就请去安歇吧。"国雄道:"我向来也睡得很迟的,并不觉得十分疲倦。你如有兴,不妨就再谈一会。"澹人道:"你如愿意长谈,那是再好没有了。我正要告诉你一件事,这件事在我生平,可算是得意之笔。但从庸俗人眼光中看来,也要认为失当之举。我这件事,在寻常朋友面前,绝不愿意披露真相,偶然逢到知己,却又很喜欢将此中实情,细细地说个明白,使人家知道我庄澹人的行事,毕竟不同凡俗。"国雄听他说得这样郑重其事,便道:"老兄原是个奇男子,你所乐为知己道的,定是一桩奇事。请你快讲吧,我很愿听,听得起劲,有的是现成酒,不妨再贺你一杯!"澹人笑道:"此事说来话长,我先问你,你看明珠到底是个何等人物?"

国雄不防他突然有此一问,倒几乎呆住了。当下忙答道:"依我看尊夫人幽娴贞静,自然是个大家风范。"澹人叹了一口气道:"你猜错了。论她的身世,并非是什么大家闺秀,但论她的志趣,却或者比什么大家闺秀还要来得高尚些!只可惜生不逢辰,几乎毕生沦落,总之是一个最可怜的女子哩。她起先原也是个好人家的女儿,她的父亲在中年的时候,也还在社会上有一种相当的职业,赚几个钱来,勉强可以养家活口。后来年纪大了,又得了一个痰喘病,简直成了废人,做不得事。她的母亲,是女流之辈,更不用说了。她有个哥哥,又沾染嗜好,不务正业,鸦片烟土上了瘾。每天白饭都忙不过来,还要吃黑饭。一家数口,这个日子如何过得下去？那时节明珠的母亲，有一个远房的阿姊，是在上海吃堂子饭的。这个远房阿姊，和明珠的母亲很是要好。明珠的母亲，遇到手头万分拮据的时候，少不了要向她借贷。那个远房阿姊，看着明珠的家况如此艰难，而明珠又生得颇为秀丽，便几次三番，怂恿着明珠的母亲，叫她不妨在女儿身上想个主意。明珠的母亲自然也是个没有知识的人，又为生计所迫，这一颗心就被那阿姊说动了。只不好意思向女儿开口。又过了几时，明珠的父亲被一笔负债逼住了，那债主非常之凶，一时还不出，就非吃官司不可。明珠的母亲，没有法子只好又来和那远房阿姊商量，想和她借些钱渡过这个难关。那远房阿姊以为有机可乘，就趁此要挟，说借钱是可以，但附带了一个交换条件，是要叫明珠也到她们生意上去。跟着那远房阿姊的女儿，叫作月华的，一同出堂唱，这一项借款，就由生意上做下来的钱，照堂子里拆扮头的规矩，陆续以拆账偿还欠项。

"明珠的母亲听了她远房阿姊这一番话，回家去便先和明珠的父亲商议。明珠的父亲倒还略有些气骨，便道：'我穷虽穷，也还是个清白人家。明珠这孩子，又天生是个志气高傲的，如今一入堂子，就无异将她送入火坑了。情愿让我去挺吃官司，这件事却万万做不得！'明珠的母亲听了也无话可说，老两口子就对哭了一场，依旧没有办法。他们在背后这样商议，明珠起初是不知道的，后来见她父母天天哭丧着脸，像有什么不大了的事情一般，自然不能不向她母亲一问。她母亲就一五一十地对她说了，明珠听见说是要送她到堂子里去，当然十分气苦，不等她母亲说完，就哭起来了。她母亲也只好倒转来安慰了她一番，并没有再说下去。

"可是明珠父亲的债主，却是越逼越紧了，并且其人又略有势力，到后来看看逼不出钱，便在县里告了一状，竟将明珠的父亲捉到官里去，拘押着交款。这一来明珠合家就都吓慌了。明珠生来是很孝顺的，见她父亲年纪老了，此番身入囹圄，如果官司吃到底，这条老命看看就要不保。想来想去，没有办法，只得咬着牙齿，对她母亲说，万不得已，唯有依照她母亲远房阿姊那句话，暂时弄一笔款子来，搭救她父亲。她母亲见女儿已经答应了，就去和那远房阿姊说。那远房阿姊原存着一种逼上梁山的意思，如今见她们居然上钩，自然十分高兴，就很轻松地允许借款与明珠的母亲，料理这场钱债官司，可是除还去那笔急债以外，又连衙门使费，耗去却也不少。从此那远房阿姊，又成了一个很有力的债权者，对于明珠的母亲和明珠，便另有一副态度。明珠等她父亲出来之后，少不得要履行以前的条件，于是好好一个女儿家就堕溷飘茵，不能自持了。这原是天地间很可怜很可叹的一桩事情！

"明珠在那时虽已坠入风尘，但和她母亲的远房阿姊，事先约定，只以跟着月华出堂唱为止，其余一切，还保留自主之权，毕竟和讨人身体不同。况且长三堂子，到底和下等妓女又不同，还有法子可以洁身自爱。明珠在家的时候，见了一个陌生人，都觉得十分腼腆，要躲避着不肯出来的。此时不幸到了这种境地，也就不能不忍着羞耻，在灯红酒绿场中，勉强敷衍着客人，却处处总觉得不自然。堂子中的嫖客，总是喜欢胡调的居多，见她这样冷冰冰的，也就不敢亲近，因此明珠倒免却了这班俗客的啰唣。可是她母亲的远房阿姊，却又放出老鸨的身份来，对她大不满意了。

"如是者又过了将近半年光景，明珠便又遇着了一重大魔劫，几乎将性命都送掉了。说起来真要令人痛恨着这不良的社会！原来月华那里有一户客人，姓卜号世仁，听说出身是很微贱的。也是他的狗运亨通，不知道哪里弄了一笔钱来，大做其投机生意，居然就发起财来。身边有了几个臭钱，便在花界中大胡其调。月华家中见他天天坐着汽车，穿着洋装，朋友很多，用起钱来又很散漫，便认为阔客，十分奉承。卜世仁虽做着月华，却并不十分要好。可巧明珠入了堂子，被他看见了，便十分爱慕，渐渐地和她设法亲热。明珠还是个天真烂漫的小孩子家，并不懂得轻薄男子勾引的手段，一边虽是鬼迷，一边依旧落落寡合。那卜世仁见明珠本人没法打动，便利用他的金钱，去和那老鸨商量。情愿多用些钱，务必要刮得明珠上手。老鸨就用了种种甘言，来引诱明珠，明珠始终不肯。老鸨对于明珠，因为她究竟不是买得来的，况且还有亲生父母，无法强逼，便和卜世仁彼此设计，教卜世仁另换一个方法。假说是自己的妻子已死去了，要另娶一房亲，就托老鸨做媒。如果明珠的父母肯将明珠嫁给他，自愿重重地致送一项聘金，并担任对于明珠的父母，养老终身。

"明珠的父母，被这些话一说，一时利欲熏心，也不暇细细审察，便来和她女儿商酌。明珠毕竟又是个未明世故的女孩儿，全不知道外界的种种情伪，虽然她自问对于卜世仁，并不合意，但看了这种情形，以为这姓卜的多分是很有诚意。那么自己既落在风尘之中，终非了局，倘能及早择人而事，也未始不好。又加以她父母已是千肯万肯，便也勉强答应了。

"这姓卜的听见明珠本人一答应，在当时倒也确乎十分高兴。一方面忙忙碌碌筹备一切，一方面又将自己这件事，认为得意之举。见了朋友，逢人告诉，还要加上许多话，说明珠和他两人如何爱好，所以一心一意要嫁他。别人听见这种话，哪里晓得实在情形？恰巧他的朋友中间，又有两三个小报主笔，闻知此事，便认为绝好的材料，就把来登在报上。又做了许多似通非通的诗词，你也来一首，我也来一首，肉麻当有趣，也占了报纸上不少的篇幅。明珠自小也读过书，文理虽然不深，却也很喜欢看小说和那些小报。她见报上载得如此热闹，心里就老大不高兴，但因为此身既已允许嫁给姓卜的了，报上的话虽然不实在，也只好付诸不理。不想那姓卜的真是个坏蛋！等到空气也放出去了，事情也准备得差不多了，他却忽然又爱上了一个别的倌人，对明珠这方面骤然间冷淡了，竟有好几时绝迹不来。

"明珠的母亲觉得有些疑惑，便叫她那远房阿姊去探问姓卜的口气，到底已否择定吉期？这个老鸨因为自己的权利关系，原也有些着急，便设法找着姓卜的，和他商量明珠的喜事。谁知这姓卜的却忽然口气大变，一味推三阻四。讲到后来，竟老老实实板起面孔，说是娶与不娶，原凭我大爷高兴。我高兴娶便娶，不高兴娶就不要了，算得什么稀奇！这样一来，事情自然弄决裂了。论理堂子里的嫁娶，原不算一回事，何况明珠也还没有失身，若在别人，真是稀松平常。但是明珠的性情，却是很固执的。经了姓卜的这一番戏弄，认为毕生大辱，便演出一场惨剧来。"正是：

此中多少伤心史，犹喜明珠未暗投。

第三十二回　同气相求佳人得所　异军突起公使失踪

沧人说到这里，略歇了一歇，又喝了一杯酒，走向窗前去，将窗帘掀去了一角，向外望了一望，便道："天光已将发白，你一定很困倦了，还是躺一会，明天再谈吧。"国雄道："我是最喜欢谈天的，往往谈得起劲，便连睡觉吃饭都忘记了。如今你演述尊夫人的历史，正在紧要关头，还是请你一直讲下去吧。我决不会感觉疲倦。"沧人笑道："你大约也和听人说书一般，听出味儿来了。也罢，你既不想睡，我也索性讲完了再说。"当下便依旧回身坐下，又叹了一口气，对国雄说道："我想命运二字，虽是迷信之谈，但从人生观上讲起来，命宫魔劫也的确是有的。就像那卜世仁，只怕也注定是明珠的命中魔劫。他这样戏弄明珠，其实在上海滩上，也没有什么稀奇。因为天下男子的心理，始终不免以女子为玩物，何况是一个青楼中的女子？自然更谈不到尊重女性。不过他后来的这番话，未免说得太过分了，使人难堪，因此也有许多人要批评他不是。

"内中有个姓方号企周的，此人生来有些书呆子脾气，虽然也常在堂子中走动，却很富于情感，与一般胡调朋友不同。他赏识明珠，在卜世仁之前。可是他的赏识，和卜世仁的心理，完全不同。卜世仁只知好色，纯是一个嫖客。他却因为明珠身世可怜，性情又很娴静，还喜欢念念书，见了企周，时常拿着书本，求他讲解。在企周眼光中看来，觉得明珠虽然不幸身随风尘，却和寻常妓女，迥然不同，因此也便另眼相看，确并不存什么狭邪之念。后来知道卜世仁要娶明珠，他和卜世仁也是朋友，起初也以为卜世仁恋爱明珠，是一番诚意，倒反替明珠喜欢，以为从此可以得所。不料结果却是如此，他便觉得这卜世仁真是十分薄幸，心中很有些愤愤不平。

"一天偶然在另一个朋友席间，遇见了卜世仁，先对企周只是不大理睬他，并没有说什么话。后来企周多喝了几杯酒，有些醉意了，看见卜世仁和他身边坐着的一个堂差，唧唧哝哝谈得十分密切。便有人向卜世仁笑道：'卜兄当心耳朵要咬掉了。堂差是人人叫的，独有你一个人，却这样窝心。'卜世仁听说，笑了一笑道：'人家窝心不窝心，与你什么相干？要你多管闲事！'说时脸上似乎露出不好意思的神气，其实却是十分得意。那个朋友又说道：'听说你不久就要将这位贵相知藏诸金屋了。'卜世仁回头笑嘻嘻地对那妓女说道：'你听听看这位大少说的是什么话？'那妓女扭头扭脑地笑道：'我不懂他满口文绉绉的，倒像孔夫子的……'说到这里又不讲下去了，只倚在卜世仁的肩头上，笑个不住。那个朋友道：'像孔夫子的什么？你快说吧。'那妓女道：'我不说，你自己肚里明白。'那个朋友道：'还是你自己肚里明白吧。老实说你不要赖，卜大少不是一切说妥，就要讨你回去做姨太太么？'那妓女还未答应，卜世仁却哈哈大笑道：'这件事自然用不着赖，也用不着瞒，横竖我姨太太也不知讨了几个了。是心爱的，就讨转去，爽爽快快，算得什么稀奇！'这时企周看着他这副神情，耳听得他这番说话，已很有些不耐烦了。

"恰巧那请客的主人，不十分明了卜世仁的事情，又冲口问道：'前几时不是听人说起，道是卜兄要和你那位爱人明珠，实行结合了，为何如今又别有所好？'卜世仁冷笑道：'你这爱人二字，先安得不妥。堂子里面，讲得到什么爱情？老实不客气的话，像我这个样子，并非是洋盘，在堂子中是不肯花一文冤钱的。但是生成有这一种本领，可以到处受人欢迎，凡是和我略略要好的，动不动就要嫁我，我也不过是随口和她们胡调罢了。便是你说起的明珠，也是她自己在那里单相思，说一定要嫁我，我又何尝愿意要娶她呢？假使像她这种人，也要娶回家去，那么我卜世仁在花丛中玩了这么多年，所娶的姨太太，真个屋子里都要装不下了！'说到这里，他身旁坐着那个妓女，便在他肩上重重地拍了一下道：'照你这样说，可知你口口声声说要娶我，也全是假心假意！'卜世仁觉得自己的话也说得太过火了，忙道：'像你又是两样，怎可以和明珠那个贱货相比呢？'

"这时的方企周，再也耐不住了，就正色对卜世仁说道：'卜兄我劝你也少讲两句吧，你的行为哪一个不知道？！你自己问问良心看，到底还是明珠要嫁你呢？还是你自己千方百计去要求她？后来她上了你的当，答应嫁你了，你又置诸不顾。如今你不说自己薄幸，颠倒要说别人来迷恋你，未免太岂有此理了！'卜世仁斜着眼对方企周看了一看道：'方兄想不到你倒要出来仗义执言了。我也知道你和明珠是很要好的，可是明珠却未必看得起你！你大约因此不免怨着我，好在我如今已经双手奉让了，倒给了你一个好机会。我为你设想，何不趁这个空儿去和明珠鬼迷？一定可以得到些好处，何苦在我面前来说这种废话？！'方企周勃然大怒道：'我是好好地和你讲，你何必说出这样难听的话来？！你

严
独
鹤
文
集

打量你的事情，是瞒得过人的么？你自以为在嫖界中可充大好老，可知还早哩！你以前想娶明珠，后来又刮上了谢金仙，就变了计了。那谢金仙谁人不知已是将近四十岁的一只老蟹了，又是鸦片烟大瘾，无人见了不害怕。你无非晓得她手上有几个钱，看在钱的份上，就和她要好，这真是最鸭屎臭的事情，还要在人前说得这般嘴响！'企周的话还没有说完，卜世仁旁边那个妓女又用手指在他脸上划着说道：'鸭屎臭……真鸭屎臭！'

"卜世仁这人是向来好吹牛皮，搭架子的。如今被企周当众将秘密揭穿，自觉下不来台，就将桌子一拍，跳起身来喝道：'姓方的，我和你无仇无恨，你敢这样奚落我！'这时候同座的人看见他们要闹将起来了，忙拦着卜世仁道：'卜兄有话好说，何必如此？'卜世仁起初竟想扑将过来，见被人拦住了，便顺手拿起面前一只玻璃酒杯，照准方企周直掼过来。企周不提防他竟如此暴戾，酒杯来时，连忙将头一偏闪过了，玻璃杯当啷一声，跌在地下碎成数块。企周的袍子上，却淋淋漓漓沾了一身的残酒。企周此时，更遏不住心头火起，大喝道：'你竟动手了么！'说时也便抢将过去，在卜世仁脸上，着着实实地打了一记嘴巴。那声音又响又脆。卜世仁格外暴跳如雷，就要还手，却被旁边的人将他架住了。企周也被人拖开，两人只站立着相对大骂。这时卜世仁叫来的那个妓女，便做好做歹拖了卜世仁，教他和自己一同走吧，省得在此地惹气。卜世仁也只好借此下台，一面移动了脚步，一面指着企周说道：'姓方的你打得我好！三天之内，教你看我的颜色！'企周道：'我要怕你，也不打你了，凭你有什么本事，我姓方的总领教就是了！'大众又一齐上前，连推带搡，将卜世仁推了出去。

"企周见卜世仁已去，才向主人和同座的几个客人道歉，说不该酒后使气，搅得大家不安。那些朋友都道：'姓卜的原不是好人，我们不过敷衍他的面子，其实对于他的行为，没有一人不反对的。老哥这记耳光，打得十分爽快，老实说我们方才拦住他，表面上是劝解，实际上却是使他不能还手。'企周大笑道：'如此说来，诸位倒着实帮了我的忙了。'大家也笑了一笑，那做主人的又取过一个大杯来，满斟了一杯酒，递给企周道：'方兄今天做了这样一桩快事，贺你一大杯，我是不能喝酒的，也陪你一小杯。喝过这两杯酒，我们就吃饭吧。'企周接过酒杯来说道：'饭是吃不下了，这一杯酒我倒要领你的情。我方企周也是个文人，从不出手打人的，今日却是破题儿第一遭。也是他先动手，我就不能不用野蛮手段对付他。'当下喝过了酒，大家也就散了。

"经此一闹之后，外间人自会晓得，当下便有人做了一篇稿子去登在小报上，还加上许多话，将卜世仁挖苦了一番。可巧这张小报又被明珠看见了，虽然这段纪事文字之间，并没有什么伤动明珠的去处，但明珠一想此事又是为自己而起。好好的一个女儿家，不幸堕入青楼，又无端为了卜世仁，着此一重痕迹，免不了被社会上引作谈资，毕竟有关名誉。越思越恨，竟气出一场大病来。明珠的父母亲虽然十分穷困，见女儿病了，不得不着急，赶紧替她延医调治，也病了有一个多月，方始起床，却是身体从此格外弱了。在她病中只有企周常来看视，又补助了些医药之费，明珠和他的父母自是十分感激。明珠病后对于以前的创痛，还是不能忘记，终日里愁眉双锁，十分郁抑，自己家里人也无从劝解。

"明珠素性沉静，也没有什么小姊妹，只有从前邻居家一个女孩儿，姓唐字琼英的，和她年纪相仿，两人十分要好。这时候早已搬开，也有好多时不见了。一天琼英忽来看她，谈起别后情形，明珠自不免要弹着酸泪，诉说自己的苦楚。琼英劝慰了一番，又对明珠说道：'以往的事，已经过去，也不必说了。倒是你此后又打算怎么样呢？'明珠道：'像我这个样子，又有什么打算呢？还不是过一天算一天。'琼英道：'年纪轻轻的人，怎能这样说？'明珠垂下泪来道：'我的情况，你是知道的，不这样说，又有什么说法？'琼英想了一想道：'你可愿意读书？'明珠道：'能

够读书，自然是最好的了。但是要读书又哪有这样容易？眼前连度日都很是艰难，又哪里来的学费呢？'

"琼英道：'只要你能专心向学，学费一层，我倒有法子替你想。'明珠道：'难道说你借钱给我读书么？那我可又不敢领你的情。'琼英道：'我自己也不是个有钱的人家。我去读书，我父亲已经觉得加重了负担，哪里还有钱借给你？只是我另有一条门路在此，我有个姨母她是吃教的，姨夫死了之后，很剩下了些遗产，她便办了一所萃英女学校。有那些贫穷人家的女儿，志愿读书，而又出不起学费的，她那里倒可以格外通融，减收半费，或者免费。她本来也教我到她学校中去读书的，却是我父亲不肯。说我姨母教会气太重，开口上帝，闭口耶稣，十分讨厌，所以情愿出了学费，到别处去。如今你的景况如此艰难，我很想去和姨母说。姨母很爱我，我介绍一个女学生去要求她免费，料想一定可以办到。'明珠道：'如此说我倒很感谢你。'琼英便作别自去。

"隔了几天又来看明珠，说是这件事情和她姨母说过，已经一口答应，明珠自是十分欣慰。不多几时，便入了萃英女学。这萃英女学的校长——就是琼英的姨母，为人十分和蔼，见了明珠倒很欢喜她。明珠本来也念过书的，资质又很聪明，入校以后专心用功，许多教员也都称赞着她。可是因为教员的称赞，倒引起了同学的妒忌。明珠却丝毫没有觉得到了。

"月考的时节，明珠在同班中成绩最好，便考了一个第一。那个主任教员又在课堂中将明珠着实奖励了一番，同时又对那几个成绩不佳的学生说，你们须要看着明珠的榜样，努力用功，不可一味贪玩，毫无进步。那些学生听了，非但不肯领教，反露着十分不服气的样子。到了散课以后，大家便对于明珠指指点点，明珠也不去理她们。

"又过了半个月光景，一天早上明珠到校中去上课，那个主任教员却轻轻地对她说道：'校长有话要和你说，命你就到校长室中去一趟。'

明珠便依言走到校长室中去，校长见她进来，命她坐下，却是呆怔怔地看着她一言不发。明珠倒弄得莫名其妙，隔了好久，校长才叹了口气，对她说道：'我有一句话要讲，讲了我很难过，料想你也很难过的。但是我又不能不讲，你已经不能算是我学校中的学生了。从今天起不必上课了。'明珠骤听了这句话，宛如一个晴天霹雳，忙道：'我自问并没有违犯过校中的规则，何以校长要开除我了？'校长道：'哪里是我要开除你？我倘然存心要开除你，也就不必难过了。你在这里，书读得很好，人也很规矩，我也正舍不得你哩。'明珠道：'那么校长的意思，是不是为了学费的问题？'校长摇着头道：'那更不是了。我校中经费并不缺少，何在乎一个学生的学费？况且我早已允许过你了，哪有反悔之理。'明珠流下泪来道：'如此说来，校长到底为了何事？不许我再在此读书，务求说个明白。'校长道：'你将来自会明白，我如今实在不愿和你说，也不忍和你说。总之上帝是许人悔过的，何况这事又不是你自己的过失。不过我眼前实在被人所迫，没有法子帮助你了。以后你如果另外有求于我，我依然可以替你想法子。'说着也忍不住拿着手帕子拭泪，一面又握着明珠的手，哽咽着说道：'好孩子，你去吧。千万不要伤心，只要你从此念着《圣经》上的话，不要走错路，总还有好日子。'

"明珠无奈，只好挂着两行泪，退出校长室来，一到了门外，那些同学见了她，都拍着手大声说道：'好一个第一名的高材生！我们真要看看她的好榜样哩。'明珠听说，又羞又气，回到家中哭了半天。便想到校长方才这番话说，一定其中另有别的缘故。自己进萃英学校，是琼英介绍的，如今既已出来，不能不去告知琼英一声，顺便问问她看校长可有什么话和她说过，当下就匆匆到琼英家中。

"一直等到琼英放学回来，才见着她。将校长命她不必再去读书的话，告诉了琼英，琼英也十分骇异。便道：'怪不得我姨母昨天晚上差了一个人来，叫我到学校中去一趟，说有话和我讲。我因为有些功课未曾预备，所以没有去。如今听你这样说，大概总有别情，且待我去见了她，问个明白再说。你先回去家中等我回音就是了。'明珠依言，独自回家。

"等到夜间琼英来了，明珠问她到底校长讲了些什么话？琼英叹道：'这事还怪我不好。我一时大意，在你初进学校的时候，没有叫你改个名字。一面又要怪你不好，你如果进了学校以后，不肯用功，或是资质不好，没有人称赞你，倒也罢了。谁教你在月考时考了一个第一，得着了教员的奖励，那许多同学就大大的不服气了。起先他们虽然嫉妒着你，却也无可奈何。后来内中有个姓朱的，这人生性最是阴险，不知怎样会在外面打听着你以前的经历，便在同学面前宣布出来，一面又约了同班的人去要挟校长。校长是很懦弱的，起先倒也不为所动，说你也不过是为环境所迫，实际上还是清白无辜。至于如今能舍弃以前种种，有志读书，我们正当给她一个自新的机会，不可再去逼迫他。可是那些学生听了校长的话，非但不肯服从，转十分坚决地说道：'我们既是教会学校，第一注重的是道德。对于明珠，实在不愿和她在一个学校里读书，倘然校长一定要庇护她，我们情愿一齐退学，还要登报声明退学的理由。'校长听她们这样一说，不免着起急来，生怕她们激起风潮。张扬出去，不但于学校的名誉有损，便于你个人的名誉，也更有妨碍。左思右想，别无善法，只得勉强答应了她们的要求，将你这样一个好学生牺牲了。现在事已如此，你也不必悲伤，读书的去处甚多，不见得除了萃英学校，便没有求学的机会。据我姨母的意见，倒情愿自己拿出钱来，资助你的学费，教你到别个学校里去肄业，不怕将来不能成就。'明珠哭着说道：'此话再也休提！在她虽然是一番好意，可是我既然到此地步，觉得什么事都灰心了，连书也不想再读了。请你替我去谢谢她吧，总算是我辜负了她的栽培。'琼英见她这副神情，真觉有些坐不住，勉强劝慰了几句，也就去了。

"明珠等琼英去后，一个人和衣倒在床上，心中越想越觉得悲苦，便哭泣不止。一会儿她母亲回来了，问她为什么事又在这里生气，她只是不答。她母亲以为她是在学校中和人呕了气，也不甚在意，只问她晚饭吃过没有？她回说吃不下，她母亲也就罢了。

"明珠是和她母亲睡在一间房内的，到了夜深时分，她母亲已经睡着了。明珠却翻来覆去，只是睡不着。想起自己的身世来，自觉前途毫无希望，一时刺激太深，竟咬了咬牙齿，转了一个念头。这时反不睡了。轻轻地下得床来，蹑手蹑脚地走到隔壁她哥哥房内去，她的嫂嫂已经死了，她哥哥因为经济困难还没有续娶，独自一人占着一个小房间。这时她哥哥尚未回来，明珠推门进去，先点亮了灯。向那烟缸里一看，见里面已是空空如也，涓滴不剩了。又忙将烟盘中那只小烟盒拿起来一看，却还有三个大烟泡，放在里面。明珠也就不管三七二十一，便拈了一个烟泡，往口内一送，直着喉咙哽咽了下去。依然匆匆回到自己房中，听她母亲时鼾声大作，睡得正酣。明珠掀起帐子来，对她母亲望了一望，由不得一阵心酸，泪如雨下。好半歇方将帐子放下，躺在自己床上去了。

"这时幸亏她哥哥已回来了，开了烟灯要过瘾，一瞧烟盒内只剩了两个烟泡了。大凡吸烟的人，鸦片烟就是性命，每天自己存着几个烟泡，是断乎不会忘记的。这时他想着少了一颗烟泡，一定是他母亲怕他吸得太多，有意限制着他，把来藏过了。却是自己实在不够过瘾，不免心中有些生气，急忙把这两筒烟吸完了，就走到他母亲房内，将他母亲从睡梦中唤醒。他母亲便问道：'半夜三更回来，就安安静静地去吸你的鸦片就是了。又来唤我做甚！'明珠的哥哥道：'你还说叫我安安静静去吸烟哩！我正要问你，把我的烟泡藏到哪里去了？快拿出来还我。'他母亲道：'你真是活见鬼了！我何尝藏过你的烟泡？'明珠的哥哥道：'你不藏过怎么好端端的会少了一个呢？'她母亲道：'你再去寻寻看吧，我真没有藏过。'明珠的哥哥只是不信，两个人便吵起来。明珠在旁边床上假装睡着，只是不理。可是这一阵吵闹，却将明珠的父亲吵醒了。

"他本是睡在楼下客堂背后的，这时便跑上楼来，问他们为什么事深更半夜闹个不休？明珠的母亲便一五一十地告诉了他。明珠的父亲倒很细心，听他们这样一说，忙将他二人拉到隔壁房内去，又追问了他儿子一句道：'你真个少了一个烟泡么？'明珠的哥哥道：'是的。'又问他妻子道：'你真的没有藏过它么？'明珠的母亲道：'我倘然藏过了，何必抵赖？我一直睡在此时才醒，连这间房里都没有来过。'明珠的父亲道：'这就奇了！我今夜因为气喘病又有些发作了，睡不安宁，方才明明听得这间房有开门的声音，隔了一会又有脚步声，回到那间房内去了。我以为总是你，所以不在意。你如今却说没有到过这间房内，那么又有谁来过？'明珠的母亲呆了一呆道：'如此说来，这件事很有些不妙了。莫非是明珠趁我睡熟，却来这里偷了一个烟泡去？她今天不知在学堂里受了什么气，连夜饭都没吃，哭个不休。我问她时，也不肯说。'明珠的父亲道：'那么我们快去看看她再说。'当下三个人一齐赶到这边房中来，走到明珠床前，明珠一见了他三人，忍不住泪如雨下。三人便追问她是否因气愤过甚，转了决绝的念头？明珠起初不肯说，后来见她母亲执着她的手，一把眼泪一把鼻涕，劝个不住，方始闭着眼睛点了点头。当下三人不敢迟延，立刻开了门，雇了一乘车子，送她到医院中去。幸亏时候耽搁得不久，还容易施救，经医生用药下去，呕吐了一阵也就没事……"

澹人滔滔不绝地说了这样一大篇，国雄便道："你也真说得详细了。照此情形你这位夫人真是境遇十分可怜，而志气却又十分可敬。只是你讲来讲去毕竟你们两位是如何结合，却还没有讲到。我倒要请你剪断闲文，言归正传，因为我急于要听的，倒在这一点哩。"澹人笑道："论到我和他的结合，事情倒很简单，并没有什么很长的情史，可以说给你听。如今且约略对你讲一下子吧。我和方企周也是至好的朋友，方企周在明珠演了这幕惨剧以后，曾将一切情形和我谈起。我便说既然她有心求学，你何不索性成全了她呢？难道除了萃英学校以外，就不能进别的女校么？企周道：'你说得好轻松的话！萃英学校是不收学费的，别的女校，哪里能说得到免费？不但如此，她的家境原很困穷，差不多她的父母都还要靠着她。以前在萃英女校读书的时候，她母亲还很有些不愿意，就是不出岔子，也未必能长久读下去。所以如今要让她彻底求学，简直除却学费不算，还要使她父母按月有一笔津贴，才可以不生阻碍。我也是一个寒士，对于这个问题，踌躇再四，竟是爱莫能助。'我便对他说道：'经济问题倒不消过虑，我可以一力担承。'我才说了这一句，企周就笑道：'你和她素不相识，哪里就讲得到这一层？'我道：'这倒不在乎相识不相识，便是目前，我也并不要见她。只因听你说来，这明珠确是个好女儿，倘不能受些相当教育，就此将一生埋没了。岂不可惜？我所以情愿拿出学费来，并津贴她的家用，使她能永远脱离恶浊的环境，造就成一个人材。'企周道：'你这番话虽是一片侠肠，但明珠决不会领你的情的。她的脾气很是固执，一个女儿家和你非亲非故，如何肯平白地受你之惠？'我道：'这一层我也早已想到了，经济由我担负，在明珠面前，却不必提起我，只说是你出的钱，他既是素来以你为知己的，当然与别人不同，这件事就可以办成了。'企周点点头道：'能得你如此热诚相助，那也是明珠之幸。我既自问财力不及，也不和你客气了。'

"企周和我说定之后，便去和明珠商量。明珠起先还是不肯答应，说不愿因此累及企周，好容易经企周再三申说道：'是朋友通财，原属常事，你如过意不去，不妨等将来毕业之后，在社会上服务，赚了钱再还我。'明珠方始道了一声谢，算是许诺了。于是她又入了启文女校读了两三年书。她是本来有了根底的，又格外刻苦用功，居然大有进步。我却始终没有和她会面，直到去年我丧了偶，企周便坚执着和我作伐，先介绍我们相见，到相当程度，再进行他媒人的任务。

　　"我对于明珠自然是很企慕的，明珠方面，经企周将以前的事说明，她感念着我一番诚意，也就允许了，总算成就了一段意外姻缘。不过我起先资助她学费，原是抱着扶助弱者造就人才的宗旨，如今倒变成了专门为己的私见了。倘然人家不能见谅，还疑惑我先存着择偶之心，再有意投机哩。我这一番话，未免说得太长，并且一夕相逢，就絮絮地讲起自己的婚姻史来，在世俗之见，也一定以为交浅言深。"说时哈哈大笑，很露着得意的神气。国雄道："我们虽是初会，承你如此相待，已不啻异乡骨肉，我心中正是十分感激，说什么交浅言深。至于你和夫人的结合，真算得是快人快事，我不独十分赞叹，也很代你喜欢。"澹人道："闲话少说，你看看是什么时候了？"国雄回头一看，已是红日满窗。不禁失笑道："我们非但是长夜之谈，简直是日以继夜了。"澹人道："你还是安睡一回吧。"国雄道："到了这般时候，还睡些什么？我要告辞了。"澹人道："那么吃些点心再去。"当下便吩咐下人弄了些蛋糕和咖啡出来，国雄略吃了些，就此告别。

　　回旅馆中来还没有进自己的房间，就被怀仁一把拉住，说你怎么到这时候才来？昨天一夜是到哪里去的？国雄笑道："讲到昨夜，也真真是一种奇遇。"怀仁将脸一沉道："还说什么奇遇！如今已出了岔子了，快进房去和你说。"国雄忙跟着怀仁到他房中去，只见里面已坐着一人，正是国光。便诧异道："国光兄何以来得如此之早？"怀仁轻轻地说道："他是特来报信的，你且待他将详细情由说给你听吧。"

　　国光便扯着国雄，坐在旁边对他说道："昨天我义父因为外间有宴会，回来很迟，我也就不去见他了。谁知到了夜深的时候，他忽然差人来唤我，说有要紧话和我说。我便上去，他在那一间小书房中等我。当时只有我和他两人，他脸上好像十分动怒似的，对我说道：'你可知道天下竟有这般奇事！我天天在这里防革命党，不料防来防去，倒差不多将革命党防到自己家里来了！'我听了此话，大吃一惊。因为我确没有入党，但是熟朋友中间，党人很多，我义父平时尽管命我侦察革命党的举动，我不过敷衍着他就算了。我也深知道党人的厉害，哪里肯和他们作对？万一老头儿所谓党人防到家里来，就疑的是我，那就糟了！我当时虽这般想，却又不得不问他道：'你老人家的话，我实在不懂，怎么革命党会到家里来？难道使馆中发现了什么可疑的人么？'老头儿道：'使馆以内究竟还不至于如此，可是这一个人也是时常到使馆中来的，我平日看待他，真和自己家人一般，谁料他竟坏了良心！全不念我的栽培，会去投入革命党，并且还做了中坚分子。'我听他的说话，便料定他指的是你了。却又假作不知，问道：'到底是谁呢？'老头儿道：'更有谁呢？便是国雄。'我忙道：'是国雄么？我想他年纪虽轻，人却很诚实的，又常感念着义父的恩德，谅来不至于此。'老头儿道：'以前我也是这般想，觉得留学界中党人原是不少，但像国雄这种人，总不会为邪说所诱，自外生成。讵料他竟也陷身其中，一样的谋为不轨。'

"我这时还想代你分辩，便道：'国雄入党，有无凭据？'老头儿道：'自然有真凭实据在我手中，只是你如今且不必问是怎样的一种凭据？我也未便就拿凭据给你看。须知国雄是你引进的，连你也有不是。'我听他这样说，也就不能多讲了。等了一会，老头儿又说道：'我如今把话对你讲了，你却不许走漏风声。我自有法子对付国雄和他们这班小孩子。'我也只好诺诺连声，默然相对了半晌，老头儿自进去了，我也就此退出。

"今天早起，我想这件事若不给你们一个信息，总不是个道理，因此偷偷地到此地来溜一趟。一来让你们得个准备，尤其要嘱咐你，千万不可再撞到使馆中去。二来我还想问一问你，究竟你近来有无失检之处？何以会被老头儿知道，并且还被他捏着凭据。我们既是自己人，无话不谈，我总疑惑你和那位翠珠姨太，有些不大干净，因此出了毛病。"国光说到这里，怀仁便从旁插嘴道："我对于这一层，倒不疑心国雄。

因为我深晓得国雄情有所专，决不会爱到翠姨太身上去。可是她那一方面的引诱，却很厉害，也许国雄绝人太甚，她转因此恼羞成怒，在那里构怨。"

国雄点点头道："到底是怀仁兄的见解来得深一层，居然被你猜着了。"当下便将以前种种事实，和昨夜在精养轩中的情形，详细告诉了他们两人。国光道："如此说来，两面的话就都合拍了。一定是姨太太在老头儿面前告了枕头状，所以老头儿就如此相信，大概老头儿所说的凭据，就是那张照片。故而他对我说这凭据也不必给我看，恐防我看见了寻根究底起来，他转不好意思说是姨太太拿给他的了。可是关于这张照片，我平心而论，倒也不怪姨太太，转要怪你。试问她正在想你不得到手的时候，偏偏又看见了你们这样一张爱情照片，安得不醋气熏天呢？"国雄道："人家正在没心绪的时候，你还要来说笑话！"国光道："我倒不是笑话，的确讲的是正经话，姨太太此时恨你正深，你真个要慎防暗箭才好。我也不宜多于耽搁，并且以后也不宜常来，只是有什么重要消息，总设法通知你们便了。"说完了这几句话，匆匆自去。

国雄和怀仁二人又计议了一番，觉得此时又不便回国，好在日本人对于政治犯，倒是一律保证的。料想赵雨卿一时也奈何他们不得，但为慎重计，便退去了旅馆，另和党中同志在秘密所在住下了。连学校中也请了假，不去上课，暂取隐避态度。如此者过了有几个月，便到了武汉起义推倒清朝统治的时期了。

这时候日本的同盟会同志，正在那里摩拳擦掌，跃跃欲试。一得了这个消息，便立刻召集紧急会议，一方面发电回国，表示响应；一方面却决议占领公使馆。平日暗地蛰伏着的许多党人，到了此刻，一个个扬眉吐气，奋臂欢呼。便是不曾入党的留学生，也纷纷临时加入。大家手执白旗，排列队伍，浩浩荡荡，直奔公使馆来。

雨卿这几日正在恐慌时代，一天到晚战战兢兢，知道留学界中一定要有什么大举。那天晚上，刚在那里吃晚饭，忽听见外边人声喧闹，顿时吓得魂不附体，丢了饭碗拔脚就跑。他那位翠珠姨太，忙一把将他拉住说道："你往哪里去？要逃须带着我一齐逃。"雨卿顿足道："我这时也顾不得你了！你就见了他们，也不至于就吃什么苦。我倘然被他们捉住了，那还了得！"说时拼命摔脱了她的手，跌跌撞撞地走得不知去向。

那许多学生，好似潮水一般涌到公使馆门口。那时节使馆中也早已事前戒备，由日本警察担任守卫，可是那些日警到了这个时候，都有些假痴假呆，并不肯出力。加以来的人实在太多了，便要抵挡也抵挡不住，顿时打开大门，一拥而入。一片声嚷着：休放走公使！有一部分人就奋勇当前，先冲上楼去。怀仁和国雄这时都被推为领袖，自然都在其内。国雄更是熟门熟路，一上了楼就闯到卧室中来，却见房中空空洞洞的，找不到一个人。他们于是又领着大众，向餐室中书室中以及各个房间内到处寻遍，竟连下女们都逃散了，找不到一个。怀仁便道："他们倒真会逃！怎么一刻儿工夫就走得如此之快？"当下又赶下楼来，却见大客厅中，有两个人正被众人包围着。一个便是国光，一个是参赞李鹏飞。国光因为留学生中熟人甚多，就是党中有几个中坚人物，平日也都有些交情，所以还敢出头。李鹏飞却是素来头脑清新，学识深邃，对于革命事业虽未直接参加，也颇露着扶助的意思，一向对于留学生也很有接洽，颇为一般青年所佩服。今晚见使馆中闹到如此地步，不得不挺身而出，想一个维持的方法。

这时候大众对于鹏飞国光二人，第一要追问的，自然是公使的下落。鹏飞慨然说道："今天事起仓促，公使躲避何处？我们确乎没有知道。不过诸君如果相信我的，我敢大胆说一句话，诸君便见不到公使，一切事但向我说，我可以负责代达。"那些人这时见鹏飞肯站出来说话，似乎比较那位赵公使，转来得有力些，便道："就请先生代表公使，我们也可以承认。但是无论如何，总须答应我们的要求。"鹏飞道："诸君有什么话，如可以办到的，当然无不照办。不过鄙人也先有一个请求，今晚来的人实在太多了，照这样子纷闹，教鄙人如何接洽？务请诸君当场举出几位代表来大家好谈话。"大众一想这话，倒也不错，当下略略商量一下子，就举出了十二个代表来。怀仁国雄自然都在其内。

这个当儿国光见大众的气势，经李鹏飞一番说话，好像已略平了一二分；又见怀仁国雄俱在代表之列，料想这事情无论闹到如何程度，于他自己总还不至于有什么大碍，胆量便又大了许多。于是连忙凑趣，帮着鹏飞将这十二位代表，邀入另外一间小客厅内，请他们依次坐下。一面又吩咐那些仆役，拿茶递烟，相待得十分恭敬。

鹏飞等他们坐定之后，便又说道："看诸君的来意，情势十分紧急，我们的说话，也自然以简洁为是。我如今要先请问诸君到底唯一的目的是什么？"怀仁便道："先生既喜欢简洁，我就用最简洁的话来答复先生。我们唯一的目的，就是要占领公使馆。"鹏飞道："占领公使馆是什么理由呢？"怀仁道："现在清政府既已推倒，公使是受清政府任命的，自然不能代表民国。所以我们不得不要求公使让出使馆，由我们党中同志，管理一切，方可以在国际间表显着革命的精神。"鹏飞道："足下的说话，自然是义正词严，鄙人虽是使馆中的职员，可是平日所抱的宗旨，自问与那些腐败官僚，专一趋承权贵，压迫青年的不同。今日之下，既不必为公使乞怜，也断不肯再替公使一人说话。只是就鄙人所见，诸君这个占领公使馆的办法，就事实论，确乎是徒滋纷扰，毫无益处。"鹏飞似这般侃侃而谈，国光坐在旁边，倒替他捏一把汗，生怕惹恼了眼前这几位革命大家，立刻翻起脸来，那就非同小可。便连连对鹏飞使眼色，意思是教他把话再说得婉转些。鹏飞明晓得他在那里着急，却是只作不知。正是：

借取片言排万难，好凭寸舌退群儒。

第三十三回　灯昏露冷半夜钻狗栏　月黑风高深宵入虎穴

这时候那许多留学生里面，有一个姓白号赞黄的，比较最有才具，也最有思想。在同盟会中，也是个老资格，深得大众的信仰。他听了鹏飞的说话，略沉吟了一下，便道："今天的事情。正为方才李先生所说的，已到了紧要关头。先生既愿意和我们在很短促的时间，开一个谈判，我们自然是很赞成。但希望彼此以诚意相见，求得一个解决的方法，不必再有什么作用。"鹏飞笑道："白先生的话，倒说得很爽快。我讲话是向来不喜欢有作用的，我说占领公使馆于诸君未必有益，正是为诸君打算，并非想为公使解围。至于我个人的地位，尤其绝无关系。"赞黄道："先生这句话我们也很了解的，但又安见得占领使馆，便是徒滋纷扰，毫无益处呢？"鹏飞又笑道："这层道理，白先生不必来问我。只消问你们自己，我料定诸君也不过是借此为题，才有文章可做。若说真个要占领使馆，岂非是滑稽之至？试问单是这样一个空空的使馆，诸君就便永远占领了，又有什么号令可发？又有什么事业可干？不但如此，使馆内的一切经费，是万分竭蹶的，各种对外问题，又是万分复杂的，倘然因此而发生出别的枝节来，岂非转弄成一个僵局？"赞黄道："如今局势既已大变，有许多事也难以料定。我们既具着革命的精神，拼着要干的，自然要干一下子。僵与不僵，只好置诸不顾了。"鹏飞道："白先生方才已经约定，彼此讲话都要以诚意相见，可是这一句话却又未免是意气用事了。分明放着有不僵的办法在此，又何苦定要向僵的路上走呢？"

这时候徐怀仁又忍不住问道："先生所谓不僵的办法，到底是怎么样呢？"鹏飞道："我老老实实讲一句罢，诸君都是青年有为之士，以前是因为国中满布着满清政府的势力，一切事业都无可进行，因此只能远处异域，秘密活动。如今革命成功，清室推倒，无论军事方面，政治方面，正需要着革命的人材，诸君大可趁此时机，赶紧回国，自然有一番轰轰烈烈的功业可建，何苦还要留连海外呢？"鹏飞这一句话，直打中了这些学生的心坎，大家听着，都十分感动。越发心平气和，不似方才剑拔弩张的那种神态了。

赞黄便又说道："李先生的见教确乎不错。但是有一问题，正须考虑，留东同学人数甚多，论到经济都是万分竭蹶，至于各省学款平时尚且积欠累累，如今国内既有大变动，对于海外留学生，暂时自然更无人负责。在此青黄不接之际，请教这一笔回国的川资，从何设法？若说一概由学生自己筹措，有款可筹的，便翩然归国。筹不到款项的，依然向隅，那却大失我们的期望了。"鹏飞道："我既然说到这一句话，自然也有几分把握。我的意思，想和公使商量，教他无论怎样经费支绌，也须划出一笔款项来，作为诸君回国的川资。如诸君中有自己不愿回国的，当然不敢相强。否则每人发给船票一纸，如果一次船期舱位不敷支配，终可分批起程。"赞黄和怀仁等齐声说道："这是李先生个人的主张，不知公使意见如何？据我们的猜想，只怕公使是纯粹旧官僚的脑筋，未必能如先生这样见解透彻。"鹏飞笑道："说我见解透彻，真是谬赞了。公使的意见，究竟如何？我在没有和他商酌之先，固然未敢负责答复，但依事理而论，我总可以竭力进言，使他允许，大概总有几分把握。"当下有一个代表便说道："据我的意思，不如就请公使出来，大家当面谈一谈。左右他是个负责者，躲不了的，又何必躲呢？"国光听他这样说忙道："此层大可不必，公使也并非是固执不通的人物。方才这种说话，只要李先生对他细细一说，料来断无不赞成之理。这不但是李先生可以有几分把握，便是我对于诸君，既有许多熟朋友在内，也很可以友谊担保，绝不至于毫无结果。"

这时赞黄国雄怀仁等几个代表，互相商量了一会，便由赞黄发言道："我们为信仰李先生起见，时已夜深，也不必再要求公使见面了。公使一方面，就请李先生剀切地向他说一说。至于同学方面，我们虽然身为代表，非经大家议决，也还不敢负完全责任。且待我们今天回去，再开一个紧急会议，将先生的意见，提出讨论。看大家的宗旨是怎样，是否赞成一致回国？大约也须到明天才可以给先生一个明确的答复。"鹏飞道："如此好极了。目前诸君且请回去，唯明日下午请各位代表再来接洽如何？"赞黄等点了点头，便立起身来，走到外面。把鹏飞所说的话，约略宣布了一番。便说这个问题，很是重大。我们且回去开一个大会，决定了主张，再讲进行之策。众人听了也没有别的话说，就此纷纷散去。国光等这些学生去了，便对鹏飞说道："真佩服你好大本领，竟会三言两语，把这一班天神都说退了。要不是你，又有哪一个来解围？"鹏飞笑道："任凭怎样声势汹汹，只要说得有理，不怕他们不折服。老实说一句，他人数虽多，也不过几个首领在那里主持，其余的人无非跟在后面呐喊罢了。如今闲话少讲，倒是赶快将我们这位公使找出来再说。老是这样躲避着干什么？"国光道："老头子大概还是躲在楼上，我们再去细细地找一回，包管可以找着。鹏飞先生，我们一齐上去罢。"鹏飞道："夜深了，我也闯到楼上房间里去，到底有些不便。"国光道："今夜的事情，还讲得什么便与不便！快去罢，不必迟疑了。"说时匆匆向前直走。鹏飞也就跟着他到得楼上，只见男女仆人挤满了一屋子。乱哄哄地正在那里七张八嘴地议论，道是公使和姨太太不知道哪里去了？怎地各个房间都找遍了，竟不见他们两人。国光听说便道："我看总是你们找得不到家，好端端两个大人，难道会生了翅膀飞去了不成？"那些仆妇道："不瞒少爷说，实在真找不到。我们寻得差不多把马桶都要翻身了，依然连人影子也没有。"国光道："这就奇了。"说着便和鹏飞两人在各房间中察看了一遍，真是毫无踪影。一会儿找到后楼，只见壁角边灯光不甚明亮的去处，黑魆魆地伏着了一个人，国光便嚷道："这里有人呢。"说时走过去一扯，那人回过头来，却是一个下女。国光喝道："大家闹得天翻地覆，你却一个人躲在这里打盹么？"那下女揉着眼睛说道："你们闹什么？"国光道:"糊涂虫，滚开些罢！我也没工夫和你多讲。"说时依旧向各处乱找，那下女便问其余几个仆妇道:"你们到底找谁?"那几个仆妇道:"你真是个浑蛋！我们正在找老爷和姨太太哩。"下女道:"太太不知到哪里去了？老爷却是我送他下楼去的。"那些仆妇道:"老爷为什么要你送他下楼?"下女道:"若不是我，老爷一个人怎会下去呢?"那些仆妇道:"你的话愈奇了，老爷何以一个人不会下楼?"下女道:"老爷不是从楼梯上下去的。"国光这时也听见她的话了，忙问道:"老爷不从楼梯下去，是从哪里下去的?"下女道:"是从那个搬饭菜的升降机里面下去的。"国光听说，忍不住笑将起来道:"是真的么?"下女道:"真的。不信我领你们去看。"说时便引着大众走到那屋角边的特别升降机前面（阅者当犹忆二十六回中事），众人仔细看时，那只四方的大木笼，果然已放下去了，那绳子却断了一根。国光便又追问那下女道:"老爷是怎样下去的?"下女道:"老爷听见许多人已拥进来，要上楼了，便一个人逃至后边。恰巧只有我一个人在这里，老爷四面看了一看，见无路可走，很是着急。后来忽然想起了这木笼，便一把扯了我过去，叫我拉开了木笼的门，他低着头钻了进去，命我快快将绳子向下放。我依着他的话，赶紧放绳子，起先放得很好，后来大约是因为老爷的身体太重了，到将要着地时，绳子霍地断了一根。我的气力小也拉不住了，木笼便趁势往下一沉，老爷轻轻地喊了一声'啊呦'我连忙问他跌痛了没有？老爷望着我摇摇手，我便不再则声。只见他自己开了木笼的门，又钻出去，向那条漆黑的狭弄内奔出去了。"国光道:"那么老爷到底逃向何处，你依然不知道么?"下女摇摇头，说:"不知道。"鹏飞道:"照此情形，也许公使依然躲在什么树荫中哩。"那些仆人便道:"我们在下面也到处找过了，总之老爷决不在使馆内。许在乱哄哄的时候，趁人不备，逃出门外去了。"国光道:"那是绝没有的事，那时节各处门口都守着许多人，他哪里敢往外逃？就使往外逃，也一定要被他们捉住，决逃不出去。"鹏飞道:"这更奇了。……"

大众正在这里鸟乱，忽见一个仆人气喘吁吁地赶上楼来，对国光说道："少爷，隔壁犬养爵邸里面，差了一个人来，说有紧要事情要面见少爷哩。"国光讶然道："犬养伯爵在这时候差人来，有什么事呢？"说着就连忙下楼来，见那差来的人，那人见了国光仿佛很秘密似的走近前来。附着国光耳边，低低地说道："此地的留学生，已散完了么？"国光道："散完了。"那人道："你们这里的公使大人，正在我们爵邸里听消息。"国光道："公使怎么会到你们那里去？"那人微笑道："公使是掇了一张梯子，从后边短墙上面，翻到我们那里去的。说也好笑，我们先听得这边人声喧闹，知道是这班留学生又起了风潮了。我家伯爵，正要派人前来打听，忽然听见后院中扑通一声，像是有甚重物落地的样子。当差的忙奔得去一看，只见你们这里的公使，连人带梯子倒扑在地下，连忙才扶他到客室中去。伯爵问他时才知道他跨上墙头，将这边梯子抽了过去，又架在那边。可是匆匆没有放稳，就往下爬，因此便倒了下来。幸喜墙头很低，没有受什么重伤。伯爵一面安慰着他，一面忙差了我们几个人在使馆门口探望，见这许多人已散出去好一会了，公使却还不敢回来。怕的是还有什么代表坐守在这里，因此命我前来打听，问问看这时候可好回来？"国光道："不要紧，可以回来了。我就和你一同去接公使罢。"说时便带了两个亲信的家人，跟着伯爵差来的人，一齐到爵邸中去。一会儿才将那位赵公使接了回来。使馆中人见公使寻着了，始放下了心。公使一回到使馆中，别的事不暇细问，先急着要找姨太太。并且痛骂那些下人们，说平时养着你们这些人做什么？怎么一朝出了事，连个姨太太都保护不了，竟撇了她一个人，各自逃走去了。真正混账！岂有此理！（然则公使自己撇了姨太太，独自逃走，是不是混账？岂有此理？）骂得那些人面面相觑，不敢回口。公使见他们这呆头呆脑的样子，越发动怒，便道："姨太太是个女流，决计走不远的，限你们在半个钟头以内，务必将姨太太找来。找着的我重重有赏，如找不着时，大家休来见我！"

这些人没有法子，只好答应了一声，分头向馆内馆外四处找寻。内中有一个仆人，走到后院中墙角边，忽然听见一声声狗叫，那人正没好气，便踢了那只狗一脚，骂道："叫你娘的什么！惹得我性起，就将你踢死！"那狗被踢以后，越发叫得厉害。这个仆人仔细看时，见那只狗正对着自己狗栏门口，叫个不住。原来赵雨卿素喜养狗，特地为了这头洋狗，造了小小的一个木栅栏，上面盖着铅皮，倒像一间小屋，算是一个狗公馆。另用了一名狗奴服侍着此狗，这时候狗奴不知哪里去了？仆人见狗栏上的栅门关着，狗又叫个不住。便又骂道："想是你这孽畜要睡觉了，算我倒霉，就当一个差送你进去罢。"说时便蹲下身去，将要开那要栅门，却惊得狂叫起来。嚷道："里面是什么人？"里面应声道："是我，休得乱嚷。"仆人听得是女人声音，再借着远远的灯光仔细一认面目，不觉又惊又喜道："原来是姨太太。怎么会躲到狗栏中来呢？"姨太太道："你别多说，我先问你外边那些学生都散么？"仆人道："早已散了。老爷也还来了，因为不见姨太太就急得什么似的，命我们大家分头寻找。说谁找着了姨太太，就重重有赏，如今可巧被我找着了。这一份赏是逃不了的了。"姨太太道："你休得噜苏，快扶我起来罢。"仆人这时早已将栅门开了，听姨太太这样说，便去搀了她一把。姨太太钻出狗栏外边，好容易立定了脚，觉得浑身酸麻。自己在腰间和两只大腿上揉搓了好久，才能慢慢地移动脚步。仆人便把那只狗送进栏内，依旧将栅门关好，也跟了上来。姨太太走了几步，忽然回转头来，对那仆人说道："我吩咐你一句话，你无论在何人面前，不可说是在这个地方找着我的，只说在馆外马路上遇着我就是了。我自会另外赏你。"仆人点点头道："晓得了。"当下两人便走到里面。国光那时正立在台阶上，一见了姨太太，便道："好了，姨娘回来了，快上楼去罢。再不上去，要把人急死了。"姨太太道："尽我去就是了，急些什么！"说时便上楼去了。那时雨卿正和李鹏飞在中间客室内谈天，雨卿一见了姨太太，满脸堆下笑来道："你回来了么？是到哪里去的？四处都找不着你。"姨太太对他瞪了一眼，也不理他，只和鹏飞略略招呼了一下子，径自回去了。雨卿觉着没趣，想跟进房去，又碍着鹏飞，到底不好意思。便搭讪着对鹏飞说道："今夜之事，幸亏老兄应付有方，否则真要不堪收拾了。你方才所说的话一些不错，我一切遵命办理，明天他们再来，便依旧请你去和他们谈判，我索性不出面，只担承一个筹拨款项的责任便了。"鹏飞点头称是，见雨卿有些坐立不安的样子，知道他是要赶紧去敷衍姨太太了，也就不肯多坐，忙立起身来告辞去了。走到半楼梯，看见国光正想上楼，鹏飞忙对他摇了摇手，说道："我们累了一夜，乐得去歇息一会罢。不必上去了。"国光会意，笑了一笑，也就去了。

再说那雨卿见鹏飞去后，忙走进房去。只见姨太太横在床上，脸朝着里面，两个肩头一耸一耸的，分明是在那里哭泣。雨卿便走将过去，坐在床沿上，将姨太太的肩头轻轻扳过来说道："你为什么伤心呢？今晚想是受了惊了。"姨太太将手用力一摔，说道："你管我呢，我伤心不伤心，与你什么相干！"雨卿道："你为何又发脾气了？今夜的事，真是出乎意外。总算是我们晦气，碰着这样的时势，也不必谈了。"姨太太道："你倒不晦气，我才真晦气哩。谁教你做公使，吃苦是应该的，我却无缘无故陪着你担惊受怕。"雨卿道："话不是这样讲法，我们两人有福共享，有苦自然也只好同当了。"姨太太霍地坐起身来说道："只要你说这句话就是了。既然有苦同当，为什么在他们这些人哄进来的时候，你便不肯顾我，就撇下了我一个人独自逃走？幸亏我也还机灵，趁着他们刚进门，人多忙乱的时候，觑个空儿溜出馆外，在别处去躲了一阵。估量着时候久了，他们约莫也散了，才偷偷地回来。要是迟走一步，被他们捉住了，又怎么好呢？"雨卿道："这是我对不起你。但是我也有我的道理，我若被他们拦住，便不得开交。你却是个女人家，和他们无冤无仇，就使不走，他们见了你，也未必就会放出什么野蛮手段来。"姨太太越发恼怒道:"你说得好自在的话儿!他们这样声势汹汹地拥进来,比强盗还要厉害,我是一个女人家,不赶快逃走,呆坐在这里,吓也要吓死了!"雨卿道:"好了,不必多讲了。横竖我们两人都已好好地回来,没有什么大损伤,也就罢了。"姨太太还是余怒未息,经不起雨卿又甘言蜜语地安慰了好半天,方始将那口气平了。说道:"闹了一夜,我肚中倒有些饿了,吃些点心再说罢。"便下得床来,倒了一杯茶,又拿了几块饼干吃着。雨卿涎着脸道:"你只顾自己吃饼干,也不分些给我吃吃么?"姨太太道:"你要吃饼干,自己不会拿,难道要我来喂你不成?"雨卿笑道:"我也不要吃了。天也快亮了,还是睡觉罢。"说时便立起身来脱衣裳,刚一转身要脱那件袍子,忽然眉头一皱,喊了一声"啊呦",姨太太道:"什么地方痛?"雨卿道:"我今天虽没有受什么大伤,毕竟也跌得重了,腰间酸疼得很厉害。方才走起路来,还有些儿一跛一拐哩。"姨太太道:"你是怎样跌的?"雨卿便将方才翻墙头逃到爵邸中去的情形,讲给姨太太听。姨太太笑得前仰后合,指着雨卿说道:"亏你做了堂堂公使,如此丢脸,竟变了狗急跳墙了!幸亏这犬养伯爵,平时和我们十分要好,才做了你的救命王菩萨。(狗急跳墙,却遇着犬养伯爵,大堪绝倒。)要是他翻起脸来不肯收留你,或是拿住了你当小贼办,你又怎么样呢?"雨卿道:"你挖苦得我太厉害了。我虽跳墙侥幸没钻狗洞,也就罢了。"

雨卿这句话原是出于无心,谁知却道着了姨太太心病,姨太太顿时脸上一红,也不答话。雨卿还不知就里,又问道:"我是逃到隔壁去的,你却在黑夜中逃向哪里,躲了半天,也算你的本领。"姨太太又横了一眼道:"你问我做甚,我到哪里,用不着你管!"雨卿怕多说下去,又要将她触恼了,便不敢再讲,就此安寝,总算是一宵无话。

到了明天,雨卿便和国光鹏飞二人又细细地计算了一番,将这些留学生回国的川资筹定了,等到下午那几位代表又如约而至,便由鹏飞和国光二人接待。这一天的情形,又和昨日大不相同了,大家都心平气和地从事实上商量。先由几位代表说明许多同学已开过会议，决定依照李鹏飞拟定的办法，即日回国，由使馆发给川资。大概自愿回国的倒有十之七八，这一笔款项为数倒也不小。在雨卿却安然渡过了一重难关，虽然明知这一个公使的位置，难以保存，也只好暂且观望形势再说。

那些留学生回国以后，好在那时节，正是各处设立军政府，需材孔殷的当儿，凡属新人物而又略能活动的，不怕没有事做。赞黄、怀仁、国雄等几个人能力较大，声誉较著，更容易得人欢迎。他们到得上海，恰巧那位驻沪首领秦大星，被举为沪军都督，正在组织都督府。赞黄和大星关系较深，当了秘书长；国雄、怀仁都做了科长，蕙仙蕊仙两姊妹也都在都督府中办事。上海在光复之际，原是一个最重要的地方，都督府内公务很多，他们都在青年，振作精神办事，自觉另有一番新气象。

国雄以前几次到上海，都是很匆忙很秘密的，此次事情已定，便去拜望他的老叔寿卿。寿卿这时因为上海道既已取消，他的差使也自然没有了。便赋闲在家，幸亏他频年以来，用度节省，略有些儿积蓄，人口又少，倒也可以敷衍过去。那位芷芬小姐却已毕业，在一个女学校中当着教员，每月也有数十元的修金，倒可以补助些家用。寿卿见了国雄，倒也十分欢喜。只是讲到时势变迁，自己一只稳稳的饭碗又因此打破，不免又要大发牢骚。他那位夫人钱氏，见他发牢骚，便对他笑道："你又不曾做个什么官，许多总督，巡抚，都像没事人一般，依然带了刮地皮的钱，拥着小老婆，逃到上海来过他们快活的日子。像你这样还说些什么呢？管他清朝也好，民国也好，只要大家有碗饱饭吃，也就罢了。"寿卿听说，也就点头无语。

一会儿又说道："国家大事，我们且不去讲他。倒是我自己的家事，想起来也有些愁烦。"国雄问道："叔父有什么事发愁呢？"钱氏道："无非为了你这妹妹，她年纪也不小了，我们老两口子只有这一个女儿。'男大须婚，女大须嫁'，眼前正要紧的，就是想把她好好地嫁出去，也了却我们一生的心愿。"国雄道:"妹妹的婚姻问题,还有什么发愁?不是已经定夺了么?"钱氏道:"在大家的意思上,总算是定夺了。并且亲上加亲,也算是再好没有的事。不过温如这一出洋,暂时还不见得就能回来,我总觉得他们的喜事,能够早些办成的好。"国雄道:"婶娘又何必性急呢?两方面年纪都不很大,等温如毕业回来再结婚也不迟。温如是很用功的,此次回来,包管稳稳的是一个博士,比较我们这些不经用的东洋货,要强得多了。"钱氏笑道:"自己人讲讲话,你倒客气起来了。你如今已是一位堂堂都督府里的科长了,怎说东洋货不中有呢?你说照温如和芷儿的年纪,再迟些也不要紧,这话自然不错。但是我所以不能不有些过虑,却另有原因。横竖你是自己人,一切都知道的,趁现在芷儿上课,还没有回来,不在面前,我们不妨谈一谈。听说温如虽然和芷儿十分要好,可是另外又有一个自幼相亲的女朋友,你可知道详细么?"国雄略沉吟了一下道:"他另外有个相爱的女朋友,这话确是真的。不过依温如的性情和人格而论,我很相信他对于那位女朋友,也只友谊上比较亲密些就是了,绝不会发生别种不正当的关系。更不会有负芷芬妹妹。"钱氏听说,也就点头无语。

国雄道:"芷芬妹妹近来身体如何呢?"钱氏皱着眉头道:"病是没有什么大病了,但身体总还很弱,饶是时常吃着培补的药品,依然十分瘦削。我常说像她这种身体,正和一朵娇嫩的花一样,经不起一点儿风吹雨打的。"国雄道:"这也是中国女界的通病。我在日本久了,看日本女子,一个个都是腰圆背阔,既肥且短,人家都说不好看,其实身体倒是很结实的。个个人能做事,能走路,差不多比中国的男子还要来得强健。中国的这些小姐们只讲究一个轻盈袅娜,既轻盈而又袅娜,可想而知似临风杨柳一般,是摇摇欲倒的了。"钱氏笑道:"你倒说得这般发松!看不出你在日本留学了好久,对于女人面上,倒也有了这许多研究了。我倒要问你,你自己想必也早已有了很好的配偶了?"国雄很不好意思地回答道:"说是差不多定了,却也还没有正式订婚。"寿卿偶然道:"论理你也应早些成亲才好。你父亲去世以后,只有你母亲一人在家操持家务,既很辛苦,也着实觉得寂寞。早早娶一个好些的媳妇,也让他心上安慰些。"国雄听说也不再多言,当下随意谈了几句别的闲话,钱氏又命仆妇搬了些点心出来吃了。国雄因为事忙,也等不及芷芬回家,就告辞走了。

这天晚上,国雄被寿卿几句话,打动了思亲之念,一夜中翻来覆去,睡不安稳,决计要请假回宁波去走一趟,以慰老母倚闾之望。次日一早,先和蕊仙说知,蕊仙自然赞成,假条上去,秦大星知道他回籍省亲,也就立刻准假。将他的职务派了怀仁兼代。国雄便一个人自回宁波见了他母亲陈氏,想起自己奔走革命,撇了母亲一人在家,没有尽过一些孝养之职,不禁流下泪来。陈氏拉着国雄的手,一面问长问短,一面也不住地拿手帕拭眼泪。国雄见陈氏伤心了,自己便又赶紧收住了泪,放出笑脸来,着实安慰了他母亲一番。陈氏方始转悲为喜,笑着说道:"你在外面读了这几年书,总算今日之下,也干了一点儿小事业,替你父亲挣了一口气。只可惜你父亲已看不见了!要是他眼见着你有出息,心中不知道怎样的快活哩!"说着眼眶中的泪,又往外直涌。国雄听见他娘提起父亲,也忍不住又哭起来了。还是家中用的一个老娘姨,上来劝住。那老娘姨笑着说道:"也不见我家太太,少爷没来家,天天盼着他;如今少爷做了官回来了,应该多笑两声才是,怎么倒又哭起来了?"

一句话转将陈氏说得破涕为笑,便道:"你真是个乡下老婆子,你说少爷做官,少爷做的是什么官呢?如今是民国时代了,便是真做官,也不戴顶珠,不挂朝珠了。还不是和乡下老百姓一样!"老娘姨道:"我也不知道少爷做的什么官,还是前天和隔壁王家好婆谈天,才晓得少爷已是发达了。这王家好婆人最势利,真不是个好东西!在前几个月,外间闹着捉革命党的时候,我冷眼看着太太,时常愁眉苦脸,像有甚心事似的，问你也不肯说。我不该对王家好婆讲了一句道是我家太太近来不知怎的老是唉声叹气。王家好婆便对我说道：'你原来还不晓得你家少爷在外面已做了革命党了！官府正要捉他，捉住了包管性命不保。我看你在他家里做娘姨，也没甚好处，不如见机些趁早离开。官府中定的律例，在革命党家中做用人，也是有罪的。'我当时听了她的话，一肚子没好气，我说我在他家中这样多年了，少爷是我看他长成的，老爷在日为人十分厚道，少爷将来一定有好处，决不会惹出什么祸来。就是惹出祸来，也连累不到我这个老太婆。我家太太待得我和自己人一样，我怎舍得撇了她去另投别家呢？王家好婆听我这样说，冷笑了两声，也就不再讲了。

　　"前天遇见了她，她却又扯住了我说了一大篇的话，道是你的眼光果然不错！如今是革命党得势，以前的官府，反而倒霉了。你家少爷幸亏以前见识好，早早地投在革命党中，眼前已在上海做了大官。不但你家太太以后可以享福，便是你这老太婆，既是向来得着太太的重用，将来也多少好沾着些光哩。我听了她的话心中自是欢喜，我也并不要沾太太和少爷什么光。只是老爷这样一个好人，虽然他自己寿命不长，一病死了，天也总要叫他有个好儿子，才算是好有好报。"老娘姨说到这样，眼圈儿顿时红了。忙回过头去说道："我唠唠叨叨地说了这样半天废话算什么？少爷一早从轮船上来，只怕还没有吃过东西哩。让我去弄些早饭出来吃罢。"陈氏和国雄听了老娘姨这番说话，心中格外又添了许多感慨。国雄叹道："亲朋骨肉转不如一个忠心的奴仆！"陈氏道："这句话却也难讲，人情本来是势利的，但也未可一概而论。像吕荣斋的看待我们，难道还算不得是侠肠古道么"。国雄道："说起荣斋，他不多几日前，还写过一书信给我。说他自己在宁波军政分府中当着秘书长，照这样子，岂非也还得意？"陈氏道："不错，荣斋为人正直，地方上许多人都信仰着他。听说军政分府中一切事，还幸亏有他在里面主持，才办得不错。"国雄道:"这也罢了。"说到这里,老娘姨已将早饭摆了出来,母子两人,正要用膳,忽然外面闯进一个人来道:"果然是老弟回来了!我到底猜得不错。"国雄抬头看时,原来不是别人,正是他房族中的哥哥国祥,便叫了一声道:"祥哥好久不见了。你好么?我才回家,你怎么就知道了会来看我?"国祥这时已和陈氏招呼过了,便拉住了国雄的手,笑道:"我是深明阴阳卦理的,方才一阵心血来潮,想起了你老弟,便掐指一算,算准了你此时刚刚到家。因此特地赶来,果然被我算着。"国雄道:"你又要来取笑了。规规矩矩说,到底是谁告诉你的?"国祥道:"实对你讲了罢,我适才在街上遇见一个熟人,他也是今天刚回来的,和你同船,你不认得他,他却认得你。是他告诉我说你回家了,所以我才知道。"说时向台上一望道:"你们还没有吃早饭么?"陈氏道:"刚刚要吃,祥少爷你也来吃些罢。"国祥道:"我已经在家中吃过了。你们只顾吃,我一面看吃,一面和你们谈天,自家人没有什么客气。"陈氏和国雄二人听说,便自顾吃早饭。国雄坐在旁边指天划地说个不了。陈氏笑对国祥说道:"我有一句话,不怕你生气要问你,你向来爱吸几口烟,晚上睡得很迟。每天要到午后才出门,如今却起得怎么早?"国祥道:"我近来和以前大不相同了,烟也不吸了,钱也不赌了,也想着实改良一下子,在民国时代干点儿事业哩。"陈氏道:"这是再好没有的事情了。你年纪还轻,才具也很好,原该做些事业才是。"国祥道:"我哪里及得来雄弟呢?"说时又对国雄道:"我还要老弟替我想想法子哩。"国雄点了点头。国祥道:"今儿晚上,我请你在丰乐园吃饭,也不算什么接风,只是自己弟兄,好久不见了,想借此谈谈。"陈氏道:"为什么又要费事?"国祥道:"并不费什么事,我只约了几个至好的朋友,也有吕荣斋在内。雄弟和荣斋想也久已不见了,省得你去看他,也省得他来看你,先在我那里会面,岂不便当?"国雄点点头道:"如此说我晚上准来就是了,但是你不可过于破费。"国祥道:"晓得了。"这时陈氏和国雄二人用膳已毕,国祥也不再多坐，就此去了。

这天晚上，国雄便到丰乐园去赴国祥之约，吃到十点多钟才回来。陈氏问他会过荣斋没有？国雄道："荣斋起先不来，后来我到了，国祥又发了一张请客票去，央我在那请客票后面写上几个字，请他务必就到。他才来了。也只淡淡地敷衍了国祥一会，又对我说叫我明天到军政分府中去看他，再和我细谈。吃了两样菜，坐不多时就走了。"陈氏道："国祥早上不是说约的都是至好朋友么？既算至好朋友，荣斋对于他何以这般冷淡？"国雄道："老祥的话哪里听得？至少也要打个对折。我想他或者要借着我的交情，和荣斋拉拢，倒是真的。"陈氏道："国祥今天又和你说些什么？"国雄道："在吃饭的时候，没讲什么，后来客散了，他却拉住了我，讲了许多话。他说要叫我转托荣斋，在军政分府中找件事情做做，万一没有位置，也想弄个把顾问或是咨议，只要有个虚衔，他并不要薪水。"陈氏道："不要薪水，只要虚衔，这分明是借了名义，又可以在外面吓乡下人了！"国雄点了点头道："他还说到我们的家产问题，道是如今时势变更了，何不趁这个当儿和萍虚叔公闹上一番，谅他断不敢再倚仗自己是个族长，就永远这样霸占下去了。"陈氏道："这句话倒也不错。这萍虚叔公实在真可恶！国祥虽然油滑，有时说出话来，做出事情来，到底还像个人。萍虚叔公枉自倚老卖老，简直不像人了！"国雄道："母亲说得很是。"陈氏见国雄一面说着话，一面不住地打呵欠，便道："你昨天在轮船上，谅来一夜没有好睡，今晚快些安歇罢。我们娘儿两人，若要细细地讲起来，便是彻夜不睡，讲到天亮，也讲不完哩。"国雄便依言自去安寝。

次日一早起来便去看荣斋。一见了面，就笑着问荣斋道："你昨天为何迟迟其来，匆匆而去？想是对于这位主人有些不愿承教。"荣斋笑道："却也并非为此，老实说这位主人太会拉拢了，我见了他未尝不头大。不过人家既是殷殷勤勤地请我吃饭，况且又有你在座，彼此久别，正好借此畅谈。我又何必搭什么架子？实在也因为这两天事情忙，走不开，不瞒你说，我昨天简直在府中累了一夜，没有回家去。"国光道："你为什么事这样忙呢？"荣斋四面看了一看，见没有别人在面前，便对国雄说道："这句话对你讲不要紧，你却千万要严守秘密，不可走漏风声。前几天我们宁波正伏了一个极大的危机，便是当地有个会匪的头脑夏老三，他联络了各处的帮匪和太湖中的桌匪，竟敢私藏军火，想趁地方上兵力单薄的时候，约期起事。连日子都有了，幸亏我们这里侦探得力，前几天已得了消息。便一面拍了急电，到杭州去请兵，大概今天兵就好到了。我们等得大兵一到，布置妥帖，就要去搜捕匪党。这件事须要办得十分严密，连府中都只有几个重要人物知道此事，怕的是稍一泄漏，被那些匪党预先知道了，就不免打草惊蛇，地方上要发生危险。"国雄道："这件事倒很关重要，你不可以不格外慎重。那夏老三是不是在江北岸开煤炭行，人家都叫他小老虎的么？这人平时看着似乎有些土头土脑的，像个乡下老儿，却不道竟是个匪首！"荣斋道："此人原非安分之徒，手下徒弟也不少，你久在外边，以前又是个很斯文的读书公子，向不和这些人交接，如何能够知道？"说到这里，外边走进一个听差来，对荣斋说道："都督请秘书长进去，说有要事商量。"荣斋点点头，国雄便立起身来道："你事情忙，我也不来搅你了。"

当下便顺便去回看了国祥一次，就回家来，连他母亲面前也不提起荣斋的话。怕陈氏听见地方上闹匪要担惊受恐。国雄住的地方，也在江北岸。这天夜里，天气十分阴黑，一阵阵的狂风刮得很大，国雄不能安睡。留心听着外面有无枪声及扰乱情形，却是直到天明，毫无动静。

第二天一早还未起身，那个老娘姨却来唤着他道："少爷我们躲在家中，没有知道，外边却闹翻了。说是军政府在昨天夜间三点钟，派了许多兵，将那爿新大煤炭行团团圈住，把那煤炭行里的老板小老虎捉得去了，还有几个伙计，也一齐拿去。满街上的人都在那里讲，道是这只小老虎不知犯的什么罪?"国雄听说,心下明白,连忙起身匆匆地吃了早饭,想到军政府中去看荣斋,探听些消息。谁知到得府门口,只见警卫森严,站了两排兵,一个个都擎枪上刺。说是奉令特别戒严,非是府内办公人员,佩着徽章的,无论何人,一概不准进去。国雄听说只好折回。

这天夜间,国雄和他母亲正在闲话还没有睡,忽听得外面有人叩门,声音十分的响。国雄诧异道:"这般时候,有什么人来找我?"当下便命老娘姨出去开门,门一开,却走进两个人来,身上穿着军装,手中拿着电筒,又佩着手枪。老娘姨见了猛吃一惊,忙问道:"你们是什么人?来找谁?"说话时连声音都有些发抖了。

这时候国雄也已走了出来,那两人一见了国雄,便道:"这位是华老爷么?我们奉了吕秘书长的差遣,说有极重要的事情,请华老爷进府去一趟。秘书长还有卡片在此。"说着便将一张名片递将过来,国雄接在手中一看,见果是荣斋的片子,上面还缀着一行小字道:"事冗,无暇趋候。特遣卫兵奉迓,速来。"国雄便和陈氏说知,即跟着那两个卫兵,到军政府中。见着荣斋,荣斋一把将他拉到一间密室里去,对他说道:"老弟想不到我们捕获了匪首夏老三,竟会由此寻根究底,在你身上发生了一种关系!"国雄听了,吃了一惊道:"怎么夏老三会和我发生起关系来?"荣斋道:"你休得着慌,是我把话说急了没有讲清楚。并非夏老三会和你发生关系,实在是从夏老三那里,又发现了别的事情,这件事情,确乎与你大有关系。老弟实对你说了罢,这是你报仇的机会到了!"正是:

恩仇此际分明甚,莫使男儿气不平。

——选自单行本《人海梦》,春风文艺出版社 1997 年版

严独鹤文集

散文卷

上海文艺出版社

严独鹤 著

严建平 祝淳翔 编选

目 录

第一辑　自述

我之儿童时代

《半月》的"春节号"中，刊着许多人所著的《新年之回顾》，各人述各人的儿时状况，觉得别有兴趣。这回《半月》又要特刊"儿童号"了，瘦鹃来信索稿，我一想与其虚构，不如写实。我如今是状不如人，无可称述。但是儿时景况，倒很有许多处，合得上小说意味，便就我所记得的，将他约略记了些出来。唉！中年哀乐，时世沧桑。回首当年，实在令人有无穷的感慨哩。

儿童时代之家庭

大凡一个人儿童时代的家庭生活，都是很简单的，所可记的，无非是父母的慈爱罢了。不过我小时候却不但得着父母之爱，还有我的祖母，在这许多孙儿孙女里面，独钟爱于我，自孩提以至成人，饮食抚字，处处都累着我祖母操心。我在十岁以前，简直和病魔结了不解之缘，大约平均每年总得病上五六次，偶然有一两个月不生病，我祖母便要笑着对我母亲说道，孙儿这些时居然很平安哩。可是这句话一说，比咒我还灵，不是当夜就是明天，我一准要伤风发热，又闹得阖家不安。所以我祖母和我父母亲，便彼此定下了一条戒约，就是有时我身体略好，面部略胖，他们只可暗自欢喜，万万不敢当面说破，说破了给那病魔听见，又要发生反响了。平常小病，姑且不去说他，还有两次大病，真苦坏了我祖母和父母亲了。一次是出瘄子，本来不是个险症，但是我的病势却非常厉害。一起病，就热得不省人事，接连七天七夜，除了灌药以外，一些水米都不沾唇，已经将我祖母和父母亲急得寝食不安。一天早晨，我祖母走到床前来摸着我的额头，我忽然将她的袖子扯住，一言不发，只痴痴地傻笑，我祖母常听人说病中无故大笑，一定无救。当下看见我这样儿，便吓得魂灵出窍，就哭喊起来了。这时我母亲也患着极重的疟疾，正在那里冷得发抖。猛然听见我祖母哭声，只道我已经不好了，便也顾不得自己，就从床上跳起来，急忙带跌带跑地下楼来看我。我父亲正陪着医生，听见里面哭，也赶了进来。三个人一齐大哭。我却被他们这一场哭喊，倒惊出了一身汗，反觉神志稍清。那医生本是我父亲的好朋友，其时也就直闯进来，看了看我的神色，又诊了一回脉，忙对我父亲说道，你们休乱，这孩子的病已有了转机。此刻的脉象，比适才忽然轻松了许多，可望有救。他们三个人一听此话，转觉喜出望外。那医生便将我父亲一把拉出去，重新开方服药。我的病就从这一天起，居然渐渐地好起来了。还有一次是吐血。一天晚上，大家正在闲谈，我忽然觉得胸间作痛，便先睡了。睡不到一刻工夫，又忽然大咳，咳了几声，便要吐。我祖母就将一个小瓷痰盂拿过来给我吐。我吐了几口，祖母接过去向灯下一看，不觉惊得目定口呆。原来我吐的不是痰，竟是满盂子的鲜血。当夜就请了医生来看，说是伤了肺。自此一连延医服药，足有大半年。我依然还是痰中带血，胃口也渐渐地败了，身体也渐渐地消瘦了。吃药下去，就和水浇在石头上一般，毫无影响。我父亲便对我祖母说道：娘也只好看穿些了，大约这孩子也是命中注定。只当我做儿子的，本来少生了一个孙儿罢。说着泪如雨下。我祖母便颤巍巍地哭道：你这话好狠心。你舍得这样说，我却实在不忍听哩。这时我母亲在旁听了他们二人的话，也是哽咽难言。半晌还是我祖母说道：吃了这许多药，总是没用，我看不如去求仙方罢。到了明天，祖母真个起了个绝早，到庙里去求仙方。我见她忙着出门，便道：祖母这样大的年纪了，平常轻易不出去，今天却为了我起大早，赶远路。（那庙离我家很远，名字早已忘了。）我心里也不安。祖母道：你不过一个六岁的孩子，倒有孝心，知道好歹。罢了，只要你吃了仙方下去，能够早一天好了，便是大家的造化。说着忍不住那眼泪扑簌簌地滚下来，怕我看见，又急忙回过脸去。这天祖母求来的仙方，给医生看了，都说是很轻淡的几味药，且都是在先吃过的了，恐怕再吃些也未必见效。我祖母却毅然说道，仙方是在乎诚心的，诚则灵。我既伴着一片至诚心，去求了来，或者菩萨保佑，吃下去自有好处。我也说是祖母亲自去求来的，无论如何，我总得吃。说也奇怪，这药才吃了一帖下去，第二天便咳也减了，血也少了。接连吃了四五帖，竟霍然而愈。从此也再没发过这吐血的病。我写了这篇话，似乎近于迷信，然而确是实事。或者仙方未必能奏效，却是我祖母诚心去求了来，我又立意要吃，这心理作用竟能却病，也未可知。我祖母和父母亲爱我的地方，便是说上几万字，也说不尽。单就这疾病时的情形看起来，已可见其大概。如今的人，主张非孝，或者他们是从小没有受过上人恩惠。我却自问劬劳之德，实在一世也忘不了，万万不敢也万万不忍。说到非孝两字，不过我虽然反对非孝，我也何尝能孝？祖母和父亲相继见背，那时我还只得十几岁，哪里能稍尽反哺之心？如今慈亲在堂，甘旨之供，也还时虞不给，说到这里，一腔酸泪，不知不觉地就涌上来了。

我幼时因为独得祖母的钟爱，所以平时兄弟姊妹，分起果饵来，我所得独多。我一个人吃不了，便常拿来分给他们。有时他们有什么事情触犯了祖母，要加责罚，我也往往替他们说情。好在我的话，祖母是言听计从的，只要我肯动动嘴，他们分明要受戒尺了，也可以邀到特赦，因此我的姊妹和两弟都很感激我，见了我仿佛和见了天使一般。

我从四岁起，祖母和母亲已教我识字读书。我父亲公事很忙，朝出暮归，晚上回来，就要令我背书。背得出便拿些玩物赏给我，背不出却也要责罚我。还记得五岁的时候，我正念《唐诗便读》，却一些不懂里面的意义，天天和唱山歌一般，随口唱唱罢了。有一天不知上了一首什么诗，很不顺口，我唱不来，便不高兴唱了。晚上父亲回来，照例要背书，我觉得此关难过，一时情急智生，忽然想出一个办法来，去藏在黑暗里一张桌子底下。父亲和祖母等坐在客堂中讲了一回闲话，便喊着我的名字。我知道是要背书了，屏息躲着，大气儿也不敢出。父亲喊了几声不见答应，便疑惑我在卧房里，差一个仆妇到房里去看，说是没有，又命她在其余各房间里去找，也找不着。我父亲和祖母母亲三人，便又惊慌起来，自己拿了灯，四处照看，但是他们只向外面寻，没有注意到桌子底下。后来竟问到邻舍人家去了，都回道没有看见你家小官官。他们三人急得了不得，只道被拐子拐走了，重行走入客堂里，商量办法。这当儿还是我父亲脑筋灵敏，觉得桌子底下，好像有些声息，急忙拿灯一照，看见是我，不觉又喜又怒，便要拖我出来。我却硬赖在桌子底下，和他们开谈判，说明今晚背不出书，要饶过这一顿打，方肯出来。父亲不许，祖母也说背不出书，还是小事，为什么要躲起来害人着急，非打不可。还是母亲劝解，说让我晚上补读暂时记打。父亲点了点头，我便从桌子底下跳将出来。我从此以后，觉得这个迷藏的把戏，十分有趣，便往往乘人不备，忽然自己藏过了，让他们去找。等他们找不着，发起急来，我又自己跑出来，博得大家一笑，以为快乐。只不敢和父亲闹这新鲜玩意儿，我祖母和母亲却屡屡上当。有一回我躲的时候过久了，祖母和母亲以为我真个不见了，便相向而哭。我听见哭声，心中感动，便赶来跪在她们面前，自承悔过。从这回起居然不再演第二次的恶剧了。

儿童时代之学塾

我从六岁起，进学塾。（名为学塾，却依旧离不了家庭，因为是延师课读，所谓学塾，特书房而已。）我在学塾中读书可分为两个时期，自六岁至九岁为第一时期，教我书的，是一位金先生，自九岁至十四岁为第二时期，教我书的，便是我自己的母舅费翼墀先生。我十五岁入广方言馆，在未进学堂以前，要算这位先生陶熔得最久了。

金先生教课很认真，我们也很得益，但是性情非常严厉，我们怕他，简直和老鼠见了猫一般。金先生有种特别刑罚，是头顶戒尺，手拿书本，跪在那里读书，不许稍动，倘然头略动一动，戒尺跌了下来，就要拾起这块戒尺来痛打。这种刑罚，我总算没有尝过滋味。我的老弟天佽，却是家常便饭。金先生还有一种特别的法令，是取缔小便。每天规定只准两次，有到第三次，总说是假的。有时，我们内急，再三向他苦苦哀告，他便指着门角边，向我们叱道，若是真要小解，就遗在这里，省得借此为由，到外边去游逛。他这句话，分明是作难。试问积威之下，哪一个敢实行此事呢？不料我有一天实在忍不住了，听他这样说，竟老实不客气，就将他指定的门角边，作为临时小便所。他这一怒，非同小可，就要打我。我很不服，便道这是奉了先生之命的，如何也要责罚？他倒被我说得无言可对，从此就开放了这限制小便的禁令。

在金先生手下读书的，只有我们弟兄两人，和一个李世兄。那李世兄比我们年纪大些，在我们眼光中看起来，很觉得他见多识广，本领不凡。第一回显本领给我们看的，就是一套特别幻术。他将右手中指上点了一个圆而且大的墨点，和食指并放在桌上，这墨点自然在右，但是他忽而双指一跳，（手指会跳，固然奇谈，但论这时的情态，只有一跳字足以形容之。）将食指收进去，换上无名指来，这墨点却又在左了。他运用三个指头左右调换，我们却始终当是两个指头，能把墨点移来移去，便啧啧称奇。从此以后，佩服他到二十四分。李世兄又会讲笑话，说故事。我们便巴不得金先生出去。倘然先生一出门，就请李世兄开讲。有时，李世兄拿乔不肯，我们便和他打躬作揖。有一天讲来讲去，李世兄偶然高兴，竟讲起男女生理学来了。我们听了更是闻所未闻。后来天佽不知怎样忽然将李世兄的生理学讲义，在家中背出来，被我父亲听见了，打了几下手心了事。说到这李世兄，恐怕也是阅者诸君的一个熟朋友，便是那小说家算学家而又兼魔术家的李常觉呀。

金先生虽然很厉害，其实他自己年纪也不过二十来岁，很有些孩子气，有时高兴起来竟会和我们捉迷藏，又令我们赌背书，谁背得最熟，就有钱赏，自一文起到五文为止。可是我们当日谁得了五文钱的奖赏，真个如膺九锡，荣耀非凡。（这个奖赏往往为天侔所得）所以我们的书都很熟，金先生又最注意对课。我们弟兄那时虽是几岁的孩子，做起对课来，居然可以长短不论。讲到对课，我又记起几件趣事来了。一天晚上，我和天侔对坐着读夜书，先生出去了，一会儿又回来，却不进门，只推开了一条缝，在外张看。我那时身向外坐，早已看见了，天侔却不觉得，只管用一只手蘸了些唾沫，在面上摩挲，学那猫儿洗脸，口中又作着猫叫道："啊呜……"我忍着笑只管递眼色与他，意思是告诉他先生来了，却又不敢明言。这时节先生已进来了，却也不发一言，等到夜课将散，先生便对天侔道：我有一个对课在此，你回去想着，明天早上到馆能对出来便罢，否则重打。天侔问是何出联？先生笑道："啊呜……"天侔大吃一惊，知道方才的形迹，落在先生眼里了。但是到了明天，先生问他对课，他居然不慌不忙地说道："啊呜对嗄嗄。"先生愕然莫名其妙。天侔便解释道：啊呜是猫叫的声音，嗄嗄是鸭叫的声音，谅来可对的。先生听了不禁大笑起来，就这一笑，便算了结一重公案。天侔这个对课，虽是笑话，但是有一天先生出了个"闻雷失箸"，他对了个"邀月举杯"，先生大喜，特放了他半天假。真是异数。有一回先生病了，出了一条对课给我道是"先生病"，我应声道"弟子忧"，先生拍掌道好，忽又摇了摇头道：忧字不妥，改个愁字罢。散学以后，我便把这对课告诉父亲，又问道：忧字和愁字也没甚分别，先生何以一定要改？父亲想了想，微笑道：这个先生自有道理。"父母唯其疾之忧"，忧字本来用得太重了。我便低低说道：如今说来孩儿今天对了一个对课，倒讨了先生的便宜了。父亲忙喝道胡说。我吓得向母亲伸了伸舌头，连忙躲开了。还有一次，李世兄饭后到馆，先生问他今天吃什么？李世兄说吃鲥鱼，先生便出了一个对课道："鲥鱼味美"，李世兄对道："螃蟹滋鲜"。先生大笑道："味"字对"滋"字，真亏你想得出。我九岁的春天，金先生另有高就，辞馆而去。临走的那一天，我们两弟兄随着父亲送他出门，倒也有些依依不舍。因为我们平日见了金先生，虽然很怕，但是在怕之中也自然而然很有几分敬爱他。这也是从天真中发出来的。金先生去了，那李世兄也就走了。我们两弟兄便跟着母舅读书，以外还有附读的十几个学生。学塾里面，便较前热闹得多了。当时这许多同学，有比我大的，也有比我小的，却是我的声势，竟可以控制全堂。无形之中，他们便推我为首领。母舅馆课之暇，常常和我讲些《三国演义》，所以《三国》上的事节，我真是胸中烂熟，当下便想出一种新玩意来，自称为诸葛亮，将许多同学，一概加封。封的却不是官，都是蜀汉大将的人名，有的封为关公，有的封为张飞。这里面也有个次序，最高的是关公，其次张飞，其次赵云黄忠，最下的是严颜。以次定封，受封的每人给他一张红封套，在封套的正面，写着"丞相府封某人为某某"，这就是我的诰敕了。封定之后，也还有个升降黜陟。关公降一级，便是张飞；张飞降一级便是赵云。这些同学在先生面前，呼我为世兄，一离了先生，便一律恭恭敬敬地称以丞相而不名。我于是执掌帅印，发号施令，好不威武。有一天我母舅出去了，我传令操兵，这时天侔正封着关公，拿了母舅的一支长旱烟管，作为青龙偃月刀，左右挥舞，一个不小心，碰在严颜的左眼角上，登时红肿起来。这封严颜的是一个陈世兄，年纪最大，人最老实，受了伤，便大哭起来。一时大家都慌了手脚。到底丞相足智多谋，忙对着陈世兄温语抚循了一番，命他先生来了，不许讲实话，只说是走路绊跌了撞伤的。倘然弥缝过去，就将他不次超擢升为关公，却将天侔的关公降为严颜，以正其卤莽之罪。大家见我信赏必罚，格外悦服。便是陈世兄听得由严颜一跃而为关公，这真是个特恩了，也就唯唯听命，一会儿母舅回来了，起先对于陈世兄并不注意，后来陈世兄上去背书，迄他看见了那伤痕，便问是什么缘故？陈世兄照我的话回复了，居然支吾过去。不料陈世兄这天背书，竟一句也背不出，母舅大怒，便说这一定是我出去了，你贪玩没有读熟，便拿起戒尺来要打。陈世兄吓慌了，忙道：并非学生贪玩，只因丞相下令操兵……一句话没有说完，母舅诧然问道：你满口里说的是些什么？怎样叫做操兵？谁又是丞相？我当时急得躲在母舅背后，只和陈世兄做鬼脸，无奈他被一根戒尺吓慌了，始终没有觉得，竟指着我道：他就是丞相。这句话不打紧，却将我的秘密一齐揭破。从此被母舅寻根究底，罪案一齐发觉。这军师先生便做不成了。

我的母舅学问渊博，教授上也循循善诱，十分热心。我在国学上这一点儿浅薄的根柢，还是我母舅数年心血培植出来的。我母舅常对我说道："我平生教了不知多少学生，成材的也很多了，但是属望最深的，无过于你。你将来若得成名，便当将我这几部得意的著作，刊印出去，再替我做一篇传，使天下后此，提起了我的名字，都知道是一个儒者，也就不枉我教导你这一番苦心了。"我当时唯唯答应，如今我母舅墓木已拱，我却还是碌碌依人，毫无建树，回想起我母舅这番话来，实在是有负裁成，令人心痛。

儿童时代之科举毒

我年纪并不很大，论理似乎不会中科举毒，但是多少已沾着了一点气息，不过我在考试的时候，还是一个小孩子，嘴说赶考，究竟带着儿戏性质，所以中毒未深。那一年我十四岁，正是八股初废，改行策论的时候，我母舅便对我父亲说我的文理已很清通了，大可出手一试。我父亲便也欣然带了我回家乡去应考。起初也不过是玩玩罢了。谁知我的考运倒很好，居然县府道三试，一共考了十几场，从没有出过三名以外，就造成了一个酸秀才。（可惜同一秀才，却远不如吴学究的威风。）还记得县考时节，第一场考过了，第二天傍晚，我父亲正牵着我的手，在考寓门口闲逛，忽然门斗来报，说是我考了个第一名。我父亲这时真是喜出望外。第二场复试点名，大家见第一名是个小孩子，便啧啧称羡。后来县考完结，发榜以后，那知县方公差了个礼房来请我父亲，我父亲便领了我去见他。方知县着实勉励了一番，又送了我许多书籍。这件事居然轰动全城，竟有许多不认识的人来拜我父亲，也有请吃酒的，甚至有来做媒说亲的。闹了好些时方罢。

前清俗例，进了学，必须拜客。我也曾襕衫雀顶，到处拜客。别人见了不过随口恭维几句就算了，唯有父执李公，是个很喜欢辩论的人，一见了我，就劈头问道："你休得高兴，做了秀才，应当做些什么事，你知道么？"我便坦然答道："范文正为秀才时，即以天下为己任，那么秀才的责任，也着实不轻哩。"李老先生听了，便拍案叫绝，说我吐属不凡。其实我那时也不过随口吹牛罢了。

我进了学之后，还乡试过一回。我下乡场，是由我父亲嘱托我那姓马的表兄，作为保护人。一切事都是他替我料理，我便也一切事都听他的号令。我一进了场，便想起《聊斋》上"孔孔伸头房房露足"的两句话，真是活画出此中情景来。便笑对我表兄说道："这种地方岂是人住的？"表兄道："你说不是人住的地方，可怜还有许多人以此为荣，想着不得进来哩。"那时功令很宽，二场便乱号了。我和表兄搬在一起，说说笑笑，倒很有趣。我那表兄很会烹调，带了许多食料进场，他烧好了菜，我便享现成，尽量地大啖。最妙是将一个洋瓷脸盆，作为盛汤的器具，喝完了汤，就再换些水洗脸。那水都变成了油水，真是大揩其油了。我那表兄最喜欢闹玩笑，有一回，冷不防将我的卷子拿了去，塞在他卷袋里面挂在胸前，一个人出号去了，害我遍寻不见，急得满头是汗，他却笑嘻嘻地走回来，装作没事人一般，问我为什么事发急？我见他形迹可疑，知道一定是他恶作剧，问着他只不肯承认。后来再三央告，才肯还我。我便想定了一个报复的法子，等他夜间文章做完，暂时假寐的时候，悄悄走过去偷了他两篇稿子过来，放在自己贴身小袄的袋里，他醒来查点文稿，不见了两篇，便高声问我，我赶忙吹熄了那支洋烛，装着鼾呼，他就到我号中来，重燃着洋烛，寻了一遍，只是没有，便大惊小怪地去问号军。号军说你自己遗失了文章，我哪里会知道？他碰了一鼻子灰，便又来将我推醒。我假意问道：何事惊慌？他便告诉我说失了文稿。我道这有什么要紧，赶快再做两篇就是了。他听了我说风凉话，反而恍然大悟道：这必然是你作怪，想报失卷之仇。当下被他在我身上一阵乱搜，居然搜了去。直到如今，我和他两人还常提起此事，笑个不住。

儿童时代之小说迷

我从九岁时便喜欢看小说。第一部看的是什么书，那书名我也早忘了，只记得是一本极小的石印书。先是我祖母在那里看，偶然手倦抛书，放在桌上，我拿来读了两句，觉得很能理会，从此便上了瘾。以后就看些《天雨花》《来生福》等弹词，慢慢地再看说部。但是那时候我父亲督责很严，非是放假的时候，不准看闲书。所以我小时候看的小说，大半还是在养病期内，才特许我借此消遣的。病后看书，最损目力，我的眼光，从小就近视，便是在这上面受的伤。我既会看弹词，祖母便命我唱给她听，有一次我唱到《天雨花》上"左维明哭母"的那一段，觉得很是悲惨，便唱不下去，哭起来了。将书递给祖母，祖母见我哭也哭了，我母亲和我姊姊在旁边，也自泣不可抑。四个人平白地哭成一堆。恰好有个女客来了，看见这个样儿，不觉大惊，问是什么缘故。我们四人经她一问，倒又同声笑将出来。

有一年春天，年假还没有开学，我父亲命我先温理旧书。谁知我正在看《三国演义》，谁耐烦将五经四书放在心上。隔了好几天，父亲命我背书，连《诗经》开首几句，都背不完全。父亲大怒，着实打了一顿，打得两手两臂都青肿了。生平挨重打，只有这一次。

我小时候还有一个惯技，是利用登厕的机会，背着人坐在圊桶上看小说。那圊桶旁边的地板上，恰巧有个大洞，我在看书的时候，听见别人的脚步声，便将书向洞里一塞，等到他们走来，一些儿形迹都没有了，因此从没破露。但是洞中的书，陆续坠下去的，实在不少。倘然有人要到我旧屋里去掘藏，大概还可以掘得《缀白裘》半部，《红楼梦》十几本，《聊斋》三五本，其余石印小册子，更不计其数，很可以摆个小书摊哩。

我之新年趣事

予饥驱十余年矣。每逢新岁，辄忽忽过去，除饮食酬酢外，实乏佳趣。至于童时，恒以新年为第一快活时期，跳踉游戏，意兴至高，趣史亦多。顾事近琐屑，回首当年，强半已不复省忆。兹因本杂志中，方征集新年趣事，予亦不能不有所点缀，爰杂取二事，以实此栏，亦殊不足谓趣也。

一、天侔之小生意

予弟天侔，幼时跳跃好弄，性聪慧，善模仿。他人有所作，效之靡不酷肖。新年休假，日与群儿嬉逐街头。见有小贩设摊，杂陈糖果，引人为牌博者，觉其事甚乐，羡之，归家后即效其所为，取小凳一，上糊白纸一方，于四角大书"天地人和"四字，而于中间置小瓷杯一，小瓷碟一，杯覆碟上，为状乃似摇摊中之骰盆。另于怀中藏天地人和竹牌四枚，任取一枚，置杯下，使人射之，每射须出钱为注，自一文至十文，中者酬以食品。食品之丰啬，视射者下注之多寡以为差。并作小贩呼声，以号召顾客曰："啥人放，……放勒浪，……要吃橘子就橘子，……要吃洋糖就洋糖。"群儿闻其声，争趋之。故天侔之小生意，每日利市三倍。向晚收摊，囊中钱辄累累然满，则皆他人之压岁钱，而天侔借天地人和四牌以取得之者也。一日，天侔随予母自戚家贺年归，得大蜜橘一，出以炫诸儿，色鲜黄而香气流溢。诸儿啧啧称羡，皆涎垂三尺。天俸乃曰：欲得吾橘，仍必乞灵于牌。因复设摊，置橘于中，诸儿争出钱博之，皆负。天俸得钱至多，而顾视其橘，则依然在，乃大喜。有顷，予适过之，予平日以天俸摊上物，即博而得之，亦无一足以当意，初未尝为一度之光顾。是日见此橘，亦甚爱之，因问天俸，博此橘须钱几何？天俸遽伸五指，大声曰：五文。予不即博，伫立于侧，视察数四，而天俸之心理，已为予揣摩纯熟，即出五文之注，押天字。天俸顿现懊丧之态，不得已启杯，则中所藏者，果一天牌也。予大喜，遽取橘去。天俸则大呼。诸儿见目的物已为人所得，亦纷然四散。天俸之小生意，遂于此受一打击。迄今每值新年，兄弟间犹恒举此事以为笑语也。

二、槟芳馆主别号之由来

予于丁巳季冬续娶。蜜月甫过，即逢新岁。闺中颇多乐趣，先是许瘦蝶君作《劝独鹤更名》谐文一篇，为瘦鹃刊诸《快活林》。（予婚假中，《快活林》编辑职务倩瘦鹃庖代。）戚友皆资为谐谑。瘦蝶原文，意至滑稽，谓鹤今不独矣，其名号亦应改独为双，可号曰双龙。此文为予妻所见，即小语曰：许子之文，虽属游戏之作，顾其言亦殊当也。予曰：许子自不惮烦而为此哓舌耳。独鹤二字，何必不佳？"饮之太和，独鹤与飞"，此即双飞和乐之象，实为吉祥文字。他日鸣阴有和，当愈可喜矣。予妻聆予言，低首不语，窥其意似终弗怿。予思有以解之，乃曰：独鹤为予旧号，今结婚后，当更取一新号。旧者不必舍，新者自可期诸永久也。予妻闻言，始辗然微笑，即问予将以何为号，可志新婚之喜？曰且弗相问，俟旧历元旦，当于爆竹声中，郑重发表，所以示庆也。元旦，予起身即以红纸书四字，授予妻曰：此别号亦当卿意否？予妻视之，则"槟芳馆主"四字也，乃回眸瞩予，为状至乐。盖槟芳两字，于予妻之闺名及小字中，各占一字，且连缀为号，亦颇不伤雅。予妻即为予结小线囊一，上缀此四字，予至今常佩之云。

我对于重九之感想

流光易驶，已届重阳。照例每逢佳节，我们这些稀罕弄笔头的人，不免要做一两则应时文章，点缀节景。但是我自问抚时增感，实在没有这个意兴，不如谈谈我自己罢。

重九节是我的生日。以前每逢此日，似乎也还有些兴趣，如今已到中年，顿觉志气消磨，意绪烦乱。加以伤离感旧，悒悒寡欢。对于这个重九，简直枨触心弦，百无聊赖。什么题糕赏菊，载酒持螯，只好眼看着旁人去领略他们的乐趣罢。

半生劳碌，不知不觉，已是四十岁了。大好光阴完全于故纸堆中，匆匆老去。真是自怜亦复自笑。前月承馆中诸同人不弃，大家举行了一次聚餐，席间各人起立致词，都是善颂善祷，令我十分感谢。我当时的答词，便说"四十五十而无闻焉"，这是最可慨叹之事。我如今适届无闻之年，回首前尘，只堪自警，何敢言庆？当时同席的那位将军，便说我大发牢骚，其实我也无所谓牢骚，不过有志未酬，有怀难遣，自觉对此秋光，弥增惭愧罢了。

（1928 年 10 月 21 日《新闻报》）

悼启

悼启者：继室钟夫人，籍浙之德清，秉性柔淑，自幼即温婉异常儿，能得父母欢。年十二，言语行动，已如成人。会母疫，医者云是湿温症，势颇剧，则皇急焦虑，寸步不离病榻。母见而色喜，病寻愈。闻者嘉之，谓以稚子而能孝其亲，殊未易多得也。钟氏居德清仙潭镇为邑望族，一门以内丁口繁衍。夫人待诸兄嫂及姊，俱能敬，诸兄嫂及姊亦以是爱之。有弟一，年最少，幼时体弱多病，夫人常爱护之，提携保抱，能分母劳。嗣年渐长，入塾读书，亦颇颖悟，尤精女红，手制各种结线品，能别出心裁，誉之者乃不绝于口。

鹤初娶上饶卢氏，生一女，产后疾作，误于医药，遂卒。戚友咸来慰问，久之，间以续胶之说进，愿为执柯。鹤于痛悼之余，悉婉辞相谢，盖深虑缣素难望同功，而芦衣易于生变也。数年后，乃奉母命，聘夫人为继室。夫人之于吾母，为姨甥女，中表至戚，常相往还，儿时竹马，曾共嬉游。及长乃不恒相见，适妗氏自浙中来，盛称其贤，以冰人自任，因委禽焉。岁丁巳来归，事吾母能尽孝，处妯娌甚相得，抚长女尤如己出。戚邻见者，咸为吾母贺。吾母亦欣然曰：老怀庶稍慰矣。夫人读书不多，而颇通文理，报章杂志，时时浏览，尤好读小说。鹤有所作，刊诸报端，夫人必为剪贴而保藏之，曰：此皆君心血之结晶也，勿使散佚。鹤家无恒产，而担负綦重，夫人初来嫔时，佣书所入，辄苦不给，夫人处之怡然，为经纪家事，量入为出，力求撙节，而堂上甘旨之奉，亲朋馈遗之礼，毋或稍缺。鹤身兼数役，终岁碌碌，每日向午而出，深夜始归，其视家庭，殆如旅舍，仅供憩息，不暇更计琐屑，一切事悉以委诸夫人。夫人皆乐任之。因见鹤长日劳形疲神，深以为虑，常曰：君如此苦辛，而未有储蓄，他日年老将何以为休养之计耶？夫人初生一子一女，俱不育，恒太息不怡。壬戌生子祖祺，癸亥又生女芷生，始稍自喜。顾祺儿襁褓多病，辛勤捧负，殆与寻常为人母者不同。盖夫人体虽素弱，而其遘疾之原，则固一家米盐之计，儿女抚字之劳，殚心竭虑，有以致之也。

病初起在癸亥冬十二月。其始寒热交作，咳嗽多痰，似感外邪，延中医诊治，药下而热退，但咳愈剧，胸胁间隐隐作痛，日晡则两颧呈浅绛色。鹤虽不知医，固疑其病在肺，商诸医，则谓是肺热而非肺痨，可无虑。于是支离床褥者逾一月，始能起。顾病似稍已，咳迄未止，胃纳未弱，体日瘠。鹤深以为忧，因倩西医施补血针，殊无效。甲子夏，病势转剧，热盛大咳，眠食几废。时庞京周医师，方自设疗养院于派克路，鹤与庞君素稔，乃令夫人住院求治，嗣又得布美医生，共同诊察，断为肺病而兼肋膜炎。调治逾三月，始渐痊可，居然咳止热退，食饮胜常，体量亦稍增。鹤大喜过望，不啻历更生焉。顾病根未除，甲子以还，依然瘦弱，且易感冒，几于常年不离医药，而医者之于病，皆只能暂止痛苦，未易迴复健康。于以叹沉疴之终不可挽也。

去年三月暮，外舅听泉公遽归道山，夫人先期得家书，知父病革，即涕泣返仙潭。甫抵家门，已闻凶耗，哀毁莫可名状。居丧不数日，适值吾母七秩寿辰，乃又驰归，暂去缟素，易彩衣，捧觞上寿，掩涕为欢，留沪甫一星期，以父丧未终七，复匆促赴仙潭。以久病之躯，茹痛在心，而又舟车栗六，未得休止，以是瘦骨支离，益形憔悴。且丧父以后，风木之悲，不能自已，鹤固心焉忧之。客腊岁除，偶感风寒，咳又作，夜不安寐。今岁入春，益以腰痛，惫不能兴，即延汪企张医师诊治，云咳盛为气管炎，腰痛则病在带状神经，二者兼治，疾始瘳，起居饮食渐如常。方拟加以调理，而沪埠受时局影响，谣诼纷起，居者多避徙内地。夫人初不欲行，嗣以一家老幼，惴惴不安，乃奉吾母，挈儿女归仙潭，居逾月，始返沪。跋涉多劳，渐见困惫，饮食顿减，痛骨复发，胸腰间亦恒苦饱闷，且常作痛，有时而剧，嗣又求治于他医，医云有新法可测肺疾之深浅，法以药涂胸骨上端，现红点则疾可治，否则凶。夫人如言试之，敷药后，翌晨即现红点，厥状如痱。医曰：非重症也，请再易他法试之。则以刀划臂间作深痕，而注以药水，似小儿之种牛痘。云既种之后，有反应而红肿作势者，乃为佳象，然须续种，至药下而不复起反应，则病愈矣。鹤闻医言，又姑以其说询诸他人，皆曰，此果新发明之疗肺术也。乃深信之，唯恐臂间刀痕不红不肿。此药苗下后二日，肌肤即现深红色，且隆起作痛，痛殊甚。医者喜曰：施治之方，得有把握矣。顾治之旬余，亦未见效。至旧历六月中，热微高，以摄氏表测之，约在三十七度半与三十八度之间，而起伏无定，时或降至三十七度以下。医者睹状颇以为虑，乃贻书于鹤，谓既有热度，则肺叶且受损，气候复热，恐转剧，书来，鹤已外出，为夫人所见，则大戚泣，语吾姊云，此身本不足惜，但一旦溘先朝露，姑老儿幼，将何以为计？而夫妇之缘，于斯而尽，尤有无穷之哀也。吾姊力慰之。夜午鹤归，夫人转止泪不复悲，但以书示鹤，颜色惨沮。鹤不得已，强忍涕泪，曲为譬解，翌晨驱车同出，诣医生处，详询所以。医曰，连日诊察肺部，并不增剧，予作是书，特以肺疾而有热度，为慎重计，不能不有是顾虑耳。苟施以药针，热度得渐减退，仍可无碍，乃续请诊治。旬余热果略退，精神亦稍振，胃纳亦似见佳。医生复于臂间施刀圭一次，而红肿作痛，较前益甚。医生欣然曰，君勿忧，病有转机矣。

逝世前一日，觉精神又逊，然饮食行止仍如常，晚餐后且尝携儿女于门前闲步纳凉，十时始卧；夜三时，鹤归，执寒暑针，就榻前为测热度，只三十六度五，颇讶其特低，然亦未以为异，又略谈三五语，始各就寝，终夜未尝有变动。翌晨七时醒，仆媪以茶进，犹尽一杯，以未有所苦。八时许复醒，则突然血涌，不可遏止，且继之以血块，面色亦渐惨变。鹤睹状惶骇，亟以电话召医生，医至已早脉止气绝，无从挽救。于是慈亲以下，阖家痛哭失声，婢媪旁侍，亦涕不可抑。人生惨境，孰逾于斯？夫人虽肺病，从未咯血，今乃热血腾涌，变出意外，此固鹤所不及知，医师所不及防，而亦病者自身所不及料也。死之日为阴历六月三十日，年才三十有五。呜呼伤已！鹤于夫人之死，明知修短有数，绝不敢怨医药之无灵。唯肺疾之不可治，乃至如此，颇望今后中西医学界，群起研究，能发明一预防之术，挽救之道，以普济世人也。当甲子之岁，夫人病重时，家人咸以为虑，而夫人转坦然若无事，今年则频烦语鹤，谓病久或且不支，恐将抛君而去。鹤虑其触引悲怀，益伤病体，恒百计譬慰，或乱以他语，此殆先几之兆，已明示其不祥。而鹤犹私心窃冀，谓曩者病亟，尚得挽回，今兹精神饮食，尚勉可支持，必无他变斯亦可谓昧昧之甚矣。

自夫人来归，以至溘逝，先后凡十年，夫妇间未尝有一事相忤，未尝有一言相违。不知者以夫人体弱久病，频年需予调护未必能尽内助之职，实则鹤偶有疑难，辄谋诸夫人，盖夫人见理至明，而待人至和，得其赞助，有裨于鹤者，正不少也。今夫人既逝，鹤乃忽忽如有所失，举措不知所可，盖亦无复有生趣矣。鹤不文，且不喜作虚饰之词，兹叙述大略。敬告戚友之爱我者，聊志吾痛而已，言不尽哀，维希垂鉴。

（《浙江月报》第 1 卷第 5 期，1927 年 8 月 15 日出版）

挽亡室钟夫人

未了情，自此已矣。未了缘，自此绝矣。十年恩谊，顷刻分离。儿女尚髫龄，看稚子无知，月夜魂归，应增凄苦。

许多事，何从想起。许多话，何从说起。四载沉疴，一朝惨变。迈姑逾七秩，听老人悲泣，泉台梦到，倍觉酸辛。

（1927 年 8 月 9 日《新闻报》）

悲哀

人生是很苦闷的，自然免不了悲哀。大概命运极佳的人，或者可以多欢爱而少悲哀，否则欢爱便是悲哀的影子，悲哀便是欢爱的结果。当初欢爱的程度愈热烈，后来悲哀的程度也愈觉难受。不过由欢爱以至悲哀，其间经过的途程，有长有短，途程略长的，算是大便宜，途程太短的，便觉欢爱不几时，而悲哀无穷期，就是大不幸。

死生之际，悲哀最甚。以夫妇间关系之深，情感之厚，而霎时惨变，竟成永诀，这实在是人生最难堪之境。我自问是个不祥之身，生平经过的悲哀，已不知多少次了，而精神上所受痛苦，却以此次悼亡为最。自结婚以至死别，忽忽十年真如一场幻梦。这几天常一个人静坐着，将十年来的前尘影事，在脑海中一一回映出来，觉得没一件不是伤心资料。

我的家人，我的亲戚，我的朋友，都待我很好，因为我遭此事变，每日对我百端解劝。有的远道来书，殷殷唁慰。这种情意，自然十分可感。但论我的心理，却觉劝慰的话愈多，愈增加我的悲哀，就使不增加，也断乎不能减少。又不仅是旁人的话，便教我自己假作痴呆，解劝自己，也毕竟说不出一句话来。照眼前的幻想，除非真有返魂之术，可以起死者于地下，哪怕很短促地再谈个三言两语，也可以纾却不少的郁闷；但我并不是个迷信的人，明知这是必无之事，于是我心中的悲哀，就永远不会消除了。

（1927 年 8 月 9 日《新闻报》）

征兆

前人论事，吉凶祸福，都说是有预兆。这句说话，在如今科学发明，迷信的势力，已经减退，似乎是不能成立了。但有时按诸事实，确也有不可解的地方。

予妻蘅芳，于阴历六月三十日的清晨，因呕血过多，骤然而死。在死的前一小时，还一切如常，并无什么凶兆。不过我却明明白白做过两个很不祥的梦。第一个梦在今年阴历正月，梦见前面牙齿，忽然一齐掉了下来。（吾乡习俗，以梦中落牙齿为不吉，谓系骨肉分离之兆。）第二个梦就在阴历六月中，梦得更奇怪，竟是蘅芳已死，吊者在门的光景。我对于第一梦，也以为蘅芳既是久病，我心中自然不免忧虑，所以在睡梦中会有此幻景。虽觉得有些不祥，却不敢对家中人说。更不敢对蘅芳说，怕格外引起她的恐慌和忧愁。谁知今日之下，竟应了这一个噩梦呢。

单是说梦，毕竟还是迷信之谈。最奇的是蘅芳在甲子年病势很危，而她自己却处之坦然，丝毫不以为虑，后来居然得以转机。今年不过体质亏弱，时有病征，形势并不凶险，她却常常忧虑，说恐怕不久于世。我虽竭力安慰她，似乎终不能释然。讲到我自己，近来也常会无缘无故，心绪不宁。又像是悲观，又像是忧郁，又像是恐惧。毕竟夫妇之缘，就此而尽，这大约是心理上的感召，也可说是变端将至的一种征兆。

（1927 年 8 月 10 日《新闻报》）

疾病与医药

人生不幸而有疾病，自然要求救于医药。但医药是否能为疾病的救星，这句话实在是不可说，大概也还是碰自己的命运罢了。

就像予妻蘅芳之病，前后四年，起初请的是中医，其间也更换了好几位，都说不准是什么病原，吃了好几个月药，毫无效验。于是改就西医，始断为肺病，第一次医治了三个月，总算得了转机，但是始终不能恢复健康。这几年来，差不多没有一天，离了医药。中间也不知换了多少比较有名的医生。这些医生，听他们论起病情和疗治的方法来，无不头头是道，而一经施治，却也没有多大的成效。在蘅芳未死之前两天，我在电话中很详细地询问医生，他还告诉我，说颇有希望，可保无碍。谁知瞬息之间，就出了这个变故，这实在令人难以索解了。

我固然知道肺病是最难疗治的。我又知道蘅芳之死，多分是血管断裂，不及预防。然而血管断裂，是否为肺病应有的结果？又肺病到了如何程度，为了何种原因，就会血管断裂？事后和医生讨论，也只是说不出一个明白的理由来。因此之故，我不能不怀疑蘅芳的病，历来所施的医药（尤其是最近所施的医药），是否适当？或者竟有错误？我又怀疑目前的医界，虽比以前进步了，但对于病人的诊断，是否确有把握？还是和学生背讲义一般，依然是各有师承，各有所法？而未能有彻底的了解。这确乎是一个问题了。

（1927 年 8 月 11 日《新闻报》）

我之播音演讲

上海市教育局通俗教育科，现定于每月一日十五日，举行无线电播音演讲。昨天是播音演讲的第一次，我承市教育局通俗教育科主任徐傅霖君之招，总算是去唱了一出开台戏。好在这出戏，是一个人躲在开洛公司播音室中唱的，听的人就是喝倒彩，我也不会听见，岂不写意。

我的演讲差使，一年中倒也不少，可是播音演讲，却是第一次。觉得一个人端坐在椅子上，对着播音器，继续讲个不休，似乎比较平常时候对着许多人演讲转来得枯寂无味，而且格外吃力。并且为时间所限，一面演说，一面要时时看表，怕的话太长了，过了时间不好；话太短了，不及时间而止，也是不好。关于这一点，比较的又不及平常演讲，来得自由。我以前常听许多伶界朋友说，在留声机中灌音，要算准时间，较诸登台唱戏，反费事而不易讨好。如今对于无线电播音也有同样的感想。

我昨天演讲的题目，是《家庭中之快乐》。这是因为徐君的意思，教我注重于家庭问题，所以就家庭上发表了一些意见。自问都是很浅陋的说话，无足纪述。不过依我平时的感想，觉得目今一般人的家庭，或受着经济的压迫，或困于环境的限制，总是苦恼的多，快乐的少，要造成家庭中的快乐，要享受着家庭中真正的快乐，确是很不容易的一件事情哩。

（1929年4月2日《新闻报》）

我的字

·严独鹤文集·

我从前在谈话中，曾经表白过，说我的写字，仿佛票友的唱戏，好在是不要钱的，随便写写，不成问题。其实我这句话，还自觉夸大一二点。因为票友的客串，虽然不取包银，不拿戏份，究竟总是能唱戏的，才可以上台；再说他们平时对于戏，也十分用心研究。至于我的写字，却是从不练，并且除却被人捉住了乱写几个字而外，简直可以说是从来没有自动的写过字。所以完全是拉夫式的胡乱应着朋友的差使而已，与票友登台，有准备，有功夫的，又自不同。

我的写字，既然是个顽意帐，而且自认为苦差，可是许多朋友，还要硬捉着我写。大约别的繁重差使，我一没有时间，二没有本领，也实在办不了，最多的就是"题四个字"。好在提起笔来，题四个字，是不费多大心思，也不负任何责任的。真是不在话下。然而最近我却发现了两件冒牌的事情，我虽很不爱惜我的字，却也不能不加以声明。

第一件是新近在一种应酬文件上面，忽然印着鄙人的题字四个，细看那所题字迹，实在写得太好了，而四个字的文理，又实在太高明了，就我的程度而论，真是望尘莫及。在这位写字的人，既有如此好字，又有如此好文理，还不肯自己漏脸，要借重贱名，分明让德可风，令人感佩。但我也是个老实人，如何能掠美呢？第二件是最近某游艺团在沪表演，在台上挂着很大而很漂亮的一幅绸匾，那绸匾上写着许多捧场的话，下款是某票房赠送的，而又附带着一严独鹤书四个字。我一看格外惶悚起来，某游艺团的艺术，如何佳妙，自有捧场的某票社负其责任，可说是与我无干。不过某票社中，人才济济，大概不乏书家，何以要用鄙人的名字？退一步说，某票社中，我也很有几位熟朋友，倘使真要我写字，何妨明明白白告诉我一声，倒也无所谓。如今却用了我的名，而我自己完全没有知道。这块很漂亮的匾，堂哉皇哉，挂出来，转令我受宠若惊了。

总之许多大书家的好字，有人冒牌，不算奇怪，而我的不成格调之坏字，也有人冒牌，实在万分奇怪。唯其奇怪，所以不能不声明一下。声明的要点，就是奉劝善于冒牌者，要冒牌也乐得冒一张硬些的牌，何苦枉顾及于鄙人这个不值钱的牌号呢？

（1930 年 12 月 22 日《新闻报》）

回家以后

一

我此次请假回里，办理葬事，在家乡勾留了一个多星期。在此一星期中，种种见闻，种种感想，颇有足资纪述之处。因此便拉杂写些在下面。

我这回在乡间第一个感想，便是觉得家乡办葬事，实在手续太麻烦，而费用也很不轻。因为家乡的地价，虽然很廉，和都市间相较，简直天差地远。但是乡人的习惯，一听见有人置办坟地，便要格外居奇，冀得善价。于是讲到觅地这一层，已经要大费周折。得地以后，择期办葬，人工物料，所需又至少数百元。数百元的葬费，在富有之家，当然毫无问题。但试以我这个穷措大为例，已须经过长时间的筹措，才敢鼓着勇气，决然举办。并且结果还是超出预算，将预备着的葬费用完了，依然是一个不敷，还得设法弥补。照这样的情形说，假令经济能力又在我这个穷措大之下的，便将何如？怪不得我们坐着船，在乡村之间，一路摇过，只见两岸空地上，横七竖八密排着棺柩，有的将方砖砌成一所"飨亭"（此两字是乡间俗称，即藏柩之矮屋），有的竟是完全暴露。风摧雨蚀，逝者固属难安，生者亦大不相宜（尸棺如此之多，一至夏日，不免因此发生疫疠，妨碍卫生）。推原其故，都是因为大家无力办葬，以致如此。所以我很想提出一个意见，和故乡父老商量商量，何不赶紧提倡公墓。地方上有了公墓，这购觅坟地的困难就可以免除了。一方面又须改良葬法，务使工料得以节省，费用得以减少。我觉得上海各公墓的新式葬法，比较家乡要省事得多了。一般人自不会将这一个"葬"字认为绝大难题，否则长此以往，家乡的人，生不患无安居之所（家乡不比上海，衣食两字同感困难。而住的问题，因为屋租低廉，甚易解决），死后却真难觅葬身之地了。

二

吾乡（乌青镇）前年曾遭过一次匪劫，小小一镇，损失竟至数十万，于是元气大伤。直到如今，还是市面不佳，未能恢复原状。近来镇上成立了保卫团，又加以警察方面的合作，亡羊补牢，保障的力量似乎比以前略略加厚了。但是嘉湖各乡，依然时有匪警。我回镇的这一天下午，镇上就惊传有匪徒携械来袭，顿时人心惶惶。后来证明是庙簳镇（距乌青镇也不很远）被劫，本镇并无事故，一场虚惊，方才安定。乡间的舆论，都希望地方当局对于治安问题特别注意。

浙西各乡，农产之富，随处有很明显的表现：很肥美的稻田，与很整齐的桑地，简直触目皆是，连绵不断。其中还夹着嫩绿的麦穗与金黄的菜花，使自然界涌现着一股生气，也平添了不少美感。浙西乡民的生计，一半在田事，一半在蚕桑。这个时候，将届蚕忙，农家已在那里整治桑枝，预备蚕种。大家相见，都要说一声"蚕花好"，算是善颂善祷。而乡人此际心目中唯一的希望，也只是"蚕花好"。在这种空气之中，自令人感觉到中国第一须保护农民，奖励生产，才可使国家的命脉得所保养，不致摧伤。然而我同时又有一个感想，浙西各乡的育蚕，直到如今还是用的土法，假令此后对于栽桑养蚕抽丝，都改用科学化，其成绩必定远过于今日。不过农民知识未充，设备未完，采用科学化也不可施之太骤，否则反有妨碍。最好因时制宜，一方面先对养蚕的农民加以相当的训练，一方面再取渐进主义，逐步的施行，实地试验，一旦成效大著，乡民自然乐从，那就不怕有什么窒碍了。

三

吾乡并无特著之佳山水，所以谈不到什么名胜。可是乡村风景，亦殊不恶。坐了一只小船，沿溪而行，但见石桥流水、茅屋桑田，到处都是美术家的画料。至于红桃绿柳，更随在呈着优美的姿态，恣人欣赏。吾人久居上海，天天过着弄堂中的生活，几乎看不见一株绿树，吸不着一点清气，到此转觉别有境界，精神上总比较来得舒畅。

吾乡俗例，对于管墓的乡人，称为"坟亲"，须要表示一种相当的情谊。我这一回，曾到各坟亲家中去，登门拜访。这些乡下人家中，虽是小屋数椽，居然也有客堂、有卧室、有厨房，一切陈设的家具，虽然粗陋，也布置得很有秩序。每人家中，总还摆着一架织布机或舂米机，表示着他们可以自谋衣食。他们看见客人来了，当然竭诚地款待，煮着很嫩的糖鸡子，烹着很香的芽茶，殷勤款客，十分周到。和他们在一起闲话桑麻，真觉另有一种情趣。大概这些乡老，只要不闹荒歉，不闹兵灾，便可耕织自安，一生一世，过着很安适的日子，并且父子兄弟一同耕作，自可养家活口。对于"生活"和"职业"两种问题，简直可以无忧。吾人身居都市，而处于经济压迫之下，饥驱奔走，惶惶然不得少休。对于乡下人的环境，真自然而然要不胜其羡慕了。（西北各省灾祸重重，人民逃死无方，求生无路，若和苏浙一带的乡下老百姓相比，确有天堂地狱之别。联想及之殊为恻然。）

四

这回在家乡，有一件事，虽是小节，却引起我一种研究的兴味，便是家乡的人酒量好的实在太多。他们差不多以喝酒为唯一的娱乐，也差不多以喝酒为一种日常的功课。推其原因，大概家乡的酒价（通常所喝的都是市酿，并不一定用绍兴酒）既比较来得便宜，而一般人的生活也比较来得安闲，每天总有一部分时间，可以从酒杯中寻乐趣。因此便养成喝酒的习惯了。

家乡的茶馆，可称是民众俱乐部，不论是"乡下人"还是"街上人"，对于上茶馆，都感着极浓厚的兴趣。固然上茶馆的人，也有约会谈正事的，也有相聚着讲生意经的，不能说完全是为消闲起见。然而并无目的，专以消闲为事的，却要占着大部分。有许多人，竟是一天到晚度着茶馆中的生活。从这种地方，吾人可以见得乡镇人民确乎比较都市人民来得闲适，可以占着一个"逸"字。但是这一个"逸"字，误人的地方也很多。内地人直至如今，还不免抱着终老里门的思想，于无形中养成一种惰性，说起来也就是逸之为害哩。

吾乡小学校，也有了好几处，我因为时日匆促，也没有去参观过。听说入学儿童，比以前增加了不少。这也许是教育方面，已有进展。但是民众教育，还没有人肯着力进行。乡农野老，依然有些不识不知的光景，却也很不相宜。最近曾举行一次识字运动，我很希望故乡父老对于此等事情，多多提倡才好。

我于五年前曾回乡一次，只住了一天，便匆匆走了。比较长时间的勾留，由此次回数上去，简直已隔了将近二十年了。以二十年未见的亲戚朋友，重逢话旧，乡音无改，鬓毛已衰，似乎有多少说不尽的感慨，但同时也有多少说不尽的快乐。并且我此次料理葬事，一切都是外行，全赖亲友和族人的指导与协助，方能大致就绪。这是我回家以后，应当向大家表示感谢的。

（1931 年 4 月 1 日至 4 日《新闻报》）

哭三弟畹滋

一

吾弟畹滋之死，不独是我家庭中一大打击，也是我个人生命上一大打击。他是本月六日去世的，日子过得很快，已经匆匆十余日了，我在此十余日之中，这一颗心，始终是晃荡不定，一切思想，一切行动，都迷迷糊糊的似有所失，也不知道是悲伤，是忧郁。其实悲伤忧郁，虽说都是精神上的痛苦，总还可以受得住，最难堪的，便是我对于畹滋之死，无论至亲好友，如何譬解，如何宽慰，我自己终觉得有一种说不出来的悔恨。

我所悔恨的是什么呢？因为我认定畹滋的病，虽然十分凶险，却不一定是必死之症，非必死之症而终于不治，这都是我太缺乏了医学知识，最初既不免疏懈，而入于危险状态后，又过于迟回审慎，未能当机立断，以致治疗的步骤，和挽救的方法，都有些轻重失宜，缓急倒置。事后回思，也许是全盘错误。严格地讲起来，既未可诿诸命运，也不敢抱怨医生。只怪我为兄者不能尽责，断送了我一个可爱的老弟。

畹滋已经死了，远道友朋，都还不知道其致死之由，因此我不得不先将畹滋的病状和一切经过，叙述出来，以告悼惜畹滋者。同时并愿医学界中，对于他这个病，作一种深切的研究。

畹滋的病，起因确是很微，在病态没有发作的若干时日以前，他的左腿部（小腿前面近腿骨处），偶然发现了一点破皮的创伤，这个创伤，也不知是擦破的，或是抓破的，总之创处很小。既不红肿，也绝无痛苦。他自己并没有注意，也没有告诉旁人，我们简直都不知道。

在起病的两日前，他早上和我闲谈，偶然讲起腿部的创口，有些微红作痛，我便对他说，须要注意，防其作脓溃烂，因为我自己在少年时候，也曾因腿部小有创伤，变成"烂腿"，烂过了三年之久，方始治愈。我当时虽然这样说着，但以为这一点小创，纵使为患，至多成为"烂腿"，并无什么危险，也就不急于催他去延医诊治。他自己也依旧不甚在意。谁知一时的疏忽，便铸成大错呢。

二

到了二月二十三日的傍晚，他从外面回家，又对我说，腿部作痛较剧，而且股际小腹旁，起了一个核子，同时又觉得有些恶寒，似乎要发热的样子，但腿部沿创口四周，虽然红了一块，而部位不大，从创口到起核的地方，也并未发现什么"红丝"，和其他可异的痕迹。我当时还以为这是局部的焮痛，而对于股际起核，也并不认为严重。因为我自己平时脚上发湿气的时候，足部一作痛，股际也会牵连起核的。他又问我"万金油"是否可搽，我说"万金油"在红肿处或者可搽，但不宜入创口，谁知畹滋对于我这一句话，并不留意，当时就在腿部遍搽"万金油"，连创口中都涂上了（搽油时我并未见）。事后有人对我说"万金油"这样东西，如果破了皮，创口万不可搽。搽后必定红肿得格外厉害，蔓延得格外大（大概此油具有发散性）。那么畹滋这一次的油搽得太多，当然也是助长毒势，吃亏不小。

当天夜间畹滋便发热了。次日（二十四日）一早延中医（内科）

诊治，这时候我和一家人都还有一种极糊涂的理解，便是因为今春流行性感冒症很多，我家中已经有两三个人患过此症，都是延的中医服药几剂即愈，于是将畹滋的发热，认作与腿部创痕，是两个问题。第一次医生来，并不嘱其察视腿部，医生仅就脉象热度立论，也只照感冒病下药（这并不能怪医生疏忽），实在是我们的疏忽。连吃了两剂药，热度不见减轻，而腿部红肿更甚，我才觉得畹滋的病，是以腿创为主要原因，便于内科医生之外，同时又延外科医生王秉钧（中医）诊视。

这位王秉钧君，在以前曾为我的表兄治愈项疽，两年中又为吾弟荫武治愈背疽。我以为如此重症，王君都能奏效，腿部红肿，在我的理解中，总觉得比项疽背疽要轻减得许多，由王君施治，当然可以对付。王君来诊后，说是腿部结毒，须要一面服药，一面用外敷药，使腿创化脓出毒。我便将王君所开的药方，请内科医生共同斟酌煎服，腿部红肿处，就敷上了王君所给的药。

三

敷药的第二天（二月二十七日），热度仍不减退，腿部红肿，却格外加剧。我晚间从报馆中回家，觉得十分忧急，从忧急之中，突然发生了一个感想。平时曾听西医说过，有一种"血中毒"的症候，畹滋的病，莫非就是"血中毒"（到此时才引起这个感想，足见我的医学知识，真是幼稚得可怜。而我的脑际，尤其昏聩可叹），于是赶到去年治愈我的肠病的李杰医师家中，对他详细叙述了一番病状，又立刻请他来诊视。

李杰医师对于畹滋的病状，详细视察了一遍之后，很郑重地对我说，此病确是血中毒。而且腿部红肿渐有向上之势，热度又很高，已入于危险状态。最好是进医院，再请外科专家疗治。不过就眼前程度而论，只怕轻则或须截腿，重则难保性命。至于局部治疗因为已经化脓，大概要开刀。但开刀也以进医院为宜。在当晚只好先替他打一支增加抵抗力的针。待明早再决定办法。总之不能再迟延了。

到如今回想起来，李杰医师，毕竟有见地，有断制。料病能洞烛先机，假令我当时听了李医师的话，便定下决心，一切不顾，全权奉托，由他替我去介绍医院，或代延医生，负责诊治，病势未必无挽回之望。千不该，万不该，我平时虽然对于李医师很有信仰，但总认为他是专治内科的，同时他又表示自己并不专为畹滋主治，要另外介绍到外国医院中去，那么医院中的外国医生，我和他言语不通（李医师所主张的是德医），是否能没有隔阂，是否肯悉心调治，不免还是一个问题，因此想最好另请一位外科名医来诊断一下子，再确定主见。当时我便提出牛惠霖医师来，征求李医师的意见（李医师秉性很率直，和我也有相当友谊，平时对于别的医生，或赞成，或反对，却肯为明确的表示，并不一味敷衍面子，所以我把延医这一件事和他商量），李医师也表示赞同，说牛医师对外科富有经验，不妨请他来决定一个治疗的方法（我相信李医师这句话的确是出于诚意，决非自己不愿管账，借此卸责）。

我因为决定延请牛惠霖医师便当夜打电话将同事方菊影兄请来，方兄原也是个医师，又是牛医师的高足，我所以找他，一面请他对畹滋的病状，作一度的参酌，一面想由他的介绍去请牛医师，或者更来得便当些。并希望牛医师看在方兄的分上，格外尽责。

四

方兄来诊察了畹滋病状以后，便说此病果是毒菌入血，但就现势而论，虽然已显着危险性，似尚未到完全恶化时期，当然要急于施治，决定请牛医师，那是很好的。这时方兄见我已十分着急，又允许我等明天请牛医师来（时已深夜，不及延医）看过，决定诊治方针之后，方兄为友谊关系，自愿不以医生自待，而甘为助手。每日来几次，为畹滋敷药或打针。不过治疗的方法以及如何用药，仍由主治的医师决定，以专责任。我对于方兄如此诚恳的表示，当然万分感谢，并且要附带为之声明，这一次畹滋病中，方兄虽夜以继日，竭尽维护之责，但始终没有由他自作主张，用过一味药。所以大家评论起来，假定认为是医药上的延误，却不能归方兄直接负责。

事情也太不凑巧了，到了第二天（二月二十八日），我一早去请牛惠霖医师。偏偏牛医师在杭州诊治翁文灏之伤，说要隔两天才能回来。我便改请他的老弟惠生。惠生医师又自己有病，不能出诊。我于是没有办法了。其实当时既没有办法，就该再去和李杰医师商量，改延他医。但我的感想，总想再得到一位高明的外科专家来，参酌一下子。因此又和方菊影兄相商，方兄便举荐了仁济医院的外科主任陈澄医师，说他医术经验都很好。我就挽同方兄，亲自到陈医师诊所中挂好了号，并留条请求他早些来。

在陈澄医师未到之先，舒舍予兄又介绍了一位顾森柏医师来研究畹滋的病状。顾医师和我也是老朋友，不过近来好久没有晤会了，据顾医师的诊察，也认为血内中了葡萄状菌和链点状菌的毒。须一面服药排毒退热通大小便，一面用外敷药并打血清针。他开了药方给我，但说此来也只是朋友的资格。既是陈澄医师立刻可来，这种药方，不妨姑且供陈医师的参考，适用与否，仍请陈医师主持。

约莫在下午三时后，陈医师来了。由我和方兄陪着他诊察以后，陈医师就发表意见，他的辨症和方顾两位，完全相同，讲到治疗方法，也和顾医师所说，大同小异。不过在他的种种表示中始终没有说到这个病，是怎样的危险，或是怎样的难治。

五

他当下开了一个内服的方子，又嘱咐方菊影兄，说腿部红肿处，不宜用油药，须用热罨法（以硔钾和入热水，用药水棉花浸透，包裹腿部）。同时他又开了两种打血清针的药（是遏制葡萄状菌和链点状菌的药），不过他将这个药方授给我的时候，却又对我说，打针可以暂缓

（其时照方顾两位的意见，都主张立刻打血清针），因为这两针很贵，大概非四十余元不办。我便说药贵不成问题，治病要紧。陈医师说假使必要，那当然是性命为重，不过照目前的病势还不必急于打针。我听了也就没话讲，后来方兄送他出去，又问他，他还是不主张立刻就打针。

我当时因陈医师对于畹滋的病症，并无严重的表示，甚至连血清针都主张不亟于要打，似乎他是辨症明确，很有把握的。于是私心窃喜，以为由他主治，总可望见效。因此陈医师去后，便照他的方子服药，同时腿上红肿处，又依他的指示，由方菊影兄用热罨法施治。

在这一天晚上十时左右，方兄又来换去腿部上的棉花，我们也在旁边一同察看，却见局部的红肿，大有减退之象，尤其是膝以上，原来也有两条很显著的红痕，这时却渐见其淡。方兄又为之诊脉并量热度，觉得热退了半度以上。脉搏也较平和，大家多以为是用药有效。一天一夜的忧虑，至此顿现乐观。谁知事实并不如此，这种乐观，更其显得我们是糊涂。

六

次日（三月一日）上午我们这偶尔自慰的乐观，又变成大大的失望了。因为在方菊影兄察视腿部的时候，发现红肿又复加剧，同时热度脉搏也大不如上一晚。不过较诸前几天，还并不见得怎样厉害，而且腿部红势仍向下，膝以上的红痕，差不多已经退尽了。我们还认为红势不致上攻，算不得是坏象。方兄便打电话和陈澄医师相商，把一切情状，讲给他听，说今天断不能不打血清针了，可是陈医师的答复，还说可以暂缓。那时我觉得病势至此，万万不宜再延时，便也在电话中对陈医师说，如果打针没有其他弊病，总以速打为是。陈医师听见我这样讲，才回说那么就替他打针罢。

决定打针之后，就赶紧去买"血清"，原来大家商定是要买"派克台维斯"的出品，谁知找遍了好几家药房，并到慎昌洋行西药部去采购，都回说没有。于是想买"谦信"和"茂孚"的血清，却也没有。访问了许多时候，才购到一种"萨克生"厂家所制的血清（德国货）。方兄又打电话问陈医师，说"萨克生"的货品，是否可用？陈医师答称可用。于是便由方兄将"萨克生"牌的两种血清，注射下去，共注射了四十CC。

注射的时间，是傍晚六时，到了十时，检视一次，夜间一时许，又检视一次，腿部红势，又似乎略退。我们认为血清针，或者有相当的效验。这一夜并无什么变动，直到第二天（二日）早上，也很平稳，近午的时候，忽然觉得畹滋有些气急，并且微有呃逆，神智也渐模糊。（以前几天有时刚睡醒，说话略有些含糊，而大致还很清楚。）方兄来诊过他的脉，便皱着眉头告诉我，说今天病势很有变化，脉也显着细弱无力，只怕心脏有些吃不住了。

我一听此话，知道不妙，便和方兄商量，想再请牛惠霖医师。赶到牛医师诊所一问，知道他已从杭州回来了，就赶紧挂了号，同时又延汪企张医师来诊察内部。经医师诊断结果，也认为病势严重，已显着脓毒症的现象。于是为畹滋注射了一针强心剂和一服电银针（是抗毒的针），请方兄分早晚注射两次，每次五CC。又开了一张强心针的方子，每四小时注射一次。（电银针后来又注射过两次，却没有用完。）汪医师去后，我感觉到形势愈见紧张了，切盼牛医师能赶紧来，为我们想一个法子，于是重到牛医师诊所中去，照他的定例，加上了"拔号费"，并守在那里等牛医师一到，刚下车就被我拦住，邀到家中来。

七

牛医师诊察过后，我和方兄便把以前经过，讲给他听。牛医师就开了一张方子，并说大概要在腿部软处（俗称"黄鱼肚"之处），开割一二处，使其出脓，何妨和陈澄医师一商？这时我有句话想讲，却又缩住了。因为前一天我曾问过陈医师，他很不赞成开刀，我这时又问牛医师，可否送到贵医师病院中疗治。牛医师默然不答，似乎表示不愿。后来牛医师又问注射过血清针没有，我说因为陈医师不主张亟于注射，因此到昨天才注射了一次。牛医师听了又默然。

当然牛医师是个很忙的人，我知道他也不能久待，他既开过了方子，又相当发表过了些意见，未便再拉住他多啰唆。我只问他病势究竟如何，牛医师便说病当然是很危险了。我又问有无办法，牛医师说办法不能说是没有。说到这里牛医师便立起身来。我只得送他出门，他临行时便令我将病人的小便送到他诊所中去化验。他说照他的观察，病人已有了好多天的高热，小便中的蛋白质，是不能免的，经他化验的结果，蛋白质果已发现，所以他的药方中，除解毒强心而外，又加上了通小便和解除蛋白质的药。（方兄曾问牛医师，当晚是否要继续注射血清针，牛医师的意见，说血清针注射宜早，到了此时，心脏已现衰弱，继续注射，或足引起反应，怕病人吃不住，姑视明日情形再说。）

这天夜间便服牛医生的方子。当夜还没有什么大变动，第二天情势就更显着危险了，气喘更急，神志也格外不清，常作谵语。（畹滋的病，总是下午和早上比较平静，夜间三四点钟以后及中午，就显着紧张。这也许是血毒症的病态如此。前两天我们因为他在下午较为平淡，便认为病势转轻，实在是大大的错误。）我因为上一天牛医生说过，要和陈澄医师商量挽救之法，便又请了陈医师来。陈医师这天诊察以后，所发的论调，便和第一次来时，大不相同了。他对我说，此病已至极危险时期，简直是个死症，无可挽救。因为他可以断定病者平时肾脏原已有慢性病，所以此次除血毒症外，又引起肾脏炎，或为尿毒症。并且尿毒的征象，似乎比较血毒更为显著，也更为剧烈。目前办法，只有每隔一小时注射强心针一次，并服药排除尿毒，只是毒陷已深，可决其不能有效。这种口气，明明是说病者只有等死而已，但在他初次来诊时，只附带的讲过一句，病者恐怕兼有肾病，却并未注意到检验小便，或竭力防制尿毒（虽然药方中也有通利小便的药），这时却说得如此严重，不能不使我感觉到以前的治法，未免太延缓了。

八

对于尿毒剧烈这一点，我曾历询数位医生，据他们所述，都以为病者平日有无惯性肾脏病，固难以断言，可是以血毒症而发高热到了这样多的日子，小便中发现蛋白质或酸质，却是必至之势，未能执此为病者素有肾病的证据，至多也是一种并发症，在治疗上无论情势如何，仍当以血毒为主，不能抛开血毒而专治尿毒。我是个不懂医理的，直到如今，也不能断言别个医师的话一定对，但多数的见解，都是如此事后回思，更使我对于辨症是否明确，救治的步骤，是否不错，加上了一重疑问。

注射强心针，不过是为病者延挨时间，排除尿毒，至多也只可以说是聊尽人事。到了这般地步，断不能起死回生。但陈医师既嘱咐着这样办，也只得依方服药，按时打针。这一天中午，族兄孟舟仲文，知道畹滋的病已是十分危殆了，亟来探视。我和他们说，照陈澄医师的论断，简直已经没有挽回的余地了。两兄便说论病当然已呈险象，但西医既没有办法，何妨再用中药来一试。于是打了一个电话，约蔡济平医生同来商酌，商酌的结果，认定是热毒内陷，非温托不可，便由三人共同拟了一个方子，重用黄芪党参，佐以清热解毒。我想中西药并服，当然不是道理，但病者既已命在旦夕，也就顾不了许多，赶紧照方配药，给畹滋吃了下去。（但并非与西药同时服，中间约隔离数小时。）

这一晚的情势，真是万分紧张，我和荫武以及一家人，乃至方菊影兄与其他几个最关爱的亲友，都彻夜不寐，随时守视。此外并请了一位看护妇来，常伴在病榻左右。到了夜间三点钟以后，畹滋呼吸紧促，两眼翻白，差不多就要脱气了。方兄便替他注射了一针急救的强心剂（俗称救命针）才回转过来，好容易挨到天明，畹滋微微地出了一点汗。又排了一些小溲，似乎略缓和些。方兄便将事先预备着的验色纸，将他的小溲一验，虽然起酸性反应，却还不很剧烈。

这天（四日）上午，又由盛谷人兄介绍了一位奥国医生米蔼礼来诊视。（上一天已经想请米医师，却是四处打电话，找不着他。）据米医师的诊断，说是目前只有一法，赶紧输血，或尚可救。但究竟是否能救，当然还是没有把握。我当时觉得输血这个办法，无论怎样，总比打强心针救命来得好些。便表示赞成，就和他讲定了输血的办法，和施用手术以及向别人购取血液的报酬，预备实行。同时又将以前某医生所开的药方和治疗的方法，都讲给他听。米医师说这些办法都不能算错，可惜只是：PISTOL SHOT（意谓大队匪到了，应敌者还只开放手枪）。我听了又不由得一呆，暗想照某医生最初的态度，连放手枪都还没有着力。

九

我们既赞成了米医师的说话，预备替晼滋接血，可是输血的手术，据米医师说，非到医院中，不能行使。于是这个医院问题，便又有了岔子了。米医师自己并不开医院，他向来为病人施手术，都是借大华医院，我最初一听，倒觉得不生困难，因为大华医院的院长金燊章，也是我的老朋友，在大华初创的时候，我以金先生的嘱托，颇为他尽了好些宣传的义务，论理他听见我的兄弟病了，如果照例纳费，进他的医院疗治，也许可以格外予我以利便，并且我还怕自己的面子不够，恰好这时候吴之屏律师来探望晼滋的病，我就请吴律师又写了一封介绍信，以为有了两重面子，送一个病人去，是决无问题的了，谁知这件事却也出于意外。我先打电话去问大华医院，说明是头等房间，电话中竟回说没有空房间了。我一想似乎有些不对，难道大华医院业务如此繁忙，竟会连空房间都找不出一间来，于是又请金院长自己接电话，承他的情，居然很客气地来听电话了。可是在电话中和他再三商酌，还是不得要领，他的理由，说房间倒有，只是这种病是要传染的，为顾全别的病人安全起见，恕难通融。这几句话，当然讲得冠冕堂皇，我也知道大华医院，不是个隔离医院，容纳不得传染病，不过痳滋这个病，我已经听许多医生都说过，是要创口直接传染，并非像其他许多剧烈的流行病，可以由呼吸传染的，只要病人独住一个房间，实际上也就等于隔离，何致又微菌会飞到邻室中去，传染给别人。至于手术室中所用的器具，以及病人的卧具用具，医院中又当然是要消毒的，若恐消毒等手续不周到，而至于辗转传染，那也不成其为医院了。可是我根据了以上的理由，向这位金院长苦苦恳求，金先生依然是不答应。末了他又说除非医院中相连的空了一排房间，前后左右，都不住着其他病人，方可办到。我想此话未免太妙了，要腾空了一排房间，给一个病人住，似乎万无此理，可怜我这个时候，心急如焚，那里还有闲工夫在电话中和金院长说废话呢。既然在友谊上无论如何，得不到他的谅解，就只好作为罢论。

十

输血的手术，非送医院不可，而医院又发生问题，这当然使我们十分为难了。不得已只得再打电话给米医师，请其另找医院。隔了一会，米医师方面，有了答复，说或可改送中西疗养院。正在这个当儿，病者的状态，又显着极度紧张，似乎又有立时可以虚脱的样子。家中人和几位亲友，都深怕照此情形，生命已在呼吸之间，只怕病车出去，不及到医院，便在半路上发生变故，又将如何？于是又请盛谷人兄坐了汽车，赶到米医师那里去，和他商量，说病人输血以后，能否挽救，那原是没有把握，但请米医师斟酌情形，是否能够设法，保其安然到达医院？倘能如此，我们就决计照办。可是米医师的答复，却说病人已到了如此地步，谁也不能保。其实同是一死，死在路上，和死在家里，又有什么分别？论理米医师的话，确也讲得很透澈，不能算错，不过在我们听了，总觉得格外惊心。对于送医院这层，有些不能决定。同时几位中医又来了，认为病者今天的形势，虽不能说有转机，却也未必比上一天更坏，并且可以证明上一天所服的药，决不至于不对症而更增加危险。便又照上一天的方子，又加重了力量，期以保固元气。一方面仍注意于清热排毒，所用的药，大略和隔天所服的差不多，但将党参改为人参（分量是三钱五分）。我们大家一商量，觉得说服了此方，可以挽回危势，当然是不敢存此希望，但病人既有虚脱之象，或者将这帖药吃下去，可以借重补力，使本元略固，那么明天再送医院输血，就可以减少一点危险。并且时候已经不早，当天要找医院，还要向人购血（血液是否相同，须经过化验），事实上也非到夜间不可，不如姑待明早再说。

大家在无可奈何之中，既决定了这样一个办法，便仍给婉滋服了一帖中国药，同时还是隔若干时间，注射强心针一次，如此又挨过了一夜。在夜中病人一切的状况，仍毫不见转机，不过比较上一夜，似乎危急的程度，要略略减轻一点。

十一

在三月五日的上午，从兄仲文和蔡济平先生又来诊察，都说照眼前的症状，如果腿部不能出毒，单从内部服药，毒终没有去路，因此主张另请一位高明的外科医生来共同设法。可是我上一天已经由孟丹仲文两兄的介绍，去延请过顾肖岩医生，顾医生因为自己病了，不能来，于是大家一商量，便改延刘祖同先生来。刘先生诊察以后，虽然开了一张方子，但也认为病势已十分危急，恐怕无从挽救。到了这时，中医方面，也已宣告束手了。

四日晚间我们曾打过一次电话给汪企张医师，讨论到输血问题，据汪医师说，似乎听见人说过，红十字会医院，有一种比较简便的方法，可以在病人家中施行输血的手术，不必定要送到医院中去。因此五日的清晨，荫武又有电话给我的表弟郑兰华君，郑君询问过红十字会医院以后，便回答荫武说，假定事实上对病人行使静脉注射后有困难的，或可在家中输血，如其静脉过于细小，非割破血管，不能注射，那就非到医院不可。这是要先由医师审察情形，方能决定的。我们听他如此说，当然赞成请医师前来察视，不多一会，红十字会医院的外科主任任庭桂医师便来了。

任医师对于病人诊察了一遍之后，便很郑重地对我说，照眼前的情形，病人的危险，自不必说，但还不能认为完全绝望，不过这个希望，也至多只有百分之二十。至于治疗的方法，因为内中已经化脓，第一步非开割不可，不开割则毒无从去，就没法施治。我又问输血究竟如何？任医师说，输血当然也是一种救治的办法，不过毒不能去，就使有新血输入，也总未必能挽回危势。末了任医师又说，病已到了这样程度，如果再任其迁延，当然是必死。而开割以后，生命是否可保，也当然是无把握。不过医家认为还有一条路可以走，总不能不说，病家知道了还有一条路可以走，也似乎不能不走。请你们自己决定罢。

十二

我觉得任医师的话，说得很有断制，并且在那个时候，别的医生，都已表示没有办法，而任医师却还提出一条路来可以走，当然不能再坐视其迁延。于是和大家商量定了，决定送红十字会医院。任医师便派了病车来接。一方面又由驻院医师马先生和我家里所请的看护妇，随同护送（一齐坐在病车内），在路上随时注意病人一切状况。照任医师说，照此情形，路上决不至于发生变故。

说也有些奇怪，畹滋这天上午，十分烦躁不宁，并且时作谵语。到了下午却反安定了许多，神智也很清楚。一路到红十字会医院，并未发生什么问题。到了医院以后，医生先和他打了盐水针和强心针，然后施行手术。施行手术的结果，据医生报告，说是脓血都有，现象并不算坏。（割症室中家属和友人当然是不能进去的。所以只得听取医生的报告。）

畹滋在施行割症手术以后，状态也颇良好，自己知道要吸烟，又要喝茶，见人也知道招呼。（这时候医生当然禁止旁人，不许和他谈话）

据医生说，只要照这样子，挨得过两天，没有变动就很有希望了。我们听了，似乎颇抱乐观，不过在施行手术的时候，上过麻醉剂（不是局部麻醉），因此出了一身汗，热度又骤然降低。我对于这两点，仍觉得十分担心，并且畹滋的病状，我上文已经说过，连日以来，都是下午至入晚略见轻松，到了深夜，又生变化。想到这里，依然惴惴不安。在夜间十一点钟后，我打电话到医院中去问。（在医院中除特请看护妇外还有畹滋的夫人和他的大女儿随同伴护）回说病人已入睡并不显什么坏象。我又好像增加了一点希望。

这一夜我虽然睡在家中，还是心旌摇摇，到了六点多钟，（这是三月六日的清早）我从朦胧中突然醒觉，在床上抬起头来一看，窗外已现曙光，暗想一夜居然挨过。谁知念头还没有转定，就听见电话机上铃声大震。我就叫声不好，连忙披了件长衣去听时，便知道畹滋的病势，又大变了。我也来不及细问情形，就和荫武两人，乘汽车直赶到医院中去。

十三

到得医院中，只见畹滋眼神已定，呼吸急促，只有喘气的分儿。便料着是濒于绝境了。急忙问起情由，才知道畹滋在上半夜，还好好的，到了三点钟以后，忽起变化，脉息也现着极度细弱，连打了几次强心针，仍没有效验。我这时看见病房中并没有医生，便问看护妇，看护妇说，这时候夜班医生已经去了。（后来问我侄女，知道在四点多钟的时候，夜班医生曾来看过。）我便问驻院的马医师呢？病人既如此危急，为什么不赶紧报告驻院医师？看护妇似乎很忙碌，没有回答我。我和荫武便下楼去找着办事处的人，央他去请马医师。同时又打电话去请任医师。等到我们上楼时，马医师来了。接着任医师也赶来了。任医师看着这种情形，还想用急救的方法，和马医师两人，配好了药，预备在静脉中再替病人注视一针，可是这时静脉已经难以注射了。医师正执针在手，病人已是眼睑下垂，呼吸渐微。任医师不得已，又用人工呼吸法，帮助他的呼吸，但已没有挽回的余地。再一审察，心已停了。可怜我四十余年相依为命的一个老弟，就此去了。我站在病榻旁边，眼睁睁送着他去，这一种惨痛，简直觉得天地虽大，我所处乃非人境。（任医师不住在院中，马医师虽然驻院，但事先并不知道病人突起变化。他们两位，经我们一催就到，论理自未敢再有所责备。但我对于所请的特别看护妇，不早去报告马医师，总不免遗憾，否则马医师如能早一步赶到，早一点设法，也许还可以施行急救，不至连打针都来不及。）

关于畹滋病中的经过，我上文已叙述完了，概括言之，他自起病以至逝世，虽只有十二天，却可分为三个时期。第一是发作时期，第二是严重时期，第三是危险时期。在发作时期，对于如此厉害的病症，不能认识，固然是疏忽（我并不怪旁人，只怪我为兄者太疏忽，无以对吾弟）。在危险时期中，病者既险象迭呈，一家人又是方寸已乱，种种挽救的方法，未能得当，也固然可痛，但尤其令人悔恨无尽的，便是在最紧要的关头，所谓"严重时期"中，我具着一片至诚礼拜的心理，却偏偏因为自己太没有医学知识，走差了脚步，所遇到的并非救苦尊者，因此之故，在畹滋死后，有许多亲朋慰唁我，都说是厄运难回，你这个为兄者，也总算尽责了。这种说话，出于亲朋之口，自然是番厚意，我何尝不感谢，但同时却使我格外抱痛，格外难受。一个可爱的老弟，就是这样完结了，为之兄者，还可说是尽责，那么不能尽责者，又将如何？

十四

畹滋虽已死了，我对于他的病，还是不断地研究。最近我和李墀身李杰两位医师都曾有很长的讨论，约略附述于此，也可供医学上的参考。李墀身医师说血毒症在临危时期，施行输血术，虽不能说绝对有效，确乎很有希望。他当时曾举出几个例子来告诉我，并且据他说近来输血的方法，愈益改进，愈见简单，在家中也未尝不可施行。所费也并不很多，大约百元左右足矣，用不着一开口就是几百两。至于李杰医师的论调，却说到了极度危险的时期，输血也未必能挽救，甚至心脏如果十分疲弱，输血的手术，还怕病人吃不住。（李医师说在此时与其输血，还不如打大量盐水针，但畹滋入红会医院后，未开割之先，确曾注射大量盐水）但他对于开割的问题，又有一种见解，他说畹滋的病，早就应该开刀，使之出毒。（不主张开刀者，断定说没有脓，但后来开刀，到底见脓。这是事实可以证明的。）不过到得后来，病势已很危险，病人的本体，已很衰弱，却反不宜开大刀。（麻醉也只宜施诸局部，不宜用全部麻醉剂，使病人心脏格外受亏。）到那时开大刀，就病的方面说，诚然可以出毒，而使病势减退，但就本体上观察，往往会因极度虚弱之故，抵抗力可说是完全没有了。于是数日来紧张的形势，骤见松懈，反而支持不住。（早的时候开刀，心脏既没有坏，抵抗力也没有完全消失，断乎不致如此。）所以在这个当儿，只好采取德医所行使的一种方法，用长而锐的烙铁，在作脓处扦一孔，使其慢慢流脓，不求其骤然之间，彻底解决，转为稳妥。李医师说完了这一番话，又很郑重地对我说道，我这是根据医学立论，若讲到畹滋的病，在医院开割之时，生望已经极少，开割后固然不幸而发生变化，假令不开割而又别无良策，再事迁延，至多亦只是多挨一两天，恐终不免于死。就是改用烙铁钻孔的方法，也难保其不死，因此医家到此地步，明知开割是一条险路，但于险路中仍想竭力为病人谋挽救。这层尚可原谅，较诸在可以开割的时候，而因循坐失时机的，究竟还算是肯负责任了。

畹滋已经死了，我还唠唠叨叨地说上许多废话，又有何益？但我又另有一个感想，觉得畹滋病中所延的中医和西医，见解不同，固不必说；如今他已死了，一切病状，一切变化，都很显明地摆在眼前了，然而许多医家，对于他的病，还是见解各有不同。不但中医和西医不同，就是中医与中医之间，西医与西医之间，也各有不同。据最近我所接到的信和当面晤见各位医生的论调，在中医方面有的说是疔疮，有的说是丹毒，有的说是湿热蕴结，有的说是流火结毒，依然莫衷一是。在西医方面，虽然共认为血中毒，比较一致，但治疗和挽救的方法，又往往互异。如对于输血的效能如何，开割的利弊如何，血清的注射和药物治疗的步骤又如何，简直各说各的话，使我的脑筋中，直到如今，不能集合起各家的议论来，得到一个归宿。

十五

事后尚且如此，可想而知在畹滋未死以前，临危之际，以我这样一个对医学缺乏知识对病症没有认识的人，如何能够有一良好的决定？我在畹滋病革时，原曾对荫武说，畹滋的病好比一只船，已在惊涛骇浪之中，尔我两人又好像是没有学过驾驶的人，辨不清方向，握不定罗盘，徒然喊救命，前途岂能有幸？

但是我总不相信畹滋的病是个死症，死者已矣，我仍希望医学家对于血毒症，更加以详细的探讨，到底治疗的步骤，要怎样方为得当，初起时应如何防变，严重时应如何对付，危险时应如何挽救。最好能制定一个医界共认的方案，使病家不幸而犯此症者，不致再有延误。不过我要附带声明的，像这样医学上的问题，应当集合多数人的意见，在医学刊物上发布。至于投寄到《新园林》来的函件，却只好恕不发表，因为《新园林》不是医学专刊，限于篇幅，登不完这许多文章，而且我这个编辑者，又是根本没有医学知识的，对于来稿也无从抉择，遇到论医学的文字，老实说不知道对与不对。（近日所接函件已颇多）除了拜读一过，并感谢指教而外，未敢代为披露。

关于医药上的话，我上文已经说完了。至于畹滋生平在著作界中在教育界中一切经过的历史，以及历年来为社会服务的状况，限于篇幅，殊难详细叙述。我已另撰了一篇畹滋的事略，将来附刊在讣文上面，在这里恕不再赘了。

讲到畹滋的为人，论其天性的笃厚，处事的肫诚，那不但是我自问万不能及。简直可以说一句"求之今世未易多得"。这并不是我做哥哥的一人的私谀，凡是亲族友朋，和畹滋的及门弟子，乃至仅仅与他相识而交情并非十分深切者，也都具此公论。我可以说畹滋终身奋斗，在他的生命历程中，简直没有享过一天福，也没有遇到过一件快心之事。毕世辛勤，如此结果，这是使我感觉到他最可怜也最可痛的。不过在谔声所撰的哀辞中（曾载本报《茶话》），说畹滋之死，"兄弟哭，门人哭，同事友朋哭。"这确是实在的状况。可怜可痛的畹滋，在生前得不到一些物质上的享受，精神上的安慰，只于死后博得许多人的哀悼，赚得许多人的酸泪，或者九泉有知，还可以说一声一世好人，没有做得冤枉。

十六

再讲到我和荫武，对于畹滋之死，其惨苦自不必说，因为我们是数十年患难弟兄，在先君见背的时候，我们年纪却还很轻，三个人凭着赤手空拳，尝尽甜酸苦辣，支持到了今日。不料畹滋忽然撒手去了，此后如何奉慰老母，如何教养遗孤，这自然是我和荫武的责任，负责是应当的，但我们无论如何尽责，畹滋终于是历尽艰辛，一瞑不视了。我们没有法子，夺回他的命来。那么回忆以前的事情，既都成了痛史，想到以后的岁月，也只是永留着这一重创痕。平时所谓弟兄之爱，家庭之乐，今日之下，转变作许多伤心资料了。

大家都说我很爱畹滋，有时也很能帮助畹滋，这是我承认的。但不知畹滋之爱我助我，实在比我的爱他助他，更来得深切。我如今既无暇细述，也不忍细述了（在我所撰的畹滋事略中，稍为叙述了一点）。我们是素守着大家庭主义的。一向奉着老母同居，我和荫武住在楼上，畹滋住在楼下，天天见面，天天谈话，因此畹滋已死了将近廿多天了。我有时听见楼下别人说话，猛然之间，还好像是畹滋的声口，并且有时偶不注意，还会在自己口中，高声喊出"三弟"两字来。等到"三弟"两字一出口，自己忍不住就滴下泪来。老母和一家人听到，也忍不住下泪。唉！今生今世，哪里我还找得到一个"三弟"站在我的面前，答应着我的呼唤呢？

我在畹滋死后的第十天夜间，曾梦见畹滋，看着我一语不发，只像小儿般张开两臂，扑将过来，我也将两臂抱着他，彼此大哭。就是这样哭醒了。梦中之哭，固然很可痛，但是梦里相逢，还可以相向一恸。梦醒以后，更从何处追索吾弟，这真使我感觉到与其做人，不如做梦。

畹滋的遗榇，现已暂厝永安公墓，如今正在筑坟，大概不出一月，就可安葬，并择于四月廿九日，假本埠长沙路报本堂禅院，为他设奠。因为有许多亲友，已写信来问，同时我又恐本外埠亲友，迁居的很多，住址更移，届期不能遍讣，因此附带在这里报告一下。

（1934 年 3 月 18 日至 4 月 2 日《新闻报》）

刀锋下的报告

没有一些问题，没有一些关系，更没有一些仇怨，却忽然会演出刀伤流血的一幕怪剧，这真是不可思议。报人的笔下，时常记录着社会奇闻，如今我本身遇暴的事件，倒确成为社会上从来未有的奇闻，不但亲友们在初听到我受伤的时候，觉得异常骇诧，连我自己也只好照佛家的说法，认为前生冤孽，除此而外，竟无从解释了。

在我受创以后，本外埠报纸，连续地载着这件事，并加以批评，都对我表示着深厚的同情，和殷勤的慰藉。我当然是异常感佩的。不过各报所载，还不甚详细，为了要使爱我者得以彻底明了此中真相，特地将以往的经过，和当日怎样被刺伤的情形，再在这里作一个总报告。

大约是六七年前的事罢，（准确的年月，因为距今已久，实在记不清了。）我忽然陆续接到了好几张邮片。（这种邮片，约隔二三月寄来一次。）每张邮片上的说话都是相同的，无非骂我为"妖孽"而自认为受害者，说我不该使用古代流传的妖法，或是施弄着一种印度新发明的魔术，去控制他的灵魂，使他受到许多痛苦。邮片上的署名是"金甦"，但并没有通讯的地址。我这时已觉得寄信人必定是患有精神病的。我在新闻报馆担任了二十多年的编辑职务，其间接到类似精神病患者所寄给我的奇怪的信札和稿件也不知有多少，论理原也只好一笑置之，不过这些邮片，词句间似乎极度的怨毒，甚至有"扑除妖人"等字样，我便不得不加以注意，姑且将邮片保存着。（这些邮片为我助理《新园林》辑务的同事是看见过的）但中间又隔了有一年多，邮片不再寄来了。此外也并未发现什么奇异的事件。我认为这完全是神经作用，也许以前是病态发作，所以纠缠不清，如今病好了，就没有问题了。因此在清理文件的时候，便把上项所述的怪邮片，一并毁弃了。（邮片毁弃，已经是三年以前的事。）

谁知过了几个月以后，又突然接到金甦的来信，（这一次不用邮片了）信上写明地址，要求我明白答复所以要施用妖术加害于他的理由。我接到了这封信，很想化除他的迷惘，便立刻写了一封回信给他，大意说："现在是科学发达的时代，哪里会有什么魔术？即使退一步说，认为世间果有妖法和魔术，我却是一个拿笔杆的文人，并非什么魔术家。如何会懂得妖法和魔术？即使再退一步，认为我确是一个懂得妖法和魔术的人，对于足下，素不相识，无仇无怨，又何致施弄法术，为恶意之侵害？"（这一封信，在金甦刺伤我的时候，还带在身边，后来由捕房搜出，已经呈案。）我自问这些话总可算是讲得很清楚，很剀切的了。讵料此信去后，他又很快地回了我一封信，说我的去信，不啻"自画供状"，他所指摘的，便是原信上"何致对足下为恶意之侵害"的那一句。理由是"侵害"当然是"恶意"的，既称"不为恶意之侵害"，其反面分明自承为"善意的侵害"，"善意"和"恶意"虽有不同，其为"侵害"则一也。（他在法庭上对法官也是这样说）我看到他这番解释，知道要再和他辩理，是愈缠愈不清了，便只好置诸不复。

经过一度信札往来以后，他又曾到报馆中来访我一次。来时也很客气地带着名片，这一次我没有会他，托同事周鸡晨君代见。他见了周君，倒也没有说起什么妖术害人的话，只称有要事必须和我面晤，不能由第三者代达。周君被缠得没有办法，只能推说我这时已离开报馆。他也就走了。

我当时觉得他如此纠缠不已，总不是个道理，便写信给老友程小青君，托程君照着信上所写的地址（苏州皮市街五十四号），去访问他一回，看看他到底作何生活，有无神经病，并乘便加以化导。将近一星期，接到程君的来信，说已见到金甦，其人号"更生"，在高等法院充当录事，并未娶妻，家中有一老母和胞弟。乃弟开着一片小店，奉养着老母。程君和金甦本人谈得很久。就程君的观察，他举止并不粗鲁，言语对答也不是全无条理，但讲到他所称"妖术害人"一点，却始终坚执，虽经再三解释，依然毫无效果。我得到程君的报告，知道对于这位先生，是终无可奈何的了。在无可奈何之中，便又把这件事搁置下来。

一直到了去年秋天，金甦又写了一封信给我，要求定要见我一面，这封信我没有复他，但隔了不多时，他来了。我便想索性和他当面作一次明白的谈话，也许能使他祛除几分迷执，得到一点效果，因此就坦然到会客室中去见他，不等他开口，先将他历次来信所称妖术害人这一层，再三加以解释。他却依然不能接受，并且说他现在因为受到侵害太深，已满身是病，既有内症，又有外症。我问他"内症是什么"？答称"小便见血"。又问"外症是什么"？他将衣领翻转了，露出前颈给我看，说是"生癣"。我说:"小便见血,也许别有病因。至于生癣,更是一种皮肤病,安见得便受了妖术?"他说:"生平从不作狭邪之游,何致有小便见血等病症?讲到生癣,已将报纸广告上所载各种治癣灵药,都试用过了,何以他人一试便灵,我竟遍试不灵。这就分明是中了妖术,无药可治。"我听了他这番话,正忍不住要笑将出来,他却突然睁着眼睛问我:"你到底是不是严先生本人?"我觉得他神气有些不对,同时又深怕他缠住了我,絮絮叨叨地不肯走,便推托着说:"我姓张,是代表严先生见客的。"他便说:"那么非请严先生亲自出来一谈不可。"我说:"严先生今天请假没有来。"他似乎不肯相信,又缠了许久。最后他说:"请张先生转致严先生,必须给我一个切实的答复。"我说:"你所谓妖术害人,根本没有这样一回事。教严先生何从答复?"他便说:"假使终于没有答复,而依然继续地实施侵害,我在必要时就不能不扑除他。"讲完了这一句,才立起身来和我作别。

在以前金甦和程小青君的谈话中,曾经说过他数年前在上海蓬莱市场某绸庄服务,与陈秋水君相识。这次他见我的时候,又说"有一天《新园林》里面,载着一篇陈秋水君所作的文字,其中也含有妖术,但陈秋水君决不致如此。经我细细地研究,知道这篇文字,仍是独鹤做的而托名秋水"。当然这又是一番痴话。陈秋水君在近十余年来,久不为各报撰稿,《新园林》里面,如何会有陈君署名的文字?但我却另外发生了一个感想,觉得金甦屡屡提及陈秋水君,或者他对于陈秋水君,是很致钦佩的,便又转托陈君写了一封信给他,再加以剀切的化导,但是这封信去后,得到他的回信,依然说妖术害人是显著的事实,并责陈君不犯着代我辩护。(这封信现在也已呈案。)

在这里我还要补叙一下的,是金甦虽然一方面要求我说明所以要用妖术加害于他的理由,一方面他却自己推定了一种我所以侵害他的理由。(这种理由,他曾对程小青君说过,在我托名张子坛和他谈话的时候,也曾说过。）他说："严独鹤既懂得妖术，最初想收我作个党徒。我却不甘被他收伏，决意反抗。结果反抗的力量不足，便触动严独鹤的恼怒，从此将我灵魂制住。"这种说话，当然异常可怪可笑，但愈足见他精神上的错觉，是很深的了。

金甦在函复陈秋水君后，隔了将近一个月，又到报馆里来要求见我，这次由同事蒋剑侯君代见。蒋君又对他解释了一番。他还是坚执不悟，并且对蒋君说："以前口称代表严独鹤的和我会晤的张子坛，实在就是严独鹤的本人。我已问过茶房，所以知道。"说完了这一句，又纠缠了许久才去。报馆中茶房颇多，究竟他是否问过茶房，茶房是否对他实说，事后也无从查询，但从此他已认识了我的面貌，因此以前预伏着的行动的动机，就有了实施的对象了。

这时我又写过一封信给程小青君，托他再去访问金甦的家属——他的母亲和乃弟。据程君的报告，说他家属表示对于我很抱歉意，但本人确有精神病，希望格外原谅。程君也曾对他们（金甦家属）说，既知其有精神病，何不加以监护？他们答称金甦的行动，向来是自由的。本人既没有妻子（并未娶妻）儿女，母亲又老，乃弟开着一爿小店，只能自顾生活，实在不能负监护之责。而况本人现供职于法院，假令施以监护，至少就要尝着失业的痛苦。我得到了程君的报告，觉得对于金甦的缠扰，除了置诸不理而外，更无办法。同时又不愿将他数年来缠扰的情形，在报纸上披露，因为一经披露，他必然失业。我又何必和一个精神病者，苦苦地认真呢？

此后金甦又陆续来过几次，我只得给他一个"挡驾"。在四月十八日，（我被刺受伤的前一星期日）我从家中到报馆，忽见他正在门口等着我，见我一下了车，便迎上前来，见我上电梯，他也走进梯内和我同乘，口称"严先生想和你谈一谈"。我便说"请在会客室中稍坐"。（会客室在二楼）他也答应着，电梯到了二楼，他就走进会客室里去了。我却直上三楼编辑室，仍托别人代见。又缠了好久，他才去了，但在动作上，还始终没有表现什么异态。

到了四月廿五日，我于午间十二时三刻乘车到馆，瞥见他在门口站着，神气似乎有些不对。我因为不愿再和他纠缠，就很快地进了门，直进电梯。他却在后面赶上来了。我才踏入电梯以内，就觉得他将我的衣领向后一拉，（这天我外面穿的是夹大衣）颈后就被猛戳一下。等到我回转身来，他已退出电梯以外数步，被人执住，口中还喃喃地骂着。这时也听不清他骂的是什么话。我知道已经受伤，便赶紧上楼，请同人察视。同人说大约是刀伤，就护送着我到仁济医院求治。由仁济医院医师兰素君先生，替我上了局部麻醉剂，施用手术，钳出了二寸多长的一断锉刀，我才明白他用的是锉刀。兰医生又安慰着我，说伤处虽深，大概不会发生多大的危险。替我包扎好了，我便出院。回到家中，又请前年曾为我老母治愈足疾的沈恭医师诊治。沈医师诊了我的脉，察视了我的创口，便和我注射了一针，只要体温不增高，决无生命危险。老母和一家人才放下了心。我这次受伤，对于兰沈两位医师的治疗得法，是十分感谢的。

我受伤后，起初躺在床上，头部不能转侧，并且很觉着有些痛。沈恭医师每天早上来，替我在创口换药，并注射针剂。经过了两三天之后，痛苦渐渐地减了，体温和其他状态，也一切照常。又在家休养了将近一星期，除了创口还没有完全平复以外，总算是没有问题了。在我休养期间，本埠文艺界同人和许多亲友，有的打电话来，有的亲自来慰问，简直终日不断。接到外埠函电，也足足叠成了两大包，这是使我万分感谢的。只是我当时遵着医师的嘱咐，不容许我多见客，多谈话，因此对于亲临慰问的亲友，只得由他人代见，自己不能分别接待。至于外埠寄来的慰问函件，又因为俗务繁冗，直到如今，还没有一一作复，实在觉得异常抱歉，还求大家能特别鉴谅。

关于我被刺伤的这件案子，是由捕房提起公诉的。在我一方面，委托吴之屏律师和我的老弟荫武为代理人。第一次开审，便对被告不加苛求，只请庭上依保安处分办理。后来被告经法医检验，断定其为有精神病，而且说这样的精神病，对于社会或个人，都会发生危险，有监护的必要。（法医检验的报告已见报。）同时我曾具了一个申请状，详述以前被告和我纠缠的经过，当时刺伤的情形，以及请采用保安处分的理由。（申请状也已见报载。）我所以请求法庭执行保安处分，不只是为个人求得安宁的保障，实在因为患着精神病的人，理智既已不清，行为也很难测。现在可以无缘无故地加害于我，安知将来不会再演出些不可思议的举动来再危及旁人、残害及自身。倘能有适当监护，便可免除种种不可预防的危险，并且使被告能得到一个疗养的机会。至于被告在法津上应得的罪刑，我虽处于被害人地位，已为代请减轻。这是在我的申请状里面和当庭陈述里面，（我于第三次开庭时偕同代理律师到庭）讲得很明白的了。

现在此案已经判决，法庭对被告，依保安处分，定了两年的监护。我对于被告，深知他一切离奇的思想，怪妄的行动，都由于精神耗弱，绝对谈不到什么仇恨，唯有希望在相当期间内，他的精神病态，能逐渐减轻以至于完全痊愈，使他能脱离自召的痛苦，而依然得到平安与幸福。

（1937 年 5 月 8 日至 13 日《新闻报》）

我与"大经中学"

自从大经中学招生的广告在各报披露以后，连日接着好几封本报读者的来函，问我对于该校，是确乎负责呢，还是只担任一个名义上的校长。我觉得发出上项问题的人，都是关心于我，很为感谢。但是要——

奉复，未免太烦，因此只能借"茶话"的一角，得到编者的许可，来一个总答复。

我的总答复是大经中学的一切，并不由我独负全责，却也决非全不负责。实际上我确是该校创立人之一，负着一部分应负的责任。这一个总答复是很实在的，但似乎说得太笼统了，所以再把大经中学创立的经过，叙述一下。

我虽然厕身新闻界，但以往也曾度过十余年的粉笔生活，对于教育事业，不敢说有什么经验，却也不能说是绝无关系。最近这几年，又因为我的子侄，共有十余人，都在求学时期，于是和各学校接触的机会也颇多。在两年前，便曾一度发生办学校的感想，可是办学校并不是可以轻易尝试的事，我自问个人的职务很忙，而才力财力，又都相差太远，这个感想，也就只好长期间成为感想，不能实现。

去年春间，瘦鹃由皖省转道来沪，相见之下，为了子女的读书问题，谈到孤岛上已有"学生多""学校荒"的现象，甚至每一教室，挤到八九十个学生，每天上课，平均只有四小时，这对于求知的青年，未免太不合宜。瘦鹃便说可惜尔我两人力量还嫌不够，否则何妨鹃鹤合作，来办一所学校。然而就为了"鹃鹤合作的力量还不够"，这个合作的预约，暂时又只能认为一句空话。

两个月前，在一次老朋友的晤谈中，有人偶然来了个临时动议，说老鹤今年已是五十岁了，我们也都是四十岁以外的人了，最好在可能范围以内，大家合作，办一件对于文化界略有贡献的事，将来也可以留得一点成绩。当时在座的人，都很赞成，于是有提议办杂志的，有提议办一家小书店的，也有提议办一个函授学校的。瘦鹃便说与其办函授学校，不如索性办一所中学和附属小学，好在眼前这些老朋友，除了我和老鹤算是退伍的教师，（瘦鹃曾任民立中学教师）其余全是现役的教师，如果合办学校，说句正经话，正未尝不是"就本位上努力"，说句玩话，却也"不离本行"。这样一说，在谈话中倒有了一个决议案。

这个决议案，最初还是空洞的，后来又经过几次讨论，并得到了几位教育界前辈，如李谦若先生（交大土木工程学院院长）、陈柱尊先生（交大国学系主任）等，和社会上负有声望的人物，如袁履登、徐寄庼、陈霆锐、江一平、奚玉书、汪伯奇、周邦俊，诸位先生的热忱赞助，慨任校董，使我们更加兴奋，同时又赁定了现在这所校址，便由空洞的决议案，而转为积极筹备了。在筹备期内，守定一个原则，是经济方面，各人分担，事务方面，通力合作。至于校长一席，却是你推我让，许久未能决定。后来仍由瘦鹃提议，大家既都是老朋友，不必讲什么资格，也不必再表示客气，不妨序齿，谁是老大哥，就推谁做校长。于是我便无可推却，忝然以"老大哥"而勉力担任了"校长"。

筹备手续，一切都相当就绪了。其间却又发生了一件实际并无甚大关系，而居然引起了大麻烦的事情，便是学校的名称。最初所定的是"成美"，为了发现雷同，（南京和金华两地，都有成美中学），便改名为"大江"，已经在报端披露了，不料本市又另有一"大江中学"，（是去年设立的，所以在已经刊印的学校名称录中，没有列入）因此再度改名"大经"（保留了第一个字，改动了第二个字）。讲到"大经"两字的取义，是援引《中庸》"惟天下至诚，为能经纶天下之大经。……知天地之化育"。又依据郑康成注"大经谓六艺而指春秋"，古者士必通六艺，犹之今人对于青年，必授以各种深切实用和适应时代的学科。至于春秋大义，在正是非，守纲纪，励忠贞，更适合于今日之下的教育主旨。现在"大经中学"，已遵照正式手续，向中央政府教育部呈请备案。学校在草创之初，不敢作什么夸大的宣传，所堪自信的，是创立人和全校教职员，必当秉持着对于国家对于社会对于教育事业的"至诚"，使这所"大经中学"始终成为"一本正经"的学校。

（1939 年 1 月 7 日《新闻报》）

我的太太

好好主编《伉俪》月刊，一定要我写一篇稿子，并且指定题目是《我的太太》。我觉得这个题目，实在不容易交卷，因为我的太太，只是一个极平凡的太太，并无什么可以描写之处，但禁不起好好的再三催促，只得乱写成一篇，聊以塞责。

讲到太太，有阔太太，穷太太，我的太太，当然是穷太太。因此她绝不是什么典型的太太，而是太太其名，实际上却兼任了下文所述的四种职务：（一）会计，（二）庶务，（三）厨司，（四）护士。

我是一个很穷的家庭，向来就全靠薪给所入，支付家用，在抗战以前，还可以勉强收支平衡，到了抗战时期，百物腾贵，简直是入不敷出，尤其是我在敌伪压迫之下，退出报馆以后，更变成只有支出，没有收入。胜利到临，我这个新闻记者的职业，虽说是复员了，但经济上仍是异常支绌，我的太太——也就是我的会计员，真感觉到十分头疼。

穷家庭，同时又是一个大家庭，因此家庭中除了柴米油盐以外，一切应付的事情，实在是异常烦琐，我的太太，倒的确是以一身支持其间，成为颇忠实的一名庶务员。做庶务员，最容易吃力不讨好，又最容易得罪人，我的太太，久充庶务员也难免有吃力不讨好之处，但人缘却还不错，不仅是一家人，就是许多亲友，也和她感情相当融洽，这一点，她常引以自慰。

我的太太，虽说不上善于烹调，却还能弄几样菜，我有时邀几个朋友，来家吃饭，总是我的太太当厨司，报馆中有几位同人的太太，都是烹调专家。（好好先生的太太，烹调手段，就十分高妙。）以前我们曾举行过聚餐会而兼"太太会"，由各位太太亲自各烧几样菜，似乎含着一点竞赛的意味，大家便吃得格外高兴。现在物价太贵了，聚餐会久不举行了，我也难得请客了，我的太太，对于"厨司"这个差使，倒是比较清闲了。

　　我的太太，大概因为自己是个多病之身，所以对于极简单的医学知识和看护常识，倒略略懂得一些，因此全家的人，偶有疾病，都是她任看护，至少也要请她帮忙。她十余年来看护的成绩，可以提得出的：是我母亲一场热症，我十余年前一场肠炎症，和我的大女儿前年一场重症。我的女儿已经嫁了，我女婿是个医生，但我的女儿在病中，觉得护士一职，仍非我的太太不可。病愈以后，曾经在口头递过这样一张"感谢状"，说是唯有我的太太在房内伴着她，才觉得心神比较宁贴。

　　我和我的太太结合以来，已经十八年了，虽然是贫寒夫妻，甚至可说是患难夫妻，但因为合家相当和洽，处境倒也相当快乐。突然在去年秋间，这个快乐的境地，恰被打破了，至少是有了不能弥补的缺陷了，那就是我的次子祖福，竟不幸夭殇了，我和我的太太，于万分悲痛之余，只好在慕道之中，得到一些精神上的慰藉，逢星期日，礼拜堂内，便常有我们两人的足迹。

（《伉俪月刊》1946 年 6 月创刊号）

思亲思子

　　我的老母亲，是在抗战第一年的冬天去世的，那时正值国军西撤，敌人铁蹄，初踏进上海，全市笼罩在黑雾之下，市民都怀着忧惶愤怒的心理，陷入凄苦悲惨的劫运，我却偏在这样的时期，这样的处境中，痛遭大故，国难当头，慈亲见背，真是泣血椎心，怀哀莫诉。

　　十年了，整整的十年了，在此十年中，为了遭时离乱，为了生活艰困，更为了家山残破，敌伪横行，回望故乡，欲归不得，如何谈得到营葬。因此一年又一年，延挨下来，逝者是窀穸未安，生者是喘息难定，直盼到胜利以后，又直等到环境许可的今年，才能将长期停厝的遗榇，运回家乡，就定在清明时节举葬，十年来悬在心头的一件大事，算是结束了，但终天之恨，安有穷期！

挥不尽思亲的痛泪，又抑不住思子的悲怀，我在抗战的炮火声中，失去了慈母，却又在胜利的欢祝声中，失去了一个爱子！次子祖福的天殇，在我这穷愁艰困的生命史上，又添了极惨极痛难堪的一页。如今因为先人的茔墓旁，还余着一方隙地，便将福儿附葬，在送柩登船的那一天，我夫妇两人，和长子次女等，眼见福儿的遗榇，随着他老祖母的灵榇，一同被码头工人抬上船去，同时想到我母亲生前，是很爱怜这个孙子的，此一去福儿便永远依着祖母，长眠地下，魂兮有知，或者会得到一些荫护，一些安慰。但为之父母者，为之兄弟姐妹者，惨景当前，这刺骨的悲哀，又怎样解得开，撇得下？

骸骨长埋，精神也许仍在，于是留给一家人的，也只是精神上不能截断的追忆，与不可磨灭的创痛。

（1947 年 4 月 2 日《新闻报》）

游园思子

久不到中山公园了，前天偶然和几个朋友去逛了一趟。进得公园门，信步走去，眼看着美丽的花朵，葱茏的树木，澄清的池水，广大的园地，真觉得心旷神怡。

但是我在园里绕了一个圈子，踏上了那座很平坦很宽阔的石栏杆桥，却突然触动了我的永久郁结着的创痛。回忆到六年以前，我的次子，随着一家人园游到此，曾独立桥头摄了一张照片，那时他已十五岁了，照片印出来，颇显得丰神朗朗。

如今这张照片还保留着，我的次子却已天折多年了。他是很聪明，也很勤学的，生前甚得到师长和许多亲友的赞誉，假使他不死于病，能进入眼前的新时代，岂不也是一个努力向前的好青年！

　　一阵悲哀，涌上心头，我便呆呆地望着空际，半晌说不出话来。学习了社会发展史以后，不少思想上的旧包袱都已逐步地抛去，唯有这伤离感逝的情怀，却还是撇不开，放不下。

（1950 年 6 月 11 日《大报》第二版，署名：晚晴）

第二辑　报刊

《快活林》周年纪念小言

容易秋风，一年又届。余所手植之《快活林》，已忽忽周岁矣。自《快活林》出世后，天灾人祸，相逼而来，遂使大地无干净之土，寰球成血战之场。神州陆沉，众生历劫，抚今思昔，无限酸辛。所谓周年纪念云者，亦正如欧战纪念国耻纪念然，适以增沧桑之感，唐衢之恸耳，亦何乐而有此？虽然，毛瑟三千，不如一笔；文字之功，造端甚微，收效至大。原夫《快活林》之所以编，固非欲借此半幅桃源，徒为文坛同志辟一埋愁之地也；诚以我笔未髡，我心未死，终当本主文谲谏之旨，竭其诚悃，贡其罪言，冀有以转移社会，裨益邦家。目的所在，一言以蔽之，曰欲乞灵文字，辅助国人，以排除从前种种不快活，造成以后种种快活。然则又何必以目前时势，在在呈不快活之状，而遽灰厥心堕厥志，以自绝其将来之快活希望哉？十年树木，此其始基，百尺竿头，会当进步。《快活林》周年纪念之举，复乌能已？况《快活林》苗露萌芽，即得文人之心血以灌溉之，美人之手泽以扶植之，乃能潜滋暗长，以有今日。回顾此一载光阴，虽日在劳劳歌哭之中，却时具欣欣向荣之象。今者本根已固枝叶渐茂，投稿诸君，相与色喜曰：此吾侪所悉心培育者，诚它年梁栋材也。于是扬芬摘藻，竞赐佳章，为斯林祝福，晬盘以内，琳琅满目，珠玉纷陈，甚盛事也。余无状，既为林中园丁，际此胜会，自不敢不有以纪念之，以志《快活林》之荣光，以谢同志诸君之厚意。

（1915 年 8 月 15 日《新闻报》）

·严独鹤文集·

《晶报》拉杂话

《晶报》之名称，至新颖亦至奇特，吾始闻之颇以为怪，然一披览其内容，觉名实相副，确切不移。一若出版品中，既有此一种报纸，自应有一晶字以为之标志者。意者，此晶字招牌，当较他项金字招牌为尤道地也。试略举数端以证吾说：

晶质至明，而《晶报》中文字亦灿烂光华；晶质至贵，而《晶报》中文字亦纸贵千金；晶质至坚，而《晶报》中文字亦颠扑不破；晶质至洁，而《晶报》中文字亦尘翳悉空。不特此也，晶之种类色彩，各有不同。以故《晶报》中文字，亦五光十色，兼收并蓄，一纸之中，殆无异一琉璃世界。

然而晶之中有所谓墨晶者，其色黝然而黑，颇不为人所喜。若吾此作，信笔乱涂，绝无色彩，置之《晶报》中，其犹墨晶矣乎？

虽然读者幸弗怪我，盖凡物之结晶，为时至久，有历千百年而始凝合者，是以精气团聚，弥可宝贵。若吾此文之结晶，则不过五分钟，无非受《晶报》主人之敦促，胡诌几句，聊以供诸公戴起晶片眼镜，略一过目而已。若遇古董先生仔细推敲，不亦殆哉？

（1919 年 3 月 21 日《晶报》）

《红杂志》发刊词

杂志发刊，何必有词？今有词焉，亦不过如说书之开场白、唱戏之引子耳。兹试问杂志之可以命名者多矣，何独取乎红？或曰：国旗五色，首冠以红，斯《红杂志》，将以鼓吹文化，发扬国光也。然而兹事体大，非吾人所敢吹此牛也。或曰：红运大来，举世所喜，斯《红杂志》，将集名小说家之著作，异军突起于杂志界，大走其红运也。语虽有当，犹近于夸，尚非吾人所敢吹此牛也。或曰：红，色彩中之最富丽者也，吾国社会习惯，于喜事必尚红，曰维红乃吉，斯效《红杂志》，殆将借吉祥文字，放一异彩，以博社会人士之欢迎也。是说也，庶几近之，然犹未也。红者心血，灿烂有光，斯《红杂志》，盖文人心血之结晶体耳。以文人心血之结晶，贡诸社会，文字有灵，当不为识者所弃也。英国有小说杂志，曰 Red Magazine 者，红光烨烨，照彻全球。今《红杂志》之梓行，其或者亦将驰赤骝、展朱轮，追随此外国老前辈，与之并驾齐驱乎？

（《红杂志》第 1 期，1922 年 8 月出版）

《教育新闻》弁言

立国之本，厥惟教育。斯言也，固为论世者所公认。今者时局扰攘，举国之人，咸属目于政治问题，而于根本大计，转忽焉不讲，此神州所以有沦陷之忧也。本报职责所在，思力矫斯弊，爰特辟《教育新闻》一栏，以唤起国人对于教育事业之注意。盖名以新闻，而内容所载，初不以纪事为限，凡关于教育上之法令制度，与夫教育家之著作言论，乃至国内各学校实施教育之状况，悉入斯编，期其详备。总之本报之主旨，在竭其一得之愚，冀于教育界有所贡献，有所裨益。特是编者学识谫陋，又于教育方面，未尝有甚深之经验，贸然从事，不无误谬。当世宏达，苟有以教之，为幸多矣。

（1923 年 3 月 15 日《新闻报》）

十年中之感想

本报生三十年矣，譬诸于人，自幼而少而壮，苟非寂然无闻，则其经过之历史，与其所表现之成绩，度必有足以纪念者。而况此三十年中，无论国内国外，潮流激荡，时代之迁移，人事之变换，已不知其几何度。日月不居，沧桑屡易，则本报出世至今，虽仅三十年，犹在少壮时代，而论其阅历，固已不啻一深经世故之老人矣。顾纪念之价值如何，当俟诸社会之公论，非同人所敢自诩。予之服务本报，自民国三年始，迄今才十年耳。就本报之历史计之，只及三之一，尤无足称述。第平时感想所及，亦若有不能已于言者。爰不辞固陋，拉杂书之。

本报之有《快活林》，只可视为附庸。但此附庸之国，时复足为宗邦之后劲。盖爱读本报者，殆无不分其眼光，以注视《快活林》，此实征诸频年阅者之来函，与外界之空气，而敢为斯语，非夸言也。予来馆之日，即为《快活林》产生之日。本报三十周纪念，《快活林》亦届十周纪念矣。十年树木，已及其时。兹者林木葱茏，颇为当世所欣赏。则固聚海内诸同文之心血以培溉之，乃始发荣滋长，得有今日。如予碌碌，只可目为林中之园丁，但解灌花扫叶而已，不足言劳也。

《快活林》之范围虽甚狭小，顾在编者亦自有其宗旨。十年来内容屡经更易，而宗旨则未尝或变也。其所持之宗旨，约有四端。

一、新旧折中

今之主张极端者，每曰世间事物，有新则无旧，新旧之间，不容模棱两可。此其说固至痛快，然或不免偏于理想而远于事实。盖新旧递嬗，实为凡事不易之原理，所谓过渡时代者是也。在此过渡时代，不谋新自无从进化。然必尽弃旧者以言新，亦失其依据。故新旧调和之说，颇为当世学者所容纳。国中文学家于新旧之争，实至剧烈，编者于此，未敢为左右袒，但就个人之眼光观察之，觉与其趋于极端，不如折中之为愈。《快活林》所记载之作品，未尝皈依新化，亦不愿独弹古调，殆取其适中而已矣。

二、雅俗合参

文艺之作，宜取高雅，此固正当之论。第就报纸之性质以言之，则陈义过高，取材过雅，皆似不适于普通读者。盖报纸之功用，舍传播消息主持舆论外，亦可目为通俗教育之一种利器，与其他艺术专书，文学著作，只供通人研究者不同。若一编既出，而不能得一般人士之了解，则已失其报纸之效用矣。故《快活林》之文字，颇取通俗，求适于群众。但浅薄无味，或鄙俚不可卒读者，亦概不阑入。冀其俗不伤雅也。

三、不事攻讦

文人积习，好弄笔战，而每以报纸中之附刊，为其唯一之战场。顾战端一开，始而尚不过为事理之争，继则互讦阴私，各肆丑诋。秽恶之词，充塞满纸，旁观者至蹙额不堪承教，而执笔者且以此自喜，或竟视为别有妙用，谓可借以吸引阅者之注意，而激增报纸之销数。此言亦未尝无理，然以谩骂动人，又岂正当之道，此固非《快活林》所敢效尤者也。自有《快活林》以迄今日，从未起一度之笔战，亦从未载一攻讦谩骂之文。即有意存挑衅者，亦宁深沟高垒以待之，未敢开关延敌，致起无谓之争。盖区区之意，以为他人吹求之论，在我正可借为攻错之资。闻过则喜，非所敢望。恶声必反，亦殊笑其量之狭也。

四、不涉秽亵

小品文字，词多纤巧，意近滑稽，则涉笔成趣，时或不免于秽亵，此最大之弊也。顾《快活林》中，颇思力矫斯弊，诲淫之作，败俗之文，向不敢实我篇幅。但编辑之际，时间匆促，字里行间，或尚有失检者，则在爱我者有以教正之矣。

以上所述，不过略言其主张，将与诸同志相商榷者也。至于编辑方面，则以十年来之经过，尚感有两大困难。

一、不能令投稿者满意

任劳任怨，贤者所难。编辑附刊，则其所难，殊不在任劳而在任怨。在著作者以文辞见贻，此固出于殷殷爱助之心，投稿而不见登，自不能免于失望，则编者且身为怨府矣。剿袭之文，恶劣之作，摈而弗载，亦固其宜，乃有明明佳作，而或为篇幅所限，（如长篇小说，投稿者常有佳构，然《快活林》中既载涵秋之作，限于篇幅，后来者遂不得不婉辞谢绝。又如岁时令节，发行特刊，即或扩充篇幅，应征之作，尚未能遍登。）或为时间所限，（如应时之作，略一延搁，即成明日黄花，不为阅者所喜。）或为宗旨所限，亦竟割舍，则遗珠之憾，益难求谅于人。数年以前，曾有某种著作，以特殊原因，不得不戛然中止。此固非出自编者之意，然原著者则已深致不满。开罪同文，莫从告语。此亦事之无可奈何者也。

二、不能令阅者满意

报纸之发行，无论如何，自以能令阅者满意，为唯一之目的。然阅者目光，各有不同，甲所喜者，乙或以为可憎。尽人而悦，事有所难。而编者斯穷于应付矣。此事初非空谈，可举例以实之。曩者《快活林》中尝刊行集锦小说，当其披露之始，欢迎者至众。顾一年以后，向之欢迎者渐易而为指摘，编者意为积久生厌也，于是决然废止。既废止，而来书斥责，谓不应中辍，且要求复刊者，又纷然不绝。此足以见人情好恶，殊无定准，而以文字一道为尤甚也。此外尚有一绝大困难之点，即年来著作家只有此数，而各种新出版之报章杂志，则日见其多，于是顿现供不应求之象。故编辑者欲罗致人才，征求佳著，事至不易。而材料之支配，乃愈见其枯窘矣。

予之职务，于编辑《快活林》而外，又常从事于新评。报纸评论，宜立于指导地位，始足尽新闻家之天职。顾指导二字，初非易言。吾国新闻家，真能负指导之任者，殊不多觏。以予学识谫陋，更何足以语此？即退一步论，不言指导而言评骘，对人对事，亦初不欲加恶评。有贬无褒，岂其本愿？顾自入民国以来，武人政客，诪张为幻，每执笔为文，几除忧时伤世而外无一语。更何从欢喜赞叹，遂令世之论者，疑吾侪新闻家别具僻性，如山膏之善骂，斯亦至可太息者也。

总之新闻记者，其作苦等于劳工。顾予十年来劳工生活，尚有一事，差堪自慰者，则以本报宗旨，向无偏党，故每有所作，尚可自由发挥意旨，不为违心之论。此则精神上所稍感愉快者也。

（《新闻报馆三十年纪念册》，新闻报馆 1923 年版）

钝根与《社会之花》

老弟钝根，可谓编杂志的老前辈。二百期的《礼拜六》，便是他的成绩。至于《礼拜六》停刊，自有别种原因。讲到他这个编辑，确乎是博得群众的欢迎，大家只有欢喜赞叹，没有一人喝倒彩的。如今他休息了不多几时，又受了人命（**钝根按：原稿确是命字，不是家字，特为保存，管教读者吓一大跳**）的挽聘，要择吉登台了。这回登台，排演的新剧，叫做《社会之花》。花样新翻，一定有许多缤纷夺目的色彩，可以供人欣赏。也许比梅兰芳的天女散花，还要来得出风头。并且有许多老看客，也一定要去捧场。我既是他的老兄，却转不必捧，捧了人家反要说我是帮着老弟吹牛了。不过我有一个意思，不能不说：我想这"社会之花"四字，可以说是杂志的名称，也可以说是钝根老弟的外号。因为钝根在社会上交际很广，名誉很佳，差不多说起钝根，大家都眉花眼笑地欢迎他。所以他的自身，也可以算是一朵社会之花哩。……我说到这里，有人驳我道：从来以花比人，总近乎女性，钝根是个昂藏男子，他的面貌，既不像花朵般娇艳，他的身段，也不似花枝般柔弱，称之为花，未免拟不以伦。我道不然，花并不是女性的专利品，兰比王者，莲称君子，菊拟隐士，本不一定要是美人，才可以比作好花。便就这"美"字而论，钝根是男性，根本上称不得美人，我是知道的。钝根的容貌丰姿，就在男性中，也当不得一个"美"字，这是我老兄也可以代他承认的。可是他的文字上，却具着一种不可磨灭的美质，那么他就可算是文艺界的美人，也可以说是文艺界的好花。总而言之，统而言之，他这朵社会之花，也就是心血培溉的笔花呀。哈哈，钝根与花，怎说是比不得？

我说完了这一篇花言巧语，还要附带声明一句：论年龄，钝根比我大，（钝根按：做兄弟的叨长一岁）便论体格，他也还比我大，（钝根按：这是老哥太谦了，你们瞧瞧他胖到这个份儿，还自己觉得是娇小玲珑呢。）我怎么可以大言不惭地称他老弟，自居为兄呢？原来我们这个兄弟，并不是拜把子结盟的兄弟，实在另有一种不可思议的理由：因为我和钝根的两个贵姓，接连着读起来，便成了一个谐音的名词，这个谐音的名词是人人胆战，个个心惊的。可是这两个字按着先后的（兄先弟后）次序排起来，我自然在先，所以老实不客气，自居为兄。并且这个排行，也不是我们两人自定的，实在是狼虎会中同席公议的。我在《红杂志》的《文坛趣话》里，曾经很详细地记着此事，如今也不必再噜噜苏苏地多说了。

钝根按：独鹤姓严，我姓王，所以狼虎会中人叫我们做阎（音同严）王。边有一个画家丁悚，说话最快，向有"倒便壶"之名，他说到"瘦鹃"两字，完全与小鬼无别（吴音鬼同鹃）。瘦鹃吃东西最狠，所以狼虎会中有句格言，叫做"阎王好见，小鬼难当"。

《艺海》发刊词

唱戏有引子，说书有开场白，电影有说明书，今日为《艺海》发刊之第一日，编者于此，不能不有一言，以申述其主旨，亦犹夫唱戏之引子，说书之开场白，电影之说明书而已。本报所以增辟《艺海》一栏，其主旨有三：

一、为艺术界介绍作品。比来中国各艺术，突飞孟晋，气象至为蓬勃，同时关于批评艺术或指导艺术之作品，亦应时而起，日见其多。但往往散见于报章杂志，东鳞西爪，犹病阙漏。本栏拟汇集各专家作品，按日刊载，俾使阅者。其所论列，或本诸经验，或根于学理，要皆足为艺术界之先驱，供艺术家之参考。

二、为艺术界传播消息。艺术界之事业愈进步，则艺术界之消息，自愈见其多，而社会人士对于艺术消息之注重，亦愈见其切。迩来《快活林》中亦尝设《游艺消息》一栏，记载各方面之事实，顾限于篇幅，不无挂漏，每引以为歉。自今以始，当可借《艺海》一栏，使各种游艺消息，得以尽量发表，供各界之快睹。

三、引起民众对于艺术之兴趣。艺术界不能不与社会民众发生关系，使民众对于艺术，兴趣淡薄，则纵令艺术界本身努力振作，欲求艺术前途之发展，终不免事倍功半。本报于此但愿为艺术界竭其鼓吹之责，使社会人士，对于艺术，咸具有欣赏之精神，与研究之意味。

总之艺术之为用，自其大者言之，实具有培养国民德性与宣扬国家文化之力，使各种艺术，能昌明至于极点，其收效或且视教育为尤善。此则本报对于艺术家之希望，窃愿尽其辅助之责者也。惟是编者对于艺术，堂奥未窥，自知固陋，是在艺术界诸同好，有以匡扶而指导之矣。

（1925 年 5 月 16 日《新闻报》）

对于《戏剧月刊》之期望

数年前，海上各种报纸及定期文艺刊物上靡不有剧评一栏，评剧文字在当时可谓极时髦又极受人欢迎之一种。此风盛行未久，遂渐告湮灭。降至今日，无论何种出版物上，几不复有只字道及。有人谓，此系剧艺衰退之象。然一按诸实际，近今名角辈出，票房蜂起，剧艺似又非不振。余从事文字事业有年，平日亦甚喜观剧，然对于评剧之举，从未敢轻于尝试，则知评剧流风之所以消歇者，或亦以立言不易，知难而退欤？本刊编者刘豁公君，曩尝以谈剧见重于时，南北名伶无不以得其一言以为荣异。迩者刘君搁笔綦年，哀梨隽语（刘君著有《哀梨室随笔》专谈戏剧）久未寓目，不图其于此消息沉闷中，复有《戏剧月刊》之辑，又得过宜以为之助。此编既出，评剧界精神当又为之一振。惟予有一言，贡献者艺术家门户之见最深，往往以一字之微，酿成大讼。（文字之讼）愿刘君于纂辑之间，打破此向来之习惯，褒抑取舍，一秉至公，斯于艺术前途，定能获莫大之裨益，则此刊之出，固不仅作梨园之信史，供阅者茶余酒后之谈资也。

（《戏剧月刊》第 1 卷第 2 期，1928 年 7 月 10 日出版）

祝《小日报》成老日报

《小日报》三字的名称，可谓客气之至，同一每日发行的报纸，如果单就形式论，《小日报》因为篇幅较小，或者还免不了一个小字的头衔，倘就内容论，《小日报》所采取的材料，所发表的意见，也就和唱戏一样，功架十足，老当无比，不能再说他是小了。况且目前《小日报》内部的人才，有所谓苏班五音联弹，有所谓竹林七贤，也都是老角色、老资格，虽欲小之，又乌得而小之？

如今《小日报》已是两周纪念了，一张报也和一个人一样，两岁的孩子过生日，讲到年龄，当然也不能不称他一声小宝宝。可是这个小宝宝，有许多老角色做保姆去指导他，爱护他，一定格外容易发育，一定能永远增长其寿命，我们要祝他由二周年而廿周年，而二百周，而一二千周，以至于无穷，那时节便由小日报，变为老日报，倚老卖老，也许就成为报界的小好佬。

（1928 年 8 月 1 日《小日报》）

四年后的画报

当画报出风头的时期，五花八门比马路的招贴还多。但是试把它们的内容一看，从它们那不完美的印刷之中，现出灵魂照片般的铜图，和辰州符般的文字，要是不用十二分的脑力去辨别，可说看不出一个字，看不出一张图。简括地说一句，简直是自讨苦吃，还是不看的好。然而话又要讲回来，也许那些办报的因为精神与脑力不足缘故，能把一张报印了出来已是不易，这是我们也得加以原谅的。不过其时却还有一张可算是鹤立鸡群值得一读的，就是《摄影画报》。它的印刷和内容，都有很足以惊人的成绩，到了现在，它经过了四个年头的研究，又格外地完美起来。这却不能不归功于办本报者的精神脑力，却有胜人一等的表现。那么现在我们再拿它四年来的成绩来推测下去，也许四年后的本报，比一般的画报都好。这是我敢代全体读报人祝祷的一句颂词。

（《中国摄影学会画报》第 4 卷第 200 期，1929 年 8 月 10 日出版）

《金刚画报》之生旦净丑

《金刚画报》将出版，索文于余者再。余以稽懒，迄未交卷，有负诸老友殷殷之望，实觉负疚良多。兹勉成短文一则，聊以塞责。油腔滑调，不足言文，藉博读者诸君一粲而已。

《金刚画报》之中坚有四。一咸阳徐朗西；一嘉善丁慕琴；一姚江郑子褒；一锡山顾洞僧。此四位老板，陈蝶衣君称之为《金刚画报》之四大金刚；余既不愿陈陈相因，拾人牙慧，拟另找一物以相比喻，又百思而不可得，偶于某日车过某剧院，见戏牌上有生旦净丑字样，触类旁通，启余文思。曰：得之矣。此四位仁兄，固明明《金刚画报》之生旦净丑也，吾曷不以生旦净丑喻之。

余之所谓生旦净丑者，自亦有说。盖四位仁兄，平日皆好曲成迷，无日不优游于歌台舞榭之中。以戏言戏，则生旦净丑之喻，自觉较为多趣。朗西好发异论，信口开河，滔滔不绝，喻之为唱工老生，可谓确切不移。慕琴素有琴艳亲王之雅号，举止谈吐，无一处不含有女性的表演，以青衣花旦相比拟，不特符合，且又现成。子褒本性率直如黑旋风，身体矮胖如郝寿臣，拟以净角，亦甚对工。洞僧之尊容，绝似唱小花脸之小秃扁，平时闲谈，颇饶逸趣，固又一现现成成之小丑也。《金刚画报》既有此四大老板同心合作，且并有南北诸大名角随时加入客串，其能博人欢迎，自可不言而喻。惟望四大老板特别卖力，多唱几出好戏，幸勿效时下诸大名伶之恶习，积久生怠，使捧场者灰心颓志焉。

（《金刚画报》第 4 期，1930 年 2 月 21 日出版）

图画的效用

今天是《中华图画杂志》①与阅者诸君相见的第一天，仿佛是新戏打

---

① 《中华图画杂志》，简称《中华》，封面亦只有"中华"二字。

泡的第一幕。我也总算是中华班中一个凑数的角色，不能不派些差使。班内弟兄们一商量，说是教我担任讲几句开场白罢。《中华》杂志，原是以图画为主体的，我一不会绘画，二不会摄影，于图画一门，完全是个外行。教外行来讲开场白，岂非稳稳被砸？但是仔细一想，第一个上场，好比唱开锣戏，开锣戏原是起码角儿唱的，那么我就不客气，先来一出罢。

我虽已声明，对于图画，是个外行，可是这一篇开场白，还讲的是图画。我想表显人群的思想，和时代的精神的，人人都知道是文艺。而表显文艺的两种重要作品，却是文字与图画。（除文字与图画外，固尚有其他关于文艺的作品，但地位总不及此两者之重要。）就文字与图画比较起来，我们觉得文字的效用，固然有胜过图画的去处，而图画的效用，也很有超过文字的特点。文字的效用，不在本文范围以内，不便细说。如今且把图画的效用，择要叙述一番。图画超过文字，共有四点。第一是明显。大家都说文字是语言的符号，唯其是符号，所以表现一切思想，一切状态，一切事实，都还不过是间接的。图画却是直接的，譬如写了一个"花"字，到底还不是"花"，写了一个"月"字，到底还不是"月"。至多只能说是"花"和"月"的代表罢了。（古时象形文字，实在也就是图画）至于图画上或照片上的"花"和"月"，大家就一望而知是"花"和"月"，无须再加以解释，或想象。虽然实质上依然非"花"非"月"，不过是纸上风光，然而与"花"和"月"本身的形象，却无所差异。因此之故，尽有人不认识文字的，而断无人不认识图画。足见同是一物，或同是一事，用文字代表，不如用图画表示来得明显。第二是优美。文字自然也有其优美之点，可是文字的优美，是深藏在里面的，不但不认识文字的，不知其美，便是认识文字而不到相当程度的，也断乎不能领略这美的意味，和美的精神。不比图画的美，有里面，也有表面。里面的美，便是画家所谓画意，当然也非得功夫到家的，不能领会。而表面的美，是人所共见的，也是人人知道欣赏的，并且由欣赏表面的美，也渐渐能深察到里面的美。例如有一幅绝妙的山水或花卉在此，虽在俗人眼光中，未必能了解其中所含幽美的情趣，但如问他好看不好看，他也一定能回答说是好看。足见由图画而引起人的美感，比较来得容易，比较来得有效。第三是富于刺激性。所谓富于刺激性，就是易于动人情感。文字上的刺激性，在不识字或不通文理的人，固然感受不到。即使深通文字者，一样会因文字的作用，而激发喜怒哀乐各种情感，但论其刺激性之质，终不如图画。读文字中所写的美人，和看图画上所绘的或照片上所映的美人，当然是后一种的观念来得深切。读《吊古战场文》《兵车行》一类的非战作品，虽也觉得满纸凄凉，但终不如观电影或画片中的战场真景，来得惊魂动魄，怵目伤心。足见图画的动人，远胜于文字。

为什么如今的新闻纸上，关于重要的新闻，不能不同时将照片刊出；为什么做宣传工作的人，于各种标语而外，不能不多多地张贴些图画；为什么一般阅者，对于图画刊物，欢迎的态度，有时还在文字之上。这更是事实告诉我们，图画的效用，十分真切，也十分伟大。同人所以创刊《中华》杂志，也是认定图画有真切和伟大的效用，想将文艺界的"真""美""善"三点，借图画之力，尽量贡献于阅者，尚望爱护本刊的阅者，加以诚意的鉴赏，和正确的批评。好在阅者诸君的目光，也正和照相机上的镜头一般，是黑是白，是好是丑，一经摄入其中，不容有丝毫隐蔽，也不会有丝毫差错的。

（《中华》第 1 期，1930 年 7 月出版）

登高新语

《上海画报》革新，以九月九日为新纪元。我想废历九月九日，向称重九节，国历九日，却是个新重九。旧俗重九登高，如今这个新的重九，也有新的登高。新的登高，一种是凄惨的，一种是富丽的，如今且分别写在下面。

凄惨的登高。桓景登高避疾，这不过是一种传说的故事罢了。可是目前的中国，不幸而遭着浩劫，处处大闹水灾，害得一般人民，无屋可住，无家可归。凡是在灾区中的，洪水泛滥，简直个个人都要登高避灾，才可以苟延残喘。还有无处可以登高，无处可以避灾的，那就连性命都不能保，岂非是凄惨之至呢？

富丽的登高。《上海画报》，原来已具有很新的精神，很高的价值了。如今主编者还不自满足，要努力革新，步步革新，也就可以步步登高。料想此后的《上海画报》，一定格外受着读者的欢迎，论内容可以达到最高的程度，论销数可以达到最高的纪录。一般人对于《上海画报》都简称之曰上画，大概经此一度革新，画之为画，真可以成为无上上乘了。这是《上海画报》的登高，岂非是十分富丽呢？

（《上海画报》第 739 期，1931 年 9 月 9 日出版）

为抗日救国敬告本林同志

这几天我忽然病了，终日困于医药，不能再从事于笔头的工作，心中已觉得十分气闷。而每天翻开报纸来一看，连篇累幅，都是记着日军的暴行，简直将大好东三省，蹂躏得不成模样。吾人既生为中华国民，逢着这样惨痛的事变，凡是胸中有一口气，身上有一滴血的，应该没有一人不痛心切齿。想在这危急存亡之际，各就其力之所能，尽一点御侮救亡的责任，因此我想着几件事，要报告爱读《快活林》诸君，以及向来在《快活林》中撰稿诸同志。希望大家一致赞助，在本林小小的范围内，借着文字工作，收一些相当的效果。如今且逐条写在下面，只算是我病榻中的一个提案。

（一）本林现特辟"抗日同志谈话会"一栏。凡对于抗日事件之进行，有意思发表者，可自由投寄本林编辑部（请在封面上标明"抗日同志谈话会"字样）。但最好有切实的方法，或沉着的议论，勿徒尚空言，勿徒唱高调。文字愈简短愈好，每篇至多勿过三百字。因此栏宗旨，在集思广益，使多数读者，有表示意见之机会。若一个人的说话，文字太长，未免占却别人的地位。

（二）本林现特辟"救国之声"一栏，专刊关于激励同胞倡导救国的文字。体裁不拘，如短篇小说及诗歌（不要古典式的）等一切短隽作品。倘荷诸同文惠稿，均所欢迎。篇幅亦以简短为贵。短篇小说请勿过八百字，其他各项作品，请勿过五百字（来稿亦请标明"救国之声"字样）。

关于以上两栏，并有附带声明的几点：（甲）开始发刊的日期，不预定在哪一天，只要有了来稿，即行发刊。（乙）此两栏特刊，一经出现以后，其所载文字的分量，视来稿多寡而定，也不限定每天都要两栏齐备但至少总有一栏。（丙）"抗日同志谈话会"栏来稿，无论录取与否，概不寄还。"救国之声"栏来稿，如欲寄还，请另用一信封，粘贴邮票，写明住址，即可照办。（丁）向以上两栏惠稿者，千万勿一稿两投，又千万勿蹈剿袭之弊。

（三）《快活林》每年国庆，循例发行国庆纪念特刊。但今年的国庆，天灾外侮，交逼至此，实在是"可弔而不可庆"。现拟于国庆节改刊一《抗日救国专号》，请诸同文从速惠稿，以十月五日为截止期，篇幅仍取简短，俾可多登若干篇作品。大概无论何种文字，每篇至多勿逾一千字。末了我还有一句话，不能不说。本林虽然标举着"快活"二字，但向来所刊者，多半为文艺作品，并非专是"游艺"性质，或"娱乐"性质的刊物。并且历来对于国家所受外侮，尤其是"对日"问题，差不多自强敌提出廿一条以至于今，本林每逢增加一次国耻，都刊载着许多激励同胞和叙述外侮的文字。因为吾人深信文艺家的笔头，虽然是很软弱，不能直接和敌人的枪头作战。但是它的宣传力和感化力，却是很大的。如果文艺家都同心一致，集中笔头的力量，唤起民众的救国志愿和救国精神，所获效果，定不在小。目前国危至此，"快活"二字，又可作为一种特殊解释：是要以"很快的时间，使全国民众求得一条活路"。而诸位读者，诸位同文，在这个时候，在笔头上尤其要加倍努力！我虽然甚不济事，既然负编辑的责任，自当执笔以从诸君之后。

（1931年9月24日《新闻报》）

《龙报》三百期纪念

为大报撰纪念文字的机会多，为小报撰纪念文字的机会就少了，因为办一种小报，往往等不到可以纪念的日子，便寿终正寝，连最起码的一周纪念，都难支持得到，不意钓徒所办的《龙报》，却能支持永久，纪念了三次，真是不容易的事。我还记得，《龙报》每次举行纪念，钓徒总要我作点稿子，当百期纪念时，我曾这样想，不要有百期纪念而无二百期纪念啊。到了二百期，居然又来索稿了，我又想，不要有二百期纪念而无三百期纪念啊。即知我这种思想，竟完全失败，《龙报》又安然到了三百期，根基已固，当然不容再有这种思想，决可出到四百期五百期以至无穷尽期，将来做纪念文字的机会，正多得很呢。钓徒又说，单是支持长久，还不算可贵，一定要内容有进步，能愈过愈精彩，才值得赞许。那么，我就把钓徒这几句话写在这里，转告诉读者，作为给读者报一个喜讯，这张《龙报》要愈过愈精彩了。

（1931年11月30日《龙报》）

《新园林》与新生命

今天是《新园林》开辟的第一天，也可以说是《新园林》中开始新生命的第一天。我有几句话，想和诸位读者和诸位文坛同志一谈。

本报所以添辟《新园林》，是不是为读者诸君茶余饭后，增加一种文字上消遣的场所？我敢说绝对的不是。本报之有《新园林》，其目的是想借文字的力量，对社会各界，有一点儿小贡献。

在此国难声中，国人所受的压迫，是很重了；所感的苦痛，是很深了。若要祛除种种压迫和苦痛，当然要举国一致，为长期的抵抗。所谓长期的抵抗，不仅是在事实上讲；须要全国同胞，时时刻刻激励志气，奋发精神，培养德性，才可以从努力奋斗之中，杀开一条血路来。

讲到激励志气，奋发精神，培养德性，当然从各种文字和各种读物方面，可以直接收到相当的效果。《新园林》的范围很小，《新园林》中所刊的文字也很少，当然不敢说能负什么责任，更不敢说有什么成效。不过我们的志愿，是很想从这条路上走。简单地说一句，就是要戒除种种颓废的无聊的文字，而多采取多刊载有意义有价值的文字。

我不过是《新园林》中一个园丁，学识既极简陋，经验又很缺乏，能否整理出一个很好的园林来，实在不敢自信，但希望文艺界诸同志，诚意合作，以大家的心血，来培溉园林中的生物，因此对于外界投稿，极端欢迎，性质体裁，一概不拘。（撰述的文字和译述的文字均所欢迎。）只求能合于"有意义""有价值"这六个字，便当尽量刊载。但有一层要声明的，是因为篇幅有限，而又想多容纳些稿件，所以来稿文字务求简短，过于冗长者，只好暂时不录。

最后还有一层说明，就是《太平花》小说，在去年初刊载的时候，有一部分读者以为著者是抱着"非战主义"，不合于目前的时势，和多数人的心理。其实这是一种误会，著者撰作这篇小说的意旨，并非反对尚武精神，只图粉饰太平，实在是希望中华民族，能消弭内战，而合作对外。这层意思，恨水先生去年自己已有过一篇文字，想读者诸君都已谅解，而且就书中描写的情节，也已经把他的本意，明白表现出来。如今因为有许多人写信来要求续刊，所以我这个园丁，也就决定主见将这株太平花，从《快活林》移植到《新园林》中来。但愿吾国人合力驱除外侮，恢复河山，使中华民国，能实现太平。

（1932 年 4 月 1 日《新闻报》）

谈谈报人

我服务新闻事业，做个报人，已经三十多年了。三十年为一世，那我可以说是做了一世的报人。俗语说：做一行怨一行，可是我不敢怨，也不应当怨。三十年来，我只勤勤恳恳做我应做的事，眼看世界上许多变化，一幕一幕地在我面前表现着，也仿佛看了一幕极长的戏，而我自己就是一个替这戏写说明书的人。有时，不免因剧情的离奇曲折，引起写说明书者的自身发动的情感。不过，这种情感，随着我理智的统制，使他平复下去。这是报人的应有技术，现在，我且谈一谈做报人应有的态度：

第一，是清。清洁是在每个人生活中必需的条件，报人尤甚！因为报人对社会的接触太多了，接触既多，如果自己不能坚强地保持一个清洁的心，一个清洁的身，就不免有飞尘灰沾染上来，所以做报人的，保持清洁，是最重要的。

第二，是慎。新闻的出入太大了，一言兴邦，一言丧邦，报人无此权威，却有此间接的影响。所以在文字方面，不能不慎，即使卑之无甚高论，单就社会新闻而言，一个人的名誉，一个家庭的前途，有时系于报人一则消息，一个题目，所以我在服务之时，常以审慎自勉，也许有人说我胆小，然而，我觉得做报人实在是不宜过于胆大的。

第三，是勤。新闻事业的方面太多了，光是一个记者，或者他可以专门对付某一部分，譬如商业新闻记者，他专记商业动态；社会新闻记者，他专记社会消息；专对某一部分，可以专心留意这一部分。独独像我所担任的职务，简直各部分都得留意：国际的，本国的，政治的，军事的，经济的，社会的，乃至于文艺的，各种有关的材料，有关的智识，以及本报的记载怎样，别报的记载怎样，不能不"勤以求之"。虽则，时间有限，精神有限，能力有限，然而，虽不能至，心向往之而已。

"清"字下面，可以连接一个"苦"字。"勤"字下面，也可以连接一个"苦"字。"慎"字下面，虽不能连接"苦"字，然而，要步步谨慎，时时谨慎，字字谨慎，其苦也想当然得了。所以人说报人乐，我觉报人苦；此时此事，尤为"苦中苦"。所愿吃得此苦，有"甘来"之期而已。

（《上海生活》第3卷第12期冬至特号，1939年12月17日出版）

我和《快活林》

三十年前，《新闻报》邀我编副刊，我就开始做副刊的园丁，我把所种植的一排排树名之曰"快活林"。

二十年来，世界的舞台，中国的舞台，悲欢离合，一一映到我"快活林"来，但是我这小小园丁，又于时何补，于国何益，撑持到八一三，再也快活不成，于是改名《新园林》。以我和"快活林"关系之深，看见《快活林》周刊出版，真不胜有故旧相逢之感。

八年的苦泪，已流尽了，现在应该从内心发出笑来，第二次世界大战的结果，民主、自由、和平，一棵棵青出的树苗，已开始种植到世界林园里，也可以说是世界"快活林"的"百花生日"！原子能是时代的骄子，但是也操纵着时代的两面，用之于破坏，是杀人的利器，用之于科学，就是建国的功臣。这要看所种的因所结的果如何？而不是在今天再说原子能要不要存在的问题。这一个譬喻，就好比说：风霜雨露，足以摧残花木，但也可以予花木的滋润磨炼，使它能够及时生长，老练的园丁，在这种场合，就要看他怎样去运用技巧，来培植这嫩弱的枝芽。

建国造林，是同一个原理，如今我们正逢着冬尽春来，是季节的转换，也是时代的转换，怎样把握这早春的天气，使大家于春风谈笑之中，不枯燥，不逸荡，种出一朵朵既足欣赏又能结实的花来，这就是每个园丁当前的责任！

（《快活林》（周刊）创刊号，1946 年 2 月 2 日出版）

创刊声中的礼赞

我最近曾在一个宗教性的集会中，由主人事先约定，作一次很简单的演讲。我当时所发表的意见，是希望宗教界与舆论界，能随时互相联系，那么就宗教方面说，于宣传教义上，可收获良好的效果，就新闻界方面说，假使乘着宗教精神来主持舆论，发展新闻事业，也必定能以公正的立场，表现其优越的成绩。

讲到新闻事业，与宗教有密切的联系的，在中国，似乎只有《益世报》是实现了这一个境界。当然《益世报》并不是纯宗教的刊物，也并不专以宣传教义为出发点，但《益世报》和宗教的关系很深，《益世报》的主持人，多数具有宗教的信念，和宗教的精神，这是事实。宗教的要旨，在勇于服务，在切戒自私。勇于服务，事业当然能够猛进，切戒自私，持论当然能够严正。《益世报》也就是在猛进与严正之中，奠定了它的地位，造成了它的历史，获得了多数的读者。

如今《益世报》又在沪发行了，这是胜利以后，以崭新的姿态，与上海市民相见，当然更能博得大众的欢迎，更能展开光明的前途。

是有益事，是救世军，在上海版创刊声中，愿对《益世报》作这样的礼赞。

（1946 年 6 月 15 日《益世报（上海版）》）

想起一副旧对联

身为新闻记者，逢到记者节，虽未敢自我赞颂，也何妨自我庆祝，但一切庆祝的话，总离不了高调或老调，听的人渐不感兴趣，讲的人也未见得有劲，因此在今天倒想另写出一副旧对联来，聊当记者节的献词。

这副对联，便是："安能尽如人意，但求无愧我心。"上一句可说是新闻记者的自勉，下一句可作新闻记者的自慰。

新闻记者对人对事，必须为忠实的报道，作公正的批评，这是任何人都知道的。要忠实，要公正，就无法尽如人意，也万不可尽如人意。在这个动荡的局势和复杂的社会中，如了甲的意，便不能如乙的意，而且如今的人常会先后变化，如今的"人意"也就不可捉摸，往往这件事觉得如意，那件事又觉得不如意，彼一时认为如意，此一时又认为不如意。新闻记者如果不眼光看准，主见确定，随时随地，只以博取人的如意为能事，不仅实际上决做不到，纵使做到，也不是忠实而是歪曲，不是公正而是阿附，便失去了公众的信赖。

新闻记者应该是无所求的，非但"不求闻达"，甚至要"居无求安，食无求饱"，假使说新闻记者也有所求，所求的便不是求人而是求己，是"但求无愧我心"。所谓"无愧"并非在本身的职责上，在本位的工作上，发现了过失，铸成了错误，便把"问心无愧"四字来作为掩饰词和挡箭牌，却是要真正地永远地从不违良知不背初衷之中，得到心灵上的修养，也得到精神上的安慰。新闻记者正像佛门中的苦行头陀，宗教中的修道士，只能不贪享受，不慕荣利，不避艰难，不厌烦苦，在物质上由前文所说的"无所求"而竟致终无所得，在心灵上却因为"无愧"，而保持着一片光明，于此光明的心境中，领略到人生超然的真义与自然的乐趣，于此真义与乐趣中，才会感觉到新闻记者，是明知其不可为而或有可为。

唯其"不如人意"，转可表达民意，因为"人意"和"民意"，有时显分"两意"；唯其"无愧我心"，才能适应人心，因为"人心"与"我心"，不难合为"一心"。这是我个人的感想，但在爱护新闻事业和努力新闻工作者，或不认为迂拙。

（1947 年 9 月 1 日《新闻报》）

三年前的回忆

在国庆节的前夕，承服周兄预约，要我为《立报》写一篇庆祝文字。

要为《立报》写国庆文字，倒使我引起了三年前的回忆。

三年以前，胜利之初，《立报》复刊，服周老兄坚邀我为副刊《花果山》写稿，并且指定至迟在国庆节必须开笔。

胜利初临，谁不兴奋？那时全国人正在欢欣鼓舞之中，我写那篇庆祝文，也觉得有遏不住的热情，随笔发挥，异常愉快。

如今事隔三年，《立报》是在不断改进中，愈臻于健全了。然而讲到国家大势，较诸胜利初期何如？讲到人民心理，较诸胜利初期又何如？

但徒然感慨，徒然牢骚，徒然忧郁，都是很无谓也很无益的。在眼前，我们只能不谈近景，且看远景。

论近景，胜利之果，确乎是早已霉烂了。论远景，却深信中华民族的前途，必然能由阴暗而进于光明，由挫折而复底于成功。

从前种种，固然失望，以后种种，决非绝望。

因此我们还是要以奋发的心情来，纪念国庆，欢祝国庆。

欢祝国庆，也欢祝《立报》的进步。

（1948 年 10 月 10 日《立报》）

编辑副刊的体验与感想

接到马星野先生来信，要笔者在《报学杂志》上写一篇关于怎样编辑副刊的文字。我觉得编辑副刊，如果讲到编排的技术和方法，以及编者本身的修养等等，是和每张报纸上其他各栏，大致相仿的。在《报学杂志》上，在其他各种新闻学的刊物上，对编排技术和报人修养这一类话，早已有人说过，而且说得很详尽，很透澈，正用不着笔者再来抄老文章做八股了。因此仅就本人从经验中所得到的一些体认，从工作上所引起的一些感想，拉杂地也很平凡地写出来，以应马先生之命。但要首先声明的，是笔者虽然做了三十多年的报人，而在报人生活中最多的时间，又是在编副刊，只自愧学识简陋，所陈述的，实在没有多大价值，更不足称为对于"报学"上的贡献，这一点还希望马先生和《报学杂志》读者加以原谅。

把平时感想所及，随笔录上纸面，就免不了杂乱，从杂乱中要寻出头绪来，想把全文归纳为"四个要点""两件工作""三重困难"这样三个项目，分别写在下面：

四个要点

第一，认清性质。

报纸上的副刊，到底应该属于何种性质，确是很值得研究的一个问题。一般的主张，都说副刊当然是文艺性，至少要偏重文艺性。也有一部分人的看法，认为副刊脱不了"趣味性"，甚至只成为一种消闲的读物，可以说是"消闲性"。其实两者都有些不对，前者是将副刊指定得太狭义了，后者却又将副刊的价值，估计得太低了。副刊诚然以文艺为主体，但不是纯文艺性，如果说是纯文艺性，就成为文艺专刊了。副刊的内容，固然要饶有趣味，但决不是专门发生趣味为能事，寻求趣味为目的，至于说只供读者消闲，就更失却了报纸上编行副刊的意义了。论副刊的性质，简直是兼容并包，要注意到世界、国家、社会、家庭、个人各方面，从大事以至小事，随时有讨论的题材，要着眼于政治、经济、文化、教育、科学、艺术各部门，从正面以及侧面随处有写述的资料。因此近几年来，又有人说副刊是宜于"综合性"，这综合性三字，似乎是很广泛的，却是比较适当的。所谓综合性，便是"兼容并包"，但认定了综合的性质，又依然要保持文艺的骨干，具有文艺的形体，富于文艺的情调，因为副刊到底是集合文艺作品所构成的园地。

第二，确定地位。

以前报纸上并没有什么副刊，后来有了副刊，也大都视为无足轻重的一种附属品，称之为"附张"，甚至讥之为"报尾"。这种观念，真是绝大的错误。如今发行报纸者和读报者，对于副刊，都已改换目光，重新估价了，但轻视的心理，也许还没有完全更变。其实副刊在一张报纸上，决非等于附庸，而自有其独立的地位，极应该以独立的地位，发挥其独立的精神和功能。这里所谓独立，并不是说副刊的作者和编者，可以自成一军，别树一帜，而不顾全报纸本身的立场，不符合报纸本身的使命，可是在立场相同，使命相符之中，仍须独特地对读者有所贡献，对社会有所表现，说得明白些，副刊之于报纸本身，在言论方面，在一切记载方面，都可以作为有力的补充，形成良好的搭配，从而增加了报纸本身的精彩与声誉，因此副刊的地位，正是值得珍重的。

第三，适应读者。

许多人讨论到各报所拥有的读者，往往会说：某报的对象是工商界，某报的对象是平民阶级和一般青年，好像对象不同，其编辑方针，也因之而异。这种想法，也有几分是对的，但不能忘却报纸的效用，应该是大众读物，假使报纸要争取读者，也当然应该争取多方面的读者，决不宜限于任何一界，也不能专注重任何一界，整个报纸的本身如此，每张报纸上的副刊也是如此。副刊的读者是大众，包括着全国各阶层的人物，副刊的编者，如其想到适应读者需要，也就须适应大众的需要，这便是说一页副刊的内容，最好是做到大众都能接受，都能领略，都能欣赏，也都能得到一些裨益，而决非专配合某一种人的胃口，专供某一种人的阅读。

第四，配合材料。

编辑副刊第一件要事，是配合材料，正等于庖人治馔，要先注重于置备各种食料。一切食料，无论是鸡鸭，是鱼肉，是蔬菜，如果品质不鲜洁，或采办得不能适合，那就不问庖人手段如何高明，也安排不出一桌好酒席来。

讲到副刊的取材，简言之，有以下四个标准：（一）隽雅而不深奥；（二）浅显而不粗俗；（三）轻松而不浮薄；（四）锐利而不尖刻。以上只是举其大概，至于"隽雅"与"深奥"，"浅显"与"粗俗"，"轻松"与"浮薄"，"锐利"与"尖刻"，其间如何分析，全在编者意识上的体会；加以选择，有所取舍，不必细细叙述。但此外还须得出一个要点，是副刊中所载的文字，除去一两种"长篇连载"，其余宜多取简短的而又具有时间性的作品。报纸不比杂志，读报者的情绪，也不比阅读杂志那样悠闲；冗长的或并无时间性的作品，不能说绝对不适用，但如其刊载得太多了，比较上是不容易引起读者兴趣，不大会受人欢迎的。

两件工作

编辑副刊主要的工作，大家都知道是"发稿"。统而言之是"发稿"，分开来说，却包括着"选择""修改""发排"三种程序，其中比较最费时费力的，要算"修改"，相信每个副刊编者，都会有此感受。副刊中所收集的外来稿件，有的为了文学上根柢还欠充实，有的为了写作上的技术还欠熟练，要想一字不易，一句不删，就可以照原文发表的，实在很少，但又不能一概摒而不用，因为有许多稿件，论文字确乎是很幼稚甚至于欠通的，而论其题材和用意，却是很具深思，很有佳趣，很适合于副刊资料，那就觉得"弃之可惜"，而且食之也还"有味"，不能不加以改造。这个改造的功夫，便比国文教师改课卷，还来得苦累，改课卷只求改到"文从字顺""理明词达"，已算尽责，改副刊文稿，有时不仅"去芜存菁"，简直要"脱胎换骨"，比自己另作一篇，更耗心力，伤脑筋。若问何以如此不惮烦？却是除了上文所述"弃之可惜"以外，更要体念到副刊编者对于投稿的同文（投稿者也必然就是读者），自应取得精神上的联系，同时又应在文字上予以无形的鼓励。（有若干投稿者，见到一篇改作刊出来，较胜于他的原作，往往感到特殊兴趣，倒并不是一定在乎博取稿酬。）副刊编者在纸笔上的工作，除却为别人修改，便是自己撰写。讲到自己撰写，文字写得好不好，说话讲得对不对，那是另一问题。但副刊编者，既是一个文化人，又是一个报人，动笔的时候，就不能不负起文化人和报人的使命，不能不为大众着想。要为大众着想，就不可囿于主义，更不可固执偏见。副刊是报纸上的一页，副刊编者所写的短评，虽说文责应由个人自负，却也是代表报纸本身的一种言论，即使不敢唱什么"为民喉舌"的高调，也至少要对国家社会有些贡献。笔者曾应某新闻专校的邀请，一度演讲撰作副刊文字的要旨，在结论中这样说："撰作者要想到大家所要说的事，要说到大家所想说的话。"笔者担任副刊编辑，历时颇久，敢自信以上两句话，或许不会说错，只惭本身能力太薄弱，实际上并没有能做到。

三重困难

在一般人看来，编辑副刊，似乎是轻而易举，别无难题，但事实上确已面临到若干困难，这也只有身历其境者，会深深地感觉到，最近似乎困难更多也更甚了，择要言之，可说是有三重困难。

第一，是稿酬问题。编副刊当然要搜集作品，提到搜集作品，又当然要罗致名作家，同时发掘新作家，然而作家离不开生活，以往很有若干作家，可将文字上所得的报酬，补助其生活，今日之下，许多薪给阶级，有固定收入的，尚且无法维持，再说到"文字生涯"，即使稿酬随时调整，也早变成了"吃草挤奶"，因此名作家都歇手了，新作家也不大会产生了，何从"罗致"？何从"发掘"？专心写作者日见其少，精彩的作品，就不可多得，有时竟要靠着友谊来"拉稿"，安得不为之叫苦！

第二，是篇幅问题。每个投稿者，都希望自己所写的文章，不致投入字篓，但无论如何，字篓中的弃稿，总比排上版面的文稿来得多，于是副刊编者便不免受到种种意外的责难和讥讽，甚至会说副刊并不是公开的园地而成为私人的领域。如今因为纸价昂贵，纸张节约，各报副刊的篇幅，都愈缩愈小了，园地愈小，游客的兴趣愈减少，失望的心理愈加重，不但投稿者为之不起劲，连读者也因而不过瘾，编者自更觉得难以讨好了。

第三，是整个新闻界的一大问题，也是副刊编者的一大难题，说穿了便是大家挂在口边的"新闻自由"。副刊的内容，多少要具有幽默的作风，更免不了讽刺的笔调，如果真能获得充分的新闻自由，没有什么顾忌，没有什么窒碍，当然可以尽量发挥，但"新闻自由"在今日，是不是徒成高调？副刊的编者，手里拿着一支笔，心头却要时时念着"稳妥第一"！过于稳妥，就会变成"不求有功，但求无过"。在"不求有功"之中，便失其精彩，在"但求无过"之中，更失其效能，相信每个报人，尤其是副刊编者，都会因不必要的束缚，而遇到了若干工作上的困难。

"拉杂"而"平凡"的话，已说得太多了，应该作一结束。最后还想补充一句话，奉告研究报学者，假使不否认报纸是大众的精神食粮，那么副刊也正是食粮中一种必不可少的要素，并不是什么"闲食"或"零食"。

（《报学杂志》第 1 卷第 6 期，1948 年 11 月 16 日出版）

第三辑　图书

《福尔摩斯侦探案全集》序

　　福尔摩斯，无是人也；福尔摩斯侦探案，无是事也。无是人，无是事，而柯南道尔氏乃必穷年累月，雕肝呕心，以成此巨著，岂故为是凿空之谭，炫当世之耳目而取快一时哉？意别有在也。夫有国家，有社会，不可以无侦探；无侦探，则奸黠者得以肆恶，良懦者失其保障，是生民之大患也。然侦探有官与私之别，私家侦探不可少，而官中之侦探，则多且滋患。何以故？为私家侦探者，必其怀热忱，抱宏愿，如古之所谓游侠然，将出其奇才、异能，以济法律之穷而力拯众生之困厄者也。下焉者，亦必自信其才智之足以问世，将藉是以谋生活，树声誉，乃亦兢兢业业，无敢失坠者也。若夫役于官中者，则异是。有俸给以为养，有大力以为凭借，初不求战胜于智识学术间，唯贪功而好利焉。其何能为社会国家之益？柯南道尔氏深慨之，则著为《福尔摩斯侦探案》，以攻其偏弊，而示之准绳。故其意造之福尔摩斯，一坚苦卓绝之私家侦探也。而所谓官中侦探如莱斯屈莱特之俦，则皮里阳秋，婉而多讽。此其微旨，已昭然如见。然犹虑世之人或未能深知其苦心也，乃更托为福尔摩斯之语以明告读者曰："苟以我之事迹，加以论理，传之后世，可为学侦探者自修之本。"（说见本集第十四案）三复斯言，则知徒以小说视《福尔摩斯侦探案》者，且浅之乎测柯南道尔矣。虽然，彼英伦之官中侦探，固文明国之侦探也。而其不足于柯南道尔者犹若此，至于吾国，则自有侦探以来，社会几无宁日，狂澜莫挽，论者病之。唯发明侦探之学，使业侦探者有所师法，用侦探者知所鉴别，庶渐趋于正轨耳。《福尔摩斯侦探案》，侦探学中一大好之教科书也，则其适合于我国今日之时势，殆犹药石之于痰疾也已。同人因汇而译之，将以饷当世。某不敏，既执铅椠，从诸君子后，辄有所感触。书成，乃撷其意如此。乙卯季冬独鹤严桢。

（中华书局 1916 年版）

《民哀说集》序

　　姚君民哀善属文，其所作诗词小说笔记之类，散见于报纸及杂志者至夥。今乃辑而成书，颜曰民哀说集，梓行有日矣。问序于予，欣然应之。顾以事冗，忽忽十余日，未着一字也。越昨复晤民哀，则复索序。予笑曰："无之。虽然，子之说集，固亦不必有序也。"民哀愕然，愿叩其说。予曰："一书之出，必自有其精义焉。或不可尽知，斯有待乎序。序之为用，质言之，殆藉以提示全书之菁华，为之绍介于读者之前而已。今吾子所为文，播诸报章，其为人称赏也久矣。兹复爬罗剔抉，汇成斯帙，向日慕子之文者，又孰不欲得窥全豹以为快？则是读者皆旧相识，更无俟他人之绍介矣。夫何必有序？"宗弟谔声，时在侧拊掌笑曰："兄既负民哀文债，今索逋急，无以偿也，乃为是言以塞责。然其辞甚辨，盍笔而弁诸简端，可谓不序之序矣。"予曰："弟言亦良是。"乃书之以授民哀，即以为不序之序。

庚申仲冬严独鹤

（国华书局 1921 年 1 月版）

《镜中人影》序

　　涵秋以长篇小说雄于时，《广陵潮》一书，脍炙人口，固已。其为《新闻报》所著，如《侠凤奇缘》，如《战地莺花录》，亦既风行海内，而《镜中人影》，则尤为最近精心结撰之作。此书甫属稿时，涵秋方在沪，语予曰："我曩者执教鞭于江都师范，课余执笔为小说，迫于晷刻，甚矣其惫。今而后息影寓楼，殆可专心著述矣。且年来观察社会，形形色色，颇多新材料，为吾以前诸书所未经纪述，未经描写者，将更著为长篇以贻君。"予闻而诺之。涵秋之为《新闻报》撰小说,恒三五日一寄稿,其在沪时,则走伻赍送,当《镜中人影》之付刊也,稿来辄縢以短简,于其所作有得意处,恒为予述之。予读其稿,则其所谓得意者,诚足令人见而心折。予以此知《镜中人影》,实为涵秋最近精心结撰之作也。先是涵秋拟名此书为《镜中人》,而意有未惬,商诸予,予谓镜中人三字,似太空泛,且类言情之作,不如增一影字,则照妖铸怪,别有寓意矣。涵秋颇韪予言。予与涵秋订交近十年,平日恒商量文字,辄互引为知己。由今思之,益增切怛耳。涵秋于今春三月,遽归道山,而《镜中人影》之作,则正值重要关键。于是阅者纷纷以书来,谓愿得予或澹盦为续成之。时全书版权,已由《新闻报》转让诸钮君福五。福五闻涵秋死,亦甚以全书未成为虑,予乃示以阅者来书,且语之曰:"予事冗,且自维拙陋,不敢贻续貂之诮。瞻庐才大心细,生平著述至富,一编既出,文坛传诵。苟允续编,实足与涵秋媲美。"福五因丐予致书瞻庐,征同意,瞻庐初以事辞,固请而后可。今续稿成矣,其精心结撰,固无异于涵秋。合两人之作以观之,可谓美具而难并矣。此不特钮君之所引以为幸,抑亦阅者之所欣慰者也。岂惟阅者,九原可作。吾知涵秋亦当深喜有瞻庐之笔,乃令此书得成完璧,而足以弥其遗憾也。虽然,破镜圆,人影双。(瞻庐续作,书中主人翁,雄伯与葛玉痕,终成嘉耦。)而涵秋一去,终不可复。此又令人有无穷之感喟已。

癸亥仲夏严独鹤序

(1923 年 7 月 13 日《新闻报》)

《绮芬浪墨》序

孙君绮芬以其生平著述,刊为专集,颜曰浪墨,问序于予。予识孙君未久，然老友王子西神，许子指严，周子剑云为予言，谓孙君少年劬学，平居探索诗古文词，辄多心得。好从当世文士游，遇年事较长而以学艺名于时者，殷殷求教，不少厌倦。然则孙君固有志之士也。今观其为文，亦多清新俊逸之作，乃知三子之言为不虚矣。余尝谓中国今日文学，所以日就衰歇，其故在以文士自命者，虽多于鲫，顾其对于文学，皆未尝有发挥光大之志，而唯视为遣兴之作，谋食之具。于是文学之真精神，遂以失堕；而文士之声价，亦因此低落。滋可慨也。孙君方在英年，其于文学，殆非徒骛虚声或借此谋食者所可比拟。则他日之造诣，与夫为文学界致力之成绩，当必有可观者矣。预持此说，为孙君祝。孙君其勉旃。

（1923 年 9 月 12 日《新闻报》）

《绿牡丹集》序

余从老友澹盦识黄生，黄生裁年十七八，美丰仪，娴歌舞，驰誉中外，而吐属温文，恂恂若学子。窃怪其不类鞠部子弟为可异也。嗣悉生身世，则生固黔中宦家子，尝读书，以家难沦乐籍，匪其所愿，为低徊恣叹者久之。虽然，粥歌匪贱事也。变政以还，庶民平等，操业无高下贵贱。人格之殊，亦视其立品处世之道为何如耳。剧亦一艺术，东西列邦，至目为社会教育；剧人负殊誉，往往博国人敬礼，厕身士大夫之列。年来邦人重艺术，亦浸知戏剧之不可忽，显士大夫，津津乐道，而大学校且有列入课程以授学生者。然则粥歌之匪贱事，亦彰彰明矣。黄生何憾焉？余甚愿鞠部中人，能敦品立行，勤求学问，补其艺术，俾有以裨益国人，无负社会教育之旨。尤愿质美知书如黄生者，能身为之倡，振剧学之衰，去其窳败，使中国戏剧，卓然有以自树于艺术界，是则鞠部之光，而黄生之誉，亦永永弗坠矣。黄生其有意乎，至于生色艺之佳，凡曾睹生剧者，靡弗知之。世人为诗又美生，言之綦悉，余可勿赘也。绿社为黄生刊集，澹盦征序于余，余因略书数语，弁之简端，倘亦澹盦所以爱生之意欤？时甲子二月严独鹤序于新闻报馆。

（1924 年 3 月 12 日《金钢钻》）

关于《啼笑因缘》的报告

同时介绍《荒江女侠续集》

我想阅者诸君，今天对于《快活林》，一定有一桩很注意的事情，便是长篇小说《啼笑因缘》完了，而接登了《荒江女侠续集》。

我在《啼笑因缘》刊登之始，曾经对于阅者诸君，说过几句介绍张恨水先生的话，如今这部小说刊完了，却格外有些关于张恨水先生和《啼笑因缘》小说上的消息，要向阅者诸君作一报告。我的报告，因为话很多，要分几条来说。

一、张恨水先生以前的著作很多，但大都刊在北方报纸上，南方读小说者，似乎还和他不很认识。可是《啼笑因缘》在《快活林》刊登以后，阅者诸君，对于他的著作，在刊载期间，引起了无限的同情，和热烈的欣赏。同时对于《啼笑因缘》所叙的情节，以及书中主要人物的结果，不断地注意。海上文坛中，最近竟有"啼笑因缘迷"这样一个新口号。于是张恨水先生和读者诸君虽未见面，而在精神上和文字上，早已成为熟朋友了。这回张君来沪，曾对于我有恳切的表示，说感于诸同文的雅爱，和阅报诸君的鉴赏，以后允为《快活林》继续撰著长篇小说。因此《快活林》中，一俟《荒江女侠续集》刊毕，仍接刊恨水先生著作，我想这一定是阅者诸君，所一致欢迎的。

二、《啼笑因缘》刊载后，明星影片公司，已决定摄制影片，其余各界，也都有极热烈的表示。声誉之隆，可谓近今小说界所罕见。最近并叠接阅者来函，询问单行本何时发行？每日得函，可数十起，实在不暇一一答复。如今且在此处笼统地报告一下。《啼笑因缘》小说，现归三友书社出版，排印将竣，约月内可以出版。内容除小说本文外，尚有恨水先生的小影和自序，并加入其他序文及插图。全书印刷颇精，排校也很注意，而定价从廉，使爱读《啼笑因缘》者，可以人手一编。料想阅者诸君，听得这个报告，必定认为有充分的快慰。

三、恨水先生日前和我谈起，因知阅者诸君，对于此书，甚有研究之兴趣，故于此书刊毕以后，深愿接受阅者之批评。或单提一事，或列举各条，或讨论全书，凡有意味，有价值者，均所欢迎。盖张君此书，固为精心结撰之作，但亦深愿借此广结文字之缘，兼获攻错之益。此项批评稿件，请寄《快活林》编辑部，注明"啼笑因缘批评"字样，篇幅幸勿过长。当酌量刊载，俾供商榷。

四、最近有北平某报亦刊载《啼笑因缘》小说，以此颇引起一部分人的怀疑，以为《啼笑因缘》，何以同时刊载于南北两报。实则系北平某报，完全未得本报同意，亦未得恨水先生同意，自行刊载。现此事已由本报请恨水先生就近向之直接交涉，现该报已承认即此停止。（所刊亦只八回）关于此点，是本报和恨水先生均不能不切实声明的。

五、讲到《荒江女侠》，顾明道先生所著初集，在《快活林》刊载后，深得阅者诸君的欢迎。在明道先生的初意，本拟就此结束，留有余不尽之思。但阅者投函，要求顾君撰著续集者甚多，本报乃商诸顾君，得其同意，再以续集与阅者诸君相见。此书初集由本埠大益图书局出版后，行销甚广。在文坛中亦甚得信誉。续集和初集，前后情节，互相衔接，阅者于此得窥全豹，一定是很高兴的。

（1930 年 12 月 1 日、2 日《新闻报》）

《啼笑因缘》序

我和张恨水先生初次会面，是在去年五月间；而脑海中印着"小说家张恨水"六个字的影子，却差不多已有六七年了。在六七年前，（实在哪一年已记不清楚）某书店出版了一册短篇小说集，内中有恨水先生的一篇著作，虽是短短的几百个字，而描写甚为深刻，措词也十分隽妙。从此以后，我虽不知道"恨水"到底是什么人，甚至也不知道他姓什么，而对于他的小说，却已有相当的认识了。在近几年来，恨水先生所作的长篇小说，散见于北方各日报；《上海画报》中，也不断地载着先生的佳作。我虽忙于职务，未能一一遍读，但就已经阅读者而论，总觉得恨水先生的作品，至少可以当得"不同凡俗"四个字。去年我到北平，由钱芥尘先生介绍，始和恨水先生由文字神交，结为友谊；并承恨水先生答应我的请求，担任为《快活林》撰著长篇小说。我自然表示十二分的欣幸。在《啼笑因缘》刊登在《快活林》之第一日起，便引起了无数读者的欢迎了。至今书虽登完，这种欢迎的热度，始终没有减退。一时文坛中竟有"啼笑因缘迷"的口号。一部小说之能使阅者对于它发生迷恋，这在近人著作中，实在可以说是创造小说界的新纪录。恨水先生对于读者，固然要表示知己之感；就以我个人而论，也觉得异常高兴。因为我忝任《快活林》的编者，《快活林》中有了一个好作家，说句笑话，譬如戏班中来了个超等名角，似乎我这个邀角的，也还邀得不错哩。

以上所说的话，并非对于恨水先生"虚恭维"一番，更非对于《啼笑因缘》瞎吹一阵。恨水先生的自序中，说要讲切实的话。而我所讲的，也确是切实的话。不过关于此书，我在编辑《快活林》的时候，既逐日阅稿发稿，目前刊印单行本，又担任校订之责，就这部书的本身上讲，也还有许多话可说。话太多了，不能不分几个层次。现在且分作三层来讲：一、描写的艺术。二、著作的方法。三、全书的结局和背景。

一、描写的艺术

小说首重描写，这是大家所知道的。因为一部小说，假令没有良好的描写，或者是著书的人，不会描写，那么据事直书，简直是"记账式"的叙述，或"起居注式"的纪录罢了，试问还成何格局？有何趣味？所以要分别小说的好坏，须先看作者有无描写的艺术。讲到这部《啼笑因缘》，我可以说是恨水先生在此书上，已充分运用了他的艺术，也充分表现着他的艺术。现在且从全书中摘出几点来，以研究其描写的特长：——

（甲）能表现个性

中国的旧小说，脍炙人口的，总要先数着《红楼梦》《水浒》《儒林外史》，这几部书。而《红楼梦》《水浒》《儒林外史》的第一优点，就是描写书中人的个性，各有不同，才觉得有作用，才觉得有情趣。假令《红楼梦》上的小姐丫环，《水浒》上的一百零八位好汉，《儒林外史》上的许多人物，都和惠泉山上的泥人一般，铸成一副模型，看的人便觉着讨厌。不但不能成为好小说，也简直不成其为小说了。《啼笑因缘》中的主角，除樊家树自有其特点外，如沈凤喜，如关秀姑，如何丽娜，其言语、动作、思想，完全各别，毫不相犯；乃至重要配角，如关寿峰，如刘将军，如陶伯和夫妇，如樊端本，也各有特殊的个性，在文字中直显出来，遂使阅者如亲眼见着这许多人的行为，如亲耳听得这许多人的说话，便感觉着有无穷的妙趣。

（乙）能深合情理

小说是描写人生的，既然描写人生，那么笔下所叙述的，就该是人生所应有之事，不当出乎情理之外。（神怪小说及一切理想小说，又当别论。）常见近今有许多小说，著者因为要想将情节写得奇特一点，色彩描得浓厚一点，便弄得书中所举的人物，不像世上所应有的人物；书中所叙的事情，也不像世上所应有的事情。《啼笑因缘》却完全没有这个弊病。全书自首至尾，虽然奇文迭起，不作一直笔，不作一平笔，往往使人看了上一回，猜不到下一回；看了前文，料不定后文。但事实上的变化，与文字上的曲折，细想起来，却件件都深合情理，丝毫不荒唐，也丝毫不勉强。因此之故，能令读者如入真境，以至于着迷。

（丙）能于小动作中传神

近来谈电影者，都讲究"小动作"。名导演家刘别谦，他就是最注意于小动作的。因为一部影片中，单用说明书或对白来表现一切思想或情绪，那是呆的。对于"小动作"中传神，那才是活的。小说和电影，论其性质，也是一样。电影中最好少"对白"而多"动作"；小说中也最好少写"说话"而多写"动作"，尤其是"小动作"。若能于各人的"小动作"中，将各人的心事，透露出来，便格外耐人寻味。试就本书中举几个例子：如第三回凤喜之缠手帕与数砖走路；第六回秀姑之修指甲；第二十二回樊家树之两次跌交；又同回何丽娜之掩窗帘，与家树之以手指拈菊花干，俱为神来之笔。全书似此等处甚多，未遑列举。阅者能细心体会，自有隽味。恨水先生，素有电影癖，我想他这种作法，也许有几分电影化。

二、著作的方法

有了描写的艺术，还须有著作的方法。所谓著作的方法，就是全书的结构和布局。须于未动笔之前，先定出一种整个的办法来：何者须剪裁，何者须呼应，何者须渲染；乃至于何者须顺写，何者须倒叙，何者写反面，何者写正面，都有了确定不移的计划，然后可以挥写自如。《啼笑因缘》全书二十二回，一气呵成，没有一处松懈，没有一处散乱，更没有一处自相矛盾，这就是在结构和布局方面，很费了一番心力的。也可以说是"著作的方法"，特别来得精妙。此外还有两种特殊的优点，也不可不说。

（甲）暗示

全书常用暗示，使细心人读之，不待终篇，而对于书中人物的将来，已可有相当的感觉，相当的领会。如凤喜之贪慕虚荣，在第五回上学以后，要樊家树购买眼镜和自来水笔，已有了暗示。又如家树和秀姑之不能结合，在第十九回看戏，批评十三妹一段，已有了暗示。而第廿二回樊何结合，也仍不明说，只用桌上一对红烛，作为暗示；这明是洞房花烛，却依然含意未露，留待读者之体会。

（乙）虚写

小说中的情节，若笔笔明写，便觉太麻烦，太呆笨。艺术家论作画，说必须画中有画，将一部分的佳景，隐藏在里面，方有意味。讲到作小说，却须书外有书，有许多妙文，都用虚写，不必和盘托出，才有佳趣。《啼笑因缘》中，有三段大文章，都用虚写：㈠第十二回凤喜还珠却惠以后，沈三玄分明与刘将军方面，协谋坑陷凤喜，而书中却不着一语，只有警察调查户口时，沈三玄抢着报明是唱大鼓的。这一点，略露其意，而阅者自然明白。㈡第十九回山寺锄奸，不从正面铺排，只借报纸写出，用笔甚简而妙。㈢第二十二回关寿峰对樊家树说："可惜我对你两分心力，只尽了一分。"只此一语，便知关氏父女不仅欲使樊何结合，并欲使凤喜与家树，亦重圆旧好。此中许多情节，全用虚写，论意境是十分空灵，论文境也省却了不少的累赘。若在俗手为之，单就以上三段文字，至少又可以铺张三五回。这就是"冲酱油汤"的办法，汤越多，味却越淡了。

三、全书的结局和背景

读小说者自然很注意于全书的结局和背景。关于《啼笑因缘》的结局，在恨水先生自己所作的《作完〈啼笑因缘〉后的说话》中，已讲得很明白，很详尽，我也不用再说什么了。总之就我个人的意见，以及多数善读小说者的批评，都以为除了如此结局而外，不能再有别的写法，比这个来得有余味可寻。至于书中的背景，照恨水先生的自序，说是完全出于虚构。但我当面问他时，他却笑道："像刘将军这种人，在军阀时代，不知能找出多少。像书中所叙的情节，在现代社会中，也不知能找出多少。何必定要寻根究底，说是有所专指呢？"言外之意，可以想见。总之天下事无真非幻，无幻非真，到底书中人，书中事，有无背景，为读者计，也自无庸求之过深，暂且留着一个哑谜罢。

我的话说得太多了，就此作一结束。末了，我还有两件事要报告读者：㈠《啼笑因缘》小说，已由明星影片公司摄制影片，大约单行本刊印而后，不多时书中人物又可以在银幕上涌现出来。㈡恨水先生已决定此后仍不断地为《新闻报·快活林》撰著长篇小说。此事在嗜读小说，而尤其欢迎恨水先生作品者闻之，必更有异常的快慰。

中华民国十九年十二月十九日严独鹤序

（1930 年 12 月 24 日至 26 日《新闻报》）

《重编清鉴易知录》序

鼎革以还，谈清史者尚矣。顾皆未见正史，间有著书刊行者，亦不过道听途说，拉杂成书。编年纪月之作更无论矣。老友许子指严，精于史学，尝博采私书，搜辑故实，仿吴氏原例，成《清鉴易知录》一书，分纲系目，井井有条。笔削既精，网罗尤富，有清一代之史实，始粲焉大备。然其书属稿晚清，于洪氏太平天国，及辛亥革命等编，格于当时思想之不同，不免有忽之者。加以卷帙繁重，讹误尤多，似犹未可以为完璧。松江沈瘦狂先生，笃学少年也，有鉴及斯，颇为惋惜。因取其书，加以厘定，正其谬误，删其繁芜，褒贬得宜，持论平允。于是吩呶不息之爱新觉罗氏，二百六十八年事迹，遂成信史。其有裨于后学不浅，固不仅易知已也。因乐而为之序。

（1931 年 8 月 24 日《世界晨报》）

《燕归来》：张恨水先生从西北回来后的新著

张恨水先生这一次从西北考察回来，在上海小作勾留，我和他晤谈之后，问起西北的情形。照他所说西北人民的痛苦，简直有出乎我们意想之外的，若要详细叙述起来，真是写不完，说不尽。

最令人可慨的，是恨水先生说"眼前的西北民众，除了大城市中，还勉强像个样子以外，其余比较偏僻的地方，'衣食住行'四个字，竟都是度的'非人生活'。但是在以前军阀时代，纵使处于'非人生活'之下，还得担负着繁重的捐税，和极端苛酷的榨逼，试问这日子如何能过？因此西北的智识阶级，都在那里说，不敢望国内人士，大家唱着'开发西北'的高调，只求能切实设法，使西北人民，吃得饱肚子，已经受赐无穷"。在这句话中，便可以代表西北的苦况了。

考察西北的人，近来也不算少，但所到的只是大城市，所看见的只是一点表面。那些大人先生，到处受着盛大的招待，所接触到，无非当道和阔人，固然不必说了，就是组织考察团体，到西北去的，有些也不过像游历一般转几个圈子，未必有机会可以深入民间，访问得到一切真相。恨水先生此行，虽然时间并不能算久，可是所到的地方很多，而且单身旅行，种种见闻，也特别来得真切。辛苦跋涉的结果，在他脑海中，已贮藏着不少现实的材料，他如今正为本林撰了一种《燕归来》的说部，（等《现代青年》完毕后，便继续刊登）借小说的结构，将此行在西北所搜求到的材料，充分挥写出来。料想阅者诸君，一定是极端欢迎的。

（1934 年 7 月 24 日《新闻报》）

《茶烟歇》序

余夙爱苏州风物清嘉，其人多俊雅，宜晤对，每得间必往作小勾留，虽三日五日，而晴则蜡屐看山，雨则挑灯话旧，悠然神远，怡然意得，可涤海上尘嚣也。范子烟桥久以文字蜚声坛坫，时为余点缀所辑《新闻报》副刊，盖茶余酒后，兴到笔随之所作也。余以烟桥亢爽无城府，又喜为诙谐，故相值必言笑杂作，终日不倦。而烟桥广交游，所闻多关掌故，出烟桥口，又隽永可喜，笔之于书，宜其传诵鸡林矣。时值大旱且奇热，得烟桥书，谓将集历年笔记十万言为《茶烟歇》，付诸剞劂，索余一言。余念茶烟既歇，酒力将醒，送去夕阳，迎来素月，此情此境，最得清趣。若烟桥者，于斯时也，挥毫落纸，思古怀旧，斯固人生一大快事，以视余碌碌因人，相去何啻霄壤？他日谢事燕居，还当傲足吴中，与烟桥同其萧闲，书此为左券可乎？严独鹤序。

（1934 年 12 月 30 日《金钢钻》）

介绍《夜深沉》

先来一个前奏曲

张恨水先生，为本报担任撰著长篇小说，已有了这么许多年了。他的作品，除《啼笑因缘》，深得阅者的欢迎，轰动了文艺界，轰动了整个社会而外，其余陆续在《新园林》里刊布的几部长篇著作，也各有其特殊的精彩。最近所载的《燕归来》，是他在旅行西北而后，借着写小说的笔墨，将亲身所观察的风土人情，以及民众的生活状况，作为实地的写真；同时使关心于"开发西北"者得到相当的借镜。他这一点用意，在读过《燕归来》小说的，当然可以看得出。

因为这部《燕归来》小说，须详细叙述西北各地情形，所以字数比较来得多，而刊载的日期，也比较来得长了。现在恨水先生，想另换一种结构，以简短为主，使读者换一换口味。他继续撰著的这部小说，取名是《夜深沉》。全部的布局，已经决定了，大概每回只五千字，全书只二十回。在短时期内，可以刊载完毕。以极简练的笔墨，写出极曲折的情节来，自更足以引人入胜。

这部《夜深沉》小说的全篇本事，张先生也约略地对我说过了。但我觉得读小说和看电影一般，如果先拿了说明书读过一遍，首尾情节，彻底明了，那么逐幕看下去，反觉减少了研索的兴味了。因此暂时恕不宣布。（并非故意"卖关子"。）但可以说这是一部很合于时代而又富有文学意味的小说。

我这几句话，只算是《夜深沉》的前奏曲，从明天起，这部小说，就开始刊载了，请爱读恨水先生小说的，细细加以玩味吧。

（1936 年 6 月 26 日《新闻报》）

《瀛台泣血记》的介绍

因为这几天本报已有启事，说《新闻夜报》里面，要刊载一部《瀛台泣血记》小说，很引起读者的注意。也有人写信来询问着这部小说的结构和内容，因此我便在这里约略地答复几句。

关于纪述前清宫闱佚闻的著作，在以前也出版了有若干种，但大都是类乎笔记的片段记载，东鳞西爪，没有统系。而且有些地方，每每附会失实，因此转不如德龄女士的作品，把她久处宫廷时亲身的闻见，从笔头上细细地描写出来，倒很值得文艺界的欣赏，为的是借此可以得到许多珍秘的史料，比较那些向壁虚构，或是道听途说的，就好得多了。

德龄女士的原作都是英文本，但各种著作已都有了译本。秦瘦鸥先生原是一位小说家，创作而外，更擅长译事，他觉得德龄女士的著作，可当作小说，也可视为佚史。近来意兴所至，便从事迻译。在先译过一种《御香缥缈录》，如今又发现了这部 *The Son of Heaven*，就按着原文，从头译出来。由本馆约定在《新闻夜报》的《夜声》栏内逐日刊载，为爱读小说者，增加着浓厚的兴趣。

The Son of Heaven 直译便是《天子》，秦先生嫌这个题名太不显豁，便改为《瀛台泣血记》，但内容叙述，并不限于"瀛台泣血"，竟可以说是一部清宫秘闻。秦先生的译笔，是很明畅的，同时他为特别慎重起见，又请教了好几位熟悉清廷掌故的人，参酌一切，便格外来得翔实。全部译文，于二月十四日起，就要披露了。我所谈的话，只算是替他先作一个介绍。

（1937 年 2 月 7 日《新闻报》）

《而立集》序

春华历年来所作小品文字，散见于报章杂志的也着实不少了。当然这都是他的心血结晶品，如今他把这些心血结晶品，汇集起来，印成一个小册子，称为《而立集》，算是他三十岁的一种文学纪念。

在《而立集》将要发刊的时候，春华特地要我为他作一篇序；并且说这篇序不必为他捧场，最好能劝勉他一些"做人之道"。这话当然是很诚恳也很切实的；我也不能不给他一个诚恳而切实的答复。

讲到"做人之道"，范围似乎太广大了，其实也只须握住要点；所谓做人之道的第一要点，就是这一个"立"字。孔夫子说："三十而立"，正含有重大的意义。

拈着一个"立"字，当然会首先记起什么"立德""立功""立言"，但每个人都要讲究"立德""立功""立言"，又未免把调子提得太高了；就一般的情形而论，至少总须能够"立身"；也可以说"立身"是做人的基本。有国而无以"立国"，便不成其为国；做人而不能"立身"，便不成其为人。

怎样才算得能"立身"？是要凭着自己的理智，择定了自己的本位；又运用自己的力量，保持着自己的本位，这仿佛说做了一个人，最初的位置踮在前或踮在后；踮得高或踮得低；倒还不成问题，因为踮得后的也可以前进；踮得低的也可以向上。可是既踮在自己的本位上，却必须竖起脊梁，挺直身子，稳定脚跟。绝对不依赖别人的扶助，更绝对不可因受着了各种事物的引诱与打击；而轻易动摇。反过来说；如果需要人扶助的，要轻易动摇的，就是不能"立"；就是不能做人。

春华确是一个能自立的青年，甚希望其此后仍能立定意志，立定脚跟，为自身奋斗；更进而为社会国家奋斗。潮流起伏，风雨飘摇，在大时代的转变中，如果立脚不稳，偶一欹倒，便会倾仆；便会堕落。春华是会心人，必然能体味我这一番话；同时我也就不揣冒昧，便以这番话来作他的《而立集》的引子。

严独鹤序于上海·廿七年十二月十五日

（刘春华《而立集》，上海迅报馆，1939 年版）

·散文卷·

新书介绍：陶菊隐著《国际漫写》

要说是世界真是个"舞台"的话，那么这几年来的国际时局，确实可以说是一个"紧张的场面"。希特勒接连玩上几张"纸牌"，把整个欧洲闹得满城风雨，墨索里尼蹬着意大利的"铁靴"，拿地中海搅得波涛汹涌。究竟张伯伦这柄雨伞，能不能当得旋转乾坤的法宝，过去固然还没有定论，未来当然正有"好戏在后面"。

《新闻报》和《新闻夜报》，自一九三四年起，陆续刊载《显微镜下的国际形势》和《世界新语》几种关于国际时局的文字，作者陶菊隐君，以历来在政治上的熟悉经验，去观察国际政局，再把他善于写小说的文笔，来描写内幕情形，所以几年来颇得到许多读者的欢迎。的确，如唐宁街的堂堂国策，却发纵指使于一个俱乐部；"像煞有介事"的德日防共协定，原来起始于间谍机关一幕把戏……这种错综复杂的掌故，都是很够兴味的。作者把这些材料，用轻松的语调，描摹得刻画入微，简直透视到这个"世界舞台"的阴暗面。

最近作者把历年来的作品，汇集起来，由昆仑书局发行单行本，题名《国际漫写》。第一辑已经出版。昨天把它约略看过一遍，有许多和报端所载的，好像旧友重逢。排列是针对着目前时局现状，重新整理过的。第一篇"德国篇"，第三篇"波兰篇"，在这但泽被"张口待噬"的当儿，当然他们是两个主角。苏联在"反侵略阵线"的谈判里，是显着占重要位置的，所以"苏俄篇"列在第二。此外捷克和阿尔巴尼亚的沦亡，当德国"东进"之冲的巴尔干半岛，以及西班牙的两年战乱，都搜集在第一辑里面。关于这些，作者不但仅仅分析过去的史料，对于未来的发展，随处都有着正确的判断，确是研究国际问题值得一读的书。

（1939 年 7 月 23 日《新闻报》）

介绍《国际漫写》二辑

陶菊隐君著《国际漫写》一辑，予曾为文介绍于《茶话》，时当德亡捷克，东图波兰，英法苏迁回谈判之顷。予谓彼时德波虽握欧洲安危之局，而苏联实居举足重轻地位。陶君举德波苏等篇为首辑，堪誉为适应时世之作。

乃者形势变易，瞬息朝暮。苏联由国际间特殊优越之地位，而竟插足于东欧漩涡，因鲍尔希维克纳粹两国家之携手瓜分波兰，酿成西格斐马奇诺两阵线互轰之局面。不列颠国防既实行在莱茵河，骈肩作战之英法两大联盟国，其政治经济以及过去现在种种，自更为一般所感兴趣。而斯干的那维亚岛畔烽火继起，芬兰亦为众所注目之抗战国家。《国际漫写》第二辑，即集英法芬等国，并唇齿相关之各小国，以及南欧一强之意大利等篇而成。盖亦为适合最近研究欧局必要之书。

是书现已出版，由本馆收发科及各书局代售。特志数言，续为之介绍于本报读者。

（1939 年 12 月 23 日《新闻报》）

新年新书介绍：陶著《菊隐丛谭》

陶菊隐君历年为本报译著，辑有《国际漫写》两集，予曾先后为文介绍之。兹者，陶君复见示《菊隐丛谭》三种，其一为《欧洲风云》，从苏芬战事，以迄英法援助波兰。其间种种史迹，辑为第一集。余二为《世界名人特写》与《现代知识》，举凡世界舞台上数巨头及若干新兴人物，俱网罗在内；而现代战争中所应有之常识，以至于科学医学，《现代知识》一书，取材尤富焉。

《菊隐丛谭》三书，就时间而言，包含一九三四至一九四〇年之每一片段，而以空间论，其摘要叙述之处，大都适合现阶段情势。自来谈时事观察者，辄从一二重要人物之微细行动，以蠡测局势之将来，如论法国之亡，误法国者，史家自有定评，固不在古堡中之罪状，而达赖第之迟疑颟顸，方其炙手可热时，陶文于一九四〇年之初，即已尽情描绘之，时距德国发动闪电攻势，尚四阅月强。又如罗斯福兹已三任美总统，陶文于一九三四年七月罗氏首任年余之际，即备述美人民拥戴罗氏之舆情。此是两文均列诸《名人特写》篇首。揆今抚昔，趣味盎然。此史料之足珍也。

二次欧战之前奏，当以慕尼黑协定，与德苏互不侵犯条约为两大节目，张伯伦之与慕尼黑，《国际漫谈》二集，前已辑入，兹《欧洲风云》，复将德波问题之英国蓝皮书，与克兰林宫德苏条约签字等材料，贯串搜集，是均为本届战史中之重要文献。至法兰西亡国痛史，陶译系最先揭载于本报，度将辑之于《欧洲风云》二集。陶君著述与译笔，向以能适合中国口味为读者所欢迎。予亦数数推崇之，兹当新年，复敢以此三新书介绍于读者。

（1941 年 1 月 8 日《新闻报》）

第四辑 文学

文坛趣话补

狼虎会中种种趣话

狼虎会的结合，已有许多年了，每次集会，大家除饮啖而外，又恣为谐谑，其间发生的笑话和滑稽名词，非常之多，所以狼虎会员常说如果我们把平日所讲的话，编成一部狼虎词典，一定很有趣，并且狼虎会中的趣话，往往随时发生，差不多一次不到会，就有许多新笑话不能知道。至于最近加入的新会员，听会中老前辈（这个老前辈，就是加入多年的老会员可称是老狼老虎）谈天，竟瞠目不解，于是只好临时查词典。所谓临时查词典，就是向同座中别人询问来历，这查词典很不容易，一面只管要问，一面便故意装乔不肯说。大概非小敲竹杠，不易查着。

狼虎会员瘦者判为狼，胖者拟为虎。至于瘦鹃，看他外貌十分文弱，像是一只小狼罢了，但是狼虎会中健将，第一要算是他：未曾入席，先攫水果，入席以后，自冷荤以至大菜，无不席卷而空。只是一样，干稀饭除外。他在席上，倒是抱的屈映光主义，向不吃饭。

琴艳亲王[①]（就是丁娘，上回文坛趣话中已发表过了。）有一桩特别毛病，就是笑得厉害了，便会出眼泪。所以在狼虎会中说笑话，能以哪一个赚得琴艳亲王眼泪最多者，为成绩最佳。

我常称钝根为弟，钝根则呼我为兄，其实我两人并没拜把，完全是姓的关系。我姓严，他姓王，谐音像阎王，所以同会中都呼我们两人为阎王。因此又成了一兄一弟了。不过阎王之下，又有小鬼，当小鬼的，便是那几个小而且瘦的人。至于常觉，又不免有"无常鬼"的嫌疑。

讲到姓氏，还有一桩笑话。有一次，蝶仙忽然对慕琴和钝根说道：

---

① 琴艳亲王指画家丁悚（慕琴）。

这几天我看报，知道"慕琴失却了一件东西，被钝根搨了便宜货买去"，是不是大家听了都莫名其妙？后来蝶仙宣布理由，却是那几天第一台正在做了《丁郎寻父》和《便宜货王华买父》，亦可谓天然巧合，令人失笑。

小说体的文坛趣话

豫丰泰禹钟立合同　北车站济群看校样

我这一回书，好像是章回体小说中的回目。阅者诸君看了这个回目，一定要起疑问，第一个疑问是豫丰泰喝酒，何以要立合同？第二个疑问是车站上何以能看校样？看校样又何以要到车站上去？然而天地间竟有如此妙事，请诸君少安毋躁，听我道来。

却说这天晚上，沈禹钟正在编辑室中，搜索枯肠做小说。忽然有人在他肩头上一拍，说道："我们吃酒去吧。"禹钟听了吃酒两字，登时心花怒放，浑身二万六千个毛孔，都像受了电气熨帖似的，竟有说不出来的愉快。急忙回头一看，见那说话的人，是他的酒友陶啸秋，便跳起来道："好好好，快去快去。"当下又拉了他的同事赵苕狂和徐耻痕两人，跑出门来，连电车都来不及等，四个人竟和赛跑一般，杀奔四马路豫丰泰而去。到得豫丰泰，大家像牛饮一般，也不知吃了多少壶酒，大概从下午五点钟起，直吃到夜间十二点钟，还没有散。吃酒之多，可想而知了。内中还是苕狂和耻痕有些主见，说道："夜深了，我们喝得也够了，就此散了吧。"啸秋倒也点头赞成，禹钟却大嚷道："不行不行，非再喝一壶不可。"啸秋这时看禹钟的面上，已红得像猪肺一般，说话也上气不接下气，忙劝他说："看你这个样子，万万再不能喝了。"禹钟听他这样说，以为是有意激他，忙抢过笔砚来，拿了一张请客票，在背后立了一张生死合同，又逼着啸秋也照样写了一张，将合同交与苕狂、耻痕两人，教他们做证人，说是合同立过之后，至少须各吃一壶，才死而无怨。后来还是苕狂怕他发生危险，再三苦苦相劝，又硬将他拖出酒店，送上黄包车，押回寓所，才算了结一重公案。如今我再把禹钟所写生死合同的原文，录在下面："立拼命赌酒生死合同，今据沈禹钟愿与陶啸秋赌饮，各尽花雕一壶，万一醉死，各不偿命。恐后无凭，立此为据。　中华民国十二年十二月八日。沈禹钟立。　证人赵苕狂徐耻痕。"

以上第一段写完了，再来第二段。

却说施济群，那天在书局中办事，桌上堆着一大沓的校样，排字先生立等着他校好了要付印。济群便也目不停观，手不停披。正在乌乱的时候，忽然来了一个珊鸾先生，说道："今天徐辅州死人出风头，我们何不到车站上看大出丧去？"（珊鸾执业于车站，所以可担任特别招待。）济群一想大出丧，是很好看的，但这许多校样，又安能不校？便道："你们先去，我缓些时再来。"珊鸾道："你这人向来出名迟缓，但别人可以等你，徐国梁是不会等你的呀。再缓一刻就看不着了。"济群被他逼得没有法子，忽然又想出一条两全其美的妙计来。便将许多校样拿在手里，又向我借了一支铅笔，说我就将这些校样带到车站上去，在大出丧未到之前，岂不就可以利用时间，先行校对？大家都说此法甚好。后来到了车站上，果然隔了足有两个钟头才看着大出丧。济群在这两个钟头中间，居然急匆匆将带去的清样，逐一校好，不过在他看校样的当儿，却上了好几次的当。只要旁边有人喊一声来了，他便直跳起来。车站上还有几个和他认识的朋友，都笑道："你办公办到我们车站上来了，真是勤劳之至。"济群也笑道："我从前曾在码头上做小说，如今又在车站上看校样，这才是水陆并进哩。"

（《红杂志》第 2 卷第 24 期，1924 年 1 月 4 日出版）

文坛趣话

李浩然与兰

李浩然虽然不常做小说，但是偶一为之，却非常精密。《红杂志》中，也有好几次登过他的作品。当然是文坛中的一员大将。他的性质，是很静细的，生平韵事颇多。我和他是朝夕相见的老朋友，虽然知道了许多，倒也不暇详记。唯有他新近发生了两种趣事，都与一个"兰"字有关系。我说了此话，或者有人要疑心这个"兰"字，是指梅兰芳，道浩然有梅党的嫌疑。其实不然，听我讲来。浩然和许多朋友聚在一起，大家要敲他竹杠，叫他请客，他执意不肯。说之再三，他便道："要我独自请客，万万不行，除非撇兰，出钱多少，大家碰运气。"那些朋友无可奈何，只好答应，谁知撇兰的结果，浩然还是第一人出钱最多。大家拍手大笑，浩然却不免连呼上当。到了第二天，浩然又发起要撇兰，意思是想占些便宜，可以翻一翻昨天的本，大众也就赞成。可是十几枝兰花当中，浩然所指定的一枝，发表出来，却又是出注最大。话休烦絮，如此一连四天，天天撇兰，天天都是浩然的份子最大。总计起来，和请一回客，也差不多了。他便浩然长叹道："兰运不佳，吾末如之何也已矣。"以上是他"兰"字趣史第一幕。第二幕是今年新春，有一位姓郎的先生，忽然寄了一种贺年片给浩然。浩然一见那贺片，顿时说道："岂有此理。"那时我在旁边忙抢过那张贺年片来一看，原来片上第一句，就是"引企兰闱"。哈哈，这人既姓郎，又用"兰闱"二字来奉承浩然，这位浩然先生，岂不有些吃亏么。所以我说浩然与兰，大约总有些特别关系。

陈达哉与猫

陈达哉别号跳涧虎（见前《红杂志·小说点将录》），新近发现了一桩趣事，却是虎被猫欺，弄得无可奈何，真是妙不可言。达哉夫人已回嘉定去了，他独自一人租了一间楼面，住在宝山路。他每天早上起来，便出去办事，床上的被，是从来不肯折叠的。到了晚上回来，向被窝里一钻，就此睡去。这天夜间，他又照老例钻入被中，不料鼻孔里面，忽然闻着一股臭气，直冲进来，他心里有些奇讶，连忙将被头掀起来一看，只见上面淋淋漓漓地染满了粪汁，连身上也沾着不少。达哉此时便敛神定气，将这粪味细细地判别一下，就断定这是猫拆的烂污，却也无法可施，只得起来重换了一条被，复行睡下。刚要睡着，又忽听见床底下竟发出一种呜呜的声音来了，达哉怒从心起，连忙从床上跳起来，先将房门关上，拿了一根鸡毛帚在手中，赶着那只猫，乱打不已。（他不知道捉住猫再打，真可谓聪明一世，懞懂一时了。）那猫被他打得急了，就到处乱窜，将台上的茶壶，撞在地下，一齐打碎。后来又将洋灯一碰，几乎也要打翻，达哉忍不住大喊了一声不好，这一声便将楼下那二房东女人也惊醒了，连忙喊道："陈先生，干什么，敢是有了贼？"达哉一时不及答言，那二房东女人竟三脚两步，赶了上来敲门，达哉不得已将门一开，那猫就夺关而出。达哉对着那女人，顿足不已，那女人只眼睁睁望着达哉，到底莫名其妙。

（《红杂志》第 2 卷第 31 期，1924 年 3 月 7 日出版）

小说家之困苦与小说不能发达之原因

中国之有小说，中国之有小说家，其由来久矣。顾发行小说而成为出版界可以独立之一种主要事业，著作小说而成为文人一种赖以生活之主要职业，则其风实始于清季，而盛于民国。论者根据此端，遂为小说家之前途抱乐观。然而默察近今小说界之现象、小说家之精神，与夫小说流行于社会之趋势，其果可抱乐观否耶？吾敢断言小说之在今日，已渐呈盛极而衰之势，苟依目前各方面待遇小说家之方式，与小说家所以自处之道，不亟为改弦更张之计者，更阅若干年，小说界之壁垒，或且日益颓毁，以至于为无形之摧灭。吾为斯言，初非无病之呻也，盖由今之道，对于小说在艺术上之价值，似提高而实戕贼；对于小说家在社会上所居之地位，似尊重而实压迫。此非深知个中甘苦者不能道，亦非深知个中甘苦者不能知也。兹就频年观察所及种种事实之真相，与吾个人之感想，为吾诸同文告。且与发行小说之出版家及爱好小说之社会人士，一商榷焉。

小说家今日所感之困苦，约而言之，实有三端：一受生计问题之压迫；二受社会之影响；三受出版家之束缚。试分条论列之如次。

生计问题之压迫

古昔之为小说家言者，或有所寄托，或有所讽刺，或借寓言以发抒其个人之忧郁，或藉稗官以记述朝野之秘史。大抵发愤著书，各有目的。而其目的固无关乎生计，以故有所为而作，无所为而止。兴至则挥毫，兴尽则搁笔，其思想甚自由，其文章亦极如意也。今之小说家之处境则不然，其著作小说之第一目的，便是卖文为活，唯其卖文为活，故一属笔辄联想及于生计问题，而行文之道，乃觉有苦而无乐。脑力竭矣，不能不苦思也；夜漏深矣，不能不执笔也。极而言之，乃至家庭之乐，闺房之好，友朋之酬酢，凡一切足以调剂人生使得少佳趣者，亦不得不为相当的牺牲。穷年矻矻，唯局促为文字之劳工，何以故？非是不足以维持其生计也。小说家之困厄如此，而欲求其所为小说篇篇能推阐灵机，发抒精意，抑亦难矣。穷而后工，徒自解嘲耳。揆诸事实，未必其为确论也。试再具体言之。今之小说家，大概不外两派，一投稿者，一受雇于各书肆者。投稿者无一定之收入，其处境益苦，往往振笔疾书，穷一日之力，非力写数千言，不能谋升斗蓄妻子。受雇于各书肆者，例有月俸，其意志似稍定，然每日治事有定时，在此时间，或其兴未到，或文机拥□，□□□□，□□□□，□□□若干字，以多为贵，始足博当事者之一笑，不则谴责随之矣。所谓时下小说之来源，如是如是。更安有好小说可读耶？不宁唯是，治小说者，于小说之外，有必要之条件三：一，远游以广见闻；二，对于各种社会情况，为实地之考察；三，对于科学知识，及人生常识，不可缺之。（关于此三者，问题甚多，范围甚广，他日当为文别论之。兹限于篇幅，未遑详述也。）试问今之小说家，既为生计所困，职务所羁，舍闭户著书外，能萧然作远游乎？能有余力以考察人情风俗，或研究科学，增进知识乎？藉曰不能，则下笔为文，胆大者动贻笑柄，（作小说而贻笑柄，虽名小说家不免。斯固有实例可举者也。）胆怯者则无可奈何，只能作模糊影响之谈，冀免受人指摘。然而作小说而至于模糊影响，其描写自不能真切，已自贬损其小说之价值矣。凡此种种，皆小说家受生计压迫之苦况，更仆言之而不能尽者也。

社会之影响

作小说者，小说家也。阅小说者，社会上之种种人物也。故小说家之作品，是否能有进步，实依社会人士之程度及其好尚为正比例。若就目前之情势论之，小说家所以不能有显著之进步，亦未尝不受一般社会之影响也。默察今日社会人士之读小说者，殆不出以下两途。

一，始终以小说为消闲品，而不能确知其价值与欣赏其艺术。旧时俗语，称小说不曰小说，而曰闲书，直至今日，仍未脱以小说为闲书之观念。读小说者，大率独居无俚，或旅行无伴，苦其岑寂，藉是以为遣闷之具而已。唯其如是，故只求情节离奇，叙事热闹。其进一步而至于讨论结构，斟酌字句，搜寻线索，或别有会心，领略题外之旨者，已不可多得矣。若夫以欣赏艺术之目光观小说，以研求文学之旨趣读小说者，十人中盖无一二焉。社会对于小说之目光如此，小说家亦只能随笔挥写，但期待时而沽，无复有在艺术上力求深造之精神矣。

二，嗜好不高尚。吾所谓嗜好不高尚，非绝对的而为相对的。换言之，非谓社会程度低下，其嗜好皆极卑陋也。但比较的总不免近于浅俗。（此就大多数论，若分别言之，则读小说者，亦自不乏思想深邃意志清雅之佳士。自未可一笔抹煞也。）此可以戏剧或电影证之，吾尝晤某伶，为言近时沪上排戏，非极热闹之整本戏，不足以资号召，无论新旧剧皆然。若陈义高尚者，只能得少数人之称许，不能受普通观众之欢迎也。又吾友某君，为某公司导演电影剧，此剧在某公司出品中，比较的为最高尚，最雅洁，最饶意味，而结果则开映之时，实以此剧为最不卖座。斯皆足令人短气者也。小说亦然。譬如滑稽小说，胡闹者可以索笑，而冷隽者则不为人所喜。言情小说，浓厚者为世所艳称，冷淡而含意深长者，则人且屏弃不观。此殆社会好尚，影响及于小说之作品，使与高尚之境界，愈趋愈远也。

出版家之束缚

吾上文既言小说家，不啻为文字之劳工矣，而役使此辈文字劳工之资本家，实为各书肆主人。平心论之，书籍获利，固不甚厚，小说尤甚。故书肆主人之于小说家，酬赠不能过丰，待遇不能过隆，亦尚可为相当之原谅。吾所不能已于言者，则种种无谓之束缚耳。书肆主人之所以束缚小说家者，其事甚多，兹特举其要者言之。

一，按字计酬。按字计酬之制度，已成今日之通例。然而摧丧小说家之精神与阻碍小说之进步，莫此为甚。小说之佳者，短亦足贵；小说之不佳者，长愈增厌。按字计酬，果何所取？唯其按字计酬也，故小说家以利益所关，一篇既成，亟于求售，不遑削改，不肯删节。于是短篇小说，则支词蔓语，充塞行间，失其劲峭之致。长篇小说，则叠床架屋，叙事累赘，绝无剪裁之功，而小说精彩尽失矣。（予历编各杂志，屡言于主者欲按篇计酬，论优劣不论长短，然格于旧例，且以标准难定，迄未实行也。）

二，出品求速。小说家之作小说也，虽为生计所驱迫，顾同时为盛誉计，或尚再三斟酌，不肯轻易下笔，不肯草率成章。然而书肆主人之心理则异是。其视小说家之作小说，亦等于工厂之制造出品，务求其多，亦务求其速。有时以排印之关系，往往手民环立，催促发稿，不得已疾书以应，并构思及圈点之时间而无之。谑者至比之为用机器榨油，完全硬逼。如此仓卒成篇，安有佳作？

三，专投时好。书肆主人之目的，只在销路之畅旺，欲求销路畅旺，则不能不投时好。例如民国初元，竞尚言情小说，则坊间所出版者，多为言情小说。厥后又盛行侦探小说及社会小说，则侦探社会两种小说，又成一时之风尚。最近读小说者，其嗜好又似偏于武侠，于是武侠小说，又汗牛充栋矣。特是小说家之性质，各有所专，小说家之才能，亦各有所长，善为言情小说者，未必能作侦探或社会小说。善为侦探或社会小说者，未必能作武侠小说。徒以社会之所好者在此，书肆主人之所需者在此，遂不得不舍其所长，而用其所短，勉强为之，顿失其故步矣。

以上所言，皆环境使然。其咎不在小说家自身。然则小说家自身遂无缺点乎？是又不然。今日小说家之大缺点有二：

一，就个人论，缺乏潜自修养之志趣。小说家困于生计，迫于职务，不能为充分之修养，吾前文既言之矣。顾有时亦或无关生计，无关职务，可以觅得修养之机会而仍不肯为相当之修养。此小说家之通病也。其未成名者，或徒存侥幸之心，不愿修养以期深造；其已成名者，或狃于虚骄之气，不肯修养以求精进。质言之，则青年小说家，往往有客气，老牌小说家往往染暮气。客气盛则未易进步，暮气深则不免退步。此皆不能修养之故也。吾亦滥竽小说界，乃大胆敢为斯说，非故揭小说家之短，实欲持此以勉吾同人，且自讼也。

二，就公众论，缺乏共同研究之精神。小说既经中西人士共认为一种重要之文学，自与其他科学其他艺术相等，应集合同志，设立学会，相与研究，乃能有普遍之进步。吾国学子于科学，于文学，于美术，皆设有学会，颇著成绩。独小说家未尝有会，藉曰有之，亦不过联络交谊或酒食征逐之一种集合而已，初未尝为学术上之研究也。往者海上诸同文，尝设青社，聚会才三五次，即已风流云散矣。又尝创文艺协会，开成立会，选职员，兴高采烈，一时称盛，乃章程甫订，会费甫交，即寂然不闻有嗣响矣。小说家团结之难，至于如此，岂真所谓秀才造反耶？又如新小说派与旧小说派，平情而论，自各有其优点，各有其精神。若能融会贯通，为适当之调和，必能为小说界放一异彩。乃亦互相水火，迄今犹彼此诋欺，不能并容。斯亦小说界衰退之征，令人慨叹不置者也。

属稿既竟，有不能不郑重声明者。吾为是篇，特就年来感想所及，拉杂书之。初非有所专指，借题以骂人。且吾既忝为小说家之一分子，又屡从事编辑，则凡吾之所言，已自犯之。故与其谓为骂人，毋宁谓为自骂。吾所以甘于自骂，实深慨夫种种状况之不良，愿此后著作小说者，发行小说者，嗜读小说者，起而共图改善之方，斯则区区之微意也。独鹤附注

（1926 年 1 月 1 日《新闻报》）

小说家今后之振作

吾于去年元旦，曾为文以言小说界之现象，其所持论，颇抱悲观。今者流光如驶，又忽忽一年矣。而回顾此一年中小说界之状况，乃愈趋于枯寂。就出版界方面而言，积一年之久，而新出版之小说，实寥寥可数，宏篇巨著，尤不多觏。就小说家方面言，聚精会神之作品，亦日见其少，逼不得已而属笔，无非为生计问题，等于卖文。次焉者，则

为友朋所请托，信笔涂写，不假思索，直类应酬文字而已。其有材料丰富，意兴勃发，自动的抒写，一篇既成，欣然忘倦者乎？曰无有也。唯其如此，故小说家既绝少乐趣，而小说界亦苦乏生气，然而犹未足以为病也。所可憾者，小说家正当之作品，渐形枯寡，于是牟利之徒，乃别创一种似小说非小说之刊物，务以荒诞、离奇、秽恶、淫亵，为引人之具，而世俗之见，或从而好之。核其行销之数，且什百倍于循规蹈矩之小说。在稽稍注意于近时出版界之情势者，当知此类有如北方人所谓"蒙人"之出版品，已骎骎乎夺正当小说之席矣。吾尝闻专事戏剧者论戏剧，其言曰：有价值、有思想、有美感之戏剧，恒不叫座，而"大卖野人头"之本戏，转足以吸引顾客。此戏剧前途之危机也。吾又尝闻专事电影者论电影，其言曰：有价值、有思想、有美感之影片，乏人过问，而肤浅粗俗完全旧式弹词派之影片，转足以轰动社会。此电影前途之危机也。吾今者亦将效其词曰：有价值、有思想、有美感之小说，不能行销，而附会妆点支离牵强之书籍，转可以广销路，博厚利，此亦小说前途之危机也。

　　小说界所以不振，其甚大之关系有四。第一，关于时局。战争为文化进步之一大障碍，此为识者所公认。今日之中国，乱离日甚，生计日窘，全国人民，救死不遑，何暇读书？更何暇阅小说？昔人恒以小说为专供消遣之具，此其言或有过甚，顾按诸人情，则阅小说者，手执一卷，大多数借以怡情遣性耳。今者人民心理，都忧时伤乱，皇皇然不可终日，安能强之以读小说？读小说者日少，此小说之销路所以日隘也。第二，关于社会。吾国教育未普及，文化未发达，社会程度，犹属幼稚，无可讳言。唯其程度幼稚，故一切高尚之艺术，投诸世俗，乃俱有扞格不入之苦。彼读小说者，亦依然挟其爱观神怪剧，爱观热闹电影之心理，以求诸于小说，于是正当之著作，其结果转令人失望。而代之者转为吾前文所言怪诞不经之刊物矣。第三，关于书商。书商之所揭橥以号于众者，曰发扬文化，曰改造社会。实则人非至迂，值此丧乱时世，又孰肯虚掷其巨大之资本，于工作极巨效果难知之文化事业者？即或有人抱斯宏愿，亦未必有此伟大之愿力，可与时势相奋斗，而为文化之先驱。故究其真相，则一言蔽之，无非营业性质耳。既以营业性质为前提，则何种出版品，可以投时好，获巨资，固已筹之熟矣。社会对于小说之热度，偶一减退，则书肆中所陈列之小说书，亦必日见稀少，此中消息，殊不必推寻，而显然可见者也。第四，关于小说家自身。吾国小说界，断不能与欧美诸邦，相提并论。欧美小说家，一经成名，文学声价，继长增高，有因此而致富者。吾国则不然，卖文为活，以小说家终其身者，亦终其身为侘傺无聊之寒士而已矣。寒士生涯，不易自主。在前数年小说潮流勃兴之际，小说之需要多，尚可各顾其本身之工作，以应各方之延致。若最近一二年中，则所谓小说家者势难维持其闭户著书之生活。于是不得不移其心志，而兼谋他种职业，或且有以抛弃笔砚另辟蹊径为得计者。小说家自身之心境，既呈见异思迁之微意，是小说之为小说，实有根本动摇之虑，更安望其前途之发挥广大哉？

以上所云，都为败兴之谈，究之小说界今日之状态，虽至瘦苶，要不可不有相当之办法，以补救其失。论补救之道，时局如此其混乱，不易挽回也。社会程度，如此其幼稚，虽可以逐渐提高，并非一人之力，或一时之功，所能奏效也。至若书商之抱实利主义，则又事有必至无可如何者也。故比较的言之，仍在小说家自身之能奋发有为耳。小说家既绌于财，又迫于势，如何而可以奋发？如何而可以有为？吾为此说，毋乃近于滑稽，特是奋发云者，尚不在形式而在精神。小说家今日，宜先振作自身之精神，并以提起社会人士对于小说之精神，俾小说界不致长此索索无生气。所谓精神上之奋发，论其方案，亦有可得而言者。其一，小说家应有集合之机会，比来图书家有书会，音乐家有音乐会，推之各种艺术家，无不有会。独于小说家形势涣散，不闻有集会之团体。

此亦小说家之一大弱点也。今为改善之图，宜有良好之组织，可仿各种学会之例，设一小说学会，聚多数小说家于一堂，相与交换意见，讨论得失。进而论之，或可能借此以谋小说家公共之乐利，即就最低限度言，亦可以收集思广益之效，不复如目前之隔阂也。其二，小说家应自动的发行出版物。往昔曾有人提议，由海上小说家自动的发行一种杂志，不借重书商之资本，亦不受任何方面之拘束，而内容所刊作品，则须抉择菁华，纯为各小说家得意之作，俾此类杂志，实际上可成为小说之结晶体。斯议颇为有识者所赞同，嗣以进行不易，因而中止。然而小说界苟力思振作者，宜鼓其勇气，试一为之。盖刊行之权，操诸小说家自身，以视完全售稿性质，由各书馆出版者，其下笔抒写，当较自由而亦较有意兴。故其作品，亦必较计字论酬但求完篇者，为多精彩。或可一新社会之耳目也。其三，小说家应于相当时机，举行展览会。近今画家，多有展览会，小说为文字表现之作品，与图画可以满室悬布，一览无遗者，固自有别。然亦未尝不可酌量变通以行之。谓宜择定适当地点，使凡为小说家者，各出其作品，无论为已刊印之书籍，或未刊印之钞本，均送会陈列，任人披览，任人评论。则一方可以小说家的作品，公开的介绍于社会，借以鼓励社会人士阅读小说之兴趣，一方又可随时受外界对于小说作品之公正的批评，而使小说家有所感觉有所矫正，以促进小说艺术之进步。其为裨益，或不在少也。以上三者，固未敢谓有当于高明，但自信可为一种忠实之贡献。惟欲见诸实行，亦须小说家咸弃其门户之见，派别之争，而共趋于互相切磋，互相提携之一途，庶乎有济。否则欲图联合，或反多无形之争执，与题外之纠纷。吾亦忝为小说家之一分子，用敢不揆梼昧，而为斯言，度未必为诸同文所呵斥也。

（1927 年 1 月 1 日《新闻报》）

长篇小说

我前天遇到一个朋友，他也是个小说家，并且是惯于做长篇小说而很有经验的。但是他说话中间很表示做长篇小说的困难，说同一撰小说，长篇要比短篇吃力得多了，因为短篇小说，不过截取一段事实，加以记述，加以描写，究竟篇幅短事情简，气力也比较的可以用得少些。不像长篇小说，要照顾前后情节，已经觉得头绪纷繁，再要求其合于小说艺术，使人看了有相当的赞赏，真是一件很不容易的事情。

我对于我朋友所说的话，自然很表同情，因为就我自己在小说上的经验而论，也觉得有此感想。我以前在各处杂志上很撰了些短篇小说，当然不敢说好，不过下笔的时候，似乎不甚吃力，只要将全篇布局想定了，加些穿插和描写，就可以一气呵成。最近替世界书局撰述长篇小说《人海梦》，就很费脑力了。我以为长篇小说的难处，还不在前后照顾，最要紧的有三点：第一不可乱。层次一乱，这部小说就永远理不清了。第二不可懈。无论全部有若干回书，中间切忌松懈，偶然有一两回松懈，全书就失其精彩了。第三不可板。叙事呆板，少了生动之致，看的人也就索然无味了。而尤其引以为苦的，短篇小说，偶然做得自己不惬意，可以将这篇废弃了，重来一篇。长篇小说，如果有一二回做得不好，依旧要设法补救，或是重振精神做下去，断不能丢开手了事。

做小说如此，推之各种事业，无不如此。往往小试其端，颇出风头，而继续地干下去，就要精神不济，或是措置失当了。试观民国十六年来，许多大人物的历史，如果拿小说家比喻起来，都可以说他们是成功于短篇小说而失败于长篇小说。照如今的局面，很像有一篇新的长篇小说，已经开场了，我很希望主持其事者，努力做一个出名的长篇小说家。

（1927 年 5 月 3 日《新闻报》）

小说界之革命

予于去年元旦，曾为文论小说界之情状，谓其日形萧索，深致慨叹。兹者光阴弹指，忽忽又一年矣。此过去之一年中，小说界之状况果何如，盖不独萧索，直已近于衰落。质言之，去年之所引为慨叹者，在无进步，至于今日，直无生气矣。小说界所以奄奄无生气，其最大原因，仍不外乎受时局之影响。时局纷乱，则一般社会，求生不易，救死不遑，更有何意兴，以欣赏文学艺术？更有何情趣，以研究文学艺术？于是文学艺术，在表面上似已不合乎当世之需要。（此就事实言，可谓为乱世的一种变态，并非就原理言，若谈原理，则文学艺术，应不为时势所牵动，而反有转移时势之功用，又当别论。）需要既少，兴致日衰，而一般文学家与艺术家，亦遂为之心灰气沮，不复能努力奋斗。小说为一种文学，亦为一种艺术，其他文学艺术，俱呈鹬退之象，小说家又安能独振？每况愈下，固其所耳。

然则自今以往，小说家其永无奋兴之时乎？小说界其永无发扬之望乎？则应之曰：苟小说家而犹欲留奋兴之机也，苟小说界而犹欲存发扬之望也，必先谋彻底的改革。此彻底的改革，亦可目之为"小说界之革命"。国民革命，其目的在求自由平等。小说界之革命，其目的亦求自由平等而已矣。今试就小说家所以必须求平等求自由之理，更分别详论之。

一、自由

中国之有小说，其由来甚久矣。吾人试平心静气，一问中国旧时之小说，与目前之小说，比较上为孰优，则旧小说之精神，实有远非时下小说所能企及者。（此就旧小说中之名作而言，如小本弹词之类，当然不在此例。）此其故何在？曰昔日之小说家，绝对的自由，今日的小说家，则绝对的不自由。昔人之作小说，皆先有作小说之充分兴趣，作小说之充分能力，作小说之充分材料，作小说之充分时日，故其作小说也，极自然而无勉强，极畅快而无困苦，即或者环境不良穷愁潦倒，亦可借小说以一吐其胸中块垒，断无因作小说之故，而转引起烦闷，增加痛苦者。今人之作小说，乃适得其反，其下笔也，决非为自己之意志所冲动，什九出于外界之引诱与压迫，其引诱与压迫之所从来，实际上亦甚简单，甚无奈而可怜，不过卖文为活，借是以获酬资，博升斗而已。唯其如此，故不但作小说之动机已绝对的不自由，即取材选题，行文布局，亦在在受人牵制。例如作者，喜为短篇小说，而他人之需要，乃在长篇，则不得不勉撰一长篇；作者长于言情小说，而他人之需要，乃在武侠，则又不得不乱写武侠。其不自由至于如是，苦痛极矣。总之自由作小说，其所作为主动的，不自由而作小说，其所作纯为被动的，作小说而出于被动，小说之成绩，尚可问乎？

二、平等

欲求小说有极端之进步，欲求小说界为尽量之发展，必令小说家之权力，能超乎出版界之上。退一步言，亦须彼此合作，而立于平等之地位。今也不然，小说家之运命，完全操于出版界之手，于是不能不屈伏，不能不顺从。小说家或有自鸣得意之作，呈诸书业商人，书业商人蹙其额，摇其首曰：是书销路必不佳，未可出版。小说家则亦自蹙其额，自摇其首，唯唯而退，不敢以此书累他人耗资本也。反是而书业商人或对小说家发一令曰：今其为我撰一某种小说，吾意此小说必为社会所欢迎，可以广销路，谋大利，若能于短时间内，援笔立就，重酬所不吝。小说家虽甚不愿，亦唯不有奉命维谨，伏案疾书，不敢不借此书为他人博利益也。吾为是言，初非过甚，盖今之小说家，确乎听人支配，受人指挥，其或可以略参己意，与对方相商榷，而使之稍稍能信吾言，已非有相当之经验与相当之资望者不办。可谓不平等之至矣。处于不平等情势之下而作小说，小说自不足观矣。

以上所论，悉为今日小说家莫大之困难，莫大之苦厄。故非求得自由，求得平等，不能使小说界改换新空气，制造新运命。虽然，此岂易言哉？小说家欲求自由平等，实有一先决问题在曰生计。苟令小说家之作小说，别无生计问题，横梗于前，则小说家非尽懦夫，非尽愚人，何至于不自由，不平等？非然者，日仰出版界以资衣食，日赖出版界以谋事蓄，而犹嚣嚣然号于人曰：吾欲自由，吾欲平等，特夸言而已，安能见诸事实哉？

今之小说家，其能超然自拔于生计问题之外者，能有几人？则小说革命之目的，一时断难达到。行见因小说家环境日趋恶劣，而小说作品，乃愈无精彩。因小说作品，缺乏精彩，而一般人嗜读小说之兴趣，亦愈形薄弱。悠焉忽焉，以至于无形消散之一境。斯则深可惧也。予亦忝为小说界之一分子，岂好为无病之呻，败同文之兴？实以观察现象，欲作一强自慰藉之豪语，殊不可得耳。

此文完全就中国小说界立论，揆诸欧美小说家之趋势，自有不同。今人每好以中国小说家与欧美小说家相提并论，实则彼此国情俗尚，与夫社会生计，截然各异；即论小说家之地位与待遇，亦迥乎相反，未可比拟。眼当为文别论之。作者附注。

（1928 年 1 月 1 日《新闻报》）

小说家的地位

《快活林》中，昨天刊着一篇《英国小说价值谭》，说英国小说家的收入，普通者每月收入只英金五十镑，较著名者月入约一百五十镑，若受社会欢迎之著作家，则月计所得，可达英金千镑以上。这种生活，较诸我国小说家，始终只卖几块钱一千字的，真是相去霄壤了。（当然英国的生活程度，也较中国为高，但就比例上计算起来，中国的小说家，总是所入太微，不敷生活。）

但是吾人所引为慨叹的，还不仅在小说家的收入而在小说家的地位。近年以来，中国小说家的地位，真是日形退落，如果再不振作，只怕更阅若干年以后，小说家的地位，简直要不堪闻问了。我这句话，并非是过甚之谈，照目前社会的趋势，凡属文士，能够稍稍活动的，早已别谋职业，别寻机会。谋不到良好的职业，得不到相当的机会，然后无可奈何，只好做小说，卖稿子，所以一般人的目光，竟以小说家为极无聊的文人，而小说家的心理，亦未尝不以无聊文人自待。如此情形，小说家的地位，安得不像冷天的寒暑表一样，渐降渐低，以至于零呢？

小说家的地位日落，固然因为时势的关系，环境的关系，而小说家自身的不振作，也是一个大原因。即如昨天所刊的记事内，说"英国各地，均有小说专门学校，养成充分小说人才，复组织小说研究会，以互助为宗旨"，足见他国的小说家，也有相当的组织，相当的事业，相当的声势。至于中国小说家，除了博得几块钱一千字的酬金，甘为书贾的机械以外，从不听见有什么联合的组织，进取的事业。换一句话说，便是始终受人役使，而丝毫没有自动的精神。（我也忝为小说家之一分子，这句话简直是自己骂自己，但也不能不自己骂自己。）

外国的情形，姑且不必说。就以国内而论，书家、画家、美术家、小说家，都在文艺界的范围以内，但是国内的书画美术三者，倒还时常设学校，开展览会，发行刊物。无论如何，总有些生气，总可以引起国人的注意，而本身的地位，也渐见增高。小说家的状况，究竟如何呢？一天到晚，一年到头，老是这样无声无臭，自然要像俗语所说的"阴乾大吉"了。

（1930 年 2 月 22 日《新闻报》）

第五辑　游宴

雨中游记

久处沪渎，尘嚣逼人，殊苦烦郁。今春忽动游兴，乃约施君济群及表弟马直山作锡苏之游，适值大雨，山水奇景，悉于雨中领略之，觉转饶佳趣。此行为时仅三日，来去匆匆，颇形劳顿。顾游踪所至，逸兴遄飞。压线生涯，动受羁绊，视此乐亦未易多得也。归沪以后，回忆三日中情景，历历在目，因拉杂志之，曰雨中游记者，所以纪实，且寓喜雨之意焉。

余等于旧历二月二十八日夜车行，十时许已登车，纵谈逾一小时，车轮始动。盖依规定时刻，开车固须十一时半也。车中客甚拥挤，直山与济群同坐，余则独据一座，彼此相对，初颇舒畅。既而一女郎至，披哔叽外罩，短裙革履，携书包行囊，若女教师。时车中已无隙地，只余座尚可容一人，余俟其行近，亟起立让之。女郎乃与余并座，举止殊落落大方，亦与余等略相问讯，然不甚多谈。有顷，解书包出书观之，视其书，则《红杂志》也。济群乃睨余而笑，意若曰《红杂志》又得一知己矣。

车行良久，三人皆苦饥，乃呼侍者具食。沪宁车大餐，殊不及沪杭车之佳，除汤以外，余味皆不适口，而代价颇昂，小杯勃兰地，售大洋三角半，沪上各番菜馆，俱无此价。或者车中之酒，自愈觉其名贵也。

一时三十九分抵苏州。车中客纷纷下，骤形宽畅。女郎移坐他处，直山亦起身去。余与济群乃欹身假寐。比醒，视直山仍未至，环瞩车中，亦未见其人，乃询茶役。（直山服务于路局，车中茶役皆识之。）茶役笑曰：彼偶值稔友，已相约打"沙亨"去矣。余亟起觅之，果得之于另一车室中，聚三人于一隅，纸片纷飞，为兴果甚豪也。二时半抵无锡，已昏黑不能辨路。夜色苍茫中，只见灯笼若干事，如点点疏星，掩映于车站左近，则皆旅馆中之接客者也。见余等，争来招致。直山语余曰：凡来接客者皆小旅馆，不可居。吾侪盍往无锡饭店，乃于暗中疾行。不数武已见无锡饭店，亟登门投止。侍者导予等登楼，室中燃电灯一，而其光甚黯，直类萤火。问之侍者，乃知无锡电灯，至夜一时即熄，一时后由旅馆中自备小电机接火，电力不足，故呈此象。余笑曰：电灯如此，逊于纸灯笼远矣。直山因命茶役取洋烛至，燃之，始免暗中摸索。然洋烛之制，亦与寻常不同，细才如指，短仅二寸许，亦只有微光可照。予等觉惫甚，即于此一线微光中，各展衾枕而卧。济群直山甫登床，即鼾声大作。予为其所扰，辗侧不能成寐，至五时始睡去。

翌晨直山先醒，醒则狂呼曰：噫！已十时许矣。予闻言亦惊寤，亟取时计视之，则仅七时耳。乃知直山之故弄狡狯也。亦一笑而起。直山匆匆盥漱已，即往车站中访友。而济群仍拥衾高卧。予促之再三，始下床，约半小时，直山复返，谓邹君楚卿约先俟于新泰和馆，具早餐，餐后即出游，可速去。邹君为无锡站长，直山之至友也。

予等既为游览而来，首注意于天气。是日晨视天空阴云四合，寒风袭人，予即虑其有雨，直山则大言曰：我可保险，决无雨，脱有雨，此行游资，予当独任也。比至新泰和馆进餐，天忽开霁，直山喜动颜色，顾予曰何如？如君者，真所谓杞人忧天也。予笑颔之而已。予等饮于新泰和馆时，已有黄包车十余乘，俟于楼下。盖车夫目光，亦甚敏锐，已料知予等为游客，必雇车也。迨予等餐毕而出，则强有力者已要遮于门，捉襟拉臂，无所不至。予等几如身入重围，莫由摆脱，亟各择一车，跃上坐定，余众始散去。然无锡车资，颇不昂，计是日游程，往返可五十里，仅费一元一角。而御车者之矫健，实非沪上车夫所可及，能挽车疾趋至数十里不少息。且履山径，渡小桥，皆迅捷如平地。为予御车者，身长力大，状尤勇猛，绝尘而驰，他车奔逐于后，终不能及。直山奇之，问诸他车夫。则皆笑曰：此固无锡车夫中之第一等好汉，绰号小老虎者也。

是日同游者尚有刘君瑞章，共四人。沿途于车中互通笑语，且携有佳果糖食，时取而分啖之，觉乐甚。予等预定游览地点，为梅园、万顷堂，及惠山。赴梅园必出西门，去西门约一里许，有铁桥一，其建筑法略仿上海之白渡桥。然大小相去，视白渡桥约仅四之一耳。济群笑曰：此可谓白渡桥之雏形。上有横匾榜"吴桥"二字，下署求新厂造。闻此桥为皖人吴子敬独力出资建造，所费殊不赀。今其人已死，而行道者颇德之。然迷信家犹不谓然，云此桥足碍风水。吴桥建而黄埠墩毁矣。此则可笑之甚也。

自惠山至梅园，皆为石路。颇平坦，且处处有石碑，标方向及路名。至清晰。城中来车，至梅园须另纳小银元一枚，捐临时照会，即以此款充修路费。其办法甚当。无锡公众事业，似胜于他处，且途中常见有无锡协会所树木牌，上书种种格言，语皆浅近易晓。知当地人士，于通俗教育，亦颇致力也。

·严独鹤文集·

梅园在东山之上，为事业家荣君德生所辟。广约六十余亩，园中遍植梅树，可千余株，皆已结子，亦青青可爱。若于梅花齐放时，来游此园，则真如置身香雪海中，为乐更无艺矣。当门有巨石，揭梅园二字，围以木栏，前设紫藤花架，结构颇雅。同游四人，即于此处共摄一影，藉留鸿印。石之东南隅，有泉曰洗心。全园以清旷胜，地势由低而高，有怪石三五，矗立广场中，为状颇奇峻。过小桥，穿假山石洞，至天星台，台上有亭，亭后有泉，旁曰研泉，有题字，谓浚泉得砚，因以为名。

园中最高处，为招鹤亭，有巨石刊招鹤二字。同游者皆顾予而笑曰：今日果招得鹤来矣。亭后有石危峙，而镌小罗浮三字，背刊梅花一枝。由此望五里湖及太湖，小舟帆影，尽入眼中，且左右皆山，游目四瞩，湖光山色，恣人领略，诚胜境也。

梅园辟地甚广，而亭榭之点缀太少。身入其中，转觉过于空旷。且室宇构造，皆近洋式，颇少雅趣。亦一缺点也。诵幽堂为园中建筑之最大者，楠木为柱，颇形宏敞。游客多品茗于此，堂中悬匾额榜"诵幽堂"三字，为清道光人所书，顾其署款曰李瑞清而不曰道人。堂中联句至多，康南海有联云："坦腹纳震泽，高怀俔惠山。"曾农髯亦有联云："留此冰雪质，不随江山移。"此联于诸联中实为最佳，但终不脱遗老口吻耳。

园中有轩曰香海，题额为康南海所书。旧有一匾曰香雪海，亦署康有为书，实为赝鼎。今尚悬于轩后。而置香海之匾于前方，真假对照，亦一趣事。南海并于匾上题字之左，又系以诗曰："名园不愧称香海，劣字如何冒老夫。为谢主人濡大笔，且留佳话证真吾。"诗后又缀以短跋曰："己未八月，游无锡之梅园，主人德生仁兄，前曾以五十金倩人请吾书香雪海三字，吾来视非吾书，且劣甚，为易书香海，系诗以留佳话。"可想见此老之偃蹇矣。

吾国人有一习惯，即喜到处涂鸦。古人游览所至，题壁之句，尚多可诵。今则歪诗别字，触目皆是，适足贻笑。且多有书"某某来此"或"某某偕友人来游于此者"，虽云借此可留纪念，亦殊觉其无谓。予去年游西园，见有人于壁间画一洋式信封，上书名号住址，皆英文，真不解其意何居。岂以是作广告耶？梅园有一小轩，中亦多铅笔所画之字。其一书"东海徐世昌来游"，纯属游戏，又有英文字一行，大书"Mr W.T.C. & I to this garden in sparing"，文理既谬，拼字又讹，读之殊令人捧腹。脱令予为园主，必禁人乱涂墙壁也。

予等在梅园中流连风景约一时许始出。复趋车游万顷堂。万顷堂在管社山麓，距梅园颇近，自梅园至万顷堂，所经山径，皆黄土道，夹道多松树，杂以野花，景绝清幽。车行其间，如入西泠之韬光径，觉尘俗都消。舆人御车到山岭，犹捷足而登，予等以山高径仄，虑其倾跌，即止之步行登山。过项王庙，略一瞻视而出，诣湖神庙。万顷堂即在湖神庙中，位于湖滨，地势颇高。凭栏远眺，湖上青峰，历历可数，水光云影，一望无际，令人心旷神怡。山下植松柏，风入松林，发为幽响，涛声和之，泠泠然似闻仙乐。湖中多小舟，帆影往来，于高处俯瞰之，益增逸兴。由万顷堂望鼋头渚，隐约可见。予等初拟至万顷堂后，即唤船渡湖，游鼋头渚。（由万顷堂至鼋头渚，设有渡船。）顾是日天色不佳，风急浪高，未敢尝试。殊自笑胆怯。且鼋头渚为无锡最著称之名胜，今者一苇可航，竟废然而返，不可谓非此行之一大缺憾也。

万顷堂中悬楹联甚多，中有孙揆均所书一联云："水浮一鼋出，山挟万龙趋。"写景甚合，而句亦遒劲，允称佳构。又有秦宝瓒所作记，其辞云："管社山前临具区，后引漆湖，实山水之都会也。翰西杨君，即湖神庙余址，醵资筑屋三楹，落成之日，嘉宾莅止，或问所以名斯堂者，予曰：太湖汪洋三万六千顷，即成数以名之，不亦可乎？杨君以为然。遂书以识之。"读者可知万顷堂之缘起矣。

万顷堂中亦设有茶桌，供游客之憩息。予等见一小僮，状类茶役，即令其供茶。顾频频语之而彼仍木然不应。予颇以为异，嗣一舆夫来，知予等之需茶也，乃直前捉此僮之耳而狂呼曰："茶！"彼始颔首去。予等乃恍然知其为聋者，皆大笑。直山曰：俗有瞎子望太湖之谚，今易以聋子，亦大佳。风涛入耳，当不觉其烦也。

予等在万顷堂坐谈甚久，颇留恋不忍去。嗣见为时已不甚早，始相偕出。乃徒步下山，路过仙人洞，直山济群必欲一觇洞口作何状，而乱石崚嶒，颇不易行。乃倩舆夫扶掖而下。俯窥洞口，黝然而深。亦无他异，乃复返。循原路行，约行半里许，乃复登车。车行及中途，天已微雨，及惠山，雨益甚。予等下车，后衣帽已稍湿。予亟顾直山曰：何如？保险公司须负赔偿之责。游资独任，当不食言也。济群亦笑而和予。直山乃曰：此事须怪施老板。老板出门，雨星照命，吾侪实为其所累，吾亦无力回天也。同行之刘君，闻此语殊不解，而予与济群则大笑，盖济群曾于旧历新年中，约其戚陶君，同游苏州，讵火车抵苏后忽大雨，两人皆未携雨具，不能出站。无已，乃于站中略憩一小时，仍乘车返沪。济群曾拟撰《苏站听雨记》，刊诸《红杂志》而未果，直山预知其事，故以此讥之也。予等既至此，初不以雨而稍阻其豪兴，仍冒雨游观，先入寄畅园，园址颇大，其中亭榭结构，亦尚不恶，特荒芜已甚，昔日名园，今乃衰落至此，殊令人有沧桑之感。出园后，趣往观天下第二泉，在惠山白石坞下，共有上中下三池。闻供人汲饮者，多为上池之水。中池水味涩，不可饮。下池则鱼池也，中蓄五色大鱼，投以饼饵，则跃出唼喋，其情景仿佛西湖之玉泉，凿石为螭，泉自螭吻中泻出，潺潺有声。上池水最清澈，可鉴底。游客至此，辄投以铜元或小钱，入水不即沉，必盘旋而下，水池前皆茶棚，游客多列坐而饮。亦有不饮茶而饮泉水者，谓其味转清冽也。

惠山寺亦古迹，然所谓寺者，只存其名，已早改建淮军昭忠祠矣。祠中有银杏树，大三四围，上有寄生柚树，两树相合，泯然无痕。土人遂名之曰鸳鸯树。又故神其说，指点以示游客，谓为仙人所种，殊可哂也。

惠山高处，有头茅峰、二茅峰、三茅峰。予等以天雨未登高，所至仅及云起楼而止。云起楼在昭忠祠后，二泉亭上。（上池中池之下，有亭曰二泉亭，云宋高宗南渡，饮此泉而甘之，乃乐亭其上。）危楼一角，高耸山麓，围以曲栏，四面临窗。登楼远望，风景绝佳。楼前有假山，玲珑可爱。云起楼之下，为听松亭，亭下有泉，曰罗汉泉。登云起楼，必经一门，曰隔红尘。入门，（实乃无门，特一出入口耳。）则回廊曲折，特饶幽趣。回廊尽处，复设板扉，启扉处，现石级，狭而暗。拾级而上，乃达云起楼。予等来时，有村妇倚板扉而立，问登楼后亦饮茶否？需饮则启扉，否则谢客。盖借此以为要挟也。直山遽大呼曰：泡茶！予等亦亟和之曰：茶！茶！始得入。予笑曰：一妇当关，居然亦有威力。

济群曰：此可谓强迫卖茶矣。

予等品茗于楼中，为时良久。茶味甘而冽，即第二泉水也。第二泉煮茶，有一特异处，斟茶满杯，望之茶高出杯口，似已溢而不下流。（即非茶而易以清水，亦如此。足征水质之醇厚。）刘君复试以铜元投入杯中，至十五枚，茶始倾注杯外。楼中侍者告予曰：此杯口高低不甚平，且所置处亦微侧。客投钱手法又不佳，故至十五枚而茶已四流。吾侪平日为此，可容二十枚也。

予等自入山门后，即有一老人手托方盘，盛糖果瓜子之属，随予等之后。予等行亦行，止亦止，且指点景物，若为向导。予等坐云起楼中，彼亦踪至，置盘案头，大放厥词，谓此云起楼乃数百年前高僧修道之所。此高僧隐居楼中，终年不下，与尘世相隔绝，故楼下有"隔红尘"，盖以此为界，俗人不得踰此而入。高僧亦永永弗出。唯至乾隆南巡时，始下楼，出隔红尘之门，与之相见。且煮茗款之，与之共饮于竹炉山房。乾隆帝憩坐良久，始别去。已登舆行矣，忽念炉以竹制，何以火熊熊然，炉乃不燃，得毋遇仙耶？即命返驾，复寻高僧，则洞口云起，高僧与室宇俱不复可见。乾隆帝慨叹久之，乃为立碑，记其事而去。此山下所以有御碑亭也。予等闻此齐东野人之谈，皆大噱。盖云起楼为清邑令吴兴祚所建，竹炉山房，在二泉亭右，乃明时王孟端与惠山寺僧性海相过从，会湖州有竹工至，乃制竹茶炉以遗性海。当时目为珍品，后毁于火。今山房壁间嵌碑石至多，皆尔时咏竹炉之唱和诗也。至竹炉山房之名，则为明邹迪光所题。老人乃傅会其词，一至于此，殊令人失笑。顾老人见予等笑，以为必欢迎其演讲也，于是唾沫横飞，谈兴愈浓。直山遽问之曰：高僧何名？老人大声答曰：名马愿修。直山附掌曰：然则我即高僧之本家，尔乃不识耶？济群曰：此老不惮烦至此，无非为盘中物寻主顾耳。乃出小银元三，向之市糖果数事。老人乃欣然去。犹忆去年游虎丘，有老丐亦追逐游人之后，指陈古迹，借此乞钱。

所言皆极奇妙，与老人之述古以售物，用意正同。盖使妇孺闻之，如听说大书，必津津有味，则生财之道得矣。

予等自云起楼下，雨仍未止。过御碑亭，于亭外望之，碑上字已模糊不甚可辨。唯碑阴刊诗一首，则尚清晰。诗云："九陇重寻惠山寺，梁溪追忆大同年。可知色相非常住，惟有林泉镇自然。所喜青春方入画，底劳白足试参禅。听松鹿静竹炉洁，便与烹云池汲圆。"下署"乾隆春二月御笔"。予既诵碑上诗，返身欲行，时雨后阶石甚滑，下阶时偶不慎，蹶焉。起而自笑曰：予可谓不蹶于山而蹶于垤矣。直山复笑曰：御碑亭遇雨，何妨演一出《金榜乐》，惜无人能唱衫子耳。

惠山泥人，驰名久矣，列肆虽多，而其出品依然粗陋。间有佳者，询之则多为天津货。若本地所制，只堪供小儿玩弄，绝无美术思想，以视法意诸国之石膏像，瞠乎远矣。此虽小事，亦足见中国艺术，处处墨守故常，不能有进步，顾足兴慨。予与直山济群乃择其稍雅致者，各市若干事。盖既为锡山之游，非此无以归见一般小将军也。

予等自惠山返车站，雨益大，衣履尽湿。邹楚卿君乃邀予等共诣其家，出雨衣二，假予及直山。又以一伞畀济群云：君等可将去，明日天未必晴，得此聊免沾濡，可俟回沪后再寄还。予雨衣多，不须此也。予等欣然着之而出，客中遇雨，正赖是以应急。邹君解人，盖远胜于绨袍之赠矣。

是晚邹君邀饮于公园饭店，同席者仍为刘瑞章君及曾宏逵君。曾君亦供职车站，与予及济群直山，皆为十年前之同学，相见欢然。公园饭店，与无锡公园相对，饭店建筑仿洋式，楼至高，且有阳台。予等立阳台上，望见公园，风景绝佳，园中辟地甚广，黄沙铺路，碧草如茵。园之一隅，有大池，池边植垂杨，垂条拂水，摇曳生姿，极饶兴趣。邹君即呼侍者，令先具面点，须立办。侍者嗫嚅似不能承命。诘之则曰：今日厨下忙，须稍缓须臾也。顾予等时已苦饥，至不可耐。直山乃创议先往崇安寺吃点心去，俟点心果腹后，再来此宴饮未晚也。众韪其言，复下楼，诣崇安寺。崇安寺去公园不数武，亦无锡名胜之一。实无足观，与沪上城隍庙略相似，而范围甚狭小。寺前多设肆售小食者，皆至隘陋，特所煮馄饨及汤圆，味至佳，予等各饱啖而出。复顺道入公园，冒雨游行，园内杂植各种花木，姹紫嫣红，至堪悦目。其余亭榭及假山之属，点缀风光，亦颇不俗。惜匆匆一过，未能恣意领略也。

予等自公园复趋饭店，则酒肴已具。乃复畅谈纵饮，席间大啖腐乳肉，腐乳肉为锡地著名之食品，为状颇类沪上之酱汁肉，味过浓厚，胃薄者不能多进也。闻无锡各餐馆中所治馔，以脆鳝为最鲜美，予等莅苏时，聆友人称道，始知之。在锡时未一尝此风味，殊自叹口福之不佳也。至七时许，乃罢饭。即乘特快车赴苏，已八时半矣。

予等于八时半抵苏站，站长夏君，亦直山之至友也。殷殷款洽，意良可感。予等于站中小憩，即乘马车诣阊门三新旅社。苏州马车，沿途可雇，价颇廉而车多破旧，车行时颠簸殊甚。予常谓在苏州坐马车，乃远不如坐包车者之足以出风头。盖苏州马路中往来包车，皆漆光可鉴，且脚踏下装铃，车杠之一端，复设有喇叭。铃声锵锵然，喇叭声呜呜然，招摇过市，顾盼自雄。此苏州之所谓阔老也。

予等既入旅馆，而雨仍未止。此次至苏，实与小青诸君预约，为天平之游，然小青任东吴讲席，居天赐庄。道远时晚，无从通消息，仅以电话告眠云，云以来苏而已。是夜三人皆甚困惫，乃早睡。翌晨七时许，犹各拥衾酣卧，忽闻剥啄声，问何人？曰小青。予等皆大喜跃起。盖予与济群初意小青虽有约，或疑予等为雨所阻，未必至苏，彼亦不复来，则游兴败矣。至是闻小青至，知此行必且不虚。乃启户延入，略谈数语，而瞻庐、眠云、烟桥三君相继至，乃共乘一舟，冒雨出游。舟不甚大，而几案榻椅，位置得宜。予等列坐纵谈，杂以诙谐，乐乃无艺。直山尤滑稽，每一语出，合座呕哕。烟桥因名之曰同游趣侣，一趣字诚不谬也。是日天气至不佳，顾舟行河中，微风动波，细雨漉窗，转饶清兴。约三小时始抵天平，予等于下舟时，人各市草履一双，备登山之需。至是乃出而试着，咸加于革履或缎鞋之外，已苦不能适足，又不知如何结束，则各随己意为之。舟人睹状，乃大笑，盖同行者所着草履，无一人不颠倒，皆误以履跟为前部也。因共倩舟人为临时草鞋教员，一一加以训练，始能举步。然仍时时脱落。予笑曰：吾侪今日，可谓勉强而行矣。

予等初拟步行游山，顾登岸后见满池泥泞，几不能投足。而乡人之肩山轿以求主顾者，复追随不已，必欲揽此生意，予等为其所嬲，乃复乘轿。（依当时情况，嬲字应书作嫐字始合。观下文自知。）所谓轿者，仅一小竹椅，夹以竹杠，以两人荷之而趋，名曰山轿。盖专供游山之用也。荷山轿者，多妇人。瞻庐诸君皆苏人，见惯司空，不以为异。予与济群直山，则啧啧称怪。闻苏州村妇之近山而居者，实兼事两种职业，一抬轿，一刺绣。庙宇中神袍及伶人所御戏袍，往往为此中出品。不图山野之间，乃有此一种特别女子职业，且因此一双手，时而握轿杠，时而理针线，可谓文武全才矣。

天平山为苏州第一名胜，予等上山时，大雨如注，然坐山轿中，着雨衣，张纸伞，足可傲雨师，殊不觉其苦。且游目四瞩，青峰如沐，白云迷空，以视晴日游山，转多佳景。天平山有卓笔峰飞来峰，钵盂泉诸胜景。予等以天雨，预计至钵盂泉而止，不再登高。至钵盂泉，须越童子门。童子门者，筑石类瓮城，为登天平山必经之要道。由此门可望观音山，故有此名。取童子拜观音之义也。童子门形势至峻，其下为山坡，坡长而高，舆人至坡下，必停舆，令游客步行而上。若辈则肩空舆从于后。过童子门，乃复乘舆下坡。下坡时颇有一落千丈之概。天雨路滑，坐舆中由高下视，心颇惴惴。故归途过童子门，瞻庐、眠云、烟桥皆舍舆而步。仍令舆人以空舆随行。特以手扶舆侧之竹杠，谓可省力。

直山则置身舆后两竹杠中，与舆人并行，为状乃若三人共肩一舆。予等睹此，皆大笑。直山又以手支两杠，双足腾空，摇摇然如宕千秋，厥状尤怪。济群笑语之曰：君如有力，能挟舆旋舞，则映诸电影中，可称为滑稽大王游苏记矣。

钵盂泉在中白云，其上为兼山阁，有石级可登。而势颇险峻，雨后泥滑尤难行。予等拾级而上，至阁中憩焉。阁小而雅，临窗四望，近山远岫，胜景俱收。阁中人以茗进，即钵盂泉水所煮。泉味颇甘冽，（钵盂泉流注石池中，池形圆，似钵盂，故名。其侧有石，上镌吴中第一泉五字。）时雨势益甚，树枝着雨，簌簌有声。予等听雨阁中，觉有奇趣。乃复作清谈，谈次，又及村妇荷山轿事。直山曰：以妇人作轿夫，实为苏州特色。予笑曰：君此言可谓自相矛盾。直山愕然。予曰：妇人抬轿，宜称为轿妇，君仍称为轿夫，误矣。瞻庐亦笑曰：荷山轿者有男有女，坐山轿者亦有男有女。然必以二人荷一人，其中实含卦理。如荷轿者为男，坐轿者亦男，则为乾卦。反之而三人皆女，则为坤卦。如男女相杂者，亦可依次类推，演为八卦。若予等今日，则适成其为坎卦耳。妙语解颐，非瞻庐不能道也。

予等集阁中约一小时，雨已稍止，乃复下，至一线天。一线天者，两崖并峙，中间相距至狭，约仅容一人侧身而行，故曰一线天。一线天之上，即为上白云。天平山故多奇石，一线天下，有"鹦鹉""青峰""叠翠"诸石，皆峻嶒有奇致。予等展视良久，乃复下，至高义园。高义园为范文正祠，塑范文正像，眉梢作尖叉形。祠中以楠木为柱，游人过此，辄拾小砖片，就柱侧摩擦数回，而附着其上，砖可不坠，亦吸力之作用也。去高义园不数武，为范坟。范坟为文正祖墓，墓前老树参天，景绝幽秀。烟桥为范氏后人，既至此间，乃指点景物，与同游者相告语，意气益豪。范祠及范坟有警卒守之，畀以资，则启户纳游客。范坟前有九曲桥，过九曲桥，回望所谓万笏朝天者，实为奇景。盖山峰林列，皆作尖形向上，谓为万笏，肖其形也。故老传言，谓先是群峰皆下向，勘舆家乃谓范氏葬处，实为绝地，顾墓成而下向诸峰，忽易而上竖，成万笏朝天之象。于是范氏累代簪缨不绝。此则纯出迷信家之妆点矣。

予等流连景色者久之，复乘舆循原路返。山花野草，着雨后倍增妍丽。此际坐舆中，高瞻远瞩，较上山时为尤乐也。下山登舟，时已入暮，亟命榜人解维。并出酒馔，即于舟中小饮。是日由瞻庐、小青、烟桥三君为东道主，入座后皆恣意饮啖，意兴至酣。舟抵阊门，始罢饮。起视岸头，已万家灯火矣。

次日，赵君眠云复买舟邀游培德堂赏牡丹，同游者仍为昨日七人。培德堂在白莲泾，善堂也。庭中有花坛，遍植牡丹，四周有栏护之，其上复张布幕，时牡丹犹未盛放，然好花半开，已略足供游赏。栏间有小木牌，上书韵语四，曰："人生一世，花开一时。以供众玩，莫折花枝。"堂后有双榇并陈其间，瞻庐指而笑曰：此所谓人生一世也。壁间张一横幅，题曰："香国花天"，复有词云："重开筵，早绿云万朵。堕影入春帘，糁燕栖香，痴莺唤雨。阑干一灯红鲜。试迤逦锦屏深处，宛瑶台月下驻群仙。依旧欢场，韶华此地，劫火当年。　忆否琼姬别后，已夕阳厅圮，零落钗钿，紫玉宫荒，锦帆泾远，空余芳草连天。莫辜负金昌春色，趁东风同醉玉尊前。笑问朝云香梦，飞到谁边？"词后又有记云："培德堂久为吴下冠，虽经兵燹，亦未戕伤。甲申花时，垂彻玉笙楼主大纶，应马君剑如之招，宴赏留题，填一莺红词，书作横幅。历年既久，字迹剥蚀，秋君逸农恐久而失真，嘱余重书一过，以存其真。癸丑仲冬金逸声。"读此词知其中必有一重影事，惜已不可考。且吹彻玉笙楼主，亦莫识为何许人。归沪后十日得瞻庐手简，始知此词乃吴中王毓仙先生手笔，先生名大纶，吹彻玉笙楼主，其别署也。生平著作甚夥，与邹酒丐朱稼秋先生为文字交。楼主多才早世，著作多散佚，时人惜之。朱稼秋赠友诗，有"说与梅花应记得，岁寒同访玉笙楼"。即怆怀楼主之作也。稼秋为瞻庐老友，此盖得之稼秋口述，因特以书来，嘱予志之。

予等自培德堂出，眠云令舟人具船菜相饷，复饮于舟中，肴馔皆至鲜美，而点心尤别饶风味。予至是始知所谓船菜，不仅限于花舫，即平常舟中妇女，亦擅烹调。此可谓苏州之一特色也。舟行及枣市，予等乃共至眠云家小憩片时，始与诸同志握手言谢而别。汽笛一声，复归沪上。劳人草草，又不知何日再续此清游矣。

（《红杂志》1922 年 39 至 42 期，共四期）

观潮琐记

浙江潮夙称壮观，余虽浙人，然牵于俗务，每年八月，辄思作观潮之行而终未果。今年乃拨冗偕表弟马直山为竟日游，舟车历碌，颇觉其劳，亦颇觉其乐，归后因就所见闻，拉杂志之，不能作游记观，只可目为一页日记而已。

沪杭路局特定观潮期凡三日。自阴历八月十八至二十日，皆开观潮专车。然潮来实以十八日为最大，（俗称是日为潮生日）因决于十八日往。先期阅路局所发行车时刻表，知车开在晨间七时十五分，余乃于五时半即起，略事盥沐。六时许乘人力车赴车站，沿途商肆，除少数食物店外，都未启户。街头行人亦至稀，尘嚣之市，顿呈清气。余惯于迟眠晏起，此种晓来景象，实可谓向所未睹也。

抵站后即匆匆登车，而头二等车室，俱已人满，幸直山已先据一座待余，乃得厕身其间。但一头等车室，坐至八人，殊苦拥挤。是日旅沪国会议员，咸应何护军使招待，至海宁观潮，且顺道赴杭。于是头等车室中，憧憧往来者，皆身悬小方徽章之议员。议员之口音，既南腔北调，而其面容，亦多奇形怪态。聚此数百南腔北调奇形怪态之神圣于一堂，其必大演趣剧而不止，固亦意中事也。

议员与议员相处，亦恣为谐谑。且或自称为罗汉，曾闻甲议员语乙议员曰："今日车上多了百余尊罗汉，便格外觉得挤了。"乙议员曰："百余尊罗汉，还在其次，要知这百余尊罗汉，又差不多带着百余尊观音同行，当然有人满之患了。"既而进食，一议员又笑曰：此罗汉斋也。余闻言不禁失笑。盖是日议员乘车，车票之外，又附以餐票，皆军署所供奉者也。

闻某议员谈吴大头事，至饶趣味。大头之妇为奉天产，其人孔武有力，嗜旱烟，其旱烟杠以铁制，日常不离手，大头甚畏之。虑一触其怒，则铁烟杠当头而下，大头且立碎矣。大头所眷小莺莺，闻在八埠妓女中貌最寝，而大头特爱之。又大头有一女已年逾三十，近方倩张瑞萱作伐，拟适唐莫赓。唐意雅弗欲，已表示拒绝云。又同车有李君，为北方某报记者，告余以清室近况，亦多有外间所未知者，以事涉宫闱秘密，不能详记。据李君所述，谓外间所传宣统如何少年英俊，多为鼓吹之词，实则宣统资质固自聪颖，而荒淫特甚，宫女及阉寺辈，俱不胜其扰。诸太妃乃亟为举行大婚，又议婚之际，宣统之母（摄政王福晋）本属意于徐世昌之女，而宣统不谓然。因此母子间大起冲突云。

余邻座一车室中，有西人四，方作雀戏。其牌即市间所售专供西人之用者。每牌左角，各标一西文号码，自一至九，筒索万皆然，东南西北风亦各标一西文字母，表明其为东南西北（东为 E 南为 S 西为 W 北为 N），唯中发白则不复再加标志。盖红绿白三者，可以辨色而知也。此外又加花，西人于斗牌时，每得一花，则眉飞色舞。余立于窗外观之，余三人之牌，胥不可见。只见近窗坐者，则其战法固甚幼稚，且手法极慢。然于此短时间之旅行中，犹必挟雀牌自随，足征西人之嗜麻雀，固远甚于华人也。

车行十时十五分，抵斜桥，乘客纷纷下。车站前有张大旗而立者，旗上大书曰："招待国会议员"，此类招待员，盖亦军署所特派者。闻招待员外，尚有排长一，宪兵八人，任随军保护议员之责。议员威风，固自不小也。其余观潮客，例由铁路人员招待，且有路警执白旗为导。特余等在斜桥下车时，只见站口一路警，颇讶其少，至所谓招待员，更渺不可睹矣。

斜桥距海宁，水程约十八里而强。扁舟容与，两岸风景，亦尚可观。惜船小人多，蛰处其中者须两小时，稍稍苦闷。余等自斜桥至海宁，所乘舟行极缓，乘客皆不耐，责舟子，频呼曰速摇速摇，盖此时观潮心切，唯恐后时也。直山尤躁急，视船头所插小旗，标曰二十五号，乃大声曰：须牢记，归途勿再坐二十五号船也。后自海宁归，将登舟，直山语余曰：此次不可再上当，宜择舟子之身强力壮而船身又较轻者乘之，庶其行较速也。余颔之。直山乃于岸头历相四五舟，遽择其一曰：可矣。一跃而登，余亦随其后。直山坐甫定，即谓舟子曰：趣开船，船行宜速，速则有赏。舟子噭然应。直山乃大得意，讵行至中途，后舟皆鼓棹而至，掠余舟而前。比抵斜桥，余舟乃独后。余笑谓直山曰：此来较二十五号之成绩尤不佳矣。直山摇首曰：此殆命中注定，须坐慢船也。

路局于海塘沿岸，设一围场。所谓围场者，特临时建置之席棚耳。场以内，设长桌四排，上铺白布，居然类大餐台。又置板木长凳，供人憩坐，但一声潮来，则观者皆纷然立于此类长凳之上，更无一安坐者矣。

观潮客入场，皆匆匆进食，食已，则引领以望潮。一时半潮来，今年潮汛殊不高，岸侧立有海尺，潮来时余注视之，高仅七尺，然已汹涌澎湃，足称壮观。潮有势，亦有声，未见潮已先闻其声。初时甚微，竭耳力才可辨。后乃渐厉，既近则砰然惊人矣。潮之来也，先于水天相接处，微露白线，此白线渐引渐长，如匹练横江。排空而前，则潮至矣。潮头甚齐，其进行至速，望之如千军疾走，万马奔腾。而步伐一致，不稍散乱。洋洋乎大观也。潮过后江中犹震荡作势，而水甚混浊，纯作黑色。盖海水挟泥沙而至也。观客见潮至，皆鼓掌以示欢迎，携快镜摄影者尤多。

火车中备饮食，而其价特昂。余在车中进晨餐，仅煎蛋二，猪排一，咖啡一杯，馒头二，乃需洋一元。在铁路围场中，人各具食一份，贮于一纸盒中，只火腿土司四五片，馒头二，水果二，亦需一元。大餐则需二元，亦未必适口，故一般游客，多自携饼干面包，随时取食，转觉其便。且是日车中不售清茶，只备汽水，不耐冷饮者，咸以热水瓶自随。余是日亦携热水瓶，赖以解渴。既抵沪，乃笑谓直山曰：若有人编《观潮须知》，第一事当勿忘热水瓶也。

车行过嘉兴，小贩之售南湖菱者纷集。南湖菱本嘉兴特产，菱小无角，作青色。盛以小方蒲包，剥而啖之。鲜嫩无比，售价亦昂。每一小蒲包，索小银元二，仅得菱约三十枚。闻诸当地人云，实价只三五铜元。小贩辄视车站为利薮也。

（《红杂志》第 2 卷第 12 期，1923 年 10 月 26 日出版）

春游璅话

予性好游，然困于尘俗，卒卒鲜暇，未得如志，至以为苦。日来于编辑室中，灯下阅稿，颇多纪游之作，读之殊令人因羡生妒也。

越昨予语友人，谓今年事益烦冗，不独西泠之游，徒劳梦想，即欲就近一游龙华半淞园而亦不可得，唯长日仆仆于大连湾路汉口路之间，大好春光，轻易辜负，自怜亦自笑也。友人粲然曰：君日至大连湾汉口，尚得谓游踪未远耶？大连为奉军巨头会议聚集之地，汉口则为吴大帅驻节之处，君往来其间，不将成为奔走奉直之大政客乎？予亦为之莞尔。

日来朋辈多作春游，而同事张啸山君，游兴最豪，今春游杭，五日而归，归则面部画成赤化，不似张将军而似关壮缪，盖晴日游山，日光照面，乃煊染而具此色采也。啸山此游甚得意，因逢人自述其口头之游记，山色湖光，如何悦目，醋鱼莼菜，如何适口，滔滔不绝。啸山长予十年，往者予常以啸山生平，未离苏境，颇讶其足迹之不广，今则啸山转足以傲予矣。

今夜瘦鹃来，言此行曾抵桐江，登钓台谒严先生祠，盛言七里泷风景之美，殊胜于西湖。鹃语诚是。桐江为予十五年前旧游之地，今则伤离感逝，回首前尘，愈增怅惘矣。七里泷四山环绕，一水萦回，而山青水碧，舟行其间，如入绿油幕中，春夏树木繁茂，景色愈胜，即在隆冬，亦处处足以表现自然界之真美。江中多渔舟，随处可得鲜鱼，予尝于岁杪过七里泷，时方初寒，竟沽得鲥鱼一大尾，舟子蓄鱼水中，捉鱼献客，活跳不已，烹以下酒，味鲜美无伦。予恒以寒天食活鲥鱼，引为生平快事，询诸瘦鹃，则云此次曾索鲥鱼而未得，斯或口福之未修到也。一笑。

乡村之游

徐卓呆君，在江湾买了两亩地，盖了三间瓦屋，门前辟了一所小小的花园，种了些树木菜蔬，颇觉悠游自得。前天他邀了我们几个老朋友到他家中午膳，顺便一视新居。我们天天困在尘俗之中，一旦得领略些乡村风景，饱吸些新鲜空气，便觉得异常畅快。同时对于徐君，很羡慕他的清福。尤其像我这样，每月出着不少房钱，而又常看那些房东的怪嘴脸和大架子，不由要发生一种感想：觉得徐君能住自己的房子，不至于寄人篱下，真是写意之至了。

徐君的家庭中，又有一桩很经济而又很自在的事，便是绝对不用仆人，一切事情，都由他夫妇俩和几位儿女亲自操作。这件事情，看着似很平常，其实却大不容易。徐君说他也是搬到乡间，才能如此。以前住在上海市区的时候，总想不用仆人，实际上还是做不到的。

徐君又说，照他的计算，家中用一个仆妇，至少须耗费每月三十元，这是他的经济学特别来得好，所以能算得如此周密。但是我相信他的说话，是很有道理的，并非滑稽之谈。总之使用仆人，不但是多费钱，并且精神上也觉得十分麻烦。能像徐君的办法，不用仆人当然是最好了。万一不能，也是愈少愈妙。一家人家，仆人太多，决计弗是生意经。

（1928 年 11 月 6 日《新闻报》）

小游

近来困于馆务，困于文牍，困于种种俗事，真是异常沉闷。昨天星期，好容易偷得半日闲，和几个好朋友，同到龙华去游了一次，领略了些郊外的风味，觉得胸襟为之一畅。

龙华本来没有什么好风景，以前每逢春二三月，沿路桃花怒放，十分绚烂，如今却连桃花也迥不如昔日之盛。差不多要转弯抹角，细细地寻找，才可以发现人家小园以内，有几株可望而不可即的桃树，倒觉得异常名贵了。至于那破壁颓垣的旧庙，以及颤巍巍和老太太相似的古塔，更提不起人的兴致，只有一个惠家花园，还略有雅趣，可以流连片刻。

龙华的景物，如此其不足观，可是游客倒着实不少，沿途汽车往来，络绎不绝。我们在这些地方，可以感觉到上海人实在可怜，因为上海人困在这个烦闷的都市中，真没有什么好风景，可以赏玩。只要略看见些青绿的植物，略吸着些新净空气，（其实龙华道上，新鲜空气里面，也夹着不少灰尘。）便已自得其乐，所以明知龙华没甚可游，而一到春天，还是要成群结队地游龙华，还是以为游龙华多少有些儿趣味。人家说饥不暇择食，做了上海人，却可说是游不暇择地，谓之可怜，并非滑稽。像我们这一班文字劳工，游得半日龙华，还自觉胸襟一畅，也就是些可怜的代表者。

（1929 年 4 月 8 日《新闻报》）

· 严独鹤文集 ·

北游杂记 [①]

一、一行人之形形色色（上）

此次北游，同行者强半都属稔友。平时虽同执业报界，又同往来于望平街头，但各为职务所羁，几有终年不谋一面者。今则舟车与共，晨夕相聚，握手谈心，笑言无忌。虽长途仆仆，毫无厌倦之感，实为此行最饶兴趣之事。

---

① 张学良为联络中国新闻界感情起见，由钱芥尘出面邀请上海记者北上视察，故成立上海日报公会记者北方视察团，成员为：《申报》张竹平、张蕴和、戈公振、赵君豪；《新闻报》张继斋、汪仲韦、严独鹤、王维桢、何联第；《时事新报》赵叔雍、叶如音、成济安、程沧波；《时报》马群超、蔡行素、鲍振青、郑耀南；《民国日报》管际安、周因心。《晶报》钱芥尘为招待主任，伴随一齐北上。参见 1929 年 5 月 13 日《新闻报·本埠新闻》《沪记者东北观察团昨日出发》所载记者名单。

全团中以张蕴和先生年事最高，张继斋先生次之，[①] 团中恒尊之为二老。顾此两位张老，蕴和先生虽似沉默寡言，而游踪所至，意兴颇豪，且和易近人，绝无崖岸。继斋先生精神尤佳，腰脚亦健，言语行动，处处率真，以故团员中对于二老，敬之亦甚亲之。

团员中年齿最少者，为周因心君，因心循规蹈矩，毫无年少气盛之态，在团中有"乖囡"之称。此乖囡二字，描写因心，殊为确当。

汪仲韦君，处事颇有毅力，行期将届，仲韦忽病，病且甚剧，病小愈而一足又患湿气，不良于行。于是其家人坚阻勿行，仲韦执不可。出发之日，破晓登舟，以示决心，实则体力固未复元也。迨起程后，竟日见强健，足疾亦渐瘳，同人咸贺之，仲韦亦甚自得。

张竹平君，被推为全团事务员，处理各事，极形忙迫，而措置有序，人谓其胸有成竹。

赵叔雍君擅辩才，工谐谑，人称为萧长华第二。管际安君有干才，算盘甚精。（管际安君任全团会计员，此即精于算盘之证。）旅次予与赵管二君恒同居一室，出游亦常同坐一车。团员戏呼为三角联盟，顾予殊碌碌无所长也。

马群超君，年较两位张老为次，但亦发苍苍稍呈老态矣。性伉爽，好谐谑，意兴之浓，甚于少年。团员都欢迎之。马君又善扑克，同人于车中小作扑戏，马君每战辄胜，乘隙偷鸡，不可捉摸。叔雍戏谓马君之于扑克，殆有九浅一深之妙。

何联第君，意态极文雅，躯干又极短小，望之似犹在童年。途次问人，团员中谁最年少，必指何君，实则何君亦已逾三十矣。

戈公振君，举止最安详，言谈亦最客气，到处正襟危坐，看书写字，团员中咸称之为学者。

---

① 1929 年 6 月 25 日《新闻报》更正：予前纪团员年龄，谓以张蕴和先生为最高，实误。盖蕴和先生行年五十有六，而继斋先生则已一周甲子矣。故此两位张老，继老实老于蕴老。

二、 一行人之形形色色（下）

郑耀南君是广告大家，王维桢君是大律师，一路被推为管理行李专员，十分卖力。团员戏谓如果行李遗失，一面可请郑君登报招寻，一面可请王律师准备起诉，向窃取行李者打官司。

成济安君曾习军事，身材伟岸，时时操湖南官话，仍类一军官。

叶如音君精于照相，时时为团体及个人摄影，仿佛一摄影师。

蔡行素君性沉默，规行矩步，手恒携一皮箧，从容不迫，极似一学校教师。

钱芥尘先生，学识丰富，又稔知东北情形，同人此次北行，得钱先生导游，获益不浅。钱年事并不老，而团员中恒呼之曰芥老。一唱百和，芥老虽欲不承为老，不可得矣。

与观察团员偕行者，尚有专家三人。一造纸专家金瀚君，一无线电专家恽荫棠君，一医师陈琦君。金瀚君对于创办新闻造纸厂事，甚为热心，期其必成。恽君对于科学上之考察，至为精密。且为一极饶兴趣之人。途中有人戏著三十六计全书，恽君悉心考订，不厌周详。陈医师在旅次，对汪仲韦君极尽看护之责，每进食，若者可食，若者不可食，监督綦严。郑耀南君于宁沪夜车中捧腹呼痛，亦向陈医师乞药，服之而愈。陈医师笑语人云："我与诸君同游，但愿诸君一路行来，始终不要光顾我。"盖光顾医生，即使揩油，亦非佳事。

三、 黄海舟中（上）

予等于五月十二日乘榊丸于晨九时启椗，八时许团员已陆续登舟。各报馆同人暨诸亲友送行者甚夥，握手话别，情意至殷。唐镜元君并为同行诸人在甲板上摄一影，藉留纪念。

舟将离埠时，岸头有燃爆竹者，一串复一串，连续不已，不知欢送何客，亦颇足一破凄清之空气，令人为之气壮。

舟轮既动，乘客咸凭舷而立，送行者则麇集于埠头之上，各注视其心目中之人物，扬巾挥帽，纷纷不已。其面部表现，有微笑者，有颦蹙者，是悲是喜，浑不分明。此时情景，最耐人寻味。人丛中有一西洋老妇，以双手频揩其眼，洒泪不止。船头一老者，须发苍然，为状似一老牧师，向之挥手，容色亦至凄恻。以意度之，必为老年伉俪，遽赋骊歌，乃不胜其南浦魂消之感也。

是日清晨，天阴微雨，追舟行出吴淞口，渐见霁色，心神为之一畅。予等先集于吸烟室，开一小组会议，分配此行各人所任职务，并讨论途中考察各要点。会议毕，随意闲谈，兴趣至浓。有顷，闻洋琴声自远而近，铿然悦耳。钱芥老出视其时计曰：餐时至矣。盖舟中定例，头等舱客进食，以鸣琴为号。由一仆欧手托一扇形小琴，系以小锤，周行各舱。客闻琴声，则相将入餐室，依次就坐，绝无嘈杂拥挤之弊。

餐室颇广，中列一长案，坐客三四十人，其旁又置若干案，案较小，但亦可容六七人，乃至十余人。予等分坐其旁三案，餐为西式，尚丰富，味亦不恶。食时侍者以菜单至，询客所欲，即取以奉进。凡菜单所有者，多寡任便。同行诸君，食量不宏者，三数味已足，若叔雍济安沧波与予，则据案饮啖，意兴甚豪，每餐所食，实有兼人之量也。

餐室陈设器具甚洁净，每客所用茶巾，皆别有一铜箍以束之，箍上镌座位之号数，每次进食，可依号数取得原巾，虽同案而食，彼此不致混用。此其对于卫生上之用意，盖甚精细矣。

盆碟及刀叉柄上，俱镌有大连汽船会社徽章，状似一"大"字，而又宛然一铁锚形，视其图案，亦颇简单，但闻大连会社征求此徽章，费奖金至三千元之巨云。

四、黄海舟中（下）

头等舱客每日三餐，而早餐前复有咖啡土司，下午三时有茶点。客有不愿入餐室者，亦可令侍者传餐至舱中进食。西餐而外，复备日本菜，予于十三日早餐时，曾与芥尘君豪共试日本菜，虽不甚佳，亦觉别有风味。

此次海行尚平稳，惟十二日下午，舟行经佘山洋面时，略有风浪，船身颇震荡。予等皆入舱卧。予平卧后，殊无所苦，顾同行诸君，晕船者乃不乏其人。联第君豪及陈医师俱大呕，有某君者，将登楼而船身忽动，乃自梯上大翻筋斗而下，自此极畏浪。浪偶作，即蛰伏榻中，以被蒙首，不敢出声。

十二日傍晚，风稍定，浪亦渐息。竹平继斋诸公，倡议雀战。予亦觉偃卧室中，不堪其闷，欣然愿加入。顾参加雀战者，人选过多，而牌仅一副，不敷支配。乃由竹平继斋际安群超四君入雀局，予与叔雍等则另组扑克。雀戏及扑克，俱可于吸烟室中为之。予等而外，舟中客作叶子戏者亦甚多。

舟中侍者，以华人为多，颇诚朴可喜。第一夜作扑克戏，局既散，叔雍检点钞币，似少去三元，以为数甚微，即亦置之。翌日复入吸烟室，一侍者忽持一元钞币三纸进，谓予等曰：今日洒扫时，得之于地下，得毋先生等牌戏时所遗弃者乎？叔雍乃笑而受之，赏以一金，拾遗不昧，求诸舟中侍者，亦殊未可多得也。

十三日破晓即兴。启窗帘见海中已呈曙色，水天相接处，红日上涌，大逾车轮，绚烂呈奇彩，令人观之神旺。予与继斋际安松涛因心共处一室，继老彻夜未寐，至是方倚枕入梦。予等四人，乃整衣盥漱毕，同登甲板。时波平如镜，海水悉作碧色。极目四眺，心神俱畅。少选，叔雍竹平如音沧波诸君亦至。乃共摄一影。又作掷环之戏，予与叔雍际安互赛，两人皆屡掷不中，而予独中二环，颇以此自豪。予笑语叔雍曰：此时此境，较诸望平街头，斗室孤灯，埋头疾写，其苦乐真不可以道里计矣。

舟中设备甚周，有一小室，为旅客写信之所。室内置小书案一，可容二人对坐，案板略斜，中隔以鸽笼式之高架，彼此同时作书，而各不相睹，意至善也。架中空格内，置钢笔墨水及信笺信封之属，取用至便。予即就此室，作家书二。一寄两弟，一致蕴玉。又写一邮片，寄馆中同人，内有一语云："请问公使，鳝鱼之味如何？"甫停笔而际安适至，问此何说？予笑曰：不妨为君言之。公使为文公达君之雅号，文公使不知如何观察，坚请予此次必不果行，浩然力反其说，公使乃以鳝鱼为赌。云予果成行，彼愿请吃川菜馆中之干煎鳝鱼。干煎鳝鱼，味绝佳，固文李二君所共嗜者也。今予已海航稳渡，而公使昨夜，输却东道，必喃喃怨予不置也。际安闻言，为之莞尔。

五、青岛之一瞥（上）

十三日午餐既竟，予等倚舷闲眺，见小舟点点，拍浮海中，为数至夥，皆渔船也。知青岛近矣。未几，胶州湾已隐约在望，吾人于五月中身临斯地，外交侵略，痛史长留，今者风云虽息，痕迹犹存。实有无穷之感喟也。

一时许，舟抵青岛，官署方面代表及报界诸君子，已迎候于埠头，盛意可感。同人乃全体登岸，匆匆就船埠摄一影，即分乘汽车赴专员公署。途中所经各市街，俱极整洁，道路尤平坦。商店屋宇，都为洋式，盖犹是德人建筑之旧观。沿路多植树木，空气清新，风景幽蒨，曾过一山地，绿荫夹道，杂以竹枝，车行其间，宛然身游西泠，入韬光径也。同车某君语予，谓青岛各马路，亦如上海，以地为名。最热闹者为山东街，仿佛上海之南京路。但近年来迭经沧桑之变，市况亦稍稍衰落，迥不如前矣。

专员公署，即前商埠督办公署。予等入署，青岛接收专员陈中孚氏，已俟于厅事，陈氏躯干伟硕，态度极诚恳。时微有足疾，行时以一手支司的克。予等在署中稍憩，略进茶点，即出署赴提督大楼。

提督大楼，为前德国提督之所居，大楼云云，当地之俗称也。青岛建筑，以此为最壮丽，而风景亦绝佳。予侪登楼后，立平台上，俯瞰全市屋宇，鳞次栉比，历历在目。招待员某君，遥指海滨一小屿，语予侪曰：此岛实名青岛。予笑曰：吾人今日，乃得睹青岛之真正青岛矣。某君又语予，谓前德国提督曾因建筑此楼，耗资过巨，受本国政府之谴责，其侈靡可想。昔者军阀眷属，都居此楼，颇多艳史。又楼之上层，相传有鬼祟，不可久处。予闻其说，觉颇饶兴趣，惜时间匆促，未及详询艳史之所从来，与鬼祟之说之所由起。否则得此君历述其事，笔而录之，亦足为大好之小说资料也。

六、青岛之一瞥（下）

陈中孚氏宴予等于大楼下层之餐室，餐为西菜，至丰盛。冷食甚多，鱼虾牛肉，尤极鲜美。但予等在舟中已饱食，盛馔当前，亦未能恣意饮啖也。陈氏及社会科长吴苍氏均于席间起立致词，备述接收青岛之经过与今后市政上之设施计划，至为详尽。陈氏演词中，谓青岛当铺，收质物件，有取利至六七分者，予等颇引为创闻。

大楼之前广场中，有喷水池。池颇大，跳珠溅玉，至为可观。餐毕，宾主环池而立，共摄一影，叶如音君又为陈氏独摄一影，乃匆匆言别。亟驱车至海军办公处，与处中重要职员，略一周旋，亦即兴辞。海军司令沈鸿烈氏，时在劳山，有电来邀同人赴劳山一游，予侪为时间所限，复电婉谢，未能进谒沈氏，与之一谈。且闻劳山风景秀美，竟不获一游，亦颇引以为憾也。

予侪登舟后，舟即启椗。陈中孚氏遣使馈予等大花篮二事，生梨数筐，又每人赠《胶澳志》一部。《胶澳志》为袁荣叟氏所编，叙胶澳沿革至详，于外交上种种创痕，亦纪述无遗。诚有用之书也。船离埠矣，而报界诸君暨官署代表，犹鹄立岸间相送，并于埠头小贩手中，市红绿纸条，掷向船上。予等于舷际接之，各持一端，相对而立。船离埠渐远，纸条亦渐引渐长，红绿相间，临风飘荡，藻采缤纷。且彼此欢呼，互致祝颂。岸上踏歌，此情可感。而一时盛况，亦颇足予吾人以深刻之印象也。

青岛一隅，于商业上外交上关系至大。即论风景，亦尽足留恋，顾吾人以行程过促，竟未能为深切之观察，只于数小时中，匆匆一瞥，亦深负此青岛矣。

七、数小时之大连观览（上）

舟离青岛时，天气颇溽闷。入夜，风浪又作，但不甚烈。须臾风定，继以大雾。舟行每一分钟，必鸣汽筒一次。予等不堪烦扰，皆彻夜无寐，而际安独能酣睡，鼾呼之声，与汽筒声相应答，予侪颇羡之，谓其睡兴之浓，实逾于常人也。

翌晨起，雾稍散，晌午复集，视海中但觉一片苍茫，莫辨云水。向例，约十二时许，可抵大连。是日以浓雾，舟行甚缓。二时许甫达关口，时头等舱客，咸集于餐室中，候医生验病，所谓验病，实亦等于虚文，但见舟中职员，导一医生来，职员执一纸，告以乘客人数，医生遥立门际，展其眸子，向四周略一瞵视，即点首而退。闻三等客检视手续较烦，不知为状果何如也。

三时后舟始达埠，东北文化社沈能毅君，四洮路局长周荃荪君等，已先于停泊海关登舟，远道相迓，意至殷拳。能毅与诸团员，强半为稔友，握手道故，晤谈甚欢。能毅久居沈垣，数年不见，觉丰采犹是，而肤色较黑，非复白面书生之旧态矣。

大连轮埠，建筑之佳，规模之大，实为仅见。吾人登岸后，种种设备，接于目者，直类一极大之车站，时东北文化社招待诸君，已预雇汽车相俟，予侪即驱车至星个浦。星个浦为大连名胜之一，自轮埠达星个浦，车行可半小时，止于水族馆。予侪乃入而稍憩，并进茶点，初思观察水族，第寻索久之，卒不可得。嗣询侍者，始知该馆创设伊始，尚未罗致水族也。顾其地滨海，风景绝佳，予侪出馆外，至海滩前小立，觉风水相激，足畅胸襟，以时间迫促，未能多留。复乘车赴龙王塘。

自星个浦达龙王塘，半为山路，沿途植树，绿荫蓊翳。车行其中，如入画图。实多幽趣，所见山下人家，多小洋房，亦有苑檐蔀屋，皆矮小而整洁，纯为日本化。予既作大连郊外之游，辄发生一感想，觉我国人但能保存天然风景，而不知整理，遂令名胜之区，亦往往道路崎岖，山林荒落，西人善设施，擅建筑，但又似过于整齐，稍欠幽致。日人则于整洁中仍不失雅兴，林野泉石，悉顺其自然。而又加以人工之兴筑与修治，此其经营地方之能力，殊不可及也。

八、数小时之大连观览（下）

车行良久，过一山隧，隧宽而甚长，车过时觉甚幽暗。隧口上端，刻石为横额，予试从车窗中望其字，则一瞥即过，不复可辨。出隧后不多时，即抵龙王塘水源地。所谓水源地者，山中泉水，流聚于此，日人则于高处筑长堤以蓄水，复引水灌注全市。闻水量甚富，足供二十余万人口之所需。至于两年不雨而无所虑，堤障甚高，自下而上，铺细石作斜坡。予侪至坡前，即下车步行而上，势不甚峻，既登其巅，亦稍稍憩矣。从高处四眺，水光山色，俱在目前，景物绝佳。别有巨碑，记水堤建筑之经过，及与于此项工程者之姓氏。匆匆一览，未暇笔录，今亦不复记忆。导游之日人某君语予侪，日人于水源地工程，斥资至二百余万，不可谓非伟大之建筑矣。

龙王塘距旅顺不远，汽车可直达。予侪最初目的，极思得游旅顺，一视战争遗址，但甫离龙王塘，天已垂暮，不得不驱车返。车既入市，同人小憩于大和旅馆，予与竹平叔雍际安诸君，则往访谒当地各报馆及华商公议会。华商公议会，其性质略似商会，但不称商会而曰公议会，在日人治理之下，自含有特殊之意味也。于公议会中，晤职员某君，谓久居此地，见本国新闻记者来，不禁悲喜交集，言下慨然。

满洲日报社社长，于是夕张筵泰华楼，欢宴同人。固辞不获，乃共往赴席。席为中菜，陪宾中多华商及新闻记者。中日两国人杂坐。予侪致询大陆状况，而答者都似未尽其辞。盖虽欲有言，亦未必能畅也。酒半，主人起立致词，同人乃嘱予作答。由鲍振青君译为日语，予亦无他言，但望日本新闻记者，能促起其政府之觉悟。实行真正亲善，共谋东亚永久之和平，与两国人民相互之福利而已。宴毕予侪即驱车赴南满站，乘夜车赴沈阳。大连为日人努力经营之地，一方面市政之设施，实足令人赞叹而资取法，一方面外交侵略之政策与手腕，又非有深密之考察，不能知其究竟。予侪原定抵大连后，至少亦须作一二日之勾留，顾商诸东北文化社诸君，谓沈垣预备招待，早已定有日程，若多事流连，则一切布置，皆因而更变，殊感困难，乃即以夜车行，计滞留仅数小时，可谓来去匆匆矣。

依予侪数小时观察之所得，知日人于大连治安，保障甚力。故下野军阀，失时政客，咸拥巨资而来，几视此为世外桃源，因之地价屋租，倍见增涨，实拜若曹之赐。至于外力压迫之苦，亦殊不言而喻。闻日本当局，对于宣扬三民主义一切书籍，取缔甚严，又中国儿童入学，不得诵读本国出版之教科书，教师讲授，只许用关东厅所颁发之课本，略举一二，可概其余。国人闻之，当作何感想耶？

九、一夜征车到沈阳（上）

南满铁道会社，乃日人侵略东北之大本营。此固夫人知之。盖处今之世，侵略主义，不在武力，不在政治，而在经济；以经济之侵略，其迹象最和平，而收效最宏大也。顾经济侵略，往往以铁道为中坚，今之论者，辄曰权利，苟析而言之，则有权者或未必尽有利，获利者亦未必尽得权。惟铁道事业，得以扩展，则既握实权，又可坐致巨利。即就南满铁道言，自大连迄长春，为其干路，此外有支路凡四：曰安奉线，曰旅顺线，曰营口线，曰抚顺支线。此皆东北商货运输行旅往来之要区，而胥为其铁道贯通之地。一旦有事无论已，即在平时，交通命脉，操诸掌握，已隐然有控制一切之权，至其利益，亦足惊人。据各方统计，满铁盈余，就政府及股东红利并计之，岁可得二千七百余万元，且复有加无已。国人于此，不能不有所警觉，应知所谓挽回利权，所谓防制侵略，所谓打倒帝国主义，非从实际上事业上着力不可。不独非口舌所能奏功，亦断非一朝一夕之间，即有成效可睹。坚苦卓绝，持之以恒，庶或有济。至若激昂之文字，剧烈之呼号，亦徒取快意而已，于事无裨也。

予侪此行，乘南满车者凡三次，虽为时甚暂，而见闻所及，感触至深，殊有不能已于言者在也。自大连至辽宁，为同人第一次试尝南满车之风味。登车已在晚间十时后，夜色昏沉，沿途所经，未能再有所观察。且以连日劳顿，亟欲觅睡，顾此夕之卧车，亦觉别饶奇趣。予侪所乘为二等车，车仿美国破尔门式。闻日人先向美国购得破尔门车若干辆，试用不多时，即自行仿造，与美国原来之式无少异。此亦可见其富有能力矣。破尔门车之特点，在寻常客车，可于顷刻之间，改为卧车，不似他种车辆之必另备卧车也。其构造甚简单，亦甚灵巧，大率分为两层，上层别有机括，日间只需下层座位，客坐其中，固极舒适，入夜则由车中侍役启上层，依其所设机括而平置之，即可供寝息，又系以革带，不虑动摇。下层坐垫，亦可引长，两座相对，适成一榻，然后设裀褥，施帷帐，俨然上下两床矣。第车中客苟午夜梦回，有离床而起者，必先认明卧床之号数，否则返寝之际，灯昏人静，偶一不慎，必且误登他人之床。滑稽电影中，常故作此等状态，以博观客之一笑。予侪于银幕上恒见有鲁莽男子，解衣入帷，与妙龄少女，发生争端者，皆破尔门车 Pullman Car 中之趣剧也。

十、一夜征车到沈阳（下）

予以数夕未得酣睡，即就寝，车中卧具尚洁净，惟覆身不以被而以毛毡，毡粗且重，不甚舒适，殆非佳品也。阖眼即睡去，车走雷声，其声震耳，亦似无所觉。达旦始醒，亟披衣起，闲瞩窗外，沿途景色，至堪赏玩，林木成阴，阡陌相望，足见农产之富。但一树一屋，俱含日本风味。日人心目中，凡满铁轨辙所经，殆早认为势力范围之地。吾人身历其境，耳目所及，固随在有无穷之感喟也。时同行诸君，有善摄影者，于各站车停时，已摄取影片不少。予苦未习此术，只能于脑海中留一印象而已。眺望久之，知车抵沈阳甚早，未许从容赏览风景，亟入盥漱室，略整容发，便偕际安诣餐室进餐。餐室颇小，容客不多，时已有人满之患。伫立移时，始得两座。南满车中侍者，伺客颇勤，唯餐车中往来给事之仆欧，则态度殊傲慢，对日本人极恭谨，西装者次之，御中国装者，列坐其间，彼辈几若熟视无睹，招之来，告以所需，虽勉强颔首而去，必催促再四，始得食。案头盐酱之属，亦常弗备，同行某君，以所食鱼，味淡不能下咽，呼仆欧取盐来，良久不得。张继老坐邻其侧，睹状不复能耐，疾起立，至另一日人所坐案上，取五味瓶予某君，俟其用毕，复返诸日人。日人微睨之，似欲有言，卒亦无如何也。一餐之微，亦令人有不平等之感觉矣。

是晨有一趣事，述之足博一粲。予侪起身后，侍者即收拾卧具，撤除帷帐。而所谓上下床者，亦仍归原状，不复有床之痕迹矣。叶如音君，夕闻登上床，床既拽起，突有水自板隙中下滴，继续弗已。侍者大骇，指问如音，如音亦莫知所以。侍者乃复启其床而视之，则雪梨五枚，已压匾成梨渣。众睹状狂笑。如音始恍然悟。盖夜中苦渴，置梨枕畔，以润枯吻，已食其二。晨间匆促离床，忘未取出，乃如甘露之下降，几令人有不知水从何来之猜想也。

八时许，车抵沈阳，予侪即下车。站上欢迎者甚众，有朱秀峰、张岱杉、邹希古、蔡彬抡、赵雨时、朱海北、吴敬安、于定一诸先生，暨报界诸同业。相见握手，互致倾慕之意。沈能毅君招一俄国摄影师至，为予侪摄取活动影片，并自任导演，嘱予侪谈笑自如，勿露矜持之态。予侪即于镜光中，徐行出站。站外有汽车相俟，每一车前，树小国旗一，车窗上胥贴有"东北文化社欢迎上海报界观察团"之纸帖，盖临时特印者。招待之周，于此可见。同行诸子，遂分乘各车，赴凌格饭店。凌格饭店，在商埠地三经路，沈阳旅馆中之规模较大者也。

十一、辽宁之各方观察（一）

予侪抵辽宁，为五月十五日之晨，离沪仅三日耳。顾舟车迭更，行程綦远，在感想上颇似易地已多，去家已久。于是知客中日月，倍觉其长也。予侪入凌格饭店后，以馆舍既定，即电日报公会，报告行踪，复作家书，寄慰家人。书既发，略一休憩，时已近午，即赴光明俱乐部，应东北文化社之欢迎宴。光明俱乐部，为东北文化社诸君所组织，下层为餐室，楼上为摄影室，此外复有书报室，及冲洗影片之暗室，设备颇周。所治西餐至丰腆，肴核纷陈，佐以音乐，宾主尽欢。席间由朱秀峰君起立致词，述东北文化社之宗旨，并希望新闻记者，本合作精神，加以匡助，使东北文化，日益发展。语甚警辟，予侪于其演词中，可知东北人士，年来对于文化事业，固正在力求猛晋也。

宴毕，即赴飞机场，参观飞机。自光明俱乐部至飞机场，须经中国地，中国地为当地人士之俗称，沈阳市共分三区，曰日本地，满铁之附属地，而日人之特殊势力圈也。曰商埠地，我国所自辟，一切道路建筑，悉依新式，特许外人杂居者也。曰中国地，则固有之旧式市街也。商埠地介乎日本地与中国地之间，颇似含有缓冲之意味。闻诸沈垣报界诸君，谓比来日本地于治安问题，殊多缺憾，夜深地僻，往往有杀人越货之举。迥不如商埠地处本国警权管辖之下，为较安全而舒适。至所谓中国地，则道途之平坦，与街市之整洁，固弗逮商埠地，顾随在表显其北方市廛之特色，与南方气象，截然不同，自予侪视之，颇觉饶有意味。予在车窗中，见有为新嫁娘舁奁具者，咸着红衣，戴大笠，杂以大锣及鼓吹，为状实呈奇趣。又旧时骡车，亦常见之，男女多人，杂坐一车，男子坐辕前，执鞭为御，女子居车内，青衫红裤，簪花傅粉，犹是旧时装束也。又沿路所见旧式店铺，亦有一特点足述：除市招外，又恒以实物为标识，如钱铺门前，俱悬绝大之制钱一巨串，此系特铸之商标，较寻常制钱，大逾数倍。市膏药者，则有一大膏药，贴诸门首，此在南方，殆亦罕见也。

予因纪沈阳市街状况，又兼及一事，则市中汽车，车前各悬一赤色之箭，以视车行之所向，径向前进者，箭镞下垂，车行至路角，欲折而向左者，與夫即捩其箭向左指，右转者右指。箭为玻璃质，空其中，夜间燃小电炬，透明有光。路人视其箭，即知所趋避，盖东北各地路政之设备，尚逊于沪渎，道旁树红绿灯以为车马行止之符号者，犹不多见，乃不得不藉兹赤箭，示车行之准的。且不独沈阳如是，若哈尔滨，若北平，车前皆有此一箭也。

十二、辽宁之各方观察（二）

辽宁方面之于飞行事业，已有相当之历史，与适宜之规划。所谓飞行大队，论其内容，可析为四部：一、教练处；二、修机厂；三、停机场；四、飞行场。予侪既入门，先由大队长徐氏及诸教官导观教练处，其组织与设备，略如学校，凡驾驶飞机及空中作战之人才，胥出于是。徐氏就各种器械及图片，加以说明，口讲指画，不厌其详。予侪虽未能彻底了解，聆之亦殊津津有味。继至修机厂，观各项机器及修理工作，闻诸徐队长，谓除修理外，亦可兼造飞机上应用各机件，惟发动机尚未能自制，不得不仰给于舶来品也。停机场中，贮新旧飞机甚多，予侪询以现有飞机之总数，则云机件完备，立可应用者，约八十余架，若并旧时购置，略事修理，即可飞航者计之，可二百余架矣。予侪所见，有一二飞机，机身甚大，可容三十余人。若移作民航之用，以此载客固极利便也。自停机场出，至飞机场，则飞机若干架，已排列以俟，盖将试演列队飞行，供予侪之视察也。飞机场极大，时别有飞机二架，回翔空中，实地摄影，而俄国技师亦疾摇其摄影机，为予侪摄取活动影片。沈能毅君嘱予与徐队长对立飞机前，摄一放大之影，并倩蕴和、继斋两老及汪仲韦君，亦各就机前摄影。后此曾映于银幕，觉别饶兴趣也。摄影毕，场上诸飞机，已相继鼓翼而上，盘旋天际，顿呈奇观。予侪以时间匆促，即与徐队长暨诸教官握手言别，颇以未得凌风一试为憾也。

十三、辽宁之各方观察（三）

是夕张汉卿氏，宴同人于司令长官公署。张氏尚在少年，状貌奕奕，视昔者莅沪时略见清癯，而神采依然。态度至和蔼而诚恳，谈吐豪爽，为予侪述东省近状，并论国家大局，俱切要而有断制。席间肴馔甚丰，宴饮言笑，不以繁文缛节相拘。酒罢，张氏乃起立为简短之演说，词虽不长，而语语真挚。其主要之点，在希望舆论界，对东省政治，及一切建设，为诚恳之批评与指导，同时引起全国人之注意，使彻底了解东省所处地位，与实际状况，勿为秦越之视。末复论及外交上种种危机，谓本人既负边防重任，不啻为全国司东北之筦钥，顾外患已深，时用兢惕，尚求全国一致，起为后盾，方可固我疆圉，不致为人所乘。予侪聆言，咸为动容，盖深感其词之痛切也。闻诸东省人士，谓张氏思想甚新，对于历年外侮逼迫战祸蔓延，确有极深之刺激，皇姑屯之变，创痛尤剧，当时绥定群众，应付强邻，苦心支持，至为不易。事过以后，乃愈感于统一之不容或缓，决心易帜。日本方面，对东省易帜，阻挠甚力，且多恫吓之词，而张氏不为动。有于张雨亭时任顾问之某员，更以老辈自居，辄语含讥讽，直谓张氏少不更事，苟不听老成之言，必贻后日之悔。张氏愤甚，即冷然答之曰："予诚年少，然有一言，不能不为君告，则贵国天皇，年事似亦与予相若也。"日人为之语塞。此予侪在长春时聆某报记者演说，言之如此，亦外交史中之一轶闻也。席散复开映东北文化社所摄制之影片，字幕出沈能毅君手笔。词句简明，而书法亦甚挺秀。予侪笑谓能毅之字，映诸银幕，倍觉其美，可谓字幕明星。电影共分如干幕，多关于东北文化事业者，而易帜一幕，尤令人意志奋发。

电光中现青天白日旗，猎猎风翻，似告人以革命努力，统一成功。于是掌声齐作，宾主同欢。予侪以为时已晚，亟起立兴辞，张氏复以国庆阅兵纪念册及中山装小影赠同人。人各得其一，颇足为此行之纪念也。

十四、辽宁之各方观察（四）

沈阳兵工厂，规模宏大，为全国之冠，予侪闻之熟矣。十六日晨起，汽车已候于门外，同人匆匆进早膳毕，即驱车赴兵工厂。先憩于职员俱乐部，四壁悬照片甚多，而杨宇霆之小影，亦赫然在也。闻俱乐部为杨所创，因留此纪念，此在沈阳兵工厂历史中，不可谓非一小沧桑矣。厂址至大，予侪以汽车行，经其外垣，须历十五分钟，始及门，可知占地之廓。予于参观时，遇旧时同学汪熙伯、王月秋、李维城三君。汪君于四年前返沪，曾一遇之，王李二君，皆十余年不晤矣，久别重逢，倍形欢洽。惜相见匆促，未暇絮絮道契阔也，汪君等即导予侪观览各厂，并详述机械之构造，与工作之程序。特予侪于兵工之学，均非素习，又以为时过迫，所至者仅炮厂枪厂铜引厂诸处，未窥全豹，益如刘老老之入大观园，但觉眼花瞭乱而茫无头绪也。厂中重要职员语予，全厂每日可造枪四千余支，年可铸重炮十余门，枪炮皆极新式，枪弹炮弹之出品，更多而且速。但军缩会议，既议决限制军备，此间当局，已决然将一部分机械，改造实用物品，已定有计划，逐渐见诸实施。此语张汉卿氏亦曾为予侪言之。兵器销为日月光，固国人之所靳望者也。厂中职员至多，工人更在数千以上，舍俱乐部外，复有医院，供疗养；有小学校，供子弟就学。厂距市颇远，顾附近居屋商店，鳞次栉比，胥为职工聚处之所，虽非繁盛，亦居然别成一里闬矣。予以是日匆匆一览，所得过少，乃约熙伯、月秋、维城三君于翌晨七时过予，予因稍稍询问一切，于兵工厂之沿革及其组织，略得梗概。管君际安，笔而录之，将编入日报公会之报告册中，予今兹所纪，限于篇幅，不复缕述矣。

予侪自兵工厂出，即赴迫击炮厂。沈阳之有迫击炮厂，创始于民国十一年，最初由英人沙敦主其事，厥后屡经改革，胥出于今厂长李宜春君之规划。沙敦旋去职，遂由李君以全权主持一切矣。李厂长年少有干才，任职以后，力求精进，今者厂中所制各炮，皆最新式，且不模仿外国，往往有参酌改造，而其制视原样为尤轻便锐利者，斯亦未易多得也。予侪参观之际，由厂中职员，取大小各炮至，自炮身炮弹以及各零件，乃至种种附属用品，全体卸除，逐一指点，予侪虽未明此中构造之原理，而观其机件之装配，亦了如指掌。李君复导观各部工作，迫击炮厂所有机械，如刨床钻床锯床之属，其制极精亦极新，且甚合于制造工商物品之用，初不限于兵器也。李君指示予侪，有一小部分机械，已改造生产用品，其成绩最佳者，为室中所用之暖汽水汀，东省入冬以后，天气苦寒，需用水汀至多，苟悉能自制，颇足抵制舶来品也。迫击炮可谓为战争之利器，实亦炮中之最轻灵者，炮件可随时拆卸，分置马背，有马三四乘，足驮一炮，于是能涉水，能登山。李君曾令迫击炮队士试演装卸炮件之工作，约十数分钟，即可蒇事。具见其纯熟也。李君除精研制造外，于工厂管理尤饶经验。厂中附设医院及俱乐部，布置井然。予侪参观既毕，日已晌午，即与李君握手言别，而厂中工人，亦散归就午餐，汽笛一声，集队而出，悉衣蓝布制服，整齐严肃，为自来各工厂所仅见也。

十五、辽宁之各方观察（五）

近沈阳者，无不知有东北两陵，东陵为清太祖陵，在沈阳东北天柱山，原称福陵，北陵为清太宗陵，在沈阳西北隆业山，原称昭陵。东陵较远，且予侪莅沈时，路坏而修理之工未竣，汽车不易行，故游踪所至，只及北陵。闻诸人云，东北两陵，规模相仿，特东陵风景，似更幽蒨耳。自沈阳赴北陵，有铁道可通，为北宁路之支线，盖北陵已附设公园，当局因特辟斯路，藉便游客也。予侪自迫击炮厂出，即乘汽车至车站，易乘火车，于车中晤北宁路局长韩寅阶君，招待至周。韩君曾留学外洋，学识经验，两俱丰富，为东省新派人物中之一健者。车行不多时，即达北陵站，予侪下车后，先诣北陵别墅。北陵别墅，为张汉卿氏所特建，初为私人游息之所，今则已捐诸市政府，将开放为公园之一部分矣。别墅建筑绝精美，悉取洋式，而饶有雅趣。予侪登楼一观张氏之卧室，及其燕居之室，俱甚整洁。张氏喜植松，园中松树至夥，皆长干虬枝，如张翠盖。是日苦热，凭栏小憩，觉松涛四起，竟体清凉，致足乐也。楼下餐室，亦颇宽敞，予侪略一游览，即入坐就餐。餐毕复在园中摄影，乃驱车赴北陵，由沈阳市长李法权君任招待。奉天有三李，一为前所述迫击炮厂长李宜春，一即李市长，又其一则为无线电监督李德言君。三李皆在少壮之年，而又同任要职，富于才略者也。北陵多松，约数千株，森森古树，高可参天。予侪身入其境，觉幽然有古趣。北陵建筑至闳壮，正门以外，行数武，辄有一茶座，盖游客休憩之所也。门以内，为一广场，华表高矗，丰碑直立，顿觉气象庄严，复有石狮石象石马之属，皆承以石座，予与际安曾攀登石狮座上，倩因心摄影，际安拊狮背，予则以一手加诸狮首，厥状颇怪，亦别有风趣。前进，为隆恩门，入隆恩门，乃达隆恩殿，殿高而雄伟，朱柱碧甍，益形壮丽。殿前石阶，高数十级，悉以白石筑成，石白润如玉，或云玉也。石上琢盘龙，工纹极细，此则清室宫殿，殆靡不如是。予侪散立石阶上，合摄一影，或趺坐或高踞，或倚栏而立，为状至不一致，以视他处摄影，恒排立作雁行者，生动多矣。殿后即为陵墓，墓门扃闭，不能知其中之作何状也。

游观良久，李市长乃招予侪至休憩处，进茶点。案头有一巨册，阅之则有诗有文，盖游人过此留题，以志鸿雪者也。予侪乃共推叔雍着墨其上，为此游留一纪念。叔雍固善用临阵脱逃之计者，而计不获用，乃濡笔疾写，顷刻成一小记。予侪环立案前观之，文固简洁可喜，字亦极挺秀，可谓翩翩书记才也。时予以屋小人多，颇觉其闷，方欲出室小憩，忽一人搴帘入，握予手曰：愿藉今日片刻闲，为君留一小影。视之则司令公署副官长杨安铭君也。予亟颔首曰：大佳大佳。因相偕出，至廊外，杨君即安排摄影机，为予摄一影，继又与予并立，合摄一影。后此杨君以此两帧小影见贻，俱极清晰。杨君有摄影迷之称，其技盖亦甚精也。杨为人至豪爽，好交游，虽起起呈武夫态，而雅好文学，尝为予言，曩在校中读书时，即喜阅予所著各小说至于忘倦，今得晤言一堂，颇引为快慰。予闻其言，深自惭恧，然数千里外，得此文字知己，亦甚感其雅意也。

十六、辽宁之各方观察（六）

予侪未至沈阳，即耳东北大学名，知为三省健才之地。东北大学，距北陵至近，予侪既去北陵，即趋赴东北大学。至则见校舍崇闳，气象壮阔。副校长刘风竹君，肃客入厅事小憩，先进茶点，刘氏乃为予侪略述东北大学以往之历史，及目前一切设施状况。谓大学创办，迄今仅五年，顾学生亦已有一千六百余人，内女生七十余人。先后成立文法理工教育诸院，颇费经营，而工科之设备尤艰，积时数载，耗资至数十万，始得规模粗具。至教学宗旨，完全注重一专字，校以内事，校外任何人不加干涉，校以外事，校内任何人不加参与。张汉卿氏虽居正校长名义，且曾捐其私财百五十万，以供校中之建筑费，顾对于校中用人行政，悉由刘君主持，从不过问。此足证前说之非妄也。校中所聘教授，月俸恒在四百元以上，次之三百余元，助教之俸最少，亦可得二百数十元，故任教职者，咸安心任事，相约不复于校外更兼他职。至于学生，因身处东省，逼近强邻，咸怵然于救国须求实学，宁暂时忍痛，闭户读书，以为日后奋发之计，而不以空言相尚。盖于春风化雨之中，寓尝胆卧薪之意。此足证后说之不虚也。予侪目睹频年以来，国中学潮迭起，教育界恒呈骚然不宁之象，颇引为隐忧，闻刘君言，可知东省教育，固具有特殊精神也。刘君复导予侪参观理工两科各教室，仪器之多，设备之周，实为罕觏。有研习化学分析之天平室，室中列天平若干事，咸承以石案，地间亦铺石，至平稳，使天平不受些微震动，以之衡物，乃无毫厘之差，是曰标准天平。光学试验室，置仪器尤夥，验光摄影，诸具咸备。工科别设工厂，基金三百万，知其规划之远且大也。予侪以时间迫促，未参观工厂，仅于课室内见学生从事于各项小工艺之制作，亦颇饶兴趣。校中建筑尤伟大，礼堂华美，几如舞厅，且多地下室，此为寻常学校中所不多见者。予侪出校后，刘君复登车前导，引予侪游行校址一周，校址极广，占地计二千余亩，可独立自成为一大区域，除现有校舍及工厂外，盖尽多扩展之余地也。

既自东北大学出，顺道至球场。张汉卿氏喜运动，特辟球场，中西人士，辄集于此。张氏每日下午，亦恒偕其夫人，莅场击高尔夫球，以此为乐。予侪至场中，为时已晚，夕阳西下，秋戏散矣。张氏与其夫人尚未行，张氏身御绒线织小袄，长袜短裤，夫人着红衫，着西装。两人俱手持击球之杖，见客至，含笑相迎，同人固携有摄影器，与张氏谈数语，即请留影。张氏颔之，因在球场中，与其夫人并立合摄一影，意态闲逸，饶有西洋风派也。

十七、辽宁之各方观察（七）

前述之东北大学，为弦诵之地，今则将转笔而及于舞蹈之场矣。凌格饭店，附设跳舞场，平时于此中映电影，值星期则有舞会。盖沈垣跳舞，亦早成时尚，闺秀淑媛，都乐此不疲。十六日之夕，东北文化社及各机关，特在凌格舞场，开正式跳舞会，欢迎上海新闻记者。华灯既上，裙屐毕集，各领事亦偕其夫人莅止，此外男宾为各机关重要职员，女宾多大家眷属，钗光钿影，列座四隅。予所识者，为沈能毅夫人、朱海北夫人、吴敬安夫人，俱善词令，善跳舞，沈垣之交际明星也。主人坚请予侪参加跳舞，顾同人中不仅予为不舞之鹤，余子亦多属门外，只君豪、振青二君能舞，略事周旋，得免减色。是夕乐声铿锵，舞影蹁跹，颇称盛举。舞兴既阑，复进冷食，主宾又列坐场中，合摄一影，始络绎散去，则已破晓。场中复有一趣事可记，时适有一俄国剧团过沈，团中都为矮人，虽垂老之妪，亦短小似侏儒，至堪发噱。全团亦寓凌格饭店，舞会既开，主人特招之演剧助兴，登场扮演拿破仑与约瑟芬化离故事，所操皆俄语，不知作何词，细聆之，似云"雪立雪立蓬"，同人戏从而效之，后此凡遇烦难不可解之事，辄曰"雪立雪立蓬"，几成为一种口号。第闻凌格舞场中，一夜"雪立雪立蓬"之所费，盖在五百金以外云。

十七日晨兴即驱车出参观无线电台，由电政监督李德宣君与无线电台长屠伯起君任招待。无线电台，所置机械，多而且新，予侪对于电学，都未研究，观览之际，苦难了解。幸同行有恽荫棠君，为无线电专家，于是详加研讨，兴致独高，同人乃公推恽君专任关于无线电与电政方面之记录，恽君欣然诺之。异时当有详确之报告也。今兹所可得而言者，东省无线电，在最近数年中，实有极神速之进步，凡东北各大都市，俱设置电台，且多为短波，可与国内外直接通电，而播音之用亦极广。叔雍与屠伯起君有戚谊，谈次，屠君请就同人中推定一人，任播音演讲，报告东北观察之实况，同人俱逊谢弗遑，而叔雍独倡议，欲以予承其乏，予曰不然，播音须嗓音嘹亮而国语流利者为佳，必欲举行，非叔雍莫属。竹平、际安以为然，力附予议。叔雍遂无可辞，即于是夕诣无线电台，为一小时之播音，甚觉其劳。事后叔雍颇怼予，予笑曰，君殆作茧自缚耳，然登高一呼，声闻遐迩，亦足以自豪矣。

十八、辽宁之各方观察（八）

清故宫居城之中心点，昔为禁地，今则宫前辟为马路，宫亦开放，陈列古物，号曰故宫博物院，已成游览之所矣。征诸载籍，故宫殆草创于天命，营建于崇德，增修于乾隆，旧分三部，东曰大政殿，中曰大内宫阙，西曰文溯阁。大政殿为清太宗议政之殿，左右列署十，为诸王大臣议政之所，俗称十王亭，对面有小亭，内树残石经幢，镌大唐开元年号，俗称十面石。大内宫阙，正门曰大清门，正殿曰崇政殿，原名笃恭殿，左右两阁，曰飞楼，曰翔凤。殿后凤凰楼，高踞层阶，实为内宫门，清崇德元年，定宫殿名，并册封后妃。中曰清宁宫，东曰关雎宫、衍庆宫，西曰麟趾宫、永福宫。永福宫为庄妃所居，庄妃为清世祖生母，世祖实诞生于永福宫，此在清室历史上，固甚有纪念之价值也。故宫博物院，主其事者为金息侯先生，故宫旧藏古物，俱已移至北平，今所留者，只剩余之一部分，但亦足供考古者之研索也。予侪入正殿，即见有巨熊二，分陈左右。所谓熊，仅存皮毛，其身已易以木制，望之尚庞然可怖，云清世祖畋猎时所获者也。宫内悬列代帝王像，并列古乐器，种类甚多。帝王像非原本，为杨令茀女士所临摹者，以一女子而具此大手笔，亦殊不易矣。又见有铜版，如干方，皆绝巨，而雕刻颇精细，视之为前清地图，其时吾国印刷尚至简陋，此数铜版，必为外人所制也。清宁宫中陈列品最繁夥，清宁宫前为寝宫，后又改为祭祀之所，宫门右侧有一小室，室内有炕，云是帝后大婚，嘉礼既成，即坐于炕上，行合卺礼，迄今视之，室盖至狭，且甚陋也。室外又有一大炕，所以供寝处者，亦朴质无华。炕前数武，即为锅灶，旁置铁勺之属，云所以煮肉者。意者清初宫中生活，亦甚单简，寝于斯，食于斯，尚无所谓宫室之美也。此外所见各物，皆饶有奇趣，约略记之：则曰御用履，履极大，不知何以能适足。曰子孙索，以彩线络成，上有结累累，云后妃生子或女，则就原有之索，更接系彩索一小段，而为结以记之，索愈长，则子孙愈繁昌，故有是名。结绳以纪子孙，可谓子孙绳绳矣。曰信牌，殆即遣使召将时所持以为凭证者，上有文曰宽温仁圣皇帝信牌。又有跳舞灯，于跳神时燃之。有腰铃，跳神时缚于腰际而狂跃作舞。有祭神铃，相传祭神时，灯熄后铃必作响，响则神来。以上皆祭器也。有仪刀，刀甚长，状似寻常所见之马刀。有响箭及箭壶，箭干极长。有御用盔及锁子甲，甲以极小铁环连锁而成，颇细密，盔至大，甲尤长，披甲戴盔以作战，可想见其躯干之伟岸。有纯正神枪，其制极粗拙。顾在当时，殆已为新发明之火器，有红衣大炮，则即清室所恃为战胜攻取之利器，而著称于史乘者。以上皆军用品也。予侪于清宁宫中，观览最久，自清宁宫出，复至衍庆宫，见有步舆，以藤制，藤极细，龙杠，云为帝后往来宫中时，用以代步者。舁者十六人，尚非正式之銮舆也。继登凤凰楼，中悬功臣像，及慈禧太后御容。案头杂置各类文件，其最足引人注意者，为慈禧手钞心经，经册两端，一绘慈禧像，作观世音装，一绘李莲英像，饰韦驮，然则慈禧之视李，固俨然一护法尊者矣。复睹宣统所书字帖，上书主善为师四字，有硃笔加圈其上，盖宫中从师授课时之陈迹也。倘入遗老之目，当不胜禾黍之感矣。

十九、辽宁之各方观察（九）

文溯阁中，藏四库全书，张汉卿氏近方定议影印四库全书，特组织委员会，杨云史、夏颂莱诸先生，皆与于委员之列者也。特事甚繁重，而所费亦绝巨，尚未有确定之办法。但闻美国方面，已有预订者，足征年来外人对于中国文学，固甚有研究之兴味也。自故宫博物院至文溯阁，有门可通，取径至便。予侪入藏书之室，见满室皆书笥，直似置身书城中矣。四库全书，册帙并不甚巨，全属钞本，书多不暇遍阅，主事者任取数册，俾供浏览，则玉版硃丝，阅时已数百年，而纸张犹洁白可喜。字俱作工楷，卷末缀以臣某某敬书字样，职官姓氏皆备。统计全书，殆不知经几许人手抄，乃始成兹极繁博之册籍，欲谋保存国粹，宣扬文化，固不能不重视此书也。第细观书法，佳者颇少，盖奉敕敬书者，亦未必尽为书家耳。清风入户，杂以香味，初疑为篋笥之属，或制以香木，细辨之，则为樟脑，殆杂置书中，以防蠹鱼者也。予侪徘徊良久，乃始兴辞。宫中游览，阁内观书，俱承金息侯先生殷勤款接，后此离沈阳时，复以自书楹联相赠。先生书法，夙为世所重，今于数千里外，得其手笔，弥足珍也。

沈阳教育会，附设于文溯阁内，予侪参观四库全书既竟，教育会长王君，乃邀予侪至会中小憩，并以茶点相款。会中四壁，遍悬照片，强半为关于教育事业之摄影。王君并为予侪述沈阳中小学状况，及教育会成立之经过。惜时已亭午，而予侪适有省政府之招宴，即当趋赴，于是匆匆言别。王君亦只略述梗概，似犹未尽其辞也。

二十、辽宁之各方观察（十）

辽宁省公署，即前清督署旧址，徐世昌任东省总督时所建者也。屋宇正面类洋房，而左右列屋若干，又参以中国式，规模至大，厅事尤宏敞。予侪抵辽时，省政府主席翟文选氏，适在病假中，招待新闻记者之宴，由高纪毅、何茂如、邢隅三、许季湘诸省府委员作主人。来宾至多，除视察团同人外，当地各机关领袖及各界中坚分子毕集。厅中列长案作 U 字形，座客为满，设西餐，至丰且洁，佐以军乐，亦盛会也。酒半，高纪毅氏起立致词，高氏发音甚洪亮，而措词极沉痛，力陈强邻侵略之阴谋，与外交情势之迫切，令人感奋。高氏又谓日人方面，近方注重移民政策，而利用朝鲜人为前驱，年来东省边境及满铁附属地，三韩人民，移徙而来者，日见增加，而我方所谓移民实边之议，依然徒托空言。荒原大漠，地旷人稀，更何从为抵制之策？深望新闻记者，速引起南方人士之注意，使知东北地土广大，物产丰富，不患人满，转患人少。苟南方人民，有志企业者，能投资东北于国于己实两有裨益，即平民苦力，转徙至此，亦大可从事垦殖，不难自谋生活也。至于观察团，自远道而来，东省人士，尤极欢迎，盖必先为实地之考察，而后一切状况，可以周知，始得免于隔膜。日人之组织观察团，游历东省者，年必十数起，综计人数，先后已达万余人云。予侪闻斯言，益为动念，东省为吾国土地，外人之注意，如此其切，而国人视之，转若不甚热烈，乃至集合团体，远行考察者，尚以此次新闻记者之北游为发轫，以前殊无所闻焉。相形见绌，至于如此，得不为之太息乎？是日之宴，为时颇久，席散，已午后二时许。主宾合摄一影，始兴辞登车。予于省政府中晤夏颂莱先生及沈泽甫姻兄，皆阔别十余年矣。顾迫于时间，只匆匆问好，未暇细谈，良久怅然。

二一、辽宁之各方观察（十一）

予侪抵辽后，报界各同业，至凌格饭店见访者，络绎不绝，相与谈东省政治外交，亦至详尽，雅谊殷殷，弥足感也。十七日之夕，沈垣同业复宴予侪于光明俱乐部。主宾既集，先登楼摄一影。室中四布镁光，光线至烈，热不可耐。摄影者为一俄国人，端详审视，共摄二影，良久始成。予侪俱汗透衣襟矣。摄影毕，乃进餐，由东三省公报王希哲君主席。王君已垂老矣，而精神饱满，酒半酣起立致词，词意颇致慨于全国舆论界之未能团结，希望此后南北各地报馆，能彼此提携，组织一全国报界联合会。可谓语重心长。同人嘱予致答，予答词甚简，但表示赞同主席之意，并云吾人处国民政府之下，觉凡百事业，俱有革新气息，与以前军阀时代，截然不同，则舆论界前途，一方可得当局之扶植，一方更望本身格外努力，亦深信其必能发扬光大，焕然改观也。予言甫毕，而邹作华氏至。邹氏在辽宁军界为中坚人物，此固予侪所习知者，近方致力于屯垦事业，成绩卓著。邹氏容貌魁梧，而态度至诚朴，关于兴安区屯垦，对众作简单之报告，并谓已携得屯垦影片来，可供诸君观察。时席间亦已酒阑矣，予侪即起立谢主人，请观电影。于是复登楼，侍者已布置就绪，列座二十余，俨然一小电影场也。兴安区屯垦影片，分为若干卷，自定计出发起，迄耕田植树，实施垦植工作止。予侪于影片中但见邹氏率其部属，时而驰驱荒漠，啮雪餐风，时而跋涉山林，披荆斩棘。此中艰苦，不言而喻。其最感兴趣者，为邹氏身入蒙古包，与一年少垂辫之蒙王相款洽，又诣喇嘛庙受多数僧侣之欢迎，此种俗尚人情，殊觉别有天地。予侪虽为行程所限，未能身历其境，而银幕所见已足增进知识，不啻远游，较诸观其他平淡无奇之电影为乐多矣。

二二、长春道上

予侪留辽宁三日，即于十八日行。以辽宁区域之广漠，物产之饶富，事业之发达，与夫内政外交种种关系之重要，纵令经年累月，博访周咨，亦未必能穷其底蕴，予侪走马看花，匆匆一瞥，所得者盖犹不逮什之一二，以言观察，亦深自愧也。

自辽宁至哈尔滨，必经长春，长春殆为南满与中东两铁道之衔接处，长春以南，仍乘南满车，过长春，乃易乘中东车。予侪十八日晨起，整理行李毕，即与招待诸君，共驱车赴车站。至则为时已促，车将行矣。匆匆登车，客多座满，伫立良久，始得隙地，坐甫定，瞥睹杨云史先生，于人丛中侧身而进，亟起立迎之。予与云史先生，别二年矣。丁卯之夏，予赋悼亡，时云史先生适在沪，贻书慰藉，情意肫挚，至今犹令人感念。此次抵辽，仓猝鲜暇，未尝趋访，转劳相送，至以为歉。且握手仅道三数语，汽笛已鸣，云史先生亟返身下车。暌隔数千里，才得相逢，仍未获一倾离绪，于以叹人事之多劳，而聚散之靡定也。

予侪是日所乘，为二等车，人数颇多，偏处一室，其中复杂以他客，同人颇苦其拥挤，予则谓多人聚处，恣意言笑，转可免旅途寂寞也。车中未具餐，沈能毅君备有鸡肉三明治，出以饷客，略可果腹。沿途景色至佳，于车窗中眺望四野，禾麦杂粮之属，播种殆满，俱青青有生气。树木亦多，皆葱茏可悦。但树之种植，屋之构造，田畴之整治，处处由物质上表现其为日本化，车辙所经，几如身入扶桑三岛，不知引起人多少感喟也。站次停车，售食品者颇多，亦完全为日本式，同人有饥肠辘辘，不复可耐者，多购便当食之，便当以篾片为盒，盒作方形，中贮白饭及鱼肉胡萝卜各少许，附以竹箸，人手一盒足供一餐。诚哉其为便当矣。顾鱼腥不可食，只萝卜略可口耳。便当一事，市小银元四，价不甚昂，别有一种食物，以鱼皮裹糯米，油煎甚透，状如角黍，又类沪人所食之尖角油豆腐，同人中多购而啖之，云味颇佳。不知其何名也。站中亦有售茶者，泥制小壶一，茶杯一，茶尽则壶与杯可任意弃之，以其不值钱也。茶味极淡，几同白水，但资解渴而已。南满各站，又有一特点，每至一站，站上仆夫，辄高呼站名，更番不已，以促旅客之下车，藉免误站。但所呼都为日本语，予侪不谙日语者，仍不知其作何词也。

车行抵长春，已万家灯火矣。长春为东北一大埠，予侪驱车过市，但觉商肆栉比，至为繁盛。但迫于行程，未暇小作勾留也。是夕长春报界及教育界宴予侪于酒楼，共设四席，由大东报社长霍战一君主席。霍君于席间为长时间之演说，予当时未加笔录，已不能尽忆。大致对于东省人民所受外交侵略之痛苦，论列至详。中有一语，殊令人引起深切之注意，则谓东省农产之大宗为大豆，而大豆出口，必须经大连，港口交通，权不在我，若何运销，实际上依然受他人之控制，即大豆市价，涨落无定亦常为日人所操纵。质言之，不啻全省人民所恃以为生活之命脉，仍握于他人之手也。霍君语毕，吉林二师校长谢雨天君，二中校长邹陆涵君，长春自强校长杨世桢君，又相继致词，词多痛切。谢君注重移民政策，谓以前鲁省军阀，虽备受舆论攻击，但亦有一功绩，堪以称述，盖若曾能使直鲁百余万难民，迫于饥寒，辗转徙入东省，从事垦殖。不啻为移民政策之实行家也。邹君谓东三省人生理上有一特殊标识，其后脑多扁平，诸君注意，凡见有后脑扁平者，什有八九，可断定其为东三省人，然于此有一转语，须知东三省人亦多汉族，不可尽目之为满人，究之满汉亦同属一家，但在日人方面，恒以外交关系，必处处特提满洲二字，称东省必曰满洲，一若可别于中国幅员之外，称东省人民必曰满洲人，一若可别于炎黄族裔之外，假令国人亦从而和之，对于关外，亦稍存歧视之念，则不察之甚矣。两君所言，其词近滑稽，然非戏语，实痛语也。杨君则注重太平洋会议，其词颇长。予以诸君所言，俱足发人深省，因择要记之，原阅吾文者加以思考也。宴将毕，有不速之客至，则哈尔滨诸同业所推欢迎上海记者团之代表也，由主席介绍，与同人相晤，略谈数语，为时已晏。予侪即起立辞主人，匆匆赴车站，乘中东车就道。

二三、 中东车与莫迭尔饭店

中东车之设备，殊胜于南满，予侪所乘，为头等卧车，每室容上下二榻，室中有小案，上置台灯，笼以粉之绸罩，殊美观。室内颇宽展，人处其中，足有回旋之余地，至为舒适。两室相并者，内部别有门可通，启其门，乃合两室而为一，倍形轩敞。室外行人之道，亦甚宽，二人可并行也。窗际垂小方板，承以螺钉，拨其板而平置之，便成小案，旁设小机二。惜予侪登车，已在夜间，沿途各站，均于梦中过去。偶瞩窗外，亦昏黑不可辨，否则凭窗小坐，闲眺野景，当别有佳趣也。盥漱室及厕所，俱甚精洁，侍者为俄人，略谙华语，待客甚恭谨。予所处车中之侍者，年事已老，白发盈颠，自云服役中东车，已数十年，殆亦饱阅沧桑矣。卧具略旧，尚洁净。予侪初意自长春达哈尔滨，气候必渐冷，因闭户覆厚毡，酣然高卧。比醒，则汗涔涔下，转苦闷热。车行亦甚平稳。予尝笑语同人，谓乘中东车，纵时日略久，可不生厌。盖浑忘此身在行旅中也。晨起，略事盥漱，侍者以茶点进，茶点殊不甚佳，差足充饥而已。于车中过王研石君，王君服务哈尔滨报界有年，熟于哈埠情况，颇足为予侪向导。晤谈片刻，而哈尔滨至矣。

时哈埠诸同业及各机关各团体代表，已群集车站欢迎，人数至多。予侪下车后，欢迎诸君，大呼口号，可五六语，其声甚纵，予侪闻之，颇为气壮，且亦甚感其盛意也。继复导予侪入站中茶点室小憩，茶点室至宏敞，案头列巨盘若干事，分陈水果饼饵之属，杂以鲜花，布置至为精美。予侪略一休憩，即驱车赴莫迭尔饭店。

莫迭尔饭店为哈埠旅馆中之最著名者，位于道里。哈尔滨全埠，大率可分为三大区域，曰道里，曰道外，曰南岗。道里道外，即以中东铁道为界，道里为最繁盛之区，即昔日之俄国占用地也。道外为我国自辟之市街，今属滨江县治。南岗亦称秦家岗，纯粹旧式街市，顾商肆居户，亦颇繁夥，特道路殊欠平坦耳。莫迭尔饭店规模甚大，屋凡三层，颇高敞，有餐厅，有客厅，有电影场，皆极宽大。内容陈设，亦至整洁，拟诸沪上，视大华或犹不逮，然亦在其余各饭店以上矣。予与叔雍、际安同处一室，室不甚大，内列小铜床，甚精致。卧室内间为浴室，其外间为会客室。每日房价，为哈洋十五元。哈埠食宿之费，及一切物价，悉以哈洋计，予侪至哈埠，悉以所携纸币易哈票，始能通用。哈洋一元，核诸市价，约合普通银元七毫余乃至八毫。哈埠生活程度至高，物价尤昂贵，即就莫迭尔饭店言之，予与叔雍、际安，曾令侍者备早点，人各进咖啡一杯、土司二片，而视其账单，则三人所费，已需哈洋四元五角。某君进晨餐，所食亦仅一汤一鱼及冷肉数片而已，顾此一餐之费为值已达哈洋七元以上。此外食香蕉一枚，需费三角五分，饮白开水一杯，亦需费二角。在未莅哈埠者，闻予言或且以为诞也。

二四、哈尔滨之今昔

哈尔滨最初不过一渔村耳，自开拓至今，其历史亦仅仅十年。先是，哈埠完全在俄人掌握中，经之营之，渐以繁盛，迨中东铁路成，商贾往来，货品运输，俱以哈尔滨为中心点，于是其地位乃日见重要。前清之季，始辟为商埠，然实际上主权仍不在我，不啻一俄人特创之势力圈而已。至欧战骤作，苏俄革命，哈埠情势，亦随世界潮流，起一绝大变化。我国政府，始收回政权，改设特别区。全埠状况，焕然改观。故就哈埠种种经过言之，殆可分为四大时期，在俄人开创之际，为第一时期；设埠通商，为第二时期；苏俄政府成立，彼此订约，收回中东路界政权，为第三时期；今者中俄之间，风云紧迫，果使公理得伸，大局奠定，则此后积极发展，又将入于第四时期矣。

哈埠在历史上既久受俄国之同化，故直至今日，依然处处呈俄罗斯色彩。道里一区，屋宇之建筑，悉为俄国式，市肆所陈列，悉为俄国货，乃至餐馆之供食，都属俄国菜。街头碧眼虬髯，憧憧往来者，亦触目皆俄国人。予侪于此，几如身入异域，颇引起感喟。但自特区设立而后，吾国之于哈埠，亦未尝无显著之进步，就予侪考察所得，如市政，如警政，如教育，俱有绝大之成绩。而商业之复兴，尤非易事，盖苏俄革命风潮既起，财政破产，卢布暴跌，哈埠金融，遂起绝大扰乱，商业亦颇形衰落，几于一蹶不可复振。闻诸哈埠商界诸君，谓尔时商号倒闭，商家歇业，大好市廛，倏归冷寂，至近年乃始渐复旧观，大受打击之哈尔滨，工商业仍孟晋不已，其支持之苦，与进取之速，殊有足称。谁谓我国人无企业之能力耶？

哈埠气候，为大陆性。大率自十一月至三月之间，寒风凛冽，寒暑表常降至冰点以下。七月天时最热，八月次之，至九月则已秋高气爽矣。其余数月，亦尚温和。予侪于五月十九日莅哈埠，御单夹衣，甚觉其热，下午四时许，忽大雷雨，骤觉凉气袭人。雨霁日出，则又转热矣。其变换之速盖如此。又哈埠时间迟早，与他处略不同，予侪过长春，即有人见告，须各就所携时计，拨快二十五分钟，必若是乃能与哈埠时间相合也。夏季三时许即天明，闻哈埠俄人习惯，恒天明入睡，晨间九时，出而治事，下午六时后复睡，夜九时更起，则置身跳舞场或酒排间，酣乐达旦，一昼夜间，寝兴各二度，此亦可谓为一种特殊之生活也。

二五、中东路之沿革与实况

中东路问题既起，国人对于中东铁道殆无不注意。关于中东铁道之沿革，以前订约之情况，及此次交涉之经过，国府及东省当局，迭有明确之报告，报纸记载，至详且尽，固已无庸词赘。特予侪此行，往返于哈尔滨长春间，曾两次乘中东车，在哈尔滨时，又尝一度参观中东铁路管理局。虽以时间迫促，观察难周，顾耳闻目击，亦有可得而言者，兹再约略述之，藉备关心国事者之参考。中东铁道，为俄人侵略中国之根据地，亦即东省前此受制外人之症结点。在前清时，名东清铁道，全线实自满洲里直达大连，而横贯哈尔滨。于一八九七年开工，至一九零三年，大部分工程始告竣。自长春迄大连，即今之所谓南满铁道者，在当时亦为中东路之一段，日俄战后，遂为日人所有。日人竭全力以经营之，于是南满线之营业，蒸蒸日盛，转驾中东线之上。盖南满线所恃之海口为大连，中东线所恃之海口为海参威，海参威地处极北，海道运输，远不如大连之为便利也。中东铁路既成，不仅交通枢纽，已入俄人之手，乃并国家主权，地方利源，亦丧失于无形。盖俄人常藉中东路为基础，而兼营铁路以外之种种企业，采伐森林，如敷设铁道沿线电话电报，皆足以损我国权。此外又如设立铁路工厂、林场、农圃、旅馆、商务所及代理所……举凡工商事业，几尽为其所垄断。国人虽心知其害而莫可挽回。直至苏俄革命，中国始得收回各种政权，并与苏俄政府订立平等互惠之条约，即今者宣传众口之中俄协定与奉俄协定也。协定中最重要之二点：一、中东铁道用人行政，彼此权限平均。二、中东路完全为商业机关，不得借此宣传主义。顾协定虽成，而俄人行动，始终与协定相违背，路局行政，纯由俄正局长一手把持，又复利用铁路所属各机关及职员，以广播赤化。我方于此，遂不能不出以断然之手段。此次事件，虽如霹雳一声，破空而起，但东省当局对于主权之必须收回，与阴谋之必须防制。予侪莅哈时，固亦早闻此种论调矣。

予侪参观中东铁路管理局，在五月二十日。俄局长亦招待如仪，并举香槟杯，致欢迎词。未尝不冠冕堂皇也。路局规模至大，范围至广，用人亦至夥。予侪由招待员引导，参观楼上下各部，如机务处、车务处、稽核处、会计处、文牍处，名目繁多，几于不能尽忆。至其中真相，过眼匆匆，自未能为详确之考察。各处所用职员，俱以俄人为多，间有女职员，亦为俄产，即此一端，已足见其用人行政，依然偏重俄方，未能平等也。予侪参观时，有一事颇感兴趣，不能不附记于此。中东路局之储藏车，门绝巨，而其形式乃与寻常保险箱之铁门极相似，启门入室，宛然置身于一大铁箱中也。库内储有纸币无算，皆捆扎成巨束，庋诸铁架之上。询诸招待员，知为曩时之卢布票，为值可七千万，今则悉成废纸，只堪留作纪念品矣。

二六、 文物研究会与自动电话局

文物研究会，先是亦为俄人所组织之一种机关，而含有文化侵略之意味者，嗣经特区教厅长张国忱氏收回。收回以后，发现俄人调查东省各种事业之文书图籍甚夥，俄方用心之周密，盖亦无微不至矣。目前之文物研究会，性质殆等于一陈列所，规模并不甚大，予侪所见陈列品，有各种皮毛，有大豆等农场物皆为东省特产。其最堪引人注意者，为满蒙地图模型，山河之起伏，疆域之区分，咸一目了然，较诸寻常印刷之地图，愈形清晰。又有泥塑各物品，中有一蒙古包之雏形，家人父子，团坐向火，有引火吸烟者，有含笑踞坐者，形态如生，不知得自何处？其堆塑之艺术，亦大堪欣赏也。

哈尔滨特区自动电话局，范围至大，亦为甚有价值之一种事业。论电话局之起源，实为中东路局越权经营之哈尔滨市内电话房。创始于民国七八年间，初装手摇机，至十一月间，乃改装自动机。至十七年十二月，始经现任东北电政监督蒋斌氏，依据苏俄政府所发"以前俄国侵占中国各权利，一律无条件交还"之宣言，设法收归国有，改组现局。今之任局长者，为沈家桢氏。哈埠电话，原分两区，一即特区自动电话局，一为滨江县区域之商办电话公司。以前各自通话，不相联络，本年二月间，特区自动电话局，与滨江电话公司订立联线合同，自三月一日起，两区域乃开始联络通话，同时又归并哈尔滨长途电话局，并与哈满绥长途电话局通话。于是舍哈埠以外，举凡中俄国际间话线所达之处，即远至海伦、拜泉、齐齐哈尔、满洲里、海参威各地，均如脉络之贯通，绝无隔阂。予侪参观时，但见电机密布，其上编列号码，缀以绝小之红灯，两号间互相通话则灯明，话止灯亦自熄，不烦人工接线之劳。殊令人感觉兴趣。闻诸沈局长及各职员，谓哈埠市廛，日臻繁盛，局中原有电话三千余号，已供不应求，拟于三年以内，扩充话机五千号，其前途之发展，正未有涯涘也。

二七、松花江之游（上）

哈尔滨地临松花江，水道运输，颇称便利，于是松花江航业，亦遂日蒸月盛。计其航线，自哈尔滨溯松花江而上至大赉，六百余里。自哈尔滨顺松花江而下至同江，约一千三百余里。自同江顺黑龙江而下至三角洲，折而南下，入乌苏里江，溯流而上，至虎林，约一千一百余里。又自同江溯黑龙江而上至黑河，约一千三百余里。自黑河溯江而上至漠河，约一千五百余里。全线约五千八百余里。航行船舶至多，据最近统计，已有轮船一百零九艘，拖船九十三艘，风船二千六百余艘。轮船分票船及船头二种，票船用以载客，船头则用以曳带拖船。拖船不附乘客，专供载货之需。拖船中多数由东北造船所陆续自制，亦有以前此江防各船改造者。江防各船，曾入俄人手，嗣经海军之力，始悉数追还。主其事者，亦颇费苦心也。松花江航区，以天时关系，未能终岁航行，每年大率以阳历四月初旬，至十月下旬，为通航时期，在此时期以外，则天寒水冻，航路停驶。当地人谓之封江。主航务者，即利用封江期内，修理船舶，亦深得利用之道也。松花江在未解冻时，冰坚且厚，骤马行人，可履冰而过，如处平地，为状当有可观，予侪惜未获一睹斯景也。

哈埠航商至多，乃有航业公会之组织，现任会长为王顺存君，副会长为王衍森君。综理航务者，有东北航务局，航务局为一种官办之营业，设有董事会，今之董事长由东北海军副司令沈鸿烈氏兼任。常务董事中，有张廷阁君，即哈埠商会会长也。此外复设坐办、经理诸职，坐办于衡湘，经理王时泽，俱熟于航务。航务局在南岸，其对岸为东北造船所，亦即前此俄国船坞之旧址。先是中东铁道，兼营航业，借铁路运输之名，操纵航务，并择江湾盈盈一水之地，为修理船舶之大好船坞，航权既已收回，此坞亦遂归我有矣。造船所成立于民国十七年三月一日，由沈鸿烈氏主其事，而委邢契莘为正所长，王文庆为副所长。全所仍隶属于航务局董事会之下，盖不啻航务局之一附庸也。

二八、松花江之游（下）

予侪参观时，先至航务局，由经理王时泽君及局中诸职员招待。于临江一小阁中，小憩进茶点，王君为予侪详述航务情况及局中历史，至详且尽。词毕，予侪乃离座外出，凭栏四眺，风帆上下，尽入眼底。予侪自离大连后，所经皆陆地，不见水波者数日矣，至是觉心神俱畅。伫立移时，即乘造船所自备汽艇，渡江而北。艇颇大，二十余人列坐其中，乃至舒适。予坐恰临窗，纵览江景，至堪悦目。是日天气微燠，岸头草长，水面风来，一舟稳渡，颇似身在江南也。舟中人遥指北岸一处，谓予曰：苟足履彼岸，即入黑龙江界矣。舟行可半小时，即抵造船所埠头，所中职员，已立岸间相俟。予侪登岸后，先与航务局暨造船所同人，合摄一影，乃依途径，以次游览各部。造船所分两大部，一为造船场，一为船坞。船坞为修船之所，三面环水，形似半岛。北港可卧船六十余艘，南港可卧船四十余艘，西部临中东铁道，别有岔道，直达船场各厂库房，藉以转运机械材料，而补水路运输之不足。修理工程，盖至利便也。造船所中，又附设公园及济航小学。济航小学，为所中职工子弟就学之所，设备颇周。予侪观览既毕，兴辞返舟。归途夕阳将下，返照入江，益呈奇景。复见有长桥卧波，是为中东路铁桥。火车行其上，蜿蜒而过，遥瞩之倍感兴趣。少顷达道里码头，乃相继登陆。闻道里码头之对岸，风景尤佳，有花园房宅及浴场，为西人夏间避暑之地。

予侪以时日迫促，未获一游斯境，似犹有余恋也。

二九、各学校之参观

予侪在哈埠，为时甚暂，对于各学校，未暇一一参观，所至者仅工业大学及一中男校，一中女校，第九小学而已。工业大学虽为独立之学校，而实际上殆等于东铁之附庸，盖所以造就专门人材，供铁道之用者也。中小学则隶于特区教育厅，哈埠特区教育，经教厅长张国忱氏之规划，颇觉日起有功。中学方面，男女校均有相当之成绩，小学已四境遍设，闻诸哈埠教育界人士，谓据最近调查，学龄儿童之失学者，已不多觏，且小学规定不收学费，故贫民子弟，均得入学。教育日益普及，平民知识，自日益增高，殊令人不能不加以赞叹也。

工业大学，先是为中俄实业学校，设有校董会，盖中俄两方合办之学校也。至民国十二年秋，改为中俄工业大学，十七年二月四日，改为东省特别区工业大学，同年十一月复更名为哈尔滨工业大学校，以刘哲为校长，俄人乌斯特鲁国夫为副校长，并组织新校董会，以张学良氏任董事长，刘尚清君为代理董事长，俄人赤尔金为副董事长。就其校史而论，盖亦屡经变迁矣。全校分正科预科，正科约分两大部，一为建筑，一为电机。教授多为俄国技师。最初只设正科，嗣因学生之入校者，每苦未谙俄文，于俄教师之讲授，殊多隔阂，而科学程度，亦颇低浅，乃于民国九年，创办预科，攻习俄文及各种科学。预科毕业后，升入正科，庶学程可以衔接，技术可以深造。毕业年限，初定为一年，继又由一年增为二年，至民国十四年，始改为高初中三级，三年毕业。所授课程，亦逐渐提高。每年招生时，不独东省暨直鲁学生，应试者甚夥，即苏浙闽粤诸省，负笈远来者，亦且不乏其人。今之预科主任，为吴索福君，副主任为叶宗仁君，教员则以俄人居大多数。

予侪参观中东铁路管理局后，即顺道至工业大学，由俄副校长暨诸教职员招待，先由俄副校长致词，略述该校状况，乃导引予侪，依次观察预科各课室。课室中除俄教师外，别有华人为之通译讲解，俾学生之未熟习俄文者，亦得以明了。其用意盖至一善也。继复遍观正科诸教室，及各种试验室。试验室中，仪器至多亦至精，最引人注意者，为电机物理试验室，及暖汽机物理试验室。予侪虽未明机械之学，观之亦殊感兴趣。自试验室出，复观览膳堂，时全校学生，方相聚午餐。工业大学，对于学生，不取膳费，亦不供食，学生有愿就餐者，直入膳堂中，临时纳资于司计者，取得面包汤馔之属，列坐而食。骤睹之乃似入上海沙利文、麦赛尔各食肆也。

特区各学校，皆具有精神。予侪参观，男一中女一中两校上课时生徒满座，咸凝神寂听，成绩室中置各级学生作品，略一翻阅，俱斐然可观。于此知主持校务者之能力求实效也。第九小学，尤勃然有生气。全校生徒，悉御黄色制服，见予侪入门，咸肃立为礼。列观各室，壁间遍贴表格标语及学生文课，文课都经教师批改者。观其原本，亦颇文从字顺，出自童年，颇不易也。成绩室列工业作品甚多，有泥制品，颇精致。予侪观察久之，共认为满意。盖校中一切布置，与学生程度，持与南方诸小学校较，殊不多让。至设备之周密，校舍之宽敞，实为南中所不及。盖小学经费至为充裕，自不难从容展布也。

三十、各工厂之观察（上）

哈埠工业，颇称发达，工厂至多，且各有其特殊之性质，与独到之精神。予侪观察所及者，以东省林业公司胶板厂、裕庆德毛织工厂、同记工厂，为规模最大，设备最精，兹姑撮其大要，分别述之，亦足供经营工厂者之借镜也。

东省林业公司胶板厂，可谓为林业公司之主要事业。盖胶板厂之设立，固利用林业，因以得充分之发展也。东省森林至富，曩者俄人凭藉东铁，日人假借满铁，咸自由采伐，侵我主权，而国人则漫不加察。年来始知所觉悟，锐意经营，颇有相当之成绩。顾林木不尽可制胶板，其最适于制胶板者，闻为榆木。胶板厂之组织，邹希古君为主体人物之一。予侪参观时，由邹君暨厂中职员导引，邹君语予侪，谓胶板厂之取材，以榆木为多，而榆木之来源，则以时采伐，固不虞其竭也。厂中面积至大，分列机器至多，有锯木机，有刨板机，有裁板机，有磨光机，有上胶机。上胶以后，亟须焙干，则又有烘板之所。予侪参观胶板厂，为五月二十日，天气至热，过烘板处，无不汗流浃背也。各种机械，其构造似颇简单，而功用则至迅捷，特自锯料以至成板，所经工作之程序，亦甚烦复也。胶板之制作，乃以极薄之木片，层层胶合而成，板愈厚者，其胶合之层次愈多。该厂出品甚夥，大者如屋中装饰之壁板，小者如制盒之木板，种种毕具。予侪参观既毕，主事者赠予侪以自制七巧板，人各一事，颇精致可喜也。

裕庆德毛织厂，专业制毯，而旁及其他毛织品。东省出产羊毛，固为大宗，用以织毯，其利甚溥。先是俄国毯之在东省，销路极广，裕庆德厂，完全为华人所经营，其织造之法，则师自俄国，又加以改进，期适合国人之需要。予侪由厂主招待，导观厂中一周，而绒毯之制作，自初步以至告成，乃悉览无遗。论其工作之程序，择要言之，约可分为六种，曰选毛，曰洗毛，曰纺线，曰染色，曰织造，曰研光。成毯以后，非经研光，不能光洁也。毯之制有粗细，细者纯用羊毛，粗者则杂以棉纱。而同一羊毛，亦有长短，有优劣，不能不加以择别，故选毛乃为第一步。各项工作，悉用机械，成功极速。予侪逐步观览，复经厂主之指点，觉甚有头绪，亦甚感兴趣。该厂出品至多，广播于市场。而厂内亦附设贩卖部，购自厂内者，依批价论值，较商肆中购致稍廉。厂中绒毯，视其质品之高下以定价，价有等差，自哈洋二十元至五十元。予侪见陈列各毯，质料甚佳，而光采亦至鲜艳，乃争购之。以取携不便，即如数付值，而详告主事者以姓氏住址，嘱其直接寄沪。此于手续上实至便利，特为程过遥，寄送颇费时日。予侪返沪后，延伫久之，所购各毯，乃始到达。且沿途递寄，包装之术，或未尽善，启箧视之，毯犹是也，而色泽之华美，似已不逮厂中初见时矣。

三一、各工厂之观察（下）

同记工厂，位于傅家甸，为手工业出品之大工厂，而亦参用机械。该厂总监武百祥君，富有魄力，为哈埠工商界之中坚人物，以一手经营大罗斯商店，及同记商场。同记商场，最初亦不过销售舶来品之一百货商肆耳，后感于社会需求之迫切，与国货制造之不容缓，乃创设同记工厂。故同记工厂之产生，实在同记商场之后，今则工厂商场，互相倚重。工厂之制作日新，商场之营业亦日盛，前途蓬勃，正未有艾也。该厂殆发轫于清季，论其草创之历史，实至饶兴趣。吾人于同记纪念册中，读武百祥君所著《工厂沿革》一文，可以见之。其言曰："民国纪元前五年（光绪三十三年）冬天，那时从京奉路北来的人，常有戴着英国式鼠绒皮帽的人们都以为好看，时常有人向同记来买。因为应付人们的需要，我就决定要贩卖这种帽子。无奈东三省当时没有做的，如到天津去买，又来不及，因此买了一架缝纫机，我自己督率着剪裁制作。夜间制造，白昼售卖，谁知道后来占地四十余亩，起了四层厂屋，雇佣八百多工人的同记工厂，便如此开始呢。"依此观之，该厂亦可谓造端甚微，而收效极巨者矣。顾基础既立，事业既定而后，亦屡经波折，迭受打击，民国十一年，工厂全部，曾毁于火。民十二十三两年，哈埠市面衰落，工商界均陷于困境，而同记独能维持现状，未尝有所摇动。主其事者，盖亦倍极艰辛。厂中出品，至为繁夥，大要为衣服、袜履、皮件，及一切日用之品。厂中工作之支配，与办事方面之布置，其整齐周密，实为各工厂所仅见。予侪参观之际，所谓四层厂屋，观察殆遍。第一层，为总账房、收发处、储蓄部、裁剪科，及针织物品木工皮箱制造所。第二层为成衣部、华服、西装、军衣、雨衣、大氅之属无不备，而附以喜幛男女帽及各种纸花。第三层为靴鞋部、皮件部、纸匣部，工人宿舍亦设于是层，至为宽敞。第四层为职工青年会事务所、大礼堂、剧场、课堂、图书馆、阅报室、休憩室，纯属全厂职工藏修息游之地矣。武君于改善工人生活，视为唯一目的。纪念册中别有《本厂新政策》一文，武君于此文中，剀切表示，谓普通工厂之政策，不外二种，一为营业性质，一为慈善性质，至于同记工厂，则既非靠工厂发财，亦非为慈善而办工厂，乃另抱一种有主义之政策，主义维何，在改造全中国的工人生活。此足见其志愿之宏，与谋虑之远矣。厂中主事者备有物品，分赠予侪，人各得皮夹一事、绒手套一双。皮夹上印金字一行曰："欢迎上海新闻记者观察团"，制作绝精。予侪颇乐受之。盖持此归贻细君，足为斯行之良好纪念也。

东省产麦与豆，数量至大，故哈埠所设面粉厂与油坊甚夥。予侪以面粉厂为沪上所习见，未往参观，尝一度视察东济油坊，规模颇大。榨油之机械，亦甚可观。特一切设置，尚近于旧式，未能目为新工厂也。又闻有双合盛制革厂者，为哈埠商会长廷阁君所创办，成绩卓著，深得社会人士之称誉。惜地址较远，予侪以时间迫促，未及观览，颇引为憾事也。

三二、孔庙与极乐寺

哈埠为工商业繁盛之区，市肆云骈，厂场林立。前文亦既屡言之矣。顾此中复有足以寄泰山梁木之思，启绀宇梵宫之胜，令人引起特殊之观感者，一为孔庙，一为极乐寺。

东省当局，年来对于宣传文化，至为注重。因斥巨资，特建孔庙。今犹在兴筑中，全功告竣，为期当亦不远矣。予侪参观时，见巍巍之大成殿，工程已具，唯两庑及庙门尚未落成。泮宫辟雍，规模略备。询诸督理工程者，谓预计全庙建筑费，及将来种种设备，所耗不资，当局于此，特拨款四十余万，固不虞竭蹶也。庙成以后，拟附设学校，藉符乐育英才之旨。予侪闻言，为赞叹者久之。方今潮流异趋，文教渐废，尊孔之说，只剩残声。各地孔庙，颇多毁圮，即幸有存者，亦俱颓垣断壁，不胜零落之感。而哈埠官厅及地方人士，独于此时新建孔庙，宏规大起，崇祀千秋。孔子有灵，殆将莞尔而笑，谓斯文之未丧也。庙中一部分完工者，已加髹漆，红墙数仞，气象庄严。屋顶仿宫殿式，悉覆以琉璃瓦。琉璃瓦不易得，则于庙后设一窑特制之。予侪因至窑前一观，见新瓦累累，皆作黄色，状如半剖之圆筒，抚之颇光洁，足征其工程之美备也。

极乐寺之建筑，固不甚宏壮，规模亦尚狭小。全寺只有两大殿，以视南中著名丛林禅寺，相去远矣。顾在哈埠，即此已为难得。寺为朱庆澜官东省时所创立。寺门巨额，出张季直手笔，住持僧澹虚，款客颇殷勤。予侪入门后，任意观览，全寺颇整洁，丹垩朱漆，焕然如新，殆以时修缮，故不致颓败也。寺中僧房颇多，所容僧人亦甚众。予侪流连有顷，忽闻钟声，澹虚曰，此饭钟也。于是众僧毕集，皆手持木鱼或小磬鱼贯入斋堂。予侪亦趋至斋堂侧观之，堂中置长案，可二三十列。众僧徐徐至案前，始按列就坐，案上置食器，人各一份，不相混也。就食之僧人，殆可百余，僧尽而继之以尼，尼尽又继之以未祝发之佛婆。先至者不即食，必俟全堂俱集，乃于磬鱼声中，同宣佛号，喃喃有词者良久，始见杂役数人，担巨釜一、大桶一、磁缸一，以次巡行各食案前，釜盛汤，桶盛饭，缸内盛蔬菜。僧众见蔬食至，喉际或已咯咯作奇痒矣。顾仍垂头敛手，不敢稍动，必静待役者过其前，注汤于盂，置饭于盌，分菜蔬于浅且小之一粗碟中，乃举箸进食。食时全堂寂然，不令稍有声息，非训练有素者，咀嚼之际，殆未能若是静默也。时已亭午，予侪亦甚苦饥矣，因辞澹虚而出，既出寺门，似觉黄斋白饭，香气犹充鼻观也。

三三、各方面之宴会（一）

予侪在哈，先后仅三日耳，顾宴会之多，几于不暇应接。樽酒言欢，深感主人情意，而盛筵既设，主宾接坐，亦往往藉是以互证见闻，交换意见。其所得有在于实地考察之外者。分别记之，非徒餔啜也。

◆**长官公署** 予侪于十九日莅哈，即访问各界，并诣长官公署。是日午间，特区长官张景惠氏即宴同人于公署中，席为中菜，设五席，肴核甚丰。张景惠氏西装革履，虽老而精神尚健，谈吐间意甚殷挚，为予侪述哈埠形势与外人侵略之谋，至为详尽，并询南方建设状况，予侪各举所知，具告之。

◆**中东俱乐部** 十九日之夕，中东督办吕荣寰氏设宴中东铁路俱乐部，为盛大之招待。东铁俱乐部规模至大，设备至周，餐厅尤宏敞，席为西餐，设长案作半椭圆形。陪宾中各机关各界领袖人物咸与焉。主宾列坐，可七十余人，案头所陈餐具绝精美，并杂置鲜花，姹紫嫣红，艳丽夺目。座后列西乐，更番迭奏，间以中国歌调，悠扬悦耳，又以乐器幻作火车开行时种种声响，若汽笛声，若车轮碾动声。无不妙肖。予侪为之抚掌。酒半，吕荣寰氏起立致词，备述中东路俄方之侵权与应付之不易，并希望新闻界于舆论上唤起国人之注意。吕荣寰氏精干绝伦，盖哈埠政界中之富有魄力者也。是夕宴会，历时最长，酬酢既毕，复即席摄一镁光之影而散。予侪于席间饱尝名馔，足快朵颐。闻此一宴之所费，至哈洋二千五百元，可谓盛矣。

三四、各方面之宴会（二）

◆**莫迭尔饭店** 二十日午，特区教育厅长张国忱，警务处长米春霖，治西餐于莫迭尔饭店，欢宴同人。莫迭尔饭店之西餐，亦甚丰腆，席次，由张米二氏先后致词，张君述个人对于发展教育之计划，与哈埠各学校之设施状况。张氏才识宏远，其在哈埠，虽负教育专责，亦复参与各项政治，此次对俄问题，最初发动时，张氏亦为个中有力分子，斯固按诸报纸记载，而可以推见者也。张氏谈哈埠教育，其最足引人注意者，为教育基础之稳固，与学校经费之充裕，哈埠之任小学校长者，月俸所入，可得哈洋二百元，主任教师亦可得百数十元。以视南方小学经费，支绌万状，教师所入，少者月仅一二十元，而犹积欠累累，常演索薪之怪剧，以致弦诵久辍，教育停顿者，诚相去霄壤矣。米君所言，多关于特区设立后警务方面之种种措置。特区警务，年来殊有进步，此由地方治安上，可得显著之比较也。闻以前哈埠盗贼充斥，东铁站附近，劫案时作，"背死狗"等恶剧，几于无日无之。"背死狗"为一种路劫之专名，类似上海所谓"杀猪猡"。今则匪风早戢，人民咸得安枕，此类怪状，久不复见，不能不归功于处理警政者之得人也。

◆ **新世界饭店** 新世界饭店，在道外十九道街，完全为华人所经营，其规模与设备，虽弗逮外国饭店，亦差足颉颃。二十一日午间，哈埠报界同业，设宴于此，藉与同人为长时间之晤谈。哈埠报馆甚多，舆论前途，颇呈发皇之象。席为中菜，宾主间皆脱略形迹，恣意饮啖，并彼此讨论新闻记者应取之方针，及报业应如何发展之计划。握手一堂，各抒所见，情意欢洽，固不同寻常酬酢也。哈埠同业之意旨，有二要点足述：一为全国舆论界，应努力合作。一为哈埠地处冲要，内政外交，在在关系全国，应由南北报界，合设一大通讯社，藉利宣传而免隔阂。予侪闻言，极表赞同，深愿假以时日，能见诸实行也。

三五、 各方面之宴会（三）

◆ **总商会** 予侪离哈，为五月二十一日之夕，先于寓次整治行李毕，亟驱车总商会，赴市长何五芳君与商会张廷阁君之宴也。席间随意谈论，不作形式上之演说。哈埠市政，颇多建设，二十一日晨，予侪以时间迫促，分组参观。观察市政者为甲组，予列乙组，未得躬与，但闻诸同人，则谓如消防队之工作，市政局与公安局之组织，皆富有精神，且悉采用新法，非墨守成规者可比。然则何君之于市政其成绩固有足称也，至张廷阁君，负哈埠商界众望，哈埠商业，得以复兴，论者颇推重张氏之能引导商界，努力奋斗云。哈埠宴会，中餐咸近于京菜（今当改称为平菜矣），西餐纯为俄国式。沪上西餐食肆，竞标榜俄国菜，一莅哈埠，则所谓俄国菜者，直所在皆是，几等家常便饭矣。特俄菜价值亦至昂。进餐时依例先陈冷食，冷食之品类至多，鱼肉菜蔬咸备，恣客所欲，量窄者遍尝冷食后，已甚觉其饱矣。哈埠宴客，席中必设松花江白鱼，中西餐皆然，以其最名贵，亦最鲜美也。次则鱼子酱（鱼子或不作酱，而别有烹调之法，予未之尝也），酱作黑色。西餐中恒与牛油并进，用以佐面包，别饶隽味。闻鱼子一小碟，值可哈洋六七元，殆亦不同凡品也。又遇盛筵，每一客前，列酒杯甚多，侍者执瓶，随时进酒，香槟红酒而外，诸品咸备，类皆俄国酿，味香而冽。进香槟时，恒附一纸裹，启裹视之，内置短且小之木杆一事，一端装圆木而刻其缘作六角形，持之手中，为状绝似一小锤。予侪初不解其作何用，询诸同席者，始知为搅和香槟之具。注香槟于杯中，时时以此搅之，则细泡喷溅，酒香四溢。闻哈埠之创制此类酒锤（酒锤为予假定之称，究不知其何名也），专以为业者，已积资数十万，想见销路之广也。香槟非常饮之酒，酒锤更非常用之器，而业是者乃致巨富，哈埠俗尚之豪侈，概可见矣。

三六、百戏杂陈之舞场

哈埠旅舍，殆以莫迭尔饭店为首屈一指。此外规模较大，足与抗衡者，则有华俄饭店。华俄饭店，亦设有舞场。二十日晚，各机关团体，宴同人于华俄饭店。主宾数十人，欢饮至乐。予于席间晤张厚琬君，张氏现任路警处长，熟于哈埠情势，谈论甚洽。席散后，东省电政监督蒋斌氏、电话局长沈家桢氏，复在华俄饭店开一交际舞会，招待予侪。华俄舞厅，容积颇广，是夕舍予侪外，来宾至多，张景惠氏及诸官长亦莅止。舞场之一端，设有戏台，跳舞之顷，间以杂剧，由俄国剧团登台奏艺，亦有足观。惜歌词道白，均为俄国语，予侪闻之，瞠目不解，殊减少兴趣。舞宴中女宾甚夥，箫管嗷嘈，裙屐杂遝，兴阑人散，曙光已现矣。华俄饭店之夜，为正式舞会，此外哈埠跳舞场至多，街头路隅，几于触目皆是，且多有利用地下屋者。哈埠有一特点，即随处有地下屋。通衢之侧，忽睹阶梯，电灯灿然，光能见底，可安步而下者，皆地下屋也。地下屋非咖啡馆，即为小跳舞场。予既不喜跳舞，又限于时日，未及身入此中，一为采风之举。但闻诸当地人士，则谓哈埠舞场，占地颇狭，陈设亦殊简陋。论其外观，尚远不逮沪上诸舞宫也。混迹此中，流连忘返者，以俄人为多。舞场定例，必兼设剧曲，哈埠俗语称曰小戏，所谓小戏，简单者只一二人或三五人，相对为种种歌曲与表情；复杂者则男女相逐，手舞足蹈，表演各种神话剧，叫嚣至不可名状。而观者则以为大乐，亦从而附和之。鼓掌喧呼，跳踉有类狂易。此殆新俄人生观中所目为至乐之一境也。登场奏技者，或即为舞女，或另有剧团。舞女往往受场主之专雇，不能更现色相于其他舞场，而鬻舞所得，亦殊不薄。至其流品，自不堪问矣。谈者又谓哈埠舞场，于夜阑灯灺之际，所有舞女，辄裸逐为无遮之会，则询诸熟游舞场者，都言其不确，谓此或秘窟淫娃，偶呈斯景，以餍少年子弟之专嗜肉感者。至寻常舞场中，亦仅袒臂露肘，着薄裳作舞装而已。即其所演小戏，亦仅推襟送抱，搵腮吻颊，表示热烈之爱而已，不致过于猥鄙也。舞场不售门票，顾场中饮食之需，为值奇昂，红酒一瓶，索价至哈洋十余元。咖啡一壶，需洋八元。而侍者之踢破（小账），数亦颇巨，故一入舞场，至少非二十余元（哈洋）不办。若罗致舞女，痛饮香槟，以此逞一时之豪兴，又或倚翠偎红，别有用意，则需索之奢，殊难预计，一夕所耗，可至千余金云。

三七、行程匆促夜回车

予侪初意，谓哈埠地居冲要，百业称盛，拟更留一二日，藉资考察，但一部分同人，以平津之游，尚需时日，不主张变更行程，二十一日下午开一小组会议后，仍决议即夕首途，不复更事流连。因之匆匆整理行箧，颇形忙碌，且使程沧波君几于受窘。盖以为今夕必不成行矣，乃坦然出门访友，入暮未返。予侪尚不为意，但嘱同室者为之收拾行李，以免临时仓猝而已。顾至十时许，沧波仍不至，而又莫知其所往，予侪焦急无以为计，乃草一函，交招待某君，嘱于沧波返寓时与之。函中无他语，但云同人当在沈阳相俟，请于翌日即乘车来，顾事有出于意计外者，予侪既诣车站，已与送行诸君告别登车，车轮将辗矣，忽睹一人奎息奔至，视之则沧波也。予侪狂喜，掖之上车，立足未定，车已离站。脱再迟一二分钟，惟有望车兴叹矣。后在车中，同人有戏拟以北游情事制为章回体小说者，予即成一回目曰："沈能毅高呼开路，程沧波急喘登车"，下联指沧波离哈时情状，上联则为予侪在辽在哈，参观各机关时，辄多留恋，沈能毅君恒高呼开路，以示催促。予侪乃目之为开路先锋，亦趣谈也。

此次返辽，沿途所见，与去时略同，无甚可记。二十二日午间抵沈，仍寓凌格饭店，下午借际安、定一两君外出市物。沈垣土产，以参为最著，予侪略购少许。过古董肆，见有所谓锦州石者，产自锦州，石质至佳，莹润如玉，有内含花纹若松针者尤美观，雕作图章镇纸烟管及各种玩具，颇玲珑可爱。顾索价殊昂，予仅购两三事，已费十余金矣。是晚沈垣无线电监督李德言君，觞同人于酒楼，予于席次邂逅同学赵德华君，盖暌别二十余年矣，相见已不复相识。赵君在校时，夙有璧人之誉，今者两鬓已斑，迥非张绪当年。予则劳人草草，老态愈增。旧雨重逢，互话少时学校生活，真不胜沧桑之慨也。二十三日晨，邢隅三先生过访，约共赴厚德福小酌。厚德福为豫菜馆，烹馔至精，别有风味。有铁碗炖蛋一事，碗以铁制，作黑色，蛋嫩且鲜，新出于釜，热可灼肤，苟非主人先下警告，则狂吞入口，必且伤舌也。是日下午，东北文化社诸君，复设茶点于光明俱乐部，以饯同人，并映电影，予侪观影毕，匆匆兴辞诣车站，乘北宁车赴平，时已入暮，沈垣诸君，俱来送行，意至殷挚。汽笛一声，骊歌遽唱，扬巾挥帽之际，殊令人增芳草斜阳之感也。

北宁车视中东南满固有逊色，而大致亦尚舒适。予侪此行，先期由沈阳当局，包定一车，同人比室而处，往来谈笑，颇得佳趣。同行尚有赵雨时、蔡彬抡二君，皆司令公署秘书。赵君具才略，善诙谐，蔡君并通英法两国文字，操西语极纯熟，雅好交游，途中得二君为导，足称良伴。车中西餐尚适口，餐座亦颇宽敞，予侪晚膳后，并于餐车中小作扑戏，赵蔡二君俱加入，意兴甚酣。

自辽宁至北平，予侪途中第一注意者为山海关。夜中问侍者，知车行过山海关，当在明日清晨，达山海关站，须停车一小时，乃决议结伴登临，一揽雄关之胜。翌晨破晓即起，匆匆盥漱毕，便进早膳，虑失时也。八时许，在车中已望见长城，崇垣高堞，绵亘不绝。此历史上唯一伟大之建筑物，为中外所称道，而久萦吾人梦想者，今一旦涌现眼底，殊令人神往。旅行之乐，端在是矣。须臾抵站，予侪疾趋下车，善摄影者，并挟快镜与具。自站中至关下，路不甚远，人力车可直达，车资往返亦仅小银元四枚耳。人力车夫俱极矫捷，曳车狂走，约一刻许已至。予侪相率登关，关上正面有巨额曰"天下第一关"，下方署曰"民国八年重樆"，字迹圆浑而不甚雄拔，殆已失其原有之精神矣。予侪至此，凭高四望，觉平沙大漠，缭以峻岭，障以长城，形势自极雄壮，铁骑十万，驰骋边疆，固宜以此为兵家必争之地也。关上砖石，至巨且厚，自与寻常所见不同，大部分尚完好，亦间有残圮处。予与际安并立于厚垣缺口，倩因心摄一影，叶如音君又为同人合摄一影，藉留鸿印。摄影毕，以时间短促，未敢多留，即匆匆下，乘车而返。此游虽极忙迫，顾登临雄关，意气百倍，自足引为生平一大快事也。

入关以后，沿途景物，尚无甚特异之点，顾有一事足述，则经过各站，所见停驻之火车，胥不一致，车之形式，新旧各异，而车上所标地名，亦至错杂，有北宁车，有平汉车，有陇海车。此外北方各路火车，多者十余辆，少者一二辆，纷然并列，几于应有尽有，不啻开一火车展览会。收藏旧书者，以百衲本为珍秘，今聚集如许火车，杂凑而成一列，亦可谓之百衲车矣。下午四时许过天津，津埠报界同业，颇多登车慰劳者，盛意足感。车达北平，时已入暮，抵正阳门车站，电炬光中，已见缀红花佩襟带者，纷纷迎候于站际，盖皆报界及各机关团体欢迎之代表也。予侪下车后，与欢迎诸君，一一握手为礼，即至茶点室小憩，知市政府已指定西长安街华北饭店，为同人寓所，亟驱车往。华北饭店略似沪上之中等旅社，饮馔取西式，颇不恶，设备亦大致可观。北平市政府秘书金嘉斐、龚作霖、王仲弢，省政府秘书许幡云、许重威，行营总部副官宗烈武诸君，为予侪部署一切，意甚周至。许重威、金嘉斐二君尤忙碌，同人有意兴未阑者，晚膳后复相约赴市街游览，予则以连日劳顿，疲惫已甚，卧具既陈，即酣然入梦矣。

·严独鹤文集·

三九、碧云寺谒灵

予侪莅平，正值总理奉移之期。各方代表齐集旧京，筹备大典，备极盛况。其最足动人观感者，通衢要道，俱树有纪念牌楼，至高且大，上扎素彩，入夜电炬通明，巍然耸峙，至为庄严。北平匠人，夙以善扎牌楼著称，能高逾寻常，而临风不圮。此次奉移典礼隆重，故牌楼工作，亦更尽善也。此外纪念总理宣扬党化之标语，触目皆是，实较平时为多。各机关职员，各团体领袖，暨途中所见军警，均臂缠黑纱，哀荣之感，深入人心。予侪行装甫卸，即嘱招待诸君代为接洽，定于二十五日上午，诣碧云寺谒灵。二十五日晨十时许，全体乘汽车赴西山，由省市两府秘书诸君为导。西山道上，风景绝佳，沿途林树至茂，苍翠可爱。驱车而过，心神俱畅。路经西苑，遥见山下有小洋房若干幢，屋宇相接，俱作灰色，概冯玉祥驻军西郊时所筑之兵房也。今已残破，窗户洞然，屋顶多有毁败者。沧桑变幻，此亦一重纪念也。过海淀，有役夫持小红旗，立道周，止汽车勿行，询诸同车者，知市府特设卡于此，征收路捐，为整治道途之费。汽车过此，例须纳资一元。顾予侪独豁免，仅由市府秘书出名刺，授役夫，俾得持以报命而已。更前进，见道中有杠夫数十人共舁一台，台作四方形，而面积绝广。台上置藤椅数列，坐椅上者，皆衣冠齐整，状态肃穆。中坐二人，为郑洪年氏，吴铁城氏。皆迎榇专员，乃知为试杠。闻北平杠夫，亦擅绝技，其行至稳。前清皇室治丧，必由王公大臣试杠，杠夫之训练有素者，杠上置碗，满贮以水，而步趋进退，水固不外溢也。车行良久，始抵西山，予侪乃由办事处职员率引，恭诣总理灵前致祭。仪式甚简而敬，于哀乐声中，献花献爵，三鞠躬而退。总理灵堂，设于大殿，其旧时安灵处，则在寺中最高之一阁中，予侪致祭毕，即趋殿后，循石级而上。至阁内，见总理先是停灵之石座与灵榇，总理遗体，既移入铜棺，此榇仍置旧处，供人瞻仰。榇不甚大，鬓以黑漆，有金字两行，上款为总理名讳，下款署宋夫人名，有"妻宋庆龄敬献"字样，金色焕然如新。予侪参观既毕，复至山后，一览胜景。

西山八大处，为北平著称之名称。予侪足迹所至，仅及碧云寺，顾其景物之幽蒨，已足令人心旷神怡。寺中所见大树至多，长松古柏接盖交柯，予侪立足高处，似入翠嶂。风过时松涛四起，烦襟尽涤。松树之干，高逾寻丈，殆皆千百年前物。有树皮作白色，挺立特呈异态者，厥名曰栝，俗称白皮松。闻诸识者云，价值至巨，每树约在千金以上。此固为南方所不易见也。

四十、商主席之宴

二十五日之夕，河北省政府主席商启予氏，宴予侪于中山公园董事会。董事会在来今雨轩之侧，地位颇宽畅，予侪先憩于客厅中，由省府诸秘书职员招待，谈论甚洽，并由许幡云君、许君武君分赠予侪《中山传略》，及关于党国宣传种种刊物，予侪欣然受之。有顷，商氏至，略谈数语，乃入餐室。餐室布置，亦甚精洁，列一长案，上覆白毯，并置鲜花。主宾入坐后，即进餐。餐为西式，至丰盛。予侪以山西夙有模范省之称，而村制之组织，成绩尤著，乃于席间与商氏讨论村制。商氏为道其实施之方法甚详，并云村制既推行有效，其最大之裨益有二：一、官府与民间声气互通，绝无隔阂。目前山西省府，苟颁一新令，由省下诸县，由县传知村长，由村长播诸民众，至多十余小时内，可以遍达全省。此固交通迅捷，有以致之。然有村长为之承转，其便利固自不少也。二、军民之间，绝对不致发生纷扰。往时军队偶乏给养，或需用人夫，辄直接求诸民间，或假地方官之力，迳自征发。如此则纵令军纪严肃，无所骚扰，而民众心理，已不免引起恐慌。今则师行之际，苟有所需，可商诸村长，由村长为之设策供应，役夫则偿以资，物品则给以值。一般民众，自安然不复有所苦。去年革命军兴，部队之调动，至为频繁，而民众方面，乃似无所觉。有某军官曾率其部队，于一夜中历经十余村，顾此十余村之居民，乃晏然高卧，绝不知有军队过境之事。盖每莅一村，即由村长指定熟于路径者三五人，执火炬为导，达邻村，则此三五人者，其责已尽，泰然而返，更由邻村之村长，别择人以继之。自甲村至乙村，自乙村至丙村，皆如是更迭为主，故除村长与任乡导之责者外，其余民众，乃绝无惊动。若在旧时，夜深人静，军队骤至，必且奔走骇呼，皇皇不可终夕矣。至于清厘户籍，协助守望，使匪盗无由潜滋，治安得以保障，则新村制之功效，尤难以更仆数也。予侪闻商氏言，咸觉其深切而有意味，倾听至于忘食。酒阑，商氏复起立致词，备述河北省政府成立之经过，与目前之建设计划。谓河北经军阀之剥削，受战争之影响，实际上已迭受重大打击，濒于残毁，会当竭尽个人心力，体察地方情形，使民众于创巨痛深之余，能休养生息，而别造成一种新局面。至党政两方，极能互相谅解，不侵权限，不争意气，颇堪为诸记者告。演词甚长，兹所记者，特其大要而已。商氏词毕，同人推叔雍置答。酬酢既毕，为时已晏，予侪即兴辞而出。商氏御白色中山装，发微秃，蓄短髭，精神饱满，一望而知为富有才略者。其负军政界之众望也宜矣，待人极谦敬和蔼，擅口才而健于谈，与人言，恒滔滔不绝。闻诸与商氏接近者，谓商氏见客，遇讨论问题时，往往长谈历数小时之久，至于废餐，客饥不可耐，而商氏绝无倦容云。

四一、 平沪记者之握手

北平报界，在中国新闻史上，固有相当之历史，与显著之成绩。且以前平沪新闻界，亦时相互助。声气既通，情谊斯洽，此次予侪莅平，与同业相见，有素未谋面，而神交已久者。有夙为稔友，而阔别多时者。握手倾谈，弥增欢忭。二十六日午间，同业诸君宴予侪于欧美同学会，会址至为宏敞。北平新闻记者，固已济济多才，而是日所邀，除予侪外，又有当地长官暨各机关各团体领袖，以故主宾俱集，极广大之餐厅中，乃列座无隙地，可谓盛矣。宴为西餐，看核至丰，并依正式会场例，定有秩序单，主席为每日新闻社社长赵蔚如君，酒半酣赵君起立报告一切，继之以张恨水君读欢迎词，词意恳挚，令人感佩。张君致词毕，主席又嘱成舍我君起立演说，成君与予侪强半为老友，且时时南来，依沪上俗语言之，可谓"一只熟面孔"矣。成君固擅词令，备论新闻界应负之责任，与应努力之工作。并望南北新闻记者，彼此携手，一致合作，其言实至透辟而饶有深意。成君语竟，同人嘱予致答。予因略贡所见，谓处青天白日之下，新闻界前途，应有无限希望。吾侪新闻记者自宜互相团结，合力奋斗。末又杂以谐词，谓伶界论剧，向有京派海派之分，海派自不及京派。今者沪上新闻记者北上观光，实等于海派须生，来向京派须生领教，务望京派须生，进而教之，或能南北会串一出好戏。座中闻予言，咸为莞尔，似谓此海派须生，尚有可教，不至于荒腔走板也。此次宴会，历时较长，相继演说者，尚有成济安、许幡云，及党部某君。席散已二时许，复于广场中合摄一影。是日热甚，火伞当空。予侪脱帽露顶，身处骄阳之下，而摄影工作，又以人多不易布置，良久始毕。予侪皆汗流被面矣，亟向主人兴辞而出，驱车为三海之游。

四二、铁狮胡同之欢宴

居北平者，殆无不知有铁狮子胡同顾宅，盖当顾少川秉政之际，门庭之盛，宾客之多，实所罕觏，其夫人又以豪奢著，跳舞宴会，几无虚夕，马龙车水，杂沓往来，王侯第宅，不是过也。今则时势迭更，沧桑屡易，此皇皇贵族式之旧居，亦久已笼罩于青白旗帜之下，海陆空军总司令行营总部，即设于是。予侪莅平之次日，曾一度诣铁狮胡同，访谒何雪竹氏。二十八日下午，何氏复宴同人于总部，共设四席，纯粹京菜，至丰美。何氏款客，谦和诚恳，席间不取普通宴会形式，无演说酬酢之烦，只随意谈论。迄时对冯问题，颇呈紧张之象，予侪辄有所询，何氏即以各种消息见告。间及本人意见，词多坦率。知其接待新闻记者固甚有诚意，虽膺要职，绝不作态也。予侪于未入席前，先由部内秘书诸君为导，于宅中各处，为短时间之观览。顾宅前部，仍为旧式厅事，厅不甚广，而气象甚富丽。门户楹柱，咸髹朱漆，藻以金彩。陈设家具，如桌椅沙发之属，十分精致。所悬各灯，亦甚美观。后部则参以西式，有跳舞厅，极广大。今则舞踪久歇矣。闻诸故老相传，此宅原址，实为吴三桂旧邸。而陈圆圆之所居也，则在历史上尤有探索之价值。惜年湮代远，美人艳迹，已无复可寻矣。

顾宅中又有一位大之遗迹，不可不郑重述之，则为总理纪念室。孙总理北上时所居，即在宅中之西部，不幸疾作，遽归道山。其寝处之室，遂成为革命史上唯一之纪念。总理逝世后，由诸同志加以整理，室中一切布置，悉依总理弥留时原状，不稍更动，壁间悬遗像遗嘱，予后人以深切之观感。此室平时加扃闭，不许人随意阑入，藉保尊严。予侪得何雪竹氏特许参观，肃然入室，瞻仰之余，殊不胜人亡国瘁之感也。同人又请于何氏，恭摄一影，藉志向往云。

四三、三海之游（上）

三海之名久著，依其地点论之，则禁城之西为西苑。苑分三部，瀛台为南海，蕉园为中海，而金鳌玉蝀桥以北为北海。中南两海，入民国后为总统府，至最近始完全开放。北海之开放，亦仅四五年耳。三海范围既广，景物尤多，稍数日之游观，或犹未能穷其胜，予侪仅于数小时内，匆匆一过，所至殆只其中一小部分。今兹所记，亦姑就其能记忆者，约略述之而已。三海之游，可步行，亦可乘舟。予侪则二者兼之，先驱车至新华门，入门后行不数武，即登小舫，舫之大者，中亦设炕座，颇轩敞，小者只容十余人，已甚苦甚逼仄。三海以前极深广，今则淤浅殊甚，舫之行，不以橹而以篙，舟子二三人，持篙力撑之，而其行殊缓。足见水浅也。至瀛台，乃舍舟登岸。瀛台为清德宗幽居之所，在历史上固有纪念之价值，黎宋卿任总统时，亦居瀛台，今则已成民众游览之地。遍设茶座，供游客休憩。瀛台风景清幽，为清初帝后避暑之所。予侪曾小立于迎薰亭中，眺览四周景色，亭临水，夏夜纳凉，当多佳趣也。自亭而东，沿途殿阁层峙，林木森茂，复穿石洞，缘山径，曲折行良久，而至大圆镜中。大圆镜中，盖取佛家大圆镜智之说，为礼佛之地，非真镜也。大圆镜中，无甚可留恋处，而其前则山峰回绕，楼阁玲珑，颇多幽趣。予侪曾于此憩息移时，并摄一影。如斯胜境，未易多得也。

南海胜地殊多，予侪以时促未遑遍游，即由招待诸君为导，别趋一径，至怀仁堂。怀仁堂原为旧式建筑，袁世凯当国时，乃加以改造，极形壮丽。并设剧场，辟广座，盖迩时怀仁堂中，常为招宴外宾之所，故其布置乃愈趋华美也。自怀仁堂出，复登延庆楼。延庆楼为昔年曹锟幽禁之地，楼甚大，且颇轩敞。楼屋凡十余间，其中陈设器具，固已无存，而观其窗牖门户壁板地砖之属，皆藻饰颇华。且启窗四眺，景色至佳。予侪笑相语曰：所居如此，曹锟虽被幽，亦尚足乐也。楼下有长廊，过此则与外间相通，无形中似为一重界线。闻诸导游者云，曹锟幽居时，亦非绝对禁其下楼，但不得越此廊一步耳。

自怀仁堂至居仁堂，相距颇远。夹道多林树，绿荫蓊翳。予侪缓步以行，足力虽疲而不以为苦。居仁堂为袁氏任总统时觐见官吏处。洪宪时代，或隐然以是为朝堂也。堂至广大，一切布置，尚焕然如新。今堂中仍设宝座，座之四周，陈列各物，备极富丽，犹俨然有王者气象。北平图书馆，设于居仁堂楼上，图书馆布置，秩然有序。予侪于普通阅书室，未暇为长时间之观察，小坐片刻，即至四库全书陈列室。予侪在辽宁，固已一度参观四库全书，今兹盖与此书为第二次之相见矣。特北平图书馆所陈列者，舍四库全书外，尚有孤本精本各书，及古代精装各书籍。所藏孤本，盖几经搜求而来者，保存国粹，至有价值。予信手翻阅，偶得一本，为回教药方，内有治骡马病各药剂，颇饶奇趣。至精装各书，有所谓蝴蝶装者，全书相连处，悉系以纸，殆韦编之旧观欤。别有一种装订，云视蝴蝶装为尤古，则与时下西装书籍绝相类。底面相连，书脊似亦用胶粘，但篇幅甚大耳。古书陈列室而外，别有一室，置清代奏章及档案。予侪亦入斯室，略一观览。此中盖甚多史料，足为文献之征也。

四四、三海之游（下）

出居仁堂，又驾小舟过中海，复登岸，易乘汽车至团城。团城地位颇小，亦无多风景，但有玉佛，足资观览。玉佛供于承光殿中，佛身颇高，竟体莹润。玉佛外并有玉瓮，制以苍玉，亦古物中之饶有价值者也。予侪于团城但略一停趾，即匆匆赴北海。北海一笼统之名词耳。其中胜景，不可胜数，今已辟作公园，称北海公园。予侪入门后，且行且赏览景物，行良久，乃至漪澜堂。漪澜堂前临太液池，沿池障以石栏，凭栏设茶座，兼售小食。予侪此时已甚苦饥渴，即于茶座中小憩，进茶点。茶味甚清而面点亦甚适口也。太液池中，设有小艇，游人于此，多荡舟为乐。予与际安因心见而心喜，亦相偕入一艇。予初意此亦如西湖游艇，当别有舟人，为游客弄桨，讵所谓舟人者，但立水次持长篙点艇，艇既离岸，彼乃不复相随。予至是颇窘，因心乃自告奋勇，谓儿时固善弄舟，可无碍，即掉桨以行。行不及咫尺，艇胶于泥中，不复能进。省府秘书许王二君立岸上，睹状笑曰：南人亦不惯乘船耶？即呼因心，令回舟相俟，因心不获已，持桨作篙，就艇尾倒撑之。久之，艇始能动，折回至船埠，许王二君，一跃而下，各持一桨，力划之而苦于水浅，仍未能进行如意。时叔雍沧波诸君，已别乘一大舫而过，（大舫有舟子撑篙）予与际安不复能耐，即登大舫，俾此小艇得轻其载也。叔雍固熟于北平之游者，至是遂为予侪作向导，遍历五龙亭九龙碑诸胜。五龙亭者，亭凡五，立水中，两端接陆，宛转相通。九龙碑在阐福寺西北之土山后，于一屹立之影壁上，刻九龙，施以釉采，龙有幡曲者，有昂首者，有伸爪者，形态各异，皆腾拏作势。刻工既绝精美，而彩色亦焕然如新。观览久之，复乘舫返漪澜堂后，觅路历石磴而上。白塔山为金时之琼华岛，元时改为万寿山，或曰万岁山。明代则互称之。清顺治年间，建白塔于山顶，乃更山名为白塔。山至高，予侪既登其巅，远眺四周，不仅北海全部景物，悉归眼底。即城中各处，遥望之亦历历可数。白塔之建筑，圆顶穹窿，不类寻常所见塔，殆与所谓蒙古包者近似也。塔中供一神像，兽首人身，狰狞可怖。予侪见暮霭已上，知不复能久留。疾趋下山，诸游侣已相候久矣。即出门登车，车过金鳌玉蝀桥，似游兴犹未阑也。金鳌玉蝀桥，至壮观，广约二寻，修数百步，两崖栏楯，悉以白石镂成，东西峙华表，东曰玉蝀，西曰金鳌，故有是名。既游北海，亦不能忘此桥也。

四五、农事试验场与颐和园（上）

农事试验场，即三贝子花园旧址，亦即所谓万牲园也。园地甚廓，闻诸熟游北平者，谓前此园中布置绝佳，尽多景物，足资留恋。入夏游人尤众，顾今者已呈荒芜不治之象。园中动物，所存亦无多。予侪所见，只猴类及熊驼之属，较特出者，为一五足牛、一大象，象亦甚瘦，偏处槽内。予侪戏投以山芋及刍束，则以巨鼻卷入口中，狂吞不已。象虽不能言，知其甚苦饥矣。禽类尤少，只鹳鹤及山鸡数头，殊无足观。乃遍绕园中一周，只觉亭台寂寞，花木凋零。至豳风堂，堂中设茶座，亦虚无一客。予侪入园，尚在清晨，不知下午景象奚若，苟日常如此，直类一荒园矣。

予侪于此，觉兴趣索然，因即出门，驱车为颐和园之游。颐和园在历史上固已为谈者所注意，而园中景物之美，建筑之精，亦自有特点。予侪入门后，即见铜龙铜凤铜鹤，纷立阶前，范制极精。殿中扃锁不可入，窗户亦蔽以竹帘，自窗隙内窥，窈无所见，问诸导游者，谓其中尚有陈设器具，恐视察难周，为人窃取以去，未能开放也。予侪乃取径入内，先至慈禧当年观剧处，为短时间之游览。慈禧好剧，剧场辟地至广，戏台建筑，亦颇费匠心，台凡三层，皆可通。闻普通剧皆在中层，偶演神话剧，则饰仙佛者，皆列上层，时或自上层冉冉而下，似由云中下降尘寰也。有时演龙宫戏，则启下层，且置水，虾兵蟹将之属，俱自水中涌出。予侪皆笑曰：不图迩时演剧，已有机关布景之妙用矣。戏台正殿对殿座，此仿佛今日剧场中之正厅，两廊各有小舍，殆为宗室大臣之剧座，则近于旧式剧场中之边厢矣。

乐寿堂为慈禧所居，旁多精舍，予侪曾于此中小憩。室不甚广，而一切雕刻藻饰，即在今日，犹可想见其富丽。壁间遍张字画，以陆润庠梁耀枢郑沅所作为独多，斯皆当时所谓文学侍从之臣也。楹间座侧，恒见红笺题字，字凡四，俱恭楷作吉语。如"美意延年""海宇又安""福寿康宁"之类，或即春帖子也。精舍中所置几案，仍多旧物，予坐一紫檀龙椅上，倩耀南摄一影，藉为此游纪念。

自乐寿堂出，历庭院数重，乃入长廊。廊不甚高而极修，且曲折有致，身在廊中行，右揽山翠，左挹湖光，实为人间妙境。行良久廊尽，乃至仪銮殿，殿中设宝座并供慈禧遗像，云是当年万寿时受贺处。自仪銮殿后，登山麓，见石级凡百余层，仰望若高及栏柱，悉以铜制成，亦一特殊之建筑物也。亭前有峭壁，壁间嵌巨石，白润如玉，有水云纹，云是大理石。游人多于石间任意涂刻，字迹多恶劣，措词尤有极可笑者，此亦石之劫运也。山高处为排云殿，自排云殿更上，有阁巍然，已在万寿山之巅，曰佛香阁，为慈禧礼佛处。今阁已坏，不可登。予侪即于佛香阁下，沦茗小憩，凭栏远眺，全园风景，尽入眼底。颐和园取景，多仿西湖，若者似雷峰塔，若者似湖心亭，若者似三潭印月，历历可指。流连久之，始下山，闻山后残景，别饶奇趣，且有苏州街遗址，足供凭吊，惜未及领略也。

四六、农事试验场与颐和园（下）

园中设有餐馆，予侪下山后，前至临湖一小榭中，进午膳。肴馔不多，而别饶风味。座中别无生客，恣意饮啖，不拘形迹。予侪笑相语曰：至北平后，虽日餍珍馐，终不免主宾酬酢之烦，要以颐和园中一饭，为最舒适。饭罢，游艇已俟于水次，同游者约二十人，分乘两艇，放棹昆明湖。昆明湖面积颇大，坐艇中，观四周景色，殊多佳趣，湖中亦多荇藻之属，青波碧水，宛如荡舟于西子湖中也。舟行移时至石舫，石舫亦为园中胜景之一，凿白石作巨舫，构造形式，酷肖轮舟。舫分二层，至高且大，予侪先至下层小憩，复缘梯登上层，临窗远眺，颇足一畅胸襟。两层均设茶座，想入夏以后，游园者必群趋此舫也。惜年久失修，有一二石柱，已稍稍敧侧矣。自石舫下，复穿小径，至船坞。所谓船坞，乃当年园中停船处，于船坞中见小汽舟一，画舫三五，皆朽坏，半没水中。画舫甚大，其构制亦绝精，窗户均施雕刻，并髹金漆，顾尘垢满积，埋没坞中者，殆已不知其几何年。昔日豪华，徒留残迹，只堪与故宫禾黍，作一例观也。

自船坞出，复登小艇，涉历湖中诸胜，处处楼台，俱堪留恋。但空梁泥落，庭草无人，游兴虽浓，亦多感喟。沿途所见牌坊，更呈摇摇欲坠之象，导游者云，已无从修葺，将来唯有任其颓圮于夕阳衰草之中而已。曾至大阿哥读书处，及德宗避暑处。大阿哥一童骏耳，但大阿哥既立，而载漪怙势，朝政益非，酿成拳乱，自足令人慨叹。德宗所居之处，室后缭以短垣，垣非固有，慈禧特筑之以为障，使德宗不得自由外出。然则德宗偶离瀛台，亦无日不在幽禁中，慈禧猜忌之深，防制之密，于此可见矣。又至龙王庙，庙祀龙神，有两三老者，值役庙中，面上鸡皮稠叠而无髭，度为宦中之仅存者。顾询之殊不肯自承也。

出龙王庙，步行至湖岸，观铜牛。牛踞座上，竟体皆以铜制，云藉是以镇水势者。顾牛尾已非原物，上有缀痕，盖昔年园中太监，误认牛尾为金质，私断其尾以去。事发竟论死。牛失其尾，人丧其元，可谓冤矣。何联弟君骑牛上摄影，闻有卜者曾为何君推算，云骑马不利，骑牛则吉也。

铜牛座畔，即为十七孔桥，桥凡十七洞，故有是称。桥身至广，两端缘以石栏，桥上镌石狮，形态不一，雕镂颇精。予侪下桥后，复乘小艇返原处，又至乐寿堂小憩，即出园。是日之游，有园中一役夫为导，其人指点园中景物，并述慈禧往事，历历如数家珍。询以是否宦寺，亦否认。但云供役园中已三十年，白头宫女，闲坐说玄宗，可为斯人咏矣。

四七、国子监与雍和宫

文庙与国子监，东西相密迩，北平文庙，建筑颇宏伟，大成殿盖黄瓦，望之俨如宫阙，殿柱高且大，可数人合抱也。殿外林木森茂，多为古树，甬道东西，碑碣至多，有清圣祖所制至圣先师孔子赞，及颜曾思孟四子赞，并御制各诗记碑石。复有碑若干，所刻者为殿试榜，每一榜，勒一石，上端有文曰"某年廷试贡士某某等若干名"，其下即列殿试名次。所谓贡士某某，即是科之会元也。此类碑石，所存者已无多，予侪所见而注意者，有张謇一榜，刘春霖一榜。刘春霖可谓为末代状元，过此以后，科举遂废。又见国府委员谭延闿先生大名，赫然现于石上，诚足为历史上之一纪念，以馆阁名流，而敝屣功名，致力于革命事业。舍此公外，亦罕觏矣。大成门内列石鼓，谓是周宣王时猎碣，考古者过此，必摩挲不忍去也。

自文庙至国子监，有路可通，相距不数武。国子监，元代之旧学也，明永乐时，始改国子监。庭中有古槐两株并立，为元祭酒许衡所植，旁树木牌，记其事，谓此树年久枯死，至乾隆十六年乃复活，其间相去数百年，而已凋之树，忽复荣长，亦足奇矣。国子监建筑，中曰彝伦堂，东廊为绳愆厅，为鼓房，西为博士厅，为钟房。两厅以南，为碑房。东西对列，各树碑甚多，上镌十三经。所谓十三经刻石者是也。十三经刻石钞写，出蒋衡一人之手。蒋字湘帆，金坛人。别有一碑，刻蒋湘帆写经图，须发飘萧，衣袂轩举，栩栩欲活。旁有小识，记写经所阅时日，凡十六年。碑文所刻，俱作正楷，穷十六年之精力以为之，固亦值得后人之纪念也。有辟雍宫，在集贤门内，为乾隆五十年所建。周以环池，有桥四，规模颇壮阔，上丁释奠，临雍讲学。此皆当时粉饰太平之举也。以今视之，无非沧桑小影而已。闻张宗昌在北平时，曾莅国子监讲《孝经》，不图此公，乃有是一幕趣剧，诚足令宣圣失笑矣。

雍和宫为喇嘛讽经之所，相传为清世宗之潜邸也。宫中殿阁颇多，殿有天王殿、永祐殿、法轮殿、绥成殿，阁有万福阁、永康阁、延宁阁。并有戒坛在法轮殿西，予侪游览之日，宫中适举行法事，殿中燃香烛，供面果，喇嘛数辈，披法衣诵经，视其经册，殆为蒙藏文，莫可辨识，口中喃喃讽诵者，更不解为何语。闻其声似曰"华耶华耶滑"，予侪因笑曰："华耶华耶滑，可与沈垣矮人戏所唱'雪立雪立蓬'，成为妙对矣。"有一殿中立檀木大佛像，像高八丈有奇，闻像身埋于地下，尚有二丈余，奇伟无匹。予侪翘首以望，而佛面乃仍不可细辨，其高可知。后诣佛堂，欲一觅欢喜佛也。雍和宫欢喜佛，久已著称，予侪初意，必有足观，讵知所谓欢喜佛者，仅供列案头，蔽以黄绸，撤绸视之，则皆兽首人身，状态狞恶。身有多手，森列如戈矛，中伸两手，抱一女像，女像仅见其背，渺小与男像不相称。历睹数像皆然，云何欢喜？如是而已。予侪初拟此外必别有奇文，足供欣赏，顾询诸导游之喇嘛，则力白其无。谓苟有他像，何敢矜秘？予侪乃一笑置之，不复穷诘矣。宫之西有关帝庙，庙颇小而所供关帝周仓诸神像，则庄严威重，非他处武庙中所能及。右塑赤兔马，喇嘛郑重相告曰：庚子联军入北平时，有日本兵游览至此坚欲一登马背。阻之不可，顾既上马，竟木然不能动。掖之始下，勉强出宫，即仆于地死矣。予侪闻言，颇笑其妄，而喇嘛言之凿凿，且谓幼时即居雍和宫，曾目击其事。此则只可目为神话矣。招待予侪之喇嘛，待客颇殷勤，出茶点饷予侪，俾一尝面果之风味，并与予侪交换名刺。予视其刺，中列五大字曰"伯云和什克"，上端有小字一行曰"雍和宫得木奇"，乃笑而藏之，亦足为斯游之一纪念品也。

四八、三殿赏古（一）

三海三殿，并著称于北平。三海为流连风景之所，三殿则为展览古物之地，今所谓古物陈列所者，论其陈列之范围，实概括文华武英太和中和保和诸殿而言。名人书画，以文华殿为最多，瓷器及古玩珍饰，则以武英殿所见为至富。称曰三殿，殆以文华武英太和巍然并列，其宏伟亦相埒也。予侪观览时，先诣文华殿，文华殿在协和门东，崇阶巨柱，建筑至为壮丽。殿中四壁，遍张大幅书画，册页便面之属，篇幅较小者，则列长案，杂置其上，书画美且多，真如山阴道上，应接不暇。予侪皆笑曰：一度入文华殿后，再观其余书画展览会，确有曾经沧海之感矣。惜时间迫促，匆匆一览，不独未暇欣赏，即脑海中能略留印象者，亦不过什之一二而已。其中最杰出而为外间所不易见者，如余省绘《牡丹双绶图》，仇十洲绘《炼丹图》及《百美图》，明宣宗绘《子母鸡》，唐寅绘《煎茶图》，沈石田绘《桐荫玩鹤图》，郎世宁绘拂菻狗，金廷标绘《八骏图》，恽南田绘大幅花卉，或气魄雄浑，或意境淡远，即不知绘事，未能读画者，至此亦必引起无穷美感，艺术菁华，萃于是矣。册页中以清黄应堪绘《二十四孝图》，及周鲲绘《村市生涯》，是富农趣。《二十四孝图》，笔意生动，功候细到。《村市生涯》，楷幅极小，上绘耍猴卖鸡补碗顶缸炊饼分瓜诸图，似俗所谓三百六十行，工细绝伦，而用笔又极高雅。此图另有缩影印本，索值仅半元，予颇思购归，以示儿辈，必且眉飞色舞，视为恩物。后以事冗，竟忘之矣。以上所述者为画，论书则名家手笔，罗列尤富，不可胜记。此外复见历代帝王像，悉为原本，衣冠装饰，各随时代而异，益足供考古者之研究也。

自文华殿出，乃入太和门，登太和殿。太和殿盖清代遇令节大典，百官觐贺之朝堂也。殿高十一丈，殿前丹陛，石级至高。自陛下望殿上，已远不可接矣。陛前列鼎十八，铜鹤铜龟各一。丹墀内列文武百官礼位，范铜为山形，上镌品级，自一品至从九品皆备。殆昔日朝会时分列御道旁，以定百僚之位次者。今则杂陈殿内，徒供观览而已。殿中御座，占地至广，座前尚有小阶级，今御座四周，悉缭以巨绠，防游客之拾级以登也。太和殿中，列嵌牙山水挂屏，至精美。又列珐琅塔若干座，为乾隆时所制，大小不一，颇堪玩赏。复有鹿角椅，亦乾隆年制，为状甚奇特。太和殿北，为中和殿，予侪入中和殿，有一物接于眼帘，颇生异感，则于殿庭之中，乃忽睹新式暖汽炉，讶为不类，询诸导游者，始知此为项城称帝时所装置者。闻糜款至十二万之巨。炉成而帝制败，只试验一次，即不复用。袁氏当时，诚炙手可热，又安知今日徒留此冷炉，亦博得一古物之资格耶？殿内有顺治年所勒禁止中官干政牌，牌上所刊文，其词颇长，痛论中官干政之弊，严申禁令，犯者至于凌迟处死。此殆鉴于明代阉宦弄权，朝政棼乱，因特设重典，以儆将来。顾有清之季，李莲英恃宠而骄，擅作威福。宦官之祸，仍不能免，严刑峻法，亦徒托空言耳。殿隅列乾隆时千叟宴诗围屏，诗为御制，注"恭依皇祖元韵"，予忆其结句云："祖孙两举千叟宴，史策饶他莫并肩。"颇似宫词。清高宗以能诗名，殆皆臣下贡谀耳。实则诗至不佳。予侪于宫廷各处，所见高宗诗甚多，其庸俗都类此。中和殿后，为保和殿。殿九间，清时殿试，即在斯殿。殿后东西向有门二，东曰景运，西曰隆宗。而崇基列座，巍然于殿之北者，则乾清门。自乾清门以外，达午门，凡殿三，门十余重，称曰外朝。乾清门以内，即为宫禁矣。

四九、三殿赏古（二）

武英殿在颐和门西，内殿二重，昔为贮藏书版之所。武英殿中所列古物，至精绝美，殊叹观止。试分别言之。一曰甲胄，有顺治御用之钢盔鱼鳞甲，鱼鳞甲似以钢片连缀而成，以视前在辽宁清故宫中所见之锁子铁甲，其制较精，且轻便多矣。此外复有东瀛古代皮甲，亦甚奇特。二曰瓷器。瓷器最多，有柴窑多种，内花插一事，为后周显德年物，绝精致；有宋定窑，有宋龙泉窑。龙泉窑中，以一八卦瓶为最名贵；有明代万历青花碗，为数甚夥；有康熙郎窑霁红花瓶，大小不一，至为古艳；有雍正碧玉瓷器多件。此外复有古月轩瓷碗，碗不甚大，瓷薄而细。导游者许君，任职于古物陈列所，语予侪云：古月轩瓷，出于窑变，其细致为他窑所无。闻西人之精于鉴古者曾为估价，瓷碗一事，为值可二万元。瓷极脆薄，陈列瓷器，须时加拂拭，顾遇此瓷碗，所中职员咸兢兢然未敢轻动，虑偶一疏略，或致碎缺也。闻溥仪出宫时，有古月轩瓷器多种，满贮铁箧中，为人所见，疑箧中所藏，必为金银钞币之属，仓卒间欲尽攫之以去，而箧重不可负，锁严扃，未得钥又不可发，则竭十余人之力，持重器毁之，箧破而瓷器亦碎，损失可数百万。暴殄天物，莫过于是。今宫中所存者，盖已无多，益足宝贵矣。三曰古砚，外有宋澄泥五铢砚，元冯子振制七星凤池砚，明代仿魏铜雀台瓦砚，最可宝者，为宋端石云龙九九砚，所谓九九砚，砚石上有八十一眼，虽纤细而历历可数。闻端石之有二三眼者，已为古董家所重视，今多至八十一眼，诚足为希世之珍矣。四曰印章。印章甚夥，中有乾隆青金石仿石鼓文印章，寿山石印章，已足宝贵，又有乾隆御用之田黄冻印章，章共三事，系以小练，练亦为田黄冻。印章与练皆通体明莹，融润欲滴，虽扃置筒中，未许把玩，亦殊令人爱恋不忍去也。五曰古铜钟。依年代先后，以次陈列，中以汉古鉴及四乳鉴为最饶古趣。六曰古铜器。古铜器钟鼎之属，别列一室，中以周颂壶饕餮鼎及彝鬲诸器，最足动人观感。闻周颂壶有拓本可购，每拓一纸，须时一月，为值亦在十六元以上云。七曰衣服。镂金错采，备极华贵，中以缨络衣及翠云裘最具特色。缨络衣以象牙为络，翠云裘则用真雀毛与色丝相和，捻线织成，为清高宗所御，《石头记》所谓"雀毛裘"，今乃亲见之矣。此外所见珍玩殆莫可枚举，苟一一记之，虽盈篇累幅不能尽也。

五十、三殿赏古（三）

三殿陈列诸物，除我国自有之古玩外，复有海外珍品，梯航以至者，即当时所称贡品也。予侪所见，以时钟及八音钟为多。闻宫庭各处，原有西洋钟可五百余架，今所陈列者，于文华殿中，见乾隆四十八年英国进八音钟一架，为一七八三年伦敦考克司公司所造，上为鸟笼，下为钟，掀其机括，鸟能飞鸣不已。钟旁复有小池，蹲一狮，能自喷水，池中莲花，亦自旋转，精巧绝伦。于武英殿中，见英国时钟两架。其一，有小跳舞场，机动则场门能自启闭，场内有人，环绕疾趋，其一，有葫芦能转丹，旁缀以松树蝴蝶之属。蝶能飞，鼠能窜，行动至捷。舍此复见一钟，不知为何国所造，上有圆球一，似月球，嵌蓝白石各半，视其旋转之度数，可知月光之盈昃，月朔现蓝石，月望则见白石，称之曰朔望钟，其技巧盖如此。时钟而外，复有乾隆时法国所进奏琴女郎，能以两手持小锤击琴，铿然合拍。女郎长裙直立，状似玩偶，而身高约二尺余，能回首左右顾盼，逼肖真人。上所述各种，依陈列所定例，于每日上午十时下午一时及四时，拨动机括一次，届时钟前环而观者，盖如堵也。

武英殿北，为浴德堂。浴德堂在清初为词臣校书之所，其后有香妃浴室，仿土耳其式，作穹形。浴室之西，有亭隆然而高。亭中有井，井畔凿石为槽以引水，直达浴室之后，以锅承之。锅热水暖，则自墙中铜管，以注于浴室。相传谓高宗因香妃眷恋故乡，因作此浴室以悦之，顾浴室距大内颇远，香妃深锁宫闱，乃就浴于此。以事理论，亦一疑问也。今浴室之侧，有文记其事，结语甚妙，云："诸君于此，必有悠然神往者矣。"悠然神往四字，用诸浴室，殆有温泉水滑之感欤？

予侪游览三殿时，晤古物陈列所长张起凤君，张君为述所中古物，共计达廿四万二千五百余件。今所陈列，仅五十分之一耳。以地小不敷展览，只可每季更易一次。所中经费，端赖游资。游资所入，每月三千余金，支出则仅二千余金，有余悉呈解内部，顾欲为扩展之计，成一完善之陈列所，俾可引起中外人士之观感，则殊未易言也。

五一、故宫游览（一）

民国成立，溥仪乃高庭深宫，昔之游览北平者，依然未能入宫门一步也。自溥仪出宫，始议开放，而重器之保存，宫室之管理，各种事物之布置，仍匪易易。中间亦迭设机关，屡经变更，至故宫博物院设立后，旧时禁地，遂成民众游观之所矣。

予侪入宫，承故宫博物院长暨职事诸君，殷殷招待，导游各处，详加指点。观览之际，乃不致茫无头绪。故宫区域之大，殿宇之多，纵穷日之力，亦未足尽其胜，且涉足其中，未识途径，将如身入迷楼，进退不知所可。主其事者，因划分三路，曰内中路，曰内西路，曰外东路。每路复指定路线，自入口以至出口，以次前进，乃无迷途之苦。三路非同日开放，有规定日期，彼此相间。观览券资，亦三路互异，俱在一元以上。予侪则特荷优待，既免收游费，并更与半日之间，历游三路，不复间断。特如许宫廷，只匆匆一瞥，观察所得，固已无多，而游兴亦殊未尽也。

游览程序，殆先进内中路，顾予侪甫莅宫门，已见有军士数十人，由长官率领，入宫参观。彼此同趋一路，倍形拥挤，执事者为便于招待计，乃令予侪以内西路为起点，同时并赠予侪以故宫图说。上所记述，至为简明，予侪人手一编，按图索骥，颇得其益。

入内西路，即是西花园遗址。民国十二年六月二十六夜宫内敬胜斋不戒于火，延烧东西南三面，历代古物之贮存此中者，尽付一炬。火自何来，宫中事秘，殆莫可究诘矣。火后就其原址，改为球场，场东有玻璃屋，内置鞋帽，帽巨如斗，鞋大于箕，非丈二金刚，不能适用也。一切建筑，除石洞外，悉荡然无存，徒留残迹，供人凭吊而已。

五二、故宫游览（二）

自石洞前进，过中正殿旧址，至建福宫。宫凡三楹，乾隆五年所改建，原定为守制时所居，故屋瓦用蓝色。宫之东间，祀东太后神位。建福宫与抚辰殿毗连，由抚辰殿出建福门，过宝华殿梵宗楼而达雨华阁，雨华阁之南，为春华门。阁凡三层，上层供欢喜佛，中层供康熙大成功德佛神位，下层供西天番佛，有脑骨灯、人骨笛，皆喇嘛教之法物也。东西配楼，亦供佛，内贮藏经，自雨花阁折而东行，过延庆殿，至太极殿。太极殿即启祥宫，在启祥门内，昔为瑜太妃所居，中设宝座，前后廊有慈禧所书联匾，由此经体元殿，至长春宫。溥仪未出宫时，淑妃居于此。宫凡五楹，中置宝座，西为卧室及书室。书室中陈各种小说，复有淑妃亲笔小楷。东为浴室，浴室布置殊简单，案头杂置香水花露水等化妆品，零粉残脂，犹留遗迹也。长春宫西厢，为承禧殿，殿中陈设，悉仿西式，置书案及风琴。壁间悬中国新地图，此为淑妃读书处，因设位供至圣先师。予侪皆笑曰：不图宣圣，乃入深宫，受此香花供养，胜见南子多矣。自长春宫达翊坤宫，中间须横越西二长街。西二长街，即明宫史所谓西二永巷。南起螽斯门，北迄百子门，相距颇远，诚哉其为长街也。翊坤宫原为西宫妃嫔所居，相传慈禧为贵妃时，亦尝居此。廊间壁上，刻梁耀枢陆凤石书《万寿无疆赋》。宫内所见《万寿无疆赋》至多，不止一处，且多出于梁陆二人手笔。予笑语同侪曰：此两君可谓包办万寿矣。宫中三间，陈西洋乐器及盆景，东西二间，分供慈禧隆裕神像，盖溥仪夫人之休憩处也。翊坤宫后，为体和殿，殿凡五楹，为储秀门旧址。翊坤储秀二宫既合并，即兴工改筑，易门为殿，中三间依窗为炕，陈设瓷器玉器至多，并有西洋乐器，各类俱备，度昔日宫中必有乐队，足征溥仪未出宫前，岁月优游，亦正多乐事也。西间为溥仪夫人书室，较淑妃书室为大，书案上陈美人风雅大观及小说多种，书册散乱，积尘已满矣。体和殿后，为储秀宫，则溥仪夫人寝处之所也。中陈宝座，东为卧室，西为浴室。卧室中床帐悉作西式。案头尚存残余苹果，食过半矣。复有饼干一盒，盒已启而饼尚未尽，想见溥仪出宫时之仓卒。窗前几上，列盆花甚多，花朵枯黄，茎叶亦萎，似菊非菊，已不可辨。寂寞宫花，亦与清室同其命运矣。储秀宫后，为丽景轩，殆宫中之西式食堂也。中三间列长案二，器具皆西式，颇精美。东间设铜床，绣缎作茵，织金为帐，宫中所见帷榻，以此为最富丽。西间壁上，绘北海琼岛风景，图幅甚巨。画笔殊欠高雅，殆出于寻常画匠之手欤？自此出百子门，入重华宫，宫之东，有戏台，台上杂置古乐器。戏台建筑，与颐和园所见者相仿佛，而壮丽则弗逮焉。清高宗为皇子时，居于重华宫，其后恒于此赐宴廷臣，联吟唱和。台湾平定，大宴成功将佐，亦在此宫。固甚有历史上之价值也。重华宫东庑，为葆身殿，西为浴德殿，高宗少年时之书斋也。其前为崇敬殿，凡五楹，匾曰乐善堂，高宗为皇子时所书。殿中有红雕漆盒，贮高宗诗文稿，惜未能启盒一观。红盒藏稿，固胜似碧纱笼矣。

予侪自内西路出，乃游内中路。内中路之路线，入延和门，绕行宫中一周，乃出集福门。延和集福两门，皆顺贞门之旁门也。顺贞门内，有门三，东延和，西集福，中曰承光。承光门内，为御花园，明宫之后苑也。园址颇小，而奇石嶙峋，佳木郁茂，见有古柏藤萝，游踪过此，亦饶幽趣。楼阁台榭，或沿明代之旧，或由清代改建，如堆秀山、摛藻堂、凝香亭、万春亭，俱有古迹可寻。摛藻堂中，藏《四库荟要》，今尚存，已成海内孤本。堂西有古柏院，壁间刻清高宗御制《古柏行》，相传高宗南巡，柏忽枯死，回銮以后则复活。树之精灵，亦能扈驾。高宗于行旅之中，时见有树影前导。此真臣下贡谀造作妄语，不值识者一哂也。万春亭南，为绛雪轩，轩前植绛雪花，亦称太平花。花白而叶绿，烂漫可爱，绝非凡品。予侪曾小憩于绛雪轩前，对花沦茗，香气袭人，倍增佳趣。自绛雪轩过坤宁门，至坤宁宫东暖殿，殿与昭仁殿相对，为皇后休憩之所。昭仁殿原名弘德殿，明万历十四年始改今名。思宗殉国，手刃其女昭仁公主于此殿中，亦历史上惨痛之纪念也。清乾隆时，赏敕检内府善本书籍，列架庋藏于此，颜曰天禄琳琅。殿后偏西为五经萃室，藏宋岳珂校刊五经，今所存只通行刊本，原书已散佚，闻溥仪悉取其书，以赏溥杰。予侪在宫中，曾见溥仪手书付溥杰赏单，所列皆宋版旧书。溥仪当时，尚在童年，稚气未除，不知爱惜古籍，甚可慨也。自昭仁殿过御茶房、端凝殿、自鸣钟、御药房诸处，而达上书房。端凝的取端冕凝旒之义，为贮藏御用冠袍带履之所，今殿内犹存官帽朝珠之属。自鸣钟之称颇奇特，闻康熙时储存钟表及天文仪器，故有是名。上书房为明清两朝皇子肄业之地，载沣摄政时，曾于此设办事处云。

五三、故宫游览（三）

上书房在乾清门之东，自上书房西行，过乾清门敬事房、南书房、内奏事处、批本处，而入懋勤殿。南书房为词臣承直之所，清时南书房行走，得者引为殊荣。实则所谓南书房，乃湫然一室，以今观之，蛰伏其间，殊无乐趣之可言也。懋勤殿在清时为康熙幼年读书处，后为内廷翰林兼直之所，诏敕盖用御宝，恒在此殿。自懋勤殿至乾清宫，宫九楹，在明代西暖阁为万历天启二帝居处。东暖阁为泰昌崇祯二帝居处，岁腊正初，恒于丹墀内张灯火，放花炮，以点缀令节。至清时康熙乾隆二朝，曾于宫中两开千叟宴。《东华录》载嘉庆二年，乾清宫灾，则今之殿宇，殆嘉庆时重修者也。乾清宫西为弘德殿，同治帝曾读书于此，今荒废久矣。过弘德殿，至交泰殿，殿在乾清坤宁两宫之间，乾隆时集御用宝玺二十五颗于此，东侧有乾隆年置之铜壶滴漏，此计时之古器，舍宫庭外，殆亦罕觏矣。坤宁宫广九楹，明代为皇后寝宫，所谓正位中宫也。清时东暖阁改为帝后大婚之洞房，中四间为祀天跳神之处，东置长案一，用以宰牲，后有大锅三，用以煮胙肉。西悬布偶人及画像，则其所祭之神也。前在沈阳清宁宫中，亦见祭器陈于寝宫，盖满洲旧俗，祭必于正寝也。清制，元旦皇帝行礼后，即升南炕，进胙肉，并赐王公大臣同食。皇后则在东暖阁，率贵妃以下同受胙。宫外有神竿，亦称祖宗竿子，满俗宰牲祀天后，须献颈骨于竿顶，竿至高，意者馨香之气，真可上腾于天矣。出坤宁宫，经西暖殿、寿药房，出天一门，而至钦安殿。殿奉玄武神，相传嘉靖时两宫灾，玄武神曾立此救火，因留二足迹于殿之东北角，亦神话也。由钦安殿，过四神祠，至养性斋。养性斋前为溥仪之师英人庄思敦所居，其中陈设，悉西式器具。闻庄在宫中，起居固至优逸也。

内中路各处，其较易布置者，今已悉改为陈列室，共有陈列室凡十一，陈列物品，仍以书画瓷器及古铜器为最夥，画中多古代及清时诸名画，并见乾隆南巡图，及光绪大婚图，俱为大册页，篇幅至长，分置案头，连绵不断。画笔细而欠雅，然当时成此巨帙，亦不知费却几许日力矣。有一室陈郎世宁个人作品，皆巨幅。郎世宁以西人而善作中国画，仍参用西法，盖能取东西艺术精英，融冶于一炉者。所作多动物，马与虎尤具特色，非庸手所能及也。瓷器似不及武英殿所列为多，而品质亦甚名贵，内有所谓秘窑碟者，出于宋窑，据执事者云，全世界所无有也。昔瑞典皇储至北平，曾逐日入宫赏览名瓷，至一星期之久而不厌。又最近报载英国大维德爵士游览清故宫，表示愿捐资五千元，修景阳宫书房，俾得陈列古瓷，供人研究。外人之于中国瓷器，其重视也如此。吾国人苟不自知葆爱，真大可慨也。

五四、故宫游览（四）

外东路完全入于宁寿宫之范围。宁寿宫占地至广，宫垣南北相距一百二十七丈有奇，东西三十六丈有奇，约当内廷宫殿四分之一。建筑制度，俱仿各正宫正殿，宫中亦自分中东西三路。正中南向者，为皇极门，予侪自皇极门越宁寿门而至皇极殿，殿仿乾清宫制而略小，中设宝座，东西各有暖阁。皇极门外，有九龙琉璃壁，与北海所见者相似，而华丽过之。皇极殿为宁寿宫，（宫之总称为宁寿，宫内特有一宫，亦曰宁寿。）制如坤宁宫，西楹亦置祭器，及受胙木炕、煮肉大锅。东楹为东暖阁，有高宗御笔宁寿宫铭。出宁寿宫，入养性门，至养性殿，规模悉仿养心殿，殿陛西盈而东虚，西陛南下，东陛东下，此满清旧制也。养性殿后，为乐寿堂，两庑嵌高宗御书敬胜斋石刻，盖乐寿堂原为宁寿宫之书堂也。乐寿堂后，为颐和轩、景祺阁，过此则为贞顺门矣。贞顺门为宁寿宫本院之后门，庚子联军入城，慈禧仓皇出走，即由此门。慈禧濒行时，推珍妃堕井。井在贞顺门内，后人咸称为珍妃井，并于一小室中，祀珍妃位，上有额曰"精卫通诚"，此亦历史上之一纪念，且可以见慈禧之残忍也。又光绪亲政，慈禧即舍慈宁宫不居而居于宁寿宫，予侪曾入慈禧寝处之室，室亦不甚广，中设一炕，犹施帷帐，云慈禧弥留，即在此炕。炕左障以板壁，并设门，似一小室而甚窄，为更衣之所。此则宫中所见皆如是。圊牏与卧炕相连，亦适见其陋也。炕上有小额，书"利居安"三字，炕顶复庋一架，上供佛像，别有额曰"慈云普护"。此足征慈禧之好佛。然而炕顶供佛，亦甚可笑也。寝室中四壁贴朱笺，书"普天同庆""诸事称心"等吉语，与颐和园所见略同。

皇极殿、宁寿宫、养性殿、乐寿堂诸处，今亦俱改为陈列室。陈列各物，咸足为文献之征。予侪所见，有玉玺，其最令人注意者，为传国玺，文曰"受命于天，既寿永昌"。有册宝，以苍玉为之，上刻文字，有上谕档案及奏章。奏章中以吴可读请立嗣一折，在历史上最有价值。有国书，各国国书咸备，而一九零四年罗马教皇国书，及安南进贡表，更足引起观览之兴趣。袁世凯于民国二年，致清室国书，亦杂置其中，其文曰："遣秘书长勋二位梁士诒赍书诣谢　敬祝大清皇帝健康万福。"有明代古钱，有洪宪时丙辰纪念邮票。此外复见光绪病时脉案，及遗泻单一纸，内详注某月某日若干次，一年中依次记述，几如火食帐。末复有砑批云"交力钧看过"，予侪观之，皆为失笑。

清宫建筑，至为宏壮，顾居室颇幽黯，蛰处其中，想亦甚苦郁闷也。且年久失修，日见颓败，苟再任其荒废，不加补葺，更阅若干年，真有华屋山邱之感矣。

五五、 燕京清华两大学

燕京清华两大学，并著盛名，其校址又同在西山道上，风景绝佳。予侪因决意为一度之参观。五月三十日晨九时，驱车出西直门，车行颇疾，约三刻许，已至燕京大学。燕京大学之外部建筑，纯仿宫殿式，朱门碧瓦，颇呈堂皇富丽之观。傍门分植疏柳，临风摇曳，似欲迎人，益饶幽致。燕京大学，可谓为国内教会学校中后起之秀，语其历史，似尚不逮圣约翰、东吴诸校之悠久，而论其成绩及在教育界所占地位，已极有足称。此不能不归功于主持校务者之得人也。予侪对此新兴之学府，极感兴趣，下车入门后，由阍者以电话达总务主任，总务主任余绍文暨诸职员欢然出迎，邀入会客室小坐，即导观礼堂教室实验室图书馆及宿舍，有尚在建筑中者，有工程已竣，犹待藻饰者。余君语予侪云：燕大迁入新校，虽已数年，而各项建筑，依预订计划，正有待于进展。该校隙地甚多，前校长司徒雷登，现仍在美募款，将来尚拟扩大图书馆及实验室，俾规模得以美备也。余君又云该校计划中之新闻学科，已在国内外募得华币十五万元，所延新闻科主任芮许，已膺聘而来，今年暑假后，即可开课。予侪在新闻记者立场上，益深望燕大之于新闻学教育，能努力进行，得有伟大之成效也。参观毕，由该校研究院研究生聂光地君，为同人摄影。聂君前毕业于上海复旦大学文科，于考察团同人中，颇多稔友，旧雨重逢，至为欢洽云。

清华大学，密迩燕京。予侪自燕大出，仍以汽车行，约五分钟，即达清华校门。距校门数十武，绿荫夹道，冈峦起伏，知别有佳境在焉。校门内驰道至广，予侪入门后，仍驱车直驶，至教务室门首，始下车。教务长吴之椿，秘书长张广舆出门相迎，握手寒暄后，肃客入室。予侪游目四瞩，但见佳木葱茏，细草幽蒨。各类建筑，亦崇闳，亦精雅，以视燕大，一则新机蓬勃，一则宏规大起，气象互异，而各有动人观感之点。吴张两君，导予侪依次参观礼堂图书馆体育馆物理化学生物各实验室，及体育室、宿舍。建筑设备，并臻精美，最后复涉小冈，至厅事，上有额曰水木清幽。小憩其间，殊深得幽人之致也。予侪略进茶点，吴教务长即起立报告该校近况，大意谓今日之清华，已摆脱外交关系，罗家伦不久可复原职，以后学科，将不再增加，惟竭力提高程度，充实内容，为设立研究院之准备。此届招考留美特别生，悉本人才主义，不拘定男女名额；学生宿舍，亦正计划扩充，因就校中之设备言，尽可容纳多数学生，自兹以往，须增收二百人至五百人，方合于经济云。词毕，复嘱同人赠言，同人乃以南中对于该校之舆论具告之，并以该校处物质上极优之地位，深期其能利用环境，造成完美学府。吴张二君，似深嘉纳，宾主纵谈可半小时，始兴辞而出。

五六、香山登临

香山在北平之西，三十余里，风景绝美，且有熊秉三先生主办之香山慈幼院，规模之大，成绩之佳，久著盛誉。予侪因定期同游香山，并参观慈幼院。午前出发，饭于自青榭，自青榭在玉泉山麓，为卓君庸君之别墅，卓君人极风雅，工书法，自青榭布置，甚得清闲之致，是日主人，除卓君外，为熊秉三、周作民、谈荔荪、赵厚生诸先生。赵君为予幼时肄业广方言馆之旧同学，负干才，且长于交际。凌晨即至予侪所寓之华北饭店，时予以连日疲劳，尚高卧未起，赵君排闼而入，坚嘱今午必赴约，且允以车来迓。予笑曰：如此邀客，客固感谢，吾人未免太苦矣。赵君亦为莞尔，予乃于上午偷得半日闲，往访表兄张奏农，暨同学郁俊超，又至慧生处略谈片刻，匆匆即返，则赵君已俟于旅舍，即与赵君及际安君豪四人同驱车出西郊，赵君于途中为予侪详述其在北平社会局长任内之工作及计划，予侪闻言，颇佩赵君之勇于任事也。既抵自青榭，即进餐，餐后小憩园中，茗话移时，乃乘汽车赴香山。

香山慈幼院，其统名也。实则范围极广，初不以慈幼院为限，盖舍幼稚院及小学外，尚有女子师范，有工厂，有各种关于地方自治之组织，扩而言之，则今日之香山，殆已成一模范新村，而秉老实为此新村之村长焉。秉老语予侪，香山一隅，自归其经营后，调查户籍，（香山居户，现已不少。）设置警察，关于治安问题，颇足自卫。且依山筑城，雉堞完整，自成保障。北平偶有烽燧之惊，崔苻之警。附近居民，辄移徙入香山，几认此一片干净土，为世外桃源矣。予侪至香山，先参观工厂，工厂为学生实习之地，析为数部，如纺织部、陶器部、泥塑部、木工部，俱深切实用，可谓为最适当之职业教育。参观工厂时，秉老赠予侪以丝织小影一，泥制玩具若干事。小影为秉老半身像，须眉毕现，玩具亦极精美。自工厂出，乘藤舆登山。舆之制如椅，以二人舁之行。上张布幔，可蔽日光，欹坐其中，亦颇舒适。闻秉老最初入山，主张修治道路，山中舆夫，群起反对，虑道平则游客可缓步登山，不复需舆，则若辈之生计绝矣。秉老知之，笑曰：尔曹姑少安毋躁，苟路成而舆废，若曹胥赖我以食可矣。后道途既治而游山者日以多，原有藤舆二十余乘，绝不敷用，渐增至百余乘，生涯且较往昔为盛，向之反对者，转欢然称颂。此所谓乐与图成，难与更始也。幼稚院今归秉老之女公子主持，一切设施，井然有序，卧室中之床榻，膳堂中之几案，乃至厕所中之西式圊桶，俱矮而小，专适于幼童之用，布置可谓周密矣。幼稚院中，礼堂亦颇大。秉老集诸生徒于其中，开一临时欢迎会，并倩同人致词，同人乃推沧波演说，复与秉老父女及诸幼稚生合摄一影，老幼共集，烂漫天真，别饶奇趣。幼稚院与女子师范部，相距至近，予侪出幼稚院，即至女子师范学校，参观移时，复乘舆至双清别墅。双清别墅，秉老之所居也。林樾丛密，泉石清幽，秉老以茗点款予侪，陈诸石案之上，列坐其间，清风徐来，俗尘尽涤，真有飘飘欲仙之概。憩息良久，予侪欲兴辞，秉老曰：既履香山，不可不登高处。因相偕复乘舆而上。沿途山径迂曲，而石级多平整，舆夫拾级以登，绝无崎岖难行之苦。树木颇多，峰回路转，时有柔枝拂面而过，益饶清趣。至高处，舆不复能上，予侪即下舆小立，纵目四望，城中楼阁，山下人家，俱约略可辨。秉老指一小峰语予侪，谓曩者曾偕梅畹华同登此峰，畹华于石间刻一梅字，留作纪念。予侪闻言回望，果见高处山石上，隐隐现一梅字，作白色。梅花清兴，足伴山灵也。时已薄暮，因即下山，晚风袭人衣袂，至为凉爽，令人愈感斯游之乐云。

五七、汤泉入浴

汤山温泉，为北平著称之名胜。汤山有二，曰大汤山，曰小汤山。大汤山三峰耸峙，形如笔架，小汤山则仅怪石一邱而已。泉在小汤山之南平壤中，水含硫质，温度至高，因曰汤泉。清康熙时曾就泉凿长方池，深广各丈余，外围白石雕栏，其制绝精。乾隆时曾于汤山建行宫，今已改为旅馆，颓垣废址，无复有遗迹之可寻矣。自北平至汤山，有汽车道可通，而久失修治，道途至不平坦，近汤山或为省道，初出地安门则为市道。驱车以行，省道已苦颠顿，市道则翻腾上下，几如舟行大海中，每遇巨浪也。至汤山，憩于汤山饭店。汤山饭店，为西式旅舍，设备颇精，规模亦廓，有客室，有餐厅，有浴室。广场中复有水池，池内即为温泉，俯而视之，泡沫微起，似壶水之乍沸也。饭店之后为公园，园址颇广，山林泉石，点缀颇得幽致。园中有河，亦可荡舟，顾水底淤浅殊甚。予与际安因心共乘一艇，行未久，艇胶不得进，际安因心，竭力撑持，始返原岸。此次固有舟子随行，乃竟木立艇中，敛手不稍动，登岸后际安狂笑曰：不图今日乘船，又与北海之游，同一败兴也。自园中出，即就浴，浴室布置，仅设一炕，供憩息而已。每一室附一池，浴池颇广，亦以石凿成，予乃解衣入浴，水暖而不蒸，坐池中，频频拂拭，温泉着肤，似颇富有刺激性。出浴后倚炕高卧，觉竟体畅适，微含燥意，医家云温泉之水，治皮肤病有特效，殊可信也。

· 严独鹤文集 ·

午间即于餐室内就餐，餐为西式，尚适口，侍者以汽水进，予俏却之，索泉水，泉入口颇热，而其味绝厚，侍者云，苟置冰箱中，俟其冷而饮之，乃尤清冽。试之果然。予笑曰：温泉而欲使之冷，亦一妙事也。餐毕复入客室，室中置沙发藤椅，予俏即就沙发上跂跂倚卧，恣意谈笑，乐乃无艺。既而斜日衔山，始乘车归。归途风劲，挟细沙直扑车沿，温泉浴罢，又尘土满襟矣。

五八、天坛与中山公园

天坛在正阳门外天桥南，明永乐十八年建，以迄于今。旧制每年阴历冬至祀天于此，亦历史上饶有价值之一古迹也。今已渐颓废，游人绝少。予创议游天坛，同人以天热路遥，胥不欲往，予终以天坛建筑伟大，不可不一扩眼界，因与际安同驱车行，仍由市府诸君为导。车过天桥，见所谓落子馆者，鳞次栉比，或支草棚，悬红纸金字牌于门首以招客，其为状乃绝类沪上之江北大世界。时因总理奉移，停止娱乐，以是笙歌绝响，门庭冷落，否则亦可一入此中，领略大鼓书风味矣。须臾至天坛，天坛建筑，最宏大者为祈年殿，为祭坛，皆作圆形。所谓圆丘象天也。祈年殿崇高无匹，遥望似一巨钟，悬于空际，共三层。最上一层有匾，书祈年殿三字，满汉文咸备。殿前石级至高，拾级而外，殿中颇黝暗，柱绝巨，五六人可合抱也。殿下为广场，四周缭以垣墙，有人立墙东发言，于墙西听之，虽场地至廓，相距甚远，而语音历历可辨，似有回风送入耳际。予侪曾一试之，颇饶兴趣，殆同在围墙之内，声浪旋绕不散也。出祈年殿，登祭坛，坛以白石筑成，占地至广，前树高杆，旁置铁炉，予侪徘徊良久，始下坛。天坛虽无特殊风景，而建筑之宏伟，气象之庄严，实为罕觏。林木至密，中多古树，松柏参天，益复壮观。归语同人，谓此行亦固不虚也。

中山公园，即昔日之中央公园，南北统一后，乃改今名。园在天安门右，为社稷坛故址。入民国后，始辟为公园。入游者须购券，券价极廉，予侪莅北平，曾三度至中山公园，俱未尽游兴。其中只秦墨哂君于五月二十五日午间招宴于来今雨轩，餐后曾环行园中一周，顾匆匆即去，亦未暇流连景物，园中东西，各建长廊，北行数武，巍然峙立者，协约战胜纪念碑也。顶覆蓝瓦，侧巨坊，坊身筑以白石，中额刻公理战胜四字，左右分镌国历及西历树碑年月颇壮观瞻。自是循路东行，为水法池，池形浑圆，上跨四狮，中有喷水塔，白石雕制，至堪玩赏。水法池之北，有西式屋，则行健会也，中设台球，屋东有曲廊，穿廊而北，有广厦，即为来今雨轩。轩前临池，中有隙地，纷置藤椅几案，为品茗之所。予侪曾于兹小憩，苟夏夜邀约朋侣，来此纳凉，清风徐来，必多佳趣也。秦君是日所设宴为西餐，餐颇精美，宾客至多。秦君交游素广，其在北平，固以新闻家而兼交际家也。餐毕由张继斋黄秋岳两先生导游各处，过社稷坛，坛亦颇广，闻坛址为五色土，是日以奉移期内，坛上设祭亭，铺木板，五色土遂不复可见矣。近社稷坛有丁香林、芍药园，惜已过花时，未及睹烂漫枝头之盛也。园中亭榭至多，予侪以时间迫促，所至者仅十之一二，顾一路苍松古柏，枝柯交加，于绿荫蓊翳中，作片刻清游，亦足稍涤尘襟也。

五九、 酒边谈片（上）

予侪至北平，宴会无虚日，其间灯前尊畔，有极饶兴趣，足资纪述者，拉杂书之，亦所以志一时之鸿雪也。

平汉食堂，为西车站（即平汉车站）附设之餐室，屋宇至广，布置亦佳。河北省府北平市府行营总部三机关，曾公宴同人于此，由省府主席商起予氏，及市府沈秘书长行营华秘书长作主人，食堂前有小院，置藤椅藤几，同人先憩于此，进冷饮，受晚风，颇得佳趣。嗣报商主席至，与同人略一周旋，即入席。餐为西式，陪宾列坐者，多各机关高级职员，及北平新闻记者，一堂中无隙地矣。商氏于席间，为予侪述复兴北平之计划甚详，依其计划，将使此后之北平，成为工商繁盛之区，与文物游观之地。于建设前途，至有裨益，特需费颇巨，费无从出，则一切计划，亦自未能进行如意耳。酒半，商氏复起立致词，对新闻记者，颇多激勉之词，谓甚望今后国中舆论界，勿专求迎合社会心理，勿刊载攻讦阴私及秽亵诲淫之文字，务使因舆论界之守正不阿，而真是非得以判别。全国民众，亦有所适从。商氏语毕，同人邀予致答词，予即就商氏之言而引伸之，略谓予侪身为新闻记者，得此良好之指导，既表同情，尤当感勉，惟以前国中舆论，每因障碍丛生，难以尽量发展，今幸得与国人同立于青天白日之下，深望军政界有力分子，对于新闻记者，视为同甘共苦之一家人，而时时加以爱护，加以辅导，庶能尽贡其直言，使真是非得以大白于天下。商氏闻言，亦为首肯。商氏意态诚恳，此一席话，可认为与新闻家实际上交换意见，固不同寻常虚文之酬酢也。

讨逆军第五路，设总指挥部于锡拉胡同，曾于部中设宴，款待同人。宴为中菜，肴馔特丰。是日主人为晏勋甫臧卓诸君，均与同人为初晤，而一见如故，不拘形迹。臧君尤豪放，与予同席，谐谑杂作，每一语出，举座咸为噱。臧君又健于饮啖，询予狼虎会中作何状态，并云我亦一老饕，虎咽狼吞，是其所喜，苟来沪渎，行将与诸位狼虎周旋于樽俎间也。予笑曰：若然，我当代表沪上诸狼虎，先表示欢迎之意。臧君狂笑不止。餐毕复于庭中摄一影，始握手告别。是日之宴，真可谓宾主尽欢矣。

邵飘萍先生，为新闻界有数人材，亦以此遭时忌，至于惨死。海内同文，靡不悼惜。今其夫人汤修慧女士，继承蒿砧之志，复起而续办《京报》，努力奋斗，弗敢懈怠，热心毅力，求诸女界，殊不易多得。飘萍有知，宜可无憾于九京矣。汤女士闻予侪莅平，即招宴于京报馆，藉联同业之谊。是夕予侪外，来宾中多新闻家及艺术家，杂以名伶。予于席间遇马连良韩君青，纵谈戏曲，意兴颇佳。《京报》社址，虽不甚广，亦尚轩敞，宴设庭中，先摄一镁光影，然后入席。时气候已苦热，而清风入户，凉意袭人。予侪皆欢然称快。席间并有女宾，鬓影衣香，益足为琼筵生色也。

六十、酒边谈片（下）

予侪初意莅北平后，必可一过戏瘾。顾旅平一星期，适值总理奉移，剧场辍演，除于廿五夜至中和园观梅畹华演《太真外传》外，未尝一度顾曲。惟驰誉平沪之梅荀尚徐四君，因与同人强半相稔，以次招宴，檀板笙歌，未聆雅奏，而灯红酒绿，亦颇多佳兴也。

梅畹华所居，在无量大人胡同，屋宇结构，中西参半，颇饶雅趣。其客厅曰阿兰那室，布置精洁，且略仿日本式。中间设矮几，置蒲团数事，趺坐其间，沦茗清谈，别有风味。四角列各界赠品，花瓶银盾之属，纷然杂陈，多不胜数。此外陈列古玩亦颇多，阿兰那室之一角，以帷障之，搴帷而入，则其书斋也。书斋中庋书盈架，皆古本或时下精印者。畹华出明代脸谱一巨册，示同人，披阅一过，觉光怪陆离，至堪娱目。予侪憩坐良久，乃相偕出，于廊下合摄一影，又于小园中游览一周。园不甚大，而花木山石，点缀极精。继入餐室就餐，餐为京菜，甚丰美。畹华周旋宾客，意态殷殷，于陪宾中晤王凤卿、姚玉芙、李释堪、齐如山、黄秋岳、傅芸子诸君。李齐黄皆梅党中坚分子，予平时常闻文公达君道及李齐二君，谓李为人倜傥有才略，齐则于剧学研究至精，畹华最近所排新剧，半出其手，且擅长腰工，恒为畹华指点身段。今邂逅席间，倾谈甚洽。秋岳为予稔友，工诗词，精书法，此次亲挥一联赠予，行旅中得之，愈足宝也。

慧生演剧，素为沪人所推重，前岁来沪，载誉而归，别后匆匆又一年有半矣。予莅平之翌日，慧生即偕沙游天君来访，晤谈良久，足慰离怀，并订期宴同人于忠信堂。忠信堂与华北饭店同在西长安街，望衡对宇，往返至便。所治肴馔，近于川菜，亦甚精洁。慧生于席间殷勤款客，并为同人述年来北平伶界情状，知因市面萧索之故，梨园盛况，亦迥不如前。惟诸名伶之素负佳誉者，尚足资号召，但所谓大角者，一方须顾及本身地位，一方又须维持配角及场面零碎之生计，亦甚感苦辛也。又北平名角，近常出演于津沽，慧生一年中亦恒数度去津，所获较丰。盖其新排各剧，剧本都出名家手笔，表演唱词，亦精心研究，务臻美备，甚得赏音者之延誉云。

尚绮霞徐碧云均设盛馔饬同人。尚在新丰楼，徐在北海漪澜堂。主人情意，俱极诚恳。尚与徐艺事甚精，声誉日盛，在北平伶界中，皆自成壁垒，为识者所称道也。

予侪居北平七日，非不饫餍肥甘，顾北平著称之名厨隽品，恒须于小馆子中求之，如广和居厚德福之烹调，便宜坊之烧鸭，皆脍炙人口者也。而予侪以时日迫促，迄未获邀约朋侣，大快朵颐，不免引为憾事。特普通筵宴中，所进诸品，已觉风味不恶。鸭尤肥美，挂炉清蒸，俱饶真味。先伯祖缁僧公，以翰林久居北平，尝有诗绳北方填鸭之美，远胜南中，其结句云："江南亦有物名鸭，骨瘦如柴活打杀。"予今者偶念是诗，亦不禁有同样之感想也。

绍酒之在北平，颇多佳品。而其价则视南中为较昂，年来时尚，亦多以洋酒饷客，自提倡国货之说兴，所谓洋酒，恒有改用国货者。予于席间曾数度见侍者经烟台啤酒，询诸主人，乃知烟台啤酒，在北方行销至广，且为嗜饮者所喜，谓在国货啤酒中，可首屈一指云。

六一、津门小驻

北平市况，以视昔日，固显以衰落之象，顾闻诸久居北平者，则谓今年情状，已远胜去年。富室之迁徙者，既陆续言归，商肆亦略可支持，不致纷然倒闭，苟假以时日，加以整理，虽未必能尽复旧观，或不难培养元气，渐成一繁华之都市。据予侪观察所得，北平地位，亦似未必无复兴之望，盖北平不独文化发达，风景秀丽，即民性亦朴实耐劳，于各种工艺，颇有足以独立之点，至论起居饮食，以及地土气候，依予个人意见，殊转较南方为舒适，唯一事颇不可耐，则为饱餐风沙。偶行街市间，扬尘蔽天，几令人目为之眯，气为之窒。北平人力车，即在晴日，亦用布帷，所以障尘土也。又妇女乘车过市，必以丝巾蒙首，如戴面幂，厥状极怪，不如是，则眼耳口鼻间，将成小沙漠矣。谈者都谓为北地多沙，土性又燥，风过沙飞，非人工所可补救，实亦不然。予侪每驱车过东交民巷，辄觉道路平坦，净无纤尘，以此征之，苟马路工程，能彻底改善，或一律改筑柏油路，道旁多植树木，途中以时洒水，则大风虽起，尘沙亦无由飞扬，此亦建设之一端，而负市政之责者，所应注意者也。

予侪按预定行程，于六月二日离北平，计留平仅八日耳。下午四时登平津车，各界莅站送行者至多。省府市府暨行营总部三机关招待诸君，长日相聚，已成稔友，互致珍重而别，殊不胜依依之感也。傍晚即抵津，津埠诸同业，已俟于车站，并为予侪指定国民饭店，为下榻处。一切招待办法，均先期布置，秩然有序。每三四人有一招待专员，皆以记者任之。予与际安叔雍三人之招待专员为王小隐君，王君为《天津商报》记者，其人精文艺，擅辨才，而又长于交际，虽晤叙日浅，彼此甚相投合也。国民饭店在法租界，规模亦仿西式，颇适于居处，是晚天津报界宴于大华饭店之屋顶花园，进西餐，由《大公报》胡政之君主席。予对坐为张季鸾君，邻座为张警吾君，皆昔年在沪朝夕相见之老友也。今已多年不晤矣，相逢握手，互倾离绪，颇得客中之乐。酒半，胡君起立致词，庄谐杂作，阖座欢然。胡君固善于词令者也。

翌日下午，参观南开大学。午间警备司令傅作义氏、市长崔廷献君，招宴于西湖饭店。傅氏于军界中夙著声誉，涿州之役，孤城独守，尤为革命战史上最有价值之一页，今晤其人，亦甚和易爽直，与矜才使气、睥睨一切者不同。崔氏人至诚恳，亦健于谈，席间傅崔二氏，相继致词，俱对于北方军情，及津埠市政，有所陈述，至为详尽，苟依其计划，逐渐进展，津沽建设前途，固大可乐观也。

六二、津浦车中

予侪在津门，不复羁滞，三日傍晚，即乘津浦车行，临时由傅司令崔市长嘱路局加车，同人乃得共居于一车之内，寝处既甚舒适，而言笑欢聚，复不愁寂寞，特因车辆缺乏，予侪所乘之车，乃以平汉路头等车暂时移用者，匆促不及置电炬，入夜即燃洋烛，由侍者分配，每室一支，久不尝烛光下风味矣。今于行旅之中，日暮传蜡，顿苦幽暗，于是知物质上之享受，既成习惯，即不易改也。

予侪离津时，天气微燠，登车以后，大风忽起，转觉凉爽，车中无事，或相聚清谈，或邀约作叶子戏，甚得旅行之乐。途经各站，有前此曾作战场者，停车时辄眺览四野，观察形势，虽无战迹可寻，亦觉别有感想。其风景较佳者，更足资留恋，同人之善于摄影者，恒挟快镜，摄取野景，车辙所经，固不乏良好资料也。

自天津至徐州间各站建筑，闻出于德国工程师之计划，构造形式，有仿宫殿者，有类庙宇者，有巍然成巨厦者，有精雅似乡村小屋者，大小诸站，无一雷同。观之颇感兴趣，过徐州后，则所见皆洋式砖屋，与沪宁路各车站，不甚相差矣。

四日下午二时许，过黄河铁桥，桥至长，车行桥上，十余分钟始毕，予侪皆凭窗伫望，意兴绝佳，中间有一部分，正从事于修理工作，桥下水涸，于此时望黄河，直类一小港耳。顾一日洪水暴发，辄泛滥成巨灾，此北方水性，与南方截然不同之点，而治河之所以难也。

车抵济南，已近四时，鲁省主席陈调元氏，已遣代表莅站欢迎，报界同业，亦先期而集，坚邀稍留数日，一登泰山，并览大明湖之胜。济南经日人蹂躏之后，几经波折，始得恢复主权。予侪对此，固应于外交内政两方面，为详密之考察，顾以车停只一刻钟，行程迫促不克稍留，即婉辞以谢，只与欢迎诸君，在站间共摄一影，藉资纪念，兼申后约，登车后陈主席复以使者来，齐鲁省土产及香烟水果之属，遍赠予侪，厚意殷殷，殊足感也。

五日上午抵徐州。曩间人言，徐州附近各处，因频年以来，迭经兵燹，庐舍残破，田野荒芜，车过其间，几有赤地无人之感，予于是特加注意，顾斯次归途所见，则殊不然，农人牵牛戴笠，耕作田间者至夥，阡陌分明，麦黍秀密，颇少荒凉之象。盖一年以来，战祸未兴，流亡渐集，民间已稍有苏复之机。于是知欲言建设，必先绥辑民众，休养生息，民生庶可小康也。

六三、破晓归来

予侪所乘者为慢车，遇站必停，而车行亦颇缓，以故至五日薄暮，始抵浦口。时沪上各报驻京记者，已俟于车站，握手相迓，至为欢慰。津浦局长孙鹤皋氏特遣路警一队迎护，为予侪照料行李，颇为周至。孙氏并派代表任招待，雅意殷拳，弥足感也。

予侪下车后，即至站侧一洋楼中小憩片时，乃于夜色苍茫中渡江。宁浦间原有轮渡，是日孙鹤皋氏，以予侪人多，因特派一轮专送。船小载轻，又值晚风大作，激江水成巨浪，颠荡殊甚。予侪以天气颇热，下船后或伫立船头，或踞坐船舷，意颇自得，而浪花高溅，扑面以来，衣履尽湿，予急避入舱中，其占坐鹢首，不及退避者，即淋漓尽致矣。幸两岸相距至近，约十分钟，即达下关，顾此十分钟间，同人颇有惊骇不宁者，登岸后皆辍然曰：不意此行，曾经沧海，乃转于江流中一尝惊涛骇浪之风味。俞树立君亦言：平时乘轮渡江，皆极平稳，未有如此次之风狂浪急也。

是夕各报驻京记者，宴予侪于俭德会，设西餐，列长案，宾主杂坐，言笑尽欢，实则此一席中，正如家人团聚，亦殊无所谓宾主矣。予侪与各报驻京记者，固多相稔，亦间有未晤面者，乃由俞树立君为予侪向驻京记者介绍。复由金华亭君为驻京记者向予侪介绍，皆一一唱名，应名者起立。俞君声音洪亮，金君亦颇不弱，彼此引吭高呼，似互赛其嗓音也。

餐罢，即赴车站，距开车时已颇近，忽发生一问题，则以予侪所携行李，多至七十余件，驻站宪兵，坚执非检查不可，予侪离北平时，固携有商主席护照，取以示之，并告以此为新闻记者视察团，由东北归来，行囊中无非书籍衣衫之属，决不至私携违禁物品。陈述再三，仍无效。幸邵力子先生来，觅得团长，以党国要人及新闻界前辈两重资格，为之细述原委，始下免予检查之令。予侪乃得从容就道。否则七十余件行李，逐一启箧检视，不独误车，势将扰攘终宵，令予侪于站中守夜矣。予侪于此，颇感邵氏之惠，邵氏并与予侪倾谈良久，至汽笛既鸣，始挥手而别。予侪登车后咸失笑曰：邵氏之来，既笃于友谊，亦颇足为予侪一壮行色，如其不然，新闻记者过首都，不将有举目无亲之感欤？

是夕旅客甚拥挤，卧车中只余三四空位。张藉老年事已高，汪仲章病体初瘥，郑耀南君临时有腹疾，乃共推其占此优先权，余子皆杂处客车中。客车中亦苦人满，布置良久，始各得一座，中宵风冷，凉意袭人，予侪只御袷衫，其余衣服，悉扃置行箧中，无从取得，乃呼侍者进白兰地，藉御寒气。予素不能饮，亦勉尽一杯，得免瑟缩。予侪游程中，或以此最后之一夜，为稍感苦趣云。

黎明抵上海北站。汪伯奇先生已以车来迓，予即乘车返寓。家中人固犹高卧未起，闻予至，皆喜跃相迎。老母尤欣然，谓远道归来，平安无恙，足慰倚闾之望也。

北游之记，至此应告结束。斯行足迹所经，不可谓不远，观览所及，不可谓不多。特以时日迫促，视察难周，且行旅之中，栗碌已甚，凡所闻见，当时俱无暇笔录，仅于事后就其能追忆者，拉杂书之。挂漏之讥，纰缪之诮，吾知不免，尚望阅者之加以纠正也。

（1929 年 6 月 23 日至 9 月 6 日《新闻报》）

十日小游记

比来旧病小瘥，医嘱外出旅行，略换空气，于病体良有益，会瘦鹃及吴中诸老友，先后以书相招，意殊殷渥，因向馆中乞假，于本月六日偕室人蕴玉赴苏，勾留逾一星期，复至首都一游，于十七晚始旋沪，计此行火车往返，耗时二日，其间登临游乐，亦才十日耳。十日之游，为时甚暂，顾劳人得此，亦足一畅胸襟，归而记其琐屑，以实本林，藉志鸿爪。

鹃庐欢宴

瘦鹃于去年买宅于苏州，宅不甚大，而饶有园林之胜。秋后园中菊花盛放，乃邀集知己，为赏花之宴。沪上友朋，应约而往者，除予夫妇外，有刘海粟君伉俪，及苏颖杰、秦瘦鸥诸君。抵鹃庐，复遇剑云、小青、卫麟谷诸子。小青、剑云，俱家于苏，为鹃庐中之熟客。麟谷任职于苏城公安局，其人年少而风雅有致。吴门诸文艺界，悉乐与往还，求诸公务人员中，殊不易多觏也。

鹃庐所在曰"王长河头"，距市廛颇远，半村半郭，甚有静趣。门前小额，镌"紫兰小筑"四字。入门即为园，园中树木甚繁。瘦鹃复善于点缀，遂觉意象清幽，不同凡俗。惜时届已初冬，除看菊外，已无花可赏。若于春间来此，则桃杏竞秀，必更有可观也。

瘦鹃近好饲金鱼，于园之一角，置巨缸数只，蓄鱼甚多。瘦鹃遍指以示客，所见诸鱼，俱为特产，有"龙种"，体硕大而活跃可喜。又有"珍珠"一种，鱼身起细泡，圆而突起，累累如贯珠，不类寻常鱼鳞，固金鱼中之隽品也。

鹃庐故为何氏别墅，园地大于居屋，屋不甚大而极轩敞，经主人之布置，遂成精舍。左偏一角，辟为书斋，中置瘦鹃频年珍储之石膏像及书画，益增雅趣。寝室及书斋，所垂帘幕，悉作紫罗兰色。此则不啻为"紫兰小筑"树一"本店招牌"矣。

酒次，苏颖杰君述近来教育状况，刘海粟君则纵谈西洋美术。苏君穷毕生之力，主持民立中学，至今成绩斐然，为教育界所称道，其言自多深切。刘君论美术，杂以瀛海轶闻，亦饶兴趣。予与剑云，则对于瘦鹃之享有园林清福，俱欣羡不置。予语瘦鹃曰："苏沪诸文友，每以鹃鹤并称，今鹃已得清居，而鹤犹在房东势力压迫之下，月纳房租，数不为少，而湫隘嚣尘，几于难安寝馈。鹤之视鹃，诚望尘莫及矣。"阖座闻之，皆为嗢噱。

公园菊会

予侪自鹃庐出，即同赴公园。园内适举行菊花会及金鱼会，有所谓"菊花宫"者，中设菊花山，四周亦杂陈菊花，繁密不可以数计，几令人目迷五色。询诸该园经理，知悉为本园出品，足见园中莳菊之多。距菊花宫数武别有一厅事，亦以巨案庋花架，分为若干层，列菊花数十盆，品质较佳，则为当地艺菊家携来与赛者。中有一盆，标名曰"小施黄"，巍然置最高层，云是施姓所莳，确为名种。花瓣甚小而短，状类洋菊，骤视之，固莫识其为名贵也。

金鱼会中，盆盂纷陈，几成"鱼阵"，各以纸签标明其种类，为数甚夥，苦未能尽忆。瘦鹃亦择其所蓄之尤精美者，来此与会，雅兴殊不浅也。鱼会中复有一白龟点缀其间，龟甚小而通体洁白，似以象牙琢成者，游人争观之，此龟亦可谓异种，不知从何处得来也。

沧浪亭暮景

沧浪亭为吴中胜迹，其地水流萦带，花木清幽，风景绝佳。惜亭榭已旧，予侪相偕至此又时近薄暮，匆匆一览，未能尽游观之乐。苏州美术专校，即设于是，莘莘学子，处此胜境，益足发挥其艺术之美。校主吴子深氏，捐资赠地，别树新校舍，现已落成。新校舍之建筑，至为宏壮，石阶巨柱，于欧化中饶有朴茂之气。校长颜文樑君，为美术专家，教职员亦都当地知名之士。该校前途，固甚有发展之望也。

松鹤楼小饮

六日之晚，小青、剑云二君，款予侪于松鹤楼。松鹤楼为吴中著名食肆，治馔颇精。山鸡片鲫鱼羹，尤称鲜美。松鹤楼之脍炙人口者，为卤鸭面，予于五年前莅苏，曾一试其味。入冬以后，鸭已成过时之物，不复具以饷客矣。席间有面目黧黑之老者，持一长水烟筒，排闼而入，予为愕然，询诸同座，始知为"装水烟者"，若有人令之装烟，可随意与以铜元若干枚。此殆为一种特殊职业，旧时沪上茶楼酒肆中，亦常有之，今已久不复见，不图吴门乃犹存此古风也。予侪以此老襟袖间满沾污垢，不堪承教，亟挥之去，乃怏怏退出。唇吻翕张，若有所语，语不可辨，似谓座上客太不解风趣也。

热烘烘观前街

予此次莅苏，初寓新苏饭店，嗣改寓中央饭店。中央饭店有花园部，颇清静，仆役伺应，亦尚周至。距饭店不数武，即为观前街。观前街在昔本为吴中最热闹之区域，近更焕焉改观。马路加阔，两旁亦有人行道，商肆栉比，悉为新式建筑。各银行都自建巨屋，设分行于是，其余各饮食号、糖果肆、百货公司、书局等，亦俱于观前街中占一地位，俨然成为苏州市之中心区。苏人乃称观前街为"银行街"，又锡以嘉名曰"苏州之大马路"。

观前街虽已成为新式市街，而玄妙观犹存其旧。观之左右，悉建新屋，列商肆。观门以内，则情景如昨，耍货摊、零食摊及梨膏糖摊，一望皆是。予尝于耍货摊上购得玩具若干事，价极廉，中有铁丝制之小鸟笼，颇可玩。归以贻诸儿，皆甚欢迎也。观内向多售字画者，字画俱甚粗劣，又杂以月份牌及各种彩印画片，生涯亦尚不恶。闻老友烟桥，亦设小肆于此，售楹联字帖之属，殆出于一时高兴而已。

苏州夙以糖食著，苏州人又素以"讲究小吃"著，观前街糖食肆及糕饼肆之多，似可表现一部分苏人之特性。个中营业最盛者如"采芝斋""叶受和"各肆，望衡对宇，购客常满，外来客至苏，尤必光顾。糖食售价，并不甚廉，予所最喜者，为"松糕"，"松糕"又有"软松""脆松"之别，皆以松子和糖为之。"脆松糕"之值，尤昂于"软松糕"，而入口松脆香甜，其味亦较胜。涉笔及此，并非为苏州糖食宣传，意谓嗜甜食者，亦正不妨稍稍提倡国货，不必专求"朱古力""太妃糖"，而高筑其"时髦"之壁垒也。

除"松糕"外，其余各糖食，皆嫌过于甜腻，（糕饼为尤甚）制者似亦应加以改进，不宜墨守陈法。又前此游苏，见肆中所列糖果糕饼，俱杂陈于木盘之内，不加遮蔽，值夏令则飞蝇毕集，殊碍卫生。今已多庋藏橱窗中，木盘之上，亦加玻璃盖。"松糕"等糖，并包以透明之薄纸，实已较前进步。特店伙装置糖食时，仍多用手，犹欠清洁。若掇取食品时，能易以箸勺之类，则更佳矣。

冷凄凄拙政园

七日下午，卫麟谷君访予于寓次，邀予夫妇及友人周君，同游近处各园林。先至拙政园，入园门，亦须购券，予以为园虽旧而其中景物，必犹有足观者，顾一入园门，但见亭阁欹斜，水池干涸，曲径草深，小桥板破；满目荒凉，直可谥之为"废园"。园中除予侪外，几寂无人踪，徘徊久之，只睹村妪二三人，拾枯枝为巨束，舁之而行。殆携归，供柴薪也，益令人有萧索之感。

拙政园旧号八旗会馆，馆址在园之前方，庭院中有藤一架，藤荫尚浓密。墙侧植牌曰"文衡山先生手植藤"，为端方所书。予侪于此小立移时。园址已废，而此藤犹足供游人之凭吊也。

狮林看山

予侪自拙政园出，复相偕至狮子林。狮子林历史甚古，闻自明代迄清初，均为寺产。（邻近有狮林寺）清代乾隆南巡，曾驻跸于此。故园中至今尚悬乾隆御笔匾额。乾隆而后，屡易其主，今归贝氏，建为义庄。门虽设而常关，游人来此，须投刺，阍者乃启门延客。无名刺者不纳。但阍者得刺，只略一注视；来者究为何许人，亦殊弗问也。

狮子林假山，夙著盛名。相传假山布置，出于倪云林之画稿，则亦弗可考矣。园既屡易主者，山亦迭经修葺，有数处石迹甚新，殆为最近之补缀也。至假山之堆置，确具大观，非胸具丘壑者不办。山层叠而上，而每层迂回曲折，皆有路可通。山腰多小石桥，沿以朱栏，更饶雅趣。而山巅峰峦耸峙，山下岩洞深邃，虽为假山，疑入真境，较诸平常园林中，叠石为山，只具培塿之雏型者，迥乎不同矣。

予侪盘旋多时，觉处处峰回路转，所登临者仍只一小部分，乃不复重累脚步，只于山之对面，伫立遥观，领略全山景色。此真实行其为

"看山"矣。除假山外，其他亭舍，亦尚点缀有致，但因园中不招待游客，无可憩坐处，未能留恋过久也。

吴苑啜茗

内地人好为"茶馆"生活，苏人自亦不能免此习性。吴苑茶社，为吴中茶肆之最著名者，全苑占地甚广，设备较佳，自晨至暮，座客常满。客之来者，各有其业务，各有其身份，因业务身份之不同，而方以类聚于一苑之内，隐然辟为若干区域：某处为绅士集中之所，某处为学界息憩之场，某处为新闻记者会合之地，此中似有分野，不相混淆。一杯茶（杯非酒杯）在手，议论风生。欲采访苏地社会者，只须一充吴苑巡阅使，见闻所及，不患无良好之材料也。

吴苑茶客，非尽属有闲阶级，借此为消遣流光之计也。常借茗话以邀约朋侣，商榷各项事件，解决各项问题。故吴苑在实际上恒为特殊便利之会场，及临时组合之办事处。公务人员及律师之挟皮包以出入吴苑者，盖数见不鲜焉。

予前文谓苏人讲究"小吃"，一入吴苑之门而益信。予此次在苏，曾三度品茗于吴苑，苑中于各种食物及"点心"，几于无一不备。售卖零食之小贩，及传递面点之茶役，跋来报往，纷然不绝。吴苑"点心"之最博老饕称誉者，为"大馄饨""蒸糕"及"粽子"。粽子分"薄荷""玫瑰""猪肉"各种，入口酥融，别具风味，确非他处所能有。予五年前来此，曾大啖粽子，今则以肠病不复敢尝矣。

虎阜登临

游苏者必至虎丘，实则虎丘风景，未必甚佳，特距城颇近，往返较便耳。吴中路政，视前进步，自阊门至虎丘，路尚平坦，马车可直达。八日下午，小青伉俪来访，即约予夫妇同往虎丘，为半日之游。小青夫人及予夫妇乘马车，小青则驾自由车。小青长于侦探小说，其举止行动，亦精明强干，饶有私家侦探风趣。一路同行，自由车常超越马车之前。小青坐车上，双轮飞动，凌风而进，似甚得意也。

虎丘古迹，所谓"真娘墓""点头石""剑池""古塔"，予昔年游踪所至，已遍览无遗。惟最佳市政府及地方人士之整理，觉景物如旧，而气象较新。山高处有一"致爽阁"，殆近年所新筑者，为游人休憩之所。予侪于阁中小立移时，凭槛四望，远山近郭尽入目中，殊有佳趣。

出"致爽阁"，循山径而下，觉足力稍疲，乃相偕入"冷香阁"，沦茗小坐。冷香阁建筑时期，在致爽阁之前，而设备较佳。阁中遍设茶座，座多临窗，推窗凭眺，"七子""灵岩"诸山峰，俱可遥接。是日天气晴和，岚翠扑人，憩息其间，顿觉神怡心旷。阁中有老妪，持筐售水果瓜子之属，予侪略购少许，妪乃絮絮述虎阜诸古迹，并引故事为证，语多齐东野人之谈，足供笑乐。嗣复告予侪，谓数月前有一少年，因失业自沉剑池，幸而获救，此则又为不景气声中增一页惨史，闻之恻然。

虎丘一带，产花甚多，乡人多有以养花为副业者。山下有人设肆，售茶叶及"花干"。所谓花干，以各色花朵焙干，贮诸匣中，烹茶时和入"花干"，益增香冽，亦一隽品也。予侪下山时，有村女数辈，争持白兰花趋前求售；于晚风中听卖花声，此情此景，殊别饶清趣。

鹤园小集

予曩者每作吴门之游，往往信宿即返，此次在苏，勾留最久，乃承诸旧雨折柬相招，宴聚几无虚日。老友明道及表兄王闻喜，先后邀饮。明道居西美巷，闻喜居柳巷，相距甚近。闻喜以医名，而工书法，精音律，所交多文士，与明道最相契。两处之宴，席间多为星社诸友，言笑至欢。

十二日适值星期，瞻庐、烟桥，饩予于鹤园，盖以宴饮而兼作园游之会也。与会者除予夫妇外，瘦鹃、明道，各偕其夫人，翩然来临。其余友人，亦都如约而至。宾朋毕集，意兴益豪。是晚予亦即假鹤园设席酬答诸老友。烟桥忽提出抗议，谓君偶然来苏，分明是客，奈何反客为主？予曰：此次到苏，遍扰同人，几如刘姥姥之入大观园，恣意饮啖，亦宜答席，否则人将谓我为飞蝗过境矣。且君等皆久居苏州，予虽奉请，决不用苏州城中酒菜。座众闻言愕然，谓不用苏州城中酒菜，则菜从何来？予大笑曰：今夕所备者，乃乡下菜耳。盖予先一日游木渎镇，预约石家饭店于是晚具酒馔送入城中，众固不及知，既而哑谜打破，乃为粲然。

鹤园虽不甚大，而布置极精，亭榭花木点缀得宜。园主人庞鹤缘君，为庞京周医师之兄，特筑是园，奉母以居。华黍之养，至多乐趣，而泉石之胜，尤饶清趣也。

晚间之宴，酒半又来一客，为吴闻天君。闻天自海外归来后，予尚未与之谋面，阔别既久，相见欢然。闻天坐甫定，闻瞻庐等正谈及用直唐塑，即语曰：君等犹未知今日之事耶？一壁唐塑开幕，一壁覆舟肇祸。朱良任父子，且死于水矣。座中人多有与朱父子相识者，闻之俱为太息不置。

一探朱家庄

妹倩林剑楚，历任各地法官，侨寓吴中，居于朱家庄。朱家庄距城颇远，予偕蕴玉往访，乘人力车出阊门，行良久始达。剑楚厕身法界有年，而廉洁自守，清贫如故。赁屋数椽，养亲教子。乡居虽似岑寂，而生活则殊闲适。予以病躯处沪上烦嚣之地，身心俱不得安定，转羡剑楚之僻处一隅，为能优游岁月也。剑楚见予至，即治馔款予，畅谈半日，足纾离绪，为之快慰。

初游木渎镇

予曩年莅苏，曾游天平，雇舟往访，需时竟日。此次询诸小青、烟桥二君，谓不如由木渎直上灵岩山，再越岭至天平，为程较便。予得此指导，乃偕蕴玉及同游之友人，于十日之晨赴木渎镇。

自苏州至木渎镇，有小轮可直达，轮行亦仅两小时余耳。小轮于晨间八时启椗，予侪准时至轮埠，天已微雨，顾游兴甚浓，不为雨阻。轮中座位尚舒适，沿途闲望远山景色，亦殊可观。十时许抵木渎，即赴石家饭店进膳。

石家饭店，初亦一小村店耳，年来游客往来者渐多，复经时流题咏，名乃渐著。而于髯公"多谢石家鲃肺汤"一诗，尤具有宣传之力也。最佳于旧店之对门，另辟新舍，楼上可供旅客憩宿，楼下则为食座。设备颇精洁，四壁遍悬时人字画，颇不恶劣。而于髯手书之诗句，则于此中赫然占首座焉。

石家饭店，治馔甚精，予侪略进数味，鲜美迥异常品。最近定例，城中宴客，酒膳亦可专人致送，但须预订。鹤园之宴，予即于过木渎时向饭店主人预约，初非咄嗟可办也。但所谓"石家鲃肺汤"，以时届冬令，鲃鱼已不易见，未得一快朵颐。予曾于他处席间获尝此味，虽非石家所制，已觉入口肥嫩，别饶风味，胜于沪上之"秃肺"远矣。

灵岩揽胜

木渎镇有山轿，供游客之需。石家饭店可代雇，索值多寡，视路之远近，亦不甚昂。所谓山轿，一竹舆耳，厥状如椅，旁穿两巨竿，以二人舁之而行。轿无盖，不能蔽雨，予侪乃向饭店主人借伞，张伞登山，遂无沾濡之苦。

舆行至半山，雨渐止，山路屡经修筑，尚平坦。沿途所见，古迹颇多。雨后空气，转觉清新。人坐舆中，游目四瞩，景物殊可爱，而回望山下，田畴纵横，宛如图案，尤具自然之美。约一小时，乃达山巅，憩于灵岩寺。

灵岩寺不甚大，殿宇建筑，亦非宏伟，但尚完好。寺僧方鸠工庀材，增建新舍，并整理古迹，役者群集，邪许声与斧凿声相属也。予侪于寺内各处，绕行一周，并登钟楼。楼供佛像，并悬一巨钟，旁设横木为钟杵。游客欲叩钟者，须纳香金，予侪试叩之，钟声镗塔，增人逸兴。

寺中古迹，有"灵岩塔"，盖古塔而新经修治者。塔下有碑记云："灵岩塔建于宋代，明万历八年，为雷火所焚，仅存砖石。"则其历史亦甚久矣。又有井二，一曰"智积井"，作八角形。一曰"吴王井"，作六角形。两井皆甚大，深可数十丈。台上望之，乃如岩穴。井中不见水，殆修葺未竣，因塞其水源，以利工作。未审山泉来时，又作何状也。

天平挹秀

予侪因欲作天平之游，于灵岩寺未多留恋，复乘舆行，越岭而下，路殊不远，约半小时许见峰峦叠翠，枫树成林，知已达范坟矣。

范坟在天平山麓，自范坟登山，有石坊，镌"天平山径"四字，予侪即循此山径，拾级而上，至"一线天"。"一线天"之得名，以山石相合，中留狭隙可通行，而逼仄只堪容一人，故曰"一线"，状其窄也。"一线天"之上，则又豁然开朗。予侪于此伫立良久，临高四望，远山近树，历历在目，觉心神俱畅。苟善于摄影者，对兹佳景，必可使镜箱中平添许多材料。惜予侪俱不谙斯术，未免辜负此天然图画矣。

天平风景，秀丽胜于灵岩。枫树经霜后，红叶满山，尤增绚烂。予侪来时，叶未全红，而微雨初停，茂林新沐，红绿相间，色彩愈佳。"一线天"之下，为"钵盂泉"，泉水清且厚，山僧傍泉源，筑小阁，供游人憩息。予侪即于阁中汲泉煮茗，小坐移时，领略山林静趣。久涸尘浊，至此固觉别有乐境也。

时天色渐黯，又有雨意，予侪乃未敢久留，乃循原路下山，至范坟，复小事游览。入范祠，瞻视其塑像，自范坟仰望，但见山石森森竖立，俱作势向上，似无数小峰，浮于云际，吴人称为"万笏朝天"，其形酷肖。是日雨小而云气不大，予曩岁游天平，适值盛雨之后，白云迷漫，微露峰尖，则尤幻为奇观也。

自范坟至木渎镇，路极平坦，舆行亦颇速。抵镇后予侪以时间尚从容，乃市麻饼少许，木渎麻饼，亦一著名之食品也。四时许乘轮返苏，达阊门已电炬通明矣。

蕙荫园中

蕙荫花园，属于安徽会馆，旧时亦为名园之一。今因年久失修，一部分已现荒落之象，但景物犹存，尚堪游览。园中适开书画展览会，售得之款，悉助灾振，予乃偕友人同往。馆长程邦达律师，殷殷招待，导游园中各处。园占地甚大，一切点缀，亦颇饶雅致，苟能加以修葺，重复旧观，大可为吴中增一佳境也。

戒幢寺里

老友汪叔良君，执教鞭于民立中学，值星期休假，自沪返苏，访予于旅舍，即约予夫妇出游。先至怡园，略一勾留，便乘车出阊门，诣戒幢寺。寺中有罗汉堂，供金身罗汉五百尊，予侪巡视一周，匆匆即出。予笑谓叔良曰：未得观保圣寺唐塑，却来看戒幢寺罗汉，似太无聊。

戒幢寺之西，为"西园"，园固寺产也。园内景色，了无足观，但颇宽畅，有池甚大，盖放生池也。池上架小石桥，予曩者来游，适在夏季，立桥上，受晚风觉甚舒爽。今值初冬，殊鲜佳趣。池中蓄鼋，鼋甚大，最巨者背隆然几如圆案，以天寒亦潜伏水底，不复可见。

冠云峰前

出西园信步所之，乃至留园。留园固为吴下园林之最大者，占地既大，而长廊广厦，旧时建筑，至为华美。园中四处，亭台木石，布置悉具大观，惜过于繁密，转欠幽疏之致。今全园归市府，以费绌亦不甚修治，渐见荒杞，似迟暮佳人，已呈衰态矣。

园中有巨石耸峙，号"冠云峰"，前人题志，目为奇石，美之曰"天外飞来"。石甚高而饶有秀气。"冠云峰"前，设茶座，予遂即于此小憩，茗话移时，尚得静趣。

车站募捐

予此次滞留吴门者一星期至十四日，乃乘上午十一时许开行之特快车入都，是日苏城各校学生，分组出发募捐，助义勇军。自观前街达阊门车站，所过俱繁盛区域，乃为募捐队集中之地。予侪出中央饭店后，沿途迭遇扬旗持筒之学生，要遮于道，劝募捐款。助款至一元以上者，与以收据。途人有已得收据者，见学生列队而来，往往高举其手中所持之收据，若以此为"通行证"。顾学生殊不因此通行证而舍去，必多方劝说，使其再捐而后已。近阅报章，知主持教育者，甚不以此举为然。平心而论，此种募捐方法，诚未必尽善，但捐助义军，原为人人应尽之义务，青年激于爱国热忱，奔走劝募，不惮烦劳，亦自有可以嘉许者在也。

车站中学生益多，且登车劝捐，头二等车客，亦颇有解囊相助者，唯车停不多时，匆促间所得盖甚鲜也。自苏州达首都，车行须六小时以上，不无苦闷，五时后抵下关，俞星武、廖寿昌两兄先期得予书，已俟于车站，即同乘汽车入城。星武询予在火车中尔许时，作何消遣。予曰：无事可为，但沿途发表谈话耳。星武愕然，谓何人访君，乃有谈话发表？予笑曰：穷记者非要人，安得有人随车访谒，且安得有向人发表谈话之资格？长途无聊，乃利用时间，在车中撰谈话若干则，将于今晚快邮寄本馆，供《新园林》材料耳。因相与辗然。

酒家惊梦

予在都寓安乐酒家，安乐酒家与中央饭店，为都中旅舍之较大者。安乐设备颇佳，房舍亦新，唯仆役伺应，殊欠周至。房间定价奇昂，但以六折收费，室中固装有水汀，但旅客须另纳资。最令人称妙者，室内于大床外旁置一小铁床，而小铁床上并不施被褥，如需被褥，须每日加洋八角，苟靳而弗与，则此床殆等于虚设矣。房金之外，并须收"旅客捐"，此则苏州亦然。旅客于斯，不无额外破费。

是晚俞星武兄邀予夫妇至青年会进餐，于席间晤邵汤修慧夫人。邵夫人自飘萍先生没世后，仍主办《京报》，频年辛苦支持，亦已煞费心力矣。谈次备述办报之困难，与舆论界在此环境中，努力奋斗之不易。实有同慨。邵夫人此次南来何事，则云为飘萍先生营葬，兼谋报务上之发展，不久将仍返北平云。

餐后复赴本馆驻京采访科一行，即返旅馆。以竟日劳顿，酣然入睡，至十二时许，忽闻挝门声甚急，予于梦中惊觉，讶问何事，则闻茶房高呼曰："查房间！"予不得已，披衣而起，开户视之，来者为一警吏，昂然直入，手持"旅客簿"，细问来历。予具告之，彼又环顾室中，加以种种无谓之盘诘，且措词甚厉，直如法官之鞫囚。纠缠良久，至无话可说始去。是夜天时甚寒，予冒冷与之对答，殊不堪其苦。盘查旅客，固为警吏之一种职务，然何必如此作态向人。予俟其去后，忽得歪诗两句云："中宵蓦听查房闹，今日方知警吏尊。"

游明孝陵

十五日晨兴，星武、寿昌两兄驱车来，约予夫妇同往紫金山，谒总理陵墓，偕行者尚有邵夫人。自中山大道出城，至紫金山，为年来新筑之路，路至平坦。车行甚速。先过明孝陵，即下车一游。孝陵建筑至宏伟，望之几如一城堡，陵前翁仲及石马犹存，当门首有赑屃，负墓碑绝巨，显呈东方古代色彩。墓碑而外，其余碑志甚多，予侪以时间匆促，未遑细览。入门后，即循甬道登山。

明太祖墓在山高处，墓前依山势自上而下，层层砌石级，筑一隧道，颇宽广。人行其间似入山涧，又似置身于绝大之城阙中。四周砖石，迄今仍多完好，想见当时建筑之固，与工程之巨。予侪拾级而上，且行且语，不觉其惫。石级既尽，乃至墓地，丰草长林间，实为一代创业英雄埋骨之所。临高四望，形势益显雄伟。

谒总理墓

孝陵之游，为时甚暂，即乘车赴总理陵墓。因相距甚近，车行瞬息便至。总理陵墓之建筑，纯取新式，工程至巨，地位亦至高。入墓门为一极长之甬道，自甬道尽处，上达总理灵堂，分为若干层，每层约可数十级，合计之殆有四百余级。初进时逐层有广大平台，可供憩息，最后三层，则山形较峻，级步亦呈陡势，须逐行直上，更无伫立徘徊之余地矣。

灵堂建筑，崇门石柱，气象庄严。堂中立总理石像，长袍方褂，作中国装。像承以方座，座上雕刻总理儿时及一生经历，足为永久之纪念。入灵堂时，须脱帽卸大衣，衣帽悉置门外，有卫兵数人，身佩布带，上书"灵堂纠察"字样，盖不啻谒陵者之纠仪员也。入门时有签名册，谒陵者须亲笔签名于册上。册为一厚洋纸簿，旁置钢笔及蓝墨水，并无中国笔砚，于是签名者所注年月日，亦多写外国号码，以中华民国总理之灵堂，而用洋纸洋笔，令人签名，此虽小节，殊不适宜。何不改用中国纸笔，似较庄重也。

谒陵毕，又至陵园小事游览，园中莳菊甚繁，亦可出售，小盆者仅售一毫，为值极廉，另辟一菊花品评室，则多名贵之品。又有花房，内列各国及南洋华侨所赠花草多种，颇有外间所未经见者，奇花异卉，足资欣赏也。

公园晚眺

五洲公园，地滨玄武湖，风景绝佳。所谓"五洲"，盖沿湖诸地，旧时固析为各洲，今则洲仍其旧，而易以新名，且加以种种建设与点缀，遂觉景物顿殊矣。合五洲而计之，区域绝广，予侪所至者，为"亚洲"，只五洲中之一耳。

五洲公园至宽广，一切布置，纯采新式。园内莳花甚多，园后临湖，设小船埠，苟于夏间，荡舟湖中，必多乐趣。予侪来时，天气甚寒，且已入暮，匆匆一览，未能多留。殊辜负此大好湖景矣。

滨湖有草地，予侪散步其间，游目四瞩，湖光山色，足资领略，惜大风袭人，冷不可耐。予侪略一徘徊，即相与出园，游兴殊未尽也。

玄武湖中，产鱼甚多，其他花果，产量亦极丰富，尤著者为樱桃，意者樱桃熟时，景色必更绮丽，而芦苇之属，更为特产，可供薪料。星武笑语予云："五洲公园，固一富丽的园林也。"

汤泉入浴

予曩游北平，曾游汤山，浴于汤泉。此次抵白门，亦赴汤山，作半日之勾留。南北二汤山，俱曾"汤他一汤"，斯固游程中之足资纪念者也。

汤山之游，偕行者有杨千里君伉俪、曾洪父君及星武、寿昌两兄。汤山距城可六十里，旧时通汤山之路颇逼仄，现已改建新路。自紫金山至麒麟门，修筑尚未竣事，过麒麟门，则道途平坦，盖即京杭国道之一段也。予侪分乘两汽车，车行一小时以上，始抵汤山，止于陶庐。

陶庐为陶氏别墅，结构布置，俱甚精雅，有宿舍，有浴池。予侪略事休憩，即入浴。人各一池，以白石筑成，池水甚温，池障以门，门外为小室，供浴客憩息。浴后倚榻小卧，觉竟体舒爽，且不须多加拂拭，而肌肤自燥。医家谓温泉浴可疗皮肤病，自足信也。

千里伉俪于陶庐中具馔款予侪。馔至精洁可口，予侪且啖且语，意兴至佳。饭罢复由千里发起，登山小步，并循行汤泉镇一周，为短时间之巡阅使。汤泉镇不甚大，池中井中，随处有温泉涌现，硫气触鼻。居民宰割鸡豕后，辄投入池中泡煮，顷刻即熟，更不烦伐毛洗髓之劳。镇上有民间浴室，入浴者更不取资，即纳资亦甚廉，又有露天浴池，四周绕以短垣，分男女二组，中隔小壁，为鸿沟之界。温泉水滑，不用一钱，则更纯粹的平民化矣。

山下有汤王庙，庙至卑劣，一矮屋耳。塑汤王及其夫人之像，后方有小庭院，院中有花台，莳黑牡丹，闻花时游客远来欣赏者亦甚众。牡丹处此环境中，可以脱尽富贵气矣。

距汤王庙不远，有新建之巨宅，为戴季陶先生别墅，甫落成，有卫兵驻守，客来稍事询问，未加阻止。予侪乃得一度瞻仰此美轮美奂之新宅。闻诸友人，首都名胜之区，如北极阁、汤山诸处，多建有要人居宅，怡情养性，得其所哉。于是知要人固不可为而可为也。

雨花台买石

雨花台虽号称名胜，直无风景可言，但石子产量极多，间有佳品。予夫妇乃偕星武、寿昌、服周诸君，驱车至雨花台买石。车甫停，已有村女数辈，提筐而来。筐中内置瓷碗，盛清水，贮石子其中，要遮求售。予侪殊不堪其扰，乃疾行入茶社，坐定后，卖石者益团团围集，前后左右，罗列者皆石子，不啻开一临时展览会。顾所见俱下品，极粗劣，且索值颇昂。予侪竟未敢与之论价，即推星武为采办专员，结果索价至一元者，但予以小银元二枚，即倾筐以献。顷刻间买得石子二大蒲包，总计所费，尚不足一元也。嗣至茶社门外，见有设摊以售石子者，品质较美，为值亦较巨。星武择其佳者，购取数握赠予，此数握在卖石者初视为奇货，索十二元，后乃以三元得之。细视之觉纹理匀细，遍体晶莹，颇可为案头清供也。

雨花台泉水称"天下第二泉"，予侪啜茗于"第二泉茶社"，觉水质殊未必甚佳，以视惠泉之清醇而有余味，弗如远甚矣。

天韵楼闻歌

首都歌场，年来盛极一时，予初以为此中必有佳趣，乃一度至天韵楼听歌。实则所谓歌场，固无异于沪上旧日之书场。楼中列方案若干排，客至就案而坐，值堂者以清茶饷客，茶杯为瓷质，大而且高，不知者几拟为案头罗列无数笔筒也。台上设场面，歌女登台，即按牌上所悬戏目，以须清唱。半小时中，已迭易数人，貌既不扬，歌尤乏味。予不欲久留，稍坐即引去。服周语予，唱大轴戏者，必为名角，盍姑俟之？予笑曰：不佳者如此，佳者当亦不过尔尔。予侪既不为捧角而来，竟无此耐性矣。

隽味尝菜斛

予莅首都后，承诸好友选为东道主，乃无日不扰人。星武、寿昌两兄及蒯泽民君，导游各地，相聚尤频。星武伉俪，曾宴予夫妇于金陵春，寿昌兄则设筵于万全酒家。金陵春与万全酒家，俱傍秦淮河，临河筑水阁，凭窗小立，见旧时画舫，尚系泊岸畔，多半破败。河流既狭，水亦极溷浊。秦淮风月，自古艳称，今则沧桑历劫，脂粉飘零，直无遗迹可寻矣。但各酒家治馔，风味正自不恶。金陵"熏鸡""烧鸭"及"酥腰"，均鲜嫩可口，万全有"菜斛"一味，以菜心和脂油蒸煮，佐以鲜笋，不复加水，菜香且腴，尤称隽品。闻"菜斛"制法，为杨千里君所发明，友朋嗜此者，咸称之为"杨菜"。询诸千里，谓偶阅前人笔记，见旧时秦淮妓家，席间常俱此味。乃以书中所述烹调之法，告之万全酒家，令其一试，既然脍炙人口，他家亦多有仿效者，皆不如万全之隽妙，盖未经杨老师传授心法也。

雅意赠面包

首都西餐，殊远胜于沪上之所谓"马路大菜"。肴馔颇丰，亦都可口。邵夫人曾邀宴于励志社，服周伉俪，复宴予夫妇及诸友人于青年会。两处西餐，俱能博得食客之称赏，而青年会似又较胜。所进黑面包，香而微带甜味，益为他家所弗及。邵夫人为之赞美不止。服周知予近有肠疾，不食米饭而啖面包，乃于餐毕复购黑面包若干投赠予。主人情意可谓周至矣。

涉笔至此，十日小游之纪事，当告一结束。盖服周所赠面包，亦只俱两餐之粮耳。馈粮既罄，予乃于十七日乘车返沪。重理笔砚，仍从事于日常所需之面包生活矣。

（1932 年 11 月 27 日至 12 月 26 日《新闻报》，共连载廿次）

杭游杂感

前星期尾乘沪杭路局的"星期尾游览专车"到杭州去游玩了几天，领略了一些湖光山色，吸收了几天新鲜空气，觉得精神上颇得到一种宽慰。

我以前最怕的是登山，这次在第一天，却居然从"灵隐"走到"韬光"，从"韬光"直上"观海"；在第三天又从"黄龙洞"上登"紫云洞"。紫云洞下来之后，又乘车到"葛岭"步行登"初阳台"，这在别人，当然不算一回事，在我却已经创了登高的新纪录。这是病后身体瘦了，重量减轻的缘故。如此说来，体瘦也自有便宜之处。

"杭州人好欺生"，这话从经验上说，却是不错。不但车夫轿夫以及售零碎食物的，见了外方生客，索值都要较本地人贵上几倍，就是在商店中买东西，也总要多破费些。商店伙友，招待主顾，倒还客气，只有清和坊以火腿著名的那一家商店，几位伙友先生，那种大模大样的神气，却有些令人望而却步。

杭州各处的建设，确乎大有进步。环湖马路筑成而后，交通上已十分利便。而湖上各名胜之处，有重行修葺的，有新建造的，数年不见，也顿改旧观。虽然都带着些欧化，有一部分人认为"西子作西装"，但较诸听其荒芜残废，总好得多了。

我们至杭州，适值举行时轮金刚法会。近湖各旅馆中，人都住满了。后来由熟人介绍，住在清泰第二旅馆，旅馆中的招待，倒很不错，房间也颇清洁。不过旅客的程度实在太差了，我们在那里住了三夜，倒有两夜被隔壁房间中客人的吵架声所惊醒。不过赌博是绝对禁止的，倒还不至于像上海旅馆中这样牌声隆隆，使人彻底不得安寐。

（1934 年 5 月 19 日《新闻报》）

春游与健康

我在四年以前，患了一次很厉害的肠炎症，虽然经医生治愈，但病根至今没有尽去，最近几年，又感着神经衰弱，医生对我说这都不是完全可以用药物治疗的，最好是每一年中——尤其是在春季，能够摆脱一切俗务，出外去旅行一两个月，一定可以修养身心，增进健康，倒的确是一服不药的良剂。

医生虽然给予我这样一服良剂，可是要每年有一两个月的假期，作长途旅行，在我的服务上，和环境上，实在是不许可，不得已而思其次，在近几年来的春天，我总邀着友人，或挈同眷属，在距离上海较近的地方，作三五日或一两天的短期游览，在这短期游览中，却使我有了很显著的感觉，便是出门游览，体力上是相当的劳动，精神上是充分的愉快，因此平日里由于肠病而发生的消化不良腹部胀闷等种种苦痛，和由于神经衰弱而引起的夜间失眠烦躁不宁等种种症象，竟完全可以消除，固然这些苦痛与症象的消除，只是暂时的，等到游罢归来，经过了若干期间，不免又要发作，但于此已足以证明春游是于健康上绝对有益的，如果游程较远，时期较长，也许可以使病躯完全恢复，换句话说，春游确不仅是及时行乐，而竟是一种健身运动。

假使认为春游是一种健身运动，那么《健康家庭》季刊倒又是春游的良伴，因为舟车之中，一编在手，既可助长游人的兴趣，也可得到不少健康的良剂。

（1937 年 4 月 1 日《健康家庭》春游专号）

台湾之行

笔者此次参加了一个私人旅行团，访问台湾，这是自动游历，没有什么团体名义，也并不代表任何方面。但因为同行者人数虽少，却都是报人和文人，便承台省府新闻处长林紫贵先生予以招待，又蒙台省新闻界同人热诚款宴，导游各地，使此行游踪所至，得到甚多便利，自当表示深切的感谢。

濒行之日，我于下午到馆，正和敏恒先生谈话，一语未毕，火警遽起。最初在馆同人，还认为是寻常火警，并不过分慌急，后来听到大爆炸声，才纷纷下楼出馆，当时人拥如潮，被挤在马路上，进退不得者达两小时之久，目睹火焰高举，浓烟上冲，真是万分惊忧。直至七时后于电话中获悉本馆虽遭波及，幸建筑坚实，未成巨灾，翌日仍可于减少篇幅中出版，这一颗悬荡不定的心，才能放下。

因为一切情形，尚不十分严重，我这一部分的工作，也经馆方当局特许，作较长时期的休假，此行便没有中止，经过一度谈洽，仍于当天夜间起程。到了台省以后，看到本报，才知道这一场火患，确是异常惨烈，本馆的损失，也甚为重大，台省新闻界，晤谈时都关心着这件事，对于本馆纷致慰问，盛情至为可感！

造成这次火患的当然是众发堆栈，但平时放任，该谁负责？焦头烂额，何如曲突徙薪，本馆致治安当局的那一封信，始终不被重视，而今呈此惨劫，许多敷衍的官话，尽管可以说下去，但是葬身火窟者的性命，是追不回来了。

这次烬余收拾，在本馆编辑部方面，整理工作，当然很为繁忙，我竟以远行未与其劳，而《新园林》的写作和编辑，反累诸同仁忙上加忙，这是深深抱歉的。

旅行中不能定心撰稿，忙里抽暇，写了这些话，很拉杂也很无味，其余游踪所至，观感所及，倘还有什么可写之处，只好随后再寄。（六月九日自台北寄）

（1948 年 6 月 12 日《新闻报》）

台岛归来

台湾人用不着台湾席

笔者于本月十九日从台湾回沪，此行恰满两星期，在台北时，曾写了一篇《台湾之行》，寄刊《新园林》（本月十二日刊出）。以后原想随时寄稿，却因舟车跋涉，实在没有时间可以写作，直等游毕归来，才能将见闻所得，记忆所及，稍稍记述一些。但游程还嫌短促，到的地方并不多，写出来的，也仅是疏略的印象，和浮浅的观感。

踏上了台岛，最感到出于意想之外的，是气候十分爽朗。在一般人的理解中，都认为台省气候，一定比上海来得炎热，甚至于热得难受，到了台湾，才知道是适得其反。大概台省在入夏以后，平均温度，只有华氏表八十余度，今年台北到过九十度左右，当地人已说是天气特别热，可是同游诸君，在台北看到本报所载气象报告，上海天时暴热，已到一百零二度，不禁笑着说，想不到我们倒是来台湾避暑。

海洋气候，另有其可爱之处，是无论天气怎样热，总还有风，不至于过分郁闷，而且到了夜间，一定转凉，旅舍中并没有席，卧具都是很厚的被褥，在初入睡时，似乎有些不耐，但夜深了，自会凉意袭人，非盖被不可。台南已入于热带（我们乘火车从嘉义南行，见路旁有"北回归线标"，过此即入热带），算是最热的地方了，但我们在高雄住了一宿，夜间依然需要被褥，颇令人疑惑到著名的"台湾席"，只是一种行销各地的商品，在本省人简直用不着。

都市乡村化

上海的马路上，只见到挤与乱，台省的马路上，却是现着清与静。因为马路宽阔，人行道也相当宽阔（台省沿马路房屋，多数是骑楼式，骑楼下的人行道，都很宽广），车辆稀少，行人也相当稀少，因此马路决不是"虎口"，确成为一条条坦荡的大道，人行其间，确实是"荡马路"。有时汽车上的喇叭声，揿得很响，路上行人，却依然不慌不忙，大摇大摆，司机者以能转折避让，并非人让车，反是车让人，这也是台湾马路上一个特殊的镜头。

在台湾，只有早晨、中午和傍晚，各机关上班下班的时候，才出现了指挥交通的警士。除此以外，马路上的交通，似乎绝对不需要整理，也轻易见不到有值勤的警察。据说去年一年中，全省统计，只发生了四十余次车祸，而且情形却不严重，伤人致死的，仅有三四起。上海的"安全运动"在台省人民的脑海中，竟不会有这样一个感想。

"乡村都市化""都市乡村化"，这是台省的一个口号，前者是说乡村中也具有都市的组织，后者是说都市中也具有乡村的风味。的确从台北到台南，每个都市呈着一片绿化，到处植着护路树，足以点缀景色，涤除尘嚣。尤其是台中，公路两旁，密排着许多热带树，车辙所经，但见浓荫夹道，真如身入画图，这使我们在上海终日不大会看到一些绿色的人，顿时感觉到心神俱畅。

台省所产的树木，以凤梨树、柳树、棕竹等为最多，上海和苏浙各地视为珍品的龙柏，在台省却满山都是，随处可见。最美丽的是一种凤凰树，苍翠的树叶上满布着鲜艳的红花，以此护路，路长树密，纵目四顾，真像是天然的锦障。

涵碧楼中听雨

台岛风景区甚多，最著名的是台中县的日月潭，实际上日月潭并非天然胜地，而是人工造成的一处佳景，但由此更可以见得人力的伟大。日月潭的本身，起初是位置在山中的一片低洼，也有水，却并不深，也并不大，自台湾电力公司成立后，以水力发电，便利用日月潭，作为一个大蓄水池。各发电所引浊水溪里的水，注诸日月潭，另于台中县新高区鱼池，设置放水口。潭中贮水量，经常为一万四千七百二十万立方尺，水深二十一公尺有余，周围约十六公里。

日月潭是一个总称，析而言之，则有日潭、月潭。日潭形圆，月潭形弯，日月相联，四围皆高山，仿佛在丛山中呈现了一个宽阔的湖沼。这不能不说是罕见的奇景。

环绕日月潭，有好多处名胜，潭中是一小岛，称光华岛，原来也是一座小山峰，大水入日月潭，小山也就变为小岛了。游日月潭，可用汽艇，艇颇大，能容二十余人，旅客来此，多聚众出游。我们一行人，因为从台中乘汽车抵日月潭，已在下午，又值大雨，不能畅游，只乘着汽艇，渡过日月潭，对高山族作一度访问。归途于细雨迷濛中，欣赏着丛峦叠翠的山岭，和碧绿漪涟的潭水，觉得一切景物，很秀丽也很恬静，自有一种难以描写的情调。

日月潭边，也有几家旅社，最适合于休娱和游观的，是涵碧楼。依山傍水，位置得宜，推窗四顾，仿佛以山作屏，以潭为镜，山岚水色，增人游兴。我们在涵碧楼住了一宿，入晚雨更大，雨景也更好，凭楼观眺，直至夜深，才各自就寝，那时雨还没有止，在枕上听到雨声，似乎心清梦也清。

涵碧楼景色甚佳，但是那些伺候旅客的女侍者，实在有些呼唤不灵，恰巧那一天游客来山的特别多，她们便格外显得手忙脚乱。幸亏其中有一位姓查的招待员，是松江人，见了我们这几个上海朋友，颇有"客从故乡来"之感，招待得十分殷勤，并且操着松江口音，和我们大聊其天，我们也就以沪语相对答，到台湾以后，能临时举行"上海话座谈会"，这是仅有的一次。

高山族的歌舞

日月潭之东，有高山族聚处其间，称吉卜族（台省高山族，散处各地山中，吉卜族是其中的一个部落）。吉卜族显然是一个已开化的部落，言语、形态、服装，以及日常生活状况，并没有什么奇异之处，（酋长着翻领衣西式裤，妇女都短衣短裙跣足）这和其他蛰居深山的高山族，显然不同。大概族中人和外省来的游客，接触得也很多了，因此一切都有些商业化，我们乘游艇渡登对岸，到了吉卜族所居之处，便有好几个女郎来兜售照片，路旁也有几家小商店，陈列着些手杖、烟斗、木筷等等，都是高山族自制的手工品。我们随意买了几件，就到酋长家中访问，顺便瞻仰了一下大公主和二公主。（酋长的两个女儿，当地人仍尊称为公主。）

酋长（这位酋长姓毛，在他部落中仍奉为酋长，在户籍编制中，他却是一个甲长）家中也设着一个小摊，摆着许多商品和照片，买一张照片，代价是台币一百元，请公主拍照，每一次也索资一百元，要领教他们的歌声，是按游客的人数计算，每一游客，需一百元。

高山族的歌，我们当然不能了解，但闻咿呀作声，音节似乎很简单。伴奏的乐器，是由歌唱的一群，每人持着一根很长也很粗的木杵，上端似柄，下端作圆筒形，称为"杵鼓"。她们（歌舞者都是女子）就围在一块圆滑的石头面前（石头埋在土中），把杵鼓的下端，像舂米似的击着石头，居然颇有节奏，也仿佛能作金石声。至于舞的姿态，就更来得简化，大家放下了杵鼓，手牵着手，绕成一个大圈子，一面歌唱，一面跳跳蹦蹦，就算完事。据说她们所用的杵鼓，是表演着一种捣米的姿态，她们的歌与舞，也正显示着田家的风味，和民间的乐趣。

吉卜族中人，也能略操国语，虽然很生硬，有些字眼也很不准确，却至少有几句简短的话，还可以教人听的懂。那大公主和二公主，也能写字，买了她们的照片，就欣然在照片上为客人一一签名，这就不能不说是推行国语的效力了。在吉卜族中，也设了一个"国语推行班"（由民政厅主办），教师是一位姓叶的青年，他和吉卜族相处得很好，教以国语，也教以读书识字。他每天乘着吉卜族所用的交通工具——独木船，往来日月潭，这工作是相当困难，也相当辛苦的，他却乐此不疲。我们和他谈了好久，知道了许多高山族的风俗习惯，以及对高山族推行文教的情形，觉得这位青年，倒确是实施基层教育的苦干者。

两大生命泉源

前文曾说到台省电力公司的水力发电的，这里想再约略地补述一下发电所的情形，发电所共有两处，其一为大观发电所，其一为巨工发电所（统称日月潭系）。大观发电所较大，规模也较宏，从日月潭下注之水，先经大观发电，余量供巨工之用，水力还是很充裕。

大观发电所，距日月潭约十九公里，我们在游日月潭途中，先到大观发电所参观（发电所门禁极严，须预先取得参观证，方许入内）。这一个发电所，于民国二十三年竣工，所有重要机件，如发电机和变压器等，均为美国出品（有一部分变压器，由日本厂家制造）。抗战时受到轰炸，机件也遭毁损，幸而大部分依然完好，光复后经过主其事者的悉心整理，仍能连续发电，推进着台湾全省的动力。

发电所的种种机械和设备，很繁复也很巨大，非对于电机学有相当研究者，不能知其详，我们虽经主持工程者逐项指点、观察所悉，也只是一个外貌和大略。现时估计，电力公司供给全省的电力，由于日渐发展，已至十二万五千基罗瓦特^①，但各厂家在申请登记中者，至少尚有五万基罗瓦特，暂时仍不敷应付，因此于电力限制之下，台省工程的发展，还都未到理想的境界。

除了台中的发电所而外，台南还有一桩伟大的工程——水利工程，那就是全省著称的"嘉南（嘉义以南）大圳"。

"嘉南大圳"，自民国九年九月开工，直至十九年五月才全部告竣，历时十年，可想见其工程的艰巨。"大圳"的工作部门，包括取水、送水和灌溉。台省的农业生产，原占着主要地位，在大圳工程未施设以前，

① 基罗瓦特，即英文 Kilowatt，现译作"千瓦"。

台南因为雨量很少，往往苦旱，后来得到嘉南大圳的灌溉，农民便没有缺水的恐慌，农产品也自有大量的增加，这可以说是人定胜天。（现在实际灌溉的面积，达十九万一千公顷。）

嘉南大圳的工程，是从曾文溪取水，贮诸珊瑚潭（以珊瑚潭为贮水池），另设送水口，由送水口出水，分布各区。我们去参观的时候，送水口正在放水，水势甚急，好像是无数匹白练，又像是千万支水箭，喷薄而出，煞是奇观。我们又由导游者的指示，进入深长的隧道，并看到很高的水塔，和巩固而宽阔的堰堤，不能不为之赞叹。

"日月潭系"的水力发电，和"嘉南大圳"的水利工程，是台省人民的两大生命泉源，前者支持着工业，后者培养着农业。

教育上的观感

到了台湾，如果要对各项设施和各种事业都加以观察，必须作长时期的盘桓，即使意在游览，流连风景，也至少要在一个月左右，才能到处领略。我们这一行人，舟车碌碌，来去匆匆，从台北到台南，只作了十天的巡礼，连游览都等于走马看花，更谈不到什么观察。台省工厂甚多，我们为时间所限，只参观了基隆的造船厂，和台北的樟脑厂、橡胶厂、制酒厂（台省制糖有季节，各糖厂正在停工时期，也并没有去参观），所见实在太少。高雄是著名的工业区域，但我们到高雄，时已傍晚，预定第二天早上就要回车，也来不及访问各工厂，只去参观了一下要塞和港口，到港口正值上潮，怒潮高涌，浪花飞溅，显呈着一种雄壮的姿态。

讲到台省的教育，高等教育和中等教育，似乎还没有积极开展，初级教育，却很普及，小学生都不收学费，连教科书也是由公家发给的，因此学龄儿童，绝对不会有失学的痛苦。台省的教育中心在台中，我们和台中市政府主任秘书周金波君谈话，知道台中一市的市立学校，有十余所，其余还有私立的，如糖业中便另有一所私立的学校，便于同业子弟入学。我们在台中，尽着半天工夫，参观了农学院、省立第一中学和一处市立学校。觉得每一处学校，各有其宽广的校址，而一切设备和布置，在中国其他各省市，限于物质条件，实在是难与比拟的。初级学校中，有很大的运动场地，有游泳池，回想到上海的"弄堂小学"，环境相差太远了。

在日人统治时期，对于台省同胞所施行的，简直是一种奴化教育，最初台省本籍子弟入学，只以小学为止，后来经台湾巨绅林氏等力争，又经过不少阻挠和困难，才创设了一所中学，这便是现在省立第一中学的前身。光复以后，台省教育，当然逐渐改观，现任第一中学校长金先生，对于校务，正在力求精进中。我们看到校内张贴着的壁报和陈列着的学生成绩，中文的作品，都已相当通顺，所发挥的论调，所表现的思想，也觉得理解很清，并没有犯着什么幼稚病，这不能不说是教育已有了进步。

参观所及，有足以引起注意的一点，是校中特设了一间"个别谈话室"，问诸金校长，说是当地学生呈现着一种特性，偶逢学生犯了什么过失，你如果当众斥责，一定不肯认错，甚至于发怒反抗，必须在个别谈话中，加以温和的劝告，和诚挚的感化，便能自动地觉悟和改善。我们觉得这一点倒不是单独适宜于台省子弟，而正是各地教育工作人员所当一致取法的。因为我们对于一个青年，最要紧的是必须养成其自尊心，使之从自尊中促起反省。学生偶有过失，不加劝导，动辄在大庭广众之间，厉声呵责，就会逼使他激动情感，失却理智，这原是大有背于教育原理的。

我们从多方面的接触，知道台省久在日人压迫之下，在五十余年中，根本谈不到什么高等教育，因之所造就的，也都是中下级人才，一旦献身社会，决然得不到高等职业。尤其是女子，即以目前而论，女子职业，似乎很普遍，但大多数是商肆中的女店员，和旅舍餐馆中的女侍者，绝无机会也不够条件可以参加上层工作，女性在社会上，依然没有地位。唯其如此，要改进台湾，首须提高教育。

谒延平郡王祠

台省同胞心目中所最崇奉的，是文武二圣，文圣为孔子，武圣为关公。此外民族英雄郑成功，因为在台省立下了辉煌的史迹，也始终是一位俎豆馨香的人物。

保存着许多古迹，供人瞻仰的是台南市。我们一行人到台南，先后谒孔庙和延平郡王（郑成功氏）祠（郑祠最初称开山王庙，嗣由前清钦差大臣沈葆桢莅台，奏请清室，赐设"忠节"，敕建专祠，乃改称延平郡王祠）。孔庙和延平郡王祠，均于光复后兴修，庙貌一新。

延平郡王祠，构筑未见崇宏，气象却显呈肃穆。郑氏塑像，以前有须，现已改为无须的少年英雄，是参照画像更易的，亦有所据。而旁塑郑氏部将甘辉和张万礼两将军像，东西两庑，设明季殉国诸将领和诸烈士神位，后殿祀郑氏生母翁太妃，左为监国祠，祀监国王孙（郑成功孙）郑克塽及其夫人陈氏，右为宁靖王祠，祀明宁靖郡王朱衍桂及五妃。翁太妃本姓田川氏，日本裔，日人因此在延平郡王祠近处，另建设了一个"开山神社"，祀郑成功氏，并强调着郑氏生母是日本人，郑氏一切功业，出于母亲，实与"大和民族"有关，想借着这一种诡词，消磨台省同胞的民族意识。监国王孙郑克塽，忠勇有为，后来因为族人纳降清廷，发生变故，这个监国王孙，可说是死于同室操戈之中，夫人陈氏，以身殉夫，沈葆桢有联："夫死妇亦死，君亡国乃亡"，正表示着无限感慨。朱衍桂是明末抱着孤忠的一位宗室，他自己以死殉国，五妃也征死殉节，另有五妃墓，留着她们的遗迹。

安平城怀古

我们从延平郡王祠出来，又上赤嵌楼，登安平城。赤嵌楼是荷兰人占据台南时所筑的一座古城，原名"普罗民遮城"，郑成功攻克台湾后，改为火药军械库，清乾隆朝改城作楼，保留史迹，现在原有的"文昌阁"，已成为历史馆，陈列着郑成功氏的手迹和许多遗物，壁间悬有荷人战败、郑氏受降的油画，情态逼真，永存着光荣的历史。安平城也是荷兰人所建，译名"热兰遮城"，亦称赤嵌城，荷人据台湾时，以此为施政中心，于其上筑炮台和灯塔，现炮台久圮，灯塔尚在。另有瞭望楼，我们登临远眺，海天景色，尽收眼底，从思古的情怀中，也得着游观的佳处。

台湾访古的感想，不仅景仰着郑成功氏的伟绩，足以彪炳千秋，同时还看到关于沈葆桢、刘铭传、刘永福诸公的各种记载，可想见他们所处的虽是封建时代，但身为大吏，对于地方人民的一切设施，却确能矢忠尽责，支柱艰危，因此也很能博得民众的拥护和称誉，这一点颇可昭示来者，资为借鉴。如今台省同胞，是重归祖国怀抱了，其唯一希望，当然在于获致合理的抚字，和积极的扶植。

最堪留恋的北投之夜

这次游览台省，比较上以勾留在台北的日子为最多，动物园、植物园、博物馆、忠烈祠等处，我们都去参观过。（忠烈祠原址，是日本人所设的建功神社，光复后改社为祠，奉祀台湾革命诸先烈，但还留着一部分帝国主义的遗物，这是应当从速拆除或移去的。）而为当地人所艳称，外来游客所激赏的却是草山和北投。

从台北市到草山或北投，都筑有很平坦的汽车路，虽在夜间，可以驱车上山，交通极便。山路蜿蜒，车行其间，四围都是清翠鲜艳的树木，真如置身在万绿丛中。草山比北投高，风景也比北投更来得幽清，我们上草山，憩息的时间不久，只在中央旅社里，解衣入浴，并在近处闲步游荡，领略了些自然景色，却已得到不少清静。

在草山虽然游历未畅，对北投却可以说是结缘很深。我们从台南回台北后，一连三天，都于夕阳影里，乘汽车登山，止宿"台北招待所"。北投旅社很多，都设有温泉浴室，也具着特殊的情趣。"台北招待所"是一种日本式建筑的房屋，屋并不大而位置得宜，远山近树，重峦叠翠，大好景物，都在眼前。推窗小视，但觉秀丽的山峰，像是陈列在窗外的几座彩屏；而小桥流水，细草浓荫，又像是天然点缀成的一种大盆景。在此中所能详细领受的，是"美"与"静"，久处尘嚣的人，一旦笼罩在这个环境里，确生"别有洞天"之感。

北投和草山的温泉，都是硫黄质，旅舍中有公共浴室，室内置池，男女各一，赤水微作蛋白色，略具硫味，另有自来水管，引冷水注入温泉，浴时便不觉灼肤。我们每天早晚，各试一次温泉浴，浴后再静憩片时，披熏当风，感到异常爽适。

北投之夜，固然有许多幽雅宜人的情调，但也有败人清兴的是蚊扰，又有壁虎，壁虎会叫，叫的声音很怪，在蚊虫的飞掠和壁虎的怪叫中，逼得人钻入大帐子里去。

所谓"大帐"，确乎大得很可观，台湾的旅舍，多数是"榻榻眠"，席地而卧（也有在榻榻眠上安床的）。到了夜间，女侍者便来铺被挂帐，帐为纱质或夏布，其幅度之大，至少占满了一个房间的中部。四壁有钩，钩住了幔的四角，这大幔便宕了起来（一端着地），不问室内住着两个人或三个人，都要"大帐同眠"，只是同帐不同被。

因为是"榻榻眠"的房屋，人们必须脱鞋，这件事在我们似乎感觉不惯。此外又有一桩苦事，厕所仍保留着日本式，不用马桶，而实行其"蹲坑"，使人为之腰里酸麻。我们戏称为"吃官司"，每天要吃一次官司，实在很难受，到了台省，只有在台中宾馆里，演过一次"马上"雄姿（抽水马桶），也仿佛是逃出官司，逢到了一次例外的大赦。

精神建设的重要性

台省人口不多，而物产饶富，地方平靖，因此"安居乐业"这四个字，在我国各省市，都一时做不到，谈不上，台省同胞，却已由"安"而可渐进于"乐"（民间很少失业分子，街头更看不见一个乞丐）。讲到地方治安，也不大成问题，所差的是近来小偷大盛，窃案甚多，这里面又有一个原因，以前在日人占据时期，对待窃盗，非常狠辣，即使只是一个窃贼，被捉住了，便押送到台省附近的"火烧岛"上去，投荒绝域，无望生还。光复以后，一切罪犯，当然要依法审办，不能再滥施苛暴的刑禁，于是善良自乐于守法，一部分宵小，却减少了忌惮的心理，免不了乘机活动。

台省物价，也在逐渐涨，但为了台币的折合率，不时提高，因此物价上涨，毕竟有一个相当的限度，不致像其他各省市这样，猛腾狂跳，一般生活，也就比较来得稳定（公务员薪给不高，依然是很清苦的，但所得到的实物配给，也似乎还能调剂一部分的生活）。若论币制统一，台币的独树异帜，是应该加以訾议的，可是从平民生计一方面看，却又在生活上和经济上暂时获得了一些补救，虽然终不是一个持久的办法。

大体言之，台省一切建设，已有了坚定的基础，只要从这个基础上再积极推进，前途自可乐观。如今所最感需要也最当重视的，是在事业上的建设和物质上的建设而外，更须加紧精神建设，我们可以说今日之下的台省物质建设，已入于进展时期，精神建设却尚在开始时期。提到精神建设，第一要让台省同胞能从意识上理解到，同时从事实上感觉到在时代转变中，任何问题，任何事件，决不再是被控制，被统治，而应当是一个合作的局面。由于合作而再造台湾，也由于合作而使整个台湾，对于祖国，在人力物力上，有绝大的贡献。

新闻同业握手言欢

光复后的台省，新闻事业，已在逐渐进展中。全省大型报纸，共有十一种，其间包括夜报两种，此外，还有通讯社，主持报务和编辑的都是具有相当资历的人。台北、台中、台南三市，都成立了记者公会和报业公会（此行未到台东，不知当地新闻界情形如何）。我们在短促的游程里，晤见了许多新闻同业，有的是老友，有的是神交，握手言欢，热情款洽，甚感到欣慰。

在台北，和报业公会理事长罗克典先生，记者公会理事长叶明勋先生，经济通讯社社长葛滋韬先生等，畅谈过好几次，在台中和台南，也和诸同业频相接触，知道台省新闻界，在光复后颇呈乐观气象，但要充分地发扬报业，打开销路，至少在短时期内，还有两重不易克服的困难。其一，是一般台胞的中文阅读程度，还觉得太浅，因此各报所拥有的读者，无形中就有了一个范围和限制，难以尽量地扩展，普遍地推动，简言之，是暂时无从深入民间，成为大众的读物。其二，是报纸虽得到配给，但配给量自有其限度，在纸张节约的条件下，报业受到牵制，只能保持着一种守势，无法猛进。纸荒阻碍了全国文化工作，更影响了各地新闻事业，台省当然也不能例外。

省府新闻处长林紫贵先生，本身也是一位新闻圈里的人物，处中人员，便有好几位业中老朋友。以前在上海历任各报记者的杨宗凯兄，是新闻处的秘书，积年阔别，海外重逢，彼此都觉得异常高兴，烦劳他做了一个导游者，陪着我们历经各地，在我们是得到了许多便利，在他于欣快之中，也就不辞辛苦。杨宗凯兄也许是个戏迷，在旅途中时常要哼几句，他自称是"留学生"（留声片上的自学成功者），我们也就戏言戏，戏呼他为"杨宗保"之兄。

努力于文化交流

前文虽然提到，报纸在台省还没有能成为普及民间的读物，可是知识阶级、职业阶级、工商局和政治文化两部门的工作人员，却不会忽视了每天必需的这一份精神食粮。他们于阅读本省报纸而外，同样深切欢迎着上海去的各家报纸，上海各报在台省都设有办事处，本报办事处主任王康兄对我说，论本报在台省的销路，尽有推广的可能，却苦于航机运报，数量上受到限制，眼前仅能应付定户，还是供不应求。这句话是很对的，我在台北，每日必至办事处，也每日必看到很多人临时要来购取本报，就为了在"供不应求"之下，只好由王康兄解释理由，婉言谢绝。

在台南，承当地记者公会，举行了一次欢迎茶会，我们觉得"欢迎"两字，实在不敢当，却因固辞不获，只得应召。在主人吴光勋先生（台南记者公会理事长）致词和我的答词中，都强调着台省地位的重要，并注重于台省和内地各省市的"文化交流"。

的确，在"文化交流"中，才能使台省同胞和内地各界人士，融成一片，共谋发展，而如何促进其交流，却需要文化工作者，尤其是新闻界，负着沟通之责。这正是我此行所得到的感想，关于《台岛归来》的记述，也甚愿以这一点浅薄的意见，作为全文的结束。

（1948 年 6 月 22 日至 7 月 4 日《新闻报》）

沪上酒食肆之比较：社会调查录之一

余为狼虎会员之一，当然有老饕资格。既取得老饕资格，而又久居沪滨，则于本埠各酒食肆，当然时时光顾。兹者《红杂志》增设社会调查录一栏，方在搜求材料，余因于大嚼之余，根据舌部总司令报告，拉杂书之，以实斯栏。值此春酒宴贺之际，或可供作东道主者之参考。然而口之于味，未必同嗜。余所论列，亦殊不能视为月旦之评也。沪上酒馆，昔时只有苏馆（苏馆大率为宁波人所开设，亦可称宁波馆。然与状元楼等专门宁波馆又自不同）京馆、广东馆、镇江馆四种。自光复以后，伟人政客遗老，杂居斯土。饕餮之风，因而大盛。旧有之酒馆，殊不足餍若辈之食欲，于是闽馆、川馆，乃应运而兴。今者闽菜川菜，势力日益膨胀，且夺京苏各菜之席矣。若就吾村人之食性，为概括的论调，则似以川菜为最佳，而闽菜次之，京菜又次之。苏菜镇江菜，失之平凡，不能出色。广东菜只能小吃，宵夜一客，鸭粥一碗，于深夜苦饥时偶一尝之，亦觉别有风味。至于整桌之筵席，殊不敢恭维。特在广东人食之，又未尝不大呼顶刮刮也。故菜之优劣，必以派别论，或欠平允。宜就一派之中，比较其高下，庶几有当，试再分别论之。

（甲）川菜馆

沪上川馆之开路先锋为醉沤，菜甚美而价奇昂。在民国元、二年间，宴客者非在醉沤不足称阔人。然醉沤卒以菜价过昂之故，不能吸收普通吃客，因而营业不振，遂以闭歇。继其后者，有都益处、陶乐春、美丽川菜馆、消闲别墅、大雅楼诸家。都益处发祥之地，在三马路（似在三马路广西路转角处，已不能确忆矣）。其初只楼面一间，专售小吃。烹调之美，冠绝一时，因是而生涯大盛。后又由一间楼面扩充至三间。越年余，迁入小花园，而场面始大。有院落一方，夏间售露天座，座客常满，亦各酒馆所未有也。然论其菜，则已不如在三马路时矣。陶乐春在川馆中资格亦老，颇宜于小吃。美丽之菜，有时精美绝伦，有时亦未见佳处。大约有熟人请客，可占便宜，如遇生客，则平平而已。消闲别墅，实今日川馆中之最佳者，所做菜皆别出心裁，味亦甚美，奶油冬瓜一味，尤脍炙人口。大雅楼先为镇江馆，嗣以折阅改组，乃易为川菜馆，菜尚佳。

（乙）闽菜馆

闽菜馆比较上视川菜馆为多，且颇有不出名之小馆子，为吾侪所不及知者。就其最著者言之，则为小有天、别有天、中有天、受有天、福禄馆诸家。大概"有天"二字，可谓闽菜馆中之特别商标。闽菜馆中若论资格，自以小有天为最老，声誉亦最广。清道人在日，有"天天小有天"之诗句，燕集之场，于斯为盛。若论菜味，固自不恶。然亦未必能遽执闽菜馆之牛耳也。别有天在小花园，地位颇佳，近虽已改组，由维扬人主其事，然其肴馔，仍是闽派。闻经理者为小有天之旧分子，借此别树一帜，则别有天之牌号，可谓名副其实矣。至于菜味，殊不亚于小有天，而价似较廉，八元一席之菜即颇丰美。中有天设于北四川路宝兴路口，而去年新开者，在闽菜馆中，可谓后进。地位亦颇偏仄，然营业甚佳，小有天颇受其影响。其原因由于侨沪日人，多嗜闽菜，小有天之座上客，几无日不有木屐儿郎。自中有天开设以后，此辈以地点关系，不必舍近就远（北四川路一带日侨最多），于是前辈先生之小有天，遂有一部分东洋主顾为中有天无形中夺去。余寓处距中有天最近，时常领教，觉菜殊不差，价亦颇廉。梅兰芳来沪，曾光顾中有天一次，见诸各小报。于是中有天之名，始渐为一般人所注意，足见梅王魔力之大也。受有天在爱而近路，门面一间，地方湫隘，只宜小酌，然菜亦尚佳。福禄馆在西门外，门面简陋，规模仄小，几如徽州面馆。但所用厨子，实善于做菜，自两元一桌之和菜，以至十余元一桌之筵席，皆甚精美。附近居人，趋之若鹜。此区区小馆，将来之发达，可预卜焉。余既谈闽菜馆，尤有一事，不能不为研究饮食者告。则以入闽菜馆，宜吃整桌，十余元者，八九元者，经酒馆中一定之配置，无论如何，大致不差。即小而至于两三元下席之便菜，亦均可吃，若零点则往往价昂而不得好菜。尝应友人之招，饮于小有天。主人略点五六味，皆非贵品，味亦不佳。而席中算账，竟在八元以上，不啻吃一整桌，论菜则不如整桌远甚。故余劝人入闽馆勿吃零点菜，实为经验之谈。凡属老吃客，当不以余言为谬也。

（丙）京馆

沪上京馆，其著名者为雅叙园、同兴楼、悦宾楼、会宾楼诸家。雅叙园开设最早，今尚得以老资格吸引一部分之老主顾。第论其营业，则其余各家，均以后来居上矣。小吃以悦宾楼为最佳。整桌酒菜，则推同兴楼为价廉物美。而生涯之盛，亦以此两家为最。华灯初上，裙屐偕来，后至者往往有向隅之憾。会宾楼为伶界之势力范围，伶人宴客，十九必在会宾楼，酒菜亦甚佳。特宴集者若非伶人而为生客，即不免减色耳。

（丁）苏馆

苏馆之最著名者为二马路之太和园，五马路之复兴园，法大马路之鸿运楼，平望街之福兴园。苏馆之优点，在筵席之定价较廉，而地位宽敞。故人家有喜庆事，或大举宴客至数十席者，多乐就之。若真以吃字为前提，则苏馆中之菜，可谓千篇一律，平淡无奇，殊不为吃客所喜。必欲加以比较，则复兴园似最胜，太和园平平。鸿运楼有时尚佳，有时甚劣。去年馆中同人叙餐，曾集于鸿运楼，定十元一桌，而酒菜多不满人意。甚至荤盆中之火腿，俱含臭味，大类徽馆中货色，尤为荒谬。福兴园于苏馆中为后起，菜亦未见佳处。顾余虽不甚喜食苏馆中酒菜，而亦有不能不加以赞美者，则以鱼翅一味，实以苏馆中之烹调为最合法，最入味，决无怒发冲冠之象。此则为其余各派酒馆所不及也。[1]

（戊）镇江馆

镇江馆之根据地，多在三马路。老半斋、新半斋，望衡对宇，可称工力悉敌。其余凡称为某某居者，亦多为镇江酒馆，特规模终不如半斋之大耳。镇江馆菜宜于小吃，肴蹄干丝，别饶风味，面点尤佳。迄今各镇江馆，无不兼售早点，可谓善用其长。唯堂倌之习气，实以镇江馆为最深。十有八九，都是一副尴尬面孔，令人不耐。然座中客如能操这块那块之方言，与之应答，则伺应亦较生客为稍优云。[2]

（己）广东馆

广东馆有大小之分：小者几于无处不有，而以北四川路及虹口一带为最多，大抵皆是宵夜及五角一客之公司大菜肴，实无记载之价值。大者为杏花楼，粤商大酒楼，东亚、大东、会儿楼诸家，比较的尚以杏花楼资格为最老，菜亦最佳。其余各家，则皆鲁卫之政，无从辨其优劣。盖广东菜有一大病，即可看而不可吃。论看则色彩颇佳，论吃则无论何

---

[1] 济群曰：独鹤所论，似偏于北市。以余所知，则南市尚有大码头之大醋楼，十六铺之大吉楼，所制诸菜，味尚不恶。

[2] 济群曰：余亦颇嗜镇江馆肴肉包子之风味，顾以堂老爷面目之可憎，辄望而却步。今阅独鹤此篇，足征镇江馆堂倌之冷遇顾客，乃其能事，且肴肉等价亦甚昂。然则吾辈，花钱购食，原在果腹，何必定赴镇江馆，受若辈仆斯之傲慢耶！

菜，只有一种味道，令人食之不生快感。即粤人盛称美品之信丰鸡，亦只觉其嫩而已，未见有何特别鲜味，此盖烹调之未得其法也。除以上所述诸家外，尚有广东路之竹生居，大新街之大新楼，南京路之宴庆楼等，则皆广东馆而介乎大小之间者，可列为中等。余则自邰以下，无足论矣。但北四川路崇明路转角处，有一广东馆，名味雅，规模不大，而屡闻友朋称道，谓其酒菜至佳，实在各广东馆之上。余未尝光顾，不敢以耳食之谈，据为定论，暇当前往一试也。

除上列各派之酒馆外，又有一品香之中国菜，则实脱胎于番菜，而又博采众派之长者。故不能指定为何派，大可称为番菜式的中国菜。此种番菜式的中国菜，强半出自任矜苹君之特定。菜味有特佳者，亦有平常者，不敢谓式式俱佳。唯论其色彩，则至为漂亮。菜之名称，亦甚新颖。有松坡牛肉者，为猪肚中实牛肉，几于每餐必具。云为蔡松坡之吃法，故有是名。可与东坡肉及李鸿章杂碎，并为美谈矣。闻尚有咖啡汤烧鸡蛋一种，不知定何名称，可谓特别之至。任君支配一切，煞费苦心。此大胆书生之小说点将录，所以拟之为铁扇子宋清也。（宁波同乡会之菜，颇似一品香，不知亦为任君所支配否？任亦同乡会之职员也。）一品香、大东、东亚三家，固为旅馆而并营酒菜业者。顾其余各大旅馆，亦当有大厨房，兼办筵席。旅馆中之菜，以振华为最佳。八元以上之整桌，其丰美实在各苏菜馆之上，即两元之和菜，亦甚可口，为其他各旅馆所不及。麦家圈之惠中，能做苏州船菜，然味殊平常，未见特色。酒馆旅馆以外，尚有包办筵席之厨子，亦不乏能手。以余所知，城中陶银楼，实为最佳。其次则为马荣记。陶所做菜，皆能别出心裁，异常精致，且浓淡酸咸，各有真味，至足令人叹美。唯烧鱼翅着腻过多，亦一缺点。马荣记之烹调方法，颇近于一品香，而味似转胜。舍陶马之外，则厨子虽多，皆碌碌无足称述。沪宁铁路同人会中，有一刘厨子，自号为闽派，余于路局员司中颇多戚友。刘厨子之菜，平日亦常领教，觉偶制数篇，味尚不恶，乃有一次某君宴客，由刘厨子承办，定酒菜为十二元一席，而所上各菜，直令人不能下箸。盖论味固咸淡失宜，论色尤令人望而生畏，不论何菜，俱作深黑色，汤尤污浊。每一菜至，座客皆不吃而笑，主人翁乃窘不可言。于此足见用厨子之不易也。

吾前所举自甲至己六种，实犹未足以尽沪上酒馆之派别。盖舍此六者外，尚有回教馆（以五马路之顺源馆及大新街之春华楼为最著名，菜亦尚佳）、徽馆（沪上徽馆最多，皆以面点为主，而兼售酒菜。就目前各家比较之，以四马路之民乐园及昼锦里之同庆园为稍胜，同庆园之鸡丝片儿汤，味颇佳）、南京馆（南京馆与教门馆颇似同属一系者，前春申楼即为南京馆中之最著名者。春申楼之烧鸭，肥美绝伦，为各家所未有）、天津馆等（天津馆前有至美斋，生涯颇盛。今则凡属天津馆，皆一间门面之小馆子，无复有场面阔大者矣）。顾其势力，实较薄弱，只可目为附庸之国，不足与诸大邦争霸也。吾以上所记虽派别不同，可统名之曰荤菜系，顾沪上之酒食肆，除荤菜系外，尚有两大系，曰番菜系，曰素菜系。试更论列之如次。

（一）番菜系

番菜系中，又可折而为二。一，真正番菜；二，中菜式的番菜。大抵各西洋旅馆中之番菜，皆为真正番菜，而市上所设之番菜馆，则皆中菜式的番菜也。论华人口味，对于其正番菜，皆不甚欢迎，宁取中外杂糅之菜，故此种中菜式的番菜，其势力乃独盛。真正番菜中，以沧洲旅馆之菜为最佳，礼查次之，余则均嫌其淡薄。且冬日苦寒，犹往往具冷食，更为华人所不惯。至华人所设之番菜馆，则以四马路之倚虹楼、大观楼为较胜，余如一枝香、岭南楼等，则皆卖老牌子而已。倚虹楼前在北四川路，以价廉物美著称于时，一元之公司大菜，可具菜六道，且必佐以布丁及罐头水果，布丁之制法极新奇。名目繁多，都非常见之品。自迁四马路后，价稍昂而菜亦稍称逊矣。然较诸其他各番菜馆，似尚高出一筹。侍者之酬应宾客，亦以倚虹楼为最周到。东亚、大东、一品香虽皆以番菜著，然不过卖一场面，论菜殊不见佳。一品香尤逊，忆某次宴集，菜仅五味，而猪排居其二，座客连啖猪肉，皆称奇不置。故余常谓一品香之番菜，乃远不如其中菜也。

（二）素菜系

沪上素菜馆，向只有三马路之禅悦斋、菜馨楼，皆不见佳。自功德林出，乃于素菜馆中，辟一新纪元。盖功德林主人欧阳君，礼佛茹素而又精于烹调，因自出心裁，制为种种精美之素菜。闻今日功德林之厨子，皆亲受欧阳君之训练者。故功德林之菜，如草菇茶及蒸素鹅等数味，实为其他各素菜馆所远不能及者也。然论功德林之性质，实可称为贵族式的素菜馆。每席菜非至十数元殆不可吃，若六元八元之菜，则真食之无味矣。即十数元一席之菜，或亦须研究人的问题。余尝赴欧阳君之宴，席间诸菜无不鲜美绝伦。顾后此复偕友人宴于功德林，菜价为十四元一席，不可谓非，而菜殊平平，远逊于主人请客时矣。至论各庙宇中之素菜，则以福田庵为最佳。净土庵（在宝山路）曩时甚好，今已渐不如前，若西门关帝庙之菜，直令人大喝酱油汤而已。

余论沪上酒馆，可于此告一终结。酒馆以外，尚有饭店、酒店、点心店三种。大马路与二马路间之饭店弄堂，为饭店之大本营，两正兴馆，彼此对峙，互争为老。其实亦如袜店之宏茂锠，酱肉店之陆稿荐，究不知孰为老牌也。饭店之门面座位，皆至隘陋，至污浊，顾论菜亦有独擅胜场处，大抵偏于浓厚，秃肺炒圈子实为此中道地货。闻清道人在日，每至正兴馆，可独啖秃肺九盆。天台山农之量，亦可五盆。余亦嗜秃肺，但于圈子（即猪肠）则不敢染指。顾施济群君，能大啖圈子，至于无数，殊令人惊服。（济群对于正兴馆，锡以嘉名曰六国饭店，亦颇有趣。）酒店之优劣，余实无品评之资格，盖醉乡佳趣，非余所能领略也。（但比较的似南市王恒豫之酒，视北市诸家为佳，因其酒味最醇。）点心店以五芳斋为最佳，先得楼之羊肉面，亦自具美味。特余不嗜羊肉，未见其妙耳。

济群曰：独鹤记上海各酒食肆，历历如数家珍。真不愧为狼虎会员哉。

（《红杂志》1922 年第 33—35 期）

一个吃的问题：筵席的改善

近来社会上各种事物，都说是革新，都说是改良，但是有一件事，却还依着历来相沿的老样子，始终没有革新，始终没有改良，这是很令人不解的。

我所说的是什么事情呢？便是交际场中所必不能免的宴会。我以为中国式的宴会，有两大弊病，必须设法革除的。一是时间上太不经济，二是卫生上太不讲究。

我这句话，绝对不是提倡吃西菜。西菜的烹调，无论如何不及中国筵席来得精美，来得入味。这是醉心欧化者，也无从否认的。不过中国筵席，虽然"够味"，总觉得样数太多，和吃法不合卫生。

如今先说第一点。中国式的宴会，每一桌筵席，大盆小碗，多则几十样，至少也有十几样。这几十样和十几样菜，再加点心甜食等类，慢慢儿一道一道地上来，其实满桌客人，吃得起劲的，不过前一半，至于后一半的肴馔，往往是胃中要容纳不下；声明挡驾了，只得大家略动一动筷，敷衍一下子门面。可是在事实上非把菜上完了不能散席。就实际论，岂非是虚费时间？而连带着也不免是虚费金钱，真是何苦。据我的意见，不妨将样数减少些，也用不着分出什么冷盆热炒大菜等等名目来，爽爽快快，弄个几样菜，一吃了事，岂不简捷？假使请的是什么贵客，主人怕肴馔不丰富，显着是省了钱不恭敬，也还有几个变通办法：

样数尽管少，物品却择其比较精贵的，譬如同样十数元或二十元一桌菜，就把这十数元或二十元用在五六样菜（至多八簋）上面，自然更觉其丰厚了。须知请客吃饭，毕竟不如上祭，何必定要摆满一桌子，只图好看而得不到实惠呢？

再讲到第二点。中国人吃酒席，直到如今，还不肯采用分食制，一碗菜上来，大家筷子羹匙，同时往碗中直送，筷子和羹匙上面，沾着各人口头的涎沫，无形中，就会在这碗菜里面，引渡到别人口中去了。如果是一碗汤，那么交通格外利便，侥幸同席的人，大家没有病，倒也不生问题。万一其中有个把患肺疾等传染病的，岂不使病菌得了一个大活动的机会。我想国人的肺病以及各种结核病，所以传染很广，同在一只碗里吃东西，也可以算是一个大原因。又何妨略加改良，照西菜的办法，将一样菜分作若干份，各人分食。实际上并无困难，不过厨子和上菜的人，手续上略觉麻烦些罢了。如今中国酒菜馆中，也有所谓"每人美"的吃法，就是分食。可惜终不能通行。

（《中华》第 2 期，1930 年 9 月出版）

第六辑 体育

远东运动会杂谈

这回远东运动会，中国各界前往参观的，真是举国若狂。较诸前次在沪举行的时候，人多了有好几倍。这些地方，足见社会很有进步。欧美各国，对于运动，都非常注意。所以养成一种尚武精神。倘然吾国社会，也能把各种赶热闹、逛游戏场的心理，渐移在这种有益的事情上面，那么于社会前途、国家前途，裨益不少。

看运动会有两种事最苦，但也觉得最乐。一件是喉咙差不多要喊破，一件是手掌一定拍得红肿。大约看见国旗一动，胜利的报告一到，没有一个人不兴奋的。这种兴奋的精神，就是立国的精神，不过一时的激刺，还没有用，须要平时锻炼才好。

昨天还有本埠各女学生联合游艺，差不多有千余人，颇为壮观。虽然表演的时间甚短，没见什么特长，但也足以表示吾国女界已有整齐精练的气概，可以一洗从前积弱之习，很可算得一种好现象。

（《新闻报》1921 年 6 月 2 日）

·严独鹤文集·

田径赛

远东运动会，已开了三天了。照这三天的报告，吾国选手，于球战甚占胜利。而田径赛和游泳，程度实在相差太远，成绩报告牌上，别人家有许多分数记着，而吾国常是一个圈或是一条杠子。别人的国旗，插得很热闹，而我们国旗却不见影子，这未免太扫兴了。

远东运动会的锦标，每一球类，各得其一。而田径赛和游泳，也只是各得其一。所以这次比赛的结果，吾国方面，就锦标论，预测起来，大约不弱。可是田径赛和游泳两项，成绩太差，总觉减色。因为田径赛毕竟是运动的中坚，而且讲到锻炼身体，似乎也以田径赛为比较的重要。

我所以这样说，并非长他人志气，减自己威风。要知道远东运动会最初举行的几次，吾国选手之于田径赛，也很出风头。近来所以比较落后，实在是平日少练习的缘故。所以平时少练习，不能专怪体育界，却与时局变乱和教育经费奇窘，都有关系。说来话长，限于篇幅，缓日再细谈罢。

（《新闻报》1927 年 8 月 30 日）

说几句外行话

我常听见练太极拳的人谈论，说是太极拳和别种拳术不同；别种拳术注重在和人对敌，至于太极拳，如果练到极精深的时候，也能以柔克刚，所向无敌，而其得益之道，却在锻炼身体，并不以好勇斗狠为目的。最近向恺然先生在《快活林》发表的《练太极拳的经验》，也是如此说法，我以为关于这一层，倒很有研究的价值。

我是个什么拳术都没有练过的人，对于拳术自然不敢置喙，但就我们门外汉的理想，觉得练拳术的目标，也须随时势为转移，不能再执着以前的成见。以前练拳术及各种武术，第一求其能制胜，其次也须足以自卫。讲到制胜一层，实在大有流弊，因为人人想制胜，便养成了好勇斗狠的风尚，充其极，遂使武术家演互分党派、互相嫉妒、互相残杀的惨剧。这是很不好的。便退一步，讲到自卫，也不甚合用于今世，须知在前没有火器，或火器虽有，而为用不广、制造不精之时，一个人只要练得武艺出神以入化，自可辟易千人，若论目前，手枪炸弹，几乎所在都有，空手练拳术，凭你功夫练得怎样深，血肉之躯，也总敌不过子弹。所以"自卫"二字，至多也只能说是相对的，不是绝对的。

因此之故，我想在现今练拳术，倒还是注重于筋骨，练身体、祛疾病最为有效。我很希望国内拳术家，研究出一种人人易学而可以强身的方法，仿佛与"柔软体操"一样，学校内可以采作体育教科，个人亦可以自由练习，岂不甚佳。但不知太极拳能否具有此种功用，这是要请教于内行的了。

（1930 年 3 月 26 日《新闻报》）

吾国选手的惨败

田径赛全军覆没

本届远东运动会开会，报纸的评论，民众的希冀，都深望吾国选手，能够努力奋斗，为国争光。不料消息传来，第一日开幕，吾国除棒球占得胜利以外，其余竟是全军覆没，眼看着人家打破纪录，自己竟至一分未得，连决赛权都失去，实在令人失望，令人气沮。

田径赛的情势，照历届远东会的历史，和此次开会以前各方面的预测看起来，已早知我国选手难占优胜，但也料不到如此惨败。足见吾国的体育，和人家比较，真是越差越远。这不但于国际光荣，大为减色，并且是很应警惕，很可忧惧的一件事。有人说我国对于田径赛，虽相形见绌，而球类尚有所长，或可挽回颓势，我却要说句老实不客气的话，觉得此种议论，也不过是聊以解嘲而已，须知依锦标计算，固然球类与田径赛游泳，同一可以夺得锦标，同一可以为国争光，而就其性质论，则球类都近乎以巧胜人，田径赛与游泳，却完全系实力的表现。目前的世界，国民非具有颠扑不破的实力，无以竞存，无以立足，所以实力欠缺，是很可慨、很可忧的。我这句话，似乎是说到运动的题目以外去了，然而国际联合运动会的本旨，也无非是表示各个民族的体格与力量。关于此点，自然有注意和研究的价值。

我国选手，所以失败，其原因大概不外二者，第一是缺少锻炼，第二是未能葆重。缺少锻炼，事实显然，已不必多所论列。讲到未能葆重，也是不可掩的弊病，即如本届远东运动会，吾国选手中成绩最优而为全国所属望的，莫如刘长春，乃竟以伤腿之故，以致短跑落选。临场伤腿，固属不幸，但是运动家的两条腿，何等重要，应如何葆爱，紧要关头，忽尔受伤，这也是很可太息的。我日前曾做过一则《为国珍重》的谈话，就是希望各位选手，格外注意身体上的种种培养与卫护。刘君的伤腿，虽是无可奈何之事，只能加以原谅和叹惜，但严格的论起来，刘君对于他的尊腿，未免少尽了些调护的责任。而负指导和训练选手之责者，对于刘君，也未免少尽了些调护的责任。

可是运动失败，也不能专责选手，犹诸作战，不幸师徒挠败，自有种种原因，其责任也不能专归诸沙场士卒。别国对于体育，是竭全国之力，随时随地，积极发展，实际上不知要耗去多少精神，多少经济，其进步自然可惊。试问吾国，讲到精神方面，经济方面，用之于教育的，只有几分之几？用之于体育的，更只有几分之几？平时不烧香，急来抱佛脚。要平空的和人家竞争，各位选手，到底不是天生的三头六臂，如何对付得过呢？因此之故，远东运动的失败，实在是全国各方面都应认定责任，都应自知惕厉的。

（1930 年 5 月 26 日《新闻报》）

体育界的好消息

昨天本报体育消息里面，载着两件事，一是乐华足球队，将赴欧美诸邦，与各地球队劲旅，为友谊的比赛，冀于技术方面，获收观摩之益；一是网球健将邱飞海君，已决意久居沪上，再图锻炼，期于第十届远东运动会中，获操胜算，一雪目前失败之耻。我以为这两件事，可以证明我国体育界，正在力求孟晋，不稍懈怠，确乎是一种好现象。

九届远东运动会，吾国所以失败，据参与诸君归国后的报告和演讲，都说是并非我国选手，没有进步，实在是别人家的进步太快，使我们有些赶不上。这句说话，确是实情。但我们的进步，何以赶不上人家，无非是锻炼的工夫过于欠缺之故。别人家是随时随地，都在那里用苦功，求精进，自然能有伟大的成绩。讲到我国，大概只有开会的时候，大家兴奋一阵子，等到会一开过，就渐渐地懈怠下来了。照此情形，如何能有长足的进步？我很希望体育界本身，对于此次的失败，有极深的刺激，与极大的苦练。那么别人虽跑得快，我们紧着脚步，也未必一定就赶不上去。

照上文所说的两事，是球类方面，已有努力的表示了。但不知田径赛方面，今后有无革新的组织和振奋的工作？我国田径赛的失败，甚于球类，这已是显然的事实。据一般人的观念，每届举行运动会，各种球赛，还很想和人家见个高低，至于田径赛，差不多在未曾交绥以前，已遭有望风而靡之象（游泳更不必说）。有人说如果长此以往，每况愈下，中国对于田径赛，必有全体弃权之一日。这虽是讥讽之词，但细想起来，中国田径赛的成绩，如斯其不振，实在是很可慨叹的。我前此已经说过，田径赛的优劣，正是国民实力的表现，因此之故，我更希望今后的运动界，对于田径赛，要格外努力，格外用功。而教育当局，以及体育团体中之负责者，尤其应当交换意见，集合力量，改进组织，积极训练，使田径赛一门，能够发扬蹈厉，赶紧振作起来。预备在第十届大会中，换一换空气，不要永远在成绩纪录表上，甘心享受这一个个的圆蛋。

（1930 年 6 月 22 日《新闻报》）

乐华不乐

对于体育界的悲观

我在乐华球员组织远征队，出发南洋的时候，曾于谈话中表示着无限的祝颂和靳望，认为这是吾国体育界前途发展的好现象。

可是乐华队的远征，竟不幸而失败了，又不幸而半途中止了。这失败与半途中止，其间原因复杂，困难滋多，固然不能怪着队员的不能努力。然而回国以后，乐华队员，一方面因为兴致阑珊，一方大约又不免意见分歧，竟致分裂。分裂以后，乐华旧有队员，虽然也费尽心思，另行改组，勉强成军，而实力较诸从前，相差太远，在球赛中完全失却优势。最近和葡萄牙队一战，竟致辙乱旗靡，师徒挠败。虽有足球大王李惠堂支持其间，也依然无能为力。以号称劲旅的乐华队，情势如此，这是多么可惜、多么可慨的事情呢？

以上的话，还是就乐华对本身讲，再为全国体育界着想，越发令人失望。历届远东运动会中，吾国于失败之中，还略占些面子的，只有足球和排球。而足球一项，向来是所向无敌的，最近这一次，也只和日本战了个平手。日人对于足球，频年苦练，已是突飞猛进，料想此后，必定格外着力。吾国球员，正宜团结一致，力求进步，方可以保持原来的荣誉，方可望下次的胜利。不料值此重要关头，忽呈涣散之象，假令自今以往，仍不能集中力量，合成一支生力军，为长足的进展，只怕将来国际运动中，格外没有吾国立足的地步了。因此之故，我们听见乐华失败的消息，实在有些令人不乐。

（1930 年 11 月 18 日《新闻报》）

第七辑 影剧

对戏园老板上条陈

中国戏园里面，真正可看的戏，不过后面一两出，其余前面的戏，全是敷衍时间而已，与其这样捉住看客在那里呆坐许多钟头，何不仿照影戏馆的办法，每夜（或是每日）只演两出戏，却指定时间，分两次演，让看客去了一班，再来一班。在看客方面，可以比较的不受时间束缚，在戏园方面，一夜可以卖两次满座，生意岂不格外好了？（并且可以少请蹩脚的角色，也省了开销。）

凡是一个角色，总有人捧，捧的时候，无非喝彩拍手。戏园老板，何妨定个规例，凡喝彩拍手，都须于戏价而外，征收附加税，如戏价一元，凡喝彩或拍手一次，须纳资一角，另外派了稽查，有漏税的倍罚。这笔进款，总算起来，一定不少。

如今戏园里生意好起来，往往卖台座，但台座都限于男子（女子坐在台上看戏的，从未见过）。这事情很不对。以后大可改良一下子，凡是台座，只卖女客（而且只卖年轻的女客，有年老而必要自认为年轻者听，横竖老太婆不比老头子，没有胡子等记号的），价钱须加三倍。我想那些好出风头的姨太太奶奶小姐们，一定要争先的买台座了。为什么呢？目前那些女客，名为看戏，其实他们的目的，都是要跑来给人家看。所以往往穿着奇奇怪怪的衣服，做出扭扭捏捏的身段，几乎要和台上的花衫比上一比。索性请他们上台去，给大家瞻仰瞻仰，岂不很好？

戏园里面若有法子安放着衣镜梳妆台，供女客使用，另外收费，包你生意大好。因为常有那些女客，一进了戏园，刚刚坐定，便忙不迭的从身边摸出小镜子小木梳粉纸三件东西来，把头发梳个不住，把面上搽个不止。大约他们生成了一桩脾气，是要到戏馆里来梳妆的。有了着衣镜梳妆台，他们就格外便利了。若再用个梳头娘姨，随时伺候，尤其大妙。

阔的女客，一进戏馆，必定附带着金茶壶、金水烟袋，或是喷银热水壶之类。面前摆得满满的，只嫌地方狭窄，不够陈列。我想若然每一个包厢内，安上一架玻璃厨（也另外收资），给他们陈设器皿，大约他们一定要把古董玉器金银器皿，一起拿来摆阔，（这样一来，戏园的包厢，成了银楼和大洋货店了）有几个或者连全副嫁妆，也要搬得来哩。

（《红杂志》1922 年第 44 期）

观《人心》影片后的感想

中国影片，尚在萌芽时代，以视外国，当然程度相差尚远。第年来各影片公司，方在力争上游，故比较的不可谓无显著之进步。最近大中华公司之《人心》影片，虽未尽善，殆亦中国影片中之甚有进步者矣。

此片大意系表演中国旧家庭及婚姻制度之不良，与夫社会间种种阶级之不平。剧情略谓有余自新者，为工厂主人余守礼之子，先与张丽英女士相恋爱，共居四年，已生子矣，而其父偏信媒妁之言，强迫其子另娶，甚至为代拟离婚广告，宣诸报章。丽英不自安，避地他去，自新亦愤而出走，访丽英不得，后经种种激刺，丽英与自新乃复归故乡。余翁亦深悔前此之固执，俾两人得复归于好，中间复加以聚众罢工等穿插。此剧就情节论，亦颇平淡，特其结构殊曲折有致，而演员之表演，颇能刻画入微，斯殆导演者之力也。

剧中主角自以饰张丽英之张织云女士为最出色。张丰姿韶秀，演剧亦甚静细，无穷幽怨，时于眉目间透露，表情绝佳。唯哭泣时微欠自然，眼泪用蜜，一望而知为伪作者。此或摄制影片之功夫，尚欠研究之过。其次为饰黄丙禹之王元龙，处处不失其为英俊少年之身份，而言语举止，又极诚朴；对于丽英，虽有爱慕之意，而始终不露纤毫轻薄之态，殊为难得。饰余自新之梅墅，亦极卖力，但举止转觉不甚沉着。着

散文卷

西装时，神气尚合，至第二幕穿中国衣服，于门外窃听其父与戚族谈婚事，为状太轻佻，且戴一中国小帽，而又向上微掀，此种形态，直有类于浮薄少年矣。中国影片内各种人材，尚可应用，唯小生一角，真有才难之叹。予历观各家影片，演小生之角，盖无一能令人满意者也。饰余翁之陆若严，神气尚合，微嫌过于板滞，假须发亦装得不甚合法，面像放大时颇觉难看。饰余月筠之徐素娥颇秀丽，表演亦尚能称职。

全剧所用背景甚好，夜景尤佳。论摄片时之取光，大约以此片及《弟弟》影片，为能超出乎前此各家所出影片之上矣。

既云中国影片，宜纯粹表演中国社会状况。而目前各家出片，都偏重欧化，此实为一种通病。《人心》剧亦未能免斯弊。深愿该公司后此制片，勿处处模仿西式也。

此剧有一特点，即善用衬托法。如张丽英女士寓楼对面之一对恋爱男女，中道化离，足予丽英以大好教训；余自新同寓之怪人，一生飘泊，客死异乡，遂使自新触发思归之念，皆别具深意，而安排得又极灵动。又自新与老父决绝离家之际，在车站中适见人家父子话别，叮咛不已，愈足引起伤心，此等处如妙手行文，非常深刻。

剧中滑稽处，亦极可取。如亲族来劝余翁，为自新撮合，中有一人独陈己意，不许他人说话，为状甚自然而又极能引人发噱。余如丽英教体操时，身畔堕下一洋囡囡，生徒哗笑，丽英踌躇无计，乃疾呼向后转，乘机拾取；自新至锦城访丽英，见途中妇女背影，疑为丽英而追及之，不意转身乃一绝丑之老妇。此等处皆生动有致。唯媒老爷之偷雪茄烟，与账房师爷之钻桌子，又近于时下新剧之所为，颇不足取。

字幕中误字颇多，甚至最重要之离婚广告，"脱离关系"误为"离脱关系"；又工头所典质者，明明为一短衫，而字幕上则书作"裤"。此等处虽属小疵，究嫌疏忽。宜加改正也。

（1924 年 10 月 12 日《新闻报》）

观《血泪碑》影剧后之我见

看影戏，要看有主义的影戏。没有主义的影戏，纵使戏里布景好，穿插多，也不过取快一时，终不能使人发生感想。但主义又不可太高，陈义太高的片子只能供一部分人的欣赏，不能得大多数观众的同情，其效力甚有限。最好是能切中时弊，对于社会现状，加以切实的批评，以引起看客的注意和兴奋。这一类剧本，在中国要推明星公司制得最多，而郑正秋先生导演的几本片子，如《小情人》《一个小工人》等，尤为有力量。郑先生的学问思想，无一不超人一等，宜其有此成绩。近来他又费了数月之力，导演了一本《血泪碑》，《血泪碑》原是十余年前的一本舞台剧，当时冯子和扮演此剧，曾轰动一时。沪滨人士，无有不知《血泪碑》为一言情悲剧。剧情对于旧家庭中婚姻制度之不良，社会背景之黑暗，赤裸裸地描写。今虽境过情迁，而社会背景之黑暗如故，婚姻制度之不良亦如故，正秋触目惊心，遂有摄制《血泪碑》影片的动议。片中情节，较剧中情节，已略有更改，唯其扼要处，仍在极力攻击旧礼教的作伪。平心论之，旧礼教固不可尽废，而其作伪之处，实在不能不打破。

《血泪碑》片中的主要角色，为石如玉、陆文卿及梁似珍、似宝姊妹四人。四人中尤以梁似宝为最难表演，盖以时人模仿旧家闺秀，稍有不慎，便要露出马脚。阮玲玉饰梁似宝，一举一动，无不酷肖剧中人。这固然是阮玲玉的聪明处，然非正秋的导演细心，恐亦不容易到此地步。

（1927 年 9 月 18 日《新闻报》）

·散文卷·

艺术与吃饭

读了欧阳予倩《国民剧场的经过》，凭空使我增了许多感慨。"艺术与文学，始终当不了饭吃。""甚么全别管，吃饭就完了。"这是何等沉痛的话。天天空口说白话，要提倡艺术，要提倡真善美的艺术，然而不解决这吃饭问题，光是说提倡，却绝对的不中用。

年来艺术界消沉极了，非但出类拔萃光芒万丈的作品，不容易出现，便是普遍看得过，在水平线左右的作品，也如凤毛麟角，很少很少。难道我们中国人生来没有艺术的天才么？生性不欢喜研究艺术么？不是不是。无非艺术不能当饭吃，要吃饭就只有胡乱敷衍，把艺术两个字抛诸脑后了。

凡是属于艺术的，一要有天才，二要有研究。天才不用说，研究却非得有长期的时间不可。有了长期时间的研究，才有精心结构的作品。可是在这长期的时间中，不能饿着肚子来操心，不能抛弃家庭，使一家老小没饭吃，没衣穿。所以结果便成了"研究艺术，便没有饭吃，要吃饭，便谈不到什么艺术"。尽有许多富于艺术天才，很可以希望大成的，为了这吃饭问题，只落得随波逐流，埋没了他的天才了。这是何等可痛的情形啊！

（1927年10月12日《新闻报》）

电影界的京剧化

外国的事情，往往有了一种新势力，旧势力便渐渐消灭。中国却不然。就是有新势力发生，而旧势力依然存在，不易动摇。非但不易动摇，久而久之，或者新势力仍为旧势力所征服。这种情形，不必用什么大题目来说，就拿上海戏剧界的现状，比较一下子，就可以知道了。

在民国四五年间，上海的新剧，风行一时，大家都说旧剧要渐渐地消沉了。可是不到几时，新剧的风头就此衰退，又不到几时，演新剧的人，竟颠倒模仿旧剧，变成不新不旧非驴非马。这样一来，格外失其立足点了。近几年来，电影事业，又风起云涌，大家都说电影如发达到了极点，似乎旧剧没有受着什么电影的影响，而电影倒反感受了旧剧化。出的新片子，大多数都取材于旧时舞台上所演的弹词戏、神怪戏、武生戏、花旦戏。既然如此，大家纵看电影，纵看了电影而极口说好，也就觉得和看京戏的味儿差不多。那么这一个新势力到底算战胜旧势力，还是为旧势力所战胜，真有些难讲了。

旧思想、旧艺术，真有颠扑不破的力量么？这个疑问，原也值得考虑。平心而论，像旧剧中的唱功做工，的确也有一种不易磨灭的精神。（乏角儿自然谈不到）但是旧剧自有旧剧的精神，电影也自有电影的精神。只要各把自己的精神表现出来就是了，何必闹来闹去，还是要同走一条道路呢？

（1927 年 11 月 1 日《新闻报》）

对于昆剧的几句外行话

昨晚俞振飞、张某良、吴我尊诸君，为组织昆剧新乐府，在岭南楼邀宴海上文艺界及新闻界，来宾甚众，当场演说的，也有好几位。可惜我坐位离得过远，听不清楚。宴罢归来，约略把我的感想，写几句在下面。

经济学家常有一句话，道是恶货币驱逐良货币。讲到艺术，亦复如是。艺术上面，虽然不能冠以恶字，但比较风雅些的艺术，其势力一定敌不过庸俗的，所以昆剧的势力，远不如皮黄，即就皮黄而论，以前很好的旧剧本，也渐渐地要敌不过那些新流行的本头戏（《狸猫换太子》等一派）。所谓曲高和寡，这是一定的道理。因为戏剧是要供民众娱乐的，如其和民众的观念及程度，相去太远，实际上便不容易发达。

这回发起组织新乐府的，都是几位昆剧名家，对于剧务方面，本其经验，见诸实施，成绩一定非常之好。不过我有一点儿小小贡献，就是希望诸君一方面维持风雅，一方面却又要略加变通，使之从通俗这一条路上走。（通俗是使一般人都能了解的意思，与粗犷恶劣，专务趋时，又有不同。否则昆剧场中，也大卖野人头，就不成其为昆剧了。）第一，戏词最好能加以修改，不要过于典雅（过于典雅，只好专供文人欣赏，断难受普通民众欢迎）。第二，昆剧的做工，十分细腻，这原是一种优点，但如揩鼻头、踱方步等太旧而近于酸气的动作，似乎可以减少。第三，昆剧照例不甚讲究行头背景，但亦不可过于草率破旧，使观众不能提起精神。我对于昆曲，完全是门外汉，以上所说，自知都是外行话。不过老内行听了，或者也觉得有几分可采咧。

（1927 年 12 月 11 日《新闻报》）

南国归来的感想

我和老友瘦鹃等几个人，对于上海各爱美剧社的话剧，可算是有一种特嗜的，每逢话剧公演，无论如何，非去一看不可。因为我们的感想，这一类的白话剧，演得好，固然值得欣赏和研究，就是演得不好，也多少总有一点儿意味，不比那些胡调的新剧，令人不敢承教。

这一回南国剧社公演，我又忙里偷闲，去看了几出戏。就我那夜所看的戏而论，以《湖上的悲剧》为最，《苏州夜话》次之，《名优之死》又次之，《古潭里的声音》与《最后的假面》两剧，未尝没有深意，演的人也未尝不卖力，但总觉过于沉闷，恐不易得一般人的了解。我这一夜看了南国剧社的戏，又发生了两种对于戏剧的感觉，且分别写在下面。

第一，我觉得戏剧原系一种艺术，艺术是有天才的。这天晚上的演员，如那位唐叔明女士，真是一个富于天才的角色，她表演三个角色，《苏州夜话》中饰女郎：活泼处活泼到极点，悲哀处又悲哀到极点。（观众对于此剧，下泪者很多）实在是任何剧场上所难得看见的。继饰《名优之死》中的小玉兰，虽是个配角，一举一动，一言一语，也恰到好处。最后饰《湖上的悲剧》中的兄弟，换了男装，却又是天真烂漫，又纯熟，又热烈，又贴切。她连演三剧，无一不佳，足见其天才之高，超越常人。其余如左明君、小丑、唐槐秋君，也是幕幕出场，幕幕有精彩。又如洪深君，他扮演"名优"，虽说是临时加入，但演来非常神妙，愤慨抑塞之气，溢于眉宇，宛然是一个牢骚不得志的名优，更非具有艺术上天才者不办。

第二，我觉得就演员各个人论，不可不具有天才，可是就戏剧的本身论，却毕竟非全部人员排练到十分精熟，不宜轻易登场。像这晚演的《名优之死》，便远不及去年我们在艺术大学所见的来得精神饱满。这大约是登场以前，各个角色没有预先排练的缘故。听说王尼南女士，也是临场参加的，所以她在此剧中的表演，远不如去年所见扮演刘凤仙的那位女士。而全剧中也就减少精彩。但是王女士在《湖上的悲剧》中饰女主角白薇，却又表演得非常深切，博得全场赞赏。同是她一个人，而前后两剧，程度相去如是之处，足见演剧又不可徒恃天才，非有充分的排练，不能讨好。

最后我们还有一句话，就是研究艺术和赚钱，原是两件事。大概艺术越好，越不能卖钱，像田汉君和他许多同志，在穷苦艰难中，为艺术而奋斗，这是我们很佩服他的。一方面希望他继续努力，底于成功。一方面又希望爱好艺术的人，对于他们加以实力上或精神上的资助，使良好的艺术，不至于常为经济所困，而缩短其发展的能力。

（1928 年 12 月 22 日《新闻报》）

票界与伶界

平时和懂戏的朋友讨论戏剧，因而及于伶界和票友的比较，有的说伶界的造诣一定胜于票友，有的说票友的功夫往往转胜于伶界。这两种说法，自然各有理由。

主张前一说的，道是伶界的唱戏，是以戏为职业的，所以拜师坐科，非经过几年苦功，不能出道。等到登台以后，又须处处留心，丝毫不敢放松。至于票友的唱戏，不过是个玩意账，哪里及得伶界的认真呢？

主张后一说的，道是伶界唱戏，唯其是以戏为职业，有些地方，就要兼顾到饭碗问题，不能专在艺术上研究。唱工表演，只求迎合观众的心理，便谈不到如何高深，如何精美。至于票友的唱戏，是很自由的，转可以不徇俗见，独求深造。哪怕白雪阳春，曲高和寡，也自无动于心，所以就艺术的本身论，反能得到无限制的进步。以上两说，也未敢断定其孰为真确，不过就我个人的感想，觉得票友唱戏，深一层说，是提倡艺术；浅一层说，借此消遣，也不失为正当的娱乐。所以票友和伶界，原是各有地位，尽可互相提携，以求戏剧前途之发展；正不必斤斤较一日之短长，连"内行"和"外行"的名词，都似乎界限式分明了。

（《上海画报》第 534 期，1929 年 12 月 6 日出版）

国产有声电影之第一声

自从有声电影盛行以后，中国电影观众，便起了一种感想，觉得舶来品的有声影片，因为其中的歌唱和对白，在中国人方面，即使通晓西文的，也未必尽人能完全听得清楚，更未必尽人能彻底了解。声音听不清楚，意义不尽了解，当然就减少兴趣，因此之故，颇望国产影片，也能注重于有声的出品，将中国各种音乐戏曲，都融化于影片之中，使爱观国产影片者，不折不扣，能"极试听之娱"。这趣味便格外浓厚了。可是摄制有声影片，不但需费太巨，论其手续之繁重，制片之困难，实在比无声影片，不知要多加若干倍的责任，多花若干倍的心血。所以历时许久，国产各影片公司，对于有声影片，虽屡经尝试，都还没有相当的成绩。直到如今，才有这样一张《歌女红牡丹》出世，算是国产有声影片中的第一声。

《歌女红牡丹》是民众影片公司的出品，民众影片公司，是明星百代两公司合组的。这一部影片，也就是双方合作成功的第一步。讲到他们摄制这张影片，历时至半载有余，需费至十万金以上，自编剧导演收音摄影以至全体演员，参加人才至百余人，当然可以说是皇皇巨制。而其中还有两种特点，第一，剧本的编排，虽由庄正平先生一人主编，但在未摄制之先，当事者为格外慎重起见，曾遍请文艺界同人，共同商酌，经过许多次的剧务会议，经过许多人的讨论修改，才将剧本决定。鄙人也是被邀参加会议的一分子，因此深知其详。第二，声音的支配，民众公司，因为这一部影片，既是国产有声影片中的第一声，便不肯草率从事，致贻美中不足之讥。关于灌音制片两种工作，屡经研究，屡经试验，其间将已制成的片子，为了试音欠准，毁去更作，共有四次。即此一端，牺牲资本，已不在少数。直至最后，觉得发音很准确，很清楚，很洪亮了，才肯全部制成，择期公映。

至于这部影片的成绩，以及特殊的优点，开映以后，自有观众的公评。我既用不着先为之介绍，更不愿替他们为过分的宣传。不过我觉得民众公司的主持者，能具有决心，为国产影片前途辟一新纪元，确乎不可多得。这是很值得我们赞许的。

（《歌女红牡丹特刊》，1931 年 4 月出版）

电影与都市

都市是罪恶的渊薮，这是人人知道的。但是都市是否能免于罪恶，却是一个很难解答的问题。因为都市当然是繁华的，而造成繁华的元素，老实说便是"饮食男女""声色货利"。那么我们竟可以肯定地说，都市既离不了繁华，就离不了罪恶。

要使人减少罪恶，减少苦痛，最好是禁人勿入都市。但这件事情，如何能做得到？都市中容纳着许多的职业，供给着许多人的生活，除了终其身荷锄戴笠，耕田力作的老农夫而外，谁能不入都市？没有法子，只好对于人们，常常加以一种指导，使他们有所感化，有所觉悟，知道都市中很多陷阱，不要踏下去。这倒是普度众生、超升天堂的一件功德。

可是这件功德，不是用严厉的教训，或"讲道式"的工作，可以做得到的。严厉的教训，和"讲道式"的工作，只是正面文章，有时虽可得着一点儿相当的效果，有时却非独无效，反足引起人们心理上的畏惮和厌恶。畏惮了，厌恶了，那里还能够感悟？所以我们最好于正面文章以外，兼做侧面文章。所谓侧面文章，便是利用都市人们所嗜好的事物，一方面尽量引起他们的兴趣，一方面却给予他们一种深切的暗示，或富于刺激性的警觉。

都市人们的嗜好电影，早已中外一辙了。所以在电影中进行以上所说暗示或警觉的工作，必能于无形中收着很伟大的效果。试把最近大家所盛称的卓别林影片《城市之光》，作为比例，我们觉得这张影片中，描写都市的虚伪，人情的变幻，而给予观众的暗示或警觉，其功用实远出于牧师讲道之上。这就是电影的效力，也就是电影节所应负的使命。

民众公司的新出品《如此天堂》，我们可以承认主其事者，是了解电影的使命，而要在这张有声片上，充分表现其电影的效力。单就这一点而论，已很足引起观众的同情和赞叹了。

（《〈如此天堂〉特刊》，1931 年 10 月 10 日出版）

谈《啼笑因缘》影片

明星影片公司的《啼笑因缘》影片，已经摄制成功，于本月廿六日在南京大戏院公映了。我因为张恨水先生所著的《啼笑因缘》小说刊载于《快活林》，而根据小说改编剧本的工作又由我担任，所以在公映伊始，把编剧的动机和经过，写在下面。

《啼笑因缘》在《快活林》刊载的期间，已是轰动一时，后来经三友书社发印了单行本，格外"万人传诵"，成了一部销行最盛、吸引力最大的小说。有一次周剑云君偶然和我谈起，说张恨水先生，大约平素是很喜欢看电影的，所以他这部小说，在描写和叙述方面，很含着些电影化，如果演诸银幕，一定能得到观众的欣赏。我对于剑云的说话，很以为然，后来便由明星公司直接致函恨水，将编剧的问题，征求他的同意。恨水也欣然答应。不多几时，恨水到上海来了，剑云和明星公司中的几位主干，张石川、郑正秋诸君，和他晤面之后，就把这事情谈妥。同时又得到三友书社方面的许可，于是《啼笑因缘》的摄制权，便正式归与明星公司。

明星公司，既定下了摄制《啼笑因缘》影片的计划，石川和剑云就商量以编剧的责任，嘱诸于我。他们的意思，是因为我于《快活林》发稿的时候，在这部小说上面，已费了好几次整理和校订的工夫，当然比较的算是对于《啼笑因缘》的内容，研究得最熟的一个了。如今再根据小说原本，改编为电影剧，大概不致再有什么错误。这个理解，我也可以承认。但我自问编剧的经验很浅，而且拿别人的小说来编作剧本，须要处处不失其原来的精意，也许比自己的创作，更不容易。因此对于编剧这件事，虽然勉力担任，却提出了两个条件。第一，全剧的结构和一切连贯的线索，都须依据原书，不能只图演剧上的利便，而多所变动。第二，剧本编成而后，必须请明星"剧本编辑部"诸同人，公开讨论，有什么不对的地方，须要不客气地指点和修改，以期其完善。

这两个条件讲明以后，我便开始我的编剧工作。一半也许是我编剧的艺术太拙劣之故，一半也是格外慎重，未敢草率从事。所以全部剧本，足足费了一个多月的时间，才得告竣。中间又经过许多人参加意见，共同研讨，一共修改过三次，方始全体决定。因此这一部剧本，虽然出于我个人之手，却也可说是"合作成功"。其间石川、正秋、剑云、洪深、步高、瘦鹃、苏凤、叔寒诸君，都屡次参加会议，加以精密的研究，和详细的讨论。这是我对于诸君，应当表示感谢的。

剧本编成而后，石川先生主张此书既以北平为背景，为表现真相起见，不能不到北平去实地摄制，于是在去年冬间，石川、洪深、步高诸君，便又偕同全部演员，和摄影技师，带了美国新来的摄影机械，亲赴北平，滞留了足有一月之久。这一个月的时间，是专用于摄制外景的，费了巨大的资本，经过许多烦难的手续。临时又得到恨水的指导和协助，才把全部影片，摄制成功。所以这部影片的好坏，自当在公映以后，听诸观众的公评，我们不敢自己先大吹大擂；然而在事实上，却已使全部工作人员，耗了无数的心血，费了很大的气力了。

又此剧原拟摄制无声片，后来经明星同人议定，为引起观众兴趣起见，因于每一集中（全剧共分数集）加入有声有色者各一本。国产有声片，近来已风行一时，而有色片尚为创见。我因此附带地报告一声。

（1932 年 6 月 19 日《新闻报》）

银幕上的意识

电影在艺术上占重要之位置，此为举世所公认。盖天壤间一切可歌可泣可喜可愕之事，文字语言所不能状述者，电影得于一刹那间尽揭之银幕而无遗，使观众对之凝神一志，自起内心之共鸣。故能于潜移默化之间，转变社会，针砭世俗，其功效自为任何道德法律所不及。

今者新华影业公司采取红羊豪侠之故事，搬演于银幕，写洪杨韦石诸先民民族革命之行动，似火似荼，有声有色。所以发扬风气、挽回人心者，不遗余力，的是有价值之作品。

满清时代，以专制淫威，颠倒黑白，竭其种种反宣传之工作，于是父老谈及洪杨往事，与一般民众以恶劣之印象甚深。汪仲贤君既为共舞台编成《红羊豪侠传》舞台剧，藉优孟之衣冠，表先民之侠迹，开演以来，轰动社会。兹新华公司复有此影片之摄制，服装背景，较诸舞台剧尤为逼真，宣传力之宏大，自不言可喻。特刊发行，善琨先生索稿于予，爱乐志数言，藉补余白。

（《〈红羊豪侠传〉特刊》，1935 年 2 月 2 日出版）

观《西施》剧后

上海剧院公演《西施》乐剧，我在试演的那一天，已经将全剧都看过了。我对于戏剧，简直是个门外汉，不敢有所批评，但据我个人的观察，觉得此剧的演出，虽也还有若干可以商榷之点，而就大体论，剧情既很紧张，表演和歌舞方面，也具有不少精彩。这不能不说是导演者和几个主要演员，都有相当的成功。

《西施》虽是历史戏，但就意识上讲，却是针对现时代的一服药剂。

所谓针对现时代，并不是指利用女色这一点，利用女色，行使美人计，这原是封建时代的旧思想，大家所应当注意的，便是越国所以在覆败之后，还能复仇雪耻全靠在朝的君臣，在野的民众，乃至弱女子，都能抱着同仇敌忾的观念，都能为国牺牲。这确是今日之下，大家应当懔念的一种教训。

眼前的事，不能说，不可说，只好领受一点历史上的教训。这真是很可怜了。但历史上的教训，也至少可以使人感奋，使人振作，那么像这一类戏剧，的确有排演的价值。

不过看了《西施》剧以后，另外又引起两个感想。其一越王勾践，前半篇文章，是忍辱负重，但后半篇文章是怎样？不可不细细地看一看，细细地想一想。不要口中唱着"师法勾践"，而结果只学了前半篇文章，抛却了后半篇文章，那就糟了。其二，勾践所以沼吴，是因为在越国方面生聚教训，步步前进；在吴国方面，却是骄奢淫佚，不理政事，才会轻易地将局面翻了转来。假令吴国依然励精图治，越国却反而苟安逸乐，这一出历史戏又将如何结局，这是抚今怀古，便令人为之悚然了。

（1935 年 9 月 28 日《新闻报》）

观剧的感想

这几天晚上，接连看了几次话剧，觉得从戏剧的本身上说，《日出》一剧，很能给予观众以深刻的印象。从表演的技术上说，《大雷雨》中的赵丹，《日出》中的凤子，都有极大的成功。此外另有若干感想，拉杂写出来，也可以说是对戏剧界的一些小贡献。

其一，用外国剧本，改编成中国剧的，演出时都很纯熟，也很有精彩。用外国原来的剧本，同时又以外国人的装束和外国人的姿态演出的，除了少数具有演剧天才或富于舞台经验的角色外，其余的人，不是动作欠自然，就是态度不免呆滞。这样便使全剧为之减色。因此我觉得此后编剧者，如果要采用外国剧本，还是酌取原意，改编成中国剧，比较来得容易合拍。

其二，剧中的对白，必须生动而贴切，在表演中加入一大段"演讲式"的言词，颇失却了戏剧的趣味。尤其是一个人在台上自言自语，像旧剧中的"背弓"一般，噜噜苏苏，说上一大堆，这在观众心理上，不像是来看戏，简直像上课。岂非十分沉闷。（自言自语，表示个人内心所蕴藏着的情绪，在必要时当然难以避免，外国剧本中也有之。但所说的话，到底是愈短愈好。）《日出》的妙处，就是绝不用"演讲式"的剧词，而只在各个人的对白中，以极轻松的调子，显露着各方的情态，与全剧的意旨，使人自然领会，自然感动。这是很值得研究的。

其三，近来有好几出话剧，都以自杀为全剧的结束。这虽然是反映着社会的黑暗与封建制度的罪恶，但就我个人的意见，总认为对于现时代不甚相宜；对于必须在奋斗中求生存的中国，更不相宜。眼前的文艺作品和戏剧很应该启示着大众以光明的途径，唤起其坚强的意识（固然这个光明是不容易得到的），不可一味引到消极的这条路上去。

（1937 年 2 月 6 日《新闻报》）

昆剧会演声中的感想与建议

《十五贯》的演出，的确将昆剧救活了，不但救活而且生气蓬勃，在百花齐放中，从老树上呈现出枝头烂漫的景象来了。九月下旬苏州举行一次盛况空前的会演，现在上海又要举行更大规模的观摩会演。

我从小就爱看昆剧，数十年来，对昆剧常感到兴趣。因此，作为一个昆剧的爱好者，想趁着昆剧已由冷静而转为热闹的这个时机中，来一个建议，那就是说要发扬昆剧，必须加紧做好普及工作。现在各方面对于培养昆剧的新生力量，从而扩大后备队伍，对于整理旧藏曲本，从而发掘优秀传统剧目等等，都已着手进行，有些部分，也已表现了相当成绩。可是，对于如何能使昆剧的演出，不止于专供"观摩"而能为广大群众所接受这一个问题，似乎还只在研究、讨论的阶段中，并未展开实际工作。普及工作，当然不止一端，但最主要的只怕是在昆剧演出时的唱词——昆剧的曲文上面，还须下一番修改的功夫。谁都不能否认昆剧的表演和音调，都是极其优美的，具有充分的艺术性和吸引力，但昆剧何以始终只局限于一部分中层以上知识分子的欣赏而不能像京剧和各种地方戏那样，普遍地受到广大群众的欢迎呢？最大的原因，仍在于唱词太文雅了，实在使人听不懂，非但听不懂，即使在演出时采取了便利观众的方式，另用幻灯片从字幕上映出唱词来，也至少要读过一些线装书，对古典文学有一些门路的人，才能一目了然，一般观众却还是难以领略甚至会完全看不懂的。固然看戏可以看情节、看身段、看舞蹈姿势和各种表演，就是讲到听，也可以听腔调、听道白，不一定在唱词上要求声入心通，但唱词毕竟等于剧中人的语言而且是主要的语言，语言不懂而只看表演，只听腔调，即使不至于索然无味，也必然会减少兴趣。既不能鼓动大众的兴趣，又如何谈得到普及呢？所以，昆剧曲文的需要酌量修改，从典雅而趋于通俗化，正是值得商榷的。

当然，要修改昆剧曲文，不是对文学有高度修养，对昆剧有精深研究，同时又通晓音律的人，决不能担当这个责任；但事实上昆剧的曲文也并非不可能修改的。改编后的《十五贯》，全部唱词已较原本改易了大半，演员却唱得很好，观众也感到很好，这就是最显明的例子。我因此敢说：昆曲名家和昆曲艺人极宜和其他文艺工作者相结合，大家集中力量，来从事于修改曲文的工作，使之适合于一般群众的水平也适合于一般群众的胃口，否则，昆剧的领域总还是拓不开，放不大的。

　　这里又必须说明一下：我所以要建议修改昆剧曲文，是专从处理演出这个角度上出发，希望在原有基础上，择其可改者或需要改者而改之，并不是说昆剧可以完全脱离原来的流传已久的许多曲本，另外自搞一套。

（1956 年 11 月 4 日《解放日报》）

第八辑　人物

吊清道人

清道人死了，一般人都很叹惜，说是从此少了一个大书家了。我道清道人的可敬处倒不在字，却在他的肯写字。为什么呢？清道人的字，固然风行一时，其实很有许多人不十分赞成他。至于他这么一个人，就是写字为活，不问世事，倒真不愧这一个清字。

我为什么说这样的话呢？因为现在我们眼光中的前清遗老，大概可分为三派。一派是拉着一条大辫子，死活不知地在那里做复辟梦；一派是首阳薇蕨，早已精光，便借着遗老头衔，半推半就，摇身一变，又化为民国的大官，嘴里却还要说出许多像煞有介事的话来。还有一派，也不复辟，也不做官，好像真守着遗老的资格了，但是他们的行为，却格外来得可丑。凭着一支笔，诌几首高调的歪诗，成日价歌功颂德，谁得志就捧谁，简直是清客的变相。所以如今的人，听见遗老两字，没有一个不皱眉的。独有清道人，鬻书自给，别无所求，倒算得个纯粹的遗老。迥非那些牛神蛇鬼可比。况且他自己并无妻子，而卖字的钱，都赡养族人，每年万余金的收入，弄得来依旧身后萧条。这种地方，无论讲新道德，讲旧道德，都不能不称为贤者。

（1920 年 9 月 20 日《新闻报》）

哀刘鸿声

刘鸿声三个字的大招牌，还挂在戏园门口；刘鸿声三个字的大广告，还登在各家报上，但是这位刘鸿声，却已寂然无声了。从前有句戏台上的联语，叫做"上场终有下场时"，这位刘老板，却是"上场已是下场时"，也算得是歌场中的剧变了。

刘鸿声的"呜呼",的确应该写作"於戏"。他死的那一晚戏目是《完璧归赵》,仿佛含有"归真返璞"的意思。第二晚预定的戏目,又是《目莲救母》,阴曹地府,现身说法,更好像是一种预兆。

刘鸿声既死,从此剧场中,再找不出第一等的好须生了。这也是顾曲家的不幸。我国近来,无论哪一种的人才,都是日见凋落,便是菊部盛衰,也就很系人感慨哩。

(1921 年 3 月 12 日《新闻报》)

哀老博士

伍老博士(伍廷芳)死了。平常的人,一朝溘逝,旁人闻得他的噩耗,无非哀悼一番就是了。唯有伍老博士一死,似乎令人发生一种惊奇的心理,因为他老先生平日自称要活到一百岁,后来又说不但可以活二百岁,简直万无死理。他自己说得很有把握,人家听了他的话,也觉得此公意志坚强,精神矍铄,纵不能说不死,总去死很远。不料刚传病讯,便来死耗。难道是天定胜人?老博士究竟拗不过阎王么。

老博士又喜欢研究灵学,他最后的通电,还说是要"再研灵学",我想他如今一死,倒可以由研究而更进一步变为实地调查了。他这回一到鬼国,那许多鬼友,一定开会欢迎。他老先生又不知有多少滑稽的演说。(老博士的演说,往往参以滑稽,有趣得狠。)可惜如今中国的灵学,还没有十分发达,毕竟人鬼殊途,老博士此后的鬼生涯,就没有人能知道了。但是那灵学杂志上,将来定要设法添些新材料,这是可以预料的。

老博士临死,忽然想"息影家园"(电文中的话),我想他如果早早的息影家园,颐养天和,或者还不至于死哩。讲到这里,觉得老博士也有些可怜。

梅兰芳

梅兰芳在北京出风头，到上海出风头，前年到日本，更大出风头，这回到香港，又大出特出其风头。如今中国各种人物，要真能博得中西人士竭诚欢迎的，恐怕只有梅兰芳一人了。为梅兰芳计，固然足以自豪，为中国计，除了伶界而外，竟再没有轰动全球的出色人才，未免有些惭愧。

我前天和一个滑稽朋友谈起，他说中国要举总统，还是举梅兰芳顶好。这有三种理由。第一层是讲脸面。如今中国那些够得上总统资格的人物，没有一个不是红眉绿眼，狰狞可怖，要找一个平头整脸的，都不容易，别说是好脸子了。只有梅兰芳，是个著名的美人儿，做了总统，大家一定欢迎。生气的也不生气了，捣乱的也不捣乱了，岂非是天下太平？第二层是讲艺术。目前这些大老，一上了台，决不能唱好戏，不是荒腔走板，就是手忙脚乱，总得砸了完事。倒不如梅兰芳，登台之后，只有人鼓掌，没有人喝倒彩，岂不独擅胜场？第三层是讲感情。现在无论何种人物，有了同党，必定有敌党。同党的捧他，敌党的就要挤他。不如梅兰芳，不问走到那里，都有人捧场。纵有几个人骂他的也还是少数，并且不过骂几句算了，总不至于有甚深仇宿怨，生死相拼。做了总统，一定可以安然无事。

有人说梅兰芳只会唱戏，做了总统，国家大事，怎么能办？我道不要紧。他手底下参谋、秘书、侍从、武官、财政总长，一切人等，色色俱全。大家左辅右弼起来，真觉得人才济济，比办什么事都来得赤胆忠心哩。

吊李涵秋先生

我昨天一到馆，就接着一种不幸的消息，并且一定是文字界中，共认为大不幸的消息。这消息是什么，就是"涵秋"死矣。

本馆所接关于涵秋的死耗，共有两种，现在分别记在下面。

一、本馆访员来函云："江都李涵秋，为当代著名小说家。先生生平著作，遐迩欢迎。昕夕埋头，握管构思，颇费心力。今年五秩初度，精神较逊往日。然对于著作，仍无片刻闲。讵昨夜（阳历五月十三夜）由外间乘人力车回家，神色顿觉惨淡，家人扶之登榻，俄顷间即已逝世。无疾而终，闻者莫不惋惜。"

二、枕流君投稿云："小说家李涵秋君，于五月十三日晚，一跌逝世。"

照以上两种消息，述涵秋已死的情形不同，但都说定他已死。而且日期相合，似乎不致虚妄。至于本馆所接涵秋来稿，还是五月十三日发的，十三日以后，并未直接收到李宅方面发来的信件。所以还无从证实。

涵秋一死，凡是看过他著作的人，无论识与不识，自然同深悲悼，但是讲到涵秋的令人惋惜处，实不仅在文字而在人品。他的性情，十分和蔼，他的与人接物，又十分谦恭，真是近今不多见的人物。（不知道他的人，只见他小说上描写世情，异常深刻，往往疑他是轻薄尖刻一流人，那真是大大的误会了。）我和涵秋文字知交，瞬经十载，前年他来沪任时报馆编辑，虽然彼此事忙，不大相见，但是偶然见着，必定要谈上两三小时，而且都是肺腑之言，掬以相示。记得他临行的那一晚，我去送他，他还和我谈了好久，无非说风尘肮脏，文字苦辛。谈吐间很露着牢骚抑郁之气。当时直谈到深夜，才依依而别。不料如今噩耗传来，竟成永诀。我在编辑室灯下，检点他的残稿，真有无穷的悲感。

前年扬州方面，也曾发生谣言，说涵秋已死。所以本馆今天虽然接到以上两种报告，还有些将信将疑。现在已发电到扬州去询问，俟有复电，再报告阅者。但愿他噩耗非真，平安无恙。那么我们这些文坛同志，大家都要额手称庆了。

（1923 年 5 月 16 日《新闻报》）

吊许指严先生

涵秋死了，没有几时，指严的噩耗，倒又传布了。这真是小说界的不幸。我才做了吊涵秋的一篇文字，不多时又要来吊指严了。这又算得是我笔墨上的大不幸。

指严以文字驰名当世，已十余年，可称得是小说界和文学界中一个前辈了。近几年来，我因为我所编的报纸和杂志中，常要去征求他的作品，所以和他时常晤谈，彼此互引为文字知己。在他未死以前的一星期，他有信给我，说患了一个尾疽，来势颇重，延医诊治后稍愈，不知能否免于别生枝节。隔了几天，又为别的事，来了一封信（距离他死的日期不过三四天），信中却没提起病情。我问那送信人，说是病还没好，却也无甚大碍。谁知不上几天，他已经一瞑不视了。人生如朝露，真令人有无穷感喟。

指严身后，境况极为萧条，赖同乡之力，才得草草殡殓。他有子女各五，最大的儿子，不过十五岁。（某报说留学日本不确）如今有许多《快活林》同志，正拟合力资助，对于死者，尽些同文的义务。我想凡和指严有交谊的，对于此说，一定是很赞成的。

（1923 年 8 月 19 日《新闻报》）

说绿牡丹 ①

老友澹盒，著名是绿党中的党魁。他平日捧绿的色彩，是很浓的，但是平心而论，绿牡丹确有可捧的资格，在后起的花衫中，当然要算是一个不可多得的人才了。

绿的扮相，娇小玲珑，确可当得一个美字，做工也很细腻，颇能体贴戏情，这是他天资聪颖之故。

近年来的绿牡丹，比初到上海的时候，老练得多了，足见他肯用心求进步。我常对澹盒说，绿牡丹总得进京一次，伶人进京，差不多和学生出洋一般，名誉和艺术两方面，大概都可以得些益处。澹盒也很以为然。如今绿果然进京了，听说登台的成绩很好，而且新近又拜王瑶卿为师，以绿牡丹的美质，再加名师指教，将来的造诣，自然愈加精深了。

绿牡丹见了人，仍是一片天真，并无丝毫伶人的习气，这也是很难得的。

绿又从澹盒研习文字，他的字写得很有可观，今年夏间，曾为我写一把扇子，字学澹盒，颇得其似。近来伶人，都能研求文艺，这也是一种好现象。

（1923 年 12 月 9 日《金钢钻》）

---

① 绿牡丹原名黄玉麟，京剧男旦。

吊汪汉溪先生

汪汉溪先生，病了十多个月，其间剧变过好几次，也痊愈过好几次，凡属友朋，都希望他能逐渐康复，不料他到底一病不起，已于昨日下午六时一刻作古了。

一个人无论寿数修短，终有一死。但是汪汉溪先生之死，顿令人起一种很深的悲戚，这也不但是本馆同人，和他共事日久，友谊较深，所以惋惜他，哀悼他；凡是和他相识而深知他情性和行为的人，大约也无人不惋惜他，哀悼他。因为他的确是一个忠实而又勤苦自励的人，在目前社会中，可以说是不易多得的了。

汪汉溪先生在社会上所表示的成绩，不止于本馆，却是以服务本馆之日为最长。他在本馆任事二十六年，差不多没有一天，没有一刻，不把全副精神放在报上。本报得有今日，他所耗的心血，所费的力量，着实不少。并且他在这群言混乱政局纷纭的时候，能始终和全馆同人，同心一致，保持着这无党无偏的宗旨，不为任何方面所利用，不受任何势力之压迫，征诸公论，却也无不认为他是报界中很有远识、很有毅力的了。

（1924 年 11 月 6 日《新闻报》）

十年感旧录

汪汉溪先生之死，引起一般社会之悼叹，堕泪者初不仅友朋已也。今日为先生举殡之日，同人因发行特刊，借资纪念。予与先生同事十年，情感既孚，景仰尤切，是不可以无言，爰追想先生之言行，拉杂记之。嗟乎，人之云亡，悲何能已，缅怀往事，益不胜高山流水之感矣。

先生之言

本馆编辑部在三楼，经理室则在二楼，予等非有事不恒入经理室，而先生则无日不至编辑部，与诸同人纵谈一切。以故十年来所聆先生谈话，苟欲一一笔之于纸，虽盈篇累牍不能尽，顾使予最不能忘者，则有三次。其一，为予入本馆之第一日，先是予与先生哲嗣伯奇兄共事于中华书局之英文部，时海上小说杂志方盛行，予于公余，辄为谐文小说，寄各杂志社，特藉兹遣兴而已，初不欲以卖文为活也。一日，伯奇忽转述先生意，云馆中主编文艺者，已以事离职，欲以斯席相委。予踟蹰未即答，伯奇又谓，先生颇思与予一语，姑俟相见后再商榷可也。予诺之，即夕偕伯奇谒先生，是为予识先生之始。予初意此为第一次之访谒，即接谈亦必无多语，而先生乃一见如故，即殷殷以编辑事相委。且云如欲扩充篇幅，或更易体例，一切听君而行，尔时本馆文艺栏，颜为"庄谐丛录"。先生虑此称不甚引人注意，谓须别易一名，予略加思索，即以"快活林"对。先生为首肯，即顾伯奇，令导予入编辑室治事。翌日，《快活林》遂出现于本馆。予此时已心服先生待人之朴诚，与处事之坚决矣。第二次则为洪宪帝制时代，威焰方炽，全国骚然，先生乃语予，谓："本报号称舆论中心，值此时局，逐日所刊评论，愈为外间所重视。今者新评一已有浩然主之，吾意将以新评二嘱君，君其毋辞。"予以执笔为政论，或多拘束，非若谐著小说之嬉笑怒骂，皆成文章，可以任意为之，因逊谢不遑。先生遽正色曰："君勿误为此中或有困难也。本报宗旨，无党无偏，凡属同人，皆有极端之言论自由，君第试为之，日久当知吾言之不谬矣。"予深感先生之诚意，遂不复辞。后此每属笔为文，但觉此无党无偏四字，深印于脑际。予才识浅薄，文尤不足重，亦但期无负先生之意而已。第三次则为去年之春，先生频频语予，谓今日中国之大病，在教育不甚发达，教育所以不发达，其原因至多，而舆论界对于教育计划，未能为尽量之贡献，对于教育事业，未能为充分之宣传，若严格的言之，亦为放弃责任。本馆地位，既已继长增高，宜更谋所以应教育界之需求者，始足以尽言论家之天职，君执教鞭于各校者有年，当略知教育界之趋势，能助吾划策否。予乃献议特辟《教育新闻》一栏，谓仅仅有此，虽不敢云如何尽力于教育，但姑借兹为起点，徐图扩展，终当为教育界稍尽其环流之助也。先生颇韪予言，即嘱予与潘君竞民主其事，此又足征先生之思想及其眼光，亦甚注重于社会之改进，初非专为一时一隅之计也。

先生之行

先生之为人，其足以引起人之敬仰心而为社会之模范者，约有四端：曰勤，曰俭，曰廉介，曰坦白。先生每日上午即莅馆，夜深始已，虽祁寒盛暑弗辍也。尝因本馆新装印模，虑印刷时或未尽妥善也。乃于深夜三时驱车来馆，躬自监视，达旦方罢。时值隆冬，冒风雪往来，不以为苦，于此见先生之勤。先生平日，不御华服，偶制新衣，到馆后辄易之，恒于室中置袍二袭，一绛色缎夹袍，而前后心已敝，以玄色缎补缀之，为状殊怪。一蓝绉纱袍，双袖均破烂，棉絮累累下垂，如秋深之败叶，而先生辄御之以治事，以对客，夷然不以为意。今日者，先生逝矣，而此两衣实可为永久之纪念品，于此见先生之俭。先生在前清时，尝为县宰，治繁邑，廉正不阿，入报界后，持躬尤谨，每值公众宴会，与稔友遇，谈笑甚欢。间有政界中人，就而与言，则三五语后辄默然相对，或竟避去。先生尝语予，谓办报者不独馆中经济，须永远独立，未可受人牵掣，即个人交谊，亦应审慎，政客官僚，宜少接近。否则即无其他关系，但空言请托，已不胜其烦。洁身自好，有如是者。于此见先生之廉介。先生对于友朋或有不满，直言无隐，而他人有所辩白，合于事理者，先生亦深加容纳，初未尝坚持己见，流于刚愎。故遇事辄能推诚相与，绝无扞格不通之弊。同事某君，尽力于馆务者有年，勤劳素著，会先生以事误会，偶致微词，某君即据理抗争，声色俱厉，而先生俟其词毕，竟恍然悟，急敛容谢过，自此益重视某君，虚衷从善，胸无城府。于此见先生之坦白。

先生往者意气甚壮，处理馆务，虽鞠躬尽瘁，而口不言劳。顾近年来亦稍稍衰矣，尝慨然谓予曰：吾辈共事，实多劳苦，即以予论，毕生心力，已完全牺牲于新闻报馆中，比来须发已斑，饮食顿减，亦颇知事烦之为累也。予恒以他语慰之，不意先生果积劳致疾，竟以不起。小楼寒夜，涉笔及此，犹想见先生从容谈论时也。呜呼伤已。

（1924 年 12 月 7 日《新闻报》）

挽毕倚虹

缔交近十年，文字因缘，忍看清波成逝水。

归魂悲一夕，家庭苦恼，独留孤影伴银灯。

予与倚虹，缔交日久，文酒宴叙之场，时相晤对。倚虹风流倜傥，雅擅时誉，而所作小说诗词，乃至报端小评，亦无不清新俊逸，文如其人。予与朋辈语，恒推倚虹为文坛唯一健将，且可谓多才多艺。顾倚虹丰于才而啬于遇，其家庭之苦恼（此为倚虹所著小说，然而倚虹之家庭，诚苦恼极矣），与环境之窘迫，殆有非人所能堪者。而倚虹于是乎病，于是乎死矣。春初倚虹病稍瘥，而消瘦特甚，友朋相见，频劝节劳，倚虹勉颔其首，顾眉宇间若重有忧者。知其困于经济者深矣。未几以书抵予，谓将创刊《银灯》杂志，嘱予为之揄扬。此为倚虹与予通函之最后一次。今者倚虹殁而《银灯》亦敛，伤哉。年来曾为文以吊李涵秋吊许指严，文场故旧，渐见凋零。倚虹之死，又弱一个。殊令人兴无限之悲感。且三人之处境不同，而身后萧条之惨况，正复相似。长才薄命，古今同概。涉笔及此，益不胜其黄垆之痛已。

（1926 年 5 月 22 日《新闻报》）

吊朱葆三先生

今之世求完人其难，而朱葆三先生不可谓非完人。盖终其身未尝有失德也。先生不独为商界巨子，尤热心教育，旁及于种种公益事业。故沪人士之于先生，咸敬之爱之。以先生之所为，与作伪欺世徒负虚声者不同，与厚殖势力唯我独尊者尤不同。然则先生之死，其动人哀感固自有在也。

先生任本报董事二十余年，往者新闻事业，犹是萌芽时代，而先生指导之，赞助之，俾得积极进行。其热忱尤足推许。此本馆同人对于先生之溘逝，所以怆然动念，愈不能不表示其哀悼也。

（1926年9月3日《新闻报》）

吊李平书先生

今年海上耆宿，先后谢世的，已有好几位，颇足令人慨叹。而尤其引起一般社会，同声怆悼的，便是李平书先生，也因老病不支，遽归道山。

李平书先生的声望事业，这是大家知道的，盖棺论定，人无间言。也用不着多说。可是吾人属后辈，对于李先生，有不能不肃然起敬的，却因为李先生的一生，确守着一个三不主义，很足以昭示来兹，资为取法。

李先生的三不主义，第一是不做官。李先生在壮年时，也曾做过官的，自从为了一桩教案，力争主权，罢官以后，便自誓永不做官。自前清以至今日，对于公共事业，可算得鞠躬尽瘁，而始终不肯身入政界，猎取高官厚禄。这就足见得他的志趣卓绝。第二是不要钱。李先生所担任的职务，所创立的机关，所引导的团体，二十年来，大大小小，可以说是多不胜计了。如果他有丝毫为利之心，那么李先生在上海，早已可以成一富翁。可是他始终以廉节自矢，直到今日，除了收藏着许多书画而外，真可算是两袖清风，一尘不染。这又足见得他的人格高尚。第三是不投机。李先生一生所做的事，都是十分切实的，并不抱什么风头主义。至于迎合时势，取巧权位，那更是绝对没有的事。这更足见得他的宗旨坚定。

不但如此，就李先生的生平事迹而论，对于革命事业，也着实尽过一番力量。辛亥光复，李先生因为众望所归，在上海主持一切，不能不说是有功。癸丑以后，又为北政府所忌，曾做过一次海外逋客。暮年去国，历尽艰辛。近年以来，也只为民众服务，从未受过军阀的利用。所以在青天白日之下，依然博得当局相当的倚重、群众相当的信仰。总之我不敢恭维李先生，说他是什么伟人，然而李先生确可以称得是一个完人。居今之世，伟人固然不易得，完人只怕更难觅了。

（1927 年 12 月 19 日《新闻报》）

哀沈商耆先生

沈商耆先生道德文章，都为当世所钦仰，不幸于车轮之下，惨遭横死。"马路如虎口，当中不可走"。如今他所走的，并非是"马路中"，而在"马路旁"，却也不能脱离虎口。行路之难，至于如此，还有何话可说呢？

现在关于沈先生被撞致死案，已在涉讼。业经辩论终结，不知如何宣判，如何结局。但是无论如何，沈先生的一命，已经无辜地牺牲了。纵使得到相当的赔偿，死者已不可复生。为私人计，一家之哭，哀动行路；为社会计，失一贤者，更值得大众同声悼惜。上海马路上，汽车下的冤鬼，每天不知要增加多少。沈先生不幸而为其中之一，惨死非命，在与沈先生有交谊，或虽无交谊而平时景仰其为人的，自然十分震骇。至于在阎王判官眼光中看起来，大概也不过是冤鬼录上多添一笔账罢了，又算得什么大事呢？

依理案情没有终结，我们在新闻记者的立场上，不应轻加评论。况且我们虽然悼惜沈先生，而在沈先生被撞之际，并未在场目击，也就不能坚决指定沈先生之死，应由被告方面负如何责任。不过被告律师的辩护中，有一句话，说"沈先生是否因被撞身死，或因病亡故，未经西医剖验，难以证明"。未免说得有些近于滑稽了。沈先生曾否经西医剖验，我们也不得而知。可是他头上明明撞了一个大洞在那里，若说是病，请问头上这一个大洞，到底算是什么病？

（1929 年 12 月 6 日《新闻报》）

追悼袁观澜先生

永久纪念宜办一义务小学

今天各教育团体各各公团，在职工教育馆为袁观澜先生举行追悼会。鄙人与袁观澜先生，有师弟之谊，可是袁先生的许多友朋，许多弟子，许多同志，所以要追悼他，纪念他，都完全是为公谊而不为私交。换句话说，便是袁先生之死，是在社会方面，公众事业方面，觉得很可痛，很可惜。决不止是私人情谊上，对于他抱着一种悲哀而已。

袁先生的学业、德行、志节，已使大家脑海中，留有很深的印象，并且这次追悼会筹备会中，已刊布着他的事略和小传。本文限于篇幅，毋庸多赘。我以为袁先生生前最足令人称道，死后最足令人感念的，共有两点。第一点，他虽然年纪大了，却决不是老朽分子。记得我们这班同学，从他受业的时候，还在前清光绪年间。那时帝制的威焰，还是十分厉害，而我们所肄业的广方言馆，又是一个官立的学校，官气十足，监察很严。可是袁先生在校中所做的文章，所发的言论，已处处表示着革命精神，发挥着民族主义。卒以此遭当局之忌。袁先生也便见机而去。即此一端，足见袁先生的思想，在早年已是趋于革新的，偏于锐进的。至于后来他尽瘁于教育事业者数十年，其行动与言论，尤为世人所共见，在在都从新的轨道上，努力前进。自始至终，从未有丝毫落伍的现象。第二点，他不仅淡于利荣，厌弃功名，并且随时随事，都是为国家和公众着想，都是求其于国家和公众有益。绝对不为己谋，也绝对不曾存着封建思想，扶植个人的势力。所以他在教育方面，虽然有悠久的历史，为一时物望所归，但是要在教育界中，找出几个"袁党"和"袁派"来，是决乎不会有的。因此之故，他听到有人加以"学阀"两字的徽号，他也并不深辩，只笑着对人说："袁某对于这个尊称，倒有些受宠若惊，因为我的字典中，向来没有这样一个阀字。"

至于袁先生最近十年来，一力提倡义务教育，这实在是救国大计，并非扯着一种旗号，博得一时喧闹的。义务教育，没有大成功，可算是袁先生一生的大缺憾。方惟一先生提议追悼袁先生，与其徒事无谓的铺张，不如集款筑一路，建一亭，或是办一小学，较有价值。这个提倡，已很博得一般人的同情，但是据我的意见，筑路建亭虽说是永久的纪念，论其实际，也还不过是死后的虚荣，无大裨益。不如集资办义务学校，就命名为"观澜小学"，一方面可以纪念袁先生，一方面也算在义务教育上，尽了一部分的力量。就目前而论，对于义务教育，只有做得一事是一事，进得一步是一步。袁先生九京有知，也许还能掀髯颔首，表示许可哩。

（1930 年 9 月 28 日《新闻报》）

挽袁观澜师

论德行称贤人，论志节是完人，横流沧海，谁继薪传？忍教木坏山颓，岂独及门增私德。

为学子培元气，为邦家扶正气，极目中原，徒嗟板荡。漫说世衰道变，终留遗爱付公评。

（1930 年 9 月 28 日《新闻报》）

挽袁寒云先生

灯前顾曲，樽畔论文，雅集擅风流。十载知交成幻梦。

故旧凋零，词坛寂寞，浮生同电逝。中年哀乐竟伤人。

（1931 年 4 月 18 日《新闻报》）

悼文公达先生

我昨天早晨，还未起床，一个仆妇就来对我说，陈达哉先生刚有电话来，道是报馆中的文公达先生，于半夜中去世了。我听见了这个噩耗，惊得呆住了，半响说不出话来。因为公达平时体格十分壮硕，并且健于饮啖，毫无病痛，昨天晚上，还照常到馆办公，怎么好端端的一个人，半夜回去，就会与世长辞呢？

我急忙起身，驱车到文家，已听见一片哭声，十分悲惨。后来晤见公达的内弟费叔迁先生，告诉我一切情状，才知公达于夜间二时回家，边吃了两碗粥、三枚新会橙毫无异态，到了四时，忽然大嗽同时觉得小便甚急，汗出如浑面色大变，等到他夫人把他从圊桶上扶起来，已经呼吸急促，连忙打电话找医生。等得医生到，他已是脉搏停止气息全无，就此一瞑不视了。

我近来因为编辑夜报，做的是日间工作，公达却依旧担任夜间工作。所以向来朝夕聚首的同事，竟有好些时不曾晤面。在十天以前，公达偶尔因事来馆较早，便和我谈起，说他亲戚中有一位女太太，就是费叔迁君的夫人，上一天晚间七点钟，还好好地在文家吃了晚饭回去，不料一到天明，讣音已至。这位女太太，便在夜间去世。公达说完了这一段话，便道"人生真如朝露"，言下不胜慨叹。谁知十天以后，他自己也就去世。而且去世的情形，竟和这位女太太一样的快。"人生朝露"为别人太息者，不料自己也竟成语谶，言之可伤。

公达邃于旧学，记忆力尤强。本馆同人，都称之为博学，对于他十分佩服。他和熟朋友谈话，常带些幽默的意味，每夜公毕回家时，总含笑说："归道山去了。"同人听惯了，也不以为意，讵料前夜掷笔而去，竟实应了"归道山"这一句话呢！

我年来多病，日见消瘦，公达颇为我担忧，又因为我遵守医生的嘱咐，节制食欲，甚表示反对，说他自己胆气很壮，从来不怕生病，就是有些小病也从不请教医生。以一个体力很强、胆气很壮、素来无病的人，而于一刹那间就撒手尘寰，人事反常，真令人充满了悲观。

（1933 年 3 月 26 日《新闻报》）

吊金柳篨先生 ①

常为本林撰述文稿的金柳篨先生逝世了。我想凡是本林读者，以及

① 金煦生，字柳篨，《新闻报》主笔。

平日对于金先生有文字因缘的，听见这个噩耗，一定要为之悼叹。

金先生在以前曾两度主持本馆笔政，最近几年来，退居休养，得闲仍时时将作品在本林披露。他对于国学，有很深的研究。至于他的文字，处处注意在道德方面，他又是个回教的信徒，所以处处以矫正世俗挽救人心为主旨。我们在他的作品中，可以见到他的一片苦心。

金先生虽然已是六十七岁了，但平时体气很健，有时知己相逢，谈起话来，滔滔不绝。朋友都佩服他的精神充足。到去年才略露衰象。今年春间，他还到杭州各地遨游山水，有好几篇游记，在本林发表。同时又有信给我，说终日伏案，未免太苦，趁此佳日，宜出外一游，略抒胸臆。我很感谢他的好意，又觉得他游兴，如此浓厚，身体也一定十分健旺，倒颇为他欣慰。

到了八月间，金先生因为病喘，到南京去疗养。十一月五日，又写了一封信、一篇《自述》，和《别本报同人诗》《别阅报诸君诗》各一首。除了《自述》和《别阅报诸君诗》，是他人代抄的，来信和《别本报同人诗》，却还是他自己的亲笔。他的信上，嘱我接到了他的噩耗，就将原文在本林披露。我当时接到他的信，觉得十分伤感。但总希望他能够逐渐痊愈，不至于一病不起。

后来他又写过一封信给我。（信是别人写的，由他自己签名。）说居然"转危为安"，我听了很是快慰，但不多几日，又来一信，却说病势依然不佳，只怕危在旦夕。昨天我早晨到馆，南京来的讣电，却已放在案头了。十余年文字知交，就此一别千古。人生如梦，真令人有无穷的悼叹。

金先生自述文中，对于民国成立后重入政界，自认为"失节"。这在他是服官前清的人，当然和我们的感想不同，认识也不同。但这是死者的遗笔，我只有照刊出来，表示他个人的志趣，不容增减一字。又在金先生最后一封信中，还提到他别本馆同人诗内，第一句"辛苦精神"

四字，改为"辛苦艰难"，并且要在这一句之下，加注"指在新闻报馆而言"八个字，原诗因制版不便添注，因此附带在这里声述一下，以存其真。

（1933 年 12 月 2 日《新闻报》）

悼史量才师

史师量才，在全国舆论界，视为中心人物，在社会上也可以称为中心人物。如今于杭沪归途中，突遭袭击，遽尔殒命。这是史氏的不幸，也就是舆论界和社会的不幸。噩耗传来，一般人都为之惊悼骇叹。我既附于门弟子之列，自更多悲感。

史师在三十年前，曾一度任制造局（后改兵工厂）广方言馆（后改兵工学校）化学教师。当时学者对于济世实用的学术，都还不甚讲求。史师独具着革新的志趣，勖勉同门，注重科学。他对于全校学生，态度极诚恳，上课时讲解又极明晰。理化一科，在初学时，往往感觉到很烦难而又似乎很枯燥的。但史师的讲授，却旁征博引，有时就近取譬，庄谐并作，使人自然而然会引动兴趣。因此博得全校的信仰与爱护。后来史师因创办他种事业辞去教职，我也为了生活问题，远离母校，从此便互相暌隔。近二十年，我虽执笔于新闻界，但和史师晤面的时候很少，未能随时请益，而回想当年，讲堂受教的情态，还如在目前。脑海中却永永忘不了这一重深刻的印象。

史师一生，除主持舆论事业而外，同时又为公众努力。一二八战役，和许多同志，组织上海市地方维持会，救济难民，充实军需。对于地方，甚多劳绩。年来教育局、实业界、金融界，以及各项文化机关，得到史师的赞助或倡导，因而发展的，更不在少数。今竟死于狙击，原因何在，实在难以索解。世途荆棘，虽明哲也无从保身，这是尤其使人慨叹的了。

（1934年11月15日《新闻报》）

悼马星驰先生

凡是本林的读者，总还记得以前《快活林》中，常披露着署名"星"字的插画，这种插画在当时很博得人赞许，这就是马星驰先生的作品。

讽刺画在目前已很盛行，但在从前，报纸上和其他刊物上，刊着讽刺画并不多，马星驰先生的作品，却别创一种，可以说是讽刺画的老前辈。马先生不但长于作画，也深通文墨，又很健谈，出言吐语，很含着些幽默的意味。他在年纪并不很大的时候，已蓄着长须，态度也颇为幽默，在不知道他的人，看着他那副神气，或许以为他有些秉性古怪。其实他却是个很有风趣也很有见地的人物。

马先生在本报除担任插画而外，又兼着广告编校部主任的职务。他在本馆任职十余年，始终是勤于工作。到了民十八年，他因为年老多病才辞职回家休养。（他的本乡在山东济宁）我们还很希望他能恢复健康，再来馆任事。不料前天接到他家属的来电，说马先生已归道山，真是一个不幸的消息。

本馆同人，接到了他的噩耗以后，都一致悼叹。尤其是我，觉得这样一个十余年的老同事，遽尔永别，更有一种特殊的悲哀。料想读者诸君，在前几年天天看到他的插画，脑海里深深留着他作品的印象的。一定也要表示同情，引起悲感。

（1934年12月24日《新闻报》）

哀阮玲玉

在艾霞自杀以后，电影明星阮玲玉又服毒惨死了。这实在是电影界一种重大的损失。社会人士，和一般影迷，听见了这个"玉殒"的噩耗，当然无不悼叹，无不惋惜。阮玲玉是三月八日死的，适逢妇女节，忽然发生了这样一个不幸的事件，断送了一个为环境而牺牲的妇女。这在大众心理上，又当作何感想？

阮玲玉的死，从事实上看来，从她的遗书中看来，我们可以很明白地知道她虽然在艺术界中已有相当的地位，可是另一方面，依然免不了受男子的玩弄，受男子的压迫。要分析起来讲，她的生前，便常是在男子玩弄之中，而其所以致死，却又是惨遭男子压迫的结果。两个男性，你控告我，我控告你，官司没有打完，不料讼案中的主角，一命已经了结。虽然两个人都抚着这一个死者的遗骸，放声痛哭，但实际上不问是两个中的哪一个，只怕都有一点对不住死者的地方，对于她的自杀，都要负一部分重大的责任。

阮玲玉的遗书中，一面说"我何罪可畏"，一面又说"一死何足惜，不过还是怕人言可畏"。既然死了，还怕人言可畏，就足见这个"人言"是真正的"可畏"了。在这里我们要奉劝社会人士，对于一切事情，在未明真相以前，少作严刻的批评、冤诬的传述，尤其是对于女性。

阮玲玉近来常演悲剧，最近主演的一部影片，结果是自杀，而她自己也竟以自杀为结局。这虽是事出凑巧，但我们因此倒要对电影界提出一个意见，希望他们此后摄制影片，不可专门抓住了悲怜的和郁闷的人生观，作为剧材，尤其不可有导人自杀的情节，免得一般演员，弄假成真，于无形中受着一种暗示，并免得一般社会，在电影的感化中，存着这样一种厌世的印象。我这句话，决非是对于一部影片，有所不满，而借题发挥。实实在在，是对于全体电影界，致其诚意的忠告，很愿国内电影界的中心人物，大家都加以注意。

（1935 年 3 月 10 日《新闻报》）

悼郑正秋先生

郑正秋先生的噩耗，突如其来（虽然他原是个多病之身，但最近并没有听见什么病重的消息），使人于惊愕之余，不禁有无限的悲戚。

论正秋先生的历史和他的职业，谁不知道他在以前是个戏剧家？近十余年来，却又成为电影家。但凡是和正秋先生相知较深的，都承认他并不专是以戏剧，或电影的艺术见长。他的长处，在有肝胆，有志气，有真性情。他早岁富有革命精神，中年后又致力于社会事业，戏剧和电影，只占着他生命历程中的一部分。实际上他至少是一个对于社会有相当贡献的人物。唯其如此，他如今死去了，不但是整个影坛的损失，也是社会的损失。

不过正秋先生，虽不专以艺术见长，但他在戏剧方面，在电影方面，都有一种显著的成绩。这却又是铁一般的事实。再说他所表演的戏剧，所导演的电影，虽然于多数叹赏之外，也常引起一部分人的批评，可是无论如何，他的宗旨，总是很正大的。他所给予观众的印象，总是很深切的。还记得十余年前他登台演《隐痛》一剧，自起剧中人"黄老大"，演述外侮迫切，勉励大众救国，真是泪随声下，观众都为之感动。像这种戏剧，总不能说是没有道理，没有力量。如今正秋先生是死了，看着眼前的时势，再回想到当时他浓烈的情况，其为可痛，又复何如。

亡弟畹滋，朋侪中常呼他为"好好先生"，正秋先生也素有"好好先生"之称。这两个好好先生，都不能永年，只博得大众的悲哀和叹惜。难道好人确乎是不适宜于现在的世界吗？

我和正秋先生订交已近二十年，我总认为他是值得佩服而又可以亲近的一个人。前三年我生了一场肠胃病，存在得很厉害的时候，正秋先生亲自来探视，并为我介绍医生，讨论病理。雅意十分可感。如今正秋逝世，我却在他死后方得到噩耗，未能于缠绵病榻之际，稍致慰问。追念老友，更觉得异常感伤，异常抱歉。

（1935 年 7 月 17 日《新闻报》）

悼谢福生戈公振两先生

谢福生先生以脑膜炎症逝世，大家无不惊悼。隔了不到半个月，戈公振先生又突然得了盲肠炎症，竟尔不起。今年真不知道是个什么不祥之年，害得我们不断地为着死去的老朋友挥着酸痛的眼泪，写着哀悼的文字。

谢福生先生的学问和行为，是各界人士所知道的，用不着我多说。我对于谢先生的死，有感触最深的一件事，便是在世界书局初创英文编辑部的时候，由我和谢福生先生、亡弟畹滋、盛谷人先生等几个人，主理其事。此外同事还有周树培、陆宪周、邹寒君诸君。如今当年同事，都已云散风流。而宪周、畹滋、福生三人，又相继谢世，真令人不胜感逝伤离之慨。福生和畹滋，后来又在市商会共事，彼此同以英文见长，由学术上的攻错，成为至好。畹滋去世时，福生异常悲悼，谁知只过了一年，他也就撒手尘寰了。我丧失了一个好友，不能不为之一哭。因哭福生而又回念畹滋，更遏不住心头的凄恻。

戈公振先生的学问和行为，更是各界人士所知道的，又用不着我多说。我对于戈先生的死，也有感触最深的一件事便是他于本月十五日回国，在十七日的晚上，另外有一个友人在陶陶酒家，为他洗尘，我还和他同席。彼此契阔了三年，畅谈着别后的情况，甚是欢慰。戈先生曾表示回国后以在欧考察的所得，对于社会，尤其是对于新闻界，要有一点相当的贡献。最后又说到谢福生先生身后萧条，子女的教养问题，家属的生活问题，都难以维持，表示着十分悼叹，很恳切地说我们做朋友的总该大家会商一下，各人尽些扶助的力量，以慰死者。言犹在耳，谁料戈先生本人在第二天就起病，四日以后，也就与世长辞呢？《石头记》上的《好了歌》中，有"正叹他人命不长，谁知自己归来丧"这两句，想到戈先生，真令人有这样的感叹。至于我和戈先生，在当晚酒楼握别，还订着数日内再图良晤，讵知一声"晚安"便成永诀，简直令人于悲哀之中，要引起消极的观念，觉得人生实在是太空虚了。

（1935 年 10 月 23 日《新闻报》）

悼谢鹏飞先生

在昨天报纸广告上，看到谢鹏飞先生逝世的讣告，不禁使我于惊骇之余，又异常悲悼。

鹏飞在前年冬间，确曾患过一场大病（像是肺病而又不纯是肺病），已入危险状态。那时候他家住在慕尔鸣路，我每隔三五天，总去探望他一回。到了去年春间，天气转暖，他的病也渐渐地好了，不过体力还是没有复原。他听从了家人和朋友的劝告，搬到南翔去居住。迁寓南翔的一个月以后，还曾到报馆中来看过我一次，说乡居很好，约我抽闲到南翔去游玩。我当时虽然欣然应答，但因为工作太忙，实在分不开身来，终于没有践约。那里料到这次的会晤，便成永诀呢？

昨天下午，我到殡仪馆中去吊他，遇见了他的令兄和老弟。细细一问，才知道他于今年夏间，经友人招致，又到上海来经营一种事业。他办事是素来勇于负责的，因为劳动了些，又触发旧疾，从此缠绵不起。在我们谈话时，鹏飞还没有入殓，我便去瞻仰遗容。却见他的面部，简直瘦削得只剩了一把骨头，生前面目，竟不可辨认了。想见他久病的痛苦。这时我对于谢氏弟兄，也无从慰藉，只有相向陨涕而已。

我和鹏飞，已有了将近十年的深交。但我所以特别地悼惜他，还不只为朋友交情，实在因为他的死去，确也是商界中损失一个大好的人才；尤其是国货界中，损失了一个热烈奋斗的分子。他从十九岁就离开家乡到烟台去从事商业，经过了长时期的经营，在烟台也很有地位，很负时誉。后来他激于兴发国货的热忱，才到上海来，设立义成公司，推销国货烟台啤酒。数年以来，煞费苦心。烟台啤酒在南方的销路，虽然是被他打开了，可是义成公司内部的亏耗，却大部分都成了他一人的损失。他初到上海时，虽非豪富，经济力也还活动，到他生病的时候，义成公司，是支持不住了，他私人的资财，也就差不多要完结了。经济精神两俱耗损，未尝不是他致病之原，因此他也竟是一个为国货事业而牺牲者：直接牺牲了财产，间接又牺牲了生命，这是多么可悲的一页历史。此外他秉性慷慨，平时借贷给亲友的，以及为亲友经手作保而赔累的，却也不在少数。当然感受他恩惠的，未尝不赞佩他是个好人，但这个年头，"好人"的结果，也无非自己吃苦罢了。

我在五年前患慢性肠炎的时候，鹏飞来探视我许多回，谆谆劝我，病后必须节劳静养，最好到烟台等处去作长时间的休憩。我虽羁于职务，不能依照他的话，但良友深情，至为可感。如今我的体力固然大不如前，差幸还可以勉强支持着这个文字生涯。而鹏飞还在壮年，却已谢世，回忆前尘，真格外有说不尽的悲慨了。

（1936 年 11 月 15 日《新闻报》）

悼张铁民先生

本报前总编辑张铁民先生，于前日逝世，本馆同人，尤其是和他共事日久的老朋友，对于他当然表示着无限的悼惜。

我和铁民先生，在彼此没有认识以前，已经因为看见过他所译的书籍和著作，有了相当的敬仰，在同事十余年中，更深佩着他的学识与志行。他立身处世，是很谨慎的，很合拍的。但遇到有什么比较重要的问题，却又刚正不阿之概，并非一味圆融。他在本报，撰著时评，颇多激昂慷慨的论调，同人常笑说他"年纪虽老，笔底下倒还有火气"。如今这位有火气的老记者，已是一瞑不视了。而新闻界确也达到炉火纯青的功候了。

铁民先生兼通西文，更精研国学。所作诗文，绝对不喜堆砌古典，尤其反对多用生僻字句。但是他的作品，自能于平淡中表显其特殊的精彩，确具有文学价值，他所特别擅长的是对联，以前本馆同人中，善制联语的，有许东雷先生、文公达先生和铁民先生三位，称为"联语三杰"。现在这三杰都已先后去世了。回忆前尘，真令人不胜感喟。

近年以来，铁民先生多病。他的夫人也多病。老夫妻两人，都曾经有几次已入危境，都由他的老友徐相任先生挽救转来。可是今年冬间，他夫人的病，终于不起。他自身也终于不起。虽有良医，只能疗治生理上的病症，无术解除精神上的苦痛。

铁民先生以前的处境，倒也是很平顺的。但最近几年，精神上的苦痛，却也很厉害。他生平好酒，处于很拂逆的晚景中。虽然借酒浇愁，而愁终不可解。在前两个月，他夫人去世后，他便格外忧伤抑郁，难以自遣了。至于造成他精神上苦痛的原因，凡是和他交好的人，全都知道，也用不着细说。总之还是他自己宅心忠厚，过分以信义待人，结果却反而受人之累，将一生心血，付诸流水。他这个衰老的生命，也就无法挣扎，只能于苦痛中宣告结束了。这又是何等可慨呢。

（1936 年 12 月 29 日《新闻报》）

挽栩园[①] 先生

运化工，创新业。清风舞蝶，久播齿芬。滇蜀赋远游，垂暮犹怀四方志。

蓄道德，能文章。豪气元龙，更教心折。人天无遗憾，但悲不见九州同。

（1940 年 4 月 5 日《新闻报》）

哀顾明道兄

名小说家顾明道先生，于本月十四日下午四时逝世，定今日下午四时在胶州路昌平路的大众殡仪馆大殓。这当然是一个很不幸的消息。尤其是文字界中，感觉到又损折了一位很纯洁很刻苦的作者。

明道兄今年也不过四十八岁，他十四岁就丧父，那时节已是家业荡然，靠着他母亲以针黹所入，略积了些钱，供给学费，才能继续读书。他自知家境十分困苦，因此在青年求学的时期，异常努力，毕业以后，又专心一志，钻研国学。终于在文化阶层里，占到了一席地位。可是毕生心血，就消耗在辛勤写作之中，而且毕生命运，也就埋藏在文字生涯之中了。

---

① 栩园，即陈蝶仙，别署天虚我生。

　　明道兄在廿岁后，就得了足疾，不良于行（近十年来更双足俱废）。他的体质，又是非常瘦弱，差不多常带着病的。在以前笔耕所入，除做家用而外，身体上还勉强可以略资赔补，自从战事发生后，他从苏州迁居上海，在这样物价逐步高涨的情形之下，生活的鞭策，一天紧似一天，那里还能得到充分的营养，那里还能得到相当的休息。每日蛰伏斗室，埋首疾写，而又清操自励，不肯轻易干人。似这样劳苦煎熬了几年，便于去年秋天，触发了肺疾，并且等到发现，已经是很严重而不易挽救的了。

　　明道兄既是毫无积蓄的，这一笔医治肺病的医药费，便只得由他的亲戚友好门人，一方面量力资助，一面再代为向各方筹募。（本馆也曾一度担任医药费，送明道入红十字会分院疗治。住院约三十多天。）从去年到如今，一共也经过了八九个月的时间，耗费了不少钱。可是明道的病还是一天深似一天，到了最近半个多月，他自知不起，对于探病的戚友，只垂着两行泪说："蒙知交的厚惠，和各界的援助，真是铭心刻骨，可惜没法图报了。而且身后之事，仍须累及诸公，加以援手。九泉有知，自当永永感戴。"鸟死鸣哀，凄惨已极。

　　讲到明道兄的身后之事，目前殡殓所需，虽然由族戚友好，急急地为他筹措，但依眼前的物价，无论怎样力求节省，依然不敷甚巨。只得先行借宕，再图凑集。尤其使戚友们感到困迫的，是明道兄一身已矣，却还有七旬老母，和寡妻孤儿（明道生一子一女，子年十五，肄业初中，女年更幼），此后何以为生，真是一个急需解决而又无法解决的大问题。在万不得已的情况之下，只有希望与明道兄生前有交谊者，能从丰赙赠。更希望平时爱阅明道兄小说的读者，和同情于寒素之士的慷慨君子，能予以道义上之援助，庶使死者不致赍恨重泉，生者不致流离失所。

（1944 年 5 月 16 日《新闻报》）

忆金华亭先生

在八年抗战中，上海新闻记者，惨死于魔掌之下的，为数实在不少。就我所知道最深切的，也许当时整个新闻界都深切知道的，是金华亭先生。

金华亭先生除了申报馆的本身职务以外，又奉着当局的使命，对上海全体新闻界，担任着一种联络工作。因此他在豺狼当道，魑魅攫人的境界中，日夜鼓着勇气，冒险奔走。

记得他在被狙击以前十余天的一个晚上，他突然到我家中来，见了面，便说："此来别无他事，是奉命慰劳。"我当时便对他说道："我们目前的处境，好比做子弟的，不幸已远离了家长，但深幸在无形中，还和家长取得联系，然而家长和子弟，无论环境如何剧变，总是一家骨肉，就不必说客气话，慰劳两字，未免太客气了，实在不敢当。"此外我又再三劝他，在这侦骑密布的时候，行动应当谨慎一点，免遭毒手。

在这一次晤谈以后，不多几时，他就以身殉职——也可说是以身殉国了。死后的景况，是十分萧条的，他所遗留下的茕茕孤寡，生活当然是异常困苦的，经过这几年的生活高潮，料想是难以为生。

今日之下，消除魔障，重见光明，本市已成立了蒙难同志会。我想对于这一员舍生就义的新闻界斗士，总应该加以特殊的旌表，对于这位斗士的遗族，总应该加以特殊的抚恤，才可以慰忠魂而励正气。

（1945 年 10 月 25 日《立报》）

悼叶楚伧先生

叶楚伧先生奉命来沪宣慰，积劳致疾，入医院后，虽经名医诊治，依然无从挽救，终于不起，笔者和叶楚伧先生订交三十余年，听到他逝世的噩耗，论公谊，论友情，都觉得万分感怆。

楚伧先生，献身党国，努力革命，在八年抗战中，更鞠躬尽瘁，这是众所周知的；但我们对于楚伧先生的遽逝，所认为最堪痛惜的，倒不是说党国老成，又弱一个，而是因为新闻界和文学界，不幸失去了一位良好的导师。

在楚伧先生早期和中年的历史中，他历主各报的笔政，秉持正义，发扬民气，的确是新闻界的重镇，而他所写的诗文小说，都精心结撰，风行一时，又的确是文学界的健将。他在参与中枢以后，所主持的，也还是宣传事业，与新闻界和文化界，仍随时有密切的联系，也随时为深切的指导；因此新闻记者和文化人，对于楚伧先生，是特别敬仰的，唯其在他生前特别敬仰，今日之下，参加他的殡礼，也就特别感到悲悼。

楚伧先生自身的立场，是极其严正的，而待人却又是极其和蔼的，他虽然声望甚大，地位很高，但对于旧友，都还是那样谦恭有礼，绝对不搭官僚架子，绝对没有要人气焰，所以大家给予他的批评，是"党国好人"，"好人"竟从此消逝了，虽然他留给大众的印象，是不会消逝的，却不能不令人深深地引起慨叹。

古人以立德立功立言，称为三不朽，楚伧先生，庶几不朽，也可以无憾。

（1946 年 2 月 17 日《新闻报》）

悼两大教育家

何炳松、陶行知两位先生，同日逝世，这实在是教育界和学术界的大损失。

建国工作，教育第一，这是谁都不能否认的。既然说"教育第一"，那么凡是热心教育的人物，尤其是毕生尽瘁教育，身系全国众望，足以领导青年的人物，在一切建设事业中，更据着首位，像这样的人物，一旦凋谢，确使大家于极度震惊中，又感到无限的痛惜。教育是关系着下一代的，为中国前途计，既希望能改造现时代的局面，更需要为下一代留得优良的种子，失去了具有热心毅力的老教育家，便如失去了辛勤耕植的老农和施肥播种的资本。眼前的不幸，问题还小，影响到将来的收获，这真是所关甚大了。

专致力于工业的，竟有人叹为傻子，那么专致力于教育的，更是十足的书呆子了。试问今日之下，有了特殊的学识与才能，有了很高的资望与地位，而仍肯苦守原来的岗位，把全副精神，一生心力，都放在教育界上面的书呆子，能有几人？想到这一点，觉得何陶两先生的事功未竟，遽尔溘逝，是更可悲叹了。

何陶两先生，虽然是死于病，死于积劳，但对于国事，对于社会，对于本身的事业和生活，很少能得到相当的安慰，于是忧伤憔悴，也未尝不是致病之原。唯其如此，我们不免又引起一个感想，甚愿政治当局和社会人士，此后对于这些著名的老教育家，以及教育界和文化阵营中的特殊人才，总要格外加以爱护，予以协助，平时的爱护与协助，是为国家保留元气，到了死后的哀悼，空自咨嗟叹息，已经于事无补了。

（1946 年 7 月 27 日《新闻报》）

悼胡朴安先生

胡朴安先生遽归道山，噩音传播，新闻界和文艺界的同人，都引起无穷的怆悼。

朴老生前，对于国家，有不少的贡献，对于新闻界、文艺界，以及教育界，又有很多的建树。他虽然已届高龄，可是一旦溘逝，在各方面都是一个很大的损失，都应有"天不憖遗"之感。

朴老平时的著作，和在报纸上所发表的言论，都朴实说理，以极真挚的情调，对国人为极恳切的勖勉，这几年来，主张茹素，主张节食，更主张俭约，他一一身体力行，毫无虚饰，他那魁梧的体格，配合着和蔼的态度，能使他的朋友和及门弟子，每个人都感觉他是十分可敬，也十分可爱，因为像他这样，总算得是一位诚笃君子。

战前在新闻界的集会中，我和朴老，是时常聚首的。后来他病着偏废，好多时足不出户，我的寓处，和他相距很远，不能常往拜访，见面的机会，就比较少了。胜利以后，他的体力似乎转趋健旺，情绪也异常兴奋，每逢文酒之会，他虽然步履较艰，往往亲自出席，我曾和他倾谈过几次，认为像他这样摄生养气，足可延年，颇表示欣慰。今年春间，在一个文艺宴集里面，朴老的兴致还很好，将他所著的《儒家修养法》，当场亲笔题名，分赠给在座的文友，我也得到一册，当时欢然谈宴，直到酒阑席散，才握手道别，谁料到这就是老朋友最后的一面呢？

朴老最近忽患肝癌症，我并没有知道，三天前在报上看到关于他的记载，说他病势甚剧，医师已断为不治，觉得异常惊愕，正想前往探视，不料已得到他逝世的噩耗。昨天他的遗体入殓，我又忽患腹疾，泄泻时作，不能亲去吊奠，只得敬致花圈，聊当刍束，这是于悲悼中又感到异常抱歉的。

朴老虽死，他本身所给予大众的印象，以及在文字上所发挥的精义，却永永存在。我想建议于主持文化的当局，和朴老生前的友好，将他的遗著，整理出来，刊为专集，传其文，并传其人，却也可以告慰逝者，裨益当世。

（1947 年 7 月 11 日《新闻报》）

哭浩然兄

上

我昨天报告了李浩然兄被撞受伤的消息,在下笔的时候,虽然已知道他的伤势十分危险,还希望其能于九死一生之中,化险为夷,但结果终于绝望,真感觉到人生是太虚空了,太悲惨了。

我前天下午离馆后,又到宏仁医院去探视,一进门,医师便皱着眉对我说,形势更恶化了。那时候,浩然兄神智显得更昏迷,脉搏也渐形微弱,呼吸却异常急促,我一见到这种状态,觉得他已无生望,顿时连我自己的神经,也似乎麻木了,呆立着说不出一句话来。

我于九时左右从医院回到寓所,十时半接到医院中来电话,说:"李先生不好了!"我急忙又赶到医院,浩然兄已入弥留状态,只余短促的呼吸,延挨到十一时四十分,便一瞑不视,当时除家属以外,本报社长程沧波先生,和一部分同人,都在场目送他永别了这个世界,永别了一家骨肉,和许多老友。悲剧的终场,止不住,流不尽的,是大家的酸泪。

浩然兄于民国三年八月,开始为本报服务,至今已是整整的三十三年了。我和他是同时承本馆故经理汪汉老的延揽,而且是同一天进馆的。在进馆之初,他担任日文翻译,我担任副刊编辑,职务上虽然没有什么联系,但因为彼此年龄相近,意气也相投,就甚为契合。不久因为编辑部人事调动,汪汉老便以总编辑嘱诸浩然兄,并委我于副刊外,兼作社评,并参加要闻栏编辑工作,又隔了几年,汪汉老逝世,伯奇先生总理馆务,我便承乏副总编辑,襄助浩然兄,处理一切编辑事务,深夜执笔,无间寒暑,在灯影凄清之下,无话不谈,有怀必吐,经过了三十余年漫长的岁月,也经过了无数次艰难险阻的境遇,此中甘苦真是诉说不尽。如今回溯前尘,都成旧梦,一重重刻骨的交情只剩了一桩桩断肠的资料。

浩然兄生成是一个很谦和很忠厚的人，他主持本报编辑，三十多年，不但我个人，便是全部同人，都感觉他从不知道什么是技巧和手腕，也从没有疾言厉色，但是同人对于他，也只有感佩，绝无违异。曾有人在闲谈中偶然问过我，《新闻报》编辑部同人和李先生之间，尤其是你们总编辑和副总编辑之间，何以能始终融洽，不发生一些意见，我的答复是，像浩然兄这样一个人，可以使人对他不会发生意见，也不忍发生意见。我的话，绝对不是捧老朋友，确实是由衷之言，同时也是同人一致的公评。

但是他的谦和，他的忠厚，又绝对不是诸事随便，弄到不辨是非，不分清浊。他是"大事不糊涂"，也可以说是"大事不随便"。试看他主持编辑数十年，终能确保着本身的人格，和本报的报格，这岂是太随便，太糊涂的人，所能做到的？再说到抗战军兴，沪市沦陷，他其始含辛茹苦，努力挣扎，后来见到事不可为，势无可抗，终于领导了被日敌认为"敌性分子"的编辑部人员，毅然去职，这就足见他在柔和中决没有失去坚强的意志。

下

浩然兄少时，体质甚健，近十余年来，由于工作的过劳，消烁了他的精力，更由于时局的动荡，抑塞了他的心情，便渐呈老态，也渐多疾病，他也不以为意。平时自奉过俭，服用饮食，一切都不讲究，最近因为生计窘迫，简直近于菲衣恶食，他以前原有自备包车代步，也为了节约起见，久已废弃不用。胜利以后，本馆复员，他改任了秘书，职务虽然比较清闲了，但他每天仍按时到馆办公，却连人力车三轮车都不肯坐，朝出晚归，常是这样轧电车，同人觉得他已是花甲以外人了，时常劝他不必如此自苦，在他遇祸的前一天，我和蒋剑侯兄还对他说，马路上是这样的挤与乱，车辆肇祸的事件，是这样的多，天天从家中步行到电车站，实在太劳了，而且免不了含着危险性，他也只一笑置之。又哪里料到所谓"未免危险"这句话，仅隔了一宿，就不幸言中呢？

写到这里，又要转过话头来，说一说浩然兄被撞的情形了。浩然兄被撞受伤的地点，是在南京西路成都路口的人行道与电车月台之间，从人行道登电车月台，相距只是很狭小的三五步，竟会有机动脚踏车，疾驶而来，至于重伤身死，也真可算得是一个劫数。如今这个肇祸的少年徐云龙，已由警务方面，以"过失伤害致人于死"的罪案，提起公诉，送地检处审理。我们当然要静待法律的审判，但有两点可以提出：其一，从人行道至电车月台之间，依各国交通惯例，都认为是"安全带"，论理任何车辆，不应在这个"安全带"中疾驶，而浩然兄竟被猛撞倒跌，以至颅骨震碎，脑部受伤，足见行车者是在"安全带"中，依然向前直进。至少是车前有人，而并未煞车，因此会破坏了"安全"，造成了危险。其二，徐云龙年只十九岁，还没有成年，没有成年的人，论理为慎防肇祸起见，不应该领得到驾驶机动车的执照，那么他的行车执照，到底是本人的，还是他父亲的，就须加以研究。再说他父亲又是一位义警，这部机动脚踏车，到底是乃郎私人自备的，还是做父亲的在执行公务时所用的公事车，也更值得调查。

人生总有一个最后的归宿，浩然兄已年逾六十，一旦与世长逝，也不能说不寿，所可痛的，是像他这样一个温厚和平的人，竟会死于非命，这不能说"天道宁论"，实在是上海的交通，搅得太糟，弄得太坏了，市政当局如果再不加以整理，或者永远认为无法整理，那么"市虎"杀人，遭害者也就永永无尽。我说这话，不仅是因浩然兄个人遭了无妄之灾，而志其私痛，也真期望当局能从速改善，使市民的生命，有个保障，不致常此为无辜的牺牲。

至于浩然兄的生平，就我所知道的，也真是说不完，写不尽，只好留待日后，再随笔记述。本文的结论，是浩然兄熬了三十三年的辛苦，还只是一个异常寒素的报人，就物质条件论，也许可以说是他的拙劣或失败。但也唯其经过三十三年的熬炼，始终仍是一个不动不移的报人，在忠于本位的意义上说，却也并不一定凄惨，而正是他的成功。

新闻界和文化界的朋友，本馆的同人，三十余年来的本报读者，都挥着同情之泪，加以追悼，假使说九京可慰，所慰者就在这一点了。

（1947 年 7 月 27、28 日《新闻报》）

挽浩然兄

涸辙堪嗟，相濡以沫。卅载推心置腹，共历艰危。只觉折磨多，断墨残编空有泪。

飙轮可畏，适当其冲。一生修德立言，偏遭惨厄。谁怜寒素甚，菲衣恶食出无车。

（1947 年 8 月 1 日《新闻报》）

悼李登辉先生

昨天到万国殡仪馆去，参加了李登辉先生的丧礼，听到了几位牧师和几位先生的演词，在归途中，觉得抚今思昔，确有许多感怆。

我和李登辉先生相识，还在民初，那时他和杨锦森先生两位，主持中华书局英文编辑部，我和亡弟畹滋，都在英文部任编译职务，和李先生常相见，也常得到他的指导。那时李先生还年轻，但两鬓早露着星星白发，已像是一位老教授型的人物。他治事很勤，待人很诚恳，也很和蔼。英文部同人，对他有一种特殊的感想，是他虽然见人总操英语（其时李先生的国语，似乎还说得很勉强），对于中国一切习惯，好像还不很熟悉，常被人目为"洋派"，可是从他的举止、态度和言论、思想各方面，加以体味，却觉到他虽然受着外国文化的洗礼，却仍具着东方儒者的精神，在这一点上，他更引起了大家的敬仰。

最近二十多年中，我和李先生虽不常觌面，但在教育局和文化界的公共集会里，还时有聚谈的机会。上海沦陷期间，李先生仍秉持着坚毅的精神，表现着忠贞的志节，胜利以后，有好几次见到他，觉得他步履已显着艰难，视力也有了障碍，知道这位尽瘁于教育事业的老人，已显呈衰态了。几个月前，司徒博先生所创办的牙医专校中开校董会，李先生仍准时出席，会后进餐，我看他饮食如常，意兴也还不差，总认为他在适当的休养中，可以带病延年，谁知那一次的晤谈，便由小聚而成为永别。

李先生是一位最伟大最忠实的教育家，也是一个最诚笃最纯洁的基督教信徒，他生前曾说，以复旦大学的及门弟子，为他的儿女，实际上除及门弟子以外，他在各种教育事业和宗教团体中，已直接间接培养了许多儿女，造就了不少人才。因此他个人虽是不慕荣利，不贪享受，暮年的生活，极其消寒，也极其孤寂，然而他精神上的收获，依然可以说是极丰富的，他如今安然休息了，灵魂当然是很宁帖，也很快乐的。

像李先生这样可以称为完人，奉为师表的，求之今世，确乎不可多得了。唯其如此，李先生之死，在景仰李先生者，私淑李先生者，尤其是受业于李先生之门者，都要兴"山颓木坏"之悲，但就宗教的意义来说，我们还是要对李先生赞美，为李先生所祷，赞美他的事业不朽，祈祷他的心灵永生。

（1947 年 11 月 22 日《新闻报》）

悼福开森博士

交通大学、亚洲文会和尚贤堂三团体，定明日下午四时，在虎丘路伍连德堂，开会追悼福开森博士。福开森博士逝世，在抗战胜利以前，倏忽已经好几年了。这位老博士，真可说是中国之友，也可说是"中国之师"（他的及门弟子，服务于国内文化界教育界者颇多）。如今虽然时过境迁，大家追念着这良师益友，真有无限的怆悼。

福开森博士来华最早（远在前清时代），旅华甚久，他几乎以中国为家，在中国各地，足有五十年以上的历史，对中国各界，也尽了五十年以上的贡献。他的成绩，普遍地表现在中国交通事业、教育事业、文化事业和新闻事业上。为大众所赞誉，更为上海人所称道的，是京沪铁路（当时称沪宁路）发轫之初，曾由他规划而奠定基础，交通大学的前身"南洋公学"，曾由他掌教而广植人才，其余各种文教机关，得到他直接间接的扶助的，更难以列举。尤其是以数十年的心血，不厌不倦，不屈不挠，主办本报，甚博得全国舆论界的推崇。

本报在福开森博士接办的时候，因为草创未久，规模甚为简陋，处境也甚为艰困，他却能秉持毅力，握定方针，延聘汪汉溪先生为总经理，从编辑和业务两方面，积极推进。本报得在中国报史中占着一页，这位美国籍的老博士，也在中国报史中，成就了他值得珍视的事业，留下了他值得纪念的遗迹。

福开森博士主持本报，由前清以入民国，直至军阀推倒，北伐成功，他感觉到此后的中国，一切可以独立自主，也应该独立自主，同时他年事已高，亟图小休，便将本报股权，让归中国朋友，离开上海，以退隐之身，常住北平。可是在日寇侵沪，本市沦为孤岛，舆论界困处重围的那一个时期中，他以八十余岁的高龄，为了爱护中国，为了爱护本报，仍用"太平洋出版公司"主办者的名义，回到本馆来，使同人得到了一面掩护的旗帜,增加了一种奋发的活力,仍得在工作上,在文字上,对敌伪作防御战。这样一直维持到太平洋战争发生,整个上海,陷于魔手,他自己也遭着敌伪的嫉视,被强迫遣送回国,才撤离了他的最后阵地。

在一般人的眼光中,差不多将福开森博士认为中国人,老博士也几乎自视为中国人,他爱好中国人,也爱好中国的一切风俗习惯,他能说很流利的中国话,也能阅读中国的文字。他治事很严正,待人又很谦和,因此他能得到同人的敬仰,也能得到同人的爱戴。他对于言论方面,是力主公正,对于新闻报道方面,是力求翔实。笔者和他相处有年,常听他滔滔不绝的谈论,始终注重在"真"和"实"两个字。他曾经撰了一副四言对:"博闻多识,实录直书",嘱本报擅长书法的老同事张康甫先生写出来,装成镜框,挂在编辑室里面。这与其说是对联,不如说是他老先生勖勉同人的标语,如今康甫先生久已谢世,老博士也卒归道山,回首前尘,真使人为之怆然涕下。

感悼之余,还不能不指出的一点,是眼前尽管有许多美国文化人或舆论家,算是爱好中国,了解中国,可是他们对于中国的国情,还是不免隔膜的,对于中国的批评,还是含有误解的,假使在这个时候,老博士依然健在,他以真正的中国之友和中国之师的资格,必然能以极深切的体认,引起彼邦人士的观感,在种种方面,使中国获致若干助力,发生许多效益。因此福开森博士的溘逝,在中国也实在是一种相当的损失,更要引起大家的慨叹。

(1948 年 2 月 29 日《新闻报》)

李浩然先生周年祭

李浩然兄逝世,忽忽已是一周年了。前天李氏家属,在三茅宫为他举行了一个周年祭，本馆一部分旧同仁，临时参加祭奠，虽说追念逝者，形骸已化，音容已渺，但浩然兄的学识和修养，以及他那种勤劳治事的精神，和蔼待人的态度，却依然使当年久共砚席的老朋友，永永忘不了，撇不下。

我在他遗像前行过了礼，见到李夫人，李夫人对我说"很快的一年了"，我也答道"很快的一年了"，同是一句话，同具着无限的怆悼。

一年了！一年的景象如何？假使浩然兄仍活着，在这一年中，也不过多尝着些困苦，多添了些烦恼，多经过些忧患，还不如在"总休息"中，得到一个"大解脱"。

当然我也不能因为悼念老友，把话说得这样消极，人生的里程，没有走完，向前走一天，自有一天的责任，也有一天的意义，不宜灰心，不必悲观。但如果想勉尽人生的责任而责任终于尽不了，想寻求人生的意义而意义终于寻不到，茫茫前程，重重阻障，积极者也只能被迫而趋于消极了，这番话，所以悲浩兄，也不仅为浩兄悲。

可是无论如何，既做了一个人，不能一定说生死无憾，却必须生死无愧。我不敢过分地为死者夸张，却可以说浩兄在走完里程以后，至少是生死无愧。

唯其生死无愧，所以他九京有知，又至少可以得到一个灵魂安乐，灵魂的安乐，足抵生前的苦痛，这虽然近于宗教家的说法，但宗教上有些崇高的理解，却正启示着"人生"的真意义，或竟解答了"人死"的真意义。

前天下午，恰逢阴雨，我从三茅宫出来，见天空中一丝丝的细雨，正象征着祭堂中一行行的悲泪，死者的安息，留给生者的，却仍是不尽的怆痛。

（1948 年 7 月 16 日《新闻报》）

悼陈布雷先生

陈布雷先生遽尔逝世，噩耗既播，各地文化新闻界同人，都为之悲叹！

连日各报已刊载着不少哀挽布雷先生的文字，笔者站在友谊的立场上，除深致怆悼而外，似乎也用不着人云亦云，再多所叙述。但笔者所想说，也认为他所最值得称道的，便是论他的地位，虽然以文人而已成为要人，论他的风格，却始终不脱书生本色。唯其是书生本色，所以终其身淡泊诚学，也唯其是书生本色，所以终其身忧伤憔悴，生也有涯，死而后已，他的生和死，正是在动荡的时代中，含着一些不平凡的意味。

今年春间，笔者曾和他作过一小时以上的谈话，偶然谈到接连发生的许多贪污案件，他极为慨叹地说：贪污所以养成，一半是做官者本身的罪恶，一半也是外界引诱者的罪恶，钻门路，送礼物，纳贿赂，这些都是对于贪污者的引诱，因此无论大官小官，必须先能拒绝一切试探和引诱，才可以保持清白。最后他又说：即以他本人而论，也正有过不少人对他为不合理并且不合法的干求，他总是加以婉拒，尤其不肯轻于接受礼物，连投其所好的香烟，送上门来，也一概奉璧。我听着他谈论，很为赞佩，相信他是在那里对于一个老朋友说真话，并不是对于一个新闻记者打官话。

从上面所述的一席谈话中，足以证明他是书生本色，不失为清介。单凭这"清介"两字，已觉得他的突然而死，确乎使人不胜悼惜！

（1948 年 11 月 16 日《新闻报》）

·
散
文
卷
·

第九辑 《亦报》《大报》编

英雄泪

大郎兄每逢盖叫天登台，必然来一次歌颂文章，这当然不同于那些捧角文字，而是因为"江南盖五"的老而不衰，实在是值得歌颂的。

盖叫天在伶界联合会武戏组的欢迎会上，感动得掉下泪来。这种感动，当然是为了时代革新，艺人本身，在他的讲话中，已表示得很明白了。但另一方面，他想起了本身所表演的艺术，直到如今，还有人欣赏，有人推重，有人钦佩，并不是为了什么"人老珠黄"，就此埋没，这是他以苦孩子出身而苦辛熬炼了数十年所得的结果，回溯生平，也自不免感从中来。

人会老，艺术不会老，真是有功夫有骨子的艺术，始终能抓住群众，能获得群众的爱好和拥护，不致因这个人的红与不红而有所改变。因此不但盖叫天，值得称扬，连尚和玉也仍有人乐道。就京戏而论，武生行如此，其他各种角色也都如此；就整个文艺范围而论，戏剧如此，其他各种表演，各种作品，也何尝不如此。

"英雄从不受人怜"（现时代所谓英雄，其观点与作风，当然和以前不同），英雄窘困，不肯受人怜，英雄老去，也不欲受人怜。这并不是唱着什么"老当益壮"的滥调，更不是存着那些"倚老卖老"的卑劣心理，只是说人老了，如果精神、思想、行为，尤其是他看家本领的艺术，依然不让少年，那么面临着新时代与新环境，就无所畏缩，也不应逃避。"怜"是消极的，英雄虽老，仍具积极性，只有在积极性的安慰与鼓励中，能使他感动。

盖叫天在台上扮演着英雄，在私底下也颇有些英雄气概。假使真是他的知己，对于他不是怜惜而是珍惜——为艺术而珍惜！

（1949年11月12日《亦报》第二版，署名：老卒）

年画

新年快到了，本市的年画作者和出版商，已举行联席会议，商讨印行年画问题。

以前的年画，大致不外两种，其一是俗称"花纸头"的彩印画张，其一是各商家所刊印具有广告作用的月份牌。

月份牌并不易使人感到浓厚的兴趣，"花纸头"却常被那些不大识字但能看画的人以及许多小朋友们，视为新年中的恩物，乐于聚观，也乐于抢购。

大众聚观，大众抢购，年画便成为通俗教育的工具，因此值得重视，也必须改革。

要改革年画，有应当注意的一点，就是一方面须加强教育性，一方面仍须保持趣味性，失却了趣味（当然不是低级趣味），也就失却了通俗教育的效用。因为年画到底是街头出卖的"花纸头"，而不是挂在课堂中的图画教本。

其次再讲到绘画的技术。年画作者固然不可太陋俗，太粗率，沿用着画匠的笔调，却也不宜太新式，太高超，标示着艺人的作风。最近《文汇报》上曾刊载了一篇批评新连环图画的文字，列举着新连环图画所以不能普及的原因，其中有一条说是有些连环图画，看去像木刻，又像漫画，未尝不好，更未尝不高，然而不为大众所接受，结果依然因滞销而失败（大意如此）。

从连环图画想到年画，觉得年画作者，如果要在作品里发挥教育的意义，就应当格外向群众靠拢，不可和群众脱节。

（1949年12月17日《亦报》第二版，署名：老卒）

身边文字

本报征求读者意见，有许多位读者，反对写稿的人，常写身边文字。前几天读大郎兄所写的高唐散记，也说一部分读者曾指责他多写身边文字。

读者的意见，是应当尊重的。但依我的拙见，却觉得在小品文的范围中，可以讨论到国家大事，也可以叙述着身边琐事，所以身边文字，不一定要硬性地说不能写，只须有所抉择。譬如太无聊的，太低级的，写出来只使人起肉麻泛恶心的，当然是不可写。反之而足迹所经，见闻所及，种种情事如其是有意义的，有价值的，就何妨写将出来，也许问题虽小，或有可观。

举个例子来说，有许多名作家，不论是古代的，是近代的，是现代的，他们常喜欢写笔记，写日记。这些笔记和日记，实际上也就是他们的身边文字，却拥有不少读者，甚至被认为足以描绘社会真相，反映时代背景，而加以珍视，说是一种侧面的史料。

再进一层讲，一个人的身边琐事，能够很详细地、很直率地、尽量挥写，倒也足见是事无不可对人言，不失为坦白。如果在"琐事"之中，杂有不少丑事，演出不少怪事，那么纵有人要催着他写，逼着他写，决然不肯写，不敢写了。因此又可以说：身边文字，并非恶札，写身边文字的，反是好人。

以上所说，似乎代爱写身边文字者，作了一次义务辩护，但有一点，必须提出的，是写身边文字，多半以自身为主角，因此切忌借题发挥，自我宣传。假使因自我宣传而写身边文字，那就是无稽之谈，夸大其词，不免像前文所说：要使人看了起肉麻，泛恶心。

（1950年1月15日《亦报》第二版，署名：老卒）

读书难

"死读书，读死书"，当然是不对的，但如果有了书不是死读而所读的又不是死书，那么"开卷有益""读书便佳"这两句话，虽是老调而且近于滥调，却又是不错的。因为要求取基本上的理论与知识，毕竟不能不读书。

读书是"有益"而且有趣的，所以说"读书乐"，但愈说读书乐，愈觉读书难，说到读书难，却不是指在学校中读书的青年而言，而是说任何人倘已过了求学时期，已投身于一种职业，而想在业余中读书，至少会感到以上两种困难。

其一、是时间上不充分。每一个人，每一天，都有固定的工作时间。一般的工作时间，又都是自朝至暮，轻易不得间歇的（过去尽有在办公室里面无公可办，闲坐着看书看报的，如今已是不可能了），那就找不到充分时间可以读书。若说白天没有工夫，不妨夜读书，却又怕因夜读而迟眠，明晨便起不来早，赶不上班，所以眼前能做"欧阳子"的人，也实在不多了。

其二、是经济上不许可。普通人薪给所入，要对付衣、食、住、行这四大项目，已经有些吃不消，挺不住了。假使除衣、食、住、行之外，再要加上一个"读"字，按月腾出一笔买书费来，过一下书瘾，真是谈何容易。固然图书馆里置备着不少精神食粮，正可以请客，不须破钞，但既有固定工作，也就不能出空身体，常钻入图书馆。

以上云云，并非说要读书必须有闲而且有钱，但事实上既无余闲又无余钱的人，对于读书，不免要随时随地，慨叹着无此余力。

（1950年1月22日《亦报》第二版，署名：老卒）

再谈读书

在雪窗先生那篇《读书》的大作里，对于我所说的"读书难"，表示不同意，但说明不是和我抬杠。我看完了这篇文字以后，认为雪窗先生确非和我抬杠，同时我倒愿意向他看齐。

因为雪窗先生说每天工作十二小时，而在工作完毕后，还至少可以定出两小时来读书；每月收入只二百单位，并且要照顾到全家十一人的生活，而在固定负担中，还至少可以抽出二十个单位来买书，这就足见他读书之专，与买书之热，我真有些自叹弗如。

然而我虽说"读书难"，却也并不因畏难而废读，所感到苦闷的，只是最近看到报纸上所载新书出版的广告，或有时走入书店中，眼见着陈列的许多书籍，满心想买，结果总是由于钱不够，仅能每次买书带回家来，又不能一气读完，书本比较厚的，竟会读了一半或三分之一，就搁置下来。（惟一的毛病，是在正常工作外，自有许多必须动脑筋也必须应付的琐事，因此面对着一本书，往往会心不静，坐不定。）于是在买书的时候，好像是不能过瘾，在读书的时候，又好像是不易消化。

当然我如果能硬性地将读书排作日常正课，将买书费列入按月预算，也就可以克服困难，再想到那些"囊萤""映雪""刺股""凿壁"等故事，更应来一个自我批评，所谓"读书难"，实在还是自己对读书缺乏了恒心和勇气。

（1950年1月30日《亦报》第二版，署名：老卒）

红烧蹄髈

在上月二十八日的《新民晚报》上载着一条花边新闻，中间的大字标题，是：《吃完了红烧蹄髈，赶快去多买公债》。

这条标题，很足动人。再一看新闻的内容，原来是丰子恺先生绘了一幅图（原图制版刊出），图中绘着一个面团团的人物，正据案大嚼。案上摆着红烧蹄髈，书角上的题句，大意是说：多吃好菜，必须多买胜利公债。

我觉得丰先生这幅画画得好，晚报上的新闻标题，也题得妙。

为了"红烧蹄髈"，见诸于新闻标题，我倒回忆起上海新闻史上的一段趣事来了。

那是距今约三十年前的事，有一天，在狄平子先生所主办的《时报》上面，忽然于电讯栏中，发现了几行妙文，用大号字刊着，这原文是："八块钱吃一只烤肥鸭，价甚贵，味甚美。"

当时读报的人，都感到莫明其妙，后来我们开到《时报》编辑部里找位老友，才知道是包天笑先生（其时任《时报》总编辑）从外面赴宴回来，顺手写了这样一张字条给毕倚虹先生看。毕先生看过以后，一时忙中有错，竟将这张字条夹在电稿内，发交排字房工友，最奇怪的是工友照样排出，而经过了校对先生看小样编辑先生看大样这两重关，又竟会没有发觉错误，照样刊出，以致闹了这样一个大笑话。

三十年前，电讯中有烤肥鸭，三十年后的今日，新闻标题中却又见到红烧蹄髈，可谓相映成趣。

然而时代毕竟不同了，三十年前，佳肴入口，只是个人的享受；三十年后，好菜下肚，却要想到除享用而外，自有应尽的责任。

多吃好菜，多买公债！这是爱吃不忘爱国；如果再进一步，能够爱国胜于爱吃，少吃好菜，多买公债，当然更值得称道了。

（1950年2月6日《亦报》第二版，署名：老卒）

能见其大

本报是一张小型报，但牌号偏偏用"大报"，有人说这两字题名，也好像具有大胆作风，——不甘于小，自诩为大。

但是依我的感想，却觉得小型报除了篇幅的确较小而外，在文字上，在新闻报道上，并不见得不能化小为大，至少也可以做到小大由之。

回忆十几年以前，有一次在上海报人聚会上，我讲过一番话，说是：大报小报，同是为新闻事业工作，其间并没有什么合不拢的界线，跳不过的鸿沟。这番话当时颇博得一部分人的赞同，却也有一部分人说我特地为小报朋友捧场，观点并不准确。

平心而论，那时候的小报作风，确乎有些迎合低级趣味，大路不走走小路，因此一般心理，总认为小报是不登大雅之堂。可是近几年来，一部分的小型报写作者已在逐渐改革，解放以后，更有了显著的进步，客观的批评，已觉得虽称小报，未可小觑。

我是《大报》的读者，或许偶然登台客串，也算是一个写作者。且不管是什么资格，都愿以十二分的热忱，期望着本报在新闻工作上，能见其大；在文化使命上，能务其大；从而努力前程，发扬光大！

（1950年3月16日《大报》第二版，署名：晚晴）

从姑姑筵说到小型报

成都的姑姑筵，是全国驰名的。那位主办姑姑筵的老主人有一个特殊规定，任何人在他菜馆中设宴，必须下一份请帖给他，让他也成为座上客。这在他倒并不是摆架子，也不是贪吃喝，而是借此可以听取食客的批评，体察食客的口味，在烹调的技术上，和菜肴的支配上，更求精进。

但是在抗战中期，文坛前辈天虚我生从成都回沪，我问他姑姑筵毕竟好到如何程度，他的答语是：确有独到，仍未尽美。因为姑姑筵的老主人，虽说随时接受批评，随时改进，实际上却仍具着一个定型，这由于到他那里来的吃客，多数是些老主顾，他们的批评，也只代表着一个小圈子里的口味，不能算多方面。加以老主人自身虽是一位治庖名手，善于辨味，却在辨味中又不免先有偏嗜，便不肯各方兼顾。于是外江人到成都，初尝姑姑筵，当然赞不绝口，久而久之，也就吃得有些腻了。

拿姑姑筵来作比喻，我觉得一张小型报也正等于一桌菜，要五味调和，各色俱备，没有偏向，也不感单调，把姑姑筵主人所做得不到家的尽量做到了，才能适合大众胃口。固然眼前的小型报，必须具有正确意识，对读者有所贡献，不能像从前那样专以找寻趣味配合胃口为能事，但浅而言之，仅仅讲到配合胃口，在编者与写作者已经感到不是件简易的工作了。

（1950 年 4 月 1 日《大报》第二版，署名：晚晴）

买书兴叹

我有一个同学从苏州来，在闲谈中对我述说最近买到了几册旧书，为了买书，却大大地发生感慨。原来这几册书，是一位老前辈生前的藏书，提起那位老前辈，我小时候也常见到他，并且很敬佩他。因为他在当年也确乎称得起是一个学者，生平著作颇多，藏书也很多，但他的后人，却是些不事生产的享受分子，现在由于生活艰难，竟把所藏的书，陆续出卖。而且索价很廉。我的同学，苦于手头并无多钱，只选买了几册，也算是追忆老前辈，借此留点纪念。

我听罢了这一段买书故事之后，便对同学说道：你这番感慨，其实也是多余的，所谓"世代书香"那套旧话，早已不合时代了。藏书藏画，以前虽认为文人雅事，实际上仍是有钱者表现着一种占有欲，本人占有了若干时期，还要传诸子孙，却没有想到藏富于子孙，固然不会世袭罔替，藏书与子孙，也安能望子孙永宝。

买了书来，深藏在自己府上，远不如捐赠图书馆，归大众保守，供大众阅读，来得有意义。须知书之为用，在发扬文化，裨益群众，即使有什么精本善本，也应该公开，不宜使之成为私人赏玩的古董。

（1950 年 4 月 9 日《亦报》第二版，署名：老卒）

无情对

"无情对"只能算是一种文字游戏，却也颇有意味。

所谓"无情对"，是上联和下联，字面很对而字义却完全不对。

例如"树已半枯休纵斧"，对"果然一点不相干"，这是大家所知道的。

又如洪宪时代的两个活跃人物"顾鳌薛大可"，有人对"潘驴邓小闲"，确是对得很巧。

还有前清时的一副无情对，"当朝大臣张香涛"，对"随地小便入臭沟"，除了平仄不叶而外（涛字和沟字都是平声），也可以说是妙联。

在眼前，如果把"随地小便入臭沟"作为上联，就不妨对上"关门（关厂）大吉逃香港"，倒也是很现成的一副无情对。

（1950 年 5 月 14 日《大报》第二版，署名：晚晴）

台湾之虫

读了平斋先生一篇谈壁虎的文字，使我想起壁虎最多的地方，也许可以肯定地说："莫过于台湾"。

在台湾，壁虎全不避人，人也决不怕壁虎，似乎彼此已相处甚熟了。到了夜里，壁虎便在壁间乱爬乱窜，而且乱叫。叫起来声音很响也很怪。在我们这些没有见惯壁虎的人，虽说不怕，但看到壁虎的那种怪相，听到壁虎的那种怪叫，就不免有些汗毛凛凛，因此每晚入睡，总要将帐子四角塞得紧紧的，防蚊子也是防壁虎。

再说到台湾的蚊子，也和别处不同，多而且大，虽不至于"蚊虫大如鸭"，有几只特大号，至少也如黄蜂，被它叮上一口，当然是异常难受，尽管熏着蚊烟，也无法抵御这成群的蚊阵。

台湾的蝉鸣，却又成为一种很好听的音乐，在北投和草山，四望都是浓树，也四处都听得这种自然的节奏。我们在夏令中习闻蝉鸣，都像一个人直着嗓子在那里嘶叫，异常聒噪，唯有台湾的蝉声，却像吹口哨一般，有着柔和婉转的调子，十分悦耳。

美丽的蝴蝶，在上海不多见，住在台湾山中，却常见蝴蝶纷飞入室，别有情趣。因为蝴蝶多，所以台湾所出的蝴蝶书笺，也就成为足供欣赏的妙品了。

（1950 年 7 月 27 日《大报》第二版，署名：晚晴）

弹词不易编

评弹艺人刘天韵，曾在文代大会上发言，说：影戏和各种地方戏，都闹着剧本荒，弹词却更感觉到唱本荒。旧书淘汰了，新书非常少，我们的处境，等于守着荒田，急盼甘霖，希望文学工作者在荒田里多下几阵雨。

编新弹词倒也不是可以轻易动笔的，除了意识要正确，词句要明快（词句太文雅了就不通俗，太粗俗了又不够味）之外，更须注重到一点：编得好，要唱得出。据说有几位作家所编的唱词，看起来很好，唱起来却很拗口，依然只能供文字上的欣赏，不能在书坛上弹唱，那就是不切实用。

弹词艺人中能够自编自唱的还不多，文艺界朋友有几位对弹词有兴趣的，已自动地在那里义务写作，但也为数寥寥，而且都觉得这种工作，很吃力而难以讨好，提起笔来，就不免有些皱眉头，伤脑筋。

话虽如此，仍希望向来搞通俗文学的，能对那些前进的评弹艺人，多多地加以帮助，也就是说"在荒田里多下几阵雨"，因为就苏浙各地而论，评弹是最接近群众，也最能吸引群众的，在宣传工作和教育意义上，实在能起很大作用。

（1950年8月17日《大报》第二版，署名：晚晴）

秋蝉

立秋后的蝉声，虽然还是那样聒耳，但仔细听起来，似乎已显得有些软弱无力了。

在诗人和文人的笔下，往往对夏蝉表示颂赞，对秋蝉颇为慨叹。然而实际上旺盛时期的秋蝉，和衰退时期的秋蝉，除了鸣声有高下以外，其余也并无多大差别。秋蝉固然软弱无力，夏蝉也未见得刚强有为。

以蝉比人，可说是小资产阶级知识分子的一个象征。蝉托身树皮，餐风饮露，的确是很高洁的，但在它的生命过程中，所能表现的只是因风送响，振翼长鸣，正等于小资产阶级知识分子，一切的一切，只是付诸空口叫喊，没有实地工作。

"知了！知了！"知而不行，就此完了。西风一起，连叫也不得劲了，便只能很微弱地曳着残声，很凄清地了结一生。

因此不管是写《昆虫论》或是讲人生观，都应该号召着"不是蝉"。

（1950年8月21日《大报》第二版，署名：晚晴）

叫卖声

街头巷尾，听到小贩的叫卖声，有时或许会感到厌烦，有时却觉得别有情调。

叫卖声虽然比不得歌唱，却也有些艺术化，也要讲究行腔使调。举一个例子来说，这几天我所住的弄堂里，时常有一位小贩来叫卖白糖焐熟藕。他在这个"糖"字上，先起了一个嘎调，接下去又拖着长腔，真个是抑扬婉转，然后慢慢地叫出"焐熟藕"三个字来，非常合拍，也非常具有吸引力。我每次听着他放喉高唱，不由暗暗喝彩，像这样一条好嗓子，如果学会了皮黄，登台一试，一定也能够叫座的。

小贩的叫卖品如蔬菜水果之类，多数是乡村中的产品，随时收获，随时贩卖，这里面还具有一种城乡交流的意味和作用，而且做小贩的，又都是以劳力所获，争取生活，就更值得同情。

因此住在都市中的人们，对于小贩的叫卖声，极应该体味到"此非恶声也"，正代表着一部分劳动者的呼声。

（1950年8月25日《大报》第二版，署名：晚晴）

唐蔚芝的录音片

在勤孟先生《我所听到的朗诵》那篇文字里（见十五日本报），说到唐蔚芝老先生念古文的录音片，这些录音片，我倒是曾经领教过的。

记得是八年前的事了，唐老先生在上海讲古文，我和几个朋友去听讲，他那一次讲的是《过秦论》，讲完之后，又朗诵一篇；他虽然已届高龄，但逐字、逐句、逐段地念下去，嗓音依然十分响亮，气力也依然十分充沛。

散课以后，我便上楼去访谒唐老先生，他欣然接见，和我谈了好久，又嘱咐他的门生，将许多录音片开给我听，如果拿京戏唱片来作为比喻，可以说每片的行腔使调都很有味，吐音咬字也都很有劲，灌音的成绩，着实不错，确乎是值得收藏，而且值得流传的。

当时我除了对唐老先生表示敬意而外，又引起了一个感想，觉得唐老先生精究国学，已有不少人奉为良师，因此他的录音片，似乎不必止于朗诵，大可更进一步灌制些关于文学上的演讲或论文，以供广播和教学之用，岂非效益更大？又岂非更合于大众化？（古文的朗诵，不是大众所能了解，所能听受的。）我这个感想，直到如今，还没有消失。

（1950年9月20日《大报》第二版，署名：晚晴）

重阳诗

"满城风雨近重阳"这一句诗，即使不是为了催租人败兴，就此搁笔，也已充满着萧飒的意味。

或许作者本身，常受到催租人的压迫，也早料到催租人就要找上门来，因此重阳佳节，在他是只感到秋雨秋风，徒添愁恨。

如果在土改完成后的乡村里，到了秋天，并无催租之苦，只有丰收之乐，那么新诗人为农民写实，一定要说"满村稻谷迓重阳"了。

"遥知兄弟登高处，遍插茱萸少一人！"这又是两句重阳诗，写出了别离之感。

别离之感，在新时代中也是难免的。然而这离家的一人，如其是为了工作，为了学习，为了向前迈进，而暂时离开家庭，走上光明之路，却又觉得远大的希望，要超过别离的惆怅了。

少一人插茱萸不如多一人插红花。

（1950 年 10 月 19 日《大报》第二版，署名：晚晴）

新春联

上海文协为了配合抗美援朝宣传教育，展开了一个新春联运动，广泛地征求新春联创作，听说应征者已经不少，在最近期间，就可刊印小册，广为传播。

文协方面对于扩大时事宣传，原有一个决议，要大家加工赶制通过大众喜爱的形式，写出各种各类的民间文学作品，希望能普及群众，发挥效用。春联确也是一种大众喜爱的文艺，目前各都市里过新年换春联的风气，已不通行了，但在乡村中，却是家家门上，还贴上一副红纸联，藉以点缀风景，增加兴趣，因此年画下乡，新春联也大可下乡。

撰制春联并不难，却难在要适合这一个"新"字，便也有些不易下笔，因为新春联必须通俗，可是只求通俗，不讲对仗，不叶平仄，就成为标语化而并非春联了；反之如顾到对仗工稳平仄协调，却又要咬文嚼字，不大通俗了。

我也曾鼓起兴致，试作了几副新春联，但做成以后，自己看了看，依然不脱旧春联的格调，足见通俗文字要写作得好，实在比写文言更来得费力。

（1950年12月18日《大报》第二版，署名：晚晴）

俗一些

为了文字的精简，为了阅读的便利，动笔写作，确乎以短为妙，最好是全篇没有闲文，不讲空话，实做到"短一些，再短一些"。

但一切文艺作品，如果要面向工农兵，如果要照顾到那些文化水平较低甚至是识字无多的大众，那么除了"短一些"之外，尤其要"俗一些"。

所谓"俗一些"，当然不是意味粗俗而是要文词通俗。文绉绉的调子，再加上许多高而且雅的成语和字汇，是工农大众所不能了解也无法接受的，所以文艺工作者，假使真要使自己的作品能深入群众，普及群众，简直是愈俗愈好。

可是文字要写得完全通俗，要让大家都读得顺口，又看得上眼，也实在不容易，因为要把一篇文字，从头到尾；写得和通俗语言一样，非是对俗话文学经验特别丰富的作家，竟会无从下笔。

（1951年4月18日《大报》第二版，署名：晚晴）

扇面上的字

文艺界中的沈尹默先生，写得一手好字，这是大家所知道的。最近沈老先生因为响应捐献运动，决定写扇义卖，但扇面上所写的字句，已有了一个新转变，并不写什么诗文，而专录毛主席和鲁迅的著作，还加上新式标点。

讲到写扇，听说评弹艺人，又定出了一种新方式，评弹艺人在登台说唱的时候，照例都带着一把折扇，他们便将爱国公约抄录在扇面上，于是随时随地，展开了扇面，就看到了公约，扇子拿在手上，公约记在心上，这比有些人的自书"座右铭"，意义更来得深切了。

扇面上的书画，一向只是点缀风雅；如今祛除了旧作风，结合到爱国主义，在扇面中可说别开生面，是很值得赞扬的。

（1951 年 7 月 18 日《大报》第二版，署名：晚晴）

街头画人翻身了

去年春夏之交，我曾在本报写过一篇《街头画人》，叙述着有一位颇擅长人物画而且以前曾在各学校里教授过美术和图画的老画人，因为失业以后，无法维持一家的生活，只得向街头卖画，那时候他的收入是很微薄的，处境是很艰苦的。

他卖画的地点，和我的办事处很近，同人中多数都买过他的画，也常常和他谈话。他在穷愁之中，虽然着实有些情绪不安，但仍抱着一种克服困难自力更生的精神，却颇值得赞佩。

后来这位老画人忽然不见了，相隔一年多，最近他特地来访问我们，并且拿了一册连环图画——是他的作品——送给我们，又很愉快地述说别后情形，才知道他这一年以来，得到友人的辗转介绍，专为各书店绘制连环图画，由于他的画笔很好，工作很勤，所得的报酬，颇为丰厚，比较以前沿街卖画时的情景，是大不相同了。

我们也很为他欣幸，都说是街头画人翻身了。由此足见在新时代里，任何人只要有一种专长，而且能劳动，能面向大众，自会得到各方面的帮助与争取，决不致永远沦落。

（1951年7月23日《大报》第二版，署名：晚晴）

语文要大众化

在《文汇报》上读到了齐培埔先生所写的讨论《高中语文课本上的语文问题》那篇文字，其中提到在高中语文课本里，把"笛"写作"毕儿"或"鼻儿"，把机车上拉汽笛写作"拉鼻儿"，只是河北唐山一带的方言，不如仍写成"笛"，使大家能一致了解，像这样直录原音，在不懂得这种音义的人，就难免会发生混乱和困难。

此外，齐先生又连带举出别个在语文里直录土音的例子来，说作者下笔的时候，应该附加注解，以免其他地区读者的误会。

我认为齐先生的意见，是很正确也很值得重视的，作为一种语文教本，当然要使大众都能读能懂，如果把一切限于地方性而应用得并不普遍流行得并不广泛的土语方言写出来，又不附加注解（即使在民间故事或各种民歌中引用原文，也有另加注解的必要），的确要引起"误会"，以至于"发生混乱和困难"了。

不但语文课本，应该力求大众化，应该照齐先生的说法来写作，就是电影和话剧里面（地方戏要表现地方性当然除外），也是纯用国语来得适宜，渗入了各地方的土话，或者全用某一地区的方言作为代表，就会使别个地区的观众，听了莫明其妙，因此失却了"大众化"的意义，同时也减损了宣传教育的作用。

（1951年9月12日《大报》第二版，署名：晚晴）

爱伦堡的谈话

苏联的伟大的作家爱伦堡，在全国文联欢迎茶会中，发表了一篇关于写作的谈话。这篇谈话，可说句句切实，凡是从事于文艺写作者，应当把它作为座右铭。

爱伦堡的谈话，见于报纸记载，原文甚长，本篇不能逐条引述，综括其中要点，是说：要写得好；要写得有必要、有价值；要写出能体验实际生活而为读者所喜爱者的作品；不可单为了计算创作数量，或博取稿费而写作。

我在读到爱伦堡谈话以后，作了一度自我检讨，便感到警惕和惭愧。因为我所写的东西，虽然也力求认真负责，决不愿潦草塞责，但有时至少是为写作而写作，也就是说至少有若干篇难免是为了"交差""应卯"而写作。

我个人固然如此，推想到其他写作同志，多数是技术比我来得高明，生活比我来得丰富，文字也比我写得有价值，但讲到各个人写作的动机和态度，却也许未必能符合爱伦堡所指出的条件。

总之，从爱伦堡的谈话中就知道写作的重要性和严肃性，粗制滥造当然要不得，便是信手拈来、随笔挥写，那种被认为表现才气的旧作风，也必须改变了。

（1951年9月29日《大报》第二版，署名：晚晴）

太监写恋爱小说

"如果是一个没有参加过战争和革命工作的人，写战争小说或革命小说，就等于太监写恋爱小说。"

这是苏联名作家爱伦堡先生所作的一个比喻。爱伦堡先生在前几天上海文联举行的欢迎座谈会中，对于文艺写作，提出了不少宝贵的意见，主要的是说文艺作家必须从自身的生活经验里，得到现实的资料，有了深入的观察，才能写出切合实际的作品来。他于是作了前文所引述的这个比喻，语调是很幽默的，意义却仍是很严正的，因此全场都引起了笑声，也报以热烈的掌声。

爱伦堡先生又讲了一则故事，说苏联有几位作家，为了接受一家纺织厂工人的请求，写了五种关于纺织工人生活的小说，但是经过了若干时，爱伦堡先生偶然到这家纺织厂的图书馆里去，和工作人员晤谈，却知道在图书馆所置备的书籍中，借阅得最少而最不为工人所爱好的，就是这五种小说，原因是作家笔下的描写，并不能深切体验到工人的生活，也并没有能结合工人的情感。

从爱伦堡先生所说的故事中，联想到我们这些出身于小资产阶级而又久住在上海这个都市中的写作者，如其得不到机会，想不出办法，而不能经常和工农兵相接触，或有一个长时期生活在一起，那么所谓面向工农兵或多写工农兵，结果写来写去，就依然不着实，依然不免像太监写恋爱小说，这并不是笑话而实在是写作上一个严重的问题。

（1951 年 10 月 2 日《大报》第二版，署名：晚晴）

梁任公的辣手文章

在本报所刊的《八十三天皇帝梦》中，曾提起梁任公所写《异哉所谓国体问题者》那篇文章，梁任公在当时可说是一个政论权威者，他在喧传帝制声中，发表了这样一篇洋洋大文，虽然表面上还只是反对帝制，并没有显然讨袁，但对于准备粉墨登场的洪宪皇帝，已等于当头一棒。

梁任公在此文中，有一个妙喻，说专制既然变为共和了，皇帝既然改为总统了，这块皇帝的招牌，也就等于投入了厕所，如今再从粪秽里捞出来，无论如何，不会再吃香，也不会再有人尊敬和崇拜了。（大意如此，原文已记不清楚。）这番话将高唱"筹安"的一班大小奴才，骂得痛快淋漓。

其时中华书局的总编辑是范源濂，他和梁任公有相当关系，这篇轰动全国的文章，便刊载在中华书局发行的《大中华杂志》上，于是《大中华杂志》的销数，也就蒸蒸日上，风行一时。今日之下，已很少有人还保存着《大中华杂志》的了。但大家对于梁任公这篇"辣手文章"，却仍留着很深的印象，确可算得是具有历史性的一种文献。

（1951 年 10 月 3 日《大报》第二版，署名：晚晴）

辞书上的缺点

在中国辞书上有这样一个缺点，是对于有些古典式的成语，往往只注明出处，而并没有将原文的意义和解释，完全申述出来，因此便使人知其然而不知其所以然。

这里试举一例，如"唾手"两字，在几种辞书上，都只是注着"见《后汉书·公孙瓒传》注"，又说明了是"极言其易也"。究竟"唾手"是怎么回事，何以是"极言其易"，就找不到更详细的解释了。

其实就我们所常见到的情形来讲，"唾手"可说是劳动人民在举重时的一种小动作，像农民举犁耙；工人举斧锤；常要先向掌心中唾一下，再将两手对搓一下，这似乎是加一把劲，添一些力，唾手之后，紧接着就举起工具来，开始工作。所以大家说惯了也写惯了的"唾手而得"，便等于说是"仅仅唾手，并未动手"；也便是比喻着不劳而获，不合常理。

"唾手而得"又常有人误成"垂手而得"；固然"垂手"同样可以解释作并无举手之劳，而且在字面上反比"唾手"更觉通俗，但论其意义，却不及"唾手"来得深切了。

（1951 年 11 月 20 日《大报》第二版，署名：晚晴）

锥刺股

在一个集会上，以极其兴奋的心情，听到了侯宝林、魏喜奎两位著名艺人的相声与鼓书，同时又听到他们的报告。

侯宝林说的是《一贯道》，魏喜奎唱的是《飞虎山》，前者结合到政治任务；后者发扬着爱国精神；在北方曲艺中，可说是典型杰作。但尤其使人感动的，却是侯、魏两位，报告了在赴朝慰问期间，耳闻目睹的种种新人新事——中国人民志愿军英勇机智的战绩和战地工作人员艰苦奋斗的情况。

侯、魏两位的报告，都相当长，所举的事例也相当多，本文限于篇幅，不能备述。可是他们说到前线司机工友用锥刺股这一件事，已显出了踏上朝鲜战场的中华优秀儿女，为了祖国，真是奋不顾身。原来那些勇敢的司机、工友，出入战线，担任运输工作，是处处要冒着危险，也时时要克服困难；因为避免敌机轰炸，常熄了车灯，在黑夜中疾驶，所以睡眠时间，是极少的；遇到异常疲乏，不能自制地要瞌睡的时候，便把预藏在身边的利锥，向自己的腿上猛戳一下，皮肉刺破了，血淌出来了，瞌睡却也醒了，就这样熬着痛，驾着车，继续猛进，完成任务。

中国史籍上曾有苏秦夜读书引锥刺股的一则故事，这是未必真确的，即使真有其事，像那样熬夜勤读，也只是以个人利禄为出发点，并不足取；如今在朝鲜奋勇工作的司机工友，刺股流血，忍痛行车，却是发挥了高度的爱国热情与忘我精神，值得广大人民的崇敬。

（1951 年 11 月 22 日《大报》第三版，署名：晚晴）

章太炎论诗

读了平斋先生的《和尚娶妻》一文（见廿四日本报），想起章太炎先生所讲的一番话，是从和尚娶妻说到做诗叶韵。

三十余年前，章太炎先生曾在上海"江苏省教育会"中演讲国学，他连讲了三天，我便去连听了三天。他演讲时声浪颇低，口音也不大容易了解，我因为坐在前排，还大致可以听得清。到第三天上，他谈到做诗，又穿插了一段比喻，说是：他在日本遇见一个和尚，问他中国诗为什么一定要叶韵，他便回答说：叶韵是做诗的一种格律，等于不娶妻是做和尚的一种戒律，你要不叶韵，就不必做诗；你要娶妻，就不必做和尚。

这一天太炎先生讲完了，就有人向他询问：叶韵固然可说是做诗的一种格律，但全部诗韵中，试以"十三元"为例，实际上竟是把很多并不叶韵的字，并入一个韵目，岂非显得混乱？是否应加修正？太炎先生对于这个问题，却也没有明确的答复。

拿做诗叶韵来比和尚娶妻，话是扯得太远了，太炎先生这个譬喻其实不大确切的；但他也只是指旧诗而言，至于用语体写新诗，当然不需要再拘泥旧诗韵，也决没有人再受旧诗韵的束缚了。然而，写新诗虽不拘旧韵，却也仍有一种合于人民语言的自然音韵，正像那些民间歌曲和戏剧唱词，都有一个"辙儿"。诗歌之类，是适宜于演唱或咏诵的，如其完全不叶韵，不合"辙"，总觉得唱起来难以上口，读起来也不能顺口了。

（1951 年 11 月 30 日《大报》第三版，署名：晚晴）

特别廉价的京剧

此次在大世界举行的京剧义演，许多名艺人都出台，但票价特别从廉，一律只售五千元，这可说是京剧界的初步转向——面向大众。

京剧票价，一般地讲，是比其他剧种来得昂贵，通常只有三层楼售座，所定价格，还合于大众化，此外"特厅""花楼"论名目已显分阶级，论票价更超过了普通观众和劳动人民的购买力；换句话说，京剧虽然是大众爱好的曲艺，但在上海，能够时常获得佳座，安坐欣赏的，仍只限于少数的所谓"有钱阶级"，因此京剧艺人，直到于今，实际上也还只是在一个相当狭隘的范围中，为资产阶级服务，并没有完全适应广大人民的要求。如其说要在宣传教育上起作用，这作用也就受到限制，不算广泛了。

如今大世界的义演，倒是打破了历来的旧观，从廉价中还采用着平等主义——座价一律，不分等级——这一点是值得学习的。固然义演性质，并不同于营业，也就是说不能苛责各地戏院，都以此为例；但甚希望各戏院在可能范围内，也逐渐转移风气，设法节省一切消费，减轻观众负担，那么京剧前途，才可尽量发展，适合时代。

（1951 年 12 月 19 日《大报》第三版，署名：晚晴）

消灭错误

报载首都新闻、出版、印刷等单位，已展开了一种"消灭错误，提高质量"运动，并举行了"检查错误展览会"，又准备大量收集材料，举行"废品展览会"。

首都新闻界和出版界对于"消灭错误"，如此重视，是具有重大意义的。要消灭了一切出版工作中的错误，才能彻底搞好文教工作。

最近出版的各种新书籍，也许是由于销数过多，印订匆促，"错字""错页"的毛病（重页或缺页）就不能尽免。我最近买了一本在学习上阅读的书籍，读到了一小半，突然觉得前后文字不相衔接，再细看一下，才知道是页文颠倒错乱，并且缺去了好多页，结果只得向原出售的书店掉换。这虽然是很小的或者是出于偶然的一个例子，却已足见各种出版物，如其逐一经过精密的检查，确会发现不少错误，而消灭错误，又确有其必要。

过去出版界即使检查错误，也只注重于写作、校对和排印，对于装订工作上所发生的错误，是认为无关大体，不值讨论的；然而好好的一本书，如果因页数订错了或者缺少了，要收回重订，甚至于无法重订，只能成为"废品"，送入"展览会"，严格地说来，也就是一种浪费——浪费人力或物力——这里，我想对出版界提出建议：关于书籍的装订，也应该在事先或事后仔细检查一遍，就可以从减少错误中逐步做到消灭错误了。

（1951 年 12 月 23 日《大报》第三版，署名：晚晴）

第十辑　忆往

继往开来

在《文汇报》继续出版的广告上，有一句最引人注目的话："《文汇报》是具有十八年历史的报纸"。这句话倒并不是《文汇报》自己卖老，一般读者和全国新闻界也都公认《文汇报》的十八年历史，是值得称道的。

十八年像流水一般过去了。如今回忆到十八年前《文汇报》创刊时的情景，真是历历在目。拿我来说，当时也和《文汇报》有一些关系，可算是这张报纸的拥护者。我和《文汇报》的几位创办人原是老朋友。在抗日战争初期，上海沦陷，大家踽处孤岛，都感到有话难说，有力难使，有了爱国热情更难以发挥，室闷得透不过气来。《文汇报》的创办，目的是想在新闻战线上，和敌伪展开游击战。同时，也为自己辟一块自由呼吸的园地。当然，在敌伪包围的环境中办报，是不能不借"洋商"为掩护工具的。因此，《文汇报》在实际上虽然并无洋股，也只得托名为英商报纸，并招来一个洋经理，作为对外出面的人物。哪里料到这个对外出面的人物，后来竟成为出卖《文汇报》的贩子。

《文汇报》的出现，确有异军突起，一鸣惊人的气概。出版以后，销数就蒸蒸日上，以此得到了社会的推崇，也以此遭到了敌伪的嫉视。种种横暴的丑恶的恐吓手段和迫害行为不断而来。在形势最险恶的时候，《文汇报》的几位负责的人，每晚都隐身在报馆中，布置"临时房间"作为密室，商讨应付迫害的方法。我有时也以"自家人"的资格，参与其间，所以深知此中况味。《文汇报》同人的斗争性是相当强的，虽然身处险境，仍坚持下去，直到那个洋经理克明接受了汪记伪政府的收买条件，大家才不得已而采取消极抵制的方式，集体辞职。这一下，洋经理也就招架不住了，《文汇报》于是宣告停刊。

抗战胜利以后，《文汇报》算是复刊了，但复刊未久，又受到反动统治者的压迫而停刊。这第二次停刊的事实，凡是爱好《文汇报》的读者和熟悉报界情况的人，必然记忆犹新，我也就不必再加记述了。总之，《文汇报》的十八年历史，虽是很光荣的，却也是很艰苦的，从艰苦中获得了光荣也保持着光荣，这就显出了《文汇报》的真价值。

前些时我遇到《文汇报》馆里一位同志，他对我说：继续出版的《文汇报》，不一定要说是焕然一新，而应该做到"焕然如旧"。我觉得这句话很有意思，所谓"焕然如旧"是要保持着以往的精神和风格，也要继承着过去的光荣历史。但是，我们深信《文汇报》必能从"焕然如旧"的基础上更进一步表现出"焕然一新"的成绩来。也就是说：从继承旧时的光荣历史中更展开一部新的光荣纪录。就《文汇报》本身来说，继续复刊也正含有"继往开来"的意义。

（1956年10月19日《文汇报》）

闲话黄浦滩上的铜狮子

前些日子，大家曾哄传外滩的一对铜狮子忽然失踪了。铜狮失踪，何以会使上海市民引起注意，感到兴趣？这是因为不少人对于这对历时久长的铜狮，具有深刻的印象，也必然会有痛苦的回忆。

这对铜狮，是一向蹲伏在汇丰银行门前的。汇丰银行，是一座英帝国主义经济侵略的大堡垒。分置在这座堡垒门前的两头巨狮，也就是向中国人民示威的标志。依据历史性的记载，汇丰银行于1865年（清同治四年）在上海南京路设立了分行（总行在香港），那时的行址是很狭小的；到了1874年（清同治十三年），就在外滩造了一所三层楼房屋；至1921年，又就原址改建了巍然矗立的这座"汇丰大楼"。五十几年中，钱越刮越多，房屋越造越大，中国人民的膏血就给他越吸越枯了。经济上的侵略，又必然伴随着政治上的干涉。这在"汇丰大楼"举行落成典礼时，该行总董蓝恩对中国来宾所致的欢迎词里，已显然可见。他竟肆无忌惮地说：对于中国，必要时"虽以武力为后盾，亦所不惜"。这还算得是什么欢迎，简直是露骨的威胁，简直是向全上海市民张牙舞爪作狮子吼。

新屋落成以后，这对铜狮就被安置在大门前了。这倒不是妆点门面，聊壮观瞻，而是用猛狮的姿态来象征着当时帝国主义的狰狞面貌。"狮子大开口"，在半殖民地的情况中，不知有多少人把多少钱送入汇丰银行的大门里去，也就不知有多少人的身家财产投入狮子口里去。《红楼梦》里贾府门前的石狮子，从焦大口中说起来，倒是"干净"的。汇丰大楼门前的铜狮子，却是最肮脏也最丑恶的。人们可以意味到这对铜狮身上是充满了铜臭，也隐含着血腥气。

解放以来，上海一切事物的本质和面貌，有了彻底的改变。人们路过外滩，眼看着当年帝国主义的经济侵略堡垒——"汇丰大楼"，目前已变成人民当家作主的施政机构——市人民委员会，都感到无限兴奋和喜悦。至于铜狮的失踪，也正是铜狮的改造（重新修整）。改造的工作是刮垢磨光；改造的意义是脱胎换骨。经过改造后的铜狮，仍移归原址。这当然不是特留一个侵略者的遗迹，作为话旧的资料；而是让大家从新上海的转变中树立一种新观感，体念到今日之下，人民翻了身，狮子也转了世。狮子的转世，标明了帝国主义的没落，也显示着我们革命斗争的胜利。

（《展望》1956 年第 33 期）

· 严独鹤文集 ·

三十年前的一张昆剧照片

上海举行昆剧会演以来，我接连在各报上看到了北方昆剧团长韩世昌和南方几位昆曲名家合摄的照片，不禁回忆起三十余年前韩先生初次南来时的一桩旧事。

韩先生初次来沪，是应丹桂第一台之聘。在此以前，丹桂第一台是专演京剧的，戏院老板因为韩在北京已卓著声誉，必然具有号召力，便特地换了一个新的方式，每晚京戏照常上演而让他以昆剧演"大轴"。熟知上海戏剧掌故的人，都会知道，旧时各茶园中，京、昆同台演出是常见的，但到了清朝末年，茶园都蜕变为舞台以后，昆剧日形衰退，这些舞台就为京剧所独占了。因此，丹桂第一台以京剧凑合昆剧，在那时确可说是打破成规，别开生面的。韩先生登台后，南方昆剧家一致赞许，曾在徐凌云先生家中举行过一次"同期"会唱，对他表示欢迎。他应约而来，到得很早，唱了一出《游园》。徐凌云先生是临时从外埠回沪的，一进门便自称为"不速之主人"，也欣然入座，唱了一折"掷戟"。我对昆曲原是个外行，但因内行中颇多熟朋友，也应邀参加了这一雅集，至今追忆前情，似乎还历历在目。

这里要叙述这桩关于刊载照片的故事了。当时有一位老朋友，曾在北京久住，一向酷嗜韩先生的剧艺的。据说，他因乐于为韩先生配演，自愿在《痴梦》一剧中扮着一个官差上台。这位"昆剧迷"交给我一张韩先生的剧照，要求登在《新闻报》的副刊上，我也就如言照办。却不料和丹桂第一台在营业上竞争得最剧烈的另一家戏院，一见了这张剧照，竟由于同行嫉妒而大为激动，通过了广告商，向报馆当局提出责难，说是在副刊上破例刊登剧照，便削弱了戏目广告的效力，也影响了报馆业务。报馆当局听了广告商的话，就急急地问我："这便怎处？"我却只答以"且自由他"。广告商空费了一番口舌，并得不到什么结果，这事情也就过去了。于此足见，在旧社会中，对于艺人是极不尊重的，连报馆方面也是一切从营业观点上出发，看待一位在艺术上有成就、有地位的演员，还不如一个戏园老板或广告商，因此，为了刊出一张照片，就会引起偌大麻烦，岂不可笑，也岂不可慨呢。

　　我和韩先生一别数十年，此次重遇，我固然是一个"年迈人"了，他也垂垂老矣，彼此握手道别，我顿时感到时代的变化，也感到艺术界和新闻界的变化。

（1956 年 11 月 20 日《新民报晚刊》）

解放前的通俗小说与出版商

　　我以前虽然搞通俗文学，所写的却都是些散文和短篇小说，因此，就我本人而论，并不能算是一个通俗小说的作者。但我毕竟长时期担任过报纸、杂志编辑工作，对于数十年来通俗小说作者的处境和旧时出版界的情况，多少有些熟悉，不妨就记忆所及，在新时代中谈一些旧资料，借以说明从文艺生活的革新除旧中，使人突出地看出时代的变化。

　　然而，我所要谈的旧资料，并不是对通俗小说这一个话题，作全面的叙录，其重点只述及出版商的一些动态，或者只是从出版商的动态顺便涉及通俗小说的质量和通俗小说作者的生活，而所谓出版商的动态，说得不客气一点，也就是出版商的那些坏作风。我有这样一个感想：在中国文学中，谁也不能否认通俗文艺应有其一定的地位，在通俗文艺作品中，又谁也不能否认通俗小说是占着极大的比重。但截至目前，被认为文学遗产而获得普遍重视的通俗小说，大都是宋元以来的许多古籍，其次，也只有清末的若干名著，至于从辛亥革命至全国解放（1912—1949）这数十年中先后出版的通俗小说，论其数量，多不胜计，却似乎一直是批判的对象，扬弃的糟粕，在文学上得不到适当的评价，甚至可说是被摈诸文学之外的（张恨水所著小说，解放后已有若干种重新出版，这是例外）。在这一点上，我决不想为通俗小说作者辩护，因为像上文所说这样一个长时期中所出版的作品，确乎是应当批判的太多而可以接受的太少，应当扬弃的糟粕太多而可以摄取的菁华太少。主要原因，当然是大部分作者本身在写作的动机、态度和艺术上都存着不少缺点也犯了不少错误，可是，另一个重大原因，却由于发行通俗小说的出版商的作风实在是太坏。当时的出版商，是把持了通俗小说的出路也掌握着通俗小说作者的命运的，所以，出版商的坏作风就会发生很恶劣，很严重的影响，影响到作者，影响到读者，如果再强调些，也影响到整个社会。关于出版商的资料太多了，不能尽忆，也不暇细述，只能分为各个片段，扼要摘录如下：

一、创作服从于"生意经"

解放前的通俗小说，所以不易得到优秀的作品，其关键在于有极大部分作品并非作者对题材有兴趣，自发写作出来的，而是一切决定于出版商的"生意经"，并且是漫无标准，一窝蜂盲目追逐利润的"生意经"。出版商看到了某种小说的销数大，获利多，就不管内容到底是好是坏，更不管对于读者的影响到底是好是坏，就要求作者写出与此同样的或类似的小说，作为他们牟利的工具。作者也往往以自己的作品作为一种投时的商品，只求能适应需要，只求能争取市场，就不愿这样写也要写，甚至于明知自己不能这样写也勉强写。写作完全服从于"生意经"，根本上就早已失却文艺作品的意义和作用，更谈不到提高质量了。谁都知道，在旧时章回小说中，最为人所诟病的，是"鸳鸯蝴蝶派"，而这些"鸳鸯蝴蝶派"的小说，就都是从"生意经"中推动起来的。"鸳鸯蝴蝶派"的小说，以徐枕亚所著的《玉梨魂》开路，《玉梨魂》最初刊载在《民权报》的副刊上，《民权报》停刊以后，该报旧人马志千设立了一个"民权素出版部"，将《玉梨魂》刊印单行本，销路颇广。其后引起了徐枕亚与马志千之间的争执，至于涉讼法庭，结果徐枕亚胜诉，著作权归著作人所有。徐枕亚就集资开设"清华书局"，除发行《玉梨魂》而外，又写了一部可以作为《玉梨魂》续集的小说《雪鸿泪史》，赶印出版。两部书互相配合，同样风行，于是当时的出版商都纷纷刊印以悲剧性恋爱故事为题材的所谓"哀情小说"，"鸳鸯蝴蝶"因此就衍为小说界的一支流派。（"鸳鸯蝴蝶派"这个含有讽刺性的名词，最初是指那些专写哀情作品，又习惯于堆砌词藻、搬弄诗文的作者而言，后来就有人把所有通俗小说作者，都不加区别，一概斥之为"鸳鸯蝴蝶派"，这是并不适合于当时小说界的实际情况的。）

一窝蜂的"生意经"不仅表现在"鸳鸯蝴蝶派"小说上，此后的各种通俗小说，如"武侠小说""侦探小说"，等等，都是一旦出现了一部销路特别好，可以使出版商获利的作品，就会有一连串性质相同甚至名称也相似的刊物，跟在后面抢生意。最显著的是许啸天所著的《清宫十三朝演义》出版以后，接着就从汉宫以至明宫，几乎对每一朝都出过一部演义，而各部演义又同落一个窠臼，就是专描写宫闱中的荒淫生活，标志为"历史小说"，其实只是一窝蜂的"演义生意"而已。

二、脱离现实生活

旧时的通俗小说作者，除了迁就出版商的目的与要求，自身几乎并无独立主张以外，还有一个极普遍也极严重的缺点，是脱离现实生活而向壁虚构。当然，其中也有一部分作者是生活比较丰富，可以从现实生活中得到小说写作的泉源的，但大多数都是这样生活在小圈子里的知识分子，在当时不大可能具备体验生活的条件，也不会理解到创作必须反映现实这一个要求，相反地却以"寓言八九"作为小说的基本原则，以"空中楼阁"作为写作小说的绝妙方法，于是见闻并不广，实地观察并不多的人，只要凭着自己的想象和写作的技巧，就随意捏造，信笔挥写，这样不仅内容空泛也必然会发生错误甚或闹成笑话。以李涵秋而论，总不能不说是一个富有才华的作家了，他所著的长篇社会小说，如《广陵潮》《侠凤奇缘》等，在旧时通俗小说中，也不能不说是突出的作品了，但他唯一的缺点，就是所到的地方太少，所接触的面也相当狭。他生长在扬州，曾旅居武汉好多时，辛亥革命以后回家乡，就不大出门了（应《时报》馆之聘来上海，是他晚年的事），因此，他在《广陵潮》中描写扬州和武汉的社会情况和当地风景，确是很生动也很精彩的，可是，在其他作品中就有把西湖游艇写得像帆船，把车站写得像长江轮渡等各种疵点。

脱离现实，向壁虚构，这似乎是作者自身应当负责，不能归咎于出版商，但就事实论，也还是因为出版商对作者的约稿，都采取着一种"榨油政策"，有油要榨，油已渐见干涸了的也还是要继续地榨。出版商是决不关心作者生活的，只知道出了稿费，收买稿件，约稿的对象，必然是名家，对于每一个名家，又必然要提出他以前所著的某一种出品来作为典型（出版商所指定的典型、稿本，当然是在"生意经"上能争取大量销路，能获得极大利润的作品），要求你照样描写，写了一部又是一部。在这种情况下，作者被逼得无可奈何，即使现成的材料已经写完了，除非决心放弃写作生涯，就此搁笔，否则也只有"冲酱油汤"（把仅有的一些材料敷衍成文，愈冲愈淡）或出自虚构，假使约稿太多，写作太忙，就不但论情节是纯出虚构；论文字也不免粗制滥造，于是有不少在早期颇为大众所赞许的作者，到后来却是出品愈多，声誉愈落，从而牺牲在出版商"榨油政策"之下。像李涵秋那样，只在作品中偶露一些破绽，并不至于被出版商搞垮，已算是基础很厚能力很高的了。

三、对付作者的不合理态度

目前各方面谈到文艺工作，都很注重培养新生力量，但在出版商支配着作者生活的旧时代里，却根本谈不到培养两字，相反地只有抑制，这可以把青年时期的刘半侬作为一个例子。刘半侬早先曾任职于中华书局，我和他是当年的同事，因此颇知道一些关于他的情况。他在那时已具有文艺创作的能力，也颇愿从事于创作活动。依常情论，中华书局是一个规模相当大的书局，负责主持编辑部的，又可说是在文化界中具有相当声望的人士，似乎对这样一个青年，总可另眼相看，加以培护了。但事实适得其反，他所得的薪给甚微，在工作上又受到一定程度的限制，有时他写了一些讽刺时局的小品文，发表在各报副刊上（我所编的《新闻报》副刊《快活林》中也常刊着他的作品），反受到编辑部负责人的批评，说他是无聊，他曾提出建议，想在日常指定的工作而外，另写些作品或编些参考读物，又被指为大胆好高，他在郁郁不得志之中，就离馆它去。

失去了工作岗位的刘半侬，生活是相当清苦的，努力支持了一个时期（约一两年），应蔡子民先生的招致去北京，临行苦于旅费不足，就拿了一部小说稿来找我，托我设法卖去这部稿子，凑些现款。我因为他行期迫促，就匆匆地把全稿介绍给进步书局。我意中以为进步书局是以出版通俗小说为专业的，对通俗小说的作者多少会有些同情，略加照顾，结果该局却趁刘半侬需款甚急的时候，以极低廉的稿酬收买了去。刘半侬到京后写信给我，说是"被进步书局狠狠地斫了一刀（意指杀价），没奈何只得忍痛割让"。又隔了几年，他已成为新文艺阵营中一个声誉卓著的作家了，许多出版商却又要纷纷地转念头来争取他的著作，对待他的态度，由"狠狠地斫"一变而为高高地捧了。的确，解放前的出版商，是"能为青白眼"的，只有对于已成名的而且作品出版后能够大卖其钱的作家，才特垂青眼，如果是初出茅庐或者是尚在萌芽时期并未冒出头来的作者，即使富有天才，也还是饷以白眼，此例甚多，真是不胜枚举。

然而，所谓"特垂青眼"的那一套方式，也完全是资本主义作风，表演得极为可笑。这里，又可以把张恨水所遭的情景，作为一个例子。张恨水少年时也曾来过上海，写过小说，却并无人加以注意。到了后来，他所写的小说，特别是那部《啼笑因缘》，受到了广大读者的欢迎，风行一时，出版商就像戏院中的"礼聘名角"一样，以他为争取作品的唯一对象。他第二次来沪时，世界书局主持人沈志方预先探听消息，估计行程，趁着他"下车伊始"，立即亲自出马，邀他到一家餐馆中，备酒接风，殷勤款待，并且抓紧时机，以突击的姿态，和他当面谈定，将他以前在北京报纸上发表的《春明外史》等小说，连同他过去所写而搁置已久的许多旧稿，都要求出清底货，不吝重酬，全部收买。同时还特约他以后为世界书局尽量写稿，要快快动笔，多多益善。于是一席未终，诸事已妥，沈志方大为得意，认为这是自己心机灵，气派大，把张恨水的作品，一齐包下去，成为世界书局的专利品了。当时确有人佩服沈志方，说他是捷足先得，也有人羡慕张恨水，说他是满载而归。总之，旧时代的出版界，一切以营利为目的，因此，出版商与作者之间的关系，也是一切从经济观点出发，新作家固然得不到适当的扶助，老作家除被利用来博取大量利益以外，也不会受到真正的尊重。

四、"冒名顶替"的手法

出版商的"生意经"，简直花样百出，像上文所述种种情况，在当时还是被认为比较正当的，此外，另有些不正当的手段，就更可慨叹了。所谓不正当的手段，是对于拥有广大读者的作品，用不同的方法，达到蒙混或剽窃的目的，从而分尝作者的劳动成果或直接侵害其著作权。第一种方法，是"移花接木"，将别人已刊行的著作，另编续集，这些续集都是临时找人胡乱写成的，写成以后，公然发行，因为既标明是另一作者所撰的续集，就不需要征求原作者（正集作者）的同意，也不必负什么法律上的责任了。所以，凡是销数最广的小说，往往有不少续集，相继出现，如《广陵潮》有续集，《啼笑因缘》也有好几种续集，一种是张恨水自己以东北义勇军为题材写作的，其余都是别人写的。另一种方法是"冒名顶替"，采取某些出于名家手笔的未完稿（中途辍笔，全书未告结束的作品），由出版商指定内部编辑人员，冒用原作者的名字，私自代续下去，以此欺骗读者，谋取销路。如向恺然（不肖生）所著的《江湖奇侠传》，就有人自以为找到窍门，表演过这样一幕恶剧。

《江湖奇侠传》是分集发行的（当时的武侠小说因为情节过长，只能分成若干集，依次刊行），向恺然写到一个相当的阶段，就离沪回湘，书局方面仍写信去请他续作，不知为了什么原因，并没有得到他的答复。可是，隔了些时，《江湖奇侠传》依旧出版，在版权页上也仍印着"著者不肖生"的字样，实际上论文字是远不如不肖生了，论情节也是胡扯乱说，不同于原来的《江湖奇侠传》了，一般读者都感到有些奇怪，最后谜底揭穿，才知道是书局方面，对于他的作品行使着冒名顶替的手法。听说他虽是远在故乡，久之也得悉个中真相，曾和书局方面兴起了一场交涉，结果如何，不得而知，出版界却已哄传其事。

五、黄色书刊的泛滥

解放前黄色书刊，到处泛滥，这是尽人皆知的，黄色书刊的大量发行，简直是当时出版商的一重罪案。当然，谈到出版商，也应有所区别，我们可以说，过去的出版商都或多或少地沾染着些坏作风，但决不能说凡是发行通俗小说的出版商，都不择手段，犯着"黄色罪过"。只知牟利而专以印行黄色书刊为能事的，实际上确另有一种下流书商，这些下流书商所经营的书店，就成为私制黄色书刊的工场。黄色书刊工场中的产品，又可分为三个类型，第一类是在古典小说中或旧书中，截取其露骨描写色情的文字，辑为专书，例如：从全部《金瓶梅》里，故意摘录出最淫秽的各个片段来编成一种缩本，而美其名曰"真本金瓶梅"。第二类是采取社会上各种黄色新闻和腐化生活作为题材，并加以渲染，编写了许多不堪入目的淫书（"黄色产品"中以此类为最多）。第三类是搜求资本主义国家出版的色情书籍，译成中文本，设法推销。于是黄色书刊充斥于上海全市也渗透到各个角落。尤其可慨的，是那些受"黄色工场"的雇用或特约，甘愿为下流书商供应产品的一群中，竟有不少具有一定的语文程度和写作能力的知识青年，也还有一部分自命为"大胆作风"的所谓"女作家"。总起来说，黄色书刊真是流毒无穷，所以，1955年文化领导部门大力肃清黄色书刊，确是一种很重要的工作，等于对出版界，对整个社会，进行了一次彻底的消毒运动。

关于解放前出版商的一切情况，如果汇集各种资料，加以系统的叙述，足可写成一部"外史"或"现形记"，当然，这些"外史"中的史料和"现形记"中的形态，也自有其时代背景，也是旧时代中现实社会的一种反映。时代革新了，出版界和文艺界的面貌也完全改变了，有了新的出版事业，也有了新的文艺生活。作为一个文艺工作者，回忆过去，在今昔对比中，自会感到无限的欣慰与莫大的兴奋。

最后，我还想附带地陈述一些意见。我在本文开始时，曾说旧时的通俗小说可以接受的菁华太少，又说大部分作者都存着不少缺点，犯了不少错误。但菁华太少并不等于要一笔勾销，有缺点、有错误也不等于要一棍打死。因此，目前主持出版事业的各部门，特别是以发行通俗读物为重点的出版社，对于过去的通俗小说，不妨去芜存菁做一些整旧的工作，对于过去常写通俗小说而艺术上颇有成就的作者，更不妨在组织稿件中，做一些联系和推动的工作（写通俗小说的旧作家，在解放后不断地经过思想改造和政治学习，事实上必然会有不同程度的进步）。这似乎是符合于"百花齐放"的方针和"动员一切力量"的意义，而颇可加以考虑的。

（《雨花》1957 年 3 月号）

解放前上海的新闻团体

解放以前，上海新闻界有两个团体，其一是日报公会，另二是新闻记者公会。日报公会以每家报馆为成员，代表报馆出席会议的，是各报馆行政业务方面的主要负责人。新闻记者公会以在各报馆，通讯社中担任编辑，撰述，采访职务者为成员，其他新闻工作人员都不参加。

日报公会成立于1909年。起因是这样的：当时上海发生了一桩中兴面粉厂管工印度人两名截住一个中国女子强施兽行的事件。《神州日报》对此事作了详细的报道，又连续发表了几篇词旨颇为激昂的论文。当时英租界当局"工部局"认为租界内有不少印度人，抨击印人会影响租界治安，就硬加《神州日报》一个"违碍治安，扰乱人心"的罪名，向"会审公堂"提起公诉。上海各报馆对于"工部局"如此压迫舆论，一致表示愤慨，感到此例一开，报纸可以随时受到无理的箝制，因此必须支援同业，合谋对付。但是"工部局"所指控的只是《神州日报》一家，其他各报馆既非当事人，在讼案中无从插手，于是经过协商，特成立了一个日报公会，除《神州日报》，以被告地位请律师辩诉外，另用日报公会名义，增添一个代表公会的律师为《神州日报》辩护。此案审讯结果，由公堂判决《神州日报》将其自动撰成的一篇文字，刊登报端三天。这篇文字的要点说明以前所载论文，专对犯事的印人而言，并非泛指印度侨民，以此作为公开的解释，敷衍了案。从此以后，这个类似报馆同业公会的联合组织——日报公会，就继续存在。

新闻记者公会的前身是新闻记者联欢会。所谓联欢，最初只是每星期举行一次记者聚餐，便于彼此会晤。其后范围逐渐扩大，也只是每年一度，开一个联欢大会，演出一场话剧或若干文娱节目，借以活跃一下新闻界的气氛。直至1927年，各地已先后有了记者公会的组织，上海的记者才在联欢会的基础上成立了记者公会。到了抗日战争时期，上海沦陷，会内部主管人深恐这个组织会受到敌伪方面的劫持或为汉奸所利用，就撤销了会址，停止了会务，等于无形解散。1945年抗战胜利，又宣告恢复。但关于会员资格，较前有所变更，并不限于记者，各报社的负责人都可以参加，社长、总经理等成为公会中的核心人物。当时各报都归反动统治者掌握，记者公会也就处于统治阶级控制之下。

另外，在1912年（民国元年），上海还曾经成立过一个中国报界俱进会，这个组织如昙花一现，不久即解散。

（《新闻战线》1961年第8期）

回忆文明戏

去年年底，上海人民艺术剧院方言话剧团接连演出了好几个传统的大型剧，博得观众一致赞誉，认为这个剧种在党的领导和培育之下，确已呈现了新的面貌，获得了极大的成就。

方言话剧的前身是通俗话剧，通俗话剧的前身，就是至今仍为大众所熟知的"文明戏"，也曾一度称为"新戏"。实际上就上海而论，与其说"新戏"是文明戏的开源，不如说文明戏是"新戏"的变格。上海之有新戏，创始于九亩地新舞台。当时新舞台中以名演员而兼后台主持人的潘月樵（艺名小连生）因京剧的演出，必须经常邀聘名角，包银所费甚巨，而所聘名角，能否具有吸引力，又并无一定的把握，于是别出心裁，联合了同班演员夏氏弟兄（月润、月珊）等，编排了许多表演时事的时装戏和扮演外国故事的西装戏，连台演出。每出戏又都配制布景，特备服装、道具，表现出一种新的姿态，并标名为"新戏"，借资号召。新戏出现后，观众就称京剧为"旧戏"，以示区别。新戏和旧戏虽然同是这几个演员，而且有时两种戏仍是分先后同台演出，但论戏的本身，却形成了两派。当时除一部分酷嗜京戏的观众以外，都乐于调换口味，转看新戏。因此，有几出新戏，如时装戏的《黑籍冤魂》、西装戏的《新茶花》等，都达到了卖座的极高纪录。其他各舞台知道新舞台已在新戏中收到很大效果，也就纷纷仿效，我于 1913 年，曾看到周信芳先生穿了西装，握着手枪，在新新舞台演出新戏（剧名我已忘记了），如今回忆起来，也是值得提的剧坛史话。至于文明戏，虽然在初期也曾沿用过"新戏"这个名词，可是，和新舞台派的新戏对比，却不能并为一谈，而竟是别树一帜，成为个后起的、独立的剧种。这里，可以具体地举出几点来讲：新舞台派的新戏有唱工（在新戏中夹唱京调），有完整的剧本和固定的台词，文明戏却纯取话剧形式，不用唱工，偶然有唱，也只是插进些南方流行的小曲，又不编剧本，只有幕表，不写台词，只任演员在台上自由发挥，以上各点，就显示着文明戏的表演，另有其特殊的格调，迥异于以前的新戏。

文明戏的异军突起，是在辛亥革命以后。曾有一个相当长的时期，盛行于上海和苏浙各地。由于演出的戏剧，多取材于家喻户晓的故事或当时社会生活中新发生的事件，既通俗易解，适宜于一般观众的欣赏水平，又强调讽刺性，投合了群众不满现实的心理，因而号召力很大，在戏剧界占着相当优势，并发展了不少剧团，在各个较小的剧场中分别上演而能同样保持盛况。

再讲到文明戏演员，却也很有些优秀的人材。初期的文明戏是不用女演员的，剧中的女角，也全由男演员饰演，当时演女角的演员如凌怜影、李悲世等都很有名。不久又改为男女合演，据说上海戏剧界为了打通男女合演这关，也费了很大的气力，相当的代价，因为男女合演是一直被认为"有伤风化""有干禁令"的，在那个时候要做到取消禁令，当然非钱不行。

如果要执笔写一部"文明戏小史"，却不能忘记当时文明戏里的中坚人物郑正秋。郑正秋具有演剧的天才和相当高的文化水平。他既长于演戏，又善于编戏。所编的戏，在一定程度上，能激发爱国思想，并含有反抗帝国主义的意义。在五四运动时，他曾编了一出短小的独脚戏

《黄老大说梦》。他自己扮演黄老大，上得台来，借叙述梦景以谴责日本帝国主义的横暴侵略，讽刺军阀政府的卖国外交。等于一场化装演讲，讲得激昂慷慨，声泪俱下。全场观众也都深受感动，报以热烈的掌声。

以上所述，是文明戏旺盛时期的简略情况。然而，在旧时代里，从事戏剧工作者从未得到应有的重视与扶植，相反地还备受着反动政府的摧残、黑暗势力的迫害和戏院老板的剥削。文明戏当然也是好景不长，同样要遭逢厄运，自兴盛而日益衰退，自衰退而日益凋萎，终于一蹶不振。直到解放以后，在百花齐放的文艺方针鼓舞之下，各个剧种都欣欣向荣，呈现了万紫千红的景象，文明戏才如枯木逢春，得有今日。

（1962 年 1 月 18 日《文汇报》）

散文卷·

福开森与《新闻报》

清末时期在上海发行的中文报纸，有的是外国人主办的，有的是中国人自办而用洋商出面的（当时称为"挂洋旗"），因为在封建王朝之下办报，不掮出一块洋字当头的挡箭牌来，就无法逃避统治者的迫害，也难以抵御当地官场的压力。但是，辛亥革命以后，真正归外国人掌握、以外国人为主人翁的报纸，却只有《新闻报》；反过来说，以一个外国人而经过时代变迁，仍长期管领着中国报纸的，也只有《新闻报》的福开森。因此，从《新闻报》本身来讲，或是从整个上海新闻界来讲，福开森就成为新闻事业中的历史人物。解放以前，我在新闻报馆先后工作了三十多年，现在想就回忆所及，把我在《新闻报》服务时期内所耳闻目睹有关福开森的一些资料，作一概括的笔录，借供研究上海新闻史者的参考。

由于福开森作为《新闻报》主人的时期很长，可记的事件也比较多，本文略加梳理，分为四个阶段，记述如次：

一、独资接办报纸（清朝时期）

福开森在出资购入《新闻报》，成为报馆主人翁的前后，也同时从事于各方面的活动，并且已获得相当地位。据我所知，福开森早已由清廷赏给他"二品顶戴"。他每次到上海来，常戴上红顶，坐着大轿，拜会当时的"上海道"和其他官员。这种情形，是我进新闻报馆后听到编辑部里有几位老同事说的，但最近又听到有人谈起福开森，却说他只特备了一颗小红顶，作为纪念，并未高高戴起。不管他戴与不戴，得到清廷的赏赐，总是事实。清廷为了媚外，笼络洋员，给以空衔，这也是很平常的事，但由此却可以说明福开森那时在政治上必然已有活动，和政界也已有了一定程度的联系。另外我又知道一件事：我的父亲生前曾一度任职淞沪铁路购地局文案，我在他所办的公文案卷中，看到了该局的会办是福开森。清代的官办铁路，由于借用外款的关系，往往于中国官吏之外，兼用洋员，也已成为惯例；但"会办"这个职位，在当时论官阶已不算低，这也可见福开森早已插足中国官场了。以上所说的是福开森在政界中的活动，其次要略述一下他在中国文教事业中的活动。福开森和金陵大学有较深的渊源，这是众所共知的；此外，他在南洋公学中也占着较高的位置，由外国语文教习递升为监院。在南洋公学的大风潮——"墨水瓶风潮"中，福开森也是学生所攻击的对象，据说就因为瓶中的墨水染在这位堂堂监院身上而引起的风潮。至于其他文教事业中福开森有无联系，我不知其详，也没有收集到文字上的记录。福开森曾举行过一次来华五十年的纪念，并由《新闻报》刊印了精装的纪念册，假使现在还有人藏着这种纪念册，倒可以从全册的记载中借知福开森在中国的各种活动和概况。

关于福开森接办《新闻报》的经过，在《新闻报》刊印的五十年纪念册中，只是略举大概。在戈公振所著《中国报学史》中也只有"《新闻报》发刊于光绪十九年（一八九三年）之元旦，初为中外商人所合组，推英人丹福士为总董。……丹福士于光绪二十五年以个人所办浦东砖瓦厂折阅，由美公堂宣告破产，该报遂由福开森出资购得"这样寥寥数行，语焉不详。以我自己的见闻而论，因为到新闻报馆编辑部工作，已在一九一四年，对于福开森在清末时期接办《新闻报》的具体情况，无从深悉，只是从报馆老同事的谈话中，得到一些侧面的也仅是零零碎碎的资料。这些零碎资料，归结起来，约有三点：（一）接办之初，抓紧班底。福开森虽然自命为"中国通"（福开森操着一口流利的南京话，又能识中国文字，对报纸上所刊评论可以看得懂），毕竟是一个外国人，对于社会各阶层的真实情态，特别是企业中的各种经营方法，依然有些隔膜，他又同时兼任着其他职务，决不能专力于办报，因此他就加紧物色了一副班底。当时《新闻报》规模甚小，用人不多，他班底中的骨干，也只有三五人。主要的是汪汉溪和金煦生（笔名柳簃）两人，汪任总理，管业务；金任总主笔，负责编辑部。汪汉溪是以前南洋公学的总务员，因为办事谨慎，在财务出入上一丝不苟，于是深得福开森的信任。金煦生据说是福开森的学生，文笔颇佳。金煦生在《新闻报》任职的时期并不很久，汪汉溪却是终其一生，始终效忠于福开森，并努力于《新闻报》的扩展。（二）组织公司，拉拢股东。福开森接办《新闻报》，原是独资的，后来为了要结纳上海商界人物，借此扩张声势，也有利于招揽广告，就改组为公司，把当时商界中声望高、手面大的人等如朱葆三（商界领袖）、何丹书（钱业中主要人物）等拉作股东。但实际上除福开森外，其他股东所占的股额只有《新闻报》全部股款百分之三十左右。股东会中的董事，也等于由福开森支配指派，并无实权，也竟可说是无事可董。尤其可笑的是，所谓监察人并非出于选举，而是由营业部中一名被雇用的职员兼任，开股东会时也不一定要他出席，只是在财务报告表上签上一个字，就算履行了监察的职务。（三）报纸商业化，声称不涉政治。办报而可以不涉政治，只能算是奇谈，但在当时报纸商业化的趋势中，尤其是专以工商界和小市民为销行对象的《新闻报》，确乎喊着不涉政治的口号。至于那时福开森本人那时的政治主张，由于他思想保守，又由于他在晚清时期已有了政治活动而且深染着官场气息（福开森的官僚气派，即使在待人接物的一些小关节、小动作中也会随时流露），是有些偏向于清廷的统治，并不同情革命的。试举一事为例：辛亥年武汉光复以后，《新闻报》的一切报道，虽然也随着大流，未曾明显地反对革命，但在冯国璋领兵南下、攻陷汉阳时，《新闻报》就曾抢先报道，据说曾出了一张号外，以此引起读者的反感。报纸上的记载或号外的刊布，虽未必出于福开森的指挥，却至少可以说明在福开森掌握下的报纸，对于那时政治上的大变革，是取着怎样一种态度。

二、长期遥控全馆（军阀时期）

从辛亥革命以至一九二七年北伐胜利，打倒军阀，中间历十六年之久。在这十六年的漫长时期中，福开森一直主持着《新闻报》。他虽然久居北京，对于《新闻报》，对于汪汉溪，却采取遥制的方式，小事不问，大事必管。汪汉溪遇到一些大的问题，依然要随时向他请示汇报，他也依然要发号施令，函电往返，极为频繁，而且每隔一段时间（大致一年），他总要来上海一次，住上一些日子，含有亲临视察的意味。他在袁世凯当政时任总统府顾问，但是他和袁世凯之间有无其他深切关系，却难以推测。当袁世凯称帝时，《新闻报》的评论和副刊上所刊登的小品文，对于洪宪王朝都加以抨击或讥刺，在这一点上并未听到福开森方面有何反响（那时我已进《新闻报》）。可是，《新闻报》编辑部内，却在这一阶段中起过一个小风波。那时担任电讯编辑的是一位吴先生（笔名阿鹭），担任外埠新闻编辑的是张叔通（笔名小吹），担任本埠新闻编辑的是周梦熊，这三人突然于一夕之间，连带辞职，事后据说，辞职的原因，是为了有些反对帝制和攻击袁世凯的新闻，已经发排，都被抽去了，未曾见报，所以愤不能平。这一个临时抽去新闻的举动，是否有人秉承福开森的意旨行事或别有内幕，就成为没有打破的哑谜。

福开森每来上海，总要召集编辑部内各个负责人作一次谈话。他在谈话中，对于办报方针，说来说去，总离不了"无党无偏"这个口号。有人认为"无党无偏"是汪汉溪的口号，因为在他口中时常要念动这四字真言的，但汪汉溪的口号，也就是福开森的口号。"无党无偏"四个字，在军阀时期里，确乎含有一种意味，起着一些作用。因为当时各系军阀都在那里收买新闻事业，提出了"无党无偏"，总还能不受收买，做到一个经济独立。福开森既自称是"无党无偏"，所以他的论调，对于各个军阀也都有指摘，似乎视同一丘之貉，并无所偏。但是，遇到了某一军阀头子上了台，做了总统，也就要在"不偏"之中，很显明地"偏"一下子了。这里可以举一事为例：在徐世昌初任总统的时候，我因为舆论对徐大为不满，曾写过一篇短评，其中有这样两句："徐娘半推半就之姿态，未必能博得人又惊又爱也。"这篇短评，引起福开森责难，特函汪汉溪给我扣上了一顶大帽子，说我是"违反美国报律，侮辱元首"。我当时甚为气恼，汪汉溪却向我解释，说福开森也不过是为了想保全他那顾问的老位置，只要他和总统府之间挂上了钩，顾问的交椅坐稳了，也就无所谓了（福开森于袁世凯死后，在历届总统和段祺瑞执政任内一直充当顾问）。

总的说来，福开森在军阀时期中，一方面感到他自己凭着《新闻报》这一付政治资本，可以抬高身价，另一方面，又看到《新闻报》业务兴旺，因而对于办报的劲头，也一直没有衰歇。

三、秘密出卖股权（蒋政权时期）

福开森虽然在军阀时期中经常显示着志得意满的神态，可是时代变化了，北洋军阀完蛋了，又换上了反动统治的蒋政权。福开森因为以前和蒋方没有什么联络，在他的政治活动上就显得有些落寞，而且上海方面，又突然对《新闻报》来了一下严重的威胁——停止邮递（包括上海"租界"以外的分发和递送）。《新闻报》的外埠销路是很大的，一旦停邮，报纸不能出租界，这确乎要受到致命伤（关于停邮这个威胁，开始时等于无风起浪，结束时又简直是不了了之，但中间经过情形却甚为曲折，想在缓些时另行记述）。福开森那时虽在北京，但这个波浪，对于他当然是一种刺激，至少要使他感到《新闻报》在蒋政权下是夜长梦多，他所掌握的这份事业和频年积累的这一笔庞大资金，也许会碰到出乎意料的变化而难以保全。于是为时不久，就将全部股权售与史量才，从此脱离了他一生所视为根深蒂固的"《新闻报》主人"宝座。

福开森与史量才之间的这注大交易，唯一的居间人是董显光，一切都是通过董显光的谈判因而成交的。谈判的过程，异常秘密，不仅《新闻报》全部职工没有知道，连汪氏弟兄（汪汉溪去世后，由其长子伯奇继任《新闻报》总理，次子仲韦任协理）也被蒙在鼓里。后来交易已经定妥，股款已经交割（据说福开森出卖股权的代价，是旧法币八十万元），福开森才到上海来，为了避开职工耳目，在馆外约定地点，和汪氏弟兄见面，向他们说明《新闻报》是换了主人了。当时馆内同人也得到了一些消息，就急于询问汪伯奇，所得到的答复依然有些含糊其词，莫明真相。直到董显光有一天突然来馆，命勤务员开启董事长室（这间董事长室是除了福开森亲自光临以外，常年不开放的），摆出了一付"江山已改""唯我独尊"的姿态，个中情事，才无法掩盖了。又直到董显光亲下字条给会计科，说以后馆内开支在一百元以上的，必须经过他签字方可支付，才逼使汪伯奇也忍无可忍了。事情发展到这样地步，紧接着馆内就掀起了一场"收回股权运动"的大风潮（这次风潮，本文限于篇幅，不能详叙，也只能另作专题记述）。《新闻报》职工在风潮发生的第二天，就用报纸封面广告的地位，刊出了反对福开森的大幅启事，福开森觉得情形不妙，还是走为上着，就急急地买好车票，悄悄地离开上海。

四、一度重还旧巢（敌伪时期）

福开森出卖了股权、脱离了《新闻报》以后，仍居住北京（他在北京喜鹊胡同置有住宅），大有终老是乡之意。在抗日战争初期，上海沦陷，报纸虽仍能在租界内发行，但新闻已要受到敌人的检查。汪氏弟兄和馆内同人，都感到在此期间如果要从不停刊中想办法，只有回走老路，重挂洋旗，才能作为暂时的掩护，避免敌伪的劫持，至少新闻可以不受检查。为了要重挂洋旗，就由汪氏弟兄通过"小福"（福开森之子）去向"老福"商量，请他重来维持《新闻报》。福开森初时推托年老，不肯在这个纷乱的局势中找上麻烦，后来由于"小福"再三坚请，才表示应允。当时所采取的方式，是"报纸出租"，由福开森另行组织一个"太平洋公司"作为承租者（其实所谓新公司也只是空中布局），从租赁关系中取得《新闻报》的发行权，并向美国注册，于是《新闻报》又成为福开森主持下的美商报了。

太平洋公司成立后，《新闻报》内部业务，仍由汪氏弟兄负责处理一切，只聘了一个英国人包德任经理，此外各部门人员，都是原封不动。福开森在敌伪时期中曾来过上海，而且勾留的时间相当长，每天到馆，很仔细地阅读报纸，似乎常怀着一种审慎戒惧的心情。这时他所持的态度是完全中立，既不愿使《新闻报》受着敌伪的直接压制，却也不能容许在《新闻报》上揭露抗日的旗帜，发表抗日的言论。到了太平洋战争爆发以后，福开森也在敌伪方面"遣送敌侨"声中被迫回国，不久在美国逝世。

（原载 1961 年 7 月 5 日《光明日报》，

此据《文史资料选辑·第 4 辑》文史资料出版社 1961 年版）

访老报人谈旧报事

最近为了搜集一些清末时期的上海新闻史料，访问了辛亥革命以前的老报人汪彭年先生（初期《神州日报》主办人之一）。他在谈话中讲到《时事新报》，又从《时事新报》而提起那以"滑头商人"著名的黄楚九；并对我述说了他自己为了反对黄楚九办报，曾引起一场很大的争执。黄楚九这个人，凡是老上海都很熟悉。他最初是个眼科医师，后来又开药房（中法药房）、办游乐场（大世界）、设银行（日夜银行），此外又同时兼营其他各种企业，总之是花招甚大，门路也甚多。可是，他虽然什么事都想插一手，捞一把，却从没有人说起过他想办报。（他在大世界游乐场中曾办过一种小型报，名称就叫作《大世界》，那只能算是吸引游客的宣传刊物。）因此，我听了汪先生所讲的故事仍觉得很新鲜，可认为报坛旧话里的一则佚闻。

据汪先生说，黄楚九在清末曾一度要接办《时事新报》，并申请加入日报公会。公会中开会讨论，汪独坚持反对，说黄楚九是个滑头药商，并曾被人控告，经过会审公堂判决处罚，以这样一个人而厕身新闻界并参加公会组织，本人大有羞与为伍之感。汪所提异议，在座的人似乎都不表同意，于是激起了他的愤慨，当场声称，如果大家允许黄楚九入公会，本人情愿退出。此话一出，他竟说干就干，紧接着在《神州日报》上刊登了退出日报公会的启事，并将所以要退出的理由叙述一番，这对于黄楚九当然是大下面子了。

黄楚九受到了这个挫折，不肯罢休，就寄来一封律师信，指责汪毁损名誉，要提起诉讼。汪也回了他一着杀手棋，托人抄到了黄楚九以前被控的案由、审讯的经过、处罚的判决书和有关文件，像翻旧账簿一般，在《神州日报》上按日连载。这样，更引起了读报者的注意，黄楚九实在有些吃不消了，只得赶紧挽人调解。

汪先生公余有暇，常到张园去喝茶。有一天他刚坐定，忽见朱葆三（当时的商会会长）走过来对他说："你来得正好。我要介绍一个朋友和你见面。"说完也不等汪回话，就到邻座中去拉了一个人来，这人就是黄楚九。黄见了汪，态度甚为谦恭。经过了一场面对面的谈判，又加上了调人的竭力劝和，汪就答应对方所提出的条件，黄不再办《时事新报》，汪也把有关黄本人的历史材料和攻击黄的文字，除已经在报上披露的只能置诸不论外，其余即日中止刊载，算是从此鸣金收兵。

汪先生在忆旧中所谈的，当然不止黄楚九办报这件事，但单从这件事来说，已使我感到，如果能经常访问几位在早期就投身新闻界的老报人，必然会从他们口述的掌故和佚事里，获得不少新闻史料。

（1961 年 8 月 13 日《新民晚报》）

附

录

郑逸梅《记严独鹤》

《申报》和《新闻报》，那是旧上海的两大刊物。在报坛上又有所谓"一鹃一鹤"，鹃是指《申报》编副刊《自由谈》的周瘦鹃而言；鹤是指《新闻报》副刊《快活林》后改《新园林》的严独鹤而言。瘦鹃不是每天在报上露脸，独鹤却每天来一"谈话"。因此，独鹤的名字更为显著，外界几乎把独鹤作为《新闻报》的代表人物，不知该报尚有总经理汪汉溪、总主笔李浩然了。独鹤的"谈话"，为什么有这样的广大读者？原来独鹤每天所写的"谈话"，短短的三四百字，要言不繁，很为俏皮，又复圆转含蓄，使人读之，作会心的微笑。有时独鹤患病，不能到馆，由另一编辑余空我代写，空我依样画葫芦，也是每天来一"谈话"，但读者们觉得不很够味，认为独鹤所谈是圆圆的，空我所谈成为扁扁的了。

独鹤生于1889年10月3日，浙江省桐乡县人。名桢，字子材，别号知我，或署槟芳馆主，笔名独鹤。夫人逝世，续娶陆蕴玉，小名有一"雪"字，因颜其斋名为玉雪簃。少时读书上海制造局兵工学校，后入广方言馆。毕业后，在桐乡执教数年，乃来上海，担任中华书局编辑。这时，沈知方创办世界书局，就邀独鹤和平海澜、谢福生等同编英文书籍。不久，独鹤又应《新闻报》之聘，把副刊《庄谐丛录》改为《快活林》，一新耳目。及"一·二八"难作，创巨痛深，无从快活起，《快活林》停顿了一个时期，重行恢复，易称《新园林》，独鹤主编，前后达三十年左右。他知道长篇连载的小说，能吸引读者，所以副刊上的长篇，都出一时名手，如李涵秋的《侠凤奇缘》《战地莺花录》《镜中人影》《好青年》《梨云劫》《并头莲》《自由花范》《魅镜》，平江不肖生（向恺然）的《玉玦金环录》，程瞻庐的《鸳鸯剑》，许瘦蝶的《尚湖春》弹词，顾明道的《荒江女侠》。这《女侠》说部，上海友联公司摄成电影，大舞台编演京剧，又出版了《荒江女侠》单行本，轰动一时。独鹤会动脑筋，有鉴于若干年前，南社巨子陆秋心，发起集锦体的点将小说，在叶楚伧主编的《民立报》上发表，篇名《斗锦楼》，全篇约两三万言。秋心开了头，即点某某续写，把被点者之名，嵌之于后。例如点着西神："你是什么东西，神气活现。"周而复始，也是一种文字游戏。独鹤仿着它，刊登了好多篇，如《海上月》《奇电》《蓬蒿王》《红叶村侠》《夜航船》《米珠》《怪手印》《珊瑚岛》《新嘲》《闺仇记》等，执笔者为独鹤、大可、指严、东雷、枕亚、浩然、谔声、律西、天侔、眷秋、真庸、警公、天虚我生、天台山农等人，刊竣后，曾由大成图书局刊单行本《集锦小说》两集，风行一时。写谐文和杂札的，尚有朱枫隐、缪贼菌、陈秋水、夏耐庵、曹绣君、费只园、屠守拙等，经常写稿。守拙善用连珠体为游戏小品，因有"屠连珠"之称号，我也厕列其间。有时我和独鹤一同参观某种展览，须明天副刊有所记载的，独鹤往往要我执笔，在副刊的版面上，留出五六百字的地位，晚饭后必须交稿，那是很局促的，好得我这时精力充沛，出笔迅速，也就应付去了。副刊上每天有一漫画，最早是马星驰画的。勾勒几个军阀的形状，真是惟妙惟肖，具有辛辣的讽刺意味。记得1917年，军阀张勋拥溥仪复辟，旋即失败，张勋逃往荷兰使馆，托庇外人，马星驰便画了一个汽水瓶（其时汽水俗称荷兰水），那翎顶辉煌的张勋，躲在瓶中，一根大辫子翘出在瓶外（张勋留着大辫，时称辫帅），丑态引人发笑。此后继马星驰作漫画的，为杨清磬、丁慕琴（悚）。有一次，慕琴的漫画太露骨，触犯了当局，独鹤被传去就审，几被拘留。

1929年，上海报界组成东北观光团，各报派一代表，独鹤代表了《新闻报》，应邀前去。到了北平，由钱芥尘殷勤招待，他们两人，本是老朋友，当然无所不谈。既而谈到副刊所载的长篇小说，行将结束，拟物色一作者，别撰长篇。芥尘接着说："那么我来介绍一位张恨水，他写的《春明外史》，在此间很受社会欢迎，不妨请他为《快活林》写一以北方社会为背景的说部，来换换口味如何？"独鹤虽没有阅读过恨水的《春明外史》，却在姚民哀所辑的《小说界之霸王》上，看到过一篇恨水所写的短文，觉得描写深刻，措辞隽妙，是具有印象的。立刻请芥尘介绍会面，居然一见如故，谈得很融洽。所写的小说便是这部名震一时的《啼笑因缘》。这书登载的第一天，便获得读者的好评，独鹤写信告诉了恨水，恨水在鼓励之下益发有劲，全书二十二回，一气呵成，简直把樊家树、沈凤喜、关秀姑、何丽娜、刘将军几个写活了。写到末了，更有"曲终人不见，江上数峰青"之妙。恨水认为说部的续写，什九失败的，《红楼梦》《水浒传》，续写都不能写好，所以他不愿意写《啼笑因缘》的续编，但由于读者的请求，还是续了下去。独鹤又动了脑筋，和徐耻痕、蒋剑侯办了三友书店，向《新闻报》商购版权（已登载过的小说稿，向报馆购版权，只千字一元，代价不高）。重行排印，出版《啼笑因缘》正续集，销行之广，不言而喻，独鹤和耻痕都得到了相当的利润。这时评弹界朱耀祥、赵稼秋，请陆澹安为编《啼笑因缘》弹词。弦索登场，加以说噱，卖座之盛，为从来的未有，因此《啼笑因缘》这个单行本，销数激增，独鹤等当然又发利市。接着，明星影片公司，又请独鹤为编电影剧本，把《啼笑因缘》搬上银幕。明星公司在这个戏剧上，花了很大的本钱，又在报上大大地宣传，岂知半腰里杀出程咬金，那办有大中华影片公司的顾无为向法院控诉，说明他已拍摄《啼笑因缘》，登记在前，获有执照，明星公司不得再拍。这确是明星公司的失着，给人以可乘之隙，结果明星公司败诉，不得已，托人向顾无为情商，又付出一笔酬谢金，才得公开放映。经过种种纠纷，见载大小报刊，这部《啼笑因缘》单行本的销数直线上升，也就再版三版四五版了。恨水来上海，独鹤陪他听《啼笑因缘》的评弹，他听不懂，又陪他看《啼笑因缘》的电影，他看了不很满意，说是分幕分得太散漫，不够紧凑。

独鹤编《新园林》，觉得太忙了，请周冀成为助理编辑。冀成笔墨也很流畅，在报上写稿署名"鸡晨"，有人开玩笑说，这真是"鹤立鸡群"。独鹤不但注意长篇小说，又复罗致了两部连载笔记，其一是刘成禺的《世载堂杂忆》，为掌故性的作品，成禺自云："典章文物之考证，地方文献之丛存，师友名辈之遗闻，达士美人之韵事，虽未循纂著宏例，而短篇簿录，亦足供大雅咨询。"约一百五六十篇，后来刊为单行本，为《近代史料笔记丛刊》之一。《杂忆》登毕，接着登载的便是汪东的《寄庵随笔》。汪东字旭初，为章太炎大弟子，东南大学的文学教授。所记的，大都是抗战时期，国府西移，重庆山城的人文之盛，也有一百多则。笔墨风华隽永，更在《杂忆》之上，今由上海书店托我整辑，付诸印行。

《新闻报》又发行过《新闻夜报》，副刊名"夜声"，也是独鹤编辑的。写作者以青年作家为主，独鹤弟子很多，纷纷供稿。当时有一联华广告公司请顾冷观编辑《小说月报》，又兼编姊妹刊物《上海生活》。《新闻报》和联华文告公司取得联系，每订《新闻夜报》的，赠送《上海生活》，双方都推广了销路，也是出于独鹤的计划。后独鹤升任了《新闻报》的副总编辑。

独鹤每天写"谈话"，不料发生了一件特殊事故。独鹤家居雁荡路口的三德坊，每天赴馆，总是乘着自备的包车。有一天，他循例乘着包车赴馆，刚下车，预备乘电梯上楼，突然有人持一锉刀，向他颈项间刺来，独鹤惊避，然已受伤流血，即由车夫送医院急治，幸伤势轻微，住了两三天即出院。那凶手当场被门警抓住，交给警局，解往法院审理，受审时，凶手却侃侃而谈，谓："他平素喜读独鹤的'谈话'，天天阅读，成为常课，日子久了，觉得独鹤的'谈话'，具有特殊的魅力，不读也就罢了，读了精神上就受到他的控制，什么都不由自主，可知独鹤是有'妖法'的。我为了安定自己的精神，不得不向他行刺……"法官听了他的口供，认为这人有神经病，经过医生诊断果然是个疯子。监禁了若干时期，释放出来，这却使独鹤大不安心，万一他再来开玩笑，怎能受得了。结果由独鹤花了钱，送他入疯人院医治。

独鹤脱离了世界书局，写作关系还是不断的。那《红杂志》是世界刊物的第一种，原来世界书局初期，铺面髹以红漆，称为红屋书店，《红杂志》无非以符红屋而已。《红杂志》的发刊词，乃独鹤所撰，略云："英国有小说杂志，Red Magazine，红光烨烨，照彻全球，今《红杂志》之梓行，或者亦将驰赤骝、展朱轮，追随此外国老前辈，与之并驾齐驱乎。"独鹤为编辑主任，发刊词例由编辑主任自己动笔。实则独鹤仅仅挂一虚名，负责编辑是施济群。济群自己主办《新声杂志》，出了十期，撰稿者都一时名流，世界书局的主持人沈知方，特地邀他来的。《红杂志》出满百期，改名《红玫瑰》，赵苕狂任编辑，独鹤又复挂一虚名，但为以上两种杂志撰写了许多短篇小说，后来抽印成《严独鹤小说集》。其他有一长篇《人海梦》，只出了两集，没有结束，不了而了。又文化出版社，请他把《西厢记》改写为白话小说，也是有头无尾。又编过电影剧《怪女郎》，又和洪深、陆澹安等办过电影讲习班，后来享盛名的胡蝶、徐琴芳、高梨痕等，都在讲习班中沐受他们的教泽。独鹤主要的作品是"谈话"，当时有莲花广告社的倪高风，一度拟把若干年来的"谈话"汇聚拢来，刊一单印本，凭着独鹤的声望，招些广告，登在书的后面，广告费可抵销印刷费。可是着手整理，所谈的都是针对当时的社会和政局，在彼时来看，徒成明日黄花，失去时效，也就没有刊印。独鹤晚年也深感耗了一辈子的心血在"谈话"上，迄今成为废纸，为之追悔。

独鹤一度和陆澹安、施驾东等，在北京东路办大经中学，独鹤任校长，延聘名师，担任教务。又请王西神、陈蝶仙作诗词讲座。这时我和赵眠云合办国华中学，请陆澹安来兼课，所以两校是时通声气的。

独鹤收入很不错，可是家累很重。他的弟弟严畹滋、严荫武的儿女教育费，都由独鹤负担。畹滋我没有遇到过，记得我第一次遇到荫武，大家不相识。他肥硕得很，简直像开路先锋般的庞然大物，旁有友人胡佩之对我说："你估计他体重若干磅？"我答着说："可和两百数十磅的严荫武媲美。"胡佩之大笑说："原来你们两位不相识，这位就是正式严荫武。"于是握手言欢，开始订交。有一次，荫武有事访徐卓呆于新舞台的后台，卓呆是喜开玩笑的，对荫武说："我先得给你介绍一位朋友。"及出，那是大胖子名净许奎官，一对庞然大物，相与大笑。

独鹤生于 10 月 3 日，恰为旧历的重阳节，很容易记得，我们几个熟朋友，逢到这个佳节，总是借这祝寿之名，大家聚餐一下，以快朵颐。有一次，有人请独鹤点菜，独鹤客气不肯说，有一位说："不必问，备一蛇羹即可，鹤是喜欢吃蛇的。"我说："仙鹤吃蛇，是旧传说，不是事实。我知独鹤爱吃蚝油牛肉的，不如点一只蚝油牛肉吧！"独鹤笑着对我说："你真先得我心，不愧知己。"独鹤经常戴着结婚戒指，可见伉俪之笃。性喜出游，春秋佳日，不是探六桥三竺，就是访灵岩天平。星期余暇，足迹常涉刻曲灌叟的黄园。灌叟黄岳渊，善培菊，有一千数百种之多，著有《花经》一书行世。独鹤书赠一联云："著述花经传弟子，安排菊历遣辰光。"行书很挺秀，可见他的多才多艺了。

1949 年后，《新闻报》改为《新闻日报》，不久即停刊，馆址并给《解放日报》。独鹤脱离辑务，任上海图书馆副馆长（正馆长乃版本目录专家顾起潜），十年浩劫，独鹤受严重打击，致含冤而死，时为 1968 年 8 月 26 日，年正八十。独鹤幼子且被禁，家中遭抄掠，值钱的东西都被掠去，他的夫人陆蕴玉环顾室中，却剩有一架电风扇，便把它卖掉，得价七十元，才草草办了丧事。蕴玉尚健在，谈到往事，还是流涕。

（原刊香港《大成》杂志第 129 期，1984 年 8 月出版）

陆诒《忆严独鹤先生》

新闻出版界前辈严独鹤先生，浙江桐乡县乌镇人，生于1889年。他十五岁考中秀才，但不想科举之途，就读于上海制造局兵工学校，后入广方言馆学习英语。毕业后先在教育界工作，旋进上海中华书局任编辑。当沈知方创办世界书局时，曾聘请他编辑英文书刊，辅导读者学习。他又为世界书局主编《红杂志》《红玫瑰》两种杂志，刊载通俗小说。

严先生于1914年应上海《新闻报》之聘，为该报主编副刊。他把原来的副刊《庄谐丛录》改名为《快活林》，革新内容，文字力求通俗易懂，并能反映一点民间疾苦。他每天在《快活林》上撰写一篇短文，约五六百字，署名"独鹤"，内容多半根据当天新闻，针对国内外时事或社会问题发言，有时尖锐泼辣，击中要害，有时婉转含蓄，引人深思。他的文章非常精辟，要言不繁，深受读者欢迎。

"九一八"事变以后，国难日趋严重，《快活林》改名为《新园林》，他每天和读者亲切笔谈的特色，继续坚持。他为抗日救亡大声疾呼，尤其反对消耗国力的内战。曾在报上特辟《抗日同志谈话会》和《救国之声》专栏，号召读者共同讨论抗日救国的办法。他从来不板起面孔训人，而是像一个知心朋友那样，谈得非常知心。天天谈，彼此都熟悉了，便会产生潜移默化的宣传效益。

他主编的副刊，实行题材和文章体裁多样化，创造日新月异的新形式，使读者每天有面目一新之感。他很重视副刊的图文并茂，每天选刊一小幅时事漫画，约请老一辈漫画家马星驰、杨清磬和丁悚等供稿，他们确有机智和艺术修养，能把当时的军阀、政客、贪官污吏，勾画得惟妙惟肖，富有辛辣的讽刺意味。此外，他又在副刊上选载连载小说，以吸引读者。如张恨水的《啼笑因缘》、顾明道的《荒江女侠》等，都曾在

《快活林》上逐日刊载。

1930 年，我在上海私立民治新闻学院读书时，严先生教过我的编辑课。他每次坐私人包车（人力车）来校，非常认真地上完两节课，才登车去《新闻报》编报。他讲课分析透彻，条理清楚，使学生受到教益。课余，他和蔼可亲，乐于与同学平等交谈，谆谆善诱。他是我尊敬的老师。

1931 年"九一八"事变前夕，我进上海新闻报馆工作。从此和他共事将近七年。他是报馆的副总编辑，是我的领导，但是我看他与当年的总编辑李浩然先生都有一个共同特点，就是为人宽容敦厚，向来没有疾言厉色，和同事之间平等相处，遇事协商，很少争执。比起平时沉默寡言的李浩然先生来，严先生能言善辩，在编辑部中他经常利用业余时间找人谈话。当时新闻报编辑部工作人员集中在三楼办公，他与李浩然先生和一部分夜班编辑在一间屋子里编报。采访科是在靠马路边上的那间屋子里办公，白天除了值班人员之外是没有人的，到晚上七时以后，外勤记者才陆续回到采访科写稿。在晚上，严先生常来到采访科同我们聊天，问我们白天有哪些重大新闻，对所发生的事件人们有些什么议论等等。

当年新闻报编辑部中人员也是相当复杂的，有国民党上海市党部头子陈德征、潘公展之流派进来的人，也有投奔黄金荣、杜月笙门下的，也有按月拿军阀或政客的津贴的。严先生虽然交游极广，但他对国民党权贵和社会闻人始终采取敬而远之的态度，洁身自好，同邪恶势力绝不妥协。他热心赞助社会上的公益事业。抗战以后，上海处在"孤岛"时期，他曾和同事严谔声先生等通过《新闻报》举办对贫寒子弟的助学金，协助一部分青年上学，为国家培养了人才。

1937 年 10 月，我辞去《新闻报》的职务，参加《大公报》工作，被派赴山西战场采访。临行，严先生勉励我深入前线，勤奋写作，经常向读者报道战讯。

抗战胜利后回到上海，与严先生久别重逢，始知在上海"孤岛"时期，他曾多次收到敌伪的恐吓信，威胁他不得再写抗日言论，敌军的宪兵司令部也曾传讯过他。但他历经种种威胁利诱，仍不为所动。1941 年太平洋战争爆发后，敌伪接管上海《新闻报》，他立刻愤然辞职。抗战胜利后，他原希望政府能体恤人民困苦，好好休养生息，改弦更张，努力建设。但国民党当局悍然发动内战，导致物价飞涨，民不聊生，使他极为愤慨，常执笔撰文，揭露并抨击国民党的倒行逆施。

1949 年，他满怀兴奋的心情，迎接上海解放。恽逸群同志代表上海市军管会文管会接管《新闻报》后，立刻安排严先生等到新闻图书馆工作，不久又聘请他为上海《解放日报》编辑顾问。他在解放后曾任上海市第一至五届人民代表大会代表、全国政协第三届和第四届委员、作协上海分会理事、上海市文联委员、中国民主促进会上海市委会委员、上海图书馆副馆长。他学识渊博，经验丰富，常对比新旧社会，深切感受到社会主义制度的优越性。解放以后，我经常同他一起参加社会活动，再次受到他亲切的教导。他真诚拥护中国共产党，热爱我们伟大的祖国。他曾为中国新闻社撰稿，在华侨报刊上呼吁海内外炎黄子孙团结起来，早日促成祖国统一。

十年动乱，像他这样爱国的知识分子、著名的新闻出版界前辈也遭到林彪、"四人帮"的打击和迫害，不幸于 1968 年 8 月 26 日逝世，终年七十九岁。

（原刊《新闻与传播研究》1987 年第 3 期）

严祖佑《父亲严独鹤散记》

一

我父亲严独鹤，生于 1889 年，于 1914 年进入上海《新闻报》，历任该报副刊《快活林》（后改名《新园林》）编辑、主笔，后又兼任《新闻报》副总编辑，凡三十余年。《新闻报》是旧中国发行量最大的民办报纸，《快活林》及《新园林》亦为民国时代最受读者欢迎的副刊之一。

余生也晚，未能亲历父亲当年办报的种种情事。由于我是学中文专业的，父亲晚年常对我说起办报的诸多甘苦。据父亲说，办好一张副刊，需抓住三个要领，其一是每期须有一篇好的短文（言论）；其二是须有一幅好的漫画；其三是须有一部好的连载。唯有如此，方能相得益彰，吸引读者。

在这三个"要领"中，父亲本人是中国最早一代以白话写短文的大家。他自主持《新闻报》副刊之时起，就开设《谈话》专栏，以"独鹤"笔名（父亲原名桢，字子材），每日撰写短文一篇。取材则上自时政大事，下至市井琐闻，皆为市民所切切关心者；其文字平易，雅俗共赏；因此每篇虽不过几百字，却深受读者欢迎，历之三十余年而不衰。

由于父亲的文章能切中当时社会上的各种心态，且鞭辟入里，因此还曾为自己招来过一场无妄之灾。某日，父亲至报社上班，刚刚步入大门，即从旁窜出一男子，拔刀向父亲猛刺，幸父亲闪避及时，仅伤及颈部皮肉，此人旋被报社门房扭获至警署审问。彼坦承与父亲素不相识，亦无瓜葛，唯因父亲所写文章，每每触及自己内心最深处的种种不为人知的隐秘，从而寝食难安，惶惶不可终日。故断定父亲有"妖法"，认为只有将父亲除去，自己才能安宁。最终，法官乃判定其精神失常，将其送入精神病院管制、治疗。此人家境困窘，住精神病院的钱还是父亲代付的。

　　父亲与袁世凯的儿子袁克文（寒云）是朋友，但在袁世凯帝制自为之际，仍不断撰文加以抨击（克文本人也是反对乃父称帝的）。但据袁公子后来对父亲说，这些反对帝制的报刊，袁世凯一概看不到，都被其兄袁克定扣下了。袁克定还仿冒《新闻报》《申报》等当时一些大报的报头，每天印刷一批假报纸给袁世凯看，上面连篇累牍都是拥护帝制的文章，署名都是当时社会各界的名流，其中也有父亲的名字。袁世凯阅后，居然还对克文说："你这个朋友不错。"克文明知大谬，却也不便说穿。

　　当时，《新闻报》副刊的专栏漫画作者是丁悚（画家丁聪之父），丁老先生的画风泼辣，揭露时弊，臧否人物，不留情面，对读者有很强的感染力。如某年元旦，《快活林》刊载了一幅丁先生的漫画，名为《向党国要人拜年》。其中蒋介石被画成了一把雨伞，伞面即是蒋介石常穿的俗名"一口钟"的黑斗篷，蒋氏是光头，且很小，于是整个头颅就被画成伞尖上的一个滴子；至于孔祥熙的尊容就更有趣了，因其爱钱之故，一张脸被画成了一个银圆，而一对眼睛则被画成了两个银毫。

　　说到《新闻报》的连载，不能不提及父亲和张恨水先生的一段交情。1929年，张学良将军在东北宣布易帜（将北洋政府的五色旗换成国民政府的青天白日旗），服从中央政令。至此，中国在名义上归于统一。同年，以父亲为团长的南方新闻代表团访问东北。往返途中，在北平稍作停留，时有北平同行向父亲介绍，有一位名张恨水的小说家，其作品甚佳。父亲遂与张恨水先生相识，成为至交。从此张恨水先生每有作品完稿，必在《新闻报》副刊连载，其中包括《啼笑因缘》[①]等。《新闻报》因张恨水先生的小说而赢得了更多的读者，张恨水先生也因《新闻报》而声誉鹊起，其间，父亲是作嫁衣裳者。

　　旧中国文坛，有一个文学流派叫鸳鸯蝴蝶派。对于这个流派的评

---

① 《新闻报》在《啼笑因缘》后，还连载过长篇小说《太平花》《现代青年》《燕归来》《夜深沉》《秦淮世家》《水浒新传》。

价，以往是一味贬抑，近年则略有褒词。张恨水被认为是这个流派的一员健将，该派的主要人物还有清末民初的小说家徐枕亚、李涵秋，以及与父亲同时代的包天笑、周瘦鹃、程小青、秦瘦鸥等人。父亲虽非以写小说见长，但因与以上多人关系密切，故也名列其中。然而，这个流派因何得名，或者说究竟有没有这个流派，上世纪六十年代初，我在大学攻读中文专业，在学习现代文学史时，曾求询于父亲。父亲告诉我，其起因是有一次《红杂志》编者和部分作者聚餐，座中有人开玩笑说，现在一些人的小说，写来写去离不开哥哥妹妹、鸳鸯蝴蝶，可以称作鸳鸯蝴蝶派了。当时就有人制止道，不要信口乱说，什么派不派的，当心传出去，让小报记者听到，又要大做文章了。果然，第二天一些小报即大肆渲染，与会诸人均成了鸳鸯蝴蝶派的发起人。

在大学就学时，我曾读到一本《鸳鸯蝴蝶派资料汇编》①（书名可能有个别文字出入，编者仿佛记得是魏绍昌先生），书后罗列了该派作者和作品目录，其中既有前面所说的各位，还有还珠楼主、郑证因、宫白羽等众多武侠小说家，可谓洋洋一大串，几乎除了以文学研究会、创造社为代表的左翼作家和以新月社为代表的那些曾留学欧美的作家以外，把文坛上九流三教、良莠不齐的各路散兵游勇全部一网打尽。当我把这份名录给父亲看时，父亲淡然一笑，"将写言情小说的徐枕亚和写武侠小说的郑证因拉在一起，说到底，这个派也就不存在了。"

二

上世纪五十年代初期，父亲和原《新闻报》的一些老报人，在有关领导部门的安排下，离开报社，被集中安置到新成立的新闻图书馆工作，由父亲担任主任。后经数次合并，新闻图书馆最终并入上海图书馆，父亲任副馆长。由于父亲的名字长时间从报纸版面上消失，大约1953年前

---

① 书名应为《鸳鸯蝴蝶派研究资料（史料部分）》，上海文艺出版社1962年版。

后，香港报纸忽然传出父亲因抑郁而病故的消息，还刊登了不少挽词和悼文。在相当长一段时间内，因讯息阻隔，父亲一直蒙在鼓里，直到不少居港的学生、故友纷纷委托在沪亲属来电询问父亲安康，方知原委。父亲还通过中国新闻社，特意在香港报纸撰文，声明自己并未作古。

不久，全国首届普选开始。某日，家中突然接到当时提篮桥区人民政府的一个来电，称有事商谈，父亲惊诧莫名，自忖与该区素无联系，后来方知自己已被推举为该区的上海市人大代表候选人。父亲在国民党政府时期，曾参选过上海市参议员，后因知凡参选者均须支出大笔选举费用，即中途退出。对于当选为上海市人大代表，他自然是高兴的，但又不免自嘲："哪能弄到提篮桥区当代表，好像有点不大吉利。"不料一语成谶，1964年秋，我临近大学毕业前一年，因莫须有的反革命集团罪，由校门直接进了牢门，当真成了提篮桥监狱的一员。

从上世纪五十年代到六十年代，父亲列名上海作家协会理事，却很少写文章，偶尔动笔，也是受中新社之约，为港澳及华文报纸写稿，歌颂新社会新气象。有一段时间，我曾见他收集了不少关于《西厢记》的资料研读。后来才知道，当时文化部门打算把一些古典戏剧名作改写成小说，出版社约张恨水先生改写《梁祝》，约父亲改写《西厢》，张恨水先生的《梁祝》出版后，即遭受各方非议，父亲闻知后马上搁笔，之后有几次同我谈及此事，庆幸自己下笔慢，总算没有招来麻烦。

三

"文革"中，我陷身安徽军天湖劳改农场，父亲则成了牛鬼蛇神。1967及1968年，我曾二度返沪探亲。我发现，素来谨小慎微的父亲已然心胆俱裂，终日恐惧地瞪着眼睛，坐在破沙发上呆呆地出神。他对我说，"文革"初起时，他曾以为，多年远离是非的自己，也许能同在以往多次运动中一样，得以幸免于难。

"可是，实在想不到，"父亲脸上僵硬的肌肉抖动了一下，轻轻做了个手势，"这次是——通吃。"

1967年我探亲回家的当天，父亲告诉我，在街道和里委的统一布置下，每一户居民都必须天天学习《毛主席语录》，邻居中一些老人的文化程度不高，父亲就把他们邀到家中，逐字逐句讲解，他希望以此获得"一个好印象"。

我吓了一跳，连忙要求他立即停止这种具有无穷隐患的无谓之举。我告诉他，以他当时的身份，根本没有资格"辅导革命群众"学习毛主席著作，弄得不好，很有可能被说成是"蓄意歪曲毛著，乃至放毒"，从而惹祸上身。

听了我的话，父亲默然有顷，最终点点头说："我明白了。"

1968年春，我返沪探亲前，设法从农场医院搞到了一张转诊单，从而得以治疗为由，在上海住了好几个月。此时，一辈子以文为生的父亲，一拿起笔，手就要发抖，写的字也歪歪斜斜，不能成行。他最担忧的就是图书馆造反派要他一个星期交一篇思想汇报。每到周末，他就害怕，不知下星期如何交账。好在我在劳改场所已经滚了几年，对写这类东西早已驾轻就熟。我在沪期间，父亲的思想汇报自是由我一手包办。至初夏，农场数次来函催我速回，我不得已，只好向父亲辞行。父亲睁着混浊而充满血丝的双眼，孤苦无助地望着我说："你走了，我怎么办呢？"

我知道，使父亲惴惴不安的还是这每星期一篇催命的思想汇报。于是，我在离家前两天，将原来写的思想汇报整理了一番，从不同的角度拟就六七篇适合不同时节、不同形势要求的范文，交给他，嘱其每星期抄一篇交上去，一个轮番后，再依次周而复始。

父亲接过这几张纸，神经质地紧紧攥着，就像沉船上的落水者，抓住仅有的一块木板。

物换星移，1978年秋，我平反获释；1979年春，去世十一年的父亲也终于沉冤昭雪。上海市文化部门在为他筹备追悼会时，由于"文革"十年中上海文化艺术界人士被迫害致死者实在太多，又都要在短时间内开追悼会，龙华殡仪馆大厅每天上下午排满了还不够用，于是就别开生面地将几个人的追悼会放到一起合开。记得和父亲合在一起开追悼会的还有原上海博物馆馆长徐森玉先生、原韬奋纪念馆馆长毕云程先生、京剧演员言慧珠女士、原上海民乐团副团长何无奇先生，连父亲一共五人。他们先前或是旧友，或素不相识，追悼会上一字并列着五幅遗像，遗像前分两排站着五家遗属代表，周围杂放着送给五位不同的逝者的花圈。面对五家亲友，先后宣读五份悼词。

四

在父亲逝世多年后，九十年代初期和中期，我和我的侄子建平（大哥祖祺的儿子）先后加入了上海作家协会。比这更早一些，八十年代初，建平进入刚复刊的《新民晚报》。几年后，我调入了当时的《经济新闻报》（1987年改名为《新闻报》）。三代报人，又同属一个协会，也许，这就是缘分。

建平在《新民晚报》工作至今二十余年，一直参与和主持副刊《夜光杯》的编辑工作，他和我父亲，祖孙二人，一个在上世纪初，一个从上世纪末至本世纪，都把副刊作为自己一生的事业。我在《新闻报》一直负责国内新闻部的工作，但在1997年至1998年间，我还兼任每周一期的副刊《新编快活林》的责任编辑，每期以"小鹤"为笔名，撰写一篇六七百字的短文。《新编快活林》虽然只有两年就结束了，我也因种种原因在距退休不到五年之际离开《新闻报》调入另一家报社工作。（父亲离开《新闻报》时是六十一岁，那时尚无严格的退休制度，他至去世都没有办过退休手续。）然而，回首自己的新闻从业生涯，最值得留恋的还是兼职编辑《新编快活林》的这一段岁月。

（《档案春秋》2006年5期）

严独鹤文集

杂文卷

上海文艺出版社

严独鹤 著

严建平 祝淳翔 编选

目　录

第四辑　四○年代

附　录

第一辑　一○年代

对于祭天祀孔之瞎说

乾坤一拍马场也。不特扰扰众生，喜人拍马，即高贵之神灵，亦难免斯病，媚奥媚灶，藉迓神庥，其明证也。顾吾独不解玉皇孔子两位先生，又何以不乐受人恭维耶。今试问祭天者何所为，无非求感召天和也。又试问祀孔者何所为，无非求阐扬正教也。祀与制定矣，祝文脱稿矣，迩来大政之进行，殆无有如祭天祀孔之速者，其拍玉皇大帝孔老先生之马屁，为何如宜，必有绝大之效果矣。孰意水旱告灾，惟今年为独甚。邪教纷起，亦惟今年为独多。此其故何欤？谓玉皇孔子之无灵，则玉皇孔子，不任其咎也。谓为拍马屁拍了马脚，因反干玉皇孔子之怒，则拍玉皇孔子之马屁者，又不任其咎也。此一问题殊难解决，然吾人目前，唯有望玉皇大发慈悲，以弭水旱之灾；孔子大显威灵，以遏邪教之焰。庶能有造于民国，否则岂不辜负了一般老师宿儒，竭力提倡祭天祀孔之苦心，而令人叹拍马之术之有时而穷耶。

天竞生曰：祭天者报本之敬意，祀孔者卫道之诚心。

（1914年8月12日《新闻报》）

不快活

西欧战祸，日渐蔓延，东亚和平，行将破坏，世界大不快活。

保守中立，动魄惊魂，防备乱党，提心吊胆，政府大不快活。

货物滞销，金融恐慌，各处市面，岌岌可危，商界大不快活。

水旱告灾，收成无望，催租验契，交相逼迫，农民大不快活。

报纸记载战事，连篇累牍，苦少有趣之新闻，可作谐文资料，《快活林》投稿者，大不快活。

新秋已届，暑气未消，百忙的属文发稿，汗下如雨，编《快活林》，大不快活。

或问于独鹤曰：君前日既拉拉杂杂，点缀出许多快活，今兹又噜噜苏苏，呻吟出许多不快活，何其自相矛盾，一至于此。

独鹤曰：快活与否，不独视时势为转移，抑且一切随意境为变迁。往往一念快活则便快活；一念不快活，则便不快活。

或曰：然则天下固无一定不易、永久存在之快活乎？独鹤曰：有！有！惟此《快活林》中之快活，可以一定，可以永久。

（1914 年 8 月 21 日《新闻报》）

接财神祷词

明日俗称为财神日，社会旧习惯，尚未破除。吾知今夕千门万户，竞祀财神。其景象当无殊往昔也。然人之品类不同，则发财之目的亦各异，宜于神前详细说明，庶能有求必应。爰戏拟种种祷词，以备接财神者之用。倘于夜间接财神时，一面砰砰磕响头，一面喃喃诵祷词，必能如愿以偿，大发横财也。谓予不信，请尝试之。

财神财神，大显威灵。债票畅销，税款日增。朋分余利，不再忧贫。（财政长官用）

财神财神，大显威灵。优差肥缺，如意称心。地皮铲尽，囊橐充盈。（县知事用）

财神财神，大显威灵。科举复兴，学堂全停。田鸡盈门（俗谓开子曰店者曰吊田鸡），束修倍增。（塾师用）

财神财神，大显威灵。大英茄孟（市井中称德国曰茄孟），战事速停。生意兴隆，佣钱驼进（甬语言驼，犹拿也。洋行中通用甬语，故

云）。（洋行买办用）

财神财神，大显威灵。演财迷传，唱拾黄金。满座欢迎，巨万包银。
（伶人用）

财神财神，大显威灵。花头不断，跳槽无人。拼命报效，自有瘟生。
（妓女用）

财神财神，大显威灵。老蟹倒贴，荡妇倾心。膀子吊着，吃着一生。
（拆白党用）

财神财神，大显威灵。麻雀倒勒，牌九弗瘟。打屈的温，拿着鸡心。
（赌鬼用）

（1915 年 2 月 17 日《新闻报》）

寰球独一无二之大政见

寿公馆主人曰寿莱完者，嚣嚣然号于众曰：民国成立，于今四载，而国情之杌陧依然，民生之凋敝如故。揆厥原因，其必现行新法令，未能尽善，是不可不亟为改弦更张之谋也。余不敏，于古董博士返本还原之学说，颇研求有素，用敢敬献刍荛，觍陈如左，以与当世大政治家一商榷之。

一、毁弃坊间所出各种新教科书，改用《启悟集》《大题文府》等万古不磨之善本。

二、停办学校，复兴科举。

三、改良称谓。称人不曰先生，曰大人（较大人尤尊贵者，依此类推），曰老爷。自称不曰公民，曰奴才，曰小的（或有类于奴才小的者，亦一样规复）。

四、废止鞠躬，复拜跪礼。

五、废去礼服礼冠，改用翎顶补褂。

六、此后编练陆军，悉规复绿营旧制。

七、发行报纸，须照从前朝报式样。

八、竭力研究改良人种学，造出一般怀葛之民，使缺乏世界眼光、国家观念，俾吾中华得臻盛治。

寿莱完君时持其心得以告国人。闻其语者，莫不嗤之以鼻。顾寿莱完君独摇头摆尾而言曰：吾所言，皆长治久安之妙策也，岂尔曹所得知。识时务者为俊杰，舍老夫其谁与归。

（1915 年 8 月 23 日《新闻报》）

一年内之回顾

今日何日，非民国之末日乎。忽忽一载中，人事变迁，风云扰攘，俯仰身世，百感交乘。犹忆今年元旦，余固尝伸纸和墨于《快活林》内，摭拾吉语，为种种之颂祷。又孰料余之愿望，竟适与事实相反耶？祝内政之修明也，而政治疲敝，日益加甚。祝外交之胜利也，而五月九日永留国耻。祝国家之安定也，而大局多故，风鹤频惊。祝雨旸之时若也，而灾祲迭见，流民成祸。他如祝教育之发达，乃愈见衰败。祝世界之繁盛，乃愈形凋落。祝欧战之速了，乃愈益蔓延。然则余之所谓祝，不几等于咒诅乎。彼算命先生，瞎弹数声三弦，游方和尚，乱宣几声佛号，尚能为人预卜休咎，解除苦难，有一些儿灵验。如余之喋喋词费，诚此辈之不若，自问亦可怜而可笑也。或曰细数今年，正多喜事，万岁之呼，五等之封，歌功颂德之文章，景星庆云之垂象，皆足以点缀升平，增人兴趣。子自浅见，不知稍祝耳。余闻言，殊无以应。虽然，安耶，危耶，苦耶，乐耶，勿论往事，且待来年。

（1915 年 12 月 31 日《新闻报》）

应得头彩者之种种人物

今日为储蓄票第二次开彩之日。吾知一般财迷，又心旌摇摇矣。去年储蓄票头彩，以财神夫人之主张，遂尽入女界之手。若此届头彩，应属谁氏，在财神亦尚无成竹也。独鹤不敏，乃为财神设想，预定种种人物如左。

一、筹安首领 筹安首领，所得酬劳，虽属不资，然以数月之挥霍，爱妾之卷逃，想已告罄。今者身败名裂，狼狈可怜，远遁异国，日用更大。财神果眷念功臣，当赠以头彩一张，借符救苦救难之旨。

二、请愿之乞丐及车夫 帝制虽已失败，然而列名请愿者流，几无一囊金棨帛而去，独此乞丐车夫，则空自高兴一场，所得者仅数枚铜板，殊非事理之平。是宜酬以头彩，俾免抱向隅之憾也。

三、女官 上届头彩，既尽为女界所得，此次何妨再抄旧文。作者之意，以为帝制取消之后，一般预备作女官者，顿形失望，大是可悯。且以老蟹而成寡鹄（女官之资格如此），茫茫来日，又何以为继？惟求贵不得，苟获致富，亦聊可慰情。财神夫人宜鉴其苦衷，仍强迫财神，以头彩属诸若辈，令借此十万元，得更为坐产招夫之计划也。

四、大龟 大龟雄于财，区区十万元，自鄙视之，直无异龟尿一滴耳。然费去五百万元，买得一条性命，此番损失，实不可为不巨。畀以头彩非继富也，亦聊资补助耳。

头彩只一张，而我所拟得彩人物，已有四种，恐财神于此，亦将兴无所适从之叹。至于得头彩者是否属于此四种人物，仍当视财神之意见以为断。独鹤不过上一条陈而已，实无权干预也。再此四种人物以外有购储蓄票而未能得彩者，亦不能怨及独鹤之不为举荐。特先声明。

（1916年4月25日《新闻报》）

袁项城初赴阴曹之日记 [①]

项城平日，一举动，一言笑，无不为新闻家所注意，报章记载，累简盈篇。全国人士，几于口有道，道项城；耳有听，听项城也。今项城已溘然长逝矣。如此雄鬼，一至地府，亦必有许多新闻资料。本馆爰派特别访员地溜鬼，亲赴丰都城内，实地调查。兹觅得项城日记一纸，于谢世后五日内情事纪录至详，因亟披露于《快活林》中，以饷阅者。

以下为日记原文：

六月六日　病至今日，势益剧。自知不起，十时许觉昏瞀中有鬼卒来迓，便随之出。见飞艇一事，俟于庭中。入艇，复有人出迎，则钟进士也。为言奉阎罗天子命，来阳世捉鬼。知予将有丰都之行，即顺道护送。予知其意在监视，即亦不惧。须臾艇发，其疾如矢，阴风四起，状至愁惨。入暮，抵鬼门关。艇始徐下，甫及地，突闻砰然一声，炸弹爆发，毙鬼卒二人。予幸不为所中，然已惊惧无鬼色。关吏亟下令捕刺客。大索移时，卒不得。进关后更乘火车，入丰都城，在孟婆亭进食。是夕，馆于恶狗村。村中犬狞恶异常，辄欲搏人而噬。然睹予影，皆摇尾而来，若甚欢迎。此中，殆有夙缘也。

七日　晨起，即命驾谒阎摩天子森罗殿上，威仪甚盛，益令人叹帝王之足贵。而南面之乐，固不易妄冀也。阎罗待予如外国君主礼，倾谈良久，状至款洽。予以阎君当此紧要关头，特来相召，颇致怨怼。阎君微窥其旨，即曰：吾以今日南方要求，除君退位外，无磋商之余地，而读君申令，亦一再以引退为言，因特迓君来此，聊避尘嚣，借以成君之志，而慰阳世人民之望，和平解决，莫妙于此，想君必不以为谬。予闻言无可与辩，只唯唯而已。少选，即兴辞出，循例登望乡台。俯瞻南

---

① 袁世凯（1859—1916）北洋军阀首领，河南项城人，故人称"袁项城"。

方，但见怨气沸腾，直冲霄汉，不敢逼视。回首京尘，亦多呈恐慌之象。唯一种欢迎新总统之声浪，则又全国一致，入耳清澈。予闻之，木然痴立，一寸心头，不辨是何滋味也。

八日　陆太傅来，谓奉旨召见。予知终不能免此一行，即强颜从其后，入觐两宫。孝钦意颇怒，严词谴责。诘予以辛亥之事，令明白回奏。予以民意趋向共和对。德宗即曰：天下非一人所能私有。民意共和，自无可违反。孝定皇后之推让，不独四海腾欢，即九京亦无遗憾。朕固不以此责汝，然而筹安一会，天下骚然。汝又何以见朕于地下？语时声色俱厉。予闻言，知无词可对，唯乱碰响头。嗣经陆太傅缓颊，始叩辞引退。连月多所感触，心境益劣，尿毒病亦愈剧，延陈莲舫诊治，亦未见有效也。

九日　晨兴，正苦忆诸姨太及诸皇子，悄然不怡。忽鬼卒入曰戊戌六君子来谒。予拒不见。嗣又报吴禄贞宋渔父来。予更深匿不敢出。既而赵智庵至，排闼直入。予猝不及避，相见之下，怀惭不已，顾智庵转淡然若忘，谓予曰：人寿几何，自古有死。吾之来，亦不过为君先驱狐狸于地下耳。予赧然谢之。智庵乃为予划策，谓冥中对予颇多訾议，殊非将来之福，不可不办一机关报，以挽回舆论。并云阴曹亦颇多吃饭人才，甚易罗致。主笔一席，不患无人。又力引蔡乃煌可任办报之职。予深然其说，稍缓当再与蔡商量一切也。

十日　接陈其美来书云：冤仇未报，冥路重逢，终不能相恕。已集合癸丑战死之鬼，及历年枪毙诸怨鬼，组织一阴曹革命党，为激烈之对待。予阅竟大惧。正彷徨无措，忽报郑汝成来谒。即以此书示之。郑力言无虑，谓川湘阵亡之鬼，新裕溺死之鬼，现方麕集冥中，无所事事。若立时召募，编练成军，而以司令之职属诸于郑，不难自卫，兼可制敌也。予得此计大快，然深虑饷项无着，会当作书速大财神挟交通、钞票至此，助我一臂。想财神与予，相依为命。予既弃人世，彼亦如树倒猢狲，失所寄托，或能载资而来，相从地下也。

以上为项城五日内之日记。至五日后之情事，因丰都电报检查严密，殊难得其真相。诸君如必欲知之者，只可自走一遭，不能责之本馆矣。

（1916 年 6 月 11 日、12 日《新闻报》）

小辫祭大辫文

维年月日，大辫某，谨以豚尾一条，辫票一束，生发油半打，梳篦全副，致祭于小辫之灵曰：呜呼，天何夺吾同志之速耶！清社既屋，辫运斯危。值存亡绝续之秋，系一发千钧之寄者，惟尔我两人而已。一则结绾红绒，艺林久传为佳话；一则油光乌黑，外人亦诧为奇珍。如是风光，并世有几？方冀期颐百年，无伤毫发。庶几云霄万古，争此一毛，又孰意君之遽别我而去也。叹造物之不仁，几回搔首；恨阎罗之作祟，直欲冲冠。披发长号，伤心谁语？周妈无此悲，宋芸子劳玉初之流，无此痛也。况乎垂辫之士，厥称曰曲（曲辫子也）。君也望重儒宗，是为文曲。我则身总师干，当号武曲。文武双星，互相焜耀。今文曲星既不幸而忽陨矣，又安保武曲星之必能长此趻踔？注定三更，终须一跷（谓跷辫也）。是我且不暇为君悲，行自惧耳。所当破涕为笑者，泉路虽遥，天颜可接，幸为我转奏两宫曰：大辫之顽劣依然也。幸为我告洪宪皇帝曰：大辫之倔强犹昔也。得小辫以慰死者，留大辫以吓生者。茫茫天壤，其或者无遗憾乎？呜呼，生死无常，小大由之。倾觞布奠，惟以告哀。辫兮有知，伏维尚飨。

（1916 年 11 月 3 日《新闻报》）

四书新解：伤人乎不问马

论语"伤人乎？不问马"两句，朱注谓为贵人贱畜，恐伤人之意多，故不暇问马。其说非也。夫春秋时之马，其价值之昂，固远不如今之阿拉伯马，但孔子非高车驷马者可比。得此一乘代步，亦正不易，又安忍置诸不问？吾怀此疑久矣。至于今日，乃始恍然知《论语》此节，实含有官场严守秘密之意味也。盖伤人为重，伤马为轻，斯固一定之理。然官僚性质，无论何事，辄喜避重就轻，故即明明所伤者为人，亦必力辩为马。若问其何乐而指人为马，殊不可解。殆亦京剧中所谓"喜欢这调调儿"者是也。依此义以寻释之，则"伤人乎不问马"六字，实为孔子与门人往来之电报，特为惜费计，电文过略，后人遂不得其确解耳。今试详述之如左。

此六字当析为五句。其读法为：伤。人乎。不。问。马。固电讯中之应答语也。盖厩焚以后，门人见有负重伤者，因彷徨无措，即以十万火急之电致孔子曰"伤"。仅着一伤字，虽未明言为人为马，然就情理论，已可断定其为人。苟其非人，固不必如是惶恐，至于发电也。故孔子之复电，遂曰"人乎"。此乎字非发问辞，盖惊叹辞也。门人寄此电时，神志已稍镇定。乃陡易一念，以为厩焚亦寻常事耳，竟致伤人，是吾侪救护不力，其罪愈大，而易启外间之疑虑也。因又电孔子，强自隐讳曰"不"。孔子固老于世故者，知斯电之为事后文饰也，又去一电曰"问"。若曰我固知二三子之苦衷也，然他人有不特遗信，来相慰问者，又将何辞以对。门人乃更商榷再三，以最妙之方法电告孔子曰"马"，意谓可诡称人之伤为马之伤，则唯拍马者、拉马者，稍稍着急。其余人士，当不复注意。吾师生亦可省却一番饶舌也。

独鹤按斯解甚合。虽然，设遇一寻根究底者，以为提起了此马来头大，又驰电门人，必欲详询受伤者为无角之马，抑有角之马，不知其将何以答复耶？

伶界大王之丧仪 ①

伶界大王谭鑫培，不幸晏驾矣。只应天上，难得人间。从此广陵，竟成绝调。凡有谭迷之癖者，其何以堪？顾大王既负异才，享盛名，俨然为一世怪杰。今兹溘逝，殊不可不有一种特别之丧仪，以表扬先烈，昭示后人，爰为订定细则如左，使依此例以行之，虽未必合拍，亦当不致走板也。

第一条　殓式　头戴黄鹤楼上刘备仓皇覆额之紫金冠，足履问樵闹府时范仲禹飞落顶际之双樑鞋贴身衬珍珠衫，外加九件衣，罩以斩黄袍，腰束乾坤带，口含庆顶珠，手握马蹄金，枕绣龙凤配，衾刺日月图，柩用蝴蝶梦中之大劈棺，制以生死板及滚钉板。

第二条　祭式　灵榇奉安于紫霞宫内。每日九更天上祭。祭桌以上天台中之龙书案为之，上供哭灵牌，设九龙杯、蝴蝶杯、对银杯各一，杯内酌以进蛮书时太白所醉之酒，及百花亭中贵妃所醉之酒。祭筵用琼林宴，由迷人馆置备，内有时迁所偷之鸡、黄一刀所卖之肉、刺王僚所用之鱼，佐以羊肚汤八珍汤等贵品，备求丰腴。照文明新例，不燃香烛，代以七星灯、宝莲灯，案前置乌盆一，焚楮帛其中，环案遍列花圈，有一枝桃、二度梅、遗翠花、绿牡丹及新茶花诸名卉。穷花富叶，极哀艳之致。

第三条　殡式　北京杠夫，已俱成请愿之公民，未可更以舆榇贱

---

① 本篇以游戏笔法，极类今日常见的相声贯口，以大量京剧剧目，连缀成文。

役，率尔奉屈。故此次大王举殡，只合仿沪上大出丧之例，以车马舁金棺，宜驾以高冲所挑之华车，曳以秦琼所卖之黄马；柩前用请宋灵中所备之执事，并延目莲僧及下山小尼姑、捉妖王老道送丧，益以烈火旗打黄盖（盖字借用作伞盖之盖），由金马门发引，出泗洲城，过文昭关、天水关、雁门关，既以次赶三关，又越凤凰山，上洛阳桥，渡阴阳河而达墓地。执绋之客，有行路哭灵者，各于关王庙、法门寺中分设路祭。

第四条　葬式　择武家坡下洪羊洞为墓穴，左傍汾河湾，右临逍遥津，极擅风水之胜。以三十六友监工，限三年三月三日三时（《上天台》唱句）筑成小上坟。坟前植摇钱树，复就隙地，另辟一御果园，园中建御碑亭（大王园亭自适用御字），亭内树一纪念碑号血泪碑，以志不忘。

以上丧仪，固已略备，唯京内外伶工顾曲家，于大王宾天之后，尤应照旧时天子之丧，行哭临之礼。哭临地点即以各所在地剧场中为之。届时群集于舞台之上，叶以鼓板，和以弦索，相与提高嗓子，摹仿谭调，哭一声我的大王爷呵……一口气作四十余转（前某君剧评谓谭鑫培唱戏有一个字作四十余转而后落腔者）绕梁不绝，吾知大王在九京下闻之，亦应三击掌也。

（1917 年 5 月 15 日《新闻报》）

去年今日之回顾：为问我国，是否可庆

今日何日，非吾全国同胞心坎温存，眼皮供养之国庆日乎？记者于此，固当略贡芜词，一伸祝意。然而极目中原，正多恶氛，苦无吉祥文字足以解颐者。无已，则姑取今年之国庆日与去年之国庆日两相比较拉杂述之。进步退步，非所敢论。见仁见智，谅有同情。其姑视为豆棚闲

话，聊以遣此佳日可也。

去年国庆日，军务院取消，岑抚军长辞职，全国已定于统一，化日光天，于兹复睹。今年国庆日，军政府成立，孙大元帅登台，南北均预备激战，凄风苦雨，相逼而来。

去年国庆日，旧国会议员，方兴高采烈，出风头于京师，都含着一重喜气。今年国庆日，旧国会议员，俱揎拳捋袖，发喉极于粤省，都怀着一腔怒气。

去年国庆日，黎总统就职京师，受人赞颂祝贺，何等光荣。今年国庆日，黎总统退处津门，受人监视劝迫，何等苦恼。

去年国庆日，张大帅盘踞徐州，烈烈轰轰，有如负隅之虎。今年国庆日，张大帅蛰伏东交民巷，鬼鬼祟祟，有如曳尾之龟。

去年国庆日，执政者方以借款受人攻击，懊怒万状。今年国庆日，执政者方以借款大开财源，欢喜无量。

去年国庆日，通缉帝制罪魁之令甫下，海怪山妖一齐匿迹。今年国庆日，特赦政治犯之说颇盛，牛神蛇鬼，又想出头。

去年国庆日，私买云土案，发露未久，报纸材料，都带些土气息。今年国庆日，北方水灾，为祸正剧。大家传说，无非是水新闻。

去年国庆日，大蘖龙被摈逐于琼岛。今年国庆日，小青蛇受欢迎于津沽。

去年国庆日，政界竞行祝典。今年国庆日，官厅禁止提灯。吾不知一年后之国庆日，又复何如？但愿异日之视今，远胜于今日之视昔。庶几国庆两字，不致长此成一口头虚话也。

（1917 年 10 月 10 日《新闻报》）

马二先生骑马说 [①]

黎山老母之隐居也，以临池为消闷之法。段干木之下野也，以楸枰为遣愁之地。顾马二先生之守消极态度也，乃独以骑马闻。意者先生以久经戎马之身，果有髀肉复生之叹欤？抑既得马二之雅号，提起了此马，固有特殊之感情、密切之关系欤。呜呼，头角峥嵘，俨然老马。乃不能昂头天外，竟自局促辕下。吾谓先生于駉控之余，殆有深慨也。以言乎马，马之为用，固不止于骑也。调和南北，煞费苦心。有机可乘，何妨拉马。遍访要人，连赔不是。事既弄糟，只好拍马。咸阳一炬，精华已竭，搜刮计穷，更何妨于卖鱼卖土之后，再行卖马。然而先生今日之于马，则非拉也，非拍也，非卖也，而独出于骑，正愈见其无聊矣。以言乎骑，可骑之物，又不止于马也，和战兼施，模棱两可，论其态度，固惯于骑墙，政策失败，莫可下台。论其处势，又早成骑虎。至于楚歌四面，摆脱无从，当窘迫之际，则又宣言归隐，欲追踪湖上客之骑驴。然而先生今日之所骑，则非墙也，非虎也，非驴也，而只有一马，更可知其落寞矣。且先生之马，又未必其为良马也，或为轧脚马，蹩蹩薜骋；或为滑脚马，伥伥何之；或则如没笼之马，未可加以羁勒；或则如溜缰之马，莫能范我驰驱。盖已具船头跑马之悲，而兼有勒马悬崖之惧者也。噫，吾犹忆先生之扬鞭以入都门也，四方将士，有仰瞻马首者，有追随马足者。长安道上，诚得意而马蹄疾也。顾兹则如东风之吹马耳，号令不行，叹鞭长之于马腹，进退失据。想马年不利，马背不稳。先生于此，又曷胜今昔之感耶？

（1918 年 4 月 18 日《新闻报》）

[①] 文中所提马二先生，指代理大总统冯国璋（1859—1919）。

孔门四科十哲，继先圣之道统，为后世所崇仰，何等高贵。不图道德浚夷，世界恶浊。至于今日，居然更有人盗窃四科之名，别树竞争之帜。此真不知人间有羞耻事矣。东方福尔摩斯，突发奇想，乃倩北京通讯员，调查其中人物，始知今之所谓四科十哲，皆昔贤之不肖子孙耳，然以应目前时世，自特有专长，未可轻视。兹试录其人名如左：

德行科

颜厚　今之时世，全仗一副厚脸皮，庶能于蛇神牛鬼之场，崭露头角；于争权夺利之地，别开生面。故颜厚实为第一美德，且颜愈厚则寿愈长。盖笑骂由他，身心自适，必能永享康宁之福，常留元老之名，决不致有短命之虑，较诸乃祖颜渊，顽健多矣。

闵子千（千字依南中俗音同骞）闵子千，名票，票至千数，甚言其多也。俱乐部之设立，其目的专在运动选举，故票多者乃为此中唯一健将。其人必神通广大，富有金钱。终其身玉食锦衣，何至为芦花之泣？较诸乃祖子骞，豪贵多矣。

冉吹牛　法螺世界，唯一吹字，可以无往不利。故吹牛乃成当今第一贤人。吹牛生平亦有一病。其病谁何？曰善赖。第赖之为病，与先儒所谓癞病不同。癞则满身污垢，处处令人生厌；赖则八面圆滑，在在诱人上当。较诸乃祖伯牛，光鲜多矣。

仲炮　张弓天道，昔贤所称，大炮人惊，当世所尚。与其诩弯弓之绝技，何如逞炮教之威风。故曩者列弓箭手于军前，目为利器。今则置炮手于马后，方足胜人。易弓之名而为炮，自是出色当行。较诸乃祖仲弓，雄壮多矣。

言语科

宰人　宰犹言屠割也。宰者为我，则是自杀政策，何足称能。必曰宰人，始可利己。唇枪舌剑，中人必伤，射影含沙，受者无幸，始能于言语科中，首屈一指。且也词工粉饰，不同粪土之墙。舌妙粲花，迥异朽腐之木。较诸乃祖宰我，铦利多矣。

子杠（槓）　子杠姓端木，名梢。仗此三寸舌，既送人木梢，又敲人竹杠。当今之世，乃大得便宜。且仗空口以骗财，借甘言以攫利，其事至为难能。彼善货殖者，必死下本钱，始能致富。视此实有愧色。不宁惟是，贡者，供献之谓也。以故束帛之币，聘享诸侯，尽情供献，仅博得分庭抗礼。若加以木旁，而杠为，则世多阿木林，自能贡我以金钱，贡我以势力。天下事何乐如之？较诸乃祖子贡，巧妙多矣。

政事科

冉无　古之从政者，在在有利于国。今之从政者，事事无益于民。故古者以有为为贵，而今则以无谓为尚。况言财政则无钱，言军事则无械，言教育则无人才，言实业则无资本。所谓政治殊无可为，亦无能为。但求无米之炊，勉强应付，不致来鸣鼓之攻，已为万幸。则是冉无之得为政事专家，初非无故而然。较诸乃祖冉有，能干多矣。

季歧　古之政治，如行大路，有轨辙之可循。今之政治，如入纷歧，无途径之可认，多歧亡羊，足为写照。所谓政界巨子，亦唯有守模棱两可之主义，以徘徊歧路为得计而已。路可以坦然而行，故曰行行如也（子路行行如也。朱注：行行，刚健貌。然焉知不可作本字解耶？一笑）。至于歧则不复能进行无阻，只可瞎撞。当易其语曰：撞撞如也。瞎撞之难，远胜于徐行。此季歧所以为难得之人，较诸乃祖季路灵变多矣。

文学科

子油　今之所谓文学家，论其本领，无非诌几句打油诗，做几篇油腔滑调之文章而已。名以油称，适副其实。况油头油脸，到处揩油，更足尽文人之能事。一旦量良才授职，当可特任为文城宰，终日猪油牛油，恣意享用，以视伏处武城，用尽牛刀，仅得少许鸡油者，相去何止倍蓰？美哉此油，较诸乃祖子游，滑溜多矣。

子夷　夏，古时用于中华之旧称。夷，昔人对于外洋之代名词也。时到今日，非精通洋文，不能大出风头，运会所趋，文学一门，也将用夷变夏，故子夷氏遂以爱皮西提之资格，得为当世文豪。讲学西河，仅得魏文侯之敬礼；讲学西洋，可博举国人之欢迎，卓哉尔夷。较诸乃祖子夏，时髦多矣。

呜呼，古今人格相去如此。盖昔之十哲，皆洙泗间之贤才。今之十哲，则东海中之浊物耳。方以类聚，固应尔尔。孔子曰：非吾徒也。而孔方兄则曰来者不拒。

（1918年6月2日、3日《新闻报》）

华浊池狗盆汤开幕广告

六月六，狗浴浴。语虽不经，已成惯例。顾人之浴浴，既有卫生盆汤，狗之浴浴，又安可无改良处所。况今狗类愈多，狗势愈盛，有涎皮癞脸之癞狗，有穷凶极恶之癫狗，有攫取黄金之黄狗，有良心漆黑之黑狗，乘此夏日，正当趋炎附热，大出风头。本主人为应时势之要求，于是别开生面，特设狗盆汤一所，定其牌号曰华浊池，并将各种优点，条列于右，凡百狗子，盍归乎来？

一、地点　暂设北京恶狗村乱草胡同危祸俱乐部隔壁。因该俱乐部内，走狗独多，顾客最盛也。一俟营业发达，再当分设各地。

二、设备　本池建筑宏敞，设备齐全，臭水盆汤黑石浴池，靡不精美。四周墙垣，极其高厚，以备一般伟狗，偶然发急时，可效干木之逾垣，一显跳高之技，并将墙洞放大，借便出入。又于洞口附设木樨村大餐间一所，俾中饱未满者，得随时加填欲壑。

三、用品　本池用品，俱特别改良。每日浓煎金银花露，以供浴水，较诸兰汤，尤为馥郁。擦背时向用丝瓜络和肥皂者，兹改用葵花梗蘸矿砂擦之。蜀犬吠日，见于古语，而目前之狗，嗜好一变，唯知欢迎日光，用葵花梗，盖投其所好也。矿砂则尤为群狗所喜，甚于肉骨，亦深合狗心理者。至于揩抹，则概用中交钞票，以代手巾，借示阔绰。

四、伺应　本池伺应，至为周到。侍儿扶浴，华清之艳事常留。今华浊池中，则不用侍儿，特聘老小徐娘，左右扶掖，愈觉温存熨帖。此外以拆白党供擦背之役，雪白肌肤不难显出。以括地皮官僚任扦脚之责，坚厚脚皮，当可铲除。至接送宾客，特备快轿，雇用选举场中新练成之轿夫，常日抬轿，往来迅捷，胜于狗腿。若有自备四方形黄包车（工部局之捉狗车也），不愿坐轿者听便。

附告　本池专为一般狗先生而设。置淮猪孽龙老蚌之流，幸勿惠顾。本池地盘狭小，不足容翻江搅海之大人物也。

（1918 年 7 月 14 日《新闻报》）

时事新笑谈

徐树铮号称小扇子，数月以来，趋炎附热，大出风头。识者固知其不久，今者果为骚胡所弃。秋风团扇之捐，小徐娘当有隐痛也。

今之新议员，本是一群牛马。当局者犹恐其不肯自认牛马也，特于支票之上，刻任重致远四字之图章以遗之。能任重者莫如牛，能致远者莫如马。有三百元津贴，以为刍牧之资，彼食其惠者，安得不俯首帖耳，乐供驱使耶？

时值中元，各处设坛建醮，焚化冥镪，多至不可胜数。余戏谓冥中今日，收入甚富。政府何不向阎罗老子，借一宗巨款，以供暂时之挥霍？或问阎罗所有，皆系纸帛，鬼则乐之，于人何利？余大笑曰：八千万新借款，所得者何尝不是纸片耶？

或谓牡丹为花王。花既有王，不可无总统。花中总统自当属菊。不见花国大总统，明明为菊弟乎？余应之曰：诚然。黄花晚节，偏斗繁华，转瞬秋光大好，应运而兴，其受闲花野草之拥戴者，又不仅花国总统已也。

烟土曰黑饭，米粒曰白饭，此社会通行语也。黑饭不应进口而进口者纷至沓来，以有制药公司在也；白饭不应出口而出口者争先恐后，以有运米公司在也。如是我闻，可谓黑白颠倒。呜呼！制药之毒，甚于黑死病；运米之害，逾于拆白党。

（1918 年 8 月 26 日《新闻报》）

国庆琐言

今日为国庆纪念日，亦为新总统就任日。在理，《快活林》中，固应登几则吉祥文字，以点缀风光。然而《快活林》之快活，属于民意，非属于官意的；属于实际的，非属于表面的。诚不愿为愤世嫉俗之言，亦岂肯为剧秦美新之续。漫道菊篱晚节，正自入时，偶传豆棚闲谈，反足醒世。请诸君耐心听去，待鄙人信口诌来。

甲之言曰：国庆两字，应改为世庆。盖新总统徐世昌氏，正于是日登台，旧总统冯国璋氏，恰于是日退职。则是届此良辰欢然称庆者，世也而非国也。

乙之言曰：国庆两字，应改为人庆。盖今之粉饰太平者，不过一人有庆而已。易言之，亦只为私人之庆祝而已。若论全国，则疮痍满目，干戈遍地，庆于何有？

丙之言曰：国庆两字，应改为家庆。淮南拔宅，鸡犬飞升。今之武人，靡不如是。曹家将张家将倪家将，其最著者也，一人得势，则全家蒙庆，谓为家庆，固非虚语。

丁之言曰：国庆两字，应改为军庆。今日军人当令，即逢国庆日，上级官长可得勋章，下走小卒亦获赏赉。诚哉其可庆也。舍此而外，试问何人真有好处。

戊之言曰：国庆两字，应改为囚庆。盖国庆日可举行特赦，新总统就任又例有特赦。于是一般囚犯俱有出头之日。即久浸荷兰水瓶中之一条油辫，亦将拔塞飞去。则国之庆或未必，囚之庆正大有人耳。

呜呼！国难孔多，庆父不去。以民国之国庆，而可庆者独不在民，尚何言哉？

（1918 年 10 月 10 日《新闻报》）

唐三藏与猪八戒书

八戒贤徒慧览：

吾师徒暌隔久矣。西天一别，各地云游。闻贤徒既证佛果，又染尘缘，曾随六耳猕猴，扰乱天界，不幸事败，乃混入八仙队中，漂海远遁，从此销声匿迹，未敢出头。讵意时会逼人，忽遇东海观音，加以超度，居然又列仙班。比因佛国战争，久无结束，经和合诸神，调停就绪，拟开无遮之会，商戒杀之条。老僧奉西天护法尊者，委任代表，而贤徒亦受东海观音之简拔，畀以全权获充特使，竖其招风之耳，摇摇摆摆而来，意与老僧分庭抗礼，想其快心之处，当有胜于吃钥匙而啖人参果矣（谚云：猪八戒吃钥匙，开心。又云：猪八戒吃人参果，囫囵吞）。唯尔我既有旧时香火因缘，自应遇事和衷，共求善果。兹有意见两条，为吾徒陈之，幸勿以我为饶舌焉。目前会议地点，西天诸佛，乐就香海洋，而北天门诸神将，必欲在南瞻部洲，因此争持，迄未解决。旁观不知，以为地点问题，何苦坚执？其实此中磋议，亦自有理由。盖西天诸佛，近多习于海派，兼染洋气，自以香海洋为适宜之地。至如南瞻部洲，虽无大恶，然而南方丙丁火，一入其境，终觉不脱火气。火焰山一役，老僧曾大受其苦，及今思之犹为心悸，似不若香海洋之海阔天空，得以自在也。贤徒于此亟宜勉从吾议，勿再固执。此所应谆嘱者一也。尔师兄孙悟空，昔年大闹天宫，威风久著，近则所如辄左，手中金箍棒，法力毫无，其为用不过等于一思的克，聊装时髦幌子而已。老僧眷念旧谊，仍与朝夕相依，斯届会议，彼亦思乘兹时会，复出风头。老僧以连带关系，固不能不顺其心理。贤徒与彼既属同门，亦应相助。此所应预告者二也。总之佛门约法，最重师承。贤徒于我，既皈依有年，自当随处让步。所谓不看僧面，须看佛面也。倘再摆起莲蓬之嘴，故作猪头三之态以骄人，老僧虽懦，当以锡杖叩汝胫矣。贤徒道号八戒，值兹民国八年，顾名思义，要当知所戒惧，慎之慎之。

唐三藏和南

（1919 年 1 月 16 日《新闻报》）

张大帅与德皇书

连日报载张大帅（张勋）事。此公为游戏文中好题目，然而不见于《快活林》者，半载于兹矣。新年无事，因复借重大帅，诌成谐著。吾知阅者见之，必曰大帅久违了。闲言少叙，请读正文。

维廉凯撒陛下，我们两人，地隔重瀛，向来没见过一面，也没通过音讯。但是现在却同在荷兰水瓶中，逍遥岁月，倒成了天涯知己。我却有几句话，不得不和你谈谈。我进荷兰水瓶，在你之先，我总算是个先进，你到底是个后进，论起资格来，我比你老。论起经验来，我比你深。但是先进后进，其喝水一也。我也不和你在这些上面比较高下了。不过细想起来，你我两人，虽同是喝汽水过日子，你却有许多不及我处。如今先提出几件事来，和你讨论一番。我进荷兰瓶的时节，在夏天，正是荷兰水当令的时候。你进荷兰瓶在冬天，正是荷兰水失效的时候。就时令上比较起来，你已是相形见绌。这是第一件。我在复辟的时节，是煌煌然一个议政大臣，后来为讨逆军所屈服，才不得已投身荷兰水瓶。照这样讲起来，我的进荷兰水，确是大臣受屈。倘要立个牌号，就可以得着屈臣氏老牌，不是你这新牌所及得来的。这是第二件。我这条垂垂大尾，是寰球驰名的，平生所刮的民脂民膏，都在这条辫上。现在浸入荷兰水中，你试想想看，这水里油质就够多少，所以这水味来得格外肥美。人家都说喝了我这水胜如喝牛尾汤，不比你那水淡而无味哩。这是第三件。我有个克琴姨太，素有美名，荷兰水瓶上贴着个美女商标，自有一种吸引主顾的魔力。较之你那副尊容，挂在上海德国总会面前，黑魆魆令人害怕的，更不可相提并论。这是第四件。还有一层，我现在已蒙特赦，一切可以自由。你却有协约各国闹着引渡，能否常像这样安安稳稳的漉冷水浴，还靠不住。

总之你不如我的地方，不一而足。从今以后，你应该尊称我一声荷兰第一。你便把威廉第二的名字改作荷兰第二。咱们俩拜把子，倒也罢了。

老子张大帅磕头。

（1919 年 2 月 17 日《新闻报》）

比来心绪恶劣，文债络绎，久不作谐谈矣。顾近今时事，实不啻为我制造谐文资料。北京示威运动之风潮，尤其著者，偶然兴发，乃濡笔胡诌滑稽闲话若干则如左。

章宗祥自公府宴会出，即遭痛打，设伤重难治，竟至于死，则此一席接风筵宴，真不啻《水浒》中之休饭、永别酒。谓为活祭，非瞎说也。

章宗祥痛极而晕，人遂传其已死，使经此一痛，不能复苏，则将来讣文上，自可大书特书曰：痛于民国八年五月五日。岂非确切之至。

章宗祥头伤七孔，至于见脑。惜无人乘此机会，用显微镜一窥此脑。想其脑海中，当深映一扶桑日影也。然而深藏固蕴之脑，一旦显豁呈露，脑亦大苦矣。章为湖州人，适应湖州人苦脑子之语谶。

章宗祥负创至剧，而京电竟谓其伤势稍减，生命可保，岂真金刚不坏之身，未易摧毁欤？殆亦贱骨头打不死耳。然近日一般谈论时事者，每闻章死必鼓掌称快。闻其复苏，又为蹙额。予睹斯状辄笑曰：章宗祥不快死，累得大家不快活。

曹汝霖有小阿瞒之称。今日之下，在火光中狼狈遁逃，不啻实演一出割须弃袍之趣剧。不过曹汝霖仅一小丑资格，犹不及乃祖之够得上大面耳。

曹汝霖职掌交通，自其姓与官而合言之，恰可称之曰赛曹交。惜在矮子队里，钻混已久，也成了一个侏儒国代表，不能有九尺四寸之身量。否则逾垣而逃之际，只须一脚跨过，何致伤腿？

金刚吞金，亦一趣事。然此公以卖国致富，吞金是其长技。金银之气，充塞肠胃，若为日金，尤易同化，自不致死。人以彼之吞金为自杀，其实彼于惊恐之余，借此服一定心丸耳。

曹汝霖之父，为群众所见，遂噪曰：此老太爷也，打之打之。尊之曰老太爷，而敬之以打，亦难乎其为老太爷矣。若曹汝霖者，真可谓罪孽深重，祸延先考。然先考被打，又可于其左侧加一手旁，称之曰"先拷"，谓先代其子受拷也。

北京学生因义愤所迫，遂打章宗祥，亦因章宗祥打断颅骨，而更远播其义声。此可云"断章取义"。至搜索曹宅，分取其秘密文件以去，借是足以尽发其卖国之覆，又可云"分曹射覆"。

日前沪上开国民大会，而天气骤热，殆亦吾同胞之热度有以感召之也。至日光逼人，炎威肆虐，须仗吾青年勇气，以战退之，愿弯后羿之弓，共作夸父之逐。

留日学生，拟在公使馆开会，而使馆不许，予谓此诚留学生之不见机。盖公使馆中，正在忙忙碌碌，凑日本人之趣，为梅兰芳开茶话会。代理公使、学生监督方征歌选舞，欢乐异常，哪有心情来管国家的闲事。

众议院开会，议恢复中行则例事。某议员因反对表决，欲逃席而不得，遂闯坐总统席，可谓一场大笑话。吾将仿月令句以嘲之曰：是日也，参院开，会场闹，议员化为总统。

胡帅与辫帅同姓联姻，自是武人佳话。《快活林》诸同志迭为文以志其事。然皆风雅典丽，岂彼武人所知吾将为之代拟婚书曰：你姓张，咱老子也姓张，咱与你结了亲吧。庶几口吻逼肖。

（1919 年 5 月 10 日、11 日《新闻报》）

新测字：曹章卖国

日来曹章卖国之声，喧传耳鼓。予闻而喟然曰：曹章何以必欲卖国。卖国首领，何以属诸曹章。此亦气数使然。在当日造字时，已早露其机。谓予不信，可以测字法推论之，即知其中妙谛。予昔在《快活林》摆测字摊，今此调不弹久矣，偶然高兴，重理旧业，闲言少叙，听我道来。

曹　曹字分而为二。明明为一曲日三字，又何怪其一生曲意媚日，且视此为唯一之大本领哉。

章　章金刚之姓，有一大日字，居其中心，是为倾心向日之征。且日字之上为立字，日字之下为十字，明言其常立于日人之前，向卖国条约上，亲画十字也（乡人署押多画十字）。

卖（賣）　卖字依次分析，为土为四为贝。盖谓中华不幸，出此四个活宝贝，大卖国土耳。

国（國）　国字之内，着一或字，或为不指定之代名词。一若此四方之疆域中，任何人可以居之。初不限定若者为主人翁。四大金刚精研《说文》，深知此义。故亟亟焉施其卖国手腕，度其意中，最好易或字为日字，庶足达其葵忱。然使将或字再加一度之分析，又为一口戈三字，倘统合吾中华国民，每一人口，各挥一鲁阳之戈以逐日，则大好国土，亦未尝不可以保全，愿同胞好自为之。

（1919 年 5 月 21 日《新闻报》）

同胞听者

学生罢课，商家罢市。这都是良心救国的主张，而且是无可奈何的办法。其目的也只在对外，并非安心和政府官吏作对。不道政府同官吏，别有肺肠，居然把这般不肯顺从卖国主义的国民，当作仇敌盗贼一般看待，捉的捉，囚的囚。照这样弄下去，他们自以为高压手段，可以制伏一切。其实压力越高，人心越愤激，人心越激，事情越闹得大。不过他们此时也是横了心蛮干，真叫作有理讲不清了。政府和官吏，既然没有说话，可以对他们讲的，还是拿几句要紧话来，劝劝我们这般爱国同胞。同胞这番行动，这番用心，固然是可感可敬，不过结局如何，现在正难预料。在这个当儿，真是非常紧要，非常危险。我替诸君设想，只有坚忍两字，是今日必守的宗旨，也是今日进行的途径。这坚忍两字，有两种说法。一面是对于政府官吏说，他们的压制，虽然不遗余力，却不可就此退缩，须要咬紧牙关，竖起脊梁，守着坚强不屈的精神，非达到目的不止；一面是对于日人说，我们虽然抵制他，却须举动文明，万万不可和他发生冲突，就是有许多地方，反而存着激怒我们的作用，也只好持以镇静。倘只求快意一时，放出些激烈手段来，那便适中其计，必定引起交涉，别生枝节。那么好好的爱国行为，倒反弄得贻累国家，就大非诸君抵制的本心了。

我请总括上文，再简单说上两句，就是坚持到底，万勿暴动。请诸君牢牢记着。

（1919 年 6 月 6 日《新闻报》）

莫减轻了救国热度

昨天正午既过，家家挂国旗、放鞭炮，一片声喧，都嚷着开市开市。中间还夹着学生游行，旗帜鲜明，军乐嗒嗒。这一番欢慰的景象，顿时把七八天内的黯淡愁云，扫荡个馨净。

平心论起来，这国贼罢除，确也算得是民意胜利。吾商学工各界，有此巨大的牺牲，博得这第一步的胜利，借此表示一种快慰的意思，原也不错。

不过诸君须要晓得：外交问题，依然失败；救国方法，正宜着着进行。这罢除国贼，虽然达到目的，只算得是一个小结果。讲起中国的现象来，依旧在悲愁困苦之中，倘然过于高兴，倒把救国的责任，渐渐淡忘了。这是万万不可的。须要等到救国主义完全胜利，那么万姓欢腾，举朝称庆，才算得是真快活哩。

（1919 年 6 月 13 日《新闻报》）

欢祝美国独立

昨天本埠各商家，都高悬国旗，并夹着一条白布，上面写道：庆祝美国自由幸福。中美同是共和国，彼此邦交，又素来倾慕。这种表示原是极应该的。不过这样旗帜，一入了我的眼中，倒发生两种感想。

第一种感想，是就对外方面说。这欢祝美国独立的旗，却和那协力抵制的旗，挂在一起。要观察我国民对于外交上的真意见，同真感情，就把这两种旗一看，可以完全明白了。人家拿公道来待我，我自然有相当的还答；人家拿强力来迫我，我自然也有相当的对待。中国不过国势弱些罢了，国民的脑筋，并没有麻木，国民的耳目，并没有闭塞。要怀着侵略的野心，说着亲善的好话，把我国民当作蠢蠢无知或是甘受屈服的民族一般看待，那就眼光大错了。

第二种感想，是就对内方面说。我们既然晓得自由幸福，是应当欢贺的，一面庆祝人家，一面就该回想自己。人家能够为国家争得永久的幸福，留得永久的纪念，难道我们就不能当他一个好榜样，跟着他学，仿着他做？现在的中国，虽说是异常危急，倘若国民个个能抱着替国家求幸福的希望，大家齐心协力地干去，我这后来的共和国，不见得便没有这一天，可以和那先进的共和国，互相辉映，互相欢庆。我说这句话，并非故作壮语，聊以慰情，却是实在的道理。我同胞目前虽然受着无限苦痛，千万不要灰心，总须鼓励勇气，拼命向前，才能转祸为福哩。

（1919 年 7 月 5 日《新闻报》）

第二辑 二〇年代

恭贺新禧

今天是九年元旦，各界人士有的登广告，有的递卡片，有的往来道贺，都一片声喧，说是恭贺新禧！但是据我观察起来，只怕这些人口里虽嚷着恭贺新禧，心里却没有多大的感想，这也有两层缘故：第一层是社会旧习惯，难以改除，各商店、各居户都还是重阴历不重阳历，阴历新年觉得格外起劲，阳历新年究竟没有什么意兴。第二层是时势关系，瞧着这种时局，换了一年，依旧还是这个老样子，丝毫没有进步，丝毫没有转机，也实在说不出哪一件事可以庆贺，这样一来，就觉得这恭贺新禧四个字完全变成了一种敷衍门面的话头了。

我今天动笔的时候，原也想打叠起几句吉语，来和阅者诸君恭贺新禧的，不料反而说了一大篇败兴的话，岂非文不对题？那么让我再调转词头，讲些好话给诸君听听。我的意思是说新年并没有什么可贺，倘能借新年这一个转关，将以后的岁月另辟出一种新气象来，那才真正可贺。换一句话说就是时令要除旧布新，我们的人事，也应当除旧布新。从九年元旦起，全国的人不问军政商学工哪一界，都要除去从前的旧思想、旧面目，重新组织起新事业，发展出新生活来，那么，这民国九年，在将来历史上可以作为革新的年代，仿佛换了一个新纪元似的，新年两字，必定要如此解法，才有价值。

诸君听了我这篇新年谈话，以为如何？呵呵。诸君……恭贺新禧！

（1920 年 1 月 1 日《新闻报》）

· 严独鹤文集 ·

国耻纪念

国耻！国耻！！到了五月九日，这种声浪大约总要喧腾起来。但是大家口里念着国耻，不知道心里究竟记着国耻没有。再进一步说，就是心里记着国耻，也还没有用，总得想法子把这重耻辱洗除了才好。但看这耻（恥）字的形状，一边是耳字，一边是心字，就是叫人听在耳里，记在心头，不要忘记的意思。又有写作"耻"字的，那么是耳字旁加个止字，便是说万一不幸有了耻辱，须要到耳即止。所谓到耳即止，便是说耳中一听见遭了耻辱，就要想法子去止住他，使这个耻辱，立刻除掉，不要永远地遗留下去。

所以中华国民如果真能争气的，那么这个五九纪念，就不应该使它延长五年，依然存在。咳，多过一次五九纪念，就是国民增一重耻辱。我总希望到了明年五九，不要还是这般含垢忍耻才好。

同胞！同胞！！徒然知耻，还只是个懦夫，必定要能够雪耻，才是个好国民。至于那班卖国的人，他们的心理似乎一个五九国耻还以为不足，拼命地在那里制造新国耻。那本来只好算是无耻之徒，也不必去说他了。

（1920 年 5 月 9 日《新闻报》）

辫帅

天气热了，荷兰水上市，这是大家都欢迎的。但是在荷兰水里浸透的那条辫子也要上市了，我想国民听着没有一个不要摇头的。

复辟罪魁，把来特赦了，已经算得是件怪事。特赦之后还要起用，岂非怪而又怪？现在不过才有些消息，已经谣言四起，倘然成了事实，还不晓得要闹出什么花样来哩？

"君知我则报君，友知我则报友"，这是《水浒》上大刀关胜的话，不料他倒会套用。但是那个"君"，受了他的报，弄得大吃其苦。我看现在这个老友，究竟阅历已深，应该放出些眼光来，别再望他的报吧。与其"谬托知己"，还是"交友留心"的好。

（1920年6月28日《新闻报》）

阎瑞生

谋杀莲英的凶犯阎瑞生，已经捉到了。花总理九京有知，芳魂自应欣慰，就是那班花国忠臣，想也一个个在那里鼓掌称快哩。

阎瑞生犯谋杀案逃走的时节，心机何等险狠，手段何等悍辣。不料这回在徐州，被侦探冒叫一声，就容容易易地捉住了。其间虽不必讲什么"天网恢恢，疏而不漏"的迷信话，但是作恶的人，断乎没有善果，这是一定的道理。

在莲英初死的当儿，某舞台已经想把这件事编作新戏。因为案没有结，不能排演。现在凶犯被获，预料全案讯结之后，这出戏必定出现。不过编演的要点，须注意儆戒恶人，劝导社会。倘含有投机性质，借着轰动一时的新闻，只顾妆点得热闹，吸引观客，那就无谓了。

（1920年8月10日《新闻报》）

弟兄合演对口相声

张敬汤临枪毙时，大骂乃兄，说是为他所误。但是张敬尧和人谈起湖南失败的事情来，也大骂乃弟，说吃了老四的亏。兄弟两人，一般口吻，彼此相应，倒好比对口相声，异常好听。究竟阿兄也确误了阿弟的事，阿弟也确吃了阿兄的亏。不过进一层说，阿弟还是自己误自己的事，阿兄也还是自己吃自己的亏。在得意的时候，一起胡闹；在倒霉的时候，彼此相骂，其实是早知今日，何必当初。

有人说无论如何，张敬汤到底遭了枪毙，张敬尧还在汉口吃酒叫局。其间苦乐，大是不同，所以阿弟骂阿兄，真怪不得他，阿兄实在犯不上这样切齿痛恨。我道这话说错了。要晓得在张敬尧的眼光中看起来，这湖南督军的位置，简直比性命还要宝贵。阿弟受了死刑，阿兄丢了督军，也仿佛受了死刑一般，怎能不恨，怎能不骂？

唉！湖南人平日称他们俩难兄难弟。现在却都遭了祸难，变成难兄难弟了，倒也可怜。

（1920 年 9 月 17 日《新闻报》）

保存国粹

“保存国粹”这四个字，在今日几乎成了一句陈腐不堪的旧话。不但新人物不肯说，便是旧人物也不敢说。似乎中华的国粹，是应该求永远唾弃没有一顾的价值了。却不料这位英国哲学大家罗素先生的演说，倒反注重于保存国粹。这种说话，倘出自中国学者的嘴里，大家必定又要大肆讥评，说他腐败。现在是由欧西学者口中，郑重而出，我想那些专务趋时的文化运动家听了，或者也要发生一种特别的感想咧。

罗素先生不但说中国的文化，应当保存，还说欧洲的文明，有些地方，不当仿效。这又不啻给那些一味醉心欧化的人，痛切地下了一种针砭。平心而论，世界事物，自然断没有只管守旧、不思革新的道理。但是讲到革新，就要把旧的完全推翻、不问好歹，专仿外国，却也断无此理。

罗素又说改造方法，须注重教育。这话尤其扼要。现在的人，只知空口乱嚷，便算是促进文化。其实教育已快要破产了。我想他们听了罗素的演说，一定也爽然若失哩。

（1920 年 10 月 15 日《新闻报》）

岑春煊完了

岑春煊走了，军政府完了。护法事业，就此罢了。他老先生到了无可奈何的时候，拍腿一走，实行三十六着，便可了事。但是计算这几年来护法的代价，也不知死了多少人，花了多少钱。他临走还要装模作样、唠唠叨叨地诉苦。至于这些小百姓受的苦楚，却往哪里去诉呢？他通电上还说人迷梦未悟。我不知道他做了这一场大梦，今日之下，到底算醒悟了没有。就算醒悟了，也是被人打醒的，有些难以为情。恐怕将来一遇着别的瞌睡虫，依旧要入梦哩。

港电说岑春煊也要来沪。倘然到沪之后，会着了孙伍诸人，大家回想旧情，不知作何感想。万一伍老博士再喊起"打……打……打……"来，这事怎了？我看南北和议，还不要紧。倒是上海场面上，先要弄几个人来调和这几位护法总裁，叫他们好好的见个面，吃杯和气酒，算了罢。横竖一边在广东丢脸，一边在四川也正丧气哩。

（1920 年 10 月 29 日《新闻报》）

李纯自杀之价值

西人说"自杀是懦夫所为"，其实自杀也不是容易的事，因为人到了无可奈何，或是极端愧悔的时候，倘然能拼一死，究竟还算得是个有血性的好汉子哩。李纯的为人，生前似乎是很软弱的，不料他这一死，倒很来得坚决，而且遗嘱上所说的种种话，对于国，对于家，对于地方，都很有一种光明的表示，切实的措置；好像死志久决，不是偶然感触的。这样看来，李纯究竟不失为近日武人中之贤者。自复辟失败，只听见往荷兰水瓶里躲；安福推倒，只听见往太阳啤酒瓶里藏，总没有一个肯牺牲生命的。在皖军失败的当儿，那位干木先生[①]，不是说要自杀么，但是直到今天，还舒舒服服地在那里下围棋。我所以说自杀也不是容易的，不然前人可以没有"千古艰难惟一死"那句话了。

（《李纯之历史》，光华社 1920 年 10 月 30 日版）

德谟克拉东

江西教育厅长许寿裳，平日好讲"德谟克拉西（民主）"主义。然而他的行为，却又和"德谟克拉西"反背。大家便称他为"德谟克拉东"，可谓妙极。德谟克拉西近来闹得了一片声响，差不多大家都晓得了。德谟克拉东，这名字倒很新鲜。我看这位许先生，何妨就把这五个字，挂起一个招牌来，另外提倡一种"德谟克拉东"主义。他就算是这种主义的发明家，或者吹牛得法，居然风行一时，便也有人花了一千六百元，来请他演讲，更不必看着杜威，觉得眼热了。

但是现在中国这些时髦先生，讲德谟克拉西的，恐怕正有许多德谟克拉东在里面，不见得便让许先生专美哩。官场方面，开口民治、闭口民意，其实依旧揽权怙势，无所不为。这岂不是一种德谟克拉东么？社会方面，开口自决、闭口自主，其实很有些人不明真谛，徒然随声附和

---

① 《唐书·宰相世系表》有"封段为干木大夫"一语，则"干木先生"即指段祺瑞。

的。这岂不又是一种德谟克拉东么？大约德谟克拉西，只宜行于西方，到了东方，就变成这不东不西的德谟克拉东了。哈哈。

（1920 年 11 月 22 日《新闻报》）

刘喜奎与醉酒

参谋部局长崔承炽，以两万金娶武艳亲王刘喜奎为妾，也算得是政海中一桩趣事。这位崔局长，战胜情场，藏娇金屋，自然十分得意。较诸他乃祖崔护，桃花人面，徒增感叹，真是高出万倍了。不过红烛初停，白筒已具，凭空跑出那不作美的总理来，要实行查办，未免大煞风景。恐怕凭空一个霹雳，喜的就变为忧，兜头一勺凉水，炽的也化为冷了。

但是崔承炽原有"愿作鸳鸯不羡仙"的宣言。仙且不羡，何况于官，更何况于穷鬼般的官。（蒋雁行对周自齐说，要率领三百穷鬼来部索欠。崔承炽也是参谋部员，无论如何阔绰，依然列名于穷鬼籍中，不过和别的穷鬼不同罢了。）查办以后，最多不过丢官，倒可以脱却穷气，常享艳福（得武艳亲王下嫁，艳福二字，确切不移），更有什么忌惮？我看与其说他奢侈，依法惩戒，不如变通办理，罚他再拿出几万块钱来，送给同部的人，代中央还了一部分人的欠薪，岂非一举两得？有人道这个办法，未免太无名目。我说这个名目，通行得很，就叫作"筵资助赈"。

大佬花钱纳妾，已经是司空见惯。偏崔承炽却因此得罪，倒很令人诧异。照今天北京通讯看来，才晓得是酸素作用。靳云鹗起了醋意，又有个老兄出来帮他大闹醋劲。放着好好的喜酒不吃，尽管吃醋，真是何苦。靳云鹗要求刘喜奎唱《醉酒》，尤其可怪。难道唐明皇做不成，

· 严独鹤文集 ·

想充高力士么？但是一边"有差使当不了"（《醉酒》白口），一边想当差使，又做不到。涎垂三尺，可怜可怜。或者要求唱《醉酒》，就是取瑟而歌的意思，仿佛说"你不顺我的心，不合我的意"，我就要"一本奏当今，将你赶出午朝门"了（《醉酒》唱句）。可惜崔老先生不肯出让，刘王也不肯领情。于是《醉酒》没有唱成，他便翻转面皮，自唱起"醉醋"来了。

（1921 年 1 月 5 日《新闻报》）

伍博士[①] 与灵魂

伍老博士，年纪总算得老了，还有人称他做少年，这真是老少年了。这位老少年，到底人老心不老，但看他频年奔走，兴致不衰，就觉得他于老气横秋中，还夹着几分少年心性。前回到上海，大喊打打打，便是含有少年情性的一种表示。不过老博士向来总说自己可以活到两百岁。这回在广州演说，忽然露出"不久物化"的一句话来，不免也有些暮气了。

伍老博士，素来好讲灵魂学，而且是个灵魂照相的发明家。他说常与程玉堂会晤，想必实有其事，和那些专讲鬼话的不同。他又说广东人的灵魂，比各省都优胜，也或者不是吹牛。有人说最好几时开上一个各省灵魂竞胜会，大家较量一下子，看是谁比谁强。我道不好不好，倘然再因此激起灵魂战争来，那还了得？

我想伍老博士，既然精于灵魂学，又常与灵魂晤对，莫如请他去和战死的鬼魂，开一个谈话会，看有什么报告。只恐那些鬼魂，无论是否

---

① 伍廷芳（1842—1922），中国近代第一位法学博士。

优胜，既然自己吃了战争的苦头，正要劝人议和哩。

（1921 年 1 月 14 日《新闻报》）

不良小说

我前天看见报载，江苏省长有个查禁不良小说的省令，虽然说是官样文章，却引起了我无穷的感慨。

出版界里面，独多小说，已经算不得是好现象。但是小说这件东西，倘然做得好，也很可以发扬文化、改良社会。所以外国的名家小说，都占着文学界的重要位置。讲到中国的小说，在前几年各种小说杂志盛行的时候，觉得风起云涌，异常发达。不过所谓发达，依旧是占着一个"多"字罢了。若要加上一个"好"字，却倒凤毛麟角，难得其选。

不过那时的小说，虽然不见得十分好，究竟还循规蹈矩，算得一种文字。至于近两年来，不晓得是什么人造出来的风气，所有许多出版品，不是秽淫，就是捣鬼（什么签书咧、神课咧，都是说鬼一类）。论他的实际，无非是骗钱罢了。我尝对一个朋友说，现在新出版的书，千奇百怪，都是些淫词和鬼话，不能称为小说。连小说两个字都不配，更不必再讲什么好歹了。

这些不良的出版品（不能认作小说），单靠官力查禁，是没有用的。应该由社会上有识的人想法子去遏制它。最好是多出些有裨益而兼有趣味的书籍来和它对敌，使这些怪书，渐渐地无人顾问，等到销路一绝，自然也没有人肯发行了，也没有人肯著作了。

（1921 年 2 月 23 日《新闻报》）

游春杂感

我前年才从杭州回来，颇领略了些西泠风景。湖光山色，萦回脑际。有人约我去游半淞园，便觉得人工造作，无甚佳趣。如今蛰居上海，倒又有两年不见真山水了。前天偶然高兴，一个人到半淞园去游了一次，便顿觉观念不同，似乎这人造的山水，杂栽的树木，也颇足点缀风光，荡涤凡俗。由此看来，天下事总当不得一个比较。以西湖比半淞园，半淞园便形简陋。以上海各娱乐场比半淞园，半淞图又独占清幽了。

昨天本约定二三知己，去游龙华。谁知临时大雨，竟致败兴。这固然是天时无定，但由此足见人事也是无定。单凭一个人的预料，要想事事实行，觉得很有些难哩。

半淞园的布置，都很不俗。只是内中旧杂物的小摊，都有什么"机器游戏""掷球""转轮"种种花样，没有一处不含着赌博性质。却是生意很好，又足见吾国人的好赌，真是出于天性。这些地方虽是小事，很可窥见社会的程度。

（1921 年 4 月 17 日《新闻报》）

总统瘾

中华民国历任的总统，除了袁世凯想做皇帝，算是例外，其余又有哪一个人能做得舒服？大约坐上了这把交椅，外面好看，心里真是说不尽的苦楚哩。

总统何以不能做得舒服？就是因为每一任总统，暗中都另有个太上总统监督在那里，一言一动都要听太上总统的指挥，哪里还有丝毫自由权？所以做总统的人，远不及太上总统的快活，这是稍明时势的人，大家都晓得的。

但是这些做太上总统的人，又没有一个人不颠倒想做总统，从前的老段，如今的张髯，都是如此！岂不是婆婆不愿当倒要做媳妇么，这是什么心理？

有人说醉鬼眼中的酒，赌鬼眼中的牌，烟鬼眼中的鸦片，大人物眼中的总统位置，都是一样。叫作非此不能过瘾！

（1921 年 4 月 22 日《新闻报》）

乞丐侦探团

政府组织乞丐侦探团，在东交民巷保卫界内，侦察安福罪魁。现在这些乞丐混了一年，非但罪魁没有捉着，倒被某使说他们有碍卫生，要求撤销。这岂非是一桩很滑稽的事情。

组织侦探团何以要用乞丐？这理由甚不可解。不知道是哪一位丐头，想出这种乞丐政策来。究竟这团中的角色，还是真的侦探，假扮乞丐；还是真的乞丐，暂充侦探，都不可考。总之他们只现出乞丐的本相，却没有尽侦探的职务。倘然被外国人摄了影去，说这就是中国侦探的代表，岂非丢丑？

不过外国人说中国政府并无捕捉罪魁之诚意，这话未免冤极。政府因为捕捉不着，已经专差乞丐，登门乞讨，还算没有诚意么？我想那些乞丐，如果放出叫街的本领来，和要钱要饭一般，时时大声呼叫，不得不休，或者某使馆里的人，耐不住这般聒噪，转将罪魁送出一两个来，也未可知。哈哈。

（1921 年 4 月 30 日《新闻报》）

圣人与古迹

康圣人近来销声匿迹，报上久已不见他的大名了。现在却因为在西子湖头，掘毁古迹，被浙省议会提出质问，恐怕免不了又要小起交涉呢。

既然是圣人，就应该好古。为什么要毁弃古迹？况且优游林下，有这么一块古迹来点缀园居，也很可以增添雅趣，何必一定要掘毁。

有人说这位圣人，是新圣人，不是古圣人。古圣人当然好古，新圣人却不好古。但是康圣人平日又未尝不收古字画，买古董，何以对于这"焦石鸣琴"竟饶放不过。难道说他的保皇古调，苦少知音，看见"鸣琴"两字，觉得无琴可鸣，不禁有感于心，所以要决意毁弃么？

康先生果然是圣人。省议员却也神圣。神圣和圣人打官司，似乎圣而人的，或者还不及圣而神的厉害。但是谁输谁赢，姑且不管。这件事既出在杭州，正合上说句杭州人说的话"倒好耍子"。

（1921 年 5 月 19 日《新闻报》）

· 杂 文 卷 ·

哀周务学

照如今的时势，这样混乱；如今的政界，这样龌龊，却还有这么一个舍生取义的周务学，可算是绝无仅有的了。

目前这些守土的官，无论文武，哪一个不捏着个逃字诀，平时身居高位，作威作福，一旦发生祸变，便溜之乎也，实行三十六着。唯有这位周道尹，却能寇至不去，地方上人劝他走，他却宁以一死殉其职守，岂非很是难得。

再进一层说，现在这些大好佬，也未尝没有死的，但总死得糊里糊涂，又像是自杀，又像是遇害，又像是为国牺牲，又像是别有内幕。就是发表一种遗书，也似乎有些模糊影响，近于妆点。像周务学的一死，却死得光明磊落。几句遗言，也说得又沉痛，又真挚，丝毫没有粉饰。这就更难得了。

但是那些卑劣不足道的人，都在那里立铜像，造生祠，像这样慷慨死难的，倒没有什么隆重的表示，治丧费三千元，宣付国史馆立传，在政府已经算是十分优渥了。唉！可叹。

（1921 年 8 月 30 日《新闻报》）

客官化为乡愚弟

如今自治的声浪，是非常之高了。自治的精义，不知道有多少，自治应办的事情，也不知道有多少。但是目前的人所讲的自治，却只有一句话，算是金科玉律，叫作"本省人治本省"。

因为这一句话，却累有几位先生，很费了心了。费心的是什么事情，就是明明要尊他一声客官的，他却偏要用乡愚弟的帖子。浙江有西湖，西湖前来了一位客籍同乡（也和飞来峰一样，好像是天外飞来的）。福建也有西湖，西湖前也来了一位客籍同乡。这真是戏法人人会变，各有巧妙不同了。

却是认了同乡，自然是格外亲密的意思，也不必去说他。况且他们的认同乡，都有根据的，不是十七八代的远祖，便是几十代的始祖。把祖宗请出来，也是很不容易的。不过他们为了做个乡愚弟，要这样查家谱，未免太老实了。何不爽爽快快说一句"自从盘古分天地，大家便是老同乡"，岂不很好，岂不很对。

（1921 年 10 月 1 日《新闻报》）

东风西渐

《大陆报·旧金山通信》，说有个女技术家波威尔女士，提倡妇女改御中国服装。中国事事好摹仿欧化，不料外国人转也有喜学中国人的地方。人说西风东渐，这可算是东风西渐了。

波威尔女士，赞美中国服装的优点，在价格低廉，行动舒适。这话确乎不错。穿中国装，原比西装便利，而且也未尝不美观。但是如今中国这些时髦人物，却无论男女，都喜欢着西装。论他们的心理，好像不是西装，便算不得出风头哩。

服装是小事。我因此又想到凡关于文化艺术上的事物，大概都是如此。西洋式的、新的，未必件件都好；中国式的、旧的，也未必件件都坏。哪一样应该淘汰，哪一样应该保存，全仗自己真有判决的能力。前此报上曾载德国美国，都在那里翻译中国古书。中国人的衣服，中国人不喜穿，外国人却喜穿；中国的书，中国人不喜读，外国人却喜读。这种变化，若请明眼人公平论断起来，究竟应当作何感想？

（1921 年 11 月 2 日《新闻报》）

老段学佛

老段见了人，手捻佛珠，口宣佛号。这种态度，俨然像一个怪和尚。但不知他皈依佛教以后，果否能摆脱尘嚣，不问世事。又不知他手下这些徒弟，能否让这位师父一心念佛，不致打动凡心。但愿从今以后，贪嗔痴爱四重关，这阇黎一概不犯，也就罢了。

段氏是个武人，如今忽然学佛，自然是放下屠刀的意思。不过放下屠刀，立地成佛，果是好事，只怕放下佛经，再去拿屠刀，那么杀戒重开，作孽就更甚了。段氏口中念佛，心中也须参透禅机。不要背了佛家慈悲之旨才好。

有人说学佛的都好拜观音。这位段和尚，却偏要远离了东海观音，转和那齐天大圣，联络感情。大圣是个战斗胜佛，正抱着无限雄心，那么段和尚在这个时候，虽非意马，却免不了有些心猿哩。

如今的时势，本来和前大不相同了。从前的和尚，大半是些苦行头陀，所以和尚一开口，便自称贫僧。如今的和尚，却都是些富僧贵僧，也有做投机事业的和尚，也有受人拥戴的和尚，以后"僧道无缘"四个字，大可特别改良，称为"僧道有缘"。因为那些阔人式的僧道，实在到处结缘呢。

（1922年3月1日《新闻报》）

雅贼

松江警察厅，捉住一个贼，既会写情书，又会做诗，并且还是个衣裳楚楚的美少年。照这样的贼，便是高踞梁上，也真不愧为君子了。我所以替他加上风流儒雅四个字的考语。这种考语，加在贼身上，是向所未有的。不过像这个贼，实在不能说是不风流，不儒雅。可惜他有了这样好的材料，不会找件别的事情做做，充个时髦人物，却埋没在这贼字号里了。

其实目前的人，暗地做贼的，却也不少，就是财政大参案里面那些鬼鬼祟祟的行径，难道还不算贼？不过要做贼须要做大贼，不可做小贼。做了大贼，便巧取豪夺安然无事，做了小贼却免不了要捉将官里去，受刑吃苦。窃钩窃国，正是古今同慨哩。

至于这个贼所偷的物件，都是些铜佛香炉古瓶之类，足见他又是个好古董的，尤其偷得不俗。我常听见人说，那些大名鼎鼎的名士，往往会盗取古物，因此转成了大收藏家，那么这位戎贝先生，又不幸而不为名士了。

（1922 年 4 月 6 日《新闻报》）

哭

孙烈臣吴俊升赶到滦州，见了张胡（张作霖），彼此抱头大哭，这一哭大约是很沉痛的了。奉军负伤战死者之家族，九、十两日，在南门组队大哭，这一哭却又更沉痛了。打了败仗，便时闻哭声，彼此相应，何以为情。《石头记》说贾府查抄以后，大观园中到处只听得悲啼愁叹，真写尽凄凉状况。回想奉军入关的时节，何等趾高气昂，如今却弄得神号鬼哭，荣枯转瞬，也不禁令人有盛衰之感。

不过张胡辈的抱头大哭，真是自作孽。纵使抢地呼天，也无非可怜不足惜。至于这些死伤兵士的家族，顿足号啕，十分可惨，却又是谁作的孽呢？他们怒在心头，还不敢宣诸于口，只好在两行清泪中发泄这无穷怨愤，越发苦不可言。但是能够尽情一哭还算是好的，至于那些阵亡将士的家族，竟见了遗骸还不敢哭，反要吞声忍泪，说几句为国战死的豪语来装点门面（以上均见昨报）。这又是什么滋味？吾不料关外王的威力竟能禁止人家的哭泣自由，真可算的狠到极点了。

唉，若是换个别人到了老张的地步，或者总有些悔心，谁知老张今日竟毫无悔悟，试问他如果稍有良心，在这一片哭声中，更有何颜去对那些组织哭队的家族？照此看来项羽因无面目见江东父老，情愿自刎乌江，真算得千古第一个失败的英雄了。

（1922 年 5 月 19 日《新闻报》）

不准吸烟

工部局公报载自六月五日起，各戏园和影戏馆里面要禁止吸烟。向来只有栈房工厂等处，不准吸烟，如今却将这禁令行到戏馆中来了。吸烟本是一桩不合卫生的事情，但是如今普通的人，吸烟的差不多十有八九。看戏的时节，没有别的事情可做，烟卷便越发吸得多，这也成了一种普通习惯了。如今不准吸烟，戏瘾过了，烟瘾却很难挨。倘然有烟量大的戏迷，二者不可得兼，还是舍烟取戏呢，还是舍戏取烟呢？如果舍戏取烟的居其多数，戏园的营业上，就难保不生影响了。

工部局的宗旨，是要防止火患，用意自然很是。不过中国戏园，和外国的影戏园，情形完全不同，似乎应该分别办理。第一，影戏园在演映的时节，满园黑暗。黑暗中吸烟，偶然火星飞没有看见，便易肇祸。中国戏园，无论日夜，光线很亮，人手又多，香烟头落下来，在当时至多烧破衣服，决不至于成灾。只要散戏之后，园里另派人细心打扫一遍就是了。第二，影戏园所演的时间很短，中间还有休息。看客可以出外散步吸烟。中国戏园，一开演就得六七小时，毫无间断。那些看客，倘有吸惯了烟的，要教他们坐上六七小时，不准吸烟，那么明明是娱乐的事，倒变成乐中有苦了，好像不是体贴人情的办法。

（1922 年 6 月 2 日《新闻报》）

·严独鹤文集·

中国肴馔

中国人别的科学，不能见长，唯有这烹调一科，的确驰誉全球。便是西餐，虽然比较的洁净些，说到口味，究竟不如中国菜。至于日本料理，更差得远了。我虽和日本人很少接近，但是日本人所谓精致肴馔，却也尝过。只觉得总离不了生鱼和萝卜干两种风味。无怪日本人要将中国料理，用作御馔并且特地派人到上海来亲自调查了。

我对于日人调查中国看馔的事情，虽说一个小问题，却有三种感想。第一，足见日人随时随事都喜欢研究，并且一经研究，便不肯轻轻放过，必定要有个结果。这是他们的好处。中国人似乎没有他们这样肯用心。第二，如今这些时髦人物，已经变成非欧化不开眼，非欧化不张口。无论文学、习惯、起居服用，凡是中国式的，一定反对，一定痛骂。其实中国难道就没有一些特点，足以保存的么？看馔不过是口腹之欲，原不足道。但是即小见大，似乎要请他们的眼光，也放得阔大些。第三，中国的特点，为外人称许，经外人仿效的，倘然只有看馔一项，那么中国便是除了成个世界老饕以外，别无所长，可谓中国人之大耻。需要将别种学术和本能，竭力发挥起来，都和看馔一样，可以冠绝全球，那就好了。我这句话，并非是书呆气，实在是吾人应当勖勉的。

（1922 年 6 月 24 日《新闻报》）

冯玉祥的立正礼

冯玉祥在商丘微服出游，遇着一个身穿绸衣的商人，便向他立正致敬。商人问他为什么这般恭敬。冯答我不是敬你的人，是敬你的衣服。冯玉祥是个基督教徒，平素崇尚节俭，处处立言行事，都想针砭末俗，改移风化。今日这些武人里面，自然要算是庸中佼佼的了。

不过在一般时髦朋友眼光中看起来，对于冯玉祥这种举动，不知作何感想。商丘的商人，只穿了一件绸衣，已经受冯玉祥的申斥，假如像上海的商人，起居服御，这般阔法，若令冯玉祥见了，恐怕发不出怒，倒反而要惊得舌挢不下了。便单就衣服而论，我们料想商丘人所穿的绸衣，一定还是一件老老实实的衣服，冯玉祥已经要对他立正致敬。倘然有人请冯玉祥到上海来逛逛游戏场，将这些男男女女奇形怪状的服装，指给他看，我怕冯玉祥竟要吓得三跪九叩首了。

但是只重衣衫不重人这个风气，自古已然，实在也不易改变。冯玉祥身穿破烂军服，走到饭馆里去，要想买些蔬菜，竟受掌柜的奚落。我想他转念之下，或者也要说绸衣不可不穿哩。

（1922 年 8 月 18 日《新闻报》）

影戏中的华人

路透社伦敦电，说留英中国学生联合会在爱丁堡开常年会议。会长孟氏演说，反对影戏中及小说中描写华人生活，不近情理。劝同学于留英时，力向交游解释，消除此种谬见。我道这位孟会长的演说，真是一些不错，而且关系很大。无论国内外的人，多应该加以注意。

外国影戏上面，凡是演到华人的情况，总加以种种不堪的描写。讲到装束，直到如今，还是拖着辫子，穿着袍褂（曾见某影戏中演一华人翎顶补服，独坐在书房中看书，真教人看着又好气又好笑）。讲到行为，都是些杀人的凶犯和作恶的强盗。所以欧美人到过中国的，对于中国的事情，倒还有些真理解。那些没有来游历的人，脑筋中印着这种印象，便不知把华人当作一种什么野蛮民族看待。这并不是个小问题，实在于国际交涉上，很关重要的。在华府会议开会的时候，报上曾载某国人特在事前将描写华人恶态的种种影片，到处开演，引起欧美人士对于中华的恶感，就此一端而论，已足见此中影响，实在不小。

所以目前我们最要紧的事情，是要将国人的真相和优点（吾国自然不能无弱点却也断不能说绝对没有优点），宣传到外国去，免除他们的误会。说到这里，我又有一句话，要奉劝那些新立的影片公司了。你们要自制影片，这是最好的事情。但是中国高尚的影戏材料，或者也不少，可以不必专将奸盗邪淫的情节，摄入影戏中去，再在外国人眼前，自曝劣点了。

（1922 年 9 月 13 日《新闻报》）

东三省的怪教

昨日本报要闻里面，记着一段东省怪现状，教人一看，好像是瞧了《西游记》《封神传》，又像是义和团复活。迷信神权到如此地步，这真算得是奇观了。

什么叫作沈阳道院？什么叫作保真社？枪炮不近身体，岳飞关羽降临。这都是些什么话，居然哄得文武官员，一齐俯首皈依，岂非活见鬼？但是照这样儿的排场，倒也好看。将来请这位胡子大帅，索性拿了宝剑，披上道袍，摇身一变，变作张天师，原不失为本家。王永江于冲汉，可充法官，其余红脸黑脸，一齐装作神将，呼风唤雨，撒豆成兵，大概祭起法宝来，可以报前此兵败之仇了。

我想张胡也是个很调皮的人，未必真是迷信。其中或者另有作用，《荡寇志》上说宋江兵败了，便只好借着那九天玄女说了一番鬼话，哄得这些喽啰相信，打起仗来，居然肯拼命了。张胡如今这般做作，或者也想抄他的老文章。不然，奉道便奉道就是了，为什么要注重枪炮不近身体等话头呢？

（1922 年 11 月 6 日《新闻报》）

减价的作用

近来上海的市场，简直可以称之为减价市场。三马路一带，绸缎店里的减价传单，和雪片似的，在街头乱飞。其余如洋货店、钟表店、眼镜店，也没有一家不挂着减价的旗子，登着减价的广告。再讲到那两家大杂货公司，从前每年两次大减价，是有一定时间的，如今却也减之不已了。像最近这一次的减价，和前次减价期满的时候，计算起来，中间相隔不过两星期。然这种情形，大概有非减价不能吸引顾客的趋势，这可就很不好了。因为减价的效力，是可暂而不可常的。譬如一个人服兴奋剂一般，偶服自然可以提神，却断不能恃此为养命之具。所以无论何种商店，如果营业不振，专靠减价来招徕生意，断非久计。那么换一句话说，我们眼看着这东也减价，西也减价，表面上虽然电灯朗耀，军乐悠扬，像是十分热闹，其实却就是市面衰落的特征，很可为商业前途抱悲观的。况且上海商店的减价，免不了还带着些欺诈性质，对人说起来，虽然七折八扣，十分便宜，其实暗地里将码价抬高了，还是一样。这个弊病，我不敢说家家都是如此，但是大多数总不能免。试看某公司的减价广告上说本公司系"真实减价"，既然要声明真实减价，足见自有一种不真实的减价，因此这减价二字如今也只好轰动些外路客人，要是老上海，似乎还有些将信将疑哩！

（1922 年第 15 期《红杂志》）

呢绒的销路

呢绒哔叽的价格，骤然低落了，价格既跌，销路大旺。试看近来上海地方，无论男女，穿呢绒哔叽的，简直一天多似一天。因为呢绒哔叽，较诸绸缎，价格既廉，质料又来得耐久，普通人哪一个不在金钱上打算盘。为了节省经济，也就顾不得提倡国货了。所以照这样的趋势，将来呢绒哔叽一定要夺绸缎之席。我很希望绸缎业中人速速想一个自卫的法子，总要减轻成本（减轻成本，并非偷工减料，应当另想出一种经济的方法来），压低卖价，才可以立足到洋货竞争之场哩！

（1922 年第 15 期《红杂志》）

伙友的面孔

上海商店伙友，十有八九是一副难看的面孔。这种难看的面孔，做了顾客只好领教。照我的意思，伙友面孔难看些，若对于顾客能一律待遇，还可以忍耐。最可恨的，是对于本国人十分傲慢，对于外国人却又格外恭顺。我有一天到某公司去买东西，走过洋酒部面前，看他那里，陈列着许多三星牌白兰地，却没有标明价钱。我便问那柜伙，卖多少钱一瓶。连问几声，他对我仰面看着，理也不理。我暗想：此人莫非是个聋子，或是哑子，便快快地走开。才一移步，却见那聋而哑的柜伙，忽然眉开眼笑地开起口来了，操着洋泾浜专修科毕业的外国语调，大呼"密西"。我回头一看，原来有一个外国人正从那边走来，他所以大开笑口，表示欢迎哩。我想照这样的柜伙，多用上几个，那么某公司招贴上那"欢迎来宾"四字，莫如改为"欢迎外宾"罢。

（1922 年第 15 期《红杂志》）

封王

上海社会中，近来有两桩最热闹的事：是开花选，捧女伶。开花选还是偶一为之，捧女伶却竟成了家常便饭，而且每捧一个女伶，必定要封王。女伶封王和妓女选总统，恰好相映成趣，不过选总统还有共和气象，封王却完全是专制政体，难道这般捧女伶的人物，都含有遗老臭味么？

新文学家说研究艺术，旧文学家说提倡风雅，这种高调，且不必去唱他，我们姑且认定捧角是闹玩意罢了。但是一桩玩意，也要合得上雅人深致，才有些韵味。《品花宝鉴》可以算得一部捧角专书，但里面除去描写淫秽以外，其余几个名士，虽然玩得很腻烦，似乎还带些雅兴。倘然真个抱着尊王主义，竟自居为不侵不叛之臣，秉忠心，昼夜奔忙起来，还要说是雅致，就未免雅得太俗了。（不但太俗而且太苦）

我有个滑稽朋友，昨天和我说，如今这些王越封越多，可是就他们的御容，品评起来，何尝有什么龙凤之姿？简直合得上一句《孟子》，叫作"望之不似人君"。我的朋友说这句话是泛论一切，并非有所专指。便是我做这篇《谈话》，也是概括的论调，可以算得无的放矢。实在我对于无论哪一个女王，从没有朝觐过一次，便和各派王党也向不亲近，犯不上去做左右袒，阅者千万不要疑心我是说定一人。这毁谤君王的罪确是担当不起。我这朋友，大约也是用着曾经沧海的眼光来观察一切，所以有此感慨。但是我还要代他下一句转语道："天下恶乎定"，因为民无二王。如今王太多，彼此正要兴勤王之师，争夺伶界中的天下哩。

（1923 年 1 月 5 日《新闻报》）

严独鹤文集

民选

《字林报》记陈炯明失败的原因，其余种种都不管他，内中有一件事，说是实行民选知事不合人民程度，完全失败。因为民选知事之贪婪，实为从来所未有。我看了这一段纪事，不禁发生无限的感慨。

知事民选，内容如何？自然不能说。照理论推想起来，似乎比任命的总要好些，因为任命是出于官意的，民选是出于民意的。共和时代，既然主权在民，那么地方官既有民选，虽是个新法儿，也未尝不合。却不料民选知事不但没见好处，反比任命的来得更坏，又从哪里说起？

由此推想，足见中国凡是民选的事，都没有真价值，广东的民选知事既完全失败，湖南的民选司长也未见高明。再讲到议员，岂非都是由选举而来的么？但无论是国会议员、是省议员，没有一处，没有一人，不是笑话百出，这根本原因就是因为选举的手续已经先不正当，如何会产生好人物呢？

选举原算得是一种良法美意，何以独不适用于中国？无怪西人的观察，要说是人民程度不及了唉！程度不及这句话，国民能否承认？若要不承认，似这种现象又几乎无可置办，只好付之一叹而已。

（1923年2月7日《新闻报》）

·杂文卷·

萨镇冰的打泡戏

萨镇冰做了福建省长。他的就职宣言，倒很滑稽。说譬如打泡戏，做两天再看。这句话说得很妙，并且很合于目前的时势。因为目前做官，简直无论何人，没有把握，无非是打泡几天，看看风头而已。唱得好也不过一月半月；唱得不好，大约几天工夫，就得停锣歇鼓。要说像

《狸猫换太子》这样连台好戏，唱上许多本，真是没有的事。

不但如此，照情势观测起来，这福建戏格外难唱。如果没有真实本领，恐怕一上了台，就要给人轰下去。不过萨老先生，也算得是个老角色，这回登场，又有人硬捧，暂时挂挂正牌，或者还不至于砸。然而要想博得人拍掌叫好，就此一唱而红，也只怕未必。

南方一个菩萨（萨镇冰也有菩萨之称）做了省长；北方一个菩萨，做了总统。这两位菩萨，一南一北，总算场面都不错。北方的菩萨，可以对南方的菩萨说：你在福建，我在北京。京戏本不易唱，自然是我的法力大。但是南方的菩萨，也可以对北方的菩萨说：我在福建打泡，唱的究竟是大戏。你在北京，却唱的是提线戏，明明是傀儡登场，就格外没有意味了。

（1923 年 3 月 4 日《新闻报》）

国务院的风水

近来北京通信，常说都门医卜星相生涯大盛，这话大概不错，但看这位堂堂国务总理，岂非又变成风水先生了。昨天京电：说张老总因为国务院会议厅风水不佳，迁入退思堂。看不出他既会做外科医生打针，又会看风水，真是九流三教，无一不晓，实在教人佩服。

会议厅风水不佳，或者也说得不错，不然为什么自老张就职以来，开了许多阁议，议来议去，总议不出一件好事情来。不过这退思堂既是徐世昌的上房，恐怕风水也未见甚佳，不然，他老人家好好一个总统，为什么要大唱逼宫呢？可是退思堂这个名字倒很好，如今这些阁员，借债的借债，买缺的买缺，很多对不住人民的地方，到此堂中倘能退思补过，激发天良，却也是一桩佳事。

我想国务院的风水不好，也不止一个会议厅，照目前这样风雨飘摇的样子，大概完全一所国务院，都找不出一处好风水。而且风水的坏处就犯的是白虎当头，有了保定的虎威高高的压在上面，大家都难以抬头，凭你新华门打洞、会议厅搬场，都解脱不了，只好认个晦气罢。

（1923 年 4 月 25 日《新闻报》）

清宫之火

清宫这回大火，损失在千万以上，总算得是个浩劫。失火的原因，照清室方面的报告，说是电锅炸裂。但依他方面的揣测，似乎其中尚有别情。因为起火的地方，恰巧是珍宝聚藏之所，而清宫中又常听见有遗失宝物的事情。那么这种火，也许和陆军部烧参战借款案卷的火，有些同等作用，只是累煞了那位火德星君了。一会儿民国政府中有人要驱使他，一会儿清宫中又有人要请教他。我看他也未免太忙了。

有人说清宫这场火烧得很有道理，因为民国到了十二年，还放着这样一个小朝廷在那里，引出许多枝节来，实在不好。不如借着一把火，把它收拾了倒干净。这话固然是有激而发，并且很有些道理，但就爱惜物力方面讲起来，此话总未免太过。试看这样宏丽的建筑，多年的乔木，以及无数的瓷器书画古玩，完全付诸一炬，怎不可惜。从前上海焚毁烟土，有许多烟鬼在那里垂泪。此番清宫失火，焚去古物如许之多。只怕那些古董掮客，也要代别人肉痛得垂泪了。

至于宣统旧邸，也同日起火。这事尤觉得可疑可怪。难道宣统这一天，真个火星照命么？可惜北京没有福尔摩斯，不然，这次火警，正有许多研究的资料哩。

（1923 年 6 月 30 日《新闻报》）

我来讲一则童话

我昨天静坐无事，偶然想起了从前看过的一段童话，觉得很有些意味，不妨写出来给大家看看。

"某山上出了一只斑斓猛虎，害人不少，地方上有许多居民，想要驱除它，却是没有这个力量。恰好那座山上，还有许多狼，也在那里厌恶这只老虎，便来和那些居民说，你们如果真想驱除老虎，我们倒有法子，可以帮助你们。那些居民大喜，果然借着狼力，将老虎赶走了。但是老虎去了，居民却依旧不得安宁。因为那些狼顿时也放出一副凶恶的形状来，说老虎走了，我们可也不能饶人，要享享这吃人的权利呢。"

我想这段童话，和中国旧时所说"前门拒虎后门进狼"的古话，以及"东山老虎要吃人，西山老虎也要吃人"等俗语，完全相合。总之要赶老虎，还是仗着自己的全副力量，去逐走它的好。若借用别方的力，就不免要蹈童话上居民的覆辙，弄成个以暴易暴了。

（1923年7月7日《新闻报》）

总统与蟹

美国总统哈定，中了蟹毒，就此成病。听说他死后，美国有许多人，因为感念他起见，便组织一个仇蟹会。哈定总统吃的到底是老蟹还是小蟹，死蟹还是活蟹？固然不得而知。总之蟹不是一件好东西。便在中国，凡拿蟹来作比的，也都是害人之物，原不好招惹。不过大家一仇蟹，放着蟹不吃，那么以后蟹之为蟹，转可自适其生，免了鼎镬就烹之苦。这不是仇蟹，简直是爱蟹了。因吃蟹而死哈定，是蟹大有害于哈定，因哈定死而蟹可以放生，是哈定反而大有造于蟹了。像这样的因果循环，倒很有些趣味。

但外国总统怕吃蟹，中国总统一定不怕吃蟹。为什么缘故呢？世界上无论何物，凡是性质相同的，决不会相害。讲到中国总统的性质，实在有些与蟹相近。蟹是横行的，在中国做总统，也非横行不可。蟹肚中满满的贮着黄白物，在中国做总统，更非先储着许多黄白物不能成功。照这样说，蟹和总统简直可算是同类，便吃在肚里，一定可以彼此协调，不会发生冲突。

总统之性，既然是犹蟹之性，那么这些左右盘旋，想拥着一个人登台，便可以叨沐余光的，也不配说是攀龙鳞、附凤翼，只好算撩蟹脚罢了。因为撩蟹脚的人太多，蟹也失其自主之力，所以格外一蟹不如一蟹了。

（1923 年 8 月 23 日《新闻报》）

此之谓瞎说

大同教的谣言，大家都知道是不值一笑。如今八月十五已过，一般人还是安安稳稳的，毫无动静。因此连那些迷信而胆小的朋友，也都放了心了。却是造谣的人反而被捕，可谓咎由自取。我们也不必再加以讨论。最可笑的是造谣的主儿里面，有一个名叫宋瞎子。我看了昨天本报专电上载着他的大名，由不得要称妙不已。

那谣言里面最注重的一句，不是说要五天五夜，日月无光么？"日月无光"这句话，出在瞎子口中，够多么有趣。照他这样闭着眼睛乱讲，别说五天五夜，日月无光，简直是一生一世，日月无光呀。俗语本有"瞎子望天坍"之说，像这个宋瞎子，真是在那里望天坍了。而且瞎子造谣，明明是瞎说。明明是瞎说而居然有人肯信，可谓盲从，一盲引众盲，只怕要相将入尿坑了。（谣言上教人口渴时吃尿，岂不要相将入尿坑么？）

我昨天又听见说他们这般人，因为八月之谣不验，说要改期十月了。地震也会改期。这个鬼真捣得可笑。横竖八月不验，改期十月。今年不验，改期明年。照这样年年月月，顺延下去，岂非地老天荒，永无止境？他的牛皮，便永远不会穿，倒也是一个妙法呀。

（1923 年 10 月 1 日《新闻报》）

古董掮客

许多议员，反对孙宝琦，说他是古董先生。我说像孙老胡这个样子，原可以算是古董了。不过古董先生，这个名称，却也不坏。与其千奇百怪，花样翻新，变成了质地脆薄的劣货，或是无人顾问的歪货，还不如当个古董先生，倒也古色古香，自有一部分人要去赏鉴。只是古董有真的，也有假的。真的便可宝，假的便不可宝。如今这位孙老宝，到底是真古董，还是假古董，先要请考古家来识一识才好。

议员既认老孙为古董，所以一个个在那里想做古董掮客。照这几天报上所载的北京消息，已很有许多议员要去和老孙议条件。这分明是古董掮客在那里开茶会讲价钱了。无奈老孙一概置之不理。大约古董先生心目中是以为这些人还不配玩古董。那么这个古董，倒颇有几分古怪，不可以小看他哩。

有人说古董先生做税务督办，每月进款，比总理好得多。教他做总理，明是抬高，暗地里却是古董跌了价了。所以古董先生，心中实在是在那里唱《绒花记》，三个"不愿意"。但是如今的人，专会盗卖古物，你自己不愿意，只怕有人硬将你卖了，可也就没有法子了。卖也罢了，更怕几个转手，将你摆到旧货摊上去，那可糟了。古董先生须要小心。

（1923 年 11 月 7 日《新闻报》）

万恶之区

吴子玉（吴佩孚）谓北京为万恶之区，此言诚当。盖自民国成立以来，种种奸邪贪佞之人物，群聚于北京，种种机械变诈之事故，亦纷起于北京。故向之号称为首善之区者，在今日实不啻为罪恶渊薮，吴氏慨乎言之，固不可谓非定评也。

虽然吴氏以北京不可居，主张公府移保定，谓可免恶官僚、恶政客之包围，则其识见，实至可笑。盖天下事必求自身先不为恶，而后可得脱于恶空气之包围，否则如蚁附膻，如蝇逐臭，方以类聚，异地皆然，岂作祟于京者，即不能移而之保乎？总之，政治之坏，在人不在地。吴氏仅知北京为万恶之区，而不知今日政治舞台上，固在在为万恶之人，此其所以不可救也！

（1923 年 12 月 26 日《新闻报》）

泰戈尔见宣统

泰戈尔到了我国，除备受我国教育家文学家的热烈欢迎而外，并没有和什么达官贵人相交接，却偏偏去见宣统。我不知这位印度老诗翁，见了这个小朝廷的皇帝，心中作何感想。

有人说泰戈尔的思想，是偏于守旧的，是竭力反对西洋物质文明，而保持东方旧文化的。所以他去见宣统，不免怀着几分复古的观念。我道不然。文化自文化，专制自专制。东方旧文化，诚哉自有价值，却断非专制时代种种不自然的制度和仪式所能代表的。若说因保持旧文化的缘故，便当爱慕着专制的旧观，我想他老先生，断不至于如此误会。不过他此番到中国来，随处都有演说，究竟对于宣统，说些什么话，却是我们所亟欲闻知的了。

泰戈尔见宣统，由郑苏戡陪着。中印两诗人，借此携手，倒也是桩妙事。不过这印度诗人，遨游寰球，早已博得诗圣的尊号。这中国诗人，却依恋宫闱，仍守着遗老的生涯，比较起来，未免减色了。

（1924 年 5 月 1 日《新闻报》）

秋千式的战事

此次江浙战事，双方接战很是剧烈。但是打来打去，打了近二十天，归根结底，还是一句话："阵线无大变动。"

所谓阵线无大变动，就像小说书上说的，你来我往大战三百回合，不分胜负。杀是杀得很起劲了，打是打得很厉害了，可是双方越杀得起劲，越战得厉害，这些战地人民就格外遭殃了。

总之此后两方战事，可以名之为秋千式。一面进，一面退；退了再进，进了又退，如此循环不已，依旧还在原位上。但是为战地人民设想，最怕的就是这个玩意，因为退的永远退，进的一直进，那么人民的遭劫，不过一度。若是这样进退不已，炮火之劫，永无休止，可真是受不住了。

古代用兵的时节，常有洗城之说。像目前战地的情形，真用得着一个洗字了。双方进退一次，便是漂洗过一次，漂了又漂，洗了再洗，地方人民，当然要被漂洗得干干净净了。

（1924 年 9 月 21 日《新闻报》）

翻脸

有人问我自民国成立以来，这十三年当中，国事的变化何以如此之快。我说国事的变化快，由于各方面人的脸皮翻得太快。人的脸皮，经了一次翻覆，国事也便多一次变化。这其间的消息，的确是相因而至的，本来向着东的，忽而一翻，又向了西了。本来依着甲的，忽而一翻，又偏着乙了。讲不到什么信义，也谈不到什么交情，只要机会好，权利厚，就无端地翻了过去了。并且翻脸之后，碰到更好的机会、更厚的权利，又依旧可以翻转来。横竖大家都在这翻来覆去中讨生活。所可怜的，依然是小百姓夹在当中，被他们翻得七颠八倒，头晕眼花。

似这般的翻覆，到底翻到几时才罢，实在难以推测。除非换了一个世界，大家用不着金钱，也用不着势力了。到那时节，这些人的脸皮，才可以永久稳定，不至再时时翻覆。哈哈，谈何容易呢？

（1924 年 9 月 23 日《新闻报》）

孔子诞日感言

今天是孔子诞日了。往年各学校里面，对于孔子诞日，还多少有些点缀。如今干戈扰攘，中小学校多半停课。弦诵既辍，还说什么孔诞？至于教育界以外的人，就更不注意了。所以同一圣诞，将孔诞与耶诞作比，其热闹与冷淡的程度，相差真不可以道里计哩。

孔子生于乱世，目击当时战争之烈，处处以弭兵救世为职志。所以孔子的论调，有许多地方，很足为今日一般人的对症良剂。如今且把那最显著的两点说出来，供大家的研究。

第一，孔子因为消弭战祸起见，所以处处以仁德两字来导人，同时又竭力裁抑"好勇斗狠"，并说"军旅之事，未之学也"。他的非战主义，是表示得很明显的了。第二，孔子又看到战争的原因，是由于嫉妒怨愤等种种观念所酿成的，因此又标举着一种乐天主义，既赞美颜子的箪食瓢饮，不改其乐，自己又说蔬食饮水，乐在其中。一言蔽之，是劝人安贫乐道。安贫乐道四字，也可以说是乐天主义的真谛。

老实说倘使人人能依了孔子的教训，存着仁心，行着仁术，就断不会再有斗争权利而黩武的军阀；倘使人人能守着孔子的学说，安贫乐道，就断不会再有贪慕利禄而酿乱的政客。我们在此鼙鼓声中，恰逢孔子诞日，正不禁有无穷的感喟了。

（1924 年 9 月 25 日《新闻报》）

雷峰塔倒了

雷峰塔是杭州最著名的一处古迹，如今忽然倒塌了。论理雷峰塔久已剥蚀荒废，一旦倾颓，也并非是什么奇事。不过西子湖畔，正是疾风暴雨，显着十分凄厉的景象。雷峰塔不先不后，忽在此时倒了，在迷信家讨论起来，定要说是不祥之兆哩。（在熟读《白蛇传》的人，一定说雷峰塔倒了，镇压塔下的妖精，要出现了。呵呵。）

外人对于古迹，十分重视，都要设法保存。中国人却不然，凡有名胜，只管有人赏玩，却从不想到保存两字。所以越是古式的建筑，越是颓废得不成模样。久而久之，这古迹便自湮灭了。这是最可惜的事情。比如杭州，明明有个西湖工程局，却是对于种种必须保存的古迹，从不加以修葺。这是令人很不满意的。

不但如此，目前去游西湖，每容易得着一种感触，就是洋房马路，造得十分齐整，而各处的旧式建筑，饶有雅致的，差不多十之八九，却成了断井颓垣（连几个著名的旧庄子，如今都荒废得不成模样了）。再隔若干年之后，西泠风景，除了天然山水，不易变动而外，其余一切完全成了欧化。西子作西装，俗客固然欢迎，稍具雅骨的人，不免要为之眉皱了。

（1924 年 9 月 27 日《新闻报》）

新体诗

前天和几个朋友在一处吃饭，大家在席间偶然谈起新体诗和白话文来。其中有几位所说的话，很有些趣味。我如今且把它记在下面。

甲先生是从德国留学回来的。他说德国人近来研究中国古文学的很多。有一个德国学者，专治中国史学。他很崇拜史迁，著了一部专书，讨论史迁作史的种种方法和条例，于中国古籍旁征博引，极为详细，实在为中国学子所不及。这个德国学者，又常对人说，研究中国文学，还是古文来得意味浓郁。至于近来新出的白话文，似乎太少兴趣。

乙先生是个教育家。他在各学校担任国文教科的。据他说学生的心理，很容易变迁。在五四运动之后，新文化潮流很盛，各学校学生大半唾弃古籍，大讲其新文学。近来却又不然，一般学生，反而喜欢研究古文，往往向教师有一种要求，对于国文科的教材，不喜采用语体文，而好读古书。这也不知是什么缘故。

丙先生对大家讲了一首新体诗，却是妙极。他说有一个人做了一首新体诗，题目是"红叶"。那诗句道："越老越红的红叶，红得不能再红了，便稀里哗啦地落了下来，落了遍地。"这首诗给另外一个朋友看见了，便道如此好诗，不可不和，就和了他一首道："越做越白的白话，白得不能再白了，便糊里糊涂地写了出来，写了满纸。"哈哈，新体诗能流传的很不多。像这首红叶诗，倒可以借和作而传了。

（1924 年 9 月 29 日《新闻报》）

宣统出宫

基督将军这回入京，总算做了两件大事情。一个曹三被他赶出了白宫（曹三眼前虽还未出白宫但终究是要出来的了），一个宣统，被他赶出了清宫。这两宫总算是吃了苦了，上了当了。

但是比较起来，基督将军的赶曹三，实在做得不痛快。这并非是说曹三不应当赶。因为他一面要赶曹三，一面又要回护自己去年的事情，不敢提明贿选二字，只好依旧敷衍门面，连产出这位贿选总统的国会，都不能不加以相当的承认。这种办法，要叫人欣赏，却是难了。然而他将宣统赶出清宫，这一件事倒很办得痛快。

民国成立，已经十三年了。而清室的小朝廷制度，至今还没有废除。有识者早已群起訾议。如今请宣统出宫，把这个关门做皇帝的把戏，完全一笔勾销，岂不痛快？并且为宣统计，与其做这个无谓的小皇帝，还不如做个很自由的平民，从此大概没有人再来利用他，闹什么复辟风潮了。那么在民国去了一个祸根，在宣统也不啻免了一重危险，真是双方有益。所以这番举动，凡是明理者，无有不赞成的。

有人说优待费突然减少了，似乎有失信用。我道民国对于清室的优待费，不知欠了多少了。与其许下了很大的数目，不见一个钱，还不如将数目减少些，不赊不欠，规规矩矩按年支给的好。至于拿出两百万来教养旗民，这也是很适当的办法。因为与其津贴一家的用度，原不如宽筹群众的生计，来得更好了。

不过我还有一句话，不能不说。就是珍宝归清室，古物归民国保

· 严独鹤文集 ·

存。这理由原很确当，但点收古物与保存古物的人，万万不可存揩油主义才好。近来有许多大好佬，多在古物上揩油，这件事也不可不防咧。

（1924 年 11 月 8 日《新闻报》）

公子出风头

目前的中国，正是公子出风头的时候。张公子（学良），孙公子（科），段公子（宏业），卢公子（筱嘉），四位公子，恰好凑成一桌麻雀，可称之为新四公子。这新四公子，确比明末四公子更厉害了。明末四公子，都以文章称雄。这新四公子，却都凭借武力。比较起来，自然是武的更凶了。

从前旧小说中，常有白袍小将大显威风等话说。因为初生犊儿不畏虎。小将的勇气，常常胜于老将。如今中国这些军阀，差不多都已老了。这几位公子，乘时崛起，原可以结为一个公子团，率领些子弟兵，多分是很够瞧的了。

军界中的公子，大概也和商界中的小开差不多。商店中老板厉害不稀奇，一定要小开精明，才可以保得住生意兴隆。像张公子并且是一个现现成成的金矿小开，他手头有了这许多狗头金，不特雄于力，而且雄于财。这个小开，确非一般银样镴枪头的蜡烛店小开所可几及了。

（1925 年 2 月 22 日《新闻报》）

纪念中山先生的闲话

中山先生一死，全国哀悼。平心而论，中山所持的主义和所行的政策，国人赞同的，钦佩的，固然不少，而怀疑的，立异的，也未尝没有。不过中山一生，始终是为国家做事，就最小的限度说，也是为民党做事，并没有为私人谋着什么权利，积着什么财产。所以就个人的人格，以及对于创造民国的功业上说起来，无论如何，总有纪念的价值。这是大家所公认的。

讲到纪念中山的办法，自从中山溘逝，以至今日，报纸记载，已是盈篇累牍：保护尸体咧，举行国葬咧，埋骨紫金山咧，立纪念碑咧，建铜像咧，各有各的用意，各有各的理由。只要不失去平民的精神，不借重外人的力能（外人以友谊的表示吊唁，或举行追悼，那自然是正当的，便是略略铺张些，也不能算借重外力），在一般人眼光中看来，都可以赞成。至于南京城改为中山城，却有章太炎先生的一篇谈话，可算得不激不随。太炎先生是民党前辈，他又是异常爱护中山的，大概他的议论，总可以供大家的研究了。

我以上只就大题目上讲，如今要谈到一件小事了。我看见昨天本报的港电，说广州的国民党执行委员会，议决在西瓜园建中山纪念堂，却似乎不很好。中山纪念堂，很可以建立，但何必建立在西瓜园中。西瓜园的风景如何，对于广州，对于中山，有无历史上的关系，我们都不知道，只觉得望文生义，这西瓜两字的园名，好像太俗。而且西瓜这件东西，是大而且圆滑的，何足以唐突伟人。不但如此，中国人向来有一句口头俗语，叫作"西瓜大炮"，若用这个意义来纪念中山，岂非近于滑稽，太不尊重。我想粤中很多名胜之区，何必定要卜地于此呢？

（1925 年 3 月 26 日《新闻报》）

将军武穆之子孙

本省人治本省这句话，是目前最盛行的。其实细细想起来，真是无甚道理。试看近几年来那些以本省人治本省的，何尝有什么好结果。或者本省人在本省，比别省人更闹得凶，实际上简直是本省人乱本省罢了。最可笑的，是因为有了这样一句本省人治本省的话，便闹出许多捏造家谱冒认乡亲的笑话来。像欢迎岳维峻者为岳运动，硬说岳是岳武穆二十七世孙，借此证明其为河南人。这岂非也是一种新鲜笑话吗？

五百年前共一家，凡是同姓的，若要附会起来，原未尝不可以说是同宗。所以岳维峻是否岳武穆二十七世孙，旁人没有查过他的家谱，也无从断定真伪。不过他所以认岳武穆为老祖的缘故，是专为河南督办的地盘，那么武穆有灵，不知要发生什么感想，还是觉得惊奇呢，还是十分欢喜呢？大概有一个做督军省长的子孙，也总算不辱没他老人家了。我想他一定是欢喜的。便是岳家子孙，也何妨凑一个趣，在宗祠中开一个欢迎会，欢迎这位小岳将军归宗呢？

前清科举时代那些考生，常闹那攻冒籍的问题。我想将来的督军省长，也免不了要彼此攻冒籍哩。这些还是闲话。如今命令已下，督办竟为孙岳得去这岳家子孙的招牌，岂非无效呢。然而岳维峻可算武穆子孙，孙岳也未尝不可算是武穆子孙。岳维峻不过姓得好，孙岳却姓名都好。他既姓孙名岳，岂非更明白表示其为岳家子孙吗？

（1925 年 4 月 24 日《新闻报》）

国耻纪念特刊慨言

今天是什么日子？五月九日。五月九日有什么特别纪念？国耻纪念。这是人人知道的，人人记得的，何必再问。但是就实际上说，到底人人真个知道了没有，人人真个记得了没有，只怕倒成了一个疑问，一时要回答不出了。

《快活林》中，年来每逢五九，都出一张"国耻特刊"。有人说这个特刊，也可以不必多出了。因为今年嚷着国耻，明年又嚷着国耻，说来说去，不过是这几句话，又何必多说呢。但是有人提着些，究竟多少可使国民有些感动，有些警觉。如果逢到这纪念日，依旧丝毫没有表示，只怕久而久之，大家更淡焉若忘了。

可是话又说回来了，编刊国耻纪念，岂是什么高兴的事情，又岂是什么应时的举动。记者和作者下笔的时候，都感着一种痛苦。料想读者精神上也受着一种特殊的刺激。所以也很希望从明年起，再没有国耻可以纪念，再没有国耻纪念特刊发现在《快活林》上，那么《快活林》的记者，《快活林》的作者，《快活林》的读者，便真个皆大快活了。

（1925年5月9日《新闻报》）

小别重逢之一席话

《快活林》因五卅惨案而停刊，忽忽迄今，已是两个多月了。这两个多月中，南京路的血迹，当然早已干了，各商店的店门，也早已开了。一切事情，都似乎渐渐恢复了。可是外交的进行，依旧毫无眉目，爱国者的种种牺牲，依旧毫无取偿，毫无安慰。在《快活林》恢复的第一天，没有一件快活消息可以报告，没有一句快活话可以说。这当然是《快活林》的编者撰述者以及一般阅者，所共认为最不快活的一桩事情了。

但是在这忧患频乘的当儿，我们虽然共认为不快活，而同时对于前途，又不能不有一快活的希望。例如外交内政种种现象，固然使人无处不抱悲观。然而徒抱悲观，徒然终日间痛哭流涕，也是无济于事。还须振作精神，努力奋斗，把这些愁云惨雾，扫荡尽净，显出一片曙光来，那便由不快活而变成快活了。大概《快活林》同志，都抱着一种驱除眼前不快活而制造将来快活的宗旨。若说是在艰危时局之中，还要强颜欢笑，那是断无此理的。

再进一步说，观察今日的时势，和今日的人心，或者正言庄论，有时不易感动人的。而谐谈谲谏，或转可以呈一部分的效果。譬如行军，偏师助战，也可以使三千毛瑟，愈壮声威哩。

（1925 年 8 月 5 日《新闻报》）

禁止模特儿

天下事物极必反。连模特儿都逃不了这个公例。画报一出，模特儿的色相，便和电影明星的照片一般，差不多天天在那里露脸。风头是出到极点了，却因此竟起了反响。大家都说要禁止。别方面人说禁止不稀奇，连那几位教育大家，都开了口了。教育大家一开口，只怕模特儿的命运就不免要大受打击了。

有人说以教育界而请禁模特儿，这个题目，当然是光明正大之至。不过我们若要研究起上海模特儿的历史来，似乎也就是专精美术的教育名家，独立提倡的。或者模特儿是专适合于美术家需要的，专供美术家欣赏的。非美术家，便不能享此权利。美术家眼中有了模特儿，便算是艺术神圣。非美术家眼中有了模特儿，便算是伤风败俗。再换一句话说，模特儿在美术家笔下描写出来，便深合教育原理，可以堂而皇之高供在什么展览会里，万头瞻仰。在别人摄影印了出来，便是意在诲淫，千万不能容其存在。如此说来，要享受这赏鉴模特儿的艳福，确乎非专修美术不可了。

又有人说，想拟一张招牌，叫作"模特儿专利"或是"愿天下模特儿都归于我"。可是这张招牌，到底应该送给谁呢？

（1925 年 9 月 8 日《新闻报》）

科举思想的复活

湖南考试县知事，请章太炎先生主试，大家已经觉得有些稀奇。因为章太炎先生是文学家而非政治家。以文学家而考县知事，似乎觉其太文。然而这件事毕竟还不稀奇。最稀奇的，莫过于北京那几位宪法起草委员，竟有人提议，将来考试行政官和司法官，要注重经义。照此办法，凡是想做官的，都得捧着几本旧经书，下几年苦功，才好应试。我真要套着从前做经义上的两句老调来请问这位提案的老先生，问他"此何故欤，试申其义"了。

天下事物极必反。大概如今新文化闹得太厉害了，所以大家又要想复古了。什么"宰相须用读书人"咧，"半部《论语》治天下"咧，诸如此类的话头，大可以趁此鼓吹。鼓吹到了极点，只怕考试经义还不算数，总要恢复八股，且夫尝思，重弹旧调，才算是妙不可言了。

又有人说，所谓经义者，或者不是五经十三经，却是嫖经赌经。那么此中精义，一般官僚很能领略，包管考试起来，个个可以有一百分哩。

（1925 年 9 月 21 日《新闻报》）

文虎嘉禾有几千

年来每逢国庆日，照例要下一阵勋章雨。今年北京方面，许多政客、许多代表、许多议员，都在那里团团打转。大家预料这勋章雨，更是非下不可的了。然而国庆已过，还未见发表。问其原因，却由于各机关开送请给勋章名单，过数千人，段执政因此就无法办理，只好暂行搁置了。可是那些盼望勋章的人，伸长了脖子，一天天等着，总不免有些难过哩。

民国的勋章，本来和前清的功牌一样，随便可以赏人，真是自由得很。要是大军阀大官僚的附属品，无一不有领勋章的资格。会说话的，多搬动些唇舌，也算是勋；会奔走的，多跑几腿，也算是勋。至于会采办姨太太的，会弄钱的，那勋劳就更大了。逢勋必赏，这几千个人，实在还不算多。段执政何不索性爽爽快快，热热闹闹，下它一阵极大的勋章雨，使他们淋漓尽致呢？

不但如此，这种勋章，在得到的人，以为十分荣幸。可是在一般人的心理中，只怕除了真个不见世面的乡下人以外，简直没有人愿拿正眼去瞧他。勋章既等于毫无价值的铜片，又何妨多多益善，大发特发。别说几千，便是几万，又何所顾惜？况且领勋章是要出钱的，乐得让印铸局增加一笔收入，岂不也是一桩好事。但是勋章一铸就要几千，只怕无论如何加工赶造，也来不及。我看中华民国别种工厂，都不很要紧，唯有制造勋章，倒不可以不特设一厂呢。

（1925 年 10 月 12 日《新闻报》）

照片作祭品

郭先生枪毙了。起先说要拿他首级供在姜登选灵前。如今却又改良了，说将他尸身摄下一张照片，以代首级，去祭奠老姜。首级祭灵，这是很残酷的一种旧法。照片代首级，而用以祭灵，却又好算是特别新发明了。

平常人摄照片，本来没有什么关系。至于大人物所摄的照片，却大有进出。得法的时候，受人欢迎，受人供奉。书籍上、报纸上都争着刊载。一朝失败了，便不免在交民巷口挂起来，仿佛和车站上的窃贼一般，大丢其脸。然而无论如何倒霉的照片，总没有像郭先生这张死照片一般，竟和猪头三牲，并列在一起。这到底是郭先生负照片，还是照片负郭先生呢？

姜之死不必论，郭之死也不必说。不过在郭先生枪毙姜登选的时候，又哪里料得到今日之下，自己的照片，会放在老姜的灵前作祭品呢。循环报复，因果相寻。杀机一启，将来的惨剧，逐幕演下去，正大可有可观哩。

（1925 年 12 月 29 日《新闻报》）

下野的种种

"下野"这两个字，已成了如今最流行的一个新名词了。但是同一下野，而性质不同，作用又不同，有的真，有的假，有的很写意，有的很苦恼，却也是戏法人人会变，各有巧妙不同哩。

总而言之，统而言之，大而言之，小而言之，目前的下野，可以分为两派。一派是自己不愿下野，而人家偏偏要逐他下野；一派是自己宣言下野，而人家偏偏要苦留他，不肯让他下野。其间苦乐的况味，就截然不同了。有人说如今这般军阀的脾气，倒像《彩楼配》上的那个丑角。《彩楼配》上的丑角对门官说："你不教我进去，我倒要进去；你教我进去，我倒不进去了。"如今的军阀却是"你不教我下野，我倒要下野；你教我下野，我倒不下野"了。

有人说能不下野，算是大好佬，能下野也还算是大好佬。最怕是不上不下，成了一个卡字，就有些为难了。照眼前的情形，那干木先生确弄得有些不上不下，我道那也无妨，不上不下，宕在中间，正所以保持中央的地位呀。

（1926年1月5日《新闻报》）

血溅京尘 [①]

枪声一响，顷刻间就断送了数十青年。这件事情，无论何人，都要说一声可痛。

断送青年，诚哉可痛。青年断送了，依然于国无益，于事无济，格外可痛。

断送青年，诚哉可痛。断送的只是有血气的青年，好像青年是注定的牺牲品，格外可痛。

断送青年，诚哉可痛。而主张用严厉手段的，所恨并不在青年，只将这班青年牺牲了，仿佛含有杀鸡骇猴的作用，格外可痛。

断送青年，诚哉可痛。而够不上青年资格的十余龄小孩，也会无辜地断送了，格外可痛。

断送青年，诚哉可痛。而够不上断送资格，与这件事毫无关系的行路之人，也糊里糊涂地断送了，格外可痛。

唉！青年断送了，任是痛哭流涕，任是大声疾呼，这班可爱的青

---

① 本文写的是"三一八"惨案。

年，总是一瞑不视了。然而青年有知，看看站在你们对面的这些人是怎么样，看看站在你们后面的这些人又是怎么样。

（1926年3月22日《新闻报》）

善哉善哉

干木本来是一心念佛的，当然应该慈悲为本。不料这一回却忽然犯了那重关中第二关（这也是坏在二上），大动嗔念，大开杀戒，真是罪过。

开了杀戒之后，又忽然要哀悼，这简直是猫哭老鼠了。不但哀悼，又忽然要善后，我想后既要善，前又何必恶？况且别的事可以善后，这死者不可复生，又何以善其后呢？有人说，唯其人死了，所以要办后事。唯其死的人多了，所以要大办其后事。然而后事只管办，却何以能善？或者请干木先生自己出来捻着佛珠，合掌当胸，念几声善哉善哉，替这般枉死的青年（这回死的，不但有善男子，还有善女人）做些超度的功德吧。

干木上台的时候，大开善后会议。如今地位不稳了，差不多又要开善后会议。虽然同一善后，性质各异。也足见干木先生与善后两字有缘。如果因善后而来，再由善后而去，倒也可以算得是善始善终。

（1926年3月25日《新闻报》）

溥仪还宫

在这个军事政治异常纷乱的当儿，忽然又夹入一桩溥仪还宫案，点缀热闹，于是又引起许多人的讨论和辩驳。其实如此热天，大家应该省些气力，像这种无谓的事，闹他做什么呢？

溥仪被逐出宫，在逐他的人，或者是别有作用。然而共和成立，已经十几年了，还在首都之地，留着这样一个小朝廷，对于国体上，也无论如何，不能说是没有妨碍。所以为溥仪计，既已出宫，又何必再求还宫。因为这个宫，从实际上说，也无异是一种无形的牢笼。溥仪既不做皇帝，何必定要幽居宫禁，度那沉闷无聊的生活。而且因为地位关系，还不免供人利用，要发生危险，真是何苦。据我们看来，他能够完全恢复自由，或是出洋留学，或是往各方游历，求得他平民生活，固然很好。即使不然，住在张园里面，和他妻妾在一起，玩玩音乐，看看花鸟，吸吸新鲜空气，也许较诸以前关在宫内，胡诌些什么"爱莲房中口问心"的歪诗，来得有些生趣。

讲到这里，我对于这班遗老，索性还要揭开了天窗，说一句亮话。诸位遗老，如果真有本领，便应该保住了溥仪，不使他出宫。既然已被逼出来，又要送他回去，简直是寻溥仪的开心。请你们闭着眼睛，细细地想一想看。故宫寥落，四大皆空。便是再唱一出进宫，也有什么贪恋，有什么趣味呢？

（1926 年 7 月 23 日《新闻报》）

振兴租界的大功臣

军阀的打仗，无人不叫苦，无人不怨恨。然而也有不叫苦而反大乐，不怨恨而反感激的。这一类到底是什么人呢？便是在租界里面开店的商人，和在租界里面出租房屋的房东。至于旅馆老板，更不用说了。

这几天武汉方面，风云紧急。于是汉口的租界，便顿时热闹起来。老的少的，男的女的，村的俏的（人），一齐往租界里躲；大的小的，硬的软的，黄的白的（物），一起往租界里搬。因此之故，租界中的旅馆涨价，房屋加租，连一切饮食肆、茶酒店，都利市三倍。租界以外的人哭，租界以内的人笑；租界以外的人受损失，租界以内的人发洋财。试问依他们心理，对于这班主战的头目、作战的丘八，岂不要万分感激，供着他们的长生禄位呢。

每经一度战事，租界以内的市面，便可以特别振兴一次。所以这些军阀，实际上简直是外国租界的义务拐客。由他们的手中，就把好生意一件件送向租界中去。同时再向华界中看看，一定生气萧索。"清理账目""暂停交易"，甚至于"被劫一空，免劳光顾"等字条，在战争混乱的当儿，——都会在商店门前发现出来。如此情形，明明教人视租界如天堂，视华界如地狱。有人说外人推广租界，却是以中国军官为之先驱。这句话真不能算是说得过分呢。

（1926 年 9 月 4 日《新闻报》）

文圣变为武圣

提起孔夫子，谁也知道他是个圣人，谁也知道他是个文圣人。因为孔老先生一生的言论和行事，都是文绉绉的。况且他还郑重声明过："军旅之事，未之学也。"足见他老先生只会唱唱文戏，对于真刀真枪，特别打武，是不敢领教的。谁知如今数千年之下，却有人要硬将这位文圣改造为武圣。这改造的是什么人呢？便是如今在军阀中间十分得意、大出风头的张将军。

张将军原是武人，却喜欢祭孔。去年也祭孔，今年也祭孔。大家只当张将军是要偃武修文了。却不道他还是一个偃文修武。他所以祭孔的原因，只为去年祭孔之后，屡打胜仗。所以今年还要祭孔。听说行了祭孔礼，再发兵南下。如此说来，张将军的祭孔，简直等于祭旗。孔子有灵，也许要保护他旗开得胜，马到成功，哈哈。不料一位至圣先师，竟几成了战神了。我不知道张将军祭孔，还是照老规矩请他吃牛肉呢，还是特别优待，请他吃狗肉呢。如果依旧用牛肉，孔子是吃惯了的，不成问题。如果用狗肉，只怕孔老夫子又要说一句"丘未达不敢尝"了。

有人说做了武人，谁不想打胜仗。张将军既因战胜而祭孔，或者武行中从此就成为风气。大家不祭武圣而改祭文圣。那么关岳二位，不免要向孔子办个小交涉，说他抢生意哩。又有人说，孔子的学说，都含着些偏重文治的色彩，如今受了武人的供养，只怕要渐渐地改变论调，对于他那位高足子路先生，再也不敢埋怨他好勇斗狠了。又有人说，去年祭孔，是张将军和李将军（景林）同祭。一样祭孔，何以张将军着着得胜，李将军却处处失意？还是孔老夫子势利呢，还是李将军自己命运不佳呢？如果李将军气性大些，也许要学张将军打龙王的手段，请孔夫子吃皮榔头了。

（1926 年 9 月 19 日《新闻报》）

护发尊者

我前几天做了一则谈女子剪发的谈话。可是在那篇谈话发表之后，又见各报载着天津禁止女子剪发的消息。那么女子剪发，简直受了一大打击了。

我的主张，女子的剪发与否，绝对可以自主。剪就剪，不剪就不剪，毋庸提倡，也不必反对。然而天津当局却是不然，一定要禁止。听说女子剪发的，竟要被拘入警厅，可谓雷厉风行之至。我不知禁止女子剪发，其目的在爱惜女子呢，还是爱惜女子的发呢？总而言之，禁止剪发的，可以恭上他一个徽号，叫作护发尊者。

南方盛行剪发，北方禁止剪发。如果北方美人，一定要学时髦，也有个办法，不妨大家结伴南下。我想南方美人因为她们具着牺牲头发的决心，也许要开个欢迎会，商量这个南北统一的头发问题哩。

有人说，天津当局，许多事情都好办，何以忽然注意于女子的头发。我道这就是大事业从头做起。不过经此一禁，天津的梳头老妈，必定要感颂德政。而女子剪发店，自然是开不出了。天津有女浴堂，上海也开女浴堂。上海有女子剪发店，天津却开不出女子剪发店，比较起来，可算是上海女界，有完全的自由权。而天津女界，身体与肤，固然是受之父母，这个发却有一半受之警长了，哈哈。

（1926年10月7日《新闻报》）

溥仪出洋

昨日本报刊载了一则消息：说溥仪又有明春出洋留学之说。我说这件事情，各方面却很可以赞成他，使他得以实行。

溥仪在未离京以前就说要出洋，经人阻止。到津以后又喧传要出洋，还是经人阻止。阻止溥仪出洋的，一部分是遗老，他们的心目中依然认溥仪为小朝廷的皇帝，似乎以溥仪的身份，一出洋留学，就失了皇帝的尊严。这种腐旧而迂谬的思想，简直可以置诸不理。第二种也是偏激的见解，说溥仪出洋，恐怕与政治上，与国际上发生影响。其实这句话也不无过虑，因为到了如今的时世，这块复辟的招牌，无论如何再挂不起了。所以溥仪这个人，尽可让他自由出洋留学，与政治无关，与国际也无关，殊可不必加以防制。总之溥仪在今日，已是一个平民，唯其是个平民，所以不应有何等的尊崇，也不应受何等的束缚，只要问他本人是否真有出洋留学的志愿，又是否有出洋留学的程度。如果有此志愿，有此程度，正可立赞其成。

遗老方面，与其作无谓的报效，不如奉上些留学费。民国政府方面，与其为有名无实的优待，也不如资助他些留学费，使他将来能够造成一个完全的人才，与本人有益，与民国也无损，何苦定要他留寓天津，卖古董度日呢？

不过溥仪出洋虽可赞成，而留学何国，却又是一个很可研究的问题。

（1926 年 12 月 22 日《新闻报》）

今之性理学家

中国的社会，尤其是上海的社会，简直不管什么事，都是一种风头作用。在风头上，就热闹非常。风头一过，便从此消歇下去了。交易所咧，电影咧，都有风头。讲到出版界，在去年专讲究一个裸体画，所以模特儿风行一时。如今模特儿的风头，似乎又过去了。大家忽然兴致勃发，都讨论"性"学。于是性学一类的书，大家抢先出版，差不多又成了一种新潮流了。

说到性的问题，就要板起脸孔，掩起耳朵来。这是以前道学先生的牌子。如今原不通行了。说到性的问题，就要满面通红，这又是以前小儿女的状态。如今这些大模大样、有智识有胆气的青年男女，也早不以为然了。如此说来，谈谈性史，讲讲性教育，原也无妨。不过因为谈到性的问题，总要装出一副哲学家或者生理学家的面孔来，仿佛自以为先知先觉，似乎大可不必。因为性之中的先知先觉，这个知觉，也很简单，不见得真个就有人来皈依，来崇拜哩。

再进一层说，如今谈性学的人，是否真该罚一个誓，说我这种著作，不是诲淫，不是牟利，在最先发兴而作性的文字的，或者还有别的观念，不一定在乎诲淫牟利。至于接踵而起，群相仿效的，真说不得不是诲淫不是牟利了。甚至于专图牟利，而连诲淫的本事都没有。弄到后来，大概只要改头换面，抄几段平淡无奇的淫书，东涂西抹，写几则腐旧不堪的性理论，就算是新的性书了，就算是研究性教育了。结果无非骗骗那些不懂"性理"的人（这个性理两字，也作别解，并非以前所讲的性理）花钱上当罢了。

（1927 年 1 月 7 日《新闻报》）

电影试片问题

无论哪一家影片公司，在一张新片初出世的当儿，照例必定要试片。试片的时候，又照例要请许多新闻家和艺术家去参观。我因为职务的关系，时常享着这种参观的权利。然而我对于眼前各影片公司请看试片的办法，却稍有不赞成的地方，颇想贡献一点儿意见。

试片这两个字，如果从试字上着想，实在含有"还未确定""尚需修改"的意思。这是影片公司里的人，自己觉得出一张片子，虽然用尽心思，还恐不免有缺点，所以要请些人来帮同研究一下子。万一有未尽善的地方，可以指出改正。似这般的试片，方才是有意味，有价值。如今各电影公司的办法，却是不然。往往上午试片，下午就公演。试问这个里面，如果看出毛病来，还来得及修改么？因此之故，所谓试片，不过是交情关系，或是面子关系，请人看一次白戏罢了。什么请指教请批评等语，都是敷衍门面而已。于是来看白戏的人，明知如此，对于影片，也无非随口恭维几句，就算了事。这件事情，于影片前途的进步，也许间接有些儿妨碍哩。

还有一件小事，不能不说的，就是如今的试片，因为要凑着影戏院的空档，所以往往在上午十时。这个办法，别界的人不要紧，至于新闻记者，却又吃了亏了。因为当新闻记者的人，都要到深夜或是天明，才能睡觉。上午十时，在别人已经很不早了，在新闻记者，却还在睡梦中。要从睡梦中跳起来去看影片（十时开映，至迟九时以前即须起身，庶几驱车出门，方可赶得及），岂非是虐政。就以我个人而论，对于试片，虽承各家公司时常赠券，可是久已牺牲权利，不能得到实惠了。

（1927 年 1 月 12 日《新闻报》）

谈客串戏

这几天各舞台因封箱期近，原有的伶人，已不大上台了。因此一般客串，转忙将起来，差不多每天唱的都是客串戏。我为职务所羁，虽然戏瘾颇深，不能常看戏，然而有时为友朋所邀，偶然抽闲去看一两次，觉得倒也别有趣味，尤其是熟人上台，无论唱得好唱得不好，看着似乎格外有兴。

我对于看客串戏，有一种感想。觉得客串上台，虽然容易出毛病，而毛病既出之后，人家对于他，究竟比寻常的伶人来得原谅些。在唱戏的本人，也似乎以游戏出之。就是唱差了，或者是做差了也还不至于像内行一样，要惭愧得无地自容。这就是客串的写意之处。但是从反面讲起来，做客串的，也唯其存着一个写意的心理，所以对于唱戏，可以随随便便，不很研究，而结果就不及内行来得精熟了。

不过客串不及内行精熟，也只是就大概立论。讲到客串中出类拔萃之才，却又往往为内行所不及。我对于戏本来是一知半解，见闻又很浅薄。然而就最近所看的客串戏而论，如袁寒云俞振飞两位先生的昆曲小生，只怕就是内行，也未必不叹服。这是因为客串又有客串的独到处。内行为自己的职业关系，又为园主的营业关系，不能不顺着台下观众的心理。观众爱热闹，他们也不能不热闹；观众爱胡调，他们也不能不胡调。于是在艺术上，就难以不随流俗。处处随流俗，技艺就不能高超了。客串却不然，横竖不靠戏卖钱，尽可孤芳自赏，保持着一种独到的精神。所以客串的戏，有时又高出内行之上了。

（1927 年 1 月 22 日《新闻报》）

猪八戒出风头

今年是卯年，照例应该是兔儿爷出风头。不料兔儿爷的风头未出，转让猪八戒大出风头。试看旧历新年以来，招贴上面，斗大的字，东也看见猪八戒，西也看见猪八戒。电影特刊上，东也看见猪八戒照片，西也看见猪八戒照片。想不到一部极旧的《西游记》，居然成为电影界你抢我夺的好剧本。而《西游记》中向来称为蠢物的猪八戒，又忽然成了电影明星。这也算得是中国电影界的奇观了。

电影界何以放着别的影片不摄，单单要摄猪八戒的影片。这不用说是因为猪八戒影片，能博得社会盛大欢迎的缘故。至于观众何以欢迎猪八戒，这个道理，实在不得明白。也许猪八戒的两只大耳朵，一张莲蓬嘴，令人见了，能发生特别美感哩。

我对于各种有猪八戒现身的影片（有猪八戒现身的影片，已有了好几种了），都以年头事忙，未曾寓目。不过听看过的人说起来，都道凡是猪八戒影片，不论是哪家的出品，的确都有些趣味，值得一观（我总算替各家影片公司登了一个总广告，大家应该谢谢我）。不过各位饰猪八戒的，到底是谁的表演，最来得形神毕肖，倒也大可研究。我听了他们这样讨论，不禁笑道，饰猪八戒而表演得好，岂非可以上一徽号曰猪明星，和外国明星琳丁丁先生媲美呢！（这不过是偶然一句笑话。饰猪八戒的，到底是哪几位，我也记不清楚了。也许有老朋友在里面，千万恕罪。）

（1927 年 2 月 14 日《新闻报》）

二房东

近来因为避难到上海来的人太多了，租界内房子，挤得很满。有许多做二房东的，乘时投机，钱囊中甚为麦克。于是一般人士，闲谈中时常在那里讨论二房东问题。

有人说二房东也不能算错。因为向大房东租定了房子，万一找不到三房客，这每月的租钱，也是要他担负的。幸而时世好（极不好的时世，在二房东眼光中看来，却认为极好），房客多，高抬租价，赚几个钱，也无非是将本求利，不能怪他。并且做二房东的，往往将大房间让别人住，自己转缩在壁角边或阁楼上，也未尝不受苦。多得几个钱，实在也很可怜哩。

又有人说，二房东实在太可恶了，借着别人的房子，行使自己的威权。大房东的房价，已经很贵了，他还要贵上加贵，使那些受着经济压迫无力独租全屋的三房客，不能不低首下心，去忍受这二重剥削。并且二房东的租价，是在一小时内，都可以看涨的，风声越紧，要索越奢。

简直是乘人于危，未免不仁。

以上这两种说话，有的为二房东作辩护士，有的对二房东施总攻击。像我们自己不做二房东，也没有受二房东的挟制，实在无从评判。不过我想二房东借了大房东的房子，仅仅对于三房客，施以威权，还算是客气的。世间尽有一种特殊情势之下的二房东竟认租产为自产，喧宾夺主，连大房东进了屋子，转要听他处置，失其自由，似这般的二房东，岂不更凶呢。

（1927年3月6日《新闻报》）

裸体游行

裸体游行这件事，据我们的猜测，大概不过是说说罢了。但是最近各方投函，对于此项消息，传述者非常之多，并且都说得千真万确，那么又不像是子虚乌有之谈了。到底是真是假，目前也难断定。且看届时是否举行，便知分晓。

不过裸体游行，如果决计实现，我想各地的电影界，一定要去摄活动影片，各地的照相馆，一定要去拍照，各地的美术家，一定要去写真，各地的性史著作家，一定要去研究。其余凡抱着好奇心和种种不可思议的心理的，都不能不去观光。只怕预定期为五月，而这许多人在四月中，已经要引颈而望。一个个将头颈望得细而且长，比看什么赛珍会博览会，还要起劲十倍哩。

对于裸体游行的论调，在道学先生口中说起来，自然是指为妖精打架。其实仅仅游行并不打架。而在极端的新人物，以及提倡赤裸裸的人讲起来，却又是打破男女界限，简直有绝妙的精义，绝大的作用。其实反对的也不必面红颈赤，提倡的也不必矜奇立异。如果大家都返于原人时代，那么无人不裸体，无时不裸体，又有什么稀奇呢？再进一层说，男女之别，要点何在？这当然是人人明白。能打破这个界限的，就不裸体，不游行，也可以相喻无言。不能打破界限的，裸体了，流行了，反足引起他们异样的观念。所以裸体游行，也只当是一种新游戏罢了，算不得什么大问题。有人说他们发起女子裸体游行，而不发起男子裸体游行，是依然没有彻底地打破男女界限。哈哈，这句话却也不错。

（1927 年 4 月 23 日《新闻报》）

谈谈叶德辉

叶德辉所著的《双梅景闇丛书》，知道的人很多，看过的人也很多。《双梅景闇丛书》中有一卷，载的是《素女经》之类，可以算得是一册旧式性书（我这几句话，倒像替《双梅景闇丛书》做了一则反面广告）。这又是大家知道大家看过的。但是叶德辉在世的时候，他的《双梅景闇丛书》，并不见得轰动一时。如今他老先生枪毙了，《双梅景闇丛书》倒引起许多人的注意。有几家书场老板，已经翻版出来，大做其好生意。这在叶德辉，却可以算得是豹死留皮。不过他九京有知，却万想不到吃了卫生丸之后，反有人奉他为性书著作家的老前辈、老师傅。

我想书坊老板，如果赚了钱，应该多烧些纸锭给叶老先生，算是对于死人，纳了些版税。而从反面说，叶德辉生平所著的书，也有些在旧文学上占有相当价值的（其人格如何，行为如何，那是别一问题，我并非要恭维他），倘若就认他是性书著作家，叶德辉魂兮有知，又未免要大呼冤枉了。

我前天遇见一位湖南老先生。他对我说叶德辉临死，要求执法者将他枪毙在省教育会门口。他所以有此要求，是因为他曾经做过湖南省教育会长。这句话倒也很有趣，所以将它附记在此。

（1927 年 5 月 20 日《新闻报》）

男女竞赛

如今的女界，为要求解放起见，为实行男女平等起见，所以处处地方，和赛马一般，希望追出男子之前，至少也得跑一个并头马。政治方面、教育方面，不必讲了，就是装束起居，也没有一点，不要和男子一律。男子穿长衣，女子也要穿长衣；男子剪头发，女子也要剪头发；男子可以跑到浴室里面去，自由沐浴，女子也要跑到浴室里面去，自由沐浴；男子可以叫女局，女子也要叫男局。（暂且以沐浴和叫局为终点，其余的话，不必多讲了。）总之凡男子做得到的事情，女子没有一样不想做到。这在新人物的口中说起来，当然可以算是女子思想的进步。

女子因为原来所处一切地位，不及男子，所以处处地方，要和男子争胜。等到女子的目的，完全达到了，女子的主张，完全胜利了，在男子心目中，必定又要倒转来羡慕女子。于是女子所做得到而男子所做不到的事情，男子又必定要竭力去追上她们。听说汉口方面已有男子协进会、男子解放会等种种名目发生。这个就可以证明是男子的反攻行动。女子要追男子，便造成目前这种局面。将来男子再追女子，又不知造成何种局面。也许格外要花样翻新，可以引动人的耳目哩。

我如今颇想提出一个问题，就是男子和女子，如果老是这样互竞下去，归根结果，男女两方，到底是谁打倒谁，还是彼此立在一条平行线上，不相上下。这个问题，倒颇费研究。急切间未必能得到一个准确的答案。若照本身的吸引力和社会的同情心讲起来，只怕女子终究比男子

·严独鹤文集·

占些便宜哩。

（1927年5月26日《新闻报》）

中华书局停业感言

中华书局，开设的年代很多，营业的范围很广，所出的书籍，也不在少数。曾记得该书局在民国六年间，因为过于猛进，经济上周转不灵，几乎要宣告破产。后来还是里面几个重要人物，勉力支持，居然挽回危局。近来这几年，说是颇有起色，不料如今却忽然停业。我想这件事大概也颇足引起一般人注意的。

中华书局停业的广告，原文很长，论其要点，不外乎一方面营业困难，一方面支出增多，以致入不敷出，不能不暂告停顿，再图善后。至于详细的内容，我们是局外人，当然无从知道。但希望股东会议，能有挽救的办法，那就最好。

不过我因为中华书局停业的事情，倒发生了一种题外的感想（并非专就中华书局立论，所以谓之题外），觉得此后劳资两方，总须体察情形，彼此有一种合作的精神，公平的办法，方是持久之道（所谓公平，是双方平等，互谋利益，大家不受束缚，不感困难。换一句话，还是大家有饭吃）。因为每一家大公司或大厂家，其中雇用的职工，至少总有千百人，乃至数千人。如果公司或厂家的本身停了业，这千百职工便也同时失业了，岂不是双方都受影响。这实在是注重工商事业和社会生计者，在此革新时期，很当研究的一个问题。

（1927年7月5日《新闻报》）

万人翘首看明星

昨天下午三点多钟，我从家中出来，走过各马路，只见两旁聚集了许多人，一个个仰望天空，指手画脚地嚷个不已。我起先不知是什么事情，后来一问，才知道是看星。也便翘首仰望，果见青云中闪耀着一颗星。大概就是这一颗星，便引起了各条马路上行人的注意（当时有人说看见三颗，我却只见一颗）。

我虽不是天文学家，但对于这一颗星，似乎以意度之可以认识他的尊姓大名，大概便是太白星。太白昼见，在中国载籍上，颇引为异征。其实要破除迷信，却也觉得无甚特异之点。不过照许多看星的人的心理，一定要纷纷议论，可以一传两，两传十，发生不少无谓的推测，荒诞的谈话。

有人说天空中近来花样太多了，什么彗星咧，虹彩咧，接二连三，已累得大家引为谈资，讨论不已。如今又在白天发现了一颗太白星，简直像故意在那里卖弄天空的神秘。哈哈，上海的明星，本来已经不少，或者天上这一颗星，急于自见，也要和上海这许多星，比一比谁的色彩重，谁的风头健咧。

（1927 年 7 月 20 日《新闻报》）

严独鹤文集·

过节

上海到底还算是个好地方，上海人也到底还算得是幸运儿。但看这几日的商店中，都高高地堆着月饼，花花绿绿的摆着香斗。这几日的马路上，常看见一担一担挑着的礼物。诸如此类，虽是小节，已分明在无形中有一种表示，说是上海人却在那里准备着快活过节了。

在这个年头，上海人居然还能舒舒服服、快快活活地过节，实在不能不说上海人的福气好。试向江北看看，枪弹炮火，遭了一劫（又是一劫。今年的江北人，真可说是春秋两劫）。可怜的人民，迁徙流离，不遑宁处，哪里还顾得什么叫作过节。再讲到战事剧烈的地方，横尸遍野，流血成渠。所谓节景的点缀，如此如此，比较上海，苦乐相去，简直不可说，也不必说了。

然而上海人究竟是否真快活，依然还是一个问题。照近来的商业状况，照近来的社会生计，细细观测起来，只怕到了节关，正不知有多少人在那里愁眉苦脸地着急，正不知有多少人在那里长吁短叹地担忧。吃月饼，烧斗香，兴高采烈，大吃大喝大玩，快活过节的，只是少数人中几个最少数的写意朋友罢了。一般的上海人，哪里有这个福分。

（1927 年 9 月 9 日《新闻报》）

书局瘟

照近来的时局，无论是什么商店，大大小小，多多少少，都得受一点儿影响，而尤其是书局。我因为书局里面的朋友颇多，因此略知道些内容。大概小书局倒反可以活动，若问大书局，不是营业清淡，就是宕账难收，竟可以说是书局瘟。

就从事实上说，那老大哥的商务印书馆，到底根基最厚，还不发生什么问题。第二把交椅的中华书局，已经闹过一回停业风潮了。如今那位三先生世界书局，也大裁其人。一个编辑所，几乎好说是卷堂大散。至于大批裁人的原因，无非局中本身开销不过去，只好减政。任是什么老朋友，也唯有"对不起"三个字了。

因营业不振而裁人，在资本家也自有苦衷。不过据我观察，最好是资本家方面，先把种种困苦情形，对于一般职工，尽情说明。然后在可能范围内，公开地讨论一个办法。如果采取秘密运动，骤然之间，大批裁员，给人家一个迅雷不及掩耳，在资本家虽说是无可奈何，可是为被雇的人设想，简直是招之使来，挥之即去，未免太可怜了。说到可怜，其实目今的资本家也很可怜。黎菩萨说"大家有饭吃"，若使今后的商业和社会生计，再没有救济的办法，一定要弄到大家没有饭吃，或是大家都不要吃饭的地步，先是劳动家感觉着吃饭难，到后来便连资本家也无可活动，无可进行，只得关门大吉，抛弃他们固有的金饭碗了。再进一层说，以前大家嚷着劳动家受压迫，还不过是人力的压迫。至于商业破产，大家便受着自然的压迫了。人力的压迫，犹可抵抗，犹可调节，自然的压迫，其结果竟是无路可走。一个个憔悴呻吟，都在生计问题下勉强挣扎。这种情形，俗言之是"怎么得了"，文言之却是"哀莫大焉"。

（1927 年 9 月 12 日《新闻报》）

西名中译

国民政府教育行政委员会，为统一西名中译起见，特函致海内学者，征求意见。关于西名中译的不统一，一般学者，早已引为绝大困难。各种人名地名和科学哲学的名词，往往这本书上，与那本书上，完全不同。确乎令人无所适从。懂得些外国文字的，还可以寻绎而得；若是不解外国文的，简直要越说越糊涂。为研求学术，利便教育计，非赶紧设法统一不可。

就我个人的理解，觉得对于西名中译，有几种极简单的意见。一、完全可以译意的，当然意译。其有绝对无意可译（如人名地名之类），或译意而不能概括明了的，与其牵强遗漏，转不如译音来得直接痛快。

至于半音半义，如"剑桥"之类，实在不敢赞同。二、以前的译音，从粤音居多（因为最初中国人习西文的，以粤人为多），后来便苏人译苏音，北人译北音。中国的方言，本来是很复杂的。平常讲起话来，尚且南北隔阂，译起外国字的音来，自然格外不能统一了。欲救此弊，须规定所有译音，一概以国语为准，大概比较的可以好些。三、无论译音或译意，以简短为止。近来的译名，竟有长至十数字者，令人读之，真是噜里噜苏，万万记不清楚。四、每年须由教育当局，仿科学名词审查会的办法，聚集著名学者，开会讨论。讨论结果，便将决定的译名，刊为专书，颁发各机关及各学校，共同遵守。有应增补的，随时增补；应修正的，也随时修正。

我曾经从事于翻译生活，为了西名中译的纷歧芜杂，亲自感受过许多不便。因此对于统一译名这个主张，非常赞成，很希望有良好的办法。讲到译名不统一的弊病，只要走到中国西餐馆中，看一看它的菜单，就可以代表一切。明明是一样"鸡"，他们却五花八门。有的写作"吉根"，有的写作"切更"。又如"冰冻"，有的写"车利"，有的写"全厘"。诸如此类，若不是老吃客，包你弄得莫明其妙，以为不知道单子上是开的什么怪东西了。

（1927 年 9 月 24 日《新闻报》）

怕过重阳

阴历重阳，在新人物的眼光中看起来，简直没有这么一回事。在中国历史上，故事上，以及文人所著的诗歌上，一般人的心理上讲起来，却总认为一个佳节。登高咧，题糕咧，插茱萸咧，有种种应时的点缀。至于我个人的感想，只觉不论什么新旧，不管什么点缀，却总有些怕过重阳。

何以怕过重阳，就怕的是满城风雨。"满城风雨近重阳"这一句诗，是谁也知道的了。可是有形的风雨，不过败兴而已。无形的风雨，却真有些可怕。我们在苏言苏，苏浙之间，自从前年发明了一个秋操大典以后，每到九月重阳，一般人民都不免惊心烽火，受着些阳九之厄，焉得不怕。今年的老百姓，既在青天白日下过日子，秋风秋雨，大概不至于再来扰人，可是瞻顾四方，兵气未消，总有些儿心旌摇摇。只希望从此能安居乐业，不再作避灾之计。

再讲到我个人，对于重阳，却格外有无穷的感触。个人之事，原可不必形诸笔墨，但中怀抑郁，又忍不住要写几句出来。我生不辰，饱经忧患，而节届重阳，恰逢生日。往年每到这一天，室人必定要循着俗例，下几筋面，预备一些儿菊酒，一家骨肉，笑语为欢。客里穷愁，得此也还略有乐趣。今年今日，秋光依旧，人事已非。遗挂在目，一室黯然，对此重阳，真觉太苦了。

（1927 年 10 月 4 日《新闻报》）

名片的讨论

在交际场中，交换名片，这是最平常的一件事情。因为名片这样东西，非书札等类可比，如果上面没有写明什么字样，简直等于白纸。至于交换名片，也无非是新式交际的一种例行手续，可以免却请教尊姓大名之烦，而又便于记忆。除此而外，自然别无作用。可是到了如今的时世，却连交换名片，也要留点儿神了。

北京的绑梅案，听说侦探因为在匪人方面搜出名片两张，便要注意侦查和匪人交换名片的那两个人。其间也许是另有别种嫌疑，不能放松。如果此外并无问题，单因一张名片，便几乎牵累，那么这两位先生，简直是无缘无故的大触霉头。

前清官场中，往往在名片背后，印上两行字道"专诚拜谒，不作别用"。如今的人，为远祸起见，倒也应该在名片背后，印上两行字道"专诚交换，不作别用"，或是"临时交换，隔日作废"。最好特别印上四个字："阅后付丙"，就可以不留痕迹。再不然，名片不用卡纸，只用一种极薄的纸张，使其容易破烂，不能保留。再不然，另用药水印上自己的名字，当时墨色很显明，日后却自然化去，那才没有弊病了。总而言之，名片还在其次，这个年头，须要守着四个字的秘诀道"交友留心"。

（1927 年 10 月 6 日《新闻报》）

机械人

美国威斯丁好斯电器公司，最近制造了许多机械人，能说话，能工作。这真是一种空前的新发明。自古以来，最难解决的，莫如人的问题。假令机械人盛行以后，人的问题，可以解决了，而人的地位，却转觉有些危险了。

人为万物之灵，这是一句老古话。唯其以人为万物之灵，于是无论什么事，似乎都非人不办。如今既有了机械人，那么人所说的话，人所做的事，机械人皆优为之，彻底地讲起来，以后就可以不必再要人，不必再用人，人可以不必要，可以不必用。那么人的固有地位，岂非就此失却，真是人类最危险的一桩事。

就以上的讨论，机械人如果发达到了极点，却是资本家之利，而劳动家不免大受打击。因为一样用人，与其用了真人，要供给他生活，不如役使机械人，可以省却许多薪工，而且还可以指挥如意，不至于发生风潮。这样一来，却是不吃饭的机械人，要来夺去真正生活人的饭碗了。不过从反面想起来，穷人也有好处，譬如没有儿子的，就不妨弄个机械人来做儿子，一样可以养亲，免得生了真的儿子，倒要给他衣服穿，给他米饭吃，在这个生计困难的时世，正好打打算盘哩。

万一机械人能够打仗，那就更好了。在军事行动的当儿，一面开了兵工厂，制造枪炮；一面设了电气厂，大造机械人，机械人当兵，用不着粮饷，军事费用，便大大地减省了，而且双方激战，无论谁胜谁败，打坏的横竖都是机械人，就不至于血肉相搏涂炭生灵了。

（1927 年 10 月 17 日《新闻报》）

对于新式歌曲的忠告

近来的新式歌舞，是大家都领教过的了。这一种新式歌舞，其势力之伟大，颇为可惊。最近我曾经到浙江去过一趟，观察所及，觉得连内地乡镇，无论是学校内、家庭内，小儿女口中所唱的，都是那一派，足见流风所被，已是很普遍的了。

我对于从前学校唱歌，常用些古典派的语句，或是很文雅的词曲，本来不很赞成。因为这些歌曲，教儿童演唱，他们一定不会了解的。既不了解歌中的意义，就断不会发生兴趣，因此之故，凡目前所谓民众的歌曲，就我个人的感想，很可以为相当的赞许，而且觉得提倡这一派歌曲和创作这一派歌曲的人，也很有些聪明。

不过看了最近的情形，我又不能不对于提倡者和创作者，加以忠告。我觉得他们到了今日之下，或者也有些过分了，竟连什么《探亲相骂》《打牙牌》的歌调，都谱了出来，不但歌调相似，连词句都相仿。于是课堂中，会场中，大庭广众中，不唱歌则已，一唱起来，就满耳都听见"哎哎呀"一类的声浪。照这样子，简直将学校唱歌，变为"本滩"化或是"东乡调"化的小曲。这也未免太伤雅道了。

（1927 年 10 月 28 日《新闻报》）

独身税

意大利新近定了一种法律，要征收独身税。这种税则，定得很严，独身而须征税，凡是抱独身主义的，真是大上其当了。

照墨索里尼所定法律，凡在六十五岁以上而抱独身主义的，也须纳税。岂不是连老头儿也逃不了？年纪轻的人，如果怕纳税，可以赶紧找一个对手方，就此结婚。到了六十五岁以上的老儿，可真有些难了。要想结婚罢，很不容易。不结婚罢，就得纳税。岂非毫无办法。所以意国的新法律，竟可说是专和老头儿开玩笑。

有人说凡是抱独身主义的，听见独身要纳税，一定大起恐慌。其实也无须恐慌，只要向政府提出相对的要求，说我们并非甘心抱独身主义，实在是讨不起老婆。如果不许独身，就得请政府补助婚费，或者说寻不到相当配偶，如果不许独身，就得请政府做个好媒人。这样一来，政府就也感觉到题目困难，还是取消了这个税率，彼此免得麻烦罢。

意国的社会状况和生计问题，我们没有详细的观察，还不敢说。假使照中国的情形讲起来，只怕将来抱独身主义的，要一天多一天，就使收税，还是情愿独身的好。因为花了几个钱，不知要省却多少烦恼，减轻多少担负。比较起来，岂非还是大便宜。

（1927 年 11 月 6 日《新闻报》）

卓别林来华

美国滑稽大王卓别林，忽然来华，这倒也是电影界和艺术界很注意的一件事。

谈到滑稽片，最著名的，当然是卓别林和罗克。一般人的论调，颇多赞成罗克而贬抑卓别林，说罗克以冷隽胜，而卓别林则近于胡闹。但据我个人的眼光看起来，却宁取卓别林而不取罗克。我以为罗克主演的片子，转不免有些胡闹（以近时来华之影片论，《球大王》尚耐人寻味，《丈母娘》则欲不谓之胡闹不可得也）。而卓别林的滑稽，转有冷静意味。如《从军梦》《淘金记》，都含有深意。他的本领，确不止博人一笑而已。

卓别林到北京，已在真光戏院与各界相周旋。听说他一行人，还要游历各处。如果能到上海来，我想上海人对于他——尤其是电影界，必定有一种很热烈的欢迎。他在艺术上，最初如何苦心探索，后来如何成功，外国杂志上已经屡屡刊载。如今难得他亲自来华，倘将他自己的经验，为吾国电影界细细地讲述一番，或另作一种相当的表演，颇可以引人兴味，供人研究。那么卓别林之来，在他自己，可以说是很有趣的，在吾国电影界，又可以说是很有益的，不但是一撮小胡子，一身怪服装，一副滑稽面孔，在人脑海中，留一极深刻的印象哩。

（1927 年 11 月 23 日《新闻报》）

狗展览会

上海开狗展览会，这件事已喧传了好久了。我颇想去观光，只因怕见狗脸，恶闻犬声，因此而止。可是顾执中先生兴致却非常之好，居然跑去赏鉴了一回，又详详细细地记了一篇，其中很多趣味。

我们对于狗展览会，第一重感想，就是觉得这一个会中，群英毕集，完全是代表贵族式（也有几分代表帝国主义），饮的是牛乳，吃的是牛肉，卧的是缎褥，坐的是汽车。真是席丰履厚，养尊处优，足可当得富丽堂皇四个字。顾君说这许多犬先生，十分阔气，远非乞丐黄包车夫和小贩等类所可及。其实这句话，还是浅而言之，就实际上讲，一般上海人，住着鸽子笼式的房屋，终年衣食不足，比较起来，哪里及得来这许多犬先生的享福呢？人人都道是"宁为太平犬，莫作乱离人"，如今可以改一下子，说"宁为富贵犬，莫作困穷人"。

不过这许多犬类之中，如顾君所记的，倒也各有所长，只有那种"白相狗"却格外算得写意朋友，大概是享福之中，尤其享福者。顾君的结论，对于中国犬，大发感慨，说长此以往，中国犬有淘汰之虑。顾君可算得留心犬局（犬字或者是大字之误），不过顾君所说，也确有见地。中国人豢蓄动物和培养植物，往往不得其法，以致种子日趋于恶劣。这也是很可叹息的一桩事情。

（1927年12月5日《新闻报》）

我的麻雀救国论

最近有人发表过一种麻雀救国论。说是教制造麻雀的店中，赶紧造出几万副麻雀牌来，大开总会，请这许多人一齐坐下来叉麻雀，包你一个个专心在同索万中发白上面，从此不问他事，可以天下太平。

这句话当然是游戏之谈。因为就使大家叉了麻将，不再闹了，看看家内，也许还有推牌九的人要来占台面；看看门外，也许还有打扑克的人要来吵场子。而且同桌叉麻雀的时候，也不免因打错了牌，发生争执，甚至于拆台脚。所以说专叉麻雀，便可以平静无事，也是未必。

照此说来，我似乎不赞成麻雀救国这句话了，却又不然。我也很主张麻雀救国，不过我所谓麻雀救国，与别人不同。我的意思，是说如果全国的中心人物、重要分子，以及一般民众，都能以服从麻雀规例的精神，去服从主义，服从纪律，天下便真正太平了。试问自有麻雀以来，何尝有人颁行过什么麻雀条例，又何尝有人订立过什么麻雀协定？怎样吃，怎样碰，怎样和，只不过是极简单的几句不成文法罢了。多少钱一底，多少钱横子，更不过是临时口头协约罢了。可是四个人坐下来，无论牌风是好是坏，输赢是大是小，都不能不依着定例，一副副打下去，而且不问是八圈是十二圈，终要好好地将末一副碰完了，可以宣告终结。不许中途加入，也不许临阵脱逃。

除了叉麻雀而外（打扑克已经不像叉麻雀的秩序严整），再办别的事，可能这样上轨道，可能这样守秩序，可能这样团结一致（四人一桌非碰完决不分开），可能这样坚持到底。哈哈，我看有贤者起，凭借着麻雀的吸力，根据着麻雀的原理，以之约束各方，以之训练群众，倒的确可以造成整个的清一色，决不会拆搭子，也绝不会被人拦和。

（1927 年 12 月 14 日《新闻报》）

· 严独鹤文集 ·

看了影片后的感想

昨天和几个朋友在百星大戏院看《屈服》影片，看完之后，大家纷纷讨论，说是情节和表演都很好。而就我个人的感想，觉得此片中最关重要而最有精义的一段，便是剧中的主要人物犹太主教之女，因为牺牲一身，以救群众之故，却转因此蒙了不白之冤，为群众所唾弃，所厌恨，纷纷拾着石子，向她乱掷。她的父亲为了救护女儿，竟死于乱石之下。

在这一幕戏里，可以使人对于群众运动，有一种很深切的研究，革命原是群众的事业，那么革命时代，当然需要群众运动，也应该提倡群众运动。不过群众运动的效果如何，却也未可一概而论，效果好的，当然有利国家，有利社会；效果差的，也不能说绝无弊病。

大概群众运动的效果，是否良好，须要看指导者的态度如何，因为群众的心理，当然是公正的，当然是纯洁的，只要指导者是个忠实分子，那么群众运动，自然能合正轨，自然能有力量。一切弊病，也就没有了。所以指导者的态度，就是群众的一个标准，此中关系，却是很大哩。

（1927 年 12 月 28 日《新闻报》）

免除贺年

恭贺新禧这四个字，凡在年头上，总是一种流行语，也是一种应酬语。究竟所谓恭贺新禧，是否真可贺，当然也很值得研究的。

人们心理，在岁序更新的时候，似乎总怀着新的希望，鼓着新的兴趣，吸着新的空气，自有些欣欣向荣的景象。所以恭贺新禧，也就不能一定说是俗套，说是无谓。可是当贺与不当贺，也须看时局再说话。如果时局承平，全国人民，皆大欢喜，这自然可以响响亮亮地说一声恭贺新禧。如果大局未定，疮痍未复，呻吟痛苦之声，不能尽免。这一声恭贺，就觉得太不起劲了。

国民政府通电各省，免除贺年。说是鼙鼓声喧，昏霾待靖，同胞应该卧薪尝胆，体念时艰，岂遑暇豫，以饰升平。这几句话，在我们小老百姓听了，觉得是很不错。我看不独政界各机关，暂时可以免除贺年，就是社会交际，也不必强颜欢笑，定要循这个贺年的旧例。倘然有朝一日，青天白日，普照大地，那时节全国腾欢，再握手道贺，就真有价值，真有兴趣了。

（1927 年 12 月 30 日《新闻报》）

作文机器

德国心理学家某氏，发明一种作文机械，说是可以助长文思。这种机械，在从事于文字生活的人听见了，当然是异常欢迎。因为从事于文字生活者，拈着一支笔，天天用脑，时时用脑，实在不胜其苦。如果真有作文的机械，一经使用，就可以文思泉涌，不必搜索，而洋洋数千言，下笔立就，岂非是天地间一桩快事。

但是这种机械的功能，可惜还不很大，只能防止外来一切音响和刺激，使头脑镇静，免除纷扰而已。假使更进一步，可以完全不用脑力，只凭机械的作用，自然会发生思想，自然会构成文稿，那就更为舒服。只怕大家都要争先恐后，抢着戴这个橡皮头套。尽管似热水袋般顶在头上，觉得很不雅观，却也顾不得了（到此地步，橡皮股票一定大涨价，橡皮商人一定大发财）。

有人说这个样儿，还不算好，最妙的是机械发达到了极点，就是不读书不识字的人，一戴了这顶机器帽子，也可以做得出文章来，那么连学校也不必设了，教育也不必办了。国家倒省了许多教育费，只消多开几所橡皮帽制造厂，就不怕文化不进步哩。

（1928 年 1 月 8 日《新闻报》）

阳历运动

现在各方面为打破旧习惯，统一新正朔起见，颇努力于阳历运动。像河南军政界，规定了种种具体的办法，限制一般社会，使大家抛弃阴历，改从阳历。这是最积极的了。即如本埠当局，也迭有文告，劝人民一致遵用阳历，为革新计，自然应当如此。

中华民国，号称改用阳历，已经到了十七年了。而民间对于阴历的观念，依然根深蒂固，不易祛除，不得已双历并用，变成一个阴错阳差。这原是很滑稽的一件事情。如今要打破这个旧观念，也并非甚难。不过据许多人的研究，阴历所以常为社会沿用，大概与商家结账，很有关系。因此之故，要从事于阳历运动，最好先将商家结账的期限，加以变动，把三节结账的旧制度废除了，改为阳历月底小结束，阳历年底作一大结束。照这样子，商界对于阳历，自会特别注重，普通商界，既注重了阳历，社会风气，也自然而然可以转移了。

讲到阳历运动，还有附带的一句话，就是阳历收租，务必求其从速实行。因为目前各种法定的收支，都改从阳历，唯有收房租，依然牢不可破，定要照阴历计算。这是最不公平也最不合理的一件事。若要彻底改革，似乎还须从这一点先改起。

（1928 年 1 月 13 日《新闻报》）

新年的娱乐

中国人新年的娱乐，概括言之，只有三个字，是吃赌逛。三者之中，又以赌为最占势力。各总会、各旅馆、各商店、各居户，平日里已经是牌声不绝，到了新年，格外成了一个赌世界。如果有人在旧历新年之初，将社会上一般人脑海中的印象，用照相机映出来，可以断定一张一张的软片上，不是天九地杠，定是中发白；不是中发白，定是什么同花顺子，富而好施。

赌固然是费时耗财，有损无益，就是吃与逛，闹得太厉害了，也觉得乏味之至。因为讲到吃，天天肥甘油腻，大嚼特嚼，也转觉有些倒胃口。讲到逛，又无非是跳舞场游戏场戏馆影戏院，偶一涉足，不能说是没有意趣。久而久之，也就不免要败兴了。

所以据我个人的理解，从中国人——尤其是上海人——的娱乐中间，可以发现一种乐中之苦。因为他们的寻乐，越是在乐极的时候，越是嘈杂得不成样子。非但嘈杂，简直有些昏天黑地，断不能得到什么怡情养性的好处。拿最浅显的一件事情说，偌大一个上海，不但没有些儿天然的好风景，连可以供民众游憩的公园都没有，于是一般人除了工作和闷坐以外，竟无法遣兴。若要遣兴，便只有从事于嘈杂而近于昏天黑地式的娱乐，这岂不是人生最苦闷的一境呢。

（1928 年 1 月 29 日《新闻报》）

圣人不坐人力车

胡适博士在无锡旅沪学会演讲，极口称赞吴稚晖先生的不坐人力车主义，尊之为吴圣人。胡适博士，自己也有圣人之号。今以圣人而大赞圣人，更足见圣德之高，不可企及了。

吴稚晖先生的文章道德，原是大家所钦佩的。至于他的俭德，尤其受人称道。他因为维持人道铲除阶级起见，情愿坐揩油汽车来，而不愿不揩油而坐人力车。这个理论，自然十分正当。不过从道德上立论，我们固然加以赞同，若从生计问题上立论，却似乎也有商榷之点。

我们在商榷这个问题之前，先要想一想，凡是做黄包车夫的江北同志，和其他各地同志（黄包车夫不单是江北人），单就上海一埠而论，大概至少已有几千人。这几千个人的个人和一家衣食，都靠在这一部车子上。他们的口号，是"一天不拉生意，一天没得吃"。换一句话说，就是他们对于坐车的主顾，是很欢迎的。所以"不坐人力车主义"，如果独善其身，当然也很可以表示美德，如果把这个主义，充分发挥起来，叫一般社会，都靡然从风，大家情愿坐十一号汽车（此上海新流行之名词，即两脚车也），而不坐人力车，那么这许多人力车夫，一时既不能改行，岂不只好喝西北风过日子，怕真要大喊其"乖乖不得了"哩。

据我的愚见，在目前机械尚未完全发明，不能不需要人工，不能不使用人工的时代，还不如提高报酬，使劳力者得有相当的安慰。譬如黄包车，似乎也不妨坐，不过给起车价来，尽可从宽。不必在几个铜子上，和车夫斤斤计较，那么在车夫倒可以得些实惠。如果对于车夫一定要敬而远之，不敢劳驾，他们或者反而失望。我这几句话，虽然去圣尚远，但也许还不失为一个坐黄包车之贤者。质诸圣人，以为何如？

（1928 年 2 月 11 日《新闻报》）

古代民族求偶的推论

昨天《快活林》上登着一篇欧洲古代民族求偶的纪事（农花君译）。我觉得其中所述种种情形，如果真有考据，那么古代的求偶，简直是拼命，实在很有趣，也很可怕。而深一层言之，又可以见得古代民族，一方面对于男女之欲，有十分热烈的要求；而一方面对于勇敢和武侠的精神，却又十分崇拜。与后世专讲情爱，或注重美色的，又是不同。

有人说古代的求偶，毕竟不脱野蛮行为。倘然今日之下，依旧有人兴着这个调调儿，大家必定哗然骇怪，说是万万受不了。我道人类本是逐步进化的，由今视昔，觉得以前一切生活，都完全野鄙粗犷，那么两性间的结合，自然也免不了一个蛮字。不过今日之下，为了恋爱上的竞争，以致大起情海风波，彼此要拼了你死我活的，也何尝没有。我看今人也不必再笑古人了。

古代女子的择夫，说要叫许多男子排列着，由她放箭，有的射死了，有的逃走了，那不死也不逃的，才算得是佳偶。这个办法，尤为奇妙。但是古代情场中用着有形之箭，近时情场中，只怕也用着无形之箭，要想历劫情场，而终于达到目的，只怕心头多少也要挨上几箭，侥幸箭镞不很利，心口不曾穿，才算是在情史中占了成功的一页。怪不得爱神手中执着弓矢，或者放的就是这一类的箭吧。哈哈。

（1928 年 2 月 17 日《新闻报》）

私塾与小学校

目前的教育家，对于私塾，自然深恶痛绝。"禁止私塾"咧，"打倒私塾"咧，这种口号，天天似这般高呼着。私塾的腐败陈旧，不合教育原理，这自然是大家所承认的。但是我却也有一句违反潮流而又很得罪新教育家的话，便是私塾固然不好，现在各处所有的小学校，是否能满人意。换言之，是否能胜于旧日的私塾，却也还是个疑问。

上海总算是学校最多的地方，而且也很有几所著名的小学校。可是学龄儿童太多了，仅仅有这几所比较好些的小学校，实在容纳不下，于是做家长的，对于自己儿女，就感觉着"读书难"。谁家的儿女不读书，怎见得是读书难呢。要知学费是花了，书是总算读了。若要读一天有一天的成绩，读一年有一年的成绩，只怕是并无其事。这个弊病连中学校都不免。

我很知道如今有许多人，因为学校未必见佳，所以经济充裕的，或是事实上比较便利的，都情愿另延家庭教师。而家庭教师授课的成绩的确比学校中读书要好了许多倍。这是事实如此，决不是我个人臆造出来的。不知当代教育家，对于这种情形，作何感想。

讲到外观和设备，私塾哪里能及学校。讲到教授的方法和教师的学识，私塾也自然未必能及学校。学校中人才当然比较充足，但是旧时私塾中，注重个别教授，学校中通用的，只是级次教授。个别教授，儿童的天分有高低，程度有深浅，教师可以悉心体察，因材施教；级次教授，全班数十人，合在一起，就断不能分别考察得这样清楚了。所以好的私塾（不良的自然不必说），往往教了若干学生，倒可以每人都得着些相当的益处；至于学校中，要想全级学生，个个有一致的进步，实在很难（我自己也当过学校教师，就经验上也不能不如此说）。关于这一点就很有讨论的余地。总之，我决非提倡私塾，反对学校。不过感想所及，觉得问题太大，很希望一般教育家，能彻底地把小学教育制度改革一下才好。

（1928 年 2 月 21 日《新闻报》）

上海人的心理：爱阔气与贪便宜

有人说上海人是最爱阔气的。钱越花得多，兴味越高。戏馆中来了大名角，卖三四块钱一个座位，天天可以满座。要是特别廉价，只卖几毛钱一个位子，反而没人请教，要弄到鬼冷冰清了。又如几块钱一尺的绸缎，买的人争先恐后。要是每尺在一元以内的衣料，买的人反觉失面子，不肯轻易照顾。我曾听见人说，有一家卖呢帽的店中，存了许多底货，价钱很便宜，每顶只售一二元，天天摆在那里，没有人买。后来有位伙计出了一个主意，把所有的呢帽，一律标价在十元以上，不到几天，卖得精光。以此为例，足见上海人是专门好阔，花钱多少，却不在乎。

又有人说，上海人的心理，最贪便宜。要是不然，何以各商店中要吸引顾客，便非大减价大赠品不可。往往平时生意不十分兴旺的，只要大减价大赠品的广告一登出去，包你其门如市。按诸实际，就使真正减价，所差也很有限。但是无论什么阔公馆里的眷属，一见了减价两字，总可以即刻光临，比飞符召将还灵。照此说来，上海人似乎也很打算盘。

究竟上海人是爱阔气的，还是贪便宜的，这个问题，只怕就是请教著名的心理学家，也未必能得到确切的答案罢。

（1928 年 3 月 10 日《新闻报》）

打电话的感想：语言统一的重要

我的老弟荫武，因为近来的律师事务，比较上来得忙些，便在自己家中，装了一个电话，取其对于外方接洽，觉得略为便利。谁知装了电话之后，依然发生了一种困难，便是言语不通。

荫武是不能常在家中的。他一出去了，假令有人打电话来，便是家中人去接。但是家中人所能谈的，只有苏浙口音，还可以对答（宁波话还有些听不懂），其余都要发生扞格不通之病。昨天有一个四川朋友（其实四川话是最易懂的），打了电话来，竟致彼此在电话机中叽里咕噜了半天，依旧莫名其土地堂。

言语不通，这是最大的苦处。又不独电话为然，便是当面谈话，也往往有不能达意的弊病。所以常有中国人和中国人谈话，而不能不操英语的，岂不可笑，也岂不可叹（就中以广东人与福建人和别省人谈话，如果全操土音，实在令人难懂）。我想对于国语运动，真是一个重要问题。否则语言不能统一，其余各事，更难以全国一致，表现团结的精神了。

（1928 年 3 月 31 日《新闻报》）

看电影的感想

最近在上海，除了跳舞场轰动一时而外，各影戏院的生意，却也不差。大凡是好些的片子，不论新片旧片，日夜都可卖满座，足见国人对于电影热，非但没有衰退，还依然增进。

一般人看电影的热度，虽然增进，同时却又坚执着一种论调，说是"不看电影则已，要看电影，非看外国片子不可"。这句话在吾国电影界，是很不愿意听的；就是我们这些人，颇期望国内电影界，有长足的进步的，对于此说，也很不乐闻。无奈事实上确是如此。老实讲就依我们自己的眼光，也是"非看外国片子不可"。有人问这是什么道理。道理自然是有的。我们也已经常常讨论着，不愿意再多讲了。只望国内电影界，从今以后，争一口气（以前种种，不必再提），把国产电影已经委顿的精神，重新振作起来。已经衰退的命运，重新挽回转来。

电影每演映一次，平均不过两小时（至多也不过三小时），观客决不会感觉厌倦，并且不至于因多费时间而碍及其他正务。这也许是使人爱看电影的一种原因。讲到这里，我又要回想到我上一个月曾做过一则谈话，劝各京戏馆缩短演剧时间。这件事情，实在很希望各舞台的主持者，斟酌改良。要知道观客的心理和趋向，与戏园营业，确有最密切最重要的关系，不可不加以体察。

此外影戏院中，大家静静地凝神一志，注视着银幕上的表演（除了几家最小的影戏馆，或者也有小孩吵闹声和大人谈笑声），似乎还有些欣赏艺术的兴趣，绝对不会叫嚣喧突，闹得人头疼。所以一部分爱恬静而怕热闹的人，便格外以看电影为良好的消遣了。

（1928 年 4 月 2 日《新闻报》）

刘姥姥

吴稚晖先生，可算得是当今的一位滑稽大家。近来报纸记载，常见着他老先生的文章和演讲，都饶有趣味。最近他在浙江省政府欢宴席上演说，自称刘姥姥进大观园。倒又是一句妙语。

《红楼梦》中刘姥姥这个角儿，就表面上看起来，很像一个丑角。其实却是一个大有道理大有来头的人物。就她的经验而论，不但大观园中一般哥儿姐儿，万赶不上她，便是那位老祖宗，也望尘莫及。就她的地位而论，大观园中，个个人欢迎她，相信她。而她却依然处于宾客之列，有时来玩耍一次，有时又回去了，决不加入园中"争莺叱燕"的漩涡，完全是一个超人。再就是她的道义而论，慨然受了王熙凤之托，抚养巧姐，又很有些侠义肝肠。所以吴老先生以刘姥姥自拟，虽然是扮谦之词，其实把话讲穿了，要做刘姥姥，却也很不容易哩。

刘姥姥的身份，还有一桩，很和吴老先生相合。刘姥姥虽一再入大观园，眼见着纷华绮丽，而始终没有动心，依然保持着"一个庄稼人"的态度。吴老先生也是如此。他虽然尽力党国这许多年，始终还是朴实俭素。就外观论，还像是乡下土老儿。此则刘姥姥之所以不失其为刘姥姥也。就是吴老老之所以不失其为吴老老。如今闲话少说，我们总希望这个大观园，一天盛似一天，有个好好的结果。正不妨"花儿开了，结个大倭瓜"。让这位成功不居的刘姥姥，也可以提起兴致，放开胸怀，痛痛快快地吃喝一顿，更不妨"吃个老母猪不抬头"。

（1928 年 4 月 13 日《新闻报》）

小动作

电影上面，最应当注重的，就是"小动作"。因为小动作表演得好了，便觉得全片生动，而且看了，有无穷的意味，同时又可以领略到剧中很深刻而又很含蓄的种种暗示。即如最近大家所赞美的《党人魂》和《巴黎一妇人》两部影片。其中最令人欣赏的，都在小动作。《巴黎一妇人》，实在也未见如何奇妙，只是利用小动作引人入胜。便觉一举手一投足之间，处处是戏，处处有衬托、有刻划，令人看着，不能不佩服卓别林导演的本领，果然高人一等。

中国影片，所以使人看看不大能提起兴致，就是在小动作上太不讲究，因此便缺少了韵味。不过小动作要达到神妙的一个境界，是很不容易的，非得导演者和一般演员都有缜密的思想、灵敏的手腕，便不能合拍，不能见长。如果导演的程度不够、表演的功夫不到而勉强为之，或者反而慌张失措，做作过火，反倒闹出笑话来。

其实不但影片上的小动作大有关系，就是讲到人生无论是哪一等人，也常会随时随地在小动作上显露出他个人的真性情，表现出他个人的环境来。所谓"君子观人于微"，这个"微"字，就是小动作。因为一个人遇到大事情，可以掩饰，可以矜持，唯有在小动作上，偶不经意，便要把自己的真相，流露于不自觉。这又是我从看电影而发生出来的一种感想。

（1928 年 4 月 16 日《新闻报》）

人与机械

我近来因为职务关系，睡眠很迟，大约非到天明，不能安寝。于是日间也非到下午二时以后，不能起身，实行其俾昼作夜的生活。可是前天又因为有一种要紧的文字，他方面索稿甚急，不能不做，只好开快车。因此特别早起，十一时就离床了。（这个时候离床，还算特别早起，也是笑话）略进了些饮食，就埋头疾写，一口气写到四点钟，写了约五千字光景。稿子一完，顿时头晕眼花，坐不住了，连忙又躺到床上去，合眼养神。可是休息了半小时，并未睡着，也居然精神恢复，头目清爽，依然又起来做别的事了。

我因此悟到，一个人凡是到了极疲乏的时候，也不必一定要睡着，只须休息片刻，也就得益不少。只可惜我们在平常办公的时候，都是接连数小时，不能休息。就使可以休息，在办公室中，也断不能闭目静卧，入于睡眠状态的，因此就格外觉得吃力了。

人虽是有灵机的，不能和机械相比，但人体的构造，也和机械相仿，论其功用亦复相似。机械运转得太多了，也须暂停片刻，否则转动过分，就不免损坏，所以一个人不能不有相当的休息。但是机械永远搁着不开动，也要生锈，所以一个人又不能不有相当的劳动。总之动作有节，最为适宜。然而非所论于我辈，因为我辈受事实的驱迫，开车停车，一切由人，自己竟是毫无主权的。

（1928 年 4 月 18 日《新闻报》）

开放租界公园

关于租界开放公园一事，冯炳南君已有一篇文章，在各报发表。他所讨论的各点，是根据洋泾浜地皮章程，就法律上说，完全没有不能开放，不许开放的理由。如今我更就事实方面，再讲几句话。

目前中外国际间最注意的一件事，是要废除不平等待遇。不平等待遇之宜改善，不但中国政府和民众，大家都一致主张，就是个友邦人士，似乎也已明白这层意思，认清这个题旨了。最近工部局加入华董委，也可说是平等待遇的先声，中外合作的初步，讲到公园的开放与否，虽说不能作为国际间的大问题，但名为公园，明明是可以供租界市民公共娱乐的，租界内华人的户口和纳税数目，均多于西人，而所谓公园者，依然还独让西人游乐，对于华人，照旧是"不准入内"，未免太不平等了。

有人说"开放公园"的议案，已经去年纳税西人年会通过，只因时势关系，未能实行，也不过是时间问题罢了。可是这一个时间的久暂，是没有确定的。议案通过，譬如签了一张支票出来了，然而这张支票，到底几时兑现，当然不能不问。去年所以没有实行，为的是时局不靖，目今南方的时局，断不能再和去年等量齐观。这张支票，总可以快快地兑现了。

至于公园开放以后，对于入内的人，也不宜有限制。如果哪一种人许入内，哪一种人不许入内，依然离不了阶级思想，不合于平等观念（假使穿西装的可以入内，不穿西装的便要阻止，更非吾人所乐闻）。不过为防制损坏起见，不妨定几条较严的章程（如禁止损坏器具、攀折花木之类），使大家遵守，倒未尝不可。一方面如果公园开放了，我们华人方面，自然也应该顾全公德，处处地方引起他人的尊敬心和信任心才好。

（1928 年 4 月 19 日《新闻报》）

文人失业的问题

昨日《快活林》内，载着笑葊君所记《广州文人失业之统计》一文。笑葊对于此文，可谓慨乎言之，但是文人失业，真是举国皆然。就以我个人的感触而论，亲戚中、朋友中，感受着失业的痛苦，表示着失业的悲哀的，实在不少。而许多失业者之中，十九都是文人。这不知道文人是生成的穷命，还是应受着天演淘汰的厄运，简直也无可解释，无可研究。总之今日之下，一般文人，真是走了末路了。

在这个时势未靖，百业凋敝的时候，失业者自然很多，而且各界都有，断不限于文人。不过其余的劳工，都是有团体有组织的，论其职业，也似乎还合于社会急切的需要，不至于像文人这样，其多如鲫，供过于求。所以一旦失业，还有人扶助，有人汲引，有人保障，不至于永远失所。至于文人，佣书为活，也何尝不是劳工之一种，可是和寻常劳工一样的组织和团体，是没有的，寻常劳工所能得到的保障和应享的权利，也是得不到享不着的。因此唯有文人最易失业，又唯有文人失了业之后，最难设法。运气不好的，或者就会潦倒终身。

有人说失业的文人，固然是很苦了，不失业的文人，难道就不苦么？工作是很烦闷的，俸给是很微薄的，终年绞尽脑汁，写断手腕，至多也不过在高昂的生活程度之下，能够勉强挣扎得住，已经算是个健者了。总之我着实要奉劝当世青年，择业务须慎重，天生两只手，苟能拿别的工具，决不要死拈着一支笔，以免一个不好，就要走到穷无聊赖的这一条路上去。

（1928 年 4 月 20 日《新闻报》）

谈跳舞

寄痕最近发刊《礼拜六》，一定要拉夫令我做一篇稿子，而且指名点戏，要做关于跳舞的文章。我于跳舞完全是门外汉（足不入跳舞场的确是门外），又有什么话可说呢？田君真未免强人以所难了。

谁不知道最近的上海，就算跳舞为最时髦的一件事，跳舞场为最赚钱的一种营业。于是，在喜欢跳舞的人，似乎饭可以不吃，跳舞场不可以不进；再进一步说，简直是天生双足，不跳何为？真可算得热烈达于极点。

但是以一般比较老派些的先生眼光中看来，却又认定跳舞场不是好地方，跳舞不是好事情。见了人家在跳舞场中走进走出，便要大摇其头，批评个不已，嘲骂个不了。这也可算得反对达于极点。

据我个人的论调，跳舞这件事情固然用不着拥护，却也未必打倒。因为一个人的生活是十分烦闷的，自然不能不于烦闷之中寻些娱乐。跳舞，也是娱乐之一种，何必定要加以攻击？至于说跳舞场中常发生种种趣剧，那是社会道德问题和个人的人格问题，社会的道德能够进步，一般的人格能够提高，就无论何事都不会发生怪剧。道德太败坏了，人格太卑劣了，那就随时随地可以闹笑话。跳舞场以内固然有些乌烟瘴气，跳舞场以外，空气也未必一定纯洁呀。

（1928 年 4 月 21 日《礼拜六》）

战地的生活

这几天前敌的消息，真是节节胜利，凡属国民，听见了这种胜利的消息，自然没有不欢欣鼓舞的。但是在欢欣鼓舞之中，应该同时体念到前方将士的辛劳与战地人民的艰苦。

最近我曾接到徐州方面的友人来信，又曾听到几位先生从战地归来的谈话，都说前线固然胜利，但此次战事十分猛烈，敌军死亡枕藉，不可计数。我方将士，在枪林弹雨中，拼死赴战，死伤的却也不少。战阵之内，真是血肉横飞，十分可惨。至于战地人民，一方面因为物价腾涌（听说徐州白米一担需三十元，美丽牌香烟十支需一千文，橘子两只需洋一元），生活上自然异常困苦。一方面受着战事影响，在猛烈的枪声炮声中，也万难安居。所以去战地视察过一次，再回到上海来看看，真觉得上海人是享不尽的福了。这句话当然是很的确的，上海人成日成夜只知道看戏吃大菜跳舞，兴高采烈，玩得不亦乐乎。什么忧愁思虑，一概都没有。哪里会想得到前方将士以及战地人民的苦楚呢？你就是细细地去告诉他们，他们耳朵里也似乎没有听惯这种说话呀。

（1928 年 4 月 23 日《新闻报》）

晓风残月促归程

大凡人家评论一个人办事精神焕发，勇往直前的，谓之有"朝气"。反是而萎靡不振，意志颓唐的，便说是有"暮气"。这话自然是不错的。但非所论于新闻记者，评论新闻记者（我此篇中所说的新闻记者，是专指内勤记者）。如果说是"富于朝气"，简直不行。还是说他"暮气太深"，倒有些意思。

这话是怎么讲呢？要知道新闻记者的生活，却是夜作早息的。所以一经入暮，新闻记者的工作开始了，新闻记者的精神，倒也振作起来了。而且暮气愈深，工作愈忙，精神倒也愈旺。一到天光发白，朝气发动，工作也干完了，精神也磨尽了，脑汁也绞干了，手中的笔一放，就呵欠连连，只有急忙赶回去睡觉的份儿，别的事一概不及管了。因此之故，新闻记者，简直是暮气用事。讲到朝气，反成了强弩之末了。

新闻记者每天在晨光熹微之中，驱车归寓。虽然神疲力竭，不胜其惫，但一路晓风残月，灯影鸡声，分明是极尘嚣的上海，极热闹的马路，忽然显着一派幽清的气象，处处含有诗意。这个特别风景，却也很可领略，而且归途之中，有三种人天天道左相逢，要说一句"Good Morning"，便是小菜场中的菜贩、湖丝厂里的"密司"，和经营出口事业的倒老爷，其中尤以倒老爷的精神最充足。街头巷尾，车声辘辘。听他们放喉高唱着一声倒板（一声倒板者，高呼着一声"倒"也），嗓音完全是从丹田里出来的。其中确乎满布着平旦之气，不由人不对他们喝一声彩，真是够捧之至。

（1928 年 4 月 25 日《新闻报》）

黎元洪与孔雀

黎元洪之死，也是值得大家注意的。论辛亥首义，黎氏对于中华民国，似不谓无功，可是十七年来，忽而上台，忽而下台，也未免造成了许多笑话。不过黎氏的为人，还不失为忠厚长者，和那些怙权恃势、误国殃民的军阀，毕竟不同。所以平心而论，黎氏在民国史上，比较的尚不失为一个人物。

黎氏近年来，住在天津，倒很写意。他能完全摆脱政治，有时开个园游会，有时看看戏，捧捧角。这种生活，可算是十分有趣。从这一点讲起来，黎氏又好说是一个会享福的人。虽然所享的福，也不很长，但较诸毕生胡闹到头来依旧自己得不着一日快活的，似乎又是黎氏来得占便宜了。黎氏死后，他所豢养的孔雀，也以头撞地，自毁羽毛而死。这件事倒很稀奇，颇似前人笔记所载灵禽殉主的故事。也许这一头孔雀，竟独具忠诚，不同凡鸟。目今世界，背恩负义反颜相向的人，实在太多了，比起黎氏的孔雀来，简直有人不如鸟之叹哩。

（1928年6月6日《新闻报》）

卓别林大善士

此次华北赈灾，那位环球驰誉的滑稽明星查理·卓别林，居然慨捐五百元，托华北电影公司转放。卓别林的大名，是人人知道的。卓别林在银幕上的艺术，也是人人欣赏的。不料他还注意慈善事业，尤其对于中国人表示好感。五百元之数，虽不算很多，可是捐册上面，列了卓别林的大名，在一般人的心理中，自不得不感谢这位外国大善士了。

国民一方面感谢这位外国大善士，一方面自己又应该有些感动。这一回华北人民，被灾不可谓不重。国民有侥幸没有受着兵祸，没有吃着苦头的，见了灾区同胞，备受磨难，至少也要动着恻隐之念，节省些游宴之费，略略捐助些。如果外国人倒慷慨乐输，同是中国人转袖手旁观，秦越相视，似乎太不近情理了。

我因为卓别林捐给中国五百元，便想趁此机会捧捧他。一般人赞赏滑稽影片，都以卓别林与罗克并称。据我个人的观察，似乎罗克不及卓别林。因为罗克的片子总脱不了一个胡闹，而卓别林却比较的有意味。如《淘金记》《从军梦》之类，都还不错。而他所导演的《巴黎一妇人》尤其脍炙人口。大概他感着环境的变迁，思想已渐渐深邃，不专以滑稽博人哄笑为能事。像这回捐助华北灾赈，当然也不能认为一时高兴的滑稽举动呀。

（1928年6月17日《新闻报》）

提倡短文

经亨颐君前几天发表意见，说此次五中，大会宣言，不必洋洋数千言，使人头昏脑闷。只须扼要数十字已足。我对于他这句话，很表赞同，并且要将他的话，推而广之，颇想请如今当局，对于一切宣言通告等文字，都提倡短文。

文字长短，原各有所宜。长篇有长篇的好处，短篇也有短篇的优点，未可执一而论。但事关重要，说出来的话，要一字字引人注意，一句句使人记得，却还是以言简意赅，为第一要义。近来做文章的人，太觉才气磅礴了，无论讲什么事，都喜欢下笔万言，盈篇累牍。如果事情忙一点的人，或是脑筋略简单的人，简直无暇细读。就是提起精神，勉强读完，也断乎不能记忆。所以从比较上说，不如多用短文，令人一目了然，看了能懂，懂了又能记，才能普及一般民众，才能于实际上获有效果。

再讲句老实话。我们做新闻记者的，也实在欢迎短文。因为报纸既负着宣传之责，对于各种有关系的文字，如宣言通告之类，自然不能不尽量刊载。但文章太多了，每篇文字，动辄数千百言，篇幅上便有些难以支配。假令各位作文大家，肯缩短一下子，譬如原来预备写上几千字的，在几百字中说完了；原来预备写几百字的，在几十个字中说完了，词意务求归纳，文章取其简洁，那么同样是这一份报，同样是这几张纸，而事实上却可以多登许多材料，编者也免得为难了。阅者也格外有趣了，岂非大妙呢。

（1928 年 8 月 12 日《新闻报》）

我是不走的了

我们看京戏，见那《鸿鸾禧》中的莫稽，于"吃足了喝够了"以后，还要对他那个叫花老丈人说道："我是不走的了。"觉得这句话说得真是十分无赖。不料如今国际间竟也有这般无赖的行径。路透社十六日东京电，说"日本第三师有久留山东之象。陆军省决定派工程队赴鲁建筑冬营"。如今刚值秋初，他们已准备过冬，这是什么用意，分明也是摇摇摆摆在那里说道："我是不走的了。"

自济案发生而后，矮子方面，久已将假面具撕破，不知道什么是公理，什么是舆论。对于山东，简直喧宾夺主，久假不归。若凭着他们的心理，自然想一辈子也不走的了。非但不走，还要到处捣乱。这真是既会撒赖，又会放泼，外交史上实在少见。总算是中国不幸，无端惹得晦气星进了门。

可是晦气星进了门之后，难道竟永远让他们欲如何便如何么？请问山东到底是不是中国的土地？山东老百姓到底是不是中国的人民？暂时容忍，是不得已而为之，总不能永久放弃，视同瓯脱。我想至少也得想个法子，教他们"两个山字叠起来，与我请出"。如果也存着"你是吃定了我了"（也是《鸿鸾禧》上的话）的心理，眼看他们得步进步，那就太没有志气了。

（1928 年 8 月 19 日《新闻报》）

中元戏谈鬼

中元节俗称鬼节，盂兰胜会，赈济孤魂（其实赈济孤魂，不如赈济灾民，救活人总比度死鬼的功德来得大些）。以前每逢这个时候，街头巷尾，铙钹声喧，和尚道士，闹得乌烟瘴气。今年政府当局，破除迷信，禁止打醮，便觉清静了许多。这自然也是一种好现象。不过我们以滑稽的论调讲起来，值此鬼节，不妨再谈谈鬼，却并非提倡迷信，为和尚道士拉生意，特此郑重声明。

鬼有新鬼故鬼之分。讲到新鬼，今年特别多。第一是北伐阵亡将士。第二是济案死难人员。这两种鬼，一种是断脰折颈，效死沙场；一种是削鼻割耳，惨遭非命。却都是为国捐躯，应当一祭。第三种便是黄浦同志，后先相继，葬身鱼腹的，实在不少。这许多溺死鬼，也应该祭上一祭。祭文里面，不妨老实不客气，向他们提出警告。说你们这些男同志、女同志，既然缺少和环境奋斗的勇气，不幸冤枉死了，却万不可以再跳出水来，吸引同志。宁可自己吃苦，不必更找什么替身了（俗语说溺死鬼要找替身。这句话原是腐化之谈，偶然借来一用）。

除了以上所说两种鬼而外，还有许多恶鬼，自然不在话下。但是恶鬼之中，更有一种最恶的小鬼，倚势横行，确乎令人难耐。这一种鬼，原是不速之客，并非在焰口坛上由大和尚召请得来的。然而来了之后，就一味鬼混，不肯去了。倒非请几个法力高强的人，大念其退鬼咒，将他们退去不可。否则鬼头鬼脑，作祟到何时为止呢？

（1928 年 8 月 29 日《新闻报》）

护孔

孔祥熙氏提议保护孔子林庙，业经国府会议通过，不日通令实行。我以为孔氏这一个提议，确乎具有深意，并非是一孔之见，顾全族谊，专替他家老祖宗说话的。从前帝制时代，以及准帝制的军阀时代，口口声声说道尊孔尊孔。像那样子的尊孔，实在是冤诬孔子。如今有少数青年，不明事理，又忽然大嚷着推翻礼教，打倒孔子。像这样子的与孔老先生为难，尤其是冤诬孔子。总之孔子之道所包甚广，他老先生的学说，是很精确的；他老先生的思想是很深邃的；他老先生的眼光，是很远到的。以前的尊孔，未必真能崇拜他的道德，服膺他的主张，徒然利用"尊君"二字，作为保障帝制的幌子，所以名为尊孔，实际却不啻诬孔。至于一笔抹煞，开口打倒，闭口打倒，那又简直成为无理由的呐喊，真如孔祥熙氏所说，是"知识薄弱"的征象。

"孔子圣之时者也。"这一个时字，当然不是作为时髦朋友的解释，是说他的主张，可以匡时济世。孔子所主张的"尊王攘夷"，在周室衰微之际，要免除战争，拯救人民，拨乱反治，实非此不足以奏功，补偏救弊，具有苦心。若令他生于今日之世，自然也不会再唱着尊君的论调，所以仅执着"尊君"二字，就说孔子的学说，是违反共和主义、世界潮流，又说崇拜孔子的人，是老朽腐化，其为一偏之见，不辩自明。况且孔子除了尊周室而外，其余的思想学说，倘细加䌷绎，正有与平民政治相符合之处。至少也须认为历史上一个伟大的人物。纵不必过于迂腐，天天拜孔读经，但要完全推翻，似乎也犯不上和孔老先生作对呀。

（1928 年 8 月 31 日《新闻报》）

横渡太平洋的飞行

留美中国学生飞行家田礼光，在去年二月间，就发表横渡太平洋的计划。近已筹备就绪，将于两星期内，由旧金山飞行来沪。这个消息，颇足令人气壮。因为像田君这个样子，很可为留学界出一风头，很可为中国青年放一异彩。

航空事业，在外国已有特殊的进步，并显著的成绩。像林白大佐去年飞行成功，博得全世界的称誉和美国人士极热烈的推崇。我国人对于飞行，年来虽也有急起直追之象，但比较的总还来得落后。这回田礼光君的横渡太平洋，假使于最短期间，得以实现，简直在飞行史上开一新纪录，不独是田君个人的荣誉，也可说是中华全国的荣誉。

此外还有一个附带的意见，我总觉得中国青年，研求政治，研求经济，研求科学的，不能算少。唯有研习一种特殊技术的，却不易多得。研习一种特殊技术而又饶有勇气，肯做一两件惊人之举的，尤不易多得。因此对于田君，颇可以称赞他是有伟大的计划，和大无畏的精神。两星期的时间是很快的，我们很盼望田君的飞机，早日翱翔于黄浦江头，便要一致欢呼，祝他的成功。

（1928 年 9 月 18 日《新闻报》）

参观海容军舰后的感想

我们当新闻记者的，夜间总拈着秃笔，执着剪刀，在纸堆中讨生活。日间又忙于采访新闻，忙于酬应，忙于种种俗务，实在是烦闷极了。前天承海容舰长王漱汀君之邀，我们的贵同行（记者）欣然赴约。一伙数十人，浩浩荡荡，齐奔海容军舰，参观了好几个钟头。虽然在浦江中饱历风尘，这一天风很大，煤烟过处，灰屑也很多，却觉得胸襟十分畅快，意趣十分充足。同时对于王舰长及副舰长傅君等殷勤招待，并指导参观，又一致表示谢意。

我国新闻记者的军事知识，素来是很缺乏的。这天在海容军舰上，看炮，看鱼雷，看机器以及其他种种设备，由王舰长逐件指点。他讲得十分高兴，我们却也似小学生上课一般，颇得了些新知识。只可惜我们的程度太浅了，关于各种机械和大炮的使用法，虽然听着很简明的演讲，还是不甚了了。这是很惭愧的。

我们在参观之后，又引起一重感想，便是中国海军的力量，实在太薄弱了。王舰长说假令中国在统计上，能有五十万吨的军舰，便不难和列强争雄。这自然是一句豪语。但实际上欲求自保，对于海军，非扩大力量不可。只可惜在这财政困难之际，要想扩展海军，正不知何日能达此目的哩。

海容军舰中，又有一桩很妙的事情，是在我们参观的时候，发现了一处地方，香花灯烛，供着小小的一个"天后"牌位。王舰长说：因为龙潭一役，海容舰发重炮，打死了孙军许多人，而自己舰上，连枪弹也没有中过一个，兄弟们说是神圣呵护，因此便设位供奉。明知此举是出于迷信，但兄弟们既喜欢这样，我做舰长的，也就不必一定要加以禁阻。我听了王舰长的话，觉得这班海军弟兄们，虽未能破除迷信，却颇饶趣味，所以把它附记在此。

（1928 年 10 月 2 日《新闻报》）

沟通中西医学

北平市长何其巩，令卫生局注意市民之保育。原令对于中西医术，说是各有专长，要统筹兼顾。我对于他这一番议论，倒很赞成，同时又引起一种感想，觉得中西医是否应该融合，如何而能融合，确是目前所当研究的一个大问题。

照目前的情形而论，中西医学界的意见，还是不能沟通。不但医生本身，西医时常攻击中医，中医也时常指摘西医。便是一般社会，也各有所喜，各有所信仰。信仰中医的，绝对排斥西医，信仰西医的，极端反对中医。所以中西医术之间，依然有一条鸿沟，划绝在那里，始终不能融合。然而按诸实际，确是很不好的。

我在中医界有不少的朋友，在西医界也有不少的朋友。加以我自己的身体虽还勉强够得上健康两字，而家中人却不免多病。因此中西医都成了老主顾。就我个人的观察，觉得西医纯出科学，中医却近于哲理。依据科学，则注重实验，所以证断较为明确；讲求哲理，则精微玄妙，所以有时也很有神秘奇效的治疗法。平心论之，西医的论病，不全凭理解，有种种器械和科学上的发明来补助。如爱克司光诊察之类，自然比较的来得可靠。但也有一个弊病，是病症看得很真，用药却也未必一定有效。中医治病，如果把病症看准了，常能在两三味药中，收药到病除之功。可是复杂而不易辨的病，要他们在三个指头上断定，很不容易。因为他们有许多金木水火土五行相生克的话，横亘于胸，简直要令人莫明其妙。

我们既感觉到中西医各有长处，同时又感觉到中西医各有短处，所以很希望中西医界，能平心静气，化除界限，大家组织一个大规模的医学会，共同研究，各用所长，各弃所短，融会贯通，期于至善。那么将来中国的医术，也许有一日能超出乎他国之上（因为他国的医术，只是一方面，我们却有两方面）。这也是人类的福音呀。

（1928 年 10 月 5 日《新闻报》）

小说家的原稿

路透社纽约电，说维克多留声机公司创立人琼逊，出美金十五万元之代价，购得英国小说家迦罗尔所著小说原稿，及此书初版两本（见昨日本报）。这一段消息，在外国人看了，或者以为没甚稀奇，在中国人——尤其是文艺界中人——看了，却不免要发生无穷感想。

外国有小说家，中国也何尝没有小说家。但是中国的小说家，要和外国的小说家比较起来，真是市价不同，有些天差地远了。外国的小说家，不但受人崇拜，就是讲到经济上的酬报，也十分丰富。所以往往有执笔为小说家，而也可以因此致富的。讲到中国的小说家，简直被人认为文丐。呕心血，绞脑汁，写出一部小说来，至多也不过卖个一千字五六元，已经要算是头等价格了。忍饥耐劳，矻矻穷年，生活之苦，莫可言喻。至于小说出版以后，还问什么原稿，大概早已塞在字纸篓里去了，哪里能保存着，收藏着，供别人重价的搜求呢？

我们也知道中国人斥重金以搜求字画，搜求古书，是很多的。但也不过是有钱的老官，钱多了没处用，借此遣遣兴，玩玩古董罢了。至于重视文人，寻求遗迹，那断乎是没有的。总之中国小说所以不值钱，一方面固然也要怪小说家自身不能努力，一方面社会人士对于文艺，实在看得太轻了，也足使文人短气，文化减色。这些话确非三言两语说得完，只有付诸一叹而已。

（1928 年 10 月 18 日《新闻报》）

对于禁烟问题的几句话

我们看见连日报纸上刊着禁烟会议的记事，觉得议案甚为周密，各方面的演说和论调，也甚为激切，足见大家已有一致打倒鸦片的决心。我们以为前途很为乐观。但是在乐观之中，不能不说一句话，就是希望这许多好议论，不要在会场上说说罢了，这许多好文章，不要在纸面上写写罢了，须一一于最短期间，见诸实行。那么扫除烟氛的目的，就不难达到了。

禁烟的事情，千句并一句，只是"禁运""禁种""禁吸"。只要这三个禁字，都彻底办到，禁烟就不成问题了。我们先要讨论到以前的禁烟，何以没有效果，就是因为禁种禁运两层，非但谈不到，而且竟有人奖励种烟，包办运烟。军阀时代，军饷何从而出，大老官何从而发财，差不多是以种烟运烟为唯一刮钱之道。老百姓是不许种烟的，军队却可以广种。老百姓是不许运烟的，军队却可以包运。不是私种私运，简直是官种官运。此之谓"有土有财"。试问照这样子的禁烟，哪里还会有丝毫成绩呢？

如今青天白日之下，军队种烟，军队运烟，当然可以不至于再循故辙了。讲到禁吸，在革新时代的官吏和军人，吸烟的就算不能说是绝对没有，也总比以前个个人举着一支枪（烟枪）的，要来得好些。不过从严格立论，若要彻底的禁吸，还不能专注重在老百姓身上，竟须实行最近有几位先生所说的话，无论是什么要人，什么领袖，什么官吏，只要有了吸烟嫌疑，都须调验。调验属实，都须受相应的惩戒。一方面由军界政界以身作则，肃清烟毒；一方面再以官中的力量，和法律的裁制，去禁止民众。似这般的雷厉风行，禁烟两字，才真有效果，不致徒托空言了。

（1928 年 11 月 5 日《新闻报》）

鬼影软人面软

今天《快活林》中，载着柯南道尔研究灵魂学映示鬼影的一则记事。关于此类事件，如果极端就科学方面说，那是应该破除迷信。什么鬼通讯、鬼照片，只能认为荒诞不经，尽可在打倒之列。不过灵魂学虽属渺茫，而灵魂的有无，却经中外许多学者的探讨，都还不能下一个论断。一方面一班很有思想很有学问的人，也依然在那里继续地研究，那么平心而论，似乎也未尝无考量的价值。

就以柯南道尔说，他忽然抛弃小说生活，而专研究灵魂学，或者也有什么见地，不单是迷信作用，更未必是借此矜奇炫怪，自欺欺人。不过灵魂界总不能便断言说是必定有。就使有之，或者也只能像科学家研究火星上的人类一般，有些依稀恍惚。倘即认定鬼与人之间，能够很清楚地讲话，很明白地通讯，总不免是故神其说。我们就理智上观察，终未敢过于相信。尤其是鬼照片，以前报纸上刊载的鬼照片，是否真是鬼影，简直都是疑案。据摄影家说，在摄影的时候，或因收光的关系，偶然将别种形象摄入，自己当时没有觉察，或是已经摄过的影片，忘却换去，重复摄上别人的印象，一时模糊莫辨，也就可以误认为突如其来的鬼影了。

可是我对于鬼影，虽然怀疑，而从另一方面讲，却又要承认鬼影是确乎有的。因为在这个万恶世界和龌龊社会中，真可说是鬼脸多，人脸少。往往时而是好好的一张人脸，时而又变为鬼脸。或是粗看还像人脸，细辨却只是鬼脸。这些鬼脸，有狰狞可怖的，有阴森逼人的。也有喜笑颜开，在那里引诱你的。我们也许天天可以遇着，时时可以看见。或者人而鬼，鬼而人，人即是鬼，鬼即是人，人也鬼也，不妨作如是观罢。

（1928 年 12 月 15 日《新闻报》）

新日历

新历年头，大家都挂起新日历来了。新日历的式样，新日历的纸张，新日历上所印的文字与图画，五光十色，各具美观。在一般人的心理中，似乎这新日历一挂起来，便自然而然，换了一番新气象。但是我们既觉得新日历的可爱，同时又应想到新日历的可爱之点，究竟在什么地方。式样新奇，纸张洁白，印刷鲜明，这就算是可爱么？不然不然。新日历的可爱处，是这很厚的一本日历，却于无形中对我们表示着，凡是我们所应办的事业，应努力的工作，都寄托在一张张纸片上面，纸片的页数不少，我们的事业和工作也就不少。这样一想，便觉得我们的前途，都可以乐观，我们的精神，都可以振作。

唯其如此，岁月不可等闲虚度，生活不可过分逸乐。假使很无聊的，很糊涂的，很怠惰的，过了一天又一天，将日历上的纸片，撕了一页又是一页，等到这本日历撕完了，依然一事无成，光阴虚掷，岂不辜负了这大好的日历呢？

（1929 年 1 月 5 日《新闻报》）

打倒偶像

自内政部颁布祠宇存废条例以后，各地打倒偶像空气很浓厚，弄得一般泥塑木雕的菩萨们，顷刻间粉身碎骨。不料素号保佑善男信女的菩萨们，如今连自身都不保，真正非他们始料所及了。

其实偶像应该打倒的这种观念，已不自今日始，关于焚毁淫祠的事实，我们在前人的记载上，也就见不一见。然而一方面尽管焚毁打倒，一方面仍旧有人去顶礼膜拜他的原因，在于一班愚夫愚妇对于偶像还缺乏彻底的了解。所以现在要贯彻打倒偶像的工作，非从宣传与教育上下功夫不可。要是光从狭义的打倒上去做，结果只能够取快一时，必须从宣传与教育上去将一班愚夫愚妇心理上求神护佑的劣根性根本铲除，那才能算是永久的成功。

目下在这打倒偶像的潮流中各地的人们，往往喜将被打倒的偶像，造成种种笑料。如剥衣裸露之类，以示坚决。实则在偶像的本身，泥塑木雕，无知无识，本来无罪可言，所以造成他的形体与神权的，也是一般的人们。如今捣毁他的也是一般的人们。如果偶像有知，不免要大喊冤枉。其实呢，赵孟所贵，赵孟能贱。在毫无实际，全仗虚伪为生活的偶像，也应该自己痛自忏悔才是呢。

（1929 年 1 月 20 日《新闻报》）

小休

报界向例，到了阴历年底，总要休刊七天。这也算是牢不可破的一种习惯。今年废除阴历的呼声甚高，大家以为阴历休刊的习惯，也可以打破了。但是结果还是循例休息。我也只得暂时和阅者诸君小别，说一声七天后再会罢。

此次阴历所以不能不休刊，其原因只是一个没有准备。因为没有准备的缘故，不但一切手续上觉得十分困难，并且各商家各社团，都在假期中，停止或减少工作，连采访新闻，都感觉枯寂。至于外部的通讯，更是来源稀少。如果要照常出版，便找不着这许多材料。好比厨子想做菜，而小菜场停了市，就无论如何，办不出筵席来了。

论报纸的责任，是要指导社会。而事实上却有许多地方，不能不依社会群众为转移。因此之故，我很希望自今年起，社会群众，能把阴历的习惯，完全打破。要休息便在阳历年底休息。到了阴历，无所谓年关，那么报纸休刊，自然也一律打消，不成问题了。

（1929 年 2 月 5 日《新闻报》）

一年之计

既然讲到废除阴历，就不应该再提什么旧历新年了。但是在这个时候，虽不承认她是一岁之首，却不能不想到她是一春之始。就事实论，就社会习惯论，凡是公众的业务，私人的工作，不管是拿犁耙的也好，拿锯子的也好，拿算盘的也好，拿笔杆子也好，似乎无形中仍以腊底为一大结束，新春为一大转关。如何除旧，如何布新，依然有相当的顺序，和必要的变迁。因此之故，我们不能不感念到"一年之计在于春"这一句旧话。

事业有大小，工作有难易。固然未可一概而论。可是无论如何，总得先有个计划。譬如做了资本家，须计划着这一年中的资本，如何运用，方可对于社会，对于个人，两得其利。做了劳动家，也须计划着这一年中的力气，如何使用，方可对于社会，对于个人，两得其益。假令完全没有计划，或是计划没有先定，就贸然从事，便等于无的放矢，一定章法散乱，得不到什么好结果。

今天是报纸休刊七天后，记者执笔与阅者诸君相见的第一天就拿这一年之计四字相劝，愿大家趁此春回气转的时机，整顿全神，将一年中自己应做的文章，先拟就一个腹稿，以便挥写如意。将一年中自己应演的拿手好戏，先编成一个剧本，以便结束登场。若将大好光阴，都消磨在酒食征逐和骰子骨牌之中，未免太可惜了。

（1929 年 2 月 13 日《新闻报》）

·杂文卷·

接龙

骨牌游戏，有比较静默而颇饶兴趣的一种，谓之"接龙"。今年是己巳年，巳与辰相接，辰于地支属龙。那么"接龙"之戏，很适合于新春消遣。因为龙虽有代表帝制的嫌疑，不合于现代潮流，而"接龙"的规例，却有几点，很适宜于目前的时势。

"接龙"第一事，要所出牌点，彼此能够相接（例如幺须接幺，六须接六，点色不能相混），不能隔断，不许夹杂。这分明是祛除隔阂，一线到底，有顺序有条理的一种工作。因此我深望当局能以"接龙"的方式来整理政治。

"接龙"必须要手中所拿之牌，点色齐全（点色齐全，则无论他家所出是何牌，都可以接得上），方可应接得宜，不至于偏枯，不至于受窘，不至于失败。由此足见处理大局者，宜兼搜博采，期于大备未可专囿一隅。我因此深望当局，能以"接龙"的方式来广揽人才。

"接龙"时遇他家出牌，而自己手中所有之牌点已缺未能接上者，只可任取一张，仆于桌上，谓之"倒仆"。已经"倒仆"之牌，即完全失去效用，以后再有机会，亦不许复起，颇寓永远打倒之意。否则旋仆旋兴，牌局将失其严肃的秩序。我因此深望当局，能以"接龙"的方式来因应时势。

"接龙"有"明龙""暗龙"之别，接"明龙"时，例须剔去"杂牌"，天九牌中所谓武牌，概称杂牌。接明龙时，杂牌全数剔除，即至尊亦在取消之列，尤合打倒帝制意味。目前编遣会议，对于减缩军备，已定有具体办法。可是旧时所有的许多杂牌军队，虽说是残余之众，若不加以相当的整饬，依然不免要酿成扰攘之局。山东乱象，便是一个眼前榜样。我因此深望当局，能以"接龙"的方式来统一军政。

（1929 年 2 月 22 日《新闻报》）

制造新闻纸：新闻界养命之源

前天本报载着造纸专家金家瀚君一篇谈话，对于筹备温州新闻纸制造厂的计划，以及新闻纸制造的方法，将来的销路，和盈利的预计，都说得很详细。我以为这一则谈话，实在很有注意的价值，尤其是我们新闻界和一切出版界，应该加以二十四分的注意。

无论新闻事业，办得怎样进步；出版事业，办得怎样发达，假定没有纸张，所谓良好的报纸，良好的书籍，如何能印得出来，就这一点说起来，足见纸这样东西，便是全国文化的命脉。进一步说，竟可以算是全国大小各种事业的命脉。自己不会造纸，便等于命脉握在别人手中一般，是何等的危险，何等的着急。

我如今试举一件事来说。在欧战剧烈的时候，各国因为物料的缺乏，制造力和生产力的减缩，以及运输上的不便利，对于输出品，简直要行封锁政策。有一个时期，听说新闻纸的来源，也将要断绝了。当下便引起了沪上各报馆各书局的大恐慌，然而又毫无办法。幸亏后来战事解决了，此说也没有实现，否则纸的来源，倘真一概断绝，老实不客气，中国的报纸，只好停版；中国的书局，也只好关门。

近年以来，我在国人提倡国货声中，每每提出纸的问题来，和大家讨论。因为我默察国人的心理，似乎对于这个问题，还没有感觉到十二分重要。可是一年一年的迁延下去，不想一个好办法，万一时机变幻，在将来总是一个大危险。如今难得有人创办纸厂，并且依科学的方法和经验，能断定此事可以成功，又不需甚大的资本，可以说是轻而易举，自然渴望其成立。要知新闻界和出版界之于纸，犹诸吾人之于食粮。假令吾人的食粮，不能自给，时时要仰求外人，岂非连养命之源，都失其根据了，连生活之权，都不能自主了。新闻界和出版界，没有了纸，也和一个人断绝了食料一般，只得挺着肚子挨饿。所以快快自己造纸，方能顾全着这个养命之源，方能保留着这个生活之权。

（1929 年 3 月 1 日《新闻报》）

废止中医的商榷

中央卫生会议，有人提出了废止旧医的议案。上海特别市中医协会，因此要召集全国中医中药团体代表，举行会议。中西医学之争，近来日甚一日。这一回怕要到短兵相接的程度了。

据我个人的意见，对于西医，有相当的信仰；对于中医，也有相当的信仰。这是从好的方面说。若讲到偾事，那么就以我而论，中医之害，曾经受过；西医之害，也曾经受过。所以又可说对于中医，有时未敢充分信任；对于西医，有时也未敢充分信任。不过信任与不信任，依然是对于医生的关系，不是对于医学的关系。换一句话说，就是万不能因有少数不甚高明的西医误了事，就断定西医是不可推行于中国，也万不能因一部分不良的中医杀了人，就断定中医不能存在。因此之故，我总以为废止中医这个议案，未免操之过急。

中医之说，过于玄妙，不合科学方法。这是大家所承认的。但是中医的奇效，也确乎有的。凡事既有效验，其中必有一种实用，也必有一种原理。所以我们在这时候，应该说以科学的眼光和科学的方法，去整理中医学，而不能骤然使之废止。譬如中国的文字图画手工，以及其他各种关于文化的艺术，在以前大家脑筋中不知"科学"两字为何物的时候，几乎没有一样是合得上科学的。然而无论何人，也只好说世界革新，应以科学方法去整理国故，总不能因为中国这许多学术，都算不得新科学，就把旧有的文字图画手工等等，一概废止了。以彼例此，中医学既有数千年的历史和数千年来显著的效用，总不能不认他为一种学术，一种国粹。若说一概打倒，终非持平之论。

不过废止是一件事，改进又是一件事。中医不宜废止，却万万不可以不改进。改进之道，一方面应该将中医的学说，和治病的方法，加以彻底的研究，使之由玄妙而变为确切，由虚理而进于实验，由非科学而成为科学。一方面将中医的不良分子（所谓不良分子，便是庸医，尤其是名望很大、生涯很盛，而实际上却是专一骗钱蒙世的庸医），自动地尽量铲除，方才于中医界自身有益，也于公共卫生、民众健康有益。倘若自身不求改进，而徒然和西医激战，壁垒日深，争端日烈，那么非徒无益，且足以增加医学界前途的障碍。

（1929 年 3 月 9 日《新闻报》）

打倒病菌

这几天报纸喧传，都说是本埠已发生脑膜炎猩红热等病症，同时我遇见医生，也都说此等病症，陆续发现，其势颇盛。照此情形，足见各种急性而猛烈的疾病，正在发动时期，为保持公众卫生计，不可不亟筹灭疫的方法。

讲到灭疫的方法，第一层，深望市政当局，尤其是负卫生行政之责的，应该速定办法，实施防疫。消极方面，防止传染，以免疫事蔓延；积极方面，组织临时医院，疗治病人，使病者有求救之所。第二层，深望医药团体协助当局，从事于防疫工作，并且研究出一种防疫的方法和疗治的特效方案来，使全埠的医界，对于疗治时症，得有准则不致茫无所措，贻误病家。

自从报纸上刊载了本市发现脑膜炎症的消息以后，有许多医家都拟了疗治方案来寄给我，教我在《快活林》上发表。我对于这许多医家，未尝不佩服他们的热心，不过我觉得医药一事，关系太大。我自己对于医药，完全是个门外汉，对于各种方案的得当与否，自然更完全没有辨别的能力，因此不敢贸然刊登。因为确有实效的方案，刊布出来，使大家知道了疗治之法，自然为益匪浅。可是反而言之，万一稍有出入，药不对症，却也贻害不小。所以我甚愿由医药团体负责（无论是中医也好，西医也好），集合多数医生，共同讨论出一种防疫的方法和疗治时症的特效方案来（实在没有特效药，便是比较有效的也好），刊诸报纸，指导大众，真是功德无量。说句不客气的话，却也是医家应尽的责任。

（1929 年 3 月 27 日《新闻报》）

上海市花的预测：桂花怕要落选

上海市党部征求市花，列举各种花的优点，加以说明，征求民众同意，取决多数。这原是很好的办法。将来结果，市花之选，毕竟属于何者，此时自然难以预测，不过据我们的猜想，内中有桂花一个，只怕总要落选。因为别地方的人，对于桂花，或者并无异感，唯有上海人，口中讲着桂花，未有不笑的。那么桂花之不适宜于上海人的心理，就可想而知了（默察上海人的心理，一定要说如果以桂花为市花，上海人也就都成了桂花了）。

上海人何以鄙薄桂花，甚至以桂花为骂人的名词，实在不可解。因为"木犀香味"，不过是个反面的譬喻，其实桂子天香，气味固自不恶。若就花色而论，灿灿黄金，岂非又和上海人的拜金主义，恰巧相配。如此说来，上海人又何所谓而专瞧不起桂花，大概也只好算是桂花的倒霉罢了。

有人说道，桂花所以给人瞧不起，此中也自有缘故。因为桂木虽然经冬不凋，而桂花却最受不起打击，差不多用手轻轻一拍，那些花就会纷纷下坠，如此其不耐苦，不经久，当然算不得名贵之品。假令花都振落了，只认了一株株桂树的光干，试问又有何趣味呢？

（1929 年 4 月 9 日《新闻报》）

最时髦的春装：一个黑口罩

自从上海发生脑脊髓膜炎以来，各药房都在那里定制口罩，销路非常之好，往往货色一到，顷刻立尽，但是我对于口罩，倒也发生两种感想。

第一，口罩的原料，似乎是很便宜的，制作的手工，似乎也很简单的。昨天报上载着某地当局，要置办许多口罩来，廉价售与人民，每具只收费五分。以此推测，那么口罩的原价，大概不过五分左右罢了，可是如今各药房出售此项口罩，每具都要取价三角，公道些的，也要二角。我以为别的药料和医药用品，略为贵些，并不要紧，至于防疫用具，自当普利群众，不宜含有丝毫牟利的性质。

第二，防疫口罩，虽然销场很多，可是马路上戴着口罩的人，却还难得看见，女性的尤其绝对没有。固然时髦的太太们小姐们，要教她们戴着一个乌黑的口罩，在马路上往来，自然觉得不甚雅观，可是戴口罩是为卫生起见，以"生命"和"雅观"两件事比较起来，到底哪一件来得重要呢？这一层也须细细地想一想。

有人说上海人所谓雅观不雅观，也并没有一定的标准，假令个个人戴上一个口罩，似乎戴口罩的，又反觉得时髦了。或者找几个著名的交际之花和著名的明星，教她们戴上口罩，来一回春装表演，只怕太太小姐们，也要防不迭地买口罩戴了。呵呵！

（1929 年 4 月 13 日《新闻报》）

乡下人的可怜

前日在席间遇见何西亚先生，偶然谈起嘉湖一带乡民状况。据西亚说：近来嘉湖乡民，十分困苦，一切生活，较诸以前迥乎不及了。乡民困苦的最大原因，是素来倚蚕桑为生的，近年来却是茧市不旺，茧价常跌，毫无利益可得。蚕桑既不能获利，又加以去岁歉收，自然更受着打击了。

茧市不旺，由于丝业不振。丝业所以不振，因为：一、国内贸易，受了人造丝的影响，假丝的销路日畅，真丝的销路自然日狭了。二、国内贸易，自从欧战停止以后，日本丝商运用种种手腕，将中国丝在美国市场上的信用和销路都夺过去了（中国丝向在美国是头等牌子，现已降为二等），于是丝业逐日就衰落。丝业衰落，直接是丝商吃亏，间接就使苏浙两省靠着蚕桑生活的农家，失去了衣食之源，受着生计上莫大的苦痛。

苏浙两省素称富庶之乡，农民生活比较优裕，尚且如此，其余各地，更可推想。大概所谓田家之乐，已不过是诗词上或小说上的描写，安诸实际，田家已经在那里叫苦连天。中国是以农立国的，农人如果惶惶然不能安居乐业，将来的影响如何？请大家仔细想一想吧！

西亚又说我和他两人虽是常住在都市中，其实依然是穷汉，依然不脱乡气，所以还可以谈谈乡民的苦况。至于时髦人物，有力分子，哪里还有心思去顾到乡下人，哪里还有工夫去问到乡下人的生活呢？我听了西亚的话，也只有叹气而已。

（《新闻报》1929 年 4 月 15 日）

有声电影

近来有声电影，日见盛行。美国电影明星如范朋克等，已差不多要注全力于有声影剧。唯有滑稽大王卓别林，却很不赞成。他说"电影只是无声之戏"。这句话在提倡有声电影的人，自然不赞成。可是据我个人的感想，却觉得卓别林的说话，很是不错。我所以不敢赞同有声影戏，有两种理由：一、讲到人生的兴趣，不一定要热闹，很有从静处得趣的。从静处得趣，愈静则趣味愈浓，譬如看书读画下棋，都是于静中求其味。电影的兴趣，似乎也是以静为佳，除了配以幽雅的音乐，足可增加美感外，就影剧的本身而论，正用不着声音的表现。有了声音，纵使不至于烦扰神思，减却兴味，至少也是蛇足。二、讲到声音中所传播的美感（如歌剧中之歌）和表示的精神（如话剧中之话），须要纯任自然。换一句话说，就是要真的声音才好。参与机械的作用，便非天籁，便觉乏味，所以留声机片无论灌音如何精妙，制片如何完美，总不及听真正的歌喉，来得自然悦耳。电影中的声音，再好些不过和留声机片一样，差些的简直矫揉造作，全失真趣，所以有些人说如果目的在听声音，不如索性去看舞台剧，何必来欣赏电影呢？

总之歌剧话剧影剧三种，各有其妙处，各有其特点，各有其精神。歌曲话剧，非有声音不能发生兴趣。影剧却有了声音，或反不足以保持原来的兴趣。目前的有声影戏，也不过是迎合社会好奇的心理，换换新花样罢了，总不能承认它是电影界正当的进步，更不敢说有了"有声电影"，原来的"无声电影"，就失去其立足点。

（1929 年 4 月 22 日《新闻报》）

暂停《谈话》的谈话

我今天的《谈话》，用着这个题目，料想阅者诸君见了，必定以为奇怪，待我将我所以要暂停《谈话》的理由，约略说一说。

第一层，新闻记者做文章，原不应该以骂人为目的。便是讽刺太过，也似乎有伤忠厚。可是依目前的情势和社会状况，偶一落笔，纵使自己十分留心，而无意中还是往往得罪人，即退一步说，也常常引起误会。我明明与人无怨，何苦招人暗中怀恨，想起来觉得无谓之至。因此减少谈兴，不愿多谈。

第二层，报纸中小品文章，必须意味隽永，才能引起阅者的兴趣。我的《谈话》，每天要做一则，赤裸裸地说一句，有时事情忙了，又找不着好题目，或未免敷衍塞责。与其枯燥无味，近于敷衍，不如索性少谈为妙。

第三层，报纸原是个公开的读物，也很应公开，多登些外界的作品，比较来得好些。《谈话》一栏，时常由我一个人执笔，也似乎单调，不如腾出这一点儿篇幅来，可以多载些外来的投稿。

我的意见，以后《谈话》不是一定绝对没有，只决定不天天做，可谈则谈，不可谈则不谈（天天要做一篇，就成了刻板文章，不但减少兴味，而且也增加我个人的困难）。一方面想用别种饶有趣味的材料来代替《谈话》。这个问题，目前还没有十分决定，阅者诸君，如有高见，尽管请投函赐教（赐教的一点，务请注意，便是拿什么材料来代替《谈话》最好）。我既抱着公开的宗旨，决计以多数阅者的意思为从违。

（1929 年 5 月 10 日《新闻报》）

上海小姐

上海这个地方，只要发生一件新鲜的事情，总可以轰动一时。像这次选举上海小姐，大家又十分起劲，结果小姐居然选出。报纸上刊着照片，载着新闻，社会上一般时髦人物，一定要仰慕着这两位小姐，说是小姐小姐多丰采，才可以荣膺斯选，不免要恭喜小姐，贺喜小姐。

名媛竞赛，说是仿嘉年华会，但其宗旨及办法，是否和嘉年华会一样，我们自愧谫陋，未敢加以评断。至于选举的标准如何，其影响于社会者如何，也未敢加以评断。不过这回所选出的两位小姐，却是大家闺秀，并且平时也各有相当的声誉，似乎还不愧名媛两字，那么此次的选举，无论他们的办法怎样，就实际上说，较诸以前那些玩意儿的选举，似乎毕竟来得高雅了。

有个朋友对我说，天下事不妨日新月异。眼前既有了名媛竞赛，而产生上海小姐。以后大可推而广之，有公子竞赛，而产生上海少爷。有少妇竞赛，而产生上海少奶奶。再高一层说，更不妨有老婆婆竞赛，而产生上海老太太；有老头儿竞赛，而产生上海老太爷。我连忙截住他的话道，然而不然，选举上海小姐，是外国有了先例的。选举上海少爷少奶奶老爷老太太，是在外国查无先例的。我们中国人做事，向来是述而不作的。只要外国有先例，总可以办。要是外国没有先例，就是胆大妄为，万万不行。至于所援引的外国先例，到底对与不对，倒也不必细加研究了。

（1929 年 10 月 5 日《新闻报》）

看热闹的心理

中国人有一种特殊的心理，是喜欢看热闹。也不一定是中国人，或者全世界各民族，都有这样一种莫明其妙的心理，不问这个热闹，和自己有无关系，更不问这种热闹，与自己有何利益，只要是热闹，就非看不可，看的人十分有趣，十分高兴。至于因热闹而损失者若干，因热闹而牺牲者若干，却是非所欲问了。

这种心理，可以在很小的地方，表现出来。譬如看火烧，差不多是大家认为很有兴头的一件事情，并且火越烧得热闹，人越看得起劲。其实别人家遭了火灾，原是十分凄惨之事。试问有何欣赏之意味？然而隔岸观火，总觉兴致不浅。又如看斗牌，在当局者意存赌赛，只想自己和大牌赢钱，还情有可原。至于旁观者，任何人和了牌，与自己丝毫无关，任何人赢了钱也与自己是丝毫无利。然而在看斗牌的人，总希望局中出大牌，才以为可饱眼福。如果平平稳稳地斗着，斗牌的人倒不觉得怎样，看斗牌的人，却要连呼无趣。

我以为中国所以不能长治久安，就因为许多人都存着一种看火烧看斗牌的心理。须要把这种喜欢瞧热闹的心理，根本铲除了，大概中国才可以太平，才可以谈到建设问题。一方面更希望各方当局者自有主张，不要于无形中转为看热闹的空气所冲动，为看热闹的心理所支配，那就好了。

（1929 年 10 月 15 日《新闻报》）

对于纪念爱迪生的感想

前天是爱迪生发明电灯的五十周年纪念，我想这种纪念，倒确乎是很有价值很有意义的。因为电灯的发明，足以溥利人类，初不限于一种阶级，一种民族，说句笑话，就是我们当新闻记者的，也应该纪念他一下子，假使没有电灯，我们每天晚上，只好埋首于油灯之下，只怕比电灯下的生活，还要来得气闷了。

我对于爱迪生发明电灯的经过，以及他个人的历史，不禁发生两种感想。其一，他一生所受学校教育，只有三月，舍此以外，都是自己秉着坚苦卓绝的精神，历尽艰难，受尽辛苦，而依然不断地研究，不断地试验，不断地奋斗，才能有大成功。关于这一点，很足予青年以一大教训。尤其使一般贫苦而失学的青年，有一种兴奋和感悟，可以知道一个人只要能专心致志于学业，无论如何，学业总可以有相当的成就，只要能专心致志于事业，无论如何，事业也总可以有相当的成就。反之而立志不坚，用心不专，那么纵使经过了长时期的学校教育，博得什么博士硕士的头衔，或者也只是摆样而已，没有什么实在的益处。其二，同一科学家，同一发明家，像爱迪生这个样子，自然很值得人们的崇拜，可是也有许多学问深邃思想锐敏的科学家，却偏偏不喜欢做有利于人类的工作，而要专力于有害于人类或竟是残贼人类的工作，例如目前总算有人在那里提倡和平，主张非战，而毒器战争的发明，还时有所闻。我真不解这些科学家，何以定要走到制造杀人利器这条路上去。

（1929 年 10 月 23 日《新闻报》）

多谢尊重主权

我今天忽然想起两个奇怪的问题来，以为颇有讨论之价值。如今且写在下面，和大家研究研究。

假令一个女子，不幸而为强暴所蹂躏，竟至于强奸了。但这强奸的人，自知强奸是犯罪的，是不容于社会的，便来和这个女子商量，说我总算尊重你身体上的主权，你也就不妨承认是和我自由恋爱，换一句话讲，便是改强奸为和奸。试问这受害的女子，二者相较，还是宣布强奸的耻辱大呢，还是承认和奸的耻辱大？

假令一个人不幸而为强暴所劫掠，损失了银钱衣物，但这行劫的人，也知道强抢钱物是犯法的，是要吃官司的，便和这个被劫的人商量，道是我总算尊重你财产上的主权，你也就不妨承认这许多东西，是自愿和我结个好朋友，特地送给我的。换一句话讲，便是指赃物为赠品。试问这被劫的人，二者相较，还是证明遇暴的害处多呢，还是承认自愿结交的害处多？

我这两件事情，讲得有些糊里糊涂，没头没脑。若问我何以要如此糊里糊涂，没头没脑，只因这两天报上载得十分热闹，道是有人在那里讲，一方尊重主权，一方承认条约，请问如此尊重，如此承认，与改强奸为恋爱，指赃物为赠品，岂非是一样计较？哈哈，真说得好听，真善于取巧，谁好听，谁取巧。坐上圆桌，尽管唱他的太平调。

（1929 年 11 月 9 日《新闻报》）

文人的紧缩

中国的文人，是最无聊而最清苦的。这也不必说了。可是我们知道欧美各国乃至日本，凡是著作家、文艺家，一经成名，便觉得文章有价。他们的作品，既受人欢迎，便不愁没有优厚的酬报，不但靠了一支笔杆儿，可以享着很丰裕的生活，也竟有因此成为富家翁的。以视中国文人，只卖几块钱一千字的稿费，喝粥不饿，吃饭不饱，真有霄壤之隔了。

可是依最近的消息，日本文人，也为了紧缩政策的关系，遇着难关了。据说以前各种小说杂志，每逢新年，都要广收各家著作，发行特刊。如今却是不然，素负盛名之大著作家，只有三四家杂志，接受他的稿件，其余都欢迎价格低廉的作品，以求节省经费。照此说来，日本文人的前途，也很有些不妙。或者中国文艺界的穷气，要渡海而东渐，传染到扶桑三岛去了。

总之照目前的情形，以及将来的趋势，手中拿着笔杆，不但是经济上要受着窘迫，生活上要感着困苦，并且于经济问题、生活问题而外，还要遇着许多说不出的障碍和困难，几于无从应付，无从奋斗。不但不及拿着枪杆的来得威风，而且也远不如掮着锄头，拿着锯子的，可以得到坚稳的立场，相当的待遇，一样是劳动家，文字界的工作，只怕劳而无功哩。

（1929 年 12 月 12 日《新闻报》）

十八年的总结账

今天是十八年的除夕，商家习惯，每到年底，必定要结账。我们在这大除夕，何妨也将一年以内中华民国的账簿，翻上一翻，算上一算呢。

平心而论，中华民国十八年的账目，不能说笔笔都是蚀本账，因为也颇有几件事，是差强人意的。不过内中有三笔大账，假令要计算起来，觉得国家方面、人民方面，生命财产的损失，简直拿了几面大算盘来，都算不清了。

第一笔账，是中东路问题。如今虽然交涉重开，可以有一个相当的结束，然而将士的死伤，军费的支出，地方所遭的毁败，人民所受的苦痛，并计起来，损失何限？纵使交涉解决，试问如许大的损失，又如何取偿，如何弥补？

第二笔账，是各处被兵祸，遭匪乱，人民丧失生命，牺牲财产，又何可计数。如果请了一位会计师来细细地查一查账，这损失项下的报告，只怕真要令人为之咋舌了。

第三笔账，是西北大灾，流亡载道，饿殍盈途。报纸所记载的新闻，各方所调查的报告，大约不过十之二三，至于实际上被祸的情形，如果有统计专家，实地考察，造成一本统计册，也真可以使人看了，惊心触目，真是一种惨痛的记录。

今年的账如此，姑且作为一笔勾销，不必再算，也不必再谈了。我们只希望明年的新账簿，从落笔起，一项项写下去，都是"建设项下"的新账，不要再有蚀本账夹在里面才好。

（1929 年 12 月 31 日《新闻报》）

第三辑 三〇年代

黄色的恐怖

这几天上海社会中，发现了一种黄色恐怖。这一种黄色恐怖，真是十分厉害。报纸上的记载，一般人口中的谈论，差不多都涉及此事。可怕哉黄色恐怖，无形中，有形中，受损失的，受痛苦的，正不知有若干人哩。

所谓黄色的恐怖，到底是什么呢？便是金子的风潮。一星期以来，金价暴涨，直为以前所未有。金价暴涨，在普通人眼光中看来，似乎黄金不比白米，米价贵了，吃饭问题，就发生恐慌；金价贵了，简直与平常人无关。这话诚然不错，然而讲到交易所中的空头朋友，和洋货业的同行，遇到这个金价暴涨的风潮，却是走投无路，虽在这样大冷的天气，也免不了要流着满身急汗哩。

据这几日的推算，大家都说倾家荡产的，不知有多少。虽然一方也正在做多头的先生们，在那里张开大口，笑个不住，可是比较起来，只怕总是上当的多。黄金作祟，如斯其烈。在这个恐怖时代中，但见许多人愁眉苦脸，卷入漩涡，这才可以知道投机事业，毕竟不是生意经。

（1930 年 1 月 9 日《新闻报》）

财神

旧历虽已废止，旧习惯还是打不破。在这几天以内，耳中仍连续不断地听见爆竹声，眼中仍连续不断地看见许多新年景象。至于今天这个财神日，只怕大家脑筋中格外深深地印着，一时忘不了。因为发财的心理、发财的希望，是人所同具，倒也毋庸讳言的。

一个人具着发财的心理、发财的希望，这原不能算错。可是要想发财而拜财神，接财神，这就根本上有些不对了。拜财神，接财神，不独是迷信，并且显然表示着一种侥幸心。想发财而存着侥幸心，结果非但不能成功，而且什九归于失败。

何以接财神，便是存着侥幸心呢？须知发财是要脚踏实地，努力奋斗的。外国的大富翁，往往由穷小子出身，而其所以由穷小子成为大富翁，决非是无缘无故，摇身一变，就可以盈千累万，用之不尽的。固然我们也不能不承认命运这两个字，在人生上颇具着一种神秘的势力，但是一个人要想突飞猛进，还须凭着自己的精神志气才力。如果精神不发皇，志气不振奋，才力不充足，而拜祷着命运之神求他帮忙，只怕命运之神，即使有知，也觉得爱莫能助哩。

财神能使人快活，也能使人上当。去年的金财神，已经颠倒众生，使一切图侥幸想发财者，上了无穷的当了。我想从今以后，大家索性不想发财，倒也罢了。倘然想发财，还是另寻一条正当的途径，别再向侥幸之路上去绕圈子了。

（1930 年 2 月 2 日《新闻报》）

对医界团体的贡献

近来沪上常有因误服医生药剂，至于送命，因而以"庸医杀人"提起诉讼者。我们因为既不谙医学，又不悉内容，对于此等案件，很不愿就事实上轻加评论。但就理论上说，就原则上说，却认为此等事，也是民命所关，很有研究的价值。

我以为庸医杀人，如果处方用药，确乎是荒谬万分的，在医生自有应得之咎。如果方子开得不错，药也用得不谬，而是病者方面，自身发生剧变，无可疗治的，在医生自然也不肯轻受冤枉。这是情事显著，可以不烦言而解决的。不过进一步说，庸医杀人，应该防制于事先。到了人已杀了，再来惩治庸医，老实说也只是一种出气主义，死者已不可复活了。

要防制庸医杀人，须先讨论庸医杀人的根源。历观报载庸医杀人的案件，一大半自然是医生胡乱用药，贻害病家，罪无可恕；一小半却也要怪病家自己太不慎重，太没有常识。病家当然不谙医理，但对于医生所发的言论，假令过于荒唐，医生所开的药方，或所施的疗治方法，假令过于离奇，就应该加以考虑，即令自己不懂，亦何妨另找别人来商酌一下子，以免误事。像以前报纸所记，有人生肺病，而医生的药方上，乱用虎狼药至数十味之多，都完全不是治肺的药，病家也竟会照服。又有人病在面部，而医生忽然主张剖腹，病家也竟会让他开割。诸如此类，不但是医生太奇怪，病家也太糊涂了。

讲到这里，我们就知道要防制庸医杀人，还望正当的医界团体（不问是西医是中医）出来负些责任。所谓负责任，倒不在乎发生问题以后，再来审察药剂，判断是非，须在平日，想出些妥善的方法来，取缔那些毫无学识胆大心粗的江湖医生，使之无从杀人。同时又须广布刊物，将种种卫生常识、医学常识，尽量地宣传，尽量地灌输于一般社会，俾免有不知轻重不明利害的病家，为庸医所误。如能照这个办法，共同努力，积极进行，虽不能说庸医杀人之弊，得以尽免，总比较的可以减少些。中西医界，都不乏明达之士，对于我的贡献，不知能否注意？

（1930 年 2 月 11 日《新闻报》）

小学教授白话的商榷

教育部最近通令，小学校教课，一律废止文言，采用白话。小学校教课用白话，这是多数人赞成的。但是要厉行这个办法，还须注意一点，就是对于"国语统一"上面，须多多做些工作。

小学校一概用白话教授，这原是促进国语统一的一种重要计划。可是反转来说，如果对于国语统一的问题，不先注意，不先有相当的准备，那么小学校教授白话，只怕就不能有迅速的进步，和良好的成绩。这两件事，可以说是互为因果的，我为什么要这样说呢？教授白话，先须注重发音和吐语，发音不准确，不知道念的是什么字，吐语不入调，不知道讲的是什么话（这个道理，原和习外国语是一个样子的）。讲到如今的小学教师，北方当然好些。至于南方教育，只怕依旧苏州人说的是苏州国语，宁波人说的是宁波国语，广东人或福建人说的是广东或福建的国语。虽然有注音字母，可以依据，可以矫正，实际上还是不相干，发出音来，往往似是而非，说出一句话来，又往往像小儿学舌一般，极牵强，极生硬。这就是因为向来对于国语统一上，还没有多用过力，所以为今之计，至少须赶紧多设些国语讲习所（统一国语，途径甚多，工作甚繁，这不过是极浅易的一种办法而已），请现任的小学教师，以及师范学校的学生，另行入所练习（师范学校中，另设国语科也好），讲习所中的讲师，又非请真正生长北方，而与国语上有深切的研究者充任不可。专靠注音字母的拼音，和几张留声机片的指示，是没有用的（譬如学戏，在唱片上学来的戏，总未必是高明的）。

我以上所说的话，并非是理想之谈，实在是从经验上来的，因为我自己的小孩子，以及亲戚朋友家中的小孩子，在学校中回来，假令叫他们照着课本，读几句白话文，或是学说几句国语，一定异常难听。如果不看着他们所读的书，保险可以叫你听了一毫不懂。照这个样子，如果不想一彻底改良的办法，所谓白话，简直是"不成话"了。刘大白先生说，古文是鬼话，白话才是人话。这是很有意义的。可是像眼前小学校中这些"蓝青官话"式的国语，岂非有些人不像人，鬼不像鬼呢？

（1930 年 2 月 16 日《新闻报》）

杀人狂

日前（二十四日）《快活林》中载着美国底特律，捕获一周游世界之杀人犯。据此杀人犯之自述，说他的杀人，既非复仇，又不谋财，可以算是毫无目的，而专以杀人为乐，杀一次人，过一次瘾。这种情形，真是骇人听闻，只可替他加上一个徽号曰"杀人之魔"。

杀人狂这个病，固然是难得听见的，可是杀人之魔，从事实上看起来，不能说是没有，并且还不能算少。孟子说，"不嗜杀人者能一之"。既有"不嗜杀人"者，便有"嗜杀人"者。嗜杀人者，便是杀人狂。试把中外古今的历史翻开来一看，杀人魔王，正不知有多少。这种杀人魔王，大概不是专制皇帝，便是草野巨寇。他们的杀人，一半是有作用，有目的，一半也有兴之所至，杀人过瘾的情景。又不但历史上的记载，不少杀人狂，便以目前的世界而论，也还有许多人在那里研究杀人的科学（如发明毒气之类），制造杀人的利器，助长杀人的事业。有有形的杀人，有无形的杀人，有一部分的杀人，有大规模的杀人，试问这许多杀人者，是否有不能不杀人的苦衷，或抱有必须杀人的目的，只怕也不过是开惯了杀戒，非如此不能过瘾，一样是杀人狂罢了（杀人狂不能尽绝，世界和平会议，自难以成功）。

总之人与禽兽，同为动物，所以人虽有人性，而人性之中，也未尝不含有几分兽性。人性能克制兽性，便是善人；兽性反战胜了人性，便

· 严独鹤文集 ·

成为恶人。兽性之最著者，为嗜杀好淫，人类中之"色情狂"和"杀人狂"，大约是兽性的表现，杀机犹盛，杀运未终。如何能培养人性，遏灭兽性，正是全世界一个大问题咧。

（1930 年 2 月 27 日《新闻报》）

甘地的织布谈

印度的非武力反抗，这几日喧传报纸，早已引起全世界人士的注意了。这件事的起因如何，结果如何，进行如何，问题很大，研究很多。吾人在这短小的篇幅中，暂且不加讨论。可是其中有一点，颇足给予吾人以深切的印象（这一点是关于经济的。其他政治关系，和一切国际间的关系，不在本文范围之内）。

据路透社电讯说，非武力反抗的首领甘地，对英国记者凯君氏声述印度每一处，国民男女，盈千累万，都在那里不断地纺织，表示全国整个地抵制外国布。而甘地自己，也于机声轧轧之中，坐地织布。织布看似小事而细想起来，这种精神上的团结，这种事实上的表现，真是非可轻视咧。

因为要全国整个地抵制外国布，就赶紧自己不断地织布，至少要能够如此，才谈得到抵制两字，才可使抵制政策，得有相当的实效。反观我国，时时讲抵制，人人讲抵制，而实际上还是无人肯努力于国货事业，甚至于还有大部分人，依旧欢迎舶来品。就专以服御一项而论，呢绒哔叽进口的数量，依然是增加，国货绸缎的销路，依然是衰退。至于土布的不敌洋布，是更不用说了。要拿印度人这种自己织布的精神，比较起来，试问要相差到如何程度？

印度人是可怜的民族，是失去独立权的民族，尚且如此。中华民

151

·杂文卷·

国，到底是独立的国家，中华人民，到底是神明胄裔，怎能不自知愧勉，自知警惕。唉！大家不可再轻嘴薄舌地笑红头阿三了。红头阿三，或者也会笑人哩。

（1930 年 3 月 15 日《新闻报》）

黄花纪念

谁都知道今天是黄花冈七十二烈士死难的纪念日。可是大家是这样的纪念烈士，不知烈士九京有知，又作何感想。

有人说，烈士如果有知，应有相当的安慰。因为他们舍身流血，无非为的是推翻满清，建造民国。如今时势虽说不佳，毕竟已将帝制推翻，改体改革，封建思想铲除，造成了一个整个儿的中华民国。诸烈士的头颅，也似乎不虚掷了。

有人说烈士如果有知，应有重大的遗憾。因为他们唯一的目的，是要使中华民国成为独立自主的国家；中华民族，获享完全美满的幸福。可是十九年来，在努力革命工作的人，固已备尝艰难险阻，而国民方面，依旧不能免除苦痛。对于帝国主义，也依旧不能完全脱离压迫，风雨凄其，天阴鬼哭。诸烈士的忠魂毅魄，总还感着不安。

纪念！纪念！这不仅是口头的喧闹，和纸片上的铺张。既要纪念烈士，大家就应该振起精神来，拿出良心来，须知诸烈士是为民族争自由平等而牺牲的，非使全国人民，达到真正自由平等的地步，便对不起烈士。

（1930 年 3 月 29 日《新闻报》）

同姓结婚的问题

最近我接到有好几篇稿件，都叙述慈溪情死案，内容是说男女二人，发生恋爱，而因同姓不能结婚，以是双双情死。我因为这件事情，早已见诸报章记载，所以不复刊登，但是同姓结婚，这个问题，倒很值得吾人的研究。

同姓不能结婚，在法理上究竟是怎样的解释，我非法学家，不敢妄断。在中国古时的学理也不过说是"男女同姓，其生不蕃"。所谓"其生不蕃"，只是从生理方面讲，这是很不错的。因为无论是何生物，越是取绝对不同的种子，互相结合，其生殖越繁昌，越强盛。因此以物例人，凡是血统相近的，互缔婚姻，也许在人种学上讲起来，是很不适宜的，但是血统接近与否是一问题，同姓与否，又是另一问题。有同姓而并非出自一系者，也有非同姓而血统关系很为密切者。古时所说，"男女同姓"，当是指血统相近者而言，国人泥于旧说，积习相沿，无形中竟以同姓结婚，悬为禁例，而血统关系，倒不很讲究，其实却是误解。

再讲到外国人的结婚，却和中国人完全不同，绝对的注重血统关系，而不以同姓与否为标准。同姓而非宗亲，一样可以结婚，异姓而血统关系甚为接近者，反认为不当结婚。不像中国人遇到同姓，却使天南地北，毫无亲族关系，也要守着"五百年前共一家"那句怪话，不能联姻。而对于嫡派系统，如姑表姊妹姨姊妹等，转目为亲上加亲，十分合适。这些地方，仔细地研究起来，似乎是中国的俗尚，很有些背乎正理。

总之据吾人的观察，觉得同姓结婚假令没有血统关系，或血统关系很远者（五服以外），尽管可以享着结婚的自由。若为保持伦理起见，也只须附带一个条件，但求行辈适合，所谓家族中长幼尊卑之序，也就不致紊乱了。（其实同姓而不同族，也就和异姓一样，有何辈分可论）。

154 可是关于此事，我认为很有讨论的价值，拟设为一种问题，征求阅者诸君的意见（以后《快活林》中拟增设问题讨论一栏，专取各种关于家庭社会间饶有研究性的问题，加以讨论，借以引起读者的兴味）。

（1930 年 4 月 6 日《新闻报》）

补充叶楚伧的三字经

叶楚伧先生在苏省政府纪念周上，痛述中国财界的积弊，拈出三个字来，道是"漏""凑""掊"。他对于这三个字，各有详细的议论。我们觉得他所说的话，很深切，也很扼要。不过经他提明了三个字，这样一谈，可以称之为财界三字经。

他既然发明了这一句新三字经，我们可以再找几句旧三字经来，和他配上一配，倒也是与财政方面，合得上的。大家都知道《赌经》中有三个字的要诀，叫作"等""忍""狠"，便是说机会未遇过应该等；等之既久而机会仍未来，还是要忍；忍之又久，机会忽然到了，那就非放大了胆，狠狠地抓一下不可。这种赌法，大概是说牌九一类，俗所称为式场的。讲到财界的积弊，只怕"漏凑掊"还是轻的。至于头等厉害角色，不免又擅长"等忍狠"的三字诀。所以私人发财的，格外多了。

还有前人论石，也有一句三字经。说是石品之最高而最佳者，须是"皱""瘦""透"三者俱备。讲到中国以前的财政因为私人中饱太多，于是老百姓方面受着重重搜刮，就不免第一步要"皱"，皱着眉头，感觉无限痛苦。第二步脂膏已尽，便是天下皆瘦了。到了第三步，则不但是瘦，并且瘦得很透，竟成一只玲珑剔透的烧鸭壳子了。工商各界以及老百姓都皱而又瘦，瘦而又透，试问公家的财政，更从何掊注？

以上的三字经，无论如何，都"弗是生意经"。若要好好地整顿，快快地补救，只有照古人论政的要诀，守着"清""慎""勤"三个字做去。假令以后服务财界的人员，能清能慎能勤，财政虽然棼如乱丝，或者还可以设法整理；虽然干如枯蜡，或者还可以相机培养。

（1930 年 4 月 17 日《新闻报》）

情感的冲动

人类的生活和一切动作，到底是为"理智"所支配的，还是为"情感"所驱使的？这个问题，却也不易解答。而比较起来，有时候或者还以"情感"为更占势力。这就很浅近的事情上可以证明的。

譬如看小说，谁都知道小说中所描写的人物和事实，往往是虚构的，影射的，未必实有其人实有其事。即使实有其人，实其其事，也与我无干。但是在看小说入迷的时候，自会见了书中人喜，亦随之而喜；见了书中人悲，亦随之而悲；见了书中人恐惧愤怒，亦随之而恐惧愤怒。这岂不是情感上的刺激。

又如看戏，除了三岁孩童而外，谁不明白戏台上所表演，都是假的。然而很有许多观众，看到悲剧中所演伤心之处，便眼泪婆娑地哭将起来，或者剧中人饰着极奸恶的角色，表演得淋漓尽致，就要引起看客的愤恨，将水果盘内摆着的香蕉橘子，向他乱掷，甚至连茶壶都会掼上台去。这些举动，事后回思，岂不要自己失笑？但在当时似乎认为一种必要的行动，莫可遏制。这当然又是情感的作用。

天下事即小可以见大。我们由此可以知道，凡是一切政治问题、外交问题，都不可伤动人家的情感。一旦情感冲动了，虽有灵妙的手腕，也无所施其技了。目前全世界所谓强有力者，俱乎已了解群众的情感，不可过于拂逆，而观其举措，却又依然只顾自己的立场，不能体察别人的情感。此其所以多事也。

（1930 年 4 月 23 日《新闻报》）

男子的解放声

中国的社会上，依然充满着"女子解放""妇女运动"的呼声。何以要求解放，何以有种种运动，自然是为打倒男性的压迫，以求女界之自由平等。可是中国的情形是如此（实际上女权也渐渐地扩张，和以前重男轻女的风尚，大不相同了），而美国却已有男性为女性压迫的现象。于是有丈夫防御会之组织（见日前《快活林》），这就很有趣而很费研究了。

有人说男子总不是什么好东西。以前因为他们的才能较大，知识较高，权力较重，就不免要压迫女性。可是一旦女子的知识丰富了，才能充足了，权力膨胀了，也就不免要压迫男性，男性压迫了女性，女子要起而谋解放之策。女性压迫了男性，男子也当然要起而求防御之道。这也可说是事有必至，理有固然。美国既已有此现象，安知不又慢慢地成为世界潮流，将来总有一天，女界极端进步，男子也不肯自甘退步。于是在阶级斗争而外，更引起一种男女两性的斗争，又有什么办法呢。

论理大家都在平行线上走，谁也不要压迫谁，岂非是最好的事情。可是人类的性质，总是好胜的。唯其好胜，便不免要争地位，争面子，争意气。争地位争面子争意气的结果，老实不客气，就是人人想提高自己，压迫他人。所以赤裸裸地说一句话，自古及今，世间能有多少真自由、真平等？种种事情，都是如此。男女两性间，或者也不能逃此公例。所谓"不是东风压西风，便是西风压东风"，确乎是一定不易的。幸而男女两性之间，总还有一种情爱，因情爱的作用，也许在可能范围之内，得一相当的妥协，不致随时随地，取作战的状态。然而情爱是否真能无条件，真能丝毫不含有强制的意味，却也是难言之矣。

（1930 年 5 月 6 日《新闻报》）

脑的研究

人的思想，以脑为中枢，因而人的动作起息，也以脑为主宰。这是一般医学家和生理学家，久已认为不可移易的定例了。讵料美国的著名外科医生，最近忽在全美生物学联社，发表一种学说，谓人脑之三分之二，与思想作用，并无何种关系，留之无益，去之亦无碍，并举两次治疗病人脑部毒瘤，剜去前半部脑髓，为事实上的证明。此种学说，如果确是可信的，那么以前医学上生理上的学说，简直一齐打破，不可谓非惊人之论。宜乎各大医家，都要为之舌挢不下了。

依这位医生的发明，人脑除中部及左半之机能外，其余三分之二，均无关思想力之作用。换句话说，便是人只须保存原有脑子的三分之一，就能如常生活。向来大家视为神圣不可侵犯之脑，在三分之二的范围以内，随便剜一些，割一些，都不要紧，甚至削尖了半个头，到处乱钻，也不见其有何妨碍。只觉其十分灵便，岂不妙哉。

再进一层说，同一脑也，三分之二，既然无用，这三分之一，是否大有关系，倒也令人略起怀疑，万一再有人发明说是全部脑子，都不见得如何重要，那么人的思想力，毕竟发动于哪一部，全身的器官，毕竟统属于哪一部，都成了绝大的问题。好好的一个人，竟可以离脑而独立，变作无政府的状态了。而所谓"没脑子"与"空头"，真可以大出风头，毫不担忧。

（1930 年 5 月 27 日《新闻报》）

好名与犯罪

我前天的谈话中，正说到疯子杀人的问题。不料昨天报纸记载国外电讯，却又发生了一桩很重大而又很离奇的疯子杀人事件，便是驻葡德使突然为暴徒狙击，中枪而死。据那凶手的供词，仿佛是犯了骇人的罪，转可使世人震于其名，加以讨论，因此十分得意。这真是可怪之至了（把别人弄死，而自己得名，倒也可以说是人死留名）。

一个人无论如何好名，决不至以杀人犯罪，为得名之道。所以就事理推论，凶手的供词，确乎令人莫明其妙。假令这位驻葡德使巴立甘博士，是个震烁一世的大英雄，或是一个千夫所指的大奸慝，那么讲到杀之以得名，似乎还有些理由可说，可是博士虽然身居要职，也并非举世瞩目之人，将他置诸死地，罪是犯了，名又何在呢？因此之故，吾人对于此案的观察，觉得别有原因。凶手不是不愿宣布，故为迷离惝恍之说以欺世，便是疯病复发，演成惨剧。因为这凶手原曾被禁于疯人院中两年，后从疯人院中逃出，安知他不是病根未除，癫狂复作，乃有此很残忍而无理性的举动呢（供词中谓将因杀人而可使人证明其不疯，实则愈见其是疯话）。

不过好名杀人之说，虽然过于离奇，有些不成说话，而为好名心所驱使，故意装出佯狂乖谬的态度来，做出些惊世骇俗的举动来，博得一般人的传说，以此自炫，却也是事实上所常有的。吾国社会中，近来也颇多此种现象。论其原因，无非有激而成，或是本人很富于虚荣心，而缺乏真实本领，不能在正当的途径中有所建树，博取相当的名誉，于是为急求自见计，只好像做文章一般，大走偏锋，引起人家一种反面的注意。或是其人确乎才能很充足，志气很高尚，而不为社会所识拔，甚至于不为社会所容纳，知己难逢，所如辄阻，于是郁郁不得志，便变成一种极狂放极怪僻的人物，有时转因此而得名，也转因此而一吐其牢骚不平之气。以上两说，前者只可说是心理上的病态，后者却依然为社会环境所造成，时势愈纷乱，人心愈不平，则此类人生的变征，也愈见其多。所谓"大丈夫不能流芳百世，亦当遗臭万年"。实在是不甘寂寞的人，受了刺激，或十分闷气的时候，所同具的心理。淡泊宁静，知足常乐，原非有大学问，具大智识的人不办，非所论于今之世了。

（1930 年 6 月 10 日《新闻报》）

有声电影的商榷（一）

电灯发明家爱迪生氏，对于有声电影，大发其反对之论调。爱迪生所以不满意于有声电影，是因为年老失聪，在听觉上不能领略佳趣，固然是另一问题，但有声电影，毕竟是否胜于无声电影，确乎尚有研究之余地。据一般嗜影者之谈论，欢迎有声电影的，诚不在少数。而对无声电影，依然表示拥护的，却也大有其人。如今且杂取赞成无声电影者的意思，参以我个人的管见，写在下面，借供电影专家的商榷。

说有声电影，反不如无声电影的，举其理由，约有三点：

一、就电影的本身论，电影原是一种静的娱乐，于寂无声息之中，使人凝神一志，细细领略银幕上的动作，觉得自有一种佳趣。如今易为有声，将这种静趣，便打破了。诚有如爱迪生所言，使人失去了静止中的欣赏。

二、就电影的情节论，电影唯其无声，所以编剧者与导演者，对于剧中的情节和一切动作，不能不十分注意，务求其完美，务求其周密，务求其饶有精彩而使观者能得到无穷的兴趣。今既以有声为尚，是电影中的重心，已经转移到乐歌上面去了，制片者只求能得声音之美，已可博取观者的同情，全剧情节，就不能像以前的注意，甚或偏重歌曲起见，转使剧情的结构，近于草率，过于迁就。

三、就演员的人才论，戏剧中的表演与歌唱，实际上确是分为两途的，擅歌曲者，未必长于表演，善于表演者，又未必有天赋的佳嗓。外国的电影人才，虽然很多，但欲求唱做并佳，毫无缺点的，只怕也难得全才。唯其如此，电影凡属改为有声演员，也势必以歌喉见长，而在表演上反不十分认真，结果又将如爱迪生的说话，电影的表演，日见其退化。假令表演上真个日见退化，那么所谓"视听之娱"，只有"听"而无"视"，大家何必看电影，不如去专听歌剧，较为得趣了。

（1930 年 6 月 19 日《新闻报》）

有声电影的商榷（二）

昨天所说，是就大概情形而论。谈到有声电影之在中国，虽然欢迎的人很多，卖座也很盛，但仔细研究起来，也依然有两个问题，颇值得讨论的。

第一，剧中的对话，是否能使观众完全明了。我诚然知道中国人懂英文的，已经是很多了。我更知道，凡是完全不懂英文的人，决不会去看外国电影。但是我敢说一样是懂英文的人，看"说明书"与听句中的"对话"，比较起来，其了解的程度，后者至少要打了许多折扣。这是因为说明书是清清楚楚映在银幕上的，只要能认识字义，了解文义，当然可以明白。至于对话，或者是演员说得太快了，或者是发语的人，口齿不很清晰，听觉上便有些模糊，尤其是双方斗趣的时候，所说的话，往往习用着彼邦的俗语，更使中国人不易领会。既有许多地方不易领会，不能彻底明了，就觉得减少兴趣。

第二，剧中的歌曲，是否能使观众完全领略，就使看电影的人，英文程度很高，听觉也很敏锐，对于剧中的对话，可以彻底了解，而在歌曲上是否能领略佳趣，也很难说。因为懂得说话的，未必就能懂得歌词。这件事可拿皮黄剧来做个例子。普通人听皮黄剧，对于剧中的白口，大概未有不明白的。至于唱词，却非是听熟的戏，就未必能声入心通，句句清楚。中国人听中国戏，尚且如此，何况是外国歌呢？有人说，即使不懂歌词，而聆其音调，亦足悦耳。譬如听皮黄剧，即或是偶尔听到的新戏，不能明了剧词，而唱工之美，依旧可以玩味。这话似乎有理，而实际上却不尽然，要在音调上玩味，须于乐歌一门，是个内行，至少也要略有些研究，方能如此。试问电影院中的观众，对于外国乐歌，平时很研究，很熟悉的，能有几分之几呢？有声电影，以歌曲为重心，歌曲既不能了解，或不能领略，如何会发生浓厚的兴趣。

因此之故，我总怀疑中国人的欢迎有声电影，还含有几分"趋时"和"好奇"的心理在内，并非在艺术上或是娱乐的本旨上，认定有声电影，可以夺"无声"之席。这也许是我的思想偏于守旧，或观察点未能明晰之故。

（1930 年 6 月 20 日《新闻报》）

两国的诗人

中国人，一提到文艺界，就觉得酸气逼人。因为文艺界中，尽多寒士，别管他穷而后工，或是穷而不工，总之一个穷字，是不能免的。至于美国，向来著称是个麦克麦克的国家。美国的文艺界，按诸以前报章杂志的记载，似乎他们的收入和起居，都很显着"富丽堂皇"，不料照最近的消息，美国诗人，竟也因传染了穷气，笔头所入，不足以维持生计，只好兼营擦皮鞋等工作。彼此相较，反比中国的诗人，更觉得"十分凄惨"了（富丽堂皇，和十分凄惨，正是最近上海文人的口头禅）。

可是英国那位新桂冠诗人，情形却又不同，他以酒肆中擦玻璃的仆役出身，而特别醉心于文艺，不断地研究，不断地努力，于是有志竟成，诗名大播。今日之下，居然坐了诗坛中的头把交椅，哄动一时。在羡慕他的人，一定更慨叹着同一诗人，也有幸有不幸了。

看了美国诗人的情形，似乎更足令文艺界短气，因为文人总是潦倒的多。看了英国的诗人，似乎又可使文艺界略鼓其勇气。因为文人虽是无聊，经过了许多年的奋斗，毕竟也有成功之日。然而按诸实际，这两种观念，都不彻底，并且都不很合理。须知文艺自有文艺的价值，不依命运和境遇为转移。命运的晦显，境遇的穷通，是一问题。文艺的优劣，是另一问题。扶摇直上的，未必就是文艺上的成功。数奇不偶的，也未必就是文艺上的失败。再进一层说，一个人专攻文艺，竟可以说是运用自己的天才和精神，以寻求自己的兴趣，不能杂有虚荣心和躁进心。纸贵洛阳，未必遂于我有益，曲高和寡，也非必于我有损。

然而中国的诗人或文人，是否愿意像美国诗人一样擦皮鞋，又是否愿意像英国诗人一样揩玻璃，这倒是一个颇堪研究的小问题。关于这个小问题，我明天还有几句话想谈一谈。

（1930 年 7 月 3 日《新闻报》）

探险家的日记册

国民新闻社电讯，说北极探险家安德里之遗骸及日记册发现后，现忽有其近族出而要求日记册之继承权，同时瑞典有其犹子，亦将出而抗争。究竟此项日记册，将来归谁所有，自不可知。但吾人对于此事，颇发生一种感慨，觉得争继争产，这种心理，真是中外一例。

这位北极探险家安德里，葬身于冰天雪窖中，已经三十余年了。在此三十余年中，消息沉沉，不听得有什么近族，有什么侄儿出来探听他的死耗，或搜求他的遗作。这还可以说是天涯寥廓，何处招魂。只好付诸无可奈何了。但何以日记发现之后，又一个个都站了出来，要你抢我夺呢？假使这争取日记的目的，是为了保存先人遗泽，或研究学术起见，却也自然无可訾议，然据电讯所传，这本日记册美国正在出重金购求，那么所谓争取日记册，论其实际，无非是争取金钱罢了，没有金钱的关系，人死三十多年没人理，有了金钱的关系，一本薄薄的日记册就不肯放弃。所谓亲族，所谓继承权，如是而已。

这本日记册，既起了争端，若在中国，一定又大大地便宜了律师，可以热热闹闹，打一场官司了。究竟照外国法律，这本日记，应该如何处置，我非法学家，不敢加以论断，但据我个人意见，这本日记，自应公诸大众，不应归后人作为私有物，再辗转卖钱。因为探险家的笔记，与世界学术有关，似乎与别的财产上所有物，照例传诸后人的，大不相同。并且这日记册，又是经以后的探险家发现的。与别种通行的出版物或著作品，有什么版权著作权，可以归承继者享其权利的，又自不同。再讲到这位已死的探险家，他当初甘冒万险，投身穷荒也当然是想在学术上有所发明，事业上有所贡献。决非为的是个人私利。所以将这日记册公诸于世，一方面成全了他的遗志，一方面免除亲族的争端，倒是一个很爽快很正当的办法。

（1930年9月1日《新闻报》）

小说迷：三位武侠同志

无锡米店里的三个学徒，因为看武侠小说着了迷，便三人相约出走，带了什么铁剑铁镖篷帐之类，说是云游访师去也。这件事就其经过情形而言，可以说是十分滑稽，但我们对于这件事的评论，倒不能仅仅认为滑稽，一笑了事。须知里面也还有种种可以研究的问题，至少也要感觉到文艺作品，对于社会，确乎有很大的影响，对于青年，确乎有很深的感化力。

讲到小说迷，倒也是常常有的。试举两个旧笑话来说。其一是有位先生，看《封神传》，看得过于出神了，便天天想着，腾云驾雾。有一日，独自一人在酒楼上小饮，酒酣意得，凭栏闲眺，忽见下面停了一副馄饨摊子，热气上腾。此公一时忘其所以，便从楼窗口直跳下来，口里嚷道："乘此一道祥云，往天宫去者。"其二是有个青年，看《红楼梦》着了迷，便以宝哥哥自拟，并且一天到晚哭哭啼啼想着林妹妹，几乎已经成了相思病了。他的父母忧虑不已，而无法可以解之。后来好容易经他一个亲戚，设下一计，叫一个乡下老妪，登门来访他。见面之后，自认是林黛玉。这位自命宝哥哥的，十分骇异道：林妹妹怎会变成这个样子？你敢莫是"刘姥姥"或"李嬷嬷"赶来冒充的罢？那老妪咧开着嘴大笑道：痴儿，你想林黛玉如果不死，直到如今，还不是一个鸡皮鹤发的老太婆么？这位青年，听得此话，才唤醒了许多时的痴梦。

以上所说，虽然也曾见诸笔记，大概出于虚构，不过是说说罢了。不料如今竟实实在在有了这样三个小说迷。同时我又想到没有多时以前，《快活林》中曾载着福州有几位女郎，因多看哀情小说，至陷于极端悲观，誓抱独身主义。此真事与无锡这三位武侠大家，可称无独有偶。总之我们可以认定文艺作品，论其效力，真足以造成青年的思想和社会的趋向。像这三位武侠大家，不过算是很显著地着了迷。其余表面上似未着迷，而无形中很深切地受其麻醉的，却更不可胜数哩。

武侠小说、哀情小说，并不能一定说是有碍青年的作品，其影响尚且如此，等而下之，又将如何？我想此后文艺家对于自己的大作，在下笔的时候，倒真不能不格外审慎了。

（1930 年 9 月 2 日《新闻报》）

请勿动手

我见那些展览会中，或是陈列所中，常有一种特别标语，贴在那里，说是"请勿动手"。倘然不客气些，简直写着"不许动手"。我如今对于国内外的运动家，倒有一个提议，很想把这个"请勿动手"或是"不许动手"的标语，移到运动场中去，若是球赛场，尤为适用。

因比赛运动，或比赛球类而打架，竟可以说是常有之事。前天的本报上专电内以及教育新闻栏内，都刊着全武行打出手的记事，真令人佩服一般球员的勇气。专电内所记，是关于国际的。教育栏内所记的，是本埠球赛的武剧。所谓国际的打出手，便是中日两国选手在青岛举行国际篮球锦标预赛，日球员因为比输了，就将中国球员和警察殴伤。所谓本埠球赛的武剧，便是中华足球会的几组球员，竟于一日之内，接连发生了三次冲突。日本运动员的善于发极，善于打武，是素来著名的。最近这一届的远东运动会，就有种种恃蛮的表示。这个样子，纵能夺得锦标，国际间的体面，也未必好看。至于本埠球员的冲突，更是大不相宜。同是自己人，大家借竞赛为练习，岂不甚好？胜负虽分，何关荣辱，更何至于因此而打武呢？

运动虽有竞胜作用，而运动的道德和信义，不能不顾。必须仗着技术取胜而毫不失态，方显得是君子之争。否则与以前的打擂台比武，又有什么分别呢。没有办法，只好将"请勿动手"的标语，高高贴在球场内，或者诸位球员见了之后，可以触目惊心，只在腿脚上用功夫（踢球不是踢人），不再在拳头上逞威风了。

（1930 年 10 月 28 日《新闻报》）

火辣辣地

华康路福昌军服厂忽然大火，天德路荣昌祥军服厂又复大火，这两场大火烧的都是军服厂，真是无独有偶（连日报纸记载），火辣辣地很引起一般人的注意。

讲到火患，当然只好认为一种意外的灾害。然而灾害之来也往往由于人事上有所欠缺，这两场大火虽然已成了过去的事实，我们却不能不提出几点来说说，使以后各厂家加以考虑。

第一点是防制不严密。火的起因，自然都是一时疏忽。这一时的疏忽，往往事极微细而贻害极大。譬如上海的火患，常起于吸烟，这回荣昌祥的大火，也是因为称花部一个男工划火柴吸烟，火柴遗落絮堆中，遂肇焚如。照例工厂中是严禁吸烟的，何以会发生私吸香烟的弊病？岂非是对于"火烛小心"这四个字戒备不太周密呢？第二点是中国工厂在建筑上和一切设备上都未必能注意于避火，所以火警一起便易于燃烧，并且火起之后，人众地窄，太平门又或者不多，于是变身仓卒，不及趋避，就冤冤枉枉地葬身火窟。第三点却要谈到消防的问题。中国工厂中对于消防这一层，纵使略有准备，也未必布置周到，而地方上消防的力量又有时显着不很充足，所以火势小的还易于扑灭，火势大的就顷刻燎原，莫可遏制了。

以上三点原是就各工厂普遍的情况而说，并非对于已被灾的两工厂有何批评，已被灾的两工厂内容如何，尚未参观，当然不能就指定他们有什么缺点。不过甚望大家加以改善，以免后患。须知不幸而遭了火

· 严独鹤文集 ·

患，厂主方面无故损失了许多资产；工人方面又无故损失许多生命，这是何等可怜！何等可惨！焉得不"曲突徙薪"，早筹防制之道呢。

（1930 年 11 月 6 日《新闻报》）

租界中的人口

最近工部局调查公共租界的人口，共计百万零七千八百六十八人。内中华人占九十七万一千三百九十七人，较诸五年前，增加十六万一千一百十八人。比率相差，也可算得很多了。公共租界如此，若合华界及法租界计之，其数当更有可观。就表面论，人口增加，当然是都市繁荣的征象。可是按诸实际，上海一埠，近年来是否日进于繁荣呢？这真是很堪讨论的一个问题。

不错，上海在近几年内，尤其是公共租界，确乎是一天比一天的热闹，一天比一天的繁盛了。但试问所谓热闹的，繁盛的，有些什么新事业，有些什么新发展，那是在事实上一看，就可以明白的。只有跳舞场、跑狗场、旅馆、戏院、酒菜馆，确乎蒸蒸日盛。跳舞场、跑狗场不必说了，就是旅馆戏院酒菜馆，虽是正当的营业，也总只能算在消耗一方面。讲到攸关国计民生的工商业，却但见其不景气而已。所以上海的人口增加，决不是上海本地的繁荣，实在因为内地闹灾荒，闹匪祸，闹得太厉害了，弄得大家存身不住，于是有饭吃的，共认上海为安乐窝。没饭吃的，与其束手待毙，也不如到上海来找路子。我虽不敢说全数都是这个样子，而至少有大部分确是如此。

上海人多，足见内地人苦。再进一步说，上海人口加多，连累原住在上海的人也受苦，房价物价，都因求过于供之故，随时增涨，结果并鸽笼生活也很不易维持。所以上海人的叫苦声，也一天高似一天。常开笑口的，只有那些有产阶级的地主与房东而已。

总之中国今日，假令能做到内地的人，都安居乐业，不必发生恐慌，不必往租界上跑，也就是一桩很好的事情。

（1930 年 11 月 22 日《新闻报》）

两种浪费：金钱与时间

大家都说中国人，尤其是上海人，最会浪费金钱。殊不知在浪费金钱之外，还有一个大毛病，就是浪费时间。浪费金钱的弊病，是有形的，是一般人多可以觉察的。浪费时间的弊病，是无形的，是一般人多不易觉察的。

说到浪费时间，先有一重解释。我以为除工作而外，凡是正当的或有意识的娱乐、游玩和休息，虽然也要费却一部分的时间，但可以说是费而不浪。因为我们究竟不是机械人，断不能一天到晚，没有一些时候可以休息，也不能成年到头，不找一点儿娱乐。吾人所认为浪费时间的，是专指不正当的或无意识的虚费光阴。

试举几个例子来讲。譬如宴会，不能算是浪费时间，然而未入席之前，要长时间地等客。既入席之后，还要有许多无谓的周旋。于是赴一次宴，差不多前前后后要耗却三小时。这就是浪费时间。又如看戏，也是娱乐之一种，不能算是浪费时间。然而我们目的中所要看所要听的戏，倒至多不过演一两小时，而在好戏未登场以前，却要先看上两三小时的乏戏，这就是浪费时间。其余如抽鸦片烟，无限制的赌博，睡懒觉，说废话，其为浪费时间，就更多了。

假令把社会上大家浪费的金钱，节省下来，办正经事，不知有多少大事业可以成就；假令把社会上大家浪费的时间，并计起来，从事于正

· 严独鹤文集 ·

当工作，也不知有多少大事业，可以成就。所以为民生主义着想，为建设前途着想，大家除在金钱方面，竭力提倡经济主义而外，还须提倡时间的经济。

（1930 年 11 月 29 日《新闻报》）

莳花感言

我近来对于花木，颇感觉兴趣。同时又因为小观园中，有好些熟朋友在内，他们时常邀我去看花。近来园中莳花的成绩，较前进步，各种花木，也日益繁茂，便格外引起了我一种欣赏的意味。可是一层，在园内开得很好的花，有时买了几盆，移送到我家中来，那就不对了，大概隔不上多少天，便渐渐地失却了原有的精神，终于凋枯而后已。

家中养花，所以难于持久，自然因为地点不适宜。而最大的原因，就因为我既用不起园丁，专司莳花之责，而自己又完全不懂莳花之法，所以寒暖燥湿，尽失其宜；调护栽植，尽失其时。如此养花，我一方面自己既觉得扫兴，一方面又感想到花如有知，必当怨我。

可是我从莳花上面，又感想到教育的问题。因为培植花草，与培植人才，事同一例。培植花草，须先知花草的本性：何者能耐寒，何者须向暖，何者宜湿润，何者应干燥，——都明白了，然后各施以合宜的栽养，各予以适当的温度，自是无花不发，无草不茂。讲到教育，也是如此。对于受教育者，无论其为儿童或成人，都须先考察其"天性"和"天才"，就其性之所近，才之所宜，因而施教，自和花草一般，可以欣欣向荣了。

我不敢批评目前的教育，有什么大缺点。但我总觉得施教者对于受教者的天性和天才，都似未经深切的考察。反过来说，各种教育方法，也似未能合乎各个受教者的天性与天才。譬如养花，不管花之性质如何，而一律看待。浇水时便一齐浇水，添泥时便一齐添泥，要露便一齐露，要晒便一齐晒。照这样子，一方面也自然有许多花可以得着好处，一方面就一定有许多花受了损害。岂非和鄙人的养花，一样的有些不得其法呢？

（1930 年 12 月 25 日《新闻报》）

侮辱华人的影片

· 严独鹤文集 ·

　　《不怕死》的影片，因为侮辱中国人太甚，引起国人公愤，引起绝大问题。这是大家都知道的了。可是在这一张影片以后，侮辱华人的影片，依然时有所闻。像昨天报载国民新闻社电讯，说古巴当局因中国公使之抗议，禁映《东是西》影片。而这张影片，仍是美国所制。其中情节，竟有市场买卖中国妇女等怪事，至于不堪寓目。足见外国各影片公司以及电影演员，对于中国，依旧存在着一种藐视的思想。

　　但是要说他们一定是藐视华人，故意要这样子公然侮辱么？却又不然。其原因只为外人有许多没有到中国来过，没有和中国人接近过的。他们对于中国情形，实在太隔膜了。其心目中，直到如今，依然以中国为未开化的国家，认中国人为野蛮民族。于是描写中国人的地方，都极其丑恶。其实他们自己并没有知道文字中或影片中所描写的中国人，完全不是这么一回事。说他是有意侮辱，他或者也莫明其妙哩。（我以前曾亲眼看见过一张外国片子，比较还可以说是称赞中国人。而片中映一个中国绅士，穿着补褂，戴着红缨大帽，拖着一条大辫子，在书室中看书。试问便是前清，焉有此种怪状。不要说目前的中国了。即此一端，就可见制片者导演者对于中国人，实在是丝毫没有认识。）

所以从消极一方面说，提出抗议哩，禁止映演哩，固然是正当的办法，从积极一方面说，却是国内当局，以及一般文艺家、学术家，应该进行一种宣传的工作，把中国的文化、中国的美点、中国的真相，尽量地显露到国外去，使外国人可以知道，可以了解。那么根本上就可以祛除一切隔膜，防制一切误会，而不致无端受人侮辱了。

（1931年1月29日《新闻报》）

又有小说迷

以前报上曾载无锡有三个学徒，因中了小说迷，酷慕着什么剑仙侠客，便相约弃家入山，求仙访道，闹了一场大笑话。不料如今本埠霞飞路洋服号中，又发现了三个小说迷，重演一幕求仙学道的趣剧。这真是无独有偶，妙不可言了。

因为读神怪小说，便受了神怪小说的麻醉。这就一方面说，当然是思想太单纯，知识太浅薄，举动又太幼稚，才会闹出这种花样来。然而就另一方面说，凡属少年，血气未定，涉世未深，对于他所见的事物，没有判决力，也就自然而然会盲从，会迷恋。我常说未曾入世的少年，他们的脑神经，仿佛如一匹未经染色的白布，近朱则赤，近墨则黑，简直是先入为主，牢不可破。所以供给儿童或少年阅读的刊物，是最当注意的。极而言之，竟会因他幼年时所阅的刊物而影响及于他毕生的志趣和行为。邪正优劣，都在这个上面，种下了根株，决定了途径。关系之大，就可想而知了。

这三个小说迷，夜宿华山洞，衣单粮绝，饥寒交迫。因此经和尚一番指导，便迷途知返，可谓迷之小者也。较诸其他各种迷恋，始终不知觉悟的，要好得多了。所以小说迷并不可笑，也许笑人者自己亦有所迷，其程度较小说迷为尤深，其思想与行为，较小说迷为尤可笑，尤可怪，而还自诩聪明，并不警觉。举世昏昏，何人独醒。毕竟有几个善知识者，能于迷途中觅得一条正路呢。

（1931 年 2 月 6 日《新闻报》）

所谓年兴

各机关照常办公，各学校照常上课，各商店照常营业，就事实上论，旧历确已废止了。不过社会人士狃于积习者尚多，在一部分人的心理中，恐怕未必能完全改革，依旧随时随地存着"年兴"两字。

年何以有兴？这两个字细想起来，不管是新是旧，都有些不甚可通，至少也有些不实在。因为时序的推移，决不能转易一个人的环境和思想。人生要是环境比较顺利，事实颇有成就的，无论何时都十分高兴，何必逢年而始有兴？反之，环境欠佳，所如辄阻的，岁月虽更，兴致何在？所以从实际上讲，一个人要得着安慰，得着快乐，仍仗着自己的努力，能战胜环境，自多佳兴。至于世俗之所谓安慰与快乐，都不过受着环境的支配，甚至只是一时的起哄，绝非真安慰，也绝非真快乐。

况且旧社会之所谓年兴，无非大玩大吃大赌。玩与吃，假使有个相当的限制，玩而不妨正务，吃而不碍卫生，也确可以得不少佳趣。至于赌，只怕兴致愈高，吃亏愈甚哩。

（1931 年 2 月 17 日《新闻报》）

谈小儿玩具

前天本报本埠新闻栏，刊着如皋人马三之子，因戏吹玩具摊上所售的洋泡，误缩入口中。不意此项洋泡，系用硝镪水毒质制成，以致肠部毒烂，无法挽救，不到几个钟头，便送却一条小命。这件事似乎极为微细，不值得大家的注意。然而略一研究，却又有不能不注意之点。

洋泡缩入口中，原是偶然之事，但是小孩吹洋泡却是常有之事。当其吹洋泡之际，不独小儿本身知识浅薄，决不会知道其中含有毒质，便是普通为家长者，在未发生此事以前，也难得有人能知道洋泡之微，可以致命。因此卖者自卖，买者自买，玩者自玩，绝料不到这洋泡也是一种危险品。所谓"祸患生于忽微"，此事虽小，亦系一例。

我们从这件事上面，就要想到小儿的玩具，应否注意，应否改良这一个问题。因为洋泡的含有毒质，是已经闯过祸，大家都知道了。其余玩具及小孩用具之中，有无含着毒质，而为大家所未经知晓的，却没人能断定。再进一步说，小儿的玩具，即使不含毒质，只要是有碍卫生的，已经大不相宜。因为小儿生性喜欢将一切东西纳入口中，而玩具摊上所售的物件，往往厚涂着许多花花绿绿的颜料。这些花花绿绿的颜料，是否含有毒质，是否可以入口，就大费思索。我很望社会当局，此后对于儿童玩具的售卖，须加以调查，有不妥的，便加以相当的取缔。而一方面为家长者，也要留点儿神才好。

（1931 年 2 月 23 日《新闻报》）

打城隍

《打城隍》这出戏，以前不过是戏台上偶尔出演的小戏。如今却成为极流行的时髦戏了。报纸记载，只见东也打城隍，西也打城隍。时至今日，城隍本已失其固有之地位，一打即倒，原无问题。不料高邮的城隍，却忽然与众不同。有人打城隍，也有人会打"打城隍"，于是各打其所打，打得一个落花流水。

高邮打城隍风潮中的中心人物，却是一般道婆。所谓道婆，大概不过是女巫之类，乃竟成群结队，浩浩荡荡，杀奔县党部而来，大显其身手。我们殊不解高邮的道婆，何以会如此厉害。真令人有"乖乖不得了"之叹了。据投稿诸君和通讯员的报告，说道婆之后，自有道公或类乎道公者，为之背景。这句话大概有些意思。

我们对于这件事情，一方面当然要感觉到民众的智识欠缺，而迷信的旧习又根深蒂固，不易破除，殊不免引起感喟；一方面却又希望以后地方当局和社会中坚分子，对于一般民众，须随时随地，加以一种很恳切而又很和平的指导，使之自然感化。因为前人所说"化民成俗""潜移默化"本来是很注重于感化二字的。

（1931 年 3 月 4 日《新闻报》）

对清寒教育基金感言

就中国目前的教育情形来讲，假令拿今日之下的新式教育，和二十年前的旧式教育，比较起来，固然觉得进步也很多了，范围也扩大了，学校也逐渐普遍了。可是有一点，似乎新式教育，反不如旧式教育。当时的旧式教育，倒是"平等化"。哪怕穷得饔飧不继的人，只要有志求学，未尝不可有读书的方法。换句话说，贫寒子弟，在教育上面，依然可与富家子弟，得着同等的机会，受着同等的待遇。如今却大大的不然了。因为学费太贵，贫穷的人，不胜负担，于是教育转渐趋于"贵族化"。初级教育，还比较来得好些。讲到高等教育，只怕连中产阶级的人家，如果子弟较多的，都未必能一个个按着程序，守着年限，完成其学业。至于本来是贫寒出身的，任凭他志气怎样高尚，求学怎样勤奋，都要受着经济的压迫，以致望洋兴叹，无书可读了。

唯其如此，我们觉得眼前的中国，这个失学问题，要和失业问题，同一日趋严重了。我在今年元旦的本报特刊上，做了一篇"救济青年失学"的论文。我自知这篇论文，也并无什么价值，不过近来很接得许多读者的来函，对于此文，颇表示同情。足见近来青年失学的呼声，已一天高似一天了；青年失学的苦痛，也一天深似一天了。像三月十日本埠新闻所载成衣匠严金清，因其子生性聪慧，决计使其高造，已由高小而升入中学，乃本期因学费八十元，筹措无着，致深自怨艾，愤而自杀。这就是一个例。我想一般教育当局，以及社会上热心教育的人们，对于此类不幸的事实，定有极大的慨叹，和深切的感动。

然而青年失学，如何救济。这个问题，实在太大了。若把救济的责任，专属望于政府或地方当局，只怕事实上是很难的。倒不如社会上的中心人物，和各界的有力分子（所谓有力，包括才力和财力两者而言），一致起来，负了这副肩担，或者由小及大，可以逐步进行，有一点儿相当的效果。话说到这里，我觉得天厨味精厂吴蕴初君所发起的清寒教育基金，虽不敢预测其将来的效果，是否宏大，却可以认为他是救济青年失学的一种实施计划，一件实地工作。我和吴蕴初，是数十年前的旧同学，深知他也是个贫寒出身的薛大哥（蕴初今日，已非薛大哥。所以能对于青年，为实力的救济。而我则依然为薛大哥，只好空口说白话，也顾不得被他取笑了）。他一方面回想自己当年，甚念着寒酸求学之不易；

一方面观察现时代，又感觉到青年失学的痛苦与困难，较诸从前，更不知增加了若干倍。所以才发下这个愿心。我认为这是于国家社会，很有益的一桩事情。因此不惮辞费，说了这一大篇的话，却并非专重在友谊上面，为他借题鼓吹，很希望此项清寒教育基金的募集，能引起社会有力者之同情，更希望像这样的计划与组织，在社会上能多多地发现，方可使许多可怜而有志的青年，得了救星。方可使大好弦诵之地，不致成为富豪子弟的独占区域。

（1931 年 3 月 13 日《新闻报》）

情死案的讨论

近来自杀案的发生，简直可以说是接连不断。而自杀的原因，大概不外两种，一种是穷死，一种是情死。穷死是受经济的压迫，无以遂其生。情死是受着环境的压迫，无以遂其志。像最近月宫饭店内的情死案，轰动一时。就其毕命的情节，与遗书所述的状况而论，却也真是一幕情场惨剧。

我们对于一切情死案，未尝不为之慨叹，对于一切情死案中的主角，又未尝不加以怜悯。不过天下事无论如何，总应该努力奋斗，以求最后的解决。讲到情爱，也是如此。既具着牺牲的决心，与拼死的勇气，何不将这个决心与勇气，改用之于积极的途径，纵使不能完全战胜环境，也或者能比较地得着些益处，何苦定要以自杀为归结。须知自杀毕竟是怯懦的行为。说句明显而通俗的话，也总是拆烂污的事情，万万不足为训。

再进一层讲，目前的情死案，往往是双方深堕情网以后，而为环境所制，论事理，论情势，都有些行不通，或竟有些说不响（比如罗敷有夫，使君有妇，而另外与人发生恋爱，就难免此境）。于是弄成无可奈何的僵局，只得以一死了之。在这种状况之下，若说句不肯原谅的话，简直根本上就是用情不当。因用情不当，而至于酿成悲惨的结果，非但对不起自己，实在也对不起我所爱的人，反不如不用情的好了。所以我如今并不愿多讨论月宫饭店的情死案，而且也不愿多讨论一切的情死案，却认为有了这许多情场的惨史可以给予一般青年，作为良好的教训，与严重的警诫。很希望一切男子，一切女子，在恋爱发动的时候，就是在刚要用情的时候，务须对于自己和对方的立场，加以慎重的考虑。所谓立场上的考虑，并不是拘牵旧礼教，并不是讲身份论阶级，并不是要顾到世俗的毁誉，与虚伪人情上的障碍。却是自问像我上文所讲的在事理上有些行不通、说不响的用情，宁可悬崖勒马，制止了一时情感上的冲动，保全了双方的前途，转是自爱爱人之道。否则徒然要经过许多颠倒恐怖、烦恼苦痛，而在情爱史上，仍占不到光明的一页，岂非格外冤枉呢？

（1931 年 3 月 15 日《新闻报》）

穷朋友的痛苦：中国与外国之比较，救济问题之研究

有许多从外国回来的朋友，都在那里说，外国的失业者，其所受痛苦，实在比较中国，要加上多少倍。因为中国人一旦失业，还有至亲好友，可以借贷，可以帮助。如果至亲好友，不肯借一个钱，不肯助一点力，人家反而要批评他，说是太势利了，太吝啬了。至于欧美各国，却是不然。他们是连父子兄弟之间，都是经济独立的。失业者要向人借贷，求人帮助，非但得不到好处，反要受人揶揄，说是太丧失了自立的能力。其间身受的痛苦，真是一言难尽了。

以上的话，确是实情。不过照目前中国的生活状况而言，凡是有业者，也兢兢焉仅足自给，未必有余钱，更未必有余力。所以失业者而欲求至亲好友的借贷与帮助，这种情形也未必能维持长久。再过几时，只怕中国也必有至亲好友，各不相顾的日子。这并不是说中国人的德性，会一天比一天地凉薄了。实在是中国人的经济力，自然而然，会一天比一天地紧缩了。

再讲到个人方面，假令一个人能有余钱去救济穷朋友，能有余力，去帮助穷朋友。这在道德上说，在义气上说，在人类同情上说，自然是很好的，也是很应该的。不能说定要学"外国脾气"，来一个一毛不拔。不过在救济人或帮助人的时候，也须加以考虑，有个分寸。就是对方得了我的救济或帮助而后，依然要使他因此而有奋发心和进取心，不可因此而转养成其倚赖性，与一味苟安不自振作的习惯。因为社会上也自有一种意志薄弱、生性懒惰的人，一旦有人照顾，非但不知感奋，反认为是不劳而获，存着《鸿鸾禧》上所谓"我是不走的了""我是吃定了你了"的心理。照这样子，在救济他和帮助他的人，虽是一片热忱，一番好意，而结果却等于消磨了他的意志，断送了他的前途，简直是无益有损，其间自不可不辨。

外国人因不容易得到人家的救助，而能自立者遂多。中国人因有时可以得到旁人的爱护，而不能自立者，也就比较地来得多。关于这一点，大堪研究。总之在不得已而求助于人者，须想到"英雄从不受人怜"这句话，不可怀安败名。在有力还可以助人者，也须想到"君子爱人以德"这句话，不可意存姑息。若能如此，或者困心衡虑之境，转可以磨练些有为的青年出来，柔和者不致甘于自弃，刚强者也不致激而自杀。

（1931 年 3 月 19 日《新闻报》）

豆腐浆油条

我们每天翻开报纸上的本埠新闻来一看，觉得法庭上审理的案件，常有奇妙不可思议的。而原被告在法庭上的供词，尤其有不可思议的。即如昨天报纸所载闸北薛氏夫妻涉讼一案，妻控夫遗弃，夫称妻谋害。而问其谋害的理由，说是他那位尊夫人要请他吃豆腐浆油条。豆腐浆，如今一般卫生家，方且在那里竭力提倡，说是富于滋养料，是一种很适宜的食品。就是油条，也是人家常进的食品。自古以来，从未有听见有人吃了豆腐浆油条而受毒而丧命的。何以可指为谋害？真是奇谈。

豆腐浆油条，可以说是平民化的食品，也可以说是劳动家的恩物。因为凡是劳动的人们，大概一清早起来，没有旁的东西吃，都是将一碗豆腐浆，几根油条，填饱了肚皮，然后从事工作。所以凡是贫苦时代的妻子，文言称之为"糟糠之妻"，说句俗话，却可称为"豆腐浆油条之妻"。其实有豆腐浆油条可吃，比较吃糟吃糠，总已经要好受得多了。"糟糠之妻不下堂"，"豆腐浆油条之妻"更不应该遗弃。这位先生，既想到吃豆腐浆油条时候的光景，便该念着贫寒夫妻同甘共苦的情分，何以反不肯念旧，要指为谋害呢。

有人说豆腐浆油条，既是劳动家和比较贫苦的人的食品，凡是有钱的人，自然不愿吃，也不肯吃的。因为贵族式的肠胃，决不适宜于豆腐浆油条的。以他所不愿吃或不肯吃的东西，一定要请他吃，在他看起来，简直和"切勿入口"的毒药相仿。怪不得要恨在心头，指为谋害。说到这里，又想起一桩笑话来了：有一富翁，在官中控其厨子谋害。官问他谋害的证据。他说这个厨子，天天烧着粗劣无比不能下咽的饭菜给他吃，他因为吃多了这种饭菜，所以肠胃一天比一天坏，身体一天比一天瘦，精神一天比一天衰败。如此说来，这个厨子无异对他下着慢性的毒物，催他走上死路。这种理论，倒和吃豆腐浆油条而指为谋害，是同一绝妙的见解哩。

（1931 年 4 月 10 日《新闻报》）

对名医说一句话

我前天做了一篇关于医药讼案谈话，现在觉得对于医界方面，又有一点儿感想，所以再补充几句。

医生看错了病，开错了药方，照玩忽业务例，诉诸法律，这是应该的。但是医界中还有一个弊病，就是并非看错病，也并不开错药方，而其坏处在不负责任。"玩忽业务"，可以控告，"不负责任"，在表面上却是毫无过失，不独不能控告，并且无从指摘，但实际上贻误病家，确乎是一样的。

所谓"不负责任"，是怎样一种情形呢？据事实上观察，凡是医道不高明的医生不必说了，就是医道高明的，也只有初出道的几年，对于病家，十分热心，十分负责，等到名气大了，声价高了，就存着"持盈保泰"的心理，治病下药，处处都是敷衍门面，所开的方子，都是轻描淡写，断乎吃不坏，也断乎吃不好。断乎不会送命，也断乎不能救命。所以生了危症，请教到这些名医，也往往会于无形中大误其事。

因此之故，有人竟发为滑稽的论调，说是"庸医杀人"，"名医也会杀人"。庸医杀人，是急性的；名医杀人，是慢性的。庸医杀人，是杀得很笨而有把柄可捉的；名医杀人是杀得很聪明而无道理可讲的。这些说话，未免过于激切，并且我也知道今日之下，真肯负责的名医，也还不乏其人，未可一笔抹煞。不过我总希望越是名医，越要存着道德心和责任心。如果你真要"持盈保泰"，不妨杜门谢客。假令依旧悬壶应诊，依旧收了人家很重的诊费，那就要时时刻刻，存着"医家有割股之心"那

· 严独鹤文集 ·

句老古话，不可为避免麻烦起见，专以"轻描淡写"的方子来敷衍人，便是无量功德了。

（1931 年 4 月 15 日《新闻报》）

伟大的盲人

一个人不幸而瞎了眼睛。这当然是成了残疾了。有了残疾，那么一切知识，一切才能，一切功用，又当然不如健全的人了。但是自从外国的盲哑教育，日益发达，竟可以使盲者也一样成为有用之材，简直残而不废，我们每逢盲童学校开会，在各项表演之中，常引起一种奇异的感想，同时对于主持盲童教育者，很为佩服。

然而盲人的能力，犹不止此。他们竟有很伟大的结合，很光荣的举动，照世界新闻社的纽约消息，本月十三日起，美国本薛文义旅馆①中，大开国际盲人会议，到会有三十六国的代表。而那位既盲且哑既哑且聋的凯勒姑娘，竟能当着会众，作有力之演说。这一个盲人会议，真算得是盲人界中的洋洋大观了。

尤其令人注意的，是此次大会所讨论者，为"世界和平问题"，姑无论他们的讨论，其范围如何，其效力如何，总之世界和平，是极不容易讨论的一件事。什么"联盟"咧，"休战"咧，"减缩军备"咧，哪一次不是国际大会，哪一次不是以世界和平为目标，又哪一次不是聚集了各国有力的代表，睁开了大眼睛在那里讨论。可是睁开了大眼睛讨论的结果，往往还是等于零。而这些盲人，却居然放着别的问题不讲，单单要协议着这个大问题。这副精神，已令人可惊可佩，真所谓"盲于目不盲

① 即纽约市宾夕法尼亚酒店（Hotel Pennsylvania）。

于心"了。

假令"一盲引众盲"，竟能将世界和平这四个字，从黑暗中寻出一线曙光来，那么许多大学问家、大思想家，反而要来"问道于盲"了。哈哈，普天下尽多眼光远大的人，不要转令盲人笑你才好。

（1931 年 4 月 25 日《新闻报》）

万能家：专门家的对面

中国目前最大的难处，和最大的苦处，就是有许多人没有饭吃，没有事做。这是大家都知道的了。可是从反面说起来，却又有许多人，觉得吃的饭太多了，做的事也太多了，几乎没有哪一碗饭不可以吃，也没有哪一件事不可以做。

没有一件事不可以做，简直是"万能"二字了。在外国无论从科学方面讲，从事业方面讲，都讲究一个专门家，既称专门，便是各有专长，或各有专业，无所谓万能。至于中国，专门家也许不多，而"万能家"却似乎不少。总之在中国社会中，只要名望大，交游广，风头健，便成为一块"响招牌"，甲方也要来罗致，乙方也要来请教。同时可以身兼无数的职务，而所兼的职务，如果细细分析起来，却又性质不同，不管是政界、教育界、工商界，都可以"指挥若定"。这岂不是有万能的本领了？做到万能家，当然自有道理，足以令人佩服，可是仔细想来，一个人身兼无数职务，假令还要认真办事，不但是才具万能，连这个人的精力，也是万能了。

一方面的万能家太多了，一方面要谋事而不可得的人，便越显得苦，越显得难了。有人说这些万能家，其始倒也并非以万能自居。无奈去请求他的人，硬要将许多头衔和他加上去。头衔重重叠叠，愈加愈高，这顶高帽子，也不由他不戴了。此话却也诚然。然而我们又联想交易所的一句术语，叫作"抢帽子"，高帽子有人抢去，剩下来的许多帽子，当然格外不合头寸了。

（1931 年 5 月 3 日《新闻报》）

外国兵与中国人

昨天本报本埠新闻栏内，连刊着两桩美国兵肇祸的事件。一桩是两个水兵，在桥畔互殴，其一失足落水，小工戴亭左下桥援救，反触另一水兵之怒，将他推堕水中，以致溺死。一桩是两个美国兵，因付车资，与车夫大起争执，内中一个兵士，自将军帽抛向路侧，而蘧顺成衣铺的小店主蘧黑狗，将帽拾起送还，忽被扭住凶殴。黑狗之父，及店内伙友，闻黑狗呼救，出门探视，竟为此水兵持刀乱戳，两人都受重伤。照以上两事看起来，戴亭左是因救人而反送了自己一命。蘧家店主是好意送还物件，而反无辜被害，真所谓"殃及池鱼"，冤枉已极。

近来国人对于同胞被外人无故戕害，也不像以前那样漠视无睹了。以上所述两案，一件由承审官向尸属宣谕，可自向美国法庭起诉。一件已由路人目击，大为不平，报告捕房，通知美国司令部，将二美兵拘获究办。谅来军人犯法，自有相当的制裁。吾人在目前先不必推论其结果。但为惩前毖后之计，我们应从根本上着想，向外国人提出一个具体的要求来，就是外国军舰中以及司令部中的高级长官，务须严重禁止兵士在外游行滋事，或酗酒肇祸。同时希望租界警务当局，对于外国兵士格外注意，勿令在马路上发生暴横的举动（此语并非就以上所述两案的本文而言。关于以上两案中已经肇祸的兵士，应如何处置，对于死者伤者，应如何抚慰，那是另一个问题）。因为这些外国丘八有时喝醉了酒，在马路上横冲直撞，任意胡闹，确是常见之事。若不筹一根本防制之策，像昨天报纸所记的这类凶剧，竟随时可以发生。

收回租界，毕竟何时可以实现，就是外交当局，也未敢遽下断语。可是在身受不平等的苦痛之中，至少限度，也须为华人多设一点法，借以保障安全，免除危险，我以上所述的意见，在许多大人先生的目光中，或者要认为小事。其实细想起来，关系却也很大哩。

（1931 年 5 月 28 日《新闻报》）

做天与做人

严
独
鹤
文
集

昨天《快活林》中，刊着柳簃先生所作《莫做四月天》一篇文章。我以为这篇文章，着实有些意思。他的文章内，并引着一首古吴歌。本来旧时代的歌谣，有的描写人情，有的深含哲理，在文学上很占着重要的位置。像这首吴歌，便是一个例子。"莫做四月天"云云，断不可泥于字句，以为作者（吴歌的作者）真个讲的是天，实则他明明是借天来说人，借做天来说做人。须知一个人不想做人则已，不讲究做人之道则已，越是要想做人，越是要讲做人之道，便越感觉做人之难。这件事做好了，那件事又觉着为难。对于甲方做好了，对于乙方又觉着为难。所谓"博施济众，尧舜独病"，所谓"焉得人人而悦之"就是这个意思。甚至不施不济，倒也罢了，施而不能博，济而不及众，结果反招人恨。不求人悦，倒也罢了，欲求人悦，结果反而多招怨。总而言之，做天难，做人却更不易哩。

再进一层说，天之不可做，也许不过一个四月，其余时节，天之为天，还有他的自由。譬如夏天热了，人以为是应该热的，就无从怨天。冬天冷了，人以为是应该冷的，也无从怨天。至于做人，却是不然。冷了人家要怨，热了人家也要怨。不冷不热，人家又或者更怨。这可有什么办法呢？不但如此，若照那首吴歌上的说话，四月天虽然难做，究竟一边抱怨，也许另有一边会见好。至于做人，又是不然。处处容易结怨，却处处不易见好，甚至处处做恶人，人家倒也无可如何，处处做好人，怨声反更多了。

总之人与人之间，总是互相忌妒，互相怨嫉，互相责备，永远不能满足，不能谅解。所以才会造成这样一个世界，又有何话可说呢？

（1931 年 6 月 10 日《新闻报》）

软馒头

我们家乡有两句俗语，一句是"好吃果子大家采"，一句是"蒸笼里馒头只拣软的捏"。这两句话，很有些意思。第一重意思，是就果子和馒头的本身而言。好的果子，原是佳果；软的馒头，也是佳品。但唯其好吃，唯其软，便引起一般馋嘴的垂涎，要来采，要来捏，格外不易自保。第二重意思，是就采者和捏者的心理而言。一样的果子，坏的便不敢采，只采好的；一样的馒头，硬的便不愿捏，只捏软的，分明是欺侮弱者。

照我们中国目前的国际地位而论，却万分不幸，竟合上了上面这两句俗语。中国的地方太大了，物产太丰富了，一般帝国主义者的目光中，便久已认为是好吃的果子，软的馒头，不断地大肆侵略。中国的民族性太柔和了，实力又太欠缺了，适成其为弱者。于是大家都不约而同，你也想采，我也想捏，不住地横施压迫，即以最近之事而论，朝鲜华侨，既吃了大苦，而墨西哥的华侨，又受人攻劫。堂堂中国，竟被人认为是世界上之"最易欺者"，果子中之最易吃者，馒头中之最易吞者。

然而我们中国人难道是没有气性的么，难道是永远不会发狠的么，难道是始终自认为弱者么。刺激太深了，愤慨也到了极点了，总得奋起自卫，将那些张开大口、伸长舌头、要吞吃我们的人，加以重大的打击，并给予他们一点教训，使他们知道采果子有时遇着刺，也会扎手；捏馒头有时受着热气，也会烫手。

（1931 年 7 月 22 日《新闻报》）

抗日救国的三字诀（一）

这一回日军的暴行，不但目无中国，简直目无世界。像这样极野蛮、极残酷、极离奇的举动，如果可以听其自然，或竟让他们横行无忌，达到目的，那么以后的东亚，固然成了日本的东亚，就是以后的世界，也只好成为日本的世界。换言之，竟不是人道的世界，而是兽性的世界了。

所以这回的事件，我们对外说，可以试验国际公理，是否尚有保障，各项公约，是否尚有效力。进一步言，还要问世界是否还成一个世界，除非世界已不成为世界，日本才可以大肆猖獗。我们再对内说，可以试验我国的各方当局和全体民众，是否尚有志节，是否尚有血气，是否尚有知觉。进一步言，还要问中国是否有人，除非全国四万万同胞，竟完全等于无人，日本才可以任意宰割。

情势紧逼，死生呼吸。在这个当儿，无意识无秩序的轻率举动，固然不可有，而有组织有计划的对付方法，不可不速决定，并且不可不全国一致，守着预定方针，誓死进行。

讲到目前的对付方法，简括言之，不外三个字。一个是"评"字，一个是"拼"字，一个是"屏"字。"评"是"评理"，以外交为主体。"拼"

是"拼命"，以军事为主体。"屏"是"屏气"，以全民众的力量为主体。

讲到"评理"，无非是两条路。一是向日本人评理，一是请联盟各国和签字非战公约各国出来评理。第一条不问可知效果是等于零。一次抗议，二次抗议，三次抗议，哪怕由三次以至于无数次，只不过依外交步骤，不能不这样办罢了。预料顽强横暴的日本人，决不会有合理的答复，譬如对虎狼论仁义，和强盗讲是非，岂不是徒费唇舌而已。第二条当然还可希望其有相当效果。照这几天的消息，国联会议已发电制止事情扩大，协商撤兵，并进行为公道之处理，不过日本人方且声言拒绝第三者干涉，各国为维持国联信用计，为保障公约效力计，当然不能坐视日本人破坏和平，扰乱全局，但所谓主张公道的结果，究竟如何，我们也还不敢断言，就使世界各国能竭力的主张公道，竭力的遏制凶焰，但天下断无自己丝毫不能自动、丝毫不能自立的国家，而可以专依赖他人以逃出死路、幸免祸难的道理。这一层我全体国民，也应该知道，应该警觉。

讲到"拼命"，我们因为守着无抵抗主义，已眼睁睁让人家打进大门来了，而瞧着敌人的来势，简直打进大门，还不肯住手。万一他们进了大门之后，再一重重地打进来，竟是升堂入室，难道我们也是无抵抗到底么？以前的无抵抗，为要向世界各国表示衅端，不自我开。对方完全逞暴，求得公理上的谅解，公约上的援助，不能说是没有意义。若以后敌人再得寸进尺，节节进逼，而我们束手待缚。试问还成一个什么国家？所以"作战"与否，还需斟酌时势，不妨稍取慎重，而"备战"之道，却万不能不积极进行。总之，不但是武装的军人，就是不穿武装的全国民众，也要赶快预备拼命了。到了此时，还不赶快预备拼命，那就要弄到无命可拼，只好白白送命。但是拼命也要如上文所说的，有组织，有计划，大家一齐拼。很明显地说，就是大家向沙场上去，和人家拼个你死我活，却万不以零零碎碎、枝枝节节地乱拼一阵，而且要择定目标，专和他们军人枪尖上去拼。至于各地日侨，我们虽然在极愤怒的时候，还须忍耐，还须镇静，决然不必对他们拼命，也决犯不着和他们拼命。假令不择地而拼，不择人而拼，那么一方面太轻视了我们自己的性命，一方面非徒无益，还要另生出别的枝节来，这也不可以不慎重的。

（未完）

（1931 年 9 月 25 日《新闻报》）

抗日救国的三字诀（二）

讲到"屏气"，这我们知道不是旦夕之间，可以奏效的事情。但我们可以确信如果能全国一致，有决心，又有恒心，无论换过什么情势，经过多少时间，始终不变，那么敌人所受影响却是非常之深，所蒙损失也是非常之大。因此之故，用得着这一个"屏"字，这口气屏得越久，屏得越长，效果就越显得宏大。

屏气的具体方案是什么呢？便是昨日本市各界所主张的"一切绝交"。原来大家早已主张抵制日货，也早已实行抵制日货，但抵制日货还只是一部分的办法，其范围不及经济绝交四个字来得大，（经济绝交的范围，不以抵货为限，）而经济绝交的范围，又不及"一切绝交"来得更大。绝交并非就是宣战，而民间自动的绝交，又与国际间的断绝邦交有别，民众要实行就实行，在外交上并不生什么重大问题。只要全国同胞心志如一，敌人虽有强暴手段，也无奈我何。

有人说"抵制日货""经济绝交"这种说话，似乎也已经成为老调了，闹了这许多年，敌人的强暴依然，我国的衰弱也依然，并不见有何显明的效验。我说这种见解，实在是大大的错误，并且经济绝交，所以不能有实效，就坏在这种误解上面。中国的抵制日货和经济绝交，为什么不能收效？是由于始终未见实行，或实行而未能坚决一致。假令自民国四年，强敌提出二十一条要求以至于今，大家对于抵制日货，对于经济绝交，都坚守不渝，力行不懈。有了这十余年的工夫，我的国力绝不至如此脆薄。而敌人的经济上，也早已受了重大的打击，绝不能再如此横行无忌了。这种谈话，我敢说绝非迂拘之谈。如今且把这回日军逞暴的原因，剖解一下，就可以恍然明白了。

我们要知道日本人虽然狠到极点，却也乖到极点，他们若不是为了有特殊的缘由，或自身有难解决的问题，也断不会显然破坏公约，冒世界之大不韪，而演出这种极度野蛮的举动来。所谓陆军专权、武人用事，当然也是事实，但照日本的政治情形，他们处处拥戴着天皇，还处处尊重着元老，纵说是内阁意见不合，也绝不会由陆相一个人悍然独行，就发生这种重大事件的。这一层我们也不可被他瞒过。总之日本人所以撕破面皮，掀起大波，竟可以断定还是为的经济问题。

怎样说是为着经济问题呢？这话又可分开两层来讲，第一层先讲他们国内的情形，最近的日本人，因人口过剩，经济竭蹶，大闹不景气，这是大家知道的。在此不景气声中，单是失业问题和罢工问题，已使日本朝野，手忙脚乱，无从措置。同时收入的减少，预算的不敷，也是日本近年来的大恐慌。因此之故，他们只得赶快设法向外发展，而侵略中国、吞并满蒙的迷念，也格外来得深了。第二层再讲东三省的情形，我国对于日本，向来是忍耐到二十四分，客气到二十四分，日本所已得的权利，何尝有丝毫损坏？日本在东北的侨商，何尝受着丝毫不良的待遇？他们所恨的是东北当局，为甚不服服帖帖，做了李完用第二，将整个的东省，无条件奉献于日本。尤其说不出的暗恨，是我国虽然兵荒马乱，民穷财尽，而年来对于东省，还有一点建设事业，足使日人受着相当的影响。日人心目中，向来以为有了满铁，便握住了东省的命脉，有了大连良港，便扼定东省的咽喉。可是我国也进行了"东省铁路网"的计划，同时又在葫芦岛开了港，这命脉便不能一手握住，这咽喉也不定能一下扼死了，所以他们就不免着急。最近日本电讯，常说满铁收入锐减，又常闹着南满平行路的问题，结果急不暇择，就索性抛却国际友谊，舍去正当途径，而来这一下子毒手，归根结底，竟还是以经济问题为出发点。

我们既看定敌人以经济为出发点，就最好也以经济政策来和他应战，给他一个坚壁清野的办法，使他们就是将我们侮辱了、凌迫了、蹂躏了，而结果还是毫无所得，并且倒受着无穷的损失。（未完）

（1931年9月26日《新闻报》）

抗日救国的三字诀（三）

中国是东方一个大市场。这是稍明大势者所共认的。在此东方大市场中，日本的关系，当然最深。日本出口商品的销路，就算不是全数都在中国，也至少大部分是以中国为唯一主顾。而日本在中国经营的事业，又范围非常之广，为数非常之大。照此情形，如果中国对于日本，实行经济封锁，一切绝交，日本在经济上，焉得不受极大的打击？所以一般人都说经济绝交的政策，只要坚持至六个月之久，日人就有些受不了。他们国内，就不免要因经济问题而引起绝大恐慌，并且别的事情，可以用暴力压迫，经济绝交，却不是武力所能打得开的。唯其如此，我们可认为这件事情，就是我们抵抗敌人最厉害最有效的一种策略，务须立刻实行，务须永久实行。

不过经济封锁，和一切绝交，要始终坚持，要全体国民，个个人能始终坚持，国难临头，刻不容缓，请全国同胞，不论老少，不论男女，先定下一个决心来，先发下一个宏誓来，如果不情愿做亡国奴，不情愿做日本国顺民的,从今日起,不要再卖日本货,不要再买日本货,不要再用日本货。并和日本人断绝一切经济上的关系。

厉行经济绝交而后,当然中国人也有许多损失,许多麻烦。但时势至此,损失也只好牺牲了,麻烦也顾不得了。因为此时不牺牲,将来也是大牺牲;此时怕麻烦,将来更有大麻烦。一方面政府及社会有力分子,和各大企业主,对于民众因经济绝交而所受的损失和麻烦,在可能范围内,应该尽量设法救济,例如受日人雇用的工人等,假令失业,只好设法另为安插。这一层最近已有人倡议过了。

中国人是向来用惯日本货的。如果把日本货一概屏绝了,别国的货物,价钱当然贵些,国产的货物,又处处显著缺少。这一层细想起来,似乎也会感觉不便。本来要抵制外货,最好自己先求工商业发达,生产力增厚。但这个还是太平时代的说话。讲到目前,真是大祸已临,不能再细细推想了。如果要等到工商业发达了,国产的货物充足了,再去抵制日货,真是"俟河之清,人寿几何",所以只得一方面讲抵制,一方面再谋发展国产,好在这两件事情,是迭为因果的,抵制之心愈坚,抵制之效愈显,则日货的来源可以绝迹,而国产工商业的发达,自然格外来得快。

讲到不合作主义,人人自会联想到甘地老先生。我们就以甘地为法罢。须知他因为有了围着粗布、吃着羊乳、自己纺纱这种精神,同时又将这种精神去感化全国人民,才会使已亡之国,也转了生机。我们中国,虽然工商业不发达,国产货物是缺少,总不至于不穿日本货,要冻死;不吃日本货,就要饿死;不用日本货,就要不能过日子。难道这一口气,都屏不住么?能屏气才可以争气。凡我同胞,留得一口气在,总得和敌人屏到底。(完)

(1931 年 9 月 27 日《新闻报》)

可敬的营长

要大家一致抗日，就要能够牺牲。这个牺牲不是口头上的牺牲，不是纸片上的牺牲，须能实行牺牲。自从日军暴行发动，以至今日，我以为真能为国家牺牲者，还只有东省那位不知姓名的营长，要算是身殉国难的第一人。

前几天报纸上不是载得很明白的么，这位营长，因为日本人逼迫他，要他签立证据，说是此番事变发动，是由于中国军队起衅。这个关系，当然是很大的。假定这位营长，当时为暴力所屈，竟发了这一张凭据给他，日本人便可以到处宣传。即使我们以后再三声辩，也已经很费力了。这位营长，居然能识大体，誓死不从，情愿饮弹而死。这可以称为是"无抵抗"声中的一个"自动抵抗者"。虽然他的死也只是一个消极的，已无补于国难。但能够牺牲性命，为国而死，总不愧为好军人，总不愧为好男儿。

据我的意见，当局应从速查明这位营长的姓名，及死难的详情，加以特殊的褒奖，以昭激励。全国民众对于他也应一致哀悼。（至少须为他举行一个盛大的追悼会）即使在变乱之中，连姓名都无从查考，也应仿欧战时无名英雄之墓的办法，为他立一个"无名英雄碑"，供一般人永久的敬仰。同时又可以为这次事变的一个惨痛纪念。

不但如此，我们将这件事调查清楚，还应赶紧向国际宣传，使各国知道日本人有这种横暴的行径。因为日本人目前正在假造证据，必须先在此时，将日本人假造证据的刁狡手段揭破了。声明目前沈阳各地，已堕日军掌握。所有伪造之各项证据，概不足信，使敌人无所施其技。这也是一件很要紧的事情。

（1931 年 9 月 30 日《新闻报》）

说世界上没有公理，这句话似乎是不能讲的。无奈公理虽然存在，却总是个无形的。公理自己不会说话，要借着人的口舌来发表种种议论；公理自己不会动作，要借着人的力量来表现种种动作。于是乎难问题就发生了。世界上的弱小民族，拼命地想捧这个公理，而捧的能力，似乎很不够。至于强有力者，野蛮些的，索性将公理一脚踢开了；和缓些的，也不过拿公理来变戏法，引得人眼花缭乱，实际上全不是那一回事。

国际联盟历来的成绩，大家也早已领教过的了。前几天大家对于国联，盼望非常之切。这几日大家对于国联，失望又非常之深。其实盼望原是徒然，失望却也不必。因为在今日的世界上，无论什么事，都是靠自己。自己不努力，自己不拼命，完全倚赖别人来讲话，本来是没有的事。同胞如果真能爱国，真想救国，还是脚踏实地自己向前去干罢。要请别人出来主张公道，只怕无论说得如何舌敝唇焦，也总是使你一百二十四分地失望。

中国对国联讲的话，句句都是出于真诚，国联也不过敷衍而已。日本对于国联的复文，完全是一片胡言，实际上无异在那里欺骗国联。而国联理事会对之却大点其头，表示满意。真的满意呢，还是没有办法而只好说是满意呢？假令真的满意，简直是甘受人欺；假令没有办法而只好说是满意，又简直是自欺。堂哉皇哉的国际大集会，其情形竟是如此，再和他们讲下去，他们却已经要宣告闭幕，明年再会了。好了，中国人也还是留点精神，少和他们麻烦罢。喊救命原已是懦夫所为，等到喊救命而没有人应，那就格外没有意思了。还是咬着牙，闭着口，一声不响，大家起来自救的好。

（1931 年 10 月 1 日《新闻报》）

鬼戏遮不住鬼脸

日本人以暴行强占东省而后，自己知道此类强盗式的行径，无论如何，对公理上说不过去，对世界各国面子上也说不过去。于是便趁此机会，实行他们历年来所怀蓄着的阴谋，利用着几个极可笑极无聊的人物，图谋独立，在他们铁蹄之下，组织起不成模样的省政府来。这种手段，可谓狡狯之至，阴险之至。

但是日本人虽然狡狯，虽然阴险，到底还是错了。他们如果在未占东省以前，自己不出面，行使其暗中捣乱的计划，运动各处独立，或者可以置身事外，说这是中国的内乱，与他们无关。如今他们既然将面皮揭破了，兵也进来了，地方也占据了，然后再来玩这一出鬼戏，在稍有脑筋的人，谁不知道是他们的威迫利诱，闹出来的怪局面。我们很可以将这件事提出国联，宣告列强，在敌人暴力劫持之下的独立，分明是他们阴谋满蒙的一种真凭实据。我想日人任是如何强辩，国联方面，总也不好再听一面之词，抹煞事实，又说对日本表示满意了。

但是我们恨日本人，要先恨自己国内为什么偏偏有这几个混蛋，会甘心供敌人的利用，甘心为李完用第二。俗语说得好："篱牢犬不入。"譬如好好的一家人家，本来不怕强盗不怕贼，只怕出了败家子弟，会勾引外人，拆自己的烂污，才真是可痛可叹。不过话又说回来了，人家子弟多了，哪里不会有几个混蛋？假令全国同胞，都奋发精神，坚定心志，一致对外，总可以连外人带混蛋，一齐撵出去。目前虽然闹得乌烟瘴气，我们凭着这同仇敌忾的精神，不怕不能扫除翳障，还我河山。

（1931 年 10 月 4 日《新闻报》）

国际宣传的重要：勿让日本人造谎

我国对于国际宣传，力量很为薄弱。这是向来大家都认为很不好的一件事情。同时日本方面，对于国际宣传的工作，却是积极进行，非常努力。济南惨案发生的时候，我国外交界人员以及海外侨胞，要向列强申说日人种种横暴的情形，竟至没有详确的报告，充分的资料。而日本人的假宣传，却说得天花乱坠，一时欧美人士，几乎完全为其蒙蔽。我国在无形中吃亏不小。这回日军暴行，又犯了这个弊病了。

照最近几天路透电讯所传，英美各国舆论最初对于日人的暴行，认为是一种非常可怪的举动，十分注意，最近却转渐渐地趋于冷静，以为沈阳事变，不致扩大，日本撤兵，可以实行。这显然是又受了日本人虚伪宣传的欺蔽了。固然我们纵使将日本暴行的真相，和他们违背公约蔑弃公理的情形，尽量向世界列强，说个明白，照目前的形势，也未必就有人出来仗义执言，主持公道。但无论如何，若能把实际状况，使各国人士，都彻底明白，总比大家蒙在鼓里，专听日本人张开大口造谎，要来得好些。因此之故，我觉得中国缺乏国际宣传，竟是绝大的一件害处。

讲到国际宣传所以缺乏的原因，我们又不能不怪外交当局，平时太不注意，太不着力。须知在华的各国人士，对于中国的国情、东方的形势，以及日人侵略的野心，或者还有些真知灼见，可以了解一切，至于远在欧美，足迹未履东亚的外国人，他们至多是耳闻罢了。种种事情，只凭着耳闻，当然十分隔膜。因为隔膜，就有误解。我国的外交，随处吃亏，一大半原是国力太弱之故，一小半也可以说不能祛除隔膜，就格外难以应付。尤其是中日问题，一经敌方大吹大擂，别人听了他的话，倒弄成了一个先入为主，适中其计。以前的话，也不必多说了。我想此后不问是政府方面，是民众方面，讲到一致抗日，务须同时致力于国际宣传的工作，救国之策，不止一端，而这件事，却也是急救方案中的一味要药。

（1931 年 10 月 6 日《新闻报》）

怪哉所谓抗议

日本此次对于中国的暴行，差不多和发了狂似的，野蛮凶横，达于极点。而吾国方面，不但政府当局，和负着军事责任的，都守着无抵抗主义，万分容忍。就是全国民众，亦复万分容忍。自从东省事变发生以至今日，从未对日本侨民，有何冲突。只有在自己范围内，很坚决地进行爱国运动，毫无其他过于激切或越出轨道的行为。这是中外人士，所共闻共见的。不料日本人在此种状况之下，明明已无谎可造，无话可说，却还要无风起浪，抹杀一切事实，抛却自身过失，转想出一大篇话来，向吾国提出抗议。

日本抗议书中的内容，大略都可以知道了。其中所持的理由，简直是闭着眼睛说话。我们也不必逐条去驳他。总之根本上最谬误的一点，就是国人最近所做的事情，完全是爱国行动，对于日侨，无丝毫伤害，并且毫无丝毫失态。所有经济绝交的办法，和抵制日货的规约，也都是全国同胞，自己互助策励，互相约束，譬诸一家人家，定了一个家教来，督责子弟，又与乡邻何关，如何可以逞强干涉？因为别人家有了很合理性，很守范围的爱国行动，而要大嚷大闹，提出抗议，这真是国际史上从来未有的怪例。大概日本人的心目中，已早认为世界上只有他们一国的势力，所以横行无忌，什么话都由得他们说，什么事都由得他们做。

日本在东省的暴行不必说了。就以保护侨民而论，中国的侨胞，在朝鲜受了如此大屠杀，而日本却诿为不负责任。日本的侨民，在中国并未伤动一根毫毛，却要无中生有，造空气，提抗议。这是从哪里找得来的歪理？吾国人眼前所积极进行的，不过是抵货。讲到抵货，不必谈什么世界大势，和国际公理。就拿日本人自己来说，日本人对于他国，何尝不订着通商条约，又何尝有什么恶感，可是日本人在平时施行的政策，亦复处处提倡国货，限制外货。并且日人不用外货的心理，向来十分坚强。假令日本人因为吾国抵货，就提出抗议，那么各国对于日本，也可以一齐提出抗议，说你们可以不欢迎外货，畅销外货，而要提倡爱国思想，保护自身利益，试问日本人对于这句话，肯承受不肯承受？总之和日本人讲理，原属多事。不过日本人颠倒提出提议，要和中国人来讲理，就不得不叫他们摸着头脑，自己先想一想。

（1931 年 10 月 12 日《新闻报》）

假面具与恶手段

日本人的一张脸上，常戴着两种面具：一种是狰狞可怖的怪脸，一种是涎皮嬉笑的鬼脸。日本人的两只手上，又拿着两种东西：一手拿的是一块糖，一手拿的是一把刀。他们在国际交涉上，总是先装着笑脸，拿着糖来骗你。你如果受了他的骗，上了他的当，便慢慢地将你害死。你如果识破了他的伎俩，置诸不理，他就立刻翻成恶脸，执着刀刺将过来了。

这回日军的暴行，也是如此。他们所谓满蒙权秘密会议，说对于攫取东省西路铁路权，不妨假设许多交换条件，诱我入彀。这依然是装鬼脸哄人拿糖来引人的惯技。无奈我国方面，终不肯堕其术中。于是大发其极，索性放出横暴无理的手段来，一不做二不休，恃强蛮干了。

日本人又不独对付中国是这般光景，就是对付世界各国，也是这一套花样。就拿最近的事情来说。他们对付国联，说是不容第三者干涉，对付美国又坚决拒绝参加国联，还说要引起日美邦交恶化。这种态度，这种声口，老实不客气，已渐露凶相了。可是阁议商定对策五项，其第二项却又说："希望根据机会均等原则，中国对于他国人民，亦将开放门户，俾得从事满洲之开发与繁荣。"这些说话，仿佛又要见好于各国，想让各国也尝着一点甜味。但是各国的外交当局，对于远东局势，总也有相当的了解，对于日本的手段，总也有相当的认识，料想不至于昧却世界大势，忘却将来的危机，而甘心情愿，来吃日本手中投机骗人这一块糖吧。

尤其荒谬的，东三省本是吾国领土，要开放门户，吾人自有主权，当然会自动地开放，何劳日人代谋。日本一方面强揽满蒙一切权利为己有，一方面又说着这般虚空的好听话以欺各国。这真似强盗抢了人家的东西，恐怕有人来捉他，便说我情愿和你分赃。还成什么话呢？

（1931 年 10 月 17 日《新闻报》）

公道自在人心：日本人当中也有明白人

日本人这一回的暴行，自以为只手遮天，可以抹杀一切公理，不知"公道自在人心"这一句话，究竟还是颠扑不破。因为世界上凡属人类，到底还是有灵性的，有良知的。人心不死，公道也不会沦亡。所以自从东省事变发生以来，不独世界舆论，一致对于日本，痛加抨击，连他们自己人，明白事理的，也居然良心未泯，肯出来说几句公道话。像东京帝国大学教授法学博士横田所著的论文，就可说是日本人中比较明理者的一个代表。

横田博士这一篇文章，一共胪列六点，对于日本军人的行为，处处违反公约；日本朝野的一切主张，事事不合正理。讲得十分透彻，十分明白。这种说话，出于日本人之口，尚且如此，我们一方面颇佩服这位横田博士，能够本着良心说话，能够主持公道；一方面又可证明日本人这一次的行动，实在是错误到极点，荒谬到极点。虽是他们自己人，也打不破一个"理"字，不能为之辩护，不能为之讳饰。

我想日本人这一次，引起世界舆论反响，丧失国际信用，如果再不知觉悟，横冲直撞，一味违背公约，破坏和平，只怕"众怒难犯"，于日本前途，也大大的不利。日本在此如醉如狂的时候，还有这样一个比较头脑清醒的横田博士，肯出来发表正论，又安知除了这个博士以外，没有其他明白事理的人。所以我倒要奉劝日本的民众，日本的一切知识阶级和优秀分子，大家都赶紧醒悟，设法制止军人逞暴，不要自处于孤立地位，而违反世界潮流。如果再坐视军人跋扈，一切不顾，终必自受其害。币原说强占东省，譬如吞一炸弹。这个炸弹，当然有爆发的可能性。

（1931 年 10 月 20 日《新闻报》）

病中杂感（一）

我已有一个多月，不执笔和读者诸君相见了。这是我自从编《快活林》以来，没有和诸同文如此"久违"的。可是我二十年来，即使偶然生病，无非风寒感冒，至多十天半月，便告痊愈，也从没有像这一回来得淹缠而长久的。

在此国难临头的当儿，我却无故而病难临头，我的"病难"说起来倒也和"国难"差不多。中华民国的国难，虽然是祸机勃发，论其根源，当然已是年深月久，不自今始。好比是一个慢性病，恰逢急性发作。这和我的贱恙，确巧相同。我平时素以壮硕耐劳自诩，说句不客气的话，倒并不像我们这个国家一样，早已得了"东方病夫"的徽号。但自今年夏天起，不知怎样，忽然肚中作怪，发生了一种"慢性肠炎"的病症，消化不良，人也逐渐消瘦。在上个月大概因为是饮食不慎，又因深夜回家，感受了些风寒，便由肠炎症而兼发寒热，在剧烈的时候，形势十分严重。虽因医治得法，居然脱险，但至今还是元气未充，健康未复。我素性好动，如今却不能不遵医生的嘱咐，从事静养，终日不出户庭，在药炉茶灶中讨生活。这正合着戏词中的一句"好不愁闷人也"。

我这慢性肠炎的病，向来是请老友汪企张医师诊治的。我前几个月服了他的药，当然比初发时好了许多，但始终没有断根。据汪君说，肠炎决非不治之症，也决不会骤然发生什么危险。不过若要治愈，时间极长，至少非六个月不能恢复原状。我听了他的话，觉得这个慢性病，真可算得极其"慢"之能事了。我原是一个很性急的人，不料此次会生了这样慢病，却也只好耐着性子听从医生施治，一时间无论如何急不起来。

汪君又说我这个受病之原，共有六个字，是"多应酬，少运动"。我细想这话是很对的。饱饫肥甘，古人原称为"腐肠之药"，我们当新闻记者的，别的好处没有，口福却是不错，一年三百六十五日，少说些也有三百日要上馆子，赴宴会，肠子中积满了油腻的东西，好比中国的匪一样，永远潜伏着，屯聚着，没有肃清之日，自然久而久之，要酿成腹心之患了。我原是狼虎会中一个会员，顾名思义，可见是吃喝中的健将。但自从肠炎症发生以后，就只能特别戒严，只吃些易消化而丝毫不沾油腻的饮食品，有几个朋友对我说，可谓"淡泊明志"。我道这也并非是淡泊明志自甘，实在还是嘴馋的报应。（未完）

（1931年12月5日《新闻报》）

要说中国的医药，不能合乎科学化，这句话确是无可讳言的。但一定要武断地说，中国的医药，一些没有效验却真不可信，就以我此次的病而论，热度很高，病势很厉害，而蔡医生的药，只服了一个"头道"下去（中国药向来是一剂分两次煎服的，俗称头道二道），呓语就顿时停止了，安睡了两小时，便得了微汗，热度已由三十九度三退至三十八度二，赶紧再服"二道"，又安卧了四小时，便由三十八度二又退至三十七度一，竟可说是完全退热了。这无论如何，不可谓非功效神速，连医生自己也料不到会如此药到病除的。但是寒热的减退，虽然如此之速，而病后健康上的进步，却又非常之缓。我自从病退到如今，逐日服药，逐日注意于饮食起居，而身体依然未曾复元，体质依然消瘦，并且肠炎的旧疾，也依然没有痊愈。这是中西医都是这样说，非假以时日，不能奏效的。由此我又得一感想，觉得一个人的身体，也和国家一样，临时的祸患，倒不难消除，而永久的建设，转不易成功。如今暴日凭陵我国，虽然凶残、蛮横，无所不至，吾国朝野，若能同心一致，抵抗到底，誓不退让，譬如大病之际，给它一个对症发药的峻剂，也不怕不能战退病魔。只是国内一切根本的建设，应该如何着手；一切无谓的纠纷，应该如何解除；一切积久的弊病，应该如何改革，倒是更大而更难以处理的问题。再反过来说，如果根本强固了，自然而然，也就不会发生什么祸患，酿成什么国难。譬如一个人，假令身体原来是十分强壮的，富于抵抗力，那么虽遇病魔，也就不足为患了。

我在病中，送荷本馆同人，以及许多戚属、许多好友，不时前来探视。外埠的亲朋，也频频遣书慰问。这是使我精神上最得到安慰的。可是我遵着医生的嘱咐，不能多见客，多谈话，有时在睡眠的时候，或是心神疲惫的时候，客来每不能亲自接待。这是我在万分感谢之中，又觉得万分抱歉了。而尤其令人感念的，便是本馆的这位"将军"，他自我卧病以至于今，代我镇守了《快活林》一个多月。他本来的职务，已经很够忙的了，还要为了《快活林》，增加了许多灯下编辑的工作。依我和将军的交谊，虽然不必说什么客气话，但以私人地位而论，这位将军，对于我真算得是劳苦功高了。我免不得"这厢有礼"，要"多谢将军"。（未完）

（1931 年 12 月 7 日《新闻报》）

病中杂感（四）

我最近虽然服的是中国药，但对于饮食品的调节，仍时时请教老友企张。企张也很热心，差不多每天每餐，应该吃些什么东西，品质如何，分量多少，都承他热心指导。因为他屡次对我说，慢性肠炎，欲求痊愈，第一在"养"，其次方在"药"。而关于"养"这一个字，尤以饮食为主要。我所以不得不请教他为我特制一张临时饮食表了。

我病中对于推拿，也曾经一度地试验。因为我在寒热初退之后，骨节间常觉得酸疼，便请推拿医生黄一照施治。一照是一指禅推拿专家黄汉如先生之子，颇能得乃父之真传。他的诊所，设在南成都路，年来很得病家信仰，也很有些声誉。他的推拿，不必十指着体，只须手头一用劲，隔着一两层被，也可以有很密切地感觉，推拿了几次，酸疼顿止，颇感舒适。据他说推拿不独可治筋骨之症，便连内脏病也可以疗治，并且也和用药一般，有攻有补，能表解，能调养。我想中国旧医学中，既有推拿这一科，大概总也有一种却病的功能。只可惜如今研究的人太少，或者前人许多妙法，都不免年久失传了。

在病榻上偃息了二十多天。别的事一概废弃，只有看报，还是日常的功课。不过近来看报，真令人越看越气，暴日的强横，无所不至，而吾国方面，直到如今，还是一个饮气吞声，并无何等坚决的表示，和切实抵抗的办法。只有一位马占山将军拼着死命，力捍强寇，总算为中华民国略挣了一些面子，为四万万民族稍吐了一口闷气。可惜他孤军失援，独力难支，终于被逼退却。在报端频频读着马将军的通电，忠勇之气，溢于言表，颇足令人神往。但是看到他沥血陈词，备述苦况，真令人欲哭无泪。许多在国难声中，还是养尊处优的达官贵人，不知念及这冰天雪地，拼命沙场的马将军，应当有些什么感觉？（未完）

（1931 年 12 月 8 日《新闻报》）

病中杂感（五）

一个誓死尽忠的马将军，终敌不过许多为虎作伥的汉奸。汉奸之中，像袁金铠赵欣伯这种人，本来是不足齿数的，甘心卖国，又当别论。最可怪的是那张景惠，他总也算得是东三省赫赫有名的一个老角色了，平时处着很高的地位，又有了很久的历史。就拿他对于张作霖张学良父子的私人关系而论，大概也是很密切的了。可是今日之下，据各方消息，竟会受着日本人的引诱，要去荣任仇敌辖制之下的主席，身败名裂，有所不顾。试问他到底贪图些什么？实在令人不解。我想他这一张，实在远不如他贵同宗张宗昌了。张宗昌的为人，以前大家都认为是一个糊涂虫。然而这一回很光明地从大连回来，不受日人利用，到了天津之后，发表许多谈话，竟不失为磊落丈夫，倒可以称赞他一句"大事不糊涂"。

国联最近的举动，不独使人失望，简直要令人作呕。第三次开会以后，除了英国代表和几个小国的代表，还能略说几句公道话而外，其余竟是完全仰着日本人的鼻息。所谓堂堂行政院理事，对于日本，委曲求全，无所不至。而日本人偏偏还不肯给他们面子。直至如今，依然形成僵局。可怜的国联，只怕终究是难以下台，我对于国联，也不愿作何批评，只记着"远看城头像狗齿"的联句。照眼前的情形，真如那首诗上的第三句，"越看越狗齿"了。为我国计，到此地步，唯有赶紧设法自卫，何必再去希望国联，倚赖国联。倒不如实行那第四句"勿看勿狗齿"，反来得爽快。因为看来看去，总是狗齿，又何苦眼睁睁看之不已呢？（未完）

（1931 年 12 月 9 日《新闻报》）

病中杂感（八）

上海的生活，"衣""食""行"三字，都还罢了，唯有这一个"住"字，最感受困苦。每月贡献给房东的房钱，为数实在不小。经济上的支出，已觉不胜负担，可是做房东的，只知道按月收取房金，算计利息，对于房客方面，一切的一切，简直毫不过问。所以住在上海的人，除了大洋房中的阔客，十分舒服而外，其余凡是住弄堂房子的，大概十人而九，都感觉到居处问题，不易解决。就以我而论，平时深夜回家，一起来便要向外跑，看得家中，差不多和旅馆一样，非是睡眠时间，难得在家勾留，倒也不觉得有何等的不舒适。此次伏处寓室，养了一个多月病，可就很有些麻烦了。第一，我们这个弄堂，竟是小贩聚集之所，不但从早到晚，并且从晚上直至深夜，各种小贩的叫卖声，可以说是连绵不绝。尤其是早上，只要天色一亮，便有许多小贩，同时并集，放开各种奇妙的喉咙，发为各种特殊的腔调，声声高唱，响彻云霄，仿佛开了一个"怪喉竞赛会"。大概住在这个弄堂中的居户，若不是吃了安眠药，或是养着《西游记》中的瞌睡虫，被这种怪声一吵，无论如何，休想睡得安稳。以上所说，或者还是上海弄堂中的普通情形。可是我们弄堂内，又有一个特点，就是按照我们那位经租账房中的定例，明明说着本弄的房屋，专供人租赁作住宅之用，但弄堂中偏偏设了许多工厂，工厂设在弄堂中，装着马达，开着机器，是否含有多少危险性，是否与房客的安全问题，有些关碍，做房客的，完全处于无权的地位，也无从加以研究。可是工厂就在贴邻，从早到晚，机器声轧轧（有时大开夜工，竟是彻夜不绝），简直闹得人头疼。我真不解一样收的是这样几个钱房租，何以必定要将弄堂中变成工厂区域，使房客叫苦连天。总而言之，上海的房东，对于房客，除却供给你一所房子，使你不至站在露天以外，其余无论什么问题，都不在他们心上。（未完）

（1931 年 12 月 12 日《新闻报》）

病中杂感（十）

病中没有什么事可以消遣，便大看其小说。恨水的一部《春明外史》，我因为它卷帙太多，以前倘然得暇，虽也逐渐地看下去，总没有了结。此次却将全书一气看完，总算是毕了业了。此外又将恨水新著世界书局出版《落霞孤鹜》，看了一遍，觉得这部小说，和《啼笑因缘》，真可以说得是异曲同工。《啼笑因缘》，描写的是四角恋爱，《落霞孤鹜》，叙述的是三角恋爱，可是这部书中所说的三角恋爱，是极纯洁、极缠绵，而又极其自然。既脱却旧小说中陈腐的窠臼，也不含新小说中浪漫的意味。所以我批评恨水的小说，可谓冶新旧派于一炉，而能采其菁华，独树一帜。又恨水的小说，善于演述变态心理，《啼笑因缘》如此，《落霞孤鹜》也是如此。而尤其可取的，是他笔所述种种变态，都是出人意想之外，而又确在情理之中，丝毫不觉得牵强，也丝毫不涉于怪诞。《落霞孤鹜》中的主角，两个女的，都是小家碧玉，一个男的，也只是一个学校教师，并非什么特殊人物。论他们的结合和一切经过，似乎都是社会上常有的事情，正合"庸言庸行"这四个字。而在"庸言庸行"之中，却处处显着书中主人翁人格的伟大，和境遇的奇特，悲欢离合，喜怒哀乐，自能使阅者和书中人表深切的同情。读过《啼笑因缘》之后，又读《落霞孤鹜》，不能不佩服恨水自有一支作小说的妙笔。

我的《病中杂感》写到这里，也就完了。不妨告一结束，但是我还有一句话要讲。我这个肠炎之病，前天已经说过，完全是因"狼吞虎咽"而起，因此中西医都对我下了严重的劝告，说是欲求痊愈，至少在几个月以内，非谢绝一切宴会不可。我是一个老饕，听见这句话，当然很不欢迎。但为了顾全自己的病体起见，对于医生的话，又断不敢公然反抗。所以我在本文之末，附带来一个声明，奉告我许多朋友，在短时期内，"如蒙宠召"，只好"恕不奉陪"。这真是"不得已而为之"，并非是搭架子。好在我并非是个"向不吃饭"的人，等到五脏庙修理好了，便依然可以大吃特吃哩。（完）

（1931 年 12 月 14 日《新闻报》）

停止贺年

旧历新年，一切祝贺的仪式，和民间种种的点缀，早已废止了。如今本埠公民，却又发表通电，主张新历新年，转瞬即届，也应当停止贺年。旧历停止贺年，为的是统一国历，新历停止贺年，为的是纪念国难。比较起来，后者的用意，尤为深刻，尤为痛切。就我个人的意思，也以为在目前这种状况之下，实在不必贺年，也实在不应当贺年。

说到一个贺字，当然含有庆幸的意义、祝颂的思想。以前的新年，虽然事实上也毫无可庆可幸之处，但人民心理，总希望向着幸福之路上进行。开岁伊始，当然不能不有一种欣欣向荣的表示。讲到目前，国难方殷，举国上下，受着这样的巨创，蒙着这样的奇耻，正是忧惧不遑，更有什么可庆，有什么可贺？所以贺年的虚文，确乎非停止不可。若在国难声中，还循例贺年，真要像通电所言，"贻笑敌人"了。

但是关于贺年的一切点缀，固然应当停止，而国民对于国家前途，仍不能绝其希望。今日之下，唯一的希望，就是大家一致起来，赶快地解除国难，永久地湔雪国耻。所以明年元旦应该把贺年的仪式废除了，而共同举行国难纪念，借以表示哀痛，激励人心。假令能在最短期间，将国难解除了，国耻湔雪了，河山依然完整，主权依然恢复，中华民族依然能保持光荣，那时节再痛痛快快地、热热闹闹地，补行庆祝，大贺特贺，也不为迟呀。

（1931 年 12 月 18 日《新闻报》）

共赴国难：要赴就快些赴吧

"共赴国难"这四个字，差不多已成为一种口号，你也是这样说，我也是这样说，但实际上国难是一天紧似一天了。到底大家是否能赴，这是应当问的；是否能共赴，这又是应当问的。

国难发生至今，已经整整的三个多月了。换句话说，就是我中华民族，已经遭了三个多月的大难了。然而所谓赴国难，所谓共赴国难，到底有了些什么准备，做了些什么工作，细想起来，真是十分难说，也十分痛心。讲到对外，说来说去，只是依赖国联，可是弄到结果，国联的决议案，不但不能保持公理，倒反间接造成了日本侵略东省的一纸保证书。剿匪的权限要保留，军事的行动不干涉，于是日本格外可以明目张胆，毫无顾忌。而返视我国，一切方面、一切举动，依然是闹着家门以内的事情，对于外来的强寇，如何抵抗，如何防制，毫不听见有具体的办法。并且因为家门以内的事情，太纠纷，太复杂，大家都是全神贯注，不肯放松，似乎对外的呼声，比较国难初起时，反觉得冷静了，对外的这一股劲，也似乎反显着松懈了。这种景象，安得不令人担忧？

我也知道大家有句极冠冕堂皇的说话，就是必先要将内部整理好了，才能一致对外。这话从表面上看来，当然谁也不能说错，但是反过来说，如果大家真有对外的决心，那么整理内部，实在不是什么难事。如其不然，大家的目光，依然只向里边看，不向外面望，这个整理内部的工作，到底何时可以就绪，简直无人敢说。人家连哀的美敦书已经下了，我们还有心情说闲话，算旧账么？

我看东提出一个主张，西发表一篇谈话，终不过报纸上热闹而已，都未必是救国的急务。真要共赴国难，就应该投袂而起，挺身而前，来不及再闹什么空场面了。

（1931 年 12 月 21 日《新闻报》）

安外攘内

我今天在没有谈话之前，先写了这一个题目，我知道大家看见了这一个题目，一定要说道错了错了，向来只有"安内攘外"，就是眼前许多要人口中，也只嚷着"安内攘外"，怎么会闹出一个"安外攘内"。想是将"安"与"攘"两个字弄错了，或是将"内"与"外"两个字缠夹了。

我也知道这四个字，像是写错了，我更愿承认我这个题目，的确是内外颠倒了。可是事实上对内似乎有些不能安，对外又似乎有些不肯攘。这可有什么法儿呢？

"共赴国难"咧，"一致对外"咧，个个人喊得一片声响，如何说不肯攘外，岂非是荒唐之至么？然而实际上到底怎么样呢？国际风云，较前愈为紧迫。日本暴行，较前愈为猖獗，丧师失地，警报频传。而外交的方针，究竟如何；战事的准备，究竟如何，始终没有决定。或者竟是始终没有人注意。这不是"攘外"，简直是"安外"了。所谓安外，决非真能安然无事，不过是他人步步紧逼，而我却安然不动，依然想着苟且偷安而已。

新政府已经成立了，和平统一的局面，已经实现了，如何还说不能安内。然而实际上又到底怎么样呢？某省某省联防，某省某省联会，这些消息，在负责者都认为谣传。我们也唯愿是谣传，不必说了。但是各方的意见，是否彻底破除，各方的精神，是否真能团结一致。进一步说，政局是否能永久安定，即退一步说，短时期间是否能彼此相安，只怕还不敢有人保证。既不能安，就使不发生什么大问题，而无谓的烦扰，与无形中的纠纷，也令人应付不暇，岂非还是免不了这一个"攘"字么。

可是话又说回来了，我们做老百姓的，且别管它各方要人的意旨，如何如何；各方领袖的言动，如何如何。只希望大家以国家为重，以大局为念，还是实行"安内攘外"。我今天这一个题目，宁可给人家批评，说是荒唐，说是颠倒，说是不通，我倒很引以为幸哩。

（1932 年 1 月 12 日《新闻报》）

我是不走的了

旧剧中有一出《鸿鸾禧》。在这出戏中，那个装花子的穷小生，将人家的东西"吃饱了""喝足了"。人家叫他"两个山字加在一起"，老老实实地"请出"。他却非但不出去，反而揞着鼻子，摇着身子，哼着一种怪声怪气的腔调道："我是不走的了。""我是不走的了哇……"

在这个国难声中，大家停止娱乐，戏园也因此停市。我却为何放着正经话不说，好端端地谈起戏来。却也是有感而发。但看这几天的停战会议，争来争去就只争在撤兵这一点。日本人最初要求，说是军队太多了，要撤至真茹吴淞线。如今经我方代表，争之甚久，总算略退一步，还要驻兵在吴淞闸北，并且希望借此为将来开圆桌会议时，要挟的地步。总而言之，是撤兵问题，反而要变成驻兵问题；总而言之，在日本军官心中，就是这样一句话："我是不走的了。"

我们在戏中听见"我是不走的了"这一句话，看见那小生说话时表演的神气，都感觉到他是十分惫赖，十分无聊。但是现在日本人的"不走"，其惫赖与无聊的程度，又复何如？

他要老是不走，我国人为保持领土主权完整，难道就是这样模模糊糊让他永远不走么？参与会议的各国，为拥护国联议决案，承认中国领土主权完整计，难道也就是这样模模糊糊，让他永远不走么？

（1932年4月2日《新闻报》）

问问上海人

两租界已经解严了，各商店已经开市了，娱乐场、酒菜馆，家家复业。日间马路上的汽车，依然热闹；晚间街市中的灯火，依然照耀。就一切的一切说，上海似乎已恢复一月二十八日以前的状态。

停战会议，还是枝节横生，未许乐观。近郊各处，还是大兵压境，不肯撤退。再看闸北，还是一片焦土。医院中的伤兵，收容所的难民，还是满布着愁惨和恐怖的色彩。就一切的一切说，上海到底是不是已恢复了一月二十八日以前的状态?

上海人本来是享乐的,这回可大大的吃了苦,大大地遭难了。生命财产,牺牲何限?一重重的耻辱,一重重的惨祸,一重重的压迫,上海人能忘得了吗?

上海人有血性没有?有志气没有?若是有血性、有志气的,开市尽管开市,复业尽管复业,却断不可以存着时过境迁的心理,以为大难已去,又好享乐了。须知恶曜依旧照着你,厄运依旧追着你;要寻活路,切莫放松了长期抵抗的工作!

(1932 年 4 月 4 日《新闻报》)

东洋戏法

我以前在国联调查团未离上海的时候,曾于社论上表示了一点意见,说"东省处于日本铁蹄之下,已近半年,此次调查团赴东北视察,谨防他们要行使手段,湮灭种种证据"。照这几天报纸所载的消息看起来,日本人确已在那里进行毁灭证据的工作了。

东洋戏法,本来是出名的,日本人这一回在东三省所做的各种事情——尤其是组织伪国——分明是绝大的一出把戏。他们既是玩的把戏,有许多花样,当然变得来,又会变得去。如今听见调查团快到了,只怕被人识破机关,又当然要使用遮眼法,将变得来的花样,暂时变去了。

变戏法第一要"交代明白"。但是所谓"交代明白",便是一个关节。会变戏法的,一面交代,一面就在这个当儿,施展手脚。譬如要在一只盒子内,变出什么东西来,一定故意先将这只空盒子,翻来覆去,交代给人家看,引得人眼花缭乱,全副精神,都注定在这只空盒子上,预备捉他的破绽,他却趁此机会,另从别人不注意的地方,把东西运转得来了。变戏法的巧妙在此，看客的上当也在此。

因此之故，我要希望国联调查团这回到东北去，看日本人的戏法，要另用一种灵敏的眼光，注视到日本人"腾挪""脱卸"的种种功夫，千万不可看他们表面上的"交代"，暗中上了大当。

（1932 年 4 月 17 日《新闻报》）

悼肖特义士

美国飞机师肖特义士，因参加中日空中战事，以致殒命。吾全国民众，对于肖特义士之死，无一人不表示极端的敬仰，无一人不表示充分的感佩。如今肖特义士，在沪举行殡葬礼，论其仪式之隆重，和各界痛悼之诚意，也可说是备极哀荣，颇足以引起世界人士的观感。

我们既哀悼肖特义士的勇敢，同时又极敬佩肖太夫人的卓识，肖太夫人对客谈话，说是"余子为国际争正义而死，极为荣幸"。这一句话，真是至理名言，不愧为贤母。须知我全国民众，所以敬仰义士，所以感佩义士，并非单为义士帮助我军作战。因此激于片面的情感，举行盛大的追悼，实在鉴于义士之死，是为正义而牺牲，极正当也极伟大。不能不使他在维护国际正义的历史上，留一个永久的纪念，占着最光荣的一页。换句话说，义士之所以为"义"正是伸世界之大义，较诸其他一切死战的军人，价值都要高出一筹。

可是吾人因为肖特义士的牺牲，又引起了一种感想，觉得如今国际间人人都高唱着维护正义，保障和平的口号。然而对于蔑弃正义，破坏和平者，依然处处顾忌事事优容，没有人敢放出胆量来，拿出实力来。裁制强暴，单靠着空口说理，而且这个理还说得不十分透彻，试问正义又如何可以维护？和平又如何可以保障？假令全世界各大强国中所谓有力的人物，都能像肖特义士这样，见义勇为，不畏强御，又何愁不能凭人类的力量，改进一个庄严灿烂的世界呢？

（1932 年 4 月 22 日《新闻报》）

卧薪尝胆：好一番大道理

国府训令直辖各机关，说"当此危急存亡之期，凡我国民，唯有节衣缩食，充实饷糈，为抗日后盾"，并且有"帛冠布服，卫文中兴，尝胆卧薪，勾践复霸"等说话，真是冠冕堂皇之至。

值此国难声中，国府以俭约勖国民，当然是好文章，好说话。国民对此敢不拜嘉，敢不领教？不过国民也有两层意思，要请问政府。第一，政府要国民节省财力，充实饷糈。话是很对的，但饷糈所以养军队，这些军队，到底能否为国效力？若能为国效力，枪杆向外，当然算不得白养。如果拥兵数百万，坐视外侮凌迫，而终于不抵抗，那么国民输财供饷，依旧得不到丝毫保护，岂非有些冤枉呢？第二，政府叫人民卧薪尝胆，人民应当乐从。可是政府中几位大老，能否卧薪尝胆呢？假令专责国民卧薪尝胆，而自己依旧卧的是大铜床厚绒毯，尝的是鱼翅鲍鱼大菜，是否合于一致御侮的大道理呢？

不但如此，越王勾践，明明做了三篇文章。第一篇文章是"忍辱求和"，第二篇文章是"卧薪尝胆"，第三篇文章是"生聚教训"。所以能一举灭吴，复仇雪耻。那么国民学勾践，固然要卧薪尝胆，政府能否学勾践，赶紧从事于"生聚教训"的工作呢？假令堂堂政府，做不到"生聚教训"，也做不到"卧薪尝胆"，而只学了勾践的第一篇文章，"忍辱求和"，只怕不是勾践的好徒弟，简直是勾践的罪人。

（1932 年 5 月 13 日《新闻报》）

日本事变与中国前途

最近之日本，一切政权，胥为军阀所劫持；一切政策，胥受黩武主义之宰制。侵略之野心，日益恣肆，狰狞之面目，日益显露。论者固早料其必酿巨变，今者惊人事件，突然而起，变端已见，而蓄势既久之狂潮，或且一发而不复可制矣。

犬养毅之被刺，与各方面之扰害，其性质之严重，与形势之激烈，不独日本人为之惊怖，抑亦世界各国所闻而震动者也。日本素以"有组织""有秩序"之国家自诩，而其军人又素以"尊重纪律""服从命令"著称。今乃呈此空前未有之举动，虽大乱未成，而危机已迫。此后应如何措置，方可绥定全局，实为当前之一难题，宜其朝野之间，咸皇皇然不可终日也。

此次祸变，不能目为寻常之暗杀事件，不能认为偶然激发之暴动行为，而为少壮军人派实施其预定之谋划，凭恃其蕴蓄之势力，将借此一击，以高揭显明斗争之旗帜，以打倒一切政客财阀而攫得最大之政权。斯殆绝无疑义者也。故继任内阁之人物，虽犹未定，而政友会受此迎头之打击，民政党之声势，又极为微弱，此后政治舞台中，必以军人为主干，俾实现其极端的法西斯主义，且愈盖厉行其黩武政策。斯又绝无疑义者也。日本经此绝大的变化而后，前途如何，正难逆睹。以言对外，日本之侵略手段与横暴行为，早已引起世界舆论之攻击，与各国一致之嫉视。若再铗而不舍，必欲激动国际风云，惹起世界战争，使列强之怀怒已久，疑忌已深，而静待时机，隐忍未发者，一旦为局势所迫，不得不群起而与之周旋，日本虽以武力自负，其果能冒天下之大不韪，而有恃无恐乎。以言对内，日本年来经济之恐慌，社会之不安，与夫左倾势力之扩大，又何尝不危机四伏，应付维艰。苟军人当国，完全恃其武力，不循常轨，不问理性，压倒一切，必且激起其他各种分子之反响，而使原来潜伏之危机，随时可以触发。此在中风狂走之日本军人，因已悍然不顾，然觇国者于此，殊可断言其事变之来，殆方兴未艾也。

虽然，吾人今日，果何暇更持客观之态度，对于日本前途，为从容之讨论哉？自国难发生，以迄于今，中日两国，已以彼此敌对之势，成纠纷莫解之局。在此期间，而日本政局，突起历来未有之变化，试为我国设想，目前与将来之利害，毕竟如何，此又国人所当深切注意者也。关于此点，不必求诸理论，事实盖已明告吾人，必且增加其危险之程度。不观日本少壮军人所标榜之政策乎？其开宗明义第一章，已明言"占领满蒙为日本领土"。此次军人派之所以实此暴行，演不满意于其当局所持之政策，目为不彻底，目为软弱，故必欲倾覆之以为快。然则军人派一跃登台而后，其必变本加厉，更竭其武力，以图凌驾我国，以谋吞占东省，实为必然之事。东北风云，自愈见紧迫，且将改易其粉饰门面的态度，而取急进的劫夺手段。我国将何以御之。此危难之较近，而别无回旋之余地者也。比来日本军阀，好战之心理，几于无从遏抑，对于美俄，尤呈跃跃欲试之象。故除决心侵略中国，图占满蒙而外，又公然宣言"将与美俄开战"。按诸此种状况，第二次世界战争之祸机，其爆发之期，已迫在眉睫。战云既开，无论形势如何，变化如何，中国必首当其冲，必陷入漩涡而蒙绝大之牺牲，固为一定之理。此危难之较远，而亦别无避免之方策者也。是故吾人对于日本之事变，既不当为幸灾乐祸之语，亦不当徒存惊惧骇叹之心。但应格外惕厉，为当机之应付，谋积极之防制，更无徘徊观望之可言也。

抑尤有进焉者，我国政府，最近对于东省问题，犹只知以"一面抵抗，一面运用外交"等虚言，为欺饰国民之计。其实所谓"抵抗"，固常在坐视不动之中。所谓"运用外交"，亦唯以乞怜国联为得计。但日本少壮军人之表示，固已直截痛快，谓"外交强硬，不理国联"矣。然则政府斯后，又有何玄妙之手腕，以御此狂澜耶？停战会议，结果只是屈辱，东省问题，殆将求屈辱而不可能。不知自称负责之当轴，对兹风云颓洞之局势，其亦有所警惕，别觅决心御侮之途径欤？抑仍保持其麻木之神经，坐以待亡欤？是更吾人所急欲问者也。

（1932 年 5 月 18 日《新闻报》）

新五毒

旧历端午，俗称为五毒出世，所以大家要喝雄黄酒，悬菖蒲剑，道是可以辟毒。这种举动，虽似迷信，但在卫生方面讲，却不能说是全无意味。

不过习俗相沿，所举的五毒，只能称为旧五毒。现在的中国，却有新五毒。旧五毒之毒，害中于一身；新五毒之毒，祸及于全国。

所谓新五毒，是哪几样呢？一、为虎作伥，毒害民族的汉奸。二、私贩仇货，贻毒社会的奸商。三、穷兵黩武，荼毒人民的军阀（此专指内战而言，至于枪口向外的，正是好军人，不能称为军阀）。四、拨弄风云，毒痛四海的政蠹。五、公卖鸦片，散布烟毒的土佬（有土有财的大佬，宜奉以尊号曰土佬）。

以上的五毒，实在比蛇蝎之类，还要厉害。国民应该一致起来，想一个辟毒的方法，把毒氛扫尽，还我青天白日。

饮酒壮胆，仗剑除魔，这原是男儿气概。雄黄酒这个名词，尤为响亮。我希望今天喝雄黄酒的人，心头要记着以下八个字："雄飞大陆，直捣黄龙。"

（1932 年 6 月 8 日《新闻报》）

假面具的国货：最可虑骨子里还是劣货

"抵制劣货，提倡国货！"这八个字，是大家口中在那里念着的了，但劣货是否能彻底地抵制？国货是否能积极地提倡？确乎是绝大的一个问题。

如今有许多人实在太聪明了，往往趁着提倡国货的机会，假着提倡国货的口号，而实际上所提倡的，却依旧是劣货。哄人上当，自己发财，结果还可以博得一个美名。巧是巧极了，妙是妙极了，可是因此破坏了抵制的阵线，论其情节，却比私进劣货的奸商还要来得重大了。

昨天小记者说：近来有许多人，以劣货冒充外货，或以外货冒充国货。所以要真心买国货者，须要认清完全中国人资本所经营的工厂或商店中的出品，方可以说是真正国货。如果资本是外国的，仅仅请个华经理，用几个工人，就算不得是中国人的企业。

我以为他的这一番话，固然是很不错，但还要进一层加以研究。须知目前也有中国人资本设立的公司，中国人经营的事业，而且自设工厂，自制货品，照这样子总可以算是道地国货了。但是所用的原料，却依然是外货，或竟是劣货，譬如织绸用的丝却是劣货，譬如制造棉织品用的棉纱却是劣货。诸如此类，它们的出品销路愈广，劣货的原料也用得愈多，那就直接算是提倡国货，间接岂非是提倡劣货呢？

假令有些东西，不用劣货的原料不能制造，或者还可原谅。明明有国货原料，而偏要用劣货，这又是什么用意呢？我们总希望在此国难声中大家都要拿些良心出来，不要以为略施狡狯，就可以一辈子发财，一辈子骗人。

（《新闻报》1932 年 7 月 10 日）

　　　　我的声明

　　我最近有两件事，因为接到来函询问的，实在不少，迫于繁冗，未能一一答复，只好借《谈话》栏中，声明一下子。

　　第一件事，是有许多人写信给我，大概因为看见我在一两家小报上（均是报也，原无所谓大小，小报这个名称，是我个人的意见，觉得不很适当。不过大家都用此二字，我也只得沿用一下子），做过一两篇东西，便认为我和这几家小报有关系，于是托我订报的也有，讨论内容的也有，甚至指出报上所记载的事情来询问一切的也有。真是不胜其烦，而且照此情形，还不免引起意外的误会。其实讲到友谊关系，可以说凡是上海主办小报的人物，什九都是文字之交。但是讲到实际上的关系，那么我自在社会上服务以来，对于任何小报，均未参加，的的确确，是毫不相关。至于偶尔有一两篇文字发现，也不过是临时拉夫性质，迫不得已，随便敷衍上的帮忙罢了。不能说是在一个报上刊载过一两篇作品，便认为发生关系。老实说，许多年以来，我在各小报上题过字，做过文章的，也着实不少。假令一题了字，一做了文章，便认为有关系，我简直成了各小报的戏包袱，出出有份了。天下安有此理？

　　第二件事，是又有许多人写信给我，询问我有几个函授学校的情形，说章程上将我的名字列在校董或发起人里面，所以不能不问。关于这件事，实在有些滑稽。这几家函授学校将我拉着里面，我决不能说他们是冒名，因为在许多年以前，也许征求过我的同意的。不过我当时虽答应列名，而对于一切内容，却是丝毫不知，丝毫不问。至于最近数年来，更没有什么函授学校，和我接洽。所以我要明白地说，目前对于任何函授学校，都绝无关系，都不负责任。以后有志愿入函授学校者，还请自己细细考察，在学科上章程上加以研究。我的这一个虚名，本来是不值得注意的。

（1932 年 8 月 17 日《新闻报》）

目前的上海

"这几天谣言又很多了，""住在虹口和北四川路一带的，又有人搬场了，""时局究竟如何？""上海有无问题？"似这般的询问和讨论，是最近数日内友朋相遇，耳中时常可以听得到的种种声音。

讲到上海有无问题，就目前的形势观察起来，在最短期间内似乎也无甚大问题，谣言咧，搬场咧，也不过是经过"一·二八"事变以后，人心不定，容易发生恐慌的一种征象罢了。可是要很有把握，很负责地说上海此后可以永远没有问题，住在上海的人此后可以高枕无忧，那就任何人不敢下这个肯定的断语。因为热河告警，外侮日急，万一险恶的风云，日益扩大，上海既是个重要所在，岂能不受影响？

总之，大家须要知道，国难临头，原是中华民国的整个问题，如果能把国难解除了，当然全国人民都可安定，否则在此风狂浪急之中，随时随地都会发生危险，岂独上海？所以大家不可把目光放得太短浅了，只顾眼面前的苟安。需要举国一致，各人就各人的地位，各人尽个人的力量，拼命向前，把当前的大难驱除了，然后可以享受太平之乐。

（《新闻报》1932 年 8 月 30 日）

读书问题

暑假期满了，各校开学了，凡是家中有子女的人，对于读书问题，一定要有一番考量。同时对于缴纳学费，一定也要有相当的筹措。

就依我个人而论，子女并不算多，并且半数还在小学中读书。而学费所需，每学期已在二百元左右，膳宿费和书费，还不在内。在我个人的预算表上，已占着支出项下的一大部分。推而言之，凡子女多于我的，或者处境艰窘，经济上担负的力量，更不如我的，又或者子女俱已长成，其年龄和程度，都够得上入大学的，这一笔学费，更难以设法了。所以今日之下，便就读书而论，也日趋于贵族化，也渐成了有钱的人一种专利。贫寒子弟，差不多要无福可以踏进学校的大门了。

入学之难如此，再讲到入学而后，是否真有书可读呢，是否读了书真能有益呢？大概一学期中，今天放假，明天纪念，后天或者又要开会，真正读书的日子，占不到二分之一。如果不幸而学校本身，发生风潮，或遇着什么特别的事故，那就可以永远不上课，不读书了。这种弊病，当然以大学为最多，中学校次之，小学校中，读书的日子，倒还没有什么大折扣，不过每天上课听讲，也往往只具着一种形式，实际上能否逐渐进步，依然是不可知。因此之故，为家长者，对于子女的读书问题，真是煞费踌躇，不易解决了。

（1932 年 8 月 31 日《新闻报》）

文艺界之救国

国难方殷，又逢国庆，河山变色，日月无光。此固至堪忧痛至堪愤恨之一境也。凡我国民，处斯境界，固人人当以救国雪耻为唯一之责任。然而今之谈救国者，每多属望于军事界政治界外交界，其次则注重于农工商各界，独对于文艺界，多视为调文弄笔之徒，断不足以当扶危定倾之任，乃置诸无足轻重之列。而文艺界自身，亦遂甘于退藏，安于暇逸，几除感时感世，咨嗟太息而外，不复知有所振作，不复知有所表现，断至不复知有救国之责。此大谬也。我以为从根本立论，文艺界实足为民族之灵性，社会之重心。文艺界而自弃其职责，则亦已矣。如其不然，正当以文士之心血，为神州洗积垢，为国家培新基。兹姑就感想所及，约略述之。其词诚无可取，而其旨则在奋励吾全国文艺界之勇气，或当为有识者所许也。

今之持政治论者，多着眼于所谓"民族特性"。民族性向上者，无论国势如何危难，必有拯拔之机。民族性堕落者，无论环境如何顺利，终呈衰退之象。斯一定不易之例也。顾民族特性之如何养成，如何培植，如何而感化，如何而奋兴，其关键殆不尽在乎政治，其效能亦不尽在乎教育，而一切文字上与艺术上之作品，转有潜移默化之功。此潜移默化之功，往往有历史以为根据，有时代以为背景，而深入人心，莫可摇动，亦莫可移易。故推原立论，一国之文艺界，表面上虽似处于最无权威最无势力之地位，而就其大者远者言之，则其无形之权威，与潜在之势力，实在任何阶级之上也。吾中华民族之特性，重礼让，尚信义，爱和平，固非无优良之点，足为世界各国所称道。然而亦有至不适于生存竞争之时代者，曰因"文"而流于"弱"，因"良"而近于"懦"，因"安分守己"而难以"奋发有为"。唯其弱而懦也，唯其不能奋发也，于是遂不能当险恶之风云，不足御外来之强暴。此殆等于历史上之遗传病，而毋庸讳言者也。此历史上之遗传病。谁为种其病根，则古来文艺界之咎也。

古之所谓文人学士者，其遭际恒多困穷，其性情类多迂僻，于是怀才未遇，而流于隐逊，或玩世不恭，而出诸幽怨，借牢骚以寄兴，借放浪以鸣高。读其作品，遂多为颓废之文字。因此等颓废文字之流传，经此等颓废文字之感化，遂使大好民族，亦隐隐然养成一种颓废之特性，迄于今日，犹处处显露其病征，未易尽祛也。

古派文艺界，偏于颓废，至若新派文艺界，既受西洋文化之洗礼，宜有以力翻前辙矣。顾按诸实际，则以文艺界的革命先锋自任者，虽不肯安于颓废，却又另犯一新病曰"浪漫"。其自身既习于浪漫之行为，其作品亦多含浪漫之色彩。频年以来，莘莘学子，沉浸于浪漫之空气中者，不知有若干人，表演浪漫之趣剧者，亦不知有若干人。"浪漫"与"颓废"趋向似乎各异，而其足以销铄青年之志气，毁损民族之精神，则直可称为"异曲同工"。人心不振，民气不扬，而外侮乘之，大难遽作，文艺界殊不能不负相当之责任也。

基于以上之结论，吾敢谓今日国中文艺界，亦宜乘时奋起，集中力量，共谋救国。所谓文艺界之救国，初非抛弃其固有之职业与生活，而投笔从戎也。若是则为夸言，为空言。结果仍于事无补。但能各就其原来之地位，原来之能力，从事于热烈雄壮之文艺运动，发挥其热烈雄壮之文艺作品，而悉以爱国救亡为主旨，借以唤起国魂鼓励民气，必有伟大之效果。其尤要者，则值此国难声中，凡属文艺界，须力戒有颓废与浪漫之行为，并力戒有颓废与浪漫之作品，庶能焕焉改观化，谋文之复兴者在是，谋国势之复兴者亦在是。且也"文艺界"三字，所包至广，即令约而言之，如"文字""图画""音乐""戏曲"之类，悉隶范围，人数至多，人才亦至多，果能集合阵线，努力进行，对于救国雪耻，至少可做一部分之工作，尽一部分之责任。际此存亡绝续之交，固不应自弃，亦不应自馁也。

（1932 年 10 月 10 日《新闻报》）

对租界检查电影的感想

前日报载工部局电影调查委员会报告书的节略，内有两点，颇值得吾人注意。

第一点，认定在上海地方，放映影片，对于民族感情，应当特别注意。凡影片中有引起东方人轻视西洋人或西洋人轻视东方人者，皆须郑重考虑。关于此点，调查委员的主张，很为得当。历来外国各影片公司摄制影片，每多侮辱吾国人之处。不独于理不合，且事实已因此发生过几度风潮。此后希望负检查电影之责者，对于有伤民族情感或描写失真的影片，一概取缔，禁止演映。

第二点，调查委员会谓描写肉感之片，为害甚大，凡十六岁以下，未及成年者，不得观看。这一层理由也很适当，但还应该进一步立论，凡纯粹描写肉感的影片，不独未成年者不宜观看，即使已成年者，也何尝相宜。目前的上海，已几乎成为一种"肉感世界"，因肉感的冲动而造成的罪恶，实在不少。推其病原，影片上肉感的描写，确具有一种引诱性，足以陶醉青年的心灵，足以养成不良的习俗。所以依吾人的见解，饶有肉感的影片，自在禁止之列。至少也须将描写过甚的一部分剪去。这并非是摆着"道学家"的面孔，说"头巾气"的话。电影既是高尚的娱乐，其真正的意义与趣味，决不在乎以肉感动人。而以肉感动人者，无论如何，总含有几分诲淫的作用。

末了我们还有一句话，不能不说。就是租界上的检查电影，最好要有中国人加入。因为放映的地点，虽在租界，而看电影的人，比较上仍以中国人占多数（近来上海华人嗜电影者，日见其多，与以前大不相同了）。因此关于电影的检查，也须特别顾及中国人的习性和中国人的立场。最近中国各电影公司摄制关于一·二八战事的影片，都因未得检查员的通过，不能放映。其实在吾人心理中，此等影片，又何尝有取缔之必要呢？

（1932 年 10 月 15 日《新闻报》）

不自由

自由！自由！大家都争着自由。但到底是否人人能得到自由，是否能事事得到自由，真是一个问题。

不要说大事情不能完全自由，就是小事情也还是不能完全自由。不要说别人家会以恶意的行动，来妨碍我的自由，侵犯我的自由，有时候分明是善意的行动，而实际上也依然是妨碍自由或侵犯自由。恶意的妨碍或侵犯，还可以防卫，可以反抗，至于善意的行动，明明自由权被剥夺了，却依然没有办法，不但没有办法，还依然要十二分客气的表示接受。

如今姑且举出几个例子来说。譬如一个人因为身体不好，遵着医生的嘱咐，要谢绝酬应了。但有时请吃饭的人，十分殷勤，再三邀约，结果还是不能不去。譬如一个人对于某种集会，觉得并不感觉兴趣，不想加入，而忽然多蒙朋友的不弃，运用拉夫式的手段来征求，结果还是不能不答应。譬如一个人自己本来知道文字作得不好，并且又没有闲工夫，想少动些笔墨了。但有些朋友，偏放不过他，不做长篇，短篇也好，没有文章，题几个字也好。文债的受逼，甚于钱债，结果还是不能不动笔。

以上种种，岂非是不自由吗？这种不自由，岂不是很难以避免吗？我所以很武断地下了一个定义，说是人生绝对不能完全自由，除非这个人是不必在社会上谋生活，甚至与社会上一切的一切，都没有交接。

（1932 年 12 月 27 日《新闻报》）

新年的炮声

新年刚刚开始，便令我们增加了一重创痛，因为不幸的消息传来，榆关已经失守了。（日昨虽传有克复之讯，但至记者执笔时止，尚未能证实。）榆关失守，我方将士死于战阵者，不知有多少？被难人民，死于炮火之下者，更不知有多少？（据电讯所传：死者不能以百计而已须以千计。）这一种惨痛的状况，大家只要闭着眼睛想一想，能不切齿痛恨？能不伤心下泪？

切齿痛恨，有什么用？伤心下泪，有什么用？大家快起来吧，别说"共赴国难"只是一种口号，须知今日之下，你就是想躲避着，犹豫着，不肯赴难，这个偌大的祸难，也自然而然要逼到你的眼前来了，要压到你头上来了。

本来我已说过，今年是中华民国最困难最危险的一年。照日本人历来的蓄心和目前的举动，当然是"一不做二不休"，得步进步，靡有底止。所以大家须要明白，不可以为榆关的炮声还远，耳朵中听不见，如果再不拼命抵抗，这毒烈的炮声，也就可以越响越近，等到炮声近了，方知道着急，便来不及了。

（1933 年 1 月 7 日《新闻报》）

搬取西洋文化：萧伯纳的妙论

萧伯纳到上海，接见各报记者，批评中国文化的缺点，说"中国今日除在乡间尚可寻求其少许文化外，殊无文化可言。中国今日乃向西欧搬取许多已经失去效用，贻害大众之所谓文化，有何益处"？我想萧氏这几句话，不免使眼前一班醉心欧化，掮着西洋招牌，而自命为文化导师者，要暗吃一惊了。

萧伯纳是一个提倡社会主义，而竭力反对帝国主义的老将，所以他对于欧洲的一切制度与文化，都特别表示不满，而他的持论，也就特别深刻。可是我们对于他老先生的说话，无论如何，一方面应当有所反省，一方面又应该资为借镜。他解释文化的真义，说"文化乃为一切人类行为之可以增进人类幸福者"。这一句话更含有不少的精义。中国旧时所谓文化，固然未必能增进人类幸福，但眼前稗贩西洋的文化，是否能增进人类幸福，真是一个不易解答的大问题了。

照萧氏的话，中国是向欧西搬取文化，那么这些西装革履的新式博士，都变成了"扛搬夫"了。平心而论，处于这个演进的时代，当然不能再保持着守旧的脑筋，不能不向别处地方去搬些新鲜东西来。不过第一层，搬来的东西是否一定是好的，须要有深切的认识。第二层，就是有了好的东西，搬来之后，也须会融化，会布置，会运用。如果费尽气力搬了来而徒然装饰门面，无裨实际，或者搬来的都是人家的糟粕，像萧氏所说"陈腐无用之老古董"，岂非冤极？总而言之，"扛搬夫"还可以做得，却断不可"倒垃圾"。

（1933 年 2 月 19 日《新闻报》）

严独鹤文集·

辟谣的唯一方法：莫如一切公开

日本人本来是造谣的专家，最近又大放其政治上的烟幕弹。一方面对于华北的局部问题，播散谣言，一方面又对于整个的中日问题，说有妥协的趋向。总之是惝恍迷离，要借此眩惑我国人的视线，并摇动我们一致抗敌的阵线。

谣言多了，当局又忙于辟谣。但有时辟谣的解释越多，越是以引起神经过敏轻信谣言者的疑怪。辟谣的最好方法，莫如彻底公开，则种种疑云，自可消释。前天本报电讯说，某关系方面对新闻记者云："谣言本极简单，只有向国人公开宣布，疑即可释。若故加神秘，益中谣言之计。"这几句话，真是极有见地。左一个"严守秘密"，右一个"未便宣布"，适予造谣者以可乘之机。而报纸上常见方框，尤足使一般人多所揣测多所疑虑。

再进一步讲，事实为最大的雄辩。只要最高当局，以及各军政要人，所有一切主张、一切措施、一切行动，都予人以共见，别无作用，别无背景，在事实上处处使民众可以得到反证，知道各种谣言，都是凭空捏造，自绝对不会相信。造谣者也就无所施其技了。

（1933 年 3 月 30 日《新闻夜报》）

安全退出

这几天的战事电讯上面，有最足引起人注意的四个大字，是"安全退出"。

在发表文电的人，所以特别提出四个字来，无非因为安全退出，是死伤并不过多，实力尚可保存。仿佛败仗虽然吃了，还有一种相当的安慰。

但是从事实上说，既然安全，又何必退出？既然退出，就不应当安全。我们所希望于前敌将士的，第一层是最好只向前进，永不后退。第二层是万不得已而后退，也须经过十分激烈的战事，宁可我方有过量的牺牲，使敌方也受到重大的损失，决不愿听见什么"安全退出"。

"安全退出"的解释，就是不战而退，今天安全退出某地，明天又可以安全退出某地。照这样子，退至何时为止，退至何地为止？敌方自然就安全进展，等到退无可退的时候，便是全盘奉送。试问归根结底，是否安全，又是否能全。

总而言之，如果老是以"安全退出"为得计，不如索性说"不抵抗"罢。

（1933 年 4 月 10 日《新闻报》）

宋哲元的态度：辞职赴津，是否消极

宋哲元军长，在喜峰口一役，奇兵夜袭，大胜杀敌。举国民众，闻而感奋，同时很希望宋军长能再接再厉，为国家尽力，为民族争光，更希望北方军事当局，对于宋军长，能特别加以重任，俾得充分发挥其卫国的忠诚，抗敌的勇气。

可是照这几天的消息，宋哲元军长，忽然请辞察哈尔主席职，赴津养疴。宋之辞职，虽然声明是仅辞去主席职务，借此专心军事。但他对人谈话，又说是乘前方在休战状态中，治疗腰疾，总未免和以前奋勇杀敌的态度，有些不同。因为敌方进攻的行动，正是十分紧张。昨天电讯，还说对于长城各口，已下总攻击令，断不能目为"休战"。至于疗治腰疾，在宋军长是向来持着不怕死主义的，死且不怕，何致在军事十分吃紧的时候，急急于治病呢？

宋军长的辞职，与暂时赴津休息，是否表示消极态度，是否别有原因，使他表示消极态度，我们都不愿多加揣测。我们所要讲的话，只是宋军长既以身许国，无论如何感受困难，不应当消极。而军事当局，对于能够努力作战为国致死的将领，自当格外鼓励，格外倚重。又无论如何，不应使其感受困难，致趋消极。

（1933 年 4 月 12 日《新闻夜报》）

展览劣货

本报南京电讯：说首都抗日救国会决定征集各种劣货样品，公开展览，使市民知所识别，这也是抵制声中一种适当的办法。

现在有许多人热心抵制，决计不买劣货。但苦于劣货的种类太多，一时辨别不清，并且还有不少奸商将劣货冒充国货，或换易牌号，改充他国货物混售，最容易使人上当。倘能将各种劣货的样品悉数汇集，在各处地方陈列着，使一般民众能够认识，能够比较，就不致有误购劣货的弊病。同时，如有不顾大局的商店，混售劣货也容易为人察破了。

可是话又说回来了，认识与否，是一个问题，购买与否，又另是一个问题。目前，劣货在暗中十分倾销，固然有人因为不认识劣货，上当误买。也当然有不少人是明知其为劣货，仍贪图便宜，依然购用，至于甘心破坏抵制的阵线。大批贩运的，那更不是不认识劣货，而是不认识自己的国家和自己的人格，又有什么办法呢。

（1933 年 4 月 16 日《新闻报》）

· 杂文卷 ·

汉奸太多了：军事上有汉奸，商业上也有汉奸

本报天津电说日人收买汉奸，大肆活动。日本人目前对华北，是两种政策，同时并进。一种是武力轰炸政策，一种是阴谋扰乱政策。武力轰炸，以伪国军队为前锋（最近滦东战事，为之前驱者，都属伪军）；阴谋捣乱，以汉奸为内线。伪国军队，是中国人，汉奸也是中国人。以中国人打中国，以中国人亡中国。这是日本最狠毒的计划，也是中国最痛心的事件。

甘心做汉奸的，实在太多了。不但军事上有汉奸，商业上也有汉

奸。贪图私利贩运劣货，破坏抵制阵线的奸商，便是商业上的汉奸。军事上没有汉奸，敌人决不会如此得志；商业上没有汉奸，劣货决不会如此倾销。

军事上的汉奸，是为虎作伥；商业上的汉奸，也是为虎作伥。为什么要为虎作伥，无非是为的眼前微利。固然一个人到了甘心做汉奸，除了眼前现到手的金钱，可以歆动他而外，还有什么理性，还有什么人格，还知道什么耻辱，还懂得什么实际上的是非利害。你骂他是汉奸，他或者也会笑你不做汉奸的是呆子。总而言之，今日之下，我们并不怕敌人的力量大，只怕自己人没有力量；缺少力量还不算可怕，最可怕的是自己人先丧却了良心，就万劫不复了。如果良心尚在，汉奸何致如此之多呢？

（1933 年 4 月 20 日《新闻夜报》）

南迁

古物南迁，学校南迁，学生也南迁。此外北方的居民，如果不是环境上有什么特别羁绊的，因为风声紧急，也自动地南迁。

人可以迁，物也可以迁，只可惜"敌人所欲"的"土地"，却没有移山倒海的方法，搬不了，迁不动。

敌人一步紧似一步地进逼，形势一天甚似一天地危急。处在南方的人，假定责备北方的人，说不应该惧怕，应该镇静；不应该南迁，应该死拼。似乎也像汪精卫说的话，"离开火坑远，专说风凉话。"

但是大家要想一想，北方保不住平静，南方就保得住吗？无论是人是物，留在北方，安全上恐怕要发生问题，南迁以后，就可以永远无恙吗？

敌人的野心，是没有底止的。如果国人没有抵抗的决心，对于敌人，打不退，也挡不住，而只想着一个"迁"字，将来必有一迁再迁迁无可迁的一日，又怎么办呢？

（1933 年 4 月 21 日《新闻报》）

231

· 杂 文 卷 ·

五卅纪念

在五卅纪念日，就一方面看看，开会的开会，演说的演说，喊口号的喊口号，似乎很不错，像是一个惨案纪念日。

可是就另一方面看看，游玩的游玩，吃喝的吃喝，跳舞的跳舞，作乐的作乐，似乎丝毫没有感想。所谓惨案纪念日，倒反成了放假休息，大家逍遥快乐的日子。

我们对于以上所说第二种现象，当然不胜其感慨。但是第一种现象，开会纪念等等，就算是得到纪念的真义了吗？标语、口号、演说，久而久之，也就只成了一种仪式。五卅创痕，至今已是八年了。年年这样的纪念着，而一切的一切，年年是依然如故。八年过去了，以后又如何呢？单靠表面上和口头上的热闹，就无论再隔上多少年，也不过是到了纪念日，奉行故事，有一些点缀罢了。

五卅惨案的起因，是由于日本人无故枪杀顾正红而起。但是今日之下，东北沦陷，同胞惨遭屠戮的，更是盈千累万。单就这一点论，以今视昔，不知要加上几多倍的惨痛。唉！真是不忍说，也不可说了。

但是无论什么事，本来空口说是没有用的。我们还是闭着嘴，咬着牙，埋着头，向前干吧。

（1933 年 5 月 30 日《新闻报》）

抗日？

"抗日"这两个字，哪一个不要听，哪一个能说是不对？如果真有人能具着血诚，拼命抗日，又哪一个不欢迎，哪一个不赞成。

但是今日之下，所谓"抗日"者，到底怎样呢？不抵抗主义者，早已远走高飞了。长期抵抗者，喝香槟，签协定，转唱着暂时和平的催眠曲了。真正在对外作战中吃过苦，尽过力，号称抗日英雄者，也留恋名山，赏玩风景，似乎是请缨无路了。而同时却又有人借着"抗日"的呼声，玩弄着一种特殊的把戏。

甲说抗日，甲有甲的思想；乙说抗日，乙又有乙的道理。条件讲得妥，就可以取消抗日；条件讲不拢，又要重行抗日。这面"抗日"的旗帜，竟和船上的风篷一般，随时可以起落。照这个样子的抗日，抗来抗去，所抗的是否日本人呢？

最可笑而又最可恨的，是伪军李际春部。他直到如今，还自标为"抗日军司令"。本来，日本货上面，常会印着"抵制劣货""勿忘国耻"等字样。那么以伪军而称抗日，自己打自己的嘴巴，倒也不能算奇怪。不过事到于今，真正抗日的，已是疲乏无力，声息不闻。而赫赫然"抗日"两字，竟变成了"替天行道"的杏黄旗，岂不叫人痛心呢？

（1933 年 6 月 25 日《新闻报》）

肉的限制：男女间的不平等

肉的引诱，肉的号召，已经在各都市中，尤其是上海，占着一种神秘的势力。有人说就是这个"肉"字上面,可以分得出男女间的不平等。换句话说,就是同一肉也,在男性便要受着限制,受着压迫。换上了女性,却又享着特殊的待遇。以下就是两个鲜明的例子:

男子赤了膊,便是在马路上行走,也有违警律。至于赤膊见生客,赤膊赴宴会,赤膊进电影院、入跳舞场,那更是绝无其人,绝无其事。假令有之,人家也要目为大不敬,甚至可以说他是个痴子。但是女性呢?却又不然,摩登装束,袒臂裸胸,有时连两条肉腿也显豁呈露。但是尽管看戏跳舞赴宴,绝没有人敢认为非礼,只有加以幽默的欣赏,或者热烈的赞叹。

一个男子,穿着一身短衫裤,光着足套着鞋,只不过没有穿袜子,走到公园门首,公园中的巡捕虽然验过门券,依旧拦着他不许进去,说:"赤足者照例不准入园。"但是同时有好几个摩登女郎,也都光着双足,穿着镂空皮鞋走进园去。这个男子很不服气,便向巡捕提出责问,说:"她们难道不是赤足吗?"那巡捕的答语倒是很妙:"谁叫你不是个女子?"

对了!"谁叫你不是个女子"这句话真大有意义。

(1933 年 7 月 12 日《新闻报》)

世界杂货会议:牛奶咖啡可可枣子

世界经济会议,招牌挂得很高大,场子拉得很热闹。但是开会没有多天,就因为稳定货币的问题,大起波折,几乎停顿。虽然经主干会的决议,续开下去,但是实际上简直可说是一件事都没有办到,一个问题都没有解决。如今离停会之期已不多几天了,轰轰烈烈的开场,马马虎虎地结束,以"如此如此"的会议,就可以见到"这般这般"的世界。

最妙的是会议场中，许多大事件都没法讨论，于是说来说去，反注重于产销问题。在产销问题中，却又题目越讲越小，由小麦橡皮而谈到糖和锡，又由糖和锡而谈到葡萄酒牛奶咖啡可可枣子。因此有人说，堂堂世界经济会议，大可改名为"世界杂货会议"，可惜会议就要闭幕了，否则也许还会讨论到番茄鸡蛋蔬菜之类，更由"杂货会议"而转为"全世界小菜场会议"。

大问题谈不妥，小问题也讲不拢。经济会议没有结果，杂货会议也毫无办法（产销各组均告失败）。一事无成，只余空壳（这是路透电所传欧洲舆论界批评经济会议的说话）。匆匆散场，草草结局，大家忙着走路，再也休谈合作。

（1933 年 7 月 22 日《新闻报》）

可怜的财迷

昨天本报本埠新闻中，记着承销航空奖券的大运公司内，忽来男女两人，自称是"二二六六二二"头奖的中奖者。说了许多莫明其妙的说话，结果证明来者是花费了一百五十元买奖券而未中，因此神经错乱。这一件事，在大家心中，一定觉得很可怜，也很可慨。

社会上越是不景气，侥幸想发财的人越来越多，想发财而不可得，反致蒙着损失，因此神经上大受刺激，变成疯狂的也不知道有多少？像以上所说的一男一女，也不过是"财迷"中的代表者而已。再进一步说，男的女的，老的少的，你也买奖券，我也买奖券，这明明是大家都做着发财的迷梦，都表现着发财的狂想，又岂独这两个人，才算是真痴子呢？

不过其中有一层颇可研究的，便是花费一百五十元，到底不能算是很大的数目，若是有钱的人，即使十百倍于此数，也满不在乎，何致就急成痴病？足见这一双男女，原来必定是穷人，不知怎样拼凑了一百五十元来孤注一掷，悉数成空，便弄得神经错乱，大不得了。

唉！穷人不顾一切，只图侥幸，原要怪穷人自己没主意，但利用穷人图侥幸的心理，引得他们没颠没倒，发痴发狂，又是谁的责任呢？

（1933 年 8 月 3 日《新闻报》）

黑的战胜白的：最近的摩登风气

都市中的女子，当然习惯着是搽脂抹粉的，尤其是一个面部，要涂得厚厚的几乎像上了釉彩一般。若问为什么要搽脂抹粉？无非因为她本来的面孔，红得不透，白得不够，所以还要借重人工制造法，显出一种美丽的颜色来。

但是天下事物极必反，讲到美容术似乎也不能例外。在最近，又红又白的脸好像未必能算十分时髦了，第一号摩登女性，忽然不尚白而尚黑。在夏天更是她们的好机会，天天习游泳，时时到海滨，至少也须勤于户外运动（如拍网球之类）。将一张嫩皮肤组织成的面孔，让太阳晒得乌黑，不但面部如此，两条手臂，两只大腿，也要其黑如炭，使人一见之下会误认为非洲来的女英雄，才算是表现着一种健康美。照这样的风尚推演下去，黑面孔的势力渐渐发展，白面孔不免要落伍了。

黑面孔如果能战胜白面孔，倒也未始不是佳事，化妆店的主人，未免要愁眉苦脸，失去了许多顾客。煤炭店的老板，却要哈哈大笑，说哪里来了这许多女同志。不过从实际上说，省去了脂粉费，倒也未始不是戒除奢侈的一个途径，同时练习户外运动，增进健康，于身体上也未始无益。

不过无论男女，面部和身体，不妨求其黑，而一颗心却要保持着洁白。面孔黑了，自有人赞美，假令这一颗心也染得乌黑，人家就不敢承教人了。我恐怕很有些人，面孔不肯在日光里晒，而一颗心却时时和一个"日"字相接近，以致变成了黑心，那就很不犯着，不得不提醒一句。

（1933 年 8 月 8 日《新闻报》）

拼命向前冲：纪念"九一八"的口号

光阴走得太快了，中国人的脚步，却又走得太慢了。最惨痛最严重的"九一八"纪念，眨眨眼又是两周年纪念了。

在前年九一八事变初发生的时候，全国人都咬牙切齿，一致嚷嚷着要收复失地，湔雪国耻。大家都以为眼前亏虽然吃了，一年以后，必须"如何如何"。到了去年的一周年纪念，大家又说，这一年虽然过去了，从今以后，必当"如何如何"。但是由一年以至两年，仍旧是悠悠忽忽地度过了。创痕依然未除，国耻依然未雪。所谓"如何如何"者，到底"如何"呢？

高调不用唱了，假话不用说了。我们如果闭着眼睛一想，掐着指头算一算，就觉到去年还不如前年，今年更不如去年。去年今日，失陷的还不过三省。如今却又加上了一个热河。去年今日，日人铁蹄践踏的，还只是关外各地。如今却连滦东各县，也已饱受蹂躏。去年今日，东北的义勇军，和各路的抗日军，还在那里拼死挣扎。如今义军几乎没影（义军没影是荒木的说话），其余抗日的英雄，也差不多匿迹销声，只落得城下订盟，痛饮香槟。

今年如此，明年何如？须知我们就是怀着苟且偷安的念头，想一年一年地延挨下去。敌人却是一不做、二不休，时时刻刻逼紧来，决不会让你一年一年地延挨下去。中华民族，早已身陷重围，要寻生路，只有拼命向前冲出去。没有向前冲的决心，没有向前冲的勇气，没有向前冲的力量，那么就是在九一八纪念日，多流些眼泪，多发几声呐喊，也是无用。

（1933 年 9 月 18 日《新闻报》）

天理公道：真正是可气可笑

最近的日本，正在高唱起"友好和平"的调子，又正在那里和我国谈判华北问题。而自称为"结果圆满"。姑无论"友好和平"与"结果圆满"，在我们依然觉得是"尊范不堪承教"，但就日本方面说，一边向人做媚眼，一边忽然又大放恶声，这到底是一种什么态度呢？

日本使馆驻平武官，无故以书面发表谈话，对于我国，大肆诋毁。好在北方当局，在目前决计是"恶声不反"，只凭他去胡说一阵。放着许多正经的谈判在这里，断乎不肯和他斗口。不过他的结论，还要说"中国采抗日政策，悖乎天理公道"。在日本人口中，居然听得到"天理公道"这四个字，真是奇怪。对于中国抗日，说是悖乎天理公道，更是奇怪。

"没有道理，就是道理。"如今的世界，只好作如是观罢了。尤其是日本，假令说世间还讲"天理"，还有"公道"，如何容得他们张牙狂噬，迭演暴行呢？但是大家听了这种话，也不必生气，也不要称怪。我这里好有一比。比方强盗打劫，对于事主，常会恶狠狠地说道："识相点。"当然，不识相，便要吃眼前亏。"悖乎天理人道"，仿佛就是"不识相”了。

不过我们中国人自己要问自己，是否愿意恪守日本人所谓“天理人道”呢？是否听见一声大喝“识相点”，就真个服服帖帖“识相”到底呢？

（1933 年 11 月 18 日《新闻报》）

一·二八纪念：又增加了几页痛史

国人无论如何健忘，到了“一·二八”纪念日，闭起眼睛来想一想，总还记得到当时敌兵轰炸焚烧的惨状，和我军壮烈牺牲的伟绩。但是今日之下，情形如何，两年的光阴，忽忽地过去了，一切的一切，比较起来，却一年不如一年。

“一·二八”淞沪战役，结果是不得已而委曲求全，订立了一张“停战协定”。到今年的“一·二八”，却又多了一张“停战协定”，多喝了一次香槟酒。在敌人说是“和气霭霭”，试问国人当作何感想？

在前年“一·二八”淞沪激战之际，沦陷的还只是东三省，如今却又失了榆关，送了热河，甚至整个的华北，也处处受着敌人的挟制，几于名存实亡。还加着傀儡称帝，就要实现，不知道再有什么特殊的变化。在这种情景之下，试问国人又作何感想？

提起“一·二八”，谁人不回忆到十九路军誓死抗日的精神，和忠勇奋发的气概。当时全沪人士，乃至于全国人士，对于十九路军孰不爱护，孰不崇拜。可是今日之下，经过闽省的事变，十九路军的实质，差不多完全消失了；十九路军的荣誉，也大大地毁损了。在轰轰烈烈一页抗日战史之后，不料竟会再接续着这样一篇文章，试问国人更作何感想。

唉！两个年头是于糊里糊涂之中度过了。国难依然，国耻依然。徒自增加了许多痛史。只管口头谈着纪念，而心中丝毫没有感动，实际上也并不致力于救国的工作，只怕来日大难，更不堪设想哩。

（1934年1月28日《新闻报》）

见怪不怪

近来一部分人对于日本，忽然盛唱其"见怪不怪"的论调，不但要人们的谈话中，时时露着这种口气，便是民众方面，也似乎存着这样的心理，无论情势如何严重，日人对我的手段，如何毒辣，都给它一个漠然无动。"漠然无动"，好像是太麻木了，自己问自己，也未免有些难以为情，于是曲为之解曰"见怪不怪"。

讲到"见怪不怪"，原来的意义，只是见怪而不怕其怪，并非见怪而不以为怪。换句话说，就是"有事不怕事"，并非"有事不管事"。不幸而遇怪，能够不慌不忙，沉着应付，怪之为怪，也就无所施其怪，所以说"其怪自败"。倘照眼前一般人的解释，却是明明见怪，而听其自然，一切放任，一切退让，那么"见怪不怪"的对句，便是"得过且过"。天天是这样得过且过，有朝一日，到了过不去的当儿，那就"不要见怪"了。

"见怪不怪"，已经可气可笑；然而目前的情况，还不止此。往往有时候明知攫人的恶魔，正在那里兴妖作怪，而我方却反故作镇定，要加以隐讳，最好是大家口头上既不必说怪，心目中也不知道有怪，只当根本上没有这回事，才可将怪事重重，化作和气蔼蔼。

有人说，"见怪不怪"，真正可怪。有人说，"子不语怪"。此中自有大道理。

（1934年5月8日《新闻报》）

中国的财政病：血中毒如何疗治？

孔祥熙在财政会议开幕时演说，谓"中国目前所患的病，是贫血症与血中毒"。说中国患"贫血症"，这已成了普遍的批评；说中国患"血中毒"，却是孔先生新开的脉案。

孔先生所指血中毒，是指办财政者营私中饱而言。不错，营私中饱，确乎可以说是历来办财政者一种传统政策。据一般人的理解，几乎认为不办财政则已，不经手银钱则已，有钱经手，而不从中大批捞摸，简直"如入宝山空手回"，是天字第一号的呆子。因此之故，在"财"字门中钻进钻出的，高一等的当然"吃血"，次一等的也想"挨血"。血不幸而被"吃"，又不幸而被"挨"，当然等于血管中受着无数微菌的侵袭，焉得不病，焉得不危。

不过孔先生既认定血中毒是中国绝大的病症，那么眼前第一件要事，就该设法打一支驱除毒菌的血清针。毒菌不去，无论如何服补血剂，所进的血，依然只供着毒菌的吸取，无补于本体的培养。不知在此次财政会议中，是否能开出一个好方子来。假令没有好方子，只照孔先生所说，希望税收人员放出良心来，那就仿佛是医生不敢用药，只望毒菌自动地饶放病人，不再进攻。试问既做了吃血的毒菌，又哪里会有良心，哪里会垂怜到病人的性命呢？

（1934 年 5 月 22 日《新闻报》）

废除官样文章

苏俄政府最近颁布明令，废除官样文章。实行以后，一方面在消耗上既有大量的节省，一方面在工作的效率上，又有特殊的增进，足见，

"官样文章"确乎是不必有，也不可有，而专喜欢铺排场面，崇尚"官样文章"的国家，细算起来，真是吃亏不小。

苏俄政府所指的官样文章，大概可分为两种。其一是佶屈意见，无裨事实的许多空洞文字，尤其是冗长无味的函电。其二是徒费日力，不合需要的许多调查表格。把这两样都彻底废除了，大家注力于实际工作，当然是化无益为有益。"人力"和"财力"，都力求经济，绝无虚耗，政治上自有绝大的进步。

讲到我国大家对于"官样文章"，也何尝不引为诟病。但是就事实论，官样文章，却日渐其多。旧式"等因奉此"等官样文章，既未见减少，而新式的官样文章，如"通电宣言"之类，洋洋大文，连篇不绝。这已经是够瞧的了。还有开会时"议而不行"的提案，以及徒然制造字纸轻易没有人看的《报告书》和《调查表格》之类。试问统计起来，在这些上面要用多少人，要花多少钱？当然纸片上的文字，断不能尽数免除，但如果能分别剔理一下，需要的就要，不需要的就不要，直接间接，便可以省去许多无谓的耗费，这倒也是行政当局所当研究的一个问题。

（1934 年 6 月 23 日《新闻报》）

中日联欢？

越是在国难严重的今日，越是常见报纸上载着所谓名流名士赴日，如何备受欢迎，如何交换意见，如何中日联欢等消息。这简直叫人看了，不知道应当发生什么感想。

固然，中国虽然领教了铁鸟与大炮的威胁，虽然备受着种种的蹂躏与压迫，但是好在战而不宣，邦交始终未断，政府方面，尚且在那里礼尚往来，依然表示着十二分客气，何况私人，更不能说是不许到日本去，不许结交日本朋友，不过去只管去，结交也只管结交，却犯不着过于高兴，更犯不着转替日本人摇旗呐喊。

我讲这句话，一定有人要加以批驳，说眼前到日本去，和日本人结交，也为的是实地考察。但讲到实地考察，就要用一番切实的功夫，是很不容易的，假令游历了几次名胜，接晤几个有名人物，开几次宴会，来几篇敷衍门面的谈话和演说，就算是考察。这考察所得，也就有限了。日本人现在一方面看得中国人很不值钱，一方面却又好行小惠，仍想戴着假面具来笼络中国人，以缓和中国人的情感，寻求和平侵略的机会。因此不管政治家也好，经济家也好，商人也好，文人也好，和尚也好，你喜欢哪一套，他们就拿哪一套来和你周旋一阵，如果受了他们的招待和恭维，也就得意忘形，跟着他们唱起中日亲善的调子来，这就无论如何，有些上当。

总之我们在国际间原不能持着狭隘的见解，和急躁的情感。可是处在这种时势之下，终免不了一种异样的感觉，一面吃耳光，一面握手，到底是很难受的。

（1934 年 8 月 7 日《新闻报》）

疗妒方：由情海波澜推想到国际风云

"奇方疗妒"，在中国稗史上，也常有这样一种记述，但也不过是说说罢了。到底"疗妒"是什么方子，有无效验？简直等于寓言神话之类，无可置信。不料在这个年头，却忽然真有人会发明了一下疗妒方。

据国民新闻社巴黎电讯，说法国医学博士法雷氏，最近特创一种血液分泌剂，可以疗妒，并已治愈若干人，颇见灵效。法雷氏又称天下男女有患妒病而愿往就诊者，他很愿为之施治。这倒也是医学史上一段佳话了。

　　"妒"在生理学上讲起来，也许是一种精神病。但天下患妒的人很多，而决不肯自认为病，并且不肯自认为妒。所以法雷氏虽然发明了这样一个奇方，假使要挂了招牌，专门为人疗妒，我们可以决定他断乎不会生意兴隆。

　　其实扩大一点讲，妒不一定是女性所独有的病，尤其不一定是在情爱关头，才会激起妒忌。我们认为举世滔滔，都在一个"妒"字中钻圈子。不独任何国家，任何社会，大家在政治上、在事业上会互相嫉妒，而发生绝大的酸素作用，以致形成了绝对的利害冲突，引动了不可避免的斗争。就是所谓国际纠纷，世界战争，也何尝不是因为彼此不能泯除妒念，解释猜疑，所以无论怎样，开会议、订公约，都得不到永久的和平。唯其如此，最好请世界众生，个个人都来尝试一下子。若能消除了全世界人类的妒念，就可以挽回全世界的劫运。这个功劳，可就真不小了。

（1934 年 8 月 14 日《新闻报》）

鹰鸪大激战

　　哈瓦斯社土耳其斯丹埠电，述着一段很奇异的事情。据称有鸷鹰多头，攻击鸪巢，毙其母鸪，并衔去稚鸪若干。附近鸪类三百余，齐来救援，和鹰六十余头激战，结果鹰不能支，便双方停战。这一幕鹰鸪大战争的好戏，何等悲壮热烈。但是我们对于此事，应作何感想呢？

　　在这一件事情里面，很明显地指示着我们，鹰是强者，鸪是弱者。鹰是侵略者，鸪是被侵略者。母鸪是啄死了，稚鸪是衔去了。假令其余的鸪，抱着不抵抗主义，就可以躲在巢中不出头，眼看着这一群悍鸷的飞鹰，饱掠而去。但是鹑的思想，并不如此，鹑有鹑的见识，知道强敌凌侮不能不抵御，鹑又有鹑的勇气，知道同类被残，不能不报复，于是联合阵线，猛力进攻，结果居然将鹰战退了，保住了自己的阵线，挡住了外来的压迫。像这一群鹑，才算得是真正"精诚团结"，真正的"誓死抵抗"。

侵略者的气焰，是一天比一天高了，种种横暴的压迫，也一天比一天厉害了。毁巢坠卵，惨剧迭现。能否像鹑一般齐起奋斗，将恃强逞暴的敌人，杀得一个"羽毛纷飞"呢？在这里我们不禁要掉一酸文道："可以人而不如鸟乎？"

"越王勾践式怒蛙"，我们对于这一群勇敢的鹑，真应当立正致敬。

（1934 年 8 月 15 日《新闻报》）

纪念孔子

今天是孔子诞辰，除国府派代表往曲阜祭孔以外，各地也都奉令举行纪念式。想不到大家对于孔子，冷淡了许久，如今又忽然热闹起来了。但是在孔子诞辰，为盛大的纪念，当然是有意义的，有价值的，比不得什么法会，什么祈祷，徒然逗着大人先生一时的高兴，而于民众方面，实在得不到如何良好的观感。

在今日之下，讨论孔子的学行与思想，固然不必再说什么"德配天地""道冠古今"那种大而无当的空话，但无论如何，我们总觉得孔子一生，在学术方面，在政治方面，在民众生活——尤其是德性的修养方面，自有不少的阐发、不少的启示，值得后世的信仰与崇拜。而且孔子本身，是个实行者，同时他所以教导人和劝告人的，也是希望大家能够躬行实践，不要专说大话，不做工作。简单地说起来，从"正心诚意"而至于"齐家治国平天下"，便是教人先注意于自身的修养，然后为国家为民族努力，与导人入于虚无颓废的途境者，截然不同。这一点就是使人可以取法，可以佩服的。

孔子的议论，常标示着尊君主义，唯其如此，便使孔子蒙着莫大的冤枉。在以前专制时代，表面上极端尊孔，其实对于孔子的思想学说，并不效法，也并不研究。只利用他这一块"尊君"的招牌，行使着一种愚民政策，好像唯服从皇帝，崇尚专制，就算合于孔子之道。这是一重冤枉。至于近来受着新时代洗礼的人，却又以为孔子是极端抱着封建思想，专替专制皇帝，或贵族阶级做挡箭牌的。于是又呐喊着打倒孔子，这岂非又是一重冤枉。其实孔子所谓"尊君"，也只不过就他老先生所处时势而言，他鉴于当时纲纪废弛，兵戈不息，四方诸侯，互争雄长，所以他的主张，想"定于一尊"，或可制止斗争，企求和平，决非要将他的学说，永远为专制政体，定一牢不可拔的根基。更想不到数千年来，因此竟为人所利用；数千年后，又因此竟为人所攻击。我们在孔子的论调中，可以看得出孔子的尊君，只不过希图定下一个重心来，可以挽救列国纷争的时局，并非当煽扬专制的威焰。不但如此，他还主张"大同"，主张培养民族，和生产建设。何曾抛弃平民化而专为君主张目呢？

总之孔子并不是什么神仙，能预知数千年后的世界状况如何，时代趋势如何。所以说孔子的学说，可以历千万年而不变，这是武断。说因为孔子的学说，不能尽合于现代潮流，便要一概打倒，也未免是误解。我们对于先贤往哲的遗训，应该崇奉的，当然还要崇奉；应该更变的，当然也要更变。不必随众盲从，也不必为不合理性的呼叫。这似乎是在纪念声中，大家所应了解的。

（1934 年 8 月 27 日《新闻报》）

大卖古董：真是破落户的景象

谁不知道中国是个入超的国家。舶来品进口，一天多似一天，国货出口，一天少似一天。可是在最近的海关统计中，居然发现了一种中国物品出口，造成了惊人的纪录，却可惜这种物品，不是什么农产品，也不是什么制造品，越是出口得多，越教人叹气不已。原来所谓大量出口的唯一好东西，只是历代的珍奇古物（白银的大量出口，那更是另一问题了）。

据国际贸易局的报告，古物出口，在本年七个月中，有百五十六万七千八百余关两，最近五年中并计，出口总值，七百余万关两。这个数字，当然是着实可惊了。试问中国到底有多少珍玩，多少古物，照这样大批流出，再过几年中国的古物，可以完全给外国人搬光了。

有人说古物横竖是不切实用的东西，卖给外国人，多赚些钱，又有何妨。但这许多古物就是历代文献之所寄托，以具有历史价值文化关系的珍物，任令贩卖古董的商人，大做好生意，大发洋财，不但国粹沦亡，十分可慨，也着实有伤国体。为维持文化起见，似乎不能老是这样听其自然。

纨绔子弟，到了金钱用完遗产典尽，没有办法了，便只好卖字画，卖古董。如今中国对外贸易，市场被夺，别的一概不景气，偏是古物一项却大批出口。这真和败家子卖古董一般，十足是衰落的现象。怪不得有人要拿"破落户"来作比喻，实在处处所看见的，都是"破落户"的行为，处处所表现的，都是"破落户"的心理。

（1934 年 9 月 4 日《新闻报》）

国联的价值：包办筵席趋奉阔客

苏俄一加入国联，立刻就有人恭请在行政院中高坐，而且原来常任理事，只有五席，为特别优待贵宾起见，便临时加上一把交椅，增为六席。

德日两国，先后退出国联，虽说是两年的时期，还没有满，实际上早已和国联绝缘了。但行政院中，宁可空着两只理事的位子，仿佛是为已去的客人留纪念，不敢擅自撤去。

土耳其从半空中杀出来，和中国竞选理事。谁都知道土耳其如果当选国联理事，就成为欧洲包办的局面，违反了各洲分配的成例。但是土耳其自有神通，依然端端正正，坐了一席。

苏俄如此，日德两国如此，土耳其又如此，然而中国要求连任理事，却是否决。不但此也，西班牙定非和中国一样是连任，何以又获得三分之二多数的同意，安然通过？

什么叫作"服从国联"，什么叫作"拥护国联"？说"服从"，不领情，说"拥护"也不领情。我在谈话中已屡次说过国际交涉，只以"势利"为中心。堂堂国联，说穿了也许是一个"势利"的大集合体，拣"硬"的就"捧"，拣"软"的就"砸"。谁教你声势不如苏联，实力不如德日，而论面子还不如土耳其，甚至于不如西班牙呢？

落选了，无所谓怨望，也无所谓愤慨。我们但看到以前受人嫉视被人封锁的苏俄，今日之下竟会一跃而为上宾，就知道只要自己争气，不怕今日之下"砸"得厉害的将来不格外"捧"得厉害。假定实际上不能争气，徒然向人求情，当然是拿"笑脸"去换"白眼"，结果终于自讨没趣。

（1934 年 9 月 19 日《新闻报》）

死光枪

关于"死光"的发明，种种功效，在外国报纸上以及其他刊物上，常有记载，也早已引起大家的注意了。最近据国民新闻社巴黎电讯说那位"死光枪"的发明人克别马斯声称，现在有若干国，正在那里竞购死光枪之制造秘法，又说"死光枪并不杀人，不过使人暂时失去知觉，人中了死光，只如喝醉了酒一般"。若果如此，我们对于死光枪的功用，倒很可赞许。对于死光枪的发明者，也认为很可佩服。

近世纪的科学家和军事家，差不多一天到晚在那里研究杀人利器。杀人利器愈多，世界的战祸也愈烈。死光在初发明的时候，大家不知道究竟是怎样一种东西，都以为是放出一道毫光来，就可以致人于死。那当然是比毒瓦斯更厉害，也更残酷了。假令果如克别马斯氏所讲的话名为"死光"，实际却是"不死之光"，只是令飞机上的驾驶员，和军队中的战斗员，失其知识，失其能力，却是非常之妙。因为照这样，并不是助长杀人者的威风，使之可以多多地杀人，而是制止杀人者，使之无从杀人，一方面消灭了战争的功用，一方面便保全了人类的生命。

可是话又说回来了，这一种死光枪，除非永远握在和平之神手里，方可制止战祸。否则等到死光的效用见诸实验以后，决不会由任何一方，成为独得之秘。结果甲国也大量赶造，乙国也多数置备，遇到战事发生，依然大家都会运用。你也飞出一道光来，我也发出一道光去，至多以飞机大炮的战争，一变而为空中放光的战争，即使因为死光不会杀人，战死的人，不至于像以前那样多，但全世界的战乱，还是不免。要说在死光中会反映出人类的生机来，又哪有这样好事。

（1934年11月10日《新闻报》）

要人的口技

做了中国的要人，第一项重要的工作，便是发表谈话。第一项应注重的事件，便是研究谈话的技术。大概非谈话不能成为要人，却也有本来并非要人，因谈话上出了风头，便造成了要人的资格的，这更是神而明之，存乎其人了。

各要人的地位不同，所以他们所谈的话也各自不同。有的谈军事，有的谈政治，有的谈外交，有的谈实业，好比唱老生的总是个老生，唱青衣的总是个青衣，唱花脸的总是个花脸。不过在同样的地位中，又依着各人的个性和平时的主张，而显分着派别。这又好比老生中有汪调，有谭调。青衣中有梅派，有程派。如果将这些要人的谈话，灌成话片，在听惯了的人，不必报名，只要一开腔，就可以断定这是哪一位老板的调调儿。

唱戏的要博人欢迎，不能不使些"花腔"。要人的谈话，也仿佛是在那里使花腔。不过使花腔无论怎样也须动听，也须"够味"，要人的谈话，倒不在乎动听和"够味"。只要抓住了"空灵"两字，愈空愈好，愈灵愈妙。话匣一开，废话讲上一大堆，却不露一丝破绽，也不着一点边际，谈的人谈如不谈，听的人也听如不听。这才算得是谈话的技巧。

谈话的技巧，也可以说是一种"口技"。中国的要人，口技都很纯熟。只可惜表演起做工来，就未免有些全身不得劲。

（1934 年 12 月 1 日《新闻报》）

奇丐武训纪念

鲁北各县，因为今年是奇丐武训九十七周年诞辰纪念，特地举行盛会，并且为武训建立石像。石像揭幕这一天，鲁省官长和各机关各团体与会者五千余人，典礼极为隆重。以一个叫化子，而死后能留着久永的纪念，莫大的光荣。这真是翻遍古今中外历史，只有他创造了一页特殊的纪录。

石像的高贵，似乎还不及铜像。但铸铜像的，任是什么伟人，什么英雄，什么大将，在他们建功立业的时候，多少总还有一点凭借，有一点声势，不像这位奇丐，却是毕生忍受着劳苦困乏，或者还有种种侮辱（兴学成功以后，自然有人尊敬，但在当年行乞的时候，不知道的人，也只当他是一个寻常叫化子，未必不受人叱辱），可是结果终于达到了他兴学的志愿。这是何等伟大的精神，何等艰难的工作。因此这个叫化子的石像，比较伟人的铜像，更值得人崇拜与瞻仰。

武训可以称为"叫化大王"，同时也可以称为"教化大王"。他不是为个人的生活而"叫化"，是为大众的"教化"而"叫化"（一方面是"普化天尊"，一方面又成为"广大教主"，连他的同乡孔老夫子，也许引为知己）。依他所处的时世，依他所居的地位，能完成他的工作，达到他的目的，这总算得是超时代的人物，如今的人，只是口称为大众服务，试问能有几个很像武训这样苦了自己，专谋大众的福利呢？当然大家称扬武训，瞻仰纪念武训，并不一定要学着他去做"乞丐"，但是他这种坚苦卓绝的行为，实在是大好的模范，足供后人师法。

（1934年12月9日《新闻报》）

星球笑地球

汉德森最近得了诺贝尔和平奖金。他在沃斯乐大学演讲，说是"倘别一星球中，来有外宾，降落于地球之上，目睹地球上各个国家，口头赞颂和平，而事实上则积极备战，必感觉极度之惊异"。这倒也是一句妙语。

汉德森身任军缩会的主席，又是一个奔走和平的人物。因此他的持论，完全以军缩为出发点。其实讲到眼前全世界的趋势，以及种种新发生的事态，正不独一方大谈军缩，一方扩充军备，不免令人称异，就是除了和平谈判，怪象迭出而外，也竟可以说是没有一个问题不离奇，没有一件事情不矛盾。于是好好一个人类所寄托所经营的世界，就成为波谲云诡无奇不有的世界。假令在别的星球上，凌空下降，来了几位生客，的确要像唐僧上西天一样，觉得触目都是妖魔鬼怪，至少也要像刘姥姥进大观园，弄得莫明其妙（大观园中的怪剧，无非妖精打架。眼前地球之上，也已成为妖精打架的世界）。

如今的科学家正在那里研究月球交通或是和别个星球交通，以为这种科学上的理想，一旦成为事实，我们地球上的人类，就可以瞧见其他星球上的种种奇迹。但照汉德森的话，也许别个星球上的奇迹，倒并不够瞧，而地球上的怪态，反要先使别人吃上一惊。这就太糟了。"笑煞外国人"，已经不好。"笑煞别个星球上的外宾"，岂非使全地球的大好佬，全部出丑呢？

（1934 年 12 月 14 日《新闻报》）

好快的三年：做了些什么工作？

在糊里糊涂中，又过了一年。在糊里糊涂中，又逢到"一·二八纪念"。当然，到了这个可惨的纪念日，大家任是怎样的健忘，怎样的冷淡，怎样的镇静，也总要将从前的创痛，回忆起来。开一次会，来几句演说，喊几句口号，甚至于也会掉下几滴热泪来。但是开会能够救国吗？演说能够救国吗？口号和眼泪，能够救国吗？一年到头，依旧糊里糊涂，一点救国的责任也没有尽，一件救国的工作也没有干，只是每逢纪念日，来一次照例文章，点缀一下子形式，又有什么用处？

今天已经是"一·二八"的三周年纪念了。我们且别说什么"君子报仇三年"那些现成话。因为我们知道力量太薄了，环境又太坏了。要在三年以内，把大仇报得干干净净，事实上是很难的。也许是不可能的。但大家既受过了绝大的磨难与痛苦，至少在这三年中，总该有些振作。不能振作反而比较三年以前，更来得颓废，更来得懈怠，更来得麻木，这是最可痛心的了。

上海人耳中，有三年不听见炮声了。可是察东的炮声，又在这时候响了起来。上海人虽然听不见，心灵上总有一点感觉，总有一点刺激。但突然的刺激，一下子却又糊里糊涂过去了。那么耻辱还是耻辱，痛苦还是痛苦，我们如果不忘"一·二八"，不忘国耻，不忘国仇，就只有在实地工作上，表现出我们热烈的情绪来。大家都将救国的责任，放在自己身上，不要你推我，我推你，你骂我，我骂你，认清了目标向前走，向前干，虽不能说定哪一天可以抬头。大概总不至于被人压迫到底。

（1935 年 1 月 28 日《新闻报》）

桃色间谍

德国最近所闹的"桃色间谍"案，我们就路透社和哈瓦斯社两家电讯中所叙述的事实看起来，真觉得是很新奇，很诡谲的。假令写成小说或摄成电影，倒是极好的材料。

这件"桃色间谍"案，以美女子为骨干，同时也利用美男子为工具，可以说是由女性诱惑男性，又由男性诱惑女性，因此构成了这样一件极其复杂而又极其奇怪的秘密案。足见古人所谓"男女之欲"和新人物口中所谓"两性间的要求"实在具着一种不可思议的魔力。有时因情爱关系，可以格外鼓励人的勇气造成伟大壮烈的功绩。有时又因恋爱作用，可以摇动人的意志，演出邪僻奇突的恶剧。总而言之，"桃色"虽然是很艳丽的，但人们如果过分陶醉于"桃色"之中，就不免神魂颠倒，所以迷信的人，要怕交"桃花运"。

再讲到军事人员和外交人员，如果在国际间发生了男女情爱，染上了桃色，就格外容易引起问题。即使并没有什么间谍作用，至少在热烈的情爱过程中，就会不由而由地，倾吐秘密。所以我国要禁止军官和外籍女子结婚，日本最近也要防制外交官在交际场中，和他国女性发生恋爱。照此看来，"男女之防"在眼前当然已经是一句"开倒车"的话。可是关于"国防"方面，却又不能不在无形中设上一个"男女之防"。

（1935 年 2 月 20 日《新闻报》）

再论阮玲玉的自杀事件

关于阮玲玉自杀的事件，我昨天已经说过一番话了。同时舆论界对于阮玲玉之死，也于表示悼惜而外，又各有意见发表，似乎再用不着多讲，但就我个人的感想，觉得在事实上还有值得人注意的三点，不妨提出来作为客观的讨论。

第一点，张唐的讼案，自有法庭审理。我们站在舆论界的立场上，毕竟其中是怎样一种转变，也无从加以剖析。不过照阮玲玉的遗书上说，她和张达民离异而后，每月给张一百元，而且有收条为凭。这就不免有些奇怪。社会上普通离婚案件，双方一经离异，总是由男子付给赡养费与女子，何以阮玲玉却反要按月付款给张达民？若说是赔偿损失吧，更使人不能明白，何以在阮玲玉方面，要担负这个赔偿损失的责任，而且遗书上面说着"恩将仇报"，好像这笔钱又不是履行赔偿的义务，而是自动的赠予了（如果是履行义务，就无所谓"恩"）。

第二点，唐季珊发觉阮玲玉服多量安眠药片而后，何以不赶紧送到急救服毒的医院中去（在上海这种医院不是没有），而单单送到福民医院里去。虽然福民医院，夜间没有医生留院，这一层在唐季珊事前也许不会调查清楚。但福民医院，不是一个专救服毒的医院，却是任何人都知道的。安眠药片服得太多，即使赶速施治，原也未必一定能够回生。可是辗转求医，耽延了四小时之久，就当然格外难以挽救了。至于报载唐氏家人唯恐张扬，所以不愿将阮玲玉送到那些公立医院中去，倒或者是推测之辞。论情理唐季珊在当时，就只有以救人为急，何暇顾及"张扬"与否。况且阮玲玉的自杀是一种不幸事件，却并非是什么耻辱的事件，又何所用其隐秘。这大概是在慌乱之中，有些措置失当，不过因为措置失当，已经服毒的阮玲玉便更不能久待。这是尤其要令人太息的了。

第三点，联华公司于阮死后，致函南洋各影戏院，勿利用此项不幸事件，作为广告宣传。这倒是很正当的表示。利用社会轰动的事件，作为宣传的资料，这虽然也是一种绝妙的广告术，但就商业道德上讲，赚钱的方法很多，又何必借一个可怜的死人来号召呢？

（1935 年 3 月 11 日《新闻报》）

还乡后的观感

我有好几年不回家乡了。这次为了扫墓和料理一点私事，还乡去勾留了五天。在这五天里面，所看到的，所听到的乡间情形，概括起来，只是一个"苦"字，可以代表。

去年的大旱灾，虽然经过了冬赈，眼前还有许多地方，继续地施放春赈。但是灾民太多，哪里能够普遍救济。卖儿鬻女的，沿路行乞的，弃家逃荒的，依然触目皆是。

为了旱灾甚重，各地完粮，总算是减了成数了（也有全免的地方，但比较上是最少数）。但照这个减收的成数，官中却要按时催征，不能再短少分文，也不容再延挨日期。许多田主，去年田租是一个钱也收不到，而钱粮却依然要照缴，两面吃亏，当然是叫苦连天。这还不必说。最苦的是一部分"自耕农"，饭都没有得吃，哪里有钱来完粮，不完粮就要拘押。因此而被拘押的，正不知有多少。

浙江的田地，本来是很值钱的。连年因为农村破产，田租难收，田价早已逐步下跌了。经过了去年的大旱灾，更是不了。有田的只想廉价出卖，却是无论如何，总找不着受主，理由是买了田，不啻自讨苦吃，在素来以农产为生命之源的浙江，竟呈现着这样的现象，竟到了这样的地步，岂不可哀？岂不可虑？

最近天气奇冷，加以雨雪，春花又大受损失，并且影响到养蚕。同时乡下人经过了去年旱灾的打击，连养蚕的资本都没有，虽然养蚕的资本并不多，最少的只要几块钱，但是眼前的乡下人，手头连几个铜子都拿不出，何况是雪白的银元呢。

内地的商业中心，在于镇市。如今各镇的商店，纷纷倒闭，在以前号称热闹区域的大街上，都显露着萧索的气象。营业已经不能支持了，而官中所征的营业税，却还是照着从前的比较，不容减少半点。能够不加，已经算是深仁厚泽了。因此在农民叫苦以外，又时时听到商家的诉苦声。

（1935 年 4 月 5 日《新闻报》）

科学玩具

玩具是儿童的恩物。在儿童生活中，天天搬弄的，时时接近的，只是玩具。假令在玩具中对于儿童，能够引起若干新兴趣，灌输若干新知识，这倒也是一种基本教育。唯其如此，我们觉得这次四机关联合主办的科学玩具展览会，确乎是很有意义的。

在"科学救国"声中，不但是成人，应该研究科学，就是一般儿童，也要使之能自然而然感到研究科学的兴味。所以科学玩具，可以说是合理的玩具，有益的玩具，决不是什么无谓的消耗品。而展览会的举行，也当然是必要的提倡，并非无缘无故，费了很大的气力来做这个"小玩意"。

中国旧有的玩具，如泥制的玩偶，和一切雏形的家具食器盆景等类，不是太粗糙，就是太拙笨，往往不为儿童所喜。因此舶来品的玩具，便充斥市上。据去年报纸所记的海关报告，玩具进口数量，也着实可观，尤其是劣货。因为式样既很精巧，价格又比较低廉，深合中国儿童的口味，以致要货摊上所陈列的玩具，十之八九，都是劣货。在国货年中，要养成儿童宝爱国货和乐用国货的观念，对于这件事，正不能不注意。科学玩具展览会，一方面为国产的新玩具作介绍，一方面又可以借此提醒一般儿童和儿童的家长，使大家要买玩具，都购国货玩具。这却于提倡科学之中，又含有提倡国货的作用。

不过我们还有一句话不能不说。眼前新出的国货玩具，有许多仍觉得价钱太贵，偏于贵族化。这是需要改进的。我们对于一切国货，都希望其能设法减轻成本，降低价格，以求适应普通社会的购买力。讲到玩具也是如此。

（1935 年 5 月 7 日《新闻报》）

高老爷的哀挽录：在此中得到一种"人死观"

昨天在一种刊物上，看见了当今许多要人和名人挽高友唐先生的诗词和联句。大致都是对于这位高先生，表示着十二分的惋惜，同时因为他正直敢言，又特别加以称赞；搬弄着些"太史简""董狐笔"等古典来作为比喻。想不到高先生死后，捧场的人竟这样多。高先生在监察委员任上，似乎是天字第一号的戆大，照此看来，戆大却也不可为而可为了。

立身正直的，盖棺定论，能得着这样的好评，这也可以说是公道自在人心。不过我们要想到高先生在做监察老爷的时候，今天弹劾这个，明天又攻击那个，人缘就未必会佳。只怕如今在那里竭力称扬他正直无私的人，当时见了他未必不头疼，提起他未必不讨厌。反过来说，假令当时的高先生，也能得人敬重，使他说出来的话，有些力量，有些效用，不至于惹动人家的反驳，不至于引起人家的咒诅，不至于大好文章，只摆在玻璃框内作为陈列品，那么高先生做人一世，也就不枉了。现在只是于哀挽声中，博得许多荣誉，高先生九泉有知，还是安慰呢？还是慨叹呢？

活着的高友唐，不过如此，死后的高友唐，就这样的了不得；活着的高友唐，依然渺小，死后的高友唐，就一变而为伟大。这是中国人心理上的特殊表现。"一个人死了，不好也好，好的便格外好。"这仿佛是一种定例。我们且别管这种定例，是表示着人心的忠厚，还是反映着人情的虚伪，总之正直的高先生，也同样为莫明其妙的环境，莫明其妙的心理所支配，而不能例外。

（1935 年 5 月 18 日《新闻报》）

转瞬十年

五卅纪念，到如今已是十个年头了。在这十年之中，全中国一切的一切，上海一切的一切，较诸十年以前，是否有了什么改善的迹象，还是抚今追昔，实际上反而一年不如一年。凡我国人——尤其是住在上海的人，正应当细细地辨别一下子。

五卅纪念，虽不举行什么仪式，但五卅烈士的公墓，各界总要去致祭一番。五卅烈士，死已十年，连骸骨也枯化了，当然不会在大众致祭的时候，由坟墓中钻出来，发表什么意见。但临场致祭的人，以及全市民众，在这个日子，总须自省，不要愧对烈士。烈士的血迹，虽然早已被自来水冲刷得干干净净，但在我们脑海中，仍永永留着不可磨灭的印象。

中国直到如今，依然还是一个弱者。这是在事实上不能否认的。但是中国人总未必甘心终于为弱者，终是忍受着强者的凌侮和压迫，而不想抬头，不图复兴。要想抬头，要图复兴，要免除强者的凌侮和压迫，只有从实际上努力奋斗，增高我们的地位，立定我们的脚跟，解脱我们的束缚。

唯其如此，我们很不愿见今日之下的上海人，只在音乐声中陶醉着，只在年红灯下欢跃着，忘却了自身所受的痛苦，但也并不愿见开会喊口号贴标语等仅仅在表面上做得十分慷慨激昂的举动，最要紧的是有决心，有恒心，各人都拿定宗旨，发挥本能，多做一点实地有效的工作。

（1935 年 5 月 30 日《新闻报》）

紧箍咒

具有天大本领的齐天大圣，遇到唐三藏一念紧箍咒，就疼得筋斗翻不起，只好满地打滚，足见紧箍咒的厉害，更足见受着紧箍咒的挟制，自有一种不可言喻的苦痛。

孙大圣听见了紧箍咒，虽然害怕，但会念紧箍咒的，到底是他的师父，并不是和他敌对的人，更不是有意要和他捣乱的人。假令这个紧箍咒，竟被牛魔王学会了，或是念熟了，借此作为压迫孙大圣的工具，动不动便念将起来。试问孙大圣又如何能受得住？

再说孙大圣对于唐三藏，具着万分好意，而唐三藏不感念他的好意，要将紧箍咒来磨难他，固然已令人不平，但唐三藏所以要念紧箍咒，究竟因为孙大圣有时，要使起强性来，不得不用这个法道来制伏他。假令说左就左，说右就右，处处服从，事事听命，还要认为不满意，还要大念其紧箍咒，试问更有什么方法可以躲闪？

好好的一个头，为什么要戴上一个箍。当然决没有人会自己愿意套上去的。不是为时势所造成就是受着环境的驱迫，等到上了大当，就和孙大圣一样，终于不易摆脱了。但在不易摆脱的时候，也总要存着一种设法摆脱的心理，至多像孙大圣这样，耐着性儿潜心修炼，也有还我自由的机会。不过孙大圣的头箍，是道行圆满，自有神佛来善意地为他解除。如今的世界，却找不着什么神佛，须仗着自己的法力来解除魔力。魔力一去，紧箍咒自然不灵了。"咒自凭他咒，头还是我头"。所以想爱护自己的头，只知抱头求人，嚷着"莫念莫念"，是不中用的。不如咬着牙，忍住疼，时时自励，时时修炼，使这个冤大头，能渐渐地变为铁头，叫人家箍不住，这才是功德圆满，得大解脱。

（1935 年 6 月 15 日《新闻报》）

侮辱华人的蜡像：联想到王宝川剧中斩首的一幕

华联社纽约通讯说有人在游戏场内陈列着些华人蜡像，有缠足的妇人，有躺在床上吸鸦片烟的男子，还有一幕旧时斩犯处刑的形象：一个监斩官，一个刽子手，一个拖着辫子的犯人，表现得十分丑劣。当然这种蜡像，是对于华人，为极大的侮辱。我国的领事和侨商，目击这种情形，断不能听其自然，极应提出抗议。

蜡像陈列馆中，陈列着侮辱华人的怪像，这不过是一个例子罢了。我们试看到外国人所摄制的影片，所著的说部，所刊行的杂志，其中有描写中国风土人情的，往往与真相不符，又往往含着侮辱性质。这其中一部分是出于恶意的反宣传，另一部分，却是不明了中国的现实状况，一味采取道听途说之辞，作为材料，一经传播，便使我国在国际间的荣誉和地位，都因之堕落。这真是一种重大的损害。要免除这种损害，须自动地注重国际宣传，将我国一切文化，一切民族美德，以及从前旧俗，现已改进各点（如缠足和吸烟等等），从文字上从艺术作品上，从种种事实上，介绍到海外去，使各国人士，知道现在的中国，也已有革新的气象，决不是从前那个怪样子，以祛除他们的误会（对于在华外侨以及游历来华的考察团，更须注意）。

说到这里，我却联想起一件事来了。不久以前，在上海表演的"英语对白平剧王宝川"，不是轰动一时吗？不是很引起外国人的观赏吗？关于王宝川全剧的表演，原也有许多可以赞美的特点，但演到《大登殿》的时候，忽然来一个刽子手，执着钢刀，捉住了魏虎（剧中人）的头发，要将他斩首。如此者一而再，再而三。虽然魏虎终于获救，这种举动，在剧中不过是添了些"噱头"，但旧剧中魏虎问斩，只是一个暗场。如今却必定要将犯人处斩的恶态表演出来（旧剧中魏虎并没有赦免。如今改成死罪可免，活罪难饶，而责打四十大板。剧情的改动，倒也并不错。但将执行斩刑的情态，在台上细细表演，深觉其无谓）。虽然这是历史戏剧，与现时截然无关，但我们何苦不将历史上和艺术上的优点表显出来，而偏要把这杀头的一幕，演给外国观众看。即使不致引起误会，也总觉不大佳妙。这是我要附带地提出来，深望今后再表演这出戏，便删除了这一节，同时更望大家对于演给外人观看的戏剧和各种游艺，特别留神些，不要于无意之中，使人家留着不良的印象。

（1935 年 7 月 27 日《新闻报》）

向吴经熊博士请愿

吴经熊博士的学识，是大家所钦佩的。吴经熊博士的言论，也是大家所钦佩的。最近他以私人立场，对修正出版法，发表了一篇谈话。话当然谈得不错，我们也不敢提出什么修正的意见。但似乎不能不加以补充，却又断断不是辩驳。这是在未下笔之前，先要请吴博士见谅的。

第一，吴博士说："统观《出版法》原文，无不束之过严。新闻界之请愿，自不能非之。"新闻界的请愿，吴博士不以为非。这是新闻界要向吴博士表示感谢的。但"不以为非"，换句话说，就是"尚无不合"。在新闻界请愿的目的，却并不愿轻描淡写，只得到一个"尚无不合"的批评，而希望切切实实，重定原则，重交复议，以达到彻底修正的目的。

第二，吴博士说："吾人研究一种事件，须顾到现实环境。"须知全国新闻界，对于《修正出版法》，认为窒碍难行，也是"顾到现实环境"，才敢断言其"窒碍难行"，并非抛开环境，只图为新闻界自身，谋得不合理的自由，与不合法的利便。

第三，吴博士说："言论自由，虽有明文，自由二字，系相对的而非绝对的。"这层道理，新闻界也何尝不知道。说句老实话，新闻界在这个年头，非但不敢说绝对的自由，并且不敢一定要求到相对的自由，只望"不自由"也有个范围，不要像《修正出版法》所定的条文，使新闻界时时刻刻，在脑海中浮着囹圄桎梏的影子，结果无可"由己"，也无从"由人"。那就感恩非浅了。

第四，吴博士说："如国家一切均上轨道，则彼时自然可以语自由。吾人只须观日德等过渡进行中之国家，其限制舆论殊严。如英美等已上轨道之国家，其于舆论之统制亦稍弛。"言外之意，是说在目前我国新闻界，不能不受统制。须知统制新闻的政策，在新闻界就根本不敢反对，也不愿反对。不过新闻界所希望的，是合理的统制，是要于统治之中，使新闻界依然有相当的进展，至少依然能行使其应尽的职责。再说各国的统制新闻，其权操诸政府（日本对于违法出版物的处分权，归诸内务大臣。出版物预备禁止或查封时，地方官厅须先呈报内务大臣，奉有指令，方可执行。这就是一个明证），断不至于像眼前立法院所通过的《修正出版法》，以一个县长或一个社会局长，便对于新闻界，有莫大威权。新闻界原不敢小觑县长或社会局长，但立法院是否能担保全国各地县长和社会局长，不会有凭着个人喜怒，滥施威权的弊病？新闻界受制于政府，这确是"统制"。受制于县长或社会局长，这却是"制"而不"统"了。

第五，吴博士说："自由犹如海绵，当其紧握于手中时，容积并不广大，及其放释，则海绵立即涨大。"这确是一个妙喻。不过新闻界也要请问一声，这块海绵，到底何时才可以是放释？而且海绵紧握，也要紧得有个相当限度。假令因为手劲不足，还要踏在脚底下，就似乎不对了。

关于修正出版法的事件，我很敬佩叶楚伧先生。他说："本人原是新闻记者，自了解新闻记者的苦痛。"足见他虽已做了要人，还是"不忘其旧"。又很敬佩程沧波先生，他到底是新闻记者出身，而且是一位现役的新闻记者，所以他虽然荣任了立法委员，还肯放弃了"官"的立场，而在会议出版法时，颇能发表其公正的主张。至于吴博士呢，虽并不是新闻记者，但他向来对于新闻界，肯为热烈的辅导，而新闻界对于他，也表示着最好的情感。尽过些赞助的力量。尤其是上海的新闻记者，提起吴博士，几乎无人不认为是老朋友（区区不才，也忝附老友之列）。同时他的大作，在未膺立法委员新命以前，又常在各报纸上发表，所以我们不嫌仰攀，也可以称他一声"准新闻记者"。唯其如此，我们以老朋友的资格，或是"准同业"的资格，倒要向吴博士请愿，希望此项修正出版法，如果交立法院复议，博士务必拨冗参加，发抒一点伟论，顾到新闻界"现实的环境"，给予新闻界以一点点一些些"相对的自由"。末了还要郑重声明，我为新闻界请命，这也是打官话，并不是说私话。

噜噜苏苏，说上这么一大堆，料想吴博士是不脱书生本色的，或者不会因此讨厌。不过信笔直书，有些地方，总觉得近于冒昧，不能不向老朋友请一个罪，恕我不另具呈了。

（1935 年 8 月 20 日《新闻报》）

华洋感言

老友王钝根君，来书嘱为《华洋月报》一周年纪念刊撰文。余以贱冗，杂物猬集，区区脑球中，亦如有一华洋杂货店，箱包瓶匣，堆积如山，若欲抽取一二件以应顾客，不胜搜索选择之烦。唯有信手拿来，随便带去，因见华洋二字，有所感触，率贡数言，以当闲话。

独鹤口述，钝根笔录：

我国自海通以来，欧美各国，争以工商业出品运华销售，先为葡萄牙，次为英吉利，执远东市场之牛耳最久，继以美利坚、法兰西、德意志及俄意瑞比等等数十国，各有特长专利之品，来占东亚一席，最近则为日本，因其工业突飞猛进，制造无物不备，且与我国邻近便利，遂以出品尽量捆载而来，视支那为其唯一最火之尾闾，又能迎合我国人之所好，价炫异廉而美观，竟得战胜诸先进国，取英人之在华之进口货额第一席而代之，各国虽欲与之抗衡，翻陈出新，争奇，甚至赔折成本腾并倾销，终弗能敌也！至于我国同胞，则但知趁他们之现成，享用外国物质文明之幸福，起居服用，无不购取洋货，风尚所趋，万牛莫挽，致本国所制物品，悉归淘汰，商人设肆，非贩卖洋货，竟无立足之地，故今日之所谓华洋杂货业者，几乎有洋而无华，所以犹称华洋者，盖亦稍顾国家体面之意耳。呜呼，痛哉！

虽然，我国不乏爱国之士，思挽救经济亡国之祸，曾大声疾呼，提倡国货，然而言者谆谆，听者藐藐，大多数同胞，酷好洋货自若也，揆其原因，亦由我国工业凋敝，不能造优良之货物，与舶来品比美，所谓"无物相抵，总不能制"也。故处今日而言提倡国货，抵制洋货，必欲杂货业之有华而无洋，亦很成为"唱高调"而已，且物质文明之世界，人类欲望日奢，器物务求精美，凡一种新发明最巧妙之出品，其销行决不能以国界为限，国与国间，经济交通，有无互易，若必欲使人民因简就陋，专用本国窳敝之物，而不用他国新美之品，亦事实上所必不可能，我同胞有志之士，诚欲挽救经济亡国之祸者，不可强行消极的抵制，亟应提倡积极的制造，然尤须政府奖励护助于上，资本家尽力接济于下，但得造成数种独出心裁，超越寻常，足显东方专门艺术之出品，销行国外，易取其金钱而归，即不必以国人购用洋货之漏卮为虑，勉哉诸君，切勿以国难濒危，而自馁其研究发明之勇气，灰丧其实业救国之壮心也。

更有一言，警告吾抱大志富实力之工商界诸同胞，方今世界战云，弥漫复起，欧美列强，恐多不免卷入漩涡，即我东亚之日本，亦已暴露助阿制意之倾向，预料巨衅一开，洋货之来源必将锐减，其价格必将飞涨，或且较第一次欧战为尤甚，此诚千载一时之机会也，我同胞亟宜奋起自造，以补其缺，更可以过剩之出品，及天产重要原料，供给全世界之需求，将来现金之吸收宁可限量，我国之转贫为富可立而待，若再如前次之泄泄沓沓，坐观成败，不思乘时兴利，反以高价购入交战国供不应求之货物，而自己终无新发展之输出品以相抵，则中国老运之穷，真是安心饿死而未可救药矣。

（《华洋月报》第二卷第一期，1935 年 10 月 10 日出版）

捧段老先生

这个年头的新闻记者，固然不敢骂人，却也难以捧人。捧捧过去的人物罢，实在觉得没有意味；捧捧当代的要人罢，即使是出于诚意的捧，并不想做官，并不想发财，但别人看着，总会认为是有心恭维，不免肉麻。于是乎骂的文章搁笔，捧的文章，也只好搁笔。

在难以捧人的时候，忽然觉得有一个人，倒值得一捧，而且不妨一捧，因为在今日之下去捧他，决计不致使人发生误会。此人为谁，便是下棋念佛的段芝泉先生。

段芝老在以前，有些事足以挨骂。但平心而论，也确有些事够得上人捧。而我所谓"值得一捧"和"不妨一捧"，却完全是撇去了以往，只讨论现在。

现在的段芝老，当然已经没有什么实力了。不过实力虽没有，还存着一点空的声望，空的架子。越是没有实力的空架子，越容易被人掮去作幌子。段先生因为不肯做幌子，甚至于不肯再留着这个空架子，所以在前年便决计离开天津，情愿来作海上寓公。而在最近更对人为坚决的表示，说是"决不离沪"。这比较"踰垣而避"，更来得干脆。

要下棋，在上海不是找不到对弈的朋友；要念佛，在上海不是找不到清净的佛堂。一切的一切，眼不见为净，耳不听不烦。乐得安闲自在，颐养天年。这正是此老的聪明处，也许是此老的学佛有得处。

再说段芝老一生我们虽不能过于捧他，说他有什么光荣的历史，但至少还存着一点光明的历史。他所以"决不离沪"也就是要保持他的光明的历史。如今的世界上，能够始终保持着自己历史的，就是善智识，就是有道行。我们对于善知识而有道行的段芝老，也惟愿他屏绝外缘，一心念佛。善哉善哉。

（1935 年 11 月 21 日《新闻报》）

警察棍卫兵剑

北平各校学生列队游行，沿途呼请愿口号，反对假借名义的自治，要求团结救亡。这种举动，这种口号，仿佛在风雨晦冥之中，忽然听见了远寺钟声，总会震动着大众的心弦。

学生可以代表知识阶级，尤其可以代表青年。这次游行请愿，简直是一幕很紧张也很痛心的悲剧。在这里至少有一点表示，是别种人的头脑也许模糊，而知识阶级的头脑，到底还没有模糊。别种人的血气也许会衰竭，而青年的血气，到底还没有衰竭。

最近北平的气候，已降至冰点以下了，只怕人心的热度，也降至冰点以下了。但是清华燕京两大学的学生，却屹立在高五十尺的城墙下，依然和朔雪相搏战，不为寒威所屈服。有人说总算不错，中华男儿，还有一些生气。有人说真是可怜，大好中华，只留得这一丝生气。

路透社电讯说："学生游行至西城各街，与警察相值，警察挥棍逐之。"电通社的电讯说："学生由长安街赴西单牌楼，与警戒中之卫戍司令部卫兵发生冲突，卫兵拔剑逐之。"警察手中有的是棍，卫兵手中有的是剑，学生却是赤手空拳，只好为人所逐，格外觉得可怜。但警察和卫兵，都是负责着维护治安之责的，在北方局势紧张的时候，存心扰乱治安的，大有人在，却并非学生。学生的行动，依然遵守秩序，未曾影响治安。而警察的棍、卫兵的剑，只有向学生示威，这与其说学生可怜，不如说警察和卫兵也可怜！

（1935 年 12 月 11 日《新闻报》）

不亦怪哉

在华北形势紧张声中，平津两市，东也发现一个什么会；西也发现一个什么会。东也游行请愿，西也游行请愿。论其组织，是十分奇妙。论其名目，又十分古怪。这大约是"国家将兴必有祯祥"。下文就不必念了。

昨日天津电讯说，津市又发现了一个叽里咕噜的"圣教会"，和噜里噜苏的"佛教联合会"。会众头戴道冠，手持黄旗，列队游行，大发传单。这种情形，既不是迎神，又不像赛会。真不知道是一出什么把戏。反正这个年头，怪事正多，大家也只好见怪不怪了。

这个怪会，打着佛教的旗号，而会众却又戴着道冠，非僧非道，可谓玄之又玄。佛法无边，广大灵感，不知像这个"佛教联合会"，是讲些什么灵感，但是现在仅有许多生意的大老官，口称皈依我佛，而贪嗔痴爱的念头，始终不断，甚至借着"佛"字作幌子，暗中所做的勾当，却要令人气得"一佛出世，二佛涅槃"，那么我们对于这种莫明其妙的佛会，也就无足深责。总之学佛如果真能做到"无眼耳鼻舌身意"倒也很好，可惜如今那些借学佛为名，别有作用的，却是"无眼耳鼻舌"而独有"身意"。此身此意，真是佛家所谓"不可说"。

在会中游行的人，都是年约六旬的老者。以花甲左右的老人，还要列队游行，是这样的起劲，这难道也可以说是"老当益壮"吗？上了年纪的人，又号称学佛，原该静坐禅堂，养着精神，省些气力，何苦也要来这么一手，这分明是"倚老卖老"，"老"而犹"卖"。所以圣人说"戒之在得"，但是所"得"者几何？也许还是四个馒头一块钱那个老行情吧。

（1935 年 12 月 12 日《新闻报》）

鼠年的故事

今年是个鼠年。讲到鼠的坏处，扰人毁物啃衣窃食，明明是个破坏者和捣乱者。可是讲到鼠的好处，却又明明是一个活动分子，能在猫的压迫和监视之下，运用它活动的能力，避免危险而保持其生命。因此以物喻人，假令大家能够学鼠的活动，而不作鼠的捣乱，却也未始不佳。

关于鼠的典故和种种类似神话的故事，在书面的记载上和大家口头的传说上，着实不少，也不暇细细叙述。我如今所要讲的，就是大家所知的"猫项系铃"那一段寓言（儿童读物上都有这一段寓言），在这个鼠年中，却很足发人深省。

鼠子会议，说要在猫项下系一个铃，那么猫偶一出动，大家就可以闻声而知，随时趋避。这原是一个绝妙的方法，群鼠当然一致赞成。但问到"谁能前去实行这个系铃的工作"，却是没有一只胆大的鼠，敢挺身而出了。由此足见没有实际工作，而单说空话，任何计划，都是无用的。

今日之下的中华民族，应该细味着这一段寓言，体会着这一段寓言，凡是什么救国工作，都要实地去干，不要只在嘴上空嚷，否则就终于无法逃避野猫的吞噬，无法保持群众的生存。

（1936 年 1 月 30 日《新闻报》）

食物相克

中央社电讯，说："中国科学社生理化学室技师郑集，将通俗所传相克的食物，如'香蕉与芋芳''鳖与苋菜'等十四组，亲加试验，证明同食并无毒性。已将试验结果，制成中英文报告"。我们认为郑君这种研究和试验，确是甚有价值，甚可赞佩。

食物相克，依吾人的推测，也许只是偶然发生的事情（偶然有人吃下去，出了毛病，便纷纷传说，疑是食物相克之故，其实原因并不在此），并不合于科学原理。中国有许多事情，都是因为偶然发生，经人加以附会，广为传播，便成了绝大的误会，或不易辟除的迷信，而拿科学来一证明，却全无根据。所以我们应该将郑君的试验，作为一例。此后凡遇到什么比较奇怪的事件，疑难的问题，都要用科学头脑，加以剖析，用科学方法，求一解答。不可随随便便，就信以为真。这才是人群进化应取的步骤、应有的表现。

不过食物相克，在科学上虽已证明无稽，而一个人的肠胃中，如果原有什么特殊病征的，却往往在别人本可无碍，在他吃下去，就会发生变化。这却又是生理上和医理上应当研究的一点。其实不但食物如此，人与人之间，也是如此。譬如说某人和某人，是主张各异的，某派与某派是利害冲突的。这也和食物相克，是一样看法。实际上同是食物，未必相克。同是中国人，更何致相克。所以相克，全因为胃口不合。一朝胃口改变了，便有今昔不同之感。素来相克的，又何尝不可联为一气，冶为一炉呢？

（1936 年 2 月 5 日《新闻报》）

国难艺术运动感言

在艺术沉静的环境中，我们得到大规模的运动，却是难得的机会。尤是在国难时期。最近《新园地》却居然提倡了，真是值得我们庆幸的！

艺术这件事，在传统的意义上说起来，似乎是很高贵的，神圣的。从来只有少数的文雅的贵族所嵩有，而为一般"苍苍蒸民"，所不能够享受得到的。

可是从近代平民主义的思想发达以来，艺术也就揭去了过去尊严的虚伪的假面具，而成为一般民众精神上所离不开的粮食了。我想，凡是生活在现代社会的人，因了现实环境的种种摧残，压迫……不少的人都会感到人生的枯燥，无聊。假使要想使这些悲观消极的人们，转而走向一条抗斗的道路，那只有真正能够高扬人们的生活的艺术，才能够很好的尽它的任务。

因为艺术是反映社会，而又能促进社会的变革的，国难艺术的提倡，其目的自然是在突破国难而使垂危的中华民族得救。

我们细看中华民族精神，是多么消沉；民族的自信力，多么薄弱。一般民众大多习于苟安贪逸，身心萎靡，殊少蓬勃振兴的朝气，和努力奋斗的精神。际兹国家形势，危如累卵，民族消沉的时期，今后，欲挽救危亡，端在发扬民族抗斗的精神。要使民族精神，能够振作，最有效力的方法，就在凭着艺术的力量，鼓励一般民众，养成高尚优美的人格，和向上进取的能力。这样才能唤醒中华民族的迷魂，才能挽狂澜于既倒。要使艺术发挥超等大的力量，那就要注意提倡艺术的规模大不大，意志坚不坚。

在目前我们很希望《新园地》提倡大规模的国难艺术运动，使艺术之曙光，笼罩着各个人的心灵，来挽救这严重的国难。

这是笔者在提倡国难艺术运动当中，所得到一点些微的感想。

（1936 年 2 月 7 日《新民报》）

桑格夫人久违了

提起美国节育专家桑格夫人，倒也是无人不知，哪个不晓。她在十二年前来华宣讲节育主义，曾轰动一时。此次为了宣传节育新法，再度环游世界，又要来沪了。所谓"节育新法"，不知道是怎样一种新奇而神秘的方法，当然等到她驾临上海，各界人士——尤其是医学界在久违雅教以后，必定要请她发挥妙论，指示方针，而且这种演讲，又一定比任何学术演讲，更富于吸引力，能引起群众研究的兴趣。

桑格夫人的节育主张，曾得到许多人的赞誉，但也曾受到许多人的攻击。就以她这一次的"旅行演讲"而论，在印度就博到大众的欢迎。可是那位牧师赖恩氏，却在香港某报上，加以痛斥，甚至指为"两性堕落的表现"。平心而论，要研究节育主义是否适当，倒并不是道德问题而是事实问题。像人口稀少正要奖励生殖的国家，如意大利，如法国。谈到节育，固然和他们现行的政策，恰巧相反。可是生殖太繁，人口过剩的国家，却又未尝不宜提倡节育，借以减少社会困难，调节人民生计。桑格夫人在印度，所以特别受人欢迎，也许因为她的主张和学说，很适合于印度的需要，或者竟是很配印度人的胃口。

讲到中国，普通人民的生产力，虽然是很薄弱，而生殖力却依然强盛。因此平民阶级，大多数都感到子女众多，生计艰窘，在相当范围以内，提倡节育，倒也未始不是一种补救的办法。至于说提倡节育，要影响到社会风化，这固然是道学先生的论调，但社会风化，如果根本不良，即使不在节育上加一重保障，大家依旧可以胡乱恋爱，秘密结合，并不见得因顾虑生育，就能抑制性欲。所以认节育为助长淫风，为两性堕落，桑格夫人，自不肯折服的。

（1936 年 2 月 21 日《新闻报》）

忧国勿自杀

最近的首都忽然不断地发生自杀案。续范亭之后，继以杜羲，杜羲之后，又继以段松桓。依报纸记载，这三位先生的自杀情形，虽各有不同，而原因却是一样，都为的是忧国。

在这个国势艰危的当儿，谁不因忧国而感觉极端苦闷，但唯其大众都感觉苦闷，就该集合大众的力量来，设法打开苦闷——为本身打开苦闷，同时也为国家打开苦闷。换句话说，就是因为爱国，所以忧国，而因为忧国，却又必须努力救国。假令个个人都因忧国情殷，走到消极厌世的这条路上去，那么所谓有志之士，都成了枉死之鬼。试问救国的责任，又教谁来担负？所以我在续杜两先生自杀的时候，已经说过劝忧国切勿自杀的话。如今在报上看到了段松桓的死讯，却格外要引起感慨，认为今日之下的中华国民，还是要于死中求生，不应该于生中求死。

总之国家有了生路，各个人也就有生路。各个人都自寻死路，国家也当然陷入死路。像段松桓这样，身为军校学生，受着军事教育，何愁不能养成大好人才，达到执戈卫国的志愿。轻于一死，岂不可惜。当然为忧国而死，这种志节，依然值得追悼的。但我们除对于死者表示哀悼而外，却又不得不大声疾呼，奉劝爱国青年，千万不可学样。假令忧国自杀，也成为风气，民族前途，只有日趋毁灭，哪里还有复兴之望呢？

（1936 年 3 月 4 日《新闻报》）

王先生

在图画刊物上看见王先生，在银幕上也看见王先生，提起王先生，谁不认识？倒也大大有姓了。（因为王先生有姓无名，所以只好说是"大大有姓"。）但我这里所说的王先生，却不是那位嬉皮笑脸，引人发噱的王先生，而是堂堂正正，规规矩矩，令人起敬的王宠惠先生。

王宠惠先生是位法学专家，他的道德，他的学识，在平时已深得国人的信仰。这回他抱着救国的志愿，从海外归来，特别致力于"精诚团结"的工作，因此报纸上天天载着王先生的行踪，记着王先生的谈话。在最近期内，王先生便也成为时局的中心人物了。

自从胡展堂先生回国以后，精诚团结的空气，便异常浓厚。如今有了王先生从中接洽，意见就格外接近，事实上的进行，也格外顺利。大概"春暖"为期之约，是必定可以实践的了。这正是全国人所朝夕仰望的。我们且拿王先生的贵姓来说，这个"王"字，三画一竖，论字形，就隐示着"三位一体"。照眼前的形势讲，似乎中央是一位，粤方是一位，桂方又是一位。假定仗着王先生的努力，能使三位联为一体，合作对外，我们做小百姓的，一方面要拥护各位要人，一方面也当然要谢谢王先生了。

王先生患着鼻疾，还尽力国事，不辞劳瘁，这是我们所极端钦佩的。如今听说王先生的鼻疾，已渐见痊愈，这又是我们所引为欣慰的。讲到中央和西南方面，实在也并没有什么不可祛除的隔阂，和难以探索的症结。不过是偶尔伤风鼻塞，气机不宣，便感觉着轻微的苦闷。只要经过适当的疗治，塞的就可以通了，不宣的就可以畅达了。一切的苦闷，也就没有了。本是一家人，何妨"一鼻孔出气"？这并不是胡说乱道，敢对王先生开玩笑，确也是一句实在的话。

（1936 年 4 月 14 日《新闻报》）

一局残棋

各报记载胡汉民先生陷入危境的情形，说是在陈融宅中，正与陈对弈，忽然晕厥，急延医诊治，知道已猝转脑充血症，无法施救。胡先生噩音传布，全国民众，都引起莫大的悲哀。而捻子未下，大命已倾，徒留着一局残棋，成为临终的纪念，更令人有无限的伤感。

胡先生素患高血压症，而下棋又是极伤脑的。因为用脑过度，突然病作，以致不治。这就病理上说，虽然是出于不及料却也具着可能性，棋有棋劫，胡先生在凝神对弈之际，忽生变故，这在胡先生可说是骤遇劫运。而胡先生一死，为中华大局计，格外有人亡国瘁之想，却也是于重重噩运之中，又逢一劫。

不过因下棋而疾作，这究竟是偶然触发，实际上胡先生一生，尽瘁党国，早已积劳成病，尤其是近几年来，忧国伤时之念，常常见诸文字，寄诸吟咏，安得不使积弱之躯，体力格外销铄，脑力也格外耗损，因此胡先生并非死于棋劫，依然是死于国难。再说得切实点，就是胡先生的死，决无关于棋局的胜负，而只是为了家国兴亡，久已蕴蓄着满怀焦虑，便促短了可贵的寿命。

"只因一着错，输却满盘棋。"论棋是何等可惜，论国事又何等可慨。胡先生已死，我们很望大家于悼惜胡先生之余，格外要精心布局，挽回颓势，尤其要团结精诚，巩固阵线，但能为全民族多下活子，求得生路，胡先生虽然一局未终，遽尔撒手也许可以无憾了。

（1936 年 5 月 14 日《新闻报》）

行星撞地球

预言家其实也可以说是"谣言家"。因为预言家所发表的预言，十之八九，都是要使人引起恐慌的。根本不信，倒也罢了。如果认为是可以相信的，那就比造谣者的摇惑人心，还要来得厉害。像昨天报上所载行星将和地球相撞的预言，不是满布着可怖的空气吗？

行星将和地球相撞的预言，是由天文学家推测出来的。这是科学上的发现，当然不能说没有根据。不过因此使我们联想到在二十余年前，也曾有一次各国天文学家，忽然大起其哄，说是哈雷彗星，要和地球相撞了，害得全世界都为之震恐，结果却并无其事。那么这一次的行星和地球相撞，也许和当年的推测一样，未必会十分准确。同时大家也自然希望其不准确，万一准确，那还了得。

据天文家称，行星如果和地球相撞，其地上乃在亚洲，香港广东，受祸最惨，苏鲁等省，也陷入危险地带。照此说来，岂非大倒厥霉的又是中国呢。不过地球要和行星相撞，这真是一种注定的劫运。就使明知末日已届，也依然非人力所可挽回的。与其想逃避天灾，还不如设法消弭人祸。须知行星和地球相撞，诚哉可怕，而人心和人心相撞，却也很可怕。要阻止行星的撞击，即使科学万能，也是没有办法，只好退一步请求已经下界的各位星宿，不要互相撞击，造成惨劫。因为陆沉的惨劫，如果由人类自己造成，就格外觉得冤枉了。

听见大劫将到而过分着慌的，必定是有钱享福的人。至于至穷极苦毫无生趣的人，那么根本上并没有好日子可过，也就不在乎什么"末日"，倒依然可以放心睡觉。这是一种心理测验，心理上的测验，也许比天文上的测验，倒来得准确。

（1936 年 6 月 22 日《新闻报》）

是男是女？

波兰女选手瓦拉谢维奇女士，在以前创造了女子百公尺的世界纪录，大家便盛传她已变为男子，这个纪录应该打消。但在本届世运会中，美国女选手史蒂芬斯女士，竟以十一秒五之成绩，荣膺冠军。瓦拉谢维奇女士屈居第二。于是《波兰邮报》的驻柏林特派员，也发出一条怪电报来，说："史蒂芬斯女士，实系男性。"自己的女选手，占了优胜，被人疑为男性，别人家的女选手，出了风头，也何妨回敬一下，指为男性。老文章重抄一遍，却也有趣得很。

在运动比赛中，男子组与女子组是界限分明，不容混杂的。因此指女为男当然激于嫉妒的心理，具着破坏的作用。不过这种嫉妒与破坏的方式，也运用得太幼稚了。因为别的事情，或者还好以假乱真，至于男女之别，在生理上，在事实上，总有确切的证明，不是可以随便瞒得过人的，同时也不是可以由着人家信口乱说的。女化为男，到底是罕有的事件，若说世运会中的女选手，会引起生理变态，一变再变，你变我也变，那真成了笑话了。

女子的体格，比较上总不及男子。因此运动的成绩，也往往逊于男子。这似乎是为生理所限，未可勉强的。但经过了若干期间的时代演进，假令女子能注意健康，能勤奋锻炼，又安见其永永不能迎头赶上？也许将来女子体育，充分发达，竟会有这样一天，女选手的成绩，可以压倒男选手，或者打破了眼前男女分赛的规例，彼此作同等的竞赛，那么是男也罢，是女也罢，也用不着争讼，更用不着放烟幕弹了。因为波兰记者的一电，倒使我起了这样一重幻想，虽是幻想，却也很愿贡献给世界女性，表示着我对于女性的鼓励。

（1936 年 8 月 7 日《新闻报》）

半推半就

关于英王爱德华和辛普森夫人的婚姻问题，当然也是最近国际新闻中最引人注意的一桩事件。英王和这位夫人，是否结合？换句话说，就是这位夫人是否要于最短期间，一跃而为英国王后？这是大家所愿亟于寻求答案的了。

辛普森夫人的离婚案，法庭就要判准了。一般的猜测，无不认为这一方面离婚的判决，便是那一方面结婚的准备，换却旧衣衫就可以穿上新礼服。但据国民新闻社电讯，却说："接近辛普森夫人者宣称辛夫人实不愿与英王爱德华结婚，以免英王为难。"英王和平民女子结婚，既为法律所许可，也就没有什么"为难"。这里所谓"为难"，大概不是法律问题，而是反对者的阻力颇大。说得明白点，是环境上的"为难"。不过照英王的行动和他的主张，却好像已经很坚决地要打破这"为难"的环境，那么辛普森夫人口中在这个时候，忽然露着"不愿与英王结婚"的意思，或者也只是在又惊又爱之中，演出一点半推半就的姿态罢了。所以她同时又有"除为正式王后外，不欲接受其他名义"的表示。试问既然"不愿和英王结婚"，又如何能进位为"正式王后"？

总之从英王和辛普森夫人的关系中，倒很可以见得情爱的伟大。如今情爱与环境，正在相持互斗之中，毕竟是何方战胜，还要看当事者的力量。其实在这个时代，英王的婚姻，就是偏重于平民色彩，也未必就有损于君王的尊严，更无碍于绅士国家的体面。那几位大臣和主教，又何苦大煞风景，不肯玉成美事呢？

（1936 年 10 月 25 日《新闻报》）

毁家纾难

阎锡山先生奉着太夫人的命，将封翁遗产八十七万，拨充救国费用，毁家纾难，为天下倡。阎先生此举，确乎算得是慷慨大方，确乎值得人敬佩。而阎太夫人，却尤其称得起是一位贤母了。

"毁家纾难"，就是牺牲小我，顾全大我。须知国与家原是不可分离的，不能保国，便不能保家。因此将私人的资产，贡献给国家，这并不是戆大的行为，实在是处于非常时期里，国民所应取的救国途径。意大利进攻阿比西尼亚的时候，大家连结婚的戒指，都捐给政府。一枚戒指，尚且不愿据为私有，那么拥有资产的，更不应该吝惜了。

所谓"毁家"，当然也有个解释，并非使人真个把全家都毁弃了，至于无从存活。是要使大家于维持私人生活以外，不积聚着大量的资财，为过分的享受，而对于国家，尽一点应尽的义务。再说得切实些，便是聚私人之财，供国家之用，也便是集中私人的力量，保持国家的生命。国家的生命，等于私人共同的生命。国家的生命如果摧毁了，私人即使积有余财，其家也不毁而自毁。因为做了亡国奴，不会容你独自享福。

这是要彻底地想上一想的。

有家产的人，毁家纾难；没有家产的人，虽似乎是无"家"可"毁"，但有多少力量，也就该贡献多少力量。人人对于国家都有贡献，集合起来，化零为整，这个力量便很大了。当然一捐就是八十万，常人决无此大力。可是节食一天，捐给国家的，纵使数目甚小，论其精神，却和独捐巨产的，是同样的伟大，同样应该效法。

（1936 年 11 月 18 日《新闻报》）

江山与美人

爱江山还是爱美人？这已成为轰动全欧乃至于轰动全世界的一个大问题、一桩大事件。凭主角的选择，显然是美人情重，因此引起了绝大的困难，遭着了强烈的争议与反响。但另一方面，却也仍得到一部分群众的拥护，议员的上书效忠。青年男女的列队高呼，岂非同样是热诚的表示呢？绅士派的传统观念，固然足以左右国事，但青年派的崭新思想，也未必不具着相当的力量。

友邦的大事，我们固然不敢轻下批评，但放弃了批评的态度，仍不免引起研究的兴味。我们所认为可以研究的，是宪法神圣，诚哉，不可侵犯。而爱情神圣，却也似乎难以强制。因此遵守宪法，保持尊严固然是堂皇正大，可是重视恋爱，敝屣权位，倒也称得起是伟大的表现。即使不能博得全体臣民的爱戴，总可以为新时代所推许，至少在世界情爱史上，必能占着最可纪念最足称道的一页了。

一切佳话的演出，原不一定是十分呆板的，要碰僵就碰僵，要圆转也未尝不可以圆转。比方江山与美人不能兼爱，出于政治家的方正语调，或宗教家的道学口吻，固然振振有辞，但事实上只要是个贤明的君主，能治理国家，能抚绥民众，又安见其拥着美人，便不能掌握江山？若说为了婚姻趋于平民化，便有损元首的尊严，甚至有损国家的尊严，那也未免讲得太严重了。因此我们站在国际的友谊上说，颇希望这件事能于僵持之中，取得一个两全其美的折中办法，不负江山，不负美人，岂非格外圆满呢？

（1936 年 12 月 7 日《新闻报》）

吃报纸

在本报昨天所刊的《瀛海珍屑》中，记着一段关于报纸的趣闻，说南斯拉夫克罗地亚地方，有人和一个穷汉打赌，叫他把两种报纸吞下肚去，便给他二十枚国币。这个穷汉，居然敬遵台命，将报纸吃得津津有味。想不到穷人的胃肠，竟具着消化报纸的作用，以后报纸上倒真要多搜集一些特别适于贫民胃口的资料了。

报纸虽然号称是"精神上的食粮"，但到底不是真正的食粮，所以这个穷人，赢了东道得了钱，还要跑到饭馆里去饱餐一顿，才能果腹。但我因此倒想起许多年前，曾在外国杂志上，看到一则纪事，说有某处地方，曾经发行过一种"面包报"，并不用纸张，也不用油墨，只将些重要新闻，按着通行的字体，用入口无毒的鲜明色素，印在面包上（像糕饼上印着红字一般），读报的人，拿着这块面包，一行行读完以后，就可将面包吃下去，真是一举两得。可惜这种"面包报"，始终未见盛行，否则"报"的功效，倒实实在在地可以充饥，可以解决面包问题，岂不更妙，又岂不更受穷汉的欢迎呢？

要赌东道，什么事情不好赌？为什么要赌着吃报纸？外国人闹出来的玩意，真是异想天开。不过报纸能使人嗅着没有异味，吃着又津津有味，而不至于在喉间作梗，在肚中作怪，那么论报纸的本身，却也很纯洁，很合于人生需要的了。有人说穷人的肚皮，也许特别宽大，所以容纳得下报纸。如果是有身份有势力，有资产的人，当然是膏粱之体，胃纳较弱，倒未必会有这样的大量。又有人说，真是聪明的人，在这个年头，虽然不办什么"面包报"，最好能和制造糖馒头一般，多少加些甜味，具着软性，才容易消化，千万不要被人认为"吃不消"，谨防自己先"吃不消"。

（1937 年 1 月 12 日《新闻报》）

纪念与奋斗

黄花冈一役，当时奋勇参加的，都是拼掷生命，挥洒热血，抱着为民族为国家争取自由平等的唯一目的。这次的搏战，虽然是失败了，但霹雳一声，震动全国，毕竟使革命的空气格外激烈，革命的工作，格外紧张，不多时武昌起义，便得到伟大的成功。因此今日之下，万众香花致祭的七十二位烈士，实在是推翻帝制缔造中华的先锋队，丰功伟绩，当然是永垂不朽的。

吾人悼念着诸先烈的功绩，就该遵着诸先烈所遗留的样范，踏上诸先烈所开辟的途径，继续迈进。这并不是说在眼前我们还一定要和诸先烈做着同样的工作，取得同样的方式，走着同样的路线。但须知时代虽有不同，处境虽有不同，对象虽有不同，而为民族为国家争取自由平等这个目标，却是始终不变，在全民族和整个国家没有得到真正的自由平等以前，大家还是要尽着所有的力量向前冲，不可懈怠，不容畏缩。

二十六年前，自由平等的大障碍是在内，现在统一告成，内部的障碍，是消灭的消灭，化除的化除了。可是外来的压迫，却比当年格外来得严重，格外来得难受。这是任何人应有的感觉。那么在纪念声中，大家又当如何奋发自励？诸先烈当年，为革命而牺牲，吾人处于现时代，就要为复兴而奋斗，为革命而牺牲，是打破环境，为复兴而奋斗，也是要打破环境，诸先烈不打破环境就无从造成光荣的历史。吾人如不能打破环境，就无从保持这个光荣的历史。

（1937 年 3 月 29 日《新闻报》）

吃河豚

每年春季，总有许多人会为了吃河豚而送命。看见报上载着本地人邓某和他的妻子，吃了一尾河豚，送了两条性命（夫妇同时毒发，先后毕命），不禁要说一声可怜，同时又发生了一些感想。

"拼死吃河豚"，到底只好算是一句笑话。究竟性命事大呢？还是吃河豚事大呢？"不食马肝，未为不知味也。"为了要吃河豚，而至于拼死，这岂非是将性命看得太不值钱了，这张嘴也馋得太厉害了。固然吃河豚的未必一定会死，我有几个朋友，因为他们的家乡产着河豚，所以也常吃河豚。据他们说，河豚只要烹调得法，吃下去便不会受毒。但是要"烹调得法"，才不会受毒。反过来说，就足见烹调偶不得法，必有受毒的危险。一个人又何苦贪着口腹之欲，而冒着生命上的大危险呢。

不过拼死吃河豚，虽然可怜可怪，而这个年头为贪一时之利，忘却终身之害，类乎"拼死吃河豚"的事件，正是很多。因贩卖毒品而枪决的，报纸上常有记载。但是制造毒品和贩运毒品的生意，依然有人在那里做，这岂不是"拼死吃河豚"的一例。其余大利当前，忍耐不住，把握不定，情愿牺牲名誉，毁灭生命，也要尝试一下子。充分暴露着"拼死吃河豚"的变态心理的，更不知有多少。此中当然也有万分侥幸而不闹乱子的，更有万分侥幸而居然大发其财、大得其意的，这也不过是"烹调得法"罢了。

（1937 年 4 月 6 日《新闻报》）

国药科学化

日本外务省对华文化事业部，派遣越智真逸博士来华，搜集了一百二十种珍贵药品，带回神户。据博士说，"目的是要把中国药品，加以整理，使之近代化，作一融汇中西的研究"。我们听到这一番话，便引起了三个极大的疑问，觉得中国所产的药品，中国人自己为什么不能加以科学地整理？

"国药要科学化"这种主张，现在已比较有力了。但反对国医的人，依然说国医根本不合于科学的原则，无法使之受科学的洗礼。而一部分国医自身，也依然说国医是"超科学"的，如果执定科学方法来处理国医，反不能尽其妙用。这些话是否合理，姑且不必争辩，但退一步说，即使认为国医是难以科学化，总不能说连久于沿用而又显著效验的国药，也要永永屏诸科学领域以外，不能加以适当的整理，各种药品的性质如何？作用如何？以某种药治某种病，何以能有特效？假定能逐步施以科学上的化验，得到科学上的证明，打破了历来只谈玄理，不讲学理，只知其当然，不知其所以然的迷障，岂不直接使国药合乎科学化，间接也可使国医进于科学化。对于医学上，当然是最有价值的贡献。

"神农尝百草"，用科学的方法来研究国药，化验国药，也同样是"尝百草"。神农时代，没有办法，只好用一条舌头来做辨味的工具。

现在科学进步，工具很多，为什么不加以利用，直做一番确实辨别的工作。固然这重工作，也是很烦难的，而且需要极大的人力和财力。但如果由政府主持，会合各医学机关卫生机关研究机关，延聘专家，从事整理，也未尝一定办不到。只怕是没有人办罢了。于学术和文化有关，于全民族生命和福利有关的事业，自己不办，别人家却在那里不断地进行，不断地得到收获，就等于自己有了宝藏，必定要等别人去发掘。这是何等可慨，何等可惜呢？

（1937 年 4 月 17 日《新闻报》）

雄心同少年

马相伯先生寿辰，于右任先生亲自写了一副寿联送给他，上联是"大德照天下"，下联是"雄心同少年"。我们觉得"大德照天下"，固然不易，而"雄心同少年"却尤为难能。

我们可以说马先生所以博得海内人士一致敬佩，不止是为了他的长寿，也还不止是为他的学问道德，超越寻常，是因为他虽已年近百龄，依然具着少年人的精神，少年人的豪气。像他这样的老人，却真足以为少年的模范，值得少年的崇拜。雄心不减，老当益壮，于先生的联语，恰合实情，不啻为马先生写照。和那些虚文的颂祷，又是不同。

读了这一副寿联，又使人引起一种感想，觉得外国的政治家、学术家、企业家，往往在垂暮之年，还能鼓着勇气，努力迈进，表现着许多伟大的成绩。我国人却又不同，一到中年，便已露出萧瑟的气象；一到老年，更完全入于衰颓的状态，几乎除消闲纳福而外，什么事都不会干，也什么事都不想干，哪里还有什么雄心？因此即使享着很长的寿命，而为了早衰早废的缘故，老来的年月，却等于虚度。一切事业的成就，和对于社会国家的贡献，较诸外国人，在比例上便减缩了不少。这实在是很可惜，也很可慨的。

我们庆祝马先生的高寿，同时更希望大家能以马先生为法。是少年人，固然要激发"雄心"；是老年人，也不可抛弃"雄心"。全民族都具着"雄心"，才可以成为有朝气有生机的民族，不致再受着"老大古国"的讥讽。

（1937年5月16日《新闻报》）

失踪

"失踪"——这似乎是最骇人的外交事件。因为只要一声"失踪"，不管是什么人失踪，不管是怎样的失踪，便要搅得落花流水，闹得乌烟瘴气。可怕哉"失踪"。

"失踪"——又似乎是最神秘的外交技术。因为只要一声"失踪"，不管是偶然走失的失踪，不管是故意开玩笑的失踪，便要形成严重局势，提出特别要求。可怪哉"失踪"。

提起"失踪"，当然不免头痛。因为大家总记得夜袭沈阳那一幕恶剧，也是以"失踪"为前奏曲，而结果便激起空前的事变。

提起"失踪"，其实何必起哄。因为大家总记得大闹南京那一幕趣剧，也曾以"失踪"为进行曲，而结果却留得微妙的笑料。

一度"失踪"，一度炮轰，这分明小题大做，特显神道。"小题大做"，原是传统的格调，一贯的作风。但每次拜读大作，都是"赋得失踪"。在"大做"的人，虽然是自诩玄妙，在领教已久的人，也就觉得花样不过如此，未必肯认为是"惊人巨著"。

如今这篇"小题大做"的"失踪"妙文，似乎又告一结束了，但愿从今以后，不要再来一手。我们倒要声明责任，如果再有人失踪，决无法代为找寻，只好各自当心，才保得住天下太平。

（1937 年 7 月 10 日《新闻报》）

哪里去寻？——寻人又寻尸

卢沟桥事件，双方已相约停战撤兵，大家都认为暂时可以告一段落了。但据北平电讯，日军还有两百多人，逗留在宛平城外，不肯迁撤。为什么不撤？说是要在那里寻找两个日本兵的尸首。这种理由，倒也亏他们想得出；这种妙谈，倒也亏他们讲得出。

仅仅两具尸首，即使急于找寻，何致要劳动二百多人？（平均须每一百人寻一具尸，可说是此尸非凡尸）而且寻活人易，寻死人难。（因为活人躲在深山中，有时会自己出现。死人失了踪，却永远不会和你巧相逢）一天寻不着，十天半月不撤退，甚至于一辈子寻不着，也就一辈子不撤退。那么事实上就等于打消了双方撤兵的约言，表示"我是不走的了"。

再说既是专诚寻尸，就该不作别用，为什么又忽然开起枪来？此次事变发生，只因日军要闯进宛平城去，搜查失踪的兵士，所借的题目是"寻人"。如今"寻人"的话，算是不谈了，却又要"寻尸"。连台好戏，"寻人"是第一幕，"寻尸"又好像要接演第二幕。"寻人"固然难对付，"寻尸"却更难对付。"寻人"固然要起变化，"寻尸"却更不免起变化。人可怕，尸也可怕，揭开天窗说亮话：所谓"寻人"，所谓"寻尸"，结果无非"寻事"。

"寻人"！哪里去寻？"寻尸"！又哪里去寻？唯有"寻事"，却到处可寻。为"寻人"，立刻轰炮；为"寻尸"，再度开枪；为"寻事"，只怕还有意想不到的惊人表演。

（1937 年 7 月 11 日《新闻报》）

时局和恶疟

卢沟桥事件发生以后，因为日方经过了两次谈判的约定，又突然有两度的翻覆。于是忽而宣告解决，忽而大起激战；忽而形势缓和，忽而事态严重。一天二十四小时中，几乎时时有变化，简直使人捉摸不定。这种特殊的怪现象，也是向来所没有的。

有人说这样的局势，竟像黄梅时节的天气，一会儿阴，一会儿晴。又像病人患着恶疟，一会儿发冷，一会儿壮热。总而言之，是变迁无定。变迁无定的天气，当然是最难受的天气；变迁无定的病症，当然是最难受的病症；变迁无定的时局，也当然使人感觉得格外难受。

不过黄梅天气虽然郁闷，在富于抵抗的人，就未必一定会叫苦，至少是不至于因此受病。疟疾的征象，虽然恶劣，在富于抵抗力的人，就未必一定会害怕，至少是不至于发生危险。由此推论到时局，不管它是怎么的恶化，怎样的变迁无定，只要具有抵抗力，只要善运用其抵抗力，便不怕一切乌烟瘴气不能消除。

"抵抗力"也就所谓"正气"，我们要凭着正气来保卫自身，我们要仗着正气来战退外邪。这次廿九军将士，慷慨激昂，"愿以卢沟桥为坟墓"，誓师作战，不肯却退，确是正气的表演，也是抵抗力的试验。因为我们固然爱好和平，决不轻言牺牲。但到了人家向我再三挑衅而无可容忍的时候，却也要使人对于我们有一种新认识：认识我们已不是不抵抗的民族。

（1937 年 7 月 13 日《新闻报》）

禁书

北平电讯，说有大批刊物六十余种，已由官方下令禁止发售。这种消息，也许是不确的罢。为什么要认为不确？因为就华北当局最近所表示的态度而论，似乎不致如此，也不必如此。但如今很有许多"不致如此"或"不必如此"的事情，结果竟会如此如此，所以也就难以断定了。

人家的兵还没有撤，我们的兵却先要撤，这已经是太性急了。人家的兵还没有撤，我们的书却先要禁，这更显得是性急了。这样的性急，才算对于和平的尽力，不过这样的对于和平尽力，人家是否能领情，是否还有万万做不到的难题，要逼着你来做，可就不能说了。

这六十余种的刊物，在这个时候，忽然一道令下，都列为禁书，料想那些发行人编辑人和著作人，都觉得十分诧异。所诧异的是卢沟桥的炮声，前线将士的喊杀声，全国民众的抗敌声，何以不能为这些刊物冲开销路，反而要一概束之高阁，打成包裹？但看似诧异，并不诧异。须知求取和平，本官自有道理；须知谨遵台命，就索性要格外克己。

刊物的被禁，说来说去，不过为了一个"抗"字，所禁在"抗"，其事可想。"不丧权，不辱国"，这是众所共闻的，也是众所共仰的。"不丧"和"不辱"却又来一个"不抗"，真使人莫测高深了。

（1937 年 7 月 24 日《新闻报》）

驱除外邪

前天下午正在馆中伏案工作的时候，忽然觉得头疼脑涨，四肢也有些酸楚，自己知道是又受到病魔的侵袭了。勉强支持着将事情办完，便匆匆驱车回家，上床就睡，顿时浑身发热，体温已到了将近三十九度。

幸亏医治得早，又幸亏我那位本家仲文老兄，能够对症发药。一剂药下去，就透了一身汗，人便松爽了许多。又接连用了两剂祛除湿发散风寒的药，到今天已差不多可以恢复原状了。

我在前几年病了一场以后，老态日增，身体已颇显着衰弱的征象。这一回病初起时，脉象也颇觉得沉细，因此我对于药方内多用发散药，还有些疑虑。但医生却坚持着他的宗旨，说无论本体如何弱，一有了外邪，必须赶紧驱除。对于外邪，是不可迁就的。如果顾虑到本体太弱而改取缓和的办法，结果便外邪留恋在内，拖延了日子，渐渐地发生变化。那时节正气就格外不足，体力也格外消耗，就真要酿成大病了。

"对于外邪不可迁就"，这句话真是确有见地。要保持个人的健康，对于外邪，须赶快驱除。要保持全民族的生存，对于外邪，更要赶快驱除。外邪的袭击，愈是厉害，驱邪的药剂，全要用得重。不出一身大汗，邪决不会退，病决不会好。在紧要关头，总须有一个坚强的决断。

（1937 年 7 月 27 日《新闻报》）

哀故都

在大众热血喷涌的时候，在前敌将士冲锋抗战的时候，这一座文化古城，同时也就是华北政治军事的重心——北平，忽然起了意外的变化，一方面身负重责的地方长官顾不得他已经签出的"誓死守土"的支票，仓皇告别；一方面满口"和平谈判"一心甘效前驱的分子，便活跃登台。这岂非是最可痛的一幕，最可耻的一页。

维持会是已经成立了。畸形组织的序幕，已经展开了。撕毁了忠勇抗战的旗帜，换上了丑恶表演的镜头。打开窗子说亮话，这是"北平冀东化"了。我们真想不到，原来也总算是一个主要角儿，并且新近还曾夸下海口，说"对得起民众的"，而结果却竟会将北平变成了冀东的支店，自身也做了殷汝耕的信徒。

假令说北平也和天津一样，毁灭在炮火袭击或飞机轰炸之下，论人民生命财产的损失，虽然是异常惨重，但比较这样里应外合的断送，毫不费力的贡献，似乎还减少了若干耻辱与丑恶。河山如旧，景物已非。北平的沦陷，真是北方人民的不幸，也是中华民族的大不幸。

不过时势至此，大家难道只是挥一挥泪，叹几声气，就算了吗？如何保持华北？如何抢救平津？已到了全面应战的最后关头不容迟疑了。气勿馁，心勿灰，还是要奋勇前进。

（1937 年 7 月 31 日《新闻报》）

南开大学的毁灭

一·二八的淞沪抗战，在敌机惨重轰炸之下，东方图书馆，便化为灰烬。

最近天津的抗战，在敌机惨重轰炸之下，南开大学，又全部焚毁。

军事机关炸毁了，政治机关炸毁了，交通机关也炸毁了。这虽然已充分显露着野心侵略者的暴行，还可以说是战幕既开，这些都免不了是敌方袭击的目标。讲到南开大学，却是纯粹的文化机关，于军事行动上，丝毫没有关系。为什么要使这个清高学府，化为一片焦土？岂非残酷达于极点，野蛮达于极点。

据中央社电讯，南开大学，为钢骨水泥建筑。二十九日的轰炸，仅毁损了一部分。日军乃于三十日下午，又派汽车满载煤油，到处纵火。于是秀山堂、思源堂、图书馆、宿舍等，尽付一炬，连邻近民房，也遭殃及。这当然更证明了日方是有计划地要毁灭我们的文化机关,摧残我们的文化命脉。

南开大学,具有四十余年悠久历史,与世界著名的广大声誉。如今竟牺牲于暴行的表演之下,自更激起全国的痛愤。不过敌机所摧毁的,只是南开的建筑,决不能就此铲绝了南开所播散的爱国种子,和文化菁英。张伯苓先生在南开被炸以后,说:"被毁者为南开之物质,而南开之精神,将因此挫折而愈益奋厉。"我们很佩服着他这一番话,也要凛念着他这一番话。南开虽亡,精神不灭。我们为了伸张正义,为了保卫文化,也要"愈益奋厉",和掠夺我国土残害我文化的强敌,搏斗到底。

我们自身固然要努力奋斗,同时却也有一句话,不能不正告全世界各国,如果大家眼看着这样破坏和平,毁灭文化的暴行,不断地表演,而不予以正义上的斥责,所谓文明世界,便要为浓烟黑雾所笼罩,而完全陷于恐怖时代。又岂独我国是遭逢不幸,蒙此浩劫呢。

(1937 年 8 月 1 日《新闻报》)

疾风劲草

北平城内,这几天已是死气沉沉了。但在沉沉死气之中,却还有那位老将军吴子玉,总算为民族留得一点正气。

南京电讯,说据北平来京的人谈,江朝宗极力拉拢吴子玉加入所谓维持会。吴坚决拒绝,与江割席,并对人表示说,到了全面应战的时候,愿以马革裹尸。吴将军这个人,倒是向来不说假话的。他这一番壮烈的表示,实在令人起敬。人生所最重的是人格。人格丧失了,做人不但没有价值,也就没有意义了。吴子玉将军虽然也是个旧军阀,但他在旧军阀中，有一比众不同之点，就是意志特别坚强，人格也特别高尚。所以论他的思想，尽管不能适应时代，问他的行为，也尽管不免造成错误，可是他自从失败以后，无论时势如何变迁，境遇如何穷困，始终杜门谢客，不肯受人利用。这便证明他自有其不可动摇的人格。如今在故都沦陷以后，依然不作临难苟免之想，并且还自矢着为国效忠的志愿。这位老将军，真可以称得是"疾风劲草"了。

"维持治安"，这似乎也是一个很动听的名词，但实际上就是要惯了的戏法。每次在掠夺轰炸以后，必定借维持治安的名义，形成一种初步的组织，而参加这种组织的人，又无非是听候选用的傀儡。吴子玉将军，是抱定宗旨，生平不入租界的。他连在租界内作寓公，尚且认为是托庇外人宇下，鄙不屑为，又哪里肯以垂老之身，让人捧上台去做傀儡呢？

吴老将军处在这样的境界中，仍卓然不肯自毁其历史。由此想到那些占着历史上很光荣的一页，而终于没落的，真是太可惜了，也太可痛了。

（1937 年 8 月 3 日《新闻报》）

暴风雨

飓风飙举，大雨滂沱。上海已在暴风雨包围之中了。暴风雨的袭击，象征着侵略主义者的横行，象征着非常时期的到临。

最近几日的时局，大家都认为是"暴风雨的前夕"，显得异常沉闷。但这样的沉闷，正是暴风雨的蓄势，在蓄势的当儿，大家且不必感觉难受，更不必因此而烦躁，却要准备着顷刻间风云变色，应该怎样抵御这个风雨，而不要被风雨卷了去。

实际上所谓"暴风雨的前夕",也不过是飓风的中心圈,还没有到来罢了。平津的沦陷,华北的混乱,民众所受屠杀的苦痛,已早将中华民族笼罩在阴云浓雾之中,决不是什么静止的气象,就决不能存着躲避的心理。同时又须知道眼前所遭,还只是刚吐了风舌,刚飞着雨脚,尚且恶化到如此程度,转瞬疾风暴雨,一齐发作,如果不统一意志,集中力量,和风雨相搏战,又如何可以幸免?

因为被骄阳熏灼得太厉害了,在恶劣的气氛里面,郁蒸得有些不能耐了,所以非但不怕暴风雨,甚至还期待着暴风雨,反可以得到一些凉爽,引起一些兴奋。这是大众的感想。不怕暴风雨,确是具有勇气,不过要明白我们的处境,并不是安居在高大洋房中遇到暴风雨,却是在危舟震撼中遇到暴风雨,因此除不怕之外,还要始终不懈,还要一丝不乱,一方面须听从舵师的指挥,一方面又须同舟共济,各个努力,方可于惊涛骇浪之中,安登彼岸;方可战退了暴风雨,而快睹着青天白日的光明。

(1937 年 8 月 4 日《新闻报》)

搬家与救国

住在闸北的要搬家,住在虹口的要搬家,住在南市的也要搬家。一天到晚,只看见各色车辆,载着许多箱笼行李,在马路上往来不绝,令人感觉到炮声未响,上海已成了恐怖世界。

对于这种突然而起的搬家狂,虽然未免神经过敏,太欠镇静,我们却只有原谅,决不忍也决不该再加以讥讽。因为看到了敌人在天津的大轰炸与大屠杀,任何人都要想及早打算,不愿呆等着浩劫临头,将身家性命,作无益的牺牲。话虽如此,同时也要请忙着搬家的人,注意到以下两点。

第一，除了有职业上或环境上的特殊关系，不能离开上海的人而外，要搬家也不必一定向租界里跑。须知这次的抗战，和历来的战事不同，范围的扩大，时间的持久，局势的演变，简直没有一个限度。因此租界也未必就是安乐窝。即使租界能勉维现状，不至于惹起什么危险，到了必要时，至少粮食要发生问题。所以为保持安全计，与其将租界挤得没有一间公屋，没有一处隙地，不如分别回家乡去。

第二，大家都要怀念着有国而后有家，家可以搬，国是不能搬的。如果整个的国土，被敌人占据了，或是遭着轰炸，受着蹂躏，那么眼前有家可搬的，将来谁也是无家可归了。讲得明白点，就是要保家先要保国。所以趁着暴风雨的前夕，安顿了眷属以后，自己总该挺身而出，加紧地干些救亡工作，不可认为卜居乐土，就可以安安稳稳，实行逃难。因为这场大难，是终于无可逃的。

我们要说"搬家不忘救国"，这决非对搬家的人开玩笑，实在是含着痛泪的一种劝告。

（1937 年 8 月 9 日《新闻报》）

沙场收骨

本报昨天所载的那一篇《沙场收骨记》，凡是中国人，读过一遍，断没有不抱着极度的悲愤的。仅仅读了纸面上的记载，已经抑制不住满腔的悲愤。何况是身历其境的人，目击着眼前凄凉的境界，追忆到佟赵两将军和廿九军将士当时殉国的惨状，当然更要同声痛哭了。

不但中国人要痛哭，连日本记者见了两将军的忠骸，都要俯首为之祈祷，连以残酷手段对待我们的敌人，看着这般情景，也要凄然泪下，足见人类的理智和情感，终于是不能灭绝的。"祈祷"与"下泪"，一半是激动了悲哀，一半是对于忠勇殉国的英雄，虽然处于对敌地位，也不由得要发生敬爱。

在这里大家就应该引起一种感想，做了傀儡或汉奸，纵使在敌人要利用你的时候，也可以得到些好处，可是人家一方面给了你一些好处，一方面却看得你和豢养着的犬羊一样，只有加以冷酷的耻笑。而以身殉国的民族英雄，虽然忍受了一时的痛苦，所换得的却是永久的光荣，甚至于敌人也要报之以同情的酸泪。试问有血气的男子，还是情愿苟活着给人家耻笑呢，还是情愿以壮烈的牺牲，博得大众的敬重和纪念？

"沙场收骨"，是抗战声中最悲痛而又最光荣的一页历史。佟赵两将军，已经为全民族做了先驱了。预料全面战事发动以后，必定更有无数健儿，踏着他们的血迹向前进。

（1937 年 8 月 13 日《新闻报》）

第四辑　四〇年代

重整园林

抗战八年，《新园林》自停刊至今，也是整整地八年了。在这寥长的八年之中，本报的读者，也就是《新园林》的读者，在敌伪铁蹄下，不知经过多少磨难。像我这个《新园林》里的老园丁，虽然将园门紧闭，挂着"游人止步"的牌子，免劳恶客光顾，但精神上也不知经过多少磨难。如今劫后余生，重睹天日，本报于光明气象中，宣告复刊，《新园林》也得以重整园林，于八年阔别后，再和读者相见。真是于百端感慨之余，顿觉万分兴奋！

八年来的暴风雨，当然将《新园林》中原有的花木，都摧残了。原有的亭榭，都毁损了。但是花木虽受摧残，依然有不凋的树口。亭榭虽然毁损，依然有不坏的基础。不凋的重行扶植，不坏的重行修葺，仍是一座大好园林，足供大家的游赏。不过这个扶植花木和修葺亭榭的责任，园丁力薄，难以独任，还希望爱好园林的新旧同志，一齐着力！

最后，有一句话，要敬告读者同文和诸位游客：胜利后的中国，需要于恢复旧观之中，树立新基；复刊后的《新园林》，也需要于保持原有精神之中，别创新的机局。

（1945 年 11 月 22 日《新闻报》）

死老虎

号称"马来之虎"的山下奉文 ①，判决死刑，已成为一只"死老虎"了。

---

① 山下奉文（1885—1946），日本陆军大将，曾率部入侵马来半岛，被称为"马来之虎"。

回想这只老虎，在最初出柙狂吼的时候，和后来负隅困斗的时候好像是凶焰毕露，不容人捋虎须，履虎尾。可是一旦槛车待鞫，虎威尽戢，已然变成觳觫之牛，哀求免死。

哀求免死，终于不免一死。"马来之虎"，是死定了，其他许多恶虎，或者是恶犬，也应该教它们算清血债。因此对于日本战争犯的处置，仍希望那位麦帅①，能够做一员打虎将。

打虎并非狭义的报复，而是彻底的除害。须知纵虎容易缚虎难。

（1945年12月10日《新闻报》）

原子弹

原子弹的问题，越讨论似乎越显出严重性来了，连这次三国外长会议，也竟以原子弹为主题。

原子弹的秘密是否可以长此保守？是一个疑问。因为在科学极度发达的时代，即使暂时秘密不公开，也未见其能永远成为独得之秘，而况眼前已有其他国家企图试造原子弹的传说。

原子弹的秘密，是否可以交换？又是一个疑问。因为这种交换，决不是什么实实在在的物物交换，一方面换去的是秘密，一方面换来的是政策，政策是无形的，即使换到手，是否会成为不兑现的假支票？

我们不是什么职业外交家，也不喜欢研究什么国际间的戏法，倘用极简单的头脑来讲，只觉得单靠原子弹的威力，可以结束这次的战争，却未必能永久防制未来的战争；可以取得这次的胜利，却未必能确实保

---

① 道格拉斯·麦克阿瑟（Douglas MacArthur, 1880—1964），著名军事家，第二次世界大战后出任驻日盟军最高司令和"联合国军"总司令等职。

持正义的胜利。

说得彻底点，原子弹失其需要，或者毋庸秘密，才是真正的天下太平。假令获有原子弹秘密的，便认为法宝，未得原子弹秘密的，便怀着鬼胎，那么总有一天，原子弹会依然爆炸，炸毁了世界和平。

（1945 年 12 月 12 日《新闻报》）

神人共愤

"日皇是神，抑是人？"在日本议会中，居然还有人提出这样的问题。

"日皇是神也是人"，在日本文相口中，也居然还有这样的答复。

实际上大家于日皇裕仁所要研究的，并不在"神"与"人"之间，而是在"神"与"人"之外，是否已成为"犯"（战争犯）？

日本皇位，应否推翻，固然还有待于情势上或法理上的推断。但"天皇神圣"这种封建思想和传统观念，假令不彻底肃清，日本就永远不会走上民主之路。

因此我们觉得惩治日本战争犯，是要紧的，而肃正日本人民的思想，使他们觉悟到战争的罪恶，也是要紧的。前者是扑灭当前的毒菌，后者是清除残留的毒素，同样是清毒工作。

（1945 年 12 月 14 日《新闻报》）

近卫自杀

麦帅指捕的第一名日本重要罪犯近卫文麿，已经自杀了。

近卫于中日战争发生时，身任日本首相，在他手中，掀起八年战祸，因此中国对日本的一篇血账，就该从他算起。

不但此也，由中日战争而引起欧陆战争，由欧陆战争而又发动太平洋战争，星火燎原，造成了人类史上空前的浩劫。推原祸始，近卫不独是侵略中国的元凶，简直是扰乱全世界的罪魁。

美国官方闻近卫自杀后，即宣布他"有权自裁"。"自杀"而"有权"，大概是既已身死，一切"应毋庸议"了。其实近卫的自杀，在他自己的设想，也许以为一死可以谢罪，从历史上的论断，却是万死不足蔽辜。

（1945 年 12 月 17 日《新闻报》）

正理与事实

不讲理则已，若要讲理，概应是"理无二致"。

既然理无二致，何以公说公有理，婆说婆有理？

事实胜于雄辩，公说婆说，辩而已矣，一经事实证明，正理自见，因此公与婆虽各执一说，各有一理，做子媳的，倒自然而然，分得清，看得真，可以为他们评理。

子媳怎样可以评理？因为子媳的地位虽小，力量虽薄，却是整个家庭中下一代的主角，所以他们倒是一心以家事为重，而其所评定的，所承认的，反是正理。

有了正理，就有正路。正理是始终不能掩蔽的，正路也是始终不会迷失的。

（1945 年 12 月 19 日《新闻报》）

平民住宅

市工务局要筹建平民住宅三千幢，最近期内，即可动工，我们认为这种平民住宅，如果真能在最近期内动工，最近期内告成，确是平民的福音。

谁都知道上海的房子，都已成了黄金屋，不论是"顶"或租，大一点以金条计算，就是小小的亭子间，也尽管食无鱼，不能居无鱼（小黄鱼）了。在这种状况之下，普通阶级，尚且有难以见屋之苦，何况平民，假令能多盖些平民住宅，以极低廉的租费，赁给贫苦小民居住，当然是功德无量。

不过平民住宅的建造，形式上不妨简陋，工料上倒也不能不注意到坚固两字，至少要足蔽风雨，如果草草完工，不能适于居处，平民依然难得实惠。

建造平民住宅，是关心到一般平民住的问题（当然三千幢是不够的，希望在可能范围内，随时随地添造）。最好能再选择若干处适宜的地点，设置几所平民大食堂，来解决食的问题。总之我们希望主持市政者能多多地做些下层工作，能多多地为平民造福。

（1945 年 12 月 29 日《新闻报》）

鸡尾酒

今天是乙酉年的大除夕，酉属鸡，岁星一周，已成尾声，大家不妨痛痛快快地，饮一杯鸡尾酒。

鸡尾酒会，太豪华了，也太欧化了，身非阔佬，又不款待贵宾，何用这个大场面？但是我们所说的鸡尾酒，却并非真正道地的鸡尾酒，随便黄酒也好，白酒也好，喝下去多少有些兴奋。

今年元旦，大家确乎暗暗地祝颂着鸡鸣报晓，也许可以冲破黑夜，迎接曙光，但这样的祝颂，在当时多少有些近于幻想，因为谁也料不到此一年之中，竟有划时代的转变，从极度苦厄转变到最后胜利，从漫天霾雾转变到一片光明，大除夕送岁，安能不从回溯中感觉到异常庆幸？

雄鸡一声，全国振奋，吃年夜饭，喝鸡尾酒，算是为鸡送行，同时也是使这个乙酉年在大众心版上，铭刻着一个最伟大最深切的纪念。

（1945 年 12 月 31 日《新闻报》）

新年进步

时代的演进，自然地经历着一种除旧布新的程序，无进步就要落后，守旧的必须淘汰，同时一时代有一时代的思想和工具，譬如说在原子能时代，还谈刀枪的运用，岂非笑话？

拿去年岁关时的情形来讲，胜利后局面的混乱，在建国的过渡时期中也可以说是不可避免的现象，因此有人感慨地说：胜利后一切在停顿中，似乎都在等，等复员，等建国，等停止内战，等冬天过去，等春天！这个"等"字的确要不得，因为，"等"就是无进步，也就是守旧，等就是慢吞吞地让时代去淘汰！

新年来了！新生命也来了！我们何必还等，还等什么？我们决不止步，而要前进，我们也是民主国家，可以用人民的力量来协助政府，努力建国，更可以用人民的力量来呼吁制止内战，完成统一，冬天已经过去，春天也惠然来临了。

今天是胜利后的第一个元旦，《花果山》^①也格外呈现着蓬勃的气象，拿前面所述"除旧布新"的程序来说，深期从今年起，也是从今天起，山中每一枝花，每一丛果，都发扬着一种新的生气，以迎接这个新岁，以争取这个新时代。

（1946 年 1 月 1 日《立报》）

出钱活命

冬令救济委员会的标语"多出一钱，多活一命"，我想大家看了这条标语，总该引起同情，这种同情，包含着"恻隐"与"警惕"两重观念。

自入冬以来，寒浪袭上海，已经两度了。在第一次冷风里，各方报告，说冻死的已有五百多人。新年中又来了第二次冷汛，最冷到摄氏零下二度，朔风下的牺牲者，更不知要加上多少？"朱门酒肉臭，路有冻死骨。"在已得胜利的国家中，在号称革新的社会中，阶级平等，人类互助已成为普遍的口号，是否还应该有这种一边尽情享乐，一边无法活命的对比，显然呈露在大众的面前！然而事实确乎如此，这就一方面不能不恻然动念，想到受苦厄者要赶速救济。一方面又不能不惕然自警，想到本身幸而未受苦厄，应否尽一些救济的责任？

冬令救济会所要进行的，有举办平粜，施粥或发放杂粮，施送寒衣，设置庇寒所等各项救济工作。这些工作，当然非钱不行，于是在"救济"声中，还须先呼吁着"募款第一"。

"募款第一"所希望的，当然是社会各界，能踊跃捐输，不独有钱者应该尽量出钱。就是不能算有钱，而尚可能有饭吃有衣穿的人，也应

① 《立报》的文艺副刊。

该撙节些别种费用，省下几个钱来，抢救这些陷于饥寒交迫之中的苦难同胞。

固然是"多出一钱，多活一命"，其实也是多出一钱，多尽一分人类应尽的责任。就宗教的理论上说："施与比接受更是有福。"那么有福的"施与"者，更应多多从"施与"中为别人造福。

（1946 年 1 月 6 日《新闻报》）

人力车

联合社重庆电讯说：当局已拟定计划在三年内淘汰全国人力车。又说：理由虽未宣布，但动机不外乎：一，人力车非适应现代之交通工具，二，拉车确乎促短车夫寿命。

世界大同，中国自应该处处从同，并且似乎未便不同。因此就交通工具论，人家有了吉普车，我们即便不能仿造吉普车，也应该购买吉普车。而人家不通行人力车，我们也就不宜长此保留这个人力车，或者"适应现代"的精义就在此。

交通工具现代化，自乐于赞成，但所谓"现代化"的都市交通工具，除了公用的电车和公共汽车以外，也只有机动车或自由车。自由车会踏的人比较少数，不知三年以后，机动车的价值如何？倘机动车和人力车的比价（不问是车辆的购价，或临时雇乘的代价），还是照目前这样相差甚远，那么要使以人力车代步的乘客，一概超升为汽车阶级，事实上是否办得到？经济上又是否吃得消？

其次是人力车夫的生计问题，不知三年以后，中国的劳动阶级，是否都有生路？让这些"小三子"和"小六子"之流，都能放下车子，别谋保全寿命的职业？

因为这劳力的一群——车夫，也并非不考虑到拉车是足以促短寿命。而他们觉得尤其可怕的，是要顾命，眼前先无法活命。

但愿以上所说都是过虑。到了三年以后，满街都是汽车，"稳快价廉，大众可坐"，连"小三子""小六子"之流，也有福坐在汽车内招摇过市。这才是实实在在的现代化，这才是实实在在的平等。

（1946 年 1 月 7 日《新闻报》）

面包与牛油

· 严独鹤文集 ·

罗斯福总统夫人说："全世界对于面包与牛油问题之关切，应不下于对原子炸弹之畏惧"。这真是仁者之言。

面包牛油，是活命的食粮。原子炸弹，是杀人的利器。在战争重要关头，当然全仗着原子炸弹的威力，才能击败敌人，才能获致和平。可是在战争结束以后，所最当注意的，就该是生人之道，而不是杀人之道，就该是民生问题，而不是民死问题。就该不必再畏惧原子炸弹的威力，而要关切到面包牛油的能否大量生产，大量供给。

但事实上最近举行的各项国际会议，都还是抓住了原子能管制，作为主题，面包牛油的重要性，倒像是淡忘了，至少是不甚重视。这就透露着各方心理依然充满着战争的恐惧，而忽略了人类的生机。

甚希望以后原子炸弹，大家不用怕，面包牛油，大家有得吃。人与人之间，国与国之间，只有"关切"，并无"畏惧"，这才是真正的和平世界。

（1946 年 1 月 9 日《新闻报》）

不平等

提高待遇，这似乎是最高调的一句口号，其次便是改善待遇。但是，在目前，且不必说"提高"，也慢谈"改善"，先要说一说"平等待遇"。

有饭大家吃，要吃苦饭，就应该大家吃苦饭。假令在同一公家机构或同一商业组织中，有的可以吃得很好，有的却连苦饭也吃不饱，甚至于没得吃，这就太不平等了。

这里所谓不平等待遇，倒不是指前几个月大家口中所嚷着的"重庆人"和"上海人"的不平等。这种不平等，在最近似乎已逐渐转变了，而且"重庆人"与"上海人"之间这一种无形的界线，也似乎逐渐消除了，虽然待遇仍不能完全平等，究竟相去还不很远。

眼前不平等待遇的问题，却转到中外不平等了。听说有几个机关里面，外籍职员薪给，较诸中国职员，高低差额，竟会由四五倍以至于十多倍。即使是彼此职位相同，任务相仿的，比例也差得很远。因此在中国职员方面，已激起了一种不平之鸣（前几天报载海关职员的呼吁也是为此）。

外籍职员的生活程度，和中国职员不同，比较待遇优裕些，这也是合理的，但总不能一边尽管抬，一边尽管压。这种情形，在"买办阶级"时代，原无足称怪，在胜利后的民主国家中，为什么还存着这种现象？这就不能不从头考虑，彻底改革。

（1946 年 1 月 14 日《新闻报》）

平贵不回窑

胜利以前，上海的物价，天天超越大关，一关又一关，这样东西今天出了关，那样东西明天就一定会赶上，大家都说是"赶三关"。

胜利以后，先有"平价"政策，后有"平价"物资，物价似乎总可以渐得其平了。不料事实竟是相反，"平"只管"平"，"贵"还是"贵"，甚至于越"平"越"贵"。于是大家又说"赶三关"过了场，又见"平贵"出台。

"平贵"如果能唱"回窑"，倒也罢了，但物价只见由"平"而"贵"，却断不会由"贵"而"回"。因此这出操纵物价的好戏，老是唱不完，这个"受尽了苦辛"的局面，也老是盼不到出头之日。

天寒岁逼，就是"十担干柴，八斗老米"，照眼前的物价，教穷人又哪里置备得起？

（1946年1月29日《新闻报》）

纪念碑

八十八师将在虹口公园建立阵亡将士纪念碑，我们觉得这一座纪念碑，确是最有纪念的价值。

"八一三"战事起，依当时敌寇的估计，认为至多两星期，便可占据上海。然而淞沪地区，由于我方将士浴血苦战，在军事上处于极其不利的环境中，足足与强敌坚抗了一百多天。这光荣的战绩，是初期抗战史中，最足称道的一页。因此而打破了敌寇的夸大狂，因此而引起国际间对于中国民族的赞誉，因此而加强了各方军人同仇敌忾的意志，因此而坚定了全国人民抗战必胜的信念。

以上所述虽不能完全归功于八十八师，但八十八师确是当时参加战役的中坚分子。唯其如此，全中国人，尤其是上海人，对于八十八师的阵亡将士，不能不有一种深刻而隆重的纪念，以血的纪念，永留着血的光辉。

外国有"无名英雄"碑，八十八师的阵亡将士，多数是无名英雄，万骨已枯，千秋不朽。愈是无名英雄，愈值得全民族的崇拜，所谓"中国的长城"，不能不说是无名英雄奠定的基础。

望大家不要遗忘了这些无名英雄！

（1946 年 2 月 10 日《新闻报》）

人类的脑筋

芝加哥著名人类学家道维格说："人类应该稍微轻松些，不要过分动脑筋，否则只有自寻毁灭。"同时他又认为原子弹的发明，是人类毁灭自身之开端。

人类所以异于其他动物，就在头脑特别灵敏，思想特别发达。那么既做了人类，又安得不动脑筋？但同样动脑筋，何不多发明些适于人类生存，或增加人类福利的事物，而偏偏要注重于极猛烈的战争法宝，研究到极残酷的杀人利器。结果无非使人类与人类之间，互相残杀，甚至会同归于尽。怪不得道维格要发为慨叹，说是"自寻毁灭"。

然而要使人类不动"寻毁灭"的脑筋，除非能普遍地改造人类的脑筋，改造到凡是人类，个个都成为善良分子，绝对没有残忍的思想，绝对不起斗争的作用，才可以成为互爱互助共同生存的世界。否则你要毁灭我，我就要毁灭你，也许从一部分消极性的毁灭中，反而争得大部分积极性的生存。毁灭性最大的原子炸弹，能收到胜利之果，能于战争结束声中，博得大众的歌颂，就是个很显明的例子。

有形的改造脑筋，科学上还没有这个发明，无形的改造头脑，或者从时势的转换上，能够得到一点功效。可是刚好过了一次人类绝大的毁灭，似乎已经有人想在那里"再来一个"了。要彻底改移人类思想，不再向毁灭的路上走，也仍是不可能的事，至少是极困难极复杂的一件事，这是最可叹也最可怕的。

（1946 年 3 月 6 日《新闻报》）

紧束裤带

紧束裤带这句话，已成为眼前的一种流行语了，从外国人口中，流行到中国人的口中。

仿佛也听见有人说过，紧束裤带是应该的。无奈束紧以后，腰腹间已没有肉，只剩着皮与骨相连了。

这话虽然说得极其可怜，但还不及"总有一天，生活能压迫我们，把腰里的裤带，挂到颈上去"。尤其超过可怜的程度，简直有些可怕。

假使认为这些话是危词耸听，不妨请注意一下最近报纸上确有教师自杀的报道。

对于挑着教育重担，整日吃粉笔灰的教师，要使他们紧束裤带，已经太不合理，再逼紧一步，这根裤带，竟不束在腰间而要挂到颈上去，那就更不成话了。

照最近消息，中枢对于公教人员的待遇，已有切实的调整。那么市立各校教师的裤带，似乎可以略为放松一些了，但私立学校的待遇如何，还是一个问题。

总之教师的待遇，如果不能提高，裤带的地位，就难免要提高（由腰间提高至颈际），这是急需解决而且要彻底解决的。切不可一方面裤带已是越束越紧，另一方面却依然视为无关重要，像俗语所说："胖子的

裤带，全不打紧。"

311

（1946 年 3 月 17 日《新闻报》）

不怕原子弹

甘地^①说："原子炸弹，对于吾之真理，实属无能为力。"又说："原子炸弹，能置吾人于死地，但并不能杀害灵魂。"因此他并不怕原子弹。

在举世震惊于原子弹威力的时候，甘地忽然发表不怕原子弹的妙论，却自有其独特的见解。

有了坚强的真理不怕原子弹，有了纯洁的灵魂，也不怕原子弹。因为真理是不灭的，灵魂也是不灭的，原子弹可以毁灭一切，但对于永久不灭者，也无从发施其毁灭的力量。

再扩大一点说：正因为真理不灭，所以世界不会毁灭，正因为灵魂不灭，所以人类不会毁灭。第二次世界大战的结果，与其说是原子弹战胜，也毋宁说是真理战胜。

唯其如此，我们觉得在原子能时代，固然不能专恃空洞的理想，放弃实际的工作，但世界和平的基础，总还是建立在"真理"与"灵魂"之上，决不寄托在原子弹的炸力上。

（1946 年 4 月 10 日《新闻报》）

---

① 莫罕达斯·卡拉姆昌德·甘地（1869—1948），印度民族主义运动和国大党领袖。他既是印度的国父，也是印度最伟大的政治领袖。他带领国家迈向独立，脱离英国的殖民统治。他的"非暴力反抗"的主张，影响了全世界的民族主义者和那些争取和平变革的国际运动。

因为每一个人的儿女，都希望能受到优良的教育，就不能不说是"教育第一"，要受到优良的教育，当然需要优良的教师，就不能不说是"尊师第一"。

既然说"尊师第一"，必须使教师能得到精神上的安慰，同时也得到物质上的安慰，至少要使教师能维持其清苦的生活，才能努力于本位工作，而完成其神圣的使命。古人所谓"师道之尊"，原不仅是口头的尊崇，或虚空的礼貌，也要附带着一个"自行束修以上"，眼前本市所展开的尊师运动，也是以这个意义为出发点。

尊师运动的目的，是献金不是捐款，因为这不是消极性的救济，而是诚意的献纳，为了注重教育，为了尊重教师，应当有这样一种切合实际的行动来表示敬意。

尊师运动，虽然以学生家长为对象，但并不是以家长为限，说得明白点，还是希望大家有钱出钱，有钱的虽非家长，不妨多多献纳，没有钱的，虽是家长，也不应勉强。

论理改善教师待遇，安定教师生活，原是政府当局的责任，但为了本市教师，已陷入极度艰窘的困境中，已到了饭吃不饱、课上不好的地步，要再等当局改定办法，筹拨经费，至少在本学期中，已是远水救不得近火，就不得不由社会人士，一致起来，为热忱的协助，使教师渡过难关，使教育不致脱节。

尊师运动的献金，主要的是辅助市立中小学各教师，但对于私立学校的教师，也须兼筹并顾，因为私立学校教师的待遇，比市立的更薄，私立学校教师的困苦，也比市立的更甚，所以讲到尊师，就该有师皆尊，不要语不及"私"。

总之我们认为尊师是一种纯正的运动，甚望从这个纯正的运动中，能得到良好的成绩，与极其合理极其普遍的支配。

（1946 年 4 月 14 日《新闻报》）

节约

"喜庆，改用茶点。""不用香烟敬客。""宴客时菜肴简单，以茶代酒。"这是新运促进会所定的实施节约办法。

这种办法，谁都赞成，但讲到实施，却大有研究。因为能够实施的，早已自动实施，竟无需乎再加倡导，不能实施的，任是怎样倡导，依然不作理会。

老实说，如今在生活压迫下的一般小市民，对于喜庆，早已只好暂从缓议了（无力办婚嫁），哪里还谈得到不用茶点，大张筵席？对于香烟，早已连自己的一份口粮，也想竭力克扣了，哪里还舍得随时敬客？对于宴客，尤其是敬谢不敏了，"菜肴简单，以茶代酒"一切更毋庸议。因此新运促进会的"约法三章"（三条节约办法），在他们是业经照办在案，而且都已超过限度的了。

假令撇开小市民不谈，而讲到那些有钱阶级，或者进而上之，再讲到那些大人先生，请问所谓节约办法，他们又是否能实施？是否肯实施？至多敷衍一下，在表面上来一个戏剧式的节约表演罢了。

自动会实施的，不必有规定。不肯实施的，规定也等于具文。那么这些冠冕堂皇的节约办法，倒成了多余的了。

（1946 年 5 月 11 日《新闻报》）

吃人肉

湘南原是产米之区，称为中国的"谷仓"，所以说是"湖广熟，天下足"。

但眼前湖南的灾情，真是异常惨重，"借粮""抢米""吃排家饭"，这还是有米的。等到找不到米，也抢不到米，便只好嚼草根，剥树皮，咽浮萍，吞野菜。等到草根、树皮、浮萍、野菜都渐渐地光了，便演出了吃人肉的一幕。

"人相食"或者"易子而食"，这是很古老的历史上所描写的惨状。不料在现时代，在胜利后的中国，也会呈现着这样的悲剧。

虽然说是天灾，虽然说是"大兵之后，必有凶年"。然而在人事上，总也要负相当的责任。

尤其可慨的，是各乡各县已成一片惨境，而省会中依然"朱门酒肉臭"。老百姓已经逃亡的逃亡，饿死的饿死，而大人先生依然酒食征逐。

省府改组，冠盖云集，往来酬酢，一席动辄数万金，或一二十万金。民间吃人肉，官场人吃肉，这两个镜头，很显明地对照着，试问是何等景象？

湖南的灾荒闹得如此严重，其他各省，也一连串地报灾。对于粮荒，再不急救，前途的危险，真有些不堪设想。一方面我们固然迫切需要盟邦的接济，一方面自己也必须赶快想办法，这不是敷衍门面、专说空话的时候了。

（1946 年 5 月 16 日《新闻报》）

·严独鹤文集·

数钞票

利物浦某银行中的一个华籍职员，和一个英籍职员，比赛数钞票的技术。英籍职员只能运用右手的拇指和食指，华籍职员却能用右手食指掀起钞票，而以左手食指和中指计数，手法敏活，观者叹赏，居然在这一个饶有趣味的竞赛中，荣获冠军。

以上是利物浦《每日邮报》的一则通讯，我们看了这一则通讯，倒也发生兴趣。所以发生兴趣，并非认为这种数钞票的技巧，是确乎奇妙，而是说类乎此的手法，在中国只怕每一家银行或钱庄中司出纳的职员，都能来这么一两手，简直是平淡无奇，也不值得举行什么比赛。中国人的眼光中，看得平淡无奇的，外国人却惊为神奇。当然也有许多事情，在外国是司空见惯的，到了中国，却又会欢动一时，要郑重宣传，要特地介绍。

讲到国际间的竞赛，中国在科学上，在技术上，在体力上常常落后。唯有数钞票，却共推能手，这似乎不大高妙，好像中国人的功夫，专用在钞票上，中国人的能力，也只表现在钞票上，也许会引起一种批评，说唯其对钞票的本领特别高，因此数钞票的法门也特别灵。还好！比赛的只是两手数钞票，不是多伸出一只手来捞钞票。

（1946 年 5 月 20 日《新闻报》）

消灭黑色恐怖

在眼前这个不安定、不健全的社会中，正潜藏着三种恐怖，随时对各个阶层的群众施行突击。其一是黄色的恐怖（金）；其二是白色的恐怖（米）；其三便是黑色的恐怖（烟）。今天是禁烟节，不妨来谈一谈这黑色的恐怖。

黄色恐怖和白色恐怖，还不过是直接的或间接的（黄色恐怖在比较上是间接的）威胁到人民的生活。黑色恐怖却可以断丧整个民族的生命，阻碍整个国家的进步。而且黄色恐怖和白色恐怖是急性病，只要能对症发药，不难消灾退热。黑色恐怖却是一种根深蒂固的慢性病，非经过相当时期，用着极大气力，决不容易全部肃清。

说到禁烟，在以前可说是始终只成一句空话，没有发生过半点实效。到了抗战时期，所有沦陷区，经过了敌人的毒化政策，格外变作了黑色笼罩下的世界。胜利以后，虽然在法律的裁制上，订得十分严厉，在事实的表现上，也显得十分认真，但黑色恐怖能否彻底扑灭，确乎还成问题。

捕捉几个名伶，处罚几个明星，这好像是杀鸡吓猴，多少可以有些儆戒，然而沉沦黑籍的这些分子，实在堕落得几乎没有人气了。尤其是卖烟贩毒的那些蠹虫，又实在演变得几乎没有人心了。因此一时的儆戒，他们或者也会有些害怕，但只要略为宽松一下，便故态复萌，甚至在你雷厉风行的时候，他们也依然躲在黑暗的角落里，继续尝试。因为烟瘾一上来，自会有冒险的精神，拼死的勇气。

唯其如此，我们希望当局，要用极重的刑法来处置黑籍分子。同时还要以最大的决心进行持久战，才能击灭这黑色恐怖。假令青天白日之下，再容留着乌烟瘴气，还提什么建国工作？还谈什么革新运动？

（1946 年 6 月 3 日《新闻报》）

七七纪念

七七卢沟桥事起，是全部抗战史的第一页，因此而激动全民族的怒火，因此而举起全中国的烽火，经过了八年抗战，获得了最后胜利。今年七七纪念，在首都，在上海，以及其他各都市，举行殉难军民追悼大会，回溯往事，瞻念前途，每一个人的心头，都含有剧烈的悲哀和深切的警惕。

据国防部宣布，抗战中死难军民的总数，大概在一千万人以上，这"一千万"的数字，都是有案可稽的，其余身死战役的无名英雄，和间接蒙难的义民，无从考查的，当然还不能有正确的统计。

这千万以上的殉难者，都是为国家民族尽了忠，拼了命，以他们的血花，结成了胜利之果，说得明白些，便是牺牲了一千万人，而解救了全国四万万以上的同胞。那么今日之下，幸而得救的同胞，对于这些为国牺牲的军民，应当如何痛悼？如何崇敬？

敌寇是投降了，河山是光复了，胜利后的祭告，当然可使千万英魂，都九泉含笑，但同时也要想一想，胜利后所带来的是什么环境？所呈现的是什么景象？更要想一想，怎样才能使死者没有遗憾，使生者得到安慰？这就在追悼会中，在默念的时候，不能不惕然于心了。

七七的纪念是悲惨的，也是雄壮的。唯其悲惨，在以往八年，沦陷区中到处听见"哭七七"的啼声，终造成了一部痛史。唯其雄壮，今后的卢沟桥上月，但愿其能照彻光明的世界，不留一些阴影。

（1946 年 7 月 7 日《新闻报》）

不胜载重

我在五月间到无锡去游览，觉得别的印象都很好，只是坐大卡车过桥，真有些悚悚然。因为那次第三方面军司令部招待记者，乘的是军用吉普车，每一车上，坐着二十多个人，连人带车重量已不算轻，而无锡的桥，简直多数是"衰老久病之躯"，车在桥上行，常会咯咯作响，坐车的人都捏着一把汗。有一回，车开到一座小木桥边，突然见桥面上已有一个大洞，幸亏司机手法快，赶紧将车刹住，如果一个不留神直冲过去，必有覆车的危险。

在昨天本报的《各地通讯》栏中，看到装甲坦克车行经无锡北门外水关桥，因桥面不胜载重，立时压坍，坦克车堕入河中。这一则记事，虽然伤人不多，可是已闯下祸来了。无锡如此，其他各地，据有些旅行回沪的朋友说，旧桥到处失修，行车者也都有戒心，颇希望地方行政当局，从速注意于修桥补路的工作，事关行旅安全，似乎不能算是不值讨论的小问题。

为了车堕桥坍，却又使人另外引起一个感想，胜利以后的老百姓，也仿佛是年久失修的一座桥，假使桥身永不修补，只管驶着重车，无限制地压上桥去，也总有一天，会因"不胜载重"而出乱子。出了乱子以后，桥固然是坍了，车上的人也就休望能平安过去，这一层道理，为什么就没有人肯细想一想？

（1946 年 7 月 24 日《新闻报》）

莫忘了谢晋元

在抗战史中处着艰危的境地，秉着忠勇的血性，尽着伟大的职责，而为中华民族留得光荣纪念的四行孤军，和以身殉职的孤军团长谢晋元[①]，总该是全中国人——尤其是上海人所不能忘怀的吧！

---

① 谢晋元（1905—1941），广东蕉岭人。1937 年八一三上海抗战爆发时，任陆军第八十八师五二四团团长。他率领第一营的 400 余官兵，坚守苏州河北的四行仓库，击退上千日军的数十次进攻，毙敌 200 余名，国人赞誉他们为"八百壮士"。

但是在谢夫人凌维诚女士招待记者的谈话中，我们知道谢夫人虽然会得到中枢的慰勉和当局的优恤，却因为在很寥长的岁月中，度着极艰苦的生活。到了胜利以后，物价愈见昂腾，景况愈形窘迫，实在撑持不住了，子女四人也已经失学了，要请求各界予以援助。同时对流散各地的孤军，设法加以安插。我们对于谢夫人这一番呼吁，正有无限的慨叹。

抗战是胜利了，而抗战时期为国牺牲者的遗属，却任其困苦颠沛，连饭都吃不饱，书都读不成，最低限度的生活都不能保持，这实在是理所不该，情所难安的。因此我们很希望军政当局和各界人士，听到谢夫人求援的呼声，要赶快竭诚协助，使一家人有教有养，得到彻底的解救。至于流散的孤军，也当然要有一个妥善的安置，不可坐视当年沥血苦斗的军人，在天日重光以后，反而流离失所，陷入了苦痛的深渊。

以上所说，也不单是为了谢夫人和她的子女而发，我们觉得凡是抗战烈士的遗属，国家都应该负着一种教养的责任，固然抚恤遗属，教养遗孤，在财政上也许是很多的一笔支出，但为了表扬大节也就不能打小算盘。何况汉奸财产依法没收，国库中也增加了一笔收入，正不妨在这汉奸财产中，提出一部分来，充作烈士遗属教养金，以额外的收入弥补额外的支出，确是赏罚分明，足资激劝。

综括起来说，这决不是什么慈善性质的救济，而是发扬民族正气的一个大问题。

（1946 年 7 月 26 日《新闻报》）

社会病

中国可说是一个多病的国家，有了政治病，又有社会病。这些社会病，在胜利以后，竟似乎没有人注意，因此病态是格外显著了，病象也格外严重了。

例如政治机关中，东也贪污，西也舞弊，这分明是一种政治病。但在报纸揭载的社会新闻里面，却也没有一天不看到窃盗诈骗的案件。这类案件，又都有大规模的组织和极精密的布置。论案中的主角，形形色色无所不包。论案中的情节，奇奇怪怪无所不有。

读报者好像在那里看侦探小说，感觉到兴趣十分浓厚。可是一想到整个社会，已完全失去了正常的规范，而形成了溃烂的病灶，真是很可慨，也很可怕。

政治病的发作，是官的变质，还可以开割。社会病的蔓延，却是人的变性更难于疗治。再说得明白点，便是各个阶层，各个分子，都渐渐地变坏了，即使对症发药，也不容易渗透，不容易见效。讲到社会病，其病源当然是生活的逼迫和道德的堕落，以致驱使人走到坏路上去。可是要改善生活，要重整道德，在眼前就只有药方，还谈不到怎样配药，怎样下药，更谈不到下药以后，是否能药到病除。

然而病势已是这样的加深了，而且传染得很快了，一方面明知难于用药，另一方面却又不能不设法急救——对已病者施救，将未病者隔离，急救的责任要政府担负，急救的工作却又要社会各界，一致肯出来做义务医师，如果恶化，不加闻问，就要真正不可救药了。

社会到了不可救药的地步，全民族又如何得救？

（1946 年 8 月 16 日《新闻报》）

救灾

说起救灾，实在叫人痛心，请问在胜利以后，为什么还会有灾？为什么还会有"人造"的灾?

讲到各地的灾情,尤其是苏北,有了兵灾,又有水灾,这真是水深火热,灾民就更多了,也更惨了。

单是救灾,而无法使灾民根本消灾,还只是治标的办法。但明知治标也不能不救,不能不急救。因为苏北的灾民,为了要活命,逃到江南各城市中来,逃到上海来,总不能坐视他们在劫难逃了出来以后,还是不能活命,不能得救。

救灾选举,不能讳言是一记大"噱头",可是为救灾而"噱",又不能不说是特具苦心。但愿在这记"噱头"中,能够多"噱"出些钱来,多"噱"出些成绩来,让灾民得到实惠。

在呼天啸地之中,上海人毕竟是快乐的,但唯其上海人还是快乐的,别忘了苏北和其他各处灾民的苦痛。

"小姐"也好,"皇后"也好,"观世音"也好,出钱也好,出力也好,出汗也好,那些"小三子""小六子"之流,正在那里期待,正在那里祈祷,期待着多吃一口饭,祈祷着多活几条命。

艳丽的"小姐""皇后",自有一种吸引力,肮脏的"小三子""小六子",也自有一种感动力,吸引力在于"美",感动力在于"苦",因为"小三子""小六子"也是中华民国的同胞。

(1946 年 8 月 20 日《新闻报》)

悼殉难的报人:要想到救济他们的遗属

本市新闻记者公会,定今日上午追悼上海新闻界在抗战期内殉难的烈士,这些殉难的烈士,全是我们的老友,在这个追悼会中,我们从正义上说,从友情上说,抚今思昔,真要把久已郁积着的一腔热泪,挥洒出来。

抗战军兴，大家都说是国难当头，上海的新闻界，在那时却正是"报难"当头，尤其是国军西撤以后，敌伪的凶残，直向各报馆进攻，等到"七十六号"那所魔窟筑成，更普遍地展开了恐怖行动，几乎没有一家报馆，几乎没有一个报人，不受到极度的威胁，炸弹、手枪，是家常的便饭，绑架、暗杀，是排定的日程，至于通缉的黑单，恫吓的函件，那是最客气的表示了，报界殉难的诸烈士，便是在这魑魅魍魉的境界中，殉了"报难"，也殉了国难。

这一个"报难"，也和国难一样，直到抗战胜利才算是脱除厄运，重睹光明。在漫长的八年中，精神上虽然受尽了种种摧残和压迫，总算没有被敌伪吞噬去的报人，今天又来面对着当年这些同业，这些老友的遗容，想起了以前在新闻圈里，骈肩作游击战的苦况，虎口余生，痛定思痛，自有说不尽的悲哀。

但是从无限悲哀之中，我们对于殉难诸烈士，当然又要致其无上的崇敬，因为诸烈士的为国牺牲，确已为整个新闻界伸张了正义，确已在中国新闻史上造成了辉煌的一页。如今胜利虽然是取得了，时代虽然是转变了，然而新闻记者的前途，还有免不了的阻难，除不尽的荆棘。既做了新闻记者，也唯有自认着耐穷是本等，吃苦是本分，守着原来的岗位，继着先烈的遗徽，为了正义，努力奋斗。

此外还有一句不能不说的话，是追悼殉难烈士，决非祭奠一番，表扬几句，就可报诸烈士于地下。我们深深地知道新闻界殉难的烈士，在生前没有一个不是寒士，他们殉难以后，撇下来的家属子女，在抗战期内，简直是教养无资，流离失所，如今胜利已经一年了，依然是得不到相当数量的救济，顾不到最低程度的生活，关于这一点，政府当局各报馆的当局，以及新闻界同仁，总要赶快想一个优恤的办法出来，使烈士的遗属，至少有饭可吃，使烈士的子女，至少有书可读。如果说死者已矣，生者就无人理会，哪里还谈得到激浊扬清？连追悼会的举行，也似乎失却真意而只是一种虚套了。

（1946 年 9 月 2 日《新闻报》）

原子弹与正义

"日本投降"的谜底，是"屈原"，这在战争的经过上讲，固然是不容否认的事实，但如果论到胜败的原理，和人心的向背，那么日本的无条件投降，与其说是屈服于原子弹之下。还不如说是屈服于正义之下，换句话说，联合国的胜利，与其说是武器的战胜，也不如说是正义的战胜。

正义战胜强权，在第一次世界大战中，已确立了这样一个教训，在第二次世界大战中，又将这个教训，加上了一种极其显著、极其坚确的证明。我们可以说原子弹的使用只是加速了日本的崩溃，其实在日本夜袭珍珠港，掀起太平洋战争的时候，在日本进攻中国、发动侵略战争的时候，早已自己种下了崩溃的祸根，早已自己吞下了原子弹，这吞下去的原子弹，等到掀开了正义的机纽，便自然而然地爆炸了，自然而然地发挥其威力了。

胜利一年了，我们对于这胜利纪念日，当然认为是值得兴奋，值得庆祝的，但看到一年来世界的局势，和最近巴黎和会的表演，总觉得国际间又有了激荡的风云，又伏着火药的气味，好像战争结束了只有一年，大家已渐渐地忘却了战争所给予人类的教训，已渐渐地离开了正义的大道，显露着种种矛盾与冲突。一年容易，百事皆非，在庆祝声中，大众心理上的反映，简直是可庆者少，可惧者多。

密苏里舰上受降的一幕，是太平洋战争的结局，也是第二次世界大战的终场，我们只希望从今以后，联合国成员国能祛除私心，服从正义，永久保持太平洋上的太平，和全世界的太平，才算是把握住了这胜利的成果。

（1946 年 9 月 3 日《新闻报》）

急诊贷金

我在《可怜的士兵》一文中，曾说到各医院对于急诊病人，一定要照章纳费，立刻付现，真是强人所难，要请求医院格外开恩。但为各医院着想，有的固然是不肯开恩，有的也许颇肯开恩而感觉到"善门难开"，会在人事上，尤其是经济上发生困难。因为不是纯粹慈善性质的医院，要严格地责备他们完全以服务社会为主旨，绝不在经济上打算，在办医院的人，也或者要说是"强人所难"。

因此我们一方面仍希望各医院在可能范围中，能添置些免费病床，留下些免费治疗的名额，不至于将贫病者关在门外；另一方面，却更希望社会热心人士，能够自动捐助，为贫病者解决这个无法急救的难题。最近从报上看到顾乾麟^①君举办"急诊贷金"，并决定于 10 月 1 日实行，这确乎是贫病者的福音。

讲到"急诊贷金"，我却要举出一件事实来，证明其确有重要性，也确可以救人。不久以前，有一位颇具热诚的先生，举办了一种"救治医药贷金"，我也曾参加工作，这个"救治医药贷金"，并不限于急诊，但对于急诊，似乎更能得着实惠。记得一次有一个相当贫苦的家庭中，全

---

① 顾乾麟（1909—2005），浙江吴兴（今湖州）人。曾任上海怡和打包厂经理、上海怡和洋行进出口经理、怡和纱厂代理人。1939 年以"得诸社会、还诸社会"为宗旨，创办叔苹（其父名）奖学金。

家食物中毒，送到南洋医院，除一人已施治无效外，其余悉数救活。所以能够救活，全在南洋医院能和我们合作，接到病人后，只在电话中和我们接洽了一下，说声救，便动员了几位医生，立刻就救。事后医药所需，一部分由我们贷给，一部分由该院自动减收，这一家人获庆更生，当然异常欣悦。如果当时没有一个救治的机关可以接治，或者是医院中仍守着那"无钱莫进来"的老例，闭门不纳，别说病家是根本没有钱，即使勉强筹到了医药费，再来求治，试问一延再延服毒的人，还来得及救吗？

从上面所举的例子看来，足见"急诊贷金"对于救济贫病，真是切要之举。顾乾麟君能在这个"穷人万万生不得病"的社会中，救穷而且救急，确值得赞佩！社会救济事业，由个人举办，总怕资力有限，难以扩展，也难以持久。深望各界人士，能闻风举起，予以协助，凡是有钱而热心的人，不妨都捐些款项出来，充实这个"急诊贷金"，使救济的范围，得以逐渐广大，救济的力量，得以逐渐雄厚。

（1946 年 9 月 7 日《新闻报》）

升平与团圆

"升平岁月""世界大同"。看到月饼上标着的字句，何等动人！只可惜一般人还是要留着钱买米。面对着这样美丽而伟大的月饼，只好眼皮供养，食指却不敢妄动。他们心里想着，什么"升平"？什么"大同"？在平民阶级，简直等于画饼充饥，馋涎空咽。

有钱人当然不在乎，大月饼就不买也有人送，家人团聚，一会儿共进"大同"，一会儿同庆"升平"，中秋佳节，正该吃一个畅。但"大同"进了口，"升平"下了肚，再想一想，再为大众想一想，这"世界"是否"大同"？这"岁月"是否"升平"？在报纸上只见着"大同"危急，"升平"难望，于是乎也有些扫兴了，觉得所谓"升平岁月""世界大同"，只是口头上的甜味，掩不住眼前的苦趣。

饼以像月，饼不足谈，还是赏月吧。

月到中秋分外明，也分外圆，望着这一轮团圆的明月，何等高兴！然而月自团圆，人却不能团结，为了团结的一幕，始终未能实现，月光下便照见许多骨肉流离的悲剧，许多饥馑逃亡的惨象。中秋夜赏月，几乎要自己问着自己，也许中国的月亮，真是不及外国的月亮好，如其不然，为什么外国的月亮是圆的，胜利后便照得见全国团圆，中国的月亮也是圆的，胜利后却还反映着残缺分裂的画面。

话说得太多，不是赏月而是叹月了。但就我个人的处境而论，从今年中秋，回想到去年中秋，岂止悲叹，竟蕴藏着无限的伤痛，因为去年中秋，正是我那福儿病危的前夕。一年容易，明月依然，想到月圆而人不寿，更只能以泪眼来望月，似乎天无语，月也无情。

（1946 年 9 月 10 日《新闻报》）

· 严独鹤文集 ·

接收眼泪

接收工作，主要在接收人心，这原是很透辟的一句话；接收人心，还须接收眼泪，这是更痛切的一句话。

"接收眼泪"，这个理由，在东北区接收清查团长钱公来对新闻记者的谈话中，已经提示得很明白。的确，东北同胞在十四年长期沦陷中，不知流了多少血，也不知流了多少泪。

东北同胞，固然受害最烈，受苦最深，但除东北以外，其他曾经沦陷的地区，在漫漫长夜里，又有哪一处不倾着泪雨，不留着泪痕？

流着泪，忍受折磨；也流着泪，欢迎胜利。前者是吞声饮泣，后者是喜极涕零。每一滴泪水，都蕴藏着难言的凄苦，都表示着无限的热望。

可是在"接收"变为"劫收"的状态中，连物资的接收，都找不到原始清册，无从核对，至于人心是否接收，眼泪是否接收，那更不在话下了。

依事实论，只怕以前人民所流的热泪与酸泪并未蒙接收，而为了接收，相反地又添置了许多新眼泪。

"不由人，珠泪双抛"，清查团诸公，也许会听见这种哭调，然而查来查去，都是糊涂账，也难以为人民理清这一笔泪债。

（1946 年 9 月 17 日《新闻报》）

臧案

无论什么事，固然不宜小题大做，却也不能因为慎防"大做"，就一定要大事化小，小事化无。

以人力车夫臧大二子被殴身死案而论，为了这件事，就要牵动到政治问题，外交问题，原觉得有些过分，但臧大二子虽然不是什么名流或贤达，而是很寒苦的做了人力车夫，却要想到他也是中华民国的一个国民，上海的一个市民，无端被人家结果了生命，这在正义上当然会引起社会的共鸣，在法律上又当然要有严正的处置。

如今美军执法处已在进行侦讯了，地检处和警察局也在调查凶犯了。我们总希望"秉公处理"的诺言，不要成为空话，至少要做到惩治凶手，优恤死者家属，和美军当局保证以后不再发生同样事件，这样三个要点。

此外还有不能不说的，是美国士兵在上海的表演，实在太坏了，臧案可以算是偶发事件，但其余肇事伤人的行动，报纸上一连串地记载着，简直不是出于偶然，而是习以为常了。因此所谓"保证不再发生同样事件"，也并不是说保证不再打死人，是要保证不许再对中国人有任意挥拳飞脚或其他胡闹的举动。

中美间的睦谊，当然是值得称述的，深信决不会因一件命案而损及情感，却也不能因顾全情感而忽视这件命案，并且为了保持情感，就更应该将这件命案，办得异常公正。

（1946 年 10 月 6 日《新闻报》）

抗战夫人

在大后方新结合的夫人，通称为抗战夫人。留在沦陷区的旧夫人，有人说是地下夫人。

抗战胜利了，抗战夫人，当然胜利。

抗战胜利了，地下夫人，又当然要复员。

胜利！这牌子是挺硬的。复员！这题目也很正大的。于是抗战夫人和地下夫人，不对抗则已，对抗起来，事情就不好办了。

据律师的陈述："重庆下来的人，至少有二三万都娶了抗战夫人。"料想这二三万抗战夫人，大概和那些地下夫人，都已在协商之下，成立和解，否则一连串抗战夫人的官司，法官就够忙了，法庭也够闹了。

老戏里面的薛平贵，却变成最合于时代化的典型丈夫了。他那位代战公主，很像是抗战夫人，寒窑中王宝钏，当然是地下夫人。其实代战公主固然有出征保驾的功劳，王宝钏却也受尽了守贞耐贫的艰苦。好的是三角恋爱，终于成为三方谅解，总算完成这一个悲欢离合的场面。

因此倒得到一个结论，就是要请薛大哥的这个角儿，在回窑以后，不忘记别窑那一幕，才能演出登殿团圆。如其不然，地下夫人下不来台，抗战夫人也就叫不起座。

（1946 年 10 月 9 日《新闻报》）

三部曲

中共代表和第三方面的主要人物，已联袂入都，邵吴两先生的"登门速驾"，居然得到了一个"赏光弗却"，总算不虚此行，也可以说是很有面子。

"和平谈判之门，本已关闭"，如今忽又四门大开，在渴望和平的老百姓，好像对于一个急症垂危的病人突然听见一声说大有转机，当然是转忧为喜。

就算是"死马当活马医"（周恩来先生的话），只要肯医，总还能够转活。其实是非活不可，如果不活，只怕老百姓都要活不下去了。

谈判的程序，说是"谈、停、谈"，谈总比不谈好，停总比不停的好。大家所最怕的，是"打、拖、打"，能从"谈停谈"之中，永远解开了这一个"打拖打"的结，真是上上大吉。

前天报上刊着一张吴铁城和周恩来两位先生握手的照片，确乎是一个结缔同心的场面。这方面，那方面，第三方面，原都是自己人，只要自己人和自己人肯紧紧地握住手，还有什么事情不可谈？还有什么问题不能停？

三人谈，五人谈，希望赶快完成这"谈停谈"的三部曲，希望顺利演出破镜重圆的一幕。

老百姓盼得太久了，太苦了，要以民主的声口，焦急的心情，重复喊出那句已经喊过的口号来："只许成功。"

（1946 年 10 月 22 日《新闻报》）

健康比赛

本市卫生局拟举行儿童青年健康比赛，并议定分组检查，如有缺点，予以义务矫治，这确是很好的办法。

讲到我国青年与一般儿童的健康问题，实在叫人担忧。即以上海而论，即以中人以上的家庭而论，那些青年子弟和正在保育中的儿童，往往都是体弱多病，或面黄肌瘦，很少能具有健全的体格。

普遍的不健康，原因在哪里？其一，是关于知识；其二，是关于环境。前者如做家长的缺乏育儿常识，或者青年的本身，不知注重卫生，当然都可以损害健康，招致疾病。后者情形却更复杂了，例如弄堂中的学校，亭子间里的家庭，连新鲜的空气都吸不到，充足的阳光都受不到，如何能谈到锻炼体格？又如物价高涨，生活太苦，多数人都只求勉强吃饱（连一日三餐都不能饱的，当然更是例外），又如何能讲究营养？

要促进国民健康，就需连带推求到政治问题、民生问题，问题太多，也太大了，一时说不完，更顾不到。卫生当局也只好在职责范围以内，做得一件是一件罢了。要彻底地说，却是生活和环境无从改进，市民的健康，也就无法促进。

（1946 年 11 月 13 日《新闻报》）

不幸事件

北平发生了美国水兵污辱女生的事件，上海又发生了美国水手刺伤三轮车夫的事件。这种不幸事件，一连串地发生，真是何其不幸！

污辱女生事件，激起了国人的愤慨，刺伤三轮车夫事件，又足以激起大众的愤慨，何况臧大二子案尚未了结，这一下更仿佛是火上添油。

固然在激起愤慨之中，也还须把握理智，尊重法律，保持秩序，辨清界限，不宜有题外的牵涉，与过分的扩大。但一方面不宜扩大，一方面却又不宜轻视，因为不幸事件，既已不幸而发生了，总该于正常途径以内，取得正当的解决。

惩凶、赔偿、道歉与保证以后不发生类似事件，这当然是必须提出、也必须做到的。然而提到"保证"二字，却需要美军当局，在平时能严格地约束其部下人（包括士兵和所属一切人员，例如这次刺伤三轮车夫的，虽然是水手不是士兵，在性质上有个分别，却也总在应行约束之列），从根本上杜绝他们有放纵的行动，才可以相安无事。否则所谓"保证不再发生"，事实上却是不断地发生，岂非徒托空言？

我们深知美国政府对于中国的热诚援助，也很谅解美军高级长官对于中国人民的维护睦谊，但论及美国士兵各个人所表演的行为（虽然这只是单独的行为），却谈不到友好的礼貌，简直是粗野、鲁莽，甚至于胡闹。在胡闹中，便造成了种种不幸事件。

唯其如此，美军当局如果要维持中国人民的好感，要顾全自身的军风纪和军人名誉，除了对于已经发生的不幸事件，务须有公平合法的处置以外，唯一重要的，是赶快定出一个很切实很严厉的办法来，制止属下胡闹，尤其要矫正他们对于中国人存着轻侮的心理。

（1947 年 1 月 5 日《新闻报》）

抢救失学儿童

关于私立学校的收费问题，还是仍照市参议员通过的硬性规定呢，还是另请提议，再由校长先生来一个讨价还价？依然难以断言。

但是我们又引起了一个感想，就是学费再往上加，失学的固然格外多，就算依照市参议会的规定，只加了一两万元，失学的也一定比上学期更多。因为处境苦子女多的家长，其支持子女教育的能力，必然一期不如一期，一年不如一年。

因此今年或许竟要成为失学年。

顾教局长对请愿的教师说："深望做到每一教师，可以生活，每一学龄儿童，不致失学。"这当然是极合理的话，然而口头上"深望做到"，事实上只怕决然做不到。

想来想去，要救济失学儿童，只有希望社会上的有力分子，大家尽些力。

前天在报上看到"叔苹奖学金"招考的消息，颇赞佩着主持者的热忱与毅力，能使这一项奖学金，经过长久的时期，具有优良的成绩，直到如今，还继续不辍。同时又感觉到扶助失学青年，在眼前实在是愈形迫切的一个课题。

今日之下，为了一般生活的极度困难，为了工商业的大不景气，于是举办贷学金的声浪，渐归寂静，即使举办也怕捐款的未必能像往年那样热烈了。

然而大家为下一代着想，为整个国家的前途着想，对于失学的青年和儿童，总不能坐视，也不忍坐视。那么在有钱的人，还该激发热诚，替这些被屏于校门之外的可怜分子，想一点办法。

固然救济失学，是政府的责任，但政府无办法，社会各界当不愿任其无办法，只好自动地帮忙，帮得一分忙，就有一分的成绩，减少了一个失学者，就是保留了一个良好的种子。

（1947 年 1 月 29 日《新闻报》）

凄警的歌声

和平运动的呼声，在各团体和工商各界人士间，如潮而起。

然而事实上美方既已退出调处，不但和谈之门是关闭了，连第三者调解的途径也断绝了。

人民呼吁和平，为的是活不下去，但照眼前的情势，却在活不下去之中，依然要打下去。

笔者昨晚闷坐无聊，偶然在收音机里，听歌自遣，却听到程砚秋唱《春闺梦》的末一段：

"最可叹，箭穿胸，刀断臂，粉身糜体，临到死，还不知为着何因？……隔河流，有无数鬼声凄警，听啾啾，和切切，似诉说：魂伤苦，愿将军，罢内战，及早休兵。……今日等来明日等，那堪消息更沉沉……"

程砚秋的《春闺梦》，已是二十年前的一出戏了。想不到经过了二十余年，并且在胜利一年多以后，剧中的词句，还会使人异常感触，感触到这一个"凄警"的意味。

和平统一，是大众的热望，终于成为遥远的幻梦，真也是"今日等来明日等"，不禁要追问一句："为着何因？"

（1947年2月2日《新闻报》）

春来了

春到人间，带来的却依然是愁黯的云霾，凄冷的风雪（记者执笔时，正阴云四合，雪花纷飞）。这当然要引起大家的怨望和诅咒。因为人们好容易度过了酷寒的冬季，正需要温暖的慰藉，为什么大地回春，而眼前的景象，适得其反？

我们也知道春毕竟是祥和的，明朗的，风雪交作，只是一时的变态，转瞬天晴日丽，自会展布温情，激发生气，因此大家还该撇开苦闷的衷情，鼓起昂扬的意兴来，欢迎着这春之神，礼赞着这春之神。

然而自然界的活力，是否能顺时序而得到发展？大众的热望，是否能随气运而获致感应？为了一切都是未知数，也就难于推索，更难于确定。譬如春光灿烂，春日融和，固然在立春后的季节中，应该短期实现，但万一气候转移，竟失其常度，又来一个春行冬令，所感到的依然是料峭春寒，岂非徒误韶光，转添愁绪！

春来了！人们因为饱经忧患，太多焦虑，似乎还未敢高唱赞美诗，要先向春之神呼吁，愿春之神，对于人们，有正确的启示，有温暖的赐予，不要再遏阻了生机，辜负了良时，使种种美景，仍成为遥远的春情、虚空的春梦。

（1947 年 2 月 4 日《新闻报》）

闹元宵

民间旧习，在元宵节，总要点缀一下灯市，平添着一番热闹，这就是俗例所称"闹元宵"。

闹，原不是好事情，比方说为了元夜赛灯，甚至会争奇斗艳，劳民伤财，耗损着许多人力物力，这是应当取缔的。

然而闹也不一定是坏现象，比方说以前的农村中，每逢元宵，农民在丰衣足食之余，多少要敲几下锣鼓，耍几节龙灯，这也呈现着一种生气，包含着一些乐趣。

试问眼前的农村，又是什么景象呢？农民们都是具苦脸，不见笑容，乐趣固然谈不到，连生趣都找不着了。于是佳节当前，还是意兴索然，根本上一年到头，只有荒寂，只有冷落，简直闹不起来，也无所谓闹。

农民节的大庆祝，虽然用意深长，实际也只是大人先生们的提倡而已，农民的本身，处在这样苦闷的环境中，却仍会感觉到庆于何有？祝些什么？

话说回来，再讲到这一个闹字，摆在眼前的不是欢欣鼓舞的闹盈盈，而是忧皇恐惧的闹哄哄，漫天烽火，代替了花市华灯，动地鼓鼙，惊破了新春乐曲，如此元宵，大家心头，自另有一种说不出的滋味。

（1947 年 2 月 5 日《新闻报》）

健忘症

首都发生了一件很像影剧《鸳梦重温》的故事，主角是一位退伍青年军官，坠车以后，忽然得到一个"健忘症"，经医师用心理学方法治疗，始能回复其过去七年来的记忆。

"健忘症"不能不说是一种奇病，经过了适当的治疗，仍能由健忘而恢复记忆，又不能不说是医学上的一个奇迹。但记忆力的恢复，对于病者，到底是幸运，还是苦痛，这在人生的哲理上讲，却是一个问题。

就拿这一位退伍青年军官来说，他因为不满现实而怀念过去，又因为怀念过去而愈增加了他精神上创痛，和环境上的悲哀，假使让他一病之后，把以前种种，完全忘却，倒也很轻松，很爽快，如今他既恢复了七年来的回忆，就不能排去一切忧伤苦闷，在他的意念中，也许深佩着医师的神术，却未必感谢着医师的德惠。

人生的回忆，当然有欢乐，也有痛苦，因此有些人于回忆中寻求美味，也有些人于回忆中徒挥酸泪，而在身经离乱，饱阅沧桑的人，却往往会抱着"不堪回首"之感，宁愿得着一个健忘病，不必重温旧梦，且自觅取新生。

再扩大一点说，唯其有了回忆，人与人之间，才会有积怨，有宿恨，才会因"怨"与"恨"的固结不解而引起斗争，如果能彼此健忘，索性不算旧账转可以化乖戾为祥和。

我们很赞叹新医术，能治健忘而恢复记忆。我们却又希望有更新的医术，能改变人们的心理，转移人们的脑力，将一切不必要或不痛快的回忆，付诸淡忘。

忘得了，未始不是人类之福，忘不了，却正是人类之孽。

（1947 年 3 月 1 日《新闻报》）

星星之火

台北事件，照这几天电讯中的报道，算是已经平息了。

但台北虽渐平靖，台中台南，还在酝酿，那么表面上是平息了，骨子里人心是否已告安定，似乎还成问题。

这一次的大纷扰，死伤的有这样许多人，牵动的有这样许多城市，在官方的文告中，当然说有人煽动，可是无风不起浪，何以好好的百姓，会被煽动？何以一经煽动，就会演成严重的乱象？这就反映着台省自收复以来，行政方面，实在太失民心，惨案的发生，说得轻一点，是"失当"，说得重一点，简直是"激变"。

惨案发生的原因，据说是为了检查"非专卖"香烟，拘捕小贩，从而引起群众的骚动，我们因此不得不回想到上海的摊贩风潮，能化大为小，化小为无，还是大幸。

香烟头上，只是星星之火，然而事态扩大，也就可以燎原，由此可见为政之道，第一要清除火种，不可使小百姓于无形中会蕴藏着一腔怒火，这无形的"怒火"，不发则已，一发可就不易救熄了。

（1947年3月7日《新闻报》）

科学家的懊悔

大科学家爱因斯坦，最近在《新闻周刊》上发表了一篇讨论原子弹的文字，中有"早知德国人不能发明原子弹，余将不为原子弹出力"一语，颇有表示后悔的意思。

原子弹虽然为民主国家决定了第二次世界大战的胜利，但胜利以后为了国际间的猜疑，尤其是为了美苏的争霸，这一件法宝，就变为引起争论的焦点，造成恐怖的因素。爱因斯坦说："原子弹的秘术，给予吾人想象上的安全，危险实大。"真是一点不错。

然而眼前所谓"原子弹外交"，还不过是一种神经战而已，万一世界再发动战争，原子弹也再度应用，人类的劫运，更何堪想象了。

这就怪不得爱因斯坦要发生后悔了。

国际间还是这样一副面目，外交上还是这样一套手法，不但爱因斯坦要后悔，只怕许多大科学家都会感觉极度的苦闷。

苦闷的是科学的效能，科学家的力量，无论如何神秘，如何伟大，只能在战神铁腕下表演奇迹，而无法替和平之神，发挥灵感，另辟出一个新天地来。

说得明白点，科学家也不愿再把他们的聪明头脑，常沉埋在火药气味中了。

（1947年3月8日《新闻报》）

新生的萌芽

才过了青年节，又逢到儿童节，青年是国家勃兴的栋梁，儿童是民族新生的萌芽，对于这新生的萌芽，应该如何栽植扶护，使之发荣滋长，这是一个切要的课题。

今年的儿童节，恰遇寒食节，"寒食禁烟"[①]，原带着凄苦的情调，眼前却正有无数儿童，陷于"寒食"的苦境，甚至"寒"而不能得食，这又是一个严重的现象。

所谓不能得食，不但是生活上的食粮，也连带想到精神上的食粮。因为有不少儿童，流浪失所，更有不少儿童，贫困失学，于是生活上，精神上，都逼上了饥饿线。

儿童节是应当庆祝的，健康的竞赛，公园的开放，各种场所的招待，一切物品的奖赠，也是很足以鼓动儿童的兴趣，唤起一般家长对于儿童的注意的。然而能参加庆祝，享受招待，领到奖赠的，只是一部分幸福的儿童，其他还是被屏在校门以外，还是被遗弃在街头。

何况就是这一部分有人爱护、有人教养的儿童，爱护得是否合理？教养得是否合法？也依然是绝大的疑问。

儿童节所引起的感想，太多了，所要讲的话，更多了。概括地说，只希望大家真能将眼光投在儿童身上，真能将心力用在儿童身上，使失教失养的儿童，同样能得到教养，使已在教养中的儿童，更进一步，得到确实适应时代的"教"与真正裨益身心的"养"。

（1947 年 4 月 4 日《新闻报》）

---

① 寒食禁烟：寒食，寒食节，在清明前一天。古人从这一天起，三天不生火做饭，所以叫寒食。

怎样打开生路

劳动节！当然又要照例庆祝一番。

既然是庆祝，当然又要照例说几句话。

但眼前要说话，尤其是关于劳动节的说话，最好少唱高调，说些老实话罢。

讲老实话，第一步要使工厂能够开工，工人能够做工。第二步要使开工的能够站得住，做工的能够吃得饱。

事实上却正有许多关着的工厂，又有许多失了业的工人。

事实上已经开工的工厂，却还是愁着站不住，已经做工的工人，却还是嚷着吃不饱。

资方站不住，工人吃不饱，整个劳动界便陷入困境，真是庆于何有？

大家都说处境愈艰困，劳资双方，愈应该彼此协调，共同努力，以期渡过这个难关。

然而一方面要渡过难关，一方面总当打开生路。怎样打开生路？劳资双方的本身，毕竟力量有限，还要靠政府的力量；而讨论到责任问题，也要希望政府确能负责。

总之说到劳动，要"劳"而能"动"。所谓"动"，不单是工厂的机器能动，工人的双手能动，须要一切都能顺利推动，老是这样"不得动"或"动不得"，哪里谈得上工业生产？哪里顾得到劳工福利？

（1947年5月1日《新闻报》）

新队伍

"五四"新文化运动，无疑地占着中国历史上灿烂光辉的一页。由于这一个运动，推翻了封建主义，改变了政治方向，启发了青年思想，加强了民族意识。革命成功，也就以"五四"运动的斗士为前锋。

唯其如此，全国各界人士，尤其是文艺家，对于"五四"纪念，当然感觉到是极应珍重的，不可磨灭的。

在今天"五四"纪念声中，上海成立了个"文艺作家协会"，这件事为整个文化事业和文艺家前途着想，确乎具有深长的意义。

上海号称是人文荟萃的中心，以往上海的文艺家，对各方面也有过不少的贡献。在抗战初期，上海虽已成为孤岛，上海的文化人，还是竭其智力，艰苦奋斗。到了太平洋战争爆发，整个的上海沦陷了，上海的文艺界也就完全被困在魅影与魔掌之下了。当然那时候仍有许多坚贞自守的文艺作家，但也只能在极艰危极黑暗的环境中，止于"坚贞自守"而已，至多和内地文化工作者，为秘密之联系，做着部分地下工作而已，再也谈不到什么发扬和进展，事实上也断不能发扬和进展。胜利以后，论理是文艺家抬头的日子，努力的机会了，然而为了局势的动荡，为了生活的困苦，为了一切还未能上轨道，文艺界无可讳言，依然是很枯寂，很散漫。

文艺的本身，好像是极空洞的，文艺界的力量，好像是极薄弱的，但如果文艺界能真诚地负起责任来干，各方面也容许文艺界能真诚地负起责任来干，那么文艺的本身，就绝非空洞，而是确实有效的了；文艺界的力量，也就并不薄弱，而是坚强有劲的了。至于如何能使空洞的变为确实，薄弱的变为坚强，首先要由枯寂而转为奋发，由散漫而趋于团结。

"上海文艺作家协会"的组织，从该会所发表的宣言里看起来，也只是注重于文艺界的"奋发"和"团结"，要从"奋发"和"团结"中，达成文艺作家所应尽的使命，所应做的工作。因此这一个会的成立，至少不能不认为文艺界一种富有生气的表现，一桩值得兴奋的事件。

但是在上海，说上海，就文艺，论文艺，这个新产生的文艺团体，应该是同流并进，而决不是独树一帜，这样，才能求得文艺上的大团结。我们的结论，同时也是对于该会的希望，只希望其为文艺的阵容中增加一支新队伍，而不是在文艺的分野中别建一座新壁垒。

（1947年5月4日《新闻报》）

做母亲的责任

又到了国际母亲节了，做母亲的逢着母亲节，应该有一种愉快的心情，同时却也应该体念到本身所负的责任。

想到国家的前途，当然要特别注重下一代。既然要注重下一代，那么家庭教育，至少要和学校教育并进。既然要讲求家庭教育，那么做母亲的责任，竟比做父亲的更来得重大。因为在事实上做母亲的对于子女，接触较多，一切感应，也较为亲切。

可是今日之下，提起做母亲的责任，也真有些难说了。就大概情形而论，现时做母亲的似乎不出以下三种范畴：其一，为了政治上的活动或职业的工作，做母亲的要和做父亲的同样在外面奔走，不能把心力专注在子女身上。其二，为了生计困窘，即使蛰处在家庭中，无须对外，却也无暇"治内"，全副精神都在柴米油盐上打算盘，来不及顾到子女的教育。其三，享乐之家做母亲的，将有用的时间精力都要消磨在舞场、影院、交际、宴会，以及"麻将""沙蟹"之中。根本不理会到子女的教育。

以上三种，处境虽然各有不同，总之是不能完全尽其做母亲的责任，因此我们可以说现代做母亲的知识程度，确乎比以前进步了，而对子女的爱护与教养，也许反比从前显得欠缺了。

我们并不主张做母亲的，一定要关在家中做贤母。并不敢说做母亲的，应该为子女而抛弃自己的幸福和快乐，但做母亲的，如果都无法尽责，或不肯尽责，总是一个很严重的问题。

希望做母亲的在尽可能的应付环境之中，更尽可能地对子女尽着教养的责任，这才是伟大的母爱，其实也是做母亲的对于社会对于国家最有力的贡献。

（1947年5月11日《新闻报》）

豪门资产

参政会通过了征用权贵富豪在美存款案，当然是对准豪门开大炮，但这炮开出去，响与不响，却要且看下回分解。

据说依美国的特定法律，对于外国人民的存款，是采取保护政策，而且存款人的姓名，和存款的数量，是绝对秘密，无从调查的。假使连"调查"都无从着手，又安能"征用"？这样，参政会的一炮，岂非成为空炮。

大概存款于国外的朋友，也早有计算，知道这批资产，既已漂洋过海，便等于保了险，生了根，不会飞去复飞来。

话虽如此，毕竟论"款"虽已成为国外存款，论"人"却依旧是中国人。何妨大家客气一点，在政府不算是"征用"而是"借用"，在诸位富且贵者，也不算是"应征"而算是自动的贡献，便特别地慷慨一下，将存款的一部分或者几分之几，多购置些美金公债或库券，好在公债或库券，对于不富不豪者也正要广为劝募，所谓豪门，难道不应该尽一些义务？

豪门是谁？本人决不承认，其实呼之欲出，趁此机会，将用不完的资产，作一次输财的表示，也许会转移大众的视听，博得国人的好感，这把算盘，未尝打不通，更未必不值得，诸大财神，其有意乎？

（1947 年 6 月 8 日《新闻报》）

交通安全标语

交通安全宣传，要征求标语，大概应征者定是很多的，因为现金给奖，总是一种有力的鼓励。

笔者自惭笨拙，又素来不善写标语，当然未敢应征，却也颇想代拟一则对交通安全足以发生效力的标语，可是想来想去，始终想不出。

眼前的上海，简直要交通就不会安全，要安全就难于交通：说得明白点，就是要走路只得冒险，怕冒险就不能走路。

交通无法整理，安全无法保障，如果专以此责备市政当局，却也并非持平之论。市民方面，对于交通安全，也实在太不重视，太不协助了。满马路上的车辆和行人，一天到晚，只是挤与乱，只是横冲直撞东奔西窜，几乎大家都以破坏交通规则妨碍交通秩序为能事，好像时时刻刻处于紧急状态之中，绝对不顾到公众的安全，甚至也并不考虑到自身的安全。

因此我们觉得眼前要讲到交通安全，却是执行重于宣传，唯有增加交通警察的员额，加强交通警察的力量，严厉制止一切违犯交通规则的行动，尤其是车辆肇祸，应当从重惩处，不问乘车人是什么地位，驾驶人有什么背景。这虽然仍是治标之道，也许会有一些效果。

至于宣传标语，无论措辞如何精当，立意如何警策，对于那些根本不管什么是安全的人，只怕近于徒劳，他们忙乱得连马路交叉中的红绿灯，都视若无睹了，哪里还有心情来观察标语，欣赏标语？

（1947 年 8 月 23 日《新闻报》）

失败主义与贪污无能

魏德迈去矣！他临行发表了一篇文字，中间特别提出两点，其一，是勉励中国人不应自陷于失败主义。其二，是指责身居要职之官员，大都贪污与无能。我们觉得以上两者，在魏德迈氏确乎以观察所得，发为善意的劝导，是值得接受，也值得警惕的。

中国的抗战，是胜利了，这种拼着全国血汗而获致的胜利，魏德迈氏也不得不加以特殊的赞扬，他所以要说："中国人民在驱逐残忍侵略者之努力中，曾忍受艰辛危险，并遭遇莫可形容之苦难。"可是胜利带来的是什么？好像并非幸福的胜利果实，而竟是没落的失败主义。除了胜利之初，举国兴奋，曾一度呈现着蓬勃的再生气象以外，两年来为了情势日非，人心也就日趋萎靡和衰飒，大家一谈到时局，就是咨嗟太息，一提起生活，又是愁眉苦脸，仿佛一切的一切，摆在面前的是失败，而展望未来，也只是失败。每一个阶层，每一个人民，对于国家的前途，都不想努力挽救，对于自身本位的工作，都不肯负责改善，而徒然充满着失败的心理，消磨了进取的勇气，那只有于失败之中，更加速其失败，实在是最深的弊病，最要不得的现象。

但失败主义所以会成为"要不得"的传染病，又不能不归咎于魏德迈氏所指责的"贪污与无能"。魏德迈说："中国人应充满希望与决心。"实际上全国人民，在抗敌胜利以后，何尝不对于复兴大业，充满着希望与决心？无奈贪污与无能者，表现得太坏了，因贪污与无能而其所给予人民的印象，所造成的事实，只是件件失败，处处失败，于是大家便由希望而变成失望，由决心变成灰心，结果是由极度振奋而变成无限悲观。

假使我们认为魏德迈氏确是我们的良友和畏友，对于这位朋友的忠告，便该格外惕厉，那就是说：在政治方面，要彻底地肃清贪污，剔除无能，从而收拾人心，发扬民意。在人民方面，要积极地改正风气，振作精神，放弃一切颓废的思想，协助政府，走上复兴的大道。

没有了贪污与无能的官员，没有了招致失败的因素，在廉洁有为的政治之下，激发人民的意志，集中人民的力量，无分朝野，一致奋斗，自然可以跳出失败的圈子，达到成功的目的。"天助自助"，全在于此，其他敷衍的政策，空洞的言论，似乎都不是今日之下所需要的了。

魏德迈去矣！与其恭送如仪，不如注意到他的临别赠言。

（1947 年 8 月 26 日《新闻报》）

胜利两周年

今天是胜利两周年的纪念日了。抗战八年，流血流汗，而胜利两年，回想到以往的凄苦，眼看着当前的情况，依然不免流泪，这是任何人都觉得痛心的。

抗战胜利，确也带来了胜利之果，所可惜的是这胜利的果实，大家并没有尝到，至少是没有普遍的尝到，便很快地蛀蚀了，霉烂了，于是连历史上最宝贵最有光荣的胜利纪念日，也似乎提不起大众兴奋的情绪。

尤其可慨，并且觉得可怕，是作战最久、牺牲最重、贡献也最大的战胜国。今日之下，连乍见高升的国际地位，已无形降落，而战败的政治，且谈经济、贸易的开放，市场的争取，更有谁保得住不野草重生，死灰复燃？

然而形势的演变，终掩饰不了胜利的真义。我们要郑重地指出，抗战胜利的史迹，终是值得珍视，值得纪念的。纵使说胜利之果，是蛀损了，是烂坏了，我们也应该剔去了蛀虫，挖去了烂块，而使其余完好的部分，仍得以保留，得以享受，或者将这个果实的种子，再加以人力的栽培，心血的灌溉，让它能够发荣滋长，重苗起胜利之树，常开胜利之花。

唯其如此，逢到这胜利纪念日，我们并不讳言对内对外，一切都罩上黑影，可是大家还需要发扬胜利精神，不可就存着"失败主义"；宁可从警惕中奋斗，不可在悲观中没落，而最重要的问题，又在于当局要领导人民奋斗，不要相反的使人民觉得无可奋斗，长此陷于悲观。

综括来说，两年以来，深感蹉跎，自今以始，还须振作。

（1947 年 9 月 3 日《新闻报》）

旧文献与老同志

今年国庆节，本市在纪念声中，有两件事，是很足引起大家感观的。其一，是展览辛亥革命文献。其二，是招待辛亥革命老同志。

有人说招待辛亥革命老同志，也等于开了一个"老头儿展览会"，这句话倒绝不是对于招待者与被招待者的一种讽刺，而是感觉到辛亥革命老同志，和辛亥革命文献，同样富于历史性，也同样具有值得瞻仰值得重视的意义。

可慨得很！革命文献，虽然自有人加以珍藏，大多数人，经过时代的变迁，印象似乎逐渐冲淡了。革命老同志，虽然自有人为之起敬，大多数人，为了局势的演化，也似乎将他们早已遗忘了。

但是纪念国庆，既说要体会"辛亥革命精神"，要重振"辛亥革命精神"，那么在革命文献中，正表现着革命精神，在革命老同志中，也正寄托着革命精神。尽管这些保存的文献，已近于抱残守缺，甚至是破碎不全了，还该展览出来，让大家抚昔思今，有所启发。尽管这些老去的同志已大都投闲置散，甚至湮没无闻了，也还该邀请得来，听他们现身说法，有所警惕。

大概展览革命文献，和招待革命老同志，总不会存着一种"玩古董"的心理。革命文献，不是仅供欣赏的，革命老同志，更不是招来凑趣的，假使说展览会一朝闭幕，就算兴尽于此，招待会一声散会，依然无动于衷，那就连这种点缀，也是多余的了。

此外有几位革命老同志即席陈词，曾说到"不怕死，不怕老，不怕穷"，这个"三不怕"，却也很耐人寻味。在老同志自恪守着老腔老调，表示着我行我素，可是今日之下，作风大变，讲到不怕死，确有人出生入死，讲到不怕老，也确有人老当益壮，讲到不怕穷，却难得"君子固穷"了。事实告诉我们，退藏于密的老同志，没有发过什么"革命财"，崛起有为的新人物却于"国难财"和"胜利财"之后，还会随时因利顺便，到处借题生财。

（1947年10月12日《新闻报》）

妙哉"国民大"！

有一位选民，拿了选举票，不知道在票上这三个圆圈内，要填上什么字，很诚恳地请教管理员，管理员也很诚恳地指着墙壁上所贴的候选人名单，教他"随意写"，这位先生却还是莫明其妙，提起笔来就写，但所写的并非候选人的大名，而是"国民大"三个字。原来他看见了墙壁上的榜上第一行"国民大会候选人名单"，便依样画葫芦，从头写起，幸亏圆圈只有三个，所以他也聪明起来了，写完三个字，就此搁笔，是这样恭而敬之地造成了一张废票。

造成了一张废票，也造成了大选举中一则笑话，但是我们却要说这位先生，才是一个最忠实，最天真的选民。

他到了临投票的时候，还不知道在选票上要写什么字，这就说明了他根本没有想到要选谁，也并不了解选举是怎么一回事，似乎太不够做一个民主国的国民，而且太漠视了，甚至太辜负了许多大人先生的竞选宣传，以致对于各位候选人的名字，恕不在记忆之中。

可是反过来说，却又足见他并未受到任何人的请托拉拢，更无论于威胁利诱，可以说"心如明镜"，也可以说"本来无一物，何处染尘埃"。

尤其难得的，是他原来对人不须忙，对己不须忙，却依然有票总该投，有字总该写，仿佛对投票很感兴趣，决不躲懒，决不放弃，这为重视选举起见，实在大堪奖励，为不易引起兴趣而能自然发生兴趣者劝。

至于票上写的"国民大"三个字，其实也很有意义，"还政于民"，当然是国民为"大"，这正是一种民意的表示，不妨直接痛快地写出来，给竞选人看看，给办理选举的人看看，别忘了"国民大"，而只觉得唯我独大。

是大国民，都要承认着"国民大"，都要赞叹着"国民大"。这一张虽是废票，却很可保存起来，作为第一次大选的纪念品。

（1947 年 11 月 23 日《新闻报》）

收拾人心

最近参政会提出了一条请收拾人心的议案，有人说这像是一个起身炮。然而即使认为起身炮，也还不是空炮而是实话。

记得胜利之初，舆论界就嚷着要收拾人心。如今胜利已经两年多了，论理早该由收拾人心而进于安定人心，由安定人心而进于振作人心了。

但今日之下的实际状况，又复何如？振作人心，还谈不到，安定人心，也说不上，假使说人心是最重要的，似乎还在必须收拾，而且要赶紧收拾的阶段中。

怎样才能收拾人心？这确是一个很复杂很微妙而不易解答的问题，说得简括些，是"人同此心，心同此理"，只要一切事向合理的途径上走也，便是收拾人心的一个不二法门。人心有时从不合理之中走失了，只能再从合理之中招寻回来。

人心感到太苦闷了，需要开朗；人心感到太冷酷了，需要温暖；人心感到太颓丧了，需要鼓励。总之要收拾人心，先要顺应人心，上文所谓"合理"，便是"顺应"，能顺应，就不至于逆转，不至于变化，不至于游离。

直到于今，还在这里说收拾人心，已觉得颇堪叹息了。可是长此以往，再弄到不易收拾，甚至于不可收拾的地步，那就更可慨更可悲了。

（1947 年 11 月 29 日《新闻报》）

国药科学化

昨天本报载着中国特效药研究所对于"常山"治疟实验成功的经过，看了这一则记事，却引起不少感想。

"常山"治疟，功胜"奎宁"，已有了事实上的证明，但也不过是国药中之一例而已，论历来医书所载，医家所用，中国的特效药，也正不胜枚举。病不止于疟疾，药不限于"常山"，假使这个研究和实验的工作，能够充分扩展，必然能对于医学界，为无穷尽的贡献，对于疾病诊疗上，有更伟大的效益。

十多年以前，笔者已曾在本报上写过一篇文字，向卫生当局和全国医药研究的机关，建议化验国药，同时也颇有人在其他刊物上，提出过类似这样的意见，可惜始终没有得到各方面的注意。

我们不容否认，有若干病症，非用西药不能奏效，却也无可否认有若干国药，如能对症发药，确自有其特效，因此，说有了国药，就不需要西药，诚然是顽固，甚至是幼稚，说有了西药，就不妨抛弃国药，确也只是一种偏见。

最重要的，是所谓"特效"，何以见效，必须施以科学上的试验，得到科学上证据，然后再在炼制的方法上，加以整理和改进，使之能确切地普遍地见诸实用，未可仅凭经验上说话，老是一个"知其当然，而不知其所以然"。

从国药再联想到国医，总觉得国药有特效之处，国医也不能说没有独到之见，其唯一缺点，只是国医的种种理论，常偏于玄理，而没有受过科学的陶冶，假使国医也能入于科学化，也能接受新时代的洗礼，何尝不可融会贯通，一方面保持其固有的优点，一方面获致特殊的进步。

中西文化，可以交流，在医学和药学上，我们纵未敢就希望其交流，也甚愿彼此不必永存着通不过的鸿沟，和打不破的壁垒。

（1947年12月2日《新闻报》）

一篇贪污总账

一片贪污声，喧腾耳鼓，究竟在这个贪污圈中，扮演了多少丑剧？牵涉到多少角色？只怕大家也数不清，记不明了，这里却有了一篇总账。

新闻局长答复记者询问，说："据司法部所供给的资料，自胜利以来，截至本年六月止，全国各地已经审结的贪污案件，总计一万六千七百九十四起，涉及贪污的公务人员，共一万七千四百五十四人。"这可以说是官方发表的"贪污记录"。

当然在这一篇总账中，还有许多事出有因，查无实据的，并未列入清账，尤其是公务员中，凡属特等人物，也许不在此例，但是就眼前所发表的数字来说，贪污的案件，贪污的人物，都冲出一万大关，也就可说是洋洋大观，很够热闹的了。

而况除此以外在未经审结的贪污案中，有市长，有厅长，有局长，这些虽非"特等"，也很不凡的"长"字号朋友，居然不是"应毋庸议"，同样要"起解""会审"，似乎"打"的工作，已逐渐展到"苍蝇"以上了。

然而"小贪"之上，必有"大贪"，大贪不惩，小贪不止，那么对"老虎"应否算账，毕竟还是问题。

胜利以后，竟有了厚厚的一本贪污账册，这是最可痛心的，假使没有这样搅不清记不完的贪污账，胜利之果，又何致霉烂？

以往的事，不必多说，以前的账，不必多看，三十六年，已临岁暮了，不知这篇糊涂账，能否就此结束，在三十七年的新账簿上，不要再录入贪污的项目。

（1947 年 12 月 5 日《新闻报》）

何所谓挑拨？

英政府对九龙事件，已有照会致我国政府，这是英政府的正式文件。我们依照报纸所载照会的内容，细细地拜读一下，觉得中国虽已是英国并肩作战的盟友，可是英政府在外交上对于中国的看法，却依然像十几年前那一种老套。

在这个照会里面，明说："英政府认为香港政府决定清除占住区域，具有充分理由，且认港政府对于占住居民，已予以周详之顾虑。"一再提出"占住"，显然根本否认了九龙城内的中国主权。中国人民，居住于中国土地，而称之为"占"，那么拆屋驱人，就自然有"充分理由"了。而枪弹的射击，催泪弹的威胁，也就自然是经过"周详的顾虑"了。

尤其妙的，是强调着中国报纸，煽动反英情绪，又指宝安县长于中国旗下，向九龙城居民致辞，亦为挑拨性的行动。关于九龙问题，报纸所记载的，无非报道真相。舆论界所陈述的，无非维护主权。这能算是"挑拨"吗？至于中国的官吏，站在中国国旗之下，向中国人民致辞，我们虽没有知道这位县长说的是些什么话，但觉得依事实论，却正是地方官吏于必要时行使其应尽的职责，何以也会被认为"挑拨"？

我们可以忠告英政府，中国人在胜利以后，确已认英国为作战的联手，患难的朋友，并无所谓"反英"，更谈不上"挑拨"。而这次九龙事件，所以引起人民的愤慨，一致为激昂的表示，却完全出于英国人自己造成的错误。这不是挑拨的作用，而正是高压的反应。甚希望英国外交当局，能重视此"反应"而加以反省。

照会最后的结论，说："如将全部事实，公诸中国民众，必能以更安静而客观的精神，观察此整个问题。"论事实是早已公开地摆在大家面前了，但持以安静而客观的精神这句话，中国人还是乐于接受的。所必须声明的，是"整个问题"，可以"客观"，整个主权，却不能客气。

我们也唯愿英政府以"更安静而客观的精神"，处置整个问题，不要固执成见，不要毁弃睦谊。回忆过去结盟的战争记录，展望未来演化的国际局势，如果为此而招致反感，种下恶因，这在英国，实在是很不利，也很不值得的。

（1948 年 1 月 30 日《新闻报》）

敬悼圣雄

印度圣雄甘地，突然被狙击殒命，这真是一个震惊全世界的不幸事件。

噩耗传播，任何人都为之悲悼，为之骇怪，也为之愤慨。

像甘地这样一位伟大的人物，会无端遭着惨祸，难道正义竟是湮没了？像甘地这样一位慈祥的教主，会有人下此毒手，难道人性竟是毁灭了？

甘地一生，领导着他的信徒，他的群众，为国家，为民族，不断地艰苦奋斗，造成了许多辉煌的历史，这且不必细说。单以最近的事情来讲，印回两族，纷争残杀，闹得遍地血腥，漫天惨雾，却由于他人格的感召，精诚的启示，使各派领袖，从混乱中觉悟过来，使全印民众，从劫火中拯救出来，这是举世赞扬的伟绩。却不料他自身转因此而招致嫉恨，遘罹横逆，我们要对全印度吊唁，也要为人道主义悲哀。

残害甘地的凶徒，到底出于何种动机？挟有何种背景？竟这样甘冒不韪，现在还不能明了，但可以想象的，是在斗争的圈子里，在残酷的氛围里，自有一部分秉性乖戾者，以布满杀机为快意，以造成劫运为得计，于相争相斫之中，只知寻仇，绝不悔祸，因此大众所认为救星的甘地，反变作他们的敌人了。

甘地临死时，以手加额，对凶手表示着一种饶恕的意思，这更见得圣雄的仁慈宽大，但这个凶手，虽得到死者的饶恕，终逃不了正义的制裁，和印度民众的唾骂，也许更逃不了自己良心上的谴责。

在新德里一片哭声中，甘地魂兮有知，所谓求仁得仁，也仍会得到安慰。甘地终于是世界伟人史上一位成功者，信仰甘地的主义，服膺甘地的教训，拜服甘地的精神者，必然能接踵以起，为印度另辟一片光明的境界，兴筑一条平坦的道路。

于右任先生说："印度之前途，必有多多少少的甘地起而维护。"这句话确乎是不错的。我们要为印度祈祷，也要为全世界祈祷，希望全世界也能有多多少少的甘地，继起为人类维护福祉，奠定和平，因为无论从宗教上说，从哲理上说，魔力终抵不住灵性，暴行终敌不过真理。

新春飞新钞

新春时节，倘说是"除旧更新"，实在也看不出除去了什么旧，换来了什么新？

然而有一点颇使人引起注意，也竟会感觉兴趣的，是讲到大多数人手中所持的钞票，确已随着旧历新年，实行"除旧更新"了。

家家户户，使用的都是新钞，旧钞顿时落伍。新钞大批出世，懿欤盛哉！万户更新。

据说中央银行为适应本市工商业农历年节需要，特发出五千元、二千元、一千元票面的关金券，和十万元票面的法币，为数约达二万亿元，这不能不算是一个相当庞大的数字。

是年节需要新钞也罢，是新钞配合年节也罢，总而言之，新钞满天飞。

新钞飞来飞去，大家的眼光，也跟着新钞，飞来飞去。尤其是桃红色的五千关金券，可以说是"新桃符"，也会叫人做着粉红色的梦。

春到人间，钞到民间，似乎应该加以赞颂："新钞飞红，万事亨通，大亨得之，路路可通。"

一边在赞颂，一边却又不免引起感想。想到去岁新春，却也新钞纷飞，所不同的是去年最高额一万元，今年最高额已达十万元。

一年之计在于春，十倍之额在于钞。

新年赶旧年，新钞赶旧钞，到了明年新春，这十万元的新钞，也必然由新而旧，和去年的一万元钞，同其命运，又有"更新"的钞票，会来打破它的记录，接收它的宝座了。

新钞日新又新，愧非"大亨"的小百姓，生活上所受的影响将如何？看着这许多新钞，尽管鲜艳夺目，真没有欣赏的勇气。

（1948 年 2 月 14 日《新闻报》）

抢救失学青年

米价冲出二百万大关，没有钱的人，如何能取得食粮，已是当前最迫切的一个问题。

这学期各学校收费的数额，比上期增加了好几倍，没有钱的人，如何能收得精神上的食粮，也是当前最严重的一个问题。

依照眼前所定的各私立学校收费标准，且不提大学，就以中小学而论，每一个学生，连学费和其他各项费用并计在内，至少总在两三百万元以上。这个数字，即使各学校能恪遵规定，并不浮收，在一般家长，尤其是有了几个子女同时要送入学校的家长，怎样负担得起？

因为担负不起，便不免着急，不免抱怨，不免发为诅咒，说教育等于商业化，说学校等于商店。

可是实足商业化的学校，诚然要加以严厉的指斥，而多数正当的学校，在这个币贱物贵的时候，一切开支，不能不增加，教职员待遇，不能不提高，收费无法减轻，也自有其不得已的苦衷。因此我们对于家长，固当表示同情，如其为学校方面平心静气地想一想，又似乎不忍苛责。

为体念家长计，为扶植青年计，既无法将各学校的收费减低到不可能的限度，就只有加强对清寒学生的济助。各学校设置清寒免费学额百分之二十五，这一点当然要严格实行，不容取巧。此外清寒奖学金的筹募，可以说是救济失学的一支救命针。劝募的工作，愈快愈有效；征募

·杂文卷·

的数额，愈多愈有力。

固然本学期失学的人数，必定激增，尽管有各学校特留的免费学额，有各界集募的清寒奖学金，要说是可以保证多数青年，不至被摈于校门之外，这还是一句官话，一种高调。但无论如何，能多奖助一个清寒子弟，便减少一个失学青年，还是应该竭尽心力，加紧进行。

教育第一！已早成为空洞的口号了，然而抢救失学青年，却正是开学声中的第一课。

（1948 年 2 月 19 日《新闻报》）

弱者的幻灭

本市财政局职员陆濠，为了他的夫人患着结核性脑膜炎症，无力医治，知其必死，而又不忍目睹其死，便投浦自杀。笔者曾于日前写了一篇短文，认为这真是现实的一幕悲剧。

陆濠死了，他的夫人接着也死了。陆濠不死，他的夫人已迫近死亡的边缘。陆濠既死，他的夫人，当然更无法逃出死神的魔掌。总而言之，人确乎穷不得，穷了更病不得。轻病还可以勉强挣扎，不幸而穷人得了重病，那就休想活命。

陆濠自杀以后，也引起了许多人的同情，有的出钱，纷纷加以济助。但看到报上所记，特别寄同情于他的，还是和他站在一条"穷"线上的公务员。像社会局全体同人发起捐款，他们的发起文，说道："同属公务人员，大有兔死狐悲之感"。所谓"兔死狐悲"，想见他们确是悲从中来，字里行间，正蕴藏着不少酸泪，兔固然可惨，狐也显得可怜。

混而称之曰公务员，析而言之，则有小公务员。小公务员，尤其是奉公守法的小公务员，这年头真难有活路。电影中的演出：《弱者，你的名字是女人》，事实上的暴露："弱者，你的名字是公务员"。

陆濠死了，陆濠的夫人死了，在一般大亨的眼光中，也许觉得社会上死了一对穷夫妻，这事件是太平凡了。在高级官长的心理上，也许感到机关里死了一个小职员，即使再添上一名家属，这问题是太渺小了。

说平凡确然不一定能算是惊人的事件，说渺小确也不一定能算是重大的问题。但如果再细细地想一想，想到穷人陷入绝境，就谈不到什么社会安定。小公务员逼上死路，就说不上什么行政效率。那就自然而然会使你认清事件的不平凡，问题并不渺小了。

（1948 年 3 月 4 日《新闻报》）

参观医院后的感想

日前应黄延芳先生的约，参观了三所医院四明医院、济民医院及其附设的江湾健康院。如果要详细铺叙，倒也可以写上一篇数千字的《参观记》，这决非是短小篇幅内所能容纳的，因此只想略述一些我个人的观感。

四明和济民两家医院，规模都相当大，一切设备和布置，也相当完善。可是在经济上却甚感支绌。因为这两家医院，虽并不完全是慈善性质，但主持人和各位医师，很能抱着服务社会的宗旨，所有病房费和医药费，标准定得相当低，至少是很合理。而且对于贫苦的病人（济民医院在西藏北路，附近人家多数是工人和贫户，因此救治的病人，也以平民阶级为多），绝不持着"有钱请进，无钱莫入"的态度，往往病是治好了，费却付不出，有的大打折扣，有的甚至于完全拖欠。这样一来，在医院本身的开支方面，当然不免亏耗。两院主持人在谈话中频频表示说：眼前所最感困难的是药价狂涨，以低廉的药费，供给了病家，便无法再以低廉的代价，向市上购药。关于这一点，实在太伤脑筋。

我在参观以后，发生了一个感想，觉得大家对于过分以营利为目标的医院，应该加以严正的批评，可是对于真能以服务为主旨的医院，也应该予以同情的协助。因为社会事业，正需要社会上有力分子，共同推动，共同发展。（当然这句话并不是专为四明济民两院而发。）

尤其值得一提的，是设于江湾而还在草创时期的健康院。全院房屋，都是从美国运来的"流动屋"，但具体的结构，和内部的布置，却又参酌了些中国的式样，颇合于事实上的需要。院长梅晋良先生，是医师，又像是工头，实际上也可说是一位推进乡村事业的专家。在他的设计和指导之下，种种建屋筑路搬石运土等工作，都由院中的医师、护士、职员、工役，不分男女，不论职位，一齐亲自动手，并得到附近几家大学中的工读生，参加合作，居然规模初具，这竟完全是"本号自造"，并没有雇用到什么营造工人，也没有耗去多大的建筑费。

至于物质上的补助，经过梅医师的努力，从行总方面得到了不少供给。病床、药品和各种医疗器材，各种日常用具，储存得颇多，运用得也很好。院中人对于求取得来的这些"剩余物资"，都知道珍惜，都能够利用。他们的桌椅、板壁、台布、牛乳罐等等，都是用废料来改造的，因此断木破布、锈钉废铁，一概分类保存，合法处理，可以化为有用之物。这是很值得赞美，也值得佩服的。

四明济民两院，都以黄延芳先生为董事长，他对于两院，在筹募经费和策进事业各方面，尽着许多心力。他那天对参观的几个朋友说："我已经六十六岁了，再过四年，已届古稀，自当乘此余年，对社会有些贡献。"这句话很打动我的心弦，我自忖也比黄先生小不了多少岁了，然而力量太薄弱，意境也太落寞，平生毫无建树，对社会更毫无贡献。看到黄先生这样老当益壮，不禁于无穷感谢之中，又深深地觉到惆怅和惭愧。

（1948 年 3 月 10 日《新闻报》）

对美术界的祝颂

今天是美术节，美术家要为本身庆祝。吾人虽非美术家，却和美术家同站在文化阵线上，也须对美术家表示庆祝。但庆祝的意义并不是为眼前称庆，而是要敬祝美术界前途，有伟大的成功。

讲到每一位美术家或整个美术界的成功，却又有些不能不说的话。

论以往，我国美术家，正有不少特异的成绩；论今日，各地美术家，也有甚多显著的成就。但这些"成绩"和"成就"，如果加以直率的或胆大的批评，至多只是个人在艺术上的成功，而不敢认为整个美术界的"大成"。因为任是怎样值得敬重值得赞赏，美术家也只做到"成己之美"，并没有能"成人之美"。

这里所谓"成人之美"，关于"人"字的解释，是极其广泛的。关于"成"字的意义，也极其郑重。说得明白点，"成人之美"，就是要造成美化的人生。美术的功用，充类至尽，必能美化社会，美化全国，乃至于美化世界，使每一个阶层，每一个角落，每一个人，都于美化之中，具有美的德性，表现美的行为，从而创出美的境界，得到美的生活。

这些话好像是太夸大了，太空洞了，但吾人如果要承认民族的进展，是基于文化，也就不能否认民族的生存，是需要美化。因为美术正是文化中一个部门，而且是很重要的一个部门。大而言之，国与国之间，小而言之，人与人之间，倘能由"化"而入于"美"，由"美"而尽其"化"，就不会老是这样表演着丑恶的怪剧，和残忍的惨剧。优秀的人类，自然可以获致真正的和平。

当然讲到"成人之美"，讲到"美化"，决不是要使每个人都成为美术家，而且也不可能使每个人都成为美术家，却是要让每一个人从认识美术欣赏美术研究美术之中，得到一种无形的启示和感化。由于这种启示和感化，各自养成其爱美的心理和优美的人格。

然而如何能实施美化，推进美化，正有待于美术家的努力，不仅为己身努力，还要为广大的人群努力。

假使所有美术家能够全体动员，努力于美化，深信这一种勃发的力量，是决不薄弱的。总之从物质上说，美术家即使"成己之美"，也难以有丰富的收获。从精神上说，美术家如其能"成人之美"，正可有伟大的贡献。

（1948年3月25日《新闻报》）

儿童的营养与健康

在昨天编发稿件的时候，读到了育三君所作注重儿童营养保持儿童健康的这篇文字，不禁引起了我的感想，同时也触动了我心头上的创痕。

我平时对于儿女的健康，还算是相当注意的，但唯一缺点，是只在儿女们有了疾病的时候，很着急地为之安排医药，而忽略了经常的营养问题。又苦于人事太忙，对保育儿童的方法，无暇仔细研究。在营养方面，饮食品的种类，以及成分和质料的支配，还是很随便的，实在够不上适宜于生理和相符于科学的条件。因此我的儿女，不一定是缺乏营养，却也许是从孩提以至于成人，并没有逐步得到恰当的营养，（严格地说，每个儿童的营养，还须视其体质，有所差别，不能执着一种刻板文章。）也就没有养成壮健的体格，都显得有些文弱。

尤其抱憾的，是我的次子祖福，在抗战胜利那一年的春间，面色忽然带黄（却还不是病态的黄），我和我的内子，便请医生为他检查，说是消化不良，服了些治胃的药，似乎比较转好一些，也就算了。（内子在儿女有病时，看护倒是很细心的，但对于儿女们平日的营养，却为了财力人力有时都感到欠缺，就难以顾虑周详。）如今回望起来，当时这种面带黄色的现象，大致是营养不足。唯其营养不足，所以后来患了伤寒症，抵抗力也格外薄弱，终于变化迭起，不能支持了。

我以前是自问对于保育儿女，爱护儿女，可算得尽心极力的，但事实上还是不免疏忽，也不免错误。甚愿以我的经过，叙述出来，敬告天下为父母者，促起其对于儿女的注意，也算是在儿童节上一些小贡献。

然而写到这里，又另有一番不能不说的话了。要研究到营养，当然要兼顾到生计，就以我而论，前文也已说过，在抗战以前，儿女们至多不能得到恰当的营养，还不至于缺乏营养。可是从抗战初期，挣扎到天亮前后，退出了报馆，放弃了职业，也断绝了收入，只勉强维持到一家人半饥半饱，如何还顾及得到儿女们的营养，而况那时没有许多适宜的营养品，即使有钱，也找不着，买不到。（连水果都不大有的，我在福儿病中，想替他买几只苹果，竟等于觅宝。）如其不然，像福儿的处境，总还算是生在中等家庭里面而受着父母爱护的，何况连营养两字，都够不上呢？

今日之下，大众的生计，又复何如？流浪街头的儿童，杂在难民群中的苦童，不必说了。就是所谓"中等家庭"，何尝不在"半饥半饱"之中，明知儿童的营养，是应当极端注重的，是应当尽量供给的，试问在经济上是否能容许你极端注重，尽量供给？（固然富有滋养料的，不一定是高贵品，但饭吃不饱，营养也就顾不到，这总是一个现实的问题。）连营养和健康，也差不多专属于富人了，那么在儿童节上，许多堂皇的议论，美丽的词调，也只等于哼"八股"而已。

（1948 年 4 月 4 日《新闻报》）

文艺界的前途

五四运动，发端于政治，表现于文艺，激起了民族革命精神，也植下了民族复兴种子，这是无可否认的。

为了五四运动，有伟大的成绩，辉煌的历史，无论时代如何演进，局势如何变化，对此具有革命性也具有建设性的运动，总值得纪念，值得颂赞，这也是无可否认的。

尤其是文艺界必须发扬意志，振作精神，以迎接这个文艺节，珍重这个文艺节。

然而在文艺节上，文艺界一方面要期望展开工作，一方面又不得不提出呼吁。

文艺工作，离不开纸与笔。眼前的情形，却是出版界得不到纸，文艺家又提不起笔。

外汇高昂，纸源缺乏，配给纸占少数，供求不能相应。于是在极度紧缩之下，一部分刊物，只得削减篇幅；另一部分刊物，竟至无法维持。精神食粮，渐趋枯竭。这是出版界的窒息，也是整个文化界的苦闷。

至于文艺家，除非于一支笔之外，另有别的工具，另有别的活动，还可以"半文半官"，或"半文半商"的姿态，勉强撑住着一块文艺的招牌。假使说紧握着笔，老守着岗位，那简直煮字不能充饥，枵腹何从写作？

以上还只是就物质上讲，再推论到精神上，随时随地，会遭遇困难，那更不用细说了。

唯其如此，眼前所迫切祈求的，正是卑之无甚高论，只望文化人能活得下，站得住，能为文化而工作。如果文化人都无从安心工作，无法努力工作，文艺界又如何会有远大的美景，光明的前途？

今日参加政治和领导文化的诸公，有许多正是当年五四运动的健将。我们并不希望他们多发挥空洞的宏论，而甚愿其拿出切实的办法来，扶植文艺，改进文艺。

（1948 年 5 月 4 日《新闻报》）

儿童歌词

我国旧时盛行的那些儿童歌词，有许多颇饶意味，尤其是描写儿童生活状态，极其真切，也极其生动。

例如："鸡鸡斗，蓬蓬飞。"只有六个字，便绘出一个喧闹的画面。

又如："排排坐，吃果果。"也只有六个字，便显出一幕快乐的镜头。

不料旧时代儿童的玩意，竟成为新时代大人物的造象。

一连串的竞选，吵吵闹闹，蹦蹦跳跳，分明是"鸡鸡斗，蓬蓬飞"。

竞选已经过去了，新政府就要产生了，最瞩目的行政院，主角是哪一位，搭配是哪几个，班底是哪些人，安排交椅，编列座位，专等新官上任，又准备着"排排坐，吃果果"了。

说"斗"就斗，说"坐"就坐，要闹便闹，得乐便乐。正像一群小天使，呈现着一片天真，掉一句文，可说是：大人之尊，"不失其赤子之心"。

假使"排排坐"定，不想"吃果果"，而唱着"快上课"，那么会闹的小朋友，又成为用功的好学生了。

上的什么课？据说是最合于基本教育的"民主第一课"。

既已正式上课，当然不许闹学，但愿此后能保持着和谐的意境，愉快的情调，不至于"排排坐"之中，又想到"鸡鸡斗"，又演出"蓬蓬飞"。

（1948 年 5 月 19 日《新闻报》）

自由出口

禁止随地吐痰，卫生当局费了不少气力，做了不少工作，但反应依然很薄弱。

许多人仍是有痰必吐，口没遮拦。

讲什么顾全公德，处之漠然；说什么防痨运动，尤其茫然。

最近报载香港对于随地吐痰的禁令，推动得异常严厉，犯者拘役罚金，绝不宽恕。我觉得这个办法，上海倒也大可仿行，否则这些"痰"派老生，还是要随时随地，表演他们的拿手好戏。

从形而上者的"痰"，又要说到形而下者的便溺。

在"租界"时期，"马路上不准小便"，大家倒是奉行维谨的，因为小便有代价，至少要被"巡捕"拉住，罚洋三角。

胜利以后，租界收回了，在市政当局管辖之下，小便竟可以"随便"。小弄堂里，不必说了，比较静僻的马路边，也常会尿流成渠。

我所住的寓所，不幸而门临马路，又不幸而路旁有了一个墙角，于是"小便之行也，墙下为公"（公开），得地之宜，适当其冲。

禁止之道，若说在墙上揭示："此处不准小便"，那就等于"小便请到此处"。若说加以干涉，那又除非特雇一个巡逻员或纠察人，一天到晚，在墙边值勤，否则时时行人止步，刻刻川流不绝，试问何法挡驾？

不但小便绝对自由，有时如有必要，还须"小大由之"。转瞬炎夏，臭秽熏蒸，再加上"蝇蚋姑嘬"，当然不免传播病菌，妨碍卫生。

为我自己呼吁，同时也为全市逼处便溺边缘的人家叫苦。甚望卫生当局，在此展开夏令卫生运动之际，对于无限制出口的痰，和不择地而奔放的便溺，必须文字宣传而外，来一个切实制止的行动，于软性劝告之后，有一种硬性惩儆的办法。

我也颇原谅卫生当局，或许工作人员太少了，一切便难以彻底。因此想提出一个建议，何妨援经济警察之例，添置若干卫生警察。

（1948 年 6 月 2 日《新闻报》）

黑色新闻

"黄色新闻",不是一个好名词。提起黄色新闻,任何人都认为是有伤大雅。

可是现在在社会上所发现的新闻,却已超过了黄色的界线,简直一桩桩、一件件,尽变为"黑色新闻"。

自国家大事,以至于社会琐闻,处处都笼罩着一片黑影,事事都呈现着一团黑气。

最近的上海,似乎真成了罪恶渊薮了,各报所刊的本市新闻竟是一连串的奸与杀。

讲到杀,甚至偶有嫌隙,便要聚众寻仇,拔刀相向。

讲到奸,甚至性欲冲动,便会蔑绝伦常,不知羞耻。

道德是破产了了,法律更失效力,一切的一切,俱归于黑。

新闻记者握着支笔,绝不愿意渲染黑色新闻,但新闻记者的职责,更不能不报道新闻。许多黑色新闻,偏集中到新闻记者的笔下来,不得不写,不得不记,这是新闻记者的苦闷,同时读报者见到满纸记载,独多黑色新闻,也当然感觉绝大苦闷。

大而言之是全中国,小而言之是整个上海,难道就只有丑恶的一面,而找不到光明的一面吗?

能不能让新闻记者得到一些引以为光荣足以兴奋的资料,即使谈不上光荣,够不上兴奋,也至少希望获着一些比较干净相当洁白的记录,不致常困在乌烟瘴气之中。

(1948 年 7 月 28 日《新闻报》)

工厂中的安全设备

永备内衣制造厂触电起火，全厂死亡总数至六十余人，这真是空前惨劫。

因触电而罹巨祸，似乎要说是天灾，但事实上却依然是设备不完善。第一，厂中没有装置避电器。第二，据说是马达线装得欠妥，以致变生仓促，转成为人力不可抵抗了。

欧美各国对于工厂的安全设备，是非常注重的。我国各工厂——尤其是上海的若干小型工厂，却限于物质条件，往往因陋就简，安全两字在平时绝不措意，甚至除里弄小学而外，也有所谓"里弄工厂"，租了几间房子，装了几部机器，就可以随便设厂。讲到设备，一切都不合格，根本上已含有危险性，已是在那里赌命运。

唯其如此，我们觉得市政当局，鉴于永备厂的事变，对各工厂不能不加以检查，予以指导，遇有设备欠周的，必须严令改善，惩前毖后，亡羊补牢。职责所在，岂可放任。

至于开设工厂的老板们，更应重视全厂的安全，工人的生命。万不可只知赚钱，或只图省钱，而忽略了种种必要的设备。即以永备厂为例，设有马达而不装避雷针，这实在是太疏忽了，也太缺乏常识了。结果许多工人因而牺牲，厂主夫妇及其家属也因而断送，资产损失，更不必说，这一幕轰雷闪电的惨景，正是触目惊心的教训。

安全第一，为工厂，为工人，都应该求得一个安全保障。

（1948年8月12日《新闻报》）

豪门毕竟是谁？

最近大家对于豪门，似乎深恶痛疾。政府当局的表示，要打击豪门，民间的呼吁，也要清算豪门。

但被认为对象的豪门，毕竟是谁？却总没有切切实实痛痛快快地指出来。

官中有豪，商中也有豪，但仅豪于官或豪于商，还不是头等。头等的豪门，有财有势，亦官亦商，而且在官必是达官，在商必是巨商。唯其达也，自有人怕；唯其巨也，自有人捧。于是以前只有"土豪"，如今乃有"国豪"。

因为"亦官亦商"，脚踏两头，所以各种事业，无论国营民营，官办商办，常会跳不出豪门的圈子，脱不了豪门的掌握。譬如国营改民营，须防豪门凭着商人的身份，大量收购股票，由民营而蜕化为"豪营"。商办改国办，又须防豪门利用官吏的地位，特别行使技巧，由官办而操作为"豪办"。

总之，人人要打击豪门，而豪门依然莫可动摇；声声要清算豪门，而豪门依然不受约束。这种情势，如无法彻底改变，一切政治经济上的改革，也就难以收到预期的实效。

（1948 年 8 月 31 日《新闻报》）

花生黄豆

在倡导节约声中，恭聆了一篇节约论。

这篇高论，主张仿照美国每周一天不吃肉的先例，规定本市逢周五不吃肉，表示遵行节约。这在上海市民，倒是乐于赞成的。像前几天限价未定，肉价奇昂，主妇们上小菜场，确已自动节约，宁可多买蔬菜，不买猪肉，对肉贩为无言之抗议。

以上所说，还是偶然之事，再讲到日常生活，上海早已有多数人吃饭不饱，遑论吃肉。大众心理倒不敢说是"食肉者鄙"，却深深地感觉到"食肉者阔"。阔不起来，只好"三月不知肉味"，甚至时隔三月，还舍不得轻易打一次"牙祭"，就这样经年不知肉味，经年累月不吃肉，尚且熬得过，每周中仅有一天不动大荤，在长官领导之下，更有什么通不过。

然而节约论从猪肉说起，话锋又转到了花生黄豆上面，认为花生黄豆可以换取外汇，应该多多出口，禁止粒粒"进口"，这一点却似乎值得考虑。

花生黄豆，是最平民化的食品，也是最平民化的营养品。平民生了一张嘴，尝不到美味，也须聊杀馋瘾，吃不起高贵的维他命丸，也须摄取些天然的滋养料。假使连这一点很平淡很微小的享受和营养，都要从此绝缘，不许破戒，小百姓未免要感到：如是云云，节约之道苦矣。

节约当然要刻苦，英国人便是我们的榜样。何况花生黄豆，如其从大家口头上省下来，积少成多，化零为整，也确乎能换得大宗外汇。可是讲到争取外汇，国内出产品能易外汇的，正不止花生黄豆。分门别类而言之，一切吃的穿的都有问题了。再进一步说，可以争取外汇的物品要禁食，那么足以消耗外汇的华贵享受，又将如何？这问题就更繁复了。

同样是零食，似乎明足以察平民所吃惯了的花生黄豆，也应注意到高等华人所咀嚼着的外国糖果。

（1948 年 9 月 9 日《新闻报》）

可怜的文化人

在昨天报上，接连看到了两则记事。其一是清华外文系讲师徐璋自杀的经过。其一是清大中国文学系主任朱自清先生身后萧条，他的夫人陈竹隐女士，仍留在清华，等候教育部抚恤办法。一位清大教授，一位清大讲师，都是死于病，也可以说都是死于贫。教育家的下场如此，真使人不胜慨叹！

徐璋的自杀，虽说是他生性孤僻，加以患着严重的肺病，神经上受了刺激，意志当然也更趋于消极，因此厌世，自戕其身。但我们可以推想到他如果不是生活苦闷，衷怀抑郁，像这样好好的一个知识青年，决不会极度消沉，走上自杀之路。

至于朱自清先生，是一位著名的教授，也是一位杰出的作家。他在既穷且病之中，终于挣不脱死神的魔掌。这些情形，在他逝世时许多人所发表的哀悼文字里，已有详细的叙述。如今他本人是已经归诸大化了，但既说到"身后萧条"，遗属就无以为活，假使说一切要仰赖于抚恤金，试问这抚恤金，又为数有几？

不幸而为文化人，就必然会陷于痛苦的深渊中。想到这里，真不暇为朱徐两位先生哀，唯有为文化前途，致其无穷的悲感！

（1948 年 9 月 28 日《新闻报》）

追加学费

笔者在前几天所写《教育与饥饿》那篇短文里已说到私校教师，眼前在生活上所受的痛苦，真是无法挣扎，无路呼吁。再不为他们想一些补助之策，简直要陷于绝境。

但是我们想起了私校教师的困苦，虽然表示着十二分的同情，对于追加学费的这套手法，却实在觉得不合理，也不合法。所谓不合理，是有许多家长和教师，同样是愁穷叫苦，忽然要逼着他们加缴四倍学费，如何担负得起？所谓不合法，是在暑期开学时，学费早已不折不扣，一律交足。如今在同一学期内，又要突翻花样，再来一个"追加"，岂非等于倒扒旧账，"追溯既往"？

追加学费，既然不妥，又有哪一条路可以解除教师的困难呢？逼不得已，只好将"追加学费"，改为临时劝募。其劝募的对象，是在各校董各家长之中，择其景况较佳，财力较裕的（像前文所说的苦家长，当然除外），由校方分别请求，希望其激于热忱，自动认捐，或代为筹募。这种"随缘乐助"的方式，结果当然不甚圆满，但多少总有些收获。只可说是在无办法中勉强可通的一个办法。

总之，追加学费，而且要限期催缴，便等于硬性的强迫。穷苦的家长们，倒不一定是不受逼，确乎是逼不出，那只有坐视着自己的子女，被摈于校门之外了。即便如此，就无补于教师生活，转引起失学恐慌。这一点，教育当局不能不予考虑，各位校长先生，更不能不加检讨。

（1948 年 11 月 20 日《新闻报》）

世界没有和平

诺贝尔和平奖委员会宣布本届奖金停发。原因虽未说明，但据一般人的推想，是为了冷战期中，并无人对于促进和平，有值得纪念的贡献，也就是说并无人能有取得奖金的资格。

这种推想，当然是很对的。自二次世界大战结束以后，大家都说是要促进和平，要保持和平，实际上却是时时刻刻，在那里威胁和平，破坏和平。尤其是近一年来，国际间已似乎看不到什么正常的谈判和会议，而一切代之以冷战，冷战不已，可能渐进入"临战"，处处隐埋着爆炸弹，透露着火药气。在这种情形之下，试问和平奖金，能发给谁？如其再不择人而发，那倒不成其为奖励，转是一种讽刺了。

但是今日之下，难道竟找不到爱好和平的人士吗？却又不然。我们可以说，全世界每一个国家，每一个阶层，每一个角落，都有着不少爱好和平的人士，无奈这些爱好和平的人士，还不能建树保障和平的堡垒，不能发挥觅取和平的力量。世界大局的权纽，依然把握在少数强大国家的少数大人物手里，其余多数人，尽管爱好和平，或者呼吁和平，也无从挽回厄运。因此和平之门，终于不能洞开；和平之路，终于愈形遥远。

和平奖金的停发，说明了全世界已没有和平，只是不断地引起危机，制造浩劫，这真是人类的悲哀！

（1948 年 11 月 21 日《新闻报》）

上海陆沉

上海市地形测量的结果，经当局报告，较民国二十五年已下陷约七英寸。此种陆沉现象，每日在进行中。

上海陆沉，这似乎是一个惊人的消息，也许"上海滩"竟会变成"上海坍"，也许要由杞人忧天，变成"沪人忧地"。

然而十二年中（1936 年至今），只低落七英寸，这下沉的形势，是很缓的，很微的。自可有科学上的布置，事实上的补救，决不会坐视其一年又一年，一时又一时，永远这样沉下去，使繁荣的都市，竟化为浩渺的沧海。

我们觉得上海的可忧，倒不是有形的沉而是无形的沉，不是整个地区的陆沉，而是整个社会的沉溺。

有人主张提倡新生活，有人主张重振旧道德，喊得一片声响。可是上海的社会，却总是充满着奢侈、淫逸、嫉妒、仇恨，由奢侈、淫逸、嫉妒、仇恨之中，又现出许多暗影，造成许多罪恶。从任何方面说，都是向下陷落。这种陷落的程度，假使也能运用科学方法，加以测量，相去决不止在尺寸之间，简直是一落千丈。

唯其如此，上海之"坍"，并不坍在地形上，而是坍在人心上。

上海人真肯让上海滩，演化而为"上海坍"吗？

要使上海地形不再往下沉，将来只有建筑起一道巩固的堤防来，避免着冲击的浊浪。要使上海人心不再往下沉，又只有在眼前赶快建筑起一道精神上和道德上的堤防来，挽回这既倒的狂澜。

堤防是否筑得成，狂澜是否挽得住，全在上海人，尤其是所谓社会贤达和各界领袖，好自为之。如果横流溃决，听其自然，那么大好的上海，纵不至于陆沉，也难免于毁灭。

（1948 年 12 月 18 日《新闻报》）

个人主义

国有大事，家有小事，在小事中自会发生许多小问题。

饭煮熟了，大家张口。但是有人吃软，有人吃硬，便成为问题。

菜上来了，大家下箸。但是有人嗜咸，有人嗜淡，又成为问题。

收音机开了，大家要听。但是有人爱京戏，有人爱音乐，有人爱越剧，有人爱说书。依了你，便依不了我，这问题就更复杂了。

假使大家都只能啃大饼，没有饭吃，第一个问题，岂非彻底解决？

假使大家都只能吃白饭，连蔬菜也节约了，第二个问题，岂非根本打消？

假使收音机坏了，仅让它"典型犹在"，声息全无，第三个问题，也就不必提出检讨了。

有了享受，有了权利，便有了个人主义。

怎样才能克服个人主义，适应大众的需要，符合大众的意志，这又绝对不是一个小问题了。

（1949 年 10 月 27 日《亦报》）

金牛与铁牛

上海在解放的前夕，也正是"黎明前的黑暗"那一个时期里，金牛银牛，大肆活动。

牛之上，当然还有虎豹豺狼，至于牛，可说是次焉者也，或竟是小焉者也。

然而单讲到牛的活动，已足以扰乱世面，妨碍民生。

解放以后，金牛银牛，都已敛迹，前天报载违法买卖金钞犯十六名，在人民法院受审，这十六头金牛，大概是牛魔王部下的残余了。

肃清残余，这是必然的趋势，因为依法令不许再有金牛潜伏，论时代也不会再容金牛作怪。

现时代适合于需要的，不是金牛而是铁牛。

生产建设，所重者铁，与其藏金，不如聚铁，与其铸金，不如打铁。

《水浒传》里的"铁牛"（李逵绰号），是战斗英雄，现时代所需要的铁牛，是劳动英雄。

一切上正轨，堵塞"金牛路"；大家站起来，排成铁牛阵；牛气力还是应当发挥，牛角尖却钻不得了！

（1949 年 11 月 3 日《亦报》）

真自由

老卒因为名武生大郎^①兄在本报登台点将（大郎兄登台客串武生，不妨捧他一捧，尊称之为名武生），蒙他屡次特邀，忽然高兴，来打游击战，便自得其乐地扯起一面"游击文章"的旗号。

不料在本月一日的报上，刊出我那篇拙作，却将"游击文章"这颗小小印记，换上了"真自由书"。讲到"真自由书"，原是老鹰先生的一块"老牌"，老鹰先生的大作，算得是本报里的正规军，我这个专打游击甚至有时是游而不击的无名老卒，实在不敢僭用这面军旗，作将错就错之想，冒拔帜易帜之嫌。

但误换牌号，虽然理合声明，若论写作的动机，"游击"也正不忘"自由"。游击战虽有别于决胜战，其目的仍是为了在未得到自由之前，要奋勇地争取自由，得到了自由以后，更坚强地保卫自由，不问是战士的枪杆，文士的笔杆，都该朝着这同一方向。

自由尤贵乎"真"，假的自由，便等于不自由，也成了反自由。新民主主义是真民主，人民当然能享到真自由，文艺工作者，应当为真自由赞颂，为真自由歌唱！

别低估了"真自由书"，认为只是一种小品文字，却也反映出新时代里自由的光芒。

（1949 年 11 月 5 日《亦报》）

谈改革京戏（上）

报载周信芳先生关于改革京戏的谈话，说是："旧的京戏中，是不

---

① 大郎即《亦报》主编唐大郎，下文的"老鹰"是作家应非村的笔名。

重视对白的，但在新的京戏里，却要加强对白中的教育意义。"我对于他这句话，先要喝一声彩。

道白在京戏中，虽然不比话剧里的台词那样重要，但听京戏的人有听不懂唱词的，却断乎不会听不懂道白，因此加强了对白中的教育意义，自能发挥着一种感化群众的效用。

当然改革京戏，不止要加强对白，可是反过来说，若要改革京戏，却特别须先加强对白。

周信芳先生又说明"京戏的改革，要使观众提高政治上的观点，但绝对避免喊口号"。这话更讲得对，因为舞台到底不比讲坛，演戏也毕竟不同于说教。

举一个例子来说，像周信芳先生自编自演的《徽钦二帝》确然是一出有意义的好戏，但其中的陈东声讨权奸的一幕，饰陈东的，领导了几个太学生，在台上一连串地大喊口号，这样非但破坏了戏剧的气氛，而且使观众并不为之感动，转觉得厌烦。

总而言之，戏剧的改革，是必须灵活地具有教育的意义，却断不宜呆板地执着教条主义。

（1949 年 11 月 7 日《亦报》）

谈改革京戏（下）

昨天"谈改革京戏"，说到京戏中的唱词，很多使人听不懂，这不能说不是实情，特别是青衣的唱词，大概由于使腔过于婉转幽细了，假使不是熟习的戏，断难入耳了然。

但讲到改革京戏，在道白中固然要加强教育意义，在唱词中又何尝不要具有教育意义，那么这些听不懂的唱词，也最好能尽量改为人人听得懂，才合于时代化和大众化。

地方戏能拥有大量观众，京戏也还能保持相当局面，唯有昆剧，却真要成为"阳春白雪"了。这是什么缘故呢？若论演出时的一切身段动作，昆剧也许比京戏更来得美妙，何以会逐渐衰退，几乎变作古董？这就由于昆剧中所唱的曲文，简直有些"雅不可耐"，连所谓文人雅士，也非捧着曲本，边看边听，否则便莫明其妙，结果安得不脱离群众。

再拿京戏来说，像梅兰芳程砚秋所编的新戏，讲剧情，讲表演，诚然胜于旧戏，至于那些唱词，却也趋于古典化或昆曲化，只能供文人雅士的欣赏，不是普通听众所能了解所能接受的了。

也有人说："京戏妙在美化，剧情看不懂，只看表演，也很起劲；唱词听不懂，只听腔调，也很够味。"这话却也不算错，但老是这样使人只听腔而不懂词，便根本失却了教育意义。岂可不加改革，力求通俗。

周信芳先生是"内行"中的一个老内行，老卒是"外行"中的一个老外行，如今他谈改革京戏，我也来谈改革京戏，谈之又谈，外行话便越说越多了，就此"打住"，免吃倒彩。

（1949 年 11 月 8 日《亦报》）

圣人之道

读本报某甲先生谈"圣人"的文章，于幽默中具有深意，便连带想起最近在一个集会中所听到的江长川先生的演讲。

江长川先生说："所谓圣人，到底用什么尺度来评量？用什么标准来断定？实际上一个人自有其做人之道，做人之道，也就是圣人之道。

怎么才是做人之道呢？包括一切思想、行动、学识、工作等等，必须样样到家，桩桩道地，不要以六十分为及格，以八九十分为满足，而要切实地合乎做人的条件，彻底地尽着做人的责任，一分又一分，直做到百分之百。"

他这番话，真使我深深感动，百分之百的人，便是"完人"。

换句话说，如果做人而不能做到百分之百，就永远是"未完"，退而至于在百分之六十以下，甚而至于不足百分之十或不及百分之一二，那就不像人，或竟不是人了。

古之圣人，太远了，且不必谈。我们眼中倒也亲见着几位"今之圣人"，在过去大吹大擂讲道讲学，别人似歌颂似讥讽地奉以"圣人"的雅号，他们也就居之不疑。但久而久之，圣人现出本相，竟是"四不像"——"人"且不像，"圣"于何有？——于是一向被视为后生小子的，只能望着他们，喟然而兴"今圣叹"。

"希圣希贤"，只觉得太夸大，也太虚渺了，是新时代中的人民，只要能全心全意，不折不扣，成为完人。

（1949 年 11 月 9 日《亦报》）

启蒙工作

郭沫若先生在《十月革命普天同庆》那篇文章中说："就在今天，对于苏联不能了解的人，还是不少，或者有着多少的了解，而亦不甚深入。我们对于这样的人，是应该多多做启蒙工作的。"我觉得郭先生所说的"启蒙工作"，在目前真是一种基本工作，也是一种主要工作。

要像郭先生所说"扩大对苏联的认识"，固然应当重视"启蒙工作"，推而言之，要扩大人民对新主义新政治的认识，也必须加强"启蒙工作"。因为就上海而论，就新解放区的各城市，尤其是各乡镇而论，也还有着不少人对新主义对新政治了解而不甚深入，甚至于还不大了解，正需要教育，正需要启蒙工作。

解放后的人民，都乐于学习，都乐于接受"启蒙工作"。问题是在"启蒙工作"之中，甚希望有许多很热心也很和气，肯任劳也肯耐烦的"启蒙先生"。热心而任劳，才能诲人不倦；和气而耐烦，才能循循善诱。"不倦"与"善诱"，才能使这些小学生对于"启蒙先生"，只觉可爱，不致生畏，只是欢欢喜喜地上课，不会躲躲藏藏地逃学。

今天——是最重要的一天；启蒙——是最重要的一课。要让许多入门受教的学子，都能"功课好，放学早"；也都能"排排坐，吃果果"。吃什么果？是新时代新中国所产生的佳果。

（1949 年 11 月 10 日《亦报》）

旧报纸与新笑话

看到男士①先生的"油诗"，指出美国兵的小册子中，以"旧报纸盖在身上"作为防御原子弹袭击的一条妙计，认为是"新笑话"，诚哉其为笑话也！

"防身要靠旧报纸"（男士原句），这真是滑天下之大稽，荒天下之大唐，比中国旧小说上"灵符在身，刀枪不入"，那些神话或鬼话似乎更来得可笑。

假使身盖旧报纸，就可以不怕原子弹，那么原子弹的威力何在？

"旧报纸盖在身上"，在上海早已有人发明了。发明的是些什么人？

---

① "男士"是原《新闻报》记者余空我的笔名。

是很可怜的小三毛和老瘪三；盖在身上作什么用？是冬夜睡在水门汀上，聊以挡寒。

想不到这穷人在寒流中挣扎的"极法"，竟会变成了防御原子弹的新法，旧报纸可称随身法宝，原子弹倒形成"纸老虎"了。

与其说"旧报纸盖在身上"，不如说"旧报纸扔在地上"。旧报纸中，不断地传播着原子弹的威吓，也充满了战争的意味，现时代所需要的，却是人类的安宁，与世界的和平，能够永久地保卫我们这世界的和平，原子弹便无所用也不必防了。

抛去旧报纸。涤除旧思想！休闲新笑话，认识新时代！

（1949 年 11 月 22 日《亦报》）

别窑

北京市各界人民代表会议，一致决议封闭妓院，已交由市政府下令执行，从此为首都清除了一个大污点。

妓院封闭了，妓女就得到解放。

妓女是女人中最不幸最可悲的一群，她们在嫖客的荒淫纵欲与鸨儿龟奴等等的恶辣剥削之下，备受着肉体上的摧残，精神上的虐待，这正和京剧《玉堂春》道白里所说的"狠心的忘八，狠毒的鸨儿"，还得加上一句残酷的嫖客！

以前也时常有人看到"娼妓制度"的恶虐，主张禁娼，但是所谓禁娼，只想一禁了之，并不曾为妓女找出路，谋生路，其结果表面上禁止了公娼，暗地里反增加了许多私娼，于是禁比不禁更坏。这次首都的封闭妓院，却是有计划的，有办法的，例如"有家者遣之回家，可嫁者助其出嫁"，妓女就有了出路了；"无家可归，无人可嫁者，施以适当的教育，使之有生产能力，求取职业"，妓女就有了生路了。有了出路，有了生路，便可以脱离非人的生活，而重新做人。

妓院封闭，妓女翻身，含垢忍辱的妓女，由此改造成为善良的健全的妇女，这也是一种大转变，光荣的转变！

在光荣的转变中，鸨飞龟缩嫖客躲，妓女的本身，却应该为"别窑"（窑子）而欢祝。

（1949 年 11 月 29 日《亦报》）

卖骂

读青衫先生所写的"笑骂文章"，不禁想起了去世已久的老谈先生所说的那番话。

老谈先生自己是一个新闻记者，又是一个文艺作家，但是他曾以幽默的口吻，忽然将名女人和名记者或名作家作了一个比喻。他说："名女人的生活是卖笑，名记者或名作家的生活，都是卖骂。"

他这番话，并非对于其时的新闻界和文艺写作者为尖刻的讽刺，而正是身在文艺圈子中，目击当前的环境，寄以深切的慨叹。

当时很有些惯于骂而又善于骂的名记者或名作家，自具着一种技巧，自有其一套戏法。在择定目标，掉弄笔头，大骂特骂之后，会使被骂者始而怒，继而怕，终而拉拢，于是乎结好，于是乎利用，于是乎登龙有术，生财有道。其结果正不止解决生活，竟是直上青云。

由骂的阶段而入于出卖的阶段，那么文章因卖而不吃价，人格也因骂而不值钱。从新时代回想到旧社会，觉得卖骂者的胜利，也就是他们的悲哀。

（1949 年 12 月 4 日《亦报》）

快刀

教育部长钱俊瑞对师大全校师生讲话，为了阐明政治课的必要性，他说："学好业务课，是磨快刀的功夫，搞好政治课，是学习掌握快刀的本领。"

古之治学，磨穿铁砚；今之治学，是磨快钢刀。从快刀中搞通思想，从快刀中认清政治，从快刀中展开工作。

钱氏又说："一把快刀，在反动者的手中时，便成了屠杀人民的工具；一旦被人民掌握了，便成为保障人民权益的法宝。"这话讲得更对。用快刀来屠杀人民，是刀头舐血，造成混乱；用快刀来保障人民权益，是刀光如雪，显得明朗。

旧诗上说："我有笔如刀"，现在也可以说"有笔如刀"。这当然不是要使好好的人，竟变作刀笔吏，而是指明了笔之健，等于刀之快，有笔在手，等于有刀在握。不管吮着毛笔尖，或吃着粉笔灰，都要运笔如运刀，仗着好身手，及锋而试，遇着难问题，迎刃而解。

快刀可以斩乱麻，也可以割包袱，大家都祭起"法宝"来，割去累赘的包袱，走上康庄的大道。

（1949 年 12 月 7 日《亦报》）

·杂文卷·

二百五

依据范定^①先生所写"五百字成本"那篇文章，似乎为小型报写稿，虽然或多或少，作者仅有伸缩的自由，但约略估计总以每篇五百字为

---

① 范定是苏州作家蔡夷白的笔名。

标准。

"五百"就等于双料"二百五"。

若说绞脑汁是"细水长流"，拿稿费又不过是"长流细水"，那么勤于写稿和乐于写稿的人，真好像是"二百五"了。

然而想到但论工作，不计报酬，却又觉得小品文章，虽属小道，也是文艺部门的一种工作，而且这项工作，也自有其意义，自有其责任，自有其兴趣。

再想到"二百五"亦未必全无可取之处，田汉先生笔下的二百五小传，我还未曾得见，至于刘斌昆先生在台上演出的"二百五"，却有功夫，有劲道，至少是能长时间坚守岗位，屹立不动，因此也有人喝彩，有人佩服。

"二百五"这个雅号，始终不得确解。推论起来，无非有寿气，有土气，有戆气。可是一个人带些"寿"，带些"土"，带些"戆"，只要能像刘斌昆那样挺着身子，站得起来，也未见得就该打倒或扬弃。没有血肉也没有灵魂而戳穿不得的纸糊"二百五"，自当别论。

与其成为二流子，还不如做个"二百五"。

（1949 年 12 月 16 日《亦报》）

第五辑　五〇年代

私房钱

报载在推销公债声中，有不少家庭妇女拿出私房钱来购公债，这是值得赞美的。

女太太们的私房钱，却也来处不易，因为只有那些殷实富户中的"太座"，才能按月需索到丈夫供奉，随时捞摸得各项油水，于是享受愈高，剩余也就愈多。绝不费事，也毫不费力。至于普通家庭中的主妇，必须天天动脑筋，刻刻打算盘，才能化无为有，积少成多，凑聚了一笔私房钱，只可说是辛苦得来的慰劳金。

来处不易，去路又怎样呢？讲到私房钱的去路，在解放以前，许多家庭妇女，尤其是所谓殷实富户里的阔太太，常常会把私房钱化为游资，在投机场中游来游去。退而求其次，也要在黑市中钻进钻出，不是"老大""老二"，便是"大头""小头"，闹成一窝蜂，弄得一团糟。

现在时代转变了，机无可投，黑市也无可钻了。家庭妇女有了私房钱，踊跃购公债，这是爱国心的激发，也正是思想上和行动上的大进步。

再说女太太们积聚私房钱，其主要的目的又无非为了储蓄。像前文所说游来游去，钻进钻出，在她们也不过由于物质的诱惑偶然冒风险，图侥幸而已，一旦变态心理矫正了，本意还在储蓄。若论储蓄，购买折实公债，正是最稳妥的一种储蓄方法。

私房钱购公债，可说是化私为公，也可说是公私兼顾。

（1950 年 1 月 10 日《亦报》）

专打豺狼虎豹

章乃器先生在报上发表一篇《投机商人赶快洗手》的长论，其中有一段："人民政府的打击投机商，和国民党时代，成一个绝对的对照，他们专打多数的苍蝇蚊子，我们却专打少数的豺狼虎豹。"几句话发挥得很切实也很爽朗。

国民党时代，居然也天天嚷着要打老虎，结果却只是拍苍蝇。其实仅仅拍着些苍蝇脚，聊以摆样而已。

若问当时何以不能打豺狼虎豹？因为在"刮"的统治之下，有权有势者，你也刮，我也刮，论其本身，早已是豺狼当道，虎豹成群，倘要叫他们打豺狼虎豹，那只有自己先打自己。

人民政府却专拣大的打，打着豺狼虎豹，一起倒也倒也，但希望打豺狼虎豹，也不要宽放了苍蝇蚊子。因为豺狼虎豹，虽已匿迹，可是苍蝇嗡嗡，蚊子哼哼，却依然躲在有些角落里，乘机作祟。最好在必要时也须拍一下，方可彻底清除。

同时那些豺狼虎豹以及苍蝇蚊子，也应该深加警惕，痛自悔改。旧时代好好的人，会变为豺狼虎豹苍蝇蚊子，新时代却要使豺狼虎豹苍蝇蚊子，于警惕和悔改之下，重新变为好人。

（1950 年 1 月 14 日《亦报》）

见洋狗有感

以前在帝国主义者的目光中，对于"狗与华人"是等量齐观的。所以公园门首，会挂着"狗与华人不准入内"的牌子。

但是那些自命为高等华人的，却偏喜养狗，而且为了学洋派，更喜养洋狗。

养狗大概分为两种，一种是肢体娇小、毛色光泽的哈巴狗或狮子狗，一种是身躯高大，状态狞恶的狼狗。养哈巴狗或狮子狗的，都是些时髦女性，似乎以狗的漂亮，旁衬着她们本身的曼妙，养狼狗的，都是些昂藏的男士们，似乎以狗的凶猛，反映出他们外表的雄伟。

在较为幽静较为宽阔的马路边，手拉着链子，牵着一条狗，脚步忽紧忽慢地走着，仿佛是独具风格，别有情调。

然而也有例外，有时候会使你看到牵着狗，低着头急急地走的，并不是什么丰姿婀娜的女士，西装笔挺的男士，而是衣服不甚整齐，外形颇为粗糙的佣工，这就是所谓"狗仆欧"。

养狗是洋派，养狗而用"狗仆欧"，更是十足的洋派。

若说任何人都是平等，任何人都该劳动，那么人伺候人，已经不对，何况是人伺候狗呢？可是直到于今，仍有不少被养狗的主人出资雇佣任意驱遣着的"狗仆欧"，他们难道不觉得这是一种侮辱？无非为了这也算是一只饭碗，一种职业，不能不忍受下去，屈身事狗，甚至于要终日里跟着狗走，跟着狗跳。

这些时偶然荡马路，虽说是偶然，也每会遇见这些"狗仆欧"牵狗而过。也许是我的直觉，看他们的面部上，总好像是正在那里表现着一种内心的苦闷和愤慨。

（1950年1月16日《亦报》）

百货公司的转变

最近看到一家百货公司的广告，自称是"划时代的商业广告"。在这则广告里面，开头就说：到百货公司中去买奢侈品，并不稀罕，如今走进百货公司，所买的却是食油、酱油、煤球，以至于米、面，这才有意义。大概"划时代"的解释，就是指明他们已在改做"有意义"的生意了。

这里所谓"划时代"，当然还不免是一个噱头，但百货公司向来是奢侈品的集合场所，现在竟减少了甚至是放弃了奢侈品而改售日用必需品，却也反映出一种时代的转变。

时代的转变，转变到大众的需要，已不是奢侈品而是日用必需品，这就是说大众的企求，也不是过分的享受而是正常的生活了。因此在售卖奢侈品的商家，也许要慨叹着社会购买力衰退，可是就社会上一般情况来说，由于不容许奢侈或不可能奢侈，而借此养成节约的习惯，俭朴的风尚，却正是时代的进步。

有人说：百货公司中陈列着的奢侈品，尤其是高贵的化妆品，原来是以女太太们和小姐们为畅销的主顾。假使百货公司都改成米、面、油、煤的联合商场，那么今后太太小姐们置备随身法宝，也要不取香粉取面粉，不买唇膏买食油，不拎皮包拎煤球了。这在目前，似乎还是一句笑话，但不久的将来，必然成为事实，因为事实上你若果要配合时代，自会逐渐转向，以至于不求漂亮，只求节省，不能摆阔，只能刻苦。

（1950 年 1 月 20 日《亦报》）

奇形怪状

中央文化部召集首都文艺界，对展开春节娱乐，作详晰的讨论。其中曾提到秧歌队必须革除奇形怪状，不应有侮辱劳动人民的化装和演出，这可以说是对秧歌的表演，确定了一个必须遵守的原则。

秧歌原是盛行于农村中的一种民众娱乐，因此表演秧歌，正需要反映农村生活，显示着生产者和劳动者的光荣与快乐，花样不妨翻新，排场尽管热闹，但有一点应当注意的是只宜兴高采烈，不可奇形怪状。

我们在上海所见到的几次游行大会，都很雄壮，很热烈，也很庄严，其间加入了许多民间娱乐，如掉龙灯、舞狮子之类，也足以助长豪兴，鼓励热情。可是另一方面，又有若干游行队伍里，竟把以前迎神赛会中的老套，像"蚌壳精""王大娘补缸""荡湖船"等等，扭着秧歌的身段，走着秧歌的步子，一齐搬演出来。这些固然也可算是民间故事，但故事的取材和含义，是极其陈旧，极其低级的，既完全不合时代，更难免于奇形怪状，确在"必须革除"之列。

总之表演秧歌，是通俗化而兼具文艺性的，唯其属于文艺性，极宜以美观引人欣赏，不应该以怪态逗人笑乐。

（1950 年 2 月 2 日《亦报》）

家庭妇女的苦闷

解放后的妇女，当然不大愿意安处在家庭中，蛰伏在厨房里了，但是久顶着"家庭主妇"头衔的女太太们，除了闭门家里坐以外，一时又无从向外发展，因此便感到苦闷。

我的老妻，也常对我抱怨道，别人都要为人民服务，我却直到如今，只是为家庭服务。

我一时无言可对，只得设词劝慰，说是我这家庭中的各个分子，虽然说不上什么积极前进，至少并没有失却"人民"资格，那么你为家庭服务，实际上依然是为人民服务。

我这个解释，自知是很勉强的而且近于歪曲的，可是在家庭制度没有废除以前，男士们尚且无法放下家庭的担子，女士们更何从卸去家庭的包袱？

想来想去，便觉得"家庭妇联"这个组织，可以使家庭妇女，有机会参加社会工作——为人民服务——同时便解除了自身的苦闷，的确很有意义，也很能起作用。

我倒要自动地为家庭妇联宣传，奉劝家庭妇女，尽可加入家庭妇联，各尽所能，也各有所贡献，庶不辜负自己的一生，也不辜负这个新时代。

（1950年2月5日《亦报》）

年夜饭

上海人对于这一顿年夜饭，是极其重视的。

吃年夜饭，也随着各处的风俗或是各家的习惯而不同。有的过了腊月二十，便提早吃年夜饭，有的是固定在农历除夕吃年夜饭。有的要广邀亲友；有的只限于自家人列席，不请外客。

吃年夜饭，又仿佛是每年的一个总结。譬如说年夜饭吃得开心，就表示着这一年中诸事顺利；或是说连年夜饭都吃得不够味，那就表示着一年中凡事不如意。

在推销公债声中，有人在报上提议：节省年夜饭费用，移购公债。这个提议，当然是很切合实际的，因为吃年夜饭是钱多多吃，钱少少吃，购公债也可以钱多多购，钱少少购。换句话说，并不是一定教人不吃年夜饭，而是在年夜饭项下，略省一些大鱼大肉，在购公债方面，就至少可以加上一分二分。

唯其如此，假使认为吃年夜饭是每年的总结，在合家团坐或亲朋欢聚吃年夜饭的时候，大可提出一个总结话题来，那就是大家在报上天天看见，在耳边时时听见，最现成也最重要的问题："你买了公债没有？"

如其回答说是："还没有买，请你在吃过年夜饭以后，赶在春节中尽速去买。"写到这里，胡诌了一副新春联如左：一九五零纪元，生机勃发！三千万分购债，任务完成。

（1950年2月16日《亦报》）

解放后的春节

农历新年的民间习俗，人与人一见了面，自然而然会大声地嚷着：恭喜恭喜！

以前恭喜两字出了口入了耳，说的人、听的人，都立刻要感觉到：喜从何来？

今年的新春，却大大地不同了，因为这是解放后的第一个新春，正值得说一声恭贺新禧。所谓"新"，不单是时令的更新，而是时代的革新。文艺界早已筹备春节娱乐，在春节娱乐中，大家扭着秧歌拜年，敲着锣鼓道喜，一定有不少热闹的节目。

当然在热闹中仍深具警惕性，不能忘却今年正是最后的困难年，政府有困难，人民有困难，工商界更有困难，尤其是上海，在最近遭到了惨重而残酷的轰炸，愈增加了困难。但相信了人民的力量，倚靠着人民的力量，必然能克服困难，争取胜利，也就是说：必然能化怒气为喜气。

因此恭贺新禧，决非是太平观念，而是在艰难困苦的境界中，看到未来的远景，抱着充分的乐观，依然要各自兴奋，相互鼓励。

是新春的季节了，春天是人民的，也可以说春天是我们的。我们仍应提高情绪，同时更须发挥出力量来迎接新春。

（1950 年 2 月 20 日《亦报》）

宗教和时代

我昨天写了一则《说梦话》，今天却又看到报载有人检举着一阔老太太在马路上对人声称："末日已经到了，被炸死的人，都是犯了罪的。"

她又说"信仰基督，可免被炸"。这些话就显然是"梦话"。

说话的既是一个老太太，固然未必含有什么特殊作用，只是一种宗教宣传。但这样的宣传宗教，实际上正等于损毁宗教，因为照她这种说法，不仅是在政治认识上，尤其是在反轰炸的意义上，显得异常愚昧，即使讲到宗教的理论——和信仰，也完全错误，凡是头脑清醒、意识明确的基督徒，对于如此一类的话，决不会赞同，相反也必然要加以驳正。

不过就一般情况而论，眼前基督教徒中，已有了不少进步分子，却也存留着若干落后分子。这些落后分子的理解，虽未必和前文所说的那个老太太一样，浅薄而迂谬，然而发出议论来，也往往很顽固，很陈旧，很偏执。因此我觉得开明的基督教徒，特别是基督教团体的主持者，极应该尽可能地教育落后分子，使之有所觉悟，有所改变。老是不觉悟，不改变，就会因一部分基督徒和时代隔绝和群众脱节，连带着整个基督教，也被人认为违反时代，脱离群众，于是信教尽管自由，基督教的本身，终不免日趋没落。

休耽忧世界末日，须看清宗教前途，这是每个基督徒所当警惕的！

（1950 年 3 月 3 日《亦报》）

禁烟

禁烟禁毒，政府是已有明令的。

从消极的意义说是禁，从积极的意义说却依然是解放，如果拿禁娼来作比，禁娼是解放妓女，禁烟是解放烟民。

问题在于这些烟民，是否在光明世界中，还自愿沉沦黑籍，不想解放，甚至于不要解放？

　　"鸦片鬼"这个名词，是由来已久，众所周知的了，旧时代会使好好的人变成鬼，鸦片鬼也就是一个例子，新时代却要将鬼改造为人，将旧鬼改造为新人。那么问题又转到了已入鬼箓的鸦片鬼，从今以后究竟想超生为人呢，还是仍愿做鬼？

　　想超生为人么？就该踏上自新之路，赶快戒烟！

　　仍愿做鬼么？在人民政府之下，只有做人的自由，没有做鬼的自由，绝对不会容许你再做鬼。

　　撇下老枪，争取新生，这是必须警惕，必须改变的。如其不然，便是自取毁灭，逃不过刑法的制裁，也逃不过社会的指责。说得明白点，解放后的新中国，一切渣滓，都要扬弃，一切垃圾，都要扫清，哪里还留得住土皮和烟灰。

（1950 年 3 月 6 日《亦报》）

不施脂粉

　　妇女界纪念三八，提出了一句口号：不施脂粉。

　　有人说妇女界有无进步，并不一定要在脂粉上为严格的区别，如果说不施脂粉，就算前进，施了脂粉，便是落后，未免太注重表面化，太拘执形式主义了。这话也似乎近理。

　　但从妇女的本身上说，考究化妆，尝施脂粉，毕竟是一种浪费。浪费了金钱，也浪费了时间。新华社的社论，指出妇女界纪念三八，应该"学会本领，做好工作"，如果每个人都乐于学本领做工作，都忙于学本领做工作，哪有这些闲心情、闲工夫，去涂脂抹粉吗？

　　再说旧时代女界好用脂粉，无非为了保持美感，增加美观，可是女性自有其天然美，并不需要求助于脂粉，所以古人也有"却嫌脂粉污颜色"那些诗句。何况现代的审美观念，和以前根本不同，即使讨论到女性的美，也自有各种条件，不限于容颜，更不靠着脂粉。说句不礼貌的话，假使年龄已经过时，尊范并不雅观，那么搽上一脸脂粉，人工装饰过了火，反会装成戏台上的彩旦，又何苦爱打扮，找麻烦。

踏进新社会，原当祛除旧习惯，别创新作风。新作风的表现，最好是简洁朴素，与其成为不学本领不做工作的红粉佳人，不如做个能劳动能生产的黄脸婆。

（1950 年 3 月 15 日《亦报》）

我这一辈子

为了节电，近来我家中时常自动停电，因此我的"夜光墨滴"只是在石油灯下，借灯光，赶夜工而已。

但在苦闷中忽然回忆到儿时情景，那时植物油灯已经落伍了，电灯还没有普遍使用，家家户户，点的都是石油灯，于是在家塾里上夜课，有了一盏石油灯，也就觉得四壁生光，十分高兴。

为了引起回忆，这几夜对着案头的石油灯，常会想到"青灯有味似儿时"那句旧诗。

讲到我这一辈子，数十年来，都干的是电灯的夜工作，然而以前在电灯下的文字工作，假使要辨味，差不多全是酸的、苦的、辣的，远不如儿时石油灯下夜读书那种意境，至今还有甜蜜的回味。那也可说是："儿时有味忆青灯。"从这一些甜蜜的回味中，竟使我对于光度微弱的石油灯，并不觉其讨厌，反而提起了阅读的意兴，增加了写作的情绪。灯光依旧，时代更新，虽不能返老还童，也不一定自悲老去。

（1950 年 3 月 17 日《大报》）

台湾小姐

最近在报上读到一篇《忆台湾妇女》，作者是南陔先生，对于台湾妇女的生活写得很为真切。

文中说是："初到台湾的人，看到满街都是女人，而且都穿的花花绿绿的漂亮，常以为台湾的妇女，都是自由和快乐，却想不到她们的心中，有着一种难以诉说的痛苦。"又说是：台湾妇女，普遍都参加社会工作，可是多数限于"下女"，旅馆中的"下女"要伴宿，酒楼中的"下女"要陪酒。

我也曾到过台湾，虽然勾留时间很短，就我所见到的，已觉得南陔先生笔下，的确描画出台湾小姐的苦境。旅馆伴宿，在我固然恕未留意，酒楼陪酒，在台湾简直是成为惯例，设筵款客，似乎非此不足以言欢，非此不足以示敬。

总之台湾小姐，在表面上好像每个人都活泼泼地呈着热带的情调，在内心中却是冷冰冰地都挨着阴暗的生活。

然而另一方面，在日本人统治之下，台湾同胞，也曾作过轰轰烈烈的斗争，台湾小姐也曾参加过革命工作，造成灿烂的革命史实，从许多传说和记载中，可以看到台湾小姐，也依然是有骨子，有勇气。

今日之下的台湾小姐，当然是在那里仰着头，挺着胸，忙望光明。

（1950 年 3 月 20 日《大报》）

文情与心情

情绪是最足以影响工作的，尤其是文艺工作，如果情绪不佳而硬要写文章，就不大会写得好，即使仍能写得好，内心也必然不和谐，不痛快。

以前有几位伶界朋友常对我诉苦，他们说最苦的是剧中人毕竟不是真我，有时在台上的表情和自己的心情不能相合，甚至恰巧相反，这况味便异常难受。譬如说你的处境是悲哀的，正想哭，而所演的却是喜剧，要你笑；或者我正觉心神烦乱，而演出上却需要旖旎风光，那么不问你在艺术上演得如何佳妙，就本身的情调而论，总是勉强做作，愈勉强愈感到郁闷。

将演剧来比写作，也竟是事同一例。和报馆约定了每天要写一篇稿子，也等于角儿搭了班每晚要演一曲戏，纵说三五百字的小品，只是小戏，不费大力，但在情绪烦闷的时候，假使为了必须交卷而匆匆下笔，急急完篇，就算文字还能写得像样，也断乎不会有行文之乐，只觉得赶场之苦。

然而进一步说：一个人为什么要闹情绪？实在，也还是思想有矛盾，包袱太重坠。

（1950年3月31日《大报》）

因扫墓想到公墓

清明节家家扫墓，我便因此而有所感，也竟是有所悔，深悔当年为先人营葬，仍是照老例"扶柩回籍"，没有葬在上海近郊的公墓里。

我家乡离沪颇远，由于交通不便，本人又为职务所羁，每年祭扫，不能亲自上冢，只得托人代理；连祭扫都要托人代理，根本上便失却了"追远"的意义。假使葬在近郊，那就往来很便，至少一年一度的拜墓是并不费事的。

撇开我个人的感想不谈，再从时代化立论，现时代也实在应该提倡公墓，废除私墓了。（已葬的固然不必再改葬，未葬的却不该再建筑私墓。）私墓占地很多也很广，死了一个人，便要占去一块地，这简直是空废土地，减少生产，对于农村可说是一种无形的大损失。

何况私墓多浪费，也远不如葬公墓来得节约。当然说到节约，彻底的办法是应提倡火葬，但火葬一时还怕行不通，那么提倡公墓，而且提倡就地安葬，确有其必要。"归正首丘"那种思想真是太陈腐而不适用了。

（1950年4月6日《大报》）

报价跌

最近物价缓步下降，每天翻开报纸来一看，只见交叉"×"，不见尖刀"△"，个个人心头上，都感到轻松。

在一片减价声中，特别是报纸的售价，也打了一个八折，大家都视为创例，因为报价向来是只涨不跌的。

解放以前，报纸的涨价由几个月涨一次而至于一个月涨几次，报上所刊的文字，是天天抨击人涨价，报纸的本身，却又时时在那里涨价，这实在是显著的矛盾。

有一位先生，服务某大报，已有久长的历史。大家常读着他的作品，也熟知了他的名字，于是每次报价涨了，就有不少人写信给他，始而责问，继而嘲讽，说：商家乘机抬价你会骂，报纸也趁风涨价，又何以自圆其说？

这位先生只担任编辑工作，报纸涨价却是经理部的"德政"，他要因此挨骂，真是冤枉。有一次他气不过，想写一篇文字，承认报价直趋高峰，确不合理，但本人并非报馆老板，恕难代人受过，后来经馆内各方面劝阻，这番意思终于未能发表。目前各报馆主持者的作风，毕竟不同于旧时代了！物价涨，报价也涨；物价跌，报价也跌，这是很公平又很正当的办法。为的是报馆虽然也要合于企业化，报纸却是读者的一份精神食粮，纵使无法义务供给，确不能专以营利为目的。

（1950 年 4 月 6 日《大报》）

街头画人

离我工作的地方不远，是一条比较幽静的马路，沿马路都是住宅，家家围着竹篱。有一天，我在这条马路上经过，忽然见十几个人挤在篱边，好像是在那里注视着什么物件。

我也走上前去一看，原来竹篱上面，出现了十几幅没有裱糊的彩色画纸，有山水也有人物，那些人物，画的是打腰鼓、打莲湘，以及"白毛女"故事之类。人丛中站着一个中年以上的男子，头发已经花白，面色却十分憔悴，手里还拿着一大卷画。我打量着便是卖画者，便和他攀谈，才知道他以前也是一个不出名的画家，如今为了绝无人登门求教，只得每天画上几幅，在街头出卖，借此维持生计，至于画价，每幅只售一千元。

千元一幅画，这个廉价，确乎廉得有些可惨了！因为每张画连宣纸带绘画用的颜料，估计也要有相当成本，除去成本，他在画工上所得的代价，又能值几何呢？我虽然并不一定欣赏他的画，但对他引起了同情，便随意买了六幅，在他眼光中，已认为我是一个大主顾了，忙对我很表示感谢，而且低低地叹了一声，说是：斯文扫地。言下似乎不胜凄楚。

我付了钱取了画，就默默地走开了，一边走，一边想，觉得这位先生，以一个画人而至于挟着作品，沿街廉售，在他当然要感到悲哀，但实际上却还是用自己的艺术和劳力来换得代价，争取生存，也不能就算是没落。

（1950 年 5 月 30 日《大报》）

淘金与吞金

昨天遇到了一个从香港回来的朋友，对我说这次在归途的火车中，恰巧和许多单帮客同车，听他们讲述跑单帮的情形，也正是十分可怜。

在以前带金子到香港去的人很多，但是因为入境时的检查，一天比一天严厉，甚至用到雷达测验器，使你无法隐蔽，所以最近要想再做"黄鱼"客人，是不可能的了。

为了检查金子，也常发生惨剧，有不少人事急只好吞金，最多的竟会直着喉咙将四条"小黄鱼"吞下肚去，如其能渡过难关，到达香港，便赶紧进医院，请医生设法取"鱼"。但往往由于时间延得过久了，或是胃肠部分已经受不住起了变化，就不及救治，断送了性命，于是以身殉金。

"人为财死"这句话是早已不合时代不能成立的了。然而像拼死吞"黄鱼"的这些人，却简直是为财而死，也依然是旧社会遗毒下的牺牲者。

（1950 年 6 月 16 日《大报》）

赶三关

毛主席在人民政协全国委员会第二次会议上的闭幕词里，阐明了新民主主义的历史时期内要经过三重关：第一关是革命战争，第二关是土改，第三关是实行社会主义。

依照毛主席的指示，全国人民都应该贡献力量，协助政府，团结起来赶三关。

"赶"字的解释不是急躁，不是跳越，而是稳步前进。

第二关——土改，这是眼前的重要关头。"战争一关已经基本上过去了"（毛主席语），相信这第二关也必能在政府与人民通力合作之下，胜利通过。

过第二关首先是地主阶级应该觉悟，须知在新时代的新中国里，还要想占住私有土地，成为剥削阶级，这是决不容许也断不可能的了。不如土改人也改抛弃了"不劳而获"的旧包袱，依然可以"有劳有获"，跟着社会的改造，而使自己改造为新人。

（1950 年 6 月 27 日《大报》）

唯心论与违心论

在一个纳凉的座谈会中，大家谈起了学习，又从学习谈到了思想问题。有一位先生便说：现在唯心论是不能存在的了，但又有人好作违心论，其实唯心论固然要不得，违心论却更要不得。

所谓违心论，是写在纸上，篇篇有理，说在口中，头头是道，好像思想早已搞通，理论极其圆满，但实际上全不是这么一回事，心里面更全没有这么一回事。仔细检讨，尽是违心立论。

唯心论是旧包袱，违心论是假面具，坚执唯心论，是老顽固，专工违心论，是老油条。比较起来，老顽固仍可改造；老油条却无法进步。

我觉得这位先生所说的话，很有道理，因此把它记了下来，在这个时代中，一切要老实，要坦白，应该有什么说什么，大家所要听的，是由衷之言，决非违心之论。

（1950 年 7 月 20 日《大报》）

烹小鲜之喻

"治大国若烹小鲜"这句话，虽然像是把"大国"比得太小，把"小鲜"看得太大，着实合不拢，但细想起来，却也有些道理。

当然我们不能说大司务同样是管理众人之事，烧小菜也含有政治意味，然而由小见大，由"烹小鲜"想到"治大国"，颇觉得这一个譬喻，也还不是离题八千里的野话。

试把话讲得简单一点，政治上不可有偏向，大司务却也不可有偏向，譬如烧一碗菜，不宜过咸也不宜过淡，煮一锅饭，不宜过硬也不宜过烂。假使菜烧得过咸或过淡，饭煮得过硬或过烂，就有了偏向，不受欢迎了；又如政治上不可坚执主观，大司务却也不可坚执主观，从买小菜起到烧成一桌饭菜为止，处处都须顾到大家的需要，配合大家的口味，假使我爱怎样便怎样，只凭自己拿主意，不管别人倒胃口，就是坚执主观，所"烹小鲜"的"小鲜"要无人领教了。

"口之于味，有同嗜焉！"在"同嗜"中就表示着群众的意向，至少要大家吃得进，咽得下，才会叫好。因此最须联系实际，最肯靠拢群众的，又莫如大司务。

（1950年7月23日《大报》）

写扇苦

夏天的行头——绸长衫，已经被打倒了！还有一件夏令必备的道具——折扇，似乎也大可取消，因为折扇实在不及蒲扇来得风大。退一步说，即使认为折扇携带较便，还是不能不用，也不妨爽爽快快用白纸扇，何必再加上书画，一定要拿书画来点缀风雅，简直是士大夫阶级的派头，太不合于大众化。

以上的话，在我确也是"无私不发公论"，原因是我的字写得实在太坏，但每到夏天，总有人要找我写扇。大热的天气，在日常工作完毕以后，还不得休息，仍须抽出时间来伏着案，流着汗，为朋友挥笔，这种义务劳动，真是出于万般无奈，感到十分乏味。

为了写扇而叫苦，就不得不憎厌折扇，尤其要诅咒折扇上的书画，如果大家能废除书画，再彻底一点甚至抛弃折扇，我这一批暑期中的字债，也就好得到解放了。

（1950 年 8 月 8 日《大报》）

基督徒的进步

解放以后，全国的宗教界——特别是属于领导地位的中心分子，很有许多进步的热烈的表现，这就宗教团体的本身上讲，确是一桩可喜之事。

《天风》杂志是基督教中一种前进的刊物，最近刊出了一篇《谈人生意义与其价值》，结论说：人生的意义在于对社会有贡献；人生的价值在于能为广大人民服务，表示了很正确的人生观。

一部《圣经》里面，固然有不少神话，但基督教的正义和真理，并不囿于神话。"非以役人，乃役于人。"这两句极简单的话，正是基督教的本旨，说明了凡属基督徒，依然要秉着舍己为群的精神，为国家努力，为大众服务。

在新民主主义之下，允许人民信教自由，这是表示着信仰宗教者，同样能享有人民应享的权利，也同样要尽着人民应尽的义务。眼前有一部分人的想法，仍把宗教和政治分为两条路，似乎信仰宗教，就可脱离政治，或者说要学习政治和参加政治工作，就不必再谈宗教，这便等于自己先开起门来躲在小圈子里，实在是很大的错误。

（1950 年 8 月 15 日《大报》）

中药科学化

本报曾刊载过特翁先生所写讨论中国医药的一篇文字，在这篇文字里，说到依据旧时医籍，童便大可治病。童便原是很秽浊的东西，何以能治病？这在一般人是不大肯相信，甚至要认为笑话的，但我却可以来一个确切的证明。

我在幼时，曾患咯血症，而且面黄肌瘦，虚汗潮热，这显然是所谓"童子痨"了。但在当时既没有会诊断肺病的医师，更没有治疗肺病的药，结果竟是专用童便，得告痊愈，不但恢复健康，居然突转强壮，由一个瘦小子变为十足的胖孩子。至于童便到底含有什么特质，具有什么效用？我却至今还是不得明白，历年来曾询问过许多医药界的朋友，也从没有得到详晰的答复。

因此我想建议：在"中医科学化"的号召之下，不妨同时来一个"中药科学化"，将那些中医所常用而在临床经验上共认为有效的药品，用科学方法，一一加以研究，加以整理，加以提炼，加以改制，必然能推陈出新；为整个医药前途，另辟一页记录，也得到不少成果。

（1950 年 8 月 22 日《大报》）

旧北京怪现状

旧时的北京，聚集了无数有闲阶级，因为闲得无可再闲，也就玩成无所不玩；所玩的花样，简直是胡闹，是无聊，这里且举两个例子：

前清时北京所谓"大家"或"旧家"，每家必有一辆自备的大车（骡车），车辆多，路面狭，在胡同口或交通要道上，常会挤车。有些人居然对于挤车大感兴趣，只要打听到某处地方在挤车，就不肯闭门家中坐了，立即把自己的大车，也驾上牲口，赶到那里去，挤在后面，于是越挤越多，便成为一条很长的行列，车上的人，顿时嬉笑喊叫，闹成一片，引为至乐。

又一家著名大药铺里的小主人，练就了一手功夫，也招揽了一件义务工作，是逢到人家大出丧时，在前面开路撒纸钱。他能将大把的纸钱，望空撒去，几乎直上云霄，比那些常受丧家雇用，老吃这一行饭的，技巧更来得高妙，久之就成为"纸钱名票"，以此自豪。

以上两例，后者是张恨水先生讲给我听的，前者也是一位从小住过北京的老朋友对我说的，都使人觉得异常可笑。如今北京已成为人民首都，当然气象一新，不会再有这种怪现状了。

（1950 年 8 月 30 日《大报》）

正视现实

梁岵庵先生在《哑巴开口续吟》的附注中，说宗教界今后宜正视现实，不要再用神话奇迹来作为宣教的资料。我对于这句话，非常赞同。因为这正是我心中所要讲的话。

解放以后，宗教界已有显著的进步，但也有一部分传道说教者，仍固执着那些老套，一上讲坛，就满口是神话奇迹。其实《圣经》里面和许多宗教故事里面，固然有不少神话奇迹，可是论宗教的精义，也在于舍己为群，在于救人济世（这当然还是最简单的说法），并不是要教人脱离现实而专讲神话奇迹，使宗教成为虚空玄妙。说得明白一点，宗教的信仰，如果不建立在真理上，只是从虚空玄妙中兜圈子，就的确是迷信，而不是真正的信仰了。

最不适当的是为了播道重"见证"，有些人更想搜集些新的神话奇迹来作为新见证，然而事实上哪里来这许多神话奇迹，足供宣教的题材呢？于是不得不加以渲染，原来不"神"不"奇"的，也要渲染得大神大奇，才可以动人；这样一来就完全失却真实性，纯然夸大，甚至流于虚伪了。即使自己不是有心伪造，也会于无形中受人家的利用，上人家的当，像把哑巴开口一事惊为神迹，就是轻易上当的一个例子。

总之，正视现实不仅为了要配合当前政策，也正所以保持或阐发宗教的真意义，这是我们愿对宗教界提出的一个忠告。

（1950 年 9 月 18 日《大报》）

现代木兰

在战场上和男战士并肩作战的女英雄郭俊卿，在全国英模会议中，报告她的参军经过和斗争历史，她是为了要长期献身革命，一向隐瞒着自己的真正性别，直至在行军作战中，得了妇女生理病，进了医院，才报告出她是个女性。这种英勇奋斗光荣立功的事实，可说是"木兰从军"的新演出。

然而比较起来，木兰代父从军，虽然是朗耀史册的女英雄，但论到她从军的出发点，却还是被动的，是被压迫的，只是给封建帝王打江山，不像这位现代的女战斗英雄，是自动自发，再接再厉，而且在揭明了身是女性以后，仍自誓要继续战斗生活，并不想卸去战衣，脱离队伍，这就更值得敬佩，值得表扬了。

新时代的女性，当然不让男性，在革命工作中，同样能负起重要使命，但身临前线，实地作战，像郭俊卿的伟大表现，总还是空前未有的奇迹。由于郭俊卿的示范作用，此后必然会有不少女英雄，闻风兴起，同声响应，"好男要当兵"，好女也要当兵，从然加强人民的力量，造成妇女界的辉煌史迹。

（1950 年 9 月 30 日《大报》）

通行无阻的真理

帝国主义的统治阶级，关于和平战士与进步青年，是会引起吃惊病的，所以一律拒签入境证，表示挡驾。

然而国境以内，和平运动依然热烈展开，单以美国而论，签名在和平宣言书上的，已达二百万人以上。这就证明了约里奥·居里那句话："真理是无需入境证的。"真理无需入境证，是正论，也是妙语。真理无需入境证，又何从行使封锁政策？更休谈关门主义！

真理不仅不需要入境证，也不需要通行证，一声来得好快，立刻通行无阻，自会广泛地踏进了各个角落，迅速地深入各个阶层。

于是善良而正直的人民，便要一致起来，欢迎真理，了解真理，接受真理。

保卫和平，也就是发扬真理，和平宣言书，便等于真理入境证。

（1950 年 10 月 9 日《大报》）

学习时的笔记

学习当然不仅是阅读文件，但基本上不能不先阅读文件。提起阅读文件，在中年以上的人，便会感到一重困难，是由于记忆力衰退了，读得进，记不住。

明明是已经阅读过的文件，有时但能略记大意，有时日子隔得稍久了，便一切模糊，好像熟朋友多年不见，偶然遇到，只觉得似曾相识，要谨防错认。

既然记不住，如何能深入？因此又感到在学习时做笔记，确是必需的，而且可以说是主要的。

任何文件经过精读之后，就摘要记出，至少对于这项文件，加深的印象，不致过目便忘；即使日后又忘却了，也还可以再查笔记，重读原文，不至于无处找寻，无从捉摸。

古人说读书有"三到"，学习时阅读文件，却须有"四到"，除了眼到口到心到，还要加上笔到。眼到是细看，口到是讨论，心到是钻研，笔到便是做笔记。

（1950 年 10 月 22 日《大报》）

醉后狂

报载美国某杂志中曾刊露了一封信，这封信是在五卅惨案发生时期一个万国商团美籍团员洛梨·史密斯所写的，内容等于一篇暴行的供状；最后并说，他参加过一次"醉游华界"，为了醉游华界，又表演出醉后的种种狂态与恶剧。

看到这"醉游华界"四字，便想起了我有一位朋友所身受的痛苦。

在惨胜以后，美国的醉水手，经日乱闯马路，横行无忌，我那朋友好好地坐在人力车上，曾被两个水手无端将车身掀翻，因为用力过猛，他便被抛出一丈多路，满口门牙，都跌断了，顿时鲜血直流，痛得几乎晕厥，那两个水手，却拍掌大笑，扬长而去。

当然那时候醉水手在上海马路上闯祸的记录，是说不尽，写不完的，像前面所举的例子，在他们只算是小寻开心而已，但即此一端，已足见其对于中国人民的蔑视。随处可寻开心，便随时可将中国人作为肆虐的对象。

侵略朝鲜的烽火，烧到鸭绿江边，更妄称要"轮到满洲边境"，又像是酒醉装疯，在那里幻想着"醉游华界"了！然而共和国人民的力量，终能制止帝国主义者的"醉后狂"。

（1950年11月11日《大报》）

武装日本

有一个从海外归来的朋友，谈起他路过东京，上岸去吃了一顿饭，在东京街道上所见到的，仍是些残破荒凉的景象；在餐馆里所看着的，又是些穷困饥饿的表演。

他举了一个例子来说：食堂吃剩下来的面包，立刻就被餐馆里的"下女"塞进日本装的大袖管里去，像是意外的收获，这一幕的演出，是何等可怜？

在麦克阿瑟统治之下，一方面使日本人陷入痛苦的深渊，另一方面却又要加紧地武装日本，为了少爷兵不够用也不中用，想在日本人身上，加上美式配备，让他们去做侵略战争中的炮灰。

但是在日本国内，固然还残留着很多法西斯余孽，却已新生了不少善良而正直的人民，他们也发出了正义的呼声，也签名于和平运动，这就意味着日本虽遭受帝国主义者的高压，也自有不愿做炮灰的人们。

这些不愿做炮灰的呼号，虽是很微弱的，却必然会逐渐壮大起来，因此美帝的武装日本，又至少要存着若干顾忌，要遇到若干困难，哪里能尽打如意算盘？

（1950 年 11 月 25 日《大报》）

首"伸"一指

报载中国志愿军和朝鲜人民军相遇时，彼此都伸着大拇指，互相赞扬着作战的英勇。

大拇指表示着"大好佬"，伸着大拇指，迈开大步，向着胜利的大路上前进，这真是值得兴奋，值得夸耀的！

回想到日本投降的那年，在庆祝胜利声中，许多人学着洋派，常常举起了右手，伸出食指和中指来，将这两个交叉式的指头，象形作"V"字，算是代表着胜利"Victory"。

可惜这种胜利的欢欣，不久就消散了，接着来的只是帝国主义和豪门政治的两面夹攻，于是这两个指头的记号，并不能标示胜利，倒象征了一把剪刀，剪去了胜利之果；又好像是一把钳子，钳紧了自由的人民。

现在平壤解放的胜利，才是真正人民的胜利，并肩作战的中朝战士，紧紧地握着手，又高高地翘起大拇指，在反侵略斗争的胜利史上，可以说是首"伸"一指。

（1950 年 12 月 25 日《大报》）

年终结账

厚厚的一大叠日历，到了今天，已剩下最后一片了。在送别这最后一张日历的时候，任何人都会怀着惆怅的心情，觉得一年容易又岁除，过去得真是太快了。

其实想到一年容易，也正不必对景生感，只要自己问着自己，这一年光阴是否虚度？

要答复这个问题，最好仿照商家的年终结账一样，来一个年终检讨。

商家结账有所谓"四柱清册"，每一个人的自我检讨，也应该有四项总结：一、思想是否进步？二、行为是否积极？三、对人民有无贡献？四、论工作有无成就？

这四项总结，如其填得出表格，够得上分数，那么一年便不算虚度，也可说一年之中，已有了胜利的纪录。

但有了胜利的纪录，固然值得兴奋，反之而写不出胜利纪录的，却又无须气馁，只应提高警惕，振作精神，以待来年，加倍努力。

（1950 年 12 月 31 日《大报》）

·杂文卷·

光荣的一九五一年

岁序更新，已进入一九五一年了，我们要以无比的热情来迎接新年，来欢祝元旦。

一九五一年的局势，可断言是极其艰巨的；一九五一年的前途，又可确信其必然胜利的。

何以说局势极其艰巨？由于帝国主义者虽然在朝鲜已节节败退，还妄想扩大战争，作最后的挣扎，而侵略的矛头，正对准民主阵营，也正指向我国。因此全中国的人民，对于国防建设，对于反帝斗争，正须再接再厉，流汗流血，方能完成争取和平捍卫祖国的任务。

何以说前途必然胜利？由于人民的力量，是伟大而无敌的，帝国主义的命运，是没落而无可挽救的，以伟大的人民力量，打击没落的帝国主义，纵使这最后挣扎，仍表演得异常凶狠，依然是自趋毁灭，而胜利的果实，依然归于秉持真理英勇奋斗的人民。

在艰巨的任务中，取得胜利的果实，这才是无上的光荣。中华人民，自能很慎重地也很坚强地赶上光荣的里程，造成光荣的历史，不辜负这一九五一年。

（1951 年 1 月 1 日《大报》）

百花齐放

最近在加紧时事宣传推进爱国运动中，领导文艺工作者一致期望着也号召着文艺界的各个部门，要创作更多更好的作品，庶几符合"百花齐放"这一句口号。

文艺界是一个广大的园地，也是一个伟大的园地，在这个广大而又伟大的园地里，如果人人用心血来灌花，用精力来栽花，当然会姹紫嫣红开遍，极其绚烂，也极其蓬勃。但有一点必须加以分析的，是古时所谓"五色笔花"，生了花依然只限于士大夫阶级的欣赏，只等于案头清供，只等于暖室里的蔷薇；现在的"百花齐放"却是不拘格调，不论形式，而要配合着广大民众的需求和爱好；要让广大群众都采得到花朵，看得到花色，嗅得到花香，才能使文化领域中，充满了生气，也发挥了活力。

文艺界的百花齐放，并不是争妍斗丽，而是交流团结，从交流团结中，迎接文化的高潮，创造美好的远景。

（1951 年 1 月 11 日《大报》）

论岳飞

这些时报纸上记载了好多篇评论岳飞的文字，有的说岳飞确是一个民族英雄，有的说岳飞只是愚忠，只是为宋天子效力，并没有对人民立功。以上两说，如其平心立论，是极应同情于前者的，因为评判古人，不能不体验到古人所处的时代，所遭的环境，岳飞生于古封建时代，当然是不会懂得社会发展规律，不会想到反抗帝制和领导革命的，如何能以现代的眼光，对古人评价。另一方面，他在极其纷乱的局势中，能够捍御外侮，力抗金兵，终不失为有魄力、有才能、有气节的伟大爱国主义者。

最近屡次听到关于戏改工作的传达报告，都认为旧戏中对于古代爱国英雄的演出，主要是能发扬正义，激励群众，此外即使在某些角度上有了偏差或缺点，不尽合于新时代的典型，也还是应当保留，应当重视的，为的是衡量历史人物，不能全用新尺度，如果苛责古人，也要了解马列主义，也要适应民主政治，那就等于刻舟求剑，只好为古人叫冤了。这些话真是讲得很彻底，很通达，我们评论岳飞，也该有这样的看法。

在《解放了的中国》文献影片里，特别映出岳庙和岳坟的画面，这是具有深意的。讲到保家卫国，抗敌御侮，岳将军仍是值得取法，未可厚非。

（1951 年 1 月 26 日《大报》）

杂 文 卷

在《大公报》上刊了一篇记事,说本市各大学各中学,都已响应着毛主席"健康第一"的口号,加强健康教育,展开文娱体育活动,这是值得为青年学子庆幸的。在新时代教育中培植出来的人才,是要能生产、能劳动、能为人民服务,那就必须注重健康。如其忽视了健康,使许多学生,一个个都成为瘦弱书生,甚至变作少年病夫,便够不到劳动的条件,当然也减损了服务的效能,为青年自身着想,为国家建设前途着想,都是无可估计的损失。

解放以前,上海各学校,也都打着提倡体育的幌子,但当时的提倡体育,实际上是和健康教育脱节的。所谓体育,只抱着锦标主义,专想造成几员出风头的运动健将,借此增加学校的声誉,因此一校以内,仅有极少数体力较强的学生,对体育感兴趣,其余自问合不上健将资格的,便和体育不相联系,而对体育有兴趣的学生,又往往一味地硬练蛮干,结果反有损于健康。

如今主持体育者,已将夺锦标出风头的作风,转变为平均发展,普遍活动,这是最显著的改进。甚希望在"健康第一"的启示之下,能把全上海的青年,全数锻炼成一支坚强而健全的生力军。

（1951 年 4 月 2 日《大报》）

怒吼吧日本

六十年代剧社成立,预定第一个演出的剧本是《怒吼吧日本!》。我觉得单论这个剧本的题名,已具有很大的意义。最近报载日本的工会和学校里,曾分别举行民意测验,屡次听得到的答案,其中赞成全面媾和反对重新武装的，都占着极大的百分比，也有进一步要求撤退美国占领军的（新华社电据联合通讯社消息）。由此足见日本的广大人民，已深深地感觉到重新武装日本，便是直接地迫害日本，牺牲日本，而绝不愿为侵略者作赌注、充炮灰。

日本人民必然会很坚强地团结起来，很雄壮地怒吼起来，他们的怒吼又必然能获得全世界人民的响应和支援，达到挣脱帝国主义枷锁、实现日本民主化的目的。我们甚希望日本人民奋斗，同时也预祝日本人民胜利。

怒吼吧日本！

（1951 年 4 月 7 日《大报》）

工农兵现身说法

最近上海"文协"举行年会，有几位曾经下乡、下厂和进入部队的会员，都在会场上把他们从体验工农兵生活中所得到的收获，作了简单、扼要的报告。

我觉得这些报告，对于站在同一阵线上的许多文艺工作者，是极有意义，也极有裨益的。因为现阶段的文艺工作，主要是面向工农兵，既然要面向工农兵，就必须多多地体验到工农兵的实际生活，在写作上才不致流于空洞；但文艺工作者受着工作岗位或生活环境的限制，不是每个人能腾出若干时间来，深入到工厂、农村，或部队中去，和工农兵生活在一起的，那么不得已而求其次，听到了别位同志亲身体验的报告，也至少可以了解一些具体情况，获有一些"间接经验"。

再说到这次华东人民广播电台所举行的"五一"广播，预定的主要节目，有劳动模范和战斗英雄播讲实际行动中的典型事例；由工农兵来讲工农兵，这是实足的真人真事，就比单凭体验得来的"收获报告"，更生动也更深切了。相信全上海市民，特别是从事于文教宣传工作者，必能因收听广播而加深认识，发生效用。

（1951 年 4 月 27 日《大报》）

落伍后的紧赶

最近我曾偶然参加了一个行列，这行列并不长，要走的路也并不多，只须后排跟前排，依着次序，慢慢向前走，走完了一段短短的途程，便到达目的地了。

我和一位老友同在一排，虽然年老行缓，还可勉力追随。但走到中途，我那老友忽然发觉皮鞋上的带子松了，只得转到路旁去缚鞋带，我也就陪着他，等到鞋带缚好，却早已掉队。两个人挽着手臂，紧着脚步，一路赶上去，终于无法缩短距离，接近大众，幸而赶到马路口，红灯亮了，全队停住，才能换进去和原来的同伴看齐。

老友喘息略定，便笑对我说道：落伍毕竟是最不好的，落伍以后，再要迎头赶上，就大费气力了。

老友的话，讲得很对，落伍不易赶上，我和他在一阵狂赶之中，倒有了事实上的体验了。换句话讲，赶了一阵，就等于上了一课。

（1951 年 5 月 21 日《大报》）

开会与开口

有些人往往自认为对开会极饶兴趣，也有些人常常自说是对开会不感兴趣，其实都是不对的。

应否开会，问题在于有无必要，而决不在于有无兴趣。必要的会议，绝不能因为大家缺乏兴趣，就此不开；不必要的会议又不能因为大家发生兴趣，不妨多开。

从开会说到开口，普遍的现象，也是似乎是各随意兴，爱开口的便抢着发言，不爱开口的便默不作声，这又是各有偏差。在会场上讲话，也须适应需要，不需要讲而多开口，是浪费了别人的时间，松懈了会议的精神；需要讲而不开口，是显示出消极的态度，减低了会议的作用。

实际上开会和开口，是每个人应有的权利，也是每个人应尽的义务，断不能凭着自己高兴，就凑个热闹，逢到自己不高兴，就任其冷场。

（1951 年 8 月 7 日《大报》）

两道符咒

五角大楼的头儿们，和华尔街的老板们，存心要把日本作为扰乱亚洲的一副筹码，把西德作为侵略欧洲的另一副筹码，这是众所共知的。

准备下两副筹码，又加上了两道符咒，这两道符咒就是已经订立了的《美日双边安全条约》，以及最新华盛顿三外长会议中决定了要和西德傀儡政府缔订的《和平协定》。

"安全"与"和平"这是多么好听的字面，但实际上，"安全条约"就充满了血腥味，"和平协定"就散播着火药气。因此对于日德两国人民来说，这两道符咒，简直是催命符，想强迫两国的善良人民，为帝国主义者卖命。

然而对于侵略集团来说，企图仗着这两道符咒，就可以发动新战争，就可以"喝声道'疾'"，立刻"呼兵唤将"，也只是妄想。因为日德两国的人民已怒吼起来了，已团结起来了，而且已行动起来了，由于他们所需要的是真正的安全与和平，断不容许说真方卖假药。

钩心斗角的符咒，却只能役使吉田和阿登纳这两个傀儡政权，而不可能控制两国爱好和平与争取安全的人民，那么论其作用，就决不是灵符而只等于鬼画符。

（1951年9月24日《大报》）

由冷搁而遗忘

一件认为应当保存而且值得重视的东西，随手放在一个固定的处所。在当时是觉得颇为注意的，但日子一久，把置放东西的处所，忘记得干干净净，如果突然间需要这件东西，就会费尽工夫找不着，等于是遗失了或抛弃了。记忆力太差的人，常会有此情景。

明明是自己亲手安放的东西，却终于找不着，足见这件东西，是平时从不使用，也从不接触的，因此人与物之间，便由久违而变为脱离关系了。否则凭你怎样健忘，又何致印象全无，"大索不获"呢？

由此推想，每个人在学习中有了新的收获，在工作中有了新的发现，也必须经常运用到实际行动中去。如其不能见诸实用，又并不时加温习，也就像得了一件东西，任其冷搁，日子一久，就会从模糊而淡忘，从淡忘而无法重寻了。

（1951年10月28日《大报》）

影展购票难

苏联影片展览是要使大家学习苏联，从苏联的影片中引起观感，受到教育。

因此，全上海的人们，特别是文教工作者，对于这次影展，都抱着一种先睹为快的心理，踊跃购票；但唯其购票者过于踊跃，也就发生了一个问题，是：有多数人欲观不得。

虽然在展览期中已经排定的苏联影片，是各影院同时上映的，可是由于观众太多，依然供不应求。我所服务的机构中，有不少同事，知道临时买票，格外困难，便提早一星期，想预购团体票，结果是接连询问了数家影院，都为了大家争先定座，已宣告客满。此外我又遇到好几个朋友，提起购票，也都说是：影片急于要看，无奈买票不易。

这不独苏联影展是如此，以前迭次举行的国片展览，也有同样的情况，越是大众所爱好的影片，越感到买票难。这里我想建议：今后不论是国片或苏联片，倘再举行影展，最好能把日期放长一些，如其每片只映一天，总觉得是太迫促了，即使指定开映的各家影院，处处客满，场场客满，事实上也还是不能容纳大群的观众。

（1951 年 11 月 13 日《大报》）

控诉那摩温

最近在各家国营工厂里，已经展开了民主团结运动，而民主团结运动中的一个重要节目，便是控诉"那摩温"（工头）。

在控诉"那摩温"的会场中，有不少工人吐出了历年来闷积在心头的苦水，因为这些"那摩温"，虽然不比恶霸，不至于要受到刑法制裁，可是过去的封建制度，也把他们养成为一种骑在工人头上的特殊阶级，对于善良的工人，是处处剥削，重重压迫，所以或多或少，总免不了一副"恶"行，几分"霸"道。

"那摩温"的剥削手段，表现得最普遍的，是克扣工资和勒逼送礼。讲到送礼，却又花色繁多，逢年过节，外加临时发帖打秋风，钱也要，好东西也要，反正是照单全收，理合孝敬。

然而"那摩温"之中，也存在着典型的好人，有一个工龄已达数十年的老"那摩温"，却能打破恶浊环境，独创廉洁作风，他非但不向人索取礼物，甚至有人自送上门，反而会引得他动火，将原礼掼出门来。因此今日之下，别人都被提出控诉，只有他转得到表扬，这是一位下厂的文艺工作者对我述说的一件实事。当然，在人剥削人的旧社会里，像他这样独特地反贪污，是被讥为"头号戆大"的。

（1951 年 12 月 25 日《大报》）

从信封说到贺年片

最近无论是私人通讯或公事函件，所用的信封，已多数是加工改造，转背翻身，轻易不见新货；这可以说：节省了纸张，也节省了印工，避免浪费，理当如此。

但是提起了节省纸张和印工，就不能不联想到那些花色繁多鲜艳夺目的贺年片。纸张是那样的光洁，印工是那样的精致，文具商店中，一叠一叠地陈列着，在新年里，在春节期间，吸引了不少主顾，据说每张贺年片，至少卖数千元，这比一个信封的价值，是高得多了。虽说信封是经年常用的，贺年片只是短时期内一种旺销品，然而，时期尽管短暂，假使把许多人在购买贺年片里所消耗的钱，合计起来，也必然会集成很大的数字，不能不认为一种浪费。既是浪费，就大可节省。

节省贺年片的意思，并不等于废止贺年，对于住居外埠或同在本市而距离较远的亲友，彼此互寄一份纸帖，表示祝贺，也表示关怀，这方式原是很好的；但亲友间所应当表示的，是热情，而不是气派，例如：用一条红纸，写上"恭贺新禧"四字，也就足够作为过年的表示，并不见得是太简陋，太寒酸，何必一定要花了钱去买五色精印的贺年片，求得纸面上的美丽，才算合于礼节呢？

（1952 年 1 月 6 日《大报》）

发财有正路

旧时在春节中，特别是所谓"财神日"（正月初五），亲友见面第一句话，免不了把"恭喜发财"，作为善颂善祷。

目前这"恭喜发财"四字，是被认为太庸俗化了，尤其是在展开"三反"运动的时候，大家都觉得，假使在口中再喊出"恭喜发财"来，便等于暴露了心中只有"大拉斯"，好像念头又转到贪污上去了。其实这种想法，是并不一定正确的。

建设新中国的目的，是要从贫穷转为富强，不发财又如何能致富呢？再讲至今年的三大任务之一——增产节约，也正是要为国家创造财富，增加财富，所以"发财"还是应该"恭喜"的，问题只在于：发财观念仍须结合到爱国主义，使国家发财，使广大人民发财，而不是让少数私人发财。

再进一步说，私人也不必口不言财，也仍可以发财，只须注意到两个发财的原则：其一，唯有劳动才能生产发家，不可能不劳而获。其二，从工商业方面说又唯有老老实实做生意，取得正当利润，不容许存着暴利思想，企图发横财。总之，生财如果真有大道，那么所谓生财的"大道"，就该是一条正大光明的财路。

（1952 年 2 月 1 日《大报》）

小菜场与大饭店

在副食品供应受着客观事物的影响和限制，遇到了特殊困难的时候，"有啥吃啥"就成为一个解决困难的方式。但如果要问：为什么会造成"有啥吃啥"的局面？那么，客观事物的影响和限制，诚然是事实，可是在供应工作方面，是不是就没有毛病了呢？

同样是解决"吃"的问题，又同样嚷着"有啥吃啥"，但实际上小菜场和大饭店却形成截然不同的两个场面，赶到小菜场，对于"有啥"这两个字，是要打着问号的，想吃啥，没有啥，在极度紧张的气氛中排队抢购，还只怕空手而归；踏进大饭店，对于"有啥吃啥"这两个字，是几乎可以唱赞美诗的，要吃啥，就有啥，从十分笃定的神态中照单点菜，大都能随心所欲。正因为这样，大饭店里便有宾至如潮，座无虚席的盛况，也正因为这样，要使人感到供应工作的不平衡。否则，小菜场里早已供不应求，何以大饭店中仍能做到丰富多"菜"？

当然，我们不能持着平均主义，认为对菜场里的供应，既不能多多益善，便连饭店中的供应，也硬要尽量削减到少少无妨，因为大饭店以及各种中小型酒楼、饭馆的业务，也是必须支持，不能任其垮台的。但就全上海而论，大众的需要毕竟以小菜场为中心，因此，副食品的供应工作，也仍要以小菜场为重点。在供应无法保持正常，需要依比例减缩的状态下，就应该全盘打算，全面安排。为了小菜场到处皆是，而饭店、酒楼，到底为数较少，在供应计划中，自不妨对于饭店、酒楼，把尺度定得从宽一些，对于小菜场，把折扣打得略紧一些，但宽放不能超过一定范围。总之，大饭店里的大席面，固然也有关市面繁荣，小菜场中的小摊子，却更联系到群众生活，这是应当仔细体会也应当深切研究的。

最近这几天，小菜场中的供应情况已渐形好转了，上小菜场去的人神经也渐见松弛了，我再来提出意见和批评，似乎是多余的；但话虽多余，也许还足供参考，因此，我仍要在"有啥吃啥"的尾声中，作一次"有啥说啥"的伴奏。

（1956 年 9 月 30 日《解放日报》）

罗汉变为新人物

以前旅行苏、杭各地，游踪所至，往往有些职业化的讲解员，会不招而自来，为游客讲解当地名胜、古迹，以此博取薄酬。至于讲解的内容，却十之八九都是出于胡扯。

解放以后，这类讲解员，似乎已经转业或退隐，不大出现了。最近我和几个老朋友结伴游苏州，却又在西园戒幢寺中，遇到了一位讲解员。这位讲解员，能将全寺的历史以及各项建筑物的施工年代、各种佛像的雕塑过程和若干神话性的故事，概括地介绍一番，并不是随意胡扯，这一点是比过去的讲解员，有了很大的进步了。但他在并不胡扯之中，却另有一种扯法，是从"说古"扯到"谈今"，把"故事"扯成"新解"。依他的妙喻和高论，把护法韦陀说成是保卫工作的负责者，把寺内所塑五百尊罗汉说成是从八百尊罗汉中选拔出来的优秀分子，把罗汉听经说成是听大报告。总之，每说一句话必定夹着新词汇，每谈一件事必定加上新注解，他讲得滔滔不绝，头头是道，我们听了，却感到这不是讲述古迹而很像是在那里背诵"学习笔记"或"时事手册"了。

我在恭聆高论之余，便联想到目前正有不少先生们，在文艺理论中，在古典文学的研究中，在出版物的评介中，在戏曲改进工作中，对于各个问题，各种学说，各项著作，都喜欢用新尺度来衡量一下，用新框子来装配一下，用新印版来硬套一下，使历史记载都凑合着现代化，使历史人物都穿上了人民装。似乎必须如此，才可以算得推陈出新。这些事例，这种作风，随处可见，如果拿来和西园中的讲解员作一比较，也就属于同一类型。

旧瓶当然可以装新酒，但旧酒毕竟不能全变成新酒，在陈年花雕中硬掺进白兰地去，是不会有人赞为好酒的。因此，我们不能把推陈出新的做法抓得太呆板，把推陈出新的意义看得太简单。

（1956 年 10 月 13 日《新民晚报》）

附 录

独鹤可以不"独"矣

范敬宜

病中，同行小友贺小钢来信，转来严独鹤先生文孙严建平为其祖父整理准备出版的《严独鹤杂感录》文稿，嘱为作序。展读之下，不禁惊喜交集，如饮醍醐。

严独鹤先生是我国新闻界德高望重的泰斗式前辈。特别是在上世纪三四十年代的上海，他几乎是妇孺皆知的大手笔。我对他的崇敬和心仪，可以追溯到七十年前。当时我还是不满十岁的小学生，由于抗日战争爆发，全家由苏州迁沪避难，住在姑母家里。姑母酷爱读报，每天必读的是《申报》《新闻报》《字林西报》，尤其对《新闻报》情有独钟。因为它的副刊《新园林》经常发表严独鹤先生的专栏短文，对当前战争形势多有鞭辟入里的分析。读到精彩处，她就让我细细一读。我虽然对内容还看不太懂，但是十分喜欢严先生精悍、犀利又富有感情的文笔。后来居然模仿其风格，办起了一份名为《静园新闻》的手抄小报，在里弄里广为散发，以此为乐。可以说，我对新闻工作的兴趣，滥觞于严独鹤先生的"诱发"；严先生是我新闻人生中从未谋面的引路人。后来，在半个世纪的办报实践中，严先生的办报思路、风格、特点，一直如影斯随地影响着我，比如强调新闻工作者的文化底蕴，强调副刊的重要性，强调作者队伍的建设，提倡开辟个人专栏等等，几乎都渗透着严先生潜移默化的影响力。

然而，评价严先生对新闻事业的贡献和影响，如果局限在他的办报经验和那支如椽大笔，是远远不够的。我认为在严先生身上最可贵的是他作为报人的铮铮铁骨。他一生追求光明，决不屈服于黑暗。无论是在日伪统治时期，还是在国民党统治时期；无论面对的是枪口的威胁还是利禄的诱惑，他都保持了一个中国报人的"特操"，不为所惧，不为所惑，大义凛然，一身正气，犹如鹤立鸡群。只有从风雨如晦的年代走过的人，才能懂得做到这一点需要多大的勇气和胆识。就此而言，称严先生为新闻界闻一多、朱自清式的人物毫不为过。如果说，我们过去对他这种风骨的认识还比较抽象和肤浅，那么今天重读他当年横眉冷对黑暗势力写出的投枪般的文章，一定会肃然起敬的。

由此想到一个问题：在中国近百年的新闻史上，曾经出现过一批类似史量才、严独鹤的人物。他们虽然没有在正面战场上同敌人浴血较量，但是在特殊的环境里以笔当枪，冒着生命危险，与敌人和黑暗势力进行不屈不挠的斗争，事迹可歌可泣。由于种种原因，过去对他们的功绩和影响研究、传播得不够，现在其中不少人的名字已经湮没不闻。"君子疾没世而名不称焉"（司马迁语），这是很可惜的。我希望，严独鹤先生杂感录的出版，能够在新老报人中产生深远的影响，进一步引起对中国新闻史上杰出人物的重视和研究。这对于更好地继承中国报业的优秀传统，开创中国新闻事业的新局面，无疑是大有好处的。

如是，独鹤先生倘地下有知，当欣然笑曰："吾道可以不孤，独鹤可以不'独'矣！"

（2009 年 11 月 3 日《新民晚报》）

论严独鹤与《新闻报》副刊 ①

裘 新

在中国的老一代报人中，严独鹤并不赫有威名。写言论出类拔萃的有张季鸾，由采访报道发其大端的有范长江，走在进步阵线前沿的有战士邹韬奋，等等，如此不一而足。

严先生走的是另一条寂寞而清寒的道路。他自 1914 年起任上海三大报之一《新闻报》副刊《快活林》（后改为《新园林》）主编，在方寸之地的"报屁股"耕耘了三十多年，写下了几百万字的"谈话"。自始至终，他是一个受传统精神熏陶的中国知识分子的典型，是一个经验丰富的真正意义上的老报人。

1948 年 11 月 16 日，严先生在《报学杂志》撰写了《编辑副刊的体验与感想》，这可视作他对自己几十年报刊编辑经验的总结和回顾。理所当然地，那个时期严先生的编辑艺术和"谈话"水平已臻炉火纯青的境界，因此，上世纪四十年代后半叶成为我这次研究的重点所在。

翻阅那些泛黄报纸，我心里升起某种历史感。《新园林》犹如那个时代转捩关头的窗口，令后来者涉想于过去历史更替时期众多善良人民的命运，并油然忆起荷兰学者伊拉斯莫斯的名言："一根最细的头发也有影子。"《新园林》就是那个时代的影子，严先生为那个行将覆灭的旧社会留下了最后的讽刺。

商业报纸的综合性副刊——《新闻报》副刊编辑方针论

清光绪十九年正月初一，中国民间的盛节，《新闻报》创刊。李瞻主撰的《中国新闻史》（台湾学生书局印行）描述这家新生报纸："表现出商业专业的型态，无形之中成为商人阶级的机关报。与《申报》可堪伯

---

① 本文为复旦大学新闻系本科毕业论文，1988 年。

仲，而略较纯洁。"

它的成就确是令人刮目的，发行量直线上升。民国九年（1920），五万；民国十三年，破十万大关；民国十四年，达十万零七百份；全面抗战前九年（民国十七至二十六年，1928-1937），一直踞于十五万高峰，极盛时达二十万之多，为全国最高。《新闻报》如此成功的决定性因素有二：出色的企业化管理和拥有极大数量的市民读者。

副刊，作为现代报纸的四大件之一，始终是申新两报竞争的关键砝码。《中国新闻传播史》（赖光临）载："《申报》有改进，《新闻报》无不紧紧追随。《申报》于民国前一年8月制副刊《自由谈》，《新闻报》即时改为《庄谐丛录》（民国三年改《快活林》，三十年代再为《新园林》）。"显然，《新闻报》在副刊制作上较《申报》要来得成功。曾虚白编的《中国新闻史》（台湾政大新闻研究所）认为，《新闻报》成功主要因素在编辑、发行。其副刊，不谈高深知识，不倡文艺理论，专门登载武侠小说和一些鸳鸯蝴蝶派的作品，更适合市民兴趣……将申新两报作一比较，《申报》陈景韩、张蕴和的短评，比《新闻报》李浩然、郭步陶的短评要高明，《新闻报》严独鹤每日在《快活林》发表的漫谈，为《申报》所无。

可见，出色的副刊和严先生的谈话对于《新闻报》的成功，意义重大。老资格的《申报》不得不紧紧跟上，以免落宕。民国二十一年11月30日，《申报》刊登《今后本报努力的工作》，宣布了新编辑政策："要使《自由谈》副刊大众化，不违背时代潮流。"

严先生的副刊究竟成功在哪里？

在编辑方针上，中国现代报纸一直存在着两种风格。赖光临先生曾指出："《时事新报》副刊《学灯》，为报纸有学术性副刊开始，讨论思想的文字，由文人学者投稿。"五四前后著名的四大副刊（其中《京报》副刊于1924年出现）均属这类学术性副刊。

而另一种是商业性副刊的道路。戈公振先生在《中国报学史》中分析道："表意副刊之材料，必以文艺为基础，如批评、小说、诗歌、戏曲与新闻之类，凡足以引起研究之兴味者，均可兼收并蓄，而要在与日常生活有关，与读者之常识相去不远。"《新闻报》副刊无疑符合这个类型的特征。

如 1948 年 9 月 5 日，《新园林》发的五篇稿子依次为《全世界最幼小的游泳家》《昂贵的雪茄》《美国人的浪费》《书中的故事》《纸醉金迷》。

再如 1946 年 5 月 17 日，发稿次第为《中国的活动房屋》《人造雀斑》《白糖梅子》《野人头》《泥水匠政策》。所有这些稿子都很明显地体现了《新园林》的特色：内容无所不涉，以娱乐性、消遣性、趣味性为其标志。

严先生曾概括自己的编辑方针："副刊诚然以文艺为主体，但不是纯文艺性；固然要有趣味，但决不是专门发生趣味为能事。论副刊的性质，简直是兼容并包，即所谓综合性。"这与戈氏"兼收并蓄"的主张何其相类似。

他又说："一页副刊的内容，最好能做到大家都能接受，都能领略，也都能得到一些裨益，而决非去配合某一种人的胃口，专供某一种人的阅读。"

综合性、大众性可谓是严先生编辑副刊的两大指导方针；并且以此为端，形成了《新闻报》副刊的独有风格，与其他报纸区分开来。

例如，同为商业性报纸的《申报》副刊《自由谈》，一直偏重于文学性，面向文人墨士阶层。姑且暂不深论上世纪三十年代早期红极一时的杂文时代，即使到了 1948 年，还是骚客们的一统天下。8 月 19 日三篇，《掺水的文章》《报摊人语》《静坐经验谈》；8 月 21 日，《朱自清的散文》《论考试作弊》等等。在读者层上明显较《新园林》高；但曲高和寡，亦属必然。《新闻报》比《申报》销行更广的原因在副刊的档次上也可见一斑。

《大公报》是评论时政性质的报纸，它的副刊专业性很强。我选1948 年 9 月的一个星期来说明（9.6--9.11）。周一《图书周刊》，周二《电影与戏剧》，周三《经济周刊》，周四《医学周刊》，周五是《文综》，周六是《时代青年》，这些专业副刊每天吸引着自己的那一部分读者，而《新园林》是面向广大市民，以综合性见长。

严先生在主编《新园林》时，非常注意探索与反馈读者的欣赏心理。在副刊内容上，有各式各样以娱乐性、趣味性为中心编辑的栏目：小说、笔记、译丛、诗话、杂谈、谐著、瀛闻、灯谜、笑话、歌台、书苑、影星、剧评等等，无所不有。

这种综合性、大众性的编辑方针，在那个时代有其存在的必然性。半封建半殖民地落后的经济和文化教育，统治阶级长期奉行的愚民政策，使得旧中国大中城市一般市民的文化素养，长期处在较低的水平线上。与这种文化、思想水平相适应的，是大量市民读者保留着喜欢阅读不必绞费脑汁就能接受、寻觅茶余酒后谈资的欣赏习惯。正如戈先生曰："当此社会设备不完美时，凡有文字知识者，舍读日报副刊张以调节其脑筋外，别无娱乐可言。"《新闻报》也正是切合此种心态，以"柜台报"的美誉而称魁。

事实证明，副刊内容所提供的信息容量与读者审美意识和接受能力的层次与程度相互适应时，这样的副刊就会使它的读者感到亲切有味；而只要有这样的读者存在，就会有在不同形式和程度上反映他们的要求的报纸和副刊存在。

与《申报》《大公报》副刊比较起来看，《新闻报》副刊的编辑方针使其在投合大众欣赏口味与习惯方面，能以多式样、多产量、多类型的作品造成"快餐式"的优势，为美学意识与之相对应的读者提供精神消费上的即兴满足。但是，与之相伴，它在相当程度上不能在较高层次提供出陶冶、净化人们心灵、使人变得崇高而强大的审美信息。

报尾圣手——《新园林》编辑特色论

严先生对自己所从事的工作是十分引以为重的，他说："以前报纸上并没什么副刊，后来有了副刊，也大都视为无足轻重的一种附属物，称之为附张，甚至讥之为报尾，这种观念，真是极大的错误。其实副刊在一张报纸上，决非等于附庸，而自有其独立地位。"行如其言，漫长的实践，使严先生成为耕耘副刊的大家圣手。每期《新园林》几乎办得都如此妥帖，其中的丰富经验，实可为我们今日在办综合性报纸副刊时的借鉴。

一、浑然天成的版面设计

读者拿起一份报纸，首先映入眼帘的是它的版面安排。翻开四十多年前的《新园林》，那精致的版面设计仍不由令我由衷赞叹，可见严先生的功力深厚，他的杰作在这么多年后仍有生命力。

安排版面是编辑能力的一块试金石。有位老报人说："报纸材料少，因不足以飨读者之望，有材料而不善编辑，直如衣锦夜行，在报馆尤为极大之损失。"

《报人·报史·报学》的作者朱传誉先生也认为："版面过大，控制困难；版面太小，处理也不易，稿件拥挤，编辑在择稿时左右为难。"而严先生在驾驭版面上真是达到了游刃有余的地步。

应该讲，《新闻报》留给严先生施展身手的天地并不宽敞。1946年从汪伪手中接管改组后，《新园林》与《读者之声》挤在第八版四分之一左右的版面，有时《新园林》只有横8栏、高32行，简直只有巴掌大。1948年后《新园林》始独居八版，但也只四分之一版，是名副其实的报屁股。在如此狭窄的空间，严先生始终注意使文章短小精悍，尽可能多放进一些。据我统计，《新园林》每期发稿平均约为8篇（为四分之一版面），最多时发了14篇，最少时是在1946年4月27日，在只有对开报纸1/12大小的面积上也插进三篇，即《黄金祟》《悼夏丐尊先生》《花片》。

有了精悍的短文，要把它们像搭七巧板似的拼起来，殊非易事。经过长期探索，《新园林》采用的是四角对称的编排方法，一种十分适宜于狭小版面的设计手段。我们看 1948 年 11 月 24 日《新园林》的版图：

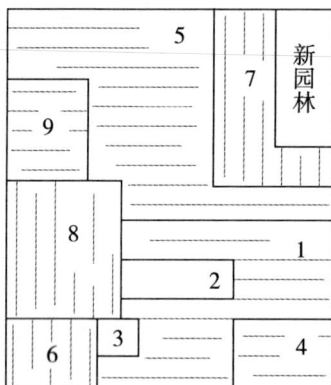

1 市上所见　2 菊花　3 闵行之行　4 足食　5 国际复兴银行
6 挽布雷先生　7 公教人员的命运　8 玉交枝　9 漫画

7、8 这两篇重头文章分置右上角和左下角，互成犄角之势，5 相对而言篇幅较大，就要用 1、2、3、4 四篇小文章集中在其右下方，使版面能够压住。漫画 9 的位置所在又恰好增加了左上部的版面空间，冲淡了 5 带来的密集感。

再看同月 10 日的版图：

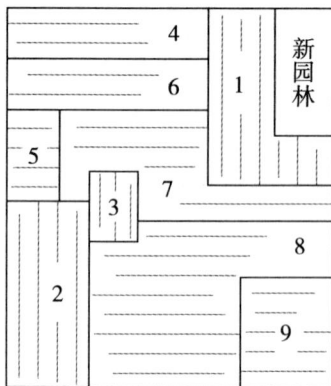

1 万户更新　2 纸醉金迷　3 各有一副眼光（漫画）　4 议价
5 美国旅行杂记　6 吃饭问题　7 最后一支烟　8 我的故乡　9 职字新解

这与上图有异曲同工之妙，唯一有所区别的是左上角与右下角的斜线对称变为大文章在下，小文章组在上呼应了。漫画 3 几乎位于版面均衡的中心，以此为衡，上下左右，字号、字体、装饰等相互配合，取得了和谐的效果。

这种版面是《新园林》用得最多的，严先生以不变应万变，创出这样一种优化模式。我国报纸由于横竖题兼用，比较讲求四角对称。严先生的实践，为之提供了楷模。

有比较才有鉴别。解放后，严先生离开了《新闻报》，《新园林》于1949 年 7 月改为《新园地》继续出版，面积扩至半个版，请看 1949 年 10 月 1 日的《新园地》：

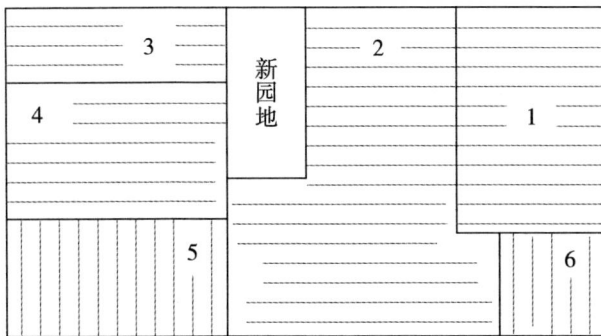

1 我们生活在英雄的国度（诗）　2 保卫世界和平（歌）　3 草原新主人　4 欣喜若狂　5 国际和平斗争进行曲（歌）　6 让那些反动派在我们面前发抖吧（画）

这样的版面很单纯，充满了新时代的激情，但也不免稚拙。在版面上，大刀阔斧，粗线条地勾勒，透出一股豪迈之气。但是，一期副刊上，两首歌词，一首诗歌，还有一幅漫画，读者肯定会产生白多黑少的感觉，中腹缺少变化，5、6 的位置亦使版面两翼显得不稳定。

形式虽是小事，但过分忽视也会产生不良效果。当月 15 日，《新园地》发表了《编者的话》，"让《新园地》能按照大家所指示的，作逐步改进。"问题得到了重视。

陈念云同志前几年讲过："我们的新闻事业，继承了老解放区办报的传统，学习苏联真理报的经验也曾花过工夫，但总结国统区办报的经验很不够。总结严独鹤先生办《新闻报》副刊的经验，应该占有一席位置。"是哉斯言。

二、努力扶植有影响的栏目

《新园林》看似芜杂，什么体裁都有；但细心观察，它长期保持着许多有影响的栏目。每天版面的三分之一到一半是较稳定的专栏，其余则是日新月异的各类来稿。这样，副刊的稳定性与变动性兼有，既吸引老读者，又不断在吸引新的关心者。

谢觉哉同志说："副刊有个好专栏就成功了一半。"而在《新园林》，好专栏决不仅一个。最有影响的当首推严先生自己的"谈话"。

他在新闻事业方面的最大贡献，是一生留下了近万篇报纸副刊的言论性文章，名曰："谈话"，每篇长则六七百字，短则二三百字。

美国的李普曼为《T&T》专栏撰稿半个世纪，我国《大公报》的张季鸾也以时评称雄，严先生的"谈话"与他们有明显不同。前者是针对重大时事提出的政治主张或意见，而严先生的读者主要是中下层群众，基本内容是社会杂感，接近民众，尽可能反映民众的疾苦和呼声。每篇都是有感而发，言之有物，从不随便舞文弄墨，无病呻吟。他的文字还有通俗易懂而又生动活泼的特点，议论风生，诙谐幽默。早年报上的文章，大都是古体文，他是率先用白话体写文章的专栏作者，因此拥有众多的读者。

1948年8月20日，《太阳眼镜》："要抛弃了无用的太阳眼镜，而凭着自己的本能和视力来观察当前的形势、现实的事物，使一切无所蔽，才算得上是一个明眼人。"从生活琐事阐述哲理，既是对决策要人们的讽喻，又是对普通百姓的警策。

11月24日，《公教人员的命运》："一方面训示公教人员站定岗位，加紧工作；另一方面却又不许他们吃饱肚子，于情于理于法，是否可通？"在当时物价飞涨的情况下，拿固定薪水的公教人员生活非常清苦。严先生深深了解他们维持生计的艰难，毅然仗义执言。

11月21日，《世界没有和平》："诺贝尔奖金的停发，说明了全世界正没有和平，只是不断引起危机。"上世纪四十年代后期正是冷战高峰，世界各地，都有两大阵营持戈相对，一触即发。中国大陆上，此刻也正战火酣烈。作为一个和平主义者，严先生对此表现了焦灼的忧虑，渴望人类和平的到来。

11月10日，《万户更新》："新国民证到手，但购物证上是否有物可购呢？"当人民不再甘愿成为某个政府的臣民，这个腐败政府也就无法照旧统治下去了。

11月4日，《翻本》："奸、好只是相差一笔，无商不奸，这句话，商人认为是侮辱，非商人也认为失当，但能否打破无商不奸的讥评，造成一个有商皆好的局面呢？"该文反映出他所代表的市民阶级向往大同社会的理想主义愿望，但他们没有认识到，靠改良，是无法将一个罪恶的私有制社会转变成新的人人坦诚的美好世界的。

严先生的"谈话"，不是政论，也不太有杂文的尖锐讽刺，但他的写作态度永远是那么真诚、热切，为最大多数的读者代言，因而也获得了民众最大的热爱，使"谈话"成为《新园林》的灵魂。

连载小说也是严先生争取长期读者的一个重要手段，张恨水是主要作者。上世纪三十年代轰动一时的《啼笑因缘》，最初就是在《新闻报》副刊上连载的。它的出现，在很大程度上稳住了鸳派言情小说的阵脚，使鸳派生命的尾声进入最后的一个高潮期，随着这一高潮的过去，便宣告了鸳鸯蝴蝶派极盛期的结束。

在我们的研究视野中，张恨水四十年代后期载于《新园林》的长篇小说共两部，即《纸醉金迷》和《玉交枝》（1948年11月24日开始连载）。一般地讲，这些作品留给历史的，不是它们的思想与艺术价值，而是它们在反映黑暗中国没有生气没有光明的那一部分浑浊的社会现实与生活景象，表现那一时代游离于社会革命情绪增长圈之外的社会中间阶层的心理、情绪与要求时，所提供的某些历史真实及其认识价值。

严先生重视这些作品，是因为其中军政显要宦海浮沉的官场秘闻，巨商富绅巧取豪夺的发迹史，姨太太阔少爷的情场角逐、秽行丑闻，都市中下层市民群众的生计艰辛，所有这些，最令不忮不求、乐天知命的中小市民感到浓厚兴趣。它们能够引起读者阅读时直观的兴趣，还可让读者在读完小说之后，获得消遣性的心理快感，但却不能启迪读者诗意的想象和理性的思考。

我们也不应该苛求作者和编者担起这沉重的担子，在那个时代，招徕读者永远是第一位的。

在很珍贵的版面中，严先生并不忽视漫画的作用，无画不活，他认识到了这点。而且他所选择的漫画，笔触非常犀利，每天刊出的漫画几乎全是讽刺，确实，在那严酷的社会里，幽默是奢侈品。有的意旨文字表达太犯忌，一幅画往往可使读者有会心一笑的效果。

如11月4日司马戎的《关门打算盘》，奸商的贪婪嘴脸一览无余。11月6日《微弱的呼声》，表现了百姓对战祸的畏惧。11月10日《各有一副眼光》刻画了各色人等对经济状况的喜哀，入骨三分。

把这些漫画连缀起来看，不啻是国统区处于悲惨境地的广大人民的众生相。

《新园林》上还有一些不断更替的知识性专栏。如《美国旅行画报——战后西游记》，从各个侧面记录了美国社会、风土人情和人民丰富多彩的生活，也是每天连载，篇幅不长，为一二百字。有时版面太挤，就只有寥寥几句话了。

还有一个《世载堂杂忆——足供资料的打油诗》，分"民国往事""婚姻趣史"等几个专题，语多谐趣。

严先生把这样的专栏作为点缀，召之即来，应用得极得心应手。

总括看，在一般情况下，《新园林》的每一期版面，谈话、连载小说、漫画、知识性专栏这几大件总是配套的，麻雀虽小，五脏俱全。这些固定栏目，是严先生手中的"拳头"产品，也是构成《新园林》的骨架和基础，是副刊的凝聚性。

三、为民喉舌

我们说《新园林》的方针是兼收并蓄，仅指体裁和题材而言；在主旨上，整个版面始终是由一根红线一以贯之的。严先生自己曾讲："即使不敢唱什么'为民喉舌'的高调，也至少要对国家社会有些贡献。撰作者要想到大家所要说的事，要说到大家所想要说的话。"

严先生的实践活动表明，他是够得上"为民喉舌"这一殊荣的。

我读《新园林》时时有些惊讶和感慨。严先生作为一个旧时代的报人，与市民阶级的广大群众的心愿是如此丝丝相扣，他的版面不是新闻版，完全可以钻进象牙之塔搞些风雪花月类的游戏文学。但他把自己的事业和中下层民众的命运相关联。一张副刊，搞些刺激性东西当然能嚣动一时，但要具备长久的魅力，必须有力透纸背的内容。《新园林》上的文章固然还称不上有深刻内涵，已经能够洞察旧社会制度的本质；但它的主编者有一颗为民说话的诚心，对于一家大众化报纸，此足矣！

严先生的谈话风格上已略论，而副刊上其他文章的选择自然也由编辑的风格和倾向所决定。因此，《新园林》的整个版面浸淫在抨击时弊的悲愤气氛中，成为一个志同道合的集体。当然，我们不能拔高历史，认为严先生和他组织起来的作者圈已进步到要推翻当时政权的觉悟了，应该讲，他们始终是中间派，并非倾向进步的激进主义者。但是，当一家商业报纸的副刊如此连篇累牍地揭露这个社会种种阴暗面时，革命的风景就为时不远了。让我们看看《新园林》的基调吧。

雨季来临，而开膛剖肚的道路依旧泥泞。《要求走路权》，"要求市路政当局、工务局，不要剥夺我们走路的权利。……我们坐不起汽车，也时常坐不上有轨电车。"

教导持家的《当家之道》，"眼前，做份人家不容易。一是苦赚，二是善储，三是俭用，四是酌施。"当然这个戏诫，透着书生气，俨然是《三字经》在现代经济崩溃时期的滑稽翻版。

《如何消纳法币》，"到十一月底，法币就不能再使用了，人民又将受到重大损失。"囊中羞涩，显而易见。

美国艾迪博士来华演讲，在《新生新中国》中提出了四个要素，"公义，团结，自由；人与人之间，相亲相爱，不自私，不损人。"这些无疑都是那个社会所匮乏的。

1948年夏秋季节，是国民党政府走向经济崩溃的分界点。这期间，《新园林》几乎以全部版面来谈人民的生计困难。

11月13日，有《时者金也》，"货价天天涨，刻刻涨，拿金圆券去买东西，必须争取时间，早一刻好一刻，稍一迟疑，便是损失。"《吃饭问题》，"食粮的恐慌，已成为当前最重要的问题。"《斗法中的牺牲者》，"小斗法，大斗法，斗来斗去，奉公守法的老百姓，夹在当中被斗光了。"

11月24日有《足食》，"足食为取信于民的大问题，肚子吃饱，自然不会再有怨声。"《市上所见》，"上海商界的习气，对待顾客的言语态度，向来就不甚客气，再经这次家有善事后，越发训练得人也不敢问津了。"《人心大变》，"只要到小菜场，可以看到人心大变，物价不仅朝夕不同，简直是瞬息万变。"

可见，这个时期的《新园林》，脱去了它早期鸳派副刊的脂粉气，完完全全地为被压迫的平民呐喊。在生计艰难的关头，趣味性让位于时事政治经济。

我们不妨再翻开此时此刻的《申报》副刊作番比较。《自由谈》8月26日刊《蟋蟀》《袁寒云二三事》，9月17日刊《谈蟋蟀》，9月19日《老婆的可怕》，9月20日《再谈蟋蟀》，9月26日《老婆的可怕？》。够了！那是一个怎样的时局！报纸头版天天是"济南大战"（人民解放军转入战役决战阶段的第一个战斗），以及锦州战斗（辽沈战役的关键）；眼前又是民不聊生的惨况。而报屁股还在没完没了、不厌其烦地大谈促织和河东狮吼，颇有恍如隔世的情调。

相形之下，《大公报》副刊严肃些。9月8日《经济周刊》发表了两篇长文，《论新币制改革政策》和《利率与工商业》，附有图表、公式，由国立南开大学经济研究所编。9月10日新创办专业性副刊《文综》，登载了《匈希货币改革的教训》《论日本通货政策》。确是文人办报的气派，但理论性的文章离开日常生活太远，宛如隔靴搔痒。

这就显出了《新园林》的优势，显出严先生"为民喉舌"的可贵。他从来是主张短兵相接的。就是在知识性的文字里，他版面上的文章也巧妙地将矛头指向当权者。如11月22日《黄金的单位》介绍了金单位的沿革，"上古时候，以万计以镒计；假使其人还活在今日，该笑我们小气了吧。"讽刺军费开支庞大，国库黄金储量锐减。11月13日有《存款利息》，先介绍了一般的银行金融知识，随即笔锋一转，"福利存款贬值。利息越快，心头越窄。"

严先生是非常重视从读者处了解信息的。我走访严先生的长子严祖祺同志时，他说，那时他父亲经常要他搜集工厂里群众议论的问题，回来供给他作参考。这样使严先生的"谈话"有了不尽的话题。

同时，严先生还在《新园林》上与广大读者建立起了热线联系。《新园林》有个独此一家的专栏，叫《一周小语》，每星期一刊出，代替严先生自己的"谈话"，并且位置固定，在右上方四分之一左右的面积。每期有十八则左右的"丛残小语"，均由读者来信提供，言简意赅，点到即止，酣畅淋漓地为广大百姓议论时政提供了一个难得的园地。如11月8日，这个专栏的小标题是《财长来了王云五，百姓都成了王老五》，影射当时财政部长王云五的无能。很巧，在此两年半前的1946年5月18日，王云五出任内阁财长，严先生发表了一篇"谈话"《做官与做事》，"王云五先生快要履新了，我们正期待着他能爽爽快快、切切实实，做几件福国利民的好事出来。"历史跟人们的善良愿望开了个无情的玩笑。11月15日的专栏也有几栏带刺文字："别了部长，改任顾问。别矣贤达，其实是免劳'光顾'，何必多问？""据说这几天物价所以回跌，是由于银根紧的关系！其实照我看，这不是银根紧，简直是裤带紧，大家买不起东西吃，裤带一紧再紧，物价不由不下跌。"

严先生选择把自己的言论阵地慷慨地提供给民众，从一个侧面表明，严先生始终是以百姓一员自居；这也是为何"一周小语"和"谈话"两者在基调、气氛、风格上酷似的真正缘由。我手写我心，严先生是一个真诚的人。

四、小品文的一统天下

除了那些固定栏目，如连载小说、谈话、漫画和各种知识性连载专栏，《新园林》几乎是以小品文打天下的。

胡适曾说："小品文系用平淡的谈话，包藏着深刻的意味，有时似笨拙，有时似滑稽。"

台湾楼榕娇的《新闻文学概论》中给小品文下了定义："载于副刊的小品文，原为抒情咏物的文艺，纯粹供读者消遣、娱乐，调剂身心之用，但它也可以由单纯的消遣演进为大众的文学。形式如谈话、随笔、杂记、书信、感想等。"

我认为，上世纪四十年代后期《新园林》上的小品文，已经演进到如楼氏所讲的大众文学的程度了。其关键特征即看其是否是为大众抒情。在艺术上，《新园林》的小品文也是千姿百态，充分调动了各种手段。

如由一己之遇延伸到整个社稷之安危，从小及大。中原写的《国病》，"值肺病正多。我们整个国家内里营养不足，体质虚弱，外面恶菌侵扰，毒液弥漫，岂不在患着严重的肺病？肺病，难道也在真的摧毁着我国的国本。"

也有充满讽刺的作品，如《杰作》，"经济管制闹了七十天，闹得有些人天天上馆子，有些人却连粥也喝不到。结果，作了一百八十度的大转变，限价放开，薪工解冻，一切都回到老路上去。这是老百姓所受到的民主宪政的第一课，而且是第一流科学家的杰作。"

小品文唯其文字精悍，乃就更需要有风骨。上世纪二十年代周作人、林语堂也擅长小品文，但那只是中国知识分子在乱世中寻觅的唯美主义的遁世小径。《新园林》的小品文，继承了前代的文学传统，又具备了深刻的批判眼光，因此文章就把平常的题材写得不同凡响。

写身边琐事，是老派文人的拿手戏。林语堂写烟斗，周作人写茶道；《新园林》也写。《最后一支烟》，"有二十多年烟瘾，其间总想戒烟，总是乍戒乍吸，但是，最近我非戒不可了。"非为惧内，亦非保寿，而是因为"限价取消后，卷烟涨得最快。我太相信金圆券了"。简直是欲哭无泪，意境绝不幽默，但喊出了多少人（包括不吸烟者）的心里话。

赏花吟诗，是中国知识分子的一大审美传统。写过菊花的更是不可胜数。看《新园林》上《菊花是隐士吗？》，"周濂溪曰：'菊，花之隐逸者也。'然而，菊花却具有着奋斗精神，从春到秋，经过宇宙间许多锻炼，还是在烈风严霜中放出花来，决不是隐士。至于今日之下的菊花，却又如龚自珍所形容的病梅，矫揉造作，完全失掉了它的天真，更难以隐士相比了。"反调高弹，颇有不平之气。

游记向来是小品文的大宗。《新园林》的游记使读者开阔了眼界，看到惨烈的人祸是何以波及整个国土的。如《我的故乡》，"我回金山家里的一天，故乡人说，米价由二十元升至二百七十元，众乡人正相互惊奇。岂知我回沪后，乍闻黑市米价已喊至三千万左右，数日中市价变迁，恍有隔世之感。"还有《闵行之行》，"闵行物价，多较沪地为贵。一天大半，皆消耗于交通时间上，行旅之苦可知矣。"到了这里，游记不再是用来养性怡情了，只是让读者了解一样困窘于生计的大有人在。

一年四时，换季之际总是颇有感慨的。《冬之旅》，"枫叶染红，秋光易老。漫步街头，依然十扉九闭，'等候议价，暂停营业'。小民生机，不绝如缕，可爱的冬日在哪里？冬之神也许就是充满杀机的战神，我们正不知如何能度过这个最艰难最危险的时期。"这种肃杀的情调，令人不寒而栗。

小品文也喜欢玩些文字游戏。《职字新解》，"职是耳、音、戈合成的；耳是教你听吩咐，音是教你播音，戈是说你的待遇仅有三分之一的钱而已。"《金银史话》中把 Gold（金）折成 Go-old（走向老），"莫贪黄金，使人易老"。这并非在教拆字课，是文人们变着法儿在给那个待葬的时代贴滑稽膏药罢。

更多的小品文不乏忧国忧民的责任感、使命感，《从报纸下乡说起》是杂感，"我们是一个最缺乏乡村教育的国家，全国 80% 的文盲差不多全是乡村中最善良的老百姓。而报纸便是社会教育的最大工具。"提高全民族文化水平，这样的愿望是可跨越时代、阶级的鸿沟而永受褒扬的，在今天我们不也在呼吁普及文化知识吗？

五、利用历史组织稿件

我们已经论述《新园林》的小品文是其一大特色，这很自然地引发了一个问题：零星的小品文能否支撑起整个副刊，读者会不会在读了版面上若干的小品文后有一盘散沙的感觉？仿佛这些小文章在各唱各的调，致使整体上产生不谐和的效果。

严先生注意到了这个问题，因此后期编辑《新园林》时，特别着意把各自为战的小品文组织起来，成为强有力的集团，使副刊产生巨大的吸引力。中国历史上的节日、纪念日特别多，因此每逢这些时候，《新园林》往往就集中推出一版精心配置与节日假日有关联的小品文集团。

如1948年8月27日，是孔子圣诞，在旧中国，这是个官方规定要庆贺的节日。《新园林》组织了十多篇文章。《正心诚意》，"眼前的中国，局势所以如此动乱，民生所以如此穷蹙，论其主因，向社会上看，向政治上看，都未免是心不正、意不诚，以致贪污诈伪，滔滔皆是，一切的一切，使不易根本治理，也不易彻底改革。"以儒家的正心诚意来剖析现世黑暗的根源。

《教不严》，"教师还是不可不严，不是严峻，而是严密。"讲到了教师的责任心问题。

《孔子的政治》，"如今也是学着学者治国，述此一节，为书生打气。"把老祖宗抬出来嘲笑那帮书生。

《教非所学》，"最不可解的，是教育部已提到学生的身心负担，但有好几次的课程标准修订，依然到今不知下落。"这里好像超前提出了今天中小学生负担太重的问题，可见一些教育现象还是具有普遍性、长久性。

《夫子喟然》，"百无一用是书生，门路难找"。孔子的学孙们快要打破衣食饭钵了。

《教师节感想》，"在这种情况下，怎能希望教师安心执教。"新闻《青树之下》，叙述青树奖学金的，《世载堂杂忆》连载《倒孔尊孔中之一幕》，还有漫画《我道难行》，描绘孔子面对今日收费教育原则而无可奈何之状。

　　洋洋大观，有借古讽今，也有为教师、为教育事业的窘迫呼吁、叫屈；有纪实，也有历史资料。所有这些小文章中的任意一篇置于往日《新园林》小品文的茂林中，都是毫不起眼的；但是组织起来，就仿佛平白地在组合方式中滋生了一种魔力，引导读者全方位、多角度、探幽寻微地去思考；想古代，思今日，望孔子，看今人，把个孔子圣诞的意义与启迪在自己脑海中嚼个淋漓尽致。像这样版面的准备决不是一朝一夕之功所可奏效，严先生肯定是准备有时了。

　　为加深印象，我们再看同年 9 月 18 日的《新园林》，在这个国耻日，严先生如上法炮制。《加深警惕》，"放眼看一看降后的日本，一切走上复兴之途；而对于我国，却在思想上，行动上，常有显露野心的表示。谁能保证它死灰不复燃。"一首抗日时期的东北歌曲，"国耻一日未雪，国民责任未完。"还有《勿忘苦酒》。这些文章集合在一起，表现出深沉的民族忧患感，震撼人心。

　　用节假日来穿缀小品文，在《新园林》上，早已是种常见的手法。我们来看 1946 年 4 月里的第一周。4 月 1 日是西方的愚人节，严先生不放弃洋为中用的机会，借洋人的节日，说自己的话。《新园林》上有《愚人节》，"世界绝对没有永远可以行骗的人，也绝没有永远受愚的人。"这就为世俗的节日抹上了哲理的色彩，引人回味无穷。还插入了几则有关愚人节的格言，如"吃些亏，受些愚，或者也可以学些乖"。

　　4 月 4 日是民国第十五届儿童节，《新园林》没有一味地唱些"儿童是国家未来"之类的高调，而是把眼光聚焦在另一些儿童的遭遇上。《今日的儿童》，"没有钱付学费而关在校门外的儿童有多少，没有衣穿的流浪在街头的儿童有多少？在今天，我们不要只捧着笑的儿童，不看见哭的儿童。"《救救孩子》，"他们在吃苦，……我觉得在儿童节时更有大喊特喊的必要，'救救孩子'。"《健康比赛》，"问题是车夫的儿子、女工的女儿，他们为什么不参加比赛呢？社会上不合理的事情太多了，提到儿童不过是其中一例罢。"

紧接着的 4 月 5 日是传统清明节，哀悼追念亡灵的日子。这一天，严先生罕见地以自己的生活写了篇谈话，《悲痛的祭扫》，"比较八年前，论境况是更穷了，论工作是更劳顿了，辛酸难诉。"其他的还有《祭扫》，"有一点可以告慰祖先，就是八年来，依旧握着笔杆，站住岗位，没有做不肖的子孙。"《清明杂写》，"眼前农村墓冢之多，真是浪费土地。将来可耕之地，将日益减少。"

五日内出现了三次节日、纪念日的小品文专题，密度不可谓不高。这是《新园林》的一大特色：以适当的间隔，运用中外官方颁布或民间流行的节日、纪念日为主题，把小品文的题材组织起来，集中推出。副刊的这种集团作战方法，扬己之长，抑己之短，把平日势单力薄的各种小品文分门别类，互相依托。既在排版上不显松散，不是有一榔头无一榔头，而显得主旨突出，相得益彰；还在读者的阅读效应上产生了积极影响，吸引他们多层次、多侧面地去了解、认识历史上的今天对于今天的意义是什么！节日、纪念日成了《新园林》的丰收季节。

鸳派、文化人、报人——严独鹤思想论

严先生本人已在十年动乱中受迫害而去世，后来者要探寻他思想发展的轨迹，不外乎从两个方面找资料，作评价：他关于自己思想的言论性文字和他的办报的实践。我以为朱传誉先生说得很对："一个有名的报人，他所办的报纸，常常对整个的新闻事业产生很大影响，他个人的历史，往往可成为新闻史的一部分。"

严先生表述自己政治倾向的文字并不很多，在我这次的调查范围里，论及自己报人身份的"谈话"只有两次。1948 年 9 月 1 日的《记者节的插曲》，"新闻事业，论性质不同于其他各种事业，新闻事业的专心，

是要对国家、对社会有所贡献。"1946 年 5 月 19 日《旧闻记者》，"只要是一切表现、一切行动、一切思想，能够赶得上时代，把握住时代的，虽旧亦新。如果与时代相违反的，即使俨然新事物，依然脱不了旧面貌。"

在 1948 年 11 月的《报学杂志》上，他更明确地表述了自己对新闻工作的态度："副刊的编者，既是一个文化人，又是一个报人，动笔的时候，就不能不担负起文化人和报人的使命，不能不为大众着想。因为大众着想，就不可囿于主观，更不可固执偏见。"

中国的传统文化在严先生身上的印痕是很明显的，他是知识分子，旧称文化人，在世纪更替、帝制和共和国交割时代培养起来的一代人，在阶级划分上归属于小资产阶级，青年时代以旧民主主义革命的拥护者、附和者姿态跨进社会；在其后中国错综复杂的现代史中，他属于依违于新旧势力和新旧阶级之间的软弱的中间派，他和他的同伴在思想上政治倾向上交织出现的保守性与进步性，说明了这种立场的特殊性质。

坦率地分析，在解放前，严先生对于共产党和它的主义并不了解，也不需要了解。他是一个和平主义者，幼稚地"深望两大主义的领导者有披诚相见日"。他也是一个理想主义者，希望消除人间种种不平事，他的"谈话"为人民的苦难呼吁得是如此真诚、恳切；但是他只寄望于改良，改进政府和社会。他继承了鲁迅指出的晚清改良派文学以来"命意在于匡世"的传统，又看不到社会的正确出路。他的"谈话"愈是疾恶如仇，他的《新园林》愈是悲凉凄切，那个社会也就愈陷入病入膏肓的绝境。但是，直到最后，他的副刊还是没能在思想上给它的读者指出一条通往新中国的道路。

严先生是个骨气如鲠的旧式知识分子，这种气质完全体现在他三十多年的报人生涯中。1946 年 4 月 10 日，他写了《不怕原子弹》，"有了坚强的真理不怕原子弹；有了纯洁的灵魂，也不怕原子弹。"这样的风骨，是不会惧怕信封里寄来的子弹的。

严先生是不是鸳鸯蝴蝶派？从历史上看，无疑，他是该派早期十分出色的写家，主编过《红杂志》《红玫瑰》等刊物，短篇小说《红》是这类应杂志创办之景而作的小说中写得最成功的一篇。他的晚辈严芙孙（亦是鸳派作家）说，这是他老叔"最得意的作品"。

长期以来，我们对鸳派的评论多半偏重政治性的鞭挞，以至严先生本人也为自己早年的这顶"桂冕"而苦恼。其实，一个作家曾经属于某一流派，并不就是他的文学历程一成不变的终身归属，更不等于他的政治归属。不应该把某一作者过去文学生涯中的一段历史，及这种历史的某种文学表记，当作一顶"政治帽子"来加以运用和引申。反之，也不能因其解放后的政治进步，或在"四人帮"横行时期受过迫害，而无视其过去创作中存在过的消极因素和不良倾向，以至否认其确曾作为鸳派作家活跃于旧时代的文坛。尊重历史，这应是我们认识严先生的思想发展的一个根本出发点。

事实胜于雄辩，在蒋家王朝临近崩溃的关头，严先生的副刊表现出了相当可贵的民主意识。我们可以看一看对于重大历史事件的态度。

1948 年 11 月 14 日，素有"文胆"之誉的陈布雷服大量安眠药身亡。《新闻报》头版载："国民政府秘书长陈布雷因心脏病逝世。当此国步艰难之时，失此硕彦，大可惋惜。"11 月 19 日，又称"陈布雷遗书发表，自称脑力疲劳，已是油尽灯枯。"而当时头条却是："徐州会战国军全胜"。真是欲盖弥彰，国民党欲借此造成更多的家臣"殉葬"。严先生于 11 月 17 日发表了《悼陈布雷先生》，"虽然以文人而成为要人，论他的风格却始终不脱书生本色。唯其书生本色，所以终其身忧伤憔悴，生也有涯，死而后已，他的生与死，正是在这种动荡的时代中，含着一些不平凡的意味。"辛亥时期以"畏垒"风靡一时的陈从文人到要人，是他自身的一大悲剧，严先生清醒地看到了书生们在这个时代中为人操纵，而终不免陪葬的遭遇，从而使严先生自己避免了重蹈陈氏的覆辙。

1948 年的美国总统大选亦是国民党最后政治生涯（在大陆）中的一台热闹戏。斯特林·西格雷夫在《宋家王朝》中写道："蒋的谋臣策士们清楚地知道，共和党如在 1948 年大选中获胜，美国将会放弃杜鲁门的吝啬和敌对态度。"他们相信，"纽约州州长杜威肯定会在总统选举获胜"。国民党把自己的命运押在杜威身上。11 月 2 日《新闻报》第二版头条《美国大选开始》，"以美国在目前世界的地位，今后白宫主人的抉择，不仅是美国的事情，简直是整个民主集团的事情，也可以说是全世界的事情。……若无天灾人祸，无事足以改变本届大选的局面。"一厢情愿得几近肉麻。而严先生在大选结束后的 11 月 6 日掩饰不住喜悦，《出冷门》，"说是杜鲁门的成功，不如说是美国民众的胜利；与其向杜鲁门致意，不如对美国民众致意。民主到底，是美国货真价实，不用涨价，也不评议价。"尽管对西方民主有些幼稚的幻想，但作者对增长了一丝和平因素的侥幸溢于言表。他决不附和当局的黩武卖国的政策，他始终是把民众生计看得重于一家一姓的狭义政权的。

1948 年还有件大事，即名噪一时的币制改革，这个措施给蒋的灭亡敲上了最后一个钉子。费正清先生在《美国与中国》里议论道："1948 年 8 月，币制改革，废除旧法币，代之以金圆券，同时规定了物价最高限制，并以警察手段督察执行，为内战提供军费。当金圆券在 1948 年底崩溃时，物价在六个月内最后涨了六万八千倍，平民百姓对国民党事业的最后一点支持也同金圆券一起化为乌有了。"

在这场豪敛民财的浩劫中，严先生的认识是经历了一个转变过程的。开始，他对之还抱有一定期望，以为此举能够使老百姓的日子好过些。9 月 11 日《贪与奸》，"局势是变了，政策是实施了，我们不愿再说着'有官皆贪，无商不奸'，希望得到永久的安定。"9 月 6 日的《一周小语》专栏也有，"打老虎的来了，许多老虎也该改变作风了，如再执迷不悟，谨防抽筋剥皮。"9月30日更有打虎词一首《调寄浪淘沙》，"黑市已阑珊，虎迹斑斑。栏中摇尾胆应寒，从此南北无白额，父老腾欢。"事实表明，严先生和他的作者们过于乐观了。三个月后，蒋经国谢罪国人，要他们自己同奸商作斗争去了。11月7日，严先生痛惜地说："此次失败，最可怕也是最可慨的，是政府失了信，也失了人心。失了信，是不易弥补的，失了人心，是难以收拾的。"11月6日，《小民无路》，"大家都无路可走，有命难逃，从上海的前途，想到整个国家的前途，真觉得不寒而栗。"

金圆券的骗局，是蒋逃跑前对历史的一次嘲弄，吃苦头最大的那些老实人，被国民党抛入了悲惨的深渊。

有了这次经历，严先生像他那代人一样，丧失了对旧中国的最后一点幻想，完成了自身思想的蜕变。

此后，严先生义无反顾地步入新中国的生活。

阅读书目

《新闻报》1946—1949

《中国新闻史》李瞻

《中国新闻传播史》赖光临

《中国新闻史》曾虚白

《中国报学史》戈公振

《报人·报史·报学》朱传誉

《新闻文学概论》楼榕娇

《申报》1948

《大公报》1948

图书在版编目（CIP）数据

严独鹤文集/严独鹤著；严建平，祝淳翔编选. -- 上海:上海文艺出版社, 2021

ISBN 978-7-5321-7722-6

Ⅰ.①严… Ⅱ.①严… ②严… ③祝… Ⅲ.①中国文学－现代文学－作品综合集

Ⅳ.①I216.2

中国版本图书馆CIP数据核字(2020)第251111号

本书由上海文化发展基金会资助出版

发 行 人：毕　胜
责任编辑：崔　莉
封面设计：周志武

书　　名：严独鹤文集
作　　者：严独鹤
编　　选：严建平　祝淳翔
出　　版：上海世纪出版集团　　上海文艺出版社
地　　址：上海市绍兴路7号　200020
发　　行：上海文艺出版社发行中心
　　　　　上海市绍兴路50号　200020　www.ewen.co
印　　刷：上海天地海设计印刷有限公司
开　　本：890×1240　1/32
印　　张：44
插　　页：6
字　　数：1,135,000
印　　次：2021年9月第1版　2021年9月第1次印刷
I S B N：978-7-5321-7722-6/I · 6133
定　　价：198.00元
告 读 者：如发现本书有质量问题请与印刷厂质量科联系　T:13817973165